MEMOIRES

POUR SERVIR

A L'HISTOIRE

DU VERMANDOIS.

TOME PREMIER.

MEMOIRES

POUR SERVIR A L'HISTOIRE

ECCLÉSIASTIQUE, CIVILE

ET MILITAIRE,

DE LA PROVINCE

DU VERMANDOIS,

Par M. Louis-Paul Colliette, Doyen du Doyenné de Saint Quentin, Curé de Gricourt dans la même Chrétienté, & Chapelain de l'Eglise Royale de Saint Quentin.

TOME PREMIER.

A CAMBRAI,

Chez Samuel Berthoud, Imprimeur du Roi, Place au Bois.

M. DCC. LXXI.

AVEC APPROBATION ET PRIVILEGE DU ROI.

A MONSEIGNEUR,

MONSEIGNEUR

GABRIEL-MARIE
DE TALEYRAND PÉRIGORD,

CÔMTE DE PÉRIGORD ET DE GRIGNOLS,

Prince de Chalais, Grand d'Efpagne de la premiere Claffe ; Chevalier des Ordres du Roi, Maréchal de Camp, Gouverneur & Lieutenant-Général de la province de Picardie, & Pays reconquis ; Commandant en Chef dans celle de Languedoc.

*M*ONSEIGNEUR,

PLACÉ par la Providence divine & le choix éclairé du Roi, pour gouverner la province de Picardie, Vous avez pris fur Vous, en acceptant cette Commiffion diftinguée, le *foin de défendre l'honneur de la Religion, les intérêts du Prince, & les droits de ceux qu'il Vous a foumis. D'une main Vous devez prêter un fecours favorable à l'Eglife ; de l'autre, défendre l'autorité inviolable du Monarque, & les droits facrés des Peuples. Vous êtes donc devenu, MONSEIGNEUR, un nouvel ange tutélaire prépofé à la confervation entiere de toutes les parties de notre Province, au regne de la foi, au maintien de la fouveraineté, & à la fûreté des Sujets qui habitent cette grande contrée. Voilà les trois principaux chefs que comprend le gouvernement général d'une province, ceux auxquels fe rapportent tous les objets de l'adminiftration, ceux auffi dont j'ai parlé dans cet Ouvrage.*

Que la Picardie doit fe flater agréablement de vous avoir à la tête de fon gouvernement général ! Vous juftifiez le fage choix du plus jufte des Rois. Vous illuftrez Vous-même votre emploi, MONSEIGNEUR, & lui communiquez autant d'éclat que vous en recevez. De toute l'autorité qui vous a été confiée, Vous n'avez rien reçu de plus grand, que le pouvoir de faire le bien ; ni de votre heureufe inclination rien de plus louable, que de l'opérer en effet dans toutes les circonftances qui s'offrent à vos yeux.

Nous fentons notre bonheur, & nous Vous félicitons, MONSEIGNEUR, d'en être l'inftrument honorable. Vous partagez, pour m'exprimer ainfi, avec la Divinité, la gloire de faire des heureux. Caufe premiere de tout don parfait, nous confeffons à fa louange que nous tenons d'Elle l'avantage précieux de vivre fous un gouvernement fortuné : mais Elle nous permet de publier que c'eft par Vous, comme par le canal de fa bienfaifance, que découlent fur nous fes douces faveurs. Oui, c'eſt votre haute ſageſſe qui ſoutient chez nous la dignité de la Religion, l'honneur de la Royauté, & la paix des Citoyens.

Jouiſſez donc ici, Monseigneur, du ſpectacle de votre gloire. A qui pourrois-je mieux qu'à Vous dédier un Ouvrage qui traite en ſes narrés de ces intérêts divers ? L'Hiſtoire Eccléſiaſtique, Civile & Militaire du Vermandois, province enclave de la Picardie, ne devoit aſſurément paroître que ſous les auſpices d'un illuſtre Gouverneur, qui eſt en même temps le plus religieux Protecteur de la foi, l'Officier le plus dévoué au ſervice de ſon Roi, & l'Ami le plus effectif de notre patrie. Ces admirables qualités, Monseigneur, vous avoient donné un droit acquis ſur un ouvrage littéraire de cette nature ; & il ne pouvoit paroître dans le Public avec bienſéance, que ſous votre honorable aveu & votre reſpectable approbation.

Qu'il m'eſt doux, Monseigneur, de devenir en ce jour l'organe de ma patrie, & de vous exprimer, en vous offrant la dédicace de mon Livre, la reconnoiſſance dont elle eſt pénétrée pour vos ſoins paternels envers elle ! Ce vif ſentiment, que je partage avec mes Compatriotes, m'eût rappellé dans la route de nos rapports & de nos devoirs, ſi j'avois pu m'en écarter.

Enfant des Graces, nourriſſon des Muſes, & leur éleve chéri, Vous, Monseigneur, dont l'heureux & vaſte génie embraſſe toutes les connoiſſances ; né pour remplir les plus hautes deſtinées; profond ſpéculateur dans le Conſeil du Prince ; ſon œil & ſon bras à la tête des armées, ſon confident dans les négociations les plus importantes ; courtiſan délicat, bon ami dans le commerce ſecret, illuſtre par vos faits privés & publics, amateur des ſciences & de ceux qui les cultivent ;

ſoyez mon Mécene , & daignez favorablement accueillir un
Ouvrage dont le principal mérite eſt d'avoir été compoſé ſelon
vos vues. Je Vous le dédie & conſacre avec tout le dévouement
que je Vous dois. Puiſſe-t-il atteſter à l'Univers entier l'hommage général que Vous Vous êtes acquis ſur nos cœurs ! &
Vous convaincre du reſpect profond avec lequel j'ai l'honneur
d'être en particulier,

MONSEIGNEUR,

DE VOTRE GRANDEUR,

Le très-humble & très-obéiſſant
Serviteur L.-P. COLLIETTE,
Doyen du Doyenné de Saint-
Quentin, & Curé de Gricourt
dans la même Chrétienté.

PRÉFACE.

Salve , magna parens frugûm , VIROMANDUA tellus ,
Magna virûm : tibi res antiquæ laudis , & artis
Ingredior , fanɛtos aufus recludere fontes.

Georg. Lib. II. ỿ. 73 & feq.

CE s Mémoires (nous le difons avec confiance) feront
de quelque avantage à une province qui n'a pas encore eu
fon hiftoire , & qui n'en a lu quelques lambeaux que dans
deux ou trois auteurs qui n'ont pas même obfervé , en écri-
vant , d'exaɛtitude & de méthode. Le Vermandois , fes circonftances & dépendances , l'origine & les intérêts de fes
habitans , feront développés plus nettement , difcutés avec
plus de foin, & expofés avec plus de régularité dans l'ouvrage
que nous préfentons aujourd'hui : & l'on commencera, à l'aide
de nos recherches , à mieux fe connoître. Les caufes des établiffemens fubfiftans ou détruits , leurs progrès, leur décadence,
les maximes & les ufages des lieux , les perfonnages célébres ,
enfin tout ce qui nous y a précédé jufqu'à préfent , & ce qui
nous y accompagne , fera mis fous les yeux de nos leɛteurs ,
avec une claire précifion , dans un détail qui n'aura rien de
verbeux, & dans l'ordre le plus fuivi. Tout cet enfemble ,
en fervant au bien particulier de la province , deviendra encore la bafe & la fubftance d'une portion de l'hiftoire générale
du royaume.

Il n'eft qu'un vœu en France pour une hiftoire parfaite de
la monarchie ; mais elle ne peut être finie que par le fecours
des hiftoires bien faites de fes provinces particulieres. Telles
que les pierres qui doivent entrer dans la confeɛtion d'un
grand édifice , & que l'architeɛte eft obligé de faire fonder &

*

tailler , avant que de les pofer : telles les hiftoires des provinces particulieres doivent être travaillées & perfectionnées par
les écrivains , avant qu'elles puiffent être admifes dans le
grand tout de l'hiftoire générale que nous fouhaitons fi ardemment. Plus effectif chez les favans , que chez le lecteur
oifivement curieux , le defir d'occuper une place honorable
dans l'ouvrage d'une grande hiftoire , leur a mis, fur-tout
depuis quelques années , la plume à la main ; & nous fommes déjà fi bien fervis d'hiftoires particulieres des provinces ,
que nous pouvons efpérer de voir bientôt l'accompliffement
de nos vœux. Les villes, les états, le Prince, tout confpire
à les accélérer. On eft même déjà venu à bout de l'hiftoire
des grandes provinces , c'eft-à-dire , de celles qui en com-
prennent dans leur étendue plufieurs petites. Le Languedoc
poffede, depuis plufieurs années, la fienne. Perfonne n'ignore
que , par l'ordre du Roi , on travaille très-affiduement à celle
de Champagne & à celle de notre Picardie. Les Bénédictins ,
Dom Grenier & Dom Caffiau, font chargés de cette derniere.
Que le Ciel feconde leurs efforts ! Mais nous fommes très-per-
fuadés que , malgré les lumieres dont ils abondent , & les immenfes découvertes qu'ils font à portée de faire, leur projet
eft trop vafte & trop difficile , pour qu'ils puiffent bien le
remplir fans l'aide & le fecours des auteurs particuliers , qui
auront traité & difcuté , avant eux & avec eux , des matieres
qu'ils doivent faire entrer dans leur travail. Nos Mémoires
feront donc utiles , & à la province de Vermandois , & aux
hiftoriographes de la Picardie , de laquelle elle fait partie.
Qu'un écrivain né , & vivant fur les lieux , eft bien plus en
état que tout autre d'en faire la defcription & le récit !

  L'on va voir par une courte notice des écrivains , qui nous
ont précédé , qu'ils ont à peine ébauché l'hiftoire des antiquités du Vermandois. L'avocat *Claude de la Fons* donna l'*hiftoire de Saint-Quentin* à fes compatriotes en 1627. Ce livre
in-8°, écrit dans le langage de fon temps, ne remplit
pas, à beaucoup près, l'attente de fes lecteurs. Il eft borné
à la feule hiftoire du Saint, de fon martyre & de fes miracles.
Il ne parle que très-peu de ce qui concerne l'hiftoire de fon
églife ; & ne traite point du tout du civil ni du militaire de la
ville même où ce faint patron eft honoré. Il mourut le 28 de

Mai 1636, dans le temps que la peste cessoit de sévir dans la ville de Saint-Quentin. Il avoit été attaqué d'une hydropisie, qui le mit au tombeau. Sa piété le soutint contre les épreuves de cette infirmité ; & telle fut la liberté d'esprit du chrétien auteur, qu'au milieu même de ses peines il chantoit en vers les douleurs qu'il sentoit. Il fut très-sincérément regreté de ses amis & de ses concitoyens. Il avoit encore fait imprimer *les Coutumes de Vermandois* qu'il a ornées de petites notes très-instructives.

Aug. Vir. fol. 361.

Jacques le Vasseur, chanoine & doyen de la cathédrale de Noyou, venoit de donner à la presse *les annales* de cette ville, qu'il avoit composées. Elles avoient paru dans le public dès l'an 1633. Parmi les fautes qui lui étoient échappées, & dont nous releverons plusieurs dans le cours de cet Ouvrage, une erreur positive, que cet auteur avoit voulu établir au sujet de la ville & de l'église de Saint-Quentin, engagea Claude Emmeré au combat.

Celui-ci étoit un savant homme. On ne peut que nous savoir gré d'en donner ici une juste idée tirée des actes capitulaires de l'église de Saint-Quentin, & des mémoires de Sorbonne insérés dans le Journal de Trévoux, du mois d'Avril 1744. Sorti de la ville de Saint-Quentin, pour aller étudier à Paris, il s'y fit recevoir en l'hospitalité de Sorbonne, le 24 de Mars 1608, & en la société, le 31 d'Octobre 1611. Il en revint en 1612, pour succéder, dans la place de Principal du collège de la ville de Saint-Quentin, à Etienne Rebouté qui en avoit été fait chanoine dès l'an 1605. Cet emploi ne l'empêcha pas de prendre le bonnet de docteur en 1614. Il remplit la principalité jusqu'en 1632, quoiqu'il eût déjà été reçu chanoine de sa ville dès le 29 d'Août 1629.

Son zele ne lui permit point, au milieu de ses occupations classiques, de retenir dans son sein les efforts de la piété qui l'animoit. En 1627 il mit au jour un livre *in-8°.* qu'il dédia au Général des Chartreux, en considération de Jean Emmeré son frere, prieur d'un couvent de cet ordre. Il est intitulé : *Carthusianus, seu iter ad sapientiam.* Il contient 528 pages, & est orné de petites figures. Cet ouvrage qu'imprima Charles le Queux, libraire à Saint-Quentin, est rempli d'excellentes maximes pour conduire des solitaires à la plus haute perfection. Il établit folidement la preuve du génie de l'auteur & de fon érudition; car il eft rempli de citations grecques & latines, très-recherchées.

C'étoit le coup d'effai du Docteur : il voulut donner auffi celui du Principal en l'année qu'il abdiqua cette charge. Il le fit imprimer à Paris, en 1632, chez Antoine de la Perriére, sous le titre de *Cerafies in femitâ, le ferpent aux aguets.* Le but de l'écrivain, dans cette poéfie latine, étoit de fronder le Calvinifme qu'il voyoit avec douleur s'être introduit dans la ville de Saint-Quentin. Il y exhorte fes compatriotes principalement à combattre cette héréfie. Entr'autres chofes il leur dit d'évoquer de leurs tombeaux, pour défendre la faine doctrine, les grands-hommes & les docteurs que leur ville avoit produits.

> *Heroas, procerefque tuos in bella fepulchris*
> *Illa voca; his ducibus tractet ut arma cohors.*

Il paroît cependant, par les vers dont toute cette déclaration de guerre eft compofée, que la verve du poëte le fervoit un peu moins bien que fon zele pour la foi. Il avoit rempli la place d'écolâtre de fon chapitre, & l'avoit alors quittée pour fe fixer à Paris. Il y fit imprimer, l'année fuivante 1633, deux nouveaux ouvrages latins, qui ne formerent qu'un volume affez petit. Le premier eft intitulé : *de fcholis publicis, earumque magifteriis differtatio.* Ce livre, en forme dialogique, eft le précis des remarques que l'auteur avoit faites, pendant le temps de fa principalité, fur le cours des écoles anciennes, & la maniere dont elles fe tenoient; fur leurs progrès, leur décadence, & leur rétabliffement, fur-tout en France. Le fecond a pour titre *Tabella chronologica decanorum, cuftodum & canonicorum ecclefiæ Sancti-Quintini.*

Claude Emmeré s'employa, pendant les cinq années fuivantes, à travailler à l'hiftoire de l'univerfité de Paris, & de la faculté de Théologie en particulier, par le confeil & fous l'autorité du cardinal de Richelieu, qui voulut bien en fa faveur écrire au chapitre de Saint-Quentin la lettre fuivante, confervée en original dans la bibliotheque de l'églife.

Meffieurs. Ayant fu que le fieur Emmeret travaille conti-

nuellement à l'histoire de l'université de Paris, & de la fa-
culté de Théologie; ce que j'estime être fort utile au public,
& très-avantageux pour la maison de Sorbonne, de laquelle
je suis proviseur; & que, pour achever ce labeur, il est né-
cessaire qu'il demeure dix-huit mois ou deux ans assidument
à Paris, tant pour la commodité des bibliotheques dont il a
besoin, que pour les conférences qu'il desire avoir avec ceux
qui sont les plus doctes en ces matieres : je vous fais cette
lettre pour vous prier de le vouloir dispenser de la résidence
qu'il est obligé de faire en votre église, & de le faire jouir
des fruits de sa prébende, comme s'il étoit présent. Vous con-
noissez particuliérement son mérite, & n'ignorez pas la satis-
faction que chacun recevra de son ouvrage. C'est ce qui me
fait croire que vous lui accorderez volontiers cette grace,
tant pour les considérations ci-dessus, que pour la priere que
je vous en fais; & l'assurance que je vous donne que là où
j'aurai lieu de vous en témoigner mon ressentiment, vous cog-
noiterez que je suis, Messieurs, votre très-affectionné à vous
rendre service. Le cardinal de Richelieu. De Conflans, ce 24
Juin 1636. Et au replis est écrit : A Messieurs les Doyen,
Chanoines & Chapitre de l'Eglise royale de Saint-Quentin :
Et scellé du sceau du cardinal, en lacs de soie cramoisie. Le
chapitre consentit volontiers à la demande du ministre.

Claude Emmeré devint bibliothécaire de Sorbonne en 1638.
C'étoit l'année en laquelle Jacques le Vasseur, dont nous parlions plus haut, mourut. Ce rival de Claude Emméré étoit
aussi d'un mérite distingué & d'une vertu singuliere. Elu, le
22 de Décembre 1615, doyen de la cathédrale dont il étoit
chanoine & archidiacre, il refusa par humilité d'accepter cette
place. A son refus, on avoit nommé, le 3 de Février suivant,
Antoine Parmentier, dont le choix fut cassé à Reims, par une
sentence du 7 de Mai, avec ordre au chapitre de Noyon de
procéder à une nouvelle élection. Les voix tomberent encore
sur le Vasseur qui fut élu une seconde fois, le 30 du même
mois. Enfin, il céda aux vœux de son chapitre, & en fut reçu
en qualité de doyen, le 6 de Juillet 1616. Il avoit eu l'honneur d'être, quelques années auparavant, Recteur de l'université de Paris.

Un même âge, le cours des mêmes études & une égale

piété avoient uni les deux docteurs par une tendre & conftante amitié. Ils avoient été les approbateurs des premiers
ouvrages, l'un de l'autre. Et tel étoit leur engagement réci-
proque, qu'ils ne devoient rien enfanter qu'après se l'être
mutuellement communiqué.

Præfatio Aug.
Virg.

Jacques le Vasseur oublia les promesses de l'amitié ; il conçut
son livre dans le secret, & le publia à l'insçu d'Emmeré. Le
fruit de l'annaliste déplut à ce dernier, dont les conseils éclairés euffent pu redresser bien des bévues hasardées dans l'ouvrage. Jacques le Vasseur mourut. Emmeré ne perdit pas de
vue l'impression que les annales du doyen pouvoient faire sur
les esprits prévenus ou peu instruits. Il demeuroit encore dans
sa retraite de Sorbonne, où il venoit d'être chargé de la notice
des manuscrits du cardinal de Richelieu. Il se hâta d'arranger
les matériaux des antiquités de la ville & de l'église de Saint-
Quentin, qu'il avoit confusément amassés ; & mit au jour ses
conceptions en 1643, sous le titre d'*Augusta Viromanduo-*
rum vindicata & illustrata. Ce volume *in-4°.* fut imprimé
chez Jean Beslin, près le college de Reims. Il est divisé en
deux parties, avec un frontispice ou estampe représentant
l'église de Saint-Quentin, un carré géographique de la ville,
& une table généalogique des comtes de Vermandois. Il contient 364 pages, non compris l'*index* & un regiftre des chartes & autres pieces justificatives. Ce livre est bon à plusieurs
égards, & renferme d'utiles découvertes ; il est la base de celui-ci. L'auteur les avoit puisées dans quelques manuscrits des
archives voisines de sa ville, de laquelle il ne s'est pas beaucoup écarté. Il est à juste titre le père de l'histoire de la ville
& de l'église de Saint-Quentin, puisque du cahos informe de
ce peu de titres, & avec l'aide de quelques historiens, il a su
faire paroître une lumiere inconnue. Il n'a pas cependant
donné à son ouvrage toute l'élégance, la clarté, l'ordre, l'é-
tendue & la critique qu'il lui devoit, & qu'il étoit en état de
lui donner. Ses excursions dans le reste du Vermandois font
courtes & peu signalées.

Nous avons autant & peut-être plus encore d'obligations
à Jacques le Vasseur. Ses annales, quoique pleines de fastidieux fatras, coulent plus aisément, sont mieux arrangées,
très-curieuses en beaucoup de points, & regardent plus de

lieux de notre province. Tels sont, dans l'ordre des écrivains de notre histoire, le second & le troisieme qui ont travaillé à en débrouiller les monumens anciens. Claude Emmeré mourut vers l'an 1650. Il avoit encore un frere appellé Quentin Emmeré, moine dans Homblieres.

Quentin de la Fons disposoit les pieces de son ouvrage sur la même ville de Saint-Quentin, lorsque Claude Emmeré divulguoit le sien. Ce bachelier en Théologie, & chanoine de Saint-Quentin dès le 20 de Décembre 1604, le termina quelques années après. Il avoit fait usage de la plus grande partie des découvertes de son confrere; il y en ajouta d'autres, les étendit & les éclaircit. Son ouvrage avoit été annoncé par son parent, Claude de la Fons, auteur de *l'histoire de Saint-Quentin*, dans son avis au lecteur. Il étoit divisé en quatre volumes : les deux premiers contenoient l'histoire de la ville capitale du Vermandois : les deux derniers traitent des revenus & des charges, des bénéfices & des autres fondations. Le titre en est : *Recherches curieuses sur la ville & l'église de Saint-Quentin.* Claude Bendier son neveu, dont on va parler, les ayant hérités en vertu du testament de l'auteur, du 14 Août 1648, les légua lui-même, avec sa bibliotheque entiere, au chapitre de Saint-Quentin, par son propre testament du 2 de Septembre 1697, avec la clause qu'ils seroient mis en un lieu commode de l'église, afin que le public y pût entrer, & les lire deux fois la semaine, les mardis & les jeudis.

Mais, indépendamment de cette sage disposition, ne doit-on pas regarder comme perdue pour la société une production unique, renfermée en une bibliotheque particuliere, & qu'on ne peut posséder que pendant quelques quarts-d'heure? Sous ces égards, on peut dire que Quentin de la Fons, loin d'avoir écrit pour toute sa province, l'a fait à peine pour quelques-uns de ses concitoyens.

Le cinquieme auteur est Claude Bendier, docteur de la maison & société de Sorbonne, reçu chanoine de Saint-Quentin le 6 de Mars 1656. Il donna *la vie de l'illustre martyr Saint-Quentin,* &c. le patron de sa ville natale, & en exécuta l'entreprise en un très-petit volume *in-*12, en 1672. C'est le livre ordinaire des petits enfans aux écoles & des pélerins. On ignore encore toute l'histoire de la ville, les autres

circonftances du faint martyr, de fes miracles & de fon église,
& enfin de toute la province de Vermandois, quand on l'a lu.
Autant en faut-il dire de la vie de faint Furfi par Jacques
Defmay.

Claude Bendier avoit voulu remplir, l'année précédente,
une partie de cette idée dans un autre ouvrage imprimé *in*-4°.
chez Claude le Queux, imprimeur à Saint-Quentin, fous ce
titre : *la défenfe des principales prérogatives de la ville & de
l'églife royale de Saint-Quentin*, [pag. 73.] Mais, comme
cet écrivain n'avoit en vue, en le compofant, que d'établir
des principes qui puffent fervir de défenfes à fa compagnie,
dans l'affaire qu'elle avoit contre l'évêque de Noyon, au fujet
de la jurifdiction fpirituelle, il s'eft borné à deux faits principaux, qui doivent faire regarder fa brochure, moins comme
une hiftoire fuivie de la ville & de l'églife de Saint-Quentin,
que comme un fimple *factum*, où font éclaircis quelques
points effentiels, qui devoient guider les juges dans leurs décifions.

A ce nombre de deux ou trois fe termine donc celui de nos
hiftoriographes. Or toutes leurs pieces différentes, ces ouvrages mutilés, obfcurs ou cachés, ne forment pas affurément de
vrais mémoires hiftoriques, fuivis & réguliers, ni de notre
province, ni même de la ville capitale. Je l'ai dit : ils n'en font
que des lambeaux. Telles font encore quelques differtations
compofées fur les mêmes matieres par quelques autres favans;
téls font certains traits, certaines anecdotes, rapportés par
quelques écrivains étrangers. Tout en peut entrer dans le fyf-
téme d'un ouvrage fuivi, mais, tout découfu & difperfé, n'en
forme pas un; & cette collection de matériaux divers a befoin
encore d'une couture & d'un revêtement que je me fuis attaché, le premier, à donner aux faits que j'ai recueillis, afin
d'en compofer des mémoires plus réguliers & plus inftructifs.
Qu'entendons-nous par l'hiftoriographe d'une province, finon
celui qui la fait, pour ainfi dire, fortir, aux yeux de fes lecteurs, de fes fondemens, qui leur en montre les progrès, les
variations, la confiftance folide, & qui en eft comme le créateur?

J'offre de bon cœur mon travail à mes compatriotes. Mon
amour & mon zele pour eux m'en ont infpiré le deffein; &
c'eft

c'eſt de ces beaux principes que j'ai reçu le feu qui m'a échauffé dans ma carriere. Je me croirois trop récompenſé de mes veilles, ſi mes comprovinciaux pouvoient être piqués, à l'ouverture de ce livre, de la louable curioſité de bien connoître l'hiſtoire des lieux où leur enfance s'eſt jouée, & plutôt encore de la noble émulation d'imiter ou de fuir les exemples de toute eſpece que j'y rapporte.

Chacun aime ſa patrie : c'eſt elle qui nous a reçus, qui nous a nourris & nous a entretenus dans ſon ſein : c'eſt le lieu dont le ciel nous eſt familier, dont nous connoiſſons les champs & les eaux qui les arroſent, & où nous comptons nos parens & nos amis. On n'y tient point par un fil d'opinion, mais par les plus fermes liens de la nature. Voyez les animaux même. Les bêtes les plus féroces aiment les gîtes des bois où elles ſont nées ; les oiſeaux, leurs nids ; & les poiſſons, dans la mer, affectent de rechercher certaines plages. Notre patrie ne nous donne que ce que nous auroit donné une autre terre. Qu'importe ? Ce nous eſt une inclination naturelle de l'aimer, & ſouvent de nous immoler pour elle. Ce penchant eſt digne d'éloges : Dieu même l'a gravé dans nos cœurs. Car à quel autre auteur pourrions-nous rapporter un attachement univerſel dans les hommes, malgré les principes & les effets de l'éducation, qui ne ſont pas par-tout ſemblables ? Le pauvre même, qui fuit ſa patrie, ne la ſauroit haïr ni la maudire. Enfin c'eſt pour un criminel un ſupplice que d'être expatrié.

> *Neſcio quâ natale ſolum dulcedine cunctos*
> *Ducit, & immemores non ſinit eſſe ſui.*
>   Ovid. lib. I. de Ponto. Eleg. 4.

Que la fortune, le caprice, le deſir de la nouveauté, ou l'avarice, nous entraînent en des contrées étrangeres, l'amour de la patrie nous ſuit au-delà du tombeau. On veut que ſes os ſoient rapportés à ceux de ſes ancêtres ; & la terre paroît aux mourans leur devoir être plus légere, quand leurs triſtes mânes ne ſeront point abandonnés en des climats lointains. Les cavernes hyperborées ont des délices pour leurs habitans. Vous tranſplantez ſur nos plus charmans côteaux ces peuples ſauvages ; vous les y trouvez moins contens. Un Lapon leur préféreroit ſes glaces & ſes frimats parmi leſquels il eſt né. Pour rêver plus librement ſur les bords des marais de ſa patrie,

✶ ✶

on vit Virgile abandonner autrefois les délicieuses fêtes de Capoue. Le marbre de Paros étoit moins précieux , aux yeux d'un Roi de Scyros, que les âpres rochers de son isle. C'est par amour pour sa patrie, que, suivant l'histoire des poëtes, Ulysse, le sage Ulysse, agité sur toutes les mers , a refusé des jours éternels que lui promettoit Calypso , & qu'il a mieux aimé descendre , dans sa patrie , au tombeau de Laërte , que de vivre immortel dans un exil. C'est l'amour de la patrie qui a prêté des aîles à Dédale; il a soutenu Achilles dans les hasards; enfin il a produit les plus grands sacrifices. Stupide philosophe celui qui se dit de tous les pays ! quelle espece de vertu que celle qui combat notre instinct ! Ne doit-on pas abhorrer , avec saint Ambroise, comme une injustice & une impiété , la stoïque sagesse qui nous feroit immoler la nature & un attachement qui doivent l'emporter même sur la considération qu'exigent de nous nos amis & nos propres intérêts?

In cap. IV. Jonæ, & lib. 3. Officior.. cap. 3 & 16.

Notre amour pour le lieu de notre naissance est donc aussi légitime qu'il est général ; mais, je le répéte, cet amour ne doit pas être stérile dans les lecteurs , ni borné à la simple connoissance des événemens qui nous frappent. Je n'aurois atteint que la moitié de mon but : mes lecteurs ne seroient que des citoyens avortés. Le véritable & parfait amour de la patrie doit nous porter à l'honorer par le retracement des bons ou l'horreur des mauvais exemples que nous remarquons dans l'histoire que nous en avons lue , & à ne la jamais faire rougir de nous avoir donné l'être. En un mot , j'ai prétendu faire des compatriotes instruits & vertueux.

Je laisse la liberté de juger de la vérité des faits que j'ai rapportés dans mon ouvrage, par le poids & l'autorité des auteurs que je cite en marge. Je me suis attaché à ne suivre que ceux qui m'ont paru les plus véridiques; mais on doit donner toute croyance à la certitude des pieces justificatives que je mets sous les yeux. J'entends parler des chartes anciennes , des actes, des transactions , des édits de nos Rois, ou des arrêts de leurs cours. Je les ai tirées des archives même où ces monumens reposent; & j'ai eu soin de les indiquer exactement , chacune en leur lieu.

Un lecteur , seulement avide de faits dans un ouvrage historique , verra peut-être avec peine sa vive démangeaison de courir au nouveau & au curieux , arrêtée par quelques differ-

tations que j'ai diſtribuées dans le corps même de ces Mémoires. Mais, outre que ces ſortes de pieces n'ont pu trouver aiſément leur place à la fin des livres, où ſouvent on les rapporte, ou à la fin de tout l'ouvrage où on les rejette quelquefois, j'ai penſé que cette légere mortification ne pouvoit contrebalancer l'avantage que ces diſſertations produiroient chez
le plus grand nombre des lecteurs, ſi je les plaçois aux endroits
où elles naiſſent. En effet, on y entre alors ſans nul effort,
lorſque la diſpute ou l'expoſition de la queſtion nous y ont
préparés. On n'a plus rien à ſe rappeller de ſes lectures précédentes ; on ne s'agite, on ne ſe remue point ; on n'eſt plus
obligé de s'entendre répéter des choſes déjà dites ; & , quand
la diſſertation eſt lue , on va, comme de plein pied, aux matieres qui la ſuivent. Ces diſſertations, plus ou moins longues
les unes que les autres , ſont au nombre de ſix ou ſept, &
feront, je l'eſpere , par leur nouveauté , ou par le tour que
j'ai tâché de leur donner , un plaiſir ſenſible aux vrais curieux
de notre hiſtoire.

Grave dans ſes récits importans, toujours concertée, même
dans ſa marche rapide , & occupée ſeulement de grands événemens, la majeſté d'une hiſtoire proprement dite ne ſe prête
pas à ces diſſertations les plus eſſentielles ; elle les ſuppoſe ;
elle éloigne d'elle les petites anecdotes, les traditions vulgai-
res, les étymologies des noms, ou la relation des faits & des
établiſſemens trop peu conſidérables. Faſtueuſe ſouveraine des
temps , des lieux & des perſonnes, elle ſe fait reſpecter &
accueillir par les grands & magnifiques dehors avec leſquels
elle ſe préſente ſous la plume d'un habile écrivain. Parlons
ſans allégorie : une hiſtoire générale, pompeuſe & brillante,
ſera toujours plus recherchée, & par un plus grand nombre
de lecteurs : celle qui ſera particuliere, plus détaillée, plus
prolixe, ne peut preſque plaire qu'à ceux qui y ſont liés par
la naiſſance, la demeure, ou quelqu'autre intérêt ſemblable.
Il eſt fâcheux, pour celui qui eſt l'auteur de cette derniere,
que la contrariété des diſpoſitions dans les lecteurs l'empêche
de pouvoir plaire & être utile à tous.

Soyons néanmoins utile & agréable à qui nous pourrons
l'être. La multitude de nos recherches, leur variété, leur
importance nous perſuadent que nous ſerons de quelqu'avantage à nos compatriotes ſur-tout. Mais aurons-nous le dou

 de leur plaire? *Omne tulit punctum qui miscuit utile dulci.*
Il faudroit avoir concilié dans mon ouvrage ces deux points.
Aurois-je eu le talent de leur présenter l'histoire de notre
province sous une face assez respectable, en rapportant avec
noblesse & magnificence ce qu'elle a vu de grand & d'héroïque parmi nous? Aurois-je habilement ménagé la dignité de
notre histoire, & l'aurois-je suffisamment mise à couvert du
vil, du rampant & de la bassesse qu'elle rejette loin d'elle, en
racontant, avec un ton mâle & soutenu, les événemens
moins considérables ou minutieux, qui se sont passés sous son
regne, & dont la connoissance nous est néanmoins infiniment
précieuse? Dans cette heureuse supposition, j'aurois fait une
histoire familiere avec majesté, & noble sans avilissement,
relevée & populaire tout à la fois. C'est à quoi je me suis
appliqué. Les lecteurs jugeront de ma réussite.

Quoiqu'il en soit, la crainte de manquer mon but m'a fait
intituler cet ouvrage : *Mémoires pour servir à l'Histoire du
Vermandois*, &c. Sous ce titre qui, quoique plus modeste,
ne dispense point un auteur de travailler & de limer ses conceptions, (car il doit toujours respecter ses lecteurs & soi-
même) je laisse aux historiographes, après moi, la liberté de
disposer de mes recherches, & de les arranger à leur gré.
Sous ce titre, mes dissertations ne sont plus déplacées ; & le
récit de l'événement le moins important marche ensuite de
celui qui est plus considérable. Tout se lie ; tout s'enchaîne
& se tient. Enfin, sous ce titre j'ai raconté tout ce qui m'a
paru mériter quelqu'attention ; & mes lecteurs, à qui je peins
tous les événemens & les choses, n'ignoreront rien de tous les
témps & de tous les lieux, de tous les personnages, de tous les
faits & de tous les objets.

J'ai cru au surplus que j'éviterois toute confusion, dussé-je
m'exposer à quelques redites inévitables, & que je jetterois
plus de clarté sur tout mon ouvrage, si j'en rapportois les
faits divers selon l'ordre chronologique des années dans lesquelles ils sont arrivés. Voilà tout le principe, la conduite
& le but de ce livre. *Nec me pigebit, sicubi hæsito, quærere:
nec pudebit, sicubi erro, discere. Proinde quisquis hæc legit,
ubi pariter certus est, pergat mecum : ubi pariter hæsitat,
quærat mecum : ubi errorem suum cognoscit, redeat ad me :
ubi meum, revocet me.* Auguft. lib. I. de Trinit. cap. 2 & 3.

SOMMAIRE
DU PREMIER LIVRE.

MÉMOIRES

MÉMOIRES
POUR L'HISTOIRE
DU VERMANDOIS.

LIVRE PREMIER,

CONTENANT la description de la province de Vermandois, les mœurs, les usages & la religion de ses anciens Habitans ; les conquêtes de Jules-César en leur pays ; & les differens évènemens qui y sont arrivés, depuis ce premier Empereur jusqu'à Dioclétien.

QUELLE notice de l'origine & du nom de la Gaule pourrions-nous donner qui ne fût fort incertaine ? Dirons-nous que les Gaulois furent autrefois nommés *Gomorites*, de Gomer, fils aîné de Japhet ? Nous serons contredits par ceux qui soutiennent qu'ils étoient Aborigènes, & que le nom de *Gaulois* leur vient de Galate, fils d'Hercule ; ce que Diodore de Sicile prétend. Furent-ils appellés *Celtes*, du nom d'un de leurs Rois ; & *Gaulois*, de celui de la mere de ce Prince, ainsi que le rapporte Ammien Marcellin ? Strabon nous dit, au contraire, que ce nom leur fut imposé pour exprimer leur noblesse & leur grande réputation. Saint Jérôme & Isidore ont écrit que ce nom leur vient du grec *gala*, qui signifie

I.
Histoire des Gaules, par D. Martin, bénéd.

lait, à cause que ces Peuples étoient fort blancs. Cluvier tire le nom de nos premiers Gaulois, du verbe celtique *Gallano*, qui signifie *voyager*. Ce qu'on en peut assurer uniquement, c'est qu'ils existoient, & portoient déjà ce nom du temps de Tarquin l'ancien, cinquieme Roi de Rome. C'est donc avoir assez dit de l'origine & du nom d'une nation, dont les commencemens sont obscurs & contredits, & qui d'ailleurs s'est renouvellée dans ses différentes provinces par cent peuples divers, & les colonies étrangeres qui, en s'y établissant, en ont fait disparoître & en ont confondu les anciens & premiers habitans. Partons d'un point fixe, qui serve vraiment à notre but.

I I. La Gaule est cette monarchie de l'Europe que sa situation heureuse & sa fécondité, le courage & le génie de ses habitans, ont rendue extrêmement considérable chez toutes les nations de l'univers. Ses anciennes bornes ont eu, du côté de l'orient, le Rhin, les Alpes & le Var : au midi, la Méditerranée & les monts Pyrénées : à l'occident, l'Océan : & au nord, la Manche ou bras de mer qui la sépare de l'Angleterre. On l'a divisée autrefois en Cis-Alpine : c'étoit celle qui avoisinoit Rome ; & Trans-Alpine : & cette seconde s'appelle proprement du nom de *Gaule*. On l'a distinguée ensuite en Gaule *Togata*, *Braccata* & *Comata*. Jules-César en a fait encore d'autres divisions. Arrêtons-nous à la plus célébre qui fut faite par Auguste. Cet Empereur en fit quatre parties : la Gaule Narbonnoise, la Gaule Aquitanique, la Gaule Celtique, & la Gaule Belgique. Ces trois dernieres étoient la *Chevelue* de l'ancienne division. Par succession des temps, la Gaule fut encore divisée en dix-sept provinces. La Belgique, de laquelle nous venons de parler, le fut en quatre, dont deux proprement dites *Belgiques*, & deux *Germaniques*. Il ne s'agit point ici de ces deux dernieres. Tréves & Reims furent les villes capitales des deux premieres. Sous ces deux métropoles, qui furent constituées chefs-lieux de leurs provinces, il y avoit un nombre considérable de villes, capitales elles-mêmes d'autres petites provinces qui avoient leurs noms particuliers. Ces villes étoient aussi des métropoles par rapport à celles d'un ordre inférieur, auxquelles elles commandoient, & qui étoient enfermées dans un même territoire ou district.

I I I. La ville que nous nommons à présent Saint-Quentin, fut, de tout temps, la capitale de la province appellée *le Vermandois*. Enclave de la Belgique Rémoise, le Vermandois, province particuliere, devoit avoir sa ville capitale ; & ce fut toujours celle que nous venons de nommer, qui jouit de cette distinction.

I V. Les provinces de la Gaule que les Romains avoient divisées avec tant de sagesse, nos Rois, par des motifs aussi sages, les ont encore partagées ou réunies fous d'autres noms de provinces, d'intendances ou de gouvernemens ; & ces dernieres difpofitions de ces Princes, ont fait perdre à nos provinces particulieres toutes leurs relations avec les anciennes grandes provinces des Romains, pour n'en avoir plus qu'avec celles dans lefquelles on venoit de les faire entrer. Ainfi la ville capitale du Vermandois, le Vermandois même, font devenus dépendans de la Picardie.

On parle ici de la Picardie en général, en faifant abftraction de la haute, de la moyenne & de la baffe Picardie, dans lefquelles on divife toute cette grande province. La haute Picardie contient le Vermandois & la Thiérache. La moyenne comprend le comté d'Amiens & le Santerre. Dans la baffe font renfermés le Boulonnois, les pays reconquis, le Vimeu & le comté de Ponthieu. Saint-Quentin eft la capitale de la premiere ; Amiens de la feconde ; Abbeville l'eft de la troifieme. La Picardie eft bornée, du côté du *nord*, par le Hainaut, l'Artois & la mer Britannique ; *eft*, par la Champagne ; *fud*, par l'Ifle de France ; *oueft*, par la Normandie & la Manche. Ses principales rivieres font l'Oife, la Somme, l'Aifne, l'Efcaut, la Scarpe, *&c.* Robert Cénal dit que le nom de Picardie vient des Béguards, peuples hérétiques, qui s'étendirent de l'Artois, où ils s'étoient établis, dans la Belge. D'autres ont écrit que ce nom venoit des longues piques que les habitans de ce pays portoient ordinairement à la guerre. Un habile homme (M. l'abbé Valard, de l'académie d'Amiens) nous fit un jour l'honneur de nous dire qu'il penfoit que ce nom venoit de la ville de Poix, en latin *Picæ*, & que comme ceux de ce lieu étoient les premiers appellés en l'abbaye de Corbie, lors de l'hommage général que les feudataires innombrables de cette illuftre maifon lui faifoient, chaque année, ils ont communiqué leur nom [*Picardi*] à tous les habitans de leur voifinage : & ce voifinage même, c'eft l'entour de Corbie, & ce que comprend la province actuelle de Picardie. On croira de toutes ces étymologies ce qu'on voudra ; mais nous n'avons rien de mieux à en dire pour le préfent.

Voyez le Livre X, Nº. V.

La ville de Saint-Quentin eft fituée à huit lieues *fud* de Cambrai, capitale d'une autre province appellée le Cambrefis ; dix-huit *eft* d'Amiens, capitale de l'Amiénois ; quatorze *fud-eft* d'Arras, capitale de l'Artois ; trente-deux *nort-eft* de Paris : longitude 20 degrés, 57 minutes, 23 fecondes : latitude 49 degrés, 50 minutes, 51 fecondes. Saint-Quentin, entendu comme le nom de la ville, doit s'écrire avec un petit trait, appellé *divifion*, entre les deux mots, pour marquer qu'ils n'en font qu'un feul : ainfi faifons-nous dans le mot *San-Quintino-polis*. Mais, fi l'on prend ce nom pour celui du martyr qui l'a porté, le mot *faint*, étant un adjectif, doit s'écrire sans division, & séparément de son substantif *Quentin*. Le Vermandois, dont Saint-Quentin est la métropole, est borné, au septentrion par le Cambresis, à l'orient par la Thiérache, au midi par le Noyonnois, au couchant par le Santerre. L'usage ne nous autorise point à donner ce nom, comme adjectif, aux habitans de cette province. On ne dit pas un Vermandois, un *Viromanduus*. S'il est appliqué aux choses, il est précédé des articles *du* ou *de* qu'on ne doit pas indifféremment employer. On doit dire l'église *du* Vermandois ; l'apôtre, l'évêque, la capitale, la noblesse, les peuples ou les habitans *du* Vermandois. La raison en est que ces noms indiquent un lieu, & que ce lieu ne leur sert pas de qualité adjective. M. De la Sante, chanoine de Saint-Quentin, a péché contre cette regle dans sa *traduction paraphrasée des hymnes* de ce martyr, quand il l'appelle l'*apôtre de Vermandois*.

Mais, par une raison contraire, on doit dire, coutumes *de* Vermandois, ville auguste, province, comté, comte, seigneurs, sénéchal, *&c. de* Vermandois, parce que le mot *Vermandois*, dans sa liaison avec ces noms, est adjectif ; qu'il donne qualité à ces substantifs ; enfin qu'il est lui-même dénominatif : de sorte que l'article françois *de* supplée aux mots latins *à*, *ab*, *è*, *ex*, qui sont compris dans *Viromandensis*, & que comte de Vermandois signifie la même chose que *comes à Viromanduo*. Pardonnera-t-on jamais à un historien de s'immiscer, dès le commencement de son ouvrage, dans des leçons d'orthographie & de grammaire ?

Nous aurons sans cesse l'occasion de parler des villes & des autres lieux du Vermandois : nous ne la laisserons point échapper ; mais notre premier devoir est de débrouiller ce qui concerne le plus ancien de tous ces établissemens ; &, pour cette raison, nous devons commencer par la capitale.

V I.　　On ne doit pas s'arrêter à quelques vieilles chroniques qui rapportent la fondation de la ville de Saint-Quentin à Romus, le dix-septieme roi des Gaulois, qu'elles font vivre quatorze cens quarante ans avant la naissance de Jesus-Christ, & au temps même où Phinéez, fils d'Eléazar, étoit le souverain pontife des Juifs. Ces sortes d'allégations sont destituées de toute preuve solide. Si nous les admettons sans considération, nous ne procurons point par elles infiniment plus d'honneur à cette ville ; si nous les rejettons, nous ne ne lui faisons aucun préjudice. Tout le tort seroit pour notre discernement. Abandonnons-les. C'est une vérité reconnue par tous les savans, que rien n'est plus incertain que l'origine des villes de la Gaule, avant le temps de la conquête qu'en firent les Romains. Les fabuleuses histoires de la fondation de leurs villes, dont nos péres ont flatté pendant tant de siécles leur crédule simplicité, ne doivent être rapportées

Mezeray, abrégé de l'histoire de France, Liv. I, N°. L.
Marlot, *hist. Remensis*, tom. i. fol. 5 & seq.

qu'au Bérofe & au Manethon d'Annius de Viterbe, dont les critiques éclairés font peu de cas. Ce commentateur y compté, fur la foi de fes auteurs, vingt-deux Rois dans la Gaule avant la guerre de Troye. Il met à leur tête un Dis, ou Samothés, quatrieme fils de Japhet, & petit-fils de Noé, la fouche de tous; enfuite Magus : le troifieme en rang, felon lui, s'appelloit Sarron; il inftitua les écoles; & c'eft de lui que les Sarronides, efpèce de Druides, prirent leur nom. Drius, fon petit-fils, & Bardus lui fuccéderent : celui-ci mit en vogue la poéfie & la mufique; & c'eft de lui auffi que les poëtes furent nommés Bardes. Vinrent enfuite Longho, Bardus II, Lucus, Celtès, Herculès, Galatès, Narbon, Lugdus, Belgius, Jafius & Allobrox. Après ces feize Rois, vint Romus dont il s'agit ici, dit Manethon; Paris & d'autres. Tous fonderent des villes & des peuples de leurs noms. Paroît-il qu'on pût développer, d'une façon plus nette, l'origine des villes & des provinces gauloifes, fi elles tiroient fi directement leurs noms de tous ces prétendus Rois leurs auteurs ? Il en faut dire autant de Francus que le Manethon du même Annius fuppofe avoir été le fils d'Hector, & le petit-fils de Priam, roi de Troye. Ce prince, ajoute cet auteur, vint dans la Gaule, où Remus, fondateur des Rémois, le fit fon gendre & fon fucceffeur. C'eft de lui que defcendirent plufieurs autres Rois qui fe fuccéderent, fans interruption, les uns aux autres. On ne doit pas plus de croyance aux écrivains qui donnent à la ville de Tréves, pour fon fondateur, un nommé Trabeta, ou Treber, fils de Magus, roi des Allemands; ou Tholus, à la ville de Touloufe; ou Cambrus, à la ville de Cambrai, &c. Gilles Corrozet, qui fit imprimer à Paris, en 1539, l'origine & la fondation de toutes les villes de la Gaule, a reffufcité dans fon livre une partie de toutes les fables que nous rejettons ici. Un confeiller, ingénieur du Roi, [Le Nin] fit imprimer en 1671 un petit ouvrage intitulé *Antiquités de l'Augufte de Vermandois, à préfent dite Saint-Quentin.* Cette brochure, eftimable dans ce qu'elle contient des réflexions de l'ingénieur, né mérite aucune confidération, quant à ce qui concerne l'hiftorique; elle eft pleine d'anachronifmes & de bévues où il falloit que tombât un auteur qui, fait pour parler des places & des fortifications, ne devoit pas écrire de leurs antiquités qu'il n'avoit pas étudiées. Le Nin étoit né à Saint-Quentin; & c'eft à fes compatriotes qu'il avoit adreffé les remarques dont on parle.

L'an du monde 2753 ; du déluge 1097.

Ænas Silvius.

Deffein de l'hift. de Reims, par Nicolas Bergier, p. 378. A Reims, in-4°. 1635.

Chez de Courcy, à Noyon, in-4°. p. 14.

PREMIERE DISSERTATION.

La Ville de Saint-Quentin étoit & s'appelloit primitivement
SAMAROBRIVE.

VII.

Epist. famil. Lib.
VII. Epist. 11 &
12.
Comment. Lib. V.
Sigebertus ad
ann. 382.

Quelques auteurs anciens & modernes ont cru que la ville de
Saint-Quentin étoit l'ancienne Samarobrive dont parlent Cicéron, dans deux de ses lettres à son ami Trebatius, & César dans
ses commentaires. D'autres ont soutenu qu'on devoit reconnoître
cette ville dans celle d'Amiens. De part & d'autre, on ne s'appuie
que sur des conjectures : celles qui sont les mieux fondées doivent établir ici une opinion plus probable & plus sûre.

La Samarobrive se dit en latin, *Samàrobria, Samarobriga, Sama-*
robrina, Samarobriva, Sommonobria.

Les raisons des derniers auteurs se réduisent à deux principales
que voici. Lors de la distribution que fit César des quartiers d'hiver aux légions romaines dans les Gaules, il posa le sien dans une
ville appellée Samarobrive. Cette place étoit éloignée de vingt-
cinq mille pas de Beauvais, où il avoit envoyé Crassus, Plancus
& Trebonius, avec trois légions. Or, conclut-on, la ville, posée
à cette distance, ne peut être que celle d'Amiens. Autre preuve.
Ptolemée, qui vivoit au deuxieme siécle, appelle positivement
Samarobrive la capitale du pays Amiénois. Aucune autre ville que
celle-ci ne peut donc s'arroger le nom de Samarobrive, qui signifie
une habitation assise sur la Somme : position exactement vraie par
rapport à Amiens.

VIII.

Rien n'est prouvé par les autorités que nous venons de rapporter en faveur d'Amiens. La conséquence, que l'on voudroit tirer
du passage de César, ne pose sur rien de solide & de réfléchi.
Ce général raconte qu'il plaça trois légions *in Belgio* qu'il plaît aux
traducteurs d'entendre du Beauvaisis & des environs, & que,
pour lui, il résolut de passer son hiver dans la Gaule. Voici ses

Comment. Lib. V. termes : *Ipse intereà quoad legiones collocasset ; munitaque hyberna in*
Galliam morari constituit. N'est-il pas évident, par ce récit, que le
lieu précis du quartier de César n'est pas désigné ? Pourquoi donc
le fixer à Amiens ? Premiere inconséquence. Ce récit désignât-il
même un lieu, il ne feroit rien à la question présente, parce que
César ne fixoit pas toujours invariablement sa personne en un endroit, & que ce général s'éloignoit plus ou moins de ses lieutenans,
selon les visites qu'il faisoit en différens lieux de la Gaule. Seconde
inconséquence. Il avoit très-vraisemblablement quitté la ville de
Samarobrive, où l'on veut qu'il demeurât ordinairement, & s'é-
toit avancé personnellement à la distance de vingt-cinq mille pas,

c'eſt-à-dire, d'environ ſix ou ſept lieues de Craſſus qui étoit dans
le Beauvaiſis, lorſqu'il apprit, par un exprès venu du quartier
de Quintus Cicéron, l'extrêmité en laquelle ce dernier étoit réduit par ſes ennemis. Tel eſt en effet le ſens que préſente le texte
de ſes commentaires. *Cujus Craſſi hyberna aberant ab eo millia paſſuum*
viginti-quinque. C'eſt donc une troiſieme inconſéquence de prétendre obſtinément que Céſar fût dans la ville de Samarobrive même,
au moment de l'arrivée du courier qu'on lui avoit dépêché. Enfin, veut-on que Céſar eût fixé abſolument ſa demeure perſon-
nelle & le quartier des troupes de ſon détachement dans la ville
même de Samarobrive ? nous conſentons très-volontiers à cette
ſuppoſition ; mais c'eſt une quatrieme inconſéquence d'en conclure que cet établiſſement de ſon quartier en ce lieu particulier
prouve que le nom de Samarobrive doit s'entendre plutôt de la
ville d'Amiens que de celle de Saint-Quentin. Que l'on peſe cette
raiſon. Les trois légions commandées par Craſſus, Plancus & Trebonius, étoient poſtées dans le Beauvaiſis & les environs, ſans
contredit, *in Belgio,* & l'étoient dans certains intervalles de diſtance les unes des autres : car on ne pouvoit cantonner dans le
cercle étroit de la ville de Beauvais, & dans l'eſpace raccourci de
ſon entour, près de vingt mille hommes dont elles étoient com-
poſées, ſur-tout lorſqu'il s'agiſſoit de leur procurer de bons ra-
fraîchiſſemens. Or l'étendue de terrein, que la légion particuliere de Craſſus aura occupé, pouvoit s'avancer juſques vers
Noyon. Dans ce cas qui eſt vrai, cette légion n'aura pas été
plus éloignée de la ville de Saint-Quentin de vingt-cinq mille pas
que celle d'Amiens. D'autre part, ne doit-on pas ſuppoſer inconteſtablement que le quartier des troupes de Céſar n'étoit pas
renfermé dans l'enceinte de la ville de Samarobrive même ; mais
qu'il étoit répandu dans les environs de cette capitale ? Ne peut-
on pas encore ajouter, avec infiniment de vraiſemblance, que
ces troupes étoient diſtribuées ſur la ligne de celles de Craſſus,
puiſque Céſar a pu le joindre en neuf heures de temps ? Cette
ligne ſe ſera étendue tout le long de la Somme, juſques vers la
ville de Ham. Par conféquent la Samarobrive, en laquelle hiver-
noit Céſar, ou pour parler plus exactement, ſon camp, placé
près de cette ville, n'étoit éloigné de celui de ſon lieutenant que
de vingt-cinq mille pas, c'eſt-à-dire, d'environ ſept lieues.
Voilà la diſtance qui ſera reſtée à parcourir du camp de ce
général à celui de ſon officier. Chacun ſait que la lieue romaine,
ſelon laquelle Céſar comptoit, étoit communément de quatre
mille pas, & que celle des Gaulois n'étoit que de quinze cens pas.
Par conféquent cette Samarobrive, qui donna le nom au quartier
de Céſar ; cette ville dans laquelle il laiſſa Craſſus, pour y garder

Ibid.

Onuphrius.
Panvinus in Im-
perio Romano,
cap. de Legioni-
bus.

Le Deſſein de
l'hiſt. de Reims,
p. 181 & 200.

D'Ablancourt,
préface des com-
ment. de Céſar.

l'attirail de l'armée, les ôtages, les papiers & les munitions de bouche qu'on y avoit déposés, dans le temps que lui-même couroit au secours de Cicéron; cette ville-là enfin, autour de laquelle le même César revint encore hiverner, après la défaite de ses ennemis, ne convient pas plus à la ville d'Amiens qu'à celle de Saint-Quentin.

Tom. 1. p. 190.   La dissertation que nous faisons ici servira à réfuter le pere Daire, religieux célestin, qui, dans sa nouvelle histoire de la ville d'Amiens, dit, sans en apporter aucunes preuves, que la Samarobrive de César est Amiens, c'est-à-dire, le lieu de sa citadelle, & qu'elle doit le changement de son nom à Antonin le Débonnaire, vers 139. Un écrivain, jaloux d'obtenir la croyance de ses lecteurs, auroit dû avoir plus d'attention à ne leur présenter que des récits vrais & autrement étayés; mais cet auteur, leger copiste du dictionnaire de Morery, ne discute rien des matieres qu'il traite.

I X.   Venons à l'autorité de Ptolemée qu'on objecte en faveur de la ville d'Amiens. Cet écrivain, tout instruit qu'il étoit, a donné dans bien des erreurs, au sujet des villes dont il parle. Le fait est reconnu par tous les savans. Eh, n'a-t-il pas donc pu, par une suite de ses préventions, appeller *Samarobrive* une ville dont il ignoroit le vrai nom que César nous rapporte dans ses commentaires, Amiens, *Ambianum*? Cette capitale du pays Amiénois, auroit-elle eû, en un même temps, deux noms que César, beaucoup plus ancien que Ptolemée, auroit confondu indistinctement, sans en avertir ses lecteurs? Il est d'ailleurs très-clair par la lecture des expéditions militaires du vainqueur des Gaules, qu'*Ambianum* n'exprime pas le cercle des peuples d'Amiens. Ce mot n'est pas fait pour cela; il dénote une ville expressément: & ce cercle ou territoire, César le désigne par le nom collectif d'*Ambianenses*; & il appelle leur ville capitale, *Ambianum*. Ptolemée éloigné des lieux dont il parloit, ne seroit-il pas tombé dans la méprise d'avoir donnée le nom de Samarobrive à Amiens, pour n'avoir pas été informé que l'Auguste de Vermandois, qu'il appelloit la capitale de cette province, ne portoit ce nom qu'en second lieu, & que son premier nom étoit celui de Samarobrive, bien connue à César, qui ne parle que des villes qu'il avoit parcourues lui-même? Une bévue, ou une erreur, ne peuvent donc nuire à la vérité des choses; & le témoignage de Ptolemée paroît fortement combattu par celui de César, antérieur de trois cens ans à cet écrivain.

Voilà ce qu'on peut répondre en général & négativement aux autorités des Anciens qui ont donné lieu aux Géographes, & aux Historiens qui les ont suivis, de dire que la ville d'Amiens étoit

étoit la Samarobrive de César. Nous paſſons plus loin , & croyons pouvoir aſſurer avec fondement , que cette ville ne peut ſe retrouver, au contraire, que dans celle de Saint-Quentin. En voici les argumens poſitifs.

Le Vermandois étoit le canton de certains peuples que César appelle *Viromandui* : ils avoient une ville métropole : quel étoit donc le nom de cette capitale, ſi ce n'étoit celui de Samarobrive ? César ne l'appelle pas *Vermand*, ni d'aucun autre nom. Auroit-il oublié d'en parler, lui qui a eu occaſion de le faire, & qui a cité toutes les villes qu'il a conquiſes, Cambrai, Amiens, Beauvais, Soiſſons, Braines, Reims, Bruïeres en Laonnois, dans le centre deſquelles elle étoit renfermée ? La capitale de ces peuples n'auroit-elle pas eu de nom ? La foule des auteurs ne place la Samarobrive que dans la ville de Saint-Quentin, ou dans celle d'Amiens. Or, nous avons fait voir qu'elle peut ſe rencontrer dans une autre que cette ſeconde ; pourquoi refuſeroit-on de la laiſſer ſubſiſter dans cette premiere ?

Nous diſons la foule des auteurs ; car il y en a très-peu qui aient eu un ſentiment différent. Marlianus, entr'autres, qui a mis un petit traité latin de Géographie à la fin des commentaires de César, imprimés par Gryphius, ſemble porté à croire que Cambrai eſt la Samarobrive dont il s'agit ici. Il ſe fonde ſur ce que la riviere de Sambre paſſe près de cette ville, & inſinue que Cambrai pourroit ſignifier la même choſe que *Sambrai* : *Quia Sambra it per eam*. Etymologie forcée. Ce ſentiment, ſuivi par André Du Cheſne, ne peut s'accorder avec l'arrivée de Craſſus au camp de César : ce Lieutenant n'auroit jamais pu conduire, en neuf heures de temps, ſa légion de Beauvais à Cambrai. Et d'ailleurs cette ville avoit dès-lors ſon nom *Cameracum*, comme Amiens avoit le ſien *Ambianum*. Marlianus ajoute cependant que quelques-uns croient que Saint-Quentin eſt la Samarobrive dont il avoit voulu tranſporter le nom à Cambrai : mais il ne dit rien de plus, & c'étoit le dernier ſentiment qu'il devoit préférer.

Un autre, Ortelius, croit que Bray-ſur-Somme, *Braium ad Samaram*, eſt la ville que nous cherchons. Ce village a été en effet quelque choſe de plus qu'il n'eſt à préſent ; une ville, ſi l'on veut : mais qui n'a jamais été la capitale d'un pays, & ſur-tout du Vermandois. Elle n'eſt devenue un peu conſidérable, que dans le treizieme ſiécle, vers 1210, que Philippe Auguſte l'acheta, avec quelques autres places, de Gauthier, châtelain de Ponthieu. Cet endroit, mal établi, n'a jamais pu prêter à César les mêmes commodités pour ſon quartier, ſes bagages & ſes munitions, que lui offroit Saint-Quentin. Bray-ſur-Somme, ainſi que tous les lieux qui portent ce nom, ſignifie, en vieux gaulois, un lieu humide

& marécageux, peu fain par conféquient pour un bon cantonnement tel que Céfar vouloit fe procurer. Saint-Quentin, avec fes eaux rapides, préfentoit un air plus falubre ; & par fa pofition au centre du Vermandois, un quartier plus commode. Enfin ce fentiment eft folitaire, & fe refute par la raifon feule qu'il ne paroît pas même que Bray-fur-Somme exiftât au temps de Céfar, & qu'il a plutôt appartenu à l'Amiénois qu'au Vermandois.

XIII.
Aug. Vir. à fol. 50 a! 58.

Claude Emmeré, qui a rapporté le pour & le contre des opinions qui regardent la Samarobrive de Céfar, avoue fon penchant à croire qu'elle eft la même que la ville de Saint-Quentin : mais il n'a pas pris, dans cette difpute, de fentiment décidé. Le favant Charles de Bovelles, dont nous parlerons en fon lieu, s'appelloit lui-même dans fes ouvrages, *Samarobrinus*, parce qu'il étoit né à Saint-Quentin.

XIV.

Reprenons le cours de nos preuves. Amiens, nous l'avons déjà dit, a eu un nom particulier que Céfar a bien connu, & qu'il a diftingué, *Ambianum*. Eft-il vraifemblable que cet hiftorien fi éclairé, fi exact, fans faire une obfervation préalable à fes lecteurs, l'eût appellée, dans le même temps, d'un double nom tout-à-fait diffemblable au premier, *Samarobrive ?* N'eft-il pas, au contraire, évident qu'il a voulu défigner, par ce nom, une autre ville qui a dû fournir à lui, & à fes cohortes, un quartier d'hiver, lorfque toutes les autres villes & provinces du voifinage, Namur, le Hainaut, le pays Rémois & le Beauvaifis, logeoient déjà fes légions ? Cette Samarobrive peut-elle être une autre que la ville de Saint-Quentin, que nous trouvons placée précifément dans le centre de toutes ces provinces, & dans laquelle il convenoit que le Généraliffime s'établit, pour être à la portée de veiller fur fes troupes ?

XV.

Et d'où vient encore le nom de Caftres, *Caftra*, que porte un village proche de la ville de Saint-Quentin ? Ce mot eft-il équivoque dans le latin ou le françois ? Quelque Général différent de Céfar, s'y eft-il affis ? ou y a-t-il campé autrefois ? Aucun hiftorien ne le dit ; & ce nom feul confirme la tradition du pays, que Céfar pofa fon camp en ce lieu, fur le coulant de la Somme, entendant vers les villes de Ham & de Chauni.

Non loin du village de Caftres, & fur l'une des voies anciennes qui conduifoient de la Samarobrive à Soiffons, en paffant près du camp de Céfar, eft un autre village appellé *Vouël*, en latin *Via*. Là on apperçoit encore une motte énorme de terres, qui couvre certes le tombeau d'un des premiers Généraux d'une armée des Romains. Car on fait que c'étoit la coutume de ce peuple d'ériger de ces fortes de monumens fur les grandes voies, en l'honneur de leurs principaux officiers. Eh, de quel officier cette motte

cacheroit-elle le corps, fi ce n'eft d'un de ceux de l'armée de
Céfar, lorfqu'il faifoit quelque féjour dans fon camp de Caftres,
près de la Samarobrive ; puifque nous n'apprenons de nulle part
qu'il fe foit campé une armée romaine, même dans les environs ?
La tradition du pays vient à l'appui de ces fortes conjectures, &
en forme de preuves encore fubfiftantes & parlantes, en faveur
de notre fentiment.

L'étude ftérile des langues étouffe quelquefois le bon fens des
auteurs ; & leur efprit, après bien des recherches, femble n'être
fouvent qu'un vocabulaire : mais qu'on nous paffe ici de donner
dans l'explication du vieux mot de Samarobrive, & l'on con-
viendra que quelquefois une étymologie bien déracinée, conduit
à la découverte & à l'éclairciffement de la vérité.

Le mot *Bria* a deux fignifications : il indique une ville ou un
pont. Ces deux fignifications conviennent également à notre but.
Dans la langue des Thraces, il exprime une ville : *Bria, Thracùm
linguâ, urbs dicitur : nàm & Menebria, & Selibria, & Póltiobria urbes
funt conditorum nomine appellatæ*, dit Strabon. *Briga* eft le fynonyme
de *Bria* ; & de ce mot fe font formés les noms des villes appellées
Latobriga, *Nemetobriga*, *Segobriga*, *Mirobriga*, *Arcobriga*, *Júliobriga*,
Augufobriga, &c. Le mot de *Vriat*, en fubftituant, comme font
les Gafcons, le *v* au *b* ; & felon la langue Cimbre, qu'on dit être
la mere-langue des Gaulois, a beaucoup d'analogie avec le mot
Thrace, & fignifie la même chofe. De ces mots s'eft formé celui
de *bourg*, qu'on a attaché à la finale de la plus grande partie des
villes d'Allemagne. Or, que l'on joigne à l'un ou à l'autre, celui
de *Samara*, qui eft le nom de la riviere de Somme, n'en réfulte-t-il
pas celui de *Samaro-Brive*, c'eft-à-dire, ville de la Somme ? Et
comme cette riviere prend fa fource près de la ville de Saint-
Quentin, n'eft-ce pas pour exprimer cette antique capitale du
Vermandois, qu'on lui a donné ce nom topographique ? On fait
affez que les noms des anciens lieux n'étoient pas arbitraires :
mais qu'ils étoient pris de la nature du climat, de leur pofition,
de leur figure, ou des autres circonftances auxquelles ils avoient
rapport. N'a-t-on pas dû, par cette raifon, donner à Saint-
Quentin le nom de Samarobrive, c'eft-à-dire, d'une ville bâtie
fur la riviere de Somme, plutôt qu'à la ville d'Amiens ? Celle-ci
ne portoit-elle pas le nom d'*Ambianum* dans le même temps qu'exiftoit cette ville appellée *Samarobrive* ? Pourquoi donc lui fuppofer
deux noms tout-à-la-fois, aux dépens de celle de Saint-Quentin,
à qui on n'en laifferoit aucun ? Cette derniere n'eft-elle pas bien
plus prochaine de la fource de la Somme, qu'Amiens ne l'eft de fon
embouchure ? Et n'eft-ce pas encore parce que deux villages
fe font établis poftérieurement dans les marais, & à la fource de

XVI.
Mémoires de
Beauvais, par
Loifel.
Hift. du duché
de Valois, tom.
1, pag. 47.
Lib. 7. Geograp.

cette riviere, que nos peres les ont appellés *Fervacques* & *Fons-Somme?*

La dénomination de Samarobrive sera prise du beau côté, si elle est adaptée à Saint-Quentin ; elle ne le seroit pas, si au contraire elle étoit accordée à Amiens, qui a de commun avec plusieurs autres villes d'être sur le courant de la Somme.

Hist. de Meaux, tom. 1, p. 638.

Aime-t-on mieux, par *Bria* ou *Briga*, entendre un pont, comme l'expliquent certains savans dans le Celtique ? En ce cas, la Samarobrive auroit tiré son nom du pont dressé sur la Somme, par lequel cette ville communiquoit avec la campagne voisine : & ce pont existe encore, & a existé de tout temps. C'est d'un pont semblable, que César avoit fait construire sur la Somme, près de Péronne, que deux villages *Brie* & *Briot* ont pris leur nom ; car ils signifient *pont* & *petit pont*, comme le signifient aussi *Pontreu* & *Pontreuel*, villages assis sur l'Aumignon ; *Hérouel* & *Auroy* assis sur la Germaine.

Voici donc comment on doit expliquer le passage de César. Les eaux de la Somme auront porté ses vaisseaux jusques dans les ports, soit d'Amiens, soit de quelqu'autre ville. Les vaisseaux ancrés ou retirés, & le Général débarqué & cantonné dans la Gaule Belgique, il aura indiqué son assemblée générale en la ville de Samarobrive, c'est-à-dire, en la ville de Saint-Quentin, qui étoit au centre de cette grande province. Il ne reste plus de difficulté.

XVII.

Il nous fait peine cependant qu'un manuscrit du treizieme siécle, qui repose dans l'abbaye de Saint-Remi à Reims, ne soit pas de notre sentiment. Voici ce qu'il dit, parlant de Rictiovare le préfet, qui a condamné saint Quentin à mourir.

> *Intereà adgrediens urbem, quæ florida Gallos*
> *Extiterat, quondàm nomen Samarobriæ gestans,*
> *Ambianum, quam nunc mutato nomine, dicunt.*
> De martyrio sancti Quintini : *cap. V.*

XVIII.

Mais l'almanach de Picardie, composé avec tant de soins en 1754, & imprimé à Amiens sous les yeux & par l'imprimeur de l'académie de cette ville, nous vange bien de la méprise du manuscrit. Ce nouvel ouvrage ne donne pas à Amiens le nom de Samarobrive, mais à la ville de Saint-Quentin ; & il le fait en meilleure connoissance de cause.

Article SAINT-QUENTIN. II. Partie.

XIX.

Nous puiserions sans doute de nouvelles preuves en faveur de la ville de Saint-Quentin dans l'Itinéraire attribué à l'empereur Antonin, si les distances, tirées de la Samarobrive aux villes voisines, étoient exactement rapportées dans les exemplaires que nous en avons aujourd'hui ; mais elles font fi défectueufes, qu'elles ne peuvent s'affortir, ni à cette ville, ni même à celle d'Amiens. Les voici extraites de la belle édition des chemins des anciens Romains, qu'imprimerent en 1735, à Amfterdam, Weftenius & Smith, *in-4°. fol. 380.*

Iter per compendium à Nemetaco [ARRAS] *Samarobrivam : M. P. XVI.*
A Samarobrivâ Sueffionas ufquè [SOISSONS] . *M. P. LXXXIX.*
    Sic :
Curmiliaca [CORBIE ou CORMOILLES] . . . *M. P. XII.* [6 lieues
    françoifes.]
Cæfaromago [BEAUVAIS]. . . . . *M. P. XIII.* [6 lieues
    & demie.]
Litanobriga [VERNEUIL-*fur-Oife*]. . . . . . . *M. P. XVIII.* [9
    lieues.]
Auguftomago [SENLIS] . . . . *M. P. IV.* [erreur
    dans les chifres.]
Sueffionas [SOISSONS] . . . . *M. P. XXII.* [11
    lieues.]

    Le *pas* dont il eft ici parlé, mis en ufage pour mefurer les grands chemins, eft de cinq pieds ; il eft appellé le pas géométrique. Le miliaire comprenoit mille *pas* géométriques. Les lettres M. P. marquées dans l'Itinéraire n'expriment pas autant de miliaires, mais de mille pas, *mille paffus* ou *millia paffuûm.* On compte communément deux mille pas italiques pour une lieue françoife.

Nic. Bergier, hift. des grands cheminsde l'Empire Romain, Liv. 3. Ch. 10.

Ibid. Chap. 12.

    Ce livre compte donc feize mille pas d'Arras à la Samarobrive, c'eft-à-dire, dix-huit lieues. Or, s'il s'agit de Saint-Quentin, il y a quatorze lieues jufqu'à Arras ; s'il s'agit d'Amiens, il y en a treize au moins. Ce même livre encore, en expofant la route de la Samarobrive à Soiffons, met de cette premiere ville à Corbie, ou Cormoilles, douze mille pas, c'eft-à-dire, fix lieues ; mais il y en a quinze de Saint-Quentin à Corbie, & feulement quatre d'Amiens à ce lieu. Les autres diftances de cette route font également erronées. On ne peut donc rien conclure de tout cet article de l'Itinéraire que l'auteur de la nouvelle hiftoire du duché de Valois voudroit faire quadrer avec les villes d'Amiens & de Soiffons.

Hift. du duché de Valois, tom. 1, pag. 47.

    La table de Peutinger ne parle pas de Saint-Quentin, ni fous le nom de *Samarobrive*, ni fous celui d'*Augufta-Viromanduorum*, ni fous aucun autre que nous fachions avoir été donné à cette ville.

    On doit donc croire que c'eft dans la feule ville de Saint-Quentin que peut fe retrouver, & que fe retrouve en effet l'ancienne

Samarobrive , dont ont parlé Cicéron & César : ce que nous avions à prouver.

Cette ville ne fut point bâtie par l'empereur Antonin *le Débonnaire*, comme le dit faussement Sigebert. Elle n'est point non plus l'ouvrage de quelqu'autre Romain , comme l'a dit grossierement le célébre Nicolas Bergier. L'origine de cette ville , l'une des plus anciennes de notre Gaule , se perd dans l'obscurité des temps. Les villes n'étoient point murées , comme elles l'ont été depuis que les Romains les eurent conquises. Leur enceinte n'étoit défendue ou fortifiée que par des gros halliers & des arbres touffus qu'on y plantoit. Elles étoient presque toutes assises sur les bords des rivieres , dans des marais peu accessibles , ou dans les bois. On les environnoit quelquefois encore de remparts que l'on faisoit de gazons & de terres rapportées des fossés que l'on tiroit à l'entour. Les maisons en étoient rustiques & grossieres : simples cabanes couvertes de chaume , elles servoient à renfermer tout à la fois les maîtres , les valets & les troupeaux.

La ville capitale du Vermandois conserva le nom de Samarobrive sous les deux ou trois premiers Empereurs romains , & le quitta vraisemblablement sous le regne de ceux qui leur ont succédé immédiatement , pour prendre le nom simple de Vermand, *Viromandua*.

Telles plusieurs autres villes capitales quitterent dans ce temps leurs anciens noms pour prendre ceux de leurs peuples. Reims abjura celui de *Durocortorum* pour celui de *Remi*. Soissons ne fut plus *Noviodunum* , mais *Suessio*. Paris prit *Parisii* , au lieu de *Lutetia*. Bourges se fit appeller *Bituriges* , au lieu d'*Avaricum*. *Bellovacum* plut à Beauvais plus que le nom de *Bratuspantium* ou de *Nemetocerva* que les auteurs lui attribuent , &c. Ces changemens de noms anciens, & cette adoption de nouveaux , de la part des villes capitales , étoient fondés en raison ; ils indiquoient tout à la fois , & les peuples auxquels elles présidoient , & leur prérogative de villes métropoles , comme on les appelloit alors. Dailleurs ces noms nouveaux étoient devenus comme nécessaires aux villes soumises à l'Empire , & éloignées de Rome , pour y faire discerner les chefs-lieux des Gaulois subjugués , & distinguer les gouvernemens de leurs provinces.

Bientôt après les gouverneurs même amenerent encore d'autres changemens dans les noms des villes capitales de la Gaule. Ils voulurent flatter la vanité des Empereurs , & les rendre plus favorables aux provinces conquises. Pour y réussir , ils engagerent les peuples à donner à leurs villes capitales le nom d'Auguste, qui étoit devenu si respectable à tous les successeurs de ce second Empereur. De-là se formerent les noms d'*Augusta - Suessionum* ,

XX.
Marlot , *hist. Remensis.*

Dessein de l'hist. de Reims, p. 79.

Mezeray, abrégé de l'hist. de France, Liv. 1, Nº. 4.

XXI.
Marlot , *hist. Remensis , tom. 1. fol. 38.*

XXII.

pour fignifier Soiffons ; d'*Augufta - Aufciorum* , Aufch ; d'*Augufta-Rauracorum* , Bafle , *&c.* Beauvais avoit déjà pris celui de Céfar, & s'appelloit , felon plufieurs auteurs , *Cæfaro - Magus.* Dieppe fe nommoit *Julio - Bona* ; Tours , *Cæfaro - Dunum* ; Angers , *Julio-Magus* ; Loudun , *Julio - Dunum* , &c.

L'Empire romain tomba. Les Gaulois qui lui avoient appartenu, paffés fous d'autres maîtres , n'eurent plus les mêmes raifons de fe concilier , par des complaifances & des dédicaces , le fénat & les Empereurs. Les villes capitales reprirent alors les noms de leurs provinces : on recommença de les appeller *Sueffiones , Bellovaci , Remi , Aufcii , Rauracum , Viromandua , Parifii , &c.*

On obfervera que c'eft du peu d'attention que plufieurs écrivains ont fait à ces différentes mutations des noms des villes capitales des Gaules , qu'ils font tombés dans l'erreur de confondre la ville d'Augufte de Vermandois avec le village de Vermand.

Cette ville capitale porta donc fucceffivement ces noms : de Samarobrive , de Vermand , d'Augufte de Vermandois , & quelquefois encore de Vermand , jufqu'à la fin du neuvieme fiécle , auquel elle commença de prendre celui de fon glorieux patron , & de s'appeller Saint-Quentin , comme on le rapportera en fon lieu. Elle eft fituée dans la Gaule Belgique. La Gaule Belgique étoit la feconde des trois parties dans lefquelles Céfar divife toute la Gaule. Elle regardoit le feptentrion & l'orient ; elle commençoit à la frontiere de la Gaule Celtique , c'eft-à-dire ; depuis la ville de Reims inclufivement , jufqu'à l'Océan & jufqu'au Rhin , en tirant vers fon embouchure. Elle étoit donc bornée entre la Seine , la Marne , le Rhin & l'Océan. La premiere , appellée Celtique , qui portoit proprement le nom de Gaule , étoit fituée entre la Garonne , l'Océan & la Seine. La troifieme , dite l'Aquitanique , étoit comprife entre la Garonne , l'Océan & les monts Pyrenées. Céfar , dans cette divifion de la Gaule , ne parle pas de la Narbonnoife , qui étoit renfermée entre les Alpes , le Rhône & la Méditerranée , en s'étendant cependant un peu au-delà du même fleuve dans l'ancien pays appellé Septimanie , & à préfent le Languedoc , parce que cette quatrieme Gaule obéiffoit déjà aux Romains , avant que ce Général vint faire la conquête des trois autres.

On ne fait d'où vient le nom de Belgique qu'a porté la feconde partie de la Gaule. Ifidore le rapporte à une ville de cette partie même. Jacques de Guife ajoute que cette ville eft Bavay , fituée entre Valenciennes & Maubeuge. Robert Cénal , & plufieurs autres auteurs , après lui , ont adopté ce fentiment que réfutent Marlianus , Coufin , Guichardin , Louvet , &c. en reconnoiffant cette ville dans celle de Beauvais. D'autres ont

Greg. Tur. Lib. de gloriâ Mart. Cap. 73.
Audoënus in Vitâ S. Eligii, Lib. 2. Cap. 6.
Ufuard. Molanus. Ado de Viennâ, &c.

XXIII.

Comment. Lib. 1 initio.

XXIV.

Lib. 14 , Cap. 4.
Annales Hannoniæ , Lib. 2, Hift. Galliæ,

cru que le lieu appellé Velſik, entre Oudenardes & Aloſt, étoit la capitale dont on parle. Thevet dit que les Belges ont pris leur nom de Belgius, dont ils ſont ſortis : le premier qui vint régner dans la Belgique, après les enfans de Noé, en l'an du monde 2388. Il s'enſuit de cette diverſité d'opinions, qu'on ne peut rien rapporter de certain ſur l'étymologie d'un nom qui va d'ailleurs ſe confondre dans l'antiquité la plus reculée.

La riviere de Somme, dont la ſource n'eſt diſtante de la ville de Saint-Quentin que de deux lieues, après en avoir baigné les murs, paſſe dans les villes de Péronne, de Corbie, d'Amiens & d'Abbeville, & va ſe jetter enſuite dans la mer à Saint-Vallery. Cette riviere eſt appellée par les auteurs anciens *Samara*, *Soma*, *Somena*, *Somina*, *Somona*, *Summa*, *Sumina*. La plus uſitée de toutes ces appellations eſt la troiſieme. Bécan, Scaliger & d'autres ont cru que le fleuve *Phrudis*, dont parle Ptolemée, étoit le même que celui de la Somme. L'opinion de Bécan eſt doctement raiſonnée : c'eſt, dit-il, parce que *Phrudis*, en langue Cimbre, ſignifie *ménager*, *économe*, & qu'en effet la Somme eſt tellement avare de ſes eaux, qu'elle ne ſe répand en nul endroit, & qu'elle ne les communique qu'à la mer, en s'y déchargeant. D'autres ont penſé au contraire que le *Phrudis* en queſtion étoit *la Sambre* ou *la Sabis*.

Dans le Vermandois, la Somme reçoit dix rivieres : cinq à ſa gauche, & une à ſa droite. Les cinq, qu'elle reçoit à ſa gauche, ſont au-deſſus de Saint-Quentin : l'Hombliere. Au-deſſous de Saint-Simon, l'Aunoy groſſi des eaux de la Claſtre. La Baine, à Ham. Un peu plus bas, l'Allémagne. Et enfin l'Ingon qui vient de Neſle, & qui, un peu plus bas, s'eſt chargé des eaux de Moyen-Pont. Un peu au-deſſus de l'Ingon, la Somme reçoit la Germaine à ſa droite. Dans le Santerre, la Somme ne reçoit que trois rivieres : toutes trois à ſa droite. A deux lieues au-deſſus de Péronne, elle reçoit l'Aumignon qui paſſe à Vermand & à Athies. Les deux autres, qui ſont plus petites, tombent dans la Somme ; l'une, au-deſſus de Péronne, & l'autre, au-deſſous.

La ville de Saint-Quentin eſt le point de réunion des cinq voies romaines, qui partoient des villes de Soiſſons, de Reims, de Bavay, de Cambrai & d'Amiens. Elle eſt éloignée de Paris, la capitale du royaume, de trente-une lieues françoiſes.

La province de Vermandois, dont elle eſt le chef-lieu, eſt renfermée entre la riviere d'Oiſe & toute la liſiere du pays d'Arrouaiſe, un peu au-deſſus de l'abbaye de ce nom. Dans ſon milieu elle eſt diviſée par la Somme. Son étendue ne fut jamais fort conſidérable. Cette province paroit n'avoir gueres outre-paſſé les villes & les villages que l'on trouve encore dans le diocèſe de Noyon.

Cofmograp. Lib. 15. Cap. 3.

Marlot, hiſt. Remenſis, Lib. 1. fol. 1.

XXV.
Deſſein de l'hiſt. de Reims, par N. Bergier, pag. 121.

Aug. Vir. fol. 53.

XXVI.

XXVII.

XXVIII.
Voyez le Livre III, ci-après, N°. 16.

Noyon. En effet, la plus grande partie des lieux, qui confinent à la jurifdiction de ce diocefe, appartiennent au Cambrefis, à l'Amiénois, au Beauvaifis, au Soiffonnois & au Laonnois. Et comme la jurifdiction eccléfiaftique fe régloit anciennement fur la civile, & que le diocefe, dont on parle, n'eft, à proprement dire, que celui du Vermandois, dont l'extenfion a dû fuivre celle de la province du même nom, nous avons toute raifon de croire que les limites du diocefe de Noyon font les mêmes que celles de la province de Vermandois. Nous ne doutons pourtant point que la province & le diocefe n'aient pu acquérir ou perdre dans la fuite jurifdiction fur quelques villages; mais ces événemens ne détruifent en rien ce que nous avons établi. Vermandovillers divife le diocefe de Noyon & la province de Vermandois d'avec le diocefe d'Amiens & la province de l'Amiénois. Deux autres villages, qui portent encore à préfent l'étymologie évidente de leurs noms, *Fins* & *Mets-en-Couture*, nous tracent auffi la ligne de féparation d'entre le Vermandois & le Cambrefis, vers Péronne : *Fines*, *Metæ*. Les poffeffions des feigneurs, qui ont gouverné le Vermandois, fe font fouvent accrues, ou par l'efpece de réunion qu'on en fit à d'autres principautés; telle fut celle qu'en fit Baudoin, comte de Flandre, lorfqu'après être rentré en grace avec Charles le Chauve, il en obtint la partie du Vermandois, qui étoit limitrophe au pays de Cambrai & d'Arras; ou par la jouiffance d'autres domaines avec celui du Vermandois : telle fut celle de plufieurs villes des territoires de Laon, de Reims, de Soiffons, de Beauvais, d'Amiens, du Valois & du Cambrefis, & d'une partie de la Thiérache que nos comtes héréditaires acquirent par fucceffion, par violence, ou par le droit de la guerre. Mais cette augmentation de puiffance ne détruifit jamais la nature des chofes. La première étendue du Vermandois, fon extenfion réelle & précife, fut toujours refferrée dans les limites que nous avons rapportées.

Ptolemée en appelle les habitans *Romanduos*, qu'Annius de Viterbe traduit par le mot de *Romandiffos*. Polydore Virgile a crû au contraire que l'*Augufta-Romanduorum*, dont parle Ptolemée, étoit *Coutances* en Normandie. Du Binet, dans fes *plans des villes*, a tranfporté cette dénomination à la ville de Rouen. Volaterran a auffi appellé les Normands du nom de *Romandions*, & a été fuivi par Robert Etienne, dans fon *dictionnaire*, & par André Duchefne, dans fes *Antiquités de la ville de Coutances*. Quelques autres encore ont donné le nom d'*Augufta-Romanduorum* à la ville de Luxembourg; & telle eft l'opinion d'Appianus chez Ortelius. Ces opinions particulieres n'ont pu détruire cependant le fentiment plus général, qui applique le paffage de Ptolemée à la ville de Saint-Quentin & aux peuples dont elle eft la capitale.

XXIX.
Lib. 2. Geograp.
. Lib. 10. Hiftor.
Anglicanæ.

Ce nom leur feroit auffi glorieux que celui des *Romains* le fût à ces maîtres du monde, s'il étoit permis de le faire dériver du même mot grec, dont on a quelquefois flatté la vanité de ces derniers. Il exprimeroit une égale force, une même bravoure dans les deux peuples : *Viromandui, quafi verè Romani.* C'eft la rêverie de quelques étymologiftes qui ne méritent pas d'attention.

Quelques vieilles chroniques du pays, fur lefquelles on doit faire auffi peu de fond, dérivent ce nom de *Romus,* dont nous avons parlé, & le publient le fondateur de la ville capitale du Vermandois & de fes peuples. Ce Roi, après avoir conftruit la ville de Romans en Dauphiné, bâtit, dit-on, en Normandie celle de Rouen, près de laquelle eft encore à préfent un territoire appellé, de fon nom, *Rommois,* avec un village appellé *Rhomme.* Il fonda enfuite celle de Conftance dans la même province, & l'appella *Romans.* Enfin, ayant permis qu'une colonie de fes fujets fortît de la Normandie, pour aller faire des établiffemens ailleurs, ces vagabonds fe fixerent dans le Vermandois, y édifierent la ville de *Romans des Picards,* depuis appellée l'*Augufte des Romands,* & donnerent leur nom au pays dont cette ville étoit la capitale. Voilà l'origine du peuple & du nom de la province de Vermandois.

D'autres chroniques du Hainaut la tirent de Vermandion, chef des Huns. Dans ce cas, il faut fuppofer que l'effet a pu exifter plus de cinq cens ans avant fa caufe. Quelques auteurs encore ont débité que le nom de Vermandois venoit de *Vermanus,* pour *Germanus,* parce que les Allemands s'étoient établis dans cette province, & l'avoient fondée.

On ne doit certes s'arrêter aucunement à toutes ces origines de fondation, ni aux étymologies que nous venons de rapporter; moins encore à celles que certains dérivateurs voudroient tirer de *viros* & de *mandere* : comme fi la barbarie des premiers peuples du Vermandois, qui les portoit à dévorer eux-mêmes, ou à immoler à leurs Dieux, des victimes humaines, leur eût confacré cette odieufe dénomination. Il eft plus fimple & plus naturel d'avouer notre ignorance fur l'origine d'un peuple & d'un nom, couverts du voile le plus épais de l'antiquité.

Les peuples du Vermandois font appellés, dans l'Itinéraire attribué à l'empereur Antonin, *Viromanni.* Leur territoire eft appellé *Viromandenfe* dans la divifion de l'Empire, qui fe fit par l'ordre de Louis *le Débonnaire.* Charles *le Chauve,* dans fes capitulaires, le nomme *Vermendifum* ; & Grégoire de Tours, *Viromandenfium Agrum.* D'autres enfin ont donné à la capitale de ces peuples le nom de *Civitas Veremandorum, Verimanduorum, Veromanduorum, Veremundis, Verimandis, Veromanduenfis,*

Viromandenfis , Viromandinfis , Veromandua & Veromannica.

Le Vermandois raffemble dans fon petit cercle tout ce qui peut non-feulement remplir les befoins de fes habitans, mais contribuer encore à les rendre contens par les plaifirs, & heureux par l'opulence. L'air y eft généralement fain : de graffes terres y produifent de fécondes moiffons : fes vignobles, que les guerres ont fait abandonner pour la plus grande partie, y donnoient autrefois, en abondance, des vins affez eftimés : d'amples pâturages y engraiffent mille troupeaux, dont la chair eft fucculente, & la laine très-fine. On y recueille encore des lins recherchés de l'étranger ; & fes fruits y font les délices des tables. Ses campagnes ou fes forêts y font fertiles en gibier de toute efpece, & fes eaux pures y fourniffent un bon poiffon. Au furplus, un riche commerce de toiles, bien établi & foutenu depuis plufieurs fiécles dans cette heureufe contrée, & qui fuffiroit feul à remplir les befoins de fon peuple, fi la nature ne les avoit déjà prévenus, fert à l'enrichir, & à lui approprier les délices des autres pays.

Nous l'avons déjà dit, on ne fait rien de certain de l'origine des anciens peuples établis dans les provinces de la Gaule Belgique, avant que les Romains y pénétraffent. Nous apprenons *Comment. Lib. 2.* feulement, par un rapport que firent les habitans de Reims à Céfar, que les Gaulois qui occupoient le refte de la Belge, étoient defcendus d'une colonie d'Allemands, qui, après avoir chaffé de leurs demeures les naturels du lieu, s'y étoient fixés en leur place, attirés par la fertilité du pays. Voilà l'origine de nos Peres la mieux connue.

Les mœurs, les ufages & la religion des Gaulois, étoient uni- XXXI. formes entr'eux, & les mêmes dans la Gaule Belgique, que chez les peuples des deux autres Gaules. Ce qu'en raconte encore *Ibid. Lib. 6, ini-* Céfar, nous inftruira des coutumes & du culte de nos ancêtres. *tio.* Dans tous les états de la Gaule, & prefque dans toutes les villes, il y a deux factions oppofées l'une à l'autre, dont les chefs font maîtres de tous les confeils & de toutes les réfolutions qui s'y prennent. Il femble que cela foit inventé pour défendre les petits de l'oppreffion des grands : car chacun a foin de protéger ceux qui font de fon parti : fans quoi, il perdroit toute autorité . . . . . Il n'y a que deux fortes de conditions dans les Gaules qui foient en quelque confidération ; les prêtres & la nobleffe : car, pour le peuple, il eft comme efclave, & n'a aucune autorité dans l'état. On ne l'appelle point aux délibérations publiques ; & la plupart de ceux qui fe voient chargés de dettes & d'impôts, ou opprimés par la violence des grands, fe mettent au fervice des autres, qui ont le même pouvoir fur eux, que les maîtres fur leurs efclaves.

Le premier ordre, qui est des Druïdes, a l'intendance du culte des Dieux & de la religion, avec la direction des affaires tant publiques que particulieres, & l'instruction de la jeunesse. Ils punissent des meurtres & des crimes, décernent les récompenses, réglent les successions, décident les différends; & lorsqu'on ne veut pas acquiescer à leur jugement, ils interdisent aux réfractaires l'entrée en leurs mysteres. Ceux qui sont frappés de cette foudre, passent pour scélérats & impies; chacun fuit leur entretien & leur rencontre: s'ils ont quelqu'affaire, on ne leur rend point de justice : ils ne sont point admis aux charges, ni aux dignités, & meurent sans honneur & sans crédit. Le lieu du tribunal de ces prêtres est dans l'état de Chartres le centre des Gaules, où ils s'assemblent tous les ans, dans un lieu consacré & destiné à cet usage. Ils y cueillent le gui du chêne en hiver, & la vervaine au printemps. La vervaine, à ce qu'ils content, chasse les mauvais esprits ; & quand le gui est benit, il n'y a ni fievre, ni maladie qu'il ne guérisse. Les Druïdes ont un souverain Pontife, dont l'autorité est absolue : après sa mort, le plus considérable des autres lui succede ; & s'il y en a plusieurs qui prétendent à le remplacer, leurs demandes sont remises à l'élection, & quelquefois se décident par les armes. On croit que leur institution vient d'Angleterre : & ceux qui veulent avoir une connoissance plus parfaite de leurs mysteres, font un voyage en cette isle. Ils ne vont point à la guerre, & sont exempts de toute sorte d'impôts & de servitude ; ce qui est cause que plusieurs s'y rangent, & que chacun tâche de placer parmi eux son fils ou son parent. On leur fait apprendre par cœur leurs secrets renfermés en un grand nombre de vers : car il leur est défendu de les écrire ; de sorte qu'ils font quelquefois vingt ans au college. Dans les autres choses, ils se servent de l'écriture, & usent de caracteres grecs. Quelques écrivains modernes ont soutenu, contre le pere Martin, que les Gaulois ne croyoient point l'immortalité de l'ame, mais seulement la métempsycose, & que Pythagore l'avoit reçue de ces Peuples.

La noblesse n'a point d'autre exercice que celui des armes. On juge du crédit & de la condition d'un homme par sa suite. Voilà toutes les marques de la grandeur.

Les Gaulois sont fort superstitieux ; & dans les grands dangers de guerre ou de maladie, ils immolent ou font vœu d'immoler des hommes, dont les Druïdes sont les sacrificateurs. En quelques endroits, ils ont des idoles d'osier d'une capacité extraordinaire, qu'on remplit de criminels pour les y brûler : au défaut de coupables, on y renferme des personnes innocentes. Le principal objet de leurs hommages est Mercure, qu'ils adorent comme le Dieu inventeur des arts, & le protecteur des voyageurs & des

Mercure de France, Mai 1754. pag. 10.

marchands. Les ſtatues en ſont dreſſées en beaucoup d'endroits.
Ils réverent encore Apollon, Mars, Jupiter & Minerve, dont ils
ont les mêmes ſentimens qu'en ont les autres nations. . . . . Les
Gaulois, ſur le rapport des Druïdes, ſe diſent deſcendus de Plu-
ton ; &, dans cette idée, ils comptent les années par les nuits,
& non pas par les jours. Leurs enfans ne paroiſſent pas devant
leurs peres, qu'ils ne ſoient en âge de porter les armes. On eſt
obligé, lorſqu'on ſe remarie, de faire entrer dans la communauté
autant de biens qu'on en reçoit de ſa femme : & lors de la mort
de l'un des deux époux, le ſurvivant enleve toute la communauté
avec ſes fruits. Un mari a puiſſance de vie & de mort ſur ſa
femme, & ſur les enfans iſſus de leur mariage. Lorſqu'un grand
meurt, ſes parens s'aſſemblent, & reviſent la conduite de ſa
veuve : ſi elle eſt ſoupçonnée de quelque infamie, ils lui donnent
la queſtion ; & la font brûler, ſi elle eſt trouvée coupable. Leurs
funérailles ſe font avec magnificence : on brûle, avec le mort,
tout ce qu'il avoit de plus précieux, ſes animaux, & autrefois
ſes eſclaves & ſes affranchis. Dans leurs républiques bien policées,
chacun eſt obligé de rendre compte au magiſtrat de ce qu'il a
appris qui concerne le bien public, ſans le communiquer à d'autres : car il eſt défendu de s'entretenir des affaires d'état, ni d'en
parler que dans le conſeil. Le magiſtrat en découvre ce qu'il lui
plait au peuple, afin de l'empêcher de prendre l'épouvante ſur
de faux bruits, & de ſe porter trop légérement à des réſolutions
téméraires.

Ainſi penſoient & agiſſoient, avec les autres Gaulois, les peuples
de la province de Vermandois, au temps de Céſar, & encore
aſſez long-temps après cet Empereur. Ils n'avoient point pour
l'argent cette convoitiſe que Tite-Live leur a reproché depuis.
Ils ne connoiſſoient point cette opulence fictive de contrats, de
billets au porteur, & de lettres de change, qui a été dans la ſuite,
& qui eſt encore à préſent, la cauſe de tant de révolutions générales & particulieres. Ils ignoroient auſſi pluſieurs profeſſions
qui, s'étant introduites depuis dans la ſociété, ont enrichi tant
de familles ; & ces arts, dont la plupart ne ſervent qu'au luxe,
en ôtant tant de bras à l'agriculture. L'uſage des meubles leur
étoit inconnu ; & bien loin de vivre dans la molleſſe & la pompe,
à peine ſe donnoient-ils les commodités néceſſaires à la vie. Ils cou-
choient par terre, ſur de la paille, ou des peaux d'ours : le courant des rivieres leur prêtoit leurs bains ; & lorſqu'ils n'avoient
point de guerre, boire, manger, dormir, & aller à la chaſſe,
faiſoient toute leur occupation. Avant l'âge de puberté, leurs
enfans alloient tout nuds, même par le plus grand froid. Les
hommes étoient vêtus de ſaies qui leur deſcendoient juſques vers

Mezeray, abré-
gé de l'hiſt. de
France, Liv. 1,
N°. 2.

les hanches : ils les attachoient avec une agraffe ; & elles étoient faites de gros draps, ou de peaux, le poil en dehors. Les serfs s'en faisoient quelquefois d'écorce d'arbres. Leur chauffure étoit de peau de taison ou bléreau, qu'ils faisoient monter deux doigts au-dessus de la cheville du pied. Les hommes & les femmes avoient le haut de la gorge ouvert, & portoient des chemises que celles-ci brodoient d'un fil de couleur de pourpre. Les plus riches met-toient par-dessus une jaquette de laine sans manche, & n'avoient pas de chemises. Les femmes, qui négligeoient leurs cheveux, avoient laissé aux hommes le soin de se les entretenir longs & touffus. Ce leur étoit un nouvel ornement, s'ils pouvoient réussir à l'aide d'un certain savon, à se les rendre roux. Ils portoient leurs armes par-tout ; aux assemblées, aux temples, aux festins : ils ne connoissoient pas l'usage des bagues & des pierres précieuses : quelquefois seulement ils portoient au cou une chaîne d'or. Leurs nourritures étoient grossieres : elles consistoient dans le pain, le lait, le fromage, des fruits sauvages, la vénaison, le gruau d'a-voine, & sur-tout dans la chair bouillie. La bierre faisoit leur boisson, & leur vaisselle étoit de terre ou de cuivre. Les serfs labouroient la terre : les maîtres en divisoient la récolte.

Mercure de France. Janvier 1742, pag. 6.

Il n'est pas douteux que les peuples du Vermandois n'aient parlé, avec les autres Gaulois, une langue générale & entendue de tous, quoiqu'il pût y avoir en quelques lieux certains accens ou idiômes particuliers. Car César ne dit point qu'il se soit servi d'aucun truchement parmi les Gaulois. D'ailleurs les assemblées générales de ces peuples supposent qu'ils s'entendoient réciproquement les uns les autres. Lorsque les Druïdes se réunissoient pour offrir les sacri-fices, & juger les procès, il n'est pas dit qu'ils usassent d'interpretes pour comprendre les paroles de leur Liturgie, ou les discours des plaideurs. En un mot, les finales des noms des personnes en digni-té, séparées par de grandes distances, sont toutes pareilles ; elles se terminent pour la plupart en *Rix*, qui signifie roi, prince, pre-mier.

La décadence de la langue des Gaulois est peut-être venue de ce que ces peuples n'écrivoient pas leurs mysteres, ni les actions de leurs héros ; mais principalement de ce que leurs officiers, & les juges que les Romains leur donnerent dans la suite, parloient tous le Latin ; dont la langue s'introduisit insensiblement parmi eux. Ce

Ibid. Février 1742.

n'est que dans la Bretagne, dit-on, que le vieux Gaulois s'est re-tranché, depuis qu'il a cessé d'être parlé dans nos Gaules.

Les Gaulois n'avoient pas pris les caracteres grecs, dont César dit qu'ils se servoient, des peuples de Marseille, qu'ils ne fréquen-terent, selon Strabon, qu'après qu'ils furent soumis aux Romains ; mais des Phéniciens, de qui la Gréce même les avoit reçus, par le

moyen de Cadmus. Car le vieux Hercule, originaire de la Phéni-
cie, avoit eu long-temps auparavant commerce avec les Gaulois ;
& c'eft à lui qu'on rapporte la fondation de la fameufe Aléfie, métropole de toute la Gaule. C'eft aufii pour cette raifon que Tima-
gene le Syrien dit que les Gaulois font Doriens ; car les Phéniciens
étoient fortis d'une Dora, ville de leur pays, diftinguée de celui
des Doriens dans la Gréce.

Quand on fait comparaifon des mœurs & des ufages de nos peres   XXXII.
avec les nôtres, qu'il eft vrai de dire que les chofes font heureufement changées dans notre province de Vermandois ! Graces à la
miféricorde de notre divin Médiateur, un culte pur, une religion
fans tache font les moyens par lefquels on y fert maintenant l'unique & vraie Divinité. Des faints patrons, dont le glorieux martyr
Quentin eft le premier, y font pieufement honorés : des chapitres
illuftres de chanoines ; nombre de monafteres fervens & réguliers,
fondés dans les villes & les campagnes ; des facrés miniftres & des
fideles ferviteurs de Dieu, répandus de toutes parts, en font
l'ornement & l'édification par leur converfation chrétienne, leurs
mœurs irréprochables & leurs grands exemples. Les peuples eux-
mêmes, foumis à Dieu, attachés à leurs rois, obéiffans à leurs
magiftrats, n'ont point d'autre volonté que celle de la loi, ni
d'autre plaifir que celui de leur devoir. Induftrieux & actifs, po-
lis & bienfaifans, juftes & exacts à leurs engagemens, belliqueux
& robuftes, vifs, propres aux fciences & aux entreprifes utiles,
ils font fervir ces différentes qualités à entretenir chez eux les douceurs de la fociété, une abondance, une magnificence & une noble diftinction, qui les égalent aux habitans des villes les plus
célébres de la France. Une police exacte, moins occupée à
réprimer les méchans citoyens, qu'à applaudir à la vertu des
bons, veille affidument à écarter tout étranger perturbateur
de la tranquillité dont ils jouiffent, & voit tous fes fujets, devenus libres, ne faire ufage de leurs talens divers, que pour le
bien & l'honneur de la patrie. De violens ufurpateurs ne s'y éta-
bliroient plus à préfent, comme on a vu autrefois, fous le gouvernement féodal, une puiffance formidable à leurs premiers &
légitimes fouverains. Différens états - majors régis par de courageux gouverneurs, par ces refpectables vieillards que l'âge &
l'expérience dans les dangers ont rendu des maîtres de l'art ;
des magiftrats municipaux, toujours vigilans & actifs, diverfes
milices bourgeoifes, remplies de zele & de foumiffion ; la nobleffe
exercée dans le travail & les périls de la guerre : toutes les
conditions & tous les âges enfin combattroient ardemment pour
les intérêts du prince, écarteroient l'ennemi loin de fon trône
& de fes provinces, & s'immoleroient mille fois pour la pa-

trie , s'il leur étoit donné de le faire. Tels font en partie les beaux traits par lefquels nous nous diftinguons de nos ancêtres, & auxquels on reconnoît aujourd'hui les naturels du Vermandois.

Les peuples anciens de notre province avoient ceci de commun avec les autres que contenoit la Gaule Belgique , qu'ils étoient les plus courageux foldats des trois Gaules. Rome avoit fu dompter l'humeur belliqueufe des premiers Gaulois de Narbonne, qu'elle avoit fubjugués ; & cet ouvrage , que le fer & la flamme , pendant plufieurs années , n'avoient fait qu'entamer , fa politique le confomma en peu de temps. En leur ôtant une liberté inquiete & farouche , qui lui auroit fufcité mille troubles , elle leur donna en place les manufactures , les arts & les fciences , le goût des plaifirs , l'inclination pour le fafte , l'avidité des titres , l'amour des richeffes , les moyens d'en acquérir ; & ces préfens , s'ils ne dédommagerent pas ces fiers Gaulois de leur liberté , du moins diminuerent-ils infiniment dans le cœur de ces peuples le vif attachement qu'ils avoient pour elle. Ils ne parurent plus la regretter ; & , peut-être enivrés par le plaifir de leurs nouvelles connoiffances & de leurs poffeffions , crurent-ils avoir quelque chofe de meilleur. Mais les Belges fauverent toujours leur force & leur valeur du moindre relâchement que pouvoient infpirer à leurs provinces le luxe & le plaifir que l'Empire Romain communiquoit par-tout. L'ufage même du vin , qui énerve les fens , leur étoit odieux. D'ailleurs la haine & la guerre , perpétuellement entretenues avec les Allemands leurs voifins , avoient encore rendu les peuples de la Belgique plus vaillans & plus redoutables que les autres. Les Cimbres & les Teutons , qui avoient ravagé toute la Gaule vers l'an de Rome 641 , en avoient refpecté cette partie , & n'avoient jamais ofé en attaquer les habitans , dont l'extrême courage leur étoit connu.

Dans une ligue générale , compofée des provinces de Soiffons , de Beauvais , d'Amiens , d'Arras , de Térouenne , du Hainaut , de Gueldres , &c. & formée contre Céfar pour repouffer de la Belge la domination romaine , la petite province de Vermandois [*Viromandui*] fe joignit à celle du Vexin-le-Normand [*Velocaffes*] ; & toutes deux enfemble fournirent un contingent de dix mille hommes. L'armée étoit conduite par un habile commandant , appellé Galba , qui prenoit le titre de Roi de Soiffons : qualité dont s'étoit revêtu avant lui Divitiac , lorfqu'il exerçoit le même emploi. La multitude de ces peuples affociés , & la force de leurs foldats réunis , qui faifoient marcher devant eux la terreur d'une réputation toujours invincible , infpirerent de la crainte à Céfar. Ce ne fut

qu'avec

qu'avec toutes les précautions que la prudence pouvoit fuggérer
à ce Général, qu'il marcha contre ces adverfaires formidables.
Avant que de les attaquer dans la forme ordinaire des batailles,
il voulut tenter, par des furprifes & par des légeres efcarmou-
ches de cavalerie, de diminuer peu à peu leurs forces. La fortune, attachée aux drapeaux de ce conquérant des Gaules, diffipa enfin la conjuration formée contre lui. Une partie des confédérés fut forcée de fubir le joug qu'il voulut leur impofer;
mais les autres vaincus fe rallierent & fe mirent bientôt en état
de faire face encore au vainqueur.

Autant les victoires éclatantes, que Céfar remporta fur fes ennemis, montrent fon expérience & fa valeur, autant l'inflexi-
bilité des peuples du Vermandois, qui, malgré leur premiere
défaite, fe réunirent en fecond lieu à ceux d'Arras & de Namur,
& que ce chef victorieux ne put abattre que les derniers, fait
preuve de leur conftante fermeté & de leur invincible courage.
Ce fut dans un combat opiniâtre, où la victoire héfita long-temps
à fe déclarer, que la huitieme & l'onzieme légions des troupes de
Céfar rompirent enfin la colonne des foldats du Vermandois, &
en triompherent. Encore ceux-ci ne purent-ils être furmontés
qu'après que ceux d'Arras eurent été défaits.

La prudence & la fageffe du vainqueur rétablirent, pour quelque temps, dans nos Gaules la paix que fes armes en avoient ôtée.
L'aigle romaine y étoit publiquement arborée; & Céfar étoit déjà
parti pour d'autres exploits, lorfque les peuples de Beauvais,
d'Amiens & des provinces voifines, jaloux de leur ancienne
liberté, tramerent de nouveaux complots contre leurs vainqueurs,
& entrerent dans la fameufe ligue qui fe forma de tous les habitans
des Gaules contre l'Empire. C'étoit le dernier effort de la liberté
expirante des Gaulois. Il eft hors de doute que ceux du Vermandois en particulier accéderent à cette confpiration, quoiqu'ils ne
foient point expreffément dénommés dans l'énumération que Céfar fait des conjurés de la Gaule Belgique. Mais les efforts des
uns & des autres furent inutiles. De nouvelles victoires, rempor-
tées fur tous par Céfar, lui affurerent, de la part des Belges,
une foumiffion dont ils n'oferent plus fe départir dans la fuite.

Tout dans les Gaules reconnut l'autorité du fénat. Les Gaulois
Belges s'apprivoiferent infenfiblement au joug commun, & porterent leurs chaînes, fans murmurer. La république changea peu
après de face, & fut affervie elle-même à l'ambition des grands
qui ufurperent l'autorité fouveraine fur elle. Jules-Céfar, devenu le premier empereur de Rome, l'an 704 de la fondation de
cette capitale, y avoit été affaffiné onze ans après. Octavien-Au-
gufte lui avoit fuccédé; mais il ne régna feul & paifiblement qu'a-

XXXV.
Ibid. Lib. 7 & 8.

XXXVI.

près la bataille d'Actium, qu'il gagna sur le dernier de ses collegues. Or, dans ces circonstances même qui pouvoient être si favorables aux Belges pour le recouvrement de leur liberté, & dont les Allemands se servirent pour tenter de se soustraire aux Romains, les Belges resterent dans l'obéissance qu'ils avoient jurée, & se laisserent paisiblement conduire par les gouverneurs que le sénat & l'Empereur leur envoyerent. Caïus-Carinas étoit le préfet de la Gaule Belgique en l'an de Rome 725. Ce Général dompta alors les Suéves, & en triompha, l'année suivante, à Rome avec Auguste. Cet Empereur même vint quatre ou cinq fois dans les Gaules; il y fut reçu avec les démonstrations du respect le plus sincere, & ses chers Gaulois lui accorderent, sans contestation, le tribut qu'ils continuoient encore, sous le regne de Tibere, de payer à Germanicus que cet Empereur avoit envoyé chez eux.

XXXVII.

La Belgique que César avoit bornée de la Marne, de la Seine & de l'Océan, fut, dès l'an de Rome 732, coupée en trois, dans la division que fit Auguste des provinces des Gaules. La premiere fut la Belgique proprement dite; elle faisoit la partie occidentale jusqu'à l'Escaut, & comprenoit le Vermandois. La seconde fut la Germanique supérieure. La troisieme fut la Germanique inférieure.

XXXVIII.

Trois ans après cette division, c'est-à-dire, l'an de Rome 735, Auguste envoya Agrippa dans les Gaules. C'est au séjour que ce favori de l'Empereur y fit, que l'on doit rapporter la construction que Strabon lui attribue des quatre grands chemins que l'on voit en France. Tous commençoient à Lyon: le premier aboutissoit à l'Aquitaine & à la Saintonge, en passant par les montagnes des Cévenes : le second, au Rhin : le troisieme, à l'Océan, par Beauvais, & Amiens : le quatrieme, à la Narbonnoise & à la côte des Marseillois. Outre ces quatre grands chemins, il s'en fit encore une infinité d'autres de traverses, qui alloient de plusieurs petites villes à quelques autres plus considérables. Ou ils furent exécutés par Agrippa dans le même temps, ou ils furent faits sous les regnes des Empereurs qui ont succédé à Auguste. La Belgique, dans laquelle est situé le Vermandois, contient beaucoup de ces anciennes voies. On employoit à les construire les soldats légionnaires, les autres troupes de l'Empire, & même les peuples des provinces par lesquelles ces routes étoient tirées. Rien n'est plus grand, plus magnifique & plus utile que ces chaussées. C'est un ouvrage digne des Romains seulement; d'un génie assez vaste pour le concevoir, assez hardi pour l'entreprendre; eux seuls avoient assez de constance pour le suivre, & assez de moyens pour l'achever. Parmi les travailleurs qui y étoient occupés, les uns étoient contraints de fendre les rochers, d'approfondir les carrieres, d'en tirer les pierres & les cailloux; les autres de les charier, de dix, vingt & trente lieues de loin, sur les endroits où il ne s'en trouvoit pas. Une partie fouissoit du fond des rivieres le gravois & l'arene ; & l'autre cuisoit la chaux, ou abattoit les forêts, pour fournir le bois des fourneaux. Voilà les matieres qui entroient dans la composition de ces chemins : on les asseyoit ensuite, par certain ordre, chacune en leur lieu ; on les battoit ; on les massivoit, & enfin on leur donnoit cette perfection qui a rendu les routes, dont on parle, durables pour toute la postérité. On n'épargnoit aucunes dépenses pour ces entreprises. Les Empereurs, ou les préfets des provinces, se faisoient honneur d'y prodiguer leurs biens & leurs revenus ; & c'est la gloire principale d'Agrippa d'avoir construit lui seul une plus grande étendue de chemins, qu'aucun autre en particulier. On ornoit ces grands chemins de colonnes qui indiquoient les distances des lieux les uns des autres ; de tombes, de sépulcres, de ponts, d'arcs de triomphe. On leur donna tous les embélissemens possibles, & même jusqu'aux moindres commodités utiles aux voyageurs : on les y pratiqua. On construisit des stations ou maisons, pour les retirer ; & l'on avoit posé de grosses pierres en certains intervalles de distance, pour les aider à se remettre sur leurs montures. Toutes ces voies se rendoient à Rome, comme en leur centre, & aboutissoient au pied du fameux milliaire d'or qui étoit posé en cette ville.

Ce que nous disons ici, & en quelques autres endroits, des grands chemins construits dans les Gaules par les Romains, est un court extrait de l'histoire qu'en a composée Nicolas Bergier, avocat au présidial de Reims. Nous ne pouvons citer d'auteur plus sûr, que celui dont le plus intraitable critique de nos jours, l'abbé des Fontaines, disoit que son livre *des Grands-Chemins de l'Empire Romain, devoit être dans la bibliothéque de tous les savans.* Cette histoire fut réimprimée magnifiquement, en deux volumes *in-4°.* à Bruxelles, chez Jean Léonard, en 1728, avec cartes & figures.

Un historien célébre, Mezeray, a cru devoir encore attribuer à Auguste la transportation de plusieurs colonies Romaines dans le Trévois, le Soissonnois & le Vermandois ; d'où seroient venus aux capitales de ces provinces, les noms qu'elles ont porté d'*Augusta-Trevirorum, Augusta-Suessionum, Augusta-Viromanduorum.* Il en fixe l'époque au séjour de trois ans que cet Empereur fit dans les Gaules, après avoir défait les Sicambres, c'est-à-dire, à l'an de Rome 738. Mais quoique la pensée de cet écrivain fasse honneur à ces villes, par l'antiquité de l'époque & la noblesse de l'origine qu'il reconnoît en elles ; nous croyons cependant devoir différer de quelques années la date, & les causes de ces dénominations ; au moins par rapport à l'Auguste de Vermandois.

XXXIX.
Abrégé de l'histoire de France, Liv. 1, N°. 11 & 12.

XXXX.
Ibid.
Boffuet, hiſtoire
Univerſ. tom. 1.
époque 10.

I. SIECLE.
Année 1.

Tout l'univers étoit dans un calme parfait, lorſque JESUS-CHRIST, le fils éternel de Dieu, & l'auteur de la véritable paix, nâquit dans le temps pour le ſalut de tous. Ce fut vers l'an de Rome 751, ſelon la plus commune opinion. Nous daterons déſormais plus heureuſement & plus ſûrement les faits de cette Hiſtoire, de la naiſſance de ce Divin Rédempteur.

XXXXI.

Auguſte mourut, & laiſſa ſon empire à Tibere-Claude-Néron. Cet Empereur, avant que d'y parvenir, avoit demeuré trois ans dans les Gaules, où, ainſi qu'il le dit dans une lettre à Germanicus, que Tacite nous a conſervée, Auguſte l'avoit envoyé neuf fois. Des légions Romaines, poſtées dans l'Allemagne, étoient prêtes à ſe révolter encore contre ce tyran de Rome : pour les faire rentrer dans leur devoir, ce même Germanicus ne trouva point

Tacitus, Annal. Lib. 1. Cap. 28 & 65.

d'exemple plus parfait de ſoumiſſion à leur propoſer, que celui de la fidélité des Gaulois même. Ces peuples offrirent en effet à ce Général, des armes, des chevaux, des chariots, & de l'argent pour réparer les pertes de ſon armée. Et après l'avoir comblé de toutes les marques de leur bienfaiſance, ils remirent encore leurs

Ibid. Lib. 2. Cap. 6.

tributs entre les mains de Vitellius & d'Antius pour les porter à Rome.

XXXXII.

Nous penſons devoir rapporter maintenant, & au regne de l'Empereur. Tibere, l'époque de l'eſpece de conſécration que les peuples du Vermandois firent de leur ville capitale à Auguſte. L'an

Ibid. Lib. 1. Cap. 47.

767 de la fondation de Rome, [c'étoit le ſeizieme de J. C.], on y inſtitua, dit Tacite, les jeux *Auguſtaux*, en l'honneur de ce Prince ;

Année 16.
Année 17.

& l'on y établit un collège de prêtres, pour en faire & en régler les cérémonies. L'année ſuivante, il fut permis, ajoute le même hiſtorien, à l'Eſpagne de bâtir à cet Empereur, un temple dans la colonie de Terragone ; & cette conceſſion ſervit d'exemple & d'occaſion à toutes les provinces d'en faire autant, pour témoigner aux Empereurs l'attachement qu'elles avoient à la mémoire d'Auguſte. Au ſurplus, les gouverneurs des provinces qui penſoient faire auſſi leur cour aux mêmes Empereurs, en faiſant entrer leurs ſujets dans ces idées, les excitoient, de leur côté, à imiter la conduite des autres nations. Nos peres auront donc donné dèslors à l'ancienne Samarobrive, le nom d'*Auguſte de Vermandois*. C'étoit la conſacrer toute entiere à l'Empereur de ce nom, & lui ériger, dans cette ville, autant de temples qu'il y avoit de cœurs vivans. Voilà l'origine & la cauſe de cet ancien nom que la ville de Saint-Quentin a porté ſi long-temps. Ainſi firent auſſi à leurs villes capitales les autres peuples de la Belge, ſur-tout ceux dont nous parlions plus haut, & dont nous parlerons encore dans peu.

XXXXIII.

Cette dédicace, de la part des Gaulois Belges, plut infiniment aux Empereurs. Ils accorderent à ceux de ces peuples qui ne l'a

I. SIECLE.
Année 17.

voient pas encore reçu, l'honneur d'être admis au nombre des alliés & des amis du peuple Romain ; & confirmerent cette éminente prérogative aux provinces qui en jouissoient déjà. Ces considérations augmenterent encore dans la suite. Les Belges qui avoient cru ne s'en être pas rendus indignes, & qui n'omirent rien pour en mériter de plus grandes, oserent demander d'être décorés du nom de *Citoyens Romains* ; de jouir des privileges attachés à ce titre, & d'être admis dans le sénat, pour en remplir les dignités & les offices par quelques-uns de leurs principaux membres. Cette faveur qui se communiquoit quelquefois, mais rarement, aux plus fideles sujets de la République, s'appelloit *droit de municipalité*, ou *de bourgeoisie Romaine*. Les villes qui l'avoient obtenu, étoient appellées *Municipia*, & les citoyens *Municipes*. Leurs magistrats portoient quelquefois le nom de *Consuls*. D'abord le sénat ne l'accordoit qu'à des particuliers, pour la récompense de leurs services envers la République ; il l'étendit ensuite aux villes ; puis après à des provinces entieres : enfin, dans les temps nébuleux de l'Empire, ce droit respectable devint vénal, & l'argent étoit un sûr garant de le faire accorder indifféremment aux particuliers, ou aux villes.

Journal de Trévoux. . Février 1754, tom. 1 pag. 119.

Municipia erant urbes civitate Romanâ donatæ : primùm, sine suffragii jure ; posteà cum suffragio, dit la note sur le quatorzieme chifre de la deuxieme Oraison de Ciceron, *pro Sexto-Roscio-Amerino*. Sextus-Roscius, le pere de celui-ci, étoit un *Municeps*, & sa ville étoit municipale. Nous lisons dans Ciceron, *Municipium Fulginas* ; *Municipium Volaterranum* : *Municipium Puteoli, &c. Cornelius-Balbus donatus est à Cnæo-Pompeio civitate*, à cause, ajoute Ciceron, qu'il avoit bien mérité de la République. [*Oratione pro Cornelio-Balbo*, No. 6.] Les personnes qui avoient obtenu pour elles-mêmes le droit de bourgeoisie Romaine, prenoient le nom de celui qui la leur avoit fait obtenir. Ainsi Demetrius-Mega prit celui de Publius-Cornelius, qui étoit le nom de Dolabella, par l'entremise duquel César lui avoit accordé cette distinction. On mettoit sur un tableau, dans le sénat, les noms de ceux qui en avoient été décorés. *Ego*, dit le Tribun auquel saint Paul fut conduit, *multâ summâ civitatem hanc consecutus sum*. Saint Paul, au contraire, étoit né citoyen Romain, pour être venu au monde en la ville de Tarse, qui avoit le droit de bourgeoisie dont on parle : *Ego autem & natus sum*. Il avoit déjà dit précédemment : *Ego homo sum quidem Judæus à Tarso Ciliciæ, non ignotæ civitatis municeps*. Des villes étoient quelquefois aussi rendues municipales par la transportation de colonies Romaines qui y étoient envoyées : mais ce n'est pas le cas des Gaulois qui ont obtenu cet honneur par arrêt du sénat, prononcé sur le plaidoyer de l'Empereur Claude.

Nicolas Bergier, hist. des grands chemins de l'Empire Romain. Liv. 4. Chap. 8. No. 3.

Cicero, Epist. Lib. 13. Ep. 36. Actor. Cap. 22. V. 28.

Ibid.

Ibid. Cap. 21. V. 39.

La demande des Gaulois souffrit une vive opposition au sénat,
où elle fut portée, sous le consulat d'Aulus-Vitellius & de Lucius-
Vipsanius. C'étoit en l'an de J. C. 50ᵉ, & le huitieme de l'empire de
Claude. Car l'Empereur Tibere étoit mort, après vingt-deux ans
& sept mois de regne. Caïus-Caligula qui lui avoit succédé, & qui
avoit passé dans la Belgique au printemps de l'an 42, en partant
pour son expédition d'Angleterre, avoit été tué par ses officiers
l'année suivante. Enfin Claude avoit remplacé ce dernier. Cet
Empereur, favorable aux Gaulois *chevelus*, [nous avons déjà dit
qu'on appelloit ainsi à Rome les Belges], appuya la demande des
Gaulois de toute son autorité, & la fit passer au sénat. Son affection pour eux l'avoit rendu éloquent : il avoit fait en leur faveur
un discours qui étonna ses auditeurs, parce qu'il surpassoit l'extrême stupidité d'esprit qu'on lui connoissoit. Tacite nous l'a rapporté tout entier. On dit que dans l'hôtel-de-ville de Lyon, il se
voit une table de bronze, sur laquelle cette harangue est gravée
avec l'arrêt que le sénat rendit au profit des Gaulois.

Les Autunois, à cause de leur ancienne alliance avec le peuple
Romain, furent les premiers revêtus de l'honneur dont on parle :
il passa ensuite aux autres habitans de la Gaule chevelue ; & nos
ancêtres eurent le bonheur d'y participer. La capitale du Vermandois qui avoit quitté, depuis peu, le nom de *Samarobrive*, comme
on l'a dit précédemment, pour porter celui d'*Auguste de Vermandois*,
devint elle-même une ville municipale. C'est une vérité reconnue
par les auteurs des actes du quatrieme siécle.

A l'antiquité & à la noblesse de son origine, elle joignit donc
l'excellence d'être déclarée publiquement par le sénat, la ville
alliée, l'amie & la citoyenne de Rome. Dès-lors elle devint infiniment plus relevée que les autres de la Gaule Belgique, qui n'a-
voient pas reçu la même prérogative. Car une ville municipale,
dit Ciceron, n'est plus comparable aux villes qui restent dans
l'ordre commun : elle ne peut être surpassée, ajoute-t-il, que par
un gouvernement, comme un gouvernement l'est lui-même par
une colonie, & une colonie par l'Italie entiere. Un des trois grands
crimes que cet orateur a cru devoir principalement reprocher au
tribun Marc-Antoine, fut celui d'avoir contraint les plus honnêtes
gens des villes où il passoit, des hommes municipaux, *municipales
homines*, d'aller au-devant de la complice de ses débauches, & de
la saluer.

La ville d'Auguste de Vermandois, mise sous la haute protection
du peuple Romain, & partageant avec lui & chez lui ses prérogatives, ses charges & ses emplois, devint infiniment plus florissante
qu'elle n'avoit jamais été. Décorée de la nouvelle appellation de
ville d'Auguste de Vermandois-Municipale, elle pouvoit, sans

conséquence pour elle, ou donner son ancien nom de Vermand, [*Viromandua*], si elle l'avoit porté, à quelqu'autre lieu; ou permettre, sans envie, que tout autre lieu qui s'établiroit, le prît. Sa dignité de ville capitale eût déjà été suffisamment à couvert sous le nom qu'elle portoit, d'Augufte de Vermandois, quand même elle n'auroit pas été municipale. Comme elle ne pouvoit donc plus dès-lors être confondue avec aucune autre ville, bourgade ou village qui se fût approprié une dénomination à peu près semblable à la sienne, le nom simple de Vermand lui devint indifférent, & fut livré par elle à la discrétion de qui voudroit s'en emparer. Delà se sont formées les appellations de Vermand & de Vermandovillers, appliquées à deux villages, différens situés dans l'étendue de son territoire.

Claude-Domitien-Néron avoit à peine succédé à l'Empereur Claude, en l'an de J. C. 56, qu'il fut obligé d'envoyer des troupes dans les Gaules, contre Julius-Vindex, qui s'y étoit mis à la tête d'un parti de révoltés. Le commandement de l'armée fut donné à Ælius-Gracilis, qui étoit lieutenant pour cet Empereur, dans la Belgique. Mais cette province, ni les deux Germaniques restées dans le devoir, n'avoient pas pris de part dans cette rebellion.

Le regne de Sergius-Sulpicius-Galba, qui avoit succédé à ce dernier Néron, au mois de Juin de l'an 69, ne fut que de neuf mois & treize jours. Othon, qui le suivit, ne régna que trois mois. Vitellius, qui remplaça ce dernier, ne tint l'Empire que depuis Juillet de l'année 70, jufqu'au même mois de l'année suivante. Pendant le cours de ces deux années, les Belges ne firent aucun mouvement contraire à leur devoir; & même lorfque, sous l'empire de Flavius-Sabinius-Vefpafien, revêtu de l'autorité fouveraine dès l'an 71, Sabinus qui s'étoit fait nommer Empereur dans la Celtique, & qui avoit été défait par les Séquanois, en l'année suivante, avoit tout à craindre du reffentiment de l'Empereur, les peuples de Reims, chefs de la Belgique, affemblerent en leur capitale les députés de toutes les cités de leurs provinces, & offrirent au Général vaincu leurs bons offices auprès de Vefpafien. Il ne tint qu'à un jeune seigneur Trévois, qui ranima le feu de la guerre, de laiffer recueillir à Sabinus les falutaires effets de la médiation des Gaulois Belges. Tacite étoit alors procureur de la Gaule Belgique.

Il ne s'y paffa rien de confidérable sous l'empire de Tite-Vefpafien, en 81; de Domitien, en 83; de Nerva, en 98; de Trajan, en 100; d'Adrien, en 120; ni d'Antonin *le Débonnaire*, en 140. Mais sous celui de Marc-Aurele, qui avoit commencé au mois de Mars de l'an 163, nos peres firent preuve de leur courage & de leur conftant attachement à la république, dans la guerre où Didianus-

I. SIECLE.
Année 50.

Année 56.

Année 69.

Année 70.

Année 71.
Tacit. Hift. Lib.
4.
Marlot, Hift.
Remenfis, tom. 1.
fol. 35.

Années 81, 83,
98, 100.

II. SIECLE.
Année 120.
XXXXVI.
Année 140.

Julien les conduifit contre les Cauces. Ce feigneur qui fut nommé Empereur par les Prétoriens, après la mort de Pertinax, étoit alors gouverneur de la Belgique. Il avoit peu de troupes, lorfque les Cauces commencerent leurs irruptions dans les Gaules : il en leva tumultuairement dans fa province ; & la valeur de fes milices nouvelles fecondant l'habileté du Général, il les mena à des victoires certaines. Mourut alors Buffæus, procureur-aux-recettes de la Belgique & des deux Germaniques.

Le regne de l'Empereur Commode, qui commença en l'an 180, & qui en dura près de treize, n'offrit rien de particulier dans la Belgique. Car lorfque toutes les autres provinces voifines s'immoloient, en fe rendant le théâtre des guerres qu'elles excitoient chez elles, ou qu'elles y attiroient, celle-là fe confervoit toujours dans la paix, fous le joug de fa dépendance. L'Empire Romain cependant étoit ébranlé ; & les continuelles agitations qu'il fouffroit au-dedans & au-dehors de lui-même, le menaçoient d'une deftruction prochaine. Après la mort de Commode, les troupes Romaines même, qui étoient dans les provinces, crurent avoir autant de droit de fe nommer des Empereurs, qu'en avoient les bandes Prétoriennes qui étoient dans Rome : elles entreprirent d'en créer de nouveaux : quelquefois elles en firent trois ou quatre à la fois, en divers lieux : &, fous Gallien, il y en eut jufqu'à trente.

Pertinax créé Empereur le premier de Janvier de l'an 193, ne le fut que trois mois. Didianus-Julien ne le fut pas plus long-temps. Septimius-Sévere régna dix-fept ans & quinze jours. Pour s'affermir dans fon autorité, cet Empereur s'étoit accordé avec Claudius-Albinus, que les troupes des Gaules avoient élevé au même titre. Mais après avoir détruit fes deux autres rivaux, il ne tint pas fes engagemens avec Albinus. Ce feigneur, informé que Sévere marchoit contre lui, revint en l'an 199, de la Grande-Bretagne dans la Belgique, & s'y campa pour arrêter ce perfide collegue dans fa courfe. La fortune cependant lui fut contraire : Sévere le battit, & le força de quitter la Belgique. Quelques auteurs ont cru que le bourg d'Aubigny, en Artois, tenoit fon nom & fa fondation de lui, parce qu'on y voit encore deux tombeaux, d'ouvrage Romain, élevés le long de la grande voie militaire qui paffe par-là, & va vers la mer. Albinus fe retiroit en Italie, lorfque fon vainqueur, l'ayant joint près de Lyon, le défit une feconde fois, & ne lui laiffa plus de reffource que dans une honteufe fuite, après laquelle il fe tua. Sévere ne revint dans les Gaules que trois ans avant fa mort, c'eft-à-dire, en l'an 207, lorfqu'il alloit en Ecoffe.

Depuis la mort de cet Empereur jufqu'à Gallien, il s'écoula un demi-fiécle dans le trouble & dans les agitations les plus violentes.

Tout

II. SIECLE.
Année 163.
XXXXVII.

XXXXVIII.
Année 180.

I L.
Année 193.

Année 199.

L.

III. SIECLE.
Année 207.

Tout se soulevoit contre les Empereurs ; le sénat, le peuple, les troupes, les provinces ; & souvent tous ces corps se liguoient les uns contre les autres. Les révolutions arrivées dans l'Empire Romain deviennent étrangeres à notre Histoire, dès-lors que la Belgique ne paroît point y avoir eu de part. Il doit nous suffire ici d'exposer la suite des Empereurs, jusqu'au temps où les tyrans s'éleverent dans notre Gaule.

Antonin-Caracalla, élu Empereur au mois de Février de l'an 211, régna six ans & deux mois : il s'étoit associé son frere Géta, qui ne régna qu'environ un an. Opilius-Macrinus & Diadumenian virent leur empire commencé en Avril de l'an 219, se terminer au bout de quatorze mois. Héliogabale régna près de quatre ans. Alexandre-Sévere, qui le suivit en Mars de l'an 224, en régna treize, & neuf jours. Maximin Ier occupa l'Empire pendant trois ans & quelques mois. Marc-Antonin-Gordien & son fils ne le tinrent que pendant quinze mois. A peine s'apperçut-on du regne de Papienus-Maximus, & de son collegue Coelius-Balbinus, en 240 ; il fut de très-peu de durée. Gordien II du nom, régna cinq ans & quelques mois. Les Philippes, pere & fils, en régnerent sept. Hostilianus, que le Sénat avoit nommé Empereur, se tua, par la crainte qu'il eut de ces deux Empereurs. Carvilius-Macrinus fut nommé dans le même temps Empereur, par les légions de la Pannonie, qui le mirent à mort presqu'aussitôt. Celles de Syrie en firent autant à Papien. Messius-Decius, élu en Janvier de l'an 253, n'occupa l'Empire que quinze mois. C'étoit dans le temps où Lucius-Priscus, nommé Empereur par les légions de Syrie, en avoit aussi été massacré. Trebonius-Gallus parvint à l'Empire en Avril de l'an 254. Il s'associa son fils Vibius-Volusianus, & régnerent ensemble deux ans & quatre mois. Æmilien leur succéda en Janvier de l'an 257. Puis vinrent Valérien & Gallien. Après la mort de son pere, ce dernier commença à régner seul, en Juillet de l'an 262, & commanda huit ans. Il semble par toutes ces catastrophes, qu'il ne pouvoit arriver à un Général rien de plus malheureux que d'être fait Empereur ; & que tous ceux qu'on élevoit à cette dignité, n'en devoient, bientôt après, attendre autre chose que de quitter la vie avec le trône des Césars.

C'est sous l'empire de Gallien que s'éleverent, comme on l'a déjà dit, dans les Gaules, les trente petits tyrans qui s'en partagerent les provinces. Posthumus, né Gaulois, fut le premier de cette nation qui usurpa l'autorité souveraine. L'Empereur Valérien l'avoit fait Général de la cavalerie Gauloise, dans les marches d'au-delà du Rhin : à l'aide de cette dignité, qu'il avoit su rendre d'ailleurs aimable aux Gaulois, par les bonnes façons qu'il leur témoignoit, par les distributions qu'il leur faisoit de tout son butin, par une juſtice exacte & févere qu'il leur rendoit, & par la montre d'une noble valeur, il s'en étoit fait reconnoître Empereur. Il eut le ſort ordinaire aux ambitieux ; Gallien, qui avoit été obligé de quitter les Gaules, où il étoit venu le combattre,

pour retourner en Illirie, où l'appelloient les déſordres qu'y cauſoient les Goths & les Scytes, le vit maſſacrer, peu de temps après, par ſes propres troupes.

Lollian (c'eſt le nom d'un ſecond de tous ces tyrans) qui venoit de raſſurer les Gaulois contre la crainte qu'ils avoient des Allemands, ne put s'en conſerver la faveur : ils ſe vangerent dans ſon

ſang, en 269, des travaux trop peſans qu'il leur impoſoit. Un autre tyran, appellé Victorin, expia par ſa mort l'impudence qu'il avoit eue d'attenter à la pudicité de la femme d'un capitaine ; il en fut aſſaſſiné dans Cologne. Les troupes s'étoient choiſi alors un autre maître, qu'elles éleverent de la boue à la couronne de l'Empire : il s'appelloit Marius : mais ce tyran ne tint ſa puiſſance que pendant deux fois vingt-quatre heures. Tétricus, élu par les légions, ne régna pas beaucoup plus long-temps : enfin tous les autres tyrans périrent, peu à peu, de la même façon. Mais l'hiſtoire ne nous a pas conſervé la mémoire des troubles & des ravages que tous ces différens événemens cauſerent à la province de Vermandois en particulier.

L'Empire Romain penchoit donc ſenſiblement vers ſa décadence ; puiſque d'un côté l'autorité en étoit partagée par des collegues aſſociés aux Empereurs ; & que, de l'autre, pluſieurs ſeigneurs des provinces des Gaules en ſoulevoient les ſujets, en divers endroits, contre les légitimes ſouverains ; & qu'enfin les gouverneurs même nommés par les Empereurs, ſe formoient, dans leurs départemens, des factions qui menaçoient des plus funeſtes ſuites. Le ſénat & les Empereurs jugerent à propos de prévenir une partie de ces déſordres, par le moyen qu'ils crurent le plus efficace. Ils établirent des camps en différens lieux de la Gaule Belgique. Des légions toujours armées, bien retranchées, & ſans ceſſe prêtes à marcher au premier ſoulevement qu'elles verroient éclore, y veilloient aſſidûment à la tranquillité publique, & à la défenſe des intérêts de l'Empire.

Un lieu, diſtant de la ville municipale d'Auguſte de Vermandois de quatre ou cinq mille pas, c'eſt-à-dire, d'environ deux lieues françoiſes, parut propre pour un de ces campemens. La belle ſituation y offroit un air ſain aux troupes : les campagnes fertiles leur préſentoient des bleds & des fourrages en abondance ; les eaux & les prairies, des commodités & des pâturages qu'elles n'euſſent pas aiſément trouvé ailleurs. Il n'avoit pas de nom particulier : ſans doute parce qu'il n'avoit pas encore été habité, on lui donna celui de Vermand, *Virmandum*. Telle devint la destinée de l'ancien nom que la ville d'Auguste de Vermandois avoit peut-être porté après celui de Samarobrive, & avant qu'elle eut pris ce dernier. Au moins doit-on dire que le nom donné au village de Vermand étoit pris de la nature & de la position des choses : il falloit distinguer le nom du camp particulier des Romains, posé près de l'Auguste de Vermandois, des autres camps établis dans le voisinage des autres villes ; on n'a pu le faire mieux qu'en lui donnant un nom analogue à celui de la capitale la plus prochaine : *Virmandum*. Voilà l'origine de la fondation & du nom du fameux village de Vermand.

On sait quelle couleur & quel relief donne à une habitation la demeure des troupes & des officiers, sur-tout des chevaliers romains, dont la magnificence & le luxe étoient extrêmement considérables. Vermand devint tout-à-coup une ville : *civitas*. C'est-là une qualité dont nous le voyons honoré dans les actes de la passion de saint Quentin : mais il fut toujours infiniment subordonné à sa capitale, qui, par le seul titre de ville municipale, ne pouvoit, comme nous le répétons d'après Ciceron, être comparée à toute autre cité d'un ordre inférieur. C'est la plus belle, & peut-être l'unique qualité du village de Vermand, d'avoir été autrefois une ville : car s'il s'agissoit seulement de dire un mot de bien du caractere de ses habitans anciens, nous en serions empêchés par l'extrait d'un manuscrit, prétendu respectable, qu'a rapporté Jacques Le Vasseur.... *Ceux qui habitent ces quartiers* [de Vermand] *font en fort petit nombre, & grandement nécessiteux : surmontent en malice tous ceux des environs ; car toujours cette malheureuse populace de Vermand fut taxée par-dessus le voisinage de ce brocard :* LARRONS DE VERMAND. Aussi ne lisons-nous nulle part, que Vermand ait été le théatre d'aucun fait mémorable : son éclat périt par la retraite des légions romaines : il resta simple hameau, & servit de demeure à de simples Casaniers..... *Et campos ubi Troja fuit.* Ce village ne contient à présent, dans toute son étendue, qu'environ quarante arpens de terre : il est assis sur une petite colline qui regarde le sud, & qui tombe sur le marais de la riviere d'Aumignon. Dans sa plus grande hauteur, il a une terrasse de grand-corps, élevée en forme de rempart, qui a ses angles flanqués, & flanquans comme nos forts de campagne. En un mot, c'est une fortification de la forme que les ingénieurs appellent *ténaille* ou *bonnet.* On voit, dans ce village, une église paroissiale dédiée à sainte Marguerite, dans l'enclos du grand rempart, & une abbaye de Prémontrés, construite hors de l'enceinte du vieux rempart.

III. SIECLE.
Année 269.

Philippicâ II. N°. 58.

Annales de Noyon, p. 102.

Enéide III. V. 11.
Le Nin, antiquité de l'Auguste de Vermandois, p. 8.

SECONDE DISSERTATION.

La ville de Saint-Quentin est l'ancienne Auguste de Vermandois : le village de Vermand ne l'est pas.

I. V.   Il se présente naturellement à discuter ici une question très-importante. Savoir : si la ville de Saint-Quentin est l'ancienne capitale de la province de Vermandois, & la vieille Auguste dont il est parlé dans les premiers titres & les écrivains les plus antiques.

Les preuves affirmatives de cette proposition étoient bien reçues de tout le monde ; & la vérité qu'elle énonçoit n'étoit contestée par quelqu'auteur grave que ce fût, lorsque, dans le dernier siécle, Jacques Le Vasseur, doyen de la cathédrale de Noyon, flatté, on ne sait trop par quel motif, de transporter où il pourroit le siége épiscopal du Vermandois, dont il n'aimoit pas de voir subsister les traces dans l'église de saint Quentin, entreprit dans ses *Annales*, de prouver que l'ancienne chaire des évêques de Vermandois n'avoit jamais été établie dans la ville de Saint-Quentin ; mais plutôt en un autre lieu appellé encore à présent *Vermand*, c'est-à-dire, en ce village dont on parloit tout-à-l'heure. Prévenu & troublé de ce noir vertige, le premier pas que fit dans cette lice cet infortuné annaliste, fut une chûte ; & tous les autres mouvemens qu'il se donna pour s'en relever & avancer, ne servirent qu'à l'embourber de plus en plus. Il étoit sensible à tout le public & à Jacques Le Vasseur lui-même, que tout ce qu'on pouvoit dire contre la ville de Saint-Quentin se détruisoit vis-à-vis le nom respectable qu'elle est en possession de porter, depuis bien des siécles, de *ville Auguste de Vermandois ;* il imagina donc de poser, comme une base nécessaire à son système, que l'ancienne ville capitale du Vermandois, la véritable Auguste enfin, avoit été dans le village de Vermand : qu'elle n'y existoit plus en effet à présent ; mais que la chose avoit eu lieu ; & que ce n'étoit qu'après la ruine & le désastre total de cette ville, que s'étoit formée celle qu'on appelle maintenant *Saint-Quentin*, à laquelle il avoit plu de se donner le nom d'*Auguste de Vermandois*. D'où il concluoit que le siége épiscopal de Vermandois n'ayant jamais pu être transféré de cette derniere ville en celle de Noyon, il venoit directement du lieu nommé *Vermand*.

L'illusion que cet écrivain vouloit faire à ses lecteurs, étoit colorée ; & d'autant plus difficile à en être apperçue, qu'il fondoit son opinion sur la consonnance du nom de *Vermand*, assez revenante à celle de l'Auguste de Vermandois ; & qu'il s'appuyoit sur l'autorité d'un prétendu manuscrit *de la destruction de Vermand*, dont il donne la traduction en françois. Mais comme toutes les vraisemblances cumulées contre une vérité palpable, ne la peuvent détruire, ainsi tous les rapports apparens qu'on peut entasser, & tous les manuscrits qu'on peut forger ou supposer à plaisir, ne doivent être d'aucune valeur contre un point prouvé par les faits les plus vrais, & par les autorités les plus invincibles. La ville de Saint-Quentin est la premiere & l'ancienne Auguste de Vermandois : nous le montrerons évidemment contre Jacques Le Vasseur, après que nous aurons fait quelques réflexions sur le manuscrit cité par cet annaliste.

Premiere réflexion. Il est tiré de la bibliotheque de l'abbaye de Notre-Dame, Ordre de Prémontré, établie au village de Vermand. Par ce seul endroit, il est légitimement suspect de fausseté, & récusable. Le Doyen de Noyon pouvoit-il se dissimuler que l'auteur de cette piéce n'a pu être qu'un religieux de cette maison, intéressé à faire un ouvrage du goût de quelques évêques de Noyon, ses bienfaiteurs ; sur-tout d'Etienne Ier, qui, le second, entreprit d'inquiéter l'église de saint Quentin sur ses prérogatives & ses exemptions ? Il falloit donner aux évêques de ce siége une origine différente de celle que ces Prélats savoient mieux que ce Moine oisif, venir de l'église de saint Quentin ; il a osé leur dire qu'elle étoit dans le village de Vermand ; & cela, sans aucune preuve. N'est-ce pas, de la part de ce Manu-Scripteur, avoir livré sa bouche & sa plume à la plus putride flatterie, avoir fait un ouvrage dont il est le seul garant, & qu'on peut regarder, avec justice, comme très-suspect de fausseté, pour n'en rien dire de plus ?

Seconde réflexion. Quelle foi veut-on que l'on ajoute à une production remplie des plus grossieres erreurs ? En voici quelques échantillons. 1°. Attila, dit l'auteur du prétendu manuscrit, détruisit Vermand, au temps de saint Germain d'Auxerre. Mais ce fléau de Dieu ne vint en France qu'en 451 ; & trois ans auparavant, c'est-à-dire, en 448, l'Evêque d'Auxerre étoit mort en Italie. 2°. Il ajoute que cette destruction arriva au temps de saint Nicaise de Reims, de saint Vast d'Arras, de saint Loup de Troyes, de saint Agnan d'Orléans, de saint Fiacre de Soissons, & de sainte Genevieve de Paris. Quels anacronismes ! Où avoit-il puisé que ces Saints fussent contemporains ? Saint Germain, mort en 448, avoit été sacré dès l'an 421, & saint Vast ne fut fait évêque d'Arras qu'en l'année 500 au plutôt, & même en 530, selon quelques auteurs. Quelle liaison de temps y a-t-il pu avoir entre ces deux Saints, éloignés l'un de l'autre de près d'un siécle ? 3°. Nous ne connoissons point de saint Fiacre qui ait été alors évêque de

III. SIECLE.
Annéc 269.

LVI.
Annales de
Noyon, p. 33.

Ibid. pag. 34.

III. Siecle.
Année 269.

Annales B B.
tom. 1. Lib. 12.
N°. 6.

Soiſſons, ni d'aucun autre lieu. Et ſi le Manu-Scripteur entend parler de celui qui a illuſtré le pays de Meaux, il eſt certain qu'il vivoit au temps de ſaint Faron, évêque de ce dernier ſiége ; & qu'il eſt diſtant de ceux auxquels il l'aſſocie, de près de deux ſiécles, ſi l'on en excepte ſaint Vaſt. Car ſaint Fiacre ne fut reçu dans le monaſtere de Meaux, que vers l'an 628, & même en 652, ſelon quelques auteurs, & mourut vers l'an 670. Je ſerois trop long, ſi je faiſois ici le rapport des dates des autres Saints, les uns avec les autres. 4°. Autre mépriſe : l'auteur du manuſcrit fait un Hébert, comte de Vermandois en 1092. Cependant le nom des Héberts étoit alors éteint, depuis plus de dix ans ; & le comté de Vermandois étoit poſſédé & régi, en cette année, par Hugues de France, le mari d'Adele, fille d'Hébert IV. Le prétendu manuſcrit eſt donc faux dans les points eſſentiels ; les dates. Et l'auteur, quand il l'a compoſé, n'avoit ſous les yeux aucunes piéces authentiques : il a toute la marche d'un ignorant qui mêle & confond tout ; enfin d'un aveugle qui heurte contre tout ce qu'il rencontre.

Page 33.

Troiſieme réflexion. Jacques Le Vaſſeur, qui nous donne une traduction françoiſe de ce manuſcrit prétendu, dans ſes *Annales de Noyon*, promet d'y ajouter à la fin la copie latine. Pourquoi a-t-il manqué à cet engagement ſolemnel ? Nous lui nions qu'il l'eût cette copie. L'annaliſte donnoit à cette piéce latine [il y a cent ans] trois ſiécles d'antiquité, quoique d'ailleurs elle eût été compoſée, ajoutoit-il, ſous l'épiſcopat d'Etienne Ier, c'eſt-à-dire, au commencement du treizieme ſiécle. C'eſt vouloir ici bien gratuitement reculer la naiſſance d'un mauvais ouvrage, pour lui concilier plus de vénération. Jacques Le Vaſſeur pouvoit-il être ſeul poſſeſſeur, inſpecteur & juge de cette hiſtoire ſi peu connue ? Après tout, ces belles allégations ſont démenties, & tombent à bas par la diſparution ſubite de la piéce originale latine, & de la copie françoiſe ; car on ne voit plus nulle part, ni l'une ni l'autre. Le manuſcrit latin eſt donc une ſuppoſition véritable ; & la copie françoiſe eſt un plat roman, avec lequel on a ſurpris la candeur du Doyen de Noyon.

Nous aurions certes beaucoup plus de choſes à dire ici, ſi nous avions le prétendu original dans les mains : mais c'en eſt aſſez pour démontrer que Jacques Le Vaſſeur n'a pu, même avec ce manuſcrit controuvé, rien apporter qui fût nouveau contre la ville de Saint-Quentin. Nous devons maintenant prouver par les titres les plus vrais, & par les circonſtances les plus déciſives, que la ville de Saint-Quentin eſt l'ancienne Auguſte de Vermandois. Ainſi cette ville même communiquera de ſon luſtre & de ſon éclat au vieux Doyen de Noyon, ſon adverſaire, juſques dans ſon tombeau ; & ornera, d'une façon plus brillante, le camail & le rochet de ſes ſucceſſeurs. Car nous démontrerons bientôt après contre lui, que l'égliſe de cette Auguſte a été le ſiege des évêques de Vermandois, auxquels ont ſuccédé immédiatement ceux de Noyon.

On doit obſerver ici que quoiqu'il ſoit vrai de dire que la ville de Saint-Quentin eſt l'ancienne Auguſte de Vermandois, elle n'eſt pas néanmoins ſituée aujourd'hui au même lieu où l'étoit cette derniere. Maintenant elle eſt aſſiſe ſur le haut de la colline : anciennement elle l'étoit ſur la partie auſtrale de cette même colline : elle s'étendoit alors le long du cours de la riviere de Somme, & comprenoit, dans ſon enceinte, ce que nous appellons aujourd'hui les quartiers de Saint-Thomas, de Sainte-Catherine & de Saint-Martin, avec le territoire de Saint-Nicaiſe, & une partie du fauxbourg y contigu, dit *de Pontoilles*. Mais toute cette différence ne change rien à la vérité de notre propoſition. Entrons dans les preuves que nous avons promiſes.

D'abord : nous liſons dans un manuſcrit, ancien de plus de ſix cens ans, que la ville de Saint-Quentin étoit reconnue univerſellement, & ſans contredit, pour l'Auguſte de Vermandois, au temps de la paſſion de cet illuſtre Martyr. Cet authentique, dont parle Baronius, ſe conſerve très-précieuſement dans l'égliſe de ſaint Quentin même, & contient toute l'hiſtoire des ſupplices de cet auguſte Patron. Il eſt déjà plus vieux que celui cité par Jacques Le Vaſſeur ; & nous ne le cachons pas : on peut le conſulter, & en voici la deſcription pour ceux qui ne peuvent le faire. Il eſt en velin, & orné de pluſieurs figures. On croit que Raimbert, chanoine de ſaint Quentin, [dont nous parlerons ſous l'an 1104], en eſt l'auteur. Il y eſt peint au frontiſpice, offrant à ſon ſaint patron le livre qu'il a compoſé en ſon honneur. Les différens chapitres de la paſſion de ce martyr y ſont diſtingués par des vers qui leur ſervent de titres. L'auteur y a ajouté l'hiſtoire de l'invention & des miracles du même Saint. C'eſt de lui que nous avons auſſi deux ſermons, dont l'un fut fait au ſujet de là tranſlation des reliques de ſaint Quentin au village de Cincenny ; l'autre au ſujet de la tumulation de ſon corps. Ce manuſcrit eſt infiniment eſtimé des curieux. Le double en eſt dans la bibliotheque de ſaint Remi de Reims ; [No. 460. Q. 14.] mais ſans enluminures, ni images.

Or, voici comme s'exprime l'auteur de cet ouvrage. Il fut conduit, dit-il en parlant de ſaint Quentin, de la ville d'Amiens où il avoit été incarceré, dans une autre ville qui, depuis long-temps, s'appelloit Auguſte de Vermandois.... *In municipium quod, antiquo nomine, Auguſta Viromanduorum nuncupatur.* Là il devoit attendre le préfet Rictio-Vare. C'étoit moins, ajoute cet hiſtorien,

III. SIECLE,
Année 269.

LVII.

Le Nin, antiquité de l'Auguſte de Vermandois, p. 4.

LVIII.
*Annales Baronii,
ad annum 303.*

Voyez le Livre IX, No. 33.

III. Siecle.
Année 269.

par un ordre de ce Juge que le brave athlete de J. C. y fut amené, que par un décret de la Providence Divine, qui vouloit sanctifier ce lieu par le sang & le nom de ce saint Martyr..... *Sed Christi providentiâ factum est quatenùs post tàm amarissimos cruciatus, post magna laborum certamina devotissimi sui Athletæ agonio coronam victoriæ daret, & ipsum locum ipsius martyris sanguine, & nomine sanctificaret.*

LIX.

Nous suivons ici l'ancien usage consacré dans notre pays & dans nos anciens auteurs, d'appeller en françois *Rictio-Vare*, plutôt que *Rictius-Varus*, le Préfet de l'Empereur, dans notre Gaule.

Histoire de S.-Q. p. 25.

Voilà toute notre raison. Claude De la Fons soutient que c'est-là la seule façon dont on doit exprimer en françois le nom de cet officier : mais ses preuves sur cet objet futil nous paroissent d'une très-foible considération. Baronius a prétendu au contraire, &

In notis ad Martyrolog. Roman. 6 Januarii.

nous croyons que c'est avec plus de fondement, que l'expression seroit plus correcte & plus latine de dire *Rictius-Varus*. Cependant nous nous en tenons, encore un coup, à l'usage, & nous pensons que cette dénomination, plus ou moins latine, est une chose assez indifférente pour que nos lecteurs ne nous fassent pas un procès d'avoir pris celle qui est la plus usitée. M. de Tillemont dit *Rictius-*

Hist. Ecclésiast. tom. 4, p. 433.

Varus. Soit noté en passant. Retournons à nos preuves.

Puisque notre dessein nous conduit ici dans une dissertation critique, les plus fastidieux lecteurs nous doivent pardonner les gloses & les remarques que nous allons faire sur les paroles du manuscrit anonyme que nous avons cité.

L'auteur vivoit dans un siécle où il étoit plus à portée que qui ce soit de ceux qui l'ont suivi, de savoir si la ville de Saint-Quentin étoit ou n'étoit pas l'ancienne Auguste de Vermandois : il paroît d'ailleurs n'avoir pas été ignorant, ni un écrivain léger : tout, dans son histoire, respire le bon sens & la gravité d'un homme réfléchissant. Or, il assure clairement sur la foi des actes qu'il avoit entre les mains, & des agiographes qu'il avoit lus, que la ville de Saint-Quentin s'appelloit anciennement *antiquo nomine,* l'Auguste de Vermandois. Pourquoi lui refuserions-nous notre croyance en ce point ? Autre preuve.

Le Doyen de Noyon ne pouvoit raisonnablement douter que ce fût en la ville de Saint-Quentin que ce grand Martyr avoit été mis à mort. Mais c'est cette même ville, dit l'Auteur de notre manuscrit, que Dieu avoit eu dessein de sanctifier par le nom de son serviteur : & quelle auroit-elle donc été avant le martyre de son Patron, si ce n'est l'Auguste de Vermandois ? Car le village de Vermand, tant relevé par Jacques Le Vasseur, a retenu son nom, & s'appelle encore *Vermand* : au contraire, l'Auguste de Vermandois a cessé d'être ainsi appellée, pour prendre le nom de *Saint-Quentin.* Qu'on nous dise donc quelle autre ville, saint

Quentin

Quentin auroit décorée de son glorieux nom : ou bien que l'on avoue que la même qui porte aujourd'hui le nom de saint Quentin, eſt la vraie & l'ancienne Auguſte de Vermandois. Avançons.

Enfin saint Quentin a conſommé ſon martyre. Son Juge, diſent toutes les légendes, & notamment encore notre manuſcrit, ordonna de garder le corps de ce Saint, & de le jetter ſans bruit, pendant la nuit, dans la riviere de Somme. . . *. . . Porrò corpus ejus Rictio-Varus, Præfectus, diligenter cuſtodiri juſſit, & ſecreto noctis ſilentio Somenæ fluentis immergere.* La Somme étoit donc, ſans contredit, près de l'Auguſte de Vermandois, où étoit Rictio-Vare. Mais elle eſt, en même temps, aux pieds de la ville de Saint-Quentin, dont elle baigne l'enceinte : l'Auguſte de Vermandois & la ville de Saint-Quentin ſont donc la même ville. Quelle vraiſemblance peut trouver auprès des eſprits impartiaux le ſentiment de Jacques Le Vaſſeur, qui, en ſuppoſant fauſſement que le village de Vermand étoit l'ancienne Auguſte de Vermandois, fait jetter le corps de ſaint Quentin, plutôt dans la Somme qui eſt éloignée de plus de deux lieues de Vermand, que dans la petite riviere d'Aumignon qui arroſe ce village ? N'eût-il pas été plus naturel que Rictio-Vare ſe fût ſervi de la riviere qui prêtoit un ſecours plus prochain à ſes deſirs ? D'ailleurs ce Préfet vouloit détruire, à bas bruit, le corps reſpectable du Martyr ; & pour y mieux réuſſir, il avoit choiſi le ſilence & l'obſcurité de la nuit. Le fait eſt ſans conteſtation. S'y fût-il donc bien pris de le faire voyager deux lieues, & tranſporter nuitamment au milieu des fidéles qui étoient comme aux aguets, pour le lui ſurprendre ? L'Aumignon qui touchoit à Vermand, à cette ville prétendue Auguſte, n'eût-elle pas pû enſévelir ſous ſes eaux, le même corps que la Somme, éloignée de cinq mille pas, a couvert des ſiennes ? N'y auroit-il eu que la Somme qui pût s'accommoder à la rage du Juge ? Avouons ce qui eſt tout ſimple, mais très-vrai : Rictio-Vare étoit dans l'Auguſte de Vermandois, & avoit la Somme, pour ainſi parler, à ſes pieds, & propre à ſervir ſes deſſeins : or, c'eſt l'avantage que la ville de Saint-Quentin préſente encore à ſes habitans : l'ancienne Auguſte de Vermandois & la ville de Saint-Quentin ſont donc une ſeule & même ville. La ſituation du village de Vermand ne s'accorde point avec ces vérités hiſtoriques. Nouvelle preuve.

Au manuſcrit qui comprend la paſſion de ſaint Quentin, eſt jointe une hiſtoire de l'invention de ſon vénérable corps, par ſainte Euſébie, dame Romaine. Cette relation, comme nous l'avons déjà obſervé, eſt du même auteur anonyme, de même ſtyle, & de même main ; & par conſéquent de pareille antiquité qu'eſt l'hiſtoire du martyre de ſaint Quentin. Voici ce qui y eſt marqué. Un ange parle à ſainte Euſébie. . . . . *Euſebia, exaudita eſt oratio*

Tome I.　　　　　　　　　　　　　　　　F

tua : [elle étoit aveugle, & demandoit depuis long-temps à Dieu la guérison de sa cécité......]. *Surge itaque, & vade in Gallias, ac perquire locum qui Augusta Viromanduorum nuncupatur, juxtà fluenta Somenæ, ubi via publica transit ad Ambianensem civitatem veniens contrà Laudunum-Clavatum.*

LXI.

Expliquons le texte : nous en conclurons ensuite ce qui sera de notre objet. Laon-le-Cloué, *Laudunum-Clavatum,* ville épiscopale, duché & pairie-ecclésiastique : c'est la ville qu'aujourd'hui on nomme simplement *Laon,* ville très-ancienne, autrefois assez fortifiée, & illustre par les faits qui y sont arrivés : elle est située dans la Picardie, & éloignée de celle de Saint-Quentin, de huit lieues. D'anciens manuscrits l'appellent *Lugdunum,* & y ajoutent *Clavatum,* pour la distinguer, 1º. de *Lugdunum-Celtarum* ou *Segusianorum,* Lyon, ville archiépiscopale, & capitale du pays Lyonnois, au conflans du Rhône & de la Saone : 2º. de *Lugdunum-Batavorum,* Leyden, ville des Provinces-Unies, dans la Hollande, capitale du Rhinland, sur l'ancien bras du Rhin qui se perd dans les Dunes : 3º. de *Lugdunum-Convennarum,* Saint-Bertrand de Comminges, ville épiscopale, & capitale du pays de Comminges, en Gascogne, sur la Garonne, proche des Pyrénées.

Claude Emméré rejette le témoignage de certain manuscrit, par la raison seule qu'il appelle Laon, *Lugdunum.* Mais cet historiographe n'a pas assez réfléchi que c'étoit-là le nom qu'on donnoit anciennement à cette ville, & que celui de *Laudunum,* dont on l'appelle à présent, n'est pas si souvent employé dans les actes anciens pour la désigner, que l'a été le premier qu'il a voulu proscrire.

Quelques auteurs ont dit, après Plutarque qui l'avoit tiré lui-même de Clitiphon, que le nom de *Lugdunum,* donné à la ville de Laon, venoit des mots *Lug,* qui signifie *Corbeau,* & de *Dune,* qui signifie *Montagne ;* parce que Munatius-Plancus, le prétendu fondateur de cette ville, vit une volée de ces oiseaux se reposer sur la montagne de cette capitale, lorsqu'il consultoit les aruspices à son sujet. Mais ces mêmes auteurs, pour s'attirer notre croyance, auroient dû nous expliquer pourquoi le même nom a été donné à d'autres villes encore, auxquelles le même événement n'est peut-être pas arrivé. Laon est appellé *le Cloué,* à cause des cloux brodés sur le manteau du préteur Marcobrius, qu'on croit, avec plus de justice, être le fondateur de cette ville.

Nous allons conclure. Plût à Dieu que Jacques Le Vasseur eût lu le texte que nous venons de citer ! il eût épargné bien des tortures à son esprit, & eût retranché de son livre nombre de bévues & de faussetés. Il y eût vu que l'Auguste de Vermandois est située sur les rives de la Somme, & que son village de Vermand

n'approcha jamais de cette riviere que de deux lieues. Il eût
déduit du même paſſage, par une conſéquence infaillible, que la
ville de Saint-Quentin, bâtie au même lieu que la ville d'Auguſte
de Vermandois, *juxtà fluenta Somenæ*, eſt dans une reſſemblance
intime, parfaite & innée avec cette ancienne capitale, & que
toutes les circonſtances de l'une conviennent à l'autre, & ne
peuvent ſe ſéparer.

Ou bien, il eût fait l'ange d'Euſébie très-mal inſtruit de la carte
du pays, & mauvais indicateur de la route que devoit tenir cette
ſainte dame. Mais l'annaliſte de Noyon n'eût pas eu cette témérité : car il eût encore vérifié lui-même ſur les lieux, comme il
le devoit, le chemin de Laon à Amiens, ſur la riviere de Somme,
par l'Auguſte de Vermandois ; & il eût reconnu que les traces de
ce paſſage s'apperçoivent à préſent dans la ville moderne de Saint-
Quentin, à l'endroit du pont qui touche à la chapelle où le corps
de ſaint Quentin fut trouvé. Il eût reconnu que ce pont eſt ſenſiblement le chemin indiqué : que ce pont recevoit les voyageurs
de Laon, & les conduiſoit autrefois à Amiens, par le chemin qui
s'étendoit le long des quartiers que nous avons cités dans une
obſervation précédente. Il eût conclu enfin que la ville de Saint-
Quentin, ayant en ſoi tous les traits qui caractériſent l'ancienne
Auguſte de Vermandois, elle eſt la même : & que le village de Vermand, qu'il a voulu faire paſſer pour une capitale, ne préſentant
point à ſes pieds ni la riviere de Somme, ni le chemin marqué par
l'ange pour aller de Laon à Amiens, en traverſant cette riviere,
n'a jamais été la ville dont on parle.

Cependant ce village, qui étoit devenu, même dès le quatrieme
ſiécle, un fort, un camp, une ſtation conſidérable des Romains,
n'étoit pas moins aimable aux yeux de ſainte Euſébie, qu'à ceux
du Doyen de Noyon. Cette Dame avoit trouvé, aux pieds de
l'Auguſte de Vermandois, le corps de ſon ſaint Apôtre, & vouloit, continue l'auteur de notre manuſcrit, le transférer de là au
camp de Vermand, *Caſtrum Virmandenſe*. Ce camp en étoit éloigné
de cinq mille pas : mais, par une permiſſion Divine, elle ne pût
exécuter ce deſſein : Dieu ne voulant pas [c'eſt toujours le même
écrit qui parle] priver d un ſi grand tréſor le lieu que Quentin
avoit conſacré par ſon ſang, elle fut obligée de l'inhumer ſur la
colline où il avoit été décapité. [Or, c'eſt préciſément l'endroit
où eſt bâtie, en l'honneur de ce ſaint Martyr, la belle égliſe que
l'on y voit].

Que conclure de tout ce narré ? Trois articles importans. Le
premier : que l'Auguſte de Vermandois, ſituée ſur les bords de la
Somme, & le village de Vermand qui eſt diſtant de cette riviere
de cinq mille pas, ſont deux lieux réellement diſtincts & très-

différens l'un de l'autre. Le fecond : que la ville appellée *Saint-Quentin*, étant dans la même pofition par rapport à la riviere de Somme & à la diftance du village de Vermand qu'étoit l'ancienne Augufte de Vermandois, a plus de reffemblance avec cette capitale, que ce village n'en a : car les mêmes traits ne peuvent pas lui être appliqués. Le troifieme : que l'Augufte de Vermandois ayant été certainement confacrée par le fang de faint Quentin, & la ville qui porte maintenant le nom de ce martyr, fe glorifiant, avec juftice, du même honneur, il eft indubitable que ces deux villes ont les mêmes fondemens, & ne forment qu'une feule & même cité.

LXII. Ces conféquences font d'autant plus vraies, qu'un autre manufcrit rapporté dans le premier volume des Annales eccléfiaftiques du pere Le Cointe, Oratorien, les confirme pleinement. Ce manufcrit a été tiré de la bibliotheque du célébre Du Chefne, hiftoriographe de France. Il eft le même, à quelques expreffions près, qu'un certain de la bibliotheque de la cathédrale de Noyon, fur le frontifpice duquel il eft écrit : *Ifte liber eft . . . . unus antiquiorum Noviomenfis ecclefiæ librorum.* C'eft par-tout le même auteur, le même témoin oculaire qui y parle. Le changement de quelques termes ne vient que des copiftes. Jacques Le Vaffeur étoit à la portée de faire fon profit de ce livre, dont on nous a communiqué l'extrait que nous rapporterons tout au long dans notre IIe Livre. Ce fecond authentique eft beaucoup plus ancien encore que le premier, dont nous venons de faire ufage : car il a été compofé par un auteur anonyme, mais préfent à la premiere invention du corps de faint Quentin par fainte Eufébie, c'eft-à-dire, par un écrivain du quatrieme fiécle.

Or, après avoir raconté prefque toutes les mêmes chofes qu'a rapportées celui de l'églife de faint Quentin, dont nous venons de nous fervir, l'auteur de ce dernier manufcrit dit tout fimplement que fainte Eufébie vouloit inhumer dans la ville de Vermand, *civitate-Vermandis*, le corps de faint Quentin, qu'elle avoit trouvé dans les eaux de la Somme : mais que le poids en étant devenu infupportable, elle fut contrainte de lui rendre ce devoir dans la ville municipale d'Augufte de Vermandois, où elle fit conftruire en même temps, fur le tombeau du faint, une petite chapelle. *Cellulam.* Voilà donc le lieu de Vermand appellé *ville* par cet auteur ; nous l'avouons, & nous ne conteftons pas cette qualité à ce village : mais le voilà auffi déclaré être bien diftinct, & éloigné de plus de deux lieues de l'Augufte de Vermandois : mais voilà auffi cette ancienne Augufte clairement marquée être la même que la ville de Saint-Quentin, puifque c'eft elle qui a livré le lieu de la fépulture à fon patron : mais voilà enfin la ville de Saint-

Quentin évidemment prouvée avoir été toujours supérieure à celle de Vermand, puisqu'elle est ici appellée *Municipium*, ville municipale, libre, & jouissant du droit de bourgeoisie Romaine, lorsque l'autre n'est purement nommée que *civitas*, cité, ville.

Nous nous écartons, en cet endroit-ci, de l'interprétation forcée que donne aux paroles de ce dernier authentique, concernant l'invention du corps de saint Quentin, l'auteur de *la défense des principales prérogatives de la Ville & de l'Église Royale de Saint-Quentin*. Cet écrivain, persuadé qu'il avoit quelqu'intérêt à enlever au village de Vermand la qualité & le nom de *ville* ancienne, s'est tourmenté pour faire entendre, de l'Auguste de Vermandois, les mots de *Vermandis civitate*, que nous avons rapportés au village de Vermand. Voici son commentaire sur ce passage. Il dit que sainte Eusébie, voulant entrer dans la ville d'Auguste, *Vermandis civitate*, pour y inhumer le corps de saint Quentin qu'elle venoit de trouver dans les eaux de la Somme, passa par la colline où est maintenant bâtie l'église de ce saint Martyr : que cette colline, qu'il lui plaît d'appeller *Municipium*, étoit le fauxbourg de la ville d'Auguste ; & que cette route étoit en effet le véritable chemin que cette Dame devoit tenir pour en descendre ensuite dans la ville : *Vermandis civitate*.

Plusieurs raisons nous ont déterminé à ne pas suivre cette glose de Claude Bendier. La première : c'est que les deux authentiques que nous venons de citer, & que ce docteur cite aussi lui-même, indiquent deux villes très-distinctes, en termes trop clairs, pour qu'on puisse n'en faire qu'une seule. En second lieu : l'intervalle de cinq mille pas de l'une à l'autre ville, que contiennent la plupart de ces manuscrits anciens, est trop étendu, pour qu'il puisse se retrouver du lieu où fut découvert le corps de saint Quentin, jusqu'à celui d'Auguste de Vermandois ; eût-il fallu monter la colline pour descendre en cette ville. Troisiemement : cette distance se concilie plus facilement avec le village de Vermand : car le pas, comme nous l'avons déjà dit, étoit de cinq pieds, quand on l'employoit pour mesurer les grands chemins. Il y avoit donc vingt-cinq mille pieds du lieu de l'invention à Vermand. Il falloit deux mille pas italiques, pour une lieue françoise, c'est-à-dire, dix mille pieds : pour deux lieues, quatre mille pas, c'est-à-dire, vingt mille pieds : enfin pour deux lieues & demie, cinq mille pas, ou vingt-cinq mille pieds. Or, c'est bien précisément ce qui se rencontre d'éloignement dudit lieu de l'invention du corps de saint Quentin, au village de Vermand. On ne peut donc parler plus vrai & plus juste que ne fait cet authentique ; & nul témoignage ne peut être plus décisif pour la

III. SIECLE.
Année 269.

LXIII.

Page 40 & suiv.

IIL Siecle.
Année 269.

distinction de la ville d'Augufte de Vermandois, d'avec la cité de Vermand. Quatriemement : nous penfons qu'il exiftoit, au temps dont nous parlons, un chemin plus direct, plus court & plus facile pour entrer du lieu & du point de l'invention, qui étoit fur la riviere de Somme en la ville d'Augufte, que n'étoit ou que n'auroit été celui de paffer par la montagne : c'étoit de la cotoyer, & de louvoyer le baftion qui fe rend au pré Saint-Thomas, où commençoit l'entrée de l'Augufte de Vermandois ; d'outrepaffer cette ville, de continuer la route pardevant Epargnemaille, de joindre le bas du village de Selenchy, d'aller de là près d'Holnon, & enfin à Vermand. Le chemin en eft encore tout tracé, & va rejoindre celui de Péronne à Saint-Quentin. Cinquiemement : l'expreffion *Vermandis civitate*, oppofée à celle de *Municipium Auguftæ Viromanduorum*, ne préfente pas certainement, la premiere, la ville d'Augufte de Vermandois ; & la feconde, le fauxbourg de cette ville : mais bien plutôt, *Vermandis civitate* fignifie la ville, la cité, le camp, ou le fort de Vermand, appellé *civitas*, du nom des Citoyens Romains, qui l'habitoient alors ; & l'autre expreffion, la ville même d'Augufte de Vermandois, qui certainement étoit encore plus confidérable que Vermand, puifqu'elle eft appellée *municipium*. Enfin, il eft infoutenable de détourner la glorieufe prérogative de *municipium*, à défigner un fauxbourg.

Claude Bendier a donc mal interprêté le paffage de notre fecond authentique. Pour nous, nous penfons que, loin d'ôter rien à la vérité de notre propofition, cet extrait la confirme au contraire, & lui fert de preuve invincible. On en jugera par la lecture du texte latin que voici. . . . . *Tunc fideliffima mulier* [*EUSEBIA*] *acceptum venerabile corpus. . . . voluit Vermandis civitate fepelire illud. Cùmque in itinere proficifcerentur, venerunt in municipio Auguftæ Viromanduorum deponentes illud, quia præ pondere ambulare non poterant. Videns igitur hæc præfata mulier, illud ibidem fepelivit, & fuper fepulchrum ejus cellulam pro beneficio fepulturæ ædificavit, &c.*

LXIV.
Annales Eccléfiaft, tom. I.

Le père Le Cointe a cru que la diftance des cinq mille pas, de laquelle parlent quelques manufcrits, étoit une addition poftérieurement faite au texte, parce qu'elle n'eft pas affez jufte, dit-il, avec la diftance qui fe rencontre du lieu de la Somme, où le corps de faint Quentin a été trouvé, ou de la ville même d'Augufte de Vermandois, au village de Vermand. Mais il fe trompe : nous venons de démontrer qu'elle eft très-mefurée. D'ailleurs, ajoutet-il, elle n'eft pas marquée dans certains manufcrits. Soit : mais cette reticence n'eft pas une preuve de fuppofition. Combien de copiftes malins, ou négligens, omettent dans leurs tranfcriptions de chofes effentielles ? Et en fut-elle une ? La fuppofition étant extrêmement ancienne, elle fait toujours preuve pour nous & pour notre thése.

Nous avons encore d'autres manufcrits à citer, également importans pour notre caufe. C'eft dans la Somme, auprès de la ville d'Augufte, qui eft éloignée de cette riviere d'un mille, c'eft-à-dire, d'une demi-lieue, que fainte Eufébie a trouvé le corps de faint Quentin, dit un autre manufcrit très-vieux, écrit en vers françois. Eh, la ville de Saint-Quentin eft la même: Au contraire, le village de Vermand eft diftant de cet endroit de la Somme, de cinq mille pas. La ville de Saint-Quentin eft donc l'ancienne Augufte de Vermandois : Vermand ne l'a pu être.

C'eft dans les mêmes termes que s'exprime encore un quatrieme authentique qu'on trouva inféré, avec d'autres traités, dans un manufcrit de la bibliotheque de M. de Thou, [No. 749 & 571]. Il pofe la ville d'Augufte de Vermandois fur la Somme : il y met un chemin d'Amiens à Laon fur la même riviere ; & ne laiffe, par cette defcription, aucune ambiguité fur la ville de Saint-Quentin, qui garde encore les mêmes fignalemens que n'a jamais eu le village de Vermand, fitué fur la riviere d'Aumignon.

Saint Victorice & faint Fufcien, les apôtres de la Térouenne, viennent chercher le chef de leur miffion, faint Quentin, à Amiens. Il en a été enlevé, leur dit faint Gentien, un de leurs profélytes. Après lui avoir fait fouffrir divers tourmens, le préfet de l'Empereur l'a envoyé dans l'Augufte de Vermandois..... *In quodam municipio quod Augufta Viromanduorum dicitur*, & l'y a fait décoler. Ainfi parlent les actes manufcrits du martyre de ces trois Saints. Peut-on requérir une dépofition plus claire en faveur de la ville de Saint-Quentin, où il eft indubitable que ce martyr a été décapité? Non cependant, difoit Jacques Le Vaffeur, pour fuivre fon fyftême : il faut que ces deux compagnons aillent d'Amiens à Vermand, cette prétendue Augufte, cette prétendue Municipe ; & de là, ils feront encore deux lieues pour fe rendre à l'endroit du martyre de faint Quentin. Ridicule commentaire, oppofé à la clarté des actes. Ou bien, je foutiens que faint Quentin a été martyrifé dans Vermand même, cette prétendue Augufte ; & que fon corps en a été enlevé pour être jetté, à deux lieues de là, dans la Somme, près de laquelle il repofe. Impofture groffiere, contraire à tous les actes & à la foi des peuples. Pour empêcher qu'on ne crût que la ville de Saint-Quentin eft l'Augufte ancienne de Vermandois ; il lui a fallu arracher la ville d'Augufte de là colline qui la dominoit, & nier que ce fût fur cette montagne même adjacente à cette capitale municipe, que le généreux athlete avoit confommé fon martyre. Ajoutera-t-il que Vermand avoit été alors faccagé, défolé, dévafté

III. SIECLE.
Année 269.
LXV.
Défenfe des prérogatives de la ville, &c. pag. 12.

Ibid.
LXVI.

Ibid.

III. SIÈCLE.
Année 269.

totalement ; & que c'eſt de ſes ruines qu'a profité la ville de Saint-
Quentin , pour s'appliquer le nom d'Auguſte de Vermandois ,
& le titre de Capitale de ſa Province ? Il n'étoit rien arrivé encore ,
en ces temps, de tous ces ravages ; & il ſubſiſtoit déjà, à deux
lieues & demie de Vermand, une ville Auguſte de Vermandois,
une municipale , chef-lieu de ſon territoire ; une ville célébre
enfin , théatre du ſupplice de ſaint Quentin , & qui a pris tous ces
noms avant que de porter , en dernier , celui de ſon patron.

LXVII.
Ibid. pag. 13.

François Bocquet trouva , dans un autre manuſcrit, les mêmes
derniers actes dont nous parlons , & les fit imprimer dans une
hiſtoire latine de l'égliſe Gallicane , qu'il avoit compoſée. Or , ſon

II. Partie, hiſt.
Gallic.

édition porte le coup fatal au défenſeur du village de Vermand.
L'éditeur aſſied la ville municipale d'Auguſte de Vermandois ſur la
riviere de Somme immédiatement. . . . . . *In municipio Auguſtæ ſuper
amnem Summam. :* . . . . Voilà la ville de Saint-Quentin qui eſt dans
cette poſition , nettement déſignée , à l'excluſion du village de
Vermand qui n'y eſt pas. Saint-Quentin eſt donc l'ancienne Auguſte de Vermandois ; Vermand ne l'eſt donc pas. L'invincible
Martyr a été percé avec des cloux & des broches ; & enfin a été
décollé ſur une montagne qui domine l'Auguſte de Vermandois ,
ajoute le même auteur , en rapportant encore les paroles ſuivantes , comme celles de ſon manuſcrit . . . . . *Clavis & verubus , toto
corpore , transfixus QUINTINUS , tandem ad tumulum Auguſtæ Viromanduorum imminentem , capite plectitur : projectum in Somenam fluvium ejus corpus.* . . . . . On eſt donc forcé de reconnoître la ville de
Saint-Quentin dans celle de l'Auguſte de Vermandois , puiſqu'on
y voit encore la colline où eſt maintenant la ſuperbe baſilique
dédiée à ce Saint , la Somme à ſes pieds. Au contraire, la cime de
la montagne du village de Vermand , eſt factice, l'ouvrage de l'art,
& n'a jamais dominé que ſur un étroit continent & quelques marais adjacens , dans leſquels on a bâtie, dans la ſuite des ſiécles ,
une abbaye. Et certes ce n'eſt point cette montagne qui a reçu
les ſoupirs & les cris que le généreux Confeſſeur de J. C. a jettés
en mourant. Saint Quentin , ſon culte , ſes reliques, ſa mémoire,
n'y ſont pas même connus. Oublie-t-on ainſi l'Apôtre de tout un
pays ? Eſt-ce ainſi qu'on le néglige en la ville Auguſte où il eſt
révéré ; & où l'on eſt convaincu qu'il a été mis à mort ? Quelle
dévotion immenſe , quel feu , quelle ardeur n'y conſerve-t-on
pas encore pour ſes cendres , ſa mémoire, ſon nom ?

LXVIII.

Une obſervation à faire ici , utile aux lecteurs : c'eſt que le
ſentiment que nous ſoutenons s'accorde avec toute l'hiſtoire des
actes de ſaint Quentin & de ſes compagnons ; & que l'opinion ,
qui transfere l'Auguſte de Vermandois au village de Vermand , ne
peut ſe concilier avec la ſuite continue des mêmes actes. M. de
Tillemont

Tillemont a fenti cette difcordance ; & pour fe tirer de la difficulté que lui caufoit le tranfport du cadavre de faint Quentin dans la Somme, éloignée de plus de deux lieues de Vermand, il a imaginé plufieurs frivoles raifons, qui n'expliquent pas auffi naturellement l'événement, que le font celles qui fe tirent des actes anciens que nous fuivons à la lettre. Tantôt il loue, tantôt il réfute Claude Emmeré ; il lui accorde, il lui refufe : & après ces alternatives, il propofe, pour accommoder amiablement le différend qui eft entre cet hiftoriographe & lui, le fentiment fingulier que Jacques Le Vaffeur n'avoit fait qu'infinuer. Il fuppofe très-fauffement que faint Quentin a fouffert le martyre à Vermand, & non pas fur la montagne près de la ville honorée de fon nom : enfuite il dit qu'il penche à croire que ce village étoit primordialement l'Augufte de Vermandois : mais que cette ville, ayant été détruite par les Vandales en 407, fut transférée en celle de Saint-Quentin, qui, depuis ce temps, s'eft très-légitimement appellée l'Augufte de Vermandois.

Nous rejettons cette conciliation erronée. Tout ce que nous venons de dire en cette differtation, ce que nous ajoutons dans celle qui eft à la tête du Livre fuivant, réfute démonftrativement le pacifique médiateur, & pulvérife l'opinion particuliere qu'il a fubftituée à la vérité & à l'évidence des actes les plus multipliés. Tel eft l'effet du préjugé : M. de Tillemont en croyoit au géographe Samfon, & au pere Labbe ; & ces grands auteurs, après avoir long-temps balancé fur la véritable fituation de l'ancienne Augufte de Vermandois, s'étoient jettés dans l'erreur qu'ils lui ont infpirée. Il faut être des lieux & fur les lieux, comme nous le fommes, pour mieux concevoir encore ce que nous difons. Ces favans n'avoient pas cet avantage : ils parloient de ieux éloignés, & de matieres bien étrangeres à leurs perfonnes.

Récréons-nous par quelques vers de péofie, qui jetteront de nouvelles lumieres fur l'objet de notre differtation. Nous les avons extraits d'un manufcrit ancien de cinq cens ans, repofant en la bibliotheque de la célébre abbaye de faint Remi de Reims, fous le N°. 460. Q. 14.

Aft ubi deductus [QUINTINUS] *ter denis millibus effet*
AUGUSTAM veniens, quam nunc fanctiffimus ipfe
Corpore facrato inluftrans, facit effe corufcam ;
Juffus ibi eft, faciente Deo, exfpectare tyrannum :
Ut locus ille pio perfufus fanguine Sancti
Mundior effectus, Chrifto facretur in ævum.

De Martyrio B. QUINTINI, cap. 25.

III. SIECLE.
Année 269.
Hift. Ecclefiaft;
tom. 4, p. 434.

LXIX.

.... *Advehit* [EUSEBIA] AUGUSTAM *, juxtìmquè tunc fùit illìc*
Villa : deindè volens Viromando ponere castro
Adgreditur; cupiens feretrum cum corpore sacro
Ferre loco : sed valdè Deus hunc fixerat antè
Pondere nempè gravi : tempsit quia linquere Martyr
Rura cruore suo , quondàm mercata sacrato.

De Inventione I. cap. 12.

.... *Idem igitur peragens quod cœperat antè*
Ac primùm veniens AUGUSTAM *ad martyris ædem....*

De Inventione II.

LXX.

Après les preuves que nous venons de produire en faveur de notre these , on n'en devroit presque plus attendre d'autre de nous : mais puisque de nouvelles se présentent encore sous notre plume, on nous permettra de les ajouter à celles-là, en surabondance de droit.

Cl. Bendier, défense des Prérogatives , &c. pag. 13.

C'est dans les Gaules, & notamment dans la ville d'Auguste de Vermandois, sur la riviere de Somme, dit un très-ancien martyrologe de l'église de saint Quentin, que ce martyr a souffert le dernier jour d'Octobre. C'est dans la même Auguste de Vermandois, ajoute-t-il tout de suite, qu'il y fut percé de broches, depuis la tête jusqu'aux cuisses.... Enfin, c'est dans la même ville municipale ; dit-il encore, que le vingt-quatrieme jour de Juin il y fut enterré par sainte Eusébie, qui l'avoit trouvé le même jour.... *In Galliis , apud Augustam Viromanduorum passio sancti & gloriosissimi Christi martyris* QUINTINI .... *ponderosis catenis alligatus , ad Augustam Viromanduorum perducitur , ubi jussu præsidis , duobus verubus ferreis , à cervice ad crura , transfigitur..... In eodem municipio* VIII *calendas Julii sepelitur.... Eodem die , apud Augustam Viromanduorum inventio corporis beatissimi* QUINTINI *, martyris , insigniter propalati ab Eusebiá.* Sur tout ce passage , voici comme on doit raisonner : Il est incontestable que la passion, la mort, & l'inhumation de saint Quentin, sont arrivées en la ville qui porte le nom de ce Saint, & non pas dans le village de Vermand : or, il est aussi incontestable, selon le martyrologe de son église, que c'est dans l'Auguste de Vermandois que cette passion, cette mort, cette sépulture, ont eu lieu. Donc la ville de Saint-Quentin & la ville municipale d'Auguste de Vermandois, sont une seule & même ville. Et tout cela , dès le quatrieme & troisieme siécles, plus de cent ans avant la prétendue destruction de Vermand.

Nous ne craignons pas d'insister sur le titre que nous citons. Pourquoi paroîtroit-il suspect à nos adversaires? Assurément l'auteur n'en pouvoit pas deviner, il y a plus de six cens ans, qu'on feroit à la ville de Saint-Quentin le procès dont il digéroit cependant, fans le favoir, les repliques qu'il puifoit dans des monumens plus anciens encore.

Mais écoutons un autre martyrologe au-deffus de toute exception : la date en eft très-vieille auffi. Il eft en ufage dans l'abbaye de fainte Benoite, d'Origny. Il dit encore expreffément que c'eft dans l'Augufte de Vermandois que faint Quentin fouffrit, le dernier jour d'Octobre, ... & qu'il fut enterré, plufieurs années après, par fainte Eufébie, dans la même ville d'Augufte de Vermandois... *In Galliis, Auguftæ Viromanduorum paffio fancti Quintini, martyris ;* ... *& ab eâdem* [Eufebiâ] *in municipio quod Augufta Viromanduorum nuncupatur fepultum.* Que les écrivains, favorables au village de Vermand, décident : Eft - ce à Saint - Quentin, eft - ce à Vermand, que faint Quentin eft mort & a été enterré par fainte Eufébie ? Ont-ils jamais tenté, tenteront-ils de prouver que le faint matyr n'a pas fouffert, & n'a pas été inhumé dans le lieu où eft à préfent la ville qu'on appelle de fon nom ? On les défie d'en apporter la moindre preuve. Pourquoi donc refufent-ils de dire que cette même ville de Saint-Quentin, où ces chofes fe font opérées, eft l'ancienne Augufte de Vermandois ? Et, par inverfion d'argument, puifque faint Quentin n'a pas confommé fon martyre au village de Vermand, mais dans l'Augufte de Vermandois, fur la Somme, & qu'il a été enterré dans cette municipe, ne s'enfuit-il pas que ce village, fur l'Aumignon, eft réellement diftinct de cette ville, & qu'il ne peut jamais là repréfenter comme augufte, comme capitale, comme municipe ?

Tous les bréviaires anciens des diocefes dépendans de la province eccléfiaftique de Reims, appellent l'Augufte de Vermandois le lieu de la paffion de faint Quentin : or le confentement univerfel de ces églifes, celui même du nouveau bréviaire de Noyon, [1764.] nous laiffent-ils le moindre fujet de douter que, puifque la ville de Saint-Quentin eft certainement ce lieu, elle foit auffi la même ville que l'Augufte de Vermandois ? Nulle part on ne voit qu'ils infinuent que la ville de Saint-Quentin foit calquée fur celle de Vermand, & qu'elle lui ait anciennement dérobé fes prérogatives, fa dignité, fes titres, fon nom, fon faint martyr, &c.

Enfin, faifons venir des monts Pyrenées même, à notre défenfe, les armes que nous y préfente, dans l'abbaye de faint Savin, diocefe de Tarbes, le martyrologe qui y eft en ufage : leur trempe ancienne les aura rendues plus redoutables ; car, au temps auquel nous écrivons, ce martyrologe a fix cens ans d'antiquité. .....
In Galliis, civitate Auguftâ Viromanduorum paffio fancti Quintini....
Ce texte ne contient-il pas la décifion de la difficulté ? Le martyrologe romain, en reconnoiffant que c'eft dans l'Augufte de Ver-

III. SIECLE,
Année 269.

Ibid.

Ibid.

Ibid.

III. SIECLE.
Année 269.
Ad 31 Octobris.

mandois que saint Quentin a souffert, a consacré aussi le sentiment que nous soutenons : *In Galliâ, apúd Augustam Viromanduorum natalis sancti Quintini, ordinis senatorii, qui sub Maximiano imperatore passus est ; cújus corpus, post annos quinquaginta-quinque, angelo revelante, inventum est incorruptum.* Usuard, Molanus sur Usuard, Adon & les autres martyrologistes ont parlé de même touchant l'attribution de la mort & de la sépulture de saint Quentin à la ville Auguste de Vermandois, sur la riviere de Somme. Il y a quelque chose de plus dans le martyrologe de la cathédrale de Reims : c'est qu'il appelle indifféremment l'Auguste de Vermandois de ce nom, ou de celui de simple ville de Vermand.

Marlot, hist.
Remensis, tom. 1.
fol. 72.

Secundo calendas Novembris : in Galliis, oppido Viromandensi sancti Quintini, martyris. C'est l'expression aussi de celui de saint Savin que nous venons de citer. Et de cette façon de parler il s'ensuit que la ville de Saint-Quentin, où est mort cet auguste patron, où il a été enterré, où il est honoré, est essentiellement la ville de Vermand, & que le village, qui porte la même dénomination, n'a pu être ainsi appellé qu'en second, c'est-à-dire, après que la ville capitale aura quitté son nom de Vermand, pour prendre celui d'Auguste de Vermandois.

LXXI.
Du Chesne, hist.
des écrivains de
France, tom. 3.

Ce que nous allons ajouter est tiré de notre histoire de France. Les rois Lothaire, Louis de Germanie & Charles le Chauve venoient de régler entr'eux la division de leurs royaumes. Charles, paisible dans son château de Cressy-sur-Serre, y épousa Ermentrude, niéce d'Adélard, comte de Vermandois : ensuite, pour satisfaire sa piété, ce prince vint célébrer les fêtes de Noël & des Rois dans l'église de saint Quentin, située dans l'Auguste de Vermandois. Rien de plus précis contre nos adversaires. Parle-t-on ainsi d'une ville qui ne seroit pas essentiellement la ville auguste de Vermandois, & qui n'auroit ce titre que par l'usurpation qu'elle en auroit faite sur une autre ? Jacques Le Vasseur a donc été confondu, huit cens ans avant sa naissance, dans le ridicule sentiment qu'il avoit reçu de quelques écrivains modernes & mal instruits. M. de Tillemont, en transportant l'Auguste de Vermandois, du village de Vermand, dans la ville de Saint-Quentin, au cinquieme siécle, voit pareillement son entreprise littéraire réfutée, &, avec lui, tous ceux qui seroient de son opinion.

Duchesne, historiographe du Roi, a recueilli les trois faits, que nous rapportons ici, d'un manuscrit des annales de France, depuis l'an 741 jusqu'à l'an 992, qu'il avoit trouvé dans l'abbaye de saint Bertin, au diocese de Saint-Omer, & l'a fait imprimer dans son histoire des écrivains de la France. Voici le texte du premier fait : *Anno 842 Augustam Viromanduorum ad memoriam, videlicèt beati Quintini, martyris, nativitatem Domini, & apparitionis festum celebraturus proficiscitur [Carolus Calvus].* L'acte de religion de Charles le

Chauve eſt référé à l'an 842. En 852, le même Roi reçut, dans la même Auguſte où repoſe le corps de ſaint Quentin, ſon même frere Lothaire qu'il y avoit invité à une entrevue. *Anno 852 Carolus fratrem Lotharium ad ſui colloquium invitans, apud Auguſtam Viromanduorum quæ beati martyris Quintini corpore inſignitur, fraternè ſuſcipit.* Enfin, en 858, Louis de Germanie, après être paſſé de Reims à Laon, vint auſſi, en la même ville d'Auguſte de Vermandois, y ſolemniſer la fête de Noël, dans la communauté des freres qui ſervoient auprès du bienheureux ſaint Quentin. *Anno 858 Ludovicus verò per Durocortorum-Remorum, & Laudunum pagum ad Auguſtam Viromanduorum in cænobio videlicèt beati Quintini, martyris, Dominicæ nativitatis feſtum celebraturus ingreditur.*

III. Siecle. Année 269.

On liſoit encore, n'a gueres, en l'abbaye du Mont-Saint-Martin, avant qu'elle fût abattue [en 1755], l'épitaphe ſuivante, poſée ſur la tombe d'un gouverneur de Saint-Quentin, qui avoit élu ſa ſépulture en l'égliſe de cette maiſon : *Hìc jacet ſtrenuus miles, Hugo de Maillés, Auguſtæ Viromanduorum capitaneus, & Domina Ermengardis, uxor ejus ; qui in multis nobis benefici extiterunt. Obiit, anno Chriſti 1258.* ✱

L'Etat de Cambrai, III. partie, pag. 744.

Que la lumiere ſorte des lieux que Jacques Le Vaſſeur a voulu couvrir de ténébres. Les chartes des évêques de Noyon & du chapitre de cette cathédrale, leurs bréviaires, leurs traditions, tout chez eux a reconnu autrefois une vérité que l'erreur ou la malignité ne pourront jamais rendre problématique. Simon, premier du nom, évêque de ce ſiége, donne à l'égliſe de ſaint Quentin l'autel du village d'Eſtreillers. La charte de la donation en eſt dreſſée à Noyon même, en l'an 1124. Elle eſt ſouſſignée par le prélat, par toutes les dignités, & par pluſieurs chanoines de ſon égliſe. Or, entr'autres choſes, qu'y reconnoît-on publiquement ? une grande vérité. C'eſt que l'égliſe de ſaint Quentin eſt ſituée dans l'Auguſte de Vermandois. . . . *Eccleſia ſanſti Quintini in Auguſtá Viromanduorum.* Dans quelle erreur ne nous jetteroit pas un pareil langage, ſi Saint-Quentin n'étoit l'Auguſte de Vermandois, que depuis la deſtruction prétendue de Vermand, & comme par uſurpation ſur ce village ?

LXXII. Cl. Bendier, la Défenſe, &c. page 15.

Une charte d'Hébert IV, datée du 13 de Décembre 1073, & expédiée dans l'Auguſte de Vermandois, (car nos Comtes ne demeurerent jamais au village de Vermand) a occaſionné un différend entre les religieux de l'abbaye de ſaint Quentin, en l'Iſle, & ceux de celle de ſaint Prix. Jean, abbé de ſaint Eloi de Noyon, & Robert de Montagu, chanoine de cette ville, décident la queſtion contentieuſe, par leur ſentence arbitrale en 1275. Seize ans après, en 1291, Gui, évêque de Noyon, choiſi par les mêmes parties, confirme la premiere ſentence par une ſeconde qu'il

Ibid. p. 16.

rend. Or, ce Prélat y reconnoît la date du lieu de la concession
d'Hébert, conçue en ces termes. . . . . *Actum est hoc in Augustâ Viromanduorum apud sanctum Quintinum , &c. ;* & place lui-même,
comme avoient déjà fait les Juges-Commissaires, l'ancienne Auguste de Vermandois dans la ville de Saint-Quentin ; ou, si l'on
veut, la ville de Saint-Quentin dans l'ancienne Auguste de Vermandois. D'où vient donc cet affectation marquée, d'appeller
encore la ville de Saint-Quentin du nom d'Auguste, plus de trois
cens ans après qu'elle l'avoit quitté, pour porter celui de son
glorieux patron ? C'est qu'on ne pouvoit se défaire de l'ancienne
habitude, & du constant usage, qui exprimoient invariablement
la même ville ; & qu'on eût cru laisser quelqu'équivoque encore
alors dans le langage, si l'on n'eût joint le nom d'Auguste de
Vermandois à celui de Saint-Quentin. Tant il est vrai que le nom
d'Auguste est propre, intime & exclusif à la ville de Saint-
Quentin !

   Quel motif a jamais pu engager les évêques de Noyon à faire
célébrer, dans leur diocese, la fête de saint Cassien, évêque d'Autun, préférablement aux fêtes de tant d'autres saints de leur voisinage ? C'est celui de la translation de son corps dans l'église de
saint Quentin, où il repose encore à présent. Le bonheur de la
première église de leur diocese, leur étoit devenu commun ; &
ils voulurent se conjouir avec elle de la gloire qu'elle en retiroit, en faisant chommer, dans leur cathédrale même, &
dans l'étendue de leur diocese, la fête de ce saint Pontife. Voici
ce qu'on lisoit dans leur premier bréviaire imprimé, au cinquieme
jour d'Août. . . . » Le corps du saint évêque Thaumaturge avoit
été transféré, & ensuite inhumé dans l'église de saint Quentin,

bâtie dans l'Auguste de Vermandois. . . . . *Cujus posteà corpus miraculorum multitudine pollens in municipium quod Augusta Viromanduorum nuncupatur, est translatum ; & infrà basilicam sancti Quintini,
martyris sepultum.*

   Qu'on fasse une attention exacte à ce passage ; il y est évident
que la ville de Saint-Quentin étoit alors si bien reconnue pour
être l'Auguste de Vermandois, que l'on y décrit la sépulture de
saint Cassien, dans le sein de cette ville, avec les mêmes paroles
que les anciens manuscrits avoient exprimée celle de saint Quentin. On usoit donc toujours des mêmes expressions pour les
mêmes choses & les mêmes lieux. Donc Saint-Quentin est à présent, étoit alors, & avoit toujours été la ville municipale du
Vermandois ; & cela, dès sa fondation primitive, & non pas par
usurpation, hérédité transférée, ou quelqu'autre titre semblable.
Si, dans le bréviaire de 1630, on a omis l'important aveu fait dans
le premier imprimé, ce n'est pas que les éditeurs en fussent devenus

plus éclairés fur le point que nous agitons, que n'étoient ceux qui les avoient précédés ; il s'en falloit de beaucoup. Jacques Le Vaffeur avoit préfidé à la compofition du bréviaire fecond imprimé ; dont il avoit aufïi forgé les hymnes ; & il avoit juré dès-lors, dans fon cœur, de ne plus reconnoître, malgré l'évidence des actes & de la tradition de fon églife, & du diocefe, la bafilique de faint Quentin dans l'ancienne Augufte de Vermandois.

IIL SIECLE.
Année 269.

Annalifte infortuné ! dont les raifonnemens font fans conféquence. Avant qu'il fe fut livré aux mouvemens de fa paffion, lorfqu'il n'étoit encore qu'archi-diacre de Noyon, il avoit avoué dans une de fes odes en l'honneur de faint Quentin, qu'une dévotion fecrette lui avoit dictée, que ce Saint faifoit la gloire de Rome, fa patrie, & de l'Augufte de Vermandois, fon tombeau. Il eft devenu doyen de la cathédrale : il prend fubitement des fentimens contraires : il s'arme contre lui-même dans un immenfe ouvrage ; combat fes propres aveux ; & étouffe, chez lui & fes lecteurs le fouffle Divin. Le délire le laiffe refpirer ; & neuf cens pages après qu'il a débité fes rêves fur l'Augufte de Vermandois, & fon faint patron, il rapporte de fens froid l'hymne facrée que la Divinité lui avoit précédemment infpirée dans les jardins de Magni-Guifcard, dont la paroiffe eft fous l'invocation de faint Quentin. Par ce feul trait, il biffe une partie de tout le fatras qu'il avoit ramaffé contre la ville & l'églife d'un faint qu'il implore au moment de fa mort ; & fe déclare un auteur ridiculement alternatif fur une même queftion. Voici fa ftrophe qui le confondra à jamais......

LXXIV.

QUINTINE, fplendor Principis urbium ;
Largite nomen mœnibus inclitis.
Vermanduorum ; quæ facravit
Nomine ; deque fuo beavit
Auguftus, &c.

Annales de Noyon, p. 957 & fuiv.

Nous penfons qu'on fera content des autorités pondérantes que nous venons d'employer pour la défenfe de la ville de Saint-Quentin, & d'une de fes premieres & principales prérogatives. Plufieurs manufcrits authentiques, dont quelques-uns contemporains, relevés de différentes archives & bibliotheques ; des martyrologes anciens, tirés de plufieurs églifes très-éloignées les unes des autres ; les bréviaires de toute la province de Reims ; vieilles annales de l'hiftoire de France ; épitaphes, chartres des Evêques diocéfains, & des Seigneurs du Vermandois ; inftitutions de fêtes ; tradition conftante du pays ; aveux authentiques de nôs adverfaires : quelle foule d'autorités ! qu'elles font tranchantes & irréfragables !

LXXV. Ce feroit ici le lieu d'oppofer au petit nombre d'auteurs qui ont difputé à la ville de Saint-Quentin la prérogative d'être l'ancienne Augufte de Vermandois, la multitude des bons hiftoriens, des géographes, & des autres écrivains qui la lui ont confervée. C'eft la conduite qu'a ténue Claude Bendier dans la *Défenfe* qu'il a compofée pour cette ville, fa patrie : mais nous n'emploierons pas ce moyen. Outre que cette entreprife nous jetteroit dans une énumération d'écrivains, ennuyante & infinie, elle feroit peu pour notre but. On fait que la plupart des auteurs qui écrivent fur la fondation, les prérogatives, ou les autres circonftances des villes, ne les ont pas toujours fort étudiées, ni approfondies : ils prennent les livres qu'ils ont fous la main : ceux-ci font toujours les meilleurs pour eux, parce que fouvent ils n'en connoiffent ni n'en ont d'autres : ils les copient, & s'embarraffent peu fi mille autres auteurs, ou pieces fecrettes, ne contiennent point de chofes contraires à ce qu'ils écrivent. Heureux, fi la vérité s'eft rencontrée dans les mémoires qu'ils ont tranfcrits ! Ainfi les écrivains, pour la plupart, fe fuivent à la pifte, & s'abufent ; & la troupe des lecteurs eft bien ou mal conduite, felon le plus ou le moins de lumieres qu'ont eu leurs guides. Dans une queftion telle que celle dont il s'agit ici, un hiftorien particulier, qui a bien épluché fa matiere, doit être plus croyable que des légions d'Auteurs, qui ne l'ont qu'effleurée : & fi cet auteur appuie ce qu'il avance fur des titres anciens, évidens & inconteftables, il doit l'emporter feul contre la multitude de fes adverfaires. Il faut pefer les dépofitions que l'on réunit à charge ou à décharge, pefer en effet les autorités, & non pas s'arrêter à compter des témoins qui parlent fans rien dire. Ce cas, dans lequel nous croyons être, nous difpenfera donc d'un nouveau travail, inutile à nous & à nos lecteurs.

Nous ajouterons feulement ici, que le fentiment du Doyen de Noyon, ouvert par Robert Cénal, & fuivi par Philippe de Ferrare, Jacques Charron, Pafcal Aubin, & plufieurs autres, même très-graves, n'a pas deux cens ans d'antiquité ; & qu'en comparaifon de nombre & de confidération avec ceux qui tiennent celui qui y eft oppofé, il eft bien inférieur en partifans. Notre opinion, en effet, eft appuyée fur des actes qui ont plus de treize cens ans d'antiquité : tout y eft clair, fuivi, cohérent ; & force ceux qui l'examinent, de lui rendre hommage.

LXXVI. Nous ne pouvons faire fentir mieux la groffiere fauffeté du fyftême de nos adverfaires, que par un corollaire fort abrégé de tous

fes

III. Siecle.
Année 269.

ſes ridicules. Qu'ils nous diſent où étoit autrefois l'antique Sama-robrive de Céſar ? Etoit-ce auſſi dans le village de Vermand ? D'où vient donc que celui de Caſtres, où étoit le camp de ce Gé-néral, eſt encore près de la ville de Saint-Quentin ? Si cette ville étoit la Samarobrive, elle eſt donc conſtamment plus antique que Vermand, dont Céſar même ne parle pas ; elle a donc dû reſter capitale, & devenir Auguſte de Vermandois, lorſqu'elle a changé de nom. Mais les protecteurs du village de Vermand ren-verront bien plutôt la Samarobrive à Amiens, pour ſe tirer d'em-barras, & ils ne feront qu'une ſottiſe de plus. 2º. Si Vermand fut l'antique Auguſte de Vermandois, pourquoi n'eſt-elle plus ſur la Somme, où il faut inconteſtablement la placer ? 3º. Pourquoi n'y a-t-il jamais eu de pont ſur la riviere d'Aumignon, pour aller d'Amiens à Laon, en paſſant par cette ville ? 4º. Si elle eſt l'antique Auguſte de Vermandois, ſaint Quentin y a donc été en priſon : où ? Nous voyons encore ſon cachot dans la ville de ſon nom ; mais on n'en indique pas même le lieu à Vermand. 5º. Le ſaint mar-tyr y a donc auſſi été décapité ? O impoſture ! ô blaſphême ! On ne penſe pas même, pour ainſi parler, dans Vermand à ce glorieux apôtre de la province : il ſemble qu'il ne ſe ſoit jamais approché de ce lieu. La tradition des peuples, qui ne s'efface jamais, ne lui y affecte aucune fonction pendant ſa vie, ne lui y rend aucun culte public, après ſa mort : cela peut-il ſe concevoir ? 6º. Saint Quen-tin a ſubi enfin ſon ſupplice dernier. Pour ſouſtraire ſon corps aux nouveaux chrétiens, le juge ordonne de le tranſporter, durant la nuit, à deux lieues de là, dans la Somme, & par-là commet une plus grande indiſcrétion que de le jetter tout de ſuite, & en plein jour, dans la riviere d'Aumignon qui borde la prétendue Auguſte de Vermandois. 7º. Sainte Euſébie trouve ce précieux tréſor, cin-quante-cinq ans après, & veut le faire enterrer dans l'une des deux Vermands : car il y en avoit deux de ce nom, dès l'an 351. Sans doute que celle du village de Vermand étoit la municipale alors, puiſque ce n'eſt qu'en 407 que M. de Tillemont dit qu'elle fut rui-née, & que celle de Saint-Quentin le devint en ſa place. Or eſt-ce à cette municipale vraiment que ſainte Euſébie veut faire tranſpor-ter le corps de ſaint Quentin ? Point du tout. Elle eſt même obligée d'abandonner le cadavre à la ſeconde ville de Vermand, Saint-Quentin, que les actes de cette premiere invention appellent auſſi municipale. En voilà donc deux dans le même temps, & à deux lieues de diſtance. Eſt-ce au contraire, comme nous le diſons, à la ville du village de Vermand, en un camp des Romains y établi, que la ſainte veut transférer les reliques du martyr ? Mais tout le ſyſtême de Jacques Le Vaſſeur & de M. de Tillemont va croûler. Car alors le village de Vermand ne devra plus être reconnu que

Tome I.　　　　　　　　　　　　　　　　H

pour une petite ville, une ftation propre aux légions ; & celle de Saint-Quentin devra être l'Augufte de Vermandois., où les actes difent que le corps du martyr fut enterré, & où fainte Eufébie lui batît dans le moment un oratoire pour maufolée. 8°. Paffons toutes ces difficultés. Saint Quentin eft enterré en la ville du village de Vermand. En quel endroit ? En a-t-on quelque monument, quelque fouvenir, quelque tradition même populaire. Rien de tout cela. Il n'y a pas même une croix, un arbre, une pierre, qui indique cet événement. 9°. La ville du village de Vermand périt en 407 ; & Saint-Quentin, ville dès cent ans auparavant, eft affez heureufe pour être préfervée du ravage des Barbares, à qui il n'en eût coûté que la peine de faire deux lieues de plus, pour la piller également. 10°. Il y a plus : elle reçoit, dans cette funefte époque, le corps de faint Quentin, qui lui eft amené de la ville du village de Vermand, & devient affez hardie pour fe faire une hiftoire propre des événemens arrivés à fa voifine, & affurer qu'elle eft elle-même l'Augufte de Vermandois ; que faint Quentin l'a vifitée elle-même ; qu'il y a été incarceré ; qu'elle y a encore fes prifons ; qu'il y eft mort fur fa colline ; que fon corps a été jetté dans fa riviere de Somme, & qu'il en a été tiré pour être inhumé fur la petite montagne dont on parle, & que l'églife enfin qu'on y voit à préfent, eft celle qu'on a reconftruite en place de celle bâtie par fainte Eufébie. Quelle audacieufe témérité de la part de cette ville ! 11°. Enfin, elle a ofé encore fe fabriquer des actes de treize cens ans, & entretenir le premier preftige, que fes actes ont produit, par une continuité d'autres preuves tirées de fes martyrologes, de fes chartes, de fes bréviaires, de fes fêtes, de fes épitaphes, que la fage critique de Jacques Le Vaffeur & de fes partifans veut que l'on méprife gratuitement. 12°. Mais voici l'adreffe du clergé ancien de faint Quentin ; lui qui a fi bien confervé les dates de la tranflation des reliques de fon patron, qui ont été vingt fois remuées, a gardé un filence profond fur la premiere arrivée du corps de ce martyr dans fon églife, & a fu empêcher qu'aucun hiftorien n'en parlât. Il eft la caufe aujourd'hui que de très-honnêtes favans font obligés de parler à l'aventure, &c. &c. &c.

 O mes freres, ô mes concitoyens, ô la province & le diocefe de Vermandois, ô toute la France entiere ! où en fommes-nous ? Quel comble d'impertinences, de cacophonies, de fuppofitions, de rêveries, de gratuités, de déraifonnemens & de contradictions, on a réuni contre notre Saint, notre ville Augufte & contre nous ! Mais on ne nous enlevera pas la vérité : elle eft avec nous ; elle a parlé, & nous a délivrés. Si elle avoit moins combattu pour nous, je n'aurois demandé à nos adverfaires que de lire dans nos cœurs & nos yeux, pour décider de notre cause en notre faveur. III. SIECLE. Année 269. Au nom de ville Auguste de Vermandois, au nom de Quentin, tous nos sens sont agités. La foi, l'attachement, l'ardeur, tout brille en nous ; & nous appréhendons qu'on ne touche, pour ainsi dire, à notre patron, & à la ville qu'il étoit destiné à consacrer par son sang & son nom, comme parlent ses actes. Est-ce donc là un sentiment adopté ? L'avons-nous reçu du village de Vermand ? Ne nous est-il pas intime, héréditaire, & pris de la premiere cause des choses ? Notre ville Auguste seroit détruite, & notre glorieux patron nous seroit, à Dieu ne plaise ! enlevé, que nous respecterions encore les cendres, d'une municipale qu'il a honorée de sa présence, de ses prédications, de sa mort & de ses reliques. Que cette preuve de sentiment, qui ne régne assurément point dans le village de Vermand, serve à convaincre à jamais nos adversaires de la futilité de leurs systêmes historiques & de la légitimité de notre droit. Depuis que Troye a été réduite en cendres, ses habitans regrettent encore à présent leur Palladium & leurs autres Dieux enlevés.

Courons, courons à de nouveaux traits. Nous allons nous attacher maintenant à éclaircir trois nouvelles circonstances assez convainquantes pour qu'il ne reste plus rien à desirer sur cette question aux esprits les plus difficiles. LXXVIII. L'ancienne ville d'Auguste de Vermandois étoit située, ainsi que nous l'avons déjà dit, au bas d'une colline qui la dominoit ; elle comprenoit, dans son enceinte, les quartiers connus (dans la ville moderne de Saint-Quentin) sous les noms des paroisses de Saint-Thomas, de Sainte-Catherine, de Saint-Martin & de Saint-Nicaise ; mais, comme elle ne passoit pas la riviere qui bordoit ces parages, elle se terminoit aussi, vers l'occident, au fauxbourg de Saint-Nicaise, appellé anciennement *de Pontoilles.* Le lieu le plus habité de la ville étoit celui des deux premiers quartiers ; ils en formoient le centre. On y trouva encore, Le Nin, antiquité de l'Auguste de Vermandois, p. 4 & suiv. en 1639, à quarante-cinq pieds de profondeur en terre, des pieces polies de marbre, de jaspe & d'albâtre, qui témoignoient authentiquement que ces matieres y avoient été employées en la construction de quelqu'ancien temple que l'on avoit bâti vers cet endroit-là. C'étoit donc là proprement l'Auguste de Vermandois. Nous rapporterons dans la suite les divers changemens & les ampliations survenus à cette ville. Mais la mémoire de sa premiere assiette ne devoit pas périr. Nos peres en ont conservé le lieu, en donnant à certain territoire de ce quartier le nom même que leur ancienne ville portoit. Car, lorsque la ville d'Auguste quitta ce nom, pour se revêtir de celui de Saint-Quentin, on continua d'appeller le centre de l'ancienne ville *le Détroit d'Aouste, Districtus* ou *Vicus Augusta,* ou *Locus en Aouste.*

D'anciennes chartes, que l'on a encore entre les mains, parlent de ce détroit : l'étendue même en est clairement décrite dans une transaction que passerent ensemble le Chapitre de Saint-Quentin & les mayeur, jurés & échevins de la même ville, en 1567. On y lit ces mots entr'autres : ... *lequel détroit d'Aouste se commence au coin*, &c. Le reste ne nous importe pas ici. Près de trois cens ans auparavant, les limites de leur jurisdiction respective, ayant occasionné une contestation entre les mêmes mayeur & jurés de la ville de Saint-Quentin, d'une part, & le coûtre ou trésorier de l'église de saint Quentin, d'autre, les parties composerent enfin entr'elles ; (c'étoit en l'an 1293.). Et les droits prétendus sur certaines maisons, situées dans *le détroit d'Aouste*, dont le nom est répété deux fois consécutives, en deux lignes, furent réglés & abandonnés à qui les transigeans jugerent à propos de les quitter. Philippes le Bel en confirma l'acte par son autorité royale. Voici les termes de la composition : ... *Cùm quæstio esset suborta super jurisdictione, & districtu, & quibusdam aliis juribus quæ in vico d'Aouste, in villâ sancti Quintini, in domibus & in hospitiis sitis in dicto vico d'Aouste, dicebamus ad nos, & ad nostram custodiam, pertinere pleno jure ; dictis majore, & juratis in contrarium afferentibus, &c.*

Voilà donc l'Auguste de Vermandois reconnue dans elle-même. Voilà donc aussi la ville de Saint-Quentin reconnue dans la ville d'Auguste de Vermandois, puisqu'elle renferme encore dans son sein le quartier principal de la ville par laquelle elle a commencé de subsister. Le village de Vermand n'a point ces précieux restes de l'antiquité, & ces indications démonstratives.

Aouste n'est point un mot vuide de signification ; ni celle qu'il présente n'est pas susceptible d'équivoque. Outre sa ressemblance avec le mois d'*Aoust*, avec les villes d'*Aouste* en Piémont, & d'*Augst* près de Basle en Suisse, avec le bourg d'*Augst* sur mer, peu éloigné de la ville d'Eu, & avec une riviere de Languedoc, qui passe à Castres, appellée *Agoust*, consacrée en l'honneur de l'empereur Auguste, comme l'étoit l'ancienne ville d'Auguste de Vermandois, il en a encore la dénomination latine. Ce détroit est nommé, dans nos actes latins, *vicus Augustæ*, de même que le mois d'Août, plusieurs villes, plusieurs bourgades & rivieres se disent en Latin *mensis Augustus* & *urbes Augustæ*. Un ancien livre du revenu de l'église de saint Quentin, dont la date est de six cens ans, parle d'une chapellenie fondée dans ce détroit d'Aouste, dont est ici question, & appelle ce lieu *vicus Augustæ*. Tous les autres anciens titres de la même église, & ceux de la ville, donnent uniformément ce nom au même détroit. ..... *De Capellaniâ quam instituit Rassendis Crassa. Arnulphus, in vico Augustæ debet XXI. denarios ad natale*, &c. Voyez encore la chartre que nous rapporterons sous l'an 1214. [*Article S. Thomas*].

M. Le Nin, qui a voulu prouver que le nom d'Augufte étoit venu à notre ville de ce qu'elle étoit fituée au midi de la montagne, & qui a prétendu que le mot *Augufta* n'étoit que le dérivé du Flamand *Auft*, qui fignifie *Aufter*, a fait une dépenfe d'efprit, dont les perfonnes judicieufes ne lui tiendront pas beaucoup de compte.

Seconde circonftance qui prouve que la ville de Saint-Quentin eft l'ancienne Augufte de Vermandois. Elle fera tirée de l'Itinéraire attribué à l'Empereur Antonin. Il y a, felon l'Auteur de cet ouvrage, dix-huit mille de diftance de la ville de Cambrai à celle d'Augufte de Vermandois; treize mille de Condren, près de Chauny; & vingt-fix mille de Soiffons, à la même ville. Outre le grand chemin de Saint-Quentin à Reims, indiqué dans l'Itinéraire, il en eft encore un autre plus court entre ces deux villes, lequel a été, fans doute, fait poftérieurement à l'Itinéraire, puifqu'il n'y en eft pas parlé. On pourroit croire cependant qu'il a été conftruit auffi par les Romains; car il eft dans le goût de leurs autres chauffées. De Saint-Quentin à Verneuil, Feftieu, Corbeny, Bac-à-Berry, Reims. Mais ce n'eft point ce dont il s'agit ici.

Voici les paroles de l'Itinéraire. Édition déjà citée, *fol.* 379.

Iter à Taruenná [Térouenne] *Durocortoro* [Reims] *millia paffúum CIII. Sic :*

Nemetacum [Arras] . . . . *M. P. XXII.* onze lieues françoifes.

Cameracum [Cambrai] . . . . *M. P. XIV.* fept lieues.

Augufta-Viromanduorum [Saint-Quentin] . . *M. P. XVIII.* neuf lieues.

Contrà-Aginuum [Condren] . . . . *M. P. XIII.* ⎫ fix
Augufta-Sueffionum [Soiffons] . . . . *M. P. XIII.* ⎬ lieues
Fines [Fifmes] . . . . *M. P. XIII.* ⎭ & demie.
Durocortoro [Reims] . . . . *M. P. XII.* fix lieues.

Le mille de pas eft pris communément pour une demie-lieue. Sur ce pied, l'Itinéraire compte neuf lieues de Cambrai à l'Augufte de Vermandois; fix lieues & demie de Chauny; & treize de Soiffons à la même ville. Les diftances font juftes & bien obfervées: elles conviennent parfaitement à la ville de Saint-Quentin. Donc celle-ci eft la même que l'ancienne Augufte de Vermandois. Mais elles ne peuvent s'affortir à la pofition du village de Vermand: il n'eft diftant de Cambrai que de fept lieues: il l'eft de huit de Condren ou Chauny: il l'eft de quinze de la ville de Soiffons.

On doit, au refte, entendre ces diftances fuivant la difpofition

III. SIECLE.
Année 269.
Antiquité de l'AuguftedeVermandois, p. 8.

LXXIX.

Nicolas Bergier, hift. des grands Chemins, &c. Liv. 3, ch. 39. Nᵒ. 145.

III. SIECLE.
Année 269.

des anciennes voies tirées par les Romains, de chacune de ces villes à celle de Saint-Quentin : car les nouvelles chauffées dreffées poftérieurement felon les plans ordonnés par les Intendans de nos provinces, ne peuvent entrer ici en preuves. Or, il eft encore vrai d'ajouter que ces voies anciennes aboutiffent toutes directement à la ville de Saint-Quentin ; & qu'aucunes d'elles ne tend ni n'a tendu que très-tortueufement vers le village de Vermand. Ceft donc mal-à-propos qu'on fuppoferoit qu'il a été l'ancienne Augufte de Vermandois.

LXXX.

Nous employons enfin ici la derniere de nos preuves : car il vaut mieux fauver à nos lecteurs l'ennui, aux dépens de quelques nouvelles remarques qui n'ajouteroient peut-être pas beaucoup à celles que nous avons déjà rapportées, que de les fatiguer par une accablante exactitude à les leur ramaffer toutes fous les yeux.

Cl. Bendier, la défenfe des principales, &c. pag. 31.

Plufieurs reftes très-précieux de l'antiquité profane, qu'on recueillit lorfqu'on ouvrit les fortifications de la ville de Saint-Quentin, démontrent d'une maniere invincible qu'elle fut, de tout temps, la capitale du pays. On remua en 1624, 1634, 1639 & 1658, plus de quinze mille toifes cube de terres ; &, tous les jours, on trouvoit dans les foffés des médailles & des monnoies d'argent, d'or, ou de cuivre.

On y découvrit encore quelques fépulchres de pierre fort-dure : mais principalement beaucoup d'urnes très-bien travaillées ; des pots, des lacrimoirs, & toutes fortes d'efpeces d'antiquailles de bronze, de cuivre, de marbre, d'albâtre, de verre & de terre rouge. Dans ces différens vafes étoient renfermés des os, des cendres, des eaux. Les baftions dits *de Richelieu* & *de Saint-Jean*, en fournirent fur-tout une abondance inexprimable.

Ibid.

Les curieux du pays en eurent jufqu'à-la fatiété, & en remplirent les cabinets de leurs amis. Au temps de l'auteur de la *Défenfe des principales prérogatives*, &c. [en 1671], & même encore à préfent, plufieurs habitans de la ville de Saint-Quentin confervent chez eux les plus belles de ces antiquités trouvées dans leurs fortifications, lorfqu'on les creufoit. C'eft une preuve de fait que les années fucceffives détruifent ; parce que ces pieces font, ou négligées par des héritiers peu curieux & ignorans, ou font brifées par des accidens, ou difperfées dans diverfes régions, fans que l'on penfe au lieu d'où elles ont été tirées : mais elle n'établit pas moins la vérité inconteftable que nous défendons. Le même auteur cite, pour garantie de ce qu'il rapporte, le cabinet de M.^{de} Marguerite de Sorel, époufe en fecondes nôces du Marquis de Lignieres, Lieutenant-Général des armées du Roi, & Gouverneur de Saint-Quentin, qui étoit tout rempli de ces raretés ; elles étoient les plus riches & les plus curieufes de celles qu'on avoit découvertes. Cette Dame les avoit eues de M. Du Colombié, Gouverneur de la même ville, qui les avoit ramassées lorsqu'on fouilloit les terres. L'auteur avoit vu ce précieux amas d'antiquités recueilli 30 ans avant qu'il écrivît sa *Défense.* Il cite encore en preuve de ce qu'il avance le témoignage d'un contemporain nommé le sieur Le Nin, dont nous avons déjà parlé, Ingénieur du Roi dans la Picardie, qui, en faisant construire les fortifications de la ville de Saint-Quentin, y découvrit lui-même beaucoup de ces pieces, sur lesquelles il avoit fait des observations. Ensuite il rapporte une belle & docte lettre écrite à lui-même de la part de M. Caignart, Mayeur de la ville de Saint-Quentin, laquelle contient de fort érudites explications sur les mêmes médailles, & sur les campagnes des Romains qui séjournerent dans les Gaules. Ce Magistrat s'étoit appliqué à la recherche de ces sortes d'antiquités, par le plaisir qu'il avoit conçu à visiter le cabinet de M. Christi, chanoine de saint Quentin, lequel en étoit aussi rempli, sur-tout de celles qu'on avoit trouvées en construisant les murailles des bastions. Et pour perfectionner son goût, & étendre ses connoissances dans cette partie, il avoit fait exprès un voyage à Rome, où il s'étoit lié avec les plus habiles hommes en cette science. Le fait de la découverte de ces antiquités est donc avéré, & doit passer pour constant chez toute la postérité.

On peut voir encore sur tout cet article ce qu'en a rapporté le sieur Le Nin lui-même, dans sa brochure déjà citée. C'est un témoin oculaire qui dépose & de la quantité & de la nature, soit des médailles, soit des urnes, ou des autres raretés qu'il a découvertes. Il reste une de ces urnes dans le trésor aux reliques de l'église de saint Quentin. Page 2 & suiv.

Il n'est pas surprenant que la plus grande abondance des monnoies, des sépulchres & des médailles, se soit trouvée dans la fouille du *bastion* appellé *de Saint-Jean.* C'étoit en effet vers l'endroit de ce fort que se terminoit le fauxbourg de l'Auguste de Vermandois ; & sans doute tout l'espace entre ce bastion, & celui appellé *de Richelieu,* étoit le champ de la sépulture publique pour les Romains qui demeuroient dans cette ancienne ville. Ces médailles n'avoient donc pas été jettées au hasard dans la terre où on les a découvertes ; mais, comme chez les Romains on n'enfermoit pas les corps des morts dans les sépulchres, ou leurs cendres dans les urnes, sans y joindre quelques pieces de monnoie d'or, d'argent, ou de cuivre, selon la faculté des personnes : de-là vint qu'on les trouva dans ces urnes, où elles avoient été mises exprès ; ou dans les terres où elles étoient tombées de ces urnes renversées. Ce métal étoit, selon leur Théologie, le prix de la barque & du transport des ames aux enfers.

Les urnes, dont nous parlons, étoient parfaitement semblables, pour la matiere & la figure, à celles qui se sont trouvées à Rome. Comme le Vermandois ne fournit pas un limon propre à en faire de pareilles, il est probable que les Romains, qui demeuroient dans les Gaules, les avoient apportées de chez eux, ou qu'ils avoient appris aux Gaulois le secret de les faire, qu'ils auroient perdu depuis.

Il est certain au reste que la piece de monnoie, qu'on enfermoit dans les urnes, étoit celle du temps, & que par conséquent le nom de l'Empereur, qu'on y avoit marqué, montre clairement la date de la mort & de la sépulture de la personne dont le corps ou ses cendres reposoient dans les sépulchres ou dans les urnes. Cela supposé, ces antiquités ne laissent plus lieu de douter que la ville, qui les a contenues dans son sein, n'ait été très-grande, très-peuplée, très-illustre & très-ancienne. Il est notoire d'ailleurs que les Romains les plus distingués ne fixoient leur demeure que dans les lieux les plus célébres. Joint à tout cela, que les médailles déterrées dans les fortifications de la ville de Saint-Quentin étoient toutes du haut-Empire : elles portoient les images de Jules-César, d'Auguste, de Tibere, de Germanicus, de Caligula, de Claude, de Néron, de Vespasien, de Tite, de Domitien, & des autres Empereurs qui les ont suivis.

Le haut-Empire comprend les Empereurs Romains, depuis Jules-César jusqu'à Gallien. Le bas-Empire commence à Gallien, & s'étend jusqu'à la destruction du trône des Césars. Ce fut sous le regne de cet Empereur que trente Généraux de l'armée Romaine se révolterent, & se firent proclamer Empereurs par leurs troupes.

Ni l'auteur de *la Défense*, ni M. Caignart qu'il cite, ne disent pas qu'on ait trouvé dans les fortifications de Saint-Quentin aucunes pieces du bas-Empire. C'est qu'apparemment on avoit abandonné le cimetiere public, où l'on enterroit les premiers Romains qui habitoient cette ville. Car il devoit se rencontrer de ces sortes de monnoies dans les sepulchres de ceux qu'on enterra sous le bas-Empire. Et dans cette supposition, le lieu de la sépulture n'a pas encore été découvert. Ou mieux : il faut dire que les derniers Romains ne quitterent plus le village de Vermand, qui se forma alors en camp, en station, en védette, en cité, si l'on veut, & qu'ils s'y firent inhumer. Mais quand bien même on auroit déterré à Saint-Quentin de ces dernieres sortes de pieces, la découverte ne détruiroit pas la force de l'argument que nous tirons pour cette ville, des médailles frappées sous le haut-Empire. Car comme l'Auguste de Vermandois a subsisté sous ce double Empire, elle auroit dû porter des marques de l'un & de l'autre.

Quand

Quand on bâtit, en 1670, le *baftion du Colombié*, on y trouva encore, en fouillant la terre, des médailles de Jules-Céfar, d'A-drien, de Trajan, de Vitellius, de Marc-Auréle. Claude Bendier en avoit ramaffées plufieurs.

Le village de Vermand, au contraire, où l'on a trouvé auffi quelques pieces de monnoie, en donna-t-il jamais en pareille pro-fufion & de même efpece ? Le cardinal de Richelieu, qui vouloit faire de ce village un fort, capable d'arrêter les incurfions des ennemis du royaume, y envoya en 1638 l'ingénieur Le Nin pour le vifiter. Cet homme, qui avoit un peu de la fcience des mé-dailles, fut ménager une partie de fon temps pour y en chercher; il n'y en découvrit aucune qui ne fût du bas-Empire : elles étoient toutes très-petites & mal frappées. Il en tira une double conféquence : favoir, que ce lieu n'étoit pas fi ancien que la ville de Saint-Quentin, & qu'il avoit toujours été inférieur à cette capitale. L'ancienne Augufte de Vermandois ne peut donc fe re-trouver que dans cette derniere ville.

La différence qui fe tire des fépulchres trouvés dans la ville de Saint-Quentin, d'avec ceux trouvés dans le village de Vermand, ou dans celui de Marteville qui lui eft contigu, démontre claire-ment encore que Vermand n'exiftoit pas fous les premiers Em-pereurs. Car, depuis Sylla principalement, la loi, en défendant aux Romains d'enfermer dans des fépulchres les corps des morts, leur avoit commandé de les brûler hors des villes, d'en recueillir les cendres dans des urnes de toute matiere & de toute forme, & de recevoir les larmes des parens & des amis des défunts, dans des vafes nommés *lacrymoirs*. *Neminem in urbe mortuum ne fepelito, nevè urito*, dit la loi des douze Tables. Cet ufage funebre s'obferva jufques fous l'empire des Antonins, fous lefquels il ceffa pour laiffer recommencer encore celui des fépulchres. Les deux Anto-nins font Titus-Aurelius-Antonin, dit *le Pieux* ou *le Débonnaire*, le feizieme Empereur Romain, qui commença à régner l'an de J. C. 140, & Marcus-Antonius-Gordien que l'on compte pour le vingt-feptieme Empereur, qui commença auffi à régner en 237. Si le village de Vermand avoit donc exifté depuis Sylla jufques fous les deux Antonins, il ne feroit rempli que d'urnes, de lacry-moirs & de pots ; au contraire, il ne l'eft que de ces tombeaux vuides. N'eft-ce pas une preuve éclatante qu'il n'a été habité par les Romains, que vers le temps de Gallien, & fous fes fucceffeurs ? Dans l'ancienne Augufte de Vermandois, c'eft-à-dire dans la ville de Saint-Quentin, on n'a prefque point trouvé de ces fortes de fépulchres ; mais beaucoup des autres uftenfiles : elle démontre donc, par cette circonftance, qu'elle eft plus ancienne que ne l'eft Vermand, & qu'elle a été habitée par les premiers Romains qui

III. Siecle,
Année. 269.

LXXXI.
Le Nin, anti-
quité de l'Au-
gufte de Ver-
mandois, p. 5.

*Alexander ab
Alexandro, Ge-
nial. dier. Lib. 3.
cap. 2.
Ciccro, de Legi-
bus, Lib. 2. §. 3.
Divus de Sepulch.
violat. Lib. mort.
Codice de Reli-
giof.
Plinius, Lib. 7.
Cap. 54.*

III. Siecle.
Année 269.

*Julius Capitolin.
in M.-Ant.-Phi-
lipp.*
*Theodor. Mar-
cil. & Francisc.
Hotmann in in-
terp. XII Tabell.*
*Novella Leon.
58.*

s'établirent dans nos Gaules. Enfin, ces sépulchres se trouvent dans le centre de Vermand : au contraire, nos urnes, nos lacrymoirs se trouvoient hors de l'enceinte de l'Auguste de Vermandois. C'est encore là une marque évidente que cette ville fleurissoit sous le haut-Empire, durant lequel la premiere pratique étoit défendue ; & que Vermand n'a commencé à exister, ou n'est devenu célèbre, que sous le bas-Empire, c'est-à-dire, après le regne de Gallien, & peut-être après celui de l'Empereur Léon, qui permit d'inhumer dans les villes les corps morts.

Jacques Le Vasseur vivoit dans le temps même que l'on commençoit à découvrir à Saint-Quentin & au village de Vermand, les antiquités dont on parle : il n'en a pas cependant voulu voir d'admirables que dans son cher Vermand. Sans s'arrêter aux preuves résultantes de leurs différentes significations, les antiquités trouvées en la ville de Saint-Quentin lui ont paru méprisables ; & celles de Vermand si dignes de toute sa bienveillance, que, sur la montre seule, il a osé décider hautement que celles de Vermand n'avoient pu être trouvées que dans l'Auguste de Vermandois. Voilà une préoccupation bien aveugle. Claude Emmeré l'a combattue dans le temps : mais il n'étoit pas encore à portée de tirer de cet objet tout l'avantage & toute la supériorité que nous venons d'en tirer, pour l'honneur de la véritable Auguste de Vermandois, notre patrie.

LXXXII. Notre dissertation est ici terminée, quant au fond : mais il nous y faut joindre quelques explications qui y sont essentiellement liées. Qu'a donc été autrefois l'énigmatique village de Vermand ? Le lieu d'un camp des Romains. Rien de plus. L'aspect de sa situation [que j'ai souvent examiné moi-même] m'en a présenté cette image, qu'il avoit fait naître dans l'esprit de tous ceux qui l'a-

*Le Nin, anti-
quité de l'Au-
guste de Ver-
mandois, p. 5.*

voient vu avant moi. Ce camp n'est pas différent de ceux de Pecquigny près d'Amiens, de l'Etoile, de Puncq, situés sur la riviere de Somme. Celui du Mont-Saint-Eloi, au-dessus d'Arras, & celui du Câteau-Cambresis, sont dressés dans le même goût. Tous sont dans la Gaule Belgique. Et c'est le témoignage uniforme de tous les Ingénieurs, que ces camps ont été faits autrefois par les Romains. Dans celui de Vermand, comme dans les autres, on a posté des légions de soldats destinés à contenir le pays dans l'obéissance aux Empereurs, sur-tout lors de la décadence de leur domination.

LXXXIII. Mais comme l'un des principaux endroits que les légions cantonnées à Vermand avoient à défendre, étoit l'Auguste de Vermandois ; & comme le centre, où leurs officiers pouvoient honorablement se retirer, étoit cette ville municipale ; ces troupes en rapporterent vraisemblablement le nom, pour le donner à leur camp. L'ancienne Samarobrive s'appella peut-être Vermand, *Viromandua*, avant qu'elle prît l'adjectif d'Augufte : on ne craignit plus, lorfqu'elle eut quitté fes deux premiers noms pour en prendre un troifieme, de laiffer tranfporter fon fecond à un lieu qui ne pouvoit plus être confondu avec elle ; & Vermand, le village, devint pour ces Romains, *le Petit-Vermand.* C'eft encore le nom que porte aujourd'hui l'hofpice que les Prémontrés de ce village ont acheté il y a des fiécles, & qu'ils poffédent dans la ville de Saint-Quentin. Ils ne l'euffent pas dû appeller ainfi, s'ils euffent été les incoles du Grand-Vermand.

III. SIECLE. Année 269.

Nous avons plufieurs exemples de grandes villes de notre France, qui ont abandonné leurs noms aux petits lieux voifins de leurs territoires. La ville de Ham voit plufieurs villages porter fon nom. Coucy-la-Ville à près de fes murs Coucy-le-Château ; comme Auchy-la-Ville regarde près d'elle Auchy-le-Château. On connoit Landouzi-la-Ville, & Landouzi-le-Château, près de Marle. La ville de Touloufe n'a jamais changé de pofition ; elle voit, fans ombrage cependant, un village éloigné d'elle d'une lieue & demie, porter le nom de Vieille-Touloufe, dans lequel on trouve auffi des médailles, & d'autres raretés anciennes. Nous avons enfin parmi d'autres lieux que nous pourrions citer, le Petit & le Grand-Nancy ; en Artois, Aubigny-le-Comte & Aubigny-la-Marche, Cuinchy-Baudoin & Cuinchy-Prévôt, &c.

Leftang, hift. des Gaules, Liv. I, Chap. 24.

Parmi les différens camps que les Romains avoient dans la Gaule Belgique, il falloit bien qu'ils donnaffent à chacune de ces ftations un nom qui les diftinguât les unes des autres. Mais au défaut d'un nom propre que n'avoit pas le terroir de Vermand, les officiers n'auront-ils pas dû donner à celui qu'ils avoient près de l'Augufte de Vermandois, le nom de cette municipale même ; fur-tout par la raifon que cette ville avoit quitté fes deux premiers noms ? Les légions fe font retirées, & leur camp eft refté avec fa dénomination de Vermand, & la figure d'une ftation qu'il porte encore. Enfin, & pour trancher toute difficulté qui naît du nom de Vermand, on ne doit pas plutôt conclure de l'appellation de Vermand, quoique ce foit, en faveur de ce village, que du nom de Vermandovillers [*Viromanduorum villa*], on ne peut conclure quelque chofe au profit de ce dernier village, non loin de la ville de Péronne.

LXXXIV. *Aug.-Vir. fol. 33.* Nic. Bergier, hift. des grands Chemins, &c. tqm. II, p. 277.

On voit encore à préfent en un village appellé Pontreü, diftant d'une petite lieue de Vermand, une motte confidérable de terres, qu'on doit regarder comme un monument toujours exiftant de l'ancienne habitation des troupes Romaines dans ce dernier village. C'eft un comble fort élevé, fait en pyramide ronde, à la façon de ces peuples, amaffé fur le tombeau d'un de leurs

Généraux, ou de toute autre perſonne diſtinguée, dont ils auront voulu perpétuer la mémoire. Les champs voiſins s'appellent encore de cela, *les Terres de la Tombe.*

LXXXV.   On nous objeſtera peut-être que le village de Vermand réunit, à l'excellente prérogative de porter ce nom, celle d'avoir encore en ſoi quelques autres circonſtances qui déſignent clairement qu'il a été autrefois une ville célébre, & même la capitale du Vermandois. Quelles ſont-elles ? Nous ſouſcrivons ſans peine à la tradition populaire qui nous apprend que ſaint Quentin a été empriſonné dans le village de Marteville, lorſque ce digne martyr fut envoyé par Riſtio-Vare, d'Amiens en l'Auguſte de Vermandois ; mais on n'en concluera rien pour Vermand. Il falloit que ce ſaint paſſât par ce village & celui de Marteville, pour arriver en cette derniere ville, le théatre de ſon ſupplice. La fatigue eſſuyée dans la route, la nuit, le temps fâcheux auront pu contraindre ou les gardes, ou le priſonnier, de ſe repoſer à Marteville. Et voilà tout. Ce repos ne dépoſe rien plus pour le village de Vermand, que pour la ville d'Auguſte de Vermandois que nous poſons dans la ville de Saint-Quentin. Seulement on pourroit dire que Marteville a été le premier témoin des douleurs préparées au généreux confeſſeur de Jeſus-Chriſt.

On fait valoir que de l'incarcération du même ſaint, dans Marteville, eſt venu à ce village le nom qu'il porte, *Martyris villa.* Nous paſſons cette étymologie qu'on eût cependant mieux exprimée par *Martreville,* comme on a fait celle de Mont-Martre de *Mons Martyrum.* Mais, ſi elle dérive du nom de Mars, comme celle de Ville-Choles, village voiſin de Vermand, ſort de *Villa Solis,* nous en concluerons ſimplement que ces divinités, Mars & le Soleil, auront été celles auxquelles les légions romaines, poſtées à Vermand, auront érigé par préférence des temples dans les villages attenans à leur camp. Mais toutes ces dénominations & ces inſtitutions ne font rien à l'hiſtoire du martyre de ſaint Quentin, ni à la déciſion de la queſtion de l'Auguſte de Vermandois. Ce ſont des faits étrangers & muets.

LXXXVI.   Le village de Ville-l'Evêque, *Villa Epiſcopi,* eſt près de Vermand : donc Vermand eſt l'ancienne Auguſte de Vermandois, où les premiers évêques de ce nom réſidoient. Belle conſéquence ! Comme ſi les évêques de Saint-Quentin, &, après eux, ceux de Noyon, n'avoient pu acquérir des fonds à Ville-l'Evêque, auſſi bien en réſidant ſucceſſivement en ces deux villes, que lorſqu'ils auroient été demeurans à Vermand. Au contraire l'acquiſition des évêques de Noyon dans Ville-l'Evêque eſt bien poſtérieure ; & il ne leur eût pas été loiſible encore d'y en poſſéder dans les années où l'on prétendroit qu'ils réſidoient à Vermand.

Nous diſons donc hautement que toutes ces minutieuſes circonſ tances, dont on voudroit tirer quelque parti pour Vermand, & les autres raisons que nous avons réfutées ci-devant, ne prouvent rien à l'avantage de ce lieu. Oui, il est maintenant indubitable que le glorieux apôtre de la province de Vermandois a consommé sa passion dans la ville qui porte son nom, & non dans le village de Vermand. Il l'est également que cette ville a toujours été, comme elle l'est encore à présent, la capitale de son peuple, une ville municipale, & que c'est avec le plus grand blâme que quelques auteurs modernes ont voulu lui ravir ces titres, pour en décorer le village de Vermand dans sa naissance.

Reprenons la suite des Empereurs romains, sous la domination desquels l'ancienne Auguste de Vermandois & les peuples de son cercle sont restés jusqu'à l'établissement de la monarchie françoise. Claudien, successeur de Gallien & de son collegue Publius - Licinius - Valerien, parvint à l'empire en Avril de l'an 269, & ne régna pas deux ans. Après lui, Marcus-Aurelius-Claudius-Quintillus ne régna que dix-sept jours. Aurelien lui succéda en Mai de l'an 270, & régna un peu plus de six ans. C'est dans la premiere année de son empire que ce prince vint dans les Gaules, où il resta fort peu de temps. Sa mort fut suivie d'un interregne de six mois, après lesquels Claude-Tacite fut élu Empereur en Septembre de l'an 277. Il ne se passa rien de considérable dans notre Gaule sous le regne de ces deux Empereurs. Mais à peine Probus, qui avoit succédé à ce dernier en Mars de l'an 279, avoit - il commencé à prendre les rênes du gouvernement, que quatre nations de la Germanie, savoir, les Légions, les François, les Bourguignons & les Vandales, envahirent les Gaules, & y causerent d'extrêmes ravages. Si ce n'est pas aux troubles arrivés dans les Gaules, sous Gallien, que le camp de Vermand, dont on vient de parler, doit son origine, c'est certes à ceux qui éclaterent sous Probus; car les historiens nous rapportent que cet Empereur fit bâtir des forts & des retranchemens en divers lieux, pour arrêter ou prévenir, dans les provinces de l'Empire, des désordres pareils à ceux qu'il avoit vu naître sous son gouvernement. Et ce fut pour reconnoître à jamais les soins que ce digne Empereur prenoit d'elles, que plusieurs provinces des Gaules lui offrirent des couronnes d'or.

Carus, qui s'étoit associé ses deux fils, Carinus & Numérianus, ne tint l'Empire que pendant treize mois. Dioclétien y parvint le 21 d'Avril de l'an 284. Lorsque Carinus sortit des Gaules, où son pere l'avoit envoyé, pour marcher avec ses troupes contre Dioclétien, quelques cantons des Gaules voulurent faire encore un mouvement pour recouvrer leur ancienne liberté. Ils avoient à leur tête Ælius & Amandus; mais cette tentative appellée *la bagaude*, c'est-à-dire, de gens de bois, ou la *révolte des larrons*, n'eut

III. SIECLE.
Année 269.

LXXXVII.
Mezeray, abrégé de l'hist. de France, Liv. 3.

Année 270.

Année 277.

Année 279.

Morery, au mot *Bagaude*.

pas de suite que l'on doive remarquer ici ; à moins qu'on ne veuille dire que le nom de *larrons*, dont parle Jacques Le Vasseur, ne soit venu aux habitans de Vermand de ce qu'ils seroient entrés dans cette conspiration : car bagaude & larron sont synonimes. Carinus ne régna que deux ans. Son frere n'en avoit régné qu'un.

Dioclétien s'étoit associé à l'Empire Maximien-Hercule, dès la premiere année de son regne. En l'année 285, ce collegue défit & repoussa les Allemands & les Bourguignons, qui étoient venus fondre dans les Gaules. L'année suivante, il s'approcha du Rhin pour en écarter encore ces Barbares, qui ne cessoient de recommencer leurs hostilités. Il fixa dès-lors son séjour dans la Belgique, & choisit la ville de Treves, sur la Moselle, pour le lieu de sa demeure. Les quatre ou cinq Empereurs qui le suivirent, se plurent également à habiter dans la même ville. Leur résidence la rendoit déjà très-considérable : ils l'honorerent encore du privilege de faire battre monnoie ; distinction qui n'avoit été, jusqu'à ce temps, accordée qu'à la seule ville de Lyon. Enfin ils y établirent un prétoire & un arsénal. La Cour, ou le conseil de cette ville, s'appelloit le Sénat, & ses Décurions prenoient le titre de Sénateurs ; mais ces dénominations étoient communes aux tribunaux & aux Juges des autres villes qui étoient remplies de colonies Romaines, ou qui jouissoient du droit de municipalité.

Dioclétien & Maximien gouvernoient déjà l'Empire depuis huit ans, lorsque se sentant hors d'état de faire face, par eux-mêmes, aux divers Barbares qui inondoient chaque année les provinces, ils jugerent à propos de prendre deux seconds, capables de les aider, & de servir utilement l'Etat. Leur choix tomba sur Galerius-Armentarius, & Constantius-Chlorus. Ce dernier étoit fils d'un Seigneur de Dardanie, & d'une fille de Crispus, frere de l'Empereur Claude-Tacite. Tous deux furent décorés du titre de César dans la ville de Milan. Maximina-Theodora, fille de la femme de l'Empereur Maximien, fut donnée en mariage à Constantius - Chlorus, que les deux Empereurs avoient engagé à répudier Hélene, sa premiere femme, de laquelle il avoit eu un fils appellé Constantin. Ces quatre Princes se diviserent alors l'Empire : Maximien se réserva l'Italie, la Sicile & l'Afrique : Galerius-Armentarius eut l'Illyrie, jusqu'au Pont-Euxin : Constantius-Chlorus, outre les Gaules, obtint encore l'Espagne & la Grande-Bretagne. Dioclétien eut le reste de l'Empire.

Quoique nous ne puissions pas dire quelle part aient pris les peuples du Vermandois, dans les mouvemens qui ont alors agité divers cantons de la nation commune, il étoit nécessaire cependant de donner ici, en général, une idée des révolutions arrivées dans les Belgiques, afin de ne rien omettre de toutes les entreprises dans lesquelles nos peres ont pu entrer.

SOMMAIRE
DU SECOND LIVRE.

Tome I.

MÉMOIRES
POUR L'HISTOIRE
DU VERMANDOIS.

LIVRE SECOND,

Contenant l'arrivée de saint Quentin dans la Gaule Belgique ; sa passion, & une partie de ses miracles. L'établissement de la Chaire épiscopale du Vermandois à Saint-Quentin, & celui de la Monarchie Françoise dans les Gaules.

Depuis l'an 296 jusqu'à l'an 545.

E temps marqué dans les décrets de la Providence, pour verser sur le Vermandois ses faveurs les plus précieuses, est arrivé. Qu'elles dédommageront avec usure cette province, des troubles, des désordres & des ravages qu'elle a soufferts par le passé ! Qu'elles la soutiendront fortement contre ceux encore auxquels Dieu permettra que cette contrée soit exposée dans les siécles suivans ! L'Être Éternel avoit fixé aux années où nous sommes parvenus, l'heureuse époque de l'établissement de la Religion Chrétienne dans notre province.

K ij

La Gaule Belgique jouiſſoit enfin, au milieu de la paix, des doux fruits de ſon obéiſſance à ſes maîtres ; & les peuples du Vermandois, occupés uniquement de leurs ſoins domeſtiques, honoroient avec ſécurité leurs faux Dieux. Les mêmes Céſars régnoient dans l'Empire : le pape Caïus étoit mort ; Marcellin, ſon ſucceſſeur, rempliſſoit le chaire de ſaint Pierre, lorſque ſaint Quentin vint de Rome, dans notre partie de la Belgique, y annoncer la foi de J. C. La tradition de pluſieurs égliſes de cette grande province dépoſe que quelques diſtricts avoient déjà été prêchés. Saint Firmin l'avoit fait à Amiens. Saint Sixte, premier évêque de Soiſſons, l'avoit fait auſſi en cette ville, où il établit en ſa place ſaint Sinice, pour paſſer lui-même à Reims, dont il fut le premier pontife. Il'avoit reçu, dit-on, ſa miſſion de ſaint Pierre. Saint Denis avoit apporté aux Pariſiens la lumière de la foi. Mais aucun de ces illuſtres apôtres, ni leurs miſſionnaires, n'étoient encore deſcendus dans le Vermandois. Le chroniqueur de Cambrai, Baudry, aſſuroit dans le dixieme ſiécle où il écrivoit, que ſaint Remi, appellé l'apôtre de la France, n'avoit pas même encore fait prêcher le Chriſtianiſme dans l'Artois, qui confine au Vermandois, au commencement du ſixieme ſiécle. Saint Vaſt n'y alla qu'après le baptême de Clovis. Les peuples y étoient donc encore dans les erreurs du Paganiſme. Et quand il ſeroit vrai, comme le diſent quelques anciennes traditions, que le pape Siricius auroit envoyé chez les Artéſiens, vers l'an 390, ſaint Diogene, mort à peu près en 407, il eſt toujours évident, par le ſilence des hiſtoriens, que le Vermandois n'avoit pas été inſtruit de l'évangile, avant que ſaint Quentin y arrivât.

Dans un hameau appellé *Saint-Quentin*, ſitué un peu au-deſſus de Sougé au Bas-Vendomois, vers l'orient, il régne une croyance que le glorieux patron de ce lieu, & de l'égliſe paroiſſiale qui y eſt bâtie en ſon honneur, avoit paſſé en ce lieu, en ſe rendant au terme de ſa miſſion.

L'Egliſe ne célébre la fête que de trois ſaints qui aient porté le nom de Quentin : de celui dont on va rapporter ici la vie, la paſſion & les miracles ; d'un autre qui mourut en 410 : ce ſecond avoit été évêque d'Apt, & eut pour ſucceſſeur ſaint Caſtor auquel Caſſien a dédié ſes livres de l'*Inſtitut des moines* : & d'un troiſieme, né, dit-on, dans le pays Meldois, on ne ſait quand ; martyriſé & honoré dans celui de Tours ſeulement, avant le treizieme ſiécle. Notre ſaint infiniment célèbre eſt connu dans tout l'univers. Ceux-ci ne ſont que des patrons locaux, dont la mémoire eſt bornée dans l'hémiſphere de leur province. Il eſt néanmoins un peu ſurprenant que ni le lieu de la naiſſance de notre illuſtre martyr, Rome même, ni les effets de ſon admirable miſſion, ni l'éclat de ſa paſſion & la multitude de ſes miracles ne lui aient point obtenu une place dans l'office du bréviaire romain.

III. Siecle.
Année 296.
Claude De la Fons, hiſtoire de ſaint Quentin, pag. 8 & ſuiv.
Aug. - Vir. fol. 60.
Gallia Chriſt. édition 1751, fol. 3.

II.
Chronicon Abbatiæ Canonicæ S. Johannis apud Vincas Sueſſionn. &c. Pariſ. 1619. fol. 28.

Chronicon Cameracenſe & Atreb. &c. Duaci 1615. Lib. 1. Cap. 4.

III.
Cl. De la Fons, hiſt. de S. Q. p. 284.

IV.

Hiſt. de Meaux, tom. 1, p. 719.

Les mémoires, fur lefquels nous avons rédigé la vie du martyr
faint Quentin, font tirés des archives de l'infigne & premiere églife
du Vermandois, qui eft dédiée en fon honneur. Leur antiquité remonte à plus de fix cens ans. Leur auteur qu'on croit avec fondement être un nommé Raimbert, chanoine de cette bafilique, les
avoit compofés lui-même fur les actes anciens qu'il avoit fous la
main. Quoique paraphrafés & plus ornés que les premiers authentiques que nous avons encore, tirés des bibliotheques de Meffieurs
du Chefne & de Thou, de la cathédrale de Noyon & de l'abbaye
de Saint-Germain des Prés, ce font les mêmes dans la fubftance,
& ils méritent, à très-jufte titre, la croyance des lecteurs. Nous
avons eftimé l'ouvrage de Raimbert fi précieux, que, pour en perpétuer les copies, nous l'avons inféré dans nos notes, où il fervira
de piece juftificative de tout ce que nous allons dire de faint Quentin.

Cet illuftre patron de la province de Vermandois naquit dans la
capitale du monde chrétien. Son nom latin, *Quintinus*, marque
fon origine. Zénon fon pere, dont le nom femble au contraire en
indiquer une grecque, étoit du rang des fénateurs. L'ufage de recevoir dans ce tribunal fuprême de l'Empire Romain les perfonnes
les plus diftinguées de toutes les parties du monde s'étoit introduit
depuis long-temps à Rome, comme nous l'avons dit plus haut.
Peut-être auffi le furnom de Zénon n'eft-il qu'un adjectif appofé au
nom du pere de Quentin, qui l'auroit pris de quelque circonftance
en laquelle il fe feroit trouvé dans la Gréce : &, dans ce cas, l'on
auroit tort d'affurer qu'il eût été Grec d'extraction. L'on croit,
avec un peu plus de raifon, qu'il étoit idolâtre. En effet, fous l'empire de Dioclétien, on n'eût pas admis, ni même toléré, dans le
fénat, un membre qu'on eût cru en ternir l'éclat par la profeffion
qu'il auroit faite de la Religion chrétienne. Seconder la haine de
l'Empereur contre les chrétiens, & le foutenir dans le deffein qu'il
avoit de les exterminer, c'étoit l'objet principal de la vigilance de
ce confeil ; & ces refpectables magiftrats étoient obligés, avant
que d'entrer au fénat, d'offrir de l'encens & du vin à leurs Divinités fur un autel qu'Augufte y avoit fait dreffer. Le nom de la mere
de Quentin nous eft demeuré inconnu.

C'eft du pape Marcellin, dont on vient de parler, que, felon
quelques auteurs, Quentin reçut le baptême. C'eft d'un fimple
évêque appellé du même nom, difent quelques autres. Dans le
conflit de ces opinions contraires que la difette des monumens ne
nous permet pas d'éclaircir, on doit fe contenter plutôt de ce que
nous rapportons d'incertain, que du filence que nous garderions
fur ces petits faits, ou des décifions arbitraires que nous en porte-
rions. Inftruit de l'excellence de la Religion chrétienne par ceux

III. SIÈCLE.
Année 296.
V.
Tillemont, hift.
Eccléfiaft. pag.
433.

V. 4.

Baronius in Mar-
tyrol. Rom. ad 19.
Aug.

Sueton. in Au-
gufto. Cap. 35.

V I I.
Mar. Annales
Fl. ad ann. 657.

qui l'avoient catéchifé, & lui avoient conféré le baptême, Quentin fentit tout le prix de fa vocation : & ce fut pour rendre participantes de fon bonheur les nations affifes dans les ombres de la mort, qu'infpiré par le mouvement d'une grace particuliere, & après avoir reçu fa miffion du centre même de la Chrétienté, de l'églife-mere & la nourrice de toutes les autres du monde catholique, il vint dans notre Gaule y planter l'étendart de la croix.

Voilà l'origine & le berceau de notre religion. Placé entre les Papes qui l'ont baptifé, inftruit & envoyé, & remontant ainfi jufqu'à faint Pierre & JESUS-CHRIST, leur tendant une main, & l'autre à fes fucceffeurs jufqu'à nous, faint Quentin a reçu la foi du Verbe incarné, & nous l'a tranfmife pure & fans interruption. Quelle honte, quel malheur feroient pour nous d'en rompre la chaîne! Les fociétés nouvelles & les fectes d'hérétiques ont-elles ces précieux liens entr'elles, avec nous, avec JESUS-CHRIST? *Edant*

origines ecclefiarum fuarum : evolvant ordinem epifcoporum fuorum itā per fucceffiones ab initio decurrentem ; ut primus ille epifcopus aliquem ex apoftolis, vel apoftolicis viris, qui tamen cum apoftolis perfeveraverint, habuerit autorem vel antecefforem. Hoc enim modo ecclefiæ apoftolicæ cenfus fuos deferunt : ficut Smyrnæorum ecclefia habens Polycarpum ab Joanne conlocatum refert : ficut Romanorum Clementem à Petro ordinatum edit : proinde utique & cæteræ exhibent quos ab apoftolis in epifcopatum conftitutos apoftolici fermonis traduces habeant. Confingant tale aliquid hæretici. Nous n'avons pù ne pas mettre, devant les yeux de nos freres errans, un paffage fi foudroyant pour eux, fi honorable pour nous, & que la matiere avoit amené.

V I I I.

Quelques auteurs ont prétendu que faint Quentin avoit été dirigé dans nos contrées par le pape faint Clément, difciple & troifieme fucceffeur de faint Pierre. En effet, il eft nommé dans quelques actes de faints, & dans quelques bréviaires, avec faint Lucien & d'autres, le compagnon & le contemporain de faint Denis qu'on fait être venu le premier annoncer l'évangile en France. Mais ce fentiment fondé fur de fimples légendes, ou quelques actes rédigés autrefois avec tant de négligence, n'eft pas d'une autorité fuffifante pour nous perfuader que la miffion de faint Quentin ait commencé fitôt. Il eft conftant, par les actes de fon martyre, que ce faint a fouffert fous Dioclétien & Maximien, & qu'il a été mis à mort, étant encore jeune. Dans la fuppofition cependant où il auroit été envoyé dans les Gaules par faint Clément, ce généreux martyr auroit vécu fous vingt-fept ou vingt-huit Empereurs, & feroit mort, étant âgé de plus de deux fiécles. La vérité des actes les plus authentiques, qui le concernent, feroit donc outrageufement bleffée. D'autres croyent plus probablement que la miffion de faint Quentin ne remonte pas plus haut qu'à l'empire de Décius ou de Valerius ; qu'elle continua jufqu'à celui de Dioclétien & de Maximien, fous lefquels la mort fanglante de ce martyr, en mettant fin à fa vie, la mit auffi à fes fructueufes prédications. Pour nous, nous nous en tenons au texte de fes actes. Selon ce qu'ils contiennent, il paroît plus certain que le patron du Vermandois a commencé & terminé fa courfe apoftolique, fous le regne de ces deux Empereurs (1).

Onze compagnons, également enflammés du defir d'annoncer aux peuples les vérités de l'évangile, fe joignirent à Quentin : il étoit le premier de ces apôtres, dont il faifoit le douzieme. Il eft du moins décoré de cette qualité de Chef, dans plufieurs actes qui fe confervent dans les églifes particulieres, que fes affociés ont fondées. Il y eft marqué à leur tête, & ils ne font dits être venus dans les Gaules qu'avec lui.

Nous fuivons exactement ici les actes digérés par Raimbert : mais nous devons prévenir nos lecteurs, que quelques autres actes des Martyrs de la Belgique, fous Dioclétien & Maximien, font difciples de faint Denis de Paris les mêmes compagnons que nous donnons à faint Quentin. Le feul collegue que les mêmes actes donnent à notre glorieux Apôtre, eft faint Lucien, qui, après quelques prédications faites enfemble dans la ville d'Amiens, fe fépara de Quentin, pour aller à Beauvais. Fondés fur le poids & l'uniformité des actes de Raimbert, & fur l'autorité de la tradition du lieu, nous croyons leur devoir accorder la préférence fur les autres.

N'étoit-ce pas fe dire compagnons ou difciples de S. Quentin, que de venir de la Térouenne à Amiens, comme ont fait faint Victorice & faint Fufcien, pour comparer, felon l'efprit de faint Paul, leur évangile avec celui de leur Primipile ? N'eût-ce été que pour l'informer du fuccès de leurs prédications, & fe réjouir avec lui, dans le Seigneur, de la converfion des Gentils de ces contrées ? c'eft toujours l'avoir reconnu pour leur chef, que d'être venus exprès d'une province en une autre, pour l'y trouver. Gazet peut avoir lu, en quelque part, ce qu'il avance : que c'eft par l'ordre de Quentin que faint Piat a été envoyé à Tournai. Il n'appartient qu'à celui qui préfide aux autres, de leur faire exécuter fes volontés. D'ailleurs, lorfque les fupérieurs auront réglé à Rome le plan de la miffion de Quentin, la haute naiffance de ce Chef aura pû lui attirer, de leur part, cette confidération, que l'excellence de fes mérites briguoit encore en fa faveur. Tous fes compagnons enfin ne fe répandirent gueres hors de notre Gaule Belgique ; &, comme toujours opérans fous les yeux de leur pere, ils y fonderent les premieres églifes. Ils s'appelloient Lucien, Crefpin & Crefpinien : [ces deux derniers étoient freres] : Ruffin,

III. Siecle.
Année 296.
Gazet, Cathal. des Evêques de Cambrai.
Loifel, Mémoires de Beauvais.

I X.
Acta SS. Victorici, &c.
Acta SS. Crifpin. &c.
Meier. Annal. Fland. ad ann. 657.
Molan. in Chron. Belg.

Tillemont, hift. Eccléfiaftique , tom. 4.

Galat. 1. ỳ. 18.
Du Bofquet, Liv. 5, fol. 156.
De Tillemont, hift. Eccléfiaft. tom. 4, p. 718 & fuiv.
Marlot, hift. Remenfis, tom. 1. fol. 72 & feq.

III.ᵉ SIECLE.
Année 296.
Aug.-Vir. fol.
60.

Valere, Marcel, Eugene, Victorice, Fuscien, Rieul & Piat. Tous étoient citoyens Romains, si l'on en excepte saint Piat, qui étoit né à Bénevent, en Italie. Molanus, dans les vies des Saints du Brabant qu'il a publiées, a augmenté le nombre des compagnons de saint Quentin, par l'association d'un saint Chrysol, Arménien; d'un saint Albin, d'un saint Luce, &c. Mais ni les actes de saint Quentin, ni ceux de ses autres co-opérateurs évangéliques, ne font mention de ces derniers.

X.   Il est probable que saint Quentin, qui avoit été constitué le chef de cette troupe sainte, en étoit le plus âgé. Nous ne savons par aucuns actes s'il étoit simple laïc, prêtre ou évêque : mais on peut présumer avec raison qu'il étoit honoré du caractere épiscopal. Il étoit à la tête d'une mission distinguée, & uniquement destinée à la prédication de l'évangile. Cette présidence, ce ministere exigeoient donc que le conducteur de l'œuvre sacrée fût relevé au-dessus de ses co-opérateurs par un ordre supérieur. Saint Quentin avoit sous lui, ou avec lui, plusieurs compagnons qui étoient évêques : auroit-on dû les subordonner à celui même qui leur auroit été inférieur en dignité ? N'auroit-ce pas été dégrader l'épiscopat ? Il est vrai que dans la ville de Saint-Quentin on ne solemnise le triomphe de ce Saint, que comme celui d'un simple martyr ; & que les légendes toujours usitées, & les actes les plus anciens, ne lui donnent pas d'autre qualité : mais ces monumens ne détruisent pas les vraisemblances que nous venons d'alléguer. D'ailleurs, comme peu de temps après la premiere invention du corps de ce Saint, le siége de Vermandois a été établi en la ville de Saint-Quentin, ne peut-on pas dire qu'il n'a été érigé sur le tombeau de cet apôtre, que pour perpétuer en ce lieu la succession d'une même chaire épiscopale, sur laquelle il se seroit assis le premier, comme évêque de cette province ? Nous apprenons par les actes du même saint martyr, qu'il avoit d'abord choisi la ville d'Amiens, capitale de l'Amiénois, pour être le théatre de ses prédications ; & que, par la disposition Divine, il adopta celle d'Auguste de Vermandois, où Rictio-Vare le fit conduire pour les continuer en cette seconde capitale, & les y sceller de son sang. Mais soit qu'on considere le libre choix de cet apôtre, ou l'ordre de la Providence sur ces deux villes, ne peut-on pas ajouter qu'ils ne tomberent sur elles, que parce qu'elles étoient toutes deux des chefs-lieux, des capitales, propres à recevoir ou à y perpétuer les fondemens de la chaire épiscopale qu'un Pontife venoit y fonder ou relever ?

X I.   Il est certain, au reste, que saint Quentin, arrivé dans la Gaule Belgique, s'arrêta d'abord à Amiens. C'étoit, comme on vient de le dire, le champ qu'il avoit résolu de défricher, ou plutôt

de

de cultiver : car saint Firmin, évêque de cette ville, qui l'avoit précédé de plusieurs années, y avoit déjà prêché la foi de JESUS-CHRIST. Saint Lucien, l'un des compagnons de Quentin, l'y assista dans les fonctions de son apostolat. Bientôt après, ce digne & fidele co-adjuteur se retira en la ville de Beauvais, dont il est devenu, croit-on communément, le premier évêque & le principal patron. Saint Crespin & saint Crespinien obtinrent Soissons. Ces deux freres paroissent n'avoir été que de simples prêtres. Saint Rieul, premier évêque de Senlis, en fut aussi le premier apôtre. Saint Piat fixa son siége à Tournai. Térouenne reçut saint Victorice & saint Fuscien. Saint Valere & saint Ruffin eurent Reims & le pays Rémois pour leur département. Ces Saints reçurent le prix attaché aux prédications qui attaquoient l'idolâtrie : tous la frapperent sur ses autels : tous en furent persécutés & mis à mort. L'on doit excepter saint Rieul, dont la vie laborieuse & vraiment évangélique fut terminée par une douce & tranquille mort. L'histoire ne nous a rien conservé de précis sur les événemens qu'ont courus saint Eugene & saint Marcel.

Claude De la Fons croit que saint Eugene, dont il est ici parlé, est celui dont on célébre la fête, comme d'un martyr, au territoire de Paris, le 15 de Novembre. Il fonde sa conjecture sur ce que quelques légendes anciennes font saint Eugene compagnon & contemporain de saint Denis, évêque de Paris. Or, saint Quentin & saint Lucien étant, selon les mêmes légendes, les compagnons prétendus de saint Denis, on aura pu confondre les temps & les personnes, & donner à l'Apôtre de la France, un associé qui devoit n'être rangé que sous la banniere de celui du Vermandois. Quelques-uns, ajoute le même auteur, font saint Eugene évêque de Tolede, en Espagne : d'autres, qui changent *Toletium* en *Tullium*, le font, avec plus de vraisemblance, apôtre de Toul, en Lorraine.

Il paroît croire encore que saint Marcel a été évêque de Treves ; car, dit-il, Maximinus, évêque de cette ville, ayant souscrit au concile de Cologne en 346, Agrétius, son prédécesseur, à celui d'Arles en 314, & n'y ayant eu qu'un seul évêque entre saint Marcel & saint Martin, qui fut son second successeur immédiat, il résulte 1°. que saint Marcel a été contemporain de saint Quentin, & qu'il a pu souffrir sous les mêmes Empereurs sous lesquels son chef a été mis à mort ; 2°. que saint Martin, second successeur de saint Marcel, n'est pas mort en l'an 276, comme le dit Gazet. Mais il ne veut pas que saint Marcel, dont il est ici parlé, soit celui qu'on célébre le 4 de Septembre à Châlons sur Saône, parce qu'ayant souffert sous Marc-Aurele, qui régnoit en 161, les dates des missions, des Empereurs & du supplice, ne quadreroient point avec

Tom. I.

L

III. SIECLE.
Année 296.

Hist. du duché de Valois, tom. I, pag. 22.

Histoire de saint Quentin, p. 17.

Usuardus.
Petrus de Natalibus, Lib. 10. *cap.* 62.
Molanus, in SS Belgii.

Hist. Ecclésiast. des Pays-Bas.
Usuardus.
Ado.
Greg. Turonensis.

III. SIECLE.
Année 296.

Tillemont, hist.
Ecclésiaft. tom.
4, pag. 462.

sa personne. Il n'apporte pas la raison pour laquelle il pense que le même saint Marcel, dont il s'agit ici, n'est pas celui qui a souffert le martyre à Argenton, vers l'an 346, le 29 de Juin, ainsi qu'il est marqué dans les martyrologes. Ces conjectures, avancées par Claude De la Fons, ont quelque probabilité, & font fondées fur une pertinente distribution de pays qu'il donne aux compagnons de saint Quentin.

XII.
Ammianus Marcell. Lib. 15.

La ville d'Amiens, très-considérable fous Jules Céfar, l'étoit encore au temps dont nous parlons. Les miracles & les bienfaits de toute espece, dont saint Quentin combla les habitans de cette capitale, leur firent recevoir avec avidité la parole divine qu'il leur annonçoit, & la gravoient plus profondément dans leurs cœurs. Le jeûne continuel qu'il obfervoit, & les prieres ferventes qu'il ne ceffoit d'offrir au ciel, en obtenoient encore, pour le cher troupeau qu'il avoit enfanté à JESUS-CHRIST, les graces & les bénédictions néceffaires à la fructification de l'évangile reçu. Le zele de faint Quentin, pour la propagation de la foi, n'étoit pas restreint aux feuls habitans de cette ville : les peuples voifins eurent part auffi aux prédications de cet apôtre qui alloit, de lieux en lieux, les inftruire & les former au Christianifme.

Petrus de Natalibus, in Catalogo SS. Lib. 9. Cap. 126.
Meier.

La difcrétion dirigeoit toutes fes opérations. Il étoit effentiel au bien de la Religion de ne femer, en ces temps de perfécution, la parole de Dieu, qu'avec une retenue habilement concertée avec la prudence. La mort fuivoit de près le moment où on l'avoit été dénoncer aux juges comme miniftre ou difciple de l'évangile. La recherche, quoiqu'exacte, que l'on avoit faite des chrétiens, fous les premieres années de l'empire de Dioclétien & de fon collegue Maximien, n'étoit pas fi étendue qu'elle le fût vers la fin de leur regne. D'abord elle fe renfermoit prefqu'uniquement dans Rome, où l'attention de ces Empereurs fe portoit à ne pas laiffer s'y gliffer la Religion de JESUS-CHRIST. Les provinces plus libres jouiffoient alors du bonheur de la profeffer affez ouvertement ; mais, leur converfion ayant parue, quelques années après, aux yeux de ces princes aveugles, d'une conféquence trop dangéreufe & un mal qui exigeoit un remede preffant, ils établirent un inquifiteur général contre les chrétiens, qui les condamnoit quelquefois aux fupplices les plus affreux. Tel paroît avoir été Rictio-Vare. Cette perfécution, excitée par ces Empereurs, augmenta bien encore dans la fuite ; elle devint univerfelle & abfolue. Elle eft comptée la dixieme de celles que l'Eglife a fouffertes, & c'eft la plus horrible de toutes celles que l'idolâtrie lui a fufcitées. Nulle condition, nul âge, nul fexe ne furent alors ménagés. Il falloit ou abjurer l'évangile, ou être mis à mort.

XIII.

Rictio-Vare commandoit (1) pour ces Empereur en qualité de

préfet dans la Gaule Belgique, & en celle de leur inquiſiteur dans les autres provinces. Il ne juſtifia que trop, par les traits innombrables de cruauté qu'il a exercée contre les chrétiens, le choix que ſes maîtres avoient fait de lui. Son zele pour le culte des fauſſes divinités le porta aux extrêmités les plus grandes. Tous les lieux où il paſſa furent autant d'autels ſur leſquels il leur immola une infinité de martyrs. Déjà il avoit quitté la ville de Baſle dont il avoit rougi les rivieres du ſang des chrétiens qu'il y avoit fait jetter, après les avoir égorgés. Enfin, il arrive dans celle d'Amiens.

Le bruit des miracles que Quentin y faiſoit frappa bientôt les oreilles du préfet. La conſidération, qu'ils avoient acquiſe au Thaumaturge chez les peuples, le lui rendit doublement odieux; & pour obſcurcir en ſon ennemi un éclat qu'il ne pouvoit lui-même ſupporter, il donne l'ordre de le conduire en priſon. Ce fut le commencement des tourmens que Quentin s'étoit attendu de ſouffrir. Il ſe ſoumit à cette premiere épreuve, avec actions de graces. » Ne m'abandonnez pas, diſoit-il, Seigneur : mes ennemis con- » çoivent d'iniques deſſeins contre moi ; ſoutenez mon ame, & ne » laiſſez pas triompher de ſa foibleſſe ſes adverſaires les plus » cruels ». Un pſeaume ſuccédoit à l'autre dans la bouche de Quentin. « Arrachez-moi, ajoutoit-il, ô mon Dieu, de la main » du pécheur & de l'impie ligüés contre votre loi, vous, en qui, » depuis ma jeuneſſe, j'ai mis ma force & mon appui ».

Nous traduiſons ici fidelement les paroles contenues dans les actes de la paſſion de notre ſaint patron. Claude De la Fons les a rapportées auſſi dans ſon hiſtoire de ſaint Quentin. Nous les donnons cependant, moins comme les propres termes de ce Martyr, que comme l'eſſence des ſentimens de ſon cœur. Car il n'eſt pas douteux qu'on lui fait exprimer, par tous ces lambeaux de pſeaumes, plutôt ce qu'il a dû penſer & dire, que ce qu'il a proprement proféré. Tous ces traits héroïques peuvent d'ailleurs ſervir à édifier le lecteur pieux ; & c'eſt dans cette vue principalement que nous les lui préſentons par la bouche de ſaint Quentin. Nous ne lui faiſons pas dire un mot de notre crû.

L'anéantiſſement de la religion chrétienne faiſant en partie l'objet de la commiſſion de Rictio-Vare (3), ce Préfet étoit ardent à remplir les obligations de ſa place. Le lendemain du jour qu'il avoit fait empriſonner Quentin, il aſſembla ſon conſeil, & cita notre Saint devant ſon tribunal. Quel eſt votre nom, lui demanda-t-il ? Je ſuis chrétien, répondit Quentin à ce Juge, & je confeſſe JESUS-CHRIST. Si vous êtes cependant jaloux de ſavoir mon nom, je m'appelle Quentin : Zénon, le ſénateur, eſt mon pere. Que vous a-t-on fait, lui répond Rictio-Vare, pour que vous vous ſoyez porté à embraſſer une religion auſſi ſuperſti-

XIV.

tieufe que l'eft celle que vous profeffez, vous dont la naiffance eft fi diftinguée, vous le fils d'un tel pere ? Adorer un homme crucifié, quelle étrange folie ! Je fais confifter ma nobleffe, repliqué Quentin, à fervir le Créateur du ciel & de la terre. Il vous faut renoncer à cette extravagance, ajoute Rictio-Vare, & facrifier à nos Dieux. Je ne fuis point un fou, comme vous vous l'imaginez, dit Quentin ; je poffede la vraie fageffe, puifque je fais par elle méprifer vos faux Dieux.

Ces réponfes de Quentin irritoient le Préfet. Approche-toi, lui dit-il brufquement, & immole à nos idoles ; fi tu refufes de le faire, j'en jure par elles, je vais t'accabler de mille tourmens, plus cruels les uns que les autres. Et moi, à mon tour, lui répond Quentin avec une fermeté admirable, je jure par le Dieu que j'adore, le Créateur de l'univers entier, que je méprife les fupplices que tu me préfentes : hâtes-toi d'exécuter tes ménaces ; tu n'auras jamais de puiffance que fur mon corps : mon ame reftera toujours en celle de Dieu qui l'a formée.

Rictio-Vare ne fe contenoit plus de fureur, en entendant ce difcours. Il fait étendre Quentin ; & quatre bourreaux, qui font relevés par un pareil nombre d'autres, ont ordre de le fouetter fans relâche. *Quaternio*, dans les actes de faint Quentin, fignifie

une bande de quatre perfonnes. C'eft par quatre de ces bandes, c'eft-à-dire, par feize hommes, que nous lifons dans les actes des Apôtres, que faint Pierre fut gardé. Il y avoit auffi des bandes de trois & de deux, qu'on appelloit *Terniones* & *Biniones*. Elles étoient compofées d'hommes foldés par ceux qui les mettoient en emploi, pour tourmenter les chrétiens. S'ils n'étoient pas bourreaux de profeffion, ils le devenoient par effet. Soyez béni, s'écrioit Quentin en levant les yeux au ciel, au milieu de ce fupplice ; foyez béni, Seigneur : je fouffre ces maux pour la gloire de votre faint nom : que votre main fecourable me foutienne, tout indigne que je fois de cette grace : qu'elle me faffe triompher de ce cruel Préfet ; & que ceux qui verront la victoire que je remporterai fur lui, foient excités à glorifier votre divin nom.

Le ciel laiffa monter jufqu'au trône de Dieu les vœux de Quentin (4). Auffitôt qu'il eut ceffé de parler, une voix fe fit entendre. Quentin, mon ferviteur, lui dit-elle, foyez conftant ; prenez courage ; voici que je fuis avec vous. L'effet fuivit la promeffe. Les bourreaux qui fouettoient Quentin, ne peuvent plus fe foutenir fur leurs pieds. Un ange fait retomber fur eux les coups qu'ils croyoient donner à ce Saint. Secourez-nous, difent-ils à Rictio-Vare ; nous fommes cruellement flagellés par Quentin ; un feu fecret nous dévore ; la parole nous manque, & les pieds refufent de nous porter. Au milieu de ces lugubres cris, Quentin ne fentoit plus de peine : l'Efprit - Saint le couvroit de fon fecours.

III. SIECLE.
Année 296.

Rictio-Vare devoit reconnoître le doigt de Dieu, dans ce qui fe paffoit fous fes yeux : mais fon endurciffement étoit trop formé. Il attribue à la magie les merveilles dont il étoit témoin. Il ordonne en même temps qu'on ramene Quentin dans la prifon la plus obfcure, & défend qu'on le laiffe parler à aucun chrétien. Durant ce nouveau châtiment, le Saint fait fe trouver une nouvelle confolation dans les pfeaumes facrés du Roi-Prophête. Délivrez-moi, difoit-il, Seigneur, de l'homme méchant ; mes ennemis tendent des embuches à mes pieds ; tous les jours ils vont me livrer des combats : femblables aux ferpens, ils ont aiguifé leurs langues côntre moi, & font prêts à me couvrir du poifon qu'ils cachent dans leurs cœurs : Dieu de mon ame, foyez à mon fecours.

Le froid glaçant de la plus profonde prifon (5), dans laquelle on enferma Quentin, & la garde qu'on mit autour de lui, n'empêcherent pas un doux fommeil d'y venir affoupir fes membres abattus. Mais, lorfqu'un trop long repos alloit lui faire perdre des momens qui pouvoient être mieux employés à la prédication de l'évangile, un ange apparoît à Quentin. Levez-vous, lui dit-il, ferviteur de Dieu ; allez au milieu de la ville ; confolez & fortifiez le peuple, afin qu'il croie en JESUS - CHRIST, & qu'il reçoive le baptême. Le temps approche qui va mettre le fceau à fa rédemption, & à la confufion éternelle de Rictio-Vare. La guérifon des plaies de Quentin, fut le gage des promeffes que l'ange venoit de lui faire.

Ces paroles éveillerent le Confeffeur de JESUS-CHRIST (6). Comme un autre faint Pierre, il paffe, fans obftacle, toutes les portes qui pouvoient s'oppofer à fa fortie ; va fur la place de la ville, y annonce & bénit le nom du Dieu qui a daigné opérer tant de merveilles par JESUS-CHRIST. Et s'adreffant au peuple, il lui dit : Mes freres, prêtez des oreilles attentives à ce que je vous prêche. Quittez le mal, faites pénitence de celui que vous avez commis, & recevez le baptême au nom d'une adorable Trinité, d'un Dieu, Pere, Fils, & Saint-Efprit. C'eft ce Fils, Verbe Eternel, par lequel toutes chofes ont été créées, qui s'eft fait homme dans le temps, qui, dans l'efpace de fa vie terreftre, a reffufcité des morts, a rendu la vue aux aveugles, a guéri des malades, & notamment une femme hémorroiffe depuis plufieurs années ; qui a délivré de leur infirmité des lépreux, & fait marcher des paralytiques. Il a fu, dans des nôces, changer l'eau en vin, & opérer mille autres prodiges. Il eft mort enfin fur une croix, pour le falut de tous les hommes : il eft reffufcité par fa

XV.

XVI.

Actor. Apoft. Cap.
11.

propre vertu ; & régne maintenant dans le ciel, où il nous attend, si nous sommes ici-bas fideles aux graces qu'ils nous départ. Voilà le Sauveur que je vous annonce, & en qui je vous propose de croire.

Ces vérités adorables étoient expliquées par Quentin avec plus d'étendue & dans un ordre admirable. Effet miraculeux de sa prédication ! Il l'eut à peine finie, que six cens personnes se declarerent pour sa doctrine (7).

Un même sommeil avoit appésanti les yeux de Quentin dans la prison & ceux des soldats qui le gardoient. Le jour, en dissipant les ombres de la nuit, avoit aussi chassé loin de ceux-ci le repos, & les avoit rappellés à leur devoir. Quelle surprise pour eux ! Leur proie leur étoit échappée au travers des portes qui étoient demeurées fermées. La crainte, qui s'empara bientôt d'eux, les porta avec célérité au lieu de la prédication de Quentin. La grace divine agissoit en même temps dans les cœurs de ces satellites, & en vouloit faire autant de conquêtes au Christianisme. Ils ont entendu Quentin parler ; déjà ils sont eux-mêmes convertis à la foi. En vérité, vont-ils dire à Rictio-Vare, le Dieu des chrétiens est grand : c'est en lui qu'il faut que les hommes croyent. Que ne vient-il pas de faire pour son serviteur Quentin ? Que nos divinités aveugles & muettes sont peu dignes de lui être comparées ! Oui, nous regardons comme des insensés, & comme des victimes préparées pour un enfer, ceux qui servent votre fureur, & qui ferment leurs yeux à la lumiere nouvelle qui luit aujourd'hui dessus nous.

La sortie miraculeuse de Quentin hors de la prison paroissoit à Rictio-Vare être plutôt l'effet de la magie, que celui d'une main toute-puissante. Il traita d'enchantés ces gardes convertis, & le éloigna de sa présence, comme il auroit fait des rêveurs & des foux.

XVII.   Leur changement subit allumoit cependant (8) plus vivement sa fureur. Enfin sa politique, dont tous les desseins échouoient, l'enflammoit au suprême degré. Il voyoit la religion chrétienne s'élever avec éclat sur les débris du faux culte qu'il vouloit soutenir. Il ne lui restoit donc plus d'autre ressource que d'attirer en son parti Quentin, ou de l'exterminer, pour empêcher qu'il ne convertît toute la multitude, & pour sauver du zele de cet apôtre les restes épars de la secte qu'il devoit protéger. En habile négociateur des intérêts de sa religion, Rictio-Vare tenta tous les moyens qu'il crut les plus propres à l'étayer. Il cite, sans différer, le Saint à son tribunal. Les caresses sont une amorce à laquelle résiste difficilement un cœur foible & abattu. Le préfet les emploie d'abord envers Quentin ; il ne lui montre plus que des douceurs & de la tendresse. Quentin, mon cher & vénérable frere, lui dit-il, je rougis pour

III. Siecle,
Année 296.

vous que vous en foyez venu à tel point de folie, que vous ayez oublié votre naiffance, vos biens & vos parens, pour embraffer la pauvreté la plus extrême. Acquiefcez au confeil que je vous donne ; immolez à nos Dieux, & dans le moment je vous rends votre dignité premiere ; je vous renvoie à l'Empereur, & je vous affure qu'il vous fera reftituer dans Rome vos biens, & même qu'il vous y fera rendre les honneurs qui vous y étoient dûs.

Le cœur de Quentin étoit auffi peu fenfible aux careffes trompeufes qu'aux menaces terribles du préfet. Animé d'un zele digne du Dieu qui le lui infpiroit : penfes-tu, dit-il à Rictio-Vare, que je confacre à un vil intérêt le don précieux du Seigneur ? Périffent avec toi les richeffes que tu me vantes ! Non, je n'abandonnerai jamais le Dieu que je fers. Malheureux que tu es, apprends qu'un pauvre de Jesus-Christ eft le plus riche des hommes, & qu'il poffède dans fa nudité le gage du royaume dont il jouira éternellement dans l'autre vie. Les honneurs d'ici-bas font paffagers : ceux que les chrétiens defirent n'auront jamais de fin. Quentin prononçoit ces belles paroles avec une fermeté d'ame qui le rendoit infiniment fupérieur à fon juge. Il le regardoit comme un loup raviffant, un fou, un frénétique, un furieux, dont la manie ne le cédoit pas à la rage des chiens. Il ofoit même, dans les tranfports que l'Efprit-Saint lui infpiroit, donner ces noms odieux à l'ennemi de fon Dieu.

La prudence humaine infpire (9) aux mondains une forte de patience qui feroit plus louable, fi elle n'étoit rapportée à leurs vils intérêts. Rictio-Vare, outré de s'entendre appliquer ces rebutantes épithetes, fut néanmoins diffimuler le reffentiment qu'elles excitoient en fon cœur. Il affecta un air de compaffion ; &, s'adreffant encore à Quentin, il lui dit d'un ton que la tendreffe fembloit animer : enfin, vous êtes donc réfolu de fouffrir la mort ! Le généreux athlete ne lui en laiffa pas dire davantage ; il l'interrompit, en lui difant : la mort que tu me prépares eft le chemin à la véritable félicité. Je facrifie volontiers aujourd'hui au Seigneur une vie que la mort doit un jour faire ceffer ; & je fuis fûr de régner éternellement avec le Dieu pour la haine duquel tu m'immoleras.

Parmi les careffes dont il flattoit Quentin, Rictio-Vare laiffa tranfpirer quelques menaces contre le confeffeur de Jesus-Christ, s'il perféveroit dans fes fentimens. Il lui jura même, par fes Dieux, de ne plus lui conferver aucuns égards. Le Seigneur eft mon défenfeur, lui répondit le Saint ; vous n'êtes qu'un homme ; & je ne crains point les affauts que peut me livrer un bras foible & mortel.

Il étoit temps enfin que Rictio-Vare tentât par les tourmens d'a-　　XVIII.

mollir dans Quentin une conftance que fes vaines paroles n'avoient
pu encore entamer. La fureur du préfet n'avoit plus de bornes. Il
commanda donc qu'on fit fubir à notre Saint le fupplice des roues.
Quentin étoit fufpendu en l'air, à plat fur le ventre ; fes pieds &
fes mains fortoient par des trous percés dans l'épaiffeur des larges
planches ou des palliffades qui le foutenoient. Des roues, auxquelles on avoit lié fes membres, étoient violemment agitées, &
en brifoient toutes les jointures. Au milieu de cette douloureufe
fituation, d'autres bourreaux, armés de râteaux de fer, déchi-
roient cruellement le corps du Saint. Il étoit tout couvert de blef-
fures & de fang, lorfque le juge ordonna qu'on remplit les ouver-
tures du corps du faint Martyr d'une liqueur bouillante, compofée
d'huile, de poix & de graiffe ; &, afin qu'il n'y eût aucun endroit
qui n'éprouvât des douleurs, il lui fit appliquer aux côtés des
torches ardentes.

Loin que ces divers fupplices abattiffent la conftance (10) de
Quentin, ils l'euffent augmentée, s'il eût été poffible. Tranfporté,
au milieu de fes peines, de l'Efprit de Dieu, il ne ceffoit de bénir
fon faint nom. Toujours occupé de la penfée d'étendre fon regne
fur la terre, il confirma dans le peuple, par l'exemple de fa fermeté, les vérités qu'il lui avoit annoncées, & confondoit Rictio-
Vare, dont l'endurciffement paroiffoit être à fon comble. Scélérat, difoit-il à celui-ci ; enfant d'iniquité, efprit diabolique,
fâche que tous les tourmens que tu inventes contre moi, me
fervent de rafraîchiffement ; & qu'ils me donnent plus de joie,
qu'ils ne me caufent de douleurs. L'herbe féchée par les ardeurs
du foleil, n'eft pas plutôt ranimée par la pluie qui l'arrofe, que
mon ame l'eft, dans ce moment, par les fupplices que tu lui fais
fouffrir.

XIX.　Les Juges des chrétiens (11) n'avoient fouvent rien plus à
cœur, que de réduire au filence la langue des martyrs, qui les
couvroit de confufion : tantôt il la leur faifoient arracher : tantôt, par un fer brûlant, ils la leur faifoient confumer en cendres.
Rictio-Vare, défefpéré par les reproches amers de Quentin, crut
enfin avoir trouvé le moyen de s'en mettre à l'abri. Un affreux
breuvage, où l'on avoit mêlé de la chaux vive avec du vinaigre
& de la moutarde, fut l'exécrable potion qu'il commanda de lui
préfenter à boire. Quentin en fentit toute l'horreur ; il l'avala
cependant, fans en être incommodé : il continua même à chanter, avec fa premiere facilité, les louanges de fon Dieu ; & dans
la douceur de fes prieres, le lait & le miel lui euffent paru moins
agréables, que lui fut délicieufe la liqueur dont on l'avoit
abreuvé.

XX.　Inutilement l'impie combat contre Dieu & contre ceux que cet
Être

Être Suprême a résolu de protéger. Le Préfet, fatigué d'imaginer des tortures si extraordinaires & si variées, menace Quentin de le liver à la fureur de l'Empereur. Il atteste ce dessein par ses Dieux familiers, Esculape & Hyppocrate. Jupiter, Apollon, Mercure, le Soleil & la Lune, sont aussi témoins du serment qu'il fait d'envoyer à Rome le Confesseur de JESUS-CHRIST, s'il n'abjure ce Dieu crucifié, & ne retourne au culte des Empereurs. Mais l'unique & le suprême Dieu, dont l'Esprit souffle où il veut, rend son Serviteur inébranlable à toutes ces secousses : il lui inspire même le don particulier de prophétie. Quentin assure au Tyran qu'il persévérera, jusqu'à la mort, dans la confession de la Loi éternelle de son Dieu ; & que la Gaule, où il a commencé de souffrir, recevra son dernier soupir.

Ce n'étoit peut-être pas sans de bonnes causes, que Riction-Vare méditoit de faire conduire saint Quentin à Rome. Les citoyens Romains, & sur-tout le fils d'un sénateur, devoient, par la seule considération de leur naissance (12), être jugés par les Magistrats de cette capitale. Quentin d'ailleurs étoit à la tête de ses compagnons, & l'apôtre d'un peuple devenu déjà nombreux. Or, sous ce double égard, il paroissoit mériter d'être conduit vers les Empereurs, comme un chef de séditieux & de rébelles. Au surplus, on respecte la tendresse & l'honneur d'une famille ; on écoute les cris des patriotes ; on céde à la force des liaisons qu'on a eues avec des contemporains ; & , à la présence de ces causes combinées, une ame foible se laisse souvent attendrir , & abandonne une sagesse particuliere, qu'elle se persuade ne pas valoir mieux qu'une folie commune. Telles étoient les raisons de devoir & de politique, qui pouvoient engager Riction-Vare à renvoyer Quentin pardevant l'Empereur.

Mais ce Préfet ignoroit, lorsqu'il rouloit ces pensées en son esprit, qu'il alloit exécuter les décrets de Dieu dans l'endroit même que cet Être infini avoit destiné à la gloire de son Serviteur. Il fait saisir par ses satellites le Captif de JESUS-CHRIST, & ordonne qu'on le lui amene en tous les lieux où il devoit aller.

Réjouis-toi, ville Auguste de Vermandois ; tu vas recevoir, dans ton enceinte, un immortel Patron, ton Apôtre, & celui de tout ton territoire. Ouvre ton sein , & recueille, avec respect, le sang qu'il va faire couler de ses veines sur toi. Qu'il fructifie, ce sang précieux, dans le cœur de tes habitans ; & qu'il y fasse germer à jamais des vertus, qui, en réjouissant Quentin de t'avoir honorée de ses soupirs, de sa passion, de ses reliques, & de son nom, augmentent encore sa gloire sur la terre, & son bonheur dans le ciel !

III. SIECLE.
Année 296.

Joann. 3. y. 8.

Plinius , Epist.
ad Trajan.
Cl. De la Fons,
hist. de S. Quentin, pag. 54.

XXI.
Ribadeneira,
Vie des Saints,
tom. 2, p. 304.

Rictio-Vare, sorti de la ville d'Amiens, où il avoit fait souffrir à Quentin les supplices que l'on vient de rapporter, arrive dans celle d'Auguste de Vermandois. Ou des affaires particulieres l'appelloient dans cette ville municipale ; ou la crainte chimérique qu'il avoit, que les disciples de Quentin se révoltassent contre lui, lui avoient fait prendre le parti de s'y rendre. Il y étoit attendu par les gardes auxquels il avoit confié Quentin. Et c'étoit moins, disent les actes du martyre de ce généreux Apôtre, par un effet libre de sa volonté, que le Préfet avoit ordonné à ses satellites de s'y arrêter jusqu'à son arrivée, que par un décret de la Providence Divine, qui avoit statué que Quentin sanctifieroit l'Auguste de Vermandois par son sang & son nom. Seigneur, disoit Quentin lorsqu'il marchoit dans la route, montrez-moi les véritables voies qui menent à Vous : soyez, ô mon Dieu, le guide qui me conduisiez dans votre chemin : que je ne m'écarte jamais de votre vérité ; & que mon cœur se plaise sans cesse à louer votre adorable nom !

Une tradition vulgaire nous apprend que saint Quentin, en venant d'Amiens en l'Auguste de Vermandois, passa par un village appellé Bayonvillers, en Santerre. Là, dit-on, le Saint échangea sa chemise arrosée de ses sueurs, contre une autre qu'il reçut d'une femme qu'il avoit rencontrée. Ce fait, jusqu'ici, n'a rien qui choque la vraisemblance. Cette femme, ajoute-t-on, porta la chemise de Quentin à son Seigneur appellé Bayon : celui-ci étoit lépreux : il fut guéri de son infirmité, dès qu'il l'eut vêtu. Bayon devint reconnoissant de la grace qu'il avoit reçue de Dieu, par l'opération de son Serviteur : il lui consacra ses biens & sa terre, en les donnant à l'église & au clergé de saint Quentin. Voilà l'erreur la plus grossiere glissée dans le fond de cette tradition, que d'anciennes figures représentées autour du chœur de l'église de saint Quentin, semblent autoriser. Il n'y avoit, au temps où l'on raconte que le miracle prétendu est arrivé, ni église, ni clergé sous l'invocation du saint Martyr. S'il existe quelque chose de cette guérison, elle doit être rapprochée de plusieurs siécles de

notre temps. Nous rapporterons dans le cours de cette histoire, comment Bayonvillers a été acquis par le chapitre de S. Quentin.

Une autre tradition, plus universellement adoptée que la premiere, nous rapporte que saint Quentin, dans la même route de la ville d'Amiens en celle d'Auguste de Vermandois, s'arrêta au village de Marteville. Soit raison de fatigue, de déclin du jour, ou d'intempérie, nous l'ignorons. Mais nos Peres nous ont transmis que le Saint y fut jetté dans une prison ; & que lorsqu'une soif ardente l'y dévoroit, le Ciel fit jaillir à ses pieds les eaux pures d'une source rafraichissante. Cette belle fontaine subsiste encore, en nos jours, dans la cour du château de ce lieu : elle a environ douze pieds de longueur, sur six de largeur ; elle est toute bâtie de grès, & paroît très-ancienne. Les malades de toute espece, & sur-tout les hydropiques qui boivent de ses eaux, ou qui portent des linges qu'on y a trempés, reconnoissent en elle une vertu salutaire, que les mérites de Quentin y ont imprimée.

III. Siecle.
Année 296.

Nos ancêtres nous ont appris encore que notre glorieux Patron, arrivé en l'Auguste de Vermandois, en fut transféré, pour être enfermé dans une prison située sur le haut de la colline qui dominoit à cette ville. Cette prison, changée maintenant en une maison habitée, s'appelle *le Petit-Saint-Quentin*. Elle fait le coin de la rue Sainte-Marguerite & de Saint-Martin, du côté de l'orient. Le lundi des rogations, auquel jour le chapitre de saint Quentin va solemnellement en procession à la chapelle d'Epargnemaille, le clergé s'arrête devant la porte de cette maison, & y chante une antienne en l'honneur de son Patron. Dès qu'elle est finie, une petite fille, ornée des parures de son innocence, plus que des ajustemens brillans dont on la charge, sort du lieu consacré par les soupirs de notre Saint, & va présenter humblement une couronne de fleurs, que l'on pose sur le chef de ce Martyr. L'honneur d'avoir été choisie pour cette cérémonie, est, selon le peuple, pour cet enfant l'augure d'un heureux mariage.

A ne considérer qu'extérieurement la cérémonie pratiquée par cette petite fille, on pourroit croire qu'elle n'auroit été établie que dans une vue de religion ; c'est-à-dire, afin que le saint Martyr reçût, chaque année sur la terre, une couronne des mains de l'innocence ; & que la pompe de son triomphe en ce jour, fût toute sans tache. Mais une tradition orale raconte encore que la présentation de cette fille même, est la réminiscence d'une ancienne servitude dont étoit chargé autrefois le maître de cette maison, envers le chapitre de saint Quentin. Lorsque la liberté n'étoit pas encore générale en France, & que les usufruitiers des maisons étoient tenus envers les Seigneurs ou les propriétaires des biens & des manoirs de ces droits, dont nous parlerons dans la suite, appellés *Hospitagia*, *Capitagia*, &c. on prétend que l'hospice du Petit-Saint-Quentin étoit obligé de fournir au chapitre une petite *serve*, en ce jour, laquelle passoit au profit des chanoines, qui la joignoient à leurs autres *serfs* ; & que quand ces droits ont été rédimés ou abolis par l'introduction de la liberté universelle, on a toujours conservé dans cette *hostise* l'usage de présenter une petite fille aux anciens maîtres. Ainsi cette pratique, onéreuse dans son origine, est devenue, par la suite des temps, figurative & religieuse. Il est certain, au reste, que l'enfant qui est destinée à cet honorable office, dépend

XXIV.

III. Siecle.
Année 296.

du feul choix du maître de la maison ; qu'il la prend en la famille qu'il juge à propos de préférer : & que ce manoir, qui lui appartient comme chofe propre, n'eft tenu d'aucune autre fervitude envers le chapitre de faint Quentin.

XXV.
Cl. De la Fons,
hiftoire de faint
Quentin , pag.
396.

Tous les lieux où ce vénérable Martyr fut incarcéré, font célébres par des fontaines miraculeufes que le Ciel fit naître près de lui. Il s'en voit encore maintenant une en la ville d'Amiens, dans l'obfcur cachot où l'on dit que fut jetté le généreux Confeffeur de Jesus-Christ. Nous venons de parler de celle de Marteville. On dit que dans la cave de la maison appellée *le Petit-Saint-Quentin*, il en étoit autrefois une troifieme, que l'on n'y voit cependant plus depuis un fiécle & demi. Toutes font pieufement vifitées par les malades, dont la foi vive remporte tous les jours la guérifon de leurs maux, & principalement de celui de l'hydropifie.

XXVI.

Le Préfet ne fut pas plutôt venu en l'Augufte de Vermandois (13), qu'il commanda qu'on lui amenât, le lendemain de fon arrivée, Quentin devant fon tribunal. Nouvelles careffes de fa part envers le Saint. Quentin, mon frere, lui dit-il, vous voyez de quelle condefcendance j'ufe envers vous : obéiffez donc enfin, & facrifiez à nos Dieux Jupiter & Apollon : je vous offre toute ma protection ; & s'il vous faifoit peine de retourner à Rome, je veux m'employer tout entier auprès de l'Empereur, pour l'engager à vous combler de biens, & à vous donner même un gouvernement, ou quelqu'autre charge de magiftrature dans cette province. Je ne facrifie point aux Démons, répondit Quentin ; je vous l'ai déjà dit plufieurs fois : périffent à jamais ces viles créatures ; & ceux qui les fervent ! C'eft la malédiction que le Prophête-Roi a portée contr'elles, & contre leurs adorateurs.

Pfalm. 113. ℣.
16.

Cl. De la Fons,
hiftoire de faint
Quentin, p. 56
& fuiv.

Les châtimens font toujours la reffource de l'autorité qui fe croit offenfée. Un maréchal ferrant, ou un ferrurier, va aider la vengeance du préfet. Deux longues broches, que Rictio-Vare lui fit faire, devoient percer Quentin depuis les épaules jufqu'aux cuiffes : dix autres plus petites, mais toutes brûlantes, devoient être pouffées entre les ongles & la chair des doigts de ce courageux Martyr. Il fouffrit les douleurs inexprimables (14) de ce nouveau genre de fupplice avec une conftance fupérieure à leur atrocité. Ces broches font appellées, dans les actes de faint Quentin, *Taringæ* ou *Tarincæ*. Ce nom n'eft pas latin ; il paroît avoir été formé d'un mot particulier de la langue du pays, & avoir tiré fon origine de celui de *tringle*, qui fignifie les baguettes de fer fur lefquelles on fait rouler les anneaux d'un rideau. Il exprime fort bien au refte les broches longues & rondes, dont on perça le faint Martyr.

XXVII.

On dit que ces broches & ces alenes furent façonnées à Marte-

rille. Le forgeron en fut le maréchal du lieu. Ce bruit vulgaire,
qui n'eſt garanti par aucun auteur ancien, paroît d'autant moins
fondé, qu'il n'eſt pas croyable que les bourreaux de Quentin, à
portée de faire fabriquer ſous leurs yeux les inſtrumens du martyre
de ce Saint par des ouvriers de la ville où ils étoient, les euſſent
fait venir d'un village qui en étoit éloigné de deux lieues. La pierre
que l'on rencontre ſur le grand chemin du village de Vermand à
Marteville, & ſur laquelle on ajoute que ces fers ont été battus,
n'eſt point une enclume propre à cet office. A ſa ſeule inſpection,
on découvre tout le ridicule de cette hiſtoriette. Nous avons
ſouvent conſidéré nous - mêmes ce prétendu monument : elle
eſt d'une craie blanche & tendre ; jamais elle n'a ſervi que
de baſe à une croix, ou à quelqu'autre potence qu'on y a attachée. Le plomb qu'on a coulé dans les trous des pilliers, & qu'on
y voit encore, le démontre évidemment : d'ailleurs elle eſt mobile
& proſtituée dans les chemins. Or, qui pourroit concevoir qu'un ſi
précieux inſtrument du martyre de ſaint Quentin, tel que le ſeroit
cette pierre, dans le cas ſuppoſé, eût été abandonné & mépriſé à
ce point par nos ancêtres ? Enfin cette pierre brute & large de trois
pieds ou environ, au quarré, ſur dix-huit à vingt pouces d'épaiſſeur, a un ſort ſi peu décidé, que quelques autres diſent qu'elle
n'a ſervi que de ſiége au bienheureux Martyr, pour s'y repoſer,
lorſqu'il paſſoit du village de Vermand en celui de Marteville.

Il eſt un fait plus notoire, & peut-être auſſi fabuleux, puiſqu'il
part de la cauſe que nous venons de rejetter : c'eſt qu'il ne peut
demeurer aucun maréchal ferrant dans le village de Marteville,
qu'il n'y créve bientôt d'enflure. Gaucher de Caulincourt, ſeigneur de Marteville, y en établit, dit-on, un qu'il avoit amené
de Normandie dans le quinzieme ſiécle : une fatale hydropiſie le
lui enleva en peu de temps. Avant ce ſeigneur, & depuis cet époque, il eſt conſtant, ajoute-t-on, qu'aucun ouvrier de cette profeſſion ne s'eſt fixé dans Marteville, & n'oſe entreprendre de le
faire. Si ce préjugé étoit bien fondé, il feroit un preuve palpable
de la vengeance céleſte ſur cette ſorte de condition, dont un ſup-
pôt auroit eu le malheur de forger dans Marteville des chaînes &
des broches à l'apôtre de la province de Vermandois. Mais nous
ne voulons contredire ce fait, ni le perſuader à nos lecteurs.

Rictio-Vare étoit préſent à l'horrible exécution que nous venons de rapporter. Que les chrétiens, diſoit-il, apprennent, en
voyant les tourmens de Quentin, à n'abandonner pas nos Dieux.
Inſenſé préfet ! il ne ſavoit pas que les plus affreux ſupplices, par
leſquels on éprouvoit les martyrs, ne ſervoient que d'appas aux
chrétiens pour les attirer vivement à JESUS-CHRIST ; qu'ils croiſ-
ſoient à meſure qu'on travailloit à détruire leurs chefs, & que le

III. SIECLE.
Année 296:
Ibid. pag. 293.
Aug.-Vir. fol.
32.
Claude Bendier,
la Défenſe, &c.
page 49.
Idem, Vie de S.
Quentin.

Aug.-Vir. fol.
32.

XXVIII.

*Tertullianus, in
Apolog. ad Sca-
pulam.*

fang de leurs prédicateurs répandu convertiſſoit plus de monde au vrai Dieu, que leurs paroles n'euſſent jamais fait. Enfin des chaînes de fer ardentes ſont encore forgées par l'ordre du préfet ; & l'on y applique Quentin, pour tenter ſi ſa fermeté ne ſuccombera point ſous ce dernier effort d'inhumanité. Quelques manuſcrits de la paſſion de ce Saint ne ſont pas mention de ce dernier genre de ſupplice, qui ſe lit cependant dans d'autres, & que nous avons dû rapporter ici, pour n'omettre rien de ce qui pourroit être vrai.

XXIX.

Rictio-Vare travailloit en vain. La force intérieure de ſon ennemi s'augmentoit dans les tourmens même qu'on faiſoit ſubir à ſon corps. Il fallut que le préfet en vint à une derniere extrêmité. Il monte ſur ſon tribunal, & s'aſſocie, pour le conſeiller de ſa vengeance & de ſa fureur, Severus-Honoratus. L'ignorance du droit, en laquelle étoit la plupart des gouverneurs romains, inſtruits dans la profeſſion des armes qu'ils ne quittoient preſque jamais, les engageoit ſouvent à conſulter, dans les jugemens qu'ils rendoient, des aſſeſſeurs ou conſeillers, qui les conduiſoient dans la connoiſſance des loix & des ſentences. L'avis du préfet & de ſon conſeiller fut le même. Quentin fut trouvé coupable à leurs yeux, & mérita d'être condamné à avoir la tête tranchée. C'étoit là auſſi le dernier ſupplice que le préfet pût employer, pour exterminer un chrétien qui lui étoit devenu plus inſupportable encore par la raiſon qu'il avoit ſu vaincre toutes les épreuves par leſquelles il l'avoit fait paſſer.

XXX.

Déjà Quentin étoit arrivé ſur le haut de la colline, où il devoit conſommer ſa courſe : il demanda à ſon bourreau la liberté de prier un moment. Qu'elle fut pure, qu'elle fut ardente & agréable à Dieu, la derniere oraiſon que notre Saint lui adreſſa ! Il en rapporta une force admirable qui lui fit préſenter héroïquement ſa tête à la hache qui l'alloit décoler. Le bras étoit levé pour le frapper. Quentin ne perdit pas le plus précieux des momens. » Seigneur, Jeſus, dit-il encore, lumiere véritable & éternelle, » créateur du ciel & de la terre, aux yeux duquel l'avenir eſt auſſi » préſent que le paſſé, vous, que mon cœur aime, & que ma » bouche confeſſe, je vous en conjure ; recevez mon eſprit entre » vos mains ; je me livre à vous ſans partage ; ne m'abandonnez » pas dans l'éternité, ô doux Sauveur, qui régniez dans les ſié» cles des ſiécles avec le Pere & le Saint-Eſprit ».

Le bourreau frémiſſoit peut-être à l'approche du crime qu'il alloit commettre : Quentin ſembla l'enhardir. Frappez, lui dit-il, & exécutez ce que l'on vous a commandé. Il obéit ; & le coup fatal, qui trancha la tête de l'invincible Martyr, fit jaillir de ſon cou du ſang & de l'eau.

Le Ciel à l'inſtant (15) témoigna viſiblement que la mort de

Quentin lui étoit précieufe. Une colombe, dont la blancheur eût effacé celle de la neige, parut monter dans les airs. C'étoit la figure fous laquelle s'envoloit l'ame du faint Martyr. Une voix, qui s'y fit entendre dans le même temps, fit connoître la préfence du Dieu qui l'a devançoit. » Venez, difoit cette voix, venez, Quentin, » mon ferviteur ; recevez la couronne que je vous ai préparée. » Que mes anges vous enlevent & vous portent dans la Jérufalem » bienheureufe ».

III. SIECLE.
Année 296.

Il importoit infiniment à Riêtio-Vare d'enlever aux chrétiens, fpeêtateurs du triomphe de leur apôtre, le corps qu'il venoit de faire décapiter. Aucun autre tréfor n'eût été plus précieux à leurs yeux. Ce préfet voulut donc que le corps de faint Quentin fût gardé jufqu'à la nuit, & qu'à la faveur du filence & de l'obfcurité qui régnent en ce temps, fes miniftres jettaffent le cadavre dans un trou reculé de la riviere de Somme, qui baigne la ville. Il leur fut commandé de l'attacher à un gros poids de plomb, & de le couvrir de boue, de peur qu'il ne vint à nâger au-deffus des eaux. Ses volontés furent ponêtuellement exécutées, & les eaux plus reconnoiffantes, s'il eft permis de le dire, du facré dépôt qu'on leur confioit, que le préfet n'étoit jaloux de le fouftraire au zele & à la piété des chrétiens, ouvrirent leur fein au corps de notre Martyr, & lui fervirent de tombeau pendant cinquante-cinq ans.

Ainfi termina fa vie, le dernier jour du mois d'Oêtobre, (16) le faint patron de l'ancienne ville d'Augufte de Vermandois & du pays appellé de ce nom. Les fentimens chrétiens, dont il fe pénétra intimement, lui firent méprifer avec générofité l'éclat flatteur d'une naiffance des plus diftinguées, d'un rang qui le plaçoit au-deffus des Rois, & fouler aux pieds la pompe brillante des richeffes & des charges qui lui étoient préparées. Son zele, pour étendre la Religion de JESUS-CHRIST, ne lui permit pas de jouir, dans la douceur du repos, du prix de fa foi. Il l'arracha à tout ce qu'il pouvoit poffeder de plus légitime, & même de plus innocent, dans fa patrie, & le pouffa à aller annoncer à des nations errantes & barbares ce don précieux de Dieu. Sa prudence & fes autres qualités perfonnelles le firent nommer le chef & le conduêteur de la miffion la plus fruêtueufe à laquelle la Gaule Belgique, la partie la plus ancienne de la France, & le premier domaine de nos Rois, doit rapporter fa converfion au Chriftianifme. Sa force invincible à rejetter les promeffes féduêtrices d'un préfet payen a éclaté de la façon la plus admirable dans les interrogatoires qu'il a fubis. Sa conftance dans les tourmens les plus rudes, les plus variés & les plus longs, l'a placé au rang des martyrs les plus diftingués que l'Eglife révére. On auroit peine à croire qu'un feul homme eût pu

XXXI.

supporter tant de supplices en son corps, si l'on ne savoit que la grace de Dieu, qui anime les martyrs, les soutient intérieurement, les soulage & guérit même quelquefois miraculeusement les plaies que les bourreaux leur font. Sa piété & sa tendre dévotion ne se démentirent jamais ; elles lui firent former les prieres les plus ardentes au milieu de ses douleurs. Il accepta enfin la mort la plus ignominieuse dans les vues d'une soumission à Dieu la moins restreinte, & dans les sentimens de l'amour le plus parfait & le plus héroïque.

XXXII.

Avec quelle beauté, quelles heureuses applications, quelle sublime énergie, M. l'évêque de Noyon, auteur de son nouveau bréviaire [1764], n'a-t-il pas rendu tous ces traits admirables dans l'office qu'il a composé pour le premier apôtre de son diocese ! Certes toute l'industrie & l'ardeur de la piété chrétienne y sont épuisées. Tout y brille, tout y enchante, tout y attendrit & enflamme, tout y fait l'éloge le plus magnifique du saint martyr & de son chantre. Qu'il convenoit bien à ce digne prélat de nous apprendre à célébrer les Saints !

XXXIII.

Tel a été *le précieux martyr* & le *très-puissant athlete de JESUS-CHRIST,* comme l'appellent les actes anciens, que la ville d'Auguste de Vermandois honore. On ne peut pas fixer beaucoup plus précisément l'année de la mort de ce Saint, qu'on ne peut faire celle du commencement de sa prédication. L'opinion la moins suivie par nos historiographes, & à laquelle nous nous référons cependant, est qu'elle est arrivée en l'an 296 de JESUS-CHRIST. C'est le sentiment de Simon Denis, dans son *Supplément à l'histoire du Beauvaisis,* & de du Bousquet. Car il est vraisemblable, par les actes de ce Martyr, qu'il a reçu son baptême, & sans doute sa mission, du pape saint Marcellin. Or ce souverain pontife n'est monté sur la chaire de saint Pierre que le 30 de Mai 296 ; & par conséquent saint Quentin n'a pas souffert avant cette année. D'un autre côté, il est incontestable, par les mêmes actes, que c'est sous le regne de Dioclétien & de Maximien qu'il a été mis à mort, & que, comme ces Empereurs se démirent, suivant bien des auteurs, le 21 d'Avril de l'année 304, de l'empire, c'est dans l'espace qui s'est écoulé, depuis le mois de Juin de l'an 296 jusqu'à l'an 304, qu'il faut trouver le temps de son martyre. Or nous pensons qu'on ne peut pas le reculer plus loin que le voyage que fit Maximien dans les Gaules en 297. Aucun historien ne nous rapporte pas qu'il y en ait fait depuis cette année ; & cependant les voyages d'une si longue traite, faits par un Empereur, ne sont jamais oubliés ni ignorés. Nous savons d'ailleurs que ce prince passa, les années suivantes, à Carthage, à Milan & à Rome.

Maintenant

Maintenant ce qui nous détermine à fixer l'époque de la paffion de faint Quentin dans le terme compris entre ces deux années, eft une circonftance contenue dans les actes du martyre de faint Crefpin & de faint Crefpinien. On y lit que Maximien étant venu à Soiffons, (il nous eft fuperflu de rapporter pour quel motif, quoique nous fachions bien certainement que Conftantius-Chlorus, qui avoit été fait Céfar, gouvernât alors la province de ce nom) que Maximien, difons-nous, livra les deux faints martyrs à Rictio-Vare; mais que ce préfet ayant perdu le gouvernement avec la vie, avant qu'il les eût fait mourir, l'Empereur les condamna lui-même au dernier fupplice le 25 d'Octobre. Or, fuivant cette relation, il eft évident que faint Quentin a dû fouffrir le 31 d'Octobre de l'année précédente; car cet Empereur n'ayant pu porter en perfonne la fentence contre les martyrs de Soiffons, qu'en cette année 297, il s'enfuit que Rictio-Vare, qui mourut avant eux, a dû auffi avoir condamné faint Quentin un peu avant le même temps.

III. Siecle.
Année 296.

Ibid. pag. 461.

L'hiftoire eccléfiaftique compte dix perfécutions excitées contre les chrétiens, par les Empereurs payens, jufqu'à Conftantin qui rendit la paix à l'Eglife & aux fideles. La premiere, fous Néron, dans la ville de Rome feulement. La deuxieme, fous Domitien : celle-ci s'étendit jufques dans les provinces. La troifieme, fous Trajan : Adrien la continua, & excita la quatrieme. Marc-Aurele fit la cinquieme qui ne ceffa que lorfqu'il eut éprouvé la force des prieres des Chrétiens contre les Marcomans. Sévere donna lieu à la fixieme. On compte pour la feptieme celle qui arriva fous Maximin. La huitieme fut allumée par Décius : elle fut la plus cruelle de toutes celles qui l'avoient précédée. Valérien, fon fucceffeur, la continua. Aurélien fut auteur de la neuvieme. Mais la dixieme fut la plus violente & la plus horrible de toutes. Sa grande rigueur commença vers la dix-huitieme année de l'empire de Dioclétien : elle ceffa prefqu'entierement dans les Gaules & dans l'Efpagne, quand ce prince eut abdiqué, & fut entretenue par Galere-Maximien dans l'Orient, l'Illyrie, l'Italie & l'Afrique; enfuite par Maxence dans ces deux dernieres régions; & après encore par Licinius en Orient.

XXXIV.

Quoique plufieurs églifes des Gaules fe vantent d'avoir eu des martyrs, dès le premier fiécle après JESUS-CHRIST, il paroit cependant plus croyable qu'elles ne commencerent à fe reffentir des dix perfécutions, dont on parle, que lors de la cinquieme fous l'empire de Verus & de Marc-Aurele; de la fixieme fous celui de Sévere; de la huitieme fous Décius, & des deux dernieres années de la dixieme fous Dioclétien & Maximien.

XXXV.

Mézeray, dans fon *Abrégé chronologique de l'hiftoire de France,* dont

Tom. 2, Liv. 4

Tome I. N

III. Siecle.
Année 296.

nous avons tiré ce récit qu'il avoit puifé lui-même dans l'hiftoire eccléfiaftique, dit mal-à-propos que faint Quentin, qui fouffrit dans cette derniere perfécution, étoit difciple de faint Denis. Nous avons prouvé plus haut que l'apôtre du Vermandois étoit le chef de fa miffion, & que les dates de ces deux apôtres ne convenoient pas entr'elles.

Ibid.

L'*avis* de cet auteur qui lui a fait dire que *faint Piat*, compagnon de faint Quentin, *n'a pas été évêque de Tournai*, n'eft appuyé fur aucune preuve qu'il ait apportée. Il eft au contraire pofitivement oppofé à la tradition du pays & aux actes de ce Saint. Il s'eft trompé encore, quand il fait repofer le corps de faint Victorice dans l'abbaye de Corbie. Il eft certain que c'eft dans l'églife de faint Quentin que ce martyr a été apporté, & qu'il y repofe.

XXXVI.
Cl. De la Fons,
hift. de S. Q. p.
72.
Aug. Vir. fol. 3.
Bendier, Vie de
S. Q.

Dans la fuppofition que nous avons faite, & qui eft la plus raifonnée & la plus sûre de toutes, faint Quentin a fouffert cinq ou fix ans plutôt que ne le difent Claude De la Fons, Emmeré & Bendier. Le premier de ces auteurs, jaloux, ainfi que l'ont été après lui les deux autres, de faire tomber la mort de leur faint Patron, dans le temps du grand feu de la dixieme perfécution excitée par les Empereurs, a cru devoir regarder la circonftance décifive que nous venons de rapporter du voyage de l'Empereur Maximien, & du fupplice de faint Crefpin & de faint Crefpinien, comme une fauffe addition inférée, par quelque ignorant interpolateur, aux actes des martyrs de Soiffons. Mais les actes de ces Saints nous paroiffant d'une valeur à peu près égale à ceux de faint Quentin, nous avons cru que nous leur conferverions leur prix & leur pureté, en accédant, fans tant de façon, à ce qu'ils racontent, furtout lorfque nous ne les voyons pas contredits par d'autres pieces de plus grande confidération.

In Chron. ad ann.
964.

Sigébert met la paffion de faint Quentin en l'an de JESUS-CHRIST 332. C'eft une faute énorme contre la vérité de l'hiftoire de ce Martyr, parce qu'il eft conftant que ce Saint mourut fous Dioclétien & Maximien, qui abdiquerent l'Empire en 304; & qu'en l'année 332, Conftantin *le Grand* avoit fait fuccéder dans l'églife une paix univerfelle aux perfécutions allumées par fes prédéceffeurs. Le pere Martin a fait la même faute dans fon *Hiftoire de la Vie de faint Crefpin & de faint Crefpinien*, dont il rapporte la mort à l'an 308. Claude Dormay, dans fon *Hiftoire de la ville de Soiffons*, rapporte cet événement au 25 d'Octobre de l'an 303.

Hift. des Empereurs, tom. 4,
p. 31 & 36.

M. de Tillemont place le dernier voyage de Maximien dans les Gaules, en 296; & fuivant fa façon de compter, il faudroit dire que faint Quentin auroit fouffert le martyre en l'année précédente. Ce favant auteur, toujours tourné à mal rencontrer dans ce qui concerne la ville Augufte de Vermandois & le village de

Vermand, l'eft encore dans ce qui regarde notre faint Patron. Il a cru devoir avancer, plus que nous ne faifons, la paffion & la mort de faint Quentin : il en fixe le temps à l'an 282 au plutôt, ou 286 au plus tard. Il a moins d'égard par conféquent encore pour les actes de faint Quentin, que nous n'en avons. Il fe fonde fur ce que le Traité de la premiere invention du corps de ce Martyr, indique que ce précieux tréfor fut découvert au temps que Conftance régnoit avec Conftantin & Conftans fes freres ; & que leur regne, commencé en 337, finit en 340 par la mort de Conftantin. Car, comme le corps de faint Quentin ne refta, après fa mort, que cinquante-cinq ans dans les eaux, il s'enfuit que la cinquante-cinquieme année qui avoit précédé cet événement, doit retomber vers la 282 jufqu'à la 286ᵉ ; ce qui fait, felon lui, l'époque affurée de la paffion du Saint. Mais les divers actes de la premiere invention du corps du martyr faint Quentin, ne nous ont certainement pas paru déterminer fi précifément le regne des trois freres Empereurs pour le temps de cette découverte, qu'ils duffent faire loi, & fixer date aux hiftoriens. Ce qu'ils contiennent peut avoir été écrit plus de dix ans après leur Triumvirat, & ne détruit pas dans ce cas les raifons que nous avons apportées pour placer la mort de faint Quentin à l'an 296.

Si la juftice Divine ne marche qu'à pas lents à la vengeance, elle ne laiffe cependant jamais les crimes impunis ; & les coupables fentent quelquefois, dès ce monde, les coups terribles de fa colere. Il n'eft point hors de notre propos de rapporter ici les nouveaux attentats, par lefquels Rictio-Vare irrita le Seigneur contre lui, & le châtiment exemplaire qu'il en reçut. Ce Préfet s'étoit amaffé, depuis long-temps, un énorme tréfor d'iniquités, par les condamnations multipliées qu'il avoit portées contre un nombre infini de Saints, qui n'avoient eu d'autres crimes que d'être fideles au vrai Dieu, & d'étendre par-tout la religion de fon fils JESUS-CHRIST. Quarante-deux jours après la mort de faint Quentin, il fit encore mourir faint Victorice & faint Fufcien. Ces deux compagnons de notre faint Patron étoient venus de la Térouenne, où leur miniftere les avoit appellés, en la ville d'Amiens. Preffés de fe rapprocher du chef de leur fainte miffion, & de lui rendre compte, fans doute, de leurs fuccès évangéliques, ils avoient entrepris ce voyage : mais Quentin, déchargé du fardeau de fon corps mortel, s'étoit envolé vers une meilleure vie. Gentien, que ces deux apôtres convertirent, les reçut en fa maifon. Les Saints fe réjouiffoient chez leur digne hôte, du fort heureux de Quentin, lorfque le bruit de leur arrivée fut porté au préfet, qui étoit déjà retourné de la ville Augufte de Vermandois en celle d'Amiens. Après divers fupplices qu'il leur fit fouffrir, il donna

III. SIECLE.
Année 296.
Hift. Eccléfiaft.
tom. 4, p. 703.

XXXVII.
Année 297.

13 Décemb.

IIL SIECLE.
Année 297.

l'ordre enfin de les décapiter auſſi. Saint Gentien reçut la récompenſe des bons offices rendus à ces deux Saints. Une cruelle mort
que le même Rictio-Vare lui fit ſubir, l'aſſocia bientôt à leur gloire
dans le ciel.

XXXVIII.

Frodoard, hiſt.
Remenſ. Lib. 4,
Cap. 51.

La torture familiere que ce préfet employoit, étoit celle des
broches & des longues fiches de fer, qu'il faiſoit paſſer dans les
doigts, les narines, les épaules & les tempes des martyrs. La vierge
ſainte Macre venoit auſſi d'expirer dans les tourmens, par les
ordres du même perſécuteur, lorſqu'il faiſoit ſa recherche dans
le pays de Reims. Saint Valere & ſaint Rufin, deux autres compagnons de ſaint Quentin, avoient ſubi le même ſort : enfin ſaint
Creſpin & ſaint Creſpinien, qui avoient déjà enduré mille douleurs par le jugement de Rictio-Vare, étoient au moment de
recevoir une immortelle couronne, lorſque le Ciel prit en mains
la vengeance du ſang de tous ſes ſerviteurs, & leur ſacrifia leur
barbare ennemi, à la vue des deux derniers Saints, & de la multitude aſſemblée à leur ſupplice.

'Acta SS. Criſpini
& Criſpiniani.

Rictio-Vare ſentoit en ſon corps, depuis le martyre de ſaint
Victorice, de ſaint Fuſcien & de ſaint Gentien, un cruel déchire-
ment d'inteſtins qui ne lui laiſſoit plus la liberté de reſpirer. Cette
peine n'étoit que le prélude de plus grands maux qui lui étoient
réſervés. Il aſſiſtoit au ſupplice de plomb bouillant, dans lequel
il avoit fait jetter les deux Martyrs de Soiſſons : quelques gouttes
treſſaillerent de la cuve en ſes yeux, & le rendirent aveugle.
D'un autre côté, la douleur & le trouble de l'eſprit rendoient ſa
ſituation plus affligeante encore : ils le conduiſirent enfin au dé-
ſeſpoir. Une ſeconde cuve mêlée d'huile & de poix fondue, avoit
ſuccédé à la premiere : ces mêmes Martyrs y avoient été jettés ;
mais leur conſtance ne cédoit pas à cette nouvelle épreuve. C'é-
toit le tourment auquel ſe terminoit la rage induſtrieuſe de Rictio-
Vare. Forcené de faire des efforts inutiles, il s'agite, s'élance
rapidement dans le feu, & livre miſérablement aux flammes un
corps, le réceptable de toutes les fureurs & de tous les remords.

La foi des peuples que Quentin avoit nouvellement enfantés au
Chriſtianiſme, courut ſans doute un éminent danger à la mort de
cet illuſtre apôtre ; car, outre la crainte que la vue des ſupplices
du ſaint Martyr pouvoit leur inſpirer, s'ils ſe déclaroient ouvertement ſes diſciples, la durée de ſa prédication dans le Vermandois
paroît avoir été trop courte pour que le Chriſtianiſme dût avoir
jetté chez eux de profondes racines. Auſſi ne voyons-nous pas
que les premieres fideles aient même oſé tenter de rechercher le
corps de leur patron, ni qu'ils aient témoigné par quelque grande
action l'attachement qu'ils avoient à leur religion. Ils jouirent
donc d'abord, dans le ſecret, du précieux dépôt de leur foi ; & ,

dans ce temps malheureux où la perſécution des Empereurs contre les chrétiens ne ſe ralentiſſoit aucunement, ils ſervirent tacitement, à l'aide de la grace qui fructifioit en leurs cœurs, le Dieu qu'ils avoient eu le bonheur de connoître par Quentin.

Conſtantius-Chlorus ne reçut pas ſeulement ſa gloire du choix que les Empereurs avoient fait de lui, pour être leur collegue, ou de l'illuſtre fils auquel il donna naiſſance; il fut encore diſtingué par ſes qualités perſonnelles. En l'an 300, après avoir défait les Anglois dans leur propre iſle, il tranſporta une partie de ces peuples dans les territoires d'Amiens, de Beauvais, de Langres & d'Autun, afin de leur faire perdre l'idée de rebellion dont ils étoient animés, & de les employer à la culture des terres que les ravages précédens des Barbares avoient fait abandonner. L'année ſuivante, il chaſſa totalement du pays de Langres quelques eſſains d'Allemands qui y étoient entrés, & ne les quitta que pour courir à de nouveaux exploits dans l'Angleterre.

L'Empire étoit dans une paix profonde par rapport à ſes ennemis en 304, lorſque Dioclétien, ſurchargé du poids de ſa couronne, réſolut de s'en démettre. Maximien ſon aſſocié, pouſſé par le même motif, ou peut-être excité par une complaiſance aſſez extraordinaire, en fit autant. Dioclétien quitta la pourpre à Nicomédie; Maximien à Milan. C'étoient les deux villes où ces Empereurs réſidoient communément. L'Empire fut dévolu dès-lors à Galerius-Armentarius & à Conſtantius-Chlorus duquel nous venons de parler. Dès leur avénement au trône, ils partagerent de nouveau entr'eux les provinces de leur empire. Conſtantius-Chlorus eut pour ſa part l'Italie, la Sicile & l'Afrique, avec les Gaules, l'Eſpagne & la Grande-Bretagne, quoiqu'il ſemble, par la ſuite de ſon hiſtoire, qu'il ſe ſoit contenté de ces trois dernieres provinces. Son collegue eut le reſte. On croit que Conſtantius-Chlorus profeſſoit intérieurement le Chriſtianiſme. Il mourut à Yorck en Angleterre le 24 de Juillet de l'an 306. Sa mémoire fut chere aux Gaulois qu'il délivra de beaucoup d'impôts & de ſervitudes. Conſtantin ſon fils, ſurnommé *le Grand*, lui ſuccéda, & termina heureuſement en cette même année la guerre que ſon pere avoit commencée contre les Anglois rebelles. Il avoit hérité de lui la même affection pour les Gaulois. Il revint d'Angleterre chez eux, y demeura pendant cinq ans, durant leſquels il ſignala ſa valeur contre les Barbares qui les inquiétoient, & fixa dans cet intervalle ſa réſidence à Treves.

Après la mort de Galerius-Armentarius, arrivée en 312, l'Empire ſubit encore un nouveau changement. Conſtantin s'aſſocia Licinius. Maxence & Maximin remplacerent l'Empereur défunt; mais cet arrangement ne fut pas long-temps du goût de Conſtantin.

IV. SIECLE.
Année 313.
XXXXI.

qui voulut réunir fur lui feul toute l'autorité. Dès l'année fuivante cet Empereur fortit de la Belgique, & marcha contre Maxence. C'eft dans la route de cette expédition, que le Ciel lui fit voir, par un prodige admirable, à quelle gloire il le deftinoit. Le foleil traça dans l'air avec fes rayons une croix éclatante, fur le haut de laquelle étoient écrites ces paroles, *in hoc figno vince*. Une vaine illufion n'en avoit pas impofé à Conftantin. Il protefta par ferment à toute fon armée qu'il étoit très-affuré du miracle qu'il rapportoit. L'effet fuivit l'engagement que le Ciel fembloit avoir pris avec lui. Maxence fut défait ; & ce vainqueur rapporta auffi-tôt fes drapeaux triomphans dans les Gaules contre les François qui vouloient paffer le Rhin. Tous ces exploits furent l'ouvrage de la

XXXXII.
Année 317.

même campagne. Quatre ans après, le même Empereur, obligé d'aller attaquer Licinius fon collegue & fon beau-frere, avec lequel il ne vouloit plus avoir de fociété, laiffa le gouvernement des Gaules à fon fils aîné Crifpus. Ce jeune Seigneur répondit parfaitement aux efpérances de fon pere. Il battit plufieurs fois les François & les Allemands qui infeftoient encore les Gaules de leurs pirateries. Cinq années, qu'il paffa dans cette province, furent autant d'années de triomphe pour lui. Il en fut enfuite appellé par l'Empereur fon pere, pour l'aider à pourfuivre Licinius.

Année 324.

Il eût été digne de plus longs jours, fi Conftantin, qui le relégua peu après dans l'Iftrie, n'eût cru, fur la calomnieufe plainte de Faufta, devoir punir par l'empoifonnement la témérité d'un fils qu'on accufoit d'avoir attenté à la pudicité de cette marâtre.

XXXXIII.
Année 325.
Mezeray, *ibid.*
Liv. I. Nᵒ. 2.

Voyez nos Mémoires, Liv. I.
Nombres 23, 37.

Depuis Augufte, aucun Empereur ne fit tant de changemens dans l'Empire que Conftantin, quand il commença de régner feul. Nous ne devons toucher ici que ceux qui regardent les Gaules. On peut fe rappeller ce que nous avons déjà dit touchant la divifion des Gaules. Dès le temps de Céfar, elles étoient partagées en quatre parties. On leur avoit donné les noms de Gaules Narbonnoife, Aquitanique, Celtique & Belgique. On ne comprenoit pas dans ces quatre Gaules les pays que les Gaulois avoient conquis au-delà des Alpes, depuis ces monts jufqu'à la petite riviere de Pifatelle ou du Rubicon. Cette étendue étoit nommée, à l'égard des Romains, la Gaule-Cis-Alpine. Nous avons rapporté qu'Augufte divifa enfuite la Belgique en trois parties ; dont la premiere retenoit ce nom. Les deux autres s'appelloient la Germanique fupérieure & inférieure. Enfin Conftantin fous-divifa encore la Belgique, même proprement dite, en deux parties, & laiffa les deux Germaniques en l'état où elles étoient. Treves, le féjour de plufieurs Empereurs, fut la capitale de la premiere Belgique ; Reims le fut de la feconde. On appelloit métropoles les capitales de ces provinces. Ces divifions & fous-divifions avoient formé, avec le temps, dix-sept grandes provinces dans les Gaules. Il y eut dix-sept métropoles pour présider à chacune de ces provinces. Encore sous ces dix-sept métropoles il y avoit plus de cent cités ou villes, chefs des peuples, dans lesquelles l'Eglise mit depuis des siéges d'évêchés, comme il y en avoit dans les métropoles même. La province de Vermandois, comprise dans la sous-division de la seconde Belgique, c'est-à-dire, sous la métropole de Reims, resta toujours le cercle d'un peuple de ce nom; & sa ville Auguste, qui devint bientôt épiscopale, resta aussi le chef-lieu de ce district & de cette nation. Au surplus, chaque petite province enfermoit dans son enceinte plusieurs autres villes & cités appellées *oppida*, *castra*, *&c.* Telles furent dans le Vermandois encore les villes de Vermand, d'Athies, de Péronne, de Condren, & peut-être quelques autres anciennes que nous ignorons.

IV. Siecle.
Année 325.
Nicolas Bergier, hist. des grands chemins de l'Empire Romain. Liv. 3. Chap. 38. pag. 524.

Parmi les gouvernemens des dix-sept grandes provinces, dont on vient de parler, il y en avoit six consulaires. Les onze autres étoient tenus par des présidens. Les premiers dépendoient du sénat; les autres de l'Empereur. Constantin *le Grand* établit dans la suite des Comtes dans les cités, & des Ducs dans les villes de frontiere. La justice se rendoit alors, dans toutes les Gaules, selon le droit romain, lorsque la coutume des lieux n'y étoit pas contraire. Les actes publics & les plaidoyers se faisoient en Latin, & les officiers de guerre, de justice & de finance, parloient cette langue : d'où vient que les Gaulois l'apprirent & la parlerent aussi, jusqu'à ce que le peuple l'ayant corrompue, elle devint jargon, & dégénéra dans celle que nous appellons à présent *la Françoise.*

Dès que la division de l'Empire eut été faite en celui d'Orient & celui d'Occident, Constantin établit dans l'une & l'autre partie un grand-maître de la milice, qui avoit l'inspection & le commandement sur toutes les troupes, & qui, comme nous l'apprenons de la *notice de l'Empire*; distribuoit, aux Ducs & aux Comtes des provinces & des villes, les soldats nécessaires à la garde de leurs frontieres. Pour fournir des armes à tous ces gens de guerre, & même aux troupes du pays, on établit dans les Gaules sept arsénaux où on les forgeoit en même temps. Les écus & les boucliers des Balistes, l'artillerie & les harnois des soldats, se fabriquoient à Soissons; les épées, à Reims; les boucliers à Treves & à Amiens : les autres armures se faisoient à Mâcon, à Autun, à Strasbourg. On équippa aussi dans les Gaules une dixaine de flottes toujours prêtes à voguer & à porter les secours nécessaires aux lieux qui en avoient besoin. La même notice de l'Empire nous apprend que la huitieme s'appelloit *la flotte Sambrique.* Elle ne portoit ce nom que de ce qu'elle avoit ses parages sur la Sambre, ou peut-être sur la Somme, appellée anciennement *Samara.* Quelques auteurs croyent qu'elle

XXXXIV.
Année 326.

fe retiroit cependant près de Quarten, à préfent la ville du Crotoy & d'Harnen, entre Saint-Vallery & le village de Hourdet. Enfin, lorfque le même Empereur eut divifé la charge du préfet du prétoire en quatre, il en mit un qui avoit fous foi trois vicaires ; un, dans les Gaules ; un, dans l'Efpagne, & un dans la Grande-Bretagne. Le premier, qui fut alors pourvu de cet emploi dans les Gaules, fut le pere de faint Ambroife qui portoit le même nom que cet illuftre fils. Ce préfet réfidoit ordinairement à Treves, la métropole de la premiere Belgique.

Après la mort de Conftantin *le Grand*, fes trois enfans ne purent poff. éder les démembremens de fon empire, fans envier l'un à l'autre la part qu'ils en occupoient. Conftantin II du nom, qui avoit les Gaules, s'en vit arracher le commandement par fon frere Conftans, qui le tua dans la mêlée d'un combat. C'étoit en 340, en l'année où les François, qui s'étoient jettés dans les Gaules, & qui y avoient hiverné, s'en retirerent, après avoir reçu en argent l'indemnité des pertes qu'ils avoient éprouvées de la part de leurs vainqueurs. Conftans, le troifieme & le dernier des enfans de Conftantin, fut auffi facrifié, après treize ans de regne, à l'avidité de fon frere Conftance.

La mémoire de Quentin ne périt point avec lui. Le petit nombre de chrétiens qui habitoient la ville d'Augufte de Vermandois, & ceux qui demeuroient dans la province de ce nom, commencerent à révérer en fecret le Saint, dès l'inftant de fa mort glorieufe. Mais le gage précieux de leur patron & de leur apôtre, fon corps arraché à leur dévotion, rendoit leur culte moins célèbre & toujours inquiet. Cinquante-cinq ans s'étoient déjà écoulés depuis la mort de Quentin, lorfqu'enfin il plut au Seigneur de révéler à la face de l'Univers un tréfor que les eaux tenoient depuis fi long-temps dans leur fein.

L'hiftoire de cette invention eft jointe dans les plus anciens authentiques trouvés dans les bibliotheques de Meffieurs Du Chefne & De Thou, de la cathédrale de Noyon & de l'abbaye de Saint-Germain des Prés, à celle de la paffion du même Saint. Elle paroît venir du même auteur, dont le nom nous eft inconnu. Cet écrivain fut, comme il le dit, témoin oculaire des merveilles qui arriverent au temps de cette invention. Mais, s'il mérite toute notre croyance dans le récit qu'il fait des chofes qu'il a vues alors, il n'eft pas douteux qu'il en eft également digne dans l'hiftoire même qu'il a compofée du martyre de ce Saint. Il en avoit apprifes les circonftances de ceux mêmes qui y étoient préfens, qui vivoient peut-être encore de fon temps, & qui pouvoient même alors n'être pas fort âgés.

C'eft fur les mêmes mémoires anonymes que le chanoine de faint
Quentin

Quentin, Raimbert, a rédigé aussi l'histoire qu'il a écrite de cette invention. Nous en continuerons ici la traduction du texte latin que nous rapporterons dans nos notes. Nous n'y insérerons point les actes du martyre, ni de la premiere invention du corps de saint Quentin, rapportés au long dans Surius. M. de Tillemont estime que ces derniers actes ont été composés après les hérésies d'Arius, de Nestorius & d'Eutichès, c'est-à-dire, entre le cinquiéme & le septieme siécles, & par conséquent avant l'épiscopat de saint Eloi; &, selon ce savant auteur, ils méritent une autorité presqu'égale à celle des actes originaux : ils sont imprimés; on peut y avoir recours. Nous avons cru devoir rapporter seulement à la suite de nos notes les actes sur lesquels a travaillé Raimbert, & qui ont été tirés des quatre bibliotheques susnommées. Plus simples & moins chargés de faits que ceux que Raimbert a paraphrasés, ils ont un caractere d'antiquité qui nous persuade qu'ils sont les seuls qu'on doive admettre, & qu'on peut les regarder comme des originaux contemporains. Les légendaires & les martyrologistes, qui n'ont pas trouvé ailleurs de titres contraires à ces authentiques, les ont suivis & ont parlé, comme eux, de l'invention dont il s'agit (17).

IV.e SIECLE.
Année 551.

Die 31 Octob.

Hist. Ecclésiast.
tom. 4, p. 730.

Une Dame romaine, compatriote de saint Quentin (18), étoit aveugle depuis neuf ans. Son nom étoit Eusébie. Elle étoit très-distinguée par sa naissance, très-riche en biens & en esclaves; mais plus recommandable encore par sa foi & sa piété. Affligée de sa longue incommodité, elle en demandoit instamment au Seigneur la guérison, lorsqu'enfin, touché de sa priere, il lui envoya un ange qui lui dit : « Eusébie, vous êtes exaucée; partez & allez dans
» les Gaules; informez-vous-y du lieu qu'on nomme Auguste de
» Vermandois; il est situé le long de la riviere de Somme. Trans-
» portez-vous dans l'endroit où le chemin public passe sur cette
» riviere, en allant d'Amiens à Laon *le Cloué*. C'est-là que vous
» trouverez dans les eaux le corps de Quentin, mon saint & fidele
» martyr. Dès que vous l'aurez découvert, & montré au peuple,
» votre cécité cessera; &, fortifiée alors dans votre corps & dans
» votre ame, vous reviendrez en joie dans votre maison ».

On observera ici que toute l'étendue du chemin de Laon à Amiens étoit appellée *agger publicus, via publica* ; mais que celui qui étoit intermédiaire entre les deux ponts qui conduisoient dans la ville Auguste de Vermandois, étoit nommé *via*, ou *agger inter duos pontes*.

Eusébie ne s'en tint point à cette premiere apparition. L'ange revint à elle plus d'une fois. Persuadée enfin de la vérité de ce qu'elle entendoit, elle part de Rome. Un train considérable de chars & de domestiques l'accompagne. Elle avoit eu le soin sur-

Tome I.   O

IV. SIECLE.
Année 351.

tout d'emporter avec elle des draps & des linges ; pour enfevelir le corps qu'elle avoit ordre de découvrir. L'ange qui lui avoit apparu, étoit le compagnon invifible du voyage. Déjà, fous fa conduite, elle étoit arrivée dans notre Gaule, lorfqu'elle eut en rencontre un vieillard nommé Eraclien. Il lui dit » qu'elle étoit proche de la ville qu'elle cherchoit : qu'il avoit entendu dire qu'un » nommé Quentin avoit été mis à mort par fes perfécuteurs ; » mais que le temps de fon martyre étoit déjà un peu éloigné : » qu'au furplus, il ne favoit pas où l'on avoit jetté le corps de ce » Saint après fa mort ». Ces diverfes réponfes d'Eraclien aux demandes d'Eufébie les avoient conduits l'un & l'autre vers le grand pont qui étoit conftruit fur la fomme, pour la route publique de la ville d'Amiens à celle de Laon, par l'Augufte de Vermandois. Eufébie fe fit mener au lieu que l'ange lui avoit défigné.

Dès qu'elle y fut arrivée, elle fe profterna en la préfence du Seigneur. Sa tendre piété, fecondant le defir & la joie de fon cœur, fe livra aux effufions de l'amour le plus ardent. » Dieu d'Abra-
Sulpitius Severus, hift. Lib. 2 ; ad ann. 326.
Difcours fur l'hiftoire Univerfelle, année 326.
» ham, d'Ifaac & de Jacob, difoit-elle ; Dieu des Prophêtes & des » Apôtres, Dieu créateur & confervateur de toutes chofes ; Dieu » tout-puiffant, exaucez-moi. Vous avez entendu Tobie & Sara ; » Moïfe & Aaron ont obtenu de Vous l'effet des demandes qu'ils » vous avoient portées ; favorifez celles que je vous fais aujourd-» hui. L'Impératrice Hélène a trouvé le bois de votre précieufe » croix ; faites-moi la grace, toute-indigne que j'en fois, de dé-» couvrir pareillement le corps du vénérable Martyr qui s'eft » facrifié pour la gloire de votre faint nom. Faites-moi trouver » dans ce lieu le tréfor que mon ame defire, afin que, dans ma » reconnoiffance, je fois encore plus excitée à glorifier votre » faint nom ».

Cette pieufe Dame avoit à peine achevé fa priere, que l'endroit où le corps de faint Quentin repofoit, s'agita. Les eaux y formerent mille cercles, & envoyerent ce précieux dépôt fur leur liquide face. La tête du faint Martyr, féparée du refte du corps, fe hâta d'en rejoindre le tronc. La frayeur combattit alors avec la joie dans le cœur d'Eufébie, & y produifirent alternativement des mouvemens oppofés de terreur, de refpect & de confolation. Le limon ni l'eau n'avoient point altéré ce riche dépôt : il étoit blanc comme de la neige ; & l'odeur dont il parfuma l'air, » me fit » croire, & à tous ceux qui étoient là préfens avec moi (dit l'hif-» torien dont nous tirons ce récit) » que toutes les effences du » monde s'étoient réunies, en ce moment, dans ce lieu ». Eufébie enveloppa le corps de faint Quentin dans les étoffes les plus propres. Elle voulut le faire porter en la ville de Vermand. C'étoit ce camp des Romains dont on a parlé ci-deffus, diftant de cinq

mille pas, c'est-à-dire, de deux lieues & demie de cet endroit de
la riviere de Somme. Cette Dame, qui étoit Romaine, croyoit
sans doute y trouver de ses amis & des compatriotes, avec lesquels elle vouloit se conjouir de son bonheur. Peut-être s'étoit-
elle persuadée aussi que la vue d'un saint Martyr, leur concitoyen,
à la présence duquel s'opéroient tant de miracles, seroit, pour les
chevaliers Romains, l'occasion d'un plus grand nombre, & de
plus éclatantes conversions. Tels étoient assurément les motifs de
la destination qu'elle avoit projettée des reliques de Quentin. Quoiqu'il en soit, elle s'étoit déjà mise en route pour tendre à Vermand : mais la charge *insupportable* du corps qu'il fallut faire passer
par l'Auguste du Vermandois, l'obligea de s'arrêter en cette municipale. Eusébie reconnut, dans cet obstacle, la volonté de Dieu :
elle inhuma le corps de Quentin, en l'endroit où ce Saint avoit
été décapité, & fit bâtir sur son tombeau un petit oratoire,
cellulam, capellam.

Alors s'accomplit la promesse que l'ange avoit faite à Eusébie.
Cette honorable sépulture mérita à cette Dame la restitution de
la vue, dont elle étoit privée depuis si long-temps. Une vigueur
toute nouvelle se répandit aussi dans son corps, & elle sentit,
dès ce moment, que sa jeunesse passée lui avoit donné moins de
force qu'elle n'en recevoit alors. Ce miracle est rapporté au chapitre 73 de Grégoire de Tours, dans son livre *de la gloire des Mar-*
tyrs, & dans le livre *des miracles de saint Quentin*, dont nous parlerons dans la suite. Grégoire de Tours mourut en 595, selon le
pere Mabillon. La bonté de Dieu se signala, dans le même temps,
par une infinité d'autres miracles, qu'il accorda à l'intercession
de son Serviteur. Tous les malades qui vinrent implorer saint
Quentin, en remporterent la guérison parfaite de leurs diverses
infirmités.

Il en coûta au cœur de sainte Eusébie d'abandonner à la ville
d'Auguste de Vermandois le bien qu'elle étoit venu chercher de si
loin : mais pour ne perdre à jamais le souvenir de l'excellent
Martyr, auquel, après Dieu, elle devoit les bienfaits dont elle
jouissoit, elle voulut emporter avec elle les deux grandes broches
dont il avoit été percé. L'histoire ne nous a pas appris quel a été,
depuis ce temps-là, le sort de ces formidables instrumens des
souffrances de saint Quentin. La date de cette premiere invention
de son corps est fixée, dans tous les auteurs, au vingt-quatrieme
de Juin. Et nous ajoutons que c'est de l'an 351. Car nous ne pouvons pas déterminer autrement une année qui dépend invariablement de la fixation de celle en laquelle nous avons prouvé que
ce saint Martyr a été mis à mort.

L'Empereur Constance commença à régner seul dans tout   XXXXVI.

IV. SIECLE.
Année 351.

Ribadeneira,
Vie des Saints,
tom. 2, p. 305.

Lib. Miracul.
Cap. 6.
Annales BB. tom.
t. Lib. 8. N°. 62.

l'Empire Romain, dès l'an 353. Outre les ravages caufés par les François, les divifions inteftines entre cet Empereur & fes freres, ouvrirent encore la porte aux courfes de plufieurs autres peuples dans les Gaules. Les villes & les villages, de la premiere Belgique fur-tout, furent prefqu'entierement ruinés ; & jufqu'en l'an 353, où les François & les Saxons n'épargnerent plus rien, nos peres ne cefferent d'éprouver toutes fortes de violences & de malheurs. Enfin les Belgiques furent délivrées parfaitement de ces barbares

en 354. Ces provinces dûrent ce fervice important aux foins d'un François même, appellé Sylvanus. Car Conftance étoit alors occupé à fe foumettre deux Rois Allemands, Gondemade & Vadomer. Sylvanus étoit Général de l'infanterie des Gaules ; il avoit quitté auparavant le parti du tyran Magnentius, à la bataille de Murfia, où il étoit paffé dans l'armée de l'Empereur : & depuis le combat de Clufe, en Dauphiné, il avoit été envoyé dans la Belgique, contre les Allemands. Il avoit un courage intrépide. De la Franche-Comté & du duché de Bourgogne, il avoit ofé paffer au milieu des ennemis à Auxerre, de là à Troyes, & puis à Reims ; & s'étoit rendu à Cologne, après les avoir vaincus. Conftance ne conferva pas cependant au libérateur des Belgiques toute la reconnoiffance poffible des fervices qu'il en avoit reçus. Il prêta l'oreille aux envieux de fes vertus. Sylvanus, d'autre côté, tranfporté du defir de fe venger d'eux, & d'un Empereur trop crédule, avoit ofé fe faire nommer Céfar par fes troupes : il fut enfin maffacré par des fatellites, que Conftance avoit fecrétement gagés pour cet effet.

    On rapporte que faint Martin, qui devint dans la fuite évêque de Tours, fervoit fous les drapeaux de Sylvanus. On ajoute que ce fut en cette année, que cet illuftre Saint coupa, en paffant par la ville d'Amiens, la moitié de fon manteau à un pauvre, dont la nudité l'avoit extrêmement attendri.

    Julien, connu depuis fous le nom d'*Apoftat*, obtint de Conftance, en 355, le commandement des armées dans les Gaules. Quelques Allemands s'étoient jettés fur les villes de Strasbourg, de Spire, de Worms, de Mayence, &c. Il les attaqua, & les vainquit en la même année. Il fe repofoit fur fes lauriers en la ville de

Sens, lorfqu'en l'année fuivante, une autre bande des mêmes barbares, fortant des Belgiques qu'ils avoient ravagées fur leur route, le vinrent attaquer lui-même : il ne dut qu'à fon courage & à fon adreffe le bonheur qu'il eut d'échapper de leurs mains. Marcellus étoit alors grand-maître de la cavalerie dans les Gaules : il fut deftitué de cet emploi en 356, & Sévere fut mis en fa place. Le grand-maître de l'infanterie dans les Gaules, après la mort de Sylvanus, étoit Barbantion : il garda cette charge jufqu'au temps où Julien, étant monté sur le trône de l'Empire, jugea à propos de la transférer à Jovinus.

Tout ce qui est lié à la gloire de Quentin, est de notre sujet, & en fait nécessairement partie. Sainte Eusébie, de retour à Rome, y avoit publié par-tout les louanges du saint Martyr, dont elle avoit découvert le corps. Elle en vantoit la gloire, & racontoit les miracles que Dieu avoit faits, & qu'il continuoit encore d'opérer sur le sépulchre de son Serviteur chéri. Les ames pieuses en glorifierent le Seigneur avec elle, & bénissoient le Saint.

Parmi tous, quelques Dames Romaines, jalouses de devenir elles-mêmes les témoins oculaires des merveilles qu'elles entendoient raconter, prirent la résolution d'aller visiter dans les Gaules le tombeau de saint Quentin. Les peines attachées à un voyage si long & si pénible, n'excitérent que plus vivement leur piété & leur désir de mériter. Peut-être même un mouvement secret de remplir les mêmes travaux auxquels le généreux athlete de JESUS-CHRIST s'étoit livré, & de gagner, comme lui, la palme du martyre, ne leur permit-il pas de différer plus long-temps leur départ. On en fixe la date & celle de leur arrivée dans les Gaules, à l'an 360. Les premiers siécles de l'église nous fournissent plusieurs exemples de ces sortes d'inspirations. Ces Saintes s'étoient jointes en nombre de douze. Bénoîte étoit à leur tête. Selon quelques auteurs, elle étoit parente de saint Quentin. L'histoire nous a conservé les noms de dix de ces vierges, que voici : sainte Yolaine révérée à Plene-Cerf, près d'Origny ; sainte Camione, sainte Julie, sainte Réparée, sainte Macre, sainte Maxence, sainte Bibiane, sainte Suzanne, sainte Romaine & sainte Léoberie. Toutes étoient d'une condition distinguée, & reconnoissoient des Sénateurs pour peres.

Romaine & Léoberie passerent, après avoir révéré le tombeau de saint Quentin, de la ville de Laon à celle de Beauvais, pour y visiter celui de saint Lucien & ceux de ses compagnons. La vertu de ces filles leur y fit des ennemis. Romaine en devint la premiere victime, & en fut mise à mort. C'est son digne corps, temple sacré de l'Esprit-Saint, que l'évêque Guy, fondateur de l'abbaye de saint Quentin-sous-Beauvais, fit porter, comme nous le dirons dans la suite, en l'église de cette maison.

Bénoîte qui avoit accompagné sa sœur de lait, Léoberie, jusqu'à Laon, en étoit revenue, dans le dessein de se confiner dans une solitude, où elle ne vécut que pour son Dieu. Le lieu qu'elle choisit pour sa retraite, s'appelloit Origny. Quoiqu'il paroisse que ç'ait été autrefois un lieu retranché & fortifié, ce n'est plus maintenant qu'un gros bourg du même diocese, situé sur la riviere d'Oise. Les plus anciens actes l'appellent en latin *Aurigniacum*.

IV. SIÈCLE.
Année 356.
I L.
Année 360.

Claude De la Fons, histoire de saint Quentin, pag. 175 & suiv. *Aug.-Vir. fol.* 60 & 329.
Le Miroir d'Origny, par le P. Pierre, capucin. A Saint-Quentin, chez Le Queux, 1665; *in-4°.* pag. 20 & suiv.
Marlot, *Hist. Remensis, tom. 1. fol.* 105.

Voyez l'année 1074.

Tillemont, hist. Ecclésiast. tom. 4, pag. 540.

IV. Siecle.
Année 360.

Nous ne pouvons donner l'étymologie de ce nom, qui est le même que celui de *Rigny* ou *Regny*, *Rigniacum*, village distant d'une lieue de ce premier endroit. A ces deux noms se rapporte celui d'*Origiacum* ou *Rigiacum*, que Ptolemée donne à la ville d'Arras. La vertu se fait jour à travers des ténébres même. Bénoîte étoit à peine entrée dans sa solitude, que les infideles, encore répandus dans ce lieu, & dont la sage conduite de cette vierge condamnoit les déréglemens, la décélerent à Matrocle, préfet de ce pays. Il étoit Juif. Avoir été citée pour la foi de JESUS-CHRIST devant ce Juge, & en avoir aussitôt été condamnée à mourir au milieu de mille tourmens, fut une même chose pour la Sainte. Elle obtint, en un même jour, dans le Ciel, la double couronne de la virginité & du martyre.

Baillet & De Tillemont, qui traitent de fable toute l'histoire de cette Sainte, n'en admettent que cette derniere vérité. C'est celle que nous croyons, avec ces critiques, être en effet la moins contestable. Mais lorsque nous rapportons ici ce qui peut être faux en quelques petites circonstances, on doit faire attention qu'en derniere analyse de cause, nous ne combattons point contre la lumiere même ; & qu'il est de notre but de rien laisser ignorer à nos lecteurs, de ce qui a été pieusement cru par nos peres. L'époque de la passion de sainte Bénoîte est communément rapportée au temps de la persécution excitée par Julien l'Apostat contre les chrétiens. Elle arriva en 362, en laquelle année Constance mourut le cinquieme d'Octobre. C'est donc à la haine que cet Empereur portoit à la foi qu'il avoit reniée, que la Sainte dut la gloire de souffrir pour JESUS-CHRIST. Le sort de la plupart des autres compagnes de Bénoîte, n'est connu que de Dieu seul.

Année 362.
Miroir d'Ori-
gny, pag. 136.

L.
Dissertation sur
l'église de saint
Vast d'Origny,
par Phil. Des
Landes, chez P.
Boscher, à Saint-
Quentin; *in*-12.
1722.

La pitié des peuples convertis de l'idolâtrie au Christianisme, vengea la mémoire de cette vierge martyre, de l'ignominie dont l'avoient couverte ses bourreaux. Le souvenir de ses vertus, & ses miracles, la firent honorer des siécles qui suivirent sa mort glorieuse, & lui attirerent le respect & la confiance des fideles. Elle fut chargée des vœux de tous les malades & des affligés. Vers la fin, ou même vers le milieu du cinquieme siécle, il s'établit dans Origny une communauté de moines, que, dans le sixieme siécle, la Reine Brunehaut, selon quelques auteurs, & plus vraisemblablement les Seigneurs du Vermandois, & les châtelains de Ribemont, enrichirent alors & dans la suite par de gros fonds. Leur église fut dédiée à saint Vast, dont la mort précieuse, arrivée au commencement du sixieme siécle, avoit rempli la France de respect & de vénération pour cet évêque d'Arras. Ces moines furent les premiers curés de leur canton, auquel présidoit Origny. Leur plus légitime douleur cependant, & celle des peuples

qu'ils gouvernoient , étoit d'être privés de la poſſeſſion du
corps reſpectable de la ſainte Patrone qu'ils révéroient. On ignoroit même univerſellement le lieu où il repoſoit , lorſqu'il plût
enfin au Ciel d'aſſembler miraculeuſement pluſieurs évêques qui le
découvrirent vers l'an 665. Il avoit été enterré en l'endroit même
où la Sainte avoit été décapitée. C'eſt la place qu'occupe à préſent
l'égliſe du Mont-d'Origny, laquelle n'exiſtoit pas alors, puiſqu'on
rapporta les reliques de ſainte Bénoîte en celle des moines.

L'arrivée de ce riche dépôt dans le monaſtere d'Origny , le
rendit extrêmement illuſtre. Il ſe forma dès-lors au côté des moines,
& ſous leur direction, une autre communauté, qui étoit compoſée
de filles, dont le nombre devint dans la ſuite ſi grand , & la piété
ſi victorieuſe , que toutes les bontés ſe tournerent ſur elles, & que
juſqu'aux moines ils crurent devoir leur céder le terrein qu'ils
occupoient.

Telle fut l'origine de la célèbre abbaye de religieuſes Bénédictines, qui ſe voit aujourd'hui dans Origny. Charles-le-Chauve
régnoit alors en France. Son épouſe Ermentrude , niéce d'un
comte de Vermandois ; & Pardule , évêque de Laon, firent paſſer
aux hôteſſes nouvelles la plus grande partie des biens des anciens
poſſeſſeurs. Elles devoient être au nombre de quarante Dames
profeſſes , & de quatre ſervantes. Une extraction noble étoit une
qualité extérieure qu'on exigeoit dans celles qui ſe préſentoient
pour être admiſes au vœu. L'égliſe de ſaint Vaſt reſta alors , avec
quelques fonds, à douze moines qu'on ſécular15a ; & parmi leſquels on établit quatre prêtres , autant de diacres & de ſoûs-
diacres, ſous la conduite d'un prévôt , d'un doyen , & d'un tréſorier. On fit bâtir enſuite aux filles un nouveau temple , qui ne
fut achevé que ſous l'évêque diocéſain, Arnoul, qui le dédia en
876 en l'honneur de ſaint Pierre. Ce prélat avoit mis à la tête de
cette communauté ſa ſœur appellée Ricoare ; il voulut bien encore, à ſa demande , dépouiller les foibles chanoines de la propriété du corps de ſainte Bénoîte, qu'ils avoient conſervé dans
leur égliſe, en le plaçant lui-même dans celle des religieuſes.

On ne pouvoit ni on ne devoit, ſelon les ſaints canons, ſoumet-
tre un corps d'eccléſiaſtiques à des filles. Selon cette regle , on
conſerva aux chanoines d'Origny la ſupériorité ſur les Dames de
l'abbaye ; mais, par la viciſſitude des temps , il eſt arrivé que les
ſucceſſeurs de tel prévôt de ſaint Vaſt , qui avoit préſidé à l'élection de l'abbeſſe d'Origny , ſe voyent maintenant ſoumis à la
croſſe de cette ſupérieure qui porte ſous leurs yeux le titre de
doyenne & de prélate du chapitre de ſes chanoines, depuis ſept
cens ans. Nous ne ſaurions décider ſi le droit qu'ont les mêmes
chanoines d'Origny d'aller entonner , dans le chœur des mêmes

IV. Siecle.
Année 362.

Miroir d'Ori-
gny, pag. 273.

Phil. Des Lan-
des, ibid.
Annales BB. tom.
3, Lib. 34, N°.
79.

religieuses, le *Te-Deum* aux jours solemnels, sera regardé à présent plutôt comme une servitude, que comme un reste de l'ancienne domination qu'ils avoient sur elles.

Les biens des premiers moines d'Origny étoient sans doute très-considérables, puisqu'outre ce qui en avoit été distrait pour les filles qui les remplacerent, & pour les douze chanoines qu'on leur substitua aussi, on en put encore fonder dix-huit chapellenies qu'on fixa dans l'église collégiale de ces derniers. Elles y étoient encore desservies en 1448, que les Dames de l'abbaye, sous le prétexte de pauvreté, en obtinrent du pape Nicolas V. la suppression, & celle de trois prébendes canoniales, en faveur de leur manse. La bulle, qui est datée du 3 des calendes de Juin de cette année, fut expédiée à la requête de Catherine de Longueval, dont le parent Jean-Juvenal des Ursins, évêque de Laon, avoit été chargé de la part du souverain Pontife d'informer *de commodo & incommodo*. Cette bulle donna aux abbesses d'Origny le droit de présentation aux canonicats de saint Vast, qu'il ne paroît pas qu'elles eussent auparavant. Les Dames de ce monastère, qui vivoient en liberté, furent cloîtrées en 1515 par un ordre de la Cour. Le cardinal de Bourbon, leur évêque, en fut le réformateur. Elles ont dans la ville de Saint-Quentin une maison de refuge, appellée *le Petit-Origny*, achetée en 1650 par Marie-Catherine de Montluc, abbesse de cette maison, qui y transporta sa communauté pendant les troubles des guerres de 1655 & des années suivantes. Leur chapelle avoit pour titre Notre-Dame de Lorrette. Avant cette acquisition, elles avoient un appartement dans la rue *de la Grange*, dans lequel elles demeuroient en 1414, lors des guerres des Bourguignons & des Orléanois, & même encore en 1553. Elles le vendirent, quelques années après, & en acquirent un autre dans la rue *du Cerf*. On montre à Origny, dans le trésor de leur église, la hache avec laquelle on dit que sainte Bénoîte a été décollée. Les martyrologistes, qui parlent de cette vierge, en rapportent la fête au huitieme jour d'Octobre.

Quelques auteurs trompés par l'équivoque du mot de *Lugdunum*, dont nous avons donné l'explication dans le premier livre de nos Mémoires, lequel mot, selon les écrivains anciens, convient à la ville de Laon comme à celle de Lyon, ont attribué la possession des reliques de la Sainte, dont nous parlons, à cette derniere ville, dans le territoire de laquelle ils disent qu'elle a consommé son martyre. Cette erreur ne peut se concilier avec une multitude de titres & la tradition universelle du pays, qui déposent en faveur de l'abbaye d'Origny, à moins que l'on ne veuille distinguer deux Saintes vierges & martyres du même nom. Car, outre qu'il est certain par tous les actes anciens que le mot de *Lugdunum*, même destitué

titué de son adjectif *Clavatum* , est le premier nom de la ville de
Laon , il est incontestable que les martyrologes les plus respectables des églises de la métropole de Reims reconnoissent qu'O-
rigny en Laonnois est le lieu du martyre de sainte Bénoîte , & de
la sépulture de son corps. Il est indubitable encore qu'au pays de
Lyon il n'y a aucun endroit où passe la riviere d'Oise , appellée
dans les auteurs *Isara* ; que le lieu de *Marigny* , sur la riviere de
Gise , ne se trouve pas , sans qu'on en force le sens , dans ces paroles , *Auriniacum super Isaram* ; & qu'enfin il n'est aucune province où
le culte de sainte Bénoîte soit plus étendu que dans celles de Laon ,
de Vermandois & du Soissonnois , contrées voisines d'Origny.
Cette Sainte a des autels consacrés à sa mémoire dans la ville de
Laon , & dans les villages de Membrecourt , de Lerzy , de Craon-
nelle & de Falvi près de Péronne. Les chanoines réguliers de
Saint-Martin-au-Bois , près d'Halluin , au diocese de Beauvais , se
vantent , mais à tort , d'avoir la possession des reliques de cette
Sainte. Peut-être est-ce de quelqu'une de ses compagnes.

La chapelle , que sainte Eusébie avoit fait bâtir , étoit sur la colline qui dominoit sur l'Auguste de Vermandois ; car cette ville capitale étoit située dans le continent inférieur , baigné par la riviere
de Somme. D'abord des clercs furent établis dans cet oratoire ,
pour y servir assidument le Seigneur auprès du corps de son glorieux
Martyr , y célébrer les saints mysteres , y entretenir & augmenter
la foi naissante & la piété dans les cœurs des fideles. Cette petite
église devint bientôt cathédrale & le siege des premiers évêques de
Vermandois , auxquels ont succédé ceux de Noyon. Voici leurs
noms , tels qu'ils se trouvent dans les auteurs : Hilaire , premier du
nom ; Martin , Germain , Maxime ou Maximin , Fossonius , Fosso-
nus ou Cossonius , Alternus , ou Æternus , ou Acternus , ou
Fraternus ; Hilaire II , Domitien ou Divitien , Remi ou Remedius ,
Mercurius ou Mercantius , ou Mercorius , ou Mereo ; Dromotus
ou Promotus , Suffronius ou Sophronius : celui-ci est le seul dont
nous ayons quelque connoissance distincte ; il vivoit en 511 , où
il souscrivit au premier concile d'Orléans auquel il avoit assisté ;
Alomer , & saint Médard.

On ignore totalement la naissance , les parens , la condition , la
patrie , le temps de la succession , l'élection , la confirmation , &
la durée de l'administration des premiers évêques de Vermandois.
Jacques Le Vasseur , qui a su douter si l'on ne devoit pas écrire
Fonssomius plutôt que *Fossonius* , parce que ce prélat auroit été de
la maison de Fons-Somme en Vermandois , a pensé & écrit une
étrange platitude sur l'origine de cet évêque. Il la perpétue , en
consentant qu'à faute par lui de pouvoir établir cette vision , on
prenne la naissance de *Fossonius* dans la famille des *Des Fossés* ou

Tom. I.   P

IV. Siecle.
Année 362.

L L.

Annales de
Noyon, p. 129.

Ibid. p. 128.

Ibid. p. 151.

Du Foffé. On n'eft pas mieux informé des actions de ces premiers évêques. Cette ignorance univerfelle à cet égard a fait croire à quelques écrivains que ces prélats étoient autant de perfonnages imaginés dans le onzieme fiécle; ou que, s'ils ont exifté, ils n'ont été que de fimples prêtres, & peut-être même des laïcs. Sur ce fondement, ils ont écrit qu'Alomer, prédéceffeur de faint Médard, a été le premier évêque de Vermandois. Le fiége, qui avoit été établi en cette province par faint Remi, comme le fut celui de faint Vaft à Arras, chancelant encore, difent-ils, parce qu'il venoit d'être érigé, & qu'il n'avoit pas jetté les racines d'une fucceffion perpétuée, fut aifément transféré par faint Médard à Noyon, où il s'eft affermi par la fuite des années. Telle eft felon eux l'origine des premiers évêques appellés de Vermandois.

Nous ne fuivons pas ce fentiment par le refpect que nous confervons à l'antique tradition de nos églifes, fupérieure à ces téméraires conjectures. Fuffent-elles apparentes ces mêmes conjectures, elles font bientôt diffipées par la vifibilité perpétuelle de l'églife de S. Quentin, commencée au temps de fainte Eufébie. Et il refte toujours pour vérité évidente que le lieu de la chaire de Vermandois (prétendue établie par faint Remi.) a dû être la ville & l'églife de Saint-Quentin. L'une & l'autre portoient inconteftablement alors le nom adjectif *de Vermandois*, qui eft paffé aux évêques de cette province; & faint Remi, dotateur de l'églife de faint Quentin qu'il a rappellée dans fon teftament, ne pofa pas certainement ailleurs la chaire pontificale qu'il fondoit. Cet archevêque ne pouvoit pas même fe difpenfer de la fixer en cette églife, puifqu'il n'y en avoit pas d'autre, tant foit peu confidérable, dans notre province.

Nous devons ajouter que notre fentiment eft d'autant plus probable, que nous lifons la foufcription d'Eulogius, évêque d'Amiens, au concile de Cologne, tenu en 346, avec celle du métropolitain de Reims & de quelques autres fuffragans de cet archevêque. Or

de ce fait il fuit que la province de Vermandois, plus voifine encore de Reims que l'eft celle d'Amiens, a dû avoir fon propre évêque avant ou au moins dans le même temps que cette derniere, & que les évêques de Vermandois ont pris naiffance au plus tard après l'invention du corps de faint Quentin par fainte Eufébie.

Enfin on croit que les paroiffes de faint Germain de Paris, de faint Hilaire de Poitiers, & de faint Martin de Tours, érigées en la ville de Noyon, ne l'ont été, fous ces vocables, que pour perpétuer la mémoire des quatre premiers évêques de Vermandois, qui avoient porté les mêmes noms, mais que l'Eglife n'avoit pas mis au nombre de fes Saints.

Le regne de Julien, après la mort de Conftance, ne fut que de vingt-un mois. Il mourut le 16 de Juin de l'an 364. Jovinien, qui lui succéda, ne régna que sept mois & vingt jours. Valentinien, premier du nom, & Valens prirent les rênes du gouvernement de l'Empire en 365. Le premier régna onze ans & neuf mois. Le second en régna quatorze & quatre mois. L'autorité suprême ne causa que des guerres & des soins accablans à ces Empereurs. Dès son avénement au trône de l'Empire, Valentinien fut obligé de venir dans les Gaules, pour en chasser les Allemands. L'année suivante, Jovin, que Julien *l'Apostat* avoit nommé, comme nous venons de le dire, le grand-maître de l'infanterie dans les Gaules, y défit une bande de barbares près de Châlons en Champagne.

L'année 367 fut remarquable par un prodige des plus sensibles, arrivé dans l'Artois. Il y tomba, dit-on, de la laine mêlée avec de la pluie. Si ce prétendu don du Ciel n'avoit pas la vertu d'en nourrir les habitans, on ne voit pas qu'il pût avoir d'autre destination que de les vêtir. Il avoit été sollicité, dans le temps d'une aridité extrême, par les vœux les plus vifs, avec de longs jeûnes & des prieres continuelles. On garde encore à Arras maintenant de cette précieuse *manne*, comme on l'appelle, qui perpétue la mémoire du miracle & le témoignage de la reconnoissance du peuple.

Valentinien prit maladie en la même année dans la ville d'Amiens, d'où, craignant une issue funeste à ses jours, il se fit transporter sans délai à la tête de ses troupes, pour leur recommander son fils Gratien. Ils en étoient aimés tous les deux. Les soldats nommerent empereur ce jeune Seigneur. Valentinien revint cependant de son accident. Il se fixa dès-lors à Treves, la capitale de la premiere Belgique, & n'en sortit plus, tant qu'il séjourna dans les Gaules. Il mourut en l'an 375. Il avoit laissé deux fils, Gratien, dont on vient de parler, & Valentinien II du nom. Ces deux freres eurent ensemble l'empire d'Occident, Valens, leur oncle, ayant pris pour lui celui d'Orient. Dans la division de l'empire d'Occident, Gratien obtint pour sa part les Gaules, l'Espagne & la Grande-Bretagne : il fit aussi sa résidence à Treves. Jeune encore alors, & sans expérience, il eut assez de pouvoir sur lui-même, pour ne vouloir pas s'en rapporter à ses lumieres du soin de ses états : il admit dans son Conseil son précepteur Ausone. C'est cet auteur dont nous lisons aujourd'hui, avec plaisir, les estimables poésies. Il y entra encore Macédonius, grand-maître des offices ; Nanienus, qui avoit la réputation d'être un sage capitaine ; & Mellobaud, qui portoit le titre de comte des domestiques, & qui joignoit à cette qualité celle de Roi belliqueux & vaillant des François. Trois ans après, cet Empereur fit consul Olibrius, que Valentinien, son pere, avoit nommé le préfet du prétoire des Gaules.

IV. Siecle.
Année 365.
Mezeray, abrégé chronologique de l'hist. de France, Liv. 3.

LIV.
Année 367.
Ibid. N°. 9.
Chronicon Camerac. &c. fol. 361.

Année 375.

Année 378.

Les provinces de ce nom n'étoient pas encore troublées par les incursions des barbares, qui y fondirent en 379; mais qui en furent bientôt repoussés. Foible par son jeune âge, & surchargé du poids de l'application qu'il devoit au gouvernement des provinces que lui avoit laissées en mourant, l'année précédente, son oncle Valens, Gratien résolut de s'associer un collegue. Son choix tomba sur Théodose I. du nom, qu'il appella de l'Espagne. Cette province avoit donné naissance à ce second Empereur, en la ville de Cavia, dans la Galice. Gratien l'envoya dans l'Orient. Il avoit aussi honoré du consulat son précepteur Ausone, & avoit fait la cérémonie de le revêtir de cette dignité dans la ville de Treves.

Il fut tué lui-même dans celle de Lyon le 25 Août de l'an 383. Maximin, qui avoit osé prendre les armes contre lui, s'empara alors du gouvernement des troupes dans les Gaules, où il resta pendant quelques années de son Empire, qui n'en dura que cinq.

L'année 388 qui précéda celle de la mort funeste de Maximin, les François, conduits par trois de leurs princes, Genobaud, Marcomir & Sunnon, forcerent les frontieres des Gaules, & ravagerent les plus gras pays de la Belgique. Mais Nannius & Quintinius, que Maximin avoit envoyés contr'eux, en expulserent ces brigands jusqu'à Cologne, où ils se retirerent chargés de butin. Quelques troupes qu'ils avoient néanmoins laissées derriere eux, pour arrêter les vainqueurs, y tinrent fermes pendant quelque temps. Forcées enfin de céder aux Généraux romains, elles entrerent dans le Hainaut, où elles furent défaites dans la forêt Charbonniere.

Maximin, qui soutenoit en personne son usurpation contre Théodose, fut vaincu l'année suivante par cet Empereur, qui le fit décapiter le 27 Août. Argobaste obtint aussitôt de celui-ci le commandement des troupes dans les Gaules. Toujours reconnoissant de son élévation à Gratien, Théodose ne voulut se réserver rien de l'Empire d'Occident; il le laissa tout entier à Valentinien II, le frere de Gratien. Ce Prince ne le posséda pas long-temps; on le trouva pendu le 15 Mai de l'an 391. Le tyran Eugene, dont le regne ne fut que de trois ans, partagea alors tout l'Empire avec Théodose.

L'église de saint Quentin fut célébre, dès son origine, en grands hommes. L'histoire de celle de Reims nous a conservé la mémoire d'un de ses prélats qu'elle reçut de l'église de Vermandois : il en fut le neuvieme, & s'appelloit Sévere. Il succéda à saint Vivant, clerc, né dans le pays Laonnois, qui étoit encore alors immédiatement soumis à la jurisdiction spirituelle de Reims, & fut le prédécesseur de saint Nicaise, archevêque de cette même ville. Saint Sévere mourut le quinzieme jour de Janvier de l'an 393. On ne fait pas le temps de sa consécration : il fut enterré dans l'église de saint Agricole, qui prit dans la suite le nom de saint Nicaise.

Théodose mourut en 395. Cet Empereur avoit laissé deux fils, Arcadius & Honorius. Le premier eut l'Orient ; le second eut l'Occident. Théodose, avant sa mort, avoit nommé, pour commander les troupes dans ses deux Empires, Stilicon. Ce seigneur étoit Vandale de naissance, & avoit épousé Serena, la fille d'un autre Honorius, frere de l'Empereur. Stilicon pourvut avec habileté à la défense des Gaules, dans lesquelles il vint de Milan en cette année : mais soit qu'il se soit relâché de son attention à son devoir, soit qu'il ait conspiré avec les ennemis même de l'Empire, pour le livrer à leur furie, sa négligence donna lieu à la plus terrible de toutes les irruptions que les barbares aient jamais faites dans notre Gaule : elle commença en 406. Ces peuples féroces avoient à leur tête Constantin. Ce tyran qui avoit résolu de chasser de Treves les officiers d'Honorius, en vint faire le siege, & força cet Empereur d'accourir au secours de cette ville, devant laquelle il arriva, en passant par la seconde Belgique, & en suivant la grande voie militaire qui, sortant de Boulogne, conduit à Térouenne, Arras, Cambrai, Bavay ; & de là au pays des Nerviens. On dit que cet Empereur remporta aussi alors une victoire sur l'armée des Conjurés, près du Câteau-Cambresis, & près du camp dont on voit encore aujourd'hui l'enceinte en ce territoire. Limenius étoit alors préfet du prétoire dans les Gaules, où Clariobaud étoit, en même temps, grand-maître de la milice.

L'année suivante, c'est-à-dire, cinquante-cinq ans après que sainte Eusébie eut fondé sur le sépulchre de saint Quentin la petite église dont nous avons parlé, les Vandales, les Alains, les Saxons, les Varnes, les Erules, les Anglois, les Gépides, tous peuples barbares & payens, répandus dans le sein des deux Gaules Belgiques, y mirent tout à feu & à sang. C'est aux incursions horribles de ces brigands, que le roman manuscrit *De la destruction du village de Vermand*, cité & traduit par Jacques Le Vasseur, attribue la ruine totale de cette ville, que cet annaliste a prétendu faussement avoir été l'Auguste de Vermandois, & la capitale de notre province. C'est aux mêmes ravages causés par ces peuples, que nous devons rapporter aussi, & avec plus de raison, si non la destruction, du moins le pillage & la désolation extrême de la ville de Saint-Quentin, la véritable Auguste de Vermandois. Cette dévastation fut telle, que cette capitale laissa ensevelir, sous une partie de ses débris, la mémoire même des actions de ses évêques. C'est à cette cruelle tempête que Jacques Le Vasseur rapporte encore la mort funeste du neuvieme de ses prélats, Remi ou Remedius, qui devint la victime de ces vagabonds. Peut-être, hélas ! est-ce le culte de

IV. SIECLE.
Année 395.

V. SIECLE.
Année 406.

LVI.
Année 407.
Annales de Noyon, p. 284.
Aug.-Vir. fol. 61.
La Défense des principales Prérogat. &c. p. 6.
Mezeray, abrégé Chronol. Liv. 3. Nomb. 15 & 16.

Epist. Ebonis ad Bald. Ferreum.

V. SIECLE.
Année 407.

ce saint Pontife ancien, que la paroisse de saint Remi dans la ville de Saint-Quentin, couvre, sans le savoir, de celui du saint archevêque de Reims, qui porta le même nom, & mourut près d'un siécle après.

Epist. II. ad Gerontiam.

Saint Jérôme, voulant parler de cette effroyable persécution, dont la nouvelle avoit percé jusques dans sa Thébaïde, ne pouvoit trouver de termes assez lugubres & tonnans, pour en exprimer toute l'atrocité. Il fait l'énumération des villes qui étoient venues à sa connoissance, & dit qu'entr'autres celles de Reims, d'Arras, d'Amiens, de Tournai & de Térouenne, furent transférées en Germanie ; sans doute parce que les habitans de ces capitales en

Marlot, hist. Remensis. Tom. 1. fol. 118,

furent amenés captifs dans cette grande province. C'est dans le cours de ces affreux événemens que saint Nicaise, archevêque de Reims, fut mis à mort dans sa ville métropolitaine, avec sa sœur Eutropie, son diacre saint Florent, le bienheureux Jocond, & la plus grande partie de son troupeau, lorsqu'ils combattoient généreusement pour leurs ames & pour leurs autels. Olympius, officier d'Honorius, fut persuader à cet Empereur que Stilicon étoit la cause de tous les désordres dont les Gaules gémissoient. Cet Empereur, juste vengeur de l'iniquité, fit expier à ce fier Vandale par

Année 408.

sa mort, en 408, un crime qui avoit coûté tant de pleurs & de sang à nos peres. Théodose II prit au mois de Mai de cette même année le gouvernement de l'empire d'Orient.

Quoiqu'affoibli par les pertes qu'il avoit faites, le tyran Constantin se soutenoit toujours dans l'Occident. Les Gaulois, mécon-

Année 411.

tens d'Honorius en 411, donnerent un compagnon au tyran. Il s'appelloit Jovin. C'est dans les Belgiques même qu'il fut nommé Empereur. Aussi-tôt son élection, Jovin fit réparer les villes de la Belge, & sur-tout celle de Treves. Mais sa mauvaise conduite avec la femme d'un sénateur de cette capitale, appellé Lucius, l'en fit chasser. Quelques barbares saisirent cette occasion pour exercer leurs brigandages sur cette ville abandonnée ; ils la pillerent pour la troisieme fois. Las enfin de courir un pays où ils ne trouvoient plus rien, ils se joignirent aux Vandales, aux Alains & aux Sueves, pour aller envahir l'Espagne. Le tyran Constantin étoit mort, & Jovin n'avoit pas quitté les Belgiques jusqu'alors ; il n'en sortit en

Année 412.

l'an 412, que pour aller, dans la Gaule appellée la premiere Viennoise, attaquer Constantius, Général de l'empereur Honorius. Ataulfe, successeur d'Alaric, prince des Goths, s'étoit joint à Jovin ;

Année 413.

il l'abandonna l'année suivante, & lui laissa trancher la tête dans Valence.

Année 414.

Le comte Castin obtint en 414 le commandement des armées dans les Gaules. Il s'agissoit de mettre alors à la raison les François & les Armoriques. Castin assembla ses troupes dans la Belgique. Il ne pût empêcher cependant que Treves ne fût faccagée de nouveau par ces barbares ; mais il les battit l'année fuivante , & fit paffer au fil de l'épée Theudemer leur roi.

Enfin vint le temps où il ne fut plus poffible aux Empereurs romains de réfifter à l'impétuofité des barbares qui attaquerent leur empire dans les Belgiques. Ils fubjuguerent ces provinces, s'y établirent, & y jetterent les fondemens de la monarchie glorieufe fous laquelle nous vivons. Ces peuples s'appelloient François. Cette dénomination étoit un nom de ligue qui comprenoit plufieurs fortes de nations entrées dans une même confpiration. Pharamond étoit à leur tête. Quoiqu'il y ait eu plufieurs Rois des François avant lui, nous l'en comptons cependant pour le premier, parce que c'eft fous lui qu'ils s'affranchirent parfaitement de la domination romaine. Il avoit commencé de régner fur eux vers l'an 418. Il mourut en 428. On dit qu'il fut enterré près de Reims.

Nous ignorons quelle part prit la province de Vermandois dans toutes les révolutions de ces temps. Mais il paroît qu'elle demeura toujours fous la puiffance des empereurs Valentinien II & Théodofe II, jufques vers l'an 475. Car Clodion, dit *le Chevelu*, fils & fucceffeur de Pharamond, après s'être avancé en deçà du Rhin en 431, & avoir été défait une premiere fois en 436, & une feconde fois en 444, par Aëtius, Général des Empereurs dans les Gaules, ne femble pas avoir pouffé fes conquêtes plus loin que Tournai & Cambrai. Il fut même obligé de reftituer ces deux villes : après quoi il fe retira dans celle d'Amiens où il mourut vers l'an 448. L'empire Romain étoit poffédé alors par Valentinien III & par Marcien.

Mérovée étoit déjà monté fur le trône des François, depuis trois ans qu'il avoit été, dit-on, proclamé Roi à Amiens, lorfque les Huns, les Marcomans, les Alains, les Sueves & les Gépides, fous la conduite d'Attila, vinrent renouveller dans les Gaules les mêmes défordres qu'y avoient caufés auparavant les Vandales. C'étoit en l'an 451. Nos peres effuyerent encore de la part de ces nouveaux barbares une infinité de malheurs. Leur ville Augufte fut livrée à leur fureur. Enfin Mérovée, réuni à ce même Aëtius, dont nous venons de parler, & au Roi des Vifigoths, Thierry, expulfa à jamais de notre Gaule Attila. Ce fléau de Dieu, élu Roi des Huns en 401, vingt-huit ans après que ces peuples furent entrés dans la Pannonie ou Hongrie, fut vaincu dans la grande plaine de Châlons en Champagne, près de Troyes, & perdit plus de deux cens mille hommes dans la bataille qu'il avoit donnée. Quelques auteurs prétendent qu'il faut lire, dans les écrivains, *in campis Secalaunicis*, & non pas *Catalaunicis* ; & veulent que la bataille, dont on parle, fe foit donnée à Soulogne, près d'Orléans. D'autres

V. SIECLE.
Année 415.

LVII.
Année 418.

Année 428.
Ibid, fol. 20.
L'Etat de Cambrai, tom. 1. p.
21.

Année 431.
Années 436 &
444.

Année 448.

LVIII.

Année 451.
Annales de
Noyon, p. 284.
Aug. - Vir. fol.
16 & 61.
La Défenfe des
principales Prérogatives, &c.
p. 6.

Mézeray, abrégé Chret. tom.
2, fous *Merovée*.

V. SIECLE.
Année 451.

Mercure de France, Avril 1753, pag. 16.

Année 457.
LIX.
Année 475.

Année 484.

Année 496.

L'Etat de Cambrai, &c. tom. I, p. 42.

LX.

VI. SIECLE.
Année 504.
Greg. Turonensis. Lib. 2. Cap. 42.
Chronicon Cameracat. Cap. 4.
Frodoard. Lib. 1. Cap. 13.

cherchent ce champ en Auvergne ; & plusieurs, à Cadalens, près de Toulouse. Mais nous avons suivi la plus commune opinion qui le place en Champagne, dans cette immense plaine qui commence près de Châlons, & qui a plus de cinquante lieues d'étendue. Une nouvelle dissertation vient de prouver que la bataille en question fut donnée dans le voisinage de la petite ville de Merry sur la Seine, à l'occident de Troyes. Attila épousa Hildicone, fille du Roi de la Bactriane ; il s'enivra tellement de plaisir & de vin, la premiere nuit de ses nôces, qu'il en mourut par un débordement de sang en 456. Mézeray fixe la mort de ce Général vers l'an 452. Le domaine, où avoit régné Mérovée, mort vers l'an 457, ne passoit pas l'Escaut. Son fils Childeric Ier l'étendit : il entra dans le Vermandois, & passa la Somme avec ses marais. Voilà l'origine & l'époque de la propriété de nos Rois sur cette province.

Clovis Ier, après avoir dissipé ses ennemis, & avoir étendu sa puissance jusqu'aux Pyrenées, calma les malheurs de la France par la paix qu'il lui procura. Il avoit abjuré l'idolâtrie, &, par sa soumission à la foi, avoit acquis & à tous ses successeurs le glorieux nom de ROI TRÈS-CHRÉTIEN. Il en soutint l'excellence, autant que la barbarie de son siécle & son naturel féroce lui dictoient, par de riches établissemens & de pieuses fondations : telle, entr'autres, que celle de l'abbaye de sainte Genevieve dans Paris. Car voilà à peu près à quoi se réduisoit toute la religion de ce prince qui, dans ses autres actions, ne montroit pas moins d'injustice, de vengeance & de cruauté, que s'il eût encore été payen. Parmi plusieurs effets terribles de ses violentes passions qu'il seroit hors d'œuvre de rapporter ici, un seul, qui a plus de liaison avec cette Histoire, doit suffire. Ce prince, en étendant ailleurs ses conquêtes, avoit laissé dans certains cantons des Belgiques quelques Rois qu'il avoit peut-être établis lui-même au-dessus des peuples, pour les gouverner sous son autorité. De ce nombre étoit un Cararic qu'on croit avoir été roi d'Arras ou de Terouenne ; un Regnacaire, roi de Cambrai, & plusieurs autres. Enfin, plus affermi sur le trône qu'il occupoit, qu'aucun de ses compagnons, ou rivaux sur le leur, Clovis conçut le dessein d'abattre & de détruire ces petits souverains, dont le domaine ou la puissance lui faisoient envie & ombrage. Regnacaire, dont on vient de parler, fut la victime qu'il sacrifia à son ambition en l'année 504.

Ce Roi de Cambrai avoit deux freres, dont l'un, appellé Regnier, demeuroit avec lui : le second, nommé Rignomere, demeuroit au Mans. Il étoit trop en état peut-être, par sa propre puissance & par le secours de ses deux freres, de résister aux entreprises de Clovis. Ce dernier, qui ne voulut rien hasarder, pensa que la ruse devoit autant le conduire à son but, que la force ouverte.

Ii

Il gagna, sous de belles promesses, les principaux capitaines de son ennemi; il leur devoit donner des brassards & des boucliers à boucles d'or. Le complot fut bientôt formé. Assuré de ses conspirateurs, Clovis vint attaquer Regnacaire, & le défit sans peine. On le lui amena même avec Regnier, les mains liées derriere le dos. Un prince, plus ambitieux que sanguinaire, eût été content de s'emparer, à si peu de frais, du royaume de son adversaire; mais il lui étoit devenu odieux, parce qu'il étoit Roi. Clovis crut devoir encore en purger la terre; il lui fendit avec sa hache la tête, ainsi qu'à son infortuné frere.

Nous croyons que le royaume de Regnacaire ne passoit pas l'Escaut. La domination de ces petits souverains n'étoit gueres plus étendue alors que celle des comtes ou des ducs qu'on établit en leur place dans leurs provinces. Les villages qu'on appelle encore à présent *Fins* & *Metz-en-couture*, c'est-à-dire, *termes* & *bornes*; *Fines*, *Metæ*, en Latin, paroissent avoir été aussi-bien les limites du royaume ancien de Cambrai, qu'elles le sont de l'évêché de ce nom & du pays Cambresis. Il est probable aussi que la province de Vermandois avoit déjà des comtes qui la gouvernoient sous l'autorité de nos Rois; mais l'histoire ne nous en a pas conservé les noms.

Quelques années après, Clovis voulut établir l'ordre & la discipline dans l'église de son royaume naissant. Il convoqua à Orléans en 511 un concile des évêques des Gaules. Les conciles qui l'avoient précédé (excepté celui d'Agde en 506) n'étoient composés que des évêques de la province où ils se tenoient : celui-ci le fut des prélats des trois Aquitaines nouvellement conquises par les François; de la seconde, de la troisieme & quatrieme Lyonnoise, (car la premiere étoit du royaume de Bourgogne) & de la seconde Belgique. Sophronius, évêque de Saint-Quentin, ou comme l'on disoit alors, de Vermandois, y assista; & en y souscrivit les canons sous ce dernier titre. Clovis mourut en la même année. Le Vermandois, compris dans le royaume de Soissons, échut à Clotaire, l'un des enfans de ce prince. C'est sous le regne de ce dernier, qui devint Roi de Paris, après la mort de son frere Childebert Ier, que saint Médard, le dernier des évêques proprement dits de *Vermandois*, fut élu à cette dignité.

Saint Médard, dont l'Eglise célébre la fête le huitieme jour de Juin, étoit né sur les confins du territoire de la province dont il fut fait évêque. Son pere s'appelloit Nectard, & sa mere, Protagie. Nectard étoit François; Protagie étoit Romaine. Nous prenons ici la qualité de *Romana*, donnée à Protagie dans les actes de saint Médard, par opposition à celle de *Gallus*; & nous croyons que cette digne mere venoit originairement de Rome par ses auteurs. Les savans auteurs des *Actes des Saints de l'ordre de saint Bénoît*, di-

Tome I.   Q

VI. SIECLE.
Année 504.

LXI.
Année 511.
Aug.-Vir. fol.
62.
Annales B B.
tom. 1. Lib. 1.
N°. 88.

LXII.

Sæculo I. fol.
165. in notis.

VI. SIECLE.
Année 511.

sent cependant que le nom de *Romani*, donné aux Gaulois, ne changeoit pas leur nature, & qu'il signifioit seulement *les François*: usage qui a duré, disent-ils, jusqu'au dixieme siécle. Le lieu de la naissance de saint Médard étoit Salency, village près de la ville de Noyon. Plusieurs auteurs anciens, entr'autres saint Ouën, ont fait saint Gildard, évêque de Roüen, frere jumeau de saint Médard; mais les dates de la naissance, de l'ordination, & de la mort de ces deux Saints, qu'on fait tomber en un même jour, sont si peu cohérentes, que les critiques en traitent l'histoire, quant à ces points, de fabuleuse & d'imaginaire. Les bréviaires anciens & nouveaux de Noyon, ni celui de saint Quentin, ne font pas même mention de ce frere. Il seroit trop long de rapporter ici la vie de saint Médard. Les actes en ont été écrits en vers par Fortunat de Poitiers, en 570; puis mis en prose après l'an 600. Dom Luc d'Achery, qui a cru que cette derniere vie de saint Médard venoit aussi de Fortunat, l'a rapportée toute entiere dans son *Spicilége*. Elle fut revue & augmentée, dans le dixieme siécle, par un moine anonyme de Soissons. Le même savant Bénédictin nous en a donné la copie. Enfin le Chartreux Surius en a aussi donné une histoire qu'il pensoit être de Fortunat, mais à laquelle il reconnoissoit qu'une main postérieure avoit ajouté. Ce dernier ouvrage est de Radbod II, évêque de Noyon. On peut recourir à ces auteurs & à ceux qui ont écrit, après eux, sur cette matiere.

Le Cointe, *Annales Ecclesiaft.*
Henschemius.
Le P. Pommeraye.
Baillet, Table Critiq. au 8 de Juin.
Spiciligii, tom. 8, fol. 391. & Cap. 6.
Surius, in vitâ SS. tom. 3.
Papebroch. ad 8. Junii, tom. 2.

Il suffit à notre but de dire que nous apprenons, par ces actes anciens, que Clotaire Ier passa la Somme avec ses troupes, en revenant de la guerre de Thuringe; qu'il ravagea tous les lieux voisins de cette riviere, armé lui-même contre son propre peuple; & qu'étant arrêté dans sa route, par une puissance divine, avec tous ses bagages & ses chariots, depuis trois jours, il ne put obtenir la grace de les faire avancer, qu'après l'avoir humblement demandée à saint Médard qui étoit alors à Salency, & qui, quoique simple prêtre encore alors, jouissoit de la réputation d'une sainteté admirable. Saint Médard n'accorda à Clotaire la faveur qu'il lui demandoit, qu'après avoir fait restituer par ce prince ce qu'il avoit enlevé aux églises, & sur-tout à l'évêque de Vermandois, Alomer.

LXIII.
Année 528.
Surius, ibid. Cap. 13.

Fortunatus, in vitâ S. Medardi.

Cet évêque ne nous est connu que sous un des titres qui fait le plus d'honneur à l'épiscopat, c'est-à-dire, celui de l'établissement des écoles publiques. Il en avoit instituées ou peut-être rétablies dans sa ville épiscopale d'Auguste; & malgré les désordres qu'y avoient causés les barbares, telle étoit l'attention de l'évêque sur la bonne administration de ces maisons, que l'éclat qu'elles jettoient y avoit appellé le jeune Médard, pour y recevoir des leçons. Cette circonstance particuliere des leçons prises par saint

Médard, fous Alomer, fuppofe néceffairement que ce dernier prélat avoit fuccédé à Sophronius au plus tard en l'année 512 ; car,
comme faint Médard étoit déjà honoré du facerdoce en 528, on
doit croire certainement qu'il n'avoit pas moins en 512 que dix ans,
& qu'il n'a pas pu étudier, ni plutôt, ni plus tard, fous Alomer,
pour fe préparer à l'ordre facré qu'il avoit reçu feize ans après.

Le fort des études avoit fort varié dans les Gaules, depuis Jules-
Céfar jufqu'au commencement du fixieme fiécle. Nous avons parlé
de l'école des Druïdes : difons quelque chofe de celles qui fe tinrent fous les Romains, & enfuite fous nos premiers Rois. Sous les
Druïdes on s'appliquoit particuliérement à la Philofophie & à la
Théologie. Les Romains infpirerent aux Gaulois le goût de la
Rhétorique, des Belles-Lettres & de la Jurifprudence. Enfin, fous
les premiers Rois de France, on s'adonna à l'étude des Lettres
faintes, de la Médecine, des Mathématiques, de l'Aftrono-
mie, de la Grammaire & du Droit. Dès le commencement de
la domination des Empereurs dans les Gaules, il y eut de célébres écoles à Marfeille, à Lyon, à Befançon, à Autun, à Narbonne, à Touloufe, à Bordeaux, à Poitiers, à Clermont. On fait
la réputation que s'eft acquife à Marfeille, Crinas, qui vivoit dès
le temps de l'Empereur Claude. Ce profeffeur avoit déjà embraffé
toutes les fciences. Il n'eft pas de doute qu'à l'exemple de toutes
ces villes, les autres capitales de la Gaule, Sens, Rouen, Tours,
n'euffent auffi établi chez elles des écoles publiques : mais elles ne
jetterent pas affez d'éclat pour fe faire remarquer au loin. Telles
furent auffi celles que l'on fonda à Treves, & peut-être à
Reims ; & nous ignorerions même qu'il y en eût eu à Saint-Quentin dans le fixieme fiécle ; fi les hiftoriens de la vie de faint Médard
n'euffent fait l'honneur à l'évêque de cette ville, de lui en attribuer l'érection ou le rétabliffement. L'efprit des Gaulois cultivé,
les éleva aux plus hautes connoiffances que l'on enfeignoit dans
ces premiers temps : ils firent les délices des Grands, qui s'en
faifoient accompagner par-tout, & qui les promurent aux premieres dignités de leurs Cours. La mort d'Augufte devint cependant l'époque de la principale décadence des belles-lettres & du
bon goût dans les Gaules, ainfi que dans le refte de l'Empire. Les
récompenfes attachées au mérite, fervirent à énerver les beaux
génies : ils s'attacherent à des feux brillans, à des jeux de mots,
& cultiverent très-nonchalemment les autres véritables & folides
fciences, dont les irruptions des barbares empêchoient d'ailleurs
le paifible exercice. De-là vint cette ignorance qui régna dans
tous les états, qui s'accrut depuis le fixieme fiécle, & qui perfé-
véra chez les François jufqu'au temps où Charlemagne rappella
dans leur cœur l'amour de l'étude affidue des arts & des fciences.

Q ij

VI. SIECLE.
Année 528.

Childebert parloit bien latin ; Charibert encore mieux ; & Chilperic parfaitement. On harangua Gontran à Orléans, en hébreu, en arabe, en grec & en latin. Clotaire II savoit les lettres ; Dagobert, son fils, les aimoit. C'est sous la tyrannie des Maires du Palais qu'elles furent négligées presqu'entierement.

LXV.
Année 530.
Annales Ecclesiast. tom. 1. fol. 364.
Voyez l'année 328, N°. 63.

Le pere Le-Cointe fixe la consécration de saint Médard, né en 456, ordonné prêtre en 488, (c'est bien plutôt que nous ne disions n'a gueres), & fait successeur d'Alomer, en 530. Les Vandales, les Huns & les Hongrois, plusieurs fois chassés de notre province, y continuoient toujours cependant leurs courses en différens endroits, y voltigeoient en tous les lieux, & faisoient appréhender avec raison, à nos peres, de voir leur pays redevenir le théâtre des fureurs de ces peuples. Saint Médard ne sentit pas lui-même son cœur exempt de ces justes allarmes ; & pour se soustraire aux malheurs dont il étoit tous les jours menacé, attiré peut-être encore par la douceur que l'on goûte à vivre dans sa patrie, & près de la Cour de nos Rois qui résidoient la plupart à Soissons, il quitta en 531 ou 535, selon les différens auteurs, sa ville épiscopale, l'Auguste de Vermandois, & se refugia dans Noyon. Cette ville, si voisine de Salency, lieu natal

LXVI.
Année 531.
La Défense des princ. Prérogat. &c. p. 57.
Meier. Annal. Belg.
Fortunatus.
Surius.

Année 532.

de ce Saint, & la capitale des Rois de Neustrie, n'étoit alors qu'un château bien fortifié : elle parut propre à cet évêque pour y mettre sa personne & ses craintes à couvert des insultes de ces barbares : il s'y retira, & s'y fixa.

L'année suivante, il fut chargé par son métropolitain du gouvernement de l'évêché de Tournai, dont il garda & joignit le titre à celui de Vermandois & de Noyon. Selon les auteurs du

Tom. 9. fol. 1031.

nouveau *Gallia Christiana*, le nom latin de Noyon, *Noviomagum*, vient de *Noa* & de *Magus* ; & signifie un lieu où les eaux aboutissent. On trouve dans les Gaules quatre villes du nom de *Noviodunum* ; la premiere, dans le pays des *Bituriges* ; la seconde, dans celui des *Aulerques* sur la Sarre ; la troisieme, dans celui des *Eduens* ; & la quatrieme, dans le Soissonnois. Cette derniere est la nôtre, & celle dont nous aurons mille occasions de parler. Il en est encore une cinquieme en Suisse, appellée *Nion*, & en latin *Noviodunum*, *Nojodunum* ou *Neviduum*.

LXVII

Notre Noyon, appellée inconsidérément par différens auteurs *Noviomus*, *Noviomagus - Vadicassium*, *Noviodunum - Suessionum*, ou *Belgarum*, ne doit être appellée que *Noviomum* : c'est le seul & unique nom sous lequel ses évêques se soient jamais souscrits : on n'en lit aucun sous celui de *Noviodunensis*, ou de *Noviomagensis*

Annales de Noyon, p. 84.

Episcopus. Elle est assise sur la riviere de Verse ou de Versette, (*Versa*), qui la traverse, & qui reçoit les eaux de deux petits ruisseaux, l'Aqueole ou la Golle, & la Marguerite, (*Galliola*

Margareta). Elle est au *nord-est* de Soissons, au *sud-est* d'Amiens, & au *nord-est* de Paris. Elle est éloignée de la premiere de ces villes, de neuf lieues ; de treize, de la seconde ; & de vingt-quatre, de la troisieme. Sa longitude est au vingtieme degré, quarante minutes, quarante-trois secondes. Sa latitude au quarante-neuvieme degré, trente-quatre minutes, trente-sept secondes. Le fort où saint Médard s'enferma, étoit appellé *Château-Corbault*. Il avoit été vraisemblablement construit dans le temps des incursions des barbares, & pour se mettre à l'abri de leurs violences. Il prit de l'étendue, & l'on commença d'en habiter les environs, dès que saint Médard, qui y fit bâtir une église, y fut mort, & que les premiers successeurs de cet évêque s'y furent attachés.

Telles sont l'origine, la cause & la date de cette ville, qui, quoique devenue célébre dans la suite des temps par son église cathédrale, & par les monasteres que l'on y fonda, n'a cependant jamais été fort considérable dans l'ordre politique & militaire. Car nous croyons avec un sage auteur de l'*Histoire de Soissons*, le pere Claude Dormay, que le *Noviodunum* dont parle César, né regarde que cette derniere ville, Soissons. C'étoit aussi le sentiment de l'illustre géographe Samson. La ressemblance du nom latin *Noviodunum*, avec le mot françois *Noyon*, ne doit pas faire rejetter cette idée, puisque le même nom latin *Noviodunum* que portent trois ou quatre autres villes ou lieux de la France, n'est pas traduit par le même nom françois, *Noyon*.

Ce seroit donc aux circonstances contenues dans les histoires anciennes, à déterminer la vraie signification de *Noviodunum*, à l'avantage de Noyon ; mais elles lui sont au contraire très-défavorables, & ne peuvent s'assortir qu'à Soissons. César venoit de battre, dans leur retraite, les Belges confédérés. Animé par cet heureux succès, il part le lendemain matin de son camp posé près le Pont-à-Vesle, ou à Neuf-Châtel, selon la plus commune opinion ; entre dans le Soissonnois : & après une longue traite, se place, le même jour, devant la ville de *Noviodunum*. On n'apperçoit pas ici un fort, comme étoit l'ancien Château-Corbault ; c'est quelque chose de plus. Eh ! comment d'ailleurs César y eût-il pu parvenir en une journée, & tenter de la surprendre, avec toute son armée chargée de bagage, & composée d'infanterie ? On conçoit que Soissons peut avoir été le terme & l'objet de la marche de l'armée ; parce que cette ville n'étoit éloignée que de huit ou neuf lieues du camp qu'abandonnoit César, posé sur la riviere d'Aisne, assez proche de Reims, d'où il tiroit ses vivres. Mais la ville de Noyon étoit distante de dix-sept ou dix-huit lieues de ce même camp. Par conséquent le mot de *Noviodunum* ne peut exprimer que Soissons.

VI. SIECLE.
Année 532.

LXVIII.

Liv. 1. Chap. 6.
p. 25.
De Bello Gallico, Lib. II.

Marlot, *hist. Remensis*, tom. 1.
fol. 51.

VI. SIECLE.
Année 532.

Autre preuve de ce que nous avançons. La hauteur des murailles de *Noviodunum*, qui avoit détourné Céfar de planter des échelles, & la garnifon qui entra dans cette ville, forcerent le Général Romain d'en faire le fiege dans les formes : il alloit enfin s'en rendre maître. Les Soiffonnois fe rendirent, & furent reçus. Les enfans de leur Roi Galba, & les premiers de la ville donnés pour otages, furent les garans de leur foi. Mais Galba demeuroit à Soiffons. Donc le *Noviodunum* de Céfar n'étoit pas Noyon.

Il ne doit pas paroître étonnant que Soiffons portât le nom de *Noviodunum*. On peut fe reffouvenir de ce que nous avons dit ci-deffus, en parlant de la Samarobrive, capitale du Vermandois, & de plufieurs autres chefs-lieux de provinces. Toutes ces principales villes avoient des noms diftingués de ceux de leurs peuples. Soiffons ne fut appellé *Sueffones*, qu'après la conquête qu'en avoit faite Céfar ; & peu après, fous l'Empereur Augufte, ou auffitôt après fa mort, on lui donna le nom d'*Augufta-Sueffionum*, qu'elle quitta auffi quelques fiécles après, pour reprendre celui de *Sueffiones*. En un mot, toutes les variations que fubit la ville de Saint-Quentin dans fes premiers noms, paroiffent être arrivées à celle de Soiffons, & à la plupart des villes capitales de notre Belgique.

Si Noyon fut jamais appellé *Noviodunum*, ce n'a été que par quelques écrivains mal inftruits, & poftérieurs au cinquieme fiécle. Mais leur erreur ne peut avoir une force rétroactive pour le temps de Céfar : & il refte établi que *Noviodunum* étoit la capitale du Soiffonnois, (qualité qui ne convint certainement jamais à Noyon). Ce nom ne peut par conféquent être appliqué qu'à Soiffons. On n'a point contredit Samfon dans ce fentiment : il a été, au contraire, fuivi par plufieurs géographes & divers favans. C'eft le feul que nous penfons qu'on doive tenir.

LXIX.
Aug.-Vir. fol.
63.
Annales BB.
tom. 1, Lib. 5,
N°. 54.
Saeculo I, BB.
fol. 319 & feq.

Clotaire Ier, en revenant de la guerre de Thuringe, avoit ramené avec lui une proie précieufe, dont il enrichit pour un temps notre pays. C'étoit fainte Radegonde, fille de Berthaire, ou Berthier, roi des Thuringeois. Ses vertus la rendoient infiniment plus eftimable que fa rare beauté. Une ville du domaine de nos Rois, fituée fur la riviere d'Aumignon, & éloignée de trois lieues de la capitale du Vermandois, Athies, en latin *Atheïa*, autrefois affez célébre, & maintenant ruinée, avoit un château dont la vue agréable & l'air fain en rendoient l'habitation riante. Il fut donné à la prifonniere, pour en faire l'endroit de fa demeure, jufqu'à ce qu'elle fut en âge d'époufer le Roi. Cette vierge y paffa fes jeunes ans dans tous les devoirs de la Religion ; & lorfque Clotaire l'eut époufée, elle ne fe relâcha pas, fur le trône même, des pratiques de pénitence qu'elle fuivoit auparavant. Mais, foit qu'une dévotion fi finguliere ne fût pas du goût du Roi, foit que Radegonde

lui témoignât quelque reſſentiment de la mort de ſon frere que ce
Prince avoit condamné injuſtement, il laiſſa à cette Dame la liberté
de le quitter, après ſix ans de mariage. Ce fut alors que ſaint Médard, évêque de Vermandois, lui donna le voile de virginité, &
l'inſtitua même Diaconiſſe. Conſacrée à Dieu d'une façon plus particuliere par ces cérémonies religieuſes, Radegonde diſtribua aux
pauvres le prix de tous ſes ornemens, & voulut ſe retirer à Poitiers.
Le vent la jetta d'abord à Tours. Elle employa le temps qu'elle y
reſta à y faire tout le bien poſſible dans un monaſtere qu'elle y bâtit. Clotaire la rappella à la Cour. Un ſolitaire appellé Jean, qui
vivoit en reclus dans le château de Chinon, engagea ce Roi à ne
pas troubler la Sainte dans ſa retraite. Ce Prince l'y laiſſa donc
tranquille. Mais en 559, Clotaire étant allé à Tours, avec ſon fils
Sigebert, moins par dévotion, que pour y reprendre cette épouſe,
ſaint Germain, évêque de Paris, le diſſuada encore de ce deſſein.

On feroit un livre entier des vertus admirables de cette Reine.
Fortunat, qui devint évêque de Poitiers, & qui fut en l'an 567 le
confident & l'ami de la Sainte, les a célébrées dans ſes vers; & une
religieuſe, nommée Baudonivia, les a rapportées en proſe dans la
vie qu'elle en a écrite. Elle mourut à Poitiers, dans un autre monaſtere qu'elle y avoit fondé, le Mercrédi 13ᵉ d'Août de l'an 587.
Dieu publia la ſainteté de ſa ſervante par une infinité de miracles. Il eſt à regretter que le palais d'Athies, témoin des vertus
de la jeune Thuringeoiſe, ne ſoit plus à préſent qu'une habitation de viles chaumieres. Cette Sainte a pluſieurs autels dédiés en
ſon honneur dans la France. Quelques parcelles de ſes reliques
ſont viſitées par les pélerins dans l'égliſe paroiſſiale de ſon nom,
ſous les murs de la ville de Péronne.

Voici les noms & les filiations, que nous avons découverts par
nos lectures, des anciens ſeigneurs & châtelains d'Athies en Vermandois. Car il en eſt encore une autre qui ſe prononce & s'écrit
de la même façon, en Latin & en François, dans le pays Remois.

1°. Les Rois de France, qui poſſédoient encore ce domaine,
par eux-mêmes, dans le ſixieme ſiécle, en 531. 2°. [Peut-être]
les comtes de Vermandois *bénéficiaires* furent-ils dans le neuvieme
ſiécle ſeigneurs d'Athies; & l'un d'eux, ou plutôt de nos Rois,
l'auront aliéné alors en faveur de: 3°. Vers 870, Odalric, Lorrain de nation, ſeigneur d'Athies, qui en donne lui-même une
partie à la métropole de Reims. 4°. Hugues fils, né en Lorraine,
où ſon pere Odalric s'étoit retiré. 5°. . . . . . & Odalric, archevêque de Reims. 6°. Avant 974, les comtes *héréditaires* de
Vermandois & les ſeigneurs voiſins reprennent Athies en entier,
& l'uſurpent ſur les poſſeſſeurs. La reſtitution s'en fait en 977.

VI. SIECLE.
Année 532.

*Annales B E.
tom. 1, Liſ. 5,
Nᵒ. 21, 22 & 23.*

LXX.

Voyez l'année
902 ci-après.

VI. SIECLE.
Année 532.

commè nous le rapporterons alors. 7°. En 1171, Adam, seigneur d'Athies. 8°. En 1174, 1176 & 1179, Jean, seigneur d'Athies, souscrit dans les chartes de Long-Pont pour le Troncoy. En 1201, Guy d'Athies, vice-chancelier de France. 9°. En 1224, Hugues d'Athies, grand-panetier de France, jusqu'en 1235. . . . 10°. Simon de Kesvilliers & Marguerite de Faucoucourt, desquels naquirent : 11°. en 1330 . . . . seigneur d'Athies, marié à . . . . . . de Kesvilliers, sœur de Jean de Kesvilliers, abbé de saint Eloi de Noyon, en 1335. 12°. En . . . . . . Mathieu d'Athies, & Gérard, archevêque de Besançon, freres. 13°. . . seigneur d'Athies, & Pierre d'Athies, abbé de saint Crespin *le Grand*, de Soissons, en 1395 ; puis de saint Nicolas au Bois en 1403, par ordre de Bénoît XIII, freres. 14°. En . . . . seigneur d'Athies, & Quentin d'Athies, chanoine de saint Quentin, en 1435, freres. Alors la seigneurie d'Athies passa dans la maison des seigneurs de Nêle, qui la possédent encore aujourd'hui. Dans l'érection des doyennés de chrétienté, qui n'eurent lieu, dans le diocese de Noyon, que vers le douzieme siécle, Athies, en souvenir de son ancienne noblesse, fut érigé en chef-lieu d'un des neuf doyennés, auquel il a donné son nom. C'est le sixieme.

Voyez l'année
1174 ci-après.

LXXI.
Année 533.

Nous ne savons précisément en quelle année saint Remi, archevêque de Reims, a fait son testament de derniere volonté ; mais il paroît que c'est peu de temps avant que de mourir, puisqu'il y rappelle une ancienne donation, faite par lui à l'église de saint Quentin, d'une portion de la terre d'Hermonville ou d'Hérimont. Ce testament est rapporté tout au long dans l'histoire de l'église de Reims par Frodoard. Voici ce qu'il contient par rapport à *Lib. 1. Cap. 18.* l'église de saint Quentin : *Quod verò precio ibidem*, (c'est-à-dire, *in villâ Herimundi*, dont le testateur venoit de parler) *comparavi, ecclesiæ sancti martyris Quintini jamdiù delegavi, &c.* Outre ce testament que l'on appelle *le long* ou *le prolixe*, il en est encore un autre que l'on appelle le testament *abrégé* du même Saint, qu'a rapporté le pére Marlot, & qui est antérieur au premier. Mais, dans ce testament que nous citons en second lieu, il n'est pas parlé de l'église de saint Quentin. C'est à tort que le même pere *Hist. Remensis,*
tom. 1, fol. 180. Marlot a cherché dans la ville de Reims l'église de ce Martyr, qu'il n'y a pas trouvée, & qu'il devoit reconnoître dans le Ver- *Ibid. fol. 132.* mandois. Saint Remi, l'un des premiers dotateurs de cette basili- *Annales B B.*
tom. 1, Lib. 3,
N°. 17. que, mourut le treizieme jour de Janvier de l'an 533, selon l'opinion la plus communément suivie par les savans modernes.

LXXII.

Le nom d'*Archevêque*, employé à saint Remi, dérive du Grec, & signifie le *chef des gardiens*. Ce nom n'étoit alors introduit dans l'Eglise que depuis un siécle : on n'y connoissoit auparavant que

le

le simple nom d'évêque, qui étoit donné à tous ceux qui étoient revêtus de ce caractere. Mais, pour désigner celui que nous appellons maintenant archevêque, on le nommoit le *premier de la nation*, comme il paroît par le trente-troisieme canon des apôtres. Ainsi Eusébe appelle saint Irenée, archevêque de Lyon, l'*évêque des églises des Gaules*. Ainsi Démétrius avoit l'*épiscopat* ou l'*intendance des églises* d'Alexandrie & du reste de l'Egypte. Ainsi saint Cyprien avoit celle des églises d'Afrique, de Numidie & de Mauritanie. Le titre d'archevêque & celui de patriarche ne sont que d'honneur & de jurisdiction, & non pas d'ordination. Quelquefois on donna le nom d'archevêque à celui qui avoit le *pallium*, ou à celui qui avoit intendance sur plusieurs évêchés. A présent nous n'entendons, par ce mot, que celui qui est le métropolitain des évêques, ses suffragans. L'archevêché de Reims, très-ancien & très-respectable, est un des plus illustres de notre France. Le siege épiscopal de Vermandois & de Noyon en a toujours dépendu, au spirituel, comme la ville Auguste de Vermandois en dépendoit autrefois au temporel, en tant qu'enclave de la seconde Belgique.

VI. SIECLE.
Année 533.

Saint Médard, en transférant sa chaire de la ville d'Auguste de Vermandois à Noyon, l'y fixa pour toujours. Il y mourut, plein de mérites, dans la quinzieme année de son épiscopat. Quelques-uns placent sa mort en 556. Le pere Le Cointe, suivi par Dom Mabillon, la met en 545. Elle n'arriva qu'en 560, selon Adrien de Valois qui, dans le siécle dernier, a osé soutenir, contre les histoires & la tradition universelle, que la translation du siege épiscopal de Vermandois à Noyon devoit être attribuée à saint Achaire.

LXXIII.
Année 555.
In Defensione de
Basilicis, fol.
120.
Le P. Labbe.
Le P. Coffart.

Les successeurs de saint Médard, en prenant possession de son autorité, se maintinrent à Noyon, & ne la quitterent plus. L'église de saint Quentin, bâtie dans l'Auguste de Vermandois, perdit donc, dès cette époque fatale à sa gloire, & son prélat, & l'honneur de sa chaire. Trop heureuse encore cependant, cette insigne basilique, d'avoir élevé dans son sein un évêque dont les vertus éclatantes le rendirent, pendant sa vie, & après sa mort, cher à nos Rois, respectable à son troupeau, & admirable à toute la France : un Saint dont les mérites lui acquirent une gloire durable dans le Ciel : le fondateur d'une espece de chaire nouvelle, dont l'esprit apostolique, après s'être perpétué dans les Achaire, les Eloi, les Mommolin, les Eunuce, les Immon, &c. subsiste toujours, & se reproduit dans les prélats qui occupent le siege de Noyon : un auguste patron enfin l'ornement de la ville de Soissons, où le roi Clotaire I.er a porté lui-même, sur les épaules, son corps, auprès duquel il ordonna sa sépulture ; sur lequel Sigebert, fils de ce prince, acheva de faire construire un monastere

Tome I. R

VI. SIECLE.
Année 545.

LXXIV.

infiniment illuftre : le Thaumaturge de fon fiécle, & le protecteur de la Nation Françoife.

On ne fait fous quelles années on doit placer l'épifcopat des quatre évêques qui ont fuivi faint Médard, depuis fa mort juf-qu'à l'avénement de faint Achaire en 633. Il nous doit fuffire d'en rapporter ici les noms. Ils s'appelloient Fauftin, Gandulphus, Chrafmarus, Ebrulphus & Bertundus. Les freres de Sainte-Mar-the difent, d'après Buzelin, que l'évêque de Noyon, que nous appellons ici Fauftin, s'appelloit plutôt Auguftin. C'eft le même, dit le pere Le Cointe, dont Bollandus a rapporté un fermon fur *les calendes de Janvier.* Ce difcours eft tiré des manufcrits de l'ab-baye d'Anchin, & combat fortement quelques fuperftitions & des défordres pratiqués, dans le fixieme fiécle, au premier jour de l'année.

Annales Eccle-fiaftici, tom. 1, *fol.* 695.

Gallia Chrift. tom. 9, *fol.* 981.

On ne fait pas trop certainement non plus en quel ordre fe font fuccédés les trois évêques qui ont fuivi Auguftin ou Fauftin. Les freres de Sainte-Marthe ne font pas mention de Bertundus ou Ber-mundus. D'autres placent Chrafmarus après Ebrulphus. Chrafma-rus eft lui-même omis par Herman, dans fon *Hiftoire de Tournai;* & cependant il eft certain par la tradition des diocefes de Tournai & de Noyon, que tous ces évêques ont gouverné ces deux fieges.

PIECES JUSTIFICATIVES
DU SECOND LIVRE.

ACTES DE LA PASSION DE SAINT QUENTIN,

Paraphrasés par R AIMBERT, Chanoine Régulier en l'Eglise de ce Martyr , vers 1104.

PROLOGUE.

(1) DESCRIPTIONES vitæ sanctorum, præconia sunt victoriosissimi Christi ; commendatio eorumdem militum certaminum, ædificatio fidelium mentium ; via mortis contemptorum, forma æterni regni agonizantium. Quocircà beatissimi Quintini martyris sancta certamina posterorum memoriæ commendare cupiens paucis describere curavi.

Temporibus Diocletiani & Maximiani imperatorum, multi Christianorum gravissimam persecutionem patiebantur, propter fidem Domini nostri JESU - CHRISTI, & spem regni æterni. Alii quidem carceris squalore, longâ inediâ, sustibus, virgis, & flagris verberati, alii post tergum vinctis manibus, patibulis, loris, funibusve suspensi : alii trochleis distorti, & ungulis fossi, membratimque divulsi, alii ludibriis, exiliis, & diversis bestiis traditi : alii præcipitiis præfocati, alii laminis igneis, & craticulis prunis impositis, oleo, pice, adipeque ferventi, & rogis adusti : nonnulli verò in speluncis, & petrarum cavernis, ac montibus latitantes, inventi, clam jugulabantur. Siquidem & eorum mortuis cadaveribus minimè parcentes, quin aut inhumata bestiis, avibusque laceranda projiciebantur, aut fluctibus immersa, piscibus voranda tradebantur ; aut in favillam redacta, in pelagi profunda dispergebantur.

ACTES.

Cum duce Quintino Gallos petit en duodeno ;
Ut fidei munus referet Romana juventus.

Hâc itaque tempestate beatissimus Quintinus, & sanctissimus Lucianus, Româ egressi, Domino ducente, in Gallias venerunt. Fertur etiam, sed & libelli eorum certaminum testantur, cum eis sanctos Crispinum & Crispinianum, Rufinum, Valerium, Marcellum, Eugenium, Victori-

R ij

cum, Fuscianum, Piatonem, atque Regulum, pariter advenisse. Igitur præfati duo sanctissimi viri scilicet, Quintinus & Lucianus, Ambianis Galliæ civitatem venientes, loca in quibus commorari deberent, elegerunt. Sanctus namque Quintinus Ambianis resedit : beatus verò Lucianus Belvacum adiit, ubi instantibus jejuniis & orationibus, prædicationibusque vacantes, cœpit eorum meritis Christi lumen coruscare : non solùm eorum prædicationum documentis, verùm etiam virtutum & miraculorum testimoniis. Nam & crucis signaculo cæcis lumen, surdis auditum, mutis loquelam, & paralyticorum membris pristinam reddebant sanitatem. Principibus verò suprà memoratis imperatoria sceptra gerentibus, & persecutione magis ac magis grassante, Rictiovarus quidam ab imperatore Maximiano in Galliis præfectus constituitur.

(2) *Clauditur Ambianis QUINTINUS carceris antris.*

Receptâ autem hâc potestate, tantùm adversùs Christianos ejus insania exarsit, ut numquam rabiem suam eorum sanguine satiaret. Veniens itaque Basileam Galliæ civitatem, inventos Christianos in eo loco ubi Ara flumen Rheni fluvio se infundit, mergere, & crudeliter necari præcepit. Quorum corpora unda fluminis, animas verò Christus suscepit in astris. Factâ verò circumquaque Christianorum inquisitione Rictiovarus præfectus Ambianis pervenit. Ubi famâ beati Quintini auditâ, quòd & prædicationibus, & signis ac virtutibus clarus haberetur, statim comprehensum, catenatum in carcerem jussit retrudi. Ducentibus autem eum ministris Davidicum illud psallebat, dicens : Deus, ne derelinquas me, sed eripe me de manu peccato-

ris, & de manu contra legem agentis, & iniqui ; quoniam tu es patientia mea, Domine, spes mea, à juventute meâ.

(3) *Fæmina multa ferunt, Sanctus, dirusque tyrannus.*

Sequenti autem die, Rictiovarus, sedens pro tribunali in consistorio, beatum Quintinum sibi præsentari jussit. Qui cùm fuisset adductus, ait ad eum præses : quod tibi nomen est ? Sanctus Quintinus respondit : Christiano nomine censeor, quia Christianus sum, & Christum credo corde, & ore confiteor. Propriè tamen Quintinus vocor. Cui Rictiovarus ex qnâ, inquit, progenie es ? Beatus Quintinus respondit : Civis Romanus sum, filius verò Zenonis, senatoris. Et præses : quidnam est, ait, quòd persona tam nobilis, & tanti viri filius, tam superstitiosis religionibus te tradideris, ut colas eum, qui ab hominibus est crucifixus ? Quintinus respondit : summa etenim nobilitas est factorem cœli & terræ colere, ejusque devotissimè obsequi mandatis. Et Rictiovarus ad hæc : Quintine, recede ab hâc stultitiâ quâ teneris, & sacrifica Diis. Beatus Quintinus respondit : Diis tuis nunquàm sacrificabo, quos constat esse Dæmonia. Stultitia verò quâ me teneri asseris, non stultitia, sed, ut verè fatear, summa sapientia est, videlicet cognoscere Deum vivum & verum, & simulachra muta & falsa respuere. Nam illi profectò stulti sunt, qui eis sacrificando tibi obediunt. Tunc Rictiovarus dixit : nisi nunc accesseris, & Diis nostris sacrificaveris, per Deos, Deasque juro, quia diversis cruciatibus te ad mortem usque torquebo. Sanctus, miles Christi, Quintinus respondit : certissimè scias, præses, quia quod jubes non faciam, quod minaris non timeo. Celerius fac quid vis. Quicquid, Deo permittente, intuleris, suftinere paratus sum. Nam corpus meum, permiffu Dei mei, diverfis tormentis usque ad mortem affligere potes ; anima verò mea in folius Dei poteftate, qui eam dedit, confiftit. Tunc Rictiovarus, immani furore commotus, juffit eum à quaternionibus extenfum cædi. Cùmque diutiùs acriter cæderetur, elevatis in cœlum oculis, orans, dixit : Domine, Deus meus, gratias ago tibi, quia propter nomen fanctum Filii tui, Domini mei JESU-CRISTI, hæc patior. Et nunc, Domine, præfta mihi fortitudinem, concede virtutem, porrigens auxiliatricem dexteram tuam, qualiter poffim omnia tela inimicorum cum tyranno eorum Rictiovaro fuperare, ad laudem & gloriam nominis tui, quod eft benedictum in fecula feculorum.

(4) *Tenfus pro Domino QUINTINUS fert*
flagra vero ;
Cælitùs emiffâ ruit omnis voce Lanifta.

Et cùm hujufcemodi verba inter flagella orans compleret, protinùs de cœlo vox facta eft, dicens : Quintine, conftans efto, viriliter age ; ego adfum tibi. Dilapfâ autem hâc voce, apparitores, qui eum cædebant in terram ruentes, ftatim facultatem amiferant. Seque acerrimè torqueri fentientes, cum clamore auxiliari fibi Rictiovarum exorabant, dicentes : Domine nofter Rictiovare, adjuva nos, quia immenfis cruciatibus torquemur, & cremamur ignibus, adeò ut confiftendi ac penè loquendi officia amiferimus.

Hæc, & his fimilia cum gemitu magnifque vocibus, eis profitentibus, fanctus athleta Quintinus nec verberantium fentiebat flagella, nec tortorum vincula, ut potè cui Sancti Spiritûs auxiliabatur gratia. Hæc nequiffimus, Rictiovarus præfectus cernens,

truculentiori irâ permotus coram aftantibus, dixit : per Deos, Quintinus ifte magus eft, & maleficia ejus prævalent. Nunc ergò ejicite eum à facie meâ, & in nimiâ carceris obfcuritate recludite : ubi nec lumine perfrui, nec ullus ad eum Chriftianorum ingredi poffit. Cùmque ad obfcuriora ergaftuli loca duceretur, dulci modulamine pfallebat, dicens : Eripe me, Domine, ab homine malo ; à viro iniquo libera me.

(5) *Sanctum præfes item recludit carcere*
teftem ;
Sanctum carcereis educit nuncius antris.

Damnatus verò & carceris obfcuritate, & chriftiano folamine ; divini refpectùs promeruit majora folatia. Nam nocte fequenti cùm membra beata quieti dediffet, aftitit ei angelus Domini per vifum, dicens : Quintine, famule Dei, furge, & perge fiducialiter, & fta in mediâ civitate, confolans in fide Chrifti, & corroborans univerfum populum, ut credant in Dominum JESUM-CHRISTUM, fanctificantes fe baptifmate facro, quia appropinquat & eorum liberatio, & ut confundantur inimici chriftiani nominis cum impio Rictiovaro eorum præfecto.

(6) *Prædicat hic populis QUINTINUS*
dogma falutis ;
Credens cæleftem populus capit amne falu-
tem.

Hæc quippe angelo perorante, Quintinus evigilans furrexit, & angelico ductu univerfas carceris tranfivit cuftodias, & veniens ad eum locum quem ei angelus Domini in vifu fignificaverat, confluentibus undique ad eum populis, dixit : viri fratres, audite me, & convertimini à viis veftris malignis, pœnitentiam agentes, & baptizemini in nomine Patris, & Filii &

Spiritûs Sancti, in quo est ablutio & remissio peccatorum; credentes Patrem ingenitum, Filium unigenitum, Spiritum quoque Sanctum à Patre & Filio procedentem, vivificatorem & sanctificatorem animarum nostrarum. Porrò scire vos volo, quia veniente plenitudine temporum misit Deus Pater Filium suum ad redemptionem nostram, ut in adoptionem filiorum reciperemur. Sic namque conceptus ex Spiritu Sancto, & ex Mariâ virgine natus, & à Joanne in Jordane baptizatus, non solùm caecis visum, surdis auditum, languentibus sanitatem impertivit, sed etiam mortuos suscitavit, à contagione leprae, solo verbo, plurimos curavit, & à fluxu sanguinis mulierem pristinae sanitati restituit. Claudos currere, paralyticos ambulare, aquam in vinum converti jussit. Haec & alia multa quae humanus sermo enarrare non sufficit, mirabiliter agens, ad ultimum voluit pro salute nostrâ crucis patibulo affigi, in sepulchro poni, & die tertiâ resurgere. Sicque per dies quadraginta discipulis suis manifestatus, ascendens in coelum, promisit sperantibus in se semper affuturum. Undè nunquàm derelinquit sperantes in se, sed à tribulationibus virtute suâ liberat. Quod si aliquanto tempore eos praesentis seculi adversitatibus permittit tentari, non idcircò ut pereant: sed ut eos velut aurum quod per ignem transit, puriores recipiat. Haec & his similia loquens, cùm sermo ejus longiùs protraheretur, crediderunt in Dominum JESUM-CHRISTUM fermè sexcenti viri.

(7) Deseritur vanis praefectus cum simulacris;
Et jubet abscedant qui seque Deosque negabant.

Igitur expergefacti custodes carceris cùm beatum Quintinum clauso carcere deesse cognovissent, ad inquirendum eum progressi, in medio eum populi stantem & praedicantem, repererunt. Undè magno terrore, magnâque admiratione permoti, ad fidem Christi sunt conversi: in tantùm ut magnum Dominum Christianorum publicè profiterentur, quem beatus Quintinus praedicaret. Nunciantes etiam praefecto quae de beato Quintino facta fuerant, Diis suis inrogare coeperunt, & universis eorum cultoribus, dicentes: Verè magnus est Deus Christianorum in quem credere oportet. Nam Dii tui figmenta & sculptilia vana sunt, qui nec sentiunt, nec vident, nec audiunt. Ipsi etenim infirmi sunt, & hi qui tibi consentiunt adorare eos. Nobis enim jam sufficit unus & verus Deus, creator coeli & terrae, quem per famulum suum Quintinum cognovimus. His auditis, Rictiovarus praefectus, immani furore turbatus, dixit: Ergò ut video, & vos magi effecti estis. Illi verò constanter responderunt, dicentes: Nos magi nequaquam sumus, sed confessores unius & veri Dei qui fecit coelum & terram, mare & omnia quae in eis sunt. Quibus Rictiovarus ait: Insanitis, nihil enim est vestrae credulitatis assertio, abite quantocitiùs, & à conspectu meo abscedite. Qui statim abscesserunt ab eo.

(8) Mulcet item praeses QUINTINUM plurima spondens.

Illis quippe abeuntibus, Rictiovarus, nimiâ indignatione stomachatus anxiari, & cunctis sensibus, adversùs beatum Quintinum saevire coepit, dicens: Nisi hunc magum Quintinum & maleficum interfecero, & nomen extinxero, populum hunc universum seducet, & culturam Deorum nostrorum penitùs adnihilabit. Verùm ne hoc crudelitatis quis, & non potiùs justitiae

factum exiſtimaret, mox beatum Quintinum ſibi exhiberi præcipiens blandis eum
ſermonibus compellare cœpit. Dixitque ad
eum : Quintine virorum nobiliſſime, fa-
teor, quia erubeſco & admodùm confundor, pro tuâ nobilitate. Quòd & tantis
opibus divitiarum, quæ tibi digniſſimè con-
gruunt, parentum & nobilitatis ſorte, ad
tantam paupertatem, causâ vaniſſimæ tuæ
ſectæ deveniſti, ut egens & pauperrimus
mendicus videaris. Audi ergò meum nunc
ſalubre conſilium, meiſque te accommoda
dictis : unum etenim eſt tantùm ut facias,
Diis noſtris ſacrifica, & ſtatim mittam feſ-
tinatò legationem ad ſacratiſſimos Imperatores, ut omnes facultates, quas dereliquiſti,
tibi reſtituant : inſuper & ampliſſimas con-
ferant dignitates, ſcilicet ut purpurâ &
byſſo veſtiaris, & aureâ torque induaris,
atque zonâ auri circumderis.

Hæc & aliis compluribus ſuaſoriis verbis ſimilia proferens, putabat eum à propoſito ſui certaminis evertere. Sanctus verò
ac beatiſſimus martyr Quintinus, magni
ponderis conſtantiâ & divino auxilio mu-
nitus, immotus in ſuo propoſito permane-
bat, & conſtanti animo talia profudit, dicens : Lupe rapax, & tanquàm canis veſa-
niâ plenus, quàm ſtultè & inſipienter ſen-
ſus meos intelligis, quos putas te poſſe
avertere per donorum multitudinem pro-
miſſorum, & infelicem opum congeriem ;
nam opes tuæ tecum ibunt in perditionem :
conſtantiam enim fidei meæ mutare non
poſſunt quæ eſt in Chriſto Jeſu Domino
noſtro. Sed diſce infelix, quia non eſt pauper, qui in Chriſto dives eſt. Divitiæ
enim Chriſti æternæ ſunt, & qui eas accipere meruerit, nullatenùs poſt modùm in-
digebit ; nec eiſdem unquam carebit. Has
divitias deſidero, hæc amplecti cupio, &
pro his paratus ſum non ſolùm acriter affligi,
verùm etiam ſi ipſe juſſeris, mori ; nam ho-

nor & poteſtas ac divitiæ veſtræ tempora-
les ſunt & fugitivæ, & tanquam fumus
evaveſcunt, nec permanere aliquandò no-
verunt : ea verò quæ Chriſtus dilectoribus
ſuis tribuit, æterna ſunt, & talia quæ nec
oculus vidit, nec auris audivit, nec in cor
hominis unquàm aſcenderunt.

(9) *Sic Chriſti teſtis trochleis toquetur ama-*
　　　　ris,
Reſticulis ferri cæduntur membra Beati.

Tunc Rictiovarus inſuperabilem in hâc
conſtantiâ factum Dei Martyrem intelligens
dixit : Ergò, Quintine, hoc conſilium ele-
giſti, ut mori magis quàm vivere velis ?
Beatus Quintinus reſpondit : Ego magis
deſidero mori pro Chriſto, quàm infelici-
ter vivere mundo ; hæc enim mors, &
tormenta quæ à te nùnc mihi inferuntur,
gloriam præparant, non vitam adimunt.
Ac per hoc, quod debeo ex debito, cupio ſolvere ex voto. Nam ſi in hâc con-
feſſione permanens à te morti traditus fuero, tunc me in Chriſto victurum fiducialiter credo.

Tunc Rictiovarus, furore tyrannico
permotus, Deos Deaſque conteſtans, ait :
Iterùm, iterùmque tibi, Quintine, juro
quia jam tui non miſerebor, ſed celeriùs te
puniri jubebo. Cui beatiſſimus Quintinus
illud beati David intulit, dicens : Dominus
mihi adjutor eſt, non timebo quid tu mihi
facias homo. Tunc Rictiovarus præfectus,
magis ac magis furore exardens, ſanctum
Quintinum torqueri in tantùm trocleis præcepit, ut membra ejus à ſuis juncturis ſol-
verentur. Reſticulis inſuper ferreis eum
cædi, & oleum candens & picem, & adipem ferventiſſimam dorſo ejus juſſit infundi.

(10) *Præsidis en sanctus torreri voce jubetur;*
Quodque jubet præses certat complere Satelles.

Sed cùm hæc nec dùm ei satisfecissent, ad satiandam ejus sitis immanissimam rabiem, applicari etiam faces ardentes jussit, ut vel flammis crematus vincenti se aliquandò assensum præberet. Sed sanctissimus Martyr, qui nec blandimentis nec terroribus cessit, cunctis ignibus insuperabilis extitit. Ardens etenim interiùs flamma divini Spiritûs, coporeos exteriùs contempsit cruciatus. Dixitque ad Rictiovarum ; Furcifer, & fraudis diabolicæ filius, atque ab omni humanâ pietate remotus, cognosce quia ista omnia quæ à te mihi irrogantur, non doloris tædium, sed tolerantiæ refrigerium præstant, tanquam si ros de cœlo descendat, & herbarum viriditatem suis saluberrimis inficiat guttis.

(11) *Ecce Pium potat trux, calce, sinapi & aceto.*

Tunc Rictiovarus furentissimo animo vim, & sævitiam augens, dixit : Afferte adhuc etiam calcem & acetum ac sinapi, & infundatur in os ejus, ut velsic tacendo ampliùs plebem hanc suis suasoriis verbis non valeat illudere. Beatus verò Quintinus pœnas suas augendas intelligens, dixit : Quàm dulcia faucibus meis eloquia tua, Domine ! super mel, & favum ori meo. Hæc audiens Rictiovarus præsectus jurando protestatus est, dicens : Per potentissimos Deos, Jovem & Mercurium, Solem & Lunam, Asclepium & Hyppocratem, juro quia vinctum te Romæ Imperatoribus faciam præsentari, coram quibus immanibus tormentis cruciaberis, dignè pro meritis quibus tu fugâ lapsus in his regionibus latitas. Ad quod sanctus Quintinus respondit :

Romam ire non formido, quia Dominum hìc & illic esse non dubito, qui tuas & Imperatorum, qui adversùs Christianos sævitis superabit insanias ; ego tamen confido, & spe certissimâ teneo, quòd mei cursum laboris in hâc provinciâ terminabo.

(12) *Quintinus vinclis capitur nectendus amaris ;*
Ducitur & vinctus Romam quia jussit iniquus.

Tunc Rictiovarus præcepit collum sancti martyris Quintini, cæteraque membra ponderosis catenis circundari ; militibusque jussit ut eum ducentes diligenti curâ servarent, præcedentes eum quò ad usque eos consequeretur. Egressis igitur, prout eis fuerat imperatum, sanctus Quintinus orabat, dicens : Domine, vias tuas notas fac mihi, & semitas tuas edoce me ; & subjungens aiebat : deduc me, Domine, in viâ tuâ, & ambulabo in veritate tuâ ; lætetur cor meum, Deus, ut timeat nomen tuum ; quod est benedictum in secula seculorum.

(13) *Intercedit iter Sancti præfectus cunctis,*
Præsidis Augustæ jussu retinetur in arce.

Igitur milites qui beatum Quintinum ducebant, cùm in quoddam municipium quod antiquo nomine Augusta Vermandorum nuncupatur pervenissent præsidem jussi sunt expectare. Hoc quippe non ipsius tyranni commento, sed Christi providentiâ actum est quatenùs jam post amarissios cruciatus, post magna laborum certamina devotissimi sui athletæ agonio coronam victoriæ daret, & ipsum locum ipsius Martyris sanguine & nomine sanctificaret. Quò Rictiovarus præfectus, sequenti die veniens, Quintinum sibi præsentari præcepit. Cùmque coram adesset, cœpit eum iterùm blandis

sermonibus

sermonibus compellare, dicens: frater, Quintine, quia es bonæ spei, adhuc patiens sum in te, consenti ergò mihi, & sacrifica magnis Diis, tantùm Jovi & Apollini: & si Romam nolueris reverti, in hâc provinciâ magnis te honoribus ditabo, mittam & legationem de te ad sacratissimos Imperatores intimans eis, ut constituaris in hoc loco princeps & magnificabilis judex. Sanctus verò ad hæc Quintinus respondit: jam sæpiùs tibi talia persequenti respondi, & modò respondeo quia Diis tuis nunquàm sacrificabo, quorum sculptilia aut ære, aut ligno, aut lapidibus, constat esse compacta. Quæ & vos nimio errore decepti Deos esse putatis, cùm sint simulacra muta & insensibilia, omnique ratione carentia, nec sibi nec aliis opitulari valentes. Quibus secundùm prophetam similes fiunt qui faciunt ea, & omnes qui confidunt in eis. Tunc Rictiovarus, cernens eum constantiâ validiùs roborari, ejus cruciatus adhuc augeri truculentiùs sitiens, jussit vocari fabrum ferrarium præcipiens ei ut faceret duas sudes ferreas, quæ gallicâ linguâ taringæ vocantur, quibus beatus Quintinus à cervice usque ad crura transfigeretur. Alios quoque simili modo decem clavos qui inter ungulas & carnem digitis omnibus mitterentur.

(14) *Martyris ad sancti fabricantur tormina clavi:*

Quintinus diris configitur ecce taringis.
Præfectus Sanctum deliberat ense necandum.
Agnoscens lethi Martyr sibi dura parari,
Orat se Domini meritâ pietate foveri.

Quibus à fabro pro jussis, ità patratis, conspiciens Rictiovarus beatum Quintinum taliter verubus confossum insultans dixit: En videant cæteri Christiani hunc Christianum suppliciis meis taliter addic-

tum, & ab hujusmodi pœnis sumant exemplum. Deniquè impiissimus Præfectus accepto consilio à quodam Severo Honorato jussit eum capitalem subire sententiam. Ductus autem à carnificibus beatus Quintinus ad locum suæ immolationis, petiit ab eis ut paululùm sibi orandi locum concederent. Quo impetrato in orationem se prosternens, dixit: Domine Jesu Christe, Deus de Deo, lumen de lumine, qui es, & qui eras ante mundi constitutionem, te deprecor in miseratione sanctâ tuâ, quem confiteor, quem corde retineo, quem videre desidero; pro cujus amore hoc corpus meum suppliciis tradidi, & nunc animam offero, suscipe ergo spiritum meum, & animam meam tibi toto desiderio oblatam, & ne derelinquas me, Rex pie, Rex clementissime, qui vivis & regnas cum Patre, in unitate Spiritûs sancti, per omnia secula seculorum. Hâc itaque oratione completâ, cervicem suam spiculatoribus offerens ait: facite nunc quod vobis præceptum est. At illi gladio evaginato sanctum Martyris caput amputaverunt.

(15) *En collum Sancti rabies truculenta*
recidit:

Exiit hinc nivea scandens super astra columba
Soma sacri testis Somenæ submergitur undis,*
Pondere plumbato ne lux pareret in alto.

Cùmque proprii sanguinis corpus roseis undis perfunderetur, statim felix ejus anima, carneâ mole soluta, visa est, velut columba candida, sicut nix, de collo ipsius exiisse, & liberrimo volatu cœlum penetrasse. Et vox de cœlo dilapsa est dicens: Quintine famule meus, veni, & accipe coronam quam tibi præparavi. Ecce adsunt undiquè angelorum chori, qui te victorem perducant in cœlestem Jerusalem. Sic

*Mot Grec, qui signifie Corpus.

igitur beatus Quintinus cœlos ingreditur, & pro cruciatibus hic patientissimè toleratis inæstimabiliter coronatus in sanctorum Martyrum sedibus collocatur. Porrò corpus ejus Rictiovarus præfectus diligenter custodiri jussit, & secreto noctis silentio, Somenæ fluentis immergere, & adjectione terræ, plumbi, cænique supplumbare, cavens ne fortè à religiosis Christicolarum viris honore debito veneraretur aut cum summâ veneratione, ut tanto Martyre dignumerat, sepulturæ traderetur.

(16) *Martyris ecce animam* QUINTINI
carne solutam
Angelicus cœtus perducit ad æthera lætus.

Complevit autem beatissimus Martyr Christi Quintinus felicissimi sui laboris cursum, & gloriosissimi triumphi certamen pridie Kl. Novembris. Cujus anima in æthera evecta & inter sacra beatorum Martyrum consortia suscepta. Corpus verò per annos fermè quinquaginta quinque, in aquæ fundo tumulatum extitit. Nam etsi hominum conspectibus negatum, & in profundissimo limo absconsum, custodiente quoque Christo, per tot annorum curricula mansit incorruptum, ostendens in corporis integritate, quam obtinebat in cœlestibus dignitatem. Ubi eum nunc pro nobis tantò plus apud Dominum intervenire optamus, quantò hic pio amore, ut sanctissimum Martyrem decet, ejus merita veneranda complectimur. Ad laudem & gloriam nominis Domini nostri JESU-CHRISTI cui sit laus, & gratiarum actio cum Deo Patre, & Spiritu sancto, nunc & semper, per immortalia secula seculorum. Amen.

(17) IN*CIPIT Passio sancti* QUIN*-*
TINI martyris, quæ est pridiè
Calendas Novembris.

Sanctùm, atque perfectum, & gloriosum triumphum Quintini referre martyrium. Non ei cordis concava naturalis alioquin examinâsse noscendum est, quantùm in ejus sensum Christi cœlestis infulsit mysterium. Obsecro itaque ut qui lecturi sunt, fidem dictis adhibeant, me non falsa scripsisse : alioquin melius est tacere quàm falsum dicere. Igitur in illo tempore sub Maximiano Imperatore multi Christiani persecutionem patiebantur propter regnum Dei, & fidem Domini JESU-CHRISTI : multi in montibus & in speluncis petrarum se abscondentes suffocabantur. Sanctus Quintinus unà cum beatissimo Lucio, quia & ipse Dei Martyr probatus est, ab urbe Româ se in hanc transtulit regionem : non illis causam martyrii renuentibus, sed ut Christus nobis pro delictis nostris intercessores largiri dignaretur. Cùm intrà Gallias Ambianensium civitatem pervenissent, loca in qua habitarent elegerunt. Sanctus vir Quintinus Ambianis resedit ; beatus Lucius Bellovacus expetiit, ut per signa, & orationes eorum, multorum animas salvare possent. Cæcos inluminavêre crucis signaculo ; paralyticorum membra pristinam receperunt sanitatem. Jejuniis & orationibus instantes, tanquàm monachi, omnibus horis Dominum deprecabantur. Tunc Rictiovarus expetiit à Maximiano Imperatore ut intrà Gallias præfector jam ageret potestatem. Veniens itaque ad Basulam civitatem, ubi Arola fluvius Renum ingreditur, ibidem multos Christianos demersit, quorum tumuli sub aquâ in testimonium in futurum reservantur.

Sic per universa loca factâ inquisitione Christianorum pervenit Ambianensium civitatem : audiensque de beati Quintini famâ quòd plurima signa per eum Dominus demonstraret in populo, eum comprehendi praecepit. Cùmque comprehensus est, & catenatus ; jussit eum carcere mancipari. Dùm in carcere duceretur, psallebat dicens : Cogitaverunt adversùm me, Deus ; ne derelinquas me, ne fortè exaltetur caput circuitûs eorum. Completo autem fine istius psalmi, iterùm dixit : Domine, Deus meus, eripe me de manu peccatoris, & de manu contra legem agentis, & iniqui, quia tu es patientia mea, Domine, à juventute meâ. Et sequenti die Rictiovarus jussit sibi tribunal sterni in consistorio, & sanctum Quintinum sibi exhiberi praecepit. Cùmque fuisset adductus, ait ad eum Rictiovarus, quod tibi nomen est ? Sanctus Quintinus respondit : Christianus sum, & Christum confiteor : tamen si certissimè scire vis nomen meum, Quintinus nuncupor. Rictiovarus dixit : Ex quâ progenie natus es ? Sanctus Quintinus respondit : Urbis Romae oriundus sum ; & filius Genonis senatoris. Rictiovarus dixit : Quid passus es, ut de tàm nobili genere, & talis viri filius, vanissimae te tradidisses religioni, & colas eum qui ab hominibus est crucifixus ? Sanctus Quintinus respondit : Libertas vera, & nobilitas est cognoscere factorem coeli & terrae, & omnium nostrorum Creatorem. Rictiovarus dixit : Quintine, recede ab hâc stultitiâ quâ teneris, & sacrifica Diis. Sanctus Quintinus respondit : Stultus non sum ; sed sapientiam quaero : nam illi stulti sunt, qui tibi obaudiunt, & sacrificant Diis, quia non sunt veritatis fidei, & lumen justitiae nesciunt ; sed sunt in tenebris, & in igne perpetuo cremabuntur. Rictiovarus dixit : Accede nunc, & sacrifica Diis, nam si

nolueris, per Deos juro, quia diversas poenas de te faciam. Sanctus Quintinus respondit : per Deum juro qui fecit coelum & terram, mare, & omnia quae in eis sunt, quia non pertimesco poenas tuas : celeriùs fac quod vis. Carnem meam habes in potestate ; animam verò meam non habes, sed solus Deus qui eam dedit. Tunc Rictiovarus furore commotus jussit eum tendi, & quaternionibus eum caedi praecepit. Cùmque caederetur sanctus Quintinus, elevavit oculos suos in coelum dicens : Domine, Deus meus, qui omnia nosti priùs quàm fiant, gratias ago tibi per gloriam virtutis tuae, quia propter nomen sanctum tuum haec patior : sed tu, Domine, Deus meus, da mihi indigno peccatori virtutem & fortitudinem auxiliatricem dexterae tuae, qualiter possim omnia tela inimici superare, & te jubente, confundere tribunal hujus Rictiovari, praefecti ; ut magnificetur in gentibus nomen tuum quod est benedictum in secula seculorum. Amen. Et vox de coelo dixit ei : Quintine, famule meus, constans esto, viriliter age ; ego autem adero tibi. Tunc factum est, ut qui eum caedebant, suprà pedes suos stare non possent ; & dùm eum caedi putabant, ipsi magis ab angelis torquebantur. Et exclamaverunt ad praefectum dicentes : Domine noster adjuva nos : nam & nos magis flagellis caedimur, & igne cremamur ; & jam nec loqui, nec stare possumus. Sanctus verò Quintinus nihil mali sentiebat, quem sanctus Spiritus suo defendebat auxilio. Praefectus dixit : Per Deos juro quia magus es, & maleficia tua praevalent. Tunc jussit eum carceri mancipari, dicens : Ducite eum in obscurum locum, ubi nec lumen videat, nec ullus de populo Christiano ad eum ingredi possit. Sanctus verò Quintinus psallebat dicens : Eripe me, Domine, ab homine malo : à viro iniquo libera me ;

quia cogitaverunt supplantare gressus meos: totâ die constituebant prælia : acuerunt linguas suas sicut serpentes ; venenum aspidum sub labiis eorum. Et insecutâ nocte cùm se sopori dedisset ; apparuit ei angelus Domini in visu dicens ad eum : Quintine, famule Dues, exsurge & ita in medio civitatis ; confortare, & corrobora omnem populum , ut credant in Dominum JESUM-CHRISTUM , & baptizentur, quia adpropinquabit redemptio eorum , ut & potiùs confundatur inimicus Domini Rictiovarus hic præfectus. Et evigilans sanctus Quintinus, cùm transisset primam & secundam custodiam venit in locum in quo ei dixerat angelus Domini , cœpit prædicare & laudare nomen Domini qui tantas virtutes per JESUM-CHRISTUM filium suum Dominum nostrum in semetipsum ostendere dignatus est in populo, dicens : Viri fratres , audite me , & convertimini à viis vestris malignis , & baptizemini in nomine Patris ; & Filii , & Spiritûs sancti, qui fecit cœlum & terram, mare , & omnia quæ in eis sunt ; qui mortuos suscitavit , cæcis visum restituit ; languentes sanavit , mulierem à fluxu sanguinis velociùs liberavit, leprosos mundavit , paralyticos ambulare fecit , in Chanâ Galileæ de aquâ vinum fecit , & multa mirabilia ostendit quorum non est numerus , & nunquàm dereliquit servos suos, sed liberavit eos à tribulatione. Et cùm prolongasset sermonem , crediderunt in eum viri sexcenti. Et evigilantes custodes invenerunt carcerem clausum , & neminem intùs. Currentes igitur cum magno tremore invenerunt eum in medio populorum prædicantem verbum Domini. Currentes igitur nuntiaverunt præfecto dicentes: Verè magnus est Deus Christianorum in quem credere oportet ; quem per famulum suum Quintinum cognovimus ; nam notum ti-

bi sit quia Dii tui infirmi sunt , & ipsi qui tibi obaudiunt non sunt veritatis fidei, & lumen justitiæ nesciunt ; sed sunt in tenebris , & in igne perpetuo cremabuntur. Rictiovarus dixit : Ergò magi effecti estis ; qui dixerunt : Nos magi non sumus ; sed sumus confessores Filii Dei JESU-CHRISTI Domini nostri, qui fecit cœlum & terram, mare , & omnia quæ in eis sunt. Rictiovarius dixit : Insana loquimini ; nihil est ista vestra credulitas ; recedite à me, insipientes , & stulti corde. Et tunc recesserunt ab eo. Rictiovarus fremens , & stridens dentibus suis, dixit : Si Quintinum ego non interficio , & deleam nomen ejus de terrâ , multos seducet ad istam vanam , & seditiosam sectam, & peribit honor Deorum nostrorum. In ipso igitur die jussit sibi exhiberi beatum Quintinum ; & dixit ei : Frater Quintine, erubesco, & confundor pro tuâ nobilitate , ut de tantis opibus divitiarum quæ fuerunt tibi , & parentibus tuis , tàm facilè ista te invasit insania, ut omnia derelinqueres , ita ut pauper & mendicus esse videaris. Sed modò audi meum salubre consilium ; accede nunc, & sacrifica magnis Diis per quos cœlum constat ; & ego in te magnam conferam dignitatem ; & mittam ad sacratissimum Imperatorem , ut omnes divitias, quas dereliquisti tibi restituat , & purpurâ & bisso operiaris , & honorem magnum accipias ; zonâ aureâ circumderis. Sanctus Quintinus respondit : Lupe rapax ; stulte, insipiens, in quo non est intellectus sicut in cane rabido, putas tu donum Dei pecuniâ ævertere ? tecum eant opes tuæ in perditionem ; me autem non potes mutare à sensu meo quem habeo in Christo Jesu Domino nostro à pueritiâ meâ ; non cognoscis, infelix , quòd non est pauper qui ad Christum mendicat , & hîc & in futuro seculo vitam æternam possidebit ;

nam & poteſtas veſtra cæca & caduca eſt; honor veſter temporalis; nam Chriſti honor quem dat diligentibus ſe finem non habet, ſed permanebit in æternum. Rictiovarus dixit: ergò conſilium magis tenuiſti mori quàm vivere. Sanctus Quintinus reſpondit: hæc mors non eſt, ſed vita, ſi perſeveravero in tormentis iſtis quæ mihi à te inferentur. Rictiovarus dixit: per magnos Deos juro, quia celeriùs te faciam puniri. Sanctus Quintinus reſpondit: Dominus mihi adjutor eſt; non timebo quid mihi faciat homo. Tunc Rictiovarus furore commotus juſſit eum ad trocleas torqueri, ità ut membra ejus ſepararentur, & reſticulis ferreis eum cædi præcepit, & oleum candens, & picem & adipem ferventem ſupra dorſum ejus infundere præcepit. Inſuper & lampades candentes ad latera ejus adplicari præcepit. Cùmque adplicuiſſent, ſanctus Quintinus ad Rictiovarum dixit: Furcifer, mens diabolica, filius iniquitatis, iſta omnia quæ mihi à te inferuntur, non dolorem, ſed refrigerium, mihi præſtant, tanquam ros qui de cœlo deſcendit ſuper herbam. Rictiovarus dixit: adferte mihi calcem, & acetum & ſinapi, & infundam in os ejus, vel ſic taceat, ut non ampliùs plebem meam debilitet. Sanctus Quintinus dixit: quàm dulcia faucibus meis eloquia tua, Domine, ſuper mel & favum ori meo! Rictiovarus dixit: per magnos Deos Aſclæpium, & Hypocratem, & Jovem, & Apollinem, & Merçurium, Solem & Lunam, quia Romæ te faciam vinctum repræſentari; ubi tu multis tormentis ſubjiciaris coram magno Imperatore, cui tu fugâ lapſus effectus es. Sanctus Quintinus dixit: & hìc & illìc Deus eſt, qui veſtras ſuperabit inſanias; ſed ego confidens ſum curſum vitæ meæ in hâc provinciâ me accepturum. Tunc Rictiovarus juſſit ponderoſis catenis collum ejus circumdari, & mi-

litibus præcepit, dicens: ite, & vos diligenter cuſtodite eum, quò uſquè & ego proſequar. Egreſſi itaque in itinere quò eis fuerat imperatum, ſanctus Quintinus pſallebat, dicens: Domine, vias tuas notas fac mihi, & ſemitas tuas edoce me. Et iterùm: deduc me, Domine, in viâ tuâ, & ambulabo in veritate tuâ; lætetur cor meum, Deus, ut timeat nomen tuum quod benedictum in ſecula ſeculorum; amen. Cùmque perveniſſent in quoddam municipium quod AUGUSTA VIROMANDUORUM nuncupatur; in eodem loco juſſerat eum exſpectare: non quaſi ex hoc imperare debuiſſet, ſed Chriſtus athletam ſuum voluit in ipſo loco curſum finis accipere. Veniens ipſe Rictiovarus poſterâ die, ſanctum Quintinum ſibi offerri præcepit, dixitque ei blandis ſermonibus: frater Quintine, adhuc patiens ſum in te; conſenti mihi, & ſacrifica magnis Diis, Jovi & Apollini, & ſi nolueris Romam reverti, in hâc provinciâ te faciam magnis opibus ditari; & mittam relationem ad ſacratiſſimum Imperatorem, ut te principem & judicem conſtituat in loco iſto. Sanctus Quintinus reſpondit: jam ſæpiùs tibi dixi; non ſacrificabo Dæmoniis qui cœlum & terram non fecerunt; ipſi pereant & qui ſerviunt eis, quia ſunt ſculptilia opera hominum manu facta, abſque auditu, ſine ullius flatu, abſque greſſu, in quo nec eloquium neque ſpes eſt, quia propheta dixit: ſimiles illis fiant qui faciunt ea, & omnes qui confidunt in eis. Tunc Rictiovarus juſſit vocari fabrum ferrarium, ut faceret tarincas duas quæ ad cervicem uſque ad crura ejus adtingerent, & alias decem quæ inter ungulas & carnem mitterentur ſimiliter in digitis ejus. Et ut breviter cuncta perplectar, fecit faber quod ei fuerat imperatum. Præfectus in ſancti Quintini cervices transfigere præcepit; ſimiliter in digitis ejus candentes tarincas intulit, dicens : Christiani ab hâc pœnâ habeant exemplum. Tunc Rictiovarus accepit confilium à quodam Severo Honorato, ut eum capitalem juberet subire fententiam. Cùmque adductus fuifletin eum locum ubi curfum finis, & confummationem eflet accepturus, petiit ad percufforem ut paululùm orationi vacaret. Cùm ergò occubuiffet oravit, dicens : Domine JESU-CHRISTE, lumen verum, qui es, & qui eras ante mundi conftitutionem, qui cœlum palmo metifti, & terram pugillo, qui producis nubes ab extremo terræ, & ventos de thefauris tuis, qui vocas ea quæ non funt tanquam ea quæ funt ; qui folem tuum oriri facis fuper bonos & malos, & jubes pluere fuper juftos & injuftos : te deprecor in veritate fanctâ tuâ, Chrifte, quem confiteor, quem retineo, quem cernere defidero ; cui me tradidi ex toto corde meo & ex totâ animâ meâ, & ex totis vifceribus meis, fufcipe fpiritum meum & animam meam ; ne derelinquas me ufque in fempiternum, qui regnas, Chrifte, in fecula feculorum ; amen. Hæc cùm dixiffet, cervices fuas percufforibus obtulit, dicens : facite nunc quod vobis præceptum eft. At illi, abftracto gladio, caput ejus amputaverunt. Illo facro fanguinis undâ perfufo, ftatim exiit de collo ejus columba candida tanquam nix, quæ cœlos penetravit ; & vox de cœlo facta eft, dicens : veni, Quintine, famule meus, accipe coronam tibi præparatam ; fufcipiant te angeli mei, & perducant te in cœleftibus Hierufalem. Tunc Rictiovarus juffit cuftodiri corpus beati viri Quintini ufque in noctem ; & fecretè juffit in fluvium fubplumbari corpus ejus, & de limo terræ cooperiri præcepit, dicens : ut nec corpus beati viri à populo chriftiano honorem aut laudem acciperet. Confummavit autem martyrium pridiè calendas Novembris. Aqua autem illi fuit tumulus annis circiter quinquaginta & quinque.

INVENTIO corporis beati QUIN-TINI, martyris.

Expletis igitur his diebus voluit Deus oftendere huic plebi occultatum thefaurum. Sufcitavit Dominus Deus quamdam matronam ab urbe Româ, nomine Eufebiam, opibus valdè divitem, & nobilem natalibus ; cujus erat locupletatio magna, & infinitus familiæ numerus ; & minifterium copiofum. Et hæc cæca erat effecta per annos novem. Cùmque promptiffimè Dominum deprecaretur, apparuit ei angelus Domini in vifu, dicens : Eufebia, exaudita eft deprecatio tua ; furge & vade ; intrà Gallias require locum qui dicitur AUGUSTA VIROMANDUORUM, juxta fluvium qui dicitur SUMENA, ubi tranfit agger publicus, qui venit de Ambianenfium civitate ; & pergit contra Lugdunum-Clavatum. In ipfo igitur loco require, & invenies fub aquâ corpus fancti Quintini, martyris mei. At ubi revelata latentia per te in populo fuerint demonftrata, ftatim oculorum recipies lumen ; & fano corpore & firmâ mente ad tuum redies tugurium. Cùmque bis vel ter hæc vifio apparuiffet, & illa de fide credulitatis non dubitans, iter quod ei angelus nuntiavit proficifci conabatur. Juncxit curriculos fuos, & omnia quæ ei erant neceffaria fecum duxit, pueros & puellas & minifterium copiofum. Si corpus beati viri inveniret, linteamina ad fepeliendum fecum levavit. At ubi intrà Gallias, angelo comitante, ingreffa eft, celeriter ubi defiderabat pervenit itaque videlicet in eumdem locum quem illi angelus Domini per vifum oftenderat. Tunc fenex, nomine Eraclianus, in viâ ei obvius fuit. At illa diligenter cœpit fcifcitari ubinam esset locus, vel municipium qui Viromanduorum nuncupatur. Senex respondit: jam in proximo est. At illa inquit ad eum : Domine, dic mihi, rogo & precor, quòd si aliquo tempore quemdam Christianum, Quintinum nomine, à persecutoribus interfectum, nosti? At ille respondit, dicens: audivi itaque, sed jam longum temporis est ex quo hæc exacta sunt. Eusebia verò interrogavit eum, dicens : corpus illius gloriosissimi Martyris nosti ubi positum sit? Senex respondit, dicens: nescio, Domina. At illa dixit : per Dominum te specialiter rogo, ut mihi ostendas ubi agger publicus hunc fluvium transit? Et pergentes simul, senex ostendit illi, dicens: ecce locus. Tunc præfata matrona, figens in terrâ genua, inclinans caput, simulque manibus pectus percutiens, orabat, dicens: Domine, Deus Abraham, Deus Isaac, Deus Jacob, Deus prophetarum, Deus apostolorum, Deus, cujus nutu cuncta gubernantur; Deus, per quem elementa patent; per te tonitrua & fulgura atque coruscationes desiliunt; te, Deus, Pater omnipotens, deprecor, exaudi me, humilem peccatricem, sicut exaudisti Tobi & Sarram, dùm orarent in atrio domûs suæ; ita me exaudire digneris, sicut exaudisti Moïsen & Aaron, & ostendisti illis ossa patris nostri Joseph; quomodò revelasti desiderium beatæ Helenæ, & ostendisti ei occultatum thesaurum : ita mihi indignæ peccatrici ostendere digneris venerabile pignus quod propter nomen sanctum gloriæ tuæ passum est. Ita, Domine, pater omnium seculorum, ne me patiaris ab hoc loco discedere, nisi inveniam quod desiderat anima mea, ut videant oculi mei salutare tuum, & magnificetur in gentibus nomen tuum quod est benedictum in secula. Et ut implevit orationem suam, statim commotus est locus ubi sanctum corpus

sub aquâ jacebat, & quasi crispantes undæ dorso submittebant. Venerabile verò corpus sub aquas natare cœpit. Caput ejus per alium meatum exiliens. Tunc fidelissima mulier cum gaudio & tremore suscipiens : non illud tumor aut livor invaserat; sed erat candidum tanquam nix, & velut rosarum aut liliorum odor, & sicut flagrantia agri pleni quem benedixit Dominus, & sicut alabastrum unguenti pretiosi, sic omnes qui aderamus implevit, ita ut omnia delectamenta mundi nobis abolita esse viderentur. Tunc fidelissima mulier acceptum venerabile corpus involutum in linteamine mundo voluit VIRMANDIS CIVITATEM sepeliri. Cùmque in itinere proficiscerentur, venerunt in municipium quod vocatur AUGUSTA VIROMANDUORUM ; deponentes eum quia præ pondere ambulare non poterant. Videns hæc quæ agebantur præfata matrona, eum ibidem sepelivit, & super sepulchrum ejus cellulam ædificavit. Et pro beneficio sepulturæ statim exiit ab oculis ejus tanquam squammæ, & lumen oculorum recepit; & ipsa in se sensit rediisse virtutem sicut in adolescentiâ esse consuevrat vegetata. Et quanticumque ibi in ipsâ horâ infirmi venerunt, pristinam receperunt sanitatem. Fluvius autem SOMENA inter valla vastâ congerie, & humore palustri dextrâ lævâque est circumdatus. Et tarincas illas quæ in sanctum corpus fuerant confixæ, ex ipsis accipiens fidelissima mulier, pro reliquiis corporis secum portavit. Et sano corpore cum suis omnibus reversa est in suâ provinciâ; & multa dona reliquit in ministerium pauperum. Sepelivit autem corpus beati Quintini, martyris, octavo calendas Julias post gloriosissimam resurrectionem Domini nostri JESU-CHRISTI, cui est honor & gloria in secula seculorum, Amen.

AUTRES ACTES ANCIENS de la Passion de saint QUENTIN, & de l'invention de son corps par sainte Eusébie, extraits d'un manuscrit de Saint-Maur, près de Paris, conféré avec un autre de la bibliotheque de Saint - Germain des Prés.

PASSIO BEATISSIMI QUINTINI : *Quod est pridiè Calendas Novembris.*

Sanctum atque perfectum, & gloriosum sancti Quintini referre triumphum, non mei cordis cogitationes. Aliis noscendum est, quantum in ejus sensum Christus cœleste infulfit misterium. Obsecro itaque qui lecturi estis, ut fidem dictis adhibeatis, & me non falsa scripsisse : alioquin melius est tacere, quàm falsa dicere.

Igitur illo tempore Maximiani imperatoris, multi Christiani persecutionem patiebantur propter regnum & fidem Domini nostri JESU-CHRISTI ; multi montibus & speluncis petrarum se abscondebant, & alii quidem absconsi suffocabantur. Sanctus verò Quintinus unà cum beatissimo Luciano, qui & ipse martyr à Deo probatus est ab urbe Româ se in hanc transtulerunt regionem ; non illi causam martyrii renuentes, sed ut Christus nobis pro debitis nostris intercessores largiri dignaretur. Cùm intra Gallias Ambianis civitatem pervenissent, loca in quibus habitarent, elegerunt. Sanctus verò Quintinus Ambianis residit ; beatus Lucianus Bellovacus petiit, ut per signa, & orationes eorum, multorum animæ salvari possent ; cæci illuminati crucis signaculo ; paralitici membrorum pristinam receperunt sanitatem ; jejuniis & orationibus instantes, tanquam monachi, omnibus horis deprecantes Dominum.

Factum est autem in illis diebus ut persecutio insurgeret Christianorum per universum orbem terrarum. Rictiovarus expetiit à Maximiano imperatore, ut intra Galliam præfecturæ ageret potestatem. Veniens itaque Basilicam civitatem ubi Ariolâ Fluvius in Rhenum ingreditur ; ibidem multos Christianos demersit, quorum unda fluminis corpora, animas verò Christus suscepit in astris. Sic per universa loca facta est inquisitio de Christianis. Rictiovarus præfectus pervenit Ambianensium civitatem, audiens de beato Quintino famam, quòd plurima signa per eum Dominus in populo demonstraret, sic eum comprehendi præcipit ; cùmque comprehensus esset, catenatus jussit in carcere mancipari. Ducentibus autem ministris, Daviditum illud psallebat, dicens : cogitaverunt adversùm me, Deus, ne derelinquas me, ne fortè exaltentur ; caput circuitus eorum, labor labiorum ipsorum operiet eos. Completo autem fine istius psalmi, iterùm dixit : Domine, Deus, eripe me de manu peccatoris, & de manu contra legem agentis, & iniqui, quia tu es patientia mea, Domine, spes mea à juventute meâ.

Et sequenti die Rictiovarus jussit sibi tribunal sterni in consistorio, & sanctum Quintinum exhibere præcepit. Cùmque fuisset adductus, ait ad eum : quod tibi nomen est ? Quintinus respondit : Christianus sum, & Christum credo corde & ore. Si tamen certissimè nomen meum scire vis, Quintinus nuncupor. Rictiovarus dixit : ex quâ progenie es ? Sanctus Quintinus respondit : urbis Romæ oriundus sum ; & filius sum Zenonis, senatoris. Et præses, quidnam est, ait, quòd persona tàm nobilis, & tanti viri filius tàm superstitiosis religionibus te tradideris, ut colas eum qui ab hominibus est crucifixus ? Quintinus respondit : libertas vera & nobilitas
est

eſt cognoſcere factorem cœli & terræ, &
omnium noſtrorum, & creaturarum. Rictiovarus dixit : Quintine, recede ab hâc
ſtultitiâ quâ teneris, & ſacrifica Diis. Quintinus reſpondit : ſtultus non ſum, ſed ſa-
pientiam quæro : illi autem ſtulti qui tibi
obediunt & ſacrificant ; illi non ſunt veritatis fidei, & lumen juſtitiæ non ſciunt, ſed
ſunt in tenebris & in igne perpetuo cremabuntur. Rictiovarus dixit : accede nunc,
& ſacrifica Diis ; nam ſi nolueris, per Deos
juro, diverſis te pœnis faciam interficere.
Sanctus Quintinus reſpondit : per Deum
juro, qui fecit cœlum & terram, & omnia quæ in eis ſunt, quia non pertimeſco
minas tuas ; celeriùs fac quod vis : paratus
ſum. Carnem meam habes in poteſtate ;
animam meam non habes : ſolus ille habet
qui eam dedit. Tunc Rictiovarus, furore
commotus, juſſit eum tundi, & quaternionibus eum cædi præcipit. Cùmque cæde-
rent, Sanctus elevavit oculos ſuos in cœlum, dicens : Domine, Deus meus, qui
omnia noſti priùs quàm fiant, gratias ago
tibi pro gloriâ virtutis tuæ, gloriâ gratiæ
tuæ, quia propter nomen ſanctum tuum
hæc patior ; ſed, Domine, Deus meus,
da indigniſſimo peccatori fortitudinem &
virtutem auxiliatricem dexteræ tuæ, qualiter poſſim omnia tela inimici ſuperare,
&, te jubente, confundere tribunal hujus
Rictiovari, præfecti, ut magnificetur in
gentibus nomen tuum quod eſt benedictum in ſecula ; amen. Et vox de cœlis dixit ei : Quintine, famule meus, conſtans
eſto ; viriliter age ; ego autem adero tibi.

Tunc factum eſt ut qui eum cædebant
ſtare non poſſent ſub pedibus, & dùm cædere putarent, ipſi magis ab angelis torquebantur ; exclamaverunt, præfecto dicentes :
Domine, tu nobis adjuva ; nam & nos
magis flagellis cædimur, & igne cremamur ; ut audiri, nec loqui, nec ſtare poſſi-

mus. Sanctus verò Quintinus, nihil mali
ſentiebat quem Spiritus ſanctus ſuo defendebat auxilio. Rictiovarus dixit : per Deos,
iſte magus eſt, & maleficia ſua prævalent.

Tunc juſſit eum in carcere recipi, dicens :
ducite eum in obſcuriorem locum, ubi nec
lumen videat, nec ullus de populo ad eum
ingredi poſſit. Sanctus verò pſallebat, dicens : eripe me, Domine, ab homine
malo ; à viro iniquo libera me : quia cogi-
tavit ſupplantare greſſus meos ; totâ die
conſtituit prælia ; acuit linguam ſuam,
ſicut ſerpens ; venenum aſpidum ſub labiis
ejus. Et inſecutâ nocte, cùm ſe ſopori de-
diſſet, apparuit ei angelus Domini, & ait
ad eum : Quintine, exurge, & ſta in mediâ civitate, & conſortare ; & corrobora
omnem populum, ut credant in Domino
Jesu-Christo, & baptiſentur. Evigilans
autem S. Quintinus ; & cùm tranſiſſet primam & ſecundam cuſtodiam, venit in locum
in quo dixerat ei angelus Domini prædicans
quantas virtutes per Jesum - Christum
Filium ſuum Deus in ſemet-ipſo oſtendere
dignatus eſt, & dicens eis : viri fratres, audite me, & convertimini à viis veſtris malignis, & baptizemini in nomine Patris, &
Filii & Spiritûs ſancti, qui fecit cœlum &
terram, mare, & omnia quæ in eis ſunt ;
qui mortuos ſuſcitavit ; cæcis viſum reſti-
tuit ; languentes ſanavit ; mulierem à fluxu
ſanguinis liberavit ; leproſos mundavit ;
paraliticos ambulare fecit ; in Chanâ Gali-
læé aquam vinum fecit, & multa mirabilia
oſtendit quorum non eſt numerus : ad
ultimum, voluit pro ſalute noſtrâ crucis
patibulo affigi ; in ſepulchro poni, & die
tertiâ reſurgere : ſicque per dies quadraginta
diſcipulis ſuis manifeſtatur, aſcendit in cœlum ; & promiſit ſperantibus in ſe ſemper
adſtiturum : nunquàm enim dereliquit ſer-
vos ſuos, ſed liberavit à tribulatione,

Et cùm prolongasset sermonem, crediderunt multi. Evigilantes custodes invenerunt carcerem clausum, & neminem intùs invenientes; & concurrentes invenerunt eum in medio populi prædicantem verbum Domini. Recurrentes igitur cum magno tremore, nuntiaverunt præfecto, dicentes : verè magnus est Deus Christianorum in quem credere oportet : notum tibi sit quia Dii tui infirmi sunt, & ipsi qui tibi obediunt : adorare eum jam nobis sufficit vivum & verum Deum quem per famulum suum Quintinum cognovimus.

Tunc præfectus misit, & jussit sanctum Quintinum in suum adduci conspectum, cui & dixit : Quintine, audi me, & sacrifica ; & dona multa à me accipies, & zonâ aureâ circumdaberis. Sanctus Quintinus respondit : lupe rapax, stulte & insipiens, in quo non est intellectus sicut in cane rabido, putas tu te donum Dei pecuniâ avertere? Abeant opes tuæ tecum in perditionem : me autem non poteris mutare à sensu meo quem habeo in CHRISTO-JESU Domino nostro à pueritiâ meâ. Nunc cognosce, infelix, quòd non est pauper qui in Christo mendicat nec tunc nec in futuro. Rictiovarus dixit : ergò hæc consilio tenuisti ; magis vis mori quàm vivere ? Quintinus respondit : hæc mors non est, si perseveravero in tormentis quæ à te mihi inferuntur. Rictiovarus dixit : per magnos Deos juro, quia celeriùs te facio punire. Quintinus respondit : Dominus mihi adjutor est ; non timebo quid faciat mihi homo. Tunc Rictiovarus, furore commotus, jussit eum trochleis torqueri ; ita ut membra ejus separarentur, & resticulis ferreis cædi præcipit, & oleum candentem, & picem & adipem ferventem super dorsum ejus infundi : insuper & lampades ardentes ad latera adplicare.

Cùmque adplicuisset hæc omnia, sanctus Quintinus dixit ad Rictiovarum : furfremens, diabolus, filius iniquitatis, ista omnia quæ à te mihi inferuntur, non dolorem, sed refrigerium mihi præstant ; tanquàm si ros de cœlo descendit in herbam. Rictiovarus dixit : afferte mihi calcem & acetum, & sinapem, ut infundam in os ejus, vel sic taceat, ut non ampliùs hanc plebem suis suasionibus, vel verbis valeat illudere. Sanctus verò Quintinus dixit : quàm dulcia faucibus meis eloquia tua, Domine, super mel & favum ori meo ! Rictiovarus dixit : per magnum Jovem, Æsculapium, & Hippocratem, & Mercurium, & Solem & Lunam, juro, quia Romam te faciam vinctum præsentare, ubi multis tormentis subjiciaris coram Domino Imperatore cui tu jugalis effectus es. Sanctus Quintinus dixit : Et hîc & illic Deus est qui vestram superabit insaniam : sed ego confidens sum, mutationem in hâc provinciâ accepturum. Tunc Rictiovarus jussit ponderosas catenas circa collum ejus circumdari, & militibus præcepit dicens : ite, diligenter custodite, & ducite eum usque & ego vos prosequar.

In itinere verò Sanctus Quintinus psallebat dicens : Domine, vias tuas notas fac mihi, & semitas tuas edoce me. Et iterùm : deduc me, Domine, in viâ tuâ, & ambulabo in veritate tuâ. Lætetur cor meum, Deus, ut timeam nomen tuum. Cùmque pervenissent in quoddam municipium quod AUGUSTA-VIROMANDUORUM nuncupatur, in eodem loco eum jusserat exspectare, nesciens quia Christus voluit in ipso loco athletam suum cursûs finem accipere. Veniens autem ipse Rictiovarus posterâ die, sanctum Quintinum offerri præcipit ; dixitque ei blandis sermonibus : Frater Quintine, adhuc patiens sùm in te : consenti mihi, & sacrifica Diis

Jovi & Apollini: si nolueris Romam reverti, in hâc provinciâ te faciam magnis opibus ditare & mittam ad sacratissimum Imperatorem, ut te principem in loca ista constituat. S. Quintinus dixit : jam sæpiùs tibi dixi, non sacrifico dæmonibus qui cœlos & terram non fecerunt : ipsi pereant, & qui serviunt eis ; qui sunt sculptilia opera manuum hominum absque auditu , sine ullo flatu, absque gressu, in quibus nec eloquium, nec spiritus est ; sicut dixit Propheta: similes illis fiant qui faciunt ea , & omnes qui confidunt in eis.

Tunc Rictiovarus jussit vocari fabrum ferrarium ; ut faceret taringas duas quæ attingerent à cervice usque ad crura ejus ; alias decem , quæ inter ungulas & carnem vel in digitos ejus mitterentur : & ut breviter cuncta perplectar ; fecit faber quod ei fuerat imperatum. Sic præfectus in Sancti cervices transfigere & inserre præcipit : similiter & in digitos ejus candentes taringas intulit , dicens : ut cæteri Christiani ad hanc pœnam habeant exemplum. Tunc accepit consilium à quodam Severo Honorato, ut eum capitalem juberet subire sententiam.

Cùm autem ductus fuisset in locum ubi cursûs consummationem accepturus erat, petiit à persecutoribus , ut paululùm orationi vacaret. Cùm ergò accubuisset, oravit, dicens : Domine, JESU-CHRISTE , luminum lumen qui es , & qui eras ante dispositionem mundi, qui cœlum palmite, & terram pugillo tenes ; qui ducis nubes ab extremo terræ ; qui producis ventos de thesauris tuis ; qui vocas ea quæ non sunt tanquam ea quæ sunt ; qui solem tuum oriri facis super bonos & malos ; pluis super justos & injustos: te deprecor, agie, in virtute tuâ , Christe ; quem confiteor, quem retineo, quem cernere me desidero, cui me tradidi ex toto corde & ex totâ

animâ meâ, ne derelinquas me in sempiternum , Christe , qui regnas in secula seculorum, Amen.

Hæc cùm dixisset cervices suas persecutoribus , obtulit, dicens : facite quod vobis præceptum est ; at illi abstracto gladio caput ejus amputaverunt ; statimque exiit de collo ejus columba candida tanquam nix , quæ cœlos penetravit ; & vox de cœlis , dicens ei : Quintine , famule meus, veni, accipe coronam quam tibi præparavi ; suscipient enim te angeli mei , & perducent te in cœlesti Jerusalem. Tunc Rictiovarus jussit custodiri corpus beatissimi viri usque in nocte , & secretò jussit in fluvium subplumbo submergi, & de limo terræ cooperiri præcepit, ne corpus Beati à populo christiano honorem & laudem acciperet.

INVENTIO beatissimi QUINTINI, martyris , quæ facta est octavo Calendas Julii.

Sanctorum Martyrum beata certamina, & triumphos gloriosorum testium Christi prædicare, Christo sunt præconia dicere : quia cujus illi membra extiterant , ipse in eis vicerat ; ac per hoc ad illum totius victoriæ laus, palmaque redundant. Christus enim martyrum rex, martyrum est forma, martyrum virtus, martyrum victoria. Ipse permittit pati , & ipse patitur ; ipse vincit, & ipse coronat. Totum ergò sanctorum martyrum, totum est Christi à quo martyrii beata manavit conditio, quâ nunc sanctorum multitudo redimita corruscat ; quorum pia certamina quamvis nostra longè præcesserint tempora, sacris tamen scriptis indita accepimus, & gestorum ordinem, Christo favente, cognoscimus. E quibus beati Quintini gloriosa facta recensentes sanctam passionem ejus scribendam, nec otiosum duximus, secundùm quod ejusdem passionis ordinem fideliter, ut credimus, ad nos usque delatum accipimus. Restat ut aliquid de inventione corporis ejus dicamus, cujus nos meritis adjuvari optamus, quem cum Christo, & in Christo inæstimabili dignitate regnare, & gloriari perpetuò confidimus.

Consummavit itaque martyrium pridiè Calendas Novembris. Aqua autem ei fuit tumulus annos circiter quinquaginta quinque. Expletis autem his diebus, voluit Deus ostendere huic plebi occultatum thesaurum. Suscitavit Dominus Deus quamdam matronam ab urbe Româ, nomine Eusebiam, opibus divitem, & nobilem natalibus, cujus erat locupletatio magna, & infinitus familiæ numerus, & ministerium copiosum. Et hæc cæca effecta per annos octo. Cùmque Dominum deprecaretur, apparuit ei angelus Domini, dicens: Eusebia, exaudita est deprecatio tua, surge & vade intrà Gallias, require locum qui dicitur AUGUSTA - VIROMANDUORUM, juxta fluvium qui dicitur SUMMA, ibi transit iter publicum quod venit de Ambianensium civitate, & pergit contra Lugdunum-Clavatum. In ipso igitur loco require, & invenies sub aquâ corpus sancti Quintini, martyris mei, ac ubi latentia revelata in populo fuerint, & demonstrata, statim oculorum tuorum lumen recipies, & sano corpore, & firmâ mente, tuam redies domum.

Cùmque bis vel ter hæc visio ei apparuisset, illa de fide credulitatis non dubia, iter quod ei angelus annuntiavit proficisci conabatur. Junxit currus suos, & omnia quæ in viâ ei erant necessaria, secum duxit pueros & puellas, & ministerium copiosum, ut si corpus beati viri inveniret, & linteamina ad sepeliendum secum levavit.

At ubi intrà Gallias ingressa est, celeriter ubi desiderabat pervenit. Itaque in eodem loco quem ei angelus Domini per visum ostendit, venit. Tunc quidam senex, Eraclius nomine, in viâ ei obvius fuit, & illa cœpit diligenter eum sciscitari ubinàm esset locus, vel municipium quod Augusta-Viromanduorum nuncupatur. Senex inquit in proximo est, Domina. Et illa: dic mihi, rogo, si aliquo tempore quemdam christianum, Quintinum nomine, audiveris à persecutoribus interfectum fuisse. At ille respondit: audivi quidem, sed jam à longo tempore est, ex quo hæc acta sunt. Eusebia verò iterum interrogavit eum, dicens: corpus illius gloriosi Martyris ubi repositum sit? Senex respondit: nescio. Illa dixit: per Deum te specialiter rogo, & per Omnipotentem conjuro, ut mihi ostendas ubi iter publicum in hunc fluvium ingreditur, & transit. Et pergentes simul, senex ostendit illi, dicens: ecce locus. Tunc præfata matrona figens in terrâ genu, inclinans caput, simulque manibus percutiebat pectus, dicens: Domine, Deus Abraham, Deus Isaac, Deus Jacob, Deus Prophetarum, Deus Apostolorum, Deus Martyrum, Deus Patrum nostrorum & omnium Confessorium, Deus, cujus nutu cuncta gubernantur, Deus, per quem elementa quatiuntur, nascuntur tonitrua, & coruscationes desiliunt: te, Deus, Pater omnipotens, deprecor exaudire me humilem peccatricem, sicut exaudisti Tobiam & Saram, dùm orarent in atrio domûs suæ, ita me exaudire digneris, sicut exaudisti Moisen & Aaron, & te illis ostendisti, sicut beatæ Helenæ ostendisti occultum thesaurum, ita mihi peccatrici ostendere digneris venerabile pignus quod propter nominis tui sancti gloriam passus est. Ita, Domine, Pater seculorum omnium, ne me patiaris ab hoc loco discedere, nisi ut inveniam quòd defiderat anima mea , ut videant oculi mei falutare tuum , ut magnificetur in gentibus nomen tuum quod eft benedictum in fecula feculorum. Amen.

Et ut implevit orationem fuam, ftatim commotus eft locus, ubi fanctum corpus fub aquâ jacebat ; & undæ quafi crifpantia dorfa fubmittebant. Venerabile ergò, ut audivit, corpus fuper aquam natare cœpit ; caput autem ejus per alium meatum exilivit. Tunc fideliffima mulier cum gaudio & tremore fufcipiens, non illud tumor & livor invaferat , fed erat candidum tanquàm nix , & velut rofarum aut liliorum odor agri pleni quem benedixit Dominus , & ficut alabaftrum unguenti pretiofi , fic omnes qui aderamus , implivit, ita ut omnia delectamenta mundi hujus nobis in oblivionem effe viderentur. Tunc fideliffima mulier , acceptum venerabile corpus & involutum in linteamine mundo , voluit VIROMANDIS civitate fepelire illud. Cùmque itinere proficifcerentur , venerunt in municipium AUGUSTAM-VIROMANDUORUM , deponentes eum , quia præ pondere ambulare non poterant. Igitur videns hæc præfata matrona quæ agebantur , illud ibidem fepelivit , & fuper fepulchrum ejus cellulam pro beneficio fepulturæ ædificavit. Statim exiit ab oculis ejus albugo tanquam fquamma , & lumen oculorum fuorum recepit , & ipfa in fe fenfit rediffe virtutem , ficut in adolefcentiâ fuâ effe confueverat. Et quanticumque in ipfâ horâ infirmi venerunt , priftinam receperunt fanitatem. Taringas autem illas quæ in fanctum corpus fuerant confixæ accipiens fideliffima mulier pro reliquiis corporis fecum portavit ; & , fano corpore , cum fuis omnibus reverfa eft in fuam provinciam ; & multa dona reliquit in minifterio pauperum. Sepelivit autem corpus beatiffimi Quintini , martyris , oc-

tavo Calendas Julias poft refurrectionem Domini noftri JESU-CHRISTI , cui eft honor & gloria in fecula feculorum. Amen.

ACTES de l'Invention du Corps de faint QUENTIN par fainte Eufébie , paraphrafés par Raimbert , Chanoine de l'églife dud. Martyr.

(18) *Hic locus Eufebiæ , quo lux eft reddita cæcæ ,*
Dùm levat hic corpus , caput allevat illaque rurfus.

Depofitum quod annis fermè quinquaginta quinque in fluminis fundo latuerat occultatum , & Chrifto cuftodiente manferat incorruptum , corpus videlicet beatiffimi Quintini, martyris Chrifti, tali ratione revelatum eft. Matrona quædam nobilis Romæ erat, vocabulo Eufebia , dignitate & opibus ditiffima , fed ab annis novem, oculorum luminibus orbata : huic namque moris erat ftudiosè orationibus incumbere , per fe clementiam Dei fuppliciter exorare. Quâdam verò nocte cùm folitis orationibus incumberet , & pro eâ quæ fibi acciderat , infirmitate Dominum devotiùs exoraret , angelus Domini per vifum ei apparuit , eamque confolans dixit : Eufebia, exaudita eft oratio tua. Surge itaque , & perge in Gallias, ac perquire locum , qui Augufta Viromandorum nuncupatur , juxta fluenta Somenæ , ubi via publica tranfit ad Ambianenfium civitatem , veniens contra Laudumum clavatum. Eo igitur loco diligenter perquire , & invenies corpus beati Quintini, martyris Chrifti , diù jam paludibus , & aquis tumulatum, quod ubi fuerit evectum, & per te populis manifeftatum, oculorum tuorum recipies vifum , & imbecillitatis corporeæ priftinum ftatum. Sicque pleniùs fanitate reftauratâ cum omnibus ad te pertinentibus incolumis ad propria reverteris. Cùmque femel, bis, terque ei vifio eamdem rem probabilem aftrueret, ac referret, in nihilo nùtabunda infinuatum à beato angelo iter arripuit, & ut juffum fuerat, in partes Galliæ perrexit, congruo imbecillitati fuæ curriculo præparato, cæterifque tanto itineri neceffariis, linteaminibus etiam mundiffimis præparatis, quibus revelatum Domini thefaurum fufcipere, & fufceptum aptis involutionibus decenter involveret. Cùm igitur admodùm utriufque fexûs conftipata agminibus, angelico ductu, ad locum fibi fignificatum pervenire cœpiffet, fenex quidam, Eraclianus nomine, in viâ ei obvius venit, quem ad fe vocatum interrogare cœpit, & ab eo fcifcitari ubinam effet locus qui Augufta Viromanduorum dicebatur. Cui ille refpondit, in proximo eft. Ad quem Eufebia: dic, inquit, rogo te, fi cognovifti aliquandò illo in loco virum quemdam nomine Quintinum à paganis interfectum. Cui fenex refpondit: audivi præfertim, fed multum jam effe tempus hujus facti pro certo noveris. Et Eufebia numquid fcis, ait, corpus illius ubi repofitum fuerit. Senex refpondit: nefcio. Eufebia verò preces precibus jungens, per Dominum, inquit, te rogo, ut hoc faltem mihi oftendas, ubi via publica Ambianis veniens, & Laudunum pergens, Somenæ flumen tranfeat. Et fenex: veni, ait, & oftendam tibi locum. Sicque pariter pergentes venerunt ad locum. Tunc fenex oftendit ei, dicens: Ecce ifte eft locus. Eufebia verò ad locum perveniens, quem ei angelus Domini fignificaverat, gaudens, de vehiculo defcendit, ac fe illuc deduci præcepit. Cùmque perveniffet, proftrata mox in oratione, Dominum humillimis precibus exorans, dixit: Domine, Deus Abraham, Deus Ifaac, Deus Jacob, Deus, creator omnium rerum, cujus nutu cuncta agitantur, te deprecor ut exaudias humilem peccatricem famulam tuam, & oftendas mihi fancti Martyris tui corpus: Sicut, Domine, complevifti Helenæ famulæ tuæ defiderium, oftendens ei vexillum adorandæ crucis tuæ abfconditum, ita & mihi nunc oftendere digneris diù occultatum venerabilem thefaurum in gloriofo Martyris tui corpore, qui propter nomen fanctum tuum paffus eft, nec me patiaris, Deus omnipotens, ab hoc loco difcedere, quoadufque defiderii mei indicia tribuas, innotefcens per me in plebe quod diutiùs latet in gurgite, ad laudem & gloriam nominis tui, quod eft benedictum in fecula. Completâ itaque oratione moveri cœpit locus ille, ubi fanctum corpus fub aquâ jacebat, & crifpantibus undis indicia dare. Sicque magnâ Dei virtute fancti viri corpus elevatum & dorfum undâ præbente, evectum mirâ natatione ad manus feminæ ufque delatum eft. Caput verò per alium meatum exiliens, undâ portante, & Chrifto agente, mirabili modo perducitur. Quod pariter venerabilis matrona cum gaudio fufcipiens de aquis elevavit: & præcandidiffimis linteaminibus quæ fecum ad hoc devexerat involvit. Corpus verò ipfum nullâ maculâ corruptum, nullus livor fufcatum, aut tumor fordidatum reddiderat, aut aliqua cicatrix fæditate cæni polluerat: fed niveo candore & inæftimabili odore fragrans, circum aftantes tanto fuavitatis nidore replevit ut cunctis oblivifcerentur mundi delectamentis. Præfata igitur venerabilis matrona acceptum beatiffimi Martyris corpus linteaminibus involutum, ad quoddam Viromandenfi caftrum quod ab eo loco quinque fermè millibus diftat, reverenter tumulandum advehere difpofuit. Sed Deus omnipotens locum fui Martyris fanguine confecratum tanto thefauro privare nolens, mox ut ab aquâ fummum montis, qui eum advectabant confcendere cœpiffent, nimiâ ponderis gravedine pergravati longiùs ire non valentes subſtiterunt. Cùmque ſæpiùs conarentur ulteriùs deferre, & minimè valerent, beata Euſebia talibus geſtis, ut potè voluntatem Dei intelligens, ibi eum fecit deponi, & reverenter ſecundum loci, & temporis conceſſum ſepeliri, cellulamque quibus tunc poterat niſibus gratanter ædificavit. Mox igitur pro ſepulturæ beneficio, ab oculis ejus tanquam ſquammæ albugo, exiit, & denſiſſimis virtute divinâ fugatis tenebris, amicum lumen olim amiſſum recepit. Sed & per omnia ſui corporis membra ſanitatis robore, quod ob cæcitatem receſſerat, recepto, abſceſſit : ſimili etiam modo quotquot illic eâdem horâ contigit veniſſe infirmos, ad commendandam Chriſti Martyris pretioſam mortem, recipere & ipſi priſtinam promeruerunt ſanitatem. Fluvius verò Somenæ, ab eodem ſepulturæ loco procul fermè quinque millibus exordium ſumit. Quo in loco prærupto exiguè manat, ſed proceſſu longiori derivatur in amnem, ita videlicet, ut cùm in eumdem locum ven-

tum fuerit, quo beatum corpus repertum eſt, fluvii habeat magnitudinem. Venerabilis igitur fœmina, ſudes ferreas, quæ Gallicâ linguâ taringæ vocantur, quibus ſuprà beatus Chriſti Martyr confixus fuiſſe dicitur, manentes adhuc in ejus corpore, inveniens extraxit aliquas, & pro veneratione reliquiarum ſibi aſſumpſit. Donaria quippe non parvi pretii in eodem loco derelinquens, cum ſuis omnibus ad ſua incolumis rediit; oſtendens in ſe magnalia virtutis Dei, ac prædicans merita ſancti martyris Chriſti Quintini. Sepultum eſt autem corpus ipſius egregii Martyris octavo Calendarum Julii. Quo in loco frequens viſitatio ejuſdem Martyris meritis coruſcat. Nam & cæci priſtinum lumen, claudi greſſum denegatum, ſurdi auditum amiſſum recipiunt ; atque variis incommodis plures laborantes, quorum in altero libro perplura ſcripta ſunt, optatâ ſæpiſſimè potiuntur ſalute, præſtante Domino noſtro JESU-CHRISTO, cui eſt honor & gloria in ſecula ſeculorum. Amen.

Du Tréſor aux Archives de l'Egliſe de ſaint Quentin.

Nota. Par reſpect pour les manuſcrits d'où nous avons tiré les Actes que nous donnons, nous avons laiſſé dans nos copies les fautes de langage & les autres imperfections que contenoient les originaux. Il en ſera de même encore par rapport à bien d'autres Actes que nous aurons à rapporter dans nos Pieces juſtificatives.

SOMMAIRE

SOMMAIRE
DU TROISIEME LIVRE.

Tom. I.

V

MÉMOIRES
POUR L'HISTOIRE
DU VERMANDOIS.

LIVRE TROISIEME,

Contenant les preuves de la Chaire épiscopale de Vermandois dans l'église de saint Quentin ; le catalogue de ses Evêques transférés à Noyon, & leurs principaux faits ; la suite de nos Rois ; l'histoire de la seconde invention du corps de saint Quentin par saint Eloi ; avec une dissertation sur l'époque précise de la consécration de ce Pontife ; & la filiation des Comtes, des Abbés, &c. de l'église du Martyr, jusqu'à l'arrivée connuë des Comtes bénéficiaires de Vermandois.

Depuis l'an 545 jusqu'à l'an 655.

L a été précédemment démontré que la ville de Saint-Quentin étoit l'ancienne Auguste de Vermandois ; nous avons mis dans une égale évidence que le village de Vermand n'avoit jamais été qu'un camp des Romains dans le quatrieme siécle, ou, si on le veut, une ville de quelque considération dans le sixieme. Il est essentiel à la vérité de l'histoire de constater ici maintenant que l'église de la même ville d'Auguste de Vermandois a été le siege primordial des

VI. Siecle.
Année 545.

évêques de Noyon, & que ni l'une ni l'autre des deux églises, qui sont au village de Vermand, n'a jamais eu cet honneur.

On avoit toujours regardé ce double point d'histoire, comme une vérité constante & hors de toute atteinte, jusques vers le temps de Jacques Le Vasseur, ce doyen de la cathédrale de Noyon, duquel nous avons tant parlé. Mais quatre ou cinq auteurs, dans le cours de cinquante ans, avant lui, ayant avancé étourdiment, & sans un examen assez mûr, que le siege épiscopal de Vermandois auroit pu être dans le village de Vermand, ils ont ouvert la porte de l'erreur à quelques-uns de leurs successeurs. Car, comme la plupart des écrivains, qui traitent des villes & des places, ne font souvent que copier ceux qui les ont précédés, sans s'embarrasser de connoître à fond, ni de visiter par eux-mêmes, les endroits dont ils parlent, le sort de l'Auguste de Vermandois & l'excellence de son église ont été livrés à toute la précipitation des auteurs indiscrets. A bien penser de cette ville & de son église, qui a eu le bonheur de trouver des historiens qui avoient su leur conserver leurs titres, celui au contraire qui a été assez infortuné pour tomber sur ceux qui avoient écrit sans considération, & qui n'a pas réfléchi plus que ceux qu'il copioit, s'est jetté dans le faux sur le compte de notre ville & de notre église, & a élargi encore le chemin aux contre-vérités & aux disputes.

I L.

Au surplus, parmi les faux-savans, dont nous parlons, se sont trouvés des écrivains intéressés à défendre un sentiment qui n'avoit pris sa source que dans l'amour de la nouveauté, ou l'ignorance de leurs prédécesseurs. Ils se sont trouvés décidés sur celui qu'ils devoient adopter, avant même qu'ils en eussent pesé les preuves; & parce qu'il étoit résolu chez eux de faire décheoir la ville & l'église de Saint-Quentin de leurs prérogatives, ils ont bâti de nouveaux systêmes contr'elles; ils les ont ornés; &, sourds aux cris des preuves contraires, ils n'ont plus eu d'autre but que de substituer leurs imaginations aux vérités les plus réelles & les plus sensibles. Comme si la sincérité historique devoit être moins précieuse à des écrivains, dans leurs ouvrages, que la droiture du cœur doit l'être aux hommes dans les actions ordinaires de la vie.

Annales de
Noyon, p. 32.

Du nombre de ces derniers écrivains fut Jacques Le Vasseur. Quand il eut formé sa conjuration contre l'église de saint Quentin, qui n'avoit cessé d'être la cathédrale du Vermandois que par la transmigration de saint Médard à Noyon, cet annaliste oublia les anciens aveux qu'il avoit faits, dans plusieurs de ses ouvrages, à l'Auguste de Vermandois; il dirigea son plan contr'elle avec les factieux qu'il avoit engagés dans sa conspiration. Les uns opine-

rent que l'Auguſte de Vermandois n'avoit pas ceſſé d'être, même
dans le quatrieme ſiécle, la capitale de ſon peuple. Mais, par une
diſtinction tirée de leur pur caprice, ils ajouterent qu'elle n'étoit le
chef-lieu du pays que pour le temporel, & que Vermand l'étoit
devenu pour le ſpirituel. Dans la ſuppoſition de ce plan chimérique, la ville de Saint-Quentin ſeroit véritablement l'ancienne Auguſte de Vermandois, la capitale de la contrée, la ville municipale ;
mais ſa célébre égliſe n'auroit été tout au plus qu'une collégiale
ordinaire. Ce ſyſtême rebuta le doyen, & n'eut pas de réuſſite,
comme il le fait aſſez clairement entendre dans une de ſes lettres,
écrite à Claude De la Fons, auteur de l'*hiſtoire de ce Saint*.

D'autres opinateurs plus judicieux, mais plus hardis, conçu-
rent de faire encore moins de grace à la véritable ville Auguſte &
à ſon égliſe. Ils ſapperent, d'un ſeul coup, & l'antiquité de ſes
murs, & l'éclat de ſon temple. Saint-Quentin n'étoit, ſelon eux,
qu'une ville fortuitement formée à l'occaſion de la célébrité des
miracles du ſaint Martyr qui y repoſoit dans un oratoire. Tous les
avantages anciens de la ville d'Auguſte de Vermandois, & ceux
de ſon égliſe cathédrale, furent tranſportés à Vermand ; & ce
village, auparavant preſqu'inconnu, devint tout-à-coup riche &
brillant des dépouilles que l'envie lui avoit tranſmiſes. Jacques Le
Vaſſeur alloua ce ſecond avis, l'étala, l'orna, l'inſcrivit dans ſon
plumitif, & voulut l'accréditer, en le donnant pour le ſeul bon &
vrai ſentiment qu'on dût ſuivre dans la conteſtation qu'il avoit
formée.

Si d'autres ont cru, comme le dit l'abbé Bellet dans une nouvelle & très-briéve diſſertation qu'il a lue dans l'académie des
Belles-Lettres de Paris, que l'Auguſte de Vermandois perdit, au
quatrieme ſiécle, ſa dignité de ville capitale, dont elle avoit joui
ſous le Haut-Empire, & que le village de Vermand, en profitant
des débris de cette municipale, devint alors le ſiege de l'évêque,
c'eſt un troiſieme ſentiment qui n'a gueres d'auteurs, & qui eſt
également faux & injurieux à la ville de Saint-Quentin.

T R O I S I E M E D I S S E R T A T I O N.

*L'Egliſe de ſaint Quentin en Vermandois a été le lieu du ſiege épiſcopal
des évêques de cette province, transférés à Noyon.*

Nous avons donc à combattre ici ces trois opinions. Nous commencerons par la premiere & la derniere. La réfutation ne nous
en tiendra gueres. Nous inſiſterons davantage ſur la ſeconde ; &
nous établirons clairement contre ſes défenſeurs le lieu fixe du
ſiege de l'ancien dioceſe que nous cherchons.

VI. SIECLE.
Année 545.

I I I.

I V.
Mercure de
France. Janv.
1748.

1°. *La ville d'Augufte de Vermandois*, ainfi que le rapporte le premier fentiment des ligueurs qui votérent dans la conférence tenue par Jacques Le Vaffeur, *étoit dans le quatrieme fiécle la capitale de cette province pour le temporel ; mais le village de Vermand l'étoit pour le fpirituel.* En quels auteurs ces opinateurs nouveaux & leurs difciples ont-ils lu ce qu'ils avancent ? Y en a-t-il un feul qu'ils puiffent produire en faveur de cette idée fantaftique ? Ils avouent que l'Augufte de Vermandois étoit la capitale de fon peuple pour le temporel, par la feule raifon qu'elle étoit appellée Augufte, & ville municipale. En cela ils ont raifon ; car toutes les villes Auguftes étoient les capitales de leurs territoires. Et certes les fujets des Empereurs auroient eu mauvaife grace de donner le nom du plus excellent des princes à des villes d'un ordre inférieur. Mais ces faux littérateurs devoient-ils ignorer que, par cette feule caufe que l'Augufte de Vermandois étoit la capitale de fon diftrict dans le quatrieme fiécle, elle a dû être le fiege de l'évêque qui préfidoit aux peuples que ce diftrict renfermoit ? Qu'on ouvre feulement les dictionnaires, & l'on fe convaincra aifément de la vérité que nous foutenons.

Sébafte, ville archiépifcopale de la Cilicie, eft appellée *Augufta. Augufta-Æduorum*, ou *Augufto-Dunum*, Autun, eft une ville épifcopale dans le duché de Bourgogne. *Augufta-Aufciorum*, Aufch, eft un archevêché de Gafcogne. *Augufta-Dea*, ou *Vocontiorum*, Die, ville de France en Dauphiné, fur la riviere de Drome, eft épifcopale. *Augufta-Cæfarea*, Sarragoffe, eft la capitale du royaume d'Arragon, avec titre d'archevêché. Mérida, ville de Portugal, dans l'Eftramadoure, poffède un évêque, & s'appelle *Augufta-Emerita. Augufta-Prætoria-Salaffiorum*, Aoufte, ville de Piémont, au feptentrion, capitale du duché de même nom ; jouit du même honneur. Il eft commun à la ville de Soiffons, appellée *Augufta-Sueffionum* ; à Turin, ville archiépifcopale d'Italie, & capitale du Piémont, dite *Augufta-Taurinorum. Augufta-Tricaffium* ou *Augufta-Bona*, Troyes, capitale du comté de Champagne, fur la riviere de Seine, eft le fiege d'un évêque. *Augufta-Tricaftinorum*, Saint-Paul-trois-Châteaux, en Dauphiné, capitale du petit pays Tricaftin, l'eft auffi. *Augufta-Trinobantum*, Londres, la capitale d'Angleterre, a été faite épifcopale. On fait que Tours, appellée *Augufta-Turonum*, ou *Cæfaro-Dunum*, la capitale de la Touraine, eft un archevêché de France ; que Saluces, *Augufta-Vagiennorum*, la capitale du fameux marquifat de ce nom, eft un évêché de Piémont. *Augufta*, ou *Julia-Valentia*, Valences, eft une ville archiépifcopale d'Efpagne, & la capitale du royame appellé de ce nom. La capitale de la Souabe, Ausbourg, ville impériale d'Allemagne, *Augufta-Vindelicorum*, eft épifcopale. Enfin *Augufto-Magus*, Senlis, ville

VI. SIECLE.
Année 545.

ville de France en Valois ; *Auguſtonemetum*, Clermont, la capitale de l'Auvergne ; *Auguſtoritum-Piſtonium*, Poitiers, la capitale du Poitou ; *Auguſtoritum-Lemovicum*, Limoges, la capitale du pays Limoſin, ſont toutes villes épiſcopales.

Nous nous abſtenons de produire un plus grand nombre de villes appellées Auguſtes. On peut reconnoître dans les vingt-une que nous venons de citer, la double qualité, & d'avoir été, ou d'être encore les capitales de leurs peuples, & les lieux du ſiege de leurs évêques. A peine en trouvera-t-on trois ou quatre qui aient porté ce nom, ſans avoir été décorées de cette derniere prérogative. En tout cas, cette exception ne peut détruire la regle générale, que les villes Auguſtes étoient anciennement toutes épiſcopales ; & qu'à cet égard, la ville d'Auguſte de Vermandois a dû l'être par une préférence bien marquée au-deſſus du village de Vermand.

A parler en général, l'ancien gouvernement eccléſiaſtique fut formé ſur le civil. Telle étoit la maxime des conſtitutions canoniques ; tel étoit auſſi l'uſage conſtamment obſervé dans les Gaules. Eût-on pu trouver aiſément un évêque en un autre lieu qu'en la capitale de ſon dioceſe ? Eût-il pu & dû affecter à ſon ſiege & à lui-même le nom d'un lieu qui eût été inférieur à ſa capitale, & ſouvent peu connu dans ſon dioceſe ? Les évêques de Noyon qui ont ſuccédé à ſaint Médard, auteur de la tranſlation de la chaire épiſcopale de Vermandois en cette ville, ſe conſerverent, pendant ſix cens ans, le nom de leur premiere ville épiſcopale ; ils n'y joignirent celui de Noyon qu'en ſecond, & plus de deux cens ans après : ils honorerent enfin la ville, & ſur-tout l'égliſe où repoſoit le corps de ſaint Quentin, comme le lieu de leur ancienne cathédrale : ils y ont conſacré leurs viſites par des actes ſolemnels de leur miniſtere, comme de bénédictions de murailles, de repoſition de reliques, & d'autres. Peut-on articuler le moindre fait, auquel ils aient eu part dans le village & les deux égliſes de Vermand, avant le onzieme ſiécle ?

C'eſt donc par une diſtinction vaine & ſans aucun fondement que, dans le fait de l'Auguſte de Vermandois, on auroit voulu disjoindre le ſpirituel d'avec le temporel ; attribuer l'un au village de Vermand, & laiſſer l'autre à cette municipale. Tout étoit uni dans les premiers ſiécles, & la prédication des évêques s'étendoit plus loin parmi les peuples, quand elle partoit de la capitale du territoire, en laquelle réſidoient ces pontifes.

2°. Mais *la ville d'Auguſte de Vermandois ceſſa d'être la capitale de ſa province, ſous le bas-Empire ; le village de Vermand prit ſa place, & devint le lieu du ſiege épiſcopal.* Voilà une rêverie diamétralement oppoſée à celle débitée par M. de Tillemont, qui, comme nous

VI L

Ilid.

l'avons rapporté précédemment, a ofé dire que la ville de Saint-Quentin avoit profité, dans le cinquieme fiécle, des débris de Vermand faccagé & ruiné par les barbares, & s'étoit ornée du titre d'Augufte que Vermand n'avoit pu fe conferver. Ce fecond fentiment que nous allons réfuter, a été avancé par quelques auteurs du onzieme & du douzieme fiécles, dit l'abbé Bellet. Pourquoi donc le village de Vermand, qui, dans les actes de la premiere invention du corps de faint Quentin, écrits peu après 351, eft appellé *Virmandis civitas*; auroit-il plutôt échappé à la fureur des barbares qui ravageoient les Gaules, que la ville même d'Augufte de Vermandois ? Etoit-il moins expofé à leurs incurfions, & digne de leurs pillages ? Par quel privilege auroit-il pu fe foutenir contre leurs brigandages, s'aggrandir au milieu des troubles que ces vagabonds excitoient par-tout, fe completter, faire évanouir tout-à-coup le chef-lieu de fa province, & s'en approprier le nom & le titre ? Par quelle grace fpéciale eût-il pu s'affranchir des premieres fureurs des Vandales, pour ne fuccomber qu'à celles des Huns, cinquante ans après, comme le dit Jacques Le Vaffeur ? D'ailleurs, malgré cette prétention gratuite, l'Augufte ancienne de Vermandois, en renaiffant de fes cendres, a repris fon premier nom qu'elle a toujours confervé jufqu'au temps qu'elle l'a changé en celui de *Saint-Quentin* : or comment auroit-elle ofé reprendre, fans la reclamation de qui que ce foit, un nom qu'elle auroit perdu ; & rentrer, fans effort, dans une dignité qui lui affectoit fur les autres lieux de fon territoire, des droits de profit & d'éminence qu'elle avoit ceffé d'avoir ? Y auroit-il eu auffi, dans le même temps & dans un même diftrict, deux villes de Vermand, toutes voifines ? deux capitales d'un même peuple ? deux fénats, &c. ? Le ridicule de ces fuppofitions eft fenfible. Enfin quelle vraifemblance y a-t-il que le village de Vermand foit devenu autrefois la capitale du Vermandois, lorfqu'on ne lit dans aucun acte, & qu'on ne voit par aucun autre titre, qu'il ait joui de cette qualité ? Quelle apparence y a-t-il qu'il ait jamais pu être le fiege de l'évêque, lorfqu'on n'y découvre aucune trace qui puiffe même infinuer la réfidence qu'y aient faite les premiers prélats de notre province ?

Ibid.

VIII.

Quelques-défenfeurs de Vermand, avec lefquels nous nous fommes entretenus fur cette matiere, nous ont objecté que le hameau de Ville-choles, contigu à ce village, de la paroiffe duquel il dépend en partie, n'étoit ainfi nommé que parce qu'il étoit le lieu du féminaire, où l'évêque demeurant à Vermand, faifoit inftruire fes jeunes miniftres aux fonctions de leur état : *Villæ Scholæ.* Ils triomphoient de cette pitoyable interprétation, comme de la plus démonftrative découverte qu'ils puffent oppofer à nos argumens. Mais en adoptant cette dérivation bien éloignée de la véritable, que nous croyons être *Villa Solis* ou *Villa Catulorum*, nous avons changé l'objet des écoles, auxquelles on foutenoit que Ville-choles avoit été deftiné; nous avons prétendu qu'il n'avoit été ainfi appellé, que parce qu'il étoit le lieu où les Romains poftés dans le camp de Vermand, faifoient leurs exercices militaires, *Villa Scholæ militaris*, & non pas celui où les évêques de Vermandois dreffoient leurs miniftres, *Villa Scholæ Clericalis*. Par cette diftinction beaucoup plus fage, nous nous fommes trouvés auffi avancés, dans nos prétentions, que nos adverfaires l'étoient dans les leurs. Mais auffi nous n'avons rien perdu, de notre côté, de la force des autres preuves, fur lefquelles nous nous appuyons, & par lefquelles nous les combattions. Revenons.

V-I. SIECLE. Année 545.

La ville de Saint-Quentin, dite anciennement l'Augufte de Vermandois, s'eft toujours confervé, ou cette dernière appellation, ou celle de Vermand, par excellence, comme à elle propre; même dans le fixieme, le feptieme & le huitieme fiécles, qui étoient fi voifins du quatrieme; époque en laquelle on dit qu'elle cefla d'être la capitale de la province. Et quoique ruinée & prefque détruite, elle appelloit encore du nom de ville fes monceaux de pierres; elle a toujours fubfifté fous cette qualité, & ne s'eft jamais rétablie que fur fes anciens fondemens. Son églife enfin, malgré fa viduité, a poffédé jufqu'à nos jours les prérogatives attachées aux cathédrales; & jouit, même encore à préfent, de certaines exemptions qui rappelleront toujours fa conftante & antique nobleffe.

Ptolomæus cit. Fortunatus in vitâ S. Med. Greg. Tur. cit. Audoïnus in vitâ S. Eligii. Acta S. Quintini. Acta SS. Victorici, &c.

3°. C'eft par ces dernieres preuves principalement que nous allons détruire la troifieme opinion, qui eft la plus générale. *En affignant au village de Vermand le titre de l'ancienne Augufte de Vermandois, cette opinion lui accorde, en même temps, l'honneur d'avoir été le fiege primitif des évêques du territoire de ce nom, auxquels ont fuccédé ceux de Noyon.*

I X.

Notre entreprife paroît déjà confommée par les feules preuves que nous avons employées à démontrer que la ville de Saint-Quentin étoit l'Augufte de Vermandois. Car, puifqu'il eft certain de l'aveu de quelques-uns de nos adverfaires, que l'Augufte de Vermandois étoit la capitale des peuples de ce nom, même dès le deuxieme fiécle, où vivoient Ptolemée & l'auteur de l'Itinéraire attribué à l'Empereur Antonin le Débonnaire; puifqu'il eft certain qu'à ce titre elle a dû être le fiege des évêques de fa province; puifqu'il eft indubitable enfin, par les autres preuves que nous avons déduites, que la ville dite à préfent Saint-Quentin, eft cette même ville ancienne d'Augufte de Vermandois, il s'enfuit

Voyez le Livre premier, N°. 79.

VI. SIECLE.
Année 545.

évidemment que la ville de Saint-Quentin eſt le lieu de l'ancienne chaire des évêques dont nous parlons : que ſon égliſe eſt l'ancienne cathédrale du pays de ce nom : que les évêques de Noyon ſont entés ſur ceux de cette baſilique ; & que la cathédrale de leur dioceſe eſt la fille de celle qui lui eſt maintenant ſubordonnée.

Nous ne voulons cependant laiſſer à deſirer rien de ce qui peut contribuer encore à établir plus clairement ces dernieres conſéquences. Il réſultera de nos inductions une double, mais vraie propoſition. Savoir, que ſi les vérités que nous allons étaler touchant l'égliſe de ſaint Quentin, tirent leur naiſſance & leur force de ce qu'elles ont dû ſe trouver dans la ville Auguſte de Vermandois ; en revanche, elles prouvent auſſi que cette égliſe n'a pu ſubſiſter ailleurs que dans la ville même capitale Auguſte de Vermandois. Ces deux aſſertions ſont corrélatives, comme de la cauſe à ſon effet, & de l'effet à ſa cauſe : chaque partie s'éclaircira donc, & ſe ſoutiendra mutuellement l'une l'autre ; & il demeurera pour conſtant que les avantages attachés à l'égliſe de ſaint Quentin ſervent autant à prouver que l'ancienne Auguſte eſt la véritable capitale du Vermandois, que l'ancienne Auguſte de Vermandois aura ſervi elle-même à prouver que l'égliſe de ſaint Quentin eſt l'ancienne cathédrale du dioceſe dont il s'agit. La curioſité des lecteurs trouvera ſon compte, en apprenant des récits véritables.

L'égliſe de ſaint Quentin eſt l'ancienne cathédrale du Vermandois. Nous le prouvons par les auteurs qui en ont parlé avec connoiſſance : nous le confirmons par la qualité d'*égliſe de Vermandois*, dont cette baſilique a toujours été honorée, même après que le ſiege épiſcopal a été transféré à Noyon : nous le démontrons par les prérogatives de l'ancienne chaire, qui étoient reſtées à cette égliſe après la retraite de ſes prélats. Voilà les trois ſortes de preuves que nous fournit, dans ſa ſeconde partie, l'auteur de *la Défenſe des principales prérogatives de la ville & de l'égliſe de* Page 51 & ſuiv. *ſaint Quentin*. En exécutant ce deſſein, nous ferons voir que tous ces traits ſont auſſi étrangers à toute égliſe qui a pu être à Vermand, qu'ils ſont familiers & naturels à celle de ſaint Quentin.

I. 1°. Dans la foule des auteurs anciens & modernes qui ont reconnu l'éminente qualité de cathédrale dans l'égliſe de ſaint Quentin, nous pourrions principalement citer les écrivains Flamands dont elle a été parfaitement connue ; Jacques Meïer, dans ſes *Annales de Flandres* ; Molanus, Ferreol de Locres, en leurs *Chroniques des Saints du Pays-Bas* ; Philippe de Ferrare, en ſa *Typographie ſur le Martyrologe Romain* ; Gazet, en ſon *Catalogue des évêques de Tournai* ; De Belle-Foreſt, en ſon *Hiſtoire Univerſelle*. A ces auteurs, nous pourrions en ajouter encore d'autres très-eſtimables ; André

Du Chefne, Claude Robert, le pere Dom Marlot, Dom Luc d'A-
chery, &c. Mais un feul pour tous, que nous nous contenterons
de produire dans la queſtion que nous agitons, un auteur profond & favant, le pere Le Cointe, dont nous avons pluſieurs
fois parlé, fuffira à notre projet. Cet annaliſte s'étoit fait une
étude auſſi férieufe de rechercher les prérogatives de l'églife de
faint Quentin, que de fixer la poſition de l'ancienne ville d'Auguſte de Vermandois. Il a jugé le procès fur le vu des pieces foi-
gneufement examinées & bien pefées. Or, perfonne ne nous con-
teſtera que l'autorité des *Annales eccléſiaſtiques* de ce favant pere
de l'Oratoire, ne foit infiniment plus refpectable que celle des
ennuyeufes rapfodies de Jacques Le Vaffeur, qu'il abandonne
ouvertement.

Après avoir décidé que la ville de Saint-Quentin eſt l'ancienne
Auguſte de Vermandois, le pere Le Cointe dit que cette ville,
comme fon feul nom d'Auguſte le témoigne, fut une ville, une
cité; elle a été, ajoute-t-il, le chef-lieu de fon territoire : & à raifon de cette prérogative, elle a dû être une ville épifcopale. Car
ce n'étoit pas dans les villes d'un ordre inférieur que l'on établiſſoit
les évêques. . . . . . . *Auguſta Viromanduorum, ut ipſum nomen Auguſta declarat, civitas fuit ; ac primarius regionis locus : & ob illam præ-
rogativam epiſcopali ſede nobilitari meruit ; neque enim in minoribus oppi-
dis epiſcopi conſtituebantur.* C'eſt le raifonnement qu'a fuivi récemment l'abbé Bellet, dans fa diſſertation que nous avons citée : raifonnement que nous avons éclairci plus haut par l'énumération de
vingt-une villes *Auguſtes*, qui ont été & font encore toutes épifco-
pales. Pourquoi l'Auguſte de Vermandois, qui étoit le chef-lieu
de fon diſtrict, n'eût-elle pas auſſi été le fiege de l'évêque de ce
nom ? Les apôtres & les premiers prédicateurs de la foi s'établiſ-
foient toujours dans le centre des villes diſtinguées & dans les capitales des territoires. Leur doctrine y faifoit plus de progrès,
l'avons-nous dit, parce que les peuples, répandus dans les différens cercles des provinces, fe plioient avec plus de facilité au
joug d'une obéiſſance qu'ils voyoient fubir par leurs principaux
chefs, habitans des capitales. Comme le cœur porte le fang & la
vie aux membres d'un corps qu'il vivifie, telle une ville capitale
animoit & fortifioit dans la foi les peuples qui en dépendoient.

2°. Voici encore un autre auteur plus concluant en faveur de
l'églife de faint Quentin. C'eſt le fabricateur du teſtament attribué
à faint Remi, archevêque de Reims. De telle façon qu'on veuille
confidérer cette piece dont nous avons déjà parlé, on ne peut
douter qu'elle ne foit très-ancienne, & que fous cet égard fon
témoignage ne foit préférable au fentiment de ceux qui l'ont voulu
contredire depuis deux fiécles. Ce teſtament porte que faint Remi

VI. Siecle.
Année 545.

Cointius, An-
nales Ecclef. ad
ann. 531.

N°. VI précéd.

X.

Voyez le Livre
II, N°. 71.

VL Siècle.
Année 545.

Frodoard. hist.
Rem. Lib. 1. Cap.
18.
Cl. De la Fons,
histoire de saint
Quentin, pag.
103.
La Défense des
princ. Prérogat.
&c. p. 54.
Marlot, hist.
Remensis, tom. 1.
fol. 186.

ratifie la donation qu'il avoit faite, il y avoit déjà long-temps, de la terre d'Hermonville ou d'Hérimond, au profit de l'église de saint Quentin. . . . . *Quod verò pretio ibidem* [c'est-à-dire, *in villâ Hérimundi* dont il avoit déjà fait mention] *comparavi ecclesiæ sancti Quintini, martyris, jam diù delegavi.* . . . . . *&c.* Or voici comme nous devons raisonner sur ce texte. Le testament prétendu de saint Remi est à l'avantage de l'église de saint Quentin; & il est souscrit par saint Médard qui étoit présent à la confection de cet instrument. Mais, si l'église cathédrale de ce dernier Saint eût été différente de celle de saint Quentin, est-il croyable que cet évêque de Vermandois ne l'eût pas recommandée à la charité de son métropolitain qui en gracieusoit tant d'autres situées dans le cercle de sa suffragance, & qui avoient été pillées & désolées par les barbares, de la même façon que celle de saint Quentin? De ce que le saint Archevêque n'aumône, dans le diocese de Vermandois, qu'à la seule église de notre bienheureux Martyr, & cela sous les yeux de l'Evêque diocésain, n'est-ce pas une preuve décisive qu'elle étoit le lieu de son siege? Donc l'église de saint Quentin étoit la premiere cathédrale de saint Médard, & par conséquent le chef-lieu du diocese de Vermandois, dont il étoit l'évêque.

XL.

Hist. Remens.
tom. 2, fol. 185.
Histoire de S.
Quentin, pag.
103.
La Défense des
princip. prérog.
&c. pag. 54.

S'il s'agit ici du village d'*Hermonville*, situé à deux lieues de la ville de Reims, proche l'abbaye de saint Thierry, l'église de saint Quentin n'y possede rien. Ce village fut donné à cette maison par l'archevêque de Reims, Rainaud, en l'année 1093, selon le pere Marlot. Claude De la Fons n'ose assurer que la ville *Hérimundi*, dont il est ici parlé, ne puisse pas être le village d'*Ernouville* en la prévôté de Ribemont. Mais ce dernier village n'appartient pas non plus à l'église de saint Quentin; il auroit pu néanmoins lui appartenir autrefois: car les Prémontrés de saint Foillan, près de Mons en Hainaut, l'ont très-vraisemblablement reçu des chanoines de Saint-Quentin, leurs principaux bienfaiteurs. C'est de ces religieux que leurs confreres de Braines tiennent par échange ce domaine qui est encore aujourd'hui de la paroisse d'Estaves, au diocese de Noyon.

Annales de
Noyon, p. 215.

Mais s'il s'agit ici du Mont-Saint-Louis, près de la ville de Noyon, à présent occupé par la Chartreuse qui y est construite, appellé anciennement Hérimont, n'en résultera-t-il pas une preuve évidente que l'église de saint Quentin étoit la cathédrale de saint Médard avant la translation de son siege? Hérimont étoit situé au bout du territoire du Vermandois; il n'étoit pas fort éloigné de Salency, patrie de saint Médard. Or ce Saint avoit obtenu, antérieurement à la mort de saint Remi, la concession d'un bien qu'il connoissoit, & qui étoit si facilement exploitable par les serfs des chanoines de saint Quentin, & lors de la passation du testament [prétendu] de son métropolitain, à laquelle il étoit présent, qu'il lui en aura demandé la confirmation. Au reste, toutes ces conjectures sur la position d'Hérimont ne font pas essentielles à notre matière.

II. 1°. L'église de saint Quentin perdit ses pontifes par la transmigration de saint Médard à Noyon ; mais, quoiqu'abandonnée par cet époux fugitif, & par ceux qui sont venus après lui, elle s'est toujours conservé le beau nom de l'*église de Vermandois*, qu'elle portoit dès sa naissance. Tous les écrivains postérieurs à l'an 535, vers lequel cette translation est arrivée, lui ont donné aveu de cette qualité. Cet acte perpétué de reconnoissance fait encore sa gloire principale maintenant ; il la console de la perte de son ancienne prééminence, dont le soin, la garde & la défense étoient principalement confiés à ses premiers prélats, & rapelle sans cesse en son sein les successeurs de saint Médard. Une observation remarquable à faire sur la fuite de ce prélat à Noyon, c'est qu'il s'est conservé à lui-même, & à ceux qui l'ont suivi, le nom & le titre d'évêques de Vermandois, & que leur nouvelle cathédrale de Noyon n'a jamais pris la qualité d'église de Vermandois. Elle le pouvoit cependant, puisqu'elle étoit aux titres & à la jurisdiction de celle de Saint-Quentin dans tout le diocese de Vermandois ; mais elle s'est bien gardée d'insulter ainsi à l'église de la ville capitale de la province, & à une basilique qui étoit sa mere, & qu'elle devoit respecter jusques dans sa misere & son abandon. Tous ces traits éclatans de reconnoissance établirent dans l'église de saint Quentin les précieuses prérogatives de cathédrale dont elle a joui jusqu'au commencement du dix-huitieme siécle ; ils devoient encore servir à fermer la bouche aux auteurs qui ont voulu dans la suite lui en contester l'origine, & son excellence ancienne & primitive.

Les églises cathédrales portent à juste titre le nom propre du siege de leurs évêques. Cette sorte de dénomination exprime la différence de ces églises d'avec les autres situées dans leurs dioceses, & leur supériorité sur chacune d'elles. Par une comparaison parfaitement égale, l'église de saint Quentin, en se conservant le nom d'*église de Vermandois*, montre que l'évêque de cette province étoit son époux ; qu'elle-même avoit été sa cathédrale, & qu'elle est la premiere des autres églises de cet ancien diocese.

2°. Saint Ouen, archevêque de Rouen, & le contemporain de saint Eloi, évêque de Noyon, dont il a écrit la vie en trois livres qu'il a dédiés à Robert, évêque de Paris, rapporte que, dès que le peuple eût connu le mérite de ce pieux ouvrier, il le constitua le gardien, c'est-à-dire, l'évêque des villes & des municipes dont le gouvernement spirituel étoit attaché à son siege. Ces villes, ajoute le même écrivain, étoient celle de Vermand, qui est la

VI. SIECLE.
Année 545.

métropole ; celle de Tournai, qui avoit été le séjour des premiers Rois de France ; celle de Noyon, celle de Gand, celle de Courtray, &c. Voici le texte de cet historien : . . . . . *Hoc ergò modo aurificem invitum, detonsum constituerunt custodem urbium seu municipiorum, quorum hæc sunt vocabula : Veromandensis, quæ est urbs metropolis ; Tornacensis, quæ quondam fuit regalis civitas ; Noviomensis, Flandrensis, Gandavensis, atque Corturiacensis.* Saint Ouen écrivoit en auteur informé du pays ; car il étoit né à Sancy [*Sansiacum*] près de Soissons, malgré ce qu'en rapportent quelques auteurs qui le font naître à Sens. Il mourut le 24 d'Août en 683, & non pas en 676, 677 ou 689, comme le marquent différens écrivains.

*Annales B B.
tom. 1, Lib. 12,
N°. 46.*

Or que s'ensuit-il de ces paroles ? Le voici : Que l'église de saint Quentin est désignée, sans équivoque, sous le nom de ville métropolitaine du Vermandois, confiée à saint Eloi ; qu'elle est l'ancienne & premiere cathédrale des évêques de Noyon, avant laquelle ville elle est très-expressément dénommée ; & que ce n'a pu être aucune église située alors au village de Vermand, où il n'y en avoit pas encore, que saint Ouen a eu en vue, sous le nom de métropole. Car, comme dit très-bien le pere Le Cointe, & comme l'avoit reconnu Jacques Le Vasseur même, le village de Vermand étoit totalement détruit en 672, où écrivoit saint Ouen, puisque la ruine de ce lieu, causée par les ravages des derniers barbares, a dû arriver au plus tard vers le commencement du sixieme siécle. Le peuple du Vermandois se fût donc rendu ridicule, en créant saint Eloi évêque d'une église qui n'avoit jamais existée, & d'un lieu qui ne subsistoit plus depuis cent ans passés, & en donnant à ce Saint le nom d'un siege renversé & anéanti, qui eût été alors suffisamment désigné par la ville de Noyon, où cet évêque résidoit, & de laquelle il est fait mention dans le texte de saint Ouen, après la ville métropolitaine de Vermand. Cependant saint Eloi a été fait évêque d'une ville & d'une église de Vermandois alors existantes : c'étoit donc celles de Saint-Quentin situées dans la ville Auguste des peuples de ce nom. Cette église étoit donc en même temps la cathédrale primitive des évêques de Noyon. Nous le répétons : aucune autre église n'existoit, ni n'avoit très-probablement existé dans le village de Vermand. Hors le seul nom de ce village, on n'a de ces temps anciens, ni des postérieurs, aucuns indices, aucuns soupçons de ce lieu : tout y est obscur, silencieux, mort, anéanti. Aucune église du village de Vermand n'a donc pu y être la cathédrale de saint Eloi, ni de ses prédécesseurs.

*Annales Ecclef.
ad ann. 531.*

*Annales de
Noyon, p. 37.*

Quel éclat ne jettoit pas alors même la véritable ville de Vermand, cette Auguste toujours permanente malgré les incursions des barbares ? Elle avoit une église très-fréquentée, très-illustre,

des

des clercs très-diſtingués, des comtes, & portoit, au ſu de toute la France, le nom de métropolitaine. Elle eſt rapportée par ſaint Ouen la premiere de toutes celles qui étoient ſujettes à la juriſdiction ſpirituelle de ſaint Eloi, parce que l'égliſe de cette ville étoit le vrai lieu de la chaire épiſcopale de Vermandois, qui n'étoit pas encore bien affermie à Noyon, & qu'elle réclamoit toujours ſon prélat. C'eſt elle auſſi que ſaint Eloi s'empreſſa de viſiter en l'entrée de ſon épiſcopat.

Suivant ce que nous avons dit précédemment, on ne doit pas croire que ſaint Ouen, par le mot de *ville métropolitaine*, ait voulu déſigner le ſiege d'un archevêque : la ville de Vermand n'eſt ainſi nommée que pour indiquer ſa qualité de chef-lieu de ſa province, & pour oppoſer ſon égliſe à celle de la ville de Noyon, qui eſt citée tout de ſuite. Car cette derniere ville, n'étant devenue épiſcopale que par la tranſmigration de ſaint Médard & par la réſidence des cinq évêques qui avoient ſuccédé à ce pontife, devoit être regardée plutôt comme ſuffragante de Vermand, dont l'égliſe, ſous l'invocation de ſainte Marie & de ſaint Quentin, étoit la métropole, que comme la mere-égliſe de celle-ci. La baſilique de ce Martyr eſt donc vraiment l'égliſe de Vermand, de laquelle entend parler ſaint Ouen, & l'ancienne cathédrale des évêques de la province de Vermandois.

3°. Si un ſaint Bertran, un Fulrade, un Hugues, & d'autres, ſont appellés par les anciens écrivains, *abbés de ſaint Quentin*, c'eſt, ajoutent ces mêmes auteurs, de cette égliſe de ſaint Quentin de Vermandois : *abbas Viromanduorum*. Ce n'eſt donc point une équivoque chez eux, de dire que qui étoit abbé de ſaint Quentin, l'étoit de l'égliſe ancienne de Vermandois. On reconnoiſſoit donc cette derniere égliſe cathédrale dans celle de ſaint Quentin.

4°. Le ſouvenir de ce qu'avoit été, dans ſon origine, l'égliſe de ſaint Quentin, étoit moins obſcurci dans le onzieme ſiécle, qu'il ne l'eſt en celui-ci. C'eſt donc à ces temps qu'on peut plus ſûrement s'attacher, pour découvrir les prérogatives de cette inſigne baſilique. Or, nous liſons encore dans des chartes des années 1035 & 1043, qu'un comte de Vermandois, Othon, qui étoit en même temps abbé de l'égliſe de ſaint Quentin, ſe qualifie de comte & d'abbé de Vermandois, en joignant l'égliſe de ſaint Quentin, ſituée dans la ville capitale de ſon comté, avec cette même capitale du Vermandois, comme choſes unies, indiviſes & univoques : *Viromanduorum comes & abbas*. Un autre comte, (c'eſt Hébert IV), dans deux chartes des années 1075 & 1076, ſe ſous-ſigne de la même façon, & ne craint point de confondre l'égliſe ancienne de Vermandois, avec celle de ſaint Quentin : *comes & abbas ſancti Quintini : comes Quintinenſis*. C'eſt, encore un coup,

VI. SIECLE.
Année 545.

Meir. Annales
Fl. ad ann. 668
& 843.
Gazet, hiſt. des
Pays-Bas.
Yperius, Chron.
S. Bertini.

Tome I.   X

que c'étoit une même & unique église, celle de saint Quentin & celle de Vermand. Le village de Vermand, qui ne renferme dans son sein aucuns restes de murailles, de clôtures, d'église ou d'habitation tant soit peu considérables, n'a pu même donner occasion à faire appeller, dans la suite, aucune de ses églises du nom de l'ancienne *de Vermandois*.

5°. Les doyens succéderent aux abbés dans le gouvernement de l'église de saint Quentin; on les nomma pareillement *doyens de Vermandois*, c'est-à-dire, de l'église de Vermandois. C'est ainsi qu'Ordericus appelle Dudon le doyen de cette église : *Viromandensis decanus*. Les chanoines même de l'église de saint Quentin étoient appellés anciennement *les chanoines de Vermandois : Canonici Viromandenses*. Ce titre leur fut si propre, que lorsque les évêques de Noyon, en se fixant en cette ville, s'y conserverent encore le nom d'évêques de Vermandois, ses chanoines n'oserent jamais se le donner : il resta toujours avec ceux de son premier chapitre, parce qu'ils en habitoient la ville & l'église, & en formoient le clergé premier & le plus ancien. Une composition qu'ils passerent avec les religieux de saint Quentin, au fauxbourg de Beauvais, en 1094, fait encore foi qu'ils ne cesserent, en aucun temps, de porter le nom de chanoines de Vermandois. Dira-t-on que ces chanoines prévoyoient dès-lors qu'on contesteroit à leurs successeurs, l'honneur d'être les possesseurs de l'ancienne église de Vermandois ? Pensoient-ils, dès ces siécles reculés, à forger à leurs descendans, des armes contre les défenseurs du village de Vermand ? Ou plutôt ne portoient-ils pas ce nom antique & vénérable par un usage intime & propre; parce qu'il leur étoit connu & à tout le monde, qu'ils remplissoient le chœur de l'ancienne église de Vermandois, & qu'ils transmettroient en mourant, à leurs successeurs, leurs places avec le même honneur ?

Libro VI

Après tout, il étoit plus difficile qu'un chapitre entier pérît, qu'un seul évêque. Et puisque saint Médard a su se conserver, puisque ses successeurs aussi ont su se conserver dans leurs personnes & sur leur siege transporté, les chanoines de saint Quentin n'ont-ils pas pu & su plus facilement encore se défendre, pour la plus grande partie, de la fureur des barbares, reprendre leur église, & y perpétuer son nom & le leur ? Voilà donc l'évêque de Vermandois à Noyon, & les chanoines de Vermandois dans saint Quentin : les voilà devant & après les excursions de l'ennemi, tous dans leurs places. Les chanoines du village de Vermand en eussent fait autant, s'il y en eût eu quelques-uns autour de quelque tombeau, & congrégés en corps : mais il n'y en avoit qu'au sépulchre de saint Quentin, & dans l'église construite dans la ville Auguste de Vermand. Ces traits sont décisifs.

6°. Un petit traité intitulé : *Du transport des reliques de saint Victorice*, compagnon de saint Quentin, confirme de nouveau ces vérités. Cet ouvrage se garde encore à présent dans le tréfor aux archives de l'églife de ce saint patron. Il n'eft pas fufpect, parce qu'il eft produit par des parties intéreffées. L'hiftoire du monaftere de Corbie, en Amiénois, avec lequel l'églife de faint Quentin ne s'eft pas affurément entendue, contient la même relation dans les mêmes termes. Et encore un coup, des chanoines éloignés de nous depuis mille ans, n'ont jamais penfé à mentir pour nous obliger aujourd'hui dans un point de critique.

VI. SIECLE. Année 545.

Otger, ancien *chanoine de l'églife de faint Quentin du Vermandois*, devenu évêque d'Amiens, voulant reconnoître, par un bienfait fignalé, la fainte éducation qu'il avoit reçue de fa mere, *l'églife de Vermandois* . . . . eut le bonheur de pouvoir diftraire le corps de faint Victorice, martyr, de ceux de faint Fufcien & de faint Gentien, fes compagnons : & il le donna à fes confreres *les chanoines de Vermandois*. C'eft une immenfe prérogative, ajoute l'auteur de cette hiftoire, dont ce prélat a honoré *l'églife de Vermandois*. Que l'on reconnoiffe donc, dans ce peu de paroles, un Otger, évêque d'Amiens, inftruit dans l'églife de faint Quentin, dont il étoit chanoine : qu'on y reconnoiffe que le préfent précieux que ce prélat a fait du corps de faint Victorice à l'églife de faint Quentin, y a été placé par lui-même au côté de notre faint Apôtre, dans le lieu où l'on l'y voit encore maintenant : qu'on y reconnoiffe enfin la grace que le Ciel accorda à cet évêque, de pouvoir donner cette riche marque de fa gratitude à l'églife dont il avoit autrefois été membre; & la faveur que Dieu fit auffi à cette églife, de recevoir & de poffeder encore aujourd'hui ce tréfor précieux. Mais, dans tous ces récits, l'églife de faint Quentin n'eft jamais indiquée que fous l'appellation de *l'églife de Vermandois* : c'eft donc parce qu'elle eft inconteftablement la même. Le village de Vermand n'eut jamais aucune églife qui ait été appellée *l'églife de Vermandois*. On verra dans la fuite qu'on ne commença à y en bâtir que vers l'an 1068, près de deux cens ans après l'arrivée du corps de faint Victorice dans celle de faint Quentin, & bien poftérieurement à tous les fiécles que nous venons de parcourir.

Voyez fous l'an 893.

Qu'on ne penfe pas au refte que l'églife de faint Quentin foit appellée l'églife de Vermandois par la raifon précifément qu'elle eft fituée dans le territoire de cette province; car, outre qu'il refteroit toujours à demander que feroit devenue enfin l'ancienne cathédrale de Vermandois, dont on ne voit point de traces en aucun autre lieu, même dans le village de Vermand, celle où pontifioit l'évêque de ce nom, & d'où il s'eft enfui pour

Y ij

VI. SIECLE.
Année 545.

se retirer à Noyon, on ne doit jamais croire ni consentir, contre nos preuves, que, parce que saint Médard auroit transféré le siege épiscopal de Vermandois de la ville Auguste à Noyon, il y eût amené avec lui tous les prêtres & tous les chanoines de sa premiere église. C'est-là une double translation dont on ne donnera jamais de garantie. La vérité ne se partage pas en faveur de deux opinions contraires ; elle a parlé dans nos preuves ; elle ne peut plus nous devenir opposée.

Il est notoire, comme on le verra par la suite de nos Mémoires, que les abbés, les doyens, & les chanoines même de l'église de saint Quentin, ont toujours joui dans le diocese d'une considération plus particuliere que ceux des autres églises, & d'une distinction qui les égaloit aux chanoines de la [nouvelle] cathédrale de Noyon, & les mettoit au-dessus de tous les autres corps séculiers & réguliers de la même province. Eh ! d'où leur seroit venue cette prééminence, si ce n'est du souvenir ancien de leur supériorité dans le diocese ? Il ne leur a pas fallu, pour obtenir ces titres uniques, de bulles papales, ni de diplômes de Roi ; il ne leur a fallu que montrer le contrat de desponsation de leur église avec des époux fugitifs, & l'infidélité de leur divorce avec elle.

Enfin, si l'église de saint Quentin n'eût été qu'une église ordinaire, quelle équivoque pouvoit-on craindre de commettre, en l'appellant simplement l'église de saint Quentin, du seul nom de ce Martyr ? Il n'y en avoit aucune autre qui fût aussi célébre, qui s'appellât de même, ni qu'on pût confondre avec elle. Pourquoi malgré cette liberté tous les actes anciens donnent-ils à cette basilique l'adjectif d'*église de Vermandois ?* C'est parce que cette qualité fait sa naturelle & premiere note ; c'est qu'elle est tirée du fond de la chose, & que l'usage universel des autres églises imposoit la loi de donner à l'église de saint Quentin le nom du sol & de la capitale où elle étoit bâtie.

L'église de saint Quentin est donc constamment l'église de Vermandois, par la seule cause qu'elle est appellée de ce nom ; & elle n'a pu être ainsi appellée que parce qu'elle est l'antique cathédrale des évêques de Vermandois.

III. Plusieurs autres marques de cette ancienne prérogative, qui sont demeurées attachées à l'église de saint Quentin, vont enfin persuader les plus obstinés contradicteurs, de la vérité que nous défendons, s'il y en avoit encore qui n'eussent pas cédé aux preuves que nous avons accumulées jusqu'ici.

XII.
Page 16.
Cl. De la Fon-,
Hist. de S. Quen-
tin, pag. 26.

1°. L'église de saint Quentin est originairement dédiée à la sainte Vierge & à saint Quentin. Voilà ses deux premiers & principaux patrons. Le fait est reconnu. L'auteur de *la défense des principales prérogatives,* &c. rapporte les textes des plus anciens rituels de

l'églife de faint Quentin, & d'une bulle de Clément IV., qui jufti-
fient pleinement que la fainte Vierge y a toujours été invoquée
comme la premiere & la principale patrone. En effet, l'office ordinaire de cette Reine du Ciel qu'on y fait journellement, quand
l'églife n'eft pas empêchée; fon image pofée à l'entrée même du
grand portail de cette bafilique, & attachée encore à l'un des deux
principaux piliers de la nef; fa chapelle particuliere, dreffée
près de la porte du chœur; une autre, derriere le chœur; celle
de Lorrette; fes fêtes enfin, qui y ont toujours été très-célébres,
ne laiffent point lieu à douter fur cet article. Celle de la cathédrale
de Noyon reconnoît pareillement cette Mere de Dieu pour fa premiere patrone. Ne feroit-ce pas parce que S. Médard, en transférant
dans cette derniere ville fon fiege épifcopal, & en y conftruifant
l'églife qu'on y voit, & dont on dit [mal-à-propos] que le chœur,
qui fubfifte, fut bâti de fon temps, auroit emporté cette dévotion
à la fainte Vierge, de l'églife qu'il venoit de quitter? Cette raifon,
fi elle n'eft pas convaincante, n'a rien au moins de rebutant. D'ailleurs prefque toutes les églifes cathédrales de la métropole de
Reims, dans l'étendue de laquelle eft fituée celle de faint Quentin,
font dédiées à cette Vierge-Mere. C'eft donc encore une preuve
éloignée que celle-ci a été la cathédrale de Vermandois, que d'a-
voir fon augufte temple fous l'invocation de Marie.

2°. Voici des preuves plus concluantes. Plufieurs droits de l'autorité épifcopale, dont l'églife de faint Quentin a joui de temps
immémorial, établiffent invinciblement qu'elle a été la cathédrale
ancienne des évêques de fa province. Nous rapporterons, dans la
fuite de cette Hiftoire, les difputes que ces droits ont occafion-
nées entre les Evêques de Noyon & le Chapitre de Saint-Quentin; les tranfactions, les concordats, & les fentences qui les ont
reconnus, interprétés & limités; & l'arrêt folemnel du Confeil qui
les a fait ceffer. Mais ce n'eft pas ce dont il s'agiffe encore maintenant. Il nous fuffit d'affurer que l'églife de faint Quentin en a été
en poffeffion pendant plufieurs fiécles, & de tirer, de la libre
jouiffance qu'elle en a eue, la preuve de la queftion que nous agitons; favoir, que cette bafilique eft l'ancienne cathédrale du diocefe de Vermandois, & le fiege primitif de celui de Noyon.

XIII.

L'établiffement de ces droits épifcopaux n'avoit pas de date;
on n'en montroit ni la patente royale, ni le bref apoftolique;
ils prenoient leur fource dans l'antiquité la plus reculée, & re-
montoient au temps même de la tranflation de la chaire épifcopale de Vermandois à Noyon. Certain fermon manufcrit, ancien
de près de huit cens ans, qui rapporte l'événement de la proceffion du corps de faint Quentin au village de Cincenny, fait
l'éloge de l'églife de ce Martyr. Et parlant des droits honorifiques

dont elle jouiſſoit : Tout le monde ſait, dit-il, que cette ſuperbe égliſe brille de l'éclat épiſcopal . . . . *Cujus honore à patribus digniſſima ædes epiſcopali autoritate renitere conſpicitur . . . . .* Cet authentique ſe garde dans le tréſor de cette égliſe. C'étoit donc une vérité généralement reconnue, il y a plus de ſept ſiécles, que l'égliſe de ſaint Quentin avoit les marques diſtinctives attachées aux cathédrales.

Au ſurplus, elle a eu un bréviaire particulier, à ſon uſage, & différent de ceux que ſe faiſoient les dioceſes ſuffragans de Reims. Un arrêt contradictoire du Parlement de Paris, de l'an 1635, l'ayant maintenue dans la liberté de le faire imprimer pour tous les ſujets dépendans de ſon chœur, le dernier qu'elle a confié à la preſſe eſt de l'an 1642. Un diurnal y fut ajouté. Son miſſel pour les fêtes qu'elle célébre, lui fut toujours propre. Son rituel, conforme preſqu'en tout à celui de ſa métropole, contient cependant quelques coutumes qui ſont ſingulieres à ſon chœur. Avant l'an 1703, un vicaire-général, commis par le chapitre, diſpenſoit aux confeſſeurs des pouvoirs légitimes, & accordoit les diſpenſes gracieuſes. La compagnie avoit un official, un promoteur, & une cour ſpirituelle : on y fulminoit les brefs & les bulles de diſpenſes, & l'on y rendoit les ſentences, dont l'objet étoit de ſa compétence. On ne pouvoit appeller des jugemens rendus par l'official des chanoines, qu'à celui de Reims ou de Rome : celui de l'évêque n'étoit point connu d'abord, & ne le fut que peu dans la ſuite. Elle avoit ſes priſons pour y renfermer ſes ſujets criminels. Sa juriſdiction ſpirituelle s'étendoit anciennement ſur toute la ville & la banlieue ; elle fut reſtreinte, en après, aux ſeules paroiſſes de la ville, deſquelles elle conféroit les titres : les autres reſterent ſoumiſes à la croſſe des évêques de Noyon. Une paroiſſe, celle de Notre-Dame, dite *de la Gréance*, fut encore cédée aux mêmes prélats par le chapitre de ſaint Quentin ; mais ce fut en vertu d'un concordat qui reconnoiſſoit & lui laiſſoit ſa juriſdiction libre ſur toutes les autres. Il viſitoit, par un de ſes députés, les paroiſſes de la ville, dépendántes de ſon clocher : il décernoit des monitoires, publioit des mandemens, ordonnoit les jeûnes, les fêtes, les ſtations, & n'étoit lui-même ſoumis à aucune autre autorité ſupérieure, que celle du métropolitain & du Pape. Quelles marques plus probantes de ſa nobleſſe originaire, que ce droit d'indépendance & d'exercice de la juriſdiction attachée à l'égliſe de ſaint Quentin ?

 3°. Eléonore, comteſſe de Vermandois, mourut en 1214, & ſon comté fut alors définitivement réuni à la Couronne. Libre du joug importun de ſes comtes-abbés, l'égliſe de ſaint Quentin fut remiſe en même temps ſous le gouvernement unique de ſes doyens. Quelle diſtinction ceux-ci ne prirent & ne reçurent-ils pas alors, par-deſſus tous les autres ſupérieurs des égliſes voiſines ? Devenus ſous la protection de nos Rois, les ſeuls chefs d'une égliſe égale aux plus inſignes, un trône plus éminent leur fut dreſſé dans le chœur, ainſi qu'on le pratique envers les évêques. Et comme tous les chanoines de leur égliſe étoient autant de prélats-nés, en vertu des prérogatives de leur juriſdiction, on appelloit, avec le plus juſte titre, ces illuſtres dignitaires : *les Maîtres des Prélats ; Monarcho-Præſules.* C'eſt l'auguſte qualité dont eſt honoré le doyen Hugues. Dès l'an 986, le rang diſtingué des doyens de cette même baſilique, les plaçoit auprès des évêques dans les aſſemblées de la province métropolitaine ; & ils aſſiſtoient les douze pontifes qui devoient ſacrer l'archevêque de Reims. Où voit-on, dans la même province, que les doyens des autres égliſes qui ne ſeroient pas cathédrales, aient joui de prérogatives ſi relevées ? Et l'approbation que les évêques de la province de Reims donnoient, en toutes circonſtances, aux doyens de l'égliſe de ſaint Quentin, ne fait-elle pas preuve que ces prélats n'ont jamais méconnu une des premieres égliſes de leur diſtrict, dans ſes membres & dans le chef qui leur préſidoit ?

4°. Bientôt nous aurons à parler des anciens coûtres de cette même égliſe, dont la dignité, à préſent ſupprimée, étoit autrefois ſi éminente. Nous ne tirerons ici de quelques-unes de leurs diſtinctions, qu'une nouvelle preuve pour notre theſe. Lors de leur entrée ſolemnelle dans l'égliſe de ſaint Quentin, diſent ſes vieux livres, ils traverſoient, comme auroient fait les évêques, la place de la ville de Saint-Quentin, précédés du clergé de leur égliſe, la mître en tête ; & s'inſtalloient dans le chœur, à l'oppoſite du doyen. Et d'où ſeroient donc venu aux coûtres ces inſignes prérogatives, ſi ce n'eſt de l'uſage ancien qui avoit réuni ſur ce dignitaire de cette antique cathédrale, quelques marques extérieures de celles affectées aux premiers évêques de Vermandois, qui y en avoient auparavant été revêtus ?

5°. On fouilloit la terre, il y a quatre cens ans, dans l'égliſe de ſaint Quentin, pour y jetter les fondemens d'un de ſes piliers. La terre, pour la conſolation des ſaints miniſtres qui y ſervoient le Seigneur, leur fit voir, s'il eſt permis de parler ainſi, les offemens de quelques-uns de leurs peres qui repoſoient en paix dans le ſein de leur égliſe. On y trouva leurs anneaux d'or, dont quelques-uns peſoient treize ſterlings. Le ſterling eſt une piece de monnoie qui peſe trente-deux grains de bled. On ne peut trop raiſonnablement nier que ces bagues ne fuſſent de celles des anciens évêques de Vermandois, qui avoient autrefois occupé la chaire de cette égliſe, & y avoient été enterrés.

VI. Siecle.
Année 545.

Sermont ad Cincinniacum : infrà

XV.
Voyez l'année 686 ci-après.
La Défenſe des principales Prérogat. &c. p. 67

Ibid. p. 68.

Les droits épiscopaux dont nous venons de parler, confervés dans l'églife de faint Quentin ; ces exemptions fondées en nature & en ufage, & bien différentes des privileges qui font toujours réfrangibles ; ces hautes diftinctions prifes par les doyens, les coûtres & les chanoines même de cette églife, ont été non pas concédées, mais confirmées par des refcrits de papes, conteftées, puis confenties par des évêques de Noyon, & toujours confervées & maintenues par des arrêts de la Cour. Mais qu'ont démontré, fous notre plume, ces prérogatives uniques ? Qu'elles étoient, dans l'églife de faint Quentin, les reftes brillans de fa premiere fplendeur : qu'elles y perpétuoient la réminifcence de l'ancien fiege épifcopal de Vermandois, qui y avoit été établi primitivement ; & que cette églife étoit inconteftablement la cathédrale du diocefe dont on difpute.

Nous avons parlé précédemment des bornes de la province de Vermandois, & du diocefe de ce nom ; & nous avons dit qu'elles étoient les mêmes : que la jonction ou la diftraction de quelques villages ne faifoient rien au fond de la chofe. Nous devons obferver ici cependant que l'on croit, avec fondement, que le château, dans lequel fe refugia faint Médard, n'étoit pas de la province, ni de fon diocefe. Apparemment que ce fort, qu'on appelloit *Château-Corbault*, étoit par-delà l'Oife, & fur les bords de cette riviere ; car tout ce qui eft en-deçà, paroît avoir appartenu au Vermandois, felon la divifion même que fait naturellement l'Oife, de cette province d'avec celle du Soiffonnois. Et il eft à préfumer que le lieu où faint Médard a fait enfuite conftruire fa nouvelle cathédrale, & où s'eft formée la ville de Noyon, retournoit fur le Vermandois. Il avoit donc quitté fon Château-Corbault, & s'étoit rapproché de Salency, l'endroit de fa naiffance, qui étoit totalement enclavé de la province & de fon diocefe de Vermandois. Voici ce que dit du Château-Corbault, un ancien

manufcrit compofé par un chanoine de Laon . . . . *Anno Juftiniani, Imperatoris, vigefimo-octavo, obiit beatus Medardus, Noviomenfis epifcopus, hic fedem epifcopalem ab urbe Viromanduorum ad caftrum Noviomum tranftulit. Fuerat autem caftrum Sueffionenfe. Fuerunt autem antè Medaraum, apud Vermandum, epifcopi tredecim.* Au refte, fi le lieu de Noyon même étoit (ce que nous ne devons pas croire) du diocefe & du territoire de la province de Soiffons, il faut dire tout crûment que Noyon fe fera fubitement démembrée de l'évêché de Soiffons ; que peut-être auffi elle en aura été échangée, ou gratuitement abandonnée, par les évêques de ce dernier fiege, à faint Médard & à fes fucceffeurs ; fur-tout à la recommandation de Clotaire Ier, l'ami de ce faint pontife de Vermandois. Nous raconterons, en leur temps, quelques altercations que la proximité

mité de ces dioceses occasionna entre leurs évêques, au sujet de leurs jurisdictions respectives. Car il est certain que celle de l'évêque de Noyon s'étendit ensuite au-delà de l'Oise, & qu'elle obtint & possede encore plusieurs villages à plus de deux lieues au-delà de ses murs & du Château-Corbault, qui étoit bâti près de la porte de Paris. Nous reprenons.

VI. Siecle.
Année 545.

Le village de Vermand n'a jamais eu dans son sein aucune église qui soit ou qui ait été honorée de la moindre des prérogatives que nous venons de décrire, si propres à celle de saint Quentin. La premiere église qu'on sache avoir été bâtie en ce village, n'étoit, dans son origine, qu'une petite chapelle desservie par un seul prêtre. C'est la cure du lieu, dédiée à sainte Marguerite, & construite sur la montagne pour le soulagement des peuples de cette campagne, qui étoient obligés d'aller entendre la messe & de recevoir les Sacremens du curé de Miseri-en-Carnois, dont ils dépendoient. Sa date remonte au temps de Radbod II, évêque de Noyon, qui monta sur le siege de cette ville en 1068. Quatre autres prêtres y furent placés, dans la suite, au bas de la montagne; & c'étoient des moines pauvres & dévots, qui se firent de la réputation. A ceux-ci succéderent des chanoines réguliers de saint Augustin. Enfin, sous l'épiscopat de Simon, qui mourut en 1148, ceux de Prémontré y furent introduits. Ces derniers formerent la communauté de l'abbaye que nous voyons encore à présent en ce village. Leur temple est dédié à la sainte Vierge; mais cette circonstance commune à tous ceux de cet Ordre, n'influe pour rien en faveur d'une église qui ne peut être appellée la cathédrale de Vermandois, par la raison seule qu'elle a commencé d'être construite plus de cinq cens ans après saint Médard. C'est le raisonnement du pere Le Cointe, & celui que présente naturellement la traduction du prétendu manuscrit *De la destruction de Vermand*, rapportée par Jacques Le Vasseur.

XVII.

Annales Ecclesiast. tom. 1. fol. 385.

Qu'importe à notre question que le village de Ville-l'Evêque, qu'on suppose avoir été le lieu de la maison de campagne de nos premiers évêques, fût plus à portée de leur résidence au village de Vermand, qu'en l'Auguste de Vermandois? Pourroit-on bien assurer que les évêques eussent alors des maisons de campagne? que le bien que ceux de Noyon possedent à Ville-l'Evêque leur appartînt dès le sixieme siécle, & que ce village fût existant & s'appellât ainsi au temps de saint Médard; c'est-à-dire, il y a douze cens ans? D'ailleurs, une aussi petite convenance peut-elle être reçue en preuve en faveur du village de Vermand, lorsque d'autre côté il reste toujours possible que nos premiers évêques, demeurans en l'Auguste de Vermandois, aient eu, aussi-bien

XVIII.

Aug. Vir. fol. 32.

qu'une infinité d'autres, leurs maifons champêtres éloignées de deux lieues de leur réfidence ?

Il y a quelque chofe encore d'infiniment plus concluant en faveur de l'églife de faint Quentin, qu'en celle de toute églife poffible du village de Vermand. On ne fauroit déterminer en quel endroit ont pu être bâtis l'églife & le palais des évêques demeurans en ce lieu ; nous fixons certainement celui de ces édifices dans la ville de Saint-Quentin. La chapelle dite *de Notre-Dame la Bon*, étoit celle de ces prélats : tout l'efpace qui l'environnoit, & que l'on a enfermé, depuis leur retraite, dans une partie de la grande croifée de l'églife de faint Quentin, formoit leur demeure, leur cour & leur jardin. Ces prélats avoient donc leur habitation contiguë à leur cathédrale. Voilà leur premier patrimoine & le titre primordial d'une poffeffion, dont Claude Emmeré ne concevoit pas lui-même l'origine. Nicolas, évêque de Noyon, abandonna dans le treizieme fiécle, au profit des chanoines de faint Quentin, & cette chapelle, & toute l'étendue du terrein adjacent, pour l'employer à leurs ufages. L'églife de faint Remi, bâtie en la même ville, proche de cette chapelle & de l'églife de faint Quentin, a toujours dépendue, depuis fon érection en paroiffe, de la préfentation des chanoines de la cathédrale de Noyon. Mais par quel autre titre cette même cure, fituée fur le haut de la colline, au milieu de l'ancien domaine des chanoines de faint Quentin, & dans le centre de leur jurifdiction, feroit-elle tombée dans la poffeffion des évêques de Noyon & de leur chapitre, fi ce n'eft parce qu'elle a été érigée dans l'enclos du terrein qui appartenoit autrefois à ces prélats ? dans un fonds qu'ils avoient hérité des évêques de Vermandois qui l'occupoient lorfqu'ils demeuroient en leur palais épifcopal, bâti près de l'églife de faint Quentin, leur cathédrale, & dans leur ville épifcopale d'Augufte ? dans un fol enfin qu'ils ont partagé, depuis ce temps, avec les chanoines de leur cathédrale nouvelle de Noyon ? Le village de Vermand a-t-il feulement l'ombre d'une probabilité qui puiffe être comparée à ces évidentes vérités ? Jacques Le Vaffeur les fentoit, & laiffoit tranfpirer, malgré lui, la fenfation qu'elles lui faifoient. C'eft un plaifir de le voir faire *le Fourrier* de nos évêques fugitifs : il les place, au fortir de fon cher village de Vermand, tantôt à Noyon, tantôt à Salency, ou à Péronne ; & ajoute : *Et pourquoi non à Saint-Quentin pour un temps ?* En vérité, il femble, fauf le refpect dû aux Saints, qu'il a régné un enchantement d'averfion dans nos premiers évêques, qui les faifoit fuir loin de leur premiere cathédrale ; & qu'il en régne un autre de déraifonnement dans leurs panégyriftes, quand ils veulent les excufer & pallier leur fuite de Saint-Quentin. Saint Médard, n'étant que fimple prêtre,

VI. SIECLE.
Année 545.
XIX.

Ibid. fol. 143.

Voyez les années 1045 & 1248.

Annales de Noyou, p. 275.

Liv. II. Nº. 63.

s'arrête une armée entiere, & n'en craint point le reſſentiment, ni celui de ſon Roi, qu'il force à reſtituer ſes déprédations : les Huns paroiſſent devant le même Saint, devenu pontife, il abandonne ſon égliſe, ſes clercs, ſa maiſon, & s'enfuit à dix lieues, pour ne les revoir jamais. Quel contraſte de force & de foibleſſe !

Qu'importe auſſi à la queſtion que nous avons agitée, que les évêques de Noyon ſoient en partie les ſeigneurs du hameau de Ville-l'Evêque, ou qu'ils aient encore en ce lieu, ou au village de Vermand, de grands biens ? Ne les peuvent-ils pas avoir acquis auſſi bien en vertu de leur ſiege ſitué en l'Auguſte de Vermandois, qu'en vertu de celui qu'on veut ſuppoſer qu'ils ont occupé au village de Vermand ? Leur a-t-il fallu un domicile actuel dans le lieu de leurs domaines, pour les avoir pu obtenir ? Par une retorſion qui ne ſort pas de la matiere, l'égliſe de ſaint Quentin poſſede auſſi en ces deux endroits, & ſur-tout dans le village de Vermand, dont elle a la ſeigneurie libre, plus de biens que n'y en ont jamais eu les évêques de Noyon, ſucceſſeurs des pontifes de l'ancienne Auguſte de Vermandois ; s'enſuit-il delà que ſes chanoines aient jamais demeurés en ce village ? Raiſonner de cette façon, ſeroit débiter une conſéquence priſe dans un ſonge.

Mais, dira-t-on, qui empêche de croire que ſaint Médard, en s'enfuyant à Noyon, n'y ait tranſporté avec ſoi ſa part des biens ſitués dans le village de Vermand, & qu'il n'ait laiſſé la leur à ſes chanoines, qui, privés de la préſence de leur évêque, maltraités par les barbares, & refugiés au ſépulchre de ſaint Quentin, qui étoit le lieu le plus prochain qu'ils puſſent trouver, lui auront donné leurs biens avec leurs perſonnes ? Or, dans cette ſuppoſition, le village de Vermand auroit perdu pour jamais, en un même jour, ſa dignité de ville capitale, ſon évêque, ſes chanoines, ſa chaire. Mais la ville d'Auguſte de Vermandois, & la cathédrale des évêques de ce nom, ſe trouveroient avoir ſubſiſté primitivement dans le village de Vermand ; & la ville & l'égliſe de ſaint Quentin ne ſeroient, l'une, qu'une ville nouvelle, formée alors, & l'autre, qu'une ſimple collégiale : toutes deux auroient profité des débris des peuples, de l'évêque & des chanoines transfuges.

Ce qui doit empêcher de donner aucune croyance à ces ſuppoſitions, c'eſt le défaut d'une preuve convaincante, qu'au commencement du ſixieme ſiécle, où ſaint Médard ſe retira dans Noyon, la ville Auguſte eût été plus ménagée par les Vandales, ou moins menacée par les Huns, que le fut le village de Vermand. Car il en ſubſiſtoit alors une de ville Auguſte, baignée par la Somme : elle avoit même alors plus de trois cens ans d'antiquité. Le fait eſt inconteſtable par les actes de la paſſion de ſaint Quentin. Or, ſi cette Auguſte a été également expoſée aux brigandages

X X.

X X I.

& aux fureurs des barbares, comment pourra-t-on nous perſuader qu'elle aura pu donner une retraite plus aſſurée aux chanoines de la cathédrale prétendue du village de Vermand, que la ville même, que l'égliſe même de Vermand qu'ils quitterent? Pourquoi, dans le cas ſuppoſé, ſaint Médard a-t-il fui plus loin que ſes chanoines? Pourquoi ne les a-t-il pas enlevés avec lui? Comment ne l'ont-ils pas retenu auprès d'eux, au tombeau de ſaint Quentin? Pourquoi ne l'ont-ils pas fait revenir dans une ville Auguſte & dans une égliſe toutes faites? Le partage des biens entre les évêques & les chanoines n'étoit pas encore connu au temps de ſaint Médard, & ne le fut que bien long-temps après. Nous ſommes très-perſuadés que, dans le ſixieme ſiécle, l'évêque de Vermandois, & ſon chapitre, avoient encore bien peu de fonds de terres. On ſait d'ailleurs, à peu près, d'où ſont venus aux évêques de Noyon, à leur chapitre, & à celui de ſaint Quentin, les domaines qu'ils ont à Ville-l'Evêque & à Vermand.

Nous mépriſons donc toutes ces objections *enfantines*, toutes ces fauſſes apparences ſur leſquelles l'imagination folle a bâti ſon ſyſtème : arrêtons-nous aux vérités que nous avons ſolidement établies. Rejettons auſſi toutes les fictions fondées ſur des noms & des mots interprêtés à loiſir : car quand l'éloignement des temps ſeconde un auteur un peu adroit & inventif, ſon eſprit ſéducteur accréditeroit, chez les ſages même, les plus grandes rêveries. Nous avons déja fait voir que, pour combattre les prérogatives de la ville & de l'égliſe de ſaint Quentin, on a épilogué ſur tous les mots, & qu'on a fait jouer en batterie toutes les étymologies des noms de Vermand, de Ville-Choles, de Ville-l'Evêque, de Marteville : nous devons encore rapporter que quelques-uns y ajoutent celle de Sénave.

XXII.

Ce hameau eſt diſtant d'une demi-lieue du village de Vermand. Le nom en vient, dit-on, du mot *ſenatorium*. C'étoit, ajoute-t-on, la maiſon de campagne des ſénateurs réſidans à Vermand, ou peut-être le lieu de leur tribunal. Preuve évidente, conclud-on, que la ville capitale de Vermandois n'étoit que dans le village de Vermand. Pour nous, nous laiſſons ſe repaitre de cette obſervation alambiquée, ceux qui ne veulent adopter que des impertinences, & qui ne ſont pas faits pour digérer nos preuves.

XXIII.

En vain on objecteroit encore, que l'égliſe de ſaint Quentin n'étoit pas ſituée dans l'Auguſte de Vermandois, pour avoir pu en être la cathédrale, puiſque ce n'étoit que dans le ſein des villes Auguſtes que les égliſes de ce rang étoient bâties. C'eſt une difficulté qui mérite à peine une réponſe. L'égliſe de ſaint Quentin étoit en effet conſtruite hors de l'enceinte de ſa capitale, ſur la colline qui dominoit ſur cette ville, dont elle formoit comme le

fauxbourg, vers le côté de l'orient : mais cette diftance, fi peu
fenfible, eft un vrai voifinage, une contiguité qui n'interrompt
point la continuation de la ville avec l'églife cathédrale : c'étoit
un même lieu enfin. Huit ou neuf cens pas d'intervalle d'un endroit à un autre, ne coupent pas le fil de leur véritable jonction.
Au furplus, dès le temps que l'oratoire, bâti par fainte Eufébie fur
le corps de faint Quentin, fut achevé, le concours des peuples
au tombeau de ce Martyr, fut fi grand, que l'efpace intermédiaire
de la ville d'Augufte de Vermandois à cette chapelle fut auffi-tôt
rempli d'hôtelleries & de maifons propres pour recevoir les étrangers. On l'appelloit *la rue de faint Quentin : vicus fancti Quintini.* Et
ce chemin eft encore nommé maintenant de même par ceux qui
n'ont point appris à l'appeller *la rue de faint André.* La demeure
des évêques de Vermandois, & leur cathédrale, étoient donc
cenfées dès-lors être dans la ville, à laquelle elles touchoient par
un bout, & par un chemin le plus battu & le plus fréquenté. Nous Papirius Maf-
fon, Notice des
évêchés de Fr.
p. 69 & fuiv.
avons d'ailleurs beaucoup d'églifes cathédrales bâties hors de l'en-
ceinte des villes dont elles portoient le nom. La cathédrale d'Arras
étoit dans la cité, hors de la ville. Celle de faint Etienne de Péri-
gueux eft hors de la ville auffi. Celle de la fainte Vierge d'Oléron
n'eft pas non plus dans le fein de cette ville. Pierre Lombard,
le maître des fentences, a voulu être enterré dans l'églife de faint
Marcel-lès-Paris, parce qu'il croyoit que c'étoit le lieu de l'ancienne cathédrale dont il avoit occupé le fiege. L'églife abbatiale *GalliaChriftiana,*
de faint Acheul, près d'Amiens, poffédée à préfent par des cha- *tom. II.*
noines réguliers de la congrégation de France, étoit auffi autrefois la cathédrale des premiers évêques d'Amiens, *&c.* Avançons :
c'eft trop nous arrêter fur des miferes.

Il eft plus fpécieux d'objecter, que fi l'églife de faint Quentin *XXIV.*
eût été l'ancienne cathédrale des évêques de Vermandois, faint *Annales de*
Médard & fes fucceffeurs euffent été obligés, après la perfécu- *Noyon, p. 26.*
tion des barbares, de retourner à leur premier fiege, & d'aban- *Aug.-Vir. fol. 35.*
donner Noyon, qui peut-être n'étoit pas encore formé en ville.
C'étoit là une obligation qui fut expreffément enjointe aux évêques par une décrétale de faint Grégoire-le-Grand. La ville de *Gregor. Lib. II.*
Saint-Quentin eft devenue, dans la fuite de ces temps, auffi flo- *Epift. 25.*
riffante qu'elle l'eût jamais été ; & a été rendue beaucoup plus
fortifiée que celle de Noyon ne fut jamais. Son églife s'eft aggran-
die & enrichie confidérablement. Les évêques de Noyon cependant ne fe font pas laiffé attirer par ces ordres fupérieurs, ni par
ces appas flatteurs. Nous ne voyons pas même que les chanoines
de faint Quentin aient fait auprès de ces prélats, aucune tentative pour les rappeller dans le fein de leur églife. Ne s'enfuit-il
pas de l'indifférence des uns & du filence des autres, que la ville

VI. SIECLE.
Année 545.

& l'église de saint Quentin ne paroissent pas avoir été le premier siege des évêques de Vermandois?

Voilà l'objection la plus apparente que l'on puisse faire contre le sentiment vrai que nous soutenons; mais il s'en faut de beaucoup qu'elle soit péremptoire. Dabord saint Médard ne pouvoit avoir communication de la décrétale du pape saint Grégoire, puisqu'elle fut portée plus de quarante ans après la mort de cet évêque de Vermandois. Saint Grégoire ne fut élevé à la dignité de souverain pontife qu'en 590; & saint Médard, qui avoit établi sa chaire à Noyon vers l'an 535, mourut dix ans après. Elle ne pouvoit donc affecter que ses successeurs qui, pour ne pas y déférer, avoient déjà devant les yeux la stabilité fixée à Noyon par saint Médard, dont le mérite & la sainteté avoient consacré le fait de son évasion. On n'a jamais bien pénétré dans les motifs qu'ont eu les évêques de Noyon de rester en cette ville par préférence à celle de leur premier siege; & cet examen nous est encore devenu bien plus difficile à présent que nous sommes si éloignés de leur temps & de leurs personnes. Mais nous pensons qu'outre les raisons que nous venons d'en apporter, une des principales qui les a retenus à Noyon, étoit la proximité de la Cour. Le Vermandois étant du royaume de Neustrie, & par conséquent des Rois résidans à Soissons, les évêques de notre province auront préféré de demeurer en une ville qui les mettoit à portée de faire plus facilement leur cour à leurs maîtres. Ces princes même, qui influoient tant dans la nomination aux évêchés, le leur auront commandé eux-mêmes; & peut-être les premiers successeurs de saint Médard étoient-ils des créatures des Rois de Soissons. Au surplus, les évêques élus auront trouvé, lors de leur nomination, un palais déjà fait par leurs prédécesseurs, une église nouvellement bâtie, des biens récemment acquis & attachés à leur place. Qui sait si quelques-uns d'eux n'étoient pas encore des environs de Salency, la patrie de saint Médard? Enfin Noyon & ses environs, dont Fortunat, auteur contemporain, fait une si étendue & si pompeuse description, présenterent une habitation plus riante & plus délicieuse à leurs sens, que l'ancienne Auguste de Vermandois, qui n'étoit assise que sur des eaux, des prés & des marais. Toutes ces causes combinées, & d'autres peut-être que nous ignorons encore, ont donc fait insister les successeurs de saint Médard dans ses démarches, & battre, comme on dit vulgairement, le chemin frayé.

Cointli, Annales
Eccl. tom. 1. fol.
364.

XXV.　　D'un autre côté, la ville de Saint-Quentin, l'ancienne Auguste, ne pouvoit se rétablir, & ne se remit en effet qu'à la longue. Le vrai point de sa restauration n'est gueres que de 884 & des années suivantes, lorsque le comte-abbé Thierry la munit par de bonnes

défenfes contre les ravages des Normands. Dans cet intervalle de
quatre cens ans., les évêques de Noyon s'étoient détachés de leur
églife primitive, & ne connoiffoient, ou au moins n'aimoient plus
que celle qu'ils avoient devant les yeux. Nous croirions même
que les premiers comtes bénéficiaires de Vermandois n'auroient
pas peu contribué auffi à détourner les évêques de Noyon de
revenir en leur ancien fiege. Par l'abfence de ceux-ci, ces feigneurs
dominoient plus impérieufement fur les chanoines de leur ville
Augufte, fur l'églife de faint Quentin, dont ils avoient la témérité
de fe dire les abbés ; dont ils adminiftroient & pilloient peut-être
les revenus ; & fur les peuples de la capitale & du territoire.
Moins de cent ans après la mort de faint Médard, nous voyons
qu'un comte, Garifrede, fut un des principaux perfécuteurs de
faint Eloi.

Les chofes ainfi établies, le chapitre de faint Quentin n'aura vu
que de très-difficiles apparences de rappeller vers foi fes évêques.
Sans doute il aura formé des demandes, & fait des pourfuites
auprès de ces prélats : mais trop d'obftacles auront empêché
qu'elles ne réuffiffent. Et l'hiftoire ne nous a rien confervé de
précis fur tout cela. L'argument tiré de la décrétale de faint Grégoire, que Jacques Le Vaffeur oppofe à notre prétention, n'eft
donc pas irréfragable. Et pour couper court, le trop fort attachement des premiers évêques de Noyon à cette ville, loin de
détruire les prérogatives de l'églife de faint Quentin, ne les en-
tame pas même. Tout le vain triomphe de l'annalifte fe diffipe de
lui-même, & fe réduit en fumée.

Nous retournons au point d'où nous étions partis : car nous
finiffons ici la differtation par laquelle nous nous étions engagés
de montrer que l'églife de faint Quentin eft, dès fon origine,
l'ancienne cathédrale des évêques de Vermandois, & le fiege
primordial de ceux de Noyon. Incidemment à cette vérité, nous
en avons prouvé une feconde : favoir, que le village de Vermand n'a jamais été, ni n'a pu être la ville épifcopale de ces anciens évêques ; qu'il n'a point eu, dans fon fein, d'églife qui pût
être décorée du titre de cathédrale : & qu'enfin les évêques de
Noyon ne font jamais fortis de ce lieu.

S'il ne paroît pas, comme nous l'avons déjà dit, qu'il y eût
d'évêque dans le Vermandois, lorfque faint Quentin y fouffrit,
par la raifon qu'il n'eft pas marqué dans les actes de ce Saint qu'il
ait reçu la confirmation de fa miffion d'aucun d'eux ; parce qu'une
même perfécution eût certes entraîné dans les mêmes tourmens,
& l'évêque de Vermandois, & le nouvel apôtre ; parce qu'enfin
le nombre de treize évêques que l'on compte, & que l'on dit avoir

gouverné cette province, ne pourroit peut-être pas suffire à remplir l'intervalle qui se seroit écoulé avant l'an 296, jusqu'à la fuite de saint Médard, arrivée en 535 ; il faut avouer qu'il ne paroît pas non plus qu'il y en eût encore dans la ville Auguste de Vermandois, ni en aucun lieu de cette province, lorsque sainte Eusébie, qui avoit trouvé le corps de saint Quentin, fit bâtir fur le tombeau de ce glorieux Martyr, la petite chapelle dont nous avons parlé.

En effet, cette sainte Dame, en arrivant dans le Vermandois, pour y découvrir le corps d'un Saint qui lui avoit été miraculeusement revélé, se fût adreffée d'abord à l'évêque du pays, s'il y en avoit eu, pour lui donner communication des deffeins du ciel & des fiens. Rien d'important ne se faifoit gueres en ces temps, fans que l'on prît l'avis des évêques. Elle eût donc engagé celui de Vermandois à se trouver préfent à cette éclatante invention ; ou du moins c'eût été par ses ordres qu'elle se fût dirigée dans cette opération. N'eft-ce pas encore entre les mains facrées du pontife de notre province, qu'elle eût remis le riche dépôt qu'elle trouva ? & le prélat ne l'eût-il pas lui-même confié à la fépulture, dont il pouvoit rendre par fa préfence la cérémonie plus célébre & plus triomphante ? Enfin, depuis l'an 351, fous lequel cette miraculeufe invention eut lieu, jufques vers l'an 530, où faint Médard fut fait évêque de Vermandois, il s'eft écoulé un efpace de temps, ni trop court, ni trop étendu pour la vie des treize prélats qui l'avoient précédé dans ce fiege. Aucun hiftorien ne nous a pas même rapporté qu'il y eût dans le Vermandois, au temps de fainte Eufébie, aucune églife chrétienne publiquement érigée. Celui qui raconte avoir été préfent à l'invention du corps de faint Quentin par cette pieufe Dame, ne dit pas un mot de l'évêque, ni des églifes du pays, ni de la confiftance de la religion d'alors. Le fang de notre apôtre avoit donc été comme enfoui avec fon cadavre dans le limon de la Somme ; & l'exemple formidable de fon martyre ayant rendu plus timides & plus réfervés les fideles qu'il avoit enfantés à JESUS-CHRIST, on n'avoit profeffé depuis ce temps-là, dans le Vermandois, la religion chrétienne qu'en fecret, fous des prêtres & des miffionnaires cachés. D'un autre côté, la liberté de fe déclarer ouvertement chrétiens, & de conftruire des temples au vrai Dieu, accordée par l'empereur Conftantin à fes fujets, étoit encore trop peu affermie pour autorifer fuffifamment les ames craintives à publier leurs fentimens. Il réfulte donc de toutes ces raifons qu'il n'y avoit pas encore dans l'Augufte de Vermandois, ni dans le territoire de ce nom, aucune églife chrétienne avant celle qui fut bâtie fur la colline ; que celle de faint Quentin eft l'églife-mere de cette province, & qu'elle n'a

commencé

commencé d'avoir ses évêques qu'aussitôt que les premiers fondemens de leur chaire furent jettés dans ceux de la chapelle construite par sainte Eusébie.

VI. SIECLE.
Année 545.

XXVIII.

Le sol de cet oratoire étoit peut-être un épave, un lieu abandonné, ou destiné seulement au supplice des criminels : car la tradition constante nous apprend que saint Quentin y fut décollé ; &
même dans l'endroit précisément où est élevé l'autel privilégié,
dédié en son honneur, à l'entrée gauche du chœur de l'église. Ce
sol, son contour, & tout ce qui a formé & fait encore aujourd'hui
le cloitre des chanoines, aura été par eux saisi, comme chose dé-
serte, peut-être ; ou à eux transféré par les anciens propriétaires,
à prix de finance, ou en aumône, & confirmé ensuite par les
comtes bénéficiaires. Toutes ces circonstances dans lesquelles
nous ne pouvons plus pénétrer, & sur lesquelles l'antiquité a jetté
un voile que nous ne pouvons pas déchirer, nous devions les
exposer ; mais nous nous abstenons de les décider.

XXIX.

Le clergé établi au tombeau du saint Martyr étoit peu riche &
peu nombreux dans son origine. Tel est communément le sort des
nouveaux établissemens : mais d'ailleurs, une petite église, quelques habitations simples, & les plus légeres aumônes, suffisoient,
en ces temps heureux, au détachement dans lequel vivoient les
évêques & leurs clercs. Le premier fonds de terres que nous sachions plus certainement avoir été donné à l'église de saint Quentin, est celui d'une partie de la terre d'*Hérimont* qui appartenoit à
saint Remi, & dont cet archevêque, qui mourut en 533, confirma
par son testament la donation qu'il lui en avoit faite : les autres
premiers biens prédiaux, accordés à cette cathédrale nous sont
inconnus.

*Frodoard. hist.
Rem. Lib. 1. Cap.*
18.
Voyez le Livre
II, N°. 71 ; & le
Livre III, N°.
10.

XXX.

La forme du gouvernement de l'église de saint Quentin, sous
ses treize premiers évêques, fut certes semblable à celle des
anciennes cathédrales, sous les successeurs des apôtres : & nous
devons croire que la maniere de vivre des chanoines de cette
église, subsista, après la désertion de saint Médard, sur le même
pied qu'auparavant, sous le chef qu'ils se choisirent. Pauvres
encore jusqu'alors, désolés par les barbares qui revenoient de
temps en temps dans le pays ; souvent dispersés, inquiétés
quelquefois par les comtes bénéficiaires, & devenus orphelins de
leur évêque, de leur vrai pere ; leurs larmes, leurs prieres, leur
dévotion, faisoient leur amere & leur plus commune nourriture :
& leur protecteur unique & invisible étoit leur saint Patron, dont
ils gardoient les cendres. Voués au Dieu qui les éprouvoit, leur
foi dans sa miséricorde faisoit leur espérance future, & leur con-
solation présente : ils ne s'occupoient que de son culte, auprès du tombeau de son bienheureux Martyr : ils ne vivoient

Année 552.

Tome I.   A a

guères que des aumônes journalieres des fideles & des pélérins
que la piété conduifoit à leur églife. Les chefs qu'ils fe choifirent,
furent nommés Abbés, felon l'ufage de prefque toutes les églifes
de ces temps-là : ils les reçurent peut-être même encore de la
main de leurs anciens pontifes. Ces abbés difpenfoient à chacun
d'eux une portion des oblations qu'on leur faifoit, & le refte étoit
appliqué à la reftauration & l'entretien du temple, à la célébrité
du culte, & au foulàgement des pauvres. Toute l'étendue voifine
de leur églife les tenoit réunis les uns aux autres : leur vie, comme
leur habitation, étoient communes. Écartés du tumulte de la ville
qui étoit au bas de la colline, ils ne rompoient leur filence, ou ne
quittoient leur retraite, que pour inftruire les peuples, & courir
au fecours des miférables.

XXXI.   Ces dignes & fideles chanoines fe fentirent bientôt de l'abondance que procure l'affluence des pélérins. Les dons de ces derniers, qui recevoient la guérifon de leurs maux par l'interceffion
de faint Quentin, en enrichirent, en peu de temps, le temple &
les miniftres. Tirés de leur extrême mifere, & rendus, par les aumônes des miraculés, à une partie de leur premier luftre, ils
eurent moins d'occafion de regretter la perte de leurs évêques,
qu'ils ne pouvoient plus rappeller en leur fein. Car, de leur côté,
ces prélats & leur nouveau chapitre s'établiffoient à Noyon. Dès

l'année 560, en laquelle mourut Clotaire Ier, & fous l'entrée du
règne de Chérebert, fon fucceffeur, fous le temps auquel vivoit
Grégoire de Tours, & par conféquent en moins de quinze ans,
après la mort de faint Médard, l'églife de faint Quentin étoit déjà
rétablie, & étoit heureufement devenue le théâtre d'une infinité
de prodiges, dont cet écrivain nous a rapporté quelques-uns.
Une place parmi les chanoines de faint Quentin étoit même fi
eftimée & fi digne de la recherche, ou de l'ambition des Grands,
que dès le commencement du feptieme fiécle, les chantres les
plus diftingués de la chapelle de nos Rois, fe faifoient honneur
de l'occuper.

Le Roi Chérebert, mort en 570, laiffa le royaume de Paris à
fon frere Chilperic. L'année fuivante, ce Prince expulfa de fon
palais fon époufe Galefuinte, qu'il fit étrangler peu de temps
après. Cette Efpagnole étoit fa feconde femme, après Audouère,

qu'il avoit auffi répudiée : il prit alors la fameufe Frédegonde,
que l'on fait communément native d'*Avaucourt*, en Picardie. Cette
nouvelle époufe, d'abord fuivante de la Reine Audouère, n'auroit
peut-être eu rien de bas en elle, que fa naiffance, fi elle eût fu contenir dans des bornes plus étroites & plus fages, fes entreprifes &
fes paffions. On lui fait le reproche d'avoir été la caufe des crimes
auxquels fe porta Chilperic, dont la foibleffe pour elle fut extrême.

Elle eut mille belles qualités, mêlées avec une infinité de vices : & fut elle seule, par ses scélératesses variées, balancer Brunehaut, son ennemie mortelle, & peut-être surpasser les femmes les plus méchantes.

Les peres Ruinart & Le Cointe penchent à croire, (& leur sentiment est très-vraisemblable) que le prélat que Grégoire de Tours rapporte avoir baptisé à Tournai, vers l'an 575, Samson, le fils du Roi Chilperic, étoit Chrasmarus, évêque de Noyon & de Tournai.

Si ce n'est pas pour perpétuer le souvenir d'un des premiers évêques de Vermandois, appellé Germain, que le culte de l'évêque de Paris du même nom, mort le 28 de Mai 576, a été établi dans la paroisse du village de Prémont, en Cambresis, sur les confins du Vermandois, & dans une autre de la ville de Noyon ; on peut croire qu'il le fut à l'occasion d'un miracle que ce saint Prélat opéra sur un nommé Bobolinus de la même ville de Noyon. L'éclat de cette guérison arrivée sous le temps de l'épiscopat de saint Médard, ou plutôt sous celui de son successeur, aura engagé l'un de ces deux évêques, ou quelqu'un de ceux qui les ont suivi, à en éterniser la reconnoissance, en consacrant les églises dont on parle sous l'invocation de cet illustre évêque de Paris. L'autel de Prémont fut donné, dans la suite, au chapitre de saint Quentin, qui y présente encore aujourd'hui.

Chilperic avoit été Roi de Soissons, avant que de succéder à son frere. Nous avons déjà dit que la province de Vermandois étoit comprise dans cette division. Chilperic fut lui-même remplacé dans ses deux royaumes par son fils Clotaire II, en 584. Quelques années après, c'est-à-dire, vers l'an 589, Brunehaut, l'épouse de Childebert, Roi d'Austrasie, fonda dans le Laonnois l'abbaye connue sous le nom de saint Vincent, occupée encore en nos jours par des Bénédictins de la congrégation de saint Maur. Le premier patron de leur église étoit saint Christophe. Cette nouvelle communauté, devenue très-célébre dans la suite, fut le second palais épiscopal des prélats du pays Laonnois, le séminaire des hommes illustres, des chanoines & des évêques même : elle est située près de la ville de Laon, sur une montagne voisine de celle qui porte cette ville, & jouit d'un air pur & de perspectives agréables. Les Normands en détruisirent les édifices que l'évêque Roricon fit rétablir. Lothaire lui confirma ses droits & ses privileges. Nos comtes héréditaires, & les évêques de Noyon, aiderent à la doter ; & la ville de Saint-Quentin lui donna successivement deux abbés du nom de Jean, en 1285 & 1307.

Brunehaut mourut le 28 d'Avril 613. La France lui a, dit-on, obligation des soins qu'elle prit à l'exhaussement ou à la construc-

VII. SIECLE.
Année 613.
Annales BB.
tom. 1, Lib. 11,
N°. 1.
GalliaChristiana.
tom. 9. fol. 578.

tion de plusieurs grands chemins. On en rencontre en divers lieux qui portent encore le nom de cette Reine, quoique certainement il ne paroisse pas qu'elle soit l'auteur de tous. Tel est, entr'autres, celui qui, venant du fond de la Flandre, passe dans le Vermandois par les villages d'Estrées-en-Arrouaise, Nouroy, Pontreuel, Pontreu, &c.; và de là à Amiens, & beaucoup plus loin, jusqu'à Lyon. Nous croyons qu'il est plus certainement attribué à Agrippa, comme nous l'avons déjà dit. Les autres voies militaires ont pu être dressées par d'autres Gouverneurs Romains, lorsqu'ils commandoient dans nos Gaules. Ces voies sont toutes larges, droites, & cimentées de bon gravier & de cailloux : c'étoit l'ouvrage auquel on appliquoit les troupes de la république, en temps de paix, ou durant leurs quartiers d'hiver. La Reine Brunehaut n'y a donc pas eu d'autre part peut-être, que de les avoir fait entretenir, de leur avoir donné des issues & des communications, ou d'en avoir fait tirer quelques-unes en certains lieux.

XXXVIII
Nicolas Bergier,
hist. des grands
chemins de l'Em-
pire Romain.
tom. 1, Liv. 1,
Chap. 26, p. 98.

Rien de plus putride que les fables controuvées par rapport aux chemins de notre Gaule. Les sages historiens les font venir des Romains, & c'est presque le seul sentiment à suivre. Encore un coup, ceux attribués à la Reine Brunehaut sont fort incertains. Quelques écrivains en font auteur un ancien Roi des Belges, nommé *Brunehaldus*; en françois *Brunehaut*. Ce troisieme sentiment est tout-à-fait méprisable. Nicolas Reuclery, vivant il y a plus de cinq cens ans, en a donné le premier l'ouverture. Ce poëte, qui vouloit flatter les comtes de Hainaut ses maitres, crut devoir donner du crédit à leur noblesse, en les faisant descendre d'un nommé *Bavon*, oncle du Roi de Troye, Priam. Ce Bavon, dit-il, étoit un habile magicien : après le sac de Troye & plusieurs courses sur la mer, il parvint en Flandre, & y fonda la ville qu'il a décorée de son nom, *Bavais*. Il y fit construire une place célébre, de laquelle partoient sept grandes rues qui conduisoient à sept portes, d'où commençoient autant de grands chemins. Ce sont ceux que l'on voit encore aujourd'hui dans la Flandre & dans notre IIe Belgique. Clerembault, Hugues de Thoul, Lucius de Tongres, Guichardin, & Jacques de Guise, ont adopté ces plattes rêveries. Et ce dernier ajoute que Brunehaut, cinquième Roi des Belges, eut l'honneur d'achever les grands chemins qu'avoit entrepris Bavon; ce qui fut cause qu'on les appella les chaussées de Brunehaut. Encore Brunehaut n'en vint-il à bout, que par le secours de son démon, qu'il força à l'aider dans cette grande œuvre.

XXXIX.
Année 621.

Saint Achaire, moine de Luxeuil, sous saint Eustase, fut élu évêque de Vermandois, de Noyon & de Tournai, vers l'année 621.

XXXX.
Année 628.

Dagobert Ier succéda en 628 à Clotaire II, son pere, mort en l'année précédente : il avoit régné six ans avec lui : il en régna seul dix autres, & mourut le 19 de Janvier 638, en laquelle année Clovis II, son fils, le remplaça, âgé seulement de cinq ans.

Durant les alternatives de malheurs & d'heureux succès, parmi lesquelles la main de Dieu soutenoit l'église de saint Quentin qu'elle avoit fondée, rien n'inquiétoit plus le clergé de cette basilique, que la perte des ossemens précieux de son cher Patron. Il avoit fait fouiller en plusieurs endroits, jusqu'aux vieux fondemens de l'ancienne chapelle bâtie par sainte Eusébie : il avoit fait reconstruire en l'honneur de saint Quentin, sur les restes échappés à la fureur du temps & des barbares, une église plus grande que cette premiere : mais enfin, une seule, une essentielle chose fatiguoit les desirs des chanoines ; c'étoit la privation du corps de leur glorieux Martyr. Sainte Eusébie l'avoit enterré très-profondément dans la chapelle qu'elle avoit édifiée. Telle étoit la coutume de ces siécles. Le vénérable endroit en étoit alors connu des clercs & de tout le peuple. Mais la persécution excitée contre les chrétiens par Julien l'Apostat, en ayant engagé les heureux dépositaires à le fréquenter avec plus de réserve ; les guerres & les ravages des barbares qui survinrent immédiatement après, ayant détruit ou dispersé les gardiens & les maîtres de ce trésor, le lieu précis du tombeau de saint Quentin fut généralement ignoré. On voyoit tous les jours arriver des miracles dans son église ; on n'en soupiroit que plus vivement après les reliques du saint Auteur de ces merveilles ; après ces restes précieux enfermés dans un sépulchre, dont personne ne pouvoit plus donner l'indication, & vers lequel aucune trace ne menoit. On redemandoit au Seigneur le corps de son glorieux Serviteur, par des cris & des vœux assidus : mais sa Providence, qui n'avoit peut-être permis que le sépulchre de cet inestimable dépôt fût ignoré qu'afin qu'il échappât plus sûrement à ses ennemis, n'en accorda la révélation que dans le temps qu'elle avoit réglé dans ses décrets éternels.

Un sage & pieux évêque de Vermandois & de Noyon, le propre évêque par conséquent de l'église de saint Quentin, un successeur de ses anciens prélats, devoit rendre à son premier peuple le corps desiré de son Patron. Saint Eloi étoit réservé à combler les vœux les plus ardens & les plus légitimes de la ville Auguste de Vermandois, de son église, & de la province de ce nom.

Saint Eloi étoit né près de Limoges : son pere étoit Eucher ; sa mere, Terragia : tous deux étoient chrétiens, & de famille honnête. Il avoit appris le métier d'orfévre sous Abbo, homme habile en cette profession, & maître de la Monnoie à Limoges. Ce furent l'adresse du jeune éleve & sa piété qui le firent percer à la Cour, & l'y rendirent si recommandable.

VII. SIECLE.
Année 638.

XXXXI.

XXXXII.

L'hiſtoire de cette ſeconde invention du corps de ſaint Quentin, eſt tirée du même ancien manuſcrit de ſon égliſe, duquel nous avons extraits les actes de la paſſion de ce Martyr : elle eſt compoſée preſque des mêmes mots dont eſt celle de ſaint Ouen.

Enivré de ſa propre ſageſſe (1), & plein de tout l'eſprit le plus profane qu'inſpire une Cour, en laquelle il avoit demeuré, Maurin, chanoine de l'égliſe de ſaint Quentin, s'étoit vanté, quelque temps auparavant, de faire la découverte de ce dépôt ſi deſiré. Ce préſomptueux étoit tout-à-la-fois un chantre renommé de la chapelle du Roi. Ces ſortes de chantres n'étoient pas de ſimples muſiciens ; c'étoient des perſonnes diſtinguées par leur mérite : une partie de leur office étoit de veiller à contenir dans la diſci-pline réguliere, les chanoines ou les eccléſiaſtiques de certaines égliſes qu'on leur confioit. Pluſieurs de ces chantres ont même été élevés à l'épiſcopat ; un d'eux, nommé Jean, fut fait évêque de Cambrai par Lothaire : Charles-le-Chauve en fit un autre, appellé Venilon, archevêque de Sens. L'habit de Maurin, ſes diſ-cours, ſes mœurs, tout démentoit cependant en lui la dignité de ſon état & de ſa place. Les Saints ne veulent être traités que par des mains pures. Maurin avoit pris à peine la bêche pour creuſer la terre, & découvrir le corps de ſaint Quentin, qu'auſſitôt il reçoit le châtiment de ſa témérité & de ſon orgueil. Le manche de l'outil lui reſte attaché aux mains, dès le premier coup qu'il en donne ; une honte confuſionnante ſe fait ſenſiblement apper-cevoir ſur ſon viſage : il abandonne avec ignominie ſon entre-priſe : une infecte corruption s'empare de ſon corps : il jette à gros bouillons les vers par les mains ; & montre au peuple, en expirant le jour ſuivant, avec quelle pureté le Seigneur vouloit qu'on s'approchât du ſaint Martyr.

D'un autre côté, le bonheur de trouver les corps des Saints eſt une faveur ſinguliere que Dieu n'accorde qu'à ſes favoris in-times : c'eſt un témoignage ſenſible de ſa tendreſſe envers eux, & une récompenſe anticipée de leur vertu. Saint Eloi, évêque de Vermandois après ſaint Achaire mort le 27 de Novembre 639, à Noyon, où il fut enterré, hors les murs, dans l'égliſe de ſaint Pierre & de ſaint Paul, dans la chapelle de ſaint Georges, venoit d'être élu à cette dignité, que ſes éminentes qualités lui avoient procurée. Son zele particulier & l'inſpiration Divine le porterent à découvrir les corps des Saints, que la terre retenoit enfermés. Celui de ſaint Quentin, le premier apôtre du Vermandois, lui fut principalement à cœur. Excité par un mouvement céleſte, ce ſaint Prélat ſe rendit, dès ſon entrée dans l'épiſcopat, en l'égliſe où ce Martyr étoit honoré ; & en fit ſonder, ſous ſes yeux, le pavé, pour y reconnoître le lieu où repoſoit le Saint. La punition arrivée

VII. SIECLE.
Année 638.
Audoënus, in vitâ S. Eligii, Lib. 2. Cap. 2 & ſeq.
XXXXIII.
Cl. De la Fons, hiſtoire de ſaint Quentin, p. 103.

XXXXIV.
Sidonius de S. Amb. Lib. 7. Ep. 1.

Année 639.

Année 640.

à Maurin en faifoit craindre aux travailleurs une pareille pour
eux : le digne évêque les raffuroit , & leur faifoit concevoir une
meilleure efpérance. L'effet ne répondit pas cependant d'abord à
fes promeffes. Les chanoines de cette églife, appliqués eux-mêmes
à l'entreprife, y renonçoient déjà : mais faint Eloi, conftant dans
fon deffein , les ramenoit à leur tâche, & ne vouloit rien écouter
qui en détournât. Sa confiance augmentoit dans les obftacles. Il
ordonna au peuple de célébrer un jeûne de trois jours. Pour lui,
toujours animé par une fecrette impulfion, il voua au Seigneur
de ne plus prendre de nourriture, que fa bonté Divine ne lui eût
accordé la grace de découvrir le dépôt ineffable qu'il cherchoit.
» Je fuis indigne de cette faveur, ô mon Dieu, difoit-il ; mais je
» vous la demande pour la feule gloire de votre nom ». Enfuite
livrant fon ame au défefpoir de ces ames parfaites, qui veulent
faire au Seigneur une fainte violence , il ajouta : » Je me bannis
» de cette province, ô doux JESUS , & je vais mourir parmi les
» bêtes, fi votre bonté ne m'accorde ma demande ».

Le terme du jeûne étoit expiré (2). Saint Eloi fait remettre
auffi-tôt les travailleurs à l'ouvrage : tous les lieux de l'églife font
fondés & remués de nouveau : rien n'apparoiffoit encore aux
yeux des ouvriers. Le Ciel vouloit faire acheter à fon peuple ,
par des peines redoublées & des defirs prolongés , le préfent qu'il
lui deftinoit. Enfin, le faint Évêque commande de fouiller dans un
endroit, où l'on devoit, moins qu'en tout autre, s'attendre de
trouver le fépulchre de faint Quentin. La foffe en étoit déjà produite à dix pieds de profondeur, fans qu'on apperçût le moindre
veftige de ce tréfor : la bêche tomboit encore des mains aux fof-
foyeurs ; & leur efpérance, pouffée à bout, alloit les faire renoncer à tout travail ultérieur, lorfque le faint évêque conçut l'envie de les remplacer tous.

C'étoit au milieu de la troifieme nuit , depuis que l'ouvrage
avoit été repris. On s'y étoit appliqué avec toutes les marques
de la décence & de la religion. Un nombre confidérable de cierges
& de lampes, en éclairant les ouvriers , formoit une pompe augufte & brillante. Le faint Prélat y affiftoit revêtu de fa chape.
C'eft ainfi que nous croyons devoir traduire le mot *amphibalum*,
que Dom Mabillon dit avoir été une efpece de vêtement large ,
qui entouroit le corps de tous côtés. (*Amphibalum veftis laxæ genus*   *Sæculo I , B.*
corpus undique ambiens). Ce favant auteur cite , au fujet de ce mot,   *fol. 366 & 443.*
un paffage de Sulpice-Sévere , où il eft employé. . . . . *Sanctus*   *Lib. II , Dialo-*
paupere non vidente , intra amphibalum , fibi tunicam latenter educit.   *gorum. Cap. 1.*
Saint Eloi rebraffa donc l'ornement dont on parle ; & s'étant faifi
lui-même d'une bêche , il fe mit à creufer la terre. Peu de temps
après , il perce dans un des côtés de la foffe ; mais à peine en

eut-il fait tomber un peu de terre, qu'il trouva un cercueil fort ancien : il le frappa ; & de l'ouverture qu'il lui fit, il fortit une odeur extrêmement fuave, qui embauma tout l'air de fes parfums. Une lumiere, beaucoup plus vive que celle qui venoit des ciérges & des lampes, éclata en même temps : les yeux des affiftans en furent éblouis : toute la région voifine en fut éclairée ; & la fplendeur de cette nuit l'emporta fur celle du plus beau jour.

La joie de faint Eloi fut extrême (3) : il ne ceffoit de baifer le corps refpectable qu'il venoit de découvrir : il l'arrofoit des larmes que la piété exprimoit de fes yeux : il le leva ; le montra à toute l'affemblée, & combla les defirs d'un peuple immenfe, par le préfent qu'il lui fit du corps de fon faint Patron. Mais la dévotion particuliere de ce faint Évêque envers le glorieux Martyr, eût eu trop à regretter, fi elle ne fût entrée, pour quelque part, dans la divifion de cette riche dépouille. Le pieux prélat en arracha de la mâchoire quelques dents, qu'il conferva très-religieufement. Un miracle nouveau releva cette opération ; car un fang vermeil fortit de la gencive qui retenoit une dent qu'il en avoit enlevée. Saint Eloi prit encore les cloux que les bourreaux avoient enfoncés entre les ongles & la chair de Quentin : & des cheveux même de ce Saint, il fe compofa une portion des reliques du Martyr, dont il diftribua des parcelles en divers lieux.

Il étoit défendu, dans les premiers fiécles de l'églife, d'exhumer les corps des Saints, & encore plus étroitement de les divifer. C'eft une difcipline à laquelle faint Grégoire-le-Grand étoit fort attaché, & qu'il avoit ordonné expreflément que l'on fuivît. Deux raifons folides avoient donné lieu à cette loi. On prévenoit, par cette févérité, la fuppofition des reliques ; & les peuples, nouvellement convertis de l'idolâtrie au chriftianifme, moins partagés dans leur différent culte, entre Dieu & fes Saints, ne couroient pas le danger d'abandonner l'Être Suprême pour fa créature, ou du moins d'avoir une égale confiance dans le fecours du Très-Haut, & dans celui de fes ferviteurs. Mais cette difcipline qui fut très-long-temps obfervée en Orient, fut abandonnée plutôt en Occident. Et nous voyons par cet exemple de faint Eloi, & de plufieurs autres Saints du feptieme fiécle, qu'ils fe faifoient une gloire même du bonheur de découvrir les corps des Saints, & de l'avantage de pouvoir en divifer les reliques.

Le corps entier de faint Quentin fut enveloppé dans un beau drap de foie, & transféré par le même évêque derriere l'autel de l'églife. Mais fa piété ne fe crut quitte de la partie effentielle de fes devoirs envers l'illuftre Martyr, que lorfqu'elle l'eut encore engagé à façonner de fes propres mains, une châffe, dont l'ouvrage excellent furpaffoit la matiere qu'il avoit enrichie d'or & de pierreries.

pierreries. Dieu, qui avoit accordé à ce digne évêque de si grandes faveurs, l'avoit doué en même temps du talent particulier de préparer aux corps saints, des fiertes ou capses, en latin *œdiculæ*, d'une structure admirable. Car il avoit été orfevre, comme nous l'avons déjà dit ; & c'est de l'art de cette profession, qu'il sut tirer les beautés, dont il orna toutes les châsses qu'on dit qu'il fit à saint Denis & à ses compagnons ; à saint Germain de Paris, à saint Martin de Tours, à saint Furfi de Péronne, à saint Brice, à sainte Genevieve, à sainte Colombe, & à plusieurs autres martyrs ou confesseurs. Emma, l'épouse du Roi Raoul de Bourgogne, étant malade, se fit porter au tombeau de saint Germain d'Auxerre : elle y attacha de magnifiques joyaux d'or, qui ornoient son cou & sa poitrine, & qui avoient été fabriqués trois cens ans auparavant par saint Eloi, dont on voyoit le nom & le chiffre d'orfevre.

Un peu avant cette seconde invention du corps de saint Quentin, le pouvoir de cet illustre Apôtre avoit éclaté par un insigne miracle rapporté dans Grégoire de Tours. Un voleur avoit enlevé secrétement le cheval d'un prêtre, qui ne tarda pas de le déceler au Juge. Le ravisseur fut pris, & condamné au gibet. L'ecclésiastique se repentoit alors de ce qu'à l'occasion de sa plainte, le criminel alloit être fait mourir : il pria, mais en vain, le Juge de relâcher le coupable, auquel il remettoit volontiers lui-même le tort qu'il en avoit souffert : enfin, il eut recours à la protection du saint Martyr, & lui demanda instamment la grace du condamné (4). Cet infortuné étoit déjà attaché à l'instrument odieux de son supplice : la corde qui l'y tenoit se rompit tout-à-coup. Le miracle étoit sensible : le Juge en fut frappé ; & tint quitte de la punition qu'il avoit méritée un coupable, dont saint Quentin étoit devenu le protecteur.

Le bruit de l'invention du corps de ce Saint se répandit au loin, & attira dans l'église dédiée en son nom, une multitude toujours renaissante de pélerins. Bientôt elle ne put plus les contenir : le même saint Eloi, toujours incliné à seconder les vœux de son peuple & du clergé, & à étendre le culte de leur patron, l'aggrandit, & fit entrer dans les dépenses de l'édifice le Roi Clovis II, dont il possédoit la bienveillance & la tendresse. Cette glorieuse invention se fit le 3ᵉ jour de Janvier de l'an 640, qui répond à l'an 641, selon notre façon de compter. L'année françoise commençoit, au temps des Mérovingiens, le premier jour de Mars, auquel on faisoit la revue des troupes : elle commença à Noel, sous les Carlovingiens : &, sous les Capétiens, à Pâques. C'est Charles IX qui ordonna en 1564, qu'inviolablement l'année civile, à l'avenir, commenceroit au premier de Janvier. Cette variation du commencement de l'année civile cause des

VII SIECLE.
Année 640.

Audoënus, cit. Cl. De la Fons, hist. de S. Q. p. 121.
　Annales de Noyon, p. 460.

Le Bœuf, hist. d'Auxerre, tom. 2, p. 47.

XXXXVI.

XXXXVII.

XXXXVIII.

Le Gendre, Mœurs & Coutumes des François.

peines infinies à marquer bien exactement la date des événemens.

QUATRIEME DISSERTATION.

Sur l'époque de la confécration de faint Eloi, évêque de Noyon.

II.

Le jour & l'année de l'ordination ou confécration de faint Eloi, font une époque trop effentielle au point d'hiftoire que nous rapportons, & trop importante pour le clergé de la cathédrale & du diocefe de Noyon, à caufe de l'avénement de ce pontife à la chaire épifcopale de cette ville, pour la laiffer auffi incertaine & auffi indéterminée qu'elle l'a été jufqu'à préfent. Nous nous fommes fait un devoir de rechercher tout ce qui pouvoit fervir à la fixer indubitablement.

Il eft donc queftion ici de déterminer en quel jour & en quelle année faint Eloi fut facré évêque de Noyon, & faint Ouen, évêque de Rouen, fur ce qu'en rapporte lui-même ce dernier, dans la vie de faint Eloi qu'il a compofée. En voici le paffage tiré du fecond Livre, Chap. 2., conforme en ce qu'il contient au manufcrit de la cathédrale de Noyon, & dont tous les auteurs demeurent d'accord. . . . . . *Convenientes igitur* (fcilicet Eligius & Audoënus) *fimul in civitatem Rothomagenfem, quarto-decimo die menfis tertii, tertio anno Clodovæi juvenculi adhuc Regis, die Dominico, ante litanias, inter catervas populi; inter agmina clericorum, inter choros pfallentium, confecrati fumus gratis ab epifcopis, pariter epifcopi; ego Rodomo; ille Noviomo. . . . . .*

Une partie de la difficulté confifte dans l'explication de ce paffage. Les uns le traduifent d'une maniere, & les autres d'une autre; chacun felon le parti qu'il a pris fur l'époque de la troifieme année du regne de Clovis II, fils de Dagobert Ier, laquelle eft celle de l'ordination de faint Eloi.

Louis de Montigny, chanoine & archidiacre de Noyon, dans fes notes fur la vie de faint Eloi, par lui traduite en françois, met, après Claude Robert, l'ordination de faint Eloi au 14 de Mai de l'année 646; & traduit ce paffage de faint Ouen, de la maniere fuivante : » Car nous étant, tous deux de compagnie, rendus en
» la ville de Rouen le quatorze du mois de Mai, l'an trois du
» regne de Clovis, encore tout jeune prince, le Dimanche avant
» les litanies, en la préfence d'une grande affluence de peuples,
» au milieu d'une nombreufe compagnie de clercs & eccléfiafti-
» ques, parmi les divers chœurs des chantres & des muficiens,
» nous fufmes gratuitement tous deux facrez évêques, & ordon-
» nez par Meffieurs les évêques, moi, pour l'églife de Rouen, &
» lui, pour Noyon. »

Au contraire, Jacques Le Vasseur, chanoine & doyen de la même église, dans ses remarques sur la vie du même Saint, contenues dans son *Cri de l'Aigle* & dans ses Annales de Noyon, en suivant l'opinion de Sigebert, de Démochares, de Buzelin & de Cousin, place l'arrivée de saint Eloi à Rouen, au Mercredi 14 de Mai, & son ordination au Dimanche 25e du même mois de l'année 648. Il convient qu'à la vérité le passage de saint Ouen semble d'abord favoriser l'opinion de Louis de Montigny ; mais il prétend que ce texte, étant bien entendu, fait voir néanmoins tout le contraire. Il l'explique donc de cette sorte : » Nous estans rendus, » tous deux ensemble, en la ville de Rouen, le quatorzieme jour » du troisieme mois (c'est Mai), l'année troisieme du jeune Roi » Clovis, nous fusmes consacrez évêques le jour du Dimanche » devant les litanies ou rogations ». Il ajoute tout de suite : » Ne » faut donc pas conjoindre le *decimo-quarto die* avec le *die Domi-* » *nico* ; car voilà deux fois *die*, qui sont deux jours différens : mais » le quatorzieme jour se rapporte à *convenientes*, & le *die Dominico* » s'accorde avec *confecrati fumus*. Car cette locution latine *conve-* » *nientes in civitatem*, en l'accusatif, témoigne l'arrivée ; car ce ne » seroit parler correct, que de dire *confecrati fumus in civitatem* ; » il conviendroit dire *in civitate*, comme l'a voulu corriger Surius, » contre la foy de nostre fort ancien, mais bien seur, & fidele » manuscrit. Il marque doncques qu'ils sont arrivés en un même » jour, & ont reçu l'ampliation du charactere en un autre. Au » demeurant, en quels autres termes pourroit-on mieux dire : » Nous sommes arrivés le jour du Mercredi quatorze de Mai, à » Rouen ; & le Dimanche devant les rogations, nous avons été » sacrés ».

On voit, par la différente traduction de ces auteurs, le motif des diverses opinions qu'ont suivies les historiens sur ce point de chronologie. Il s'agit de juger laquelle de ces deux traductions est la plus naturelle, & la meilleure. Et supposé que la décision soit favorable à celle de Jacques Le Vasseur, il n'y aura pour cela rien de statué sur l'année de l'ordination de saint Eloi ; il sera seulement libre de placer cette ordination en un autre jour que le quatorzieme du mois de Mai, pourvu que ce soit dans un jour du même mois, & postérieur au quatorzieme.

Pour ce qui regarde l'année de cette ordination, (ce qui fait l'autre partie de la difficulté), on ne doit se décider qu'en faveur de l'opinion qui sera soutenue de plus de preuves & de témoignages authentiques. Mais avant que de le faire, nous devons prévenir nos lecteurs, que tous les écrivains qui sont en dispute sur cette année, conviennent que Clotaire II, pere de Dagobert Ier, mou-

VII. SIECLE.
Année 640.
Chez Robert
Sara ; Paris 1631,
page 412.
Annales de
Noyon, p. 433.

Cri de l'Aigle,
p. 414.

rut en 628, & que ce fils régna, en tout, seize années; & mourut dans le mois de Janvier.

Ceux qui posent cette ordination en 646, n'ont point d'autre fondement de leur opinion, que de compter les seize années du regne de Dagobert Ier, depuis la mort de Clotaire II, son pere, sans en apporter d'autres preuves; & voici leur raisonnement. Clotaire II est mort en 628, & Dagobert son fils a régné, en tout, seize années. Donc Dagobert n'est mort qu'en 644, au mois de Janvier. Et par conséquent l'année 646, au mois de Mai, étoit la troisieme année au moins commencée du regne de Clovis II, fils de Dagobert Ier; terme désigné par saint Ouen pour son ordination & celle de saint Eloi. Or, en cette année 646, le Dimanche avant les rogations, tomboit sur le quatorzieme jour du mois de Mai. Donc saint Eloi fut ordonné & sacré évêque de Noyon le quatorzieme de Mai de l'année 646.

Ce sentiment, qui est celui de Louis de Montigny, l'a sans doute engagé à confondre dans sa traduction du passage de saint Ouen, le *die decimo-quarto* avec le *die Dominico*, comme nous l'avons rapporté ci-dessus. Mais ceux qui placent l'ordination de saint Eloi en un autre jour que le quatorzieme de Mai, & en une autre année que celle de 646, le traduisent, comme a fait Jacques Le Vasseur, en distinguant les deux jours différens qui sont formellement marqués dans le texte de saint Ouen.

Cependant le doyen de Noyon, qui, peut-être le premier, a trouvé la distinction de ces deux jours, & a fourni par-là à M. De Valois & au pere Le Cointe, un éclaircissement sur le texte de saint Ouen, n'a pas laissé de se tromper, & sur le jour, & sur l'année de cette ordination. Car s'étant persuadé, après Démochares, que saint Achaire étoit décédé le 27 de Novembre de l'année 647, il n'a point fait difficulté de mettre l'arrivée de saint Ouen & de saint Eloi à Rouen, au Mercredi quatorzieme de Mai, & de reculer leur ordination au Dimanche 25e du même mois de l'année 648, en laquelle les litanies ou rogations suivoient immédiatement ce 25e jour de Mai. Il trouvoit d'ailleurs de l'inconvénient à faire arriver ces deux Saints en un Dimanche à Rouen, & à les y faire ordonner le même jour quatorzieme de Mai 646.

On reconnoît par ce qui a été dit jusqu'à présent, que les différens sentimens des auteurs, sur l'année de l'ordination de ces Saints, fait varier celle du jour même de la cérémonie; & que pour fixer ce jour, il faut s'arrêter aux écrivains qui produisent le plus de preuves pour la troisieme année du regne du jeune Clovis, fils de Dagobert Ier, en conformité du passage de saint Ouen. Examinons donc présentement le sentiment de M. De

Valois & du pere Le Cointe, & de Dom Mabillon, sur cet
article.

Ce dernier auteur, qui a balancé les raisons des deux premiers,
après avoir dit que la grande difficulté de cette dispute tomboit
sur les seize années du regne de l'ancien Dagobert, que les uns
font commencer du temps qu'il fut déclaré Roi d'Austrasie, six ans
avant la mort de son pere Clotaire, & les autres seulement depuis
sa mort, conclut que si on compte les années du regne de Dagobert, depuis son élévation au royaume d'Austrasie, on doit établir
la 638e année de JESUS-CHRIST pour la derniere de Dagobert;
& que si on les compte seulement depuis la mort de son pere,
il faut placer la mort de Dagobert en l'année 644 de JESUS-
CHRIST.

VII. SIECLE.
Année 640.
Sæculo II. Ben.
§. 5. Observ. 19.
fol. 43.

Voici les preuves qui engagent Dom Mabillon à suivre la premiere opinion, qui compte les seize années du regne de Dagobert,
depuis son élévation au royaume d'Austrasie en 622. Les deux
premieres sont tirées de M. De Valois; la troisieme est du pere Le
Cointe, & les autres sont par lui ajoutées.

1°. Parce que Frédégaire, auteur contemporain, aussitôt après la
mort de Clotaire, compte pour la septieme année du Roi Dagobert,
celle en laquelle, étant entré en Bourgogne, il s'empara d'une
grande partie du royaume de son pere. Qui peut croire, dit
M. De Valois, que Dagobert ait été assez nonchalant pendant six
années, pour ne penser pas à se mettre en possession d'un domaine
héréditaire ? Et à la vérité, *Hermannus-Contractus*, auteur du milieu du onzieme siécle, explique trop clairement la pensée de Frédégaire, pour qu'elle ait besoin de commentaire. Clotaire, dit-il,
Roi de France, pieux, vaillant & religieux, mourut en la qua-
rante-cinquieme année de son regne, & fut inhumé à Paris, dans
l'église de saint Vincent. Dagobert succédant à son royaume, après
avoir déjà régné six ans, le gouverna ensuite pendant dix ans.
Donc les seize années du regne de Dagobert doivent se compter
depuis le commencement de son regne en Austrasie, en 622.

In Chronico.

2°. Parce que le même Frédégaire fait commencer, d'une maniere tout-à-fait semblable, le regne de Sigébert, fils de Dagobert;
non pas depuis la mort de son pere Dagobert, mais depuis le temps
qu'il l'eut fait Roi d'Austrasie. Car il met en comparaison la dixieme
année du regne de Sigebert en Austrasie, avec la quatrieme du
regne de Clovis, son frere, en France. C'est pourquoi Frédégaire,
comme M. De Valois l'observe, intitule le Chapitre XLVII de sa
Chronique : *Du commencement du regne de Dagobert, en l'année trente-
neuvieme du regne de Clotaire, son pere; & de* JESUS-CHRIST *la six cent
vingt-deuxieme.* Et le Chapitre LXXV : *Du regne de Sigebert en
Austrasie, en l'onzieme année du regne de Dagobert son pere, & de*

Ibid. Cap. 88 &
89.

JESUS-CHRIST la six cent trente-deuxieme. C'est-à-dire, que Frédégaire date du temps que ces deux Princes furent établis Rois d'Austrasie ; Dagobert, par son pere Clotaire ; & Sigebert, par son pere Dagobert. Ainsi, puisque Frédégaire compte les années du regne de Sigebert, depuis son élévation au royaume d'Austrasie par Dagobert, son pere, il est naturel de croire qu'il a compté de même les années du regne de Dagobert, depuis qu'il fut aussi élevé au royaume d'Austrasie par Clotaire, son pere. Donc, selon Frédégaire, les seize années du regne de Dagobert se doivent prendre de son regne en Austrasie, en 622 de JESUS-CHRIST.

3°. Le pere Le Cointe, sur l'année 640 de ses Annales ecclésiastiques de France, ajoute une troisieme preuve aux deux précédentes de M. De Valois : il la tire du prologue que Jonas, abbé ou moine de Bobio, en Italie, a mis au-devant de la vie de saint Colomban, abbé de Luxeuil, en Bourgogne, suivie de celle de saint Eustase, aussi abbé du même lieu. Certainement, dit-il, Jonas écrivoit ce prologue, comme il le déclare lui-même, avant que trois années se fussent écoulées depuis la mort de saint Bertulfe, abbé de Bobio, laquelle arriva l'an 640 ; c'est-à-dire, qu'il l'écrivoit en 643. Et cependant il écrivoit la vie de saint Eustase, placée à la suite de celle de saint Colomban, lorsque, selon cet auteur, saint Eloi, qui fut ordonné évêque la troisieme année de Clovis, fils de Dagobert, étoit déjà placé sur la chaire épiscopale de Vermand, & *méritoit son éloge, s'il n'avoit appréhendé de passer pour flatteur, parce que ce Saint étoit encore en vie.* Donc, selon Jonas, saint Eloi étoit sacré évêque avant 643.

4°. Le pere Mabillon fournit deux nouvelles preuves de cette vérité, extraites encore de la chronique de Frédégaire. C'est à savoir qu'au Chapitre 73, il est dit que Sisenande chassa du trône d'Espagne, Senzile ou Suintile, & s'empara de son royaume la neuvieme année du regne de Dagobert. Or, Sisenande commença à régner au moins en l'année 631 ; car le quatrieme concile de

Tolede fut tenu la troisieme année du regne du très-glorieux prince Sisenande, comme le disent les actes de cette assemblée ; & certainement, en la 671e année de l'ere d'Espagne ; qui précéde de trente-huit ans accomplis l'ere de la naissance de JESUS-CHRIST, & par conséquent en l'année de JESUS-CHRIST 633, ou au moins

en la suivante. Ainsi le rapporte aussi Mariana, qui nous apprend qu'en l'an 631, Suintile fut chassé, & Sisenande subrogé en sa place. Si donc la 631e année de JESUS-CHRIST étoit la neuvieme du regne de Dagobert, par conséquent ce Prince avoit commencé à régner en 622, & n'a point dû passer la 638e pour remplir les seize années du regne que tous les auteurs lui donnent. Donc la 640e année de JESUS-CHRIST étoit la troisieme, au moins com-

ſiencée, du regne de Clovis II, ſon fils ; & par conſéquent l'é-
poque de l'ordination de ſaint Eloi.

Le pere Daniel, Jéſuite, dans ſon hiſtoire de France, a ſuivi
ce ſentiment, en plaçant la mort de Dagobert au 19e de Janvier
de l'an 638 de JESUS-CHRIST, auſſi bien que la premiere année
de Clovis II, ſon ſucceſſeur. Et voici comme il s'explique dans
ſes notes chronologiques : » Tant d'habiles gens ont traité la

Hiſt. de France,
in-fol. tom. 1,
Eſt. 318.

» queſtion, ſavoir, s'il faut compter les années du regne de Da-
» gobert, depuis qu'il fut fait Roi d'Auſtraſie, du vivant de Clo-
» taire II, ſon pere ; ou ſeulement depuis qu'il lui ſuccéda aux
» royaumes de Neûſtrie & de Bourgogne ; qu'en vain je la traite-
» rois ici, n'ayant rien de nouveau à ajouter à ce qu'en ont dit
» les peres Henſchenius, Le Cointe, Mabillon, & M. De Valois,
» &c. Je mettrai ſeulement ici la preuve qui me paroît la plus
» forte & la plus nette qu'on puiſſe apporter, pour montrer que
» Frédégaire compte les années de Dagobert, depuis qu'il fut fait
» Roi d'Auſtraſie, du vivant de ſon pere. Elle ſe tire du quatrieme
» concile de Tolede, & du 73e chapitre de Frédégaire. Ce concile
» fut célébré en l'année 671 de l'ere Eſpagnole, qui répond, ſelon
» la ſuppoſition ordinaire, à l'an de notre Seigneur 633. Ce
» concile ſe tint la troiſieme année de Siſenande, Roi d'Eſpagne,
» au neuvieme de Décembre, comme il eſt expreſſément marqué
» au même endroit. Il faut donc que Siſenande eût été fait Roi en
» 630. Or, ſelon Frédégaire, ce fut la neuvieme année de Dago-
» bert, que Siſenande fut fait Roi d'Eſpagne par le ſecours de
» Dagobert même. Cette neuvieme année n'eſt pas la neuvieme
» depuis la mort de Clotaire, qui mourut en 628. Donc Frédé-
» gaire compte les années du regne de Dagobert, depuis ſon élé-
» vation ſur le trône d'Auſtraſie, qui fut en 622 ».

5°. Enfin, la derniere preuve de Dom Mabillon conſiſte en ce

Fredeg. Cap. 82.

que Frédégaire raconte que Sentile ou Chintile, qui avoit ſuccédé
à Siſenande, mourut la ſeconde année du regne de Clovis, fils de
Dagobert ; ce qu'Herman-le-Retréci confirme auſſi après Frédégaire : car Chintile ſuccéda à Siſenande ſur la fin de l'année 635,
& régna trois ans, onze mois & ſeize jours, comme le calcule
Mariana, qui place la mort de ce Roi en l'an 639. Donc Chintile
ceſſa de vivre l'an de JESUS-CHRIST 639. Donc la ſeconde année
du regne de Clovis, après la mort de Dagobert, ſon pere, qu'on
doit mettre au dix-neuvieme de Janvier de l'an 638, étoit la 639e.
Et, par une ſuite néceſſaire, la 640e année de JESUS-CHRIST
étoit la troiſieme, au moins commencée, du regne de Clovis le
jeune, en laquelle ſaint Eloi fut ordonné évêque, ſelon le paſſage
de ſaint Ouen.

6°. Le pere Mabillon, dans ſa *Préface du quatrieme ſiécle Béné-*

Part. I. §. 9. N°.
200, fol. 142.

diclin, répand une nouvelle lumiere sur toute cette difficulté. Elle est tirée d'un privilege que le Pape Jean IV accorda aux religieuses de sainte Marie & de sainte Colombe, à la priere de Clovis. Certainement, Jean IV ne commença son pontificat qu'en 639, après la mort de Séverin, mort le deuxieme jour d'Août de cette année, & deux ans après il le laissa, par sa mort arrivée le 21 d'Octobre, 641, à Théodore son successeur. Donc Clovis *le jeune* étoit déjà élevé sur le trône de France, lorsque Jean IV tenoit le siege Papal à la fin de l'an 639, ou au commencement du suivant. Ce privilege de Jean IV, qui est tiré d'un très-ancien manuscrit de M. de Thou, se trouve dans l'appendice du tome ci-dessus cité. Donc Clovis II régnoit au moins en 640. Or, s'il régnoit en 640, Dagobert, son pere, étoit mort en 638, comme les preuves ci-dessus rapportées le témoignent. Et par conséquent le sentiment de ceux qui comptent les seize années du regne de Dagobert, seulement depuis la mort de Clotaire II, son pere, arrivée en 628, & qui ne mettent la mort de ce fils qu'en 644, est mal'fondé, & destitué de toute autorité.

Ajoutons à toutes ces preuves un nouveau témoignage, qui vient de nos recherches propres. Nous disons & croyons qu'on peut dire encore, que Dagobert lui-même comptoit les années de son regne depuis son élévation sur le trône d'Austrasie, ainsi que le fait Frédégaire. Car Baillet, dans la *Vie de saint Didier*, vulgairement saint Gery *de Cahors*, & le pere Longueval, Jésuite, dans son histoire de l'Eglise Gallicane, rapportent à l'an 629 de JESUS-CHRIST, l'ordonnance du Roi Dagobert, pour confirmer l'élection de saint Didier de Cahors. Or, cette lettre, signée de ce Roi, est datée de la huitieme année de son regne. Donc, selon ces auteurs, & selon Dagobert même, la premiere des seize années de son regne a dû commencer en 622, & finir en 638.

Après tant de preuves cumulées pour faire voir que la fin du regne de Dagobert, & le commencement de celui de Clovis son fils, sont arrivés dans l'année 638 de JESUS-CHRIST, il ne s'agit plus que de déterminer en quel jour du troisieme mois de la troisieme année du regne du jeune Clovis, peut tomber l'ordination de saint Eloi, suivant le passage de saint Ouen.

Or, Dagobert étant mort, de l'aveu de tous les auteurs, dans le mois de Janvier de l'année 638 de JESUS-CHRIST, il s'ensuit que l'année 640, au mois de Mai, étoit la troisieme année, au moins commencée, du regne du jeune Clovis, son fils ; & par conséquent l'année de l'ordination de saint Eloi, selon saint Ouen.

Or, en l'année 640, cette ordination de saint Eloi, qui fut faite le Dimanche avant les rogations ou litanies, n'a pu avoir lieu le 14 de Mai, parce que ce jour étoit celui du quatrieme Dimanche

après

après Pâques. Elle se fit donc le 21 du même mois. Car en l'année 640, Pâques arrivant le 16 d'Avril, le Dimanche avant l'Ascension ou les rogations tomboient sur le 21 du mois de Mai.

Cela posé, il est facile de donner un sens droit, au texte de saint Ouen. On distinguera, avec Jacques Le Vasseur, le *die decimo-quarto* d'avec le *die Dominico*; & on mettra, avec le pere Le Cointe, l'arrivée de ces saints évêques à Rouen, le 14 de Mai, & leur ordination le 21 du même mois de l'année 640. Il n'y a point de preuves contraires à ce sentiment, qui équivalent à celles qui l'établissent.

Malgré la force & l'évidence de toutes ces raisons, il est étonnant que le savant auteur de *la Diplomatique*, qui, dans sa *préface du deuxieme siécle*, déjà citée, dans celle du *quatrieme siécle*, [partie 1re, §. 9, no. 201, p. 143,] dans ses *Annales Bénédictines*, [liv. III, no. 4,] & dans le *supplément de sa Diplomatique*, [chap. 7, no. 4, fol. 29,] approuve si fort l'ingénieuse solution du pere Le Cointe, ait néanmoins suspendu son jugement sur ce point de critique, depuis l'impression du quatrieme siécle bénédictin [en 1677] jusqu'à sa mort arrivée en 1707. Ce qui l'a retenu, c'est l'autorité d'un ancien calendrier manuscrit de la cathédrale de Noyon, qui, bien examiné, ne devoit pas l'empêcher de souscrire à l'opinion du pere Le Cointe, ni lui donner le scrupule qu'il nous témoigne dans les endroits ci-dessus cités.

Mais, avant que nous examinions ce manuscrit, il est bon d'observer que ce savant auteur, dans sa préface du quatrieme siécle bénédictin, lui donne presque neuf cens ans d'antiquité; dans le treizieme livre de ses annales [no. 4,] plus de huit cens ans; & dans le chapitre VII, [no. 4, fol. 29,] du supplément de sa Diplomatique, seulement presque sept cens ans.

Il nous faut encore expliquer ici deux choses qui concernent le même calendrier : la premiere, en quel temps il a été écrit; la seconde, pour quelle église il l'a été.

L.

En premier lieu, ce calendrier, qui est à la tête d'un pseautier manuscrit de l'église de Noyon, comprenant tous les pseaumes, avec une collecte à la fin de chacun d'eux, paroit avoir été écrit au commencement du dixieme siécle, par les raisons suivantes.

1°. Parce que la fête de sainte Hunégonde, vierge & religieuse d'Homblieres, abbaye du diocese, laquelle fête, selon Claude Emmeré & Jacques Le Vasseur, fut instituée en 950 ou 952 par Rodolphe 1er, évêque de Noyon, s'y trouve marquée au vingt-cinquieme d'Août, d'une main ancienne, & néanmoins différente de celle du manuscrit : ce qui vraisemblablement se fit aussi-tôt que cette solemnité fut ordonnée.

2°. Parce que la mort de Hugues-Capet, qui arriva, selon Mézeray & Morery, le 29 d'Août en 996, y est aussi marquée en ce jour, d'une écriture également ancienne & différente de celle du manuscrit, en ces termes : *Obiit Hugo Juivenis, rex.* On ne peut pas dire que ce Hugues, surnommé *le Jeune,* soit Hugues dit *le Grand*, fils du roi Robert, qui fut couronné du vivant de son pere, parce qu'il mourut le 17 de Septembre 1026. Ainsi ce ne peut être que Huges-Capet dont le jour de la mort soit marqué au 29 d'Août. Il est vrai que Dom Mabillon & après lui le pere Daniel mettent la mort de Hugues-Capet au 24 d'Octobre ; mais, abstraction faite de cette date de mois, nous nous contentons qu'il nous soit concédé que cette mort ait eu lieu l'année 996. Or Hugues Capet est appellé *Juivenis*, *le Jeune*, pour le distinguer de Hugues *le Blanc*, ou *le Grand*, ou *l'Abbé*, son pere, qui sans sceptre régna plus de vingt ans. Voilà les deux plus anciennes additions faites au manuscrit de Noyon, qui font voir qu'il est au moins du commencement du dixieme siécle.

Secondement, nous trouvons que ce calendrier, qui est en tête du pseautier, a été fait pour l'église de Noyon, & qu'il lui a appartenu depuis ce temps-là.

1°. Parce que les jours du décès de plusieurs évêques du diocese y sont marqués d'une autre main que n'est le manuscrit : savoir, celui de Hardouin de Croy, mort en 1030, au 19 de Juillet ; celui de Hugues son successeur, mort en 1044, au 4 de Mars ; & celui de Baudoin Ier, qui lui succéda, mort en 1068, au 28 d'Avril.

2°. Parce que la dédicace de la chapelle que l'évêque Hardouin, mort en 1030, fit construire à Noyon, y est aussi marquée, au 14 Mai, d'une main différente de celle du calendrier.

Or les jours du décès de ces évêques, & celui de la dédicace de la chapelle d'Hardouin, qui sont des faits particuliers à l'église de Noyon, n'ont pu être inscrits sur d'autres calendriers que sur ceux de cette église. Donc le calendrier, dont il est question, a été fait pour l'église de Noyon, & lui a appartenu depuis ce temps-là.

Venons enfin à l'examen de ce calendrier, sur l'article de l'ordination de saint Eloi. Il est vrai que, pour lever en quelque sorte le scrupule que lui donnoit le calendrier de Noyon, le pere Mabillon s'est imaginé avec raison que ceux qui les premiers ont inscrit dans les calendriers de leurs églises cette ordination, (laquelle peut-être n'a été célébrée que deux cens ans après la mort de saint Eloi) l'ont mise au quatorzieme jour de Mai, suivant le sens que présente d'abord le passage de saint Ouen, mal entendu ; mais il ne convient pas pour cela que l'article de cette consécration ait été ajouté au calendrier de Noyon par une main différente

de celle qui a fait le manuscrit. Autrement ce pere n'auroit point dû s'en former une si forte objection. C'est néanmoins une addition dont nous tâcherons de prouver la vérité.

Pour y parvenir, donnons l'extrait de ce que porte le calendrier au quatorzieme jour de Mai. Le voici :

II id ͞ Maii dedic ecc†ae beatae͞ Mariae͞ . . . . *& dedicat.*
Capelle quā Domin9 Harduen9 eps instruxit noviome. & ordinat sci
eligii.

De cet extrait nous prétendons prouver deux choses : la premiere, que la dédicace de la chapelle d'Hardouin & l'ordination
de saint Eloi ne sont pas écrites de la même main que l'est le calendrier, & qu'ils sont par conséquent d'institution postérieure à
ce que porte ce manuscrit; la seconde, que l'ordination de saint
Eloi, quoiqu'écrite de la même main que l'est la dédicace de la
chapelle d'Hardouin, est néanmoins de ces deux fêtes la derniere
instituée, de même qu'elle est la derniere inscrite dans cet article
du calendrier.

Premierement, la dédicace de la chapelle d'Hardouin & l'ordination de saint Eloi sont d'une écriture différente de celle du
calendrier. Pour en être persuadé, on n'a qu'à confronter les *a e*
qui se trouvent dans les trois mots *Ecclesiæ beatæ Mariæ*; ils sont
bien différens de celui qui se trouve dans *Capellæ*. En outre, les
abréviations, qui sont dans les mots *Dedicatio*, sont différentes
entr'elles. Au surplus, les trois premiers *a e* sont conformes aux
autres du calendrier : celui qui se trouve à la fin de *Capellæ* ne l'est
pas. Les abréviations de ces mots, *II Idus Maii, dedicatio ecclesiæ beatæ
Mariæ*, sont liées par une barre, ou *I* couché ; celle de ces mots,
dedicatio capellæ quam Dominus Harduinus, episcopus, instruxit Noviomi,
ne sont au contraire liées que par des *S* renversées en cette
forme : ͢ . ͨ.

La dédicace de l'église de sainte Marie, dont il s'agit ici, est
celle du temple qui étoit anciennement le Panthéon de Rome,
changé en église par le pape Boniface IV en 608, & qu'on appelle
à présent Notre-Dame de la Rotonde.

Ces remarques emportent donc la preuve très-évidente de différens caracteres. Or les caracteres, qui dans un manuscrit différent de ceux répandus dans le corps du livre, démontrent certainement une addition. Donc la dédicace de la chapelle d'Hardouin & l'ordination de saint Eloi, qui, dans le calendrier manuscrit de Noyon, sont d'un caractere différent de celui du manus-

VII. Siecle.
Année 640.
Voyez le Livre
IV, N°. 6.

crit, ont été ajoutées audit calendrier, & par conséquent sont d'une inſtitution poſtérieure à ce calendrier.

Ce même calendrier ne peut remonter plus loin que le commencement du dixieme ſiécle ; car la fête de l'Aſſomption de la Vierge, dont la célébration fut ordonnée au quinzieme jour d'Août, dans un concile de Mayence, tenu en l'an 813, y eſt marquée en ce jour, & en ces termes, *Adſumptio ſanctæ Mariæ*, de même que celle de tous les Saints, qui fut inſtituée, l'an 835, par le pape Grégoire IV, & fut aſſignée par Louis *le Débonnaire* au premier de Novembre, y eſt auſſi marquée en ce jour ſous ces expreſſions : *Celebratio omnium Sanctorum*. Or ces deux ſolemnités ſont écrites de la main originale du manuſcrit.

D'où l'on doit conclure que le pere Mabillon, ce ſavant auteur de la Diplomatique, ouvrage dans lequel la conformation des caracteres eſt ſi exactement diſcutée, n'a point dû héſiter à reconnoître que l'ordination de ſaint Eloi étoit une addition au calendrier manuſcrit de Noyon ; & qu'il devoit, au contraire, adopter ſans réſerve le ſentiment du pere Le Cointe, qui met l'ordination de ce Pontife, au 21 de Mai de l'année 640. Ce dernier auteur a été ſuivi depuis, en ce fait, par Baillet, dans la *Vie de ſaint Eloi* ; par Fleury, dans ſon *Hiſtoire Eccléſiaſtique* ; & par le pere Longueval, dans ſon *Hiſtoire de l'Egliſe Gallicane*.

En ſecond lieu, non-ſeulement l'ordination de ſaint Eloi eſt une addition faite au calendrier manuſcrit de Noyon, comme on vient de le prouver ; mais cette ordination, quoiqu'écrite de la même main que la dédicace de la chapelle d'Hardouin, eſt néanmoins de ces deux fêtes la derniere inſtituée, de même qu'elle eſt la derniere appoſée dans le manuſcrit.

La preuve s'en tire des antiques calendriers, dans leſquels nous voyons que c'étoit anciennement une regle conſtamment obſervée dans l'inſcription des fêtes des Saints qui arrivent en un même jour, d'y garder l'ordre chronologique de leur inſtitution, ſans avoir égard à leur ſolemnité. Ainſi dans le calendrier de Noyon, dont il eſt ici queſtion, & dans un ancien ſacramentaire (*in-4°.*) de ladite égliſe ; de même que dans le ſacramentaire de ſaint Grégoire, donné au Public par le pere Ménard, au troiſieme de Mai, la fête des ſaints Juvenal, Alexandre, Evence & Théodule, précéde celle de l'invention de la ſainte Croix : au vingt-neuvieme d'Août, celle de la décollation de ſaint Jean-Baptiſte eſt précédée par la fête de ſainte Sabine : & au onzieme de Novembre, celle de ſaint Mennas, martyr, eſt marquée avant celle de ſaint Martin, évêque de Tours. D'où l'on peut raiſonnablement conjecturer que ceux qui ont fait des additions à ce calendrier, ont en cela ſuivi le même ordre ; & que par conſéquent l'ordination de ſaint Eloi,

Inſcrite dans ce calendrier, eſt d'inſtitution poſtérieure à la dédicace de la chapelle d'Hardouin, laquelle n'a pu ſe faire qu'au
commencement du onzieme ſiécle, puiſque cet évêque ne parvint
à la chaire épiſcopale de Noyon qu'en 998.

De plus, deux autres anciens manuſcrits de l'égliſe de Noyon,
& à ſon uſage, prouvent encore que cette ordination eſt d'une
date plus nouvelle que la dédicace de la chapelle d'Hardouin.

Le premier eſt un miſſel qui ne contient que ce que le célébrant
diſoit à l'autel, c'eſt-à-dire, le canon & les autres prieres de la
meſſe. Ce miſſel, étant fermé, eſt haut de quinze pouces, & large
de ſix : il n'a été écrit qu'après l'an 1066, parce qu'il y eſt dit
que le corps de ſaint Eloi repoſe dans cette égliſe ; ce qui n'arriva
que dans cette année. Et cependant, quoiqu'il mette ſeulement
des bénédictions les jours de ſaint Médard, au huitieme de Juin,
& de ſaint Eloi, au premier de Décembre, il ne fait aucune mention de ce Saint, au quatorzieme de Mai.

Le ſecond eſt un bréviaire à l'uſage de Noyon, écrit après l'an
1170, puiſque la fête de ſaint Thomas de Cantorbery, mort vers
cette année, y eſt marquée au vingt-neuvieme de Décembre, de
la main originale du manuſcrit, dans lequel l'ordination de ſaint
Eloi eſt ajoutée par une main différente de l'originale.

De cette maniere, l'ordination de ſaint Eloi ayant été inſtituée
non-ſeulement après le commencement du dixieme ſiécle, puiſqu'elle ne ſe trouve pas écrite de la même main qu'eſt le calendrier;
mais même après le commencement du onzieme, puiſqu'elle eſt à
la ſuite de la dédicace de la chapelle d'Hardouin ; & peut-être vers
la fin du douzieme, puiſqu'elle n'eſt point marquée de la première
main, ni dans le miſſel, ni dans le bréviaire ci-deſſus cités ; il ne
faut pas s'étonner de ce qu'elle ſoit placée dans ce calendrier, au
quatorzieme de Mai, au lieu du vingt-unieme du même mois,
parce que, ſelon toutes les apparences, cette fête n'ayant été
ordonnée dans l'égliſe cathédrale de Noyon, que plus de quatre
cens ans après l'ordination de ſaint Eloi, faite en 640, il étoit aiſé
à ceux qui l'ont inſtituée & inſcrite dans ce calendrier, de ſe tromper ſur le véritable jour de cette ordination, faute de bien entendre le ſens du paſſage de ſaint Ouen, qui d'abord paroît aſſez équivoque.

Quoique, ſelon ce calendrier, la fête de l'ordination de ſaint
Eloi, ſoit poſtérieure au premier millenaire de JESUS-CHRIST,
cependant elle eſt, dans ce calendrier manuſcrit, la plus ancienne
fête de cet évêque : car le jour de ſa mort, au premier de Décembre, y eſt marquée d'une main beaucoup plus nouvelle que
celle de ſon ordination ; ce qui peut faire penſer que cette principale fête n'auroit été inſtituée dans l'égliſe de Noyon, qu'en

VII. SIECLE.
Année 640.

1066, lorsqu'en cette année Baudouin Ier, évêque de cette ville, transféra, le vingt-cinquieme de Juin, pour la premiere fois, dans le chœur de cette cathédrale, le corps de saint Eloi, caché jusqu'environ l'an 881, à l'occasion des ravages que faisoient les Normands.

Nous ne prétendons point assurer par tout ce récit, que la fête de saint Eloi n'ait pas été célébrée avant ce temps-là. Nous savons que Wandelbert, dans son martyrologe dressé vers le milieu du neuvieme siécle, en fait mention au premier de Décembre, par ces deux vers :

> *Eligius, Noviome, tibi sub luce Decembrem*
> *Primâ designat condigno Præsul honore.*

mais nous voulons seulement dire qu'il ne paroît pas dans les anciens manuscrits de la cathédrale, que cette ancienne fête ait été célébrée dans l'église de Noyon avant l'an 1066 ; peut-être parce qu'avant ce temps, le corps de ce Saint qui avoit reposé dans l'abbaye de saint Loup, depuis sa mort jusqu'en 881, y avoit aussi attiré toute la vénération des peuples.

LIII.

Il résulte de tout ce que nous avons dit ci-dessus, 1°. que M. De Valois, les peres Le Cointe, Mabillon & Daniel, ci-devant cités, auxquels nous joignons Mezeray, Baillet, Fleury, le pere Longueval, & Dom Thierry Ruinart (colonne 650 de son Grégoire de Tours, dans les notes) placent la mort de Dagobert Ier en Janvier de l'année 638 de JESUS-CHRIST. Par conséquent, que l'année 640, au mois de Mai, étoit la troisieme année, au moins commencée, du regne de Clovis II, son fils & son successeur : qu'en cette derniere année, saint Eloi fut ordonné évêque de Noyon, selon le passage de saint Ouen, dont il est ici question : qu'enfin le Dimanche avant les litanies ou les rogations, ayant été le jour de la consécration du saint Évêque de Noyon, il faut nécessairement que ç'ait été le vingt-unieme du mois de Mai.

Dictionn. au mot *Dado.*

Morery, qui fixe au quatorzieme jour dudit mois de l'an 646, la consécration de saint Ouen & de saint Eloi, en suivant les auteurs qu'il avoit devant les yeux, est tombé dans une double erreur sur le jour & l'année de cette cérémonie.

2°. Que l'ordination de saint Eloi, inscrite & ajoutée par une main postérieure au quatorzieme de Mai, dans le calendrier manuscrit de Noyon, jointe à l'usage présent de la cathédrale & du diocese, qui célébrent cette fête en ce jour, ne devoient donner aucun scrupule au pere Mabillon sur cet article, au préjudice des preuves & des autorités de la plupart des Savans que nous avons cités, qui placent cette ordination au vingt-unieme de Mai.

Annales de Noyon, tom. II. Ch. 113, p. 513.

3°. Que l'on ne peut dire avec Jacques Le Vasseur, que cette fêté de l'ordination de faint Eloi ait été célébrée du vivant de cet évêque ; & depuis continuée, tous les ans, dans fa cathédrale.

4°. Enfin, qu'il faut compter l'année 640 de JESUS-CHRIST pour la première de l'épifcopat de faint Eloi.

Les réflexions que nous avons faites ne feront point prifes en mauvaife part, quoiqu'elles contredifent l'ufage préfent de la cathédrale & du diocefe de Noyon, qui ont laiffé fubfifter ladite fête de la confécration ou ordination de faint Eloi, au quatorzieme jour de Mai, même dans leur nouveau bréviaire de 1764. Deux des plus illuftres & des plus renommés perfonnages de cette églife, Antoine De Monchy, dit *Demochares*, chanoine ; & Jacques Le Vaffeur, doyen, n'ont point fait difficulté de s'écarter de cet ufage dans leurs écrits, en plaçant, quoique mal-à-propos, cette ordination au vingt-cinquieme de Mai de l'année 648 de JESUS-CHRIST. Nous ne pouvons être affujettis, non plus qu'eux, au joug & à la tyrannie de l'ignorance & du préjugé.

On demandera peut-être pourquoi nous avons entendu, ci-auparavant, ces mots : *Dedicatio ecclefiæ beatæ Mariæ*, de la dédicace du Panthéon de Rome ; au lieu de les entendre de la dédicace de l'églife cathédrale de Noyon, qui eft dédiée à la fainte Vierge. Il paroît moins naturel d'en faire l'application à la dédicace de l'églife de fainte Marie de Rome. Voici notre réponfe.

Nous avons eu deux raifons d'interpréter ainfi le paffage du calendrier. La premiere confifte en ce que parmi tous les anciens manufcrits de la cathédrale de Noyon, qui traitent du fervice divin, il n'y en a aucun qui faffe mention de la dédicace de cette églife, dont la fête ne s'y célebre pas même à préfent [1764], quoique toutes les églifes paroiffiales de ce diocefe la faffent le quatrieme Dimanche du mois d'Août, depuis l'ordonnance fynodale de Jean de Hangeft, évêque de cette ville, du 6 d'Octobre 1534, par laquelle il réunit en un feul jour toutes les différentes dédicaces de chaque églife de fon diocefe, pour prévenir les meurtres & les fcandales qui s'y commettoient ordinairement. La cathédrale va commencer, en conféquence du nouveau bréviaire, à célébrer fa dédicace avec les autres églifes du diocefe, le fecond Dimanche de Juillet de chaque année, auquel jour Jean-François De la Cropte de Bourzac l'a transférée.

Notre feconde raifon eft fondée fur ce que l'ancien Miffel de Noyon, cité ci-deffus, qui intitule cette dédicace en cette forte, *Dedicatio Bafilicæ fanctæ Mariæ*, fans autre changement que celui des mots *Bafilicæ fanctæ*, au lieu de *Ecclefiæ beatæ*, du calendrier manufcrit de Noyon, ne laiffe pas de mettre la fecrette de cette fête en ces termes : *Super has, quæfumus, Domine, hoftias benedictio copiofa defcendat, quæ & fanctificationem nobis clementer operetur,*

LIV.

Fol. 16.

& de Martyrum nos solemnitate lætificet. Per . . . . . &c. Or ces derniers mots de l'ancien Missel de Noyon, . . . *& de Martyrum nos solemnitate lætificet*, qui ne se trouvent pas néanmoins dans le Sacramentaire de saint Grégoire, publié par Dom Ménard, à la secrette de ce jour intitulé, *tertio Idus Maii, natale sanctæ Mariæ ad Martyres*, nous font voir clairement que cette dédicace de l'église de sainte Marie doit s'expliquer de celle du Panthéon de Rome, qui à la vérité est quelquefois marquée dans les martyrologes au *tertio Idus Maii*, & quelquefois au *secundo Idus* ; & qu'elle ne doit point s'entendre de la dédicace de sainte Marie de Noyon, d'autant plus que cette cathédrale n'a jamais reconnu aucun Martyr pour son patron, & que les trois oraisons de ce jour, dans l'ancien Missel de Noyon & dans tous les autres Sacramentaires, ne disent rien de la sainte Vierge.

De plus, un martyrologe du douzieme ou treizieme siécle, fait pour l'usage particulier de l'église de Noyon, met, il est vrai, cette dédicace au *tertio Idus Maii*, mais néanmoins en ces termes : *dedicatio ecclesiæ sanctæ Mariæ ad Martyres*, qui font assez connoître que ce n'est point de la dédicace de l'église de Notre - Dame de Noyon dont il veut parler. Et quoique ce martyrologe manuscrit cite la dédicace de plusieurs églises de Noyon, savoir, celle de saint Hilaire, de saint Jacques, de saint Barthélemy, de saint Germain & de sainte Godeberte, cependant il ne dit rien de celle de sainte Marie, ni au *secundo* ou *tertio Idus Maii*, ni en aucun autre jour de l'année.

Enfin, si ces termes *dedicatio ecclesiæ beatæ Mariæ*, du calendrier manuscrit de Noyon, désignoient la dédicace particuliere de l'église de sainte Marie de cette ville, ils devroient se trouver seulement dans les anciens livres faits pour l'usage de l'église de Noyon. Mais, comme ces termes se rencontrent aussi dans la plupart des anciens martyrologes & sacramentaires romains, avec cette addition *ad Martyres*, c'est une preuve certaine qu'ils doivent s'entendre de la dédicace du Panthéon de Rome, sous le nom de la Mere de Dieu & des Martyrs.

Si l'église de Noyon, en se conformant à la confrérie des marchands orfevres & jouailliers de Paris, célébroit comme elle l'ordination de saint Eloi, le cinquieme Dimanche après Pâques, qui est celui qui précéde les Litanies ou les Rogations, & changeoit le jour fixe de cette fête en ce jour mobile, elle se régleroit, au moins en partie, sur l'historien de la vie de ce Saint, & éviteroit par-là toute contestation ; au lieu qu'en s'en tenant à son ancien usage, elle le trouvera toujours condamné par tous les bons écrivains qui fixeront la mort du roi Dagobert Ier au mois de Janvier de l'année 638 de Jesus - Christ.

L'époque,

L'époque, que nous venons d'établir, du jour & de l'année de la confécration ou ordination de faint Eloi, eft donc certaine & préférable à toutes celles qu'ont voulu fixer Louis de Montigny, Demochares, Jacques Le Vaffeur, Buzelin, Sigebert, Coufin, Pierre de Venife, Meyer, Ferréol de Locres, Claude Emmeré, & quantité d'autres auteurs qui n'ont pas réfléchi fur le paffage de faint Ouen, avec la même attention que nous venons de faire, après le pere Le Cointe, Dom Mabillon & les plus habiles Critiques modernes. Reprenons le fil & la fuite de nos Mémoires.

Il s'eft donc écoulé deux cens quatre-vingt-neuf ans entre la première invention du corps de faint Quentin, faite par fainte Eufébie, le vingt-quatrieme jour de Juin de l'an 351, & la feconde faite par faint Eloi, le troifieme jour de Janvier de l'an 640, (*aliàs* 641). La dévotion du peuple de l'Augufte de Vermandois, & la religion des chanoines de cette ville & des habitans de toute la province, ont voulu confacrer cette derniere invention miraculeufe par une fête des plus folemnelles. Elle fe célébre encore aujourd'hui dans le diocefe ; & fur-tout dans l'églife majeure du faint Martyr, à pareil jour de chaque année, avec une pompe très-relevée. Car, après que les matines ont été chantées, tout le nombreux Clergé de faint Quentin fort en proceffion du chœur dans la nef. Un bufte, orné d'une infinité de chandelles, y eft allumé devant la porte, près de l'autel dédié au faint Patron, & fous-lequel fon digne corps a été trouvé. Là on chante, en ftation, le *Te-Deum*, avec l'antienne & l'oraifon, en l'honneur de ce glorieux Martyr : enfuite on rentre dans le chœur pour y achever le refte de l'office. Le peuple accourt de toutes parts à cette cérémonie, & y vient unir fes chants de joie à ceux des miniftres. Cette fête eft particulierement appellée l'*Allumerie*, ou la *Lumerie* (*illuminatio*), à caufe de la grande quantité de cierges qu'on y fait brûler, en mémoire de la lumiere éclatante qui a miraculeufement brillée à l'inftant de cette feconde invention du corps de faint Quentin.

Nous avons déjà dit que l'églife de ce faint Apôtre, dès le commencement de fa viduité, fut gouvernée par des abbés : c'étoit-là le titre qu'on donnoit, en ces fiécles, aux chefs des grandes églifes. Nous ignorons les noms de ceux qui y remplirent les premiers cette dignité : mais nous rapporterons, dans la fuite, ceux de ces abbés qui font venus jufqu'à nous, & quelles étoient leurs fonctions.

Les études tomberent infiniment dans l'Occident, au feptieme fiécle. Les prêtres obligés, en beaucoup de lieux, de travailler pour gagner leur vie, ne fubfiftoient, comme dit le Pape Agathon

                    D d

VII. SIECLE.
Année 640.

L V.
Année 641.

Bendier, Vie de S. Quentin.

L V I.

L V II.
II. Sæculo Benedict. in Præf. fol. 4.

VII. Siecle.
Année 641.
*In prologo Chron.
sui.*

LVIII.

dans une lettre à Constantin-Auguste, que de leur foi : & si l'on excepte quelques évêques, du nombre desquels étoient saint Eloi, saint Ouen, & quelques moines, l'état ecclésiastique, dit Frédégaire, étoit plongé dans une épaisse ignorance.

Il s'étoit déjà formée dès ce temps, & peut-être bien avant, sur la Somme, une ville dans le Vermandois, appellée Péronne, *Peronna*, dont nous ignorons l'étymologie. Sa longitude est au 20e degré, 39 minutes, 44 secondes ; latitude, 49e degré, 55 minutes, 30 secondes. Sa distance est de onze lieues, *est*, d'Amiens ; dix, *sud-est*, d'Arras ; huit, *sud-ouest*, de Cambrai ; six, *ouest-nord-ouest*, de Saint-Quentin ; & trente, *nord-nord-ouest*, de Paris. On doit distinguer cette ville de deux autres lieux appellés du même nom ; l'un sur le Doux, près du Câteau-Cambresis, en l'endroit où est l'abbaye de saint André ; l'autre en Mélantois, près de Lille en Flandre. C'est ici la premiere fois qu'il soit parlé dans les auteurs, sous le vocable de Péronne, de cette ville du Vermandois ; qui, après celle de Saint-Quentin & celle de Noyon, est la plus considérable de sa province. Nicolas Bergier a cru qu'elle étoit l'anDessein de l'hist. de Reims, page 203.cienne ville appellée *Cæsaromagus* par Ptolemée & les auteurs subséquens. Nous ne mettons point d'obstacle à cette prétention, que nous ne pourrions pas cependant appuyer de preuves solides. Cette ville est fortifiée par l'art, & plus encore par la nature : elle s'est fait infiniment honneur dans les sieges qu'elle a soutenus. Elle a ses usages, coutumes & priviléges particuliers : un bailliage Royal, un état-major, un hôtel-de-ville avec mairie ; & se gouverne, à peu de chose près, à l'instar de Saint-Quentin. Son étendue paroît n'avoir jamais été considérable : bornée entre les eaux qui l'environnent, c'est une espece d'isle, que peut-être des cabannes de pêcheurs auront insensiblement peuplée & formée. Erchinoald, fait maire du palais de Neustrie vers l'an 640, y avoit un château, ainsi que nous l'apprenons par les actes de la vie de saint Fursi ; &, sans doute, des domaines attachés, dont il étoit en même temps le possesseur. C'est le premier châtelain d'une châtellenie distinguée, riche par la bonté du sol sur lequel elle s'étendoit, & nombreuse par ses dépendances.

LIX.
II. Sæculo Benedict. fol. 300.
Annales BB. tom. 1, *Lib.* 12,
N°. 61.

Il importe beaucoup de connoître l'histoire de saint Fursi, dont la retraite en la ville de Péronne, y a donné lieu à l'établissement d'un chapitre illustre de chanoines, & à l'ornement même de la ville. Saint Fursi, né en Hibernie, étoit entré, vers l'an 639, en la partie orientale d'Angleterre, où après avoir vécu dans un monastere qu'il y avoit construit, & dont il ne sortoit que pour prêcher les Anglois orientaux, il passa en France. C'étoit pour éviter sur-tout le tumulte des guerres qui régnoient dans sa patrie, & le bruit des armes, toujours nuisible à la solitude & au ministere facré. Il fut reçu très-gracieufement par le Roi Clovis, & le maire du palais Erchinoald, dont il poſſéda toute la confiance. Quoique les fonctions évangéliques de faint Furſi, aient fait donner à ce Saint le nom d'évêque, ainſi qu'à pluſieurs autres, & qu'on célèbre fa fête, en cette qualité, dans les égliſes de Péronne, de Saint-Quentin & de Cambrai, il ne paroît nullement qu'il ait été revêtu de ce caractere. Celle de Noyon ne la fait que comme d'un abbé. Après avoir fondé, en 644, l'abbaye de Lagny, fur les rives de la Marne, à ſix lieues de Paris, il reçut du même Erchinoald, qui lui avoit déjà accordé cette permiſſion, pour la Brie; *le Mont-des-Cygnes*, à Péronne en Vermandois, où il ſe bâtit une cellule qui devint, dans la ſuite, une célébre abbaye, connue ſous le nom de *Monaſtere des Ecoſſois de Péronne.*

Ce mont étoit appellé des Cignes, à cauſe de la retraite qu'il prêtoit pour ſe repoſer à ces oiſeaux, dont nos premiers ancêtres aimoient à couvrir leurs rivieres & leurs autres eaux, & dont toutes celles qui environnoient Péronne étoient remplies. Outre l'agrément qu'ils retiroient de la vue de cette volatille, & de ſes jeux, du profit de ſes plumes & de ſa chair, ils s'en faiſoient encore eux-mêmes un objet de plaiſir & de divertiſſement dans leurs courſes & la chaſſe qu'ils lui donnoient fur de petits navires & bâteaux. Avoir le droit de faire paſſer ces Cygnes, ſans qu'ils fuſſent arrêtés, fur les eaux de pluſieurs Seigneurs, étoit regardé comme une ſuzeraineté, qui ne compétoit peut-être qu'au Comte de Péronne, qui, pour cela, donnoit un aſile fur le *Mont-des-Cygnes* à ces oiſeaux. De cette circonſtance le pere Le Cointe a appellé Péronne *Cycnipolis.*

Saint Furſi avoit été invité de venir dans notre province, principalement pour baptiſer le fils d'Erchinoald, que l'on croit être Leudeſius, qui fut maire du palais ſous Thierry Ier, vers l'an 674. Sans doute que le château de Péronne faiſoit le lieu principal de la réſidence d'Erchinoald, puiſque ſon épouſe y paroît avoir fait ſes couches. Ebroin, après l'an 659, remplaça ce maire du palais; mais il fut lui-même dépoſſédé de ſa dignité par Leudeſius, qu'il fit tuer; & après la mort duquel, il la reprit.

Saint Furſi illuſtra Péronne par l'admirable ſainteté de ſa vie, & par une infinité de miracles que Jacques Deſmayes, chanoine de cette ville, a tranſcrits des actes de ce Saint, dans la vie qu'il en a donnée au Public en 1606. Après la mort de faint Furſi, arrivée vers l'an 650, à Mazeroëles, fur le fleuve d'Auchie en Ponthieu, le fort adjugea à Erchinoald ce maire du palais, dont nous venons de parler, contre Bercharius, duc du Laonnois, la poſſeſſion & la propriété du corps vénérable de faint Furſi. Nous ſommes portés à croire que ce premier Seigneur portoit, en ce temps-

VII. SIECLE.
Année 641.

Ibid. Lib. 13,
No. 31.

Année 644.

Année 646.
Ibid. No. 16.

LX.

LXI.

LXII.

Année 650.

D d ij

VII. SIECLE.
Année 650.

là, le titre de Comte de Péronne, & que son comté faisoit excur-
sion sur une partie du pays que nous appellons Santerre : pourquoi Péronne en est reconnue comme la capitale. Et dans ce cas,
le Vermandois étoit divisé entre plusieurs seigneurs qui avoïent la
même qualité, & peut-être la même puissance, dans le territoire
de leur comté : mais celui de Saint-Quentin s'appelloit toujours
le Comte de Vermandois par excellence. Erchinoald acheva de
faire construire sur le tombeau de saint Fursi, une église qui fut
donnée à des chanoines, au bout de quatre ans. C'est celle où
repose encore à présent le corps de ce Saint. Saint Ultan & saint

Ibid. Lib. 14,
N°. 1 & 2.

Foillan, tous deux freres de saint Fursi, étoient accourus en
France, sur la nouvelle de sa mort : le premier se chargea, aux
instances d'Erchinoald, de la conduite des moines de Péronne,
auxquels il présidoit dès l'an 662 : le second se retira dans le Hainaut, où il mourut, à la tête d'une communauté d'autres religieux, dont le monastere a passé aux Prémontrés appellés de saint
Foillan, près de Mons.

Les moines de Péronne furent donc certainement établis sur le
Mont-des-Cygnes, & nous paroissent être incontestablement ces
mêmes qui y ont été succédés, dans la suite, par les Bénédictins de
la congrégation de saint Maur. Leur Mont-des-Cygnes a pris, en
second lieu, le nom du Mont-Saint-Quentin, qu'il retient encore
aujourd'hui. L'église dédiée au saint Martyr subsistoit cependant
avant qu'Erchinoald la donnât à saint Fursi & à saint Ultan, & que
ces deux freres y fissent entrer leurs moines : elle étoit sous la
vocable de la très-sainte Trinité. Quand, dans le dixieme siécle,
Eilbert de Péronne, & sa femme Ersende, augmenterent cette
église qui avoit quitté sa premiere appellation, ces bienfaiteurs
y ajouterent deux chapelles ou oratoires séparés, en l'honneur
de l'Apôtre saint Thomas & de saint Gilles, abbé : mais ils ne durerent pas long-temps ; on les abattit cent ans après, pour faire
le dortoir des religieux, du consentement de la châtellaine de Péronne, Adélaïde, que l'on qualifie quelquefois de comtesse de
Péronne. Toutes ces circonstances combinées rendirent extrêmement vénérable, dans le monastere de saint Quentin de Péronne,
la mémoire du premier fondateur & des époux restaurateurs de la
maison : leurs noms y sont encore sacrés ; & la reconnoissance des
moines l'avoit consignée sur les vitres de leur église, où l'on voyoit
Erchinoald & Ersende, avant qu'on fût obligé de les en ôter pour
la rétablir. On ne pourroit exprimer ici, à combien de déprédations, de pillages, de violences, d'incendies & de profanations fut
exposée cette abbaye, depuis sa fondation jusqu'à nos jours, de
la part des seigneurs voisins, des troupes ennemies : Flamands,
Anglois, Bourguignons, Espagnols, Lorrains, tous ces peuples

l'accablerent ; & la réduiſirent mille fois, & ſes reſpeċtables hôtes, à la derniere des extrêmités. La main ſenſible de Dieu l'en a relevée cependant ; & ſon rétabliſſement fait le bien & l'honneur de la contrée, & le plus digne monument d'un Dieu bienfaiſant, qui éleve, détruit & redreſſe les choſes, ſelon ſon gré ; & ne nous abaiſſe jamais, que pour nous faire reſſuſciter plus glorieuſement.

Nous donnerons ici la liſte des Abbés de cette illuſtre maiſon. Cette nomenclature, outre le plaiſir qu'elle peut cauſer par elle-même aux curieux, leur procurera encore l'avantage de connoître les titres des acquiſitions qu'ont faites ces riches monaſteres avec tant de ſueurs & de travaux, & que l'irréligion ne ceſſe de leur envier injuſtement.

Abbés réguliers du Monaſtere du Mont - Saint - Quentin.

I. Saint Ultan, frere de ſaint Furſi, nommé par ſaint Eloi vers 650. Il préſidoit encore en 662. Ses ſucceſſeurs, juſqu'au temps de la reſtauration de ſon monaſtere par le Comte Albert Ier, nous ſont inconnus. Les auteurs de la nouvelle Gaule chrétienne, qui ont ſuivi le ſentiment de quelques-uns de leurs confreres, ſur la prétendue monaſticité des égliſes de ſaint Quentin & de ſaint Furſi, font préſent de ſaint Ultan aux chanoines de Péronne ; mais ce Chapitre en fait volontiers la reſtitution au Mont-des-Cignes. Il y a bien de l'apparence que les troubles des guerres de ce temps & l'avidité des Seigneurs firent paſſer en la commande des Laïcs le gouvernement de cette maiſon qui n'étoit pas encore alors fort ſtable ; & que c'eſt par leur invaſion que nous avons perdu les noms des Abbés du Mont-Saint-Quentin.

II. Evrard, nommé par le châtelain de Péronne, Eilbert, vers 970, meurt le 24 de Juillet ; on ne ſait de quelle année, quoique l'on cite la 992e.

III. Baudouin, deſcendu des Comtes de Flandre. Les auteurs de la nouvelle Gaule chrétienne aiment mieux croire qu'il étoit laïc, & parent du châtelain Eilbert. Il fut un injuſte détenteur des biens & de l'adminiſtration de cette abbaye.

IV. Richard. Ce célébre Abbé de Verdun le fut encore de pluſieurs autres monaſteres, comme nous le dirons, & notamment de celui-ci.

V. Valeran Ier, nommé par l'autorité de Robert de Péronne. En 1028, aidé de la protection du Roi, il fit reſtituer à ſon abbaye, qu'il avoit ornée de pluſieurs édifices, les biens envahis par les Laïcs, & lui en acquit de nouveaux. Tous lui furent confirmés

VIL SIECLE.
Année 650.

LXIII.
GalliaChriſtiana.
tom. 9. Column.
1103 & ſeq.

par Henri Ier. Il mourut en l'année 1040, ou la fuivante, le 9 de Juillet.

VI. Valeran II, élu le 5 de Février 1041, *fut un illuftre abbé, un bon pere, & un courageux fupérieur*. Il fe fit confirmer par le Pape en 1046 les biens de fa maifon. Il obtint en 1049, de Baudouin Ier, évêque de Noyon, l'églife de fainte Radegonde. En 1052 il affifta à la tranflation des reliques de fainte Hunégonde dans Hombliere. Meurt le 1er de Décembre 1058 à Rome, où il eft enterré.

VII. Godefroy, frere d'Albert, Comte de Namur, & l'oncle d'Ida, mere des Rois Godefroy & Baudoin, fut élu au commencement de l'année que nous difons à préfent 1059. Il éleva dans fon monaftere Godefroy, depuis évêque d'Amiens, & le célébre Pierre l'Hermite qu'on fait avoir été le premier auteur des Croifades. En 1090 il compofa avec Eudes de Péronne. En 1095 il obtint la terre & feigneurie d'Allaines que donnerent à fon abbaye Robert III de Péronne & fon époufe Adélaïde. En 1098 il obtint de Manaffès, évêque de Cambrai, l'autel de Bus. Il mourut le 23 de Février de l'an que nous dirions à préfent 1099.

VIII. Henry, fils d'un illuftre Seigneur du même nom, & de Gerberge, fut élu en 1099. Il reçut, *pieds nuds*, les reliques de faint Marcoul, apportées en 1101 à Péronne. En 1103 il obtint de la Comteffe Adéle de Vermandois, & de fes fils Raoul & Henry, la confirmation du don de la terre & feigneurie d'Allaines. Il fit bénir, le 23 de Septembre en 1106, fon églife par l'évêque de Noyon, qu'accompagnoient Godefroy & Jean, évêques d'Amiens & de Térouenne. Il acquiert, vers le même temps, la terre de Cléry, d'Yves de Péronne, qui fe fit moine dans fon abbaye. Louis VI confima en 1109 fes biens; à la priere de la reftauratrice Adélaïde de Péronne, & *du futur Comte de Vermandois, Raoul*. En 1115 il obtint de l'évêque d'Amiens l'autel de Chuïnes, un calice d'or, & d'autres préfens. Il établit une confraternité de prieres avec les religieufes d'Avefnes, près Bapaume, en 1128. Il meurt le 26 Mai 1133.

IX. Roger, moine d'Anchin, élu Abbé du Mont-Saint-Quentin, y gouverna fept ans, & mourut le 1er de Mai 1140.

X. Hugues Ier, moine de Corbie, fuccéda en 1140. Il étoit frere de Roger, châtelain de Péronne. En 1143 il établit une confraternité de prieres avec les moines de Corbie, de Flavigny, d'Anchin & de faint Geremere. En 1145 il reçoit de Simon de Vermandois l'autel d'Hamelet, dit à préfent la cure de Marcais, au diocefe de Noyon. Il fut très-confidéré des Papes Eugene III, Adrien IV & Alexandre III. En 1149 il échange la terre de Franfart, pour les dixmes de Driencourt, avec Vermond de Roie fon parent. Yves de Nefle confent le traité en 1150. Ermengarde fa niéce, fille de Roger de Péronne, lui donne en 1155 un alleu à Genchy, & d'autres préfens. En 1172 il eft fait Abbé de Corbie, fa maifon-profeffe.

VII. Siecle.
Année 650.

XI. Hugues II, oncle, ou plutôt le frere de Pierre, châtelain de Péronne, fuccéda à fon oncle Hugues Ier. Il compofa avec fon frere pour quelques biens fitués à Ham, & pour d'autres qu'il avoit acquis à Genchy. Il obtint en 1174 de Jean Caperius, qu'il reçut au nombre de fes moines, le moulin *des Belles-aiffes*, [*Bellarum aquarum*] au fauxbourg de Péronne, avec l'étang y joint ; & accorda une réferve à Ricalda, l'époufe du nouveau profès. En 1177 Vilbert de Soimont lui donne l'étang de Bafincourt ; & Robert de Cléry, fon parent, le bois de Faiffemont. Vers 1178 il donne aux freres Hofpitaliers d'Efterpigny des eaux fur lefquelles il ne fe réferve que le droit de pêcher pour le befoin de fa maifon. Il refufe vers 1181 aux chanoines de Péronne la dixme qu'ils prétendoient dans les forêts de Combles, de Maurepas & de Cléry. Il meurt le 3 de Septembre 1184.

XII. Garnier meurt le 15 de Février 1185, *aliàs* 1186.

XIII. Robert Ier, de Prieur du Mont-Saint-Quentin, en devint l'Abbé ; & abdique par humilité en la même année 1186. Mourut le 8 de Janvier, felon le nécrologe de Fémy, qui parle encore du même Abbé au 17 d'Août. *VI Idus Januarii, obiit Robertus, Abbas de Monte S. Q. . . . XVI Calendas Septembris obiit Robertus, &c.*

XIV. Baudoin Ier ; il tranfige en 1189 avec Adam de Manencourt pour les bois de l'Echelle, fous la médiation du Comte Philippe d'Alface. Il meurt le 23 Septembre 1192.

XV. Gautier d'Ipre, Prévôt de fon monaftere, en devient l'Abbé. Son âge le fait abdiquer au bout de fix ans de gouvernement.

XVI. Gautier de Hardecourt, fon filleul, fait Abbé à fa recommandation, en 1198 furpaffe de beaucoup par fes vertus & fes talens l'idée défavantageufe que l'on avoit conçue de lui. Il étoit né près de Péronne ; fils d'Achard de Hardecourt & de Hadwide. Il rédigea d'abord dans des cartulaires tous les titres de fa maifon, & en paya toutes les dettes. Il reçut en 1207 de Hugues, Comte de Beaumès, fon parent, une portion très-confidérable du bois de la croix du Sauveur, que Baudoin, Comte de Flandre, & Empereur de Conftantinople, avoit donné à ce Seigneur, auffi fon parent. Du Cange prétend cependant que ce monaftere ne l'obtint que de Nevelon de Cérify, évêque de Soiffons. C'eft de cette maifon qu'en reçurent des parcelles, à leur tour, les églifes d'Amiens, de Soiffons, & plufieurs autres.

Differta. 26, in vitâ S. Ludovici, fol. 314.

On y voit encore le précieux reliquaire dans lequel ce vénérable figne de notre rédemption, & quantité d'autres reliques , furent enfermés. En 1211 il reçoit de Simon de Béthify, chanoine d'Amiens, les dixmes de Longavéne. En 1219 il donne en fief, à Jean de Bouchavenes, les eaux & les étangs de Bafincourt. En 1221 Gautier, châtelain de Péronne, lui donne pour son anniversaire une partie des dixmes de Tilloy. En 1227 Robert Bocquet lui céde tous ses droits à Bus & à l'Echelle. Après 1230 les Templiers d'Efterpigny prennent à cens perpétuel les eaux de leur village, pour lefquelles ils avoient déjà traité en 1178. On croit que les pere & mere de cet Abbé devinrent les bienfaiteurs de ses moines, & qu'ils se firent enterrer chez eux. Le nécrologe de cet abbaye fait mention du premier au 8 de Juillet, & de la seconde au 13 de Septembre. Cette épouse survécut à son mari, & donna aux moines de gros biens au village d'Emme, que nous appellons à présent Mesnil-Bruntel. Gautier avoit pour frere Philippe de Hardecourt, qui époufa Nicole. Tous deux donnèrent auffi au Mont-Saint-Quentin, pour leur anniversaire, des biens au territoire de Moilains. Il mourut le 4 d'Octobre 1241, & fut regretté de ses moines, de toute la ville de Péronne, & de tous les pauvres des campagnes.

XVII. Simon Coignon de Walaincourt bâtit la nef & le chœur de la belle églife que l'on voyoit dernierement au Mont-Saint-Quentin, des deniers amaffés par son fage prédéceffeur. Il acquit en 1242 de gros biens *apud Ciconias*; en 1243 d'autres à Moilains que lui vendirent Pierre, Seigneur de Manencourt, & son fils Adam; & peu de temps après le tiers de la terre de Fléchin que lui vendit Ibert, Seigneur de Templeux. Furfi, évêque d'Arras, lui fit don d'autres fonds à Hézecourt & à Biache. Il obtint en même temps la cure de Bouchavéne. En 1252 fa maison fut déclarée n'être adftreinte qu'à l'affiftance au fynode métropolitain. En 1255 il acheta la forêt d'Elfay & d'autres droits du Seigneur de Sailly. Il meurt le 19 de Janvier 1257, *nunc* 1258, felon les auteurs de la nouvelle Gaule chrétienne, mais le 19 de Décembre felon le nécrologe de Fémy : *XIV Calendas Januarii obiit piæ memoriæ Simon, Abbas de Monte S. Q.* Il y eft fait encore mention du même Abbé au 22 du même mois, fous ces termes : *XI Calendas Januarii obiit Simon, Abbas de Monte-Sancti-Quintini.*

XVIII. Gérard Boiffel fut, à caufe de son feul mérite, élevé à la dignité d'Abbé. En 1258 il fit de grandes acquifitions à Fléchin, à Montauban & au Hamelet. Il meurt le 19 de Janvier, après dix ans d'adminiftration : le nécrologe de Fémy dit le onzieme jour, & l'appelle par erreur Abbé du Mont-Saint-Martin, au lieu de le nommer Abbé du Mont-Saint-Quentin.

XIX. Robert II, élu en 1268, termina beaucoup de procès qu'avoit fa maifon; reçut des hommages de ses feudataires, &
abdiqua

abdiqua en 1275 , à caufe de fon grand âge. Il mourut le 31 Mai
1280.

XX. Baudoin II mourut en la même année 1280.

XXI. Matthieu Ier , fils du Seigneur de Hamelet, à deux lieues
de Péronne, acquit en 1281 , de Pierre de Roye, ce que ce Seigneur poffédoit en ce village. Il traita en 1286 avec Furfy de
Roye & fon époufe Mathilde. En 1290 il traita pareillement avec
le Magiftrat populaire de Péronne pour la feigneurie de Renel ,
fituée dans la ville ; & mourut le 16 de Juin 1293.

XXII. Jean de Villers , de haute naiffance , mais de peu de
vertus & de mérites. Il vendit en 1295 des terres à Hugues de
Cléry , que Gilles de Heudicourt reftitua généreufement trois
ans après. Il mourut , dans une pénitence auftère , le 1er d'A-
vril 1313 , *nunc* 1314. Le nécrologe de Fémy dit le 29 de Mars.
*IV Calendas Aprilis , obiit Domnus Johannes , Abbas de Monte-Sancti-
Quintini.*

XXIII. Jean d'Inchy , mort le 29 de Juillet 1337, fut enterré
par l'évêque de Noyon , affifté de neuf autres Evêques & des Abbés du voifinage.

XXIV. Jean Chevalier , chanoine régulier d'Arroaife , & enfuite moine du Mont-Saint-Quentin , devint Abbé de ce dernier
monaftere , & mourut le 6 de Décembre 1361.

XXV. Jean de Hardecourt de Combles meurt le 23 Novembre
1370.

XXVI. Hugues III , Prévôt , puis Abbé du Mont-Saint-Quentin , meurt le 23 de Février 1378 , que nous difons à préfent
1379.

XXVII. Pierre de Puille , Prévôt , puis Abbé de la même maifon , meurt le 2 Mars 1398 , *nunc* 1399. Il avoit acheté une
maifon de refuge pour fon abbaye dans la ville de Péronne.

XXVIII. Mathieu de Dury , Procureur , puis Abbé , empêcha
deux Evêques d'Arras de vifiter fa maifon , fur laquelle ils prétendoient ce droit. Il mourut le 30 de Juillet 1413 , après avoir obtenu du Pape la liberté de faire faire les offices à fes moines dans
un fecond refuge qu'il avoit acheté dans Péronne , nonobftant
l'oppofition des chanoines de faint Furfi.

XXIX. Jean de Hennon achete en 1437 les dixmes de fainte
Radegonde de l'Abbé de Prémontré , & meurt le 18 de Septembre 1438.

XXX. Jacques Ranfon , moine du Mont-Saint-Quentin , puis
Prieur de Lihons , enfuite Abbé de ce premier monaftere , à la
priere de Philippe de Bourgogne , dont il étoit chapelain. Il abdique , pour Corbie , en Février de l'année que l'on difoit alors
1461.

Tom. I.   E e

XXXI Jean de Medon, moine, puis Abbé de saint Bertin, fut fait Abbé du Mont-Saint-Quentin, à la même recommandation ; y meurt en 1481.

XXXII. Jean de Kaerquendlaven, chanoine de Poitiers, fut nommé par le Pape en 1481, à l'exclusion de Jean d'Estrées que s'étoient choisi les moines, & auquel il résigna un peu avant sa mort arrivée le 25 de Novembre 1487.

XXXIII. Jean d'Estrées, fils d'Antoine & de Jeanne d'Aix, moine de Corbie, obtient en 1514 du Pape l'usage des ornemens pontificaux ; meurt le 27 Janvier 1516, *nunc* 1517.

Abbés Commendataires.

XXXIV. Louis Coustin reçoit du Roi en commende l'abbaye du Mont-Saint-Quentin, malgré les oppositions des moines qui s'étoient élu l'un d'eux, nommé Pierre Bachelé, & auquel il fut contraint de faire une pension. En 1557 il résigna à son neveu Antoine Rayault ; mais ce Doyen de saint Fursi de Péronne, n'ayant point été admis, ni par les moines, ni par le Roi, il géra seulement le temporel de l'abbaye jusqu'à la mort de son oncle, arrivée en 1532.

XXXV. Jean de Génouillac, nommé par le Roi, fait une pension au même Pierre Bachelé que les moines s'étoient encore choisi ; & abdique en 1544 en faveur de son frere naturel.

XXXVI. . . . . Virdun du Mas, dit aussi de Génouillac, meurt en 1563.

XXXVII. Jacques d'Happlaincourt, nommé alors par le Roi, aliéna, pour les subventions de l'Etat, des biens considérables de sa maison ; & mourut en 1575.

XXXVIII. François Pesquans, chanoine de sainte Marie de Bourges, mourut en 1596. Il servoit de prête-nom ou de confidenciaire au Maréchal de la Châtre qui jouissoit vraiment des revenus de cette abbaye dont ce Seigneur lui avoit procuré le titre.

XXXIX. Sébastien Robelin, curé de Liancourt, & chanoine de Nesle, mourut en 1613 ; autre prête-nom ou confidenciaire.

XL. Claude d'Argouges, nommé en cette même année par le Roi, soumet à la congrégation de saint-Maur, en 1621, sa maison & ses moines ; meurt Evêque de Saint-Brieux en 1637.

XLI. François d'Argouges, neveu du précédent, prend possession en 1638 ; & meurt le 16 de Mai 1651.

XLII. Henry d'Argouges, frere cadet, succéde en 1652 ; fait donner le tiers des biens de l'abbaye aux moines en 1656 ; fait construire les édifices convenables ; & meurt le 10 de Janvier 1678, à Paris, d'où son corps fut rapporté en son abbaye.

XLIII. François Courtin, nommé dans le même temps, meurt le 5 de Janvier 1739.

Louis-Guy Guérapin de Vaureal, Evêque de Rennes, ayant obtenu, le 24 d'Août 1741, l'abbaye du Mont-Saint-Quentin, & n'en ayant pas encore pris poffeffion au mois de Décembre 1742, remit fon brevet au Roi qui en pourvut :

XLIV. Jean-François De la Cropte de Bourzac, Evêque-Comte de Noyon, le 15 d'Avril 1745. Ce Prélat en prit poffeffion en Septembre fuivant ; meurt à Noyon le 23 Janvier 1766.

On doit croire que les chanoines de Péronne ont toujours été féculiers. Quoique leur églife (d'abord fous l'invocation de faint Pierre, & enfuite fous celle de faint Furfi) foit appellée dans quelques auteurs du feptieme & du huitieme fiécle, *Monaftere* & qu'eux - mêmes aient reçu le nom de *Freres* : car ces dénominations équivoques ne font pas plus contre ce Chapitre que contre celui de Saint-Quentin, auquel on les a données auffi. Dom Luc d'A-chery & Dom Mabillon fe font fort étendus dans le *fecond fiécle des Saints de l'ordre de faint Bénoît*, & dans les *annales* du même ordre, & les nouveaux auteurs de la *Gaule Chrétienne*, pour établir le fentiment oppofé ; mais l'autorité refpectable de ces favans écrivains ne nous paroît pas encore contrebalancer les titres qu'ils réfutent, ou interprétent à leur volonté. Un *Mont des Cygnes* fe retrouve plutôt en celui du Mont-Saint-Quentin, qu'en l'endroit où eft bâtie l'églife de faint Furfi. Le *monaftere des Ecof-fois* a pu être appellé *de faint Furfi*, quoique dédié à faint Quentin, parce que faint Furfi en avoit été le principal moteur. C'eft le fentiment de Jacques Le Vaffeur qui n'avoit pas certainement intérêt à favorifer en ce point le Chapitre de Péronne. Ar-noul, abbé de Lagny, dans le onzieme fiécle, dit pofitivement, dans la vie du même Saint qu'il a écrite, que le Chapitre de Pé-ronne avoit toujours été féculier. Un moine de faint Remy, qui vivoit au même temps, dit clairement encore qu'Erchinoald ne mit que des chanoines féculiers dans Péronne. Le Comte de Ver-mandois, Albert Ier, dit, dans une charte que nous rapporterons fous fon adminiftration, que l'églife monacale de faint Furfi eft celle du Mont-Saint-Quentin. Enfin, on ne peut fixer que par pure fantaifie, & fans preuve certaine, le changement de l'état qu'on fuppofe être arrivé aux chanoines de Péronne, après l'an 781. La fécularité perpétuelle fut la premiere prérogative du Cha-pitre de cette ville. Cette compagnie aura été, penfons - nous, établie par Erchinoald, à la follicitation de faint Eloi, fur la for-me de celle de faint Quentin, qui étoit elle-même purement fécu-liere.

La ville de Péronne ayant paffé, comme on le dira, à la fin

E e ij

VII. Siecle,
Année 650.

LXIV.

II. Sæculo, fol. 786.
Hift. de Coucy, par D. Touffaint Dupleffis. Paris, in-4°. 1728. Notes, p. 90.
Gallia Chrift. tom. 9, col. 1097.

Annales de Noyon, p. 444.

Annales BB. tom. 1, Lib. 14, N°. 1 & 2.

LXV.

du douzieme siécle, des mains des Comtes de Vermandois en celles de nos Rois, le Chapitre de saint Fursi subit le même sort, & tomba dans le patronage de ces Princes. L'on y compte maintenant trente-six prébendes, dont une est affectée aux Evêques de Noyon ; cinq sont réunies à la masse de la fabrique ; une est annexée à la principalité du college ; & vingt-neuf sont remplies. Le doyen y est seule dignité. Le chantre & le chancelier n'y sont que personnats. Cinq autres prébendes, appellées canonicats de saint Leger, en obligent les titulaires aux mêmes offices que font les chanoines de saint Fursi, & leur donnent la haute stalle avec eux, mais non l'entrée en leur chapitre. Dans le fond, ces cinq prébendés sont les chapelains de la chapelle de saint Leger, fondée dans le château de Péronne (très-vraisemblablement encore) par Erchinoald, à son usage, & pour son service & celui de sa maison : on les aura transférés de l'oratoire castral de saint Leger, & comme unis aux chanoines de saint Fursi, quand les maires du palais, ses descendans, les châtelains de Péronne, & enfin les comtes de Vermandois retirés, morts ou éteints, n'auront plus occupé le château. On parlera des autres communautés, & des différentes circonstances de Péronne, dans les années de leur établissement. Nous observerons seulement encore ici, que quelques auteurs l'ont appellée *la Ville des Ecossois : Parrona Scotorum*, pour la distinguer des autres villes, ou lieux de même nom ; & son indication ou sa désignation particuliere, fut tirée de saint Fursi même, qui étoit de la nation des Ecossois. C'est le sens qu'il faut donner aux Annales de Metz. Ce Saint est devenu le patron des Péronnois, qui rapportent à son intercession la levée du siege de leur ville, fait en 1537 par l'Empereur Charles-Quint. Ils célébrent encore la fête de cette faveur céleste, le onzieme jour de Septembre de chaque année, par une procession *quasi-militaire*, très-édifiante, & quelques autres services. Saint Eloi fabriqua une châsse à saint Fursi, quelques années après la mort glorieuse de ce confesseur. Ses reliques resterent toujours à Péronne : les chanoines en concéderent un os de la tête, à l'abbaye de Lagny, qui n'a pas cessé de le conserver avec sa chasuble & son étole qu'elle avoit déjà ; car son manipule fut alors par elle donné, en reconnoissance, aux chanoines. On célébre à Noyon, à Péronne & à Saint-Quentin, la fête de saint Fursi, le 16 de Janvier, quoiqu'il soit décédé le neuvieme de Février.

En vain eussions nous demandé la communication de leurs cartulaires aux chanoines de Péronne, ou seulement un catalogue plus exact de leurs doyens & de leurs principaux officiers ; il n'y a pas d'apparence que nous eussions plus obtenu de ce chapitre, que

les savans & respectables auteurs du *Gallia Christiana*, lorsqu'ils

s'occupoient à cet ouvrage par les ordres & sous la protection du
Roi. Il est des corps qui ne veulent jamais s'ouvrir. De cette espece
est encore celui de Nesle. Leurs plus curieuses possessions ne sont ni
pour eux, ni pour les autres. Donnons au moins ici la filiation
des doyens de Péronne, au Public, qui l'acceptera peut-être plus
volontiers que leur Chapitre ne l'eût donnée. Nous copierons celle
que nous ont fournie les illustres Bénédictins dont nous parlons ;
& nous daterons les premiers doyens, devers l'incendie de la
basilique de Péronne, arrivé en 1130.

I. Guislain, parle dans les chartes de Lihons, en 1108.

II. Lambert. Il reçut des moines d'Homblieres, en 1124, un
aleu à Saisincourt, sous un cens annuel. *Aug.-Vir. fol. 150.*

III. Hugues Ier, selon les mêmes chartes de Lihons, en Janvier
de l'an 1128.

IV. Matthieu, mêmes chartes, en 1130.

V. Nicolas, en 1136, suivant le cartulaire du Mont-Saint-
Martin.

VI. Josbert, en 1155, assiste à Noyon à la translation de saint
Eloi : paroît encore en 1157.

VII. Hugues II, en 1168 & 1189.

VIII. Fromond jura obéissance à l'évêque de Noyon, en Mai
1243. Il parle dans les chartes 19 & 21 du cartulaire des chanoines de saint Quentin, en 1249.

IX. Philippe de Montgermond, sous-diacre, élu par le chapitre,
en fut poursuivi pour se faire prêtre ; & sur son refus constant, le
Pape lui donna son décanat en commende, en 1268.

X. André de Brieu présidoit en 1334, permuta son décanat
pour un canonicat de Noyon.

XI. Jean de Villebresme, nommé en 1356.

XII. Henry de Brulle, nommé en 1408.

XIII. Nicolas Collezi, mourut vers 1446.

XIV. Raimond Pouchain de Marcilly, élu par le chapitre en
1446, mourut dans la même année.

XV. Guillaume de Clugny, maître des requêtes de Jean de
Bourgogne, comte d'Estampes, élu par le chapitre en 1446, permuta en 1453 avec le suivant :

XVI. Antoine Girardi, reçu en 1453.

XVII. Jean Esgret, élu en 1483.

XVIII. Jacques de Brunfay, élu en 1504, mourut vers 1521.

XIX. Antoine Rayault, mourut en 1532.

XX. Charles d'Humieres, élu, encore enfant, par le chapitre
en 1532 jusqu'en 1566, qu'il fut fait évêque de Bayeux : il se
démit entre les mains du Roi.

VII. Siecle.
Année 650.
Hist. du Doyen-
né de Montdi-
dier, par le P.
Daire, p. 229.

XXI. Claude de Chanleu, fils de Charles & d'Anne Prévôt, né à Montdidier, nommé par le Roi, mourut de la peste en 1597.

XXII. Denis Tabary, maintenu contre Antoine Dollé, son compétiteur, que le chapitre avoit nommé en 1597, reçu en la même année le 24 d'Octobre.

XXIII. Louis Gueffrin, mourut en 1612.

XXIV. Philippe Trefcon, curé de saint Sauveur de Péronne, nommé par le Roi, abdique quelques mois après pour retourner à sa paroisse.

XXV. Simon de Hennin gouverna dix-huit ans, & permuta, avec l'agrément du Roi, avec le suivant :

XXVI. Antoine Choquet, chancelier de saint Fursi, nommé en 1631, mourut en Décembre 1673.

XXVII. François Le Veslier, nommé par le Roi, prit possession le 24 Mars 1674, mourut le 13 de Mai 1721, légua sa maison à ses successeurs.

XXVIII. Nicolas Porcelet de Mauny, docteur de Sorbonne, vicaire-général de Noyon, nommé par le Roi en 1721, cesse de paroître au chapitre le 4 de Juillet ; abdique pour un canonicat de la cathédrale, dont il devint aussi le doyen.

XXIX. Jean-Baptiste Cochet, licentié en Théologie, vicaire-général de Noyon, prit possession le 4 de Septembre 1722, fit réunir par le Roi une prébende à son décanat, qui n'avoit auparavant que très-peu d'émolumens, & en prit possession le 14 Mai 1727, mort le 4 Juillet 1751, & enterré dans le chœur de saint Fursi.

XXX. Pierre-François-Guillaume Larquerat, du diocèse de Cambrai, prit possession le 4 Septembre 1751, & mourut le premier jour d'Avril 1761 ; reçut sa sépulture dans le chœur de saint Fursi.

XXXI. Joseph-Thimothée de Salve d'Aguilhery, chanoine, puis chancelier, puis doyen de saint Fursi de Péronne, nommé le 9 de Mai 1761.

LXVII.
Année 654.
Annales B B.
tom. 1. Lib. 14.
N°. 4.

Voyez l'année
875 ci-après.

Peu après la mort de saint Fursi, & sans doute sous le gouvernement de saint Ultan, son frere, dans le monastere de Péronne, saint Mombole, vulgairement connu sous le nom de saint Mombe, disciple de saint Fursi, &, après lui, abbé de Lagny, mourut le 18 de Novembre, au village de Condren, près de la ville de Chauny, où il s'étoit retiré après avoir quitté son cloître, pour prêcher dans le diocèse de Noyon, sous la permission de saint Eloi, qui l'avoit ordonné prêtre. Les miracles qu'il opéra après sa mort, ayant rendu le lieu de sa sépulture fort célèbre aux pélerins, Achard, évêque de Noyon, exhuma dans la suite le corps du Saint, dont il fit présent à l'évêque de Cambrai, Halitgarius, auquel ce lieu appartenoit. Ce dernier, qui mourut le 25 de Juin, 830, selon quelques auteurs, ou plutôt en 831, selon le nouveau *Gallia Christiana*, fit transporter le corps du Saint dans une église voisine dédiée à saint Pierre. C'est la paroisse même du village de Condren, d'où il a été transféré depuis en l'abbaye de saint Eloi-Fontaines, près de Chauny, occupée maintenant par des chanoines réguliers de la congrégation de France, dits Génovéfains.

Le village de Condren, dont nous parlons ici, est appellé dans les actes du septieme siécle, *Gundarinus*, & *Condrino* en latin. On croit avec fondement que c'est le lieu appellé *Contra-Aginnum* dans l'Itinéraire attribué à Antonin. C'est le même nom que porte encore la ville d'Agen, sur la Garonne, en Guyenne, *Aginnum*. Plus ancien que la ville de Chauny, il paroît avoir été, dans le deuxieme siécle, une ville qui n'a jamais eu rien de remarquable que nous sachions. On y voit encore à présent de vieux fondemens; & Chauny ne paroît avoir été bâtie que de ses débris, & peut-être de ceux de Viry. Saint-Quentin, Condren, Vermand, Noyon, Athies & Péronne, sont les plus anciennes habitations connues de notre province de Vermandois.

Nous ne croyons pas donner trop aux conjectures, que d'attribuer à saint Eloi encore le culte assez étendu dans le diocese de Noyon, que l'on rend à saint Sulpice, dit *le Pieux*, archevêque de Bourges. Les églises des villages de Fayel, de Clastres, de Pargny, d'un fauxbourg de Ham, de Machemont, & de Tracy-le-Haut, sont dédiées à ce Saint. On doit le distinguer de Sulpice-*Sévere*, archevêque du même siege, mort à la fin du sixieme siécle. Celui-là ne décéda que dans le septieme, après l'an 644, où il souscrivit à un concile de Reims. On célébre sa mort le 17 de Janvier, & l'une de ses translations le 27 d'Août. Tous deux sont très-distincts d'un autre Sévere-Sulpice, disciple de saint Martin. Or, saint Ouen nous apprend que saint Eloi, en allant à Limoges & en revenant de cette ville, faisoit dévotement sa priere au sépulchre de Sulpice le *Pieux*; & qu'ayant une fois délivré de leur prison, des criminels qui avoient tué le Receveur du fisc Royal, il eut la joie de les voir rapidement s'enfuir au tombeau de Sulpice, qui leur ouvrit miraculeusement une retraite. D'ailleurs saint Remacle, évêque de Maëstricht, que le même saint Eloi avoit précédemment fait abbé de son monastere de Solignac, après avoir été instruit sous les yeux du saint Archevêque de Bourges, eut une dévotion si particuliere à son cher maître, qu'il établit, disent les historiens Harigere & Notgere, son culte dans beaucoup de paroisses de son diocese. Ne seroit-ce donc pas par piété, par reconnoissance, par imitation, que S. Eloi auroit introduit dans son diocese le culte de S. Sulpice, dont on parle?

VII. SIECLE.
Année 654.
Tom. 9. fol. 988.

LXVIII.

LXIX.

Audoënus, in vitâ S. Eligii, Lib. 2. Cap. 14.

II. Saculo BB. fol. 490.

La province de Vermandois fut, dès le temps de la feconde invention du corps de faint Quentin, trop fertile en établiffemens pieux, pour qu'on n'en doive pas rapporter la caufe à la vertu puiffante des fueurs & du fang dont fon faint Apôtre l'avoit arrofée trois fiécles auparavant. Lorfque Péronne fe glorifioit d'avoir vu vivre en fon fein le glorieux abbé Furfi ; Condren, d'avoir nourri & vu mourir dans fon territoire le folitaire faint Mombe ; Mézieres (*Maceriæ*) village fitué fur la riviere d'Oife, & éloigné de trois lieues de l'Augufte de Vermandois, triomphoit d'avoir produit un faint Humbert, le fondateur de l'abbaye de Maroilles, fur la Sambre, au diocefe de Cambrai.

Humbert nâquit en ce village fous Clotaire II, un peu auparavant la venue de Dagobert Ier au trône : il eut pour pere le bienheureux Evrard ; & pour mere, Popita : l'un & l'autre étoient d'une famille diftinguée parmi les François : leur piété répondoit à leur naiffance & à leur rang. Leur fils confié, dès fa jeuneffe, aux inftruċtions des moines de faint Vincent de Laon, parmi lefquels il fut reçu, en rapporta l'ordre facré de la prêtrife, avec l'amour le plus ardent pour la vertu. Jaloux de vifiter les faints lieux de Rome, il quitta fon château de Mézieres, où il lui avoit été permis de fe retirer (car les moines ne gardoient pas toujours leur clôture) pour aller en pélérinage avec un faint Amand & un faint Nicaife, en cette capitale du monde chrétien. C'eft dans ce voyage, qu'un ours affreux qui avoit dévoré le cheval fur lequel les pélerins avoient chargé leurs paquets, devenu fouple à la voix d'Humbert, leur rendit les mêmes fervices, & ne rentra dans fes forêts qu'après leur retour. Humbert fit, peu après, un fecond voyage à Rome, d'où étant revenu, il fe fixa à Maroilles, en Cambrefis, & y fonda, avec la permiffion de faint Aubert, évêque de ce diocefe, un oratoire. Il rétablit encore auprès de cette chapelle, une autre églife, pour une communauté de trente clercs ou moines. La nature obéiffoit fouvent aux ordres du faint Fondateur. Sainte Aldégonde, qui l'étoit venu vifiter durant les chaleurs de la canicule, but, dit-on, à une fontaine qu'Humbert fit miraculeufement fortir de la terre pour cette Vierge. Une mort douce

& tranquille termina fa vie laborieufe & innocente. Rodinus, abbé de Maroilles, fous le regne de Charlemagne, trouva, vers l'an 835, le corps de faint Humbert tout entier, & exempt de corruption, enveloppé dans le linceuil que lui avoit tiffu faint Aldégonde. C'étoit en la cent cinquante - troifieme année après la mort de ce faint Fondateur.

Les premiers biens, dont l'abbaye de Maroilles fut dotée, lui vinrent de faint Humbert ; elle les poffede encore aujourd'hui à Mézieres. C'étoit le patrimoine de ce Saint, dont le nom eft refté

à

à la ferme qui les fait exploiter : *Villa sancti Humberti ; la cense de saint Humbert.* L'instrument de la donation , par laquelle ce Saint a fait passer ses biens à son monastere, est rapporté par Mirée, d'où les Bollandistes l'ont tiré. Baudry l'avoit inséré dans sa chronique de Cambrai, avant ces auteurs. Claude Emmeré , qui a suivi ce dernier, trompé par le mot de *Chonebert*, sous lequel est conçu le nom du donateur , a cru qu'il désignoit un Abbé de ce monastere, qui avoit vécu sous Childeric III, vers l'an 744 , & qui avoit légué à sa maison de nouveaux biens situés à Mézieres, dont il étoit pareillement natif ; mais il est évident, par le sentiment des continuateurs de Bollandus, adopté par le pere Mabillon , que c'est un même nom signifié par ces mots, *Humbertus, Huntbertus, Honebertus & Chonebertus :* d'où il s'ensuit que le monastere de Maroilles , d'abord construit par une personne illustre , appellée Robert , en l'honneur de la sainte Vierge & des apôtres saint Pierre & saint Paul , doit certainement à un seul & unique personnage , nommé Humbert, son agrandissement primitif, sa premiere dotation , sa forme réguliere & son lustre. La charte , dont on parle , est de la douzieme année du Roi Thierry , & non pas de Childeric, c'est-à-dire de vers l'an 686. Humbert avoit acheté une partie des biens de Mézieres de son aïeule Andeliana , qui en avoit peut-être porté le prix dans le monastere où le donateur dit qu'elle se consacra. On célébre dans l'église de saint Quentin la fête de saint Humbert le sixieme jour du mois de Septembre. Le saint Nicaise , dont on a parlé , ne doit pas être confondu avec celui de même nom , archevêque de Reims , & martyr. Molanus rapporte qu'un Baudoin, comte de Flandre , frappé de terreur à la présence des reliques de saint Humbert, restitua à son monastere une terre qu'il lui avoit enlevée : *Villam Semercienfem.*

La mémoire du glorieux patron de l'Auguste de Vermandois fut chere à Landon, archevêque de Reims, mort le 14 de Mars de l'an 655. Il bâtit , en son honneur & en celui de saint Géry , dans sa ville métropolitaine , une église qui est encore aujourd'hui paroissiale ; & il lui légua par son testament divers meubles d'argent que Frodoard, qui en fait mention , ne nous a pas spécifiés.

VII. SIECLE.
Année 634.

Chronicon Camerat. Lib. 1. Cap. 27. fol. 51.

Vita SS. tom. 3. mensis Maii. Annales BB. tom. 1. Lib. 14. N°. 19.

LXXI.
Année 655.
Hist. Remensis,
Lib. 2 , Cap. 6.

PIECES JUSTIFICATIVES
DU TROISIEME LIVRE.

ACTES DE LA SECONDE INVENTION

DU CORPS DE SAINT QUENTIN,

*Faite par Saint E L O I , paraphrasés par R A I M B E R T ,
Chanoine de Saint Quentin , vers 1104.*

Voyez la vie de saint Eloi par saint Ouen , lib. 2 , cap. 6.

(1) SUMMO atque in religionis cultu devotissimo Eligio Noviomacensis ecclesiæ Episcopo , inter cætera virtutum suarum miracula , hoc ei à Domino concessum erat , ut sanctorum Martyrum corpora , quæ per tot secula abdita populis hactenùs habebantur , eo investigante , ingenti ardore fidei patefacta proderentur. Nonnulla enim venerabantur priùs à populo in locis , in quibus non erant , & tamen quo in loco certiùs humata tegerentur prorsùs ingnorabatur. Ex eo ergò tempore quo prædictus Dei famulus Eligius , pontifex , constitutus est ecclesiæ pastor , ab eo nonnulla inventa populis sunt declarata. Ex quibus primum ac summum martyrem Quintinum in principio episcopatûs sui grandi instantiâ quasi thesaurum quoque celatum promovit palàm in publicum. Denique priusquam ipse Eligius ejusdem loci datus esset episcopus , extitit quidam vir improbus , vocabulo Maurinus , ut

videbatur populis , habitu religiosus , cantor etiam in Regis palatio laudatus , atque ex hoc , ut rei docuit exitus , mente tumidus , corde protervus , actione dissipatus. Qui audaciâ suæ præsumptionis deceptus , cœpit verbis extollere à se corpus martyris Quintini , & inquiri posse & inveniri ; sed ut ejus perviam aliquandò & Eligii merita demùm Dominus declararet , mox ut terram sarculo cavare cœpit , manubrium fossorii manibus ejus inhæsit : sicque miser opus præsumptum reliquit , sequenti quoque die , in manibus suis vermibus ebullientibus miserabiliter expiravit. Ex quo facto tantus timor adolevit in populo , ut nullus deinceps quamvis probabilis vitæ , præter Eligium , hujusmodi negotium auderet appetere. Eligius itaque curâ pastorali susceptâ , statim in exordio suæ ordinationis , cœpit assiduare erga locum illum , est enim haud procul ab urbe Viromandensi in eo scilicet loco , ubi quondam sanctus martyr Quintinus fluvio elevatus ab Eusebiâ, in monte fuerat tumulatus. Eligius igitur divino nutu instigatus volvebat in animo, sed & libere proclamabat in populo., non illic haberi corpus, ubi venerabatur; sed esse potiùs in parte ulteriori. Cùmque diù hujusmodi cogitatio mentem ejus stimularet, cœpit tandem sagaci inquisitione, per basilicæ pavimentum huc illucque tentare, sicubi sacratum tumulum posset deprehendere. Sed cùm nullatenùs indicium tumuli reperiret, cœpit à fratribus destitui, proloquentibus cum tremore interitum illius., qui dudùm in hujusmodi investigatione, superbâ mente tumens, lugubri morte vitam finiisset; nec-non & de antiquitate corporis, longinquitate jam temporis consumpti atque ad nihilum in pulverem redacti, objicientes conabantur eum à cœpto mentis proposito revocare. Cùmque ei istius modi impedimenta à fratribus objicerentur, altiùs ille ingemiscens, aiebat: nolite, fratres, quæso, nolite impedire devotionem meam; nam ego credo in Creatorem meum, quod non dedignabitur tantum thesaurum, tantumque mihi desideratum fraudare commercium. Tunc ergò attentiùs insistens, levavit triduanum jejunium, atque enixiùs Christi Domini divinitatem cum lacrymis exorans, vovit non se priùs, quicquam alimoniæ accepturum, quàm mereretur desideratum percipere votum. Tanta namque inerat ei fides, tantaque constantia, ut plerumque sic facienda præveniret, tanquam facta crederet, & nonnunquàm ita, cum Deo, quemadmodùm cum terreno suo loqueretur Domino; id propositum quod ipse statuerat, in Deo complere indubitanter se crederet; unde etiam tunc cùm à multis dehortaretur, dicebat: tu, Domine Jesu, qui omnia nosti, priusquàm fiant, tu scis, quòd nisi manifestè mihi ostenderis, corpus

hujus sancti testis tui, qui propter nomen sanctum tuum passus est, quanquam sim indignus; nunquàm tamen plebis hujus episcopatum geram, sed exul potiùs ab hâc provinciâ procul secedam, ubi ut dignum est, inter bestias moriar. Quid multa? cœpto insistens operi, cùm adjutores ejus per diversa ecclesiæ tentando discurrerent loca, nullaque inveniendi caperent indicia, leniter ille omnes compescens, unum eis locum quo nulla esse suspicio poterat, in posteriori ecclesiæ parte effodiendum designat. Tunc omnium labore ibi converso libenter jussis obtemperant, defossâque in altum pedes decem sive campliùs terrâ, ab spe iterùm inveniendi corporis destituuntur. Et cùm tertia jam nox media fluxisset, arrepto Eligius sarculo rejectoque amphibalo, cœpit viribus totis cum cereis & lampadibus terram sanctis effodere manibus; dumque paululùm ima fossæ declinans, in latus cavernæ humum cœpisset effodere, mox reperit cumbum sanè veterrimum, tegentem corpus sacratum. Tunc gaudio magno repletus, cum sarculo, quem manu gestabat, audacissimè latus feriisset sepulchri, confestim forato tumulo, tanta odoris fragrantia, cum immenso lumine ex eo manavit, ut etiam ipse sanctus Eligius fulgore luminis, odoreque inenarrabili perculsus vix subsistere posset; nam & globus splendoris, qui è tumulo, ictu ferientis processit, tantam vim suæ claritatis sparsit, ut cunctorum astantium obtutibus oculorum retusis, partem maximam regionis illius in diei claritatem mutaret. Undè omnes quos eâdem horâ vigilare contigerat, quippe rei causam ignorabant, magnum quoddam cœlitùs datum æstimabant signum. Erat autem transacta nox media, & nox quidem obscura valdè, & caliginosa, sed procedente fulgore, quasi lux diei ad tempus resplenduit, &

in tempore claritas receſſit. Tunc ergo ſa-
crum corpus inventum , Eligius cum gaudio lacrymabili deoſculatur, ac de profun-
dâ tellure elevatum ; reliquias ſibi unde-
cumque concupivit , ſegregavit : dentes
etiam pro languentium medelâ ex maxillâ
abſtulit, atque in radice dentis gutta ſanguinis exivit. Clavos quoque miræ magnitudinis , quos tempore paſſionis perſecuto-
res ejus corpori infixerant, ex cerebro ,
cæteriſque artubus extractos , ſibi pro reliquiis ſequeſtravit. Capillos etiam pul-
cherrimos in reliquias ſeparatos delegavit.
Deinde oloſerico pretioſiſſimo obvolutum
compoſitumque honeſtiſſimè corpus ſum-
mâ cum diligentiâ retro altare transpoſuit.
Tumbam denique ex auro, argentoque ,
& gemmis miro opere deſuper fabricavit.
Eccleſiam quoque , quæ exigua convenientibus populis videbatur, eximio opi-
ficio ampliatam decoravit. Ipſe demùm
ex reliquiis quas à ſancto ſequeſtraverat
corpore , multa loca ditavit ; multimo-
damque medelam , diverſis ægritudinum
morbis , eaſdem impertiendo, præbuit.

(2) *Les trente-neuf chapitres , qui
vont ſuivre dans ces notes , ſont
tirés du livre manuſcrit des miracles de ſaint Quentin , conſervé
dans le tréſor aux archives de l'é-
gliſe majeure de ce ſaint Apôtre.*

LIVRE DES MIRACLES

OPÉRÉS PAR SAINT QUENTIN.

*Dans le manuſcrit de RAIMBERT
déjà cité.*

CAPUT PRIMUM.

Intemerata fides , noſtræque religionis

cultus multàm conſequitur ſummam ; cùm
ſanctorum martyrum veraciter tenet miracula ; & puris verbis ea quæ mirabiliter
acta ſunt , fideliter pronunciare conatur ;
nec taceri fas eſt acta militum Chriſti ,
cùm eos hoc in præſenti honore ſublimari,
meritiſque fulgere concedit ; quam enim
obtineant in cœleſtibus dignitatem , in terris coruſcantibus miraculis demonſtratur
mortalibus. Quamobrèm quædam beatiſ-
ſimi martyris Quintini miracula narrare
non ab re viſum eſt mihi , quorum aliqua
ex ipſius teſtis Chriſti corporis revelatione
breviter recurſa , aliqua autem ex Grego-
rii Turonici epiſcopi , ſcriptis ad verbum
aſſumpta , aliqua verò parvitati meæ à
fidelibus patribus ſcriptis indita , & verbis
enarrata , aliqua quippe propriis meorum
aciebus oculorum extant inſpecta.

Igitur ſigna & virtutum miracula , quæ
Dominus & Salvator noſter meritis præ-
pollentiſſimi martyris ſui , Quintini , tempore militiæ ſuæ inſigniter fecit propalari ,
idcircò in hoc parvo opuſculo neceſſe non
fuit ſcriptis attolli , quia multa in ejus deſ-
criptione vitæ inſignia aperta , multa quoque occultiora , ſi quis enucleatius veſtige-
verit , animadvertere valebit : veluti eſt ,
ut crucis ſigno multi ab eodem martyre
curati , & parvâ prædicatione populis
peroratâ , ad ſexcentos ſermè Domino ac-
quiſierit. Magnum etenim miraculum extitit , ut modicum verbi divini ſemen ad
punctum ſeminatum , in tantam ſegetem
fructificando exurgeret. Ea verò quæ poſt
glorioſiſſimam ejus necem de revelatione
corporis ipſius , ſive in aquæ fundo , ſive
in loco telluris ignoto acta ſunt , quædam
hic per modicum tacta , quædam autem ,
quippe quia minus anteà erant : latiùs ſunt
poſteà promulgata ; plurima autem quia
ab aliis ad liquidum conſtant elucidata ,
iterato non judicavi elucidanda. Porrò &

ea quæ hic elicienda erant, taliter ratio & ordo poscebat promulgari, ut quæ priora mirabiliter effulserunt, priora ponerentur. Prior etenim revelatio corporis ipsius egregii martyris in aquæ fundo, secunda in loco telluris ignoto fuit. Sed quia seriem annorum ipsius præcipui Martyris Christi hic necesse annotare habebam, quibus secunda revelatio maximè indigebat. Et Gregorius Turonensis episcopus, ubi de primâ inventione corporis ipsius testis Christi miraculum narravit, statim alterium intulit, quod longè, post secundam ejusdem corporis inventionem gestum est, ac parvitas stili mei ejusdem præsulis scripta decurtare metuebat, secundam hâc de causâ præposui priori. Itaque ordinem secundæ revelationis, quâ Dominus sanctissimi militis sui Quintini corpus mirabiliter manifestare voluit, quia dignissimum fuit hic ponere, occasionem tantæ rei omnimodis necesse fuit dilucidare. Hic etenim sanctus Martyr decimâ persecutione, quâ post Neronem afflicta est ecclesia, regente Diocletiano & Maximiano passus, in aquæ fundo per quinquaginta quinque annos, ut in gestis ejus scriptum est, jacuit: à tempore videlicet ejusdem Diocletiani, usque ad tempora Constantii qui pio principi Constantino in imperium hæres successit. Sed interveniente iterùm persecutionis tempore sub impio Juliano Augusto, divini numinis cultus, tam metu quàm & aliis variis occasionibus turbari, ac non modicè periclitari cœpit. Non enim mirum est subjectos, ac minùs in fidei veritate eruditos periclitari, ubi ipsa culmina sacerdotum tantâ persecutione contigit cecidisse; nam ut de his finibus nostris loquar, gladio Juliani cecidit sanctus Lucianus cum sociis. Quâ occasione, nostrorum finium populi acriter concussi, dùm ad fidem roborari debuerant, ut minùs solidi deficere

incautiùs cœperant. Quapropter ut creditur contigit defecisse circa excubias sacri Martyris condignos cultus, & ejus beata merita apud cognitionem humanam quantulumcumque delituisse, adeò ut locus corporis ejus, à populis, penitùs ignoraretur; sive ut jam diximus variis occasionibus Religionis deficiente cultu, sive etiam, ut ita dixerim, alta Dei providentia quatenùs inibi à pravorum tueretur ignorantiâ, qui persecutorum manibus, tanta priùs non solùm in carne vivens, verùm etiam gloriosâ jam nece prostratus, passus est incommoda. Sed & in posterum celsitudo tantæ ejus sanctitatis in revelatione corporis, ope Dei recentiùs manifestata, ad ferventiorem ejus cultum torpentia excitarentur corda, renovarenturque toties apud humanos conspectus meritorum ejus insignia, quoties cœlestis detegeretur margarita. Jacuit quippe tellure tumulatus, densâque ignorantiâ coopertus thesaurus Regis, & gemma cœlestis Imperatoris, non minùs trecentorum viginti annorum curriculis, quò usque talia excitarentur merita, quæ ad hujusmodi revelationem, divino liberamine, viderentur condigna.

De religiosâ sollicitudine sancti Eligii erga excubias sancti QUINTINI.

CAPUT SECUNDUM.

Eligio igitur beato Viromandensium, ac Noviomensium agente Episcopo, clementia divina decrevit, ut sicut priùs in aquis revelaverat militem suum cunctis incognitum, ita etiam sub terrâ manifestaret absconsum: non solùm ad augmentum honoris tanti Martyris, verùm etiam ad manifestanda merita tanti pontificis. Erat enim instantia quotidiana & sollicitudo ejus circa cultum divinæ Religionis, ac Sanctorum excubias, maximè tamen circa sepulturam ipsius Martyris Christi. Unde accidit, ut cum aliquandò debitâ sollicitudine, de beati Quintini sciscitaretur praeconiis, incognitum eum non meritis, sed loco sepulturae cognosceret. Auctoritate igitur stimulatus divinâ, ignorantiaeque providens plebeiae, ad hunc perquirendum convertit animum, multâque intentione fixit sensus: hâc enim dignitate divinitas illum munerari voluit; in initio pontificatûs sui, ut ovibus suis probabilem, dignumque commendaret pastorem, in inveniendo videlicet tanto thesauro, quem per tot tempora Dominus celare voluit mundo. Sed quia hoc qualiter actum sit satis stilo in suis dilucidatum est locis, ad miracula tantùm veniamus.

De Maurino, Clerico, suimet levitate percusso; & de meritis sancti Eligii.

CAPUT TERTIUM.

Priùs ergò quàm Eligius fieret Episcopus, vir quidam, nomine Maurinus, clericatûs officio fungens, saepiùs jactitando applaudere solebat, & se Martyris locum nosse, & illum sine mutatione posse invenire. Quod cùm aliquandò probare auditoribus gestiret, sui aggreditur periculum facti; sumptoque ligone, dum pavimentum basilicae Martyris violare praesumeret, dignus erratibus suis, judicio Dei, poenas luit. Quippe manubrium ligonis infixum suis manibus adhaesit: quod cùm nec dimitti, nec auferri posset, computrescere manus coeperunt, vermibusque scaturire: quâ poenâ multatus, sequenti die defecit miserabiliter; qui tantae sanctitatis negotium praesumpsit aggredi tam irreverenter, hinc itaque tantus pavor excrevit in cunc-

tis, ut nemo post hunc quamvis probatissimae fuerit vitae, praeter beatissimum Eligium, episcopum, hujuscemodi praesumere tentaret negotium. Is quippe pontificali cathedrâ sublimatus; saepiùs, sicut praefati sumus, coepit praefati Martyris locum frequentare: unde & revelatione divinâ edoctus, manifestè asserebat non sancti Martyris corpus eo in loco haberi, ubi credebatur; sed in parte alterâ, ubi non putabatur, seque perquirere debere, ac ope Dei loco debito restituere: sed hanc ejus piam intentionem, licet minùs consideratius, fraterna tamen conabatur reflectere sollicitudo, objiciens praefati hominis arrogantiae, praesumptionis, ac levitatis factum; sed his atque similibus Eligius non cessit: quem suis meritis, ad hoc opus perficiendum, Christo disponente, Martyr fixit: pravisque renuens exemplis, qui non nisi causam quaesiverat divinae voluntatis, quia quamvis eadem fuerit causa, longè tamen utriusque extitit gratia, simile namque volebant, sed dissimiliter quaerebant; quàm dissimilitudinem idcircò adscribendam censuimus, ut in hujus Martyris causâ pareat, quid sanctae devotionis humilitas, quidve arrogantiae promeruerit levitas.

De inventione corporis sancti martyris QUINTINI, per Eligium, Episcopum; & de odore & humani lumine in obscurâ nocte micante.

CAPUT QUARTUM.

Extinctâ namque praesumptivâ levitate, cum auctore suo videlicet Maurino, sanctissimus pontifex Eligius, divinis virtutibus accensus, Christique fide ferventissi-

mus , totum ad investigandum occultatum
diù beatissimi Quintini corpus se donans ,
triduanum indicens & peragens jejunium ,
cum lacrymis attentiùs orans: post multa:
unum locum in quo suscipio de inventione
ejusdem Martyris corporis nulla esse poterat sanctis manibus sarculo effodere cœpit.
Ima si quidem fossæ perfodiens , invenit
cumbum veterrimum tegentem corpus sacratum , quo terebrato , tantus odor cum
immani lumine ex eo prodiit , ut etiam
ipse pontifex splendore luminis , & nimie-
tatis odoris fragrantiâ amænatus , vix subsistere quivisset ; nam & globus luminis
qui è mausoleo , ictu serientis prodiit , tam
immensam splendoris claritatem edidit , ut
plurimam illius provinciæ partem in diei
claritatem verteret ; unde sicut à patribus
nobis intimatum est , multi de stratibus suis
consurgentes ; ad opus servile , seu in die ,
ex more ire festinabant. Erat quippe transacta nox media , noxque illa valdè tene-
brosa , sed in tantam claritatem mutata ,
ut omnes quos eâdem horâ in eodem pago
vigilare contigit , nutantes ac sollicitatos
redderet. Sicque procedente tempore ,
claritas illa , quæ quasi lux diei pro re
signiferâ fulsit , in tempore , dato signo recessit.

(3) Continuation des Chapitres

Du même Livre des miracles

DE SAINT QUENTIN.

De reliquiis sancti Martyris ab Eli-
gio assumptis ; & dente ejus , san-
guine fluente , abstracto.

Caput Quintum.

Invento itaque sacro Quintini martyris
corpore , præsul præfatus reliquias sibi , &

plurimis ex eodem plurimas accepit. Cùmque ventum esset , ut dentes ex maxillâ
ejus auferret , magnum & inauditum enituit miraculum : statim enim ut dentes
abstulit , in radice unius dentis , gutta
sanguinis exivit : ô inauditam & mirabilem virtutem ! nam corpus tot annorum
curriculis , quot , ut suprà descripsi-
mus , in aquæ fundo , seu in loco telluris
ignoto jacuit , tam vividum , inventum ,
ut abstractum dentem protinùs sanguis se-
queretur ; sed his ita ibidem gestis , & à
cunctis coram positis talia mirantibus quis
enarrare sufficiat , quanti deinceps , ùsque
ad præsens , de eisdem reliquiis languidi ,
quantive infirmi sunt sanitate potiti ? Nam
ut de cæteris taceam quis elicere valeat ,
quot ægros nimio dentium dolore fatiga-
tos , ex præfato ejusdem Martyris corporis
sumpto dente tactos , sanatos audivimus ,
quotque nostrorum obtutibus oculorum
medicatos conspeximus. Ast hæc paucis
de his dicta sint , ad cætera transeamus.
Gregorius igitur , Turonensis Episcopus ,
in libro primo quem de miraculis sanctorum edidit capite 73, ita de nostri affatus
Martyris miraculis.

De religiosâ Fœminâ dudùm cæcâ &
illuminatâ.

Caput Sextum.

Apud Viromandensium verò , oppidùm
Galliarum Quintinus martyr requiescit ;
cujus beatum corpus à quâdam religiosâ ,
quæ dudùm fuerat cæcata , reperitur. Sed
mox ut à fluminis fundo revelatum est , miraculum protulit , cum mulieris faciei , ubi
primùm illuxit , lumina cæcata restituit.

De latrone ob equum presbyteri furatum patibulo appenso & liberato.

CAPUT SEPTIMUM.

In hâc igitur urbe, unus ex latronibus equum presbyteri furtim abstulit, inventus à presbytero judici manifestatur, nec mora, apprehensus, & in vincula compactus supplicio subditur. Opus suum ore proprio indicans patibulo dijudicatur ; sed presbyter metuens ne ob sui damni causam anima hominis auferretur, judicem deprecans ut concessa illi vitâ, hic culpæ reus absolveretur à pœnâ, dicens : satis sibi esse jam factum quòd per tot tormentorum genera latro quæ gesserat declarasset. Sed severitas judicis cùm nullis precibus potuisset inflecti, reum patibulo condemnavit. Tunc presbyter cum lacrymis prostratus ad beati Martyris tumulum suppliciter deprecatur, dicens : quæso, gloriosissime athleta Christi, ut eruas hunc pauperem de manu mortis iniquæ, ne mihi fiat in opprobrium, si per meam accusationem moriatur hic homo. Ostende, deprecor, virtutem tuam, ut quèm asperitas humanæ nequitiæ absolvere distulit, lenis pietatis moderamine tu dissolvas : hæc sacerdote cum lacrymis deprecante, disruptis vinculis patibuli, reus ad terram ruit. Quod audiens judex timore perterritus, & divinam admirans virtutem, nihil illi ultra nocere præsumpsit. Hæc Gregorius Turonensis Episcopus. Sequentia verò aliorum fidelium patrum revelatione sunt exccepta.

Du Trésor aux Archives de l'Eglise de saint Quentin.

SOMMAIRE

DU QUATRIEME LIVRE.

Tome I.

MÉMOIRES

MÉMOIRES
POUR L'HISTOIRE
DU VERMANDOIS.

LIVRE QUATRIEME,

CONTENANT *les mœurs des Gaulois fous les Francs : les Ducs & Comtes dans les Gaules : les Comtes bénéficiaires de Vermandois : la fécularité perpétuelle de l'églife de faint Quentin ; fes Abbés, fes Coûtres, & la fondation des premiers monafteres dans le Vermandois, jufqu'à l'établiffement de la race Carlienne fur le trône de France.*

Depuis l'an 656 jufqu'à l'an 741.

VII. SIECLE.
Année 656.
I.
Aug.-Vir. fol. 65.

OMBLIERES eft une très-petite riviere qui a donné fon nom au village où elle a fa fource & fon cours : elle fe dit en latin *Humolariæ*, dans les actes anciens ; & dans ceux qui ont fuivi, quelquefois *Humbleriæ*. Nous abandonnons fon étymologie *ab humo hilari*, à ceux qui font eux-mêmes de joyeufe humeur. Au commencement du feptieme fiécle, il s'étoit déjà formé dans ce village fitué à près de trois mille des murs de l'Augufte de Vermandois, une communauté de faintes filles. Nous ne favons fi l'on ne doit

VII. Siecle.
Année 656.

pas en rapporter l'établissement à saint Eloi : car nous apprenons par les anciens auteurs, que ce saint Evêque, dont les soins s'étendoient à tous les objets, s'appliquoit particulierement à consacrer à Dieu, par l'imposition du voile, les Vierges saintes qui desiroient de vivre dans la continence & la retraite. Ainsi avoit-il

Warnerius in
Fasciculo temp.
ad ann. 623.
Aimon. Lib. ult.
Cap. 4.

reçu les vœux d'une sainte Aure, qu'il avoit fait abbesse d'un monastere de Paris ; & d'une sainte Godeberte, supérieure d'un autre, fondé en la ville de Noyon, par Clovis II, dans son propre palais. Quoiqu'il en puisse être de notre conjecture, (car nous n'avons rien de positif sur la date & la fondation du monastere

Annales BB.
tom. 1, Lib. 14,
N°. 67.

d'Homblieres), saint Eloi fut, jusqu'à sa mort arrivée en 659, le directeur de la vierge Hunégonde, dont les vertus & la gloire font tant d'honneur à la maison dont on parle.

I L.
Ibid. Lib. 16,
N°. 21.
Bernerus in vitâ
sanctâ Hunegund.
Surius, ad 25
Aug.

Cette Sainte, née au château de Lambais, qui n'est plus à présent qu'un hameau dépendant de la paroisse du village d'Urvillers, distant d'une lieue de celui d'Homblieres, étoit issue de parens distingués dans le Vermandois. Quoique promise ou fiancée à un nommé Eudalde, elle préféra les nôces célestes de l'Agneau, à celles d'un époux sur la terre. Instruite à l'école du saint Evêque de Vermandois & de Noyon, elle échappa aux engagemens dans lesquels la vouloient jetter ses auteurs, en faisant un voyage à Rome, où elle reçut du Pape saint Martin, Ier du nom, le voile sacré d'une virginité perpétuelle qu'elle avoit vouée à Dieu. Les actes de cette Sainte portent qu'elle eut pour parrain saint Eloi.

IV. Lectione Bre-
viarii S. Quint.

Si ce Prélat ne la tint point sur les fonts, étant laïc, il faut croire qu'il le fit dès le commencement de sa consécration, en 641. Car

I. Sæculo B. B.
fol. 1022.

le Pape saint Martin, qu'on dit aussi avoir béni le voile de cette Vierge, étant mort le 16 de Septembre 655, Hunégonde n'auroit eu sous son pontificat, qui dura cinq années & quelques mois, que douze ou quinze ans. Morery fait aussi saint Eloi parrain du Roi Clotaire II.

Après avoir distribué aux pauvres la plus grande partie de ses biens, Hunégonde dota de l'autre le monastere d'Homblieres, dans lequel elle entra ; & notamment de la terre de Lambais qu'elle quittoit, & qui devint peut-être le premier patrimoine de cette abbaye. La piété s'étoit déclarée dans Hunégonde dès son âge le plus tendre. Cette Sainte sortoit à peine de l'adolescence, qu'elle s'imposa l'austere devoir d'assister, dans toutes les saisons, aux prieres qui se faisoient durant la nuit au monastere d'Homblieres. Le ciel de son côté récompensoit, par un soin particulier, la dévotion de cette jeune fille. Le feu qui devoit l'éclairer dans la récitation de son office, & qu'elle portoit toujours enveloppé dans ses vêtemens, ne les brûla jamais. On voit encore à présent le chemin qui conduit de Lambais à Homblieres, & qui fut le témoin des ardeurs de cette Sainte, couvert d'une verdure immortelle. Sainte Hunégonde, après avoir rempli fucceffivement, dans fa communauté, les devoirs de fujette & d'abbeffe, y confomma fa courfe le 25 d'Août, vers l'an 690, par une mort pleine de mérites. Elle y fut enterrée. On dit qu'Eudalde, fon amant, donna à l'abbaye d'Homblieres de grands biens, pour en obtenir la grace de vivre & d'expirer fous les yeux d'une Sainte qu'il avoit tant foupirée. Nous rapporterons dans fon lieu tout ce qui concerne les reliques de fainte Hunégonde, les miracles de cette Vierge, l'accroiffement de fa communauté, & les principaux événemens qui la regardent. Cette maifon fut réformée dans le dixieme fiécle, par la fubrogation des hommes en la place des filles qui l'avoient occupée jufqu'alors. Nous renvoyons à cette époque de parler du fait ; mais nous allons mettre ici la lifte des Abbeffes & des Abbés qui ont préfidé dans Homblieres.

VII SIECLE.
Année 656.
Annales B B.
tom. 1, Lib. 18,
N°. 7.

Abbeffes d'Homblieres.

III L

N. N. N. inconnues.
I. Sainte Hunégonde.
N. N. N. Abbeffes inconnues.
II. Berthe, avant 946.

Abbés réguliers.

I. Bernier. (Voyez l'année 948 ci-après.) Il obtint de Jean XII la confirmation de la nouvelle réforme, faite dans Homblieres, par une bulle de l'an 957. Il obtint de la reine Gerberge un bien au village de Rumigny en 959. Il obtint en 963 deux manfes de terre, d'Herbert, comte de Meaux, & abbé de faint Médard de Soiffons. Il paroît même avoir vécu jufqu'en 982, felon le pere Mabillon, en laquelle année le comte Albert confirma quelques biens acquis par cet Abbé, au profit de fon monaftere. A l'occafion de cet Abbé qui avoit été précédemment châtelain de Ribemont, nous donnerons à la fin de ce livre la filiation des Seigneurs, & l'hiftoire abrégée de cette ville.

II. Albricus ne fut abbé qu'après 982 ; il reçut avant 988, à la profeffion, dans fon abbaye, Lambert, châtelain de Saint-Quentin.

III. Richard Ier, célébre réformateur, abbé de plufieurs monafteres, & notamment de celui d'Homblieres, en 1018 & 1025.

IV. Valeramne, de prévôt de fon monaftere en fut fait l'abbé par Richard Ier, dont on vient de parler, peu après la mort du comte Albert II, arrivée en 1020. Il parle, felon nos chartes, en

VII. SIECLE.
Année 656.

1030 & en 1043. Il mourut après le mois d'Août de cette derniere année.

V. Bernard, fait abbé en 1043. Il parle encore en 1049, selon Claude Emméré.

VI. Macaire, abbé d'Homblieres, fait transvaser les reliques de sainte Hunégonde, en 1051, par Gérard Ier, abbé d'Isle. Nous ne saurions assurer si c'est le même qu'un certain Marcellus que la tradition dit avoir été envoyé par Malbod, abbé de saint Amand, pour être l'abbé d'Homblieres. Si Marcellus est différent de Macaire, il ne le sera peut-être pas de Maszelinus qui va suivre.

Guibertus, Lib. II, de vitâ suâ, Cap. 2.

VII. Henry, abbé d'Homblieres, assista en 1059 au sacre de Philippe Ier, roi de France. Nommé en 1074, pour être l'abbé de saint Remi de Reims; il retint néanmoins sa premiere abbaye encore. Il est l'auteur du monastere de Nogent-sous-Coucy.

Aug.-Vit. fol. 131.

VIII. Erlebodus, & non pas Eremboldus, étoit depuis trois ans abbé d'Homblieres, en 1094, en laquelle année Jean, coûtre de saint Quentin, donna à ce monastere l'autel d'Urvillers.

IX. Richard II présidoit en 1095, selon Claude Emméré.

X. Maszelinus, ou Matzelinus, peut-être le même que Marcellus cité ci-devant, fut, selon Dom Mabillon, abbé vers 1100, en laquelle année il reçut en sa maison Werricus surnommé *le Satrape*, & son fils Gérard. Il siégeoit encore dans Homblieres en 1105, selon Claude Emméré.

XI. Aldo se présente en 1122 comme abbé d'Homblieres. Il obtint en 1124, du pape Caliste II, une bulle confirmative des biens de sa maison, & de l'Evêque de Noyon des exemptions pour les cures d'Homblieres & de *Landercuriæ*.

XII. Hugues Ier : son entrée dans Homblieres est d'avant 1132, en laquelle année le pape Innocent II le fit cardinal, & le sacra à Rome évêque d'Albano, par le conseil de Dreux, évêque d'Ostie.

XIII. Hugues II étoit natif de Toul. Il s'étoit fait moine de saint Jean de Laon, où il devint prieur. Il occupoit encore cet emploi, lorsque, par l'avis de Hugues Ier fait évêque d'Albano, les moines d'Homblieres le choisirent pour leur abbé, ainsi que le rapportent

Lib. III, de Mirac. de beata Maria Laudun. Cap. 23, fol. 553.

Guibert de Nogent & le moine Herman. Hugues II obtint en 1133 l'autel de Marcy de l'évêque de Noyon, & du pape Eugene II, des privileges pour son abbaye en 1145, & 1147. Il se souscrit encore l'abbé d'Homblieres, en 1148, dans la quatrieme charte de l'abbaye de Long-Pont, pour le Troncoy : ce qui prouve qu'il ne se dessaisit de son abbaye d'Homblieres, que quand il passa pleinement à celle de saint Amand, dont il avoit été fait abbé, c'est-à-dire, en 1150, & que son successeur Warin n'avoit dans Homblieres, dont il étoit nommé l'abbé, que peu d'autorité durant les premieres années de sa création,   XIV.

XIV. Warin, ou *Guarinus Ier*, fiégeoit comme abbé d'Hom-blieres en 1147, puifqu'il obtint du pape Eugéne III, au mois de Mai de cette année, un privilege pour fon monaftere. En 1153 il ache-ta des moines d'Anchin une piece de terre à Urfel. Dom Martene, dans le fixieme tome des Annales Bénédictines, le fait mourir dès 1155. Ce docte auteur rapporte même une lettre de Hugues II, devenu abbé de S. Amand, qui dès-lors confoloit par écrit fes chers moines d'Homblieres de la perte de leur abbé Warin. Cependant il faut convenir que la date, appofée à la lettre produite par le pere Martene, n'eft pas du tout exacte; car, felon le cartulaire de la cathédrale de Noyon, Warin fe fouffigna encore en un inftru-ment du 24 de Juin de l'an 1157. Il a même vécu jufqu'en 1159, en laquelle année il donna, du confentement de fon Chapitre, la terre de Gerbert de Fraifnoy, tenue en fief de fon abbaye, à célle du Mont-Saint-Martin [*cartâ 282*], felon le cartulaire de cette derniere maifon que nous avons devant les yeux. Il y étoit encore parlé de lui en 1151.

XV. Rainier, abbé d'Homblieres, eft cité dans le cartulaire de Nogent-fous-Coucy en 1158. Lequel eft le plus croyable des deux cartulaires? Claude Emmeré le fait vivre encore en 1161.

XVI. Pierre Ier eft cité comme abbé d'Homblieres dans des chartes, de l'an 1163, du monaftere de faint Médard de Soiffons. Il obtint en 1166 un privilege du pape Alexandre III. Il vivoit en-core en 1175. Sa mort arriva le 2 de Décembre, felon le nécro-loge de Collinances; & nous ajoutons que ce fut de cette année même. Car

XVII. Hubert, abbé d'Homblieres, figna en cette qualité, en 1176, la douzieme charte du cartulaire de Long-Pont pour le Troncoy, que nous avons en nos mains. Il eft cité dans les car-tulaires de Ribemont & d'Ifle, pour les années 1178 & 1188; & même, felon les archives de Boheries, il parloit encore en 1192.

XVIII. Hugues III, abbé d'Homblieres, en 1209. (*cartâ 42* de Troncoy.)

XIX. Baudouin, abbé d'Homblieres, parle dans une charte qu'il expédia pour le Troncoy, dans le cartulaire de Long-Pont, dès l'an 1220. C'eft la quarante-quatrieme de ce manufcrit. Il parle auffi, le 1er de Janvier 1223, [*nunc 1224*] dans la deux cent quatre-vingt-quatrieme du Mont-Saint-Martin. Il obtint, en cette même année 1223, du Roi une exemption d'hommes & de che-vaux en faveur de la commune d'Homblieres. Il vivoit encore en 1234, difent les auteurs du nouveau *Gallia Chrifliana*; & nous ajoutons, même en 1237, en laquelle année il parle dans la cent

VII. Siecle.
Année 656.

Anecdotes,
tom. 1, fol. 443.

D. Marlot, *hift.*
Remenfis, Lib. 2.
fol. 371.

Aug.-Vir. fol.
101.

Tome I.   H h

VII. Siecle.
Année 656.

quatrieme charte du cartulaire d'Isle , dont nous avons la copie sur table.

XX. Thomas , abbé d'Homblieres , siégeant en 1251 , selon Claude Emmeré.

XXI. Guarin , ou Warin II , avoit succédé en 1255 , selon le même auteur.

XXII. Jean Ier, abbé d'Homblieres , se lit en 1259 dans les chartes de Ribemont. *Die secundâ Decembris , obiit Johannes , abbas de Hombleriis* , dit le nécrologe du prieuré de Collinances , rapporté au second tome de l'histoire de Meaux , page 465.

XXIII. Renaud (*Rainaldus* ou *Reginaldus*) plaidoit en 1273 contre le Chapitre de saint Quentin , pour le sujet des dixmes de Sissy. On lit son nom encore en 1275.

Annales de
Noyon, p. 1047.

XXIV. Jean II , élu abbé d'Homblieres , fut recommandé au Roi par le pape Clément V , en la premiere année de son pontificat , c'est-à-dire , en 1305 ou 1306. On rencontre encore un abbé d'Homblieres , de même nom , en 1354. Est-ce le même ? Non , assurément. Celui qui vivoit encore en 1309 , avoit pour surnom Coivrel , selon les chartes de Saint-Eloi-Fontaines ; & celui qui vivoit en 1323 , s'appelloit De la Croix , selon celles d'Homblieres. Nous avons en mains un acte de Mars 1397 , par lequel Jean , abbé d'Homblieres , traite avec Philippe de Berles , seigneur d'Omissi.

XXV. Guillaume , abbé d'Homblieres , en 1414 , selon Claude Emmeré.

XXVI. Pierre II ; il présidoit en 1478.

XXVII. Katherinus Le Basile , en 1487 , est souscrit abbé d'Homblieres dans une charte qu'il passa avec l'abbesse de Montreuil-sous-Laon.

XXVIII. François de Magny , abbé d'Homblieres , en 1520 ; il plaida contre le Chapitre de saint Quentin pour les eaux & le moulin de Luvignies.

XXIX. Adrien de Hainaut vint en 1543 , & régit son abbaye jusqu'en 1557 , en laquelle année arriva le sac de la ville de Saint-Quentin. Messieurs de Sainte-Marthe se sont trompés sur son compte , en le faisant abbé de sa maison en 1589. On ne sait s'il y eut des Abbés réguliers dans Homblieres jusqu'à :

XXX. Simon Le Roy , qui fut élu en 1579 , & mourut en 1587. Il fut le dernier abbé régulier de sa maison , par la démission volontaire de M. de Créqui des Bordes qui l'avoit obtenue en commende. On ignore aussi qui remplit cette place depuis 1587 jusqu'à l'an 1602 ; mais en 1601 l'abbaye étoit en l'économat d'Antoine Le Caron qui ne faisoit aux religieux qu'une pension annuelle , suivant un acte passé pardevant Devalois , notaire à Saint-Quentin , le 24 Novembre.

Abbés Commendataires.

XXXI. Albert de Lénoncourt, abbé commendataire, en 1602.

XXXII. Louis Lavocat, en 1606.

XXXIII. François Lavocat, en 1613. Ce dernier étoit chanoine de Paris ; il mourut le 15 de Janvier 1646, & fut enterré dans la cathédrale, où on lit encore son épitaphe. Son cœur le fut dans l'hôpital dont il étoit visiteur.

XXXIV. Henry, prince de Lorraine d'Elbœuf, fils de Charles, duc d'Elbœuf, & de Catherine-Henriette, fille d'Henri IV, & de Gabrielle d'Estrées ; nommé en 1646, mourut d'appoplexie le 3 d'Avril 1648.

XXXV. Armand de Rohan - Soubise, que d'autres appellent François, comte de Rochefort, fils d'Hercule, duc de Mont-Bazon, fait abbé commendataire d'Homblieres en 1648, mourut en 1663.

XXXVI. . . . . de Roquépine étoit abbé d'Homblieres dès l'an 1660.

XXXVII. Joseph de Carbon, d'abord évêque de Saint-Papoul, ensuite archevêque de Toulouse, fut nommé abbé commendataire d'Homblieres en 1661. Il résigna au suivant.

XXXVIII. Jean de Carbon de Montpézat, archevêque de Bourges, étoit pourvu de la commende d'Homblieres dès l'an 1665. Il la conserva trois ans. Il n'y avoit alors dans cette abbaye, dévastée par tous les partis françois & ennemis, qu'un seul religieux qui y résidât, auquel on donna pour prieur Dom Antoine Thuret, profès de saint Remi de Reims, homme aussi docte que pieux. Il en rétablit l'église ruinée dès l'an 1607 ; fit revenir une partie des biens envahis, & refleurir quelque discipline dans la maison. L'Abbé commendataire passa, dans la suite, de son premier siege à celui de Sens, où il mourut en 1686.

XXXIX. Anne-François-Robert Aubery, fut nommé Abbé commendataire d'Homblieres dès l'année 1668. Il mourut le 1er de Septembre 1716.

XXXX. Charles-François d'Hallencourt de Drosmenil, évêque d'Autun, puis de Verdun, nommé à l'abbaye d'Homblieres en 1717. Il se partagea avec les moines, auxquels il fit un sort heureux, & fit homologuer son acte de division en Parlement. Mourut le 16 Mars 1754.

XXXXI. Georges-Albert-François de la Verdure de Gavielle, chanoine de Cambrai, nommé en Avril de la même année : y mourut le 29 de Juillet 1756.

XXXXII. Louis - Hercule - Camille de Rohan-Guimené, prit possession de son abbaye le premier d'Avril 1757, & vit encore.

Ce fut sous l'épiscopat de saint Eloi, en 656, que le dixieme concile de Tolede en Espagne, ordonna que la fête de l'Annonciation de la sainte Vierge seroit célébrée dans l'église le 18 de Décembre, huit jours avant celle de Noel, à cause que son propre jour arrive souvent dans la semaine de la Passion, qui est plutôt un temps de pénitence que de joie. Mais on la rétablit bientôt en son échéance, qui est le 25 de Mars, à la charge de la remettre après Pâques, lorsqu'elle arriveroit en un jour destiné aux cérémonies de la mort ou de la résurrection de JESUS-CHRIST. Telle est la pratique sur laquelle elle est établie dans le diocese de Noyon. Radbod II, évêque de ce diocese, qui mourut en 1098, a fait, au sujet de cette solemnité, un sermon latin qui se conserve encore dans la bibliotheque de la cathédrale. Il y parle de ce concile, de cette fête, & de sa translation, qui n'avoit lieu que lorsqu'elle échéoit le Jeudi-Saint, & les jours suivans sans doute. Il raconte aussi une punition miraculeuse arrivée dans sa ville, sur une fille qui avoit méprisé de chommer cette fête; & qui fut guérie de son mal en baisant l'autel de la sainte Vierge, après avoir invoqué inutilement le secours de saint Eloi, à son tombeau. Mais Radbod ne rapporte point l'époque de l'introduction de cette fête dans son diocese. Elle étoit cependant déjà ancienne dans l'église, au temps même de saint Eloi, puisque saint Grégoire le Taumaturge, qui vivoit dans le troisieme siécle, a fait des homélies à ce sujet. Cette fête est encore autrement appellée l'*Incarnation du Verbe Divin* : ce qui donne à entendre que, sous cette double dénomination, on célébre la mémoire de deux mysteres, qui n'en sont proprement qu'un. Car l'Ange Gabriel fut envoyé de Dieu à Nazareth, ville de Galilée, vers la Vierge Marie, épouse de saint Joseph, pour lui porter l'heureuse nouvelle du choix que Dieu avoit fait d'Elle pour être la mere du Messie; & c'est ce qu'on appelle *Annonciation*. Alors la sainte Vierge ayant consenti à l'accomplissement de ce mystere, le Verbe Divin s'unit à l'ame que le Saint-Esprit avoit créée, & au corps qu'il avoit formé dans les chastes flancs de la Vierge, pour ne faire qu'une même personne; ce que l'on nomme *Incarnation de JESUS-CHRIST*. Il y a dans l'église plusieurs congrégations qui sont principalement instituées pour honorer l'Annonciation de Marie.

Le même Radbod, dont nous venons de parler, a fait aussi un autre sermon sur la Nativité de la même Mere de Dieu : mais comme il n'est que de piété, il ne contient aucun trait remarquable sur l'établissement de cette solemnité dans son diocese. Nous n'avons rien non plus, ni de lui, ni d'aucun autre, concernant celle

de l'Affomption de cette augufte Patronne de fa cathédrale. Nous
fuppléerons à cette difette, par le récit abrégé que nous en fournit
l'hiftoire générale de l'églife. Cette matiere, autant intéreffante
pour la dévotion, que pour la curiofité de nos lecteurs, ne peut
être mieux placée ; & nous ferons charmés de leur préfenter ce
fujet d'édification & d'inftruction, fi lié à la partie eccléfiaftique
de notre Ouvrage.

VII. Siecle.
Année 656.
V L

La fête, dont nous parlons, fut inftituée pour honorer la glorieufe mort, la réfurrection & l'entrée triomphante de la fainte
Vierge dans le ciel, en corps & en ame. Le fentiment des Peres eft
que Marie demeura encore vingt-trois ans & quelques mois fur la
terre, après l'Afcenfion de Jesus-Christ & la defcente du Saint-
Efprit ; qu'elle mourut l'an 57, depuis la naiffance du Meffie,
étant âgée de 72 ans ; que fon ame fut, dès ce moment, enlevée
dans le ciel, pour y jouir de la gloire qui lui étoit dûe ; que fon
corps, ayant refté trois jours dans le fépulchre, fut reffufcité par
une grace fpéciale, fon ame étant defcendue du ciel pour lui donner une nouvelle vie ; & qu'alors elle alla, en corps & en ame,
prendre poffeffion de la place qui lui étoit préparée au-deffous du
trône de Dieu.

C'eft pourquoi on remarque fix principales circonftances de
l'Affomption : 1°. le décès de la fainte Vierge, auquel plufieurs
Peres & quelques martyrologes donnent, par refpect, le nom de
fommeil, *dormitio*. 2°. La glorification de fon ame, au moment de
fon décès. 3°. La fépulture de fon corps au bourg de Gethfemané.
4°. Sa réfurrection. 5°. Son affomption, en corps & en ame, dans
le ciel. 6°. Son couronnement par la très-fainte Trinité.

A l'égard de fon décès, quelques anciens Peres de l'églife ont
témoigné qu'ils en doutoient ; entr'autres faint Epiphane, lequel
dit qu'il ne veut point décider fi la Mere de Dieu eft demeurée immortelle, ou fi elle a payé le tribut ordinaire à la nature. Mais
l'Eglife déclare nettement dans l'oraifon du jour, qu'elle eft morte
felon la condition de la chair. La Vierge étoit alors dans la maifon
du Cénacle, où le Saint-Efprit étoit defcendu le jour de la Pentecôte. On croit que les Apôtres, qui étoient répandus dans le
monde, fe trouverent tous à fon décès, hors faint Thomas. Saint
Denis l'Aréopagite nomme entre ceux qui y affifterent, faint Jacques, frere du Seigneur ; faint Pierre, le fouverain chef des Théo-
logiens ; les autres, Princes de la hyérarchie eccléfiaftique ; & de
plus, faint Hyerothée, faint Timothée, & plufieurs de leurs faints
freres, du nombre defquels il étoit. Juvenal, Patriarche de Jérufalem ; faint André de Crete, & faint Jean-Damafcene, ajoutent
que les Apôtres y furent tranfportés dans une nue, par le miniftere
des Anges. L'ame de la fainte Vierge étant allé jouir de la gloire

Haref. 78.

du ciel, les Apôtres firent la cérémonie de la sépulture de son corps, qu'ils porterent au bourg de Gethsemané, en la vallée de Josaphat, où ils le mirent dans un sépulchre préparé. Au bout de trois jours, saint Thomas arriva d'Ethiopie, & souhaita de voir encore une fois le visage de la sainte Vierge ; ce que les autres Apôtres lui accorderent. Mais après avoir détourné la pierre du tombeau, ils ne trouverent plus que les linges & les habits dont le corps avoit été revêtu ; ce qui leur fit croire que JESUS-CHRIST avoit honoré ce saint corps d'une vie immortelle. Car on ne pouvoit soupçonner aucun enlevement de ce sacré dépôt, puisqu'il y avoit toujours eu quelqu'un des Apôtres, avec plusieurs chrétiens, pendant ces trois jours, autour du sépulchre, & que la pierre n'en avoit pas été remuée.

Le fait de la résurrection de la sainte Vierge n'est pas si avoué par tous les auteurs ; mais il est certain, comme dit le cardinal Baronius, que l'église a toujours été dans ce sentiment, que la sainte Vierge est ressuscitée, & qu'elle est, en corps & en ame, dans le ciel. C'est pourquoi elle s'est toujours servi du mot d'Assomption : &, dans les leçons de son office, elle propose les homélies des Peres, où la résurrection de Marie est déclarée en termes exprès. Les Grecs & les Latins sont de même sentiment. Le sépulchre de la sainte Vierge, désolé par les Empereurs Vaspasien & Tite, lors de la prise de Jérusalem, a été découvert depuis : & Burchard assure y être descendu par soixante degrés. Bede écrit qu'on le montroit de son temps ; & les pelerins le visitent encore entaillé dans un roc.

La fête de l'Assomption est postérieure à l'an 450, où régnoit Marcien, qui prioit le Patriarche de Jérusalem d'enrichir une église que cet Empereur venoit de bâtir, du corps de la sainte Vierge, s'il pouvoit le trouver. Il en est parlé dans les capitulaires de Charlemagne, & dans les décrets du concile de Mayence, en 813. Elle avoit vigile & octave en 858. Cette fête, toujours très-célèbre en France, y a encore été plus solemnelle depuis 1638, que Louis XIII choisit ce jour pour offrir sa personne, ses sujets, sa couronne & son royaume, à la Reine du ciel.

Les mœurs & les coutumes des Gaulois étoient infiniment changées sous le regne de leurs nouveaux maîtres, & sur-tout quant à ce qui regarde la possession des biens, & la forme du gouvernement. Les François vainqueurs s'étoient partagé entr'eux les terres des vaincus ; l'on entend celles qui avoient appartenues tant aux Romains, qu'à ceux d'entre les Gaulois qui avoient embrassé le parti de ces derniers. Nos Rois avoient pris pour eux les principales de ces terres ; les Officiers, grands & petits, en avoient eu d'autres, à proportion des services qu'ils avoient rendus dans la conquête de la France ; les soldats avoient eu aussi leur part au butin, aux terres & aux impôts. Après le Roi & les premiers Officiers de sa maison, qui étoient le Maire du palais, l'Apocrisiaire ou l'Aumonier, le Chambrier, le Connétable, le Bouteillier & le Référendaire, les principales dignités du royaume étoient celles des Evêques, des Ducs & des Comtes : tous avoient droit & devoient même se trouver aux assemblées générales de la Nation, où l'on faisoit le procès aux criminels, où l'on régloit les dons gratuits que l'on faisoit au Prince, où l'on portoit les nouvelles loix, où l'on décidoit de la paix & de la guerre, où l'on nommoit les tuteurs des Enfans des Rois, où l'on partageoit entr'eux leur succession, & où l'on faisoit l'inauguration des nouveaux Monarques. On appella dans la suite ces diétes des Cours plenieres. Elles se tenoient ordinairement à Noel & à Pâques, & quelquefois à l'occasion de quelque grande cérémonie, telle que celle d'un mariage. On en convoquoit d'extraordinaires, tantôt dans les palais de nos Rois, tantôt en une grande ville, quelquefois en pleine campagne, toujours en un lieu commode pour y loger la foule des grands Seigneurs.

Les Ducs étoient les gouverneurs des provinces, & les Comtes l'étoient des villes. On confondit cependant dans la suite les emplois avec les noms ; car le pouvoir des Comtes fut souvent le même que celui des Ducs. Ces dignités Romaines, créées par les Empereurs, avoient été abolies par les Vandales, les Goths & les Bourguignons, dans les lieux où ils s'étoient établis. Les François, pour flatter le peuple Gaulois accoutumé depuis long-temps à cette forme de gouvernement, se firent un point de politique de n'y rien changer, & diviserent toute la Gaule en duchés & en comtés.

Les Ducs & les Comtes François avoient, comme les Romains, chacun dans son territoire, l'intendance de la guerre, des finances & de la justice. Nous lisons encore, dans les formules de Marculphe, celle du serment des Comtes ; elle indique leurs fonctions, & suffit à réfuter le sentiment de Bouquet qui dit, dans son *Droit public*, que les Comtes n'étoient que les administrateurs du ministere public, obligés de laisser l'exercice de la justice à leurs Viguiers. Les dignités de Ducs & de Comtes n'étoient d'abord que des commissions que le Roi donnoit pour un temps, souvent sur la demande & le choix du peuple, à qui par grace il permettoit de lui présenter le Duc ou le Comte qu'il estimoit le mieux instruit des coutumes du pays. Elles devinrent dans la suite héréditaires dans les familles des Seigneurs qui, profitant de la foiblesse de nos Rois, oserent le plus contr'eux. Chacun étoit jugé selon les loix de son état, & par gens de sa profession. Le Clergé, selon les canons ; les Gaulois, selon le droit romain ; les François, selon la loi Salique ; le Clergé, par des hommes d'église ; la milice, par des gens de guerre ; les nobles, par des gentils-hommes. Le peuple étoit jugé, dans les bourgs & dans les villages, par des juges appellés Centeniers, ou par les Comtes des villes.

On ne savoit sous Clovis, sous Pépin, sous Hugues-Capet, ni plus de trois cens ans après, ce que c'étoit que gens de robe. Les juges laïcs étoient tous d'épée ; ils n'étoient juges que pour un certain temps, & ne pouvoient acquérir de biens dans le distrid où ils exerçoient leur autorité ; ils tenoient leurs assises dans un champ, dans un cimetiere, aux portes des villes ou des églises, dans une rue, sur un rempart, toujours dans un lieu public, où les parties pussent avoir un accès libre & facile. Chacun y plaidoit personnellement sa cause. Ces chefs étoient au surplus quelquefois revisés eux-mêmes par des commissaires que le Roi envoyoit extraordinairement dans les provinces, pour y corriger les abus que ces gouverneurs y avoient pu commettre, ou laissé s'y glisser ; & pour faire, au nom & avec l'autorité suprême, le procès aux criminels, ou les déférer à la Diéte générale de la nation. Ces commissaires n'étoient jamais moins de deux ensemble : le premier étoit un Prélat ; le second, un Duc ou un Comte. Le Centenier ne pouvoit condamner à mort : le Comte ne le pouvoit que dans certaines circonstances ; & le Duc, qui avoit, comme gouverneur de la province, inspection sur tous, ne le faisoit qu'avec de grandes précautions. Tout appel pouvoit & devoit être porté au Roi. La magnificence, l'ordre & la subordination des Cours plénieres continuerent jusqu'au temps de Charlemagne ; après la mort duquel les Comtes & les Ducs, devenus Souverains, convoquerent chez eux des plaids, & dédaignerent de se trouver à ceux que nos Rois indiquoient.

Il y eut aussi dans la suite des Comtes d'une autre classe, destinés à la garde d'un château, d'un fort, d'une maison de plaisance, d'une ville ; mais ces Seigneurs étoient bien inférieurs aux anciens ; & jamais i s n'ont jetté assez d'éclat, ni possédé assez d'autorité, pour faire rang dans l'Etat.

Ce que nous venons de dire doit suffire pour donner une connoissance générale de la situation & du gouvernement de la province dont on écrit l'histoire. Le Vermandois fut divisé alors en un comté ; & le chef, qui le gouvernoit, en prit le titre & le nom de Comté de Vermandois. La ville d'Auguste étoit la capitale de ces premiers Comtes & de ceux qui les ont suivis.

L'histoire ne nous a pas exactement conservé la mémoire de nos anciens Comtes jusqu'au septieme siécle où nous sommes parvenus. A l'aide de certains écrivains cités par l'historiographe de Cambrai, Jean Le Carpentier, on peut donner cependant une

filiation

filiation de ceux qui les premiers ont occupé cette dignité ; mais on ne pourra jamais compter, avec une assurance infaillible, sur cette liste. La voici.

I. Leger (*Leodegarius*), nom qui paroît tirer son origine de la barbarie des premiers Francs, compagnons de Clovis, & peut-être de Pharamond, fut, le dit-on, Comte de Boulogne, d'Amiens, de Térouenne & de Tornhem. Vraisemblablement il le fut aussi de Vermandois, espece d'enclave ou de suite des trois premieres provinces, puisque ses enfans en hériterent. Son épouse s'appelloit Gonfix : ils vivoient en 484.

II. En 511 leur fils Aimeri recueillit leurs riches terres, & épousa Maurianne, comtesse d'Aquitaine, de laquelle il eut deux fils.

III. Vers 550, Wagon, premier du nom, devint Comte de Ponthieu. On ajoute qu'il fut Seigneur en Artois & en Vermandois. On a voulu dire sans doute qu'il fut le Comte de ces deux provinces. Il le fut vraisemblablement encore de l'Amiénois, puisque son frere cadet, saint Honoré, en fut évêque. L'épouse de ce Seigneur, de laquelle on ignore le nom, le fit pere de cinq enfans : 1°. de Wagonidès qui fut Comte du Ponthieu, & assez conséquemment d'Amiens ; mais ce n'est pas ce qui nous regarde. 2°. de

IV. Wagon II, comte en Vermandois, en Cambresis, en Bourgogne & en Aquitaine. Nous laissons les autres freres de Wagon II, qui gouvernoit vers 600. Il laissa après sa mort une fille nommée

V. Bertrade, comtesse de Vermandois, du Cambresis, &c. Elle épousa le roi Clotaire II, dont elle eut Dagobert Ier. Le Vermandois étoit revenu à son Souverain. Ce fut l'un de ces deux Princes, ou bien Clovis II, élu Roi en 638, ou peut-être encore Clotaire III, qui monta sur le trône en 656, qui donnerent le gouvernement de cette province à

VI. Garifrede : avant 660 ce Seigneur en étoit pourvu. Saint Ouen nous apprend que ce Comte de Vermandois, peu respectueux envers saint Eloi, mort le premier jour de Décembre 659, avoit commis, à l'égard de ce saint Evêque, quelque crime dont il ne lui avoit pas fait de réparation pendant sa vie ; qu'après la mort de ce Pontife, le Comte osa visiter son tombeau ; mais qu'à l'approche de ce Seigneur, la lampe, qui brûloit sur le corps du Saint, s'éteignit d'elle-même, & qu'elle se ralluma en son absence ; que ce prodige effraya le coupable ; qu'il gémit devant le sépulchre, près duquel il tenta de revenir ; qu'il implora vivement le Saint ; & que, sur les promesses qu'il lui jura de réparer les injures qu'il lui avoit faites, il en obtint la grace de voir se rallumer, une seconde fois, la meche qui s'étoit encore éteinte à sa présence. Le même saint Ouen nous parle aussi d'un secrétaire de ce Comte de

VII. Siecle.
Année 656.

X.
Année 660.

Audoënus in vitâ S. Eligii. Lib. 2, Cap. 45.
Aug. – Vir. fol. 66.
Gallia Christiana. tom. 9. fol. 984.

Vermandois. Morery place la mort de saint Éloi en 665 : c'est une erreur, mais qui devoit suivre de la fausse époque de l'ordination de ce saint Evêque. Nous avons encore de ce digne Prélat seize homélies dans la bibliothèque des Peres. Nous avons une de ses lettres parmi celles de saint Didier de Cahors ; & le pere Sirmond a remarqué que l'homélie, qui est en l'addition du neuvieme tome des œuvres de saint Augustin, sous le titre de *Sermo ad plebem*, est encore de saint Éloi.

X I. Nous croyons que le palais de nos premiers Comtes étoit bâti au lieu appellé en latin, dans nos vieilles chartes, *Broïlus*, où l'on vit dans la suite construit l'ancien château de nos Comtes héréditaires. Nous en rappellerons la position, lorsque nous parlerons du monastere de saint Prix, qui y fut subrogé.

X I I. Nous n'avons point de preuve qui nous fasse connoître clairement de quel Duc nos premiers Comtes ont pu dépendre. Il est certain cependant, suivant la regle générale du partage des gouvernemens, que les Comtes n'étoient pas, sur-tout alors, souverains & indépendans, comme ils le sont devenus dans la suite. Nous penchons à croire que les Comtes de Vermandois reconnoissoient, ainsi que ceux qu'on appelloit Comtes de Péronne, (soit que ceux-ci fussent les mêmes que les Comtes de Vermandois : ce que nous croyons ; soit qu'ils fussent des Comtes particuliers de Péronne, ce que nous ne croyons pas :) nous sommes portés, disons-nous, à penser que les uns & les autres reconnoissoient, au temps dont on parle, pour leur Duc celui qui étoit alors établi à Laon, sous le titre de Duc de Laonnois. C'étoit Bercharius en 650. C'est en cette qualité qu'il faisoit hautement valoir, qu'il prétendoit devoir emporter à Laon le corps de saint Furfi, qui, depuis qu'il étoit mort à Mazeroeles en Ponthieu, avoit été rapporté à Péronne. On dit que, deux cens ans avant lui, Æmilius, pere de saint Remi, avoit rempli cet emploi. En 661 le Duc du Laonnois étoit Fulcoaldus. Saint Amand fait mention de ce Seigneur dans les lettres d'une donation qu'il fit au monastere de Barifi, situé dans cette province. Les actes de sainte Anstrude, abbesse d'une communauté de Laon, nous apprennent qu'en 688 cette Sainte guérit Oda, fille d'un Gauduin, qui occupoit alors cette même dignité de Duc de Laonnois. En 760 c'étoit Charibert dont Pépin le Bref épousa la fille appellée Berthe.

Marlot, *hist. Remensis*. Tom. 1. *fol. 139.*
Annales BB. tom. 1, Lib. 15, N°. 11.
Ibid. Lib. 17, N°. 63.

X I I I. A mesure que nous sortons de la barbarie des siecles anciens, & que nous avançons vers ceux qui les ont suivis, notre histoire se débrouille. Nous trouvons plus d'auteurs & de monumens, à la lumiere desquels nous marchons. C'est au temps dont on parle que nous commençons à découvrir les noms des Abbés de l'église de saint Quentin. Saint Bertrand, en latin *Bertramnus*, Ebertrandus, *Ebertrainus*, *Ebertramnus*, eſt le premier dont nous ayons quelque connoiſſance. Saint Bertrand étoit, avec ſaint Bertin, le ſecond compagnon de ſaint Mommolin qui avoit été fait évêque de Noyon auſſi-tôt après la mort de ſaint Eloi. Ces trois Saints étoient Allemands de nation ; ils avoient demeuré dans le monaſtere de Luxeuil en Franche-Comté ; ils y avoient même vraiſemblablement été reçus moines ; ils en ſortirent pour venir prêcher en France, où, après s'être retirés quelque temps en la Cour du Roi Clotaire III, vers l'an 656, ils s'offrirent enſuite à ſeconder le zele de ſaint Omer dans ſon dioceſe de Térouenne. Ce pays, où ſaint Victorin & ſaint Fuſcien, compagnons de ſaint Quentin, avoient prêché les premiers l'évangile, n'étoit pas encore purgé d'infideles au milieu du ſeptieme ſiécle. Saint Omer dut meme principalement à la haute idée, qu'on avoit conçue des heureux efforts de ſon zele contre l'idolâtrie, l'honneur d'avoir été élevé à la chaire épiſcopale de cette province. Il mourut, vers l'an 668, le 9 de Septembre. Ce ne fut que ſous ſaint Amand, ſon ſucceſſeur, que, la converſion totale des Térouennois laiſſant à cet Evêque du zele de reſte, ce Saint l'employa à celle des peuples du Beauvaiſis. La ville ancienne de Térouenne, citée d'ans l'Itinéraire attribué à Antonin, fut détruite par l'empereur Charles-le-Quint en 1553. Elle étoit ſituée ſur la petite riviere de Lys. Son ſiege épiſcopal fut diviſé alors, & la juriſdiction ſpirituelle répartie dans les évêchés de Boulogne, de Saint-Omer & d'Ypres.

Dès l'an 648 ſaint Omer, infiniment reconnoiſſant des ſervices qu'il avoit reçus de ſaint Mommolin & de ſes compagnons ; & tendrement incliné en leur faveur, fonda avec eux, & par leurs conſeils, le monaſtere de Sithiu, *Sithienſe*. C'eſt peut-être le plus illuſtre de tous ceux de la Flandre ; il prit le nom du lieu où il avoit été bâti. Ce lieu étoit une terre qu'Adroald ou Adrovald, riche perſonnage du pays, avoit donnée à ſaint Omer qui l'avoit baptiſé avec toute ſa famille. D'abord ce don avoit été deſtiné à y établir un hôpital ; mais il fut trouvé plus propre à la conſtruction d'un monaſtere. La donation, agrée par ſaint Omer, fut remiſe par le fondateur même entre les mains des trois ſaints moines. Cette abbaye eſt maintenant connue ſous le nom de ſaint Bertin. (1) Saint Mommolin en étoit abbé, lorſqu'il fut appellé au ſiege pontifical de Noyon en l'an 660. Saint Bertin devint, vers le même temps, abbé d'un ſecond monaſtere qu'on bâtit dans Sithiu, 14 ans après le premier. Nous ne ſavons quel office ſaint Bertrand rempliſſoit dans l'un ou l'autre de ces monaſteres, ou peut-être dans un troiſieme que ſaint Omer avoit encore élevé, ſous l'invocation de la ſainte Vierge, ſur une petite montagne voiſine, pour ſa ſépulture & celle de ſes moines, lorſqu'il fut appellé

I i ij

Margin references:

VII. SIECLE.
Année 660.
*III. Sæculo BB.
in vitâ S. Bertini,
Sithiv.* Nᵒ. 4.
fol. 109.

*Ibid. II. Sæculo;
in vitâ S. Audomari, fol.* 560.

Ibid. fol. 718.

XIV.
*Annales BB.
tom.* 1, *Lib.* 13,
Nᵒ. 49 & *Lib.* 14.
Nᵒ. 2.

par saint Mommolin pour être abbé de l'églife de faint Quentin.

Quoi qu'il en foit, cette dignité, à laquelle il fut élevé vers l'an 661, au commencement de l'épifcopat de faint Mommolin, n'apporta aucun changement dans fa vie ; il fe trouva engagé, dans la communauté des clercs de cette églife, à leur faire pratiquer, & à obferver lui-même des regles toutes pareilles à celles des monafteres dans lefquels il avoit vécu : car on doit fe reffouvenir que les ufages des moines & ceux des chanoines étoient les mêmes en ces temps-là. Cette élévation ne fit que changer l'extérieur de l'état de ce Saint ; elle le féculariſa ; & de fimple moine qu'il étoit, faint Bertrand fut rendu, par fa promotion, abbé de clercs ou de chanoines.

Si la pureté des mœurs, le zele & les autres vertus de cet Abbé, lui ont mérité une gloire immortelle dans le Ciel, & nos éloges fur la terre, elles feront auffi à jamais l'honneur de l'églife qu'il a gouvernée, & dans laquelle il a eu le bonheur de confommer, par une mort innocente, les derniers momens de fa vie. Il eft affez furprenant que l'églife de faint Quentin, qui célèbre la fête de faint Mommolin & celle de faint Bertin, ne faffe pas celle de fon pieux abbé faint Bertrand. Le nouveau bréviaire de Noyon l'a paffé auffi fous filence.

XVI. L'office de ces fortes d'Abbés, dans les églifes collégiales de ces fiécles, étoit le même que celui des évêques dans leurs cathédrales. Les affaires, qui concernoient leurs Chapitres, devoient fe traiter par eux principalement, & devant eux ; ils percevoient les revenus de leurs églifes ; &, après en avoir nourri les clercs, en avoir payé les dépenfes néceffaires au fervice divin & à l'entretien des bâtimens, ils s'en approprioient le réfidu, avec lequel ils augmentoient les fonds de leurs églifes par de nouvelles acquifitions, ou le diftribuoient aux pauvres. Ils veilloient fur la conduite de chacun des chanoines & de leurs autres fujets ; les inftruifoient, leur donnoient les facremens à la fin de leur vie, & la fépulture après leur mort. C'étoient enfin les mêmes devoirs dont fe font auffi trouvés chargés les doyens, lorfque ceux-ci, fous un nom différent, ont été mis à la tête des Chapitres des chanoines.

CINQUIEME DISSERTATION.

La vifibilité & la fécularité perpétuelles de l'églife de faint Quentin.

XVII. A l'occafion du nom de *monaftere de faint Quentin*, & du titre d'*Abbé* de cette églife, dont faint Bertrand eft qualifié dans les actes qui le concernent, & dont fe font décorés auffi les autres qui lui ont fuccédé en cette place, quelques écrivains ont foutedu que l'église de saint Quentin n'avoit pu être la cathédrale de Vermandois, puisqu'elle avoit même été monastique dès son origine, laquelle il leur plaît de rapporter au siécle de saint Eloi. Ce sentiment contient une double erreur que nous devons réfuter ici, avant que de continuer la liste des Abbés qui ont gouverné l'église de saint Quentin.

Il est vrai que les chanoines de cette basilique, comme ceux de quelques églises collégiales, & même comme ceux de toutes les cathédrales du septieme siécle, vivoient alors à la façon des moines. Nous venons de le dire : un Abbé présidoit à leur tête, quand ce n'étoit pas l'Evêque. Une habitation retirée, un dortoir commun, un réfectoire, un cloître, un même habit, une même regle, le nom de Freres : tout cela leur étoit commun avec les religieux. Leur église s'appelloit même, en vieux François, *monstier*, ou monastere. Mais cette uniformité de vie & de mœurs des chanoines, avec celles des moines, n'imprima jamais aux premiers le caractere de la monasticité. Les moines faisoient profession d'une vie plus étroite encore que ne faisoient les chanoines, & s'y astreignoient par des vœux. Leurs maisons étoient proprement appellées *Cellès*, *Cellules* ; & leurs personnes, *Moines* ou *Réguliers*. Le nom de Clerc, qu'on commença de leur donner dès le sixieme siécle, fut toujours impropre & abusif. Enfin, s'il y avoit des traits de vraisemblance entre les chanoines & les moines, il y avoit aussi des différences essentielles auxquelles on ne doit pas se méprendre.

C'est à ces marques distinctives que nous nous arrêterons, pour prouver, contre Jacques Le Vasseur dont nous avons déjà réfuté tant de propositions avancées sans fondement, que l'église de saint Quentin n'a pas commencé d'exister au septieme siécle ; qu'elle n'a pas été rendue reguliere alors, & qu'elle ne l'étoit pas non plus avant saint Eloi.

Une courte récapitulation de ce que nous avons dit jusqu'à présent, touchant l'établissement, le progrès, la ruine, la reconstruction & l'agrandissement de l'église de saint Quentin, rendra sensible tout le faux & le ridicule du systême qui l'attaque.

Sainte Eusébie bâtit la premiere chapelle sur le corps du Martyr qu'elle enterra le 24 de Juin de l'an 351.

Cet oratoire, appellé *Cellule*, devint en même temps une église cathédrale. Le fait est prouvé ci-devant.

Cette église fournit de son sein en 392, à la chaire archiépiscopale de Reims, un saint Sévere, qui est appellé *Prêtre de l'église de Vermandois*. Les savans auteurs du nouveau *Gallia Christiana*, qui avoient leurs vues bien opposées aux nôtres, sur l'église de saint Quentin, ne parlent pas de cette circonstance que nous allons leur remettre devant les yeux. Voici comme parle de Sévere

VII. Siecle.
Année 661.

Demochares.
Gallia Christiana,
tom. 9. fol. 6.

le catalogue des archevêques de Reims, posé à la tête de Frodoard, imprimé à Douai en 1617. *Sanctus Severus, præsbyter Veromandensis ecclesiæ, obiit decimâ-quintâ Januarii : quiescit in ecclesiâ sancti Agricolæ.* Appelleroit-on ainsi l'église de Vermandois, celle qui n'en seroit pas la cathédrale ? On ne savoit peut-être pas encore alors ce que c'est qu'une pure collégiale de chanoines. Donc on doit, sous cet égard, estimer comme bien fondée la tradition qui rapporte qu'il y avoit des évêques établis dans l'église de saint Quentin, avant Alomer & saint Médard, dès le commencement même de l'invention premiere du corps de ce Martyr, & peut-être immédiatement après sa mort glorieuse.

Les treize évêques proprement dits de Vermandois, administrerent successivement cette église toujours subsistante, même après que les Huns se furent retirés de cette province, c'est-à-dire, après l'an 451, où l'on fixe l'époque de la destruction, par ces barbares, de la ville prétendue, bâtie au village de Vermand.

En 511, Sophronius se souscrit, comme évêque de Vermandois, au concile d'Orléans, auquel il avoit assisté. Pouvoit-il être évêque alors d'une autre ville que de celle de Saint-Quentin, appellée Vermand, ou Auguste de Vermandois, puisqu'il n'y avoit point encore d'église au village que l'on nomme Vermand, qu'il n'y en eut que dans le dixieme siécle, & que quand il y en auroit eu avant le sixieme siécle, elles y étoient toutes détruites dès le cinquieme siécle, de l'aveu de nos adversaires ?

En 533, où l'on dit que mourut saint Remi, archevêque de Reims, on lit, dans le testament de ce grand Prélat, la confirmation de la donation qu'il avoit faite d'une terre à l'église de saint Quentin. Cette cathédrale de Vermandois n'avoit pas cessé de subsister.

En 535, saint Médard, le dernier évêque proprement dit de Vermandois, & le premier de Noyon, transfere de l'église de saint Quentin, qui avoit été pillée & ravagée par les peuples féroces dont nous venons de parler, son siege en la ville de Noyon. Cette basilique n'avoit donc pas cessé de subsister sous un évêque & un clergé, connus sous le titre d'Eglise de Vermandois ?

Avant l'an 595, où mourut Grégoire de Tours, cet auteur raconte deux miracles opérés au tombeau de saint Quentin. Le second paroit être arrivé au temps de cet historien. Or, l'église qui contenoit en son sein les reliques du saint Martyr, étoit, sans contredit, bien existante & bien établie. Qui peut douter de l'existence d'une église qui possédoit un dépôt si précieux, si connu des peuples, si révéré des pelerins ; d'une église qui avoit des prêtres pour la desservir, assez accommodés pour que l'un d'eux fût en état d'entretenir un cheval que le voleur lui enleva ?

VII. SIECLE.
Année 661.

Avant l'an 640, où saint Eloi fut sacré évêque de Noyon, nous savons de saint Ouen, qu'il y avoit dans l'églife de saint Quentin des chanoinies déjà richement fondées, puifqu'un chantre de la chapelle du Roi, le fameux Maurin, en occupoit une. Ce même auteur, en faifant l'énumération des villes fujettes à la jurifdiction fpirituelle de faint Eloi, dit encore que la ville de Vermand eft l'ancienne ville épifcopale des évêques de ce nom : il la cite, par cette confidération, la premiere de toutes, & en parle comme d'une ville très-exiftante de fon temps ; & auffi bien fubfiftante que celles de Noyon, de Tournai & de Courtrai, fur lefquelles le faint Pontife venoit d'être établi le pafteur. Enfin, il ajoute que l'églife de faint Quentin, qui étoit bâtie fur la montagne voifine de l'Augufte de Vermandois, étoit très-floriffante fous l'entrée de l'épifcopat de faint Eloi, puifqu'il y avoit des clercs en affez grand nombre pour y célébrer les offices. Après la feconde invention du corps de leur glorieux Patron, cette églife fe trouva même trop petite pour l'affluence des pélerins ; car ce prélat la fit étendre. Agrandit-on un édifice qui n'exifte pas ?

Donc l'églife de faint Quentin fubfiftoit avant l'arrivée de faint Eloi. Donc elle étoit grande, célébre & brillante dans notre France, avant le feptieme fiécle. Donc elle avoit auffi été l'églife cathédrale des évêques de Vermandois. Donc fes clercs ou fes chanoines féculiers, depuis leur premier établiffement, ne nous préfentent, jufqu'au feptieme fiécle, aucun trait qui ait un rapport direct au Monachifme. Donc enfin il ne paroit pas que cette églife ait fouffert, pendant les trois derniers fiécles que nous venons de parcourir, aucune interruption fenfible, ni aucun changement apparent dans fes chefs & dans fes membres. Oui, malgré les ravages des barbares, & la fuite de faint Médard, marquée par une tranflation fi frappante, il n'eft peut-être pas d'églife ancienne où l'on apperçoive moins de dérangement dans la confiftance de fon premier chapitre, & des clercs qui l'ont fucceffivement rempli.

Il nous refte à montrer que la même églife de faint Quentin, dont quelques ignorans écrivains avoient voulu pofer fauffement la date de fondation au temps de faint Eloi, n'a jamais ceffé d'être féculiere. Nous commencerons cette preuve dès l'entrée du feptieme fiécle, puifqu'il eft impoffible à nos adverfaires de foutenir qu'elle ne le fut pas avant ce temps. Tous les traits que nous venons de rapporter, le démontrent trop évidemment. Et nous finirons cette preuve au dixieme fiécle ; car on ne nous contefte pas que l'églife de faint Quentin ne fut jamais réguliere, depuis ce temps jufqu'à celui où nous écrivons.

VII. Siecle.
Année 661.
Audoënus, in
vitâ S. Eligii.

VII. Siécle. Maurin, ce chantre diftingué de la chapelle d'un de nos Rois, étoit, comme on l'a déja dit après faint Ouen, chanoine de l'églife de faint Quentin. Une pareille place dans cette églife étoit-elle donc féante à ce perfonnage, fi elle n'eût été féculiere ? Il étoit féculier certes, puifqu'avant faint Eloi un moine n'eût pas ofé fe perdre ainfi dans la Cour d'un Roi, & ne pouvoit y exercer l'emploi de chantre. Il ne pouvoit donc en même temps être bénéficier, prébendaire, clerc ou chanoine, comme on voudra l'appeller, que d'une églife qui n'étoit pas réguliere.

Lib. de Miracul.
S. Quint. Cap. 3.

Le Livre des miracles de faint Quentin appelle *Clercs* ceux qui chantoient matines en l'églife de ce Martyr, au temps de S. Eloi. Sont-ce donc des moines que l'on qualifie de cette appellation ? Le nom de *Clerc*, que l'ignorance des temps poftérieurs & du dixieme

Molanus, Lib.
1. de Canonic.
Adrian. Valef.
in Lib. 17, rerum
Franc. & Cap. 6.
de Bafilicis.

fiécle principalement, a donné aux moines, n'étoit-il pas confacré anciennement à fignifier des fimples prêtres ou des chanoines féculiers ? Perfonne n'ignore que ce n'eft que dans le huitieme fiécle qu'on abandonna le nom de *Clerc*, pour ne plus fe fervir proprement que de celui de *Chanoine*, lorfqu'on a voulu défigner ces fortes de bénéficiers.

XVIII.

Saint Mommolin, évêque de Vermandois & de Noyon, fucceffeur de faint Eloi, fit appeller, il eft vrai, au régime de l'églife de faint Quentin, faint Bertrand. C'étoit, comme on l'a dit, un de fes compagnons, moine comme lui, dans les monafteres de Luxeuil en Bourgogne, & de Sithiu en Flandre : mais de l'appel même de faint Bertrand en l'églife de faint Quentin, & de l'inftallation de fa perfonne en la dignité d'Abbé de cette bafilique, on ne peut pas plus conclure contre la fécularité de cette églife, qu'on n'eft en droit de le faire contre celle de la cathédrale de Noyon, parce que faint Mommolin en auroit été fait évêque. On avoit befoin dans l'églife de faint Quentin d'un Supérieur zélé & vertueux, d'un Chef qui fût d'une prudence capable de rétablir ou de maintenir le nerf de la difcipline, que les malheurs des troubles & des guerres y avoient peut-être affoiblie ; on l'aura trouvé cet homme rare dans faint Bertrand. Son feul mérite aura donc décidé du choix qu'on aura fait de lui. Mais qui ne fent que ce Moine apoftolique, qui avoit parcouru pendant plufieurs années, avec faint Mommolin & faint Bertin, tous les pays de la France, pour en inftruire les peuples, étoit déja comme fécularifé ; & que s'il ne l'eût pas été en quelque forte par fes exercices, il le fût devenu par fa promotion d'Abbé dans une églife qui n'avoit rien de commun avec le Monachifme, que l'extérieur de quelques regles mi-canoniques & mi-monaftiques ? Si un moine ne tient plus à aucun ordre, & s'il eft fécularifé dès qu'il eft fait évêque, fi faint Mommolin, abbé de Sithiu, eft devenu féculier pour avoir été

appellé

appellé au siege épiscopal de Noyon ; saint Bertrand fait abbé de l'église de saint Quentin, aura été pareillement sécularisé par son élection à cette dignité.

L'auteur de *la Défense des principales prérogatives de la ville & de l'église de saint Quentin*, dit même qu'à considérer les courses de ces trois Saints en tant de provinces différentes (car ils étoient partis d'Allemagne) ; leur retraite en la Cour du Roi Clotaire, où ils prêcherent ; leurs missions dans le diocese de Térouenne, sous les yeux de saint Omer, & sur-tout la promotion de saint Bertrand à la dignité d'Abbé de l'église de saint Quentin, quelques-uns ont cru qu'ils n'étoient pas moines. Dans ce cas, il faudroit donc dire qu'au moins ils se délassoient de leurs fatigues dans des communautés religieuses ; d'où il est très-certain qu'ils ont été-appellés (exceptés saint Bertin) pour être élevés à divers emplois ecclésiastiques. Mais ce dernier sentiment ne peut s'accorder avec les propres légendes des derniers bréviaires de Saint-Quentin & de Noyon, qui font saint Mommolin moine & abbé de moines, & qui reconnoissent les mêmes qualités dans ses deux compagnons. Il ne peut se concilier non plus avec ce qu'en rapporte le savant Dom Mabillon dans ses Annales de l'Ordre de saint Bénoît.

VIII. Siécle. Charlemagne donne à l'église de saint Quentin la propriété d'un fisc appellé *Fontaines*. Il falloit distinguer ce village des autres du même nom. Or, pour le différencier, on l'appella *Fontaines-les-Clercs* : *Fontanæ Clericorum*, du nom des chanoines de saint Quentin, ses nouveaux possesseurs. N'est-il pas sensible qu'on l'eût dû appeller plutôt *Fontaines-les-Moines*, si les chanoines de saint Quentin eussent été régularisés ?

IX. Siécle. Otger, évêque d'Amiens, fut élevé à cette dignité après avoir été tiré *du corps des chanoines de l'église de saint Quentin*, dont il étoit membre, en l'an 893. Or, le *sermon de la tumulation du corps de saint Victorice*, qui rapporte cet événement, donnet-il même à soupçonner que ce digne Prélat ait été appellé d'une communauté de moines ? Ne fait-il pas, au contraire, entendre clairement qu'Otger étoit chanoine d'une église purement séculiere ? On peut consulter le texte de ce sermon que nous rapporterons sous cette année.

Pour parer au coup que portent ces conséquences, les auteurs du nouveau *Gallia Christiana*, qui ne pouvoient se défaire de l'inclination de placer des moines dans les églises de saint Quentin & de Péronne ; inclination que leur avoit d'abord inspirée, quoique d'assez loin, Dom Mabillon, & que Dom Du Plessis avoit depuis tâché de fomenter & d'étayer ; ces nouveaux auteurs, disons-nous, auroient bien voulu rejetter le témoignage importun de Claude Emmeré, & de nos actes trop concluans en la matiere que nous

VII. Siecle.
Année 661.

Page 81, en marge.

Ad 16 Octob. & 5 Sept.

Tom. 9, fol. 1043.

VII. Siecle.
Année 661.

traitons ; mais c'eſt en vain. La dépoſition de notre hiſtoriographe (qu'on fait mal-à-propos paſſer pour un écrivain trop paſſionné) qui a lu dans nos archives qu'Otger fut chanoine de ſaint Quentin, vaut bien celle des Freres de ſainte Marthe, qui ont cru lire dans un *fragment des geſtes de Louis III & de Carloman*, que ce Prélat le fut de l'égliſe d'Amiens. Paſſons même, pour contenter les deux partis, à Otger de l'avoir été des deux égliſes : mais qu'on ne nous conteſte pas de l'avoir été de celle de ſaint Quentin. Le ſeul préſent du corps de ſaint Victorice, qu'il fit à cette derniere baſilique, en l'y transférant de ſa cathédrale, & les motifs de reconnoiſſance qu'il exprime envers une compagnie, en laquelle il avoit été élevé, & en laquelle il avoit vécu, nous ſuffiſent bien pour perſuader à tout lecteur la vérité de ce que nos actes rapportent, qu'Otger avoit été chanoine de ſaint Quentin ; & que par conſéquent tous les membres de cette égliſe en étoient ſéculiers dans le neuvieme ſiécle.

Cap. I.

X. Siécle. Anſelme, chanoine de ſaint Quentin, dit l'auteur du *livre des miracles* de ce Martyr, *opérés en l'Iſle*, introduiſit des religieux de ſaint Bénoît dans l'égliſe de ſaint Quentin, en l'Iſle de la Somme, occupée, au temps où il vivoit, par des chanoines ſéculiers. Mais, ſi l'égliſe de ce bienheureux Patron eût été réguliere alors, l'auteur de ce livre eût-il ſi diſtinctement appellé chanoine un réformateur qui eût été moine, comme l'étoient ceux qu'il ſubſtitua à des poſſeſſeurs antérieurs qu'il appelle encore chanoines ?

Cet Anſelme, dit encore le même auteur, étoit un chanoine très-riche. Mais les richeſſes étoient-elles, en ce temps, non plus qu'à préſent, propres à un moine qui, par ſon vœu de pauvreté, eſt deſtitué de toute propriété ; qui ne doit diſpoſer de rien en maître, ni ne le peut, & qui ne poſſéde aucun bien que ſolidairement avec les autres membres de ſa communauté, à la ſeule manſe de laquelle la propriété en eſt attachée ?

Voyez l'année
983.

Si le même Anſelme enfin ſe trouve encore ſouſcrit dans une charte d'Albert Ier, comte-abbé de ſaint Quentin, il y eſt pareillement déſigné, auſſi bien que ſes autres confreres, ſous le titre de chanoines, avec une différence parfaite d'avec les religieux de l'abbaye en l'Iſle, donataires, qui y ſont appellés, ſans équivoques, & par une oppoſition formelle d'état & de profeſſion, moines. . . . . *A canonicis poſſeſſa ; . . . . à monachis tenenda.*

Une remarque qui prouve évidemment que les termes de *monaſteres*, *de Freres*, *d'Abbé*, &c. appliqués à l'égliſe de ſaint Quentin, ne doivent pas en impoſer aux eſprits, c'eſt que dans le onzieme ſiécle on les lui donnoit encore quelquefois. On ne conteſte pas néanmoins que dans ce temps elle ne fut ſéculiere. Nous en avons entr'autres un exemple dans la charte de Richard III, Duc de Normandie, de l'an 1015. Les chanoines de cette églife y font d'abord appellés Freres; on leur y reftitue, quelques lignes après, leur prérogative fous-entendue; & ils font encore nommés chanoines à la fin de tout l'acte. Jean Molanus rapporte au long les caufes pour lefquelles on a fouvent appellé, du nom de monaftere, les églifes féculieres des chanoines. Les mêmes termes de monafteres, de freres, &c. concluent fi peu en faveur du monachifme, qu'ils font donnés même à l'églife & aux chanoines de Noyon, quoiqu'il foit inconteftable que ce Chapitre, fondé par faint Médard des débris de celui de faint Quentin, n'a jamais été voué à aucune regle religieufe.

La pratique de la plupart des mêmes ufages, entre les chanoines & les moines, les a fait confondre les uns avec les autres. On leur a fouvent donné les mêmes dénominations, parce qu'on leur voyoit obferver les mêmes regles. Les écrivains d'ailleurs étoient quelquefois peu foigneux de n'employer que les termes propres aux divers états de gens qu'ils voyoient mener une vie à peu près toute femblable. Telles font les fources de l'erreur de laquelle on fe plaint ici; mais nous ne devons, à préfent, rien recevoir qu'avec difcernement. Au furplus, on ne trouvera jamais qu'on ait donné anciennement à aucun chanoine de faint Quentin le nom de moine. Celui de *clerc* fut toujours celui que les eccléfiaftiques, demeurant dans l'églife de ce Saint, porterent, avant que le nom de chanoine y fut en ufage. Voici la réfutation de quelques objections qu'on peut nous oppofer.

1°. Mais, dira-t-on, les Freres de faint Quentin viennent au-devant des reliques de faint Prix, arrangés comme des moines. *A Fratribus monaftico ordine decenter ornatis. . . . . .* Or, fi ces mots ne défignent pas des cérémonies & des ornemens propres aux moines, on ne voit pas ce qu'ils peuvent fignifier. Nous répondons que ces paroles ne font pas fi concluantes qu'on le dit. Comme les moines, attentifs à bien obferver leurs cérémonies, & bien recueillis dans leurs offices, fervoient de modeles aux autres fociétés eccléfiaftiques, même à celles des cathédrales, c'étoit prendre le titre de moines, que d'emprunter leurs habitudes; mais ce n'étoit pas l'être devenu. Et voilà tout ce que veut dire l'endroit cité. Les chanoines de faint Quentin étoient modeftes & difpofés dans l'ordre & la file de leur proceffion, comme l'auroient été les moines les plus dévots & les plus fervens.

D'ailleurs le paffage, d'où font tirées ces paroles, peut s'entendre des moines de l'abbaye de faint Prix, qui reçurent la portion de reliques de cet Evêque de Clermont, que les chanoines de faint Quentin leur donnoient: & c'eft dans ce fens que le pere Mabillon

VII. SIECLE.
Année 661.

Annales de Noyon, p. 374.

XIX.
Hiftoire de l'origine & du progrès des Revenus eccléfiaftiq. par Acofta. Bâle 1706.

Aug.-Vir. fol. 114.

l'a interprété, en fuppofant, quoique mal-à-propos, que l'abbaye de faint Prix exiftoit peut-être au temps de l'abbé Fulrade. Mais, dans l'une ou l'autre explication, ce paffage cité ne conclut rien contre la fécularité des chanoines de faint Quentin. Saint Eloi, évêque de Noyon, faint Paul, évêque de Verdun, appelloient *Freres* les chanoines de leurs cathédrales. Ils vivoient tous deux dans le milieu du feptieme fiécle. Saint Vindicien, dans le même temps, donnoit à fa cathédrale de Cambrai le nom de monaftere.

Chron. Camerac. Lib. I, Cap. 25, fol. 28.
II. Sæculo BB, fol. 274.
Annales BB. tom. 3, Lib. 43, N°. 83; & Lib. 44, N°. 9.
Ibid. tom. 4, Lib. 46, N°. 78.
Chronicon Camerac. Lib. I. Cap. 36, fol. 62. Lib. II, Cap. 13, fol. 240.

Le roi Philippe en 1251 appelle les chanoines de celle de Lyon, *Freres*, dans la confirmation de leurs ftatuts, (article 21.) Dans le dixieme fiécle, faint Bernard, l'un des principaux dignitaires de l'églife de Clermont en Auvergne, s'appelloit lui-même l'*Abbé de la cathédrale*. Enfin, le chroniqueur de Cambrai, Baudry, appelloit encore, dans le onzieme fiécle, *monafteres* les cathédrales de Cambrai même & d'Arras, quoiqu'il foit très-conftant qu'elles ont toujours été féculieres dès leur fondation.

2°. Hugues, abbé de faint Quentin, eft appellé, dans quelques vieux titres, *Abbas monafticus.......... Baltheus monafticus.* Mais c'eft parce qu'il avoit été élevé dans un monaftere véritable, dont il devint enfuite l'Abbé; c'eft parce qu'il en avoit rapporté l'efprit qu'il conferva dans l'adminiftration qu'il prit de l'églife de faint Quentin; c'eft parce que cette même églife, par un ufage général & affez impropre, s'appelloit *monaftere*. Voilà auffi pourquoi le chanoine & doyen de faint Quentin, Dudon, l'écrivain de l'hiftoire des Ducs de Normandie, après avoir appellé *Delubrum* l'églife de faint Quentin, ajoute de cette bafilique qu'elle étoit bien défendue par fes regles monaftiques. ..... *Monafticis rebus præbalteatum.* Etoit-elle monaftique de fon temps ? Etoit-il lui-même moine, & à la tête d'autres moines ?

Dudo, Lib. I, Cap. I.

3°. Oui, dit-on; elle étoit monaftique avant ou vers le temps de faint Eloi. Nous avons réfuté ce fentiment; & nous demandons qu'on nous rapporte le nom de celui qui a porté le monachifme dans cette églife que nous avons montré avoir toujours fubfiftée, depuis fon établiffement dans le quatrieme fiécle, fous la qualité d'une églife cathédrale & féculiere ? Un fondateur n'eft pas communément ignoré. Mais cette articulation eft une chofe impoffible à nos adverfaires. Qu'on nous fpécifie quelle regle profeffoient les prétendus moines de faint Quentin ? Une infinuation ne doit pas être vague & indéterminée; elle doit être précife & caractérifée, quand on veut la faire recevoir. Dom Mabillon, cet écrivain fi pénétrant dans le monachifme, & qui voyoit dans prefque toutes les églifes anciennes des moines de fon inftitut, quoiqu formellement décidé à placer des moines dans l'églife de faint Quentin, n'a pas fixé quelle regle on y fuivit.

La Défenfe des princip. prérog. &c. pag. 81.

Annales BB. tom. I, Lib. 14, N°. 1, 2 & 68.
Tom. II, Lib. 28, N°. 19.

Il eſt vrai que ce ſavant homme a prouvé qu'avant l'introduction de la regle de ſaint Bénoît en occident, il y en avoit déjà
beaucoup d'autres particulieres établies, depuis le quatrieme ſiécle, dans pluſieurs monaſteres de notre France même ; mais on
n'a jamais mis dans le nombre de ces monaſteres l'égliſe de ſaint
Quentin. Et, ſoit qu'il s'agiſſe de ces regles particulieres, prati-
quées avant ſaint Bénoît, ſoit qu'il s'agiſſe de celle de ce Patriarche, on ne voit nulle part qu'elle les ait obſervées au moins d'une
façon monacale, c'eſt-à-dire, avec la ſolemnité des vœux.

4°. Enfin, ſi l'égliſe de ſaint Quentin n'a adopté la communauté
de vie & de demeure, ſous un Abbé, qu'au temps de ſaint Eloi,
comme le diſent aſſez gratuitement quelques-uns de nos adverſaires,
l'on doit croire qu'il ne lui avoit pas été poſſible de le faire plutôt, parce que ces chanoines, troublés ſans ceſſe par les incur-
ſions des Barbares, ne pouvoient ſe raſſembler, & que leur égliſe
n'avoit pas encore ſuffiſamment de ces fonds, dont le revenu aſſuré
eſt néceſſaire à la ſubſiſtance d'une communauté bien établie. Celui
de la terre d'Hermonville ou d'Hérimond, que ſaint Remi lui avoit
donnée, & d'autres revenus encore que nous ne diſtinguons plus,
qui lui auront été légués dans les années ſuivantes, auront alors
ouvert la voie à l'exécution d'un établiſſement qui étoit auparavant moins pratiquable. Mais ni cette nouvelle inſtitution, ni le
délai antérieur ne prouvent nullement que l'égliſe de ſaint Quentin n'ait été fondée qu'au ſeptieme ſiécle, ni qu'elle ſoit réguliere
dans ſon origine. Il faut prendre ces contre-vérités dans le ſens
oppoſé.

Ce qu'on peut dire ici de plus vrai, à l'occaſion de l'entrée de
ſaint Bertrand dans la dignité d'Abbé de ſaint Quentin, c'eſt que
ceux qui l'ont précédé, depuis la fuite de ſaint Médard, juſqu'au
temps de ſaint Mommolin, nous ſont inconnus ; ou bien, que,
s'il fut le premier Abbé de ſon égliſe, les Evêques de Noyon ne
ceſſoient de veiller par eux-mêmes ſur cette baſilique, comme
ſur la leur propre, & de la régir comme ils faiſoient leur cathédrale. Saint Mommolin aura le premier ſecoué ce joug trop
peſant, & s'en ſera remis de ſon devoir ſur un autre lui-même
qu'il avoit appellé. Ainſi ſe réforment tous les jours les établiſſemens anciens, & s'élevent de nouveaux ſur les ruines des premieres inſtitutions.

Une réflexion de Claude Emmeré, ſur le vœu de pauvreté qu'il
aſſure (& il dit vrai) n'avoir jamais été proféré par ſes chanoines de ſaint Quentin, eſt lumineuſe, & va droit au but de l'auteur, pour prouver qu'ils n'étoient pas moines ; car, depuis le
ſeptieme ſiécle, ce n'étoit pas toujours le corps du Chapitre de
ſaint Quentin qui faiſoit les aumônes & les fondations qui lui

VII. Siecle.
Année 661.
I. Sæculo BB. in
Præfat. fol. 7.

Aug.-Vir. fol.
114.

VII. Siecle.
Année 661.

font attribuées : c'étoient des chanoines de cette église, qui, en leur propre & privé nom, en étoient les auteurs. Ils n'avoient donc pas fait vœu de pauvreté ; ils n'étoient donc pas moines. Nous avions déjà entamé cette idée plus haut.

Bibliotheca Præmonstrat. fol. 63.

Le pere Jean Le Paige, Prémontré, qui, dans le desir qu'il avoit de persuader que la regle de son ordre n'étoit que le retracement de la vie canoniale des apôtres & des premiers prêtres, a soutenu que les apôtres même & les premiers prêtres prononçoient les trois vœux usités dans les religions, a fait un travail inutile, parce qu'il n'a rien prouvé de cette fausseté. Il est vrai, dans le fait, que les vœux des religieux étoient observés par les ministres de l'église ; mais il ne l'est pas dans le droit qu'ils s'y astreignissent, & sur-tout à celui de pauvreté, par un jurement solemnel.

Saint Bertrand est donc le premier Abbé que nous connoissions d'une église purement séculiere, dont la fondation, l'origine & les différens agrandissemens, l'avoient précédé de plusieurs siécles. On doit donc croire que les commencemens de l'église de saint Quentin prennent leur date de l'établissement de la Religion Chrétienne dans le Vermandois. Elle est donc la mere-église, & la premiere de toutes les autres de cette province, par son antiquité : elle l'est de celle de Noyon même, puisqu'elle lui a donné ses propres évêques, dont elle en avoit possédé treize dans son sein. Ces vérités nous ont paru mal combattues par les auteurs du nouveau

Tom. 9. fol. 1042.

Gallia Christiana.

XX.
Année 662.
Annales B B.
tom. 1. Lib. 15.
N°. 21.

Qui pourroit douter de l'éminence de cette église ? Le nom de son glorieux Patron étoit déjà universellement reclamé dans la Flandre, où on lui éleva, dès l'année 662, un temple qui est devenu très-considérable dans la suite. Ce fut dans l'abbaye que nous connoissons à présent sous le nom de saint Tron, bâtie entre Liége & Louvain. Saint Tron, son fondateur, étoit un Seigneur illustre de la Hasbaye. Dès ses premieres années, il avoit méprisé pour JESUS - CHRIST l'éclat de sa naissance & de ses biens : il vécut si religieusement dans la suite, qu'au milieu du monde même, & sous des habits laïcs, il ne cessoit de porter un cœur tout consacré à la solitude. Enfin, résolu de ne s'occuper uniquement que des choses saintes, il alla, du consentement de Remacle son évêque, trouver Cléodulfe, évêque de Metz, pour se former sur ses exemples, & s'instruire par ses leçons. Les progrès du disciple répondirent parfaitement aux soins du maître. Cléodulfe crut devoir les couronner par l'Ordre de la Prêtrise qu'il conféra à son éleve. Tron avoit donné ses biens à saint Etienne, le patron de la cathédrale de Metz, en les offrant à l'évêque de ce lieu. On le renvoya alors dans les mêmes biens, pour les gérer au profit de cette église & du saint Patron. L'évêque de Maëſtricht, Remacle, vit avec joie revenir en ſon-dioceſe ſon ancien ſujet ; & fondant en lui l'eſpérance d'heureux ſuccès, il l'employa à la prédication de ſon peuple : il lui accorda même la liberté de bâtir l'égliſe que le Saint, encore dans ſa jeuneſſe, avoit promis d'élever à Dieu. Cette égliſe même que ſaint Tron ne différa pas d'édifier, il la conſacra en l'honneur de ſaint Quentin & de ſaint Remi, dans un lieu appellé Sarcingo. Bientôt le même Saint eut aſſemblé un nombre conſidérable de perſonnes, qui, touchées de ſes maximes & de ſa conduite, s'attacherent à lui : il en forma une communauté monaſtique, au milieu de laquelle il vécut & mourut dans une ſainteté reconnue. Dans la ſuite, ſes diſciples lui rendirent un culte public : & comme l'amour des enfans eſt toujours incliné pour un pere, ils releverent leur ſaint Fondateur par tout ce qu'ils crurent pouvoir contribuer le plus à ſa gloire : ils ne parlerent plus que de lui ; & par une dévotion ſans partage envers un ancien Abbé, dont ils avoient le corps devant les yeux, ils donnerent à la maiſon & à l'égliſe qu'ils avoient conſtruites, le nom qu'il avoit porté : ſaint Tron.

VII. SIECLE. Année 662.

Deux ans après la mort du Roi Clotaire III, arrivée en 671, & dans le temps que ſaint Tron bâtiſſoit, dans la Hasbaye, ſon égliſe en l'honneur de ſaint Quentin, il s'en éleva une autre en France, dans la Champagne. Ce fut à Troyes. Elle étoit occupée par des filles, au temps de ſaint Fraubert, abbé de Montier-en-Celle, mort le premier de Janvier 673. Nous liſons dans la vie de cet abbé, que la communauté des Vierges de Troyes, dont la direction étoit confiée à ſes ſoins & à ceux de ſes moines, fut le théatre de choſes merveilleuſes. Deux vaſes, chacun de trente muids, y furent miraculeuſement remplis de vin, à la priere de ſaint Fraubert. Ce même Abbé, prié d'officier en l'égliſe des mêmes filles, au jour de la paſſion de ſaint Quentin, leur auguſte patron, y étoit reſté ſeul après les matines : livré aux ardeurs de ſon amour, il y adoroit en extaſe la Divinité préſente, lorſque le démon y éteignit la lumiere, & renverſa avec bruit le cierge qui éclairoit le Saint. Artifices inutiles. L'abbeſſe Rocula, qui s'étoit cachée pour contempler dans le ſecret l'ardeur des prieres & de la contemplation de Fraubert, fut témoin qu'il ne ſe laiſſa pas interrompre, & qu'il perſévéra conſtamment dans ſon oraiſon.

XXI. Année 671. II. Sæculo BB. fol. 626.

Année 673.

Autant Fraubert aimoit en Dieu ſes cheres filles, autant auſſi en étoit-il révéré & chéri. La nouvelle de ſa mort, apportée à Gibitrude, alors abbeſſe, par Waldinus, neveu & ſucceſſeur du Saint, les rendit inconſolables. Leur triſteſſe fut telle, qu'elles crurent avoir perdu dans ce Pere ſpirituel, le gage le plus aſſuré que le Ciel leur eût donné de leur ſalut. Leur abbaye n'eſt plus maintenant qu'un simple prieuré dépendant de celle de Molesme.

Nous ne savons pas la date de la mort de saint Bertrand. Un diplôme de Childeric II, expédié en la derniere année du regne de ce Prince, c'est-à-dire, le premier jour de Février de l'an 674, semble supposer que le vénérable Abbé de saint Quentin vivoit encore alors : car il n'en parle pas comme d'une personne qui fût morte. Cet acte confirmatif d'un échange de quelques biens, fait entre saint Mommolin & saint Bertin, porte que l'évêque de Noyon céde à l'abbé de Sithiu, des biens que lui évêque avoit eu de Bertrand, auquel il avoit donné la portion d'une certaine vallée en contr'échange. Le pere Mabillon nous a rapporté cet instrument dans sa Diplomatique.

Thierry Ier avoit succédé à Childeric II, en la même année 674. Ebroïn, qui avoit eu l'adresse de se sauver du couvent où il avoit été enfermé & rasé, sous le regne précédent, devenu à l'instant maire du palais du jeune Roi, disposa à son gré de l'esprit & de l'autorité de ce Prince. Après avoir enveloppé dans le ressentiment qu'il avoit contre saint Leger, un évêque de Sion en Valois, appellé saint Amé, que quelques mauvais critiques ont pris pour un évêque de Sens, Ebroïn, disons-nous, accusa ce second Prélat de plusieurs crimes devant le Roi, & l'en fit condamner à être renfermé dans un château du Vermandois. Cette prison ne peut être vûe que dans Péronne, puisque ce barbare Maire du palais donna la garde de son prisonnier à saint Ultan, qui demeuroit en cette ville. Elle étoit dans le château même d'Erchinoald, qu'Ebroïn avoit alors usurpé, sans doute, sur Leudesius, le fils de ce préfet. Mauronte, le fils du comte Adalbaut & de Rictrude, transféra le saint Evêque, après la mort de l'abbé de Péronne, dans un monastere de Flandre, appellé Hamay, & de là dans celui de Merghem, où il mourut. Ses précieuses reliques reposent dans l'église collégiale de Douai, où il est honoré le treizieme jour de Septembre.

La mémoire de saint Leger est devenue célébre dans le Vermandois, dont les limites confinent à celles du Cambresis, dans le territoire duquel le corps de cet évêque d'Autun fut enterré. L'endroit de sa sépulture fut un lieu appellé Sorcin (*Sarcinum*). C'est là que l'épouse de Chrodebert, comte du palais, l'avoit fait porter après le funeste supplice qui avoit terminé la vie de ce Saint, dans la forêt d'Artois.

Stupilion, que d'autres appellent Scupilion, fut le second abbé de l'église de saint Quentin. Il ne paroit pas être parvenu à cette dignité, avant l'an 675. Claude Emmeré, que nous avons cru ne pas devoir suivre ici, l'en avoit placé le premier abbé de tous ceux, dont la mémoire est parvenue jusqu'à nous. Mais il est évident d'un

côté,

côté, que saint Bertrand ayant été appellé par saint Mommolin, mort vers 686, auquel temps Lagbardus présidoit dans l'église de saint Quentin, & que d'autre côté, le même saint Bertrand n'ayant pu remplir le même office depuis l'an 678, où Stupilion l'exerçoit, il est évident, encore un coup, que saint Bertrand, par une rétrogradation nécessaire, a dû être promu à la dignité d'Abbé de l'église de saint Quentin, vers les premieres années de l'épiscopat de saint Mommolin, & avant que Stupilion en fût pourvu. C'est le sentiment du pere Mabillon, qui, sans être entré dans cette critique, place les années de l'administration de saint Bertrand, dans celles où nous les fixons.

Miræus in Dipl.
Belgicis.

Marlot, hist.
Remensis, tom. 1.
fol. 284.

Stupilion assista, avec plusieurs évêques & abbés, à une assemblée que le Roi Thierry Ier tint à Compiegne en 678. Ce Prince faisoit alors une donation de quelques biens au monastere de saint Vast de la ville d'Arras, dont il est un des premiers fondateurs, & où son corps fut enterré après sa mort. Stupilion en écrivit la charte de concession, & la souscrivit dans les termes latins que voici. . . . . *Ego Stupilio, abbas monasterii sancti Quintini, jussu Domini Theodorici Regis, & rogatu Vindiciavi, episcopi, hoc privilegium scripsi & subscripsi.* . . . . Vindiciavus ou Vindicianus fut sacré évêque de Cambrai le 24 Juillet 675. Nous n'avons pas d'autre notice des actions de cet Abbé de l'église majeure de saint Quentin.

XXVI.
*Audoenus, in
vitâ S. Eligii,
Lib. 2. Cap. 40.*

Nous devons à saint Ouen, qui nous a conservé la mémoire & le nom de Garifrede, la connoissance que nous avons encore d'Ingomare, successeur de ce comte de Vermandois. Ce dernier obtint cet emploi vers le temps dont nous parlons, avant l'an 680, & encore du vivant de saint Ouen, mort en 683, puisqu'il lui a été connu. Cet écrivain, qui n'a parlé de ces Comtes que relativement à son objet, c'est-à-dire, à saint Eloi dont il composoit la vie, n'est point entré dans le détail de leurs actions, qui lui étoient étrangeres. Voici à quoi se réduit tout ce qu'il a dit d'Ingomare. C'étoit un Seigneur riche & puissant. Une maladie pestilentielle régnoit dans son gouvernement ; il ne crut pas pouvoir s'en mettre plus sûrement à l'abri, qu'en recourant au l'inceuil de saint Eloi, d'où découloit, chaque jour, une liqueur sensible qui guérissoit de leurs maux ceux qui avoient le bonheur d'y toucher.

XXVII.
Année 681.
*II. Saeculo BB.
in vitâ S. Ghisleni.
fol. 735.*

Saint Guislain, abbé du monastere qui porte à présent son nom, situé près de Mons en Flandre, mourut le neuvieme d'Octobre, devers l'an 681. Etroitement lié à sainte Waudru, à laquelle son grand âge ne lui permettoit plus de rendre de visites, pour conférer ensemble des choses divines, il accepta de la Sainte un oratoire dédié à saint Quentin, pour lui servir de rendez-vous. Cette église étoit bâtie dans un village appelé *Quaregnon.* Les moines

Tome I.   L l

de son abbaye hériterent de lui, après sa mort, cette église & le village qu'ils possedent encore aujourd'hui.

Nous lisons dans la vie de sainte Aldégonde, patronne des chanoinesses de Maubeuge, que cette Sainte, morte le trentieme de Janvier, devers l'an 684, avoit fait construire en cette ville trois églises : la premiere, en l'honneur de la sainte Vierge : la seconde, en l'honneur des bienheureux Apôtres saint Pierre & saint Paul : & la troisieme, qui étoit la paroissiale, sous l'invocation de saint Quentin. Nous croyons que c'est à la plus célébre des translations du corps de cette sainte Abbesse, faite le 6 de Juin 1161 par Adrien, prévôt de Maubeuge, en la présence de Nicolas Claret, évêque de Cambrai, de ses archi-diacrès, des chanoines de saint Géry, de Baudoin, comte de Mons ; de Gautier, évêque de Laon, & de plusieurs autres personnes distinguées par leur rang & leur piété, qu'on peut rapporter l'établissement de son culte au village de Séboncourt en Vermandois. L'autel de la paroisse lui est dédié ; & on l'y invoque, ainsi qu'à Maubeuge, contre les ulceres des seins, les cancers, les douleurs de tête, les dartres, les coliques, & la fievre.

Aux époques que nous parcourons se rapporte aussi l'établissement, fixé par l'Eglise, du jeûne de l'Avent, dont il n'est pas hors de notre objet de dire ici un mot, pour mettre nos lecteurs au fait de l'histoire ecclésiastique de notre province. L'Avent, comme on le sait, est un temps consacré par la religion, pour se préparer à la fête de la naissance temporelle de JESUS - CHRIST. Autrefois on jeûnoit, pendant ce temps, trois fois la semaine, le Lundi, le Mercredi & le Vendredi, depuis la fête de la Saint-Martin jusqu'à Noël. Ce jeûne fut institué dans le premier concile de Mâcon, l'an 581. Le Samedi n'étoit pas de ces trois jours de jeûne, parce qu'on ne jeûnoit point ce jour-là, hors le Carême de Pâques. Les capitulaires de Charlemagne nous apprennent que dans le neuvieme siécle on faisoit un Carême de quarante jours avant Noël ; &, quoiqu'il n'y eut point de loi canonique qui l'eût commandé, l'usage & la pratique avoient fait comme un précepte de ce qui n'étoit pourtant qu'une dévotion des personnes pieuses. Il se peut faire que ce jeûne n'eût eu lieu qu'en certaines églises ; qu'en d'autres on y observât seulement l'abstinence de la viande ; & qu'ailleurs cela dépendit de la piété des fideles. Il y a eu aussi des temps où les ecclésiastiques, de même que les religieux, étoient obligés à ce jeûne ; mais les laïcs en étoient exempts. Chez les Grecs il y en avoit qui commençoient l'Avent au 15e de Novembre ; d'autres, au 6e de Décembre ; enfin, d'autres, au 20e. Nous ne pouvons rapporter quel fut l'usage du diocese de Noyon à cet égard ; mais il y est de très-ancienne pratique de ne point garder

VII. SIECLE.
Année 681.
XXVIII.
Ibid. p. 807.

Ibid. fol. 815.

XXIX.
Moreri, au mot
Avent.

Thomassin,
Traité des Jeû-
nes de l'Eglise.

XXX.

l'abſtinence de chair en la fête de Noël, en tel jour qu'elle puiſſe tomber, ni pendant les ſix Samedis qui la ſuivent, juſqu'à la Puri-fication incluſivement. Cette faveur eſt accordée aux fideles, en ſouvenir des couches de la ſainte Vierge, parce que l'égliſe cathé-drale lui eſt dédiée; & il en eſt de même dans les ſix métropoles & dans les trente-deux autres égliſes ſuffragantes de ce royaume, qui la reconnoiſſent pour patrone. Le vulgaire appelle aſſez triviale-ment ces jours privilégiés *les Samedis aux tripes.*

VII. Siecle. Année 631.

Lagbardus obtint, vers l'an 684, l'adminiſtration (2) de l'égliſe de ſaint Quentin : nous l'en comptons pour le troiſieme Abbé. La ville d'Auguſte de Vermandois étoit redevenue alors très-célé-bre; & déjà les perſonnes diſtinguées, jalouſes de demeurer à la portée de l'égliſe de ſaint Quentin, ſe faiſoient un plaiſir d'habi-ter dans les maiſons & les palais que les chanoines avoient fait conſtruire dans l'étendue de leur cloître. Pour eux, ils demeu-roient tous en commun, ſobres, modeſtes & retirés : & c'eſt par cette façon de vivre qu'ils s'étoient ménagé, ſur leur propre do-maine, beaucoup de terrein qu'ils n'occupoient point par eux-mêmes. Vraiſemblablement la ville d'Auguſte de Vermandois reprit dès-lors la qualité dont on la décore au-deſſus des autres villes, dont elle eſt la capitale. On diſoit Saint-Quentin *la Grande*, Noyon *la Sainte*, Péronne *la Dévote*, Athies *la Déſolée.* On a dit depuis Chauny *la Bien-nommée*, (*id eſt*, *Calva*), Ham *la Bien-placée*, Neſle *la Noble*, & Bohain *la Frontiere.*

XXXI. Année 684.

Annales de Noyon, p. 373.

Vers cette même année 684, un Seigneur diſtingué, nommé Amalfride, fit bâtir dans Honnecourt, à préſent village ſitué ſur l'Eſcaut, vers les confins du Cambreſis, dont il faiſoit alors partie, & du Vermandois auquel il a depuis été ajouté par droit de con-quête, un monaſtere de vierges, dont il donna la conduite à ſa fille Auriana. Quelque temps après (c'étoit en la douzieme année du regne de Thierry) il ſoumit cette même communauté aux ſoins & à la direction de ſaint Bertin, abbé de Sithiu. On doit ſe rap-peller que ce Saint étoit le ſecond des deux compagnons de ſaint Mommolin, dont nous avons pluſieurs fois parlé. Il vécut cent douze ans, & ne mourut qu'en 709. L'acte de cette ſujétion en fut paſſé en la ville de Saint-Quentin, que l'on avoit recommencé depuis quelques ſiécles d'appeller, de ſon ancien nom, Vermand; il eſt daté du huitieme jour de Février. Deux ans après, le roi Thierry confirma, par un diplôme expédié le 1er d'Avril, en ſon château de Kierſy, tout le procédé d'Amalfride, dont l'épouſe, appellée Childebertana, avoit auſſi conſenti les démarches. Des raiſons qui nous ſont demeurées cachées, ayant déterminé les moi-nes de Sithiu à mettre dans Honnecourt des hommes en la place des filles qui y étoient, ils les y introduiſirent auſſi-tôt après la

XXXII. *Annales B B.* *tom. I, Lib.* 17, Nº. 41.

Année 686.

Ibid. Tom. 2, *Lib.* 19, Nº. 43.

VII. SIECLE.
Année 686.

Chron. Camerac.
Lib. I, Cap. 26,
& Lib. II, Cap.
10.

mort des fondateurs & de la premiere & unique Abbesse, leur fille. On ignore comment ce monastere, qui subsiste encore aujourd'hui sous la regle de saint Bénoît, s'est rendu indépendant de la crosse à laquelle on l'avoit assujetti. Peut-être ne doit-il son affranchissement qu'aux chanoines féculiers qui l'occuperent dans le dixieme siécle, & qui, en le remettant dans la suite aux moines, leur auront fait passer la liberté qu'ils s'étoient appropriée à eux-mêmes. Les moines d'Honnecourt, réduits au nombre de huit ou neuf depuis la triste introduction des commendes, dépendent maintenant de l'Archevêque de Cambrai, leur Ordinaire.

XXXIII.
Annales de Noyon, p. 291.

Jacques Le Vasseur pense avec raison que les Huns & les Vandales, en parcourant notre Belgique, avoient imprimé leurs noms à plusieurs de leurs habitations dans notre province. Il assure que le nom de Honnecourt vient des *Huns*, ainsi que celui de *Lihons* ou *Lihuns*; que ceux de *Wafaut* ou de *Wandefaut*, près de Noyon, de *Wandœuvre* en Cambresis, & de *Gand*, & les deux villages de *Vendegies*, au comté de Hainaut, dérivent des Vandales appellés quelquefois *Wendes* ou *Vandes*. Le village de *Chuguy*, selon le même annaliste, tire son origine des *Huns* appellés autrefois *Chuni*.

XXXIV.

On croit qu'Honnecourt étoit anciennement une ville; elle a le titre ancien de baronie, sans érection. On y voit encore de grands parapets de terre, en forme de retranchemens, aux pieds desquels on apperçoit les démolitions des murailles bien cimentées, dont ils étoient environnés. Il n'est pas douteux que les moines de ce lieu n'en aient été faits les seigneurs par le fondateur; mais leurs différentes mutations, les ravages énormes qu'ils ont essuyés, pendant près de mille ans, de la main de tous les partis amis & ennemis, leur ont fait perdre cette prérogative. Leurs avoués ont été leurs principaux adversaires; & c'est de ces protecteurs même qu'ils ont reçu leurs coups les plus cruels, après que ces Seigneurs leur eurent enlevé la main-haute & leurs biens les plus précieux. Les fourches patibulaires de la justice du Seigneur d'Honnecourt sont sur le vieux chemin de Saint-Quentin à Cambrai, dans l'étendue du village de Gricourt; & de sa baronie relevent encore plusieurs fiefs qu'il a usurpés sur ses moines, & par le titre de son avouerie.

XXXV.

Si l'on compte bien les années de l'épiscopat de saint Mommolin à Noyon, ce Prélat, que sa vie vraiment apostolique a fait mettre au nombre des saints Pontifes, mourut, vers l'année 686, le 16e d'Octobre, après vingt-six ans d'administration. Il fut remplacé par Hautgaire, que quelques-uns appellent Hectaire. Ce dernier présida à l'élection de saint Salve, évêque d'Amiens, à laquelle l'avoit envoyé le roi Thierry. Il vécut jusqu'au regne de Childebert II, qui monta sur le trône en 696 : car, en la premiere année

Annales BB. tom. 1, fol. 603.

du regne de ce Prince, il fouſcrivit un privilege accordé au monaſtere de ſainte Colombe de Sens.

Lorſque l'Abbé de ſaint Quentin, Lagbardus, faiſoit élever près
du cloître des chanoines un de ces magnifiques bâtimens dont on
parloit plus haut, un ouvrier, appellé Rementianus, fut condamné par le prévôt de Harly, Guntlagus, qui étoit chargé de
veiller ſur les travaux, à être châtié du fouet, pour punition de
la lenteur avec laquelle il ſe portoit à ſa tâche. Sans doute il étoit
un de ces ſerfs ſur leſquels les maîtres avoient en ces temps-là un
pouvoir ſans bornes. Le coupable pareſſeux s'étoit réfugié ſous le
parvis de l'égliſe du Saint dont il invoquoit la protection. L'impitoyable Guntlagus l'en fit arracher, & méprifa la ſainteté de l'a-
ſyle. Il fit porter au malheureux tout le poids de ſa brutalité. Il
touchoit, hélas ! au moment d'éprouver lui-même les effets terribles de la colere d'un Saint plus puiſſant & plus juſte que lui. Il
monta ſur le faîte du bâtiment ; une main inviſible l'en précipita
à bas ; il trouva dans ſa chûte, la mort, le digne châtiment de ſa
dureté & de ſon impiété.

Après la dignité d'Abbé, celle des Coûtres étoit la premiere
dans l'égliſe de ſaint Quentin. Ce nom vient du mot latin *Cuſtos*.
Les actes anciens les appellent quelquefois *les Gardiens du martyre
de ſaint Quentin*, ou *les Tréſoriers des gages ſacrés de ſaint Quentin*,
c'eſt-à-dire, de ſes précieuſes reliques. Voici leurs fonctions extérieures : ils étoient les édiles ou intendans des bâtimens & des ré-
parations de l'égliſe ; ils veilloient à ordonner la magnificence des
diverſes ſolemnités ; ils régloient le luminaire, fixoient les heures
de l'office du jour & de la nuit, & en déterminoient les intervalles.
Les ſonneurs, les portiers, dont les uns étoient clercs, les autres,
laïcs, & les autres officiers de l'égliſe, dépendoient d'eux ; mais
par-deſſus tout, leur devoir étoit de garder & faire garder avec
ſoin les reliques de leurs égliſes. Il y avoit de ces Coûtres & de
ces tréſoriers dans preſque toutes les égliſes conſidérables ; &,
pour ne parler que de notre dioceſe, il y en a encore un dans la
cathédrale & dans l'égliſe de Péronne.

Les grands biens, qu'on affecta peu à peu à la dignité des coûtres, en releverent encore davantage l'excellence. A Saint-Quentin, le jour de leur réception, ils ont quelquefois traverſé la place
de la ville, en allant à l'égliſe, la mitre en tête, & précédés de
leur clergé, comme les Evêques.

L'uſage de ce bonnet, tel qu'on le porte aujourd'hui, n'a gueres
commencé que dans le onzieme ſiécle, dit le cardinal Bona. Cette
faveur, qui n'étoit accordée aux coûtres qu'au jour de leur inſtal-
lation, étoit fondée tant ſur l'excellence de leur office, que ſur la
mémoire de l'ancien ſiege épiſcopal établi dans l'égliſe de ſaint

Quentin. Quoique les doyens de cette même église aient eu plus
de droit, que les coûtres n'en avoient, de porter auffi la mitre,
il ne paroît pas qu'ils en aient fait usage, peut-être parce qu'ils
n'étoient que les substituts des Abbés, & que fous cet égard ils
n'étoient pas primitivement des dignitaires nés de leur église,
comme l'étoient les coûtres qui au furplus ne reconnoiffoient au-
deffus d'eux que les Evêques de Vermandois.

Au joyeux avénement du Coûtre de faint Quentin, les bannis
de la ville pouvoient y rentrer. Le Sénéchal de Vermandois mettoit les coûtres en poffeffion de leur dignité; & dès-lors la mule,
qui les avoit portés, lui étoit dévolue. Leur place dans le
chœur étoit à gauche & à l'oppofite de celle de l'Abbé, & enfuite
de celle du doyen; ils avoient un hôtel qui leur étoit propre, proche le *Petit-Vermand*; ils avoient auffi une porte d'entrée dans l'é-
glife, par leur jardin; elle touchoit à la grille de la chapelle qu'on
nomme à préfent Notre-Dame de Lorrette.

XXXX.   Voici les obligations particulieres des Coûtres dans le chœur
de faint Quentin, telles qu'on les lit dans un ancien papier de leur
église, & qu'ils juroient d'obferver. Dans l'office du jour de la
paffion de faint Quentin, ils devoient chanter la neuvieme leçon
de matines, revêtus d'une chape de foie, précédés de deux enfans céroféraires, & de deux chanoines mineurs qui portoient
l'encenfoir. Ils devoient entonner l'antienne de *Magnificat* aux fecondes vêpres de la même fête, & des jours de la Touffaint, de
Noël, de l'Affomption, de Pâques, de l'Elévation de faint Quentin, de l'Afcenfion, de la Pentecôte, & enfin de toutes les fêtes
doubles. Ils lifoient la troifieme leçon de matines au jour de la
Pentecôte. Dans l'Avent, ils chantoient le dernier O. Le jour de
la Cene; ils lavoient avec le Doyen les pieds aux pauvres. Ils tenoient tout le chœur en celui du Mardi de Pâques; & dans le troifieme des Rogations, ils chantoient, au retour de la proceffion de
faint Prix, les litanies avec le même Doyen. On peut lire les obligations du Tréforier de la cathédrale, dans le chœur, à l'entrée du
pouillé des bénéfices de ce diocefe.

XXXXI.   Les Coûtres de faint Quentin eurent auffi dans la fuite une jurifdiction temporelle & particuliere, très-étendue; ils fe nommoient
des baillifs & d'autres officiers inférieurs de juftice, qui tenoient
une cour chez eux, & en leur nom. Nous voyons par les chartes
d'Othon, comte de Vermandois en 1045, & de Simon le tréforier,
en 1144, qu'ils fe créoient des repréfentans qu'on appelloit *fous-
coûtres*. Tels étoient Gérard & Bofon dans ces années.

Nous ne favons pas précifément en quel temps les coûtres ont
été introduits dans l'église de faint Quentin. La mémoire des premiers, qui ont occupé cette dignité, n'eût pas même été perpé-

tuée jufqu'à nous, fi l'auteur ancien, qui a rédigé en trente-neuf chapitres les miracles de faint Quentin, ne noùs en eût rappellés, à l'occafion de la matiere qu'il traitoit, les noms de ceux qui vont fuivre. Comme l'objet des fonctions de ces dignitaires a dù commencer dès l'établiffement d'une églife célébre, telle que fut celle de faint Quentin, il eft affez probable que l'inftitution des Coûtres dans fon fein remonte aux premieres années de fa fondation; mais leur place ne devint fi riche & fi relevée que dans le cours de plufieurs fiécles. On rapportera, fous l'an 1485, comment la dignité des Coûtres, montée au faîte de la grandeur, & devenue l'objet de l'envie & de la pourfuite des perfonnes ambitieufes, fut enfin fupprimée, à l'inftance du Chapitre, par l'autorité du Pape & du Roi réunis.

VII. Siecle.
Année 686.

Dans le même temps que Lagbardus étoit abbé de faint Quentin, Léodicius en étoit le coûtre. C'eft le premier de ceux que nous connoiffons avoir occupé cette place. Peut-être même y étoit-il déjà parvenu, avant que Lagbardus fut promu à celle d'Abbé. Car l'auteur du *livre des miracles de faint Quentin* en rapporte deux arrivés fous ce coûtre, & ne met que pour troifieme un autre miracle opéré fous l'adminiftration de l'Abbé. Nous l'avons raconté plus haut. Voici les miracles qui font arrivés fous Léodecius.

XXXXII.

Il étoit en la ville d'Augufte de Vermandois (3) un nommé Winlericus, dont la conduite pleine d'arrogance terniffoit l'éclat de l'extraction & des emplois dont il étoit honoré. Plufieurs fois averti en fonge, par le faint Martyr, de corriger fes façons hautaines, autant de fois il en avoit négligé les remontrances falutaires. Le Saint avoit à cœur la converfion de ce fuperbe; il l'y amena par une fuftigation nocturne. Il lui enjoignit au furplus de montrer à Léodecius & au peuple, lorfqu'ils entreroient dans l'églife, les plaies du châtiment qu'il avoit reçu, & d'aller enfuite, en préfence de tout le monde, demander à Dieu le pardon des fautes qu'il avoit commifes contre fa majefté fuprême. La crainte d'une peine plus grande empêcha cet orgueilleux de différer plus longtemps à publier fa honte & fa pénitence. Winlericus les découvrit à tous, & mérita, par l'humiliation publique à laquelle il fe foumit, d'obtenir du Seigneur le pardon qu'il lui demandoit. Il chargea enfuite de riches préfens & de précieux ornemens les autels du faint Martyr.

XXXXIII.

L'églife de faint Quentin plaidoit pour un bois. (4) Berninus fit un faux ferment au préjudice de cette bafilique qui perdit fa demande. Le faint Patron reprocha dans une vifion à Berninus fon crime; mais, indigné de l'opiniâtreté que le fauffaire montroit à y perfifter, il lui pinça le nez que Berninus vit bientôt tomber de fa face dans un baffin d'eau où il fe lavoit. Cette punition lui arriva le jour même qu'il alloit reparoitre au plaid. Un nez poftiche, attaché avec des chaînettes d'or, devoit couvrir une partie de la difformité de cet impie, & le mettre en état de fe repréfenter, au moins un autre jour, devant fes juges. Le Saint le prévint; il fe montra encore à lui dans un fonge, & le reprit fi vivement de fon obftination dans le mal, que le coupable, épouvanté, rendit enfin hommage à la vérité. Le nez d'or de Berninus, confervé long-temps dans l'églife de faint Quentin, y devint une preuve fubfiftante du pouvoir que le Saint avoit dans le Ciel; de la protection qu'il accordoit à fes clercs, & de la haine qu'il portoit aux méchans.

L'églife de faint Quentin jouiffoit dès ce temps-là de la gloire de la réputation la plus diftinguée; & tous fes chanoines la foutenoient, de leur côté, par la vie la plus exemplaire. La renommée du faint Patron & de fes clercs enfin étoit devenue fi étendue, qu'on croyoit trouver dans leur temple un afyle affuré contre tous les maux & toutes les perfécutions.

Pépin, dit d'Hériftal, à la tête des Auftrafiens qui s'étoient mis fous fa conduite, pourfuivoit en 688 le roi Thierry Ier & le maire de ce Prince, Berthaire. Il avoit pofé fon camp près de Tertry, [*Textracium*] village fitué fur la riviere d'Aumignon, également diftant de trois lieues des villes de Saint-Quentin & de Péronne. Jaloux de pouffer les avantages qu'il avoit déjà fur fes ennemis, il abandonna bientôt ce camp, y mit le feu, & marcha contr'eux dès le lever du foleil. Une victoire complette, qu'il remporta fur fes adverfaires, décida de leur défaite & de fon triomphe. Thierry & Berthaire fon confeiller ne purent trouver leur falut que dans une fuite précipitée. Leurs principaux officiers avoient été tués : les dépouilles en furent diftribuées aux foldats vainqueurs. Ceux qui avoient pu s'échapper au carnage, fe réfugierent en partie dans l'églife de faint Quentin de la ville de Vermand; les autres, dans celle de faint Furfi de la ville de Péronne. C'eft dans ces deux églifes, qu'on appelloit indiftinctement *Monafteres*, que ces infortunés vaincus commencerent à refpirer, après leur déroute, & à reprendre des confeils fortables à leur trifte fituation.

Les temples furent toujours un afyle aux malheureux ou aux criminels, même dans les temps du Paganifme. Comment l'homme pourroit-il être méchant envers fon frere en la préfence de la Divinité qui ne leur prefcrit que la paix & la concorde ? Mithridate avoit voulu que celui de Diane, à Ephéfe, fut inviolablement refpecté, & que fes franchifes s'étendiffent, aux environs de fes murs, auffi loin que pouvoit voler une fleche tirée d'un angle de la couverture. Les Romains conferverent ces mêmes immunités, dont

dont l'abus cependant engagea Tibere à les abolir en partie. Le respect des Princes pour les temples de JESUS-CHRIST, & le crédit des anciens Evêques, les rétablirent peu à peu dans leur entier. L'empereur Honorius les confirma par une loi particuliere. Ensuite les conciles d'Orange en 441, & d'Arles en 452, les étendirent, & en firent des droits constans & acquis à l'Eglise. Le cinquieme canon du concile d'Orange, que nous nommons, porte que les coupables même, qui se réfugient dans les temples, ne doivent pas être livrés à leurs juges, mais défendus par la révérence & l'intercession des lieux. Ce qui est une proposition si généralement conçue, qu'elle ne semble excepter aucun crime de la grace de l'asyle. En France nous avons maintenant très-peu d'égards à ces ordonnances, & nous y croyons que le lieu saint, déjà profané par la retraite téméraire & impudente d'un criminel, ne doit pas empêcher qu'on ne l'y saisisse, pour le punir de ses forfaits, & pour maintenir le bien public par l'exemple de son supplice. C'est en 1539, sous François Ier, que les franchises furent totalement abolies en ce royaume.

Quoi qu'il en soit de ces coutumes, ajoutons, sur le fait de Tertry, que voilà un secours toujours ouvert à des troupes vaincues, que le village de Vermand, qui étoit alors une ville détruite, n'a pu leur prêter. Qui doutera encore, nous le disons en passant, que la ville de Saint-Quentin ne soit vraiment, & sans équivoque, la ville de Vermand, lorsqu'un auteur très-ancien, dont on tire cette histoire, appelle de ce nom la ville qui étoit la dépositaire des reliques de ce saint Martyr? Frédégaire (c'est le nom de cet écrivain) place, il est vrai, Tertry près de Vermand. . . . . *Haud procul ab oppido Viromanduorum*. . . . . . . Mais trois lieues de distance ne forment pas un éloignement remarquable. Il n'a pas été plus difficile aux vaincus de courir cette petite étendue, pour se cacher dans l'église de saint Quentin, ... *Ad beati Quin-tini martyris limina*, ... que de courir celle de Tertry à Péronne, pour se retirer dans celle de saint Fursi.

Nous nous sommes transportés au village de Tertry, pour y découvrir & examiner de nos yeux le camp de Pépin d'Héristal, & celui de ses ennemis. Mais il n'y en reste aucuns vestiges. Le terrein, que les deux partis ont occupé, est réduit en labour par les paysans depuis bien des siécles. Aucun endroit ne porte quelque trace ou le nom de tout l'événement. Les habitans du lieu n'en ont conservé aucune tradition, sinon que les troupes, celles de Pépin s'entend, ont dû être placées & son camp posé près de l'église de Tertry, & celles du Roi vis-à-vis, sur la petite élévation, près du moulin de Cauvigny. La riviere & le marais séparoient les deux armées. Pépin les passa, & livra, dit-on, la bataille à ses adversaires dans leur camp indiqué. Il n'y a ni pierre, ni tombe, ni croix, ni arbres, moins encore d'offemens, qui rappellent en aucune maniere la mémoire de l'action.

Le roi Thierry ne survécut pas long-temps à son malheur, ni au rétabliffement qui le fuivit. Il mourut en 690, en laquelle année fon fils Clovis, troifieme du nom, lui fuccéda. Pépin, dont on vient de parler, l'ennemi du pere de ce jeune Prince, étoit devenu le maire de fon palais. Il fe rendit le protecteur du fils d'un Roi, contre lequel il avoit ofé porter les armes, & fignala plus glorieufement, contre les Suéves & les Saxons, fa force & fon courage. Childebert II monta fur le trône que Clovis III lui avoit laiffé, après cinq ans de regne.

C'eft à la ville de Noyon; & par conféquent au territoire de la province de Vermandois, qu'à préfent il eft prefcrit d'attribuer l'honneur d'avoir donné naiffance à faint Herblon. Ni la ville de Nimégue en Flandre, ni toutes les autres de notre France, appellées en Latin *Noviomagus*, n'avoient ofé jufqu'aujourd'hui fe le revendiquer. Leur difcrétion faifoit l'éloge de leur érudition. Mais, puifque plus hardis les auteurs Noyonnois, faifant droit fur le filence de ces villes, appellent à grands cris le Saint en leur patrie, le vont reconnoître pour un de leurs citoyens, & fe l'adjugent : il ne paroît plus décent de le leur contefter. L'ufurpation (grace au terme) fur les autres villes, a la meilleure couleur apparente. La différence n'eft pas fi extrême dans le fon des termes. *Noviomum* & *Noviomagus* ont de l'analogie entr'eux. Et d'ailleurs l'ufurpation n'a pas été fubite ; elle s'eft forgé des titres à la longue, & a donné tout le temps poffible aux vrais propriétaires de former leurs oppofitions. En voici la marche.

D'abord Jacques Le Vaffeur, dont le difcernement eft connu de tout le monde, s'eft imaginé de fe faifir de l'épave, & l'a fait avec plus de témérité que de bon droit. Dans le moment il l'a remis aux habitans de Noyon. Il vouloit fe donner des complices. Et enfuite, au nom du diocefe dont il étoit le principal chef après l'évêque, & l'hiftoriographe révéré, il a feint de le recevoir de leurs mains, comme un des enfans de cette ville. Auffi-tôt, le panégyrique du Saint, & congratulation à la ville épifcopale & à toute la province, fur le bonheur qu'elles avoient eu d'enfanter & d'élever le Saint. Voilà les premieres tentatives fur la poffeffion, & les premieres introductions faites au Saint dans ce diocefe, où peut-être il n'a jamais mis le pied. Toutes ces civilités étoient forties du cerveau d'un feul & même homme. Aucun auteur plus fage ne le critiqua, ni ne réclama. Ce filence nous donne victoire aujourd'hui ; tout a paffé pour bien dit & bien fait de la part du Doyen. Cependant la ville épifcopale & la province furent-elles jamais bien certaines de la validité de leur acquifition ? Pourquoi, depuis un fiécle & demi, ne lui avoient-elles pas encore décerné aucun culte ? Saint Herblon n'a jamais eu dans le diocefe de Noyon, ni églifes, ni chapelles, ni chapellenies, pas même un petit oratoire, fous fon invocation. Il obtient, malgré tout, quelque chofe de mieux aujourd'hui. Graces au rédacteur du bréviaire nouveau (1764); le Saint gagne pour lui la décifion parfaite de fa caufe; & nous, celle qui diffipe toute ambiguité. Cet auteur, d'ailleurs fi eftimable par fa magnifique production, (fans avoir jamais lu dans aucuns actes l'extrait-baptiftaire du Saint) lui donne, dans le calendrier, droit de cité Noyonnoife : (*civis Noviomenfis*). Il eût été plus régulier de dire *Noviomagenfis*. Et il affure dans fa légende, (contre la teneur des actes que nous avons,) que le Saint eft né dans Noyon. (*Noviomi natus.*) *Noviomum* a-t-il jamais été le fynonyme de *Noviomagum ?* Jacques Le Vaffeur n'avoit ofé aller fi loin. On donne encore à faint Herblon des parens diftingués dans fa ville. On a bien fait de les laiffer à nommer à ceux qui viendront après nous. Enfin, aux dépens de fainte Catherine, avec la fête de laquelle concourt celle de faint Herblon, la folemnité de celui-ci eft établie dans le diocefe, de prime inftitution, en femi-double. La Patronne ancienne des Philofophes, qui a encore des autels, des chapellenies & églifes paroiffiales dans le diocefe, n'aura plus qu'une feule leçon. Nous confentons à tout, & nous achevons cet article par l'abrégé de la vie du Saint.

Saint Herblon eft appellé, dans fes actes, *Hermelandus, Hermenlandus, Ermenlandus* ou *Ærmelandus.* Nous nous abftenons de les rapporter ici dans toute leur étendue ; ils ne feroient rien de plus à notre objet, puifque ce Saint, quoique né (dit-on) à Noyon, fous le regne de Clotaire III, dont il fut échanfon, n'a fait témoin de fes vertus que le pays de Bretagne, où il fe retira. Le lieu de fa folitude fut un petit monaftere qu'il fe bâtit près de Nantes, dans l'ifle d'Aindre, vers l'an 696. Il y mourut le 20 de Mars 720. Ufuard & Adon placent fa mémoire, dans leurs martyrologes, au 25 du même mois. L'églife de Nantes la célèbre le 25 de Novembre, qui paroît être le jour d'une de fes tranflations. Sa vie & fa mort furent illuftres par une infinité de miracles rapportés dans le troifieme fiécle des Saints de l'Ordre de faint Bénoît, & qui lui valurent plufieurs autels dans la Bretagne, & même ceux de deux églifes paroiffiales, l'une à Rouen, & l'autre à Ernival, au même diocefe.

Notre province ne ceffoit donc pas d'être fertile en faints perfonnages, au milieu même des changemens rapides que le trône éprouvoit. Pépin conferva, fous le gouvernement de Childebert II, la même autorité dont il avoit joui fous fon prédéceffeur : il fut également le soutien de son sceptre & de sa couronne. Il mourut sous Dagobert II, en l'an 714. Il avoit gouverné la France pendant vingt-sept ans : il avoit vu naître, en cette même année, son petit-fils Pépin, surnommé *le Bref*, qui devint dans la suite le successeur au trône de nos Rois, vers lequel ce Maire du palais lui avoit frayé un chemin que Charles-Martel sut élargir davantage. Clovis III & Childebert II avoient été enterrés en l'église de saint Etienne à Choisy-sur-Oise, dans le Laonnois.

Vers ce temps, il étoit à Noyon un nommé Gunduinus, évêque de cette ville, duquel on ne connoît que le nom.

La mort de Pépin d'Héristal fut suivie d'une infinité de nouveaux troubles. Nos Rois, jeunes encore alors pour la plupart, & sans expérience, ou bien tirés du cloître, dans lequel la mollesse les avoit nourris & élevés, ne pouvoient porter le poids de leur diadême : ils en furent comme accablés ; ils vécurent dans une espece d'enfance, sous une tutelle honteuse, & moururent sans honneur & sans gloire. La postérité, qui sait peser dans une juste balance, les défauts & les vertus des Rois, a consacré à ceux dont nous parlons, l'ignominieuse épithete de *Fainéans*. Heureux néanmoins les peuples sur lesquels ils régnerent, que le Ciel eût envoyé à ces Princes d'hâbiles & courageux Maires de leur palais, pour en soutenir la dignité ! Charles-Martel occupa cette sublime place sous Clotaire IV, dont la durée du regne ne fut que de dix-sept mois. Mais ce Maire du Palais détruisit son propre ouvrage dans Chilperic II, que Raimfroy avoit tiré, en 716, d'un monastere, pour le faire monter sur le trône : il défit deux fois son armée. On voit encore à présent près de Crevecœur (*Crepicordium*) village éloigné de six lieues de la ville de Saint-Quentin, & de trois de celle de Cambrai, une ferme appellée la Cense de Vinci (*Vinciacum*) dont parle le Chroniqueur de Cambrai, où l'on dit que s'est donnée la seconde des deux batailles en 717, entre Charles-Martel & Chilperic. Et après que ce jeune Roi eut été cacher dans l'obscurité du tombeau, ses malheurs & sa vie, Charles-Martel lui donna pour successeur Thierry II, qu'il tira d'un monastere, où le retenoit la même mollesse, dans laquelle il avoit été élevé. Chilperic avoit été vaincu la premiere fois près de Soissons. Après sa mort, arrivée au château d'Attigny, en 720, il fut enterré en la cathédrale de Noyon.

Guarulphus avoit alors remplacé en cette ville l'évêque Gunduinus ; car en 721 il assista à la translation des reliques de saint Lambert. Quelques auteurs ont placé un certain Grysimorus, ou Chrasmarus, après Guarulphus. Mais nous avons cru que l'épiscopat de Chrasmarus remontant plus haut, il devoit être mis le dix-septieme des Evêques de Noyon. A Guarulphus succéda Framengerus qui, n'ayant gouverné fon diocefe que deux ans, dut le quitter en 723, s'il en prit les rênes au commencement de 722. Il eut pour fuccefleur Hunuanus que d'autres nomment Humanus, ou Minafus. Celui-ci tint fon fiege dix-huit ans. En 730 il affifta à la tranflation du corps de fainte Berlinde ; & mourut, croit-on, en 741. Thierry II régna dix-fept ans, c'eft-à-dire, jufqu'à l'an 737. Sa mort fut fuivie d'un interregne de fix ans, jufqu'au temps où Childeric III le remplaça.

Tels furent les anciens Rois de France, de la premiere race, auxquels fut foumife la province de Vermandois comprife dans leur royaume. L'ignorance invincible, en laquelle nous fommes, des actions ou même des noms des Comtes de Vermandois, des Abbés & des Coûtres de la premiere églife de cette province, qui ont fuccédé à ceux que nous avons rapportés, doit faire excufer les lacunes qui fe rencontrent ici dans leur fuite. Nous n'avons point d'auteurs anciens dont les écrits puiffent nous conduire à les faire découvrir. Cette partie de notre hiftoire fouffre donc ici un vuide irréparable pendant le demi-fiécle que l'on vient de parcourir.

C'eft dans la premiere année de l'interregne, dont on parle, qu'un nommé Widon reçut dans le Vermandois (les écrivains n'en ont pas marqué le lieu) le digne falaire de fon irréligion. Il fut décapité & enterré dans cette province. Widon étoit abbé de de faint Vandrille, au diocefe de Rouen ; il devoit cette élévation à Charles-Martel, dont il étoit parent. Le feul avantage qu'elle procura à fon monaftere, c'eft qu'elle fut d'une courte durée. Cet Abbé n'avoit de moine que le nom. Ses mœurs étoient toutes mondaines. Il portoit l'épée, & fe plaifoit beaucoup plus à s'orner d'un cafque, que de fa chape monacale. Toujours fuivi d'une nombreufe meute de chiens, la chafle, plus que la lecture, faifoit fes délices ; & il eût montré plus d'adreffe à lancer une fleche, qu'à faire une œuvre de religion. Il avoit eu encore la fubtilité de réunir fur foi l'abbaye de faint Vaft d'Arras, parce que les revenus de fa premiere ne lui fuffifoient pas. Il tint ces deux bénéfices pendant un an, à la fin duquel, ayant été accufé d'avoir confpiré contre Charles-Martel, il fut mis à mort dans le Vermandois, par l'ordre de ce Maire du palais, lorfqu'on le conduifoit en prifon dans une maifon royale. Les couleurs, qui compofent l'hideux tableau de cette Abbé, ont été façonnées par l'hiftorien de fa vie.

Le fils de Lyderic Ier du nom, fouche des Comtes d'Harlebeck, & des Grands-Foreftiers de Flandre, Léonellus, fut, fi l'on en eroit Ferréol de Locres, Comte de Vermandois vers l'an 740. Dans cette fuppofition, de laquelle on ne peut donner d'autre

VIII. SIECLE.
Année 723.

Année 737.

LVI.
Année 738.
Annales BB. tom.
2. Lib. 21. N°.
46.

LVII.
Année 740.
Aug.-Vit. fol.
70.

garant que le témoignage de cet écrivain, ce Seigneur auroit obtenu cette dignité fous le regne de Thierry II ou de Childeric III. Mais Lyderic, dont on parle ici, ne feroit pas certainement le fils d'Eftoredus , & l'aïeul de Burchard, comme le dit Claude Emmeré. Il feroit plutôt l'aïeul du premier, & le pere du fecond. Un leger coup d'œil fur les années , pendant lefquelles ont vécu , ou dans lefquelles font morts les fucceffeurs de Lyderic Ier, fera la preuve complette de ce que l'on avance.

Lyderic Ier, nommé, à ce que l'on rapporte, par Clotaire II, en 621 ou 631 , Grand - Foreftier de Flandre , y fut enterré à Aires en 676, felon Buzelin & Meïer. Il avoit époufé Rothilde , fille du roi Dagobert Ier. Son fecond fils Antoine lui fuccéda alors, & mourut fous Thierry Ier en France , où il s'étoit retiré avant 688 , puifque Burchard , fon frere ou fon fils, felon les divers auteurs , l'avoit déjà remplacé, & qu'il avoit fervi, fous Pépin d'Hériftal, contre le roi Thierry, & Berthaire, maire de fon palais, à la bataille de Tertry. On ignore en quelle année mourut Burchard. Eftoredus fon fils mourut en 742, Lyderic , deuxieme du nom , fils & fucceffeur de ce dernier, mourut en 835 , après 44 ans de gouvernement. Il fut lui-même fuivi par Inguelram, dont la mort eft rapportée à l'an 852. Or de toutes ces dates il eft aifé de conclure que Léonellus, comte de Vermandois en 740, ne peut pas être le fils d'un Lyderic II, qui n'auroit été fait Comte d'Harlebeck & Grand-Foreftier de Flandre que deux ans après que fon propre fils eût été fait Comte de Vermandois. Certes cette dignité eût dû être donnée au Pere, qui n'avoit point de place éminente , par préférence à fon fils. Nous ajoutons encore que Léonellus ne peut pas être le fils d'un Lyderic II, qui paroit devoir être né vers l'an 720 au plus tard, avant lequel temps Léonellus lui-même a dû naître, pour être en état d'occuper fa charge en 740 : d'un Lyderic enfin , qui, mort en 835, auroit vécu au moins cent & vingt ans , pour avoir pu être le pere de Léonellus, devenu Comte de Vermandois en 740. D'où il réfulte que Léonellus doit être regardé comme le fils de Lyderic Ier, & non pas de Lideric II. Nous ne favons rien des actions de Léonellus, prétendu Comte de Vermandois

Les grands avantages que Charles-Martel procura à nos Rois, par les victoires qu'il remporta fur leurs ennemis, furent compenfés par des défordres, dont ce Maire du palais fut la premiere caufe, & qui coûterent bien des peines & des pleurs à l'Eglife. Il n'avoit prefque jamais pofé les armes ; toute fa vie s'étoit entretenu dans les combats : épuifé enfin par les dépenfes extraordinaires qu'entraînent après elles des guerres continuelles , & réfolu de récompenfer le mérite de tant de courageux foldats qui l'a-

voient fuivi, il leur permit de fe jetter fur les biens de l'Eglife :
lui-même s'en appropria une partie. Cette licence, autorifée par
le confeil & l'exemple de la puiffance qui devoit la réprimer, caufa
un incendie affreux, que nos Rois les plus fages & les plus pieux
ne purent éteindre entierement. Il fe communiqua jufqu'aux autres royaumes. Les Seigneurs fe rendoient maîtres des évêchés,
des chapitres, des monafteres, & même des paroiffes ; & lorfqu'ils
avoient à peine accordé le néceffaire aux Miniftres facrés qu'ils
plaçoient & qu'ils deftituoient fouvent à leur gré, ils difpofoient
fouverainement du refte de leurs revenus. On voit dans les cartulaires des ventes d'églifes & d'autels, avec les cloches, les ornemens, les calices, les croix & les reliques. Marioit-on une fille,
on lui donnoit en dot une cure, dont elle affermoit la dixme & le
cafuel. Les ufurpateurs portoient même quelquefois, avec effron-
terie, le nom & les qualités des églifes qu'ils poffédoient ; & ré-
uniffoient à leurs emplois profanes, le titre d'un gouvernement tout
fpirituel. Auffi vit-on en plufieurs lieux des Ducs & des Comtes
porter le nom d'Abbé.

Cet ufage, fatal à la liberté & à l'honneur de l'Eglife, s'accrédita
fur-tout dans le Vermandois. Nos Comtes devinrent les Abbés de
la bafilique de faint Quentin. Sur les vives & continuelles repréfentations des évêques, nos Rois & les Seigneurs modérerent un
peu, dans la fuite, leur avidité. Mais fous des palliations artifi-
cieufes, par lefquelles ils tâcherent de fe fouftraire aux foudres
de l'Eglife & aux ordonnances des bons Rois, ils perpétuerent encore long-temps, dans fon fein, le mal qui y étoit établi. Ce dé-
fordre continua pendant la feconde race, & quelques années dans
la troifieme. Charlemagne, cet Empereur fi pieux & fi attentif à
corriger les abus, favorifa publiquement, par fes loix, celui dont
on parle. Louis *le Débonnaire* fit fon beau - fils Bégon, Abbé de
faint Pierre de Reims. Le Comte Robert fut nommé par Charles
le Simple, Abbé de faint Germain de Paris. Ogine tenoit de Louis
d'Outremer, fon fils, l'abbaye de faint Jean de Laon, que ce Roi
donna enfuite à fa femme Gerberge. Eilbert obtint du Comte de
Vermandois Hébert II, celle de Notre-Dame d'Hombliéres ; & la
même Reine Gerberge, du Comte Albert Ier, celle de Soiffons.
On vit même Hugues-Capet & fon pere, Abbés de faint Denis,
de faint Germain-des-Prés, de faint Martin de Tours, &c.

Si cette ufurpation dut à Charles-Martel fon origine, ce Maire
du palais lui dut auffi fa damnation éternelle, & l'expulfion de
fa famille du trône Royal. C'eft le jugement des Peres d'un concile
fur lui. Et c'eft une expérience journaliere, que tous les ennemis
des droits de l'Eglife, & les ufurpateurs de fes biens, périffent
toujours par une fin finiftre. Il mourut le 22 d'Octobre de l'an

VIII. Siecle.
Année 740.

Le Gendre ;
Mœurs & Cou-
tumes des Fran-
çois.

LIX.

LX.

VIII. SIÈCLE.
Année 741.
Tom. 8. Concil. gen. fol. 654.
Marlot, *hist. Remensis*, tom. 1. *fol. 290.*
Annales B B. tom. 2, Lib. 21, N°. 61.

LXI.

741, âgé de 55 ans, & fut enterré à saint Denis. Il étoit fils de Pépin d'Héristal & d'Alphaïde, sa concubine. On doit ajouter cependant ici, que des auteurs très-éclairés traitent de fable la prétendue damnation de ce Seigneur : mais comme il n'est pas de notre sujet d'en établir ou d'en contredire ici le récit, il nous suffit que nous ayons rapporté les désordres dont Charles-Martel fut coupable, & qui ont donné lieu aux plaintes les mieux fondées.

Le cours de l'épiscopat de Gui Ier, évêque de Noyon, qui succéda, croit-on, en 741 à Hunuanus, & d'Eunucius qui remplaça Gui Ier ; le cours, disons-nous, de l'épiscopat de ces deux personnages fut très-bref : car Elisée, successeur d'Eunucius, occupoit le siege de Noyon en 745, & peut-être même avant cette année. On concevra plus aisément comment il a pu arriver que ces deux évêques n'aient peut-être gouverné que l'espace de quatre ans, si l'on fait attention que Gui étoit depuis long-temps le chorévêque ou bien le co-adjuteur de Hunuanus, & qu'il dut lui survivre peu d'années, étant lui-même très-âgé quand il lui succéda : & que d'autre part, Eunucius qui tenoit la même place auprès de Gui, choisi lui-même, dans un âge avancé, pour l'aider pendant sa vie, & lui succéder après sa mort, ne put fournir une longue carriere. En effet, notre conjecture est fondée sur le style des anciens catalogues de nos évêques, qui joignent Gui à Hunuanus, & Eunucius à Gui. . . . . . . *Guido cum Hunuano*. . . . . . *Eunucius cum Guidone*. . . . *Guido cum Eunucio*. Cette façon de parler a même fait mettre en question par quelques écrivains, si Eunucius avoit été prêtre ou évêque, s'il avoit été évêque de Noyon, ou chorévêque ; s'il n'étoit pas évêque pour Tournai, comme Gui l'étoit pour Noyon ; & d'autres pareilles difficultés. Mais nous croyons, sans prévention, que le sentiment que nous suivons, est le plus conforme à la vérité, parce qu'il se peut également concilier avec d'autres textes qui ne divisent ni ne joignent les personnages. Eunucius est appellé simplement dans les calendriers, les légendes, & quelques autres actes anciens, *Evéque*, & non pas *Chorévêque* ; il y est qualifié d'Evêque de Noyon, & non pas de Tournai simplement, quoiqu'il le fût des deux sieges. Les Tournaisiens regardent Hunuanus, Gui & Eunucius, comme les évêques indivisément de Noyon & de Tournai. Enfin, il n'est pas plus-difficile de se persuader qu'on ait donné à Hunuanus & à Gui un co-adjuteur, ou bien un chorévêque, qui fût devenu, après leur mort, leur successeur, qu'à l'archevêque de Sens, Abbon, qui reçut, dans le même temps, un de ces chorévêques. C'étoit en conséquence d'une résolution formée dans un concile de Soissons, qui se tint en 745. Et peut-être les Peres de ce synode ne prirent

ils

ils ce parti, par rapport à un Métropolitain très-âgé, que parce qu'on en avoit vu les bons effets dans deux évêques de Noyon, voisins du lieu du concile. Ce dénouement est du savant pere Le Cointe, qui donne six ans de gouvernement à Eunucius. Quoiqu'il en soit de ce terme, la pureté, l'innocence & les vertus de ce dernier évêque, dont les actes sont perdus, l'ont fait mettre au rang des Saints, par les peuples qui célèbrent sa fête le 10 de Septembre.

A l'orient de la ville de Noyon, en un lieu où l'on enterroit les cadavres, & au-dessus d'un marais qui le séparoit de l'évêché, étoit bâti un monastere sous l'invocation de saint Loup, évêque de Troyes, du vivant de saint Eloi. Saint Ouen, contemporain de ce dernier, donne même à cette maison le nom d'Abbaye de saint Eloi, quoiqu'elle n'ait vraiment acquis ce nom dans la suite, que par la sépulture & la déposition des reliques de ce Pontife ; mais c'est qu'il l'avoit favorisée durant sa vie, qu'il en avoit été le bienfaiteur principal, & que peut-être il l'avoit construite en partie. Au reste, la postérité qui entre moins dans les raisons particulieres, qu'elle ne juge sur l'apparence des choses, lui conservoit encore, dans le douzieme siécle, le nom de *Monastere de saint Loup:* c'étoit son premier vocable : ou *de saint Etienne,* parce que l'abbaye de ce nom lui avoit été réunie : ou de *saint Eunuce,* parce que ce dernier évêque y avoit peut-être été enterré, ou qu'il avoit aussi été l'un de ses bienfaiteurs. Quoiqu'il en soit de toutes ces dénominations, cette abbaye n'est plus connue aujourd'hui que sous le seul nom de saint Eloi. On ignore si cet évêque en fut le fondateur, ou simplement le dotateur. Mais il eut certes part à l'une ou l'autre qualité, ainsi que Clovis, le fils du vieux Dagobert. Aussi est-ce la tradition de cette maison, qui se fonde sur une premiere charte de Lothaire III, laquelle lui confirme les biens qu'elle avoit reçus des Rois Clovis & Louis; & sur une seconde du même Prince, qui dit que saint Eloi y mit des moines. Saint Ouen parle plusieurs fois de l'abbé Sparvus, vivant au temps de saint Eloi; & l'on doit croire que cet évêque, qui aimoit infiniment les monasteres, venoit se reposer en celui-ci de ses courses & de ses fatigues; y reprendre, par la vertu des prieres des moines, ses forces épuisées; s'instruire, s'édifier & s'animer par leurs exemples & leur conversation.

Cette abbaye, déjà riche par la possession du corps de saint Eloi, le devint plus encore par l'élévation de ses ossemens hors de son tombeau. Cette cérémonie se fit par l'ordre de la Reine Bathilde, au bout de l'an de la sépulture du Prélat. Les miracles y devinrent plus fréquens : ils valurent, aux pieux dépositaires, des biens immenses, & leur procurerent une vénération

VIII. SIECLE.
Année 741.

Annales Ecclefiast. tom. 5. fol. 121.
Gallia Chrift. tom. 9.

LXII.
Ibid. fol. 1055.

LXIII.

générale, dont on ne peut plus rendre un exaĉt récit. Ils perdirent tout à l'arrivée des Normands, qui ne refpeĉtoient ni facré
ni profane, en 860. L'évêque Immon fut alors maffacré : on n'é-
pargna pas plus l'abbé & les moines de faint Eloi. Ce que le pillage
ne put leur enlever, le feu le leur confuma. Eglifes, cellules,
lieux réguliers ; tout fut réduit en cendres. Quelques moines pauvres & havres, échappés à la fureur des barbares, habitoient
cependant encore le lieu, au temps de l'évêque de Noyon, Rodulphe : il adoucit leur mifere par quelques donations qu'il leur
fit. Son fucceffeur Tranfmar, touché de leur infortune perfévérante, leur réunit la petite abbaye de faint Etienne, autre monaftere, auffi maltraité dans fes biens & fes meubles, qu'étoit le leur.
On n'a point de connoiffance précife de ce dernier ; tout ce qu'on
en fait, c'eft qu'il étoit voifin de celui de faint Eloi, & qu'il étoit
conftruit à Morlaincourt. Les Rois Lothaire & Louis IV confirmerent ces dernieres donations, & l'expulfion de quelques chanoines féculiers qui avoient envahi les poffeffions & les places des
anciens hôtes. L'évêque Lindulphe fur-tout rétablit la regle domeftique dans l'abbaye. Ce Prélat étoit à Rome en 988 : il fup-
plia le Pape, qui y tenoit un concile dans l'églife de fainte Croix
de Jérufalem, de donner fes lettres de confirmation pour la réforme qu'on avoit introduite dans faint Eloi ; & le fouverain Pontife le fit dans le mois de Mars. Saint-Eloi avoit déjà recouvré
de grands biens alors, & Lindulphe lui en ajouta encore d'autres.
Voici l'énumération de ceux dont parle le Pape. . . . . Ramber-
court, avec l'églife ; Chryfoles ; Magnecourt ; Verly, avec l'é-
glife ; Méhéricourt ; Babœuf ; des terres à Appilly, & dans des
lieux appellés *Bagdini curtis* & Andau ; à Dives ; des vignes fur la
montagne & dans le circuit du monaftere, & en plufieurs autres
endroits ; l'abbaye de faint Etienne ; des moulins & Soyeccourt. . .
Les biens que donna Lindulphe furent à Bucy, à Calny, Neufville, & en d'autres lieux qui ont changé de noms. Jacques Le
Vaffeur a rapporté dans fes Annales, une partie de ces chartes,
bulles & diplômes. D'autres évêques de Noyon, & plufieurs
Seigneurs voifins, firent à cette illuftre Maifon d'autres préfens.

Saint-Eloi prit alors une autre figure : tout y brilla par la fainteté, la fcience & l'abondance : il donna des évêques au fiege de
Noyon, & des abbés en plufieurs autres lieux. D'ailleurs, l'in-
certitude qui s'éleva dans la fuite fur l'endroit où repofoient les
reliques du faint Patron, concouroit à attirer aux moines beaucoup de pélerins ; car quoique la cathédrale poffédât réellement
ces précieufes dépouilles, depuis les ravages des Normands,
époque en laquelle on les avoit transférées du monaftere de

faint Loup, en la chapelle de faint Bénoît, contiguë à la mere-églife, les peüples l'ignoroient, & penchoient toujours à croire qu'elles avoient été rapportées en l'abbaye : les moines l'affuroient auffi ; & cette perplexité, encore un coup, attiroit à ceux-ci tous les dons & toutes les oblations. Les prétentions des parties furent décidées, dans la fuite, par l'arrêt que nous citerons. Plufieurs autres églifes fe vantent auffi de poffeder des pieces confidérables des reliques du faint Evêque de Noyon. Après tout, le procès que s'attirerent les Moines de la part des Chanoines, pour la poffeffion du corps de faint Eloi, fit beaucoup de tort à ces premiers quand ils l'eurent perdu. Leur maifon fe diffipa par les frais & les dépenfes immenfes des procédures qui durerent deux fiécles. Quelques Abbés en gérerent mal le temporel. Les guerres furvinrent ; & tous ces inconvéniens fucceffifs la conduifirent à deux doigts de fa perte. Le bourgeois de Noyon, accablé fous fes ruines, & ne fachant où trouver de quoi rétablir fes murs pour fe défendre, fe jetta lui-même fur le refte des édifices du monaftere, & en enleva tous les matériaux qu'il put. L'Abbé commendataire vint enfin, &, fous lui, il n'y eut prefque plus d'image d'une maifon dont il étoit conftitué le gardien, mais qu'il dévora. C'étoit du loup avoir fait le berger. Les Calviniftes, qui prirent, pillerent & incendierent Noyon en 1591, n'avoient plus de pâture dans Saint-Eloi à donner à leur fureur. Les Moines difperfés vivoient miférablement où ils pouvoient, dans quelques-unes de leurs fermes, & avec le payfan. Parurent les *Aubépines*, abbés commendataires de cette maifon anéantie : ils étoient de trempe peu commune : leur foi, leur religion, leur zele la rappellerent de fes cendres ; & leurs ordres remis aux foins de quelques fages Moines & d'habiles Prieurs, réuffirent fi bien que l'abbaye de faint Eloi reparut encore brillante, riche & refpectable. Ce fut l'œuvre de la main du Très-Haut, qui ne permit point que le premier maufolée de fon Serviteur pérît à jamais. On avoit commencé d'abord à rétablir l'abbaye hors des murs de la ville, & en fon lieu ancien. Le bourgeois de Noyon, qui craignit que l'ennemi n'en fit une tour d'obfervation, la détruifit en 1649. Les Moines de la congrégation de faint Maur, y demeuroient depuis dix-huit ans ; ils s'accorderent avec des citadins trop ombrageux ; ils transférerent leur maifon dans la ville, dont on agrandit l'enceinte, & on la reconftruifit dans le *Pré* dit *de faint Eloi*, où on la voit aujourd'hui. Lieux réguliers, églife vafte & ornée, édifices impofans, jardins & enclos fpacieux, bibliotheque choifie ; tout revint & reparut à la fuite du recouvrement qu'on fit de biens confidérables, & tout cet enfemble fait de cette maifon une des plus belles & des plus renommées de la réforme de faint Benoît en France.

L'évêque de Noyon en bénit folemnellement le temple , en Mai de l'an 1682.

Voici la lifte des Abbés de cet illuftre Monaftere.

VIII. SIECLE.
Année 741.

Abbés Réguliers.

LXIV.
Galliæ Chriftiana.
tom. 9. fol. 1064
& feq.

I. Sparvus, premier Abbé que nous connoiffons de cette maifon : il y fut placé par faint Eloi même , croit-on ; & y acquit les mérites & la qualité de Saint, qu'on lui a donnée dans quelques litanies. Saint Ouën parle de lui en deux endroits de la vie de faint Eloi.

Dommolus, Abbé incertain qu'on place vers 644. Nous le rejettons, puifqu'il eft évident par l'apparition de faint Eloi, mort en 659, à Sparvus, que ce premier Abbé vivoit encore alors, & qu'il n'a pu mourir qu'après cette vifion. Ou bien il faut dire qu'il a précédé Sparvus dans le gouvernement du monaftere de faint Loup, & que Sparvus n'en a été fait Abbé par faint Eloi même, qu'après 650, à peu près. Les peres Bénédictins croient qu'il a été Abbé de faint Sulpice de Bourges. Peut-être (en ce cas) avoit-il été appellé de Noyon.

Annales B B.
tom. 2. fol. 410.

Remy, Ebon, Sigbaldus. Un de ces trois, que l'on croit avoir été Abbé de faint Eloi, affifta au concile de Noyon l'an 814; felon la penfée de Dom Mabillon.

N. N. N. N. N. N. N.

II. Litramnus, vers 980 : il eft cité dans quelques lettres du Roi Lothaire.

III. Albert Ier, mort le 9 de Septembre.

Manaſsès, mort le 27 d'Avril, eft un Abbé fort incertain, dont il eft parlé dans le nécrologe de l'abbaye.

IV. Letbrardus, mort en 1035.

V. Remy Ier, élu en 1035. En 1046 il défendit vigoureufement l'avouerie de Vrely, dont le domaine appartenoit à fa maifon, contre un ufurpateur. En 1048 il reçut trois autels de l'évêque de Noyon, Baudoin Ier. Vers le même temps, il établit & bâtit le prieuré de faint Remi, dont il portoit le nom, près de Noyon, appellé maintenant de faint Blaife, auquel le même Baudoin annexa en 1049 deux autels. Il meurt en 1059.

VI. Angelbertus. En 1063 il vengea le domaine de Babœuf des entreprifes de l'Avoué. Mourut après 1073.

VII. Remy II, à qui l'Evêque de Noyon, Radbod, donna en 1069 l'autel de Bethincourt.

VIII. Michel, mort le 21 de Septembre.

IX. Jean Ier, dès 1083. En 1089 il reçut de Radbod II, évêque de Noyon, les autels de Sufanne & de Vaux. En 1097 il obtint, avec l'agrément du comte Robert, des biens en Flandre. Il vivoit encore en 1102.

X. Fulgence. On croit qu'il gouvernoit en 1109.

XI. Albert II vivoit au commencement du onzieme fiécle, au temps de Robert, doyen de la cathédrale de Noyon.

XII. Euftache en 1115. Il reçoit de Lambert, évêque de Noyon, en 1120 l'églife de faint Pierre & l'autel de Nefle. Le titre de concefsion appelle ces bénéfices *Sancti Petri Junioratus, & altare de Nigellâ-Ermelindis.*

XIII. Thierry, de moine de faint Nicolas-au-Bois, eft fait abbé de faint Eloi. En 1123 il foufcrit aux lettres que l'évêque de Noyon, Simon, donne au doyen de Péronne, confirmatives de fa jurifdiction. En 1130 il reçoit l'autel de Verchery en Flandre. En 1134 il foufcrivit à la donation de l'autel d'Efterpigny en faveur du Prieur de Capy, par le même évêque. En 1135 il obtient pour lui celui de Vervins. En 1141 il en obtient trois autres encore dans le diocefe de Tournai. En 1144 il eft élu évêque d'Amiens. Sa mémoire eft rappellée au 9 de Novembre dans le nécrologe de fon abbaye.

XIV. Guibaldus, parent de fon prédécefseur, Prieur, puis Abbé, reçoit en 1147 de Simon, évêque de Noyon, l'autel de Genvry. En 1150 il reçoit de Gérard, évêque de Tournai, les autels de Vervins & de Noelle, libres de perfonnat. En 1162 il reçoit du châtelain de Noyon, Guy, certaines redevances à Chryfoles, & d'autres biens. Meurt en 1168 le 12 de Novembre. Il venoit de parler encore en cette année dans la dixieme charte de Long-Pont pour Hellenval.

XV. Radulphus Ier parle en 1169. Cet Abbé eft afsez incertain, & peut fe rapporter au fuivant, fi l'on n'a égard qu'aux deux premieres lettres de fon nom.

XVI. Rainaud Ier, avant 1174. Il acheta en 1182 le refte des dixmes d'Avefnes, près Saint-Simon, dont Guibaldus avoit déjà obtenu une partie. Meurt le 11e de Juin, après l'an 1189.

XVII. Girard Ier, connu dès l'an 1191, meurt après 1197.

XVIII. Radulphus II achete en 1199 Hefdin, près de Noyon, des moines d'Anchin, & céde à ceux d'Ours-camp le bois de Pimprès. En 1200 il reçoit de Hugues, feigneur de Béhéricourt, des terres en ce village. Il fut nommé l'exécuteur teftamentaire d'Etienne, évêque de Noyon, avec le frere de ce Prélat, Urfion, & Jean, abbé d'Ours-camp. Il mourut après 1230, le 30 de Janvier.

XIX. Robert, élu vers 1232, abdique en 1243 ou 1244;

VIII. Siecle.
Année 741.

meurt le premier jour de Mars 1251, dix-neuf ans après son élection.

XX. Jean II en 1250 approuve la fondation de la chapellenie de Crapau-Mesnil, faite en l'église de Neufville, par Aubry de Roye. Meurt après 1257.

XXI. Rainaud II traite en 1266, avec l'Abbé de Vézelais, pour des terres situées à Goulancourt & Buchy.

XXII. Jean III approuve en 1270 la fondation de la chapellenie de saint Quentin en l'abbaye de saint Barthélemy, faite par Nicolas De la Boissiere, archidiacre de Noyon. Il parle encore dans la cent dix-huitieme charte du cartulaire de saint Quentin en l'Isle, en l'an 1275; mais dans la charte suivante, qui est de 1295, il y est dit mort.

XXIII. Girard II en 1176, suivant Jacques Le Vasseur.

XXIV. Jean IV traite en 1290 avec l'Abbé de saint Barthélemy au sujet de la cure de saint Pierre dans Noyon. Il vivoit encore en 1294.

XXV. Radulphus III, en 1300 & 1302, meurt le 10 de Novembre.

XXVI. Jean V en 1306.

XXVII. Nicolas, en 1307, meurt le 20 de Septembre.

XXVIII. Gobert en 1310 & 1322.

XXIX. Simon, vers 1330, meurt le 1er de Juin.

XXX. Jean de Kesvilliers, fils de Simon & de Marguerite de Faucoucourt. En 1335 & 1336, plaide contre l'Evêque de Noyon, & le fait condamner par Guillaume, évêque de Laon, délégué à cet effet par le Saint-Siege, à n'appeller plus avec soi des laïcs, lorsqu'il feroit la visite de l'abbaye. Vivoit encore en 1357. Meurt le 9 de Septembre.

XXXI. Gérard Paute dès 1365. En 1366 il introduit dans son abbaye l'usage de chanter le *Salve*, *Regina*, &c. après complies. Il gouvernoit encore en 1371.

XXXII. Hugues en 1373 & 1374.

XXX.III Gérard d'Athies, neveu de Jean de Kesvilliers, par sa sœur, prévôt, puis abbé de saint Eloi. En 1383, au mois de Novembre, fut créé président des aides levés sur le vin dans la province de Reims; en Juin 1391 fut nommé conseiller général pour les contributions de la guerre. Il monta sur le siege épiscopal de Besançon en cette année ou en la suivante 1392. Meurt le 20 de Décembre 1404 à Paris, d'où son corps est rapporté à Saint-Eloi, & son cœur à Besançon. Il fut l'un des principaux bienfaiteurs de la Chartreuse de Mont-Regnault.

XXXIV. Pierre d'Agneville, bourguignon de haute naissance, d'abord clerc séculier, puis moine, & ensuite abbé de saint

Eloi, par la tranflation de fon prédécelfeur, profella prefque jufqu'à fa mort le droit canon à Paris. Il y prit maladie le 4 de Septembre 1402 ; &, lorfqu'il fe faifoit ramener en fon abbaye, il
mourut fur la route à Senlis, trois jours après. Son fucceffeur,
Gilles de l'Atre, mit alors en prifon l'aumônier de cet Abbé, accufé d'avoir écarté les principaux effets du défunt, fur lefquels
l'Abbé d'Anchin répétoit une partie comme à lui appartenante.
L'Archevêque de Befançon jugea ce différend, comme intéreffé
au bien de fon ancienne abbaye.

XXXV. Gilles de l'Atre, [*de Atrio*] docteur & profeffeur en
droit à Paris, prit poffeffion en 1402 de l'abbaye à laquelle il fut
élu. Il y établit une confrérie en l'honneur de la fainte Vierge ; il
affifta au concile de Pife en 1410 ; mourut en 1413, ou en l'année fuivante.

XXXVI. Jean VII, docteur & profeffeur en Théologie à Paris
dès l'an 1414, vécut jufqu'après le 7 de Novembre 1420.

XXXVII. Jean d'Artem, ainfi défigné du village de fa naiffance,
près Saint-Quentin, nommé d'abord en 1407 par l'anti-pape Pierre
de Luna, abbé d'*Alchiacum*, dont il s'étoit démis, trois ou quatre années après, le fut enfuite de S. Eloi en 1420. Il mourut le
24 d'Août.

XXXVIII. Jean Forteron gouverna jufqu'en 1437, & mourut
le 2 d'Août.

XXXIX. Jean du Châtel, d'abord prévôt, puis abbé, fut accufé d'avoir rogné les pitances des moines, & d'avoir mêlé de
l'eau dans leur vin. Il plaida contre l'Evêque de Noyon en 1441,
& mourut l'année fuivante.

XL. Jean Le Doyen, bachelier en Droit, mourut avant
1469.

XLI. Jean Franquet, déjà élu abbé, étudioit en 1469 à Paris,
& mourut le 13 d'Août 1471.

XLII. Pierre de Marle, tréforier, puis abbé, décida, en faveur
des Cordéliers de Moyencourt, le différend que ces Peres avoient
avec l'Evêque de Noyon, & réfigna peu après en 1507 fon abbaye
au fuivant, Charles de Hangeft. Il mourut le 6 de Septembre
1512.

Abbés Commendataires.

XLIII. Charles de Hangeft, évêque de Noyon, premier abbé
commendataire, réfigne à fon neveu qui fuit.

XLIV. Claude de Hangeft de Dive, fils de Joachim & d'Yfabelle
de Montmorency, en 1525, gouvernoit encore au mois d'Août
1531.

XLV. François de Tournon, cardinal, en 1541.

XLVI. Jean de Barbanson, évêque de Pamiers, en 1554.

XLVII. Philbert de l'Orme, depuis 1555 jusqu'en 1564, chanoine de Paris, & abbé de plusieurs autres monasteres, meurt en Janvier 1570.

XLVIII. Sébastien de l'Aubépine, évêque de Limoges, en 1570, meurt évêque de Vannes le 2 d'Août 1582.

XLIX. Jean de l'Aubépine, évêque d'Orléans, en 1579, meurt en 1596.

L. Pierre Cadot, en 1596.

LI. Gabriel de l'Aubépine, évêque d'Orléans, obtient, par résignation, l'abbaye de saint Eloi qu'il administroit en 1616; meurt en 1630.

LII. Charles de l'Aubépine, marquis de Château-Neuf, &c. nommé en 1630, introduit, l'année suivante, les Peres de la Congrégation de saint Maur en son abbaye; meurt le 27 de Septembre 1653.

LIII. Charles-François de Lomenie de Brienne, évêque de Coutances, nommé en 1653, meurt le 7 Avril 1710.

Depuis cette époque, les revenus de la manse abbatiale ont été réunis à l'abbaye de Chelles, dont Adélaïde d'Orléans étoi abbesse. La bulle en fut accordée & signée par Clément XI, mais ne fut pas retirée, faute d'argent. Après l'abdication de cette Abbesse en Octobre 1734, c'est-à-dire, le 27 de Mai 1735 la réunion, qui avoit été manquée, fut révoquée, & la manse abbatiale de saint Eloi fût mise en économat. Le 13 d'Août suivant, Madame Henriette-Gabrielle de Bourbon, abbesse de Beaumont-lès-Tours, l'obtint pour huit ans seulement. Après ce terme on l'appliqua à la construction de la paroisse de saint Louis de Versailles. Enfin, vint

LIV. Elizabeth-Théodose Le Tonnelier de Bréteuil, nommé le 29 Janvier 1761, qui en prit possession le 3 Avril suivant.

On voit, dans les ordonnances des conciles tenus dans le huitieme siécle que nous parcourons, les origines de plusieurs cérémonies que nos peres ont observées pendant long-temps, & dont nous avons encore retenu quelques-unes. Les Evêques & les Prêtres devoient célébrer la sainte messe les dimanches & les fêtes, & même, s'il leur étoit possible, les jours ouvrables. Les communautés ecclésiastiques, dont beaucoup se séculariserent alors, devoient chanter au chœur les pseaumes de l'office. Les petites heures sont comprises dans cette ordonnance qui fait une preuve pour les clecs, de l'obligation en laquelle ils sont d'y assister personnellement. Les Prêtres étoient ensevelis & enterrés avec leurs ornemens sacerdotaux : d'où vient qu'on rencontre tous les jours, en tant d'anciennes églises, des tombes marquées de ces figures,

&

& dans les cercueils qu'elles couvrent, des calices, des anneaux, des crosses, &c. Le pain, pour la matiere du sacrifice, étoit préparé avec un respect infini & avec une propreté inexprimable. On gardoit le silence, ou l'on chantoit des cantiques, en le faisant. Chaque église avoit ses moules pour le façonner : la couleur en étoit toujours blanche, & la figure petite & mince. Si l'on en offroit quelquefois de deux sortes, la seconde n'étoit pas consacrée, & représentoit notre pain-béni d'aujourd'hui : la premiere servoit à la communion des fideles qui se l'administroient, même les femmes, de leurs propres mains, avec l'espece du vin, quand il ne s'y trouvoit point d'inconvénient. La confession précédoit toujours la communion; & les prêtres y étoient abstreints comme les autres. On offroit aussi du vin & des chandelles. L'honoraire des messes avoit déjà lieu, & il consistoit en argent, & dans toutes les denrées qui pouvoient contribuer à la subsistance du ministre. Elles se célébroient dès-lors sur des autels particuliers, élevés ou creux, mais distingués du grand-autel qui auparavant étoit le seul qu'il y eût dans les églises. Les confraternités pour les prieres & les suffrages s'introduisoient enfin déjà parmi les sociétés différentes; & l'on sonnoit avant & après la mort pour les fideles.

VIII. Siecle.
Année 741.

Quelques mouvemens, qui arriverent dans l'Eglise un peu avant ce siécle, par rapport au Carême, nous présentent ici l'occasion naturelle de parler de cette institution salutaire. Le mot en vient du verbe *carere*, parce qu'il désigne le jeûne observé chez les Chrétiens avant les fêtes de Pâques. Il fut établi en mémoire de celui de JESUS-CHRIST, dont Moyse avoit été le précurseur en ce point. Quoiqu'il dût être de quarante jours complets, & qu'il fût, suivant la tradition apostolique, de discipline & d'obligation dès les premiers siécles de l'Eglise, comme il paroît par Origenes, cependant sa durée ne fut pas fixée d'abord; &, lorsqu'elle l'a été, ce ne fut qu'à trente-six jours qui s'observerent même différemment, suivant les divers lieux. Dans l'Eglise Grecque, le Carême comprenoit sept semaines; dans la Latine, il n'en contenoit que six. Le nombre des jours de ce jeûne étoit néanmoins égal pour les uns & pour les autres, & ne montoit qu'à trente-six jours qui étoient comme la dixme de l'année que l'on consacroit particuliérement à Dieu par la mortification & la pénitence. La raison de cette variété étoit que les Grecs ne jeûnoient point les Dimanches, ni les Samedis du Carême, excepté le Samedi-Saint; & les Latins n'interrompoient leurs jeûnes que les Dimanches. Comme les Juifs se faisoient scrupule de jeûner les jours de fêtes & les jours du Sabat, cette coutume régna dans l'Eglise naissante de la Palestine; & de-là vint l'usage dans tout l'Orient de ne point jeûner les Samedis, non

LXVI.
Thomassin,
Traité histor. &
dogmatique des
Jeûnes de l'Eglise.

plus que les Dimanches, même en Carême. L'an 642 les Grecs s'expliquerent nettement sur cette matiere dans le concile *in trullo*. Ils y déclarerent qu'il falloit excepter du jeûne les Dimanches & les Samedis de Carême, & même le jour de la fête de l'Annonciation ; mais que l'on devoit jeûner le Samedi-Saint. D'autres, qui ne jeûnoient point le Dimanche, ni le Samedi, ni le Jeudi, commençoient leur Carême neuf semaines avant Pâques : ce qui ne faisoit aussi que trente-six jours. Vers le septieme siécle on voulut imiter le nombre de quarante jours du jeûne de notre Seigneur. Les Grecs commencerent le Carême huit semaines avant Pâques. Parmi les Latins quelques particuliers commencerent le Carême sept semaines avant cette fête : ce qui faisoit quarante-deux jours de jeûne. Plusieurs Religieux, à l'exemple des Grecs, le commencerent huit semaines devant ; mais ils ne jeûnoient que trois jours dans chacune des deux premieres semaines ; & ces six jours suppléoient aux six Dimanches de Carême. Il y en eût qui commencerent le Carême neuf semaines avant Pâques ; par une observance particuliere : sur quoi il faut remarquer que, comme le sixième Dimanche devant Pâques se nommoit la *Quadragésime*, on appella le septieme *Quinquagésime*, le huitieme, la *Sexagésime* ; & le neuvieme, la *Septuagésime*, quoique ce ne soit pas le cinquantieme, le soixantieme, ni le soixante-dixieme jour avant Pâques. Dans le neuvieme siécle l'usage du jeûne de quatre jours avant la Quadragésime fut établi dans l'Eglise d'Occident, pour faire le nombre de quarante jours de jeûne.

Il y eut néanmoins quelques Eglises qui ne reçurent point cette addition de quatre jours ; & encore à présent on ne commence le Carême à Milan qu'au Dimanche de la Quadragésime. Les Milanois ne le commençoient même qu'au Lundi d'après ; mais, comme c'étoit un abus introduit contre l'ancienne coutume des premiers siécles de l'Eglise, saint Charles Borromée, qui fut fait Archevêque de Milan en 1563, l'abolit malgré tous les efforts du Gouverneur de cette ville ; lequel envoya des Ambassadeurs à Rome, qui n'en rapporterent que de la confusion & le titre honteux d'*Ambassadeur de Carême-prenant*. Ainsi il fut ordonné que le Dimanche de la Quadragésime seroit un jour d'abstinence à Milan, comme il l'avoit toujours été ailleurs.

A l'égard des Grecs, il est important de remarquer leur pratique depuis plusieurs siécles. Le Dimanche, que nous appellons de la Septuagésime, est appelé par eux *Prédiction*, parce qu'ils y annoncent au peuple quel doit être le premier jour de Carême, & le Dimanche de Pâques. Le Dimanche de la Sexagésime est nommé *Carnis-privium*, jour qu'on est privé de l'usage de la chair, parce que c'est le dernier dans lequel ils peuvent en manger. Toute la

VIII. Siecle.
Année 741.

femaine, qui précéde ce Dimanche, porte le même nom; car les Grecs dénomment ces femaines du nom du Dimanche qui les fuit, & non pas, comme les Latins, de celui qui les précéde. Pendant la femaine du *Carnis-privium* ils ont une entiere liberté de manger toute forte de viande, même le Mercredi & le Vendredi, au rapport du pere Goar. Le Dimanche de la Quinquagéfime eft appellé le Dimanche *au fromage*, parce que, depuis le Lundi qui fuit le Dimanche de *Prédiction*, jufqu'à ce jour-là, ils peuvent ufer de fromage, de toute forte de laitages & d'œufs. Dès le lendemain de ce Dimanche de la Quinquagéfime, ils commencent à s'abftenir de tout laitage. Immédiatement après le Carême, on faifoit encore quelquefois un jeûne particulier qu'on appelloit le jeûne de Pâques ou de la Semaine-Sainte. Saint Epiphane & faint Irenée diftinguent expreffément ces deux jeûnes, dont le dernier étoit une Xérophagie, un jeûne au pain & à l'eau; mais il eft difficile de remarquer cette différence dans l'Eglife Latine.

Il ne faut pas feulement confidérer la durée du Carême, mais auffi la qualité des viandes qui y étoient défendues ou permifes. Dans l'Eglife d'Occident, le jeûne confiftoit à s'abftenir des viandes, des œufs, de laitage & de vin, & à ne faire qu'un repas vers le foir. Le poiffon n'étoit point défendu, quoiqu'il y eut un grand nombre de chrétiens qui ne mangeoient que des légumes & des fruits. A l'égard de la volaille, quelques-uns, faifant réflexion que les oifeaux avoient été créés de l'eau, auffi bien que les poiffons, & qu'ils avoient été produits le même jour, prétendoient que ce pouvoit être une nourriture permife dans le Carême; mais ce rafinement fut condamné. Dans l'Eglife d'Orient, le jeûne du Carême a toujours été fort rigoureux; & la plupart ne vivoient alors que de pain & d'eau, avec des légumes. Mais voici une chofe fort curieufe à remarquer, & qui furprend d'abord : c'eft que les anciens moines du Pont & de la Capadoce étoient obligés de faire cuire un morceau de chair falée avec leurs légumes, même en Carême. On croit que l'erreur d'Euftathius, ou plutôt d'Euftactus, donna lieu à l'inftitution de cette coutume; car cet Euftactus fut patriarche d'un grand nombre de moines qui condamnoient les nôces, & qui défendoient l'ufage de la viande par une fuperftition profane & ridicule. Le concile d'Ancyre condamna ces impiétés, & ordonna que les Prêtres & les Diacres mangeaffent leurs légumes cuits avec un peu de viande. Saint Bafile confirma cette pratique dans fes conftitutions, pour diftinguer les vrais moines catholiques des faux moines Euftathiens.

Dans la fuite des temps, la rigueur des jeûnes diminua infenfiblement; &, avant l'an 800, on s'étoit déjà beaucoup relâché par l'ufage du vin, des œufs & des laitages qu'on permettoit non-feulement aux malades, mais aussi à ceux qui n'avoient pas d'autres nourritures propres à soutenir leur travail ; & on ne faisoit plus consister l'essence du jeûne qu'à s'abstenir de viande, & à ne prendre sa réfection qu'au soir après vêpres. L'abstinence des œufs & des laitages étoit observée en Italie ; mais en France & en Allemagne on ne la gardoit que les derniers jours de la Semaine-Sainte. Depuis on obtint des dispenses de Rome à l'égard des laitages qui se donnoient pour un temps seulement, & passerent après en droit commun. L'an 1475 le Légat du Pape donna une de ces dispenses pour cinq ans à l'Allemagne, à la Hongrie & à la Boheme. Les Evêques en ont accordé de même aux peuples de leurs dioceses, dans les synodes qu'ils ont tenus. Cet adoucissement s'est aussi introduit parmi les Grecs, à la réserve des Religieux qui gardent l'ancienne austérité des jeûnes.

LXVII. 　Les évêques de Noyon se sont conservés, depuis l'époque susdite jusqu'à ce jour, dans le droit & l'usage de dispenser leurs diocéfains de l'abstinence du lait, du beurre & du fromage, durant le saint temps de carême, par un mandement qu'ils leur adressent le Dimanche de la Sexagésime, & que les curés & les prédicateurs sont chargés de leur lire au prône de ce jour. C'est un reste de l'esprit & de l'usage ancien de la pénitence. Et pour compenser cette abstinence, les mêmes évêques enjoignent à leurs sujets de donner douze deniers par famille, & encore trois deniers par chaque personne, dans les mains de leurs Curés. Ceux-ci remettent ces différens produits en celles de leurs Doyens, & ces derniers enfin les portent au Promoteur du diocese, qui rend compte général de ses recettes & de leur emploi, à huit heures du matin, le Mercredi suivant le synode, publiquement, & devant toute personne qui veut y assister en la chambre de l'évêché. La destination de ces deniers colligés, est à la disposition de l'évêque, & elle est toujours appliquée à la subsistance des jeunes Ecclésiastiques, pauvres étudians au séminaire. La dispense pour les œufs s'accorde à l'humble demande des particuliers, qui ont quelque raison d'en faire usage, par leurs Curés, à qui l'Evêque en accorde le pouvoir. A l'exemple de Thomas de Courcelles, évêque de Paris, celui d'Amiens donna, le 30 Janvier 1466, la permission des laitages, moyennant une aumône volontaire que l'on donneroit aux porteurs d'eau bénite, pour les aider en leurs études.

Nous avons dit que le jeûne du carême consistoit à ne faire qu'un repas le jour, vers le soir, après les vêpres. Cela s'est pratiqué jusqu'à l'an 1200 dans l'Eglise Latine. A l'égard des Grecs, ils dinoient à midi, & faisoient au soir collation d'herbes & de fruits, dès le sixieme siécle. Les Latins commencerent, dès le treizieme siécle, à prendre quelques conserves pour fortifier l'esto-

VIII. Siecle.
Année 741.

mac; puis à faire une collation le soir. Ce nom a été emprunté des Religieux qui, après le souper, alloient à la collation, c'eſt-à-dire, à la lecture des conférences des saints Peres, appellées en latin *Collationes*; après quoi, on leur permettoit de boire, au jour de jeûne, de l'eau ou un peu de vin ; ce qu'on appelloit auſſi *Collation*. Le dîner des jours de carême ne ſe fit pas tout d'un coup à midi ; le premier degré de ce changement fut d'avancer le ſouper à l'heure de none, c'eſt-à-dire, à trois heures après midi. La coutume étoit de ſonner l'Office Divin à l'heure de none. Après none, on célébroit la meſſe ; & après la meſſe, on diſoit les vêpres ; enſuite deſquelles on alloit manger. Mais ceux qui n'avoient pas le loiſir ou la dévotion de ſe trouver à ces Offices, prirent le ſigne de ces Offices pour le ſigne du repas.

Voici ce qui a encore contribué à ce changement. L'Empereur Charlemagne faiſoit célébrer la meſſe dans ſon palais, pendant les jeûnes du carême, à deux heures après midi. La meſſe étoit ſuivie des vêpres ; après quoi, il ſe mettoit à table vers les trois heures, obſervant la coutume de ne manger qu'après vêpres, mais avançant l'heure de cet Office. Cette coutume fut imitée par ceux qui n'avoient pas la même raiſon que Charlemagne. Car cet Empereur l'avoit ainſi ordonné pour ne faire pas jeûner ſi long-temps ſés Officiers. En ce temps-là, Charlemagne étoit ſervi à table par les Ducs & les Rois des peuples qu'il avoit ſoumis à ſon obéiſſance. Les Rois & les Ducs ſe mettoient enſuite à table, & étoient ſervis par les Comtes. Les Comtes mangeoient après eux, & étoient ſuivis des autres Officiers, par ordre ; enſorte que les derniers Officiers ne ſe mettoient gueres à table que vers le minuit ; ce qu'ils auroient encore fait plus tard, ſi l'Empereur n'eût avancé l'heure de ſon repas. Dans le dixieme ſiécle, la coutume de manger à l'heure de none étoit reçue dans toute l'Italie ; mais ce n'étoit qu'après les vêpres : car on commençoit l'Office de none un peu après midi, & enſuite on diſoit la meſſe & les vêpres. Ce changement ne ſe fit pas ſi-tôt en France, & il n'y fut établi qu'environ l'an 1200. Depuis, on avança inſenſiblement le repas juſqu'à midi ; ce qui arriva en 1500, & alors on dit les vêpres avant midi.

Pour finir cette matiere, nous devons ajouter quelque choſe du nombre des carêmes. Outre le carême de Pâques, les Grecs en ont encore quatre autres, qu'ils ont nommé *les carêmes de Noel, des Apôtres, de la Transfiguration & de l'Aſſomption* ; mais on les a réduits à ſept jours chacun ; & ce ſont plutôt des jeûnes de dévotion que d'obligation, du moins pour les laïcs. Dans l'Egliſe Latine, les Religieux obſervoient trois carêmes, au rapport de Béde qui vivoit dans le huitieme ſiécle : ſavoir, celui de Pâques,

VIII. Siecle.
Année 741.

Voyez le N°. 29
précédent.

Tom. 9, fol. 614.

celui de Noel ou de l'Avent, & celui qui fuivoit la Pentecôte. Ils étoient tous trois de quarante jours. Il est probable que les carêmes de Noel & de la Pentecôte ont été impofés aux pénitens, & ont été auffi obfervés par les Eccléfiaftiques & par les Laïcs les plus fervens : mais ils n'ont point été ordonnés par l'Eglife, pour y obliger tous les fideles. Nous avons fuffifamment expliqué ci-deffus le carême de l'Avent.

LXVIII.

Nous avons promis de parler de Ribemont : nous nous acquittons ici de notre engagement. Cette petite ville eft affez peu connue, par rapport à fa premiere origine & à la filiation de fes anciens Châtelains, pour que nous expofions ce que nos diverfes lectures & nos différentes combinaifons, nous en ont appris. Ville à préfent, Ribemont ne fut, dans fa fondation, qu'un fimple fort ou château de défenfe, autour duquel fe font formées des habitations qui ont donné lieu à l'établiffement d'un village de même nom. Ce même village a été enfermé dans une même enceinte, fortifié & muré ; & de ces circonftances, on l'a appellé & il retient le nom de Ville. On débite fur l'origine du château & de la ville de Ribemont, une infinité de fables & d'erreurs, dont nous croyons devoir épargner l'infipide récit à nos lecteurs. Nous foufcrivons, fans héfiter, au fentiment des favans auteurs du nouveau *Gallia Chriftiana.* Ribodus, perfonnage Franc ou iffu des Francs, conftruifit fur une montagne le château dont on parle, lors des ravages des Normands dans nos provinces ; & c'eft de lui qu'il fut appellé *Ribodi mons.* Les autres étymologies font fauffes. Le but de ce Seigneur étoit de s'y mettre à couvert de nouvelles irruptions, & d'y entretenir un fecours toujours prêt à voler à la défenfe du pays adjacent. Ribemont étoit par de-là l'Oife, & dans le territoire & le diocefe de Laon ; il a certes dépendu d'abord du Duc du Laonnois. Peut-être Ribodus étoit-il lui-même un de fes Châtelains. Mais ce château-fort ne refta pas long-temps à fes maîtres. Fait peut-être auffi pour contenir les Comtes de Vermandois, & oppofer une digue à leurs débordemens dans le Laonnois, ils s'en emparerent ; & dès la fin du neuvieme fiécle, il étoit à eux & à des Officiers iffus de leur fang : ce qui a fait penfer à quelques-uns, que Ribodus lui-même leur appartenoit, & que c'étoit par leurs ordres qu'il avoit conftruit fon château dans le Laonnois, pour dominer fur cette province. Les limites du Vermandois furent donc reculées jufqu'à ce terme. Ribemont devint la borne de féparation entre ces deux provinces ; & fon Châtelain fut le feudataire de nos Comtes. Il étoit à portée de leur rendre d'importans fervices : ils le firent ; & ceux-là les comblerent en récompenfe d'honneurs, de biens, d'autorité, de privileges & de diftinctions, qui les égalerent aux plus illuſtres Seigneurs. Ces Châtelains furent, au ſurplus, s'approprier, par la force des armes, par des alliances, des avoueries, & peut-être des rapines, comme c'étoit la méthode des petits tyrans de ces temps-là, d'autres poſſeſſions encore. De-là vinrent ces fiefs, ces terres & ces mouvances conſidérables qu'ont poſſédés les Châtelains de Ribemont. Nous aurons ſouvent lieu de parler des Seigneurs de cette châtellenie. Telle fut auſſi l'origine des châteaux & des villes de Guiſe, de Coucy, de Vendeuil, de Chauny, de Ham, de Neſle, de Ronſoy, d'Eſtrées, &c.

Voici la généalogie des Châtelains de Ribemont.

I. Ribodus, fondateur, & premier Châtelain de Ribemont, vers 880.

II. Eilbert, Châtelain de Ribemont & de Péronne, vers 900; abdique Ribemont en faveur de

III. Bernier, fils naturel, vers 920. Sa mere étoit Marcene, converſe dans Homblieres, puis (dit-on) Abbeſſe d'Origny ; abdique en 848, en laquelle année il ſe fait moine, & devient premier Abbé régulier d'Homblieres.

IV. Anſelme Ier, Châtelain de Ribemont, ſuccéde en 848.

V. Godefroy Ier, Châtelain de Ribemont & de Saint-Quentin, vers 1060.

VI. Anſelme II, Châtelain de Ribemont, vers 1080, tué en la Terre-Sainte le 27 de Février de l'an 1104.

VII. Godefroy II, fils, Châtelain de Ribemont, de Saint-Quentin & de Valenciennes, & Seigneur de Bouchain, vivoit encore en 1120, étoit mort en 1122. Il avoit pour freres & ſœur, Simon & Eilbert de Ribemont, & Agnès. Godefroy & Wandeline, encore ſon frere & ſa ſœur, étoient peut-être d'un autre lit. Cet Eilbert de Ribemont eut un fils de même nom, fait Abbé de Cuiſſy en 1165.

VIII. Reinier, Châtelain de Ribemont, en 1122.

IX. Wandeline de Ribemont, en 1140.

X. Jacques de Ribemont, en 1141.

XI. Simon de Ribemont, en 1158.

Eilbert de Ribemont, en 1206.

Jobert de Ribemont, en 1227.

Pierre de Ribemont, mort Abbé de ſaint Remi de Reims, en 1203.

Peu après ce dernier Seigneur, Ribemont, une partie de cette ville, paſſa ſans doute à ſaint Nicaiſe de Reims : car dès l'an 1201, Drogon, abbé de cette maiſon, donna à un Seigneur, dont le nom ne nous eſt pas connu, & dont il vouloit ſe faire

VIII. SIECLE, Année 741.

LXIX.

Marlot, Hiſt. Remenſis, tom. 1. fol. 650.

un homme, la terre de Ribemont, à foi, hommage & charges. La donation de l'Abbé fut confirmée par Roger, évêque de Laon, & par l'Official de Reims. A préfent la Maifon de Condé jouit en propriété de la feigneurie de cette ville.

PIECES

PIECES JUSTIFICATIVES
DU QUATRIEME LIVRE.

CHARTE DE LA FONDATION
DU MONASTERE DE SITHIU,

Extraite des Annales Bénédictines de Dom MABILLON,
livre XIII. tome I, nº 49.

(1) DOMINIS fanctis præsbyteris, Bertino, Mummoleno, Ebertrando. Ego in Dei nomine Adroaldus, fanâ mente, fano quoque confilio fanæ mentis, prout mundana peccata abftergere Dominus dignetur, dono vobis omnem rem portionis hæreditatis meæ in pago Taruanenfe, quam Domino patri Audomaro, apoftolico viro, ad Xenodochium fuum ædificandum dare voluimus; fed ipfe falubre confilium nobis donavit, ut ipfam rem vobis delegarem, ut ibi monafterium in honore beati Petri, principis Apoftolorum, conftruere de beatis ad converfandum monachis, ubi beati pauperes fpiritu, & domeftici fidei adunari debeant, quorum voces quotidie ad aures Domini pertinere nofcantur, quorum petitiones audit & implet. Propterea vobis in Chrifto patribus dono per hanc epiftolam donationis in pago Taruanenfi villam proprietatis meæ, nuncupatam SITHIU, fuper fluvium

Agnionem, [*gallicè Aa*] cum omni merito fuo, vel adjacentis feu afpicientis ipfius villæ, &c. Facta donatio octavo Idus Septembris, anno undecimo Domini noftri Clodovæi Regis. Actum Afcio [*Aix*] villâ dominicâ publicè.

(2) CONTINUATION DES CHAPITRES

Du Livre des miracles

DE SAINT QUENTIN.

DU MANUSCRIT CI-DEVANT CITÉ.

De judice protervo, & fubdito fibi, cæfo.

CAPUT DECIMUM.

Temporibus Lagbardi abbatis, cùm accideret cafu ut quoddam ædificium ædificare conaretur infra clauftra monafterii, & in modum palatii perficeretur; quidam homo, nomine Guntlagus, præpositus, de prædio quodam vocato Hareliaco, ejusdem operis artificibus præerat. Cùmque ad ejus imperium omne illius fabricæ opus incumberet, pariter & efficeretur, contigit ut quidam homo, nomine Rementianus, tardus in exequendis operibus deveniret, quâ de re ille crudelissimus judex, non humanè tractans, sed, ut erat crudelis, crudeliter jussit eum flagris cædere; cùmque illuc ministri discurrerent, & eum vellent injunctis flagris aptari, lapsus eorum manibus fugæ expetivit auxilium, velocique cursu usque ad ostium basilicæ beati Martyris pervenit: unde ipse nequissimus judex scelestis manibus extrahere eum præcepit. Sed illo clamante, ô beatissime martyr Quintine, eripe me precibus tuis, & libera à periculo imminenti. Ibidem judex pollutis labiis & cordis intimo tumore, ac pertinaci superbiâ exclamavit: nunquàm te Quintinus meis eripiet manibus, nunquàm tibi adjutor existet, nec à flagellorum pondere ereptor erit, moxque jussit eum iterùm atrocissimè flagellari. Ast non multò post nec fermè horâ diei mediâ, & ecce cùm per illius palatii culmina ad providendum peragraret, lapsus pedibus cecidit. Et colliso confractoque collo, totisque viribus dissolutis; statim expiravit, mortuusque in suæ nequitiæ pertinaciâ, sensit quid beatissimus Martyr possit obtinere in cœlis, cùm hic potens fuit blasphemis reddere quod merentur.

(3) *De quodam perverso, & ab ipso sancto Quintino correpto.*

CAPUT OCTAVUM.

Fuit quidam nobilissimæ stirpis, & magnarum opum, divitiisque præclarus homo, nomine Winlericus, qui ob factum superbiæ suæ, & intemperantiâ morum magnâ ex parte creatorem suum delinquendo offenderat, beatissimumque Quintinum martyrem non minùs de pravis operibus exasperare contigerat: quem beatissimus Martyr quasi exosum habebat; sed ut veriùs proloquar, diligebat: quem sæpè in somnis admonens, redarguebat ejus pertinaciam, sed ille mentis tumore pertinax, cùm nollet monitori acquiescere, eum quâdam nocte verberibus attigit: quam cædem jussit ut Leodecio sui Martyrii custodi, immò omni ostenderet populo: ac deindè ad sepulchrum ipsius evigilans, cum omni sollicitudine veniens, devolutus humo, maximâ Dominum prece deprecaretur, ejusdem Martyris meritis & precibus sibi profuturum: quod ille, quamvis coactus, palàm omnibus & vulnera ostendens, & verba proloquens, jubentis imperium per omnia secutus est. Postquàm verò hæc gesta sunt conversus ab errore suo: donaria multa argenti & vestimentorum plurimùm contulit in eâdem basilicâ, auro texta, gemmisque fulgentia.

(4) *De falsatore, falsa contra res ipsius Ecclesiæ proferente.*

CAPUT NONUM.

Non minùs alter falsus testis, nomine Berminus, in rebus ipsius ecclesiæ beati Martyris falsum proferebat testimonium, volens quamdam sylvam de prædio nuncupato Nogarido penitùs auferre: quem in somnis visus beatus martyr Quintinus falsum protestari super sylvâ ipsius dicebat. Cui cùm responderet non esse falsum, quod de eâ testabatur, apprehendens ejus nasum, falsatorem proclamavit: ad quod dictum ipse expergefactus, pedibus calciatus, cùm deberet faciem suam aquâ linire, accersitâ conjuge cœpit ei explanare quod in somnis vidisset. Veniens autem ad eum qualiter ipse Martyr nasum ejus tenens, falsatorem vocaret, in extentâ manu nasum suum recepit cæsum, statimque in vase quo aqua de manibus ejus diffluebat cecidit. Qui nimiùm territus, ad placitum quó ipsâ die pro præfatâ sylvâ deberet ire, distulit; sed nec hoc supplicio coercitus, insuper ob superbiæ fastum, aureum sibi nasum fabricari, catenulisque aureis aptare conatus est: quem iterùm idem Sanctus visu admonuit, dicens: nonne ego tibi ut te falsum omnibus monstrarem dixisse testimonium, naturalem abstuli nasum, & nunc ob superbiam, aureum ausus es super apponere? Vade nunc projice illum abs te, & cunctis innotescere stude, te falsum protulisse testimonium. Quam ob causam nasus ipse ex auro multis, ad memoriam futurorum, ibidem diebus servatus mansit.

Du Trésor aux Archives de l'Eglise de saint Quentin.

Claude De la Fons (*Histoire de Saint-Quentin, page 329,*) fondé sur la ressemblance du nom & sur la raison que le Chapitre de saint Quentin y a eu autrefois des biens, a pensé que c'est le village de Nouroy, *Nogaridus*, à trois lieues de la ville d'Auguste de Vermandois, dont il s'agit dans ce neuvieme chapitre. Nous admettons très-volontiers cette conjecture; &, quoique le nom de Nouroy semble, à quelques-uns, venir de *Novus Rivus*, cette racine ne la détruit pas. On doit se contenter de dire que l'Auteur du *Livre des Miracles de saint Quentin* a mal exprimé en Latin le lieu de Nouroy. C'est ainsi qu'il a appellé mal-à-propos Pontreu, *Pontrudium*, au lieu de le nommer *Pons-super-Rivum.* Nouroy porte encore son étymologie de *Novus Rivus*, un peu défigurée. Le village est au-dessus, & à côté de Rikéval, au-dessous la riviere d'Aumignon, *Almanio*, prenoit autrefois sa source, en passant par certaines cultures de terres appellées encore à présent *les Chaudieres & l'Anguilloi;* & de-là par les villages de Bellenglise, Pontreuel, Pontreu, Vadancourt, &c. Et c'est de l'origine de cette riviere, dont Nouroy étoit voisin, qu'il a tiré son nom, *Novus Rivus, Novitas,* ou *Origo rivi Almanionis.* Ce qui peut appuyer encore la conjecture de Claude De la Fons, c'est que le personnage de Berninus, dont il est ici parlé, paroît avoir été le Seigneur de *Bernicourt* appellé à présent *Bellicourt,* contigu à celui de Nouroy; & que ce Seigneur, qui auroit donné son nom à sa terre, auroit pu faire passer dès ce temps-là ce beau domaine au Chapitre de saint Quentin, qui y possède encore de gros biens, avec la justice, & la présentation à la cure. L'on voit encore à présent en ce village, autour du jardin qui est attenant à la ferme du Chapitre de cette Basilique, les débris des vieilles murailles qui lui servoient d'enclos & de fermeture, & qui sont d'une antiquité peut-être contemporaine de ces événemens.

Voici les étymologies des noms que nous venons de rapporter.: Nouroy,

Nogaridus, ou plutôt *Novus Rivus* ; Rikeval, *Riche Vallée*, *Dives Vallis* ; Aumignon, *Almanio* ; Bellenglise, *Bellani Ecclesia* ; Pontreuel, *Pons - super - Rivulum* ; Pontreu, *Pontrudium*, mieux encore *Pons - super - Rivum* ; Vadancourt, *Vadorum Curtis* ; Bracheuil, ou petit bras de la riviere, *Bracolium*. Ce mot peut signifier aussi un marais ou endroit humide ; exprimé par *Bray* ; Maissemi, *Aquarum Hamus* ; Bernicourt, *Bernini curtis*.

SOMMAIRE
DU CINQUIEME LIVRE.

MÉMOIRES
POUR L'HISTOIRE
DU VERMANDOIS.

LIVRE CINQUIEME,

CONTENANT les événemens arrivés dans le Vermandois, sous les Comtes-Abbés bénéficiaires, jusqu'à l'arrivée des Comtes-Abbés héréditaires.

Depuis l'an 741 jusqu'à l'an 893.

UNESTE alternative ! Les Abbés de l'église de saint Quentin, que l'on a cités jusqu'à présent, étoient ecclésiastiques ; ceux qui vont leur succéder furent, pour la plupart, des Seigneurs laïcs, tirés du milieu du monde où ils demeuroient, & engagés à devoirs contraires à la cléricature. On les appelloit Comtes-Abbés. Cette alliance, disparate dans le nom, faisoit leur profit plus que leur gloire. Le premier de tous fut Jérôme, fils de Charles-Martel, & d'une Bavaroise nommée Suanichilde. Cette Dame étoit la seconde épouse de ce fameux Maire du palais. Jérôme étoit par conséquent frere consanguin de Pépin *le Bref*, le

Qq ij

VIII. Siecle.
Année 741.
Annales BB.
tom. 2, Lib. 27,
N°. 35.

premier Roi de la seconde race, appellée des Carlovingiens ; mais il avoit pour freres germains, Remi, archevêque de Rouen, & un nommé Bernard, qui, de ses femmes, eut trois fils Adélard, Wala & Bernard, & deux filles Gundrade & Théodrade. Ces trois derniers enfans prirent le parti du cloître : les deux premiers se marierent, & occuperent d'illustres emplois sous nos Rois. Quelques auteurs ont écrit que Suanichilde n'étoit que la concubine de Charles-Martel : or, en ce cas, il est moins surprenant que les trois freres Bernard, Jérôme & Remi, n'aient pas été compris dans la division de la principauté de leur pere commun Charles-Martel, qu'il l'est d'y avoir vu appeller Grifon, issu, à ce que l'on dit, de ce Seigneur & de cette même Suanichilde. Il

Ibid. Lib. 21,
N°. 61.

seroit plus naturel de penser avec quelques écrivains, que Jérôme & ses deux freres étoient nés de quelques autres habitudes de Charles-Martel, avec d'autres maîtresses.

I. I.

　　Quoiqu'il en puisse être de la naissance de ces Seigneurs, que le pere Le Cointe croit très-légitime, voici leur généalogie ascendante & descendante.

Saint ARNOUL & DODA sa femme.
Il fut ministre en Austrasie, & mourut évêque de Metz, le
16 Août 640.

I. ANSIGISILUS fils, qui épousa BEGGA, fille de S. PÉPIN.
Il fut tué à la chasse par Godwin, en 679.

II. PÉPIN D'HÉRISTAL fils.
Il fut maire du palais d'Austrasie, & mourut le
16 Décembre 714.

III. CHARLES, dit *Martel*, fils, eut de [sa femme] SUANICHILDE,
Il fut maire en Neustrie & en Austrasie, & duc des
François ; mourut le 15 d'Octobre 741.

I. V.

GRIFON.	REMI.	JÉRÔME,	BERNARD.
			Comte-Abbé de saint Quentin, marié à ERSENDE ou ERMEN- TRUDE, de laquelle il eut

FOLQUIN, Evêque de Térouenne.	ODWIN Ier.	FULRADE, Abbé de S. Quentin.

V I.
ODWIN. II.

FOLQUIN,   RAGENWALLA.
Qui épousa THIÉDALE,

VIII.
FOLQUIN, moine à S. Bertin, en 938. *Definit.*

Carloman & Pépin *le Bref* ne purent souffrir qu'on leur eût asso-cié Grifon dans le partage de la succession de leur pere Charles-*Martel* : ils le mépriserent autant que sa mere, qu'ils traitoient de concubine. Grifon, obligé de fuir leur présence, se trouva pris dans la ville de Laon : réduit à l'impossibilité de s'y défendre contre ses deux freres, il se rendit à Carloman. Sa confiance en ce Prince ne lui valut pas un sort plus heureux. Carloman le fit conduire dans Neuf-Châtel en Ardenne, & l'y enferma sous bonne garde. Suanichilde elle-même fut reléguée dans le monastere de Chelles. Mais Bernard, Jérôme & Remi, qui causerent moins d'ombrage aux héritiers de Charles-Martel, jouirent plus paisiblement de leur amitié & de leur faveur.

Jérôme avoit épousé, comme on vient de le voir dans sa gé-néalogie, Erfende, que d'autres nomment Ermentrude : il en eut trois fils : Folquin, qui devint évêque de Térouenne : Fulrade, abbé de saint Quentin, dont nous aurons, dans peu, beaucoup de choses à dire : & Odwin. Ce troisieme eut un fils Odwin II, qui devint pere de deux enfans, Folquin & Ragenwalla. Folquin épou-sa Thiédale, de laquelle il eut un fils appellé Folquin, qui se fit moine à saint Bertin en 938. C'est au soin de cet habile Moine que nous devons la rédaction de toutes les chartes de Sithiu, en un volume, qu'il a orné de petites annales très-instructives. On croit, avec fondement, qu'il est différent d'un abbé de Laubes, appellé du même nom Folquin, qui n'étoit pas non plus de la même famille.

Il est important de relever ici une méprise, dans laquelle Claude Emmeré est tombé, au sujet du second fils de Jérôme. Cet auteur, qui n'a pas été informé que Fulrade, abbé de saint Quentin, étoit un personnage très-distinct d'un abbé de saint Denis, du même nom, les a confondus ensemble, pour n'en faire qu'un illustre & seul Abbé : mais il est indubitable que, quoique l'abbé de saint Quentin & celui de saint Denis aient paru, sous le même nom & dans le même temps, à la Cour de Charlemagne, le premier étoit beaucoup plus jeune que le second ; qu'ils eurent l'un & l'autre une origine particuliere, & qu'ils occuperent des places très-différentes.

Elizée, auquel le Pape Zacharie écrivit vers l'an 745, pour qu'il se trouvât, avec plusieurs autres évêques, à un concile d'Alle-

I I I.

Ibid. tom. 3.
Lib. 44, N°.
103.

I V.
Gallia Christiana,
tom. 9. *col.* 1041.

V.
Année 745.

VIII. SIECLE.
V I.
Année 750.
III. Sæculo BB.
part. II, fol. 334
& seq.
Gouye de Lon-
guemare, Dif-
fertat.
Annales B B.
tom. 2. Lib. 22.
N°. 64.

magne, rempliffoit, dès cette année, le fiege épifcopal de Noyon.

Dès l'automne de l'an 750, Fulrade, abbé de faint Denis, qu'un heureux génie, qu'un efprit vafte & profond, & mille autres qua- lités, rendoient infiniment recommendable, fut envoyé à Rome par Pépin *le Bref*, en députation avec Burchard, évêque de Virz- bourg, au même Pape Zacharie, pour confulter ce fouverain Pon- tife, fi lui Pépin, attentif à procurer tout le bien poffible au royaume, n'étoit pas préférable, pour en prendre le gouver- nement, à Chilperic, qui, endormi fur le trône, en négligeoit tous les intérêts. Peu nous importe ici de difcuter fi la réponfe de Zacharie n'avoit pas été concertée avec Pépin : mais il eft cer- tain que les députés de celui-ci lui en rapporterent une favorable.

V I I.
Ibid. tom. 2,
Lib. 25, N°. 76.
Ibid. Lib. 26,
N°. 18.
Ibid. Lib. 29. N°.
44.

Fulrade étoit dès-lors l'aumonier de Pépin ; dignité qu'il garda pendant toute fa vie, & dont l'abbé de S. Quentin ne put par con- féquent être revêtu dans tout ce temps. Après l'an 784, où l'abbé de faint Denis mourut, elle fut donnée à Vitbold. En 792, An- gilbert, beau-fils de Charlemagne, l'occupoit. Enfin en 823, vers le temps de la mort de l'abbé de faint Quentin, & neuf ans après celle de Charlemagne, l'Archi-Chapelain ou Grand-Aumonier de Louis *le Débonnaire*, étoit Hilduin, abbé de faint Denis, de faint Germain-des-Prés, & de faint Médard de Soiffons.

V I I I.
Année 751.

C'eft ce même Fulrade, abbé de faint Denis, qui, l'année fui- vante 751, fut venger fa Maifon de l'entreprife que l'abbé de Ma- roilles, Hormungus, avoit formée fur la terre de Soléme en Cam- brefis, éloignée de fix ou fept lieues de la ville de Saint-Quentin. Il poffédoit toute la confiance, & jouiffoit de toute la faveur de Pépin. On s'adreffoit à lui de toutes parts, pour obtenir les graces de la Cour ; & fa bonté fe prêtoit volontiers aux juftes demandes qu'elle pouvoit appuyer. C'eft au même Fulrade que le Pape Etien- ne III, fucceffeur de Zacharie, adreffa une lettre fi flatteufe rap-

II. Partie, fol.
336.

portée dans le *troifiéme fiécle des Saints de l'Ordre de faint Bénoît*, dans laquelle il l'appelle *le Bien-Aimé du Seigneur*, & *l'Abbé de divers monafteres, fi digne en effet de la tendreffe de Dieu*. C'eft à lui enfin que ce Pape fit don, dans la fuite, d'un palais dans Rome ; de plu- fieurs bénéfices monachaux, & auquel, comme s'il eût cru que ces récompenfes étoient au-deffous des fervices qu'il en avoit reçus, il accorda, par des lettres authentiques, le pouvoir d'éta- blir des églifes & des monafteres par-tout où il voudroit, avec la claufe que les églifes fujettes à cet Abbé, ne dépendroient pas des Ordinaires diocéfains ; & que toutes les caufes n'en feroient por- tées que pardevant le Saint-Siege feulement.

Annales B B.
tom. 2, Lib. 23.
N°. 26.

L'Abbé de faint Denis étoit très-vraifemblablement originaire d'Alface ; fon pere étoit Riculfe, & fa mere Ermengarde. Il eut un frere appellé Gautsbert, & une fœur nommée Waldrade. On s'étendroit inutilement fur les autres actions de cet illuftre Abbé. Ce que nous venons d'en dire doit fuffire pour prouver qu'il n'eft pas le même que Fulrade, abbé de faint Quentin. Il mourut en 784, vers lequel temps l'Abbé de faint Quentin commença à peine de paroître. L'épitaphe, qu'Alcuin dreffa à l'Abbé de faint Denis, ne refte plus que dans les mémoires, & marque affez clairement que fon corps a été inhumé à Saint-Denis, d'où l'on croit qu'il fut tranfporté enfuite en Alface, dans le monaftere de S. Alexandre de Liberaw, où il eft honoré comme faint par les moines qu'il y a fondés.

VIII. Siecle.
Année 751.

Ibid. Lib. 25, Nᵒ. 43.
Ibid. Lib. 22, Nᵒ. 43, 44 & 45.
Ibid. Lib. 23, Nᵒ. 3.
Diplom. Lib. 6, fol. 491.

Jérôme commença d'occuper la double dignité de Comte-Abbé de faint Quentin, peu avant les premieres années du regne de Pépin, qui n'eut lieu, felon les plus habiles Critiques, qu'en l'an 752; & il la tint vraifemblablement de fon pere Charles-*Martel*. Deux divers traits de châtiment exemplaire, arrivés au temps du Comte Jérôme, nous montrent encore avec quelle attention le faint Patron de la ville d'Augufte de Vermandois veilloit à la fureté de fes cliens.

Année 752.
Gouye de Longuemare, Differtat.
Hift. du duché de Valois, tom. 1, pag. 147.

IX.

Un nommé Ebruïn (1) trainoit dans la langueur d'une fâcheufe maladie des jours triftes & miférables, fans qu'il pût trouver de remede à fon affligeante fituation. Le Roi Pépin le renvoya pardevant le Comte Jérôme. Ce Seigneur avoit fans doute d'habiles Médecins auprès de fa perfonne. Ebruïn en fut reçu avec diftinction. Le logement du malade fut établi dans l'appartement qu'avoit occupé certain prêtre nommé Weneridus. Depuis la mort de celui-ci, il demeuroit dans cette maifon un pauvre boiteux, appellé Wincelinus, qui gagnoit fa vie à façonner de petits ouvrages de bois. C'eft à ce même ouvrier qu'un domeftique d'Ebruïn enleva, en partant, un outil propre à creufer certains vafes. Perd beaucoup qui perd le peu qu'il a. Wincelinus étoit affligé de l'accident qui lui étoit arrivé. Saint Quentin, auquel il expofa fes peines dans la douleur de fon cœur, vengea l'injure du pauvre. Le raviffeur étoit déjà arrivé en fon pays, au-delà du Rhin. Le faint Martyr lui apparut dans le temps du fommeil, & lui reprocha fa faute. Avoue-la à ton maître, ajouta-t-il, & prie-le de faire remettre à Silvain, le coûtre de mon églife, l'inftrument que tu as dérobé. Le coupable ne fit point d'attention à cette premiere vifion : une feconde fuccéda ; il la négligea encore. Enfin le Saint lui apparut une troifieme fois. Un air terrible avoit couvert fon vifage. Malheureux, lui dit-il, pourquoi négliges-tu mes avis ? Le châtiment de ton obftination fera d'être privé de voir la lumiere. Il dit ; & le criminel devint aveugle. L'infortuné obéit enfin, mais trop tard, aux ordres du faint Martyr qui l'avoit frappé. Pour conferver à la poftérité la mémoire du prodige,

un outil, pareil à celui qui avoit été renvoyé, fut fabriqué, &
attaché devant l'autel du Saint, vengeur du pauvre.

Un autre voleur (2) eut l'adresse d'enlever de l'autel dédié à
saint Michel, qui étoit au-dessus de la premiere voûte en la tour
de l'église de saint Quentin, des pommes façonnées en or & en
argent, qui y pendoient. Il les avoit cachées dans son sein, pour
les transporter en la maison d'un ancien clerc, nommé Fredebert.
Le Ciel punit à l'instant le coupable de son crime. Des ardeurs dé-
vorantes le tourmenterent : de grosses pustules s'éleverent aux endroits que les pommes avoient touchés ; mille douleurs intestines
enfin enleverent, au milieu de ses pleurs & du désespoir, le sacri-
lege criminel.

On a dû remarquer que, sous le Comte-Abbé Jérôme, Silvain
remplissoit la place de Coûtre dans l'église de saint Quentin. Il
est le second de ceux dont la mémoire est parvenue jusqu'à
nous.

Etienne III étoit venu en France en 753, par le conseil du Roi,
pour y solliciter lui-même sa protection royale contre Astolphe,
Roi des Lombards, toujours occupé à inquiéter les Papes, ou obstiné à ne leur proposer que des conditions d'accommodement
contraires à leurs droits & à leur honneur. L'Abbé de saint Denis,
Fulrade, avoit encore été l'un des principaux députés que Pépin
avoit envoyés au-devant du souverain Pontife, pour le recevoir
sur ses terres. L'accueil, que Pépin fit au Pape, fut magnifique
& des plus respectueux. Il le reçut dans son château de Quiersy,
sur l'Oise, au confin du Noyonnois. Le Roi y avoit passé la solemnité de Pâques avec toute sa Cour ; il profita de la réunion de
tous les Seigneurs, pour tenir, le lendemain de la fête, une assemblée générale. L'éclat en étoit relevé par la présence du Pere
commun des fideles. La guerre y fut résolue contre les Lombards
& leur Roi.

Près de Quiersy existoit dès-lors un monastere appellé Brétigny,
que la présence du même Pape rendit encore célébre. Ce lieu
étoit en ce temps du diocese de Noyon, à deux milles de laquelle
ville il est situé. Maintenant il appartient à l'évêché de Soissons ;
& son monastere, devenu prieuré de Clugny, est dépendant de
celui de Lihons en Amiénois. Il y avoit dans Brétigny un cours
d'études : les Religieux, voulant profiter des lumieres du souverain Pontife, lui proposerent quelques questions de discipline sur
le mariage, le baptême & le clergé, qui les embarassoient. Etienne
les leur décida, du château de Quiersy, & réduisit sa réponse en
dix-neuf articles. Le titre des décisions de ce Pape, qui se lisent
au deuxieme tome des conciles de France, est conçue en ces
termes : . . . . . *Stephani II Papæ responsa, quæ cùm in Franciâ
esset,*

effet, in Carifiaco villâ, Brittiniaco monafterio dedit, ad varia confulta de quibus fuerat interrogatus : anno 754.

C'eft dans ce même monaftere que Vilbert fut facré Evêque de Châlons en 758. C'eft là encore qu'ont vécu & font morts faint Hubert, moine, réclamé contre la pefte, & un faint Gamon, abbé, qu'on ne connoît que de nom. On doit bien fe garder de confondre ce Brétigny-ci avec un autre du pays Chartrain, où fe fit le traité de paix avec les Anglois en l'année 1360.

VIII. SIECLE.
Année 754.
XIII.
*III. Sæculo BB.
Parte I, fol. 720.*

Pépin, en fe décidant pour la guerre d'Italie, fe faifoit une gloire d'établir fa propre puiffance fur fes hauts faits, fur les fervices particuliers qu'il pourroit rendre aux fouverains Pontifes, auxquels il favoit que les peuples portoient un refpect infini, & fur l'idée avantageufe que les François concevroient de fon attachement au Saint-Siege. Dès la même affemblée de Quierfy, Pépin avoit tranfmis à l'Eglife Romaine la propriété de plufieurs villes d'Italie ufurpées par les Lombards. L'acte de cette conceffion y fut dreffé en fa préfence & en fon nom, & foufcrit de fes fils Charles & Carloman.

XIV.

Enfin, ce Roi partit en cette année 754, pour foumettre l'orgueilleux Aftolphe qui, retranché dans les montagnes des Alpes, croyoit inacceffible l'entrée de fon pays. Pépin fit paffer fon armée dans le Dauphiné ; il étoit fuivi d'Etienne même, de Carloman qui s'étoit fait moine au Mont-Caffin, & de la Reine Bertrade. Tous refterent à Vienne, & y attendirent paifiblement la nouvelle de la réuffite des armes du Roi. Pépin monta les Alpes, battit Aftolphe, diffipa fes troupes Lombardes, & pénétra jufques dans Pavie. Aftolphe vaincu s'engagea à reftituer l'Exarcat de Ravenne & la Pentapole au Pape; & , pour fûreté de fa promeffe, il remit des ôtages entre les mains de fon vainqueur.

Le Comte Jérôme avoit accompagné Pépin dans fon expédition : il le laiffa revenir en France au commencement de l'hiver; mais pour lui, fuivi de Fulrade, abbé de faint Denis, il eut l'honneur de convoyer le Pape jufqu'à Rome. Leur féjour ne fut pas long en cette capitale. Sans doute le printemps fuivant les rappella en France. Aftolphe rompit alors fes engagemens qu'il fut forcé de renouveller encore. Mais Fulrade, reconnu affez habile pour le perfuader, par fes négociations, à tenir fes promeffes, fut renvoyé en Italie où il refta pour en pourfuivre l'exécution. Cet Abbé figura encore infiniment dans les nouvelles manœuvres qui fe pratiquerent en Lombardie, l'an fuivant, & devint le principal miniftre de l'élévation de Didier au trône des Lombards, après la mort d'Aftolphe.

XV.
*Annales BB.
tom. 2, Lib. 23,
No. 6.
Annales incerti
autoris, ad hunc
annum; Parifiis,
1588.*

Année 755.

Adelphride, monté fur le fiege épifcopal de Noyon, avant l'an

XVI.

Tom. I.   R r

757, foufcrivit dans celui-ci aux décrets d'un concile tenu à Compiegne, & à un privilege accordé à l'abbaye de Gorze. En 763 il foufcrivit pareillement à un autre pour celle de Prum que Pépin dotoit de quelques biens. Enfin, en 765, il affifta à un plaid tenu à Attigny, dont il approuva les réfolutions par fon feing, conçu en ces termes : . . . . *Athalfridus, Epifcopus civitatis Noviomis.*

Si l'on doit bien fe garder d'attribuer aucune des démarches de l'Abbé de S. Denis à celui de S. Quentin, de peur de confondre enfemble ces deux perfonnages, on doit obferver encore que ce dernier doit être certainement diftingué d'un autre Fulrade, abbé de Fleury ou de Saint-Bénoit-fur-Loire ; lequel étoit fucceffeur de Magulfe dans cette place, & fut le prédéceffeur de Théodulphe qui devint Evêque d'Orléans.

Didon ou Dodon monta vers ce temps fur le fiege épifcopal de Vermandois, de Noyon & de Tournay. On n'en fait rien de plus.

Pépin *le Bref* mourut en 768, le 24 de Septembre, après dix-fept ans de regne. Il eft compté pour le premier Roi de la feconde race ; il s'étoit rendu maître, par l'autorité abfolue que lui donnoit fa charge de Maire du palais, de la perfonne de Childeric III ; &, après l'avoir confiné dans l'abbaye de faint Bertin en Artois, il s'en étoit approprié la puiffance fouveraine qu'il tranfmit à Charlemagne fon fils légitime, & aux defcendans de cet Empereur. Il avoit partagé fon royaume entre fes deux enfans, avant que de mourir. Il avoit donné la Neuftrie, fous laquelle nous avons déjà dit qu'étoit compris le Vermandois, à Carloman fon cadet. Il laiffa à Charles, avec l'Auftrafie, les Saxons & les autres peuples barbares qu'il avoit nouvellement foumis. Cependant, après fa mort, les Seigneurs affemblés, fans fe mettre en peine du partage qu'il avoit fait, donnerent la Neuftrie à Charles, & l'Auftrafie à Carloman. Mais, trois ans après la mort de Pépin, toute fa domination revint à Charles. Le Roi Carloman prit la maladie dont il mourut à Samoucy, près de Laon, le 4 de Décembre. Son corps fut tranfporté de là à Reims, & enterré dans l'abbaye de faint Remy. Ce fut alors que Charlemagne, qui s'empara du royaume de ce frere, fut reconnu en fa place par tous les Grands de la nation, & même par Fulrade, le grand-aumônier de fon palais, toujours le même que l'Abbé de faint Denis.

Gilbert, qui d'Abbé du monaftere de faint Amand avoit été fait Evêque de Noyon, foufcrivit en 769 au concile de Latran, fous le Pape Etienne III. L'Auteur de la chronique de faint Denis raconte que le Prélat mourut en fon abbaye, où il s'étoit fait rapporter durant fa maladie, & y fut enterré dans l'églife de faint

Pierre & de faint Paul, à la droite de l'autel. On lui poſa cette
épitaphe :

VIII. Siecle.
Année 771.

Qui paſtoralis faſtus ambitis honoris,
Cernite quàm citò gloria præterit hujus honoris ;
Et quàm diſtrictum manet hunc examen honorem :
Quòd tamen evaſi, Domino mihi ſubveniente.
Me Gillebertum quem prætulit Elnonenſis,
Grex ſibi paſtorem, poſt clerus Noviomenſis,
En vermes rodunt : nec virga, nec inſula prodeſt.

Alcuïn lui fit une autre épithaphe que les Auteurs du nouveau
Gallia Chriſtiana rapportent dans la liſte qu'ils ont donnée des Abbés de faint Amand. On croit que c'eſt fous cet Evêque que Charlemagne avoit été facré, par le Pape Etienne III, Roi des François, le 9 d'Octobre, dans la cathédrale de Noyon.

Tom. 3, col.
256.
Annales de
Noyon, p. 621.

Quelques mois après la mort de Carloman, le Comte-Abbé
Jérôme paya le même tribut à la nature ; & ſon illuſtre fils, Fulrade, lui ſuccéda dans ſes biens & dans ſa qualité d'Abbé de l'é-
gliſe de faint Quentin. Les actes anciens de cette Baſilique l'appellent en Latin *Fulradus*, nom que le vieux nécrologe a traveſti
en celui de *Fourraudus*. D'autres actes l'appellent *Folradus*. Il eſt le
cinquieme dans l'ordre indiſtinct des Abbés de l'égliſe de faint
Quentin, dont nous avons connoiſſance ; & le quatrieme de ceux
que nous ſavons certainement avoir été eccléſiaſtiques.

XXII.

Nous ignorerions quels Seigneurs obtinrent le gouvernement du
comté de Vermandois, pendant toute la durée de la longue adminiſtration de Fulrade, ſi nous ne croyions devoir ici placer Guntard comme le ſucceſſeur de Jérôme dans cet emploi. Claude Emmeré s'eſt extrêmement écarté de ce ſentiment, puiſqu'il rejette
l'arrivée de ce Seigneur en l'an 860, & même après la mort du
Comte Adélard. Mais pluſieurs raiſons nous engagent à abandonner
ſon opinion. La filiation bien ſuivie de nos Comtes eſt un point
trop important de cette Hiſtoire, pour qu'on ne liſe pas volontiers la déduction des preuves que nous apportons en faveur de
notre ſentiment.

XXIII.

1°. Les guériſons ſurnaturelles, opérées au ſépulchre de faint
Quentin, ſous le gouvernement temporel du Comte Guntard,
ſont rapportées par l'Auteur du *Livre des Miracles* de ce Saint,
immédiatement après celles qui arriverent ſous l'adminiſtration
ſpirituelle de l'abbé Fulrade. Pourquoi donc cet Ecrivain n'auroit-
il parlé d'aucunes de celles qui feroient arrivées ſous l'abbé Hugues, & ſous le Comte Adélard, s'ils avoient vécu avant Guntard ?

2°. D'ailleurs, le même écrivain fait succéder l'abbé Hugues à Fulrade, après avoir cessé de parler des miracles opérés sur le comte Guntard : n'est-ce pas une conséquence évidente, que ce Comte parvint à cette dignité dans le même temps, ou peu après, que Fulrade étoit parvenu à celle d'Abbé de l'église de saint Quentin, & avant que Hugues succédât à ce dernier ? Pourquoi auroit-il rapporté entre ces deux Abbés, des miracles opérés plus de quarante ans après la mort de Fulrade ? Car, nous l'avons déjà dit, Claude Emmeré ne fait venir Guntard qu'en 860, & Fulrade mourut en 826.

3°. L'auteur de ce même *Livre* se dit témoin oculaire des prodiges qu'il raconte, soit de ceux arrivés sous Fulrade, soit de ceux qui arriverent sous le comte Guntard ; & parle ensuite de l'abbé Hugues qu'il voit encore, & à l'entrée duquel il finit son ouvrage. Mais cet auteur auroit vécu plus d'un siécle, s'il avoit vu avec réflexion tous les faits qu'il rapporte, & tant de personnages divers qu'il cite. Toutes ces choses passent donc la vraisemblance, si l'on n'avoue que Guntard étoit Comte de Vermandois, en même temps que Fulrade étoit Abbé de ce nom.

4°. La plupart des miracles opérés sous Guntard, au tombeau de saint Quentin, concourent avec la même époque, en laquelle les reliques de saint Sébastien furent apportées à Soissons, puisque le gardien en renvoyoit quelquefois les malades de notre province à leur patron saint Quentin. Or, c'est dans l'année 826 que le corps de saint Sébastien fut apporté en France, & déposé en l'église de saint Médard de Soissons. C'est en cette année-là aussi que Guntard a pu devenir abbé-laïc de l'église de saint Quentin, puisque c'est celle en laquelle Fulrade étoit mort. Donc c'est en ce temps que Guntard étoit encore comte de Vermandois, & non pas en l'année 860, avant laquelle Adélard lui avoit succédé. Claude Emmeré avoit avoué ces vérités dans sa *Table chronologique des Doyens, Coûtres & Chanoines de l'église de saint Quentin*, & dix ans avant qu'il composât son *Augusta Viromanduorum*. Il est tombé en erreur, quand il s'est voulu corriger.

5°. Enfin, il est certain par les actes d'un plaid tenu à Quiersy-sur-Oise en 782, sous Charlemagne, & par ceux d'un concile de Noyon tenu en 814, que Guntard y est souscrit sous le simple nom de *Comte*. Or, ce ne peut être que celui de *Vermandois* ; car, 1°. nous ne connoissons pas d'autre Comte de ce nom qui vécût alors; Car, 2°. il étoit plus facile au Comte de Vermandois, qu'à tout autre, d'assister aux assemblées de ces deux lieux presque limitrophes de la ville capitale de son comté. D'ailleurs, il s'y agissoit d'affaires relatives à son gouvernement ; & c'est par l'intérêt qu'il y devoit prendre, qu'il y assista ; ainsi que Fulrade, abbé de saint

Quentin, y affifta auffi, pour celui de fon églife. Donc Guntard & Fulrade étoient contemporains.

VIII. SIECLE.
Année 771.

Guntard fut *donc* certainement Comte de Vermandois dans le même temps que Fulrade obtint l'adminiftration de l'églife de faint Quentin. Le double titre de Comte-Abbé, réuni dans Jérôme, fut ainfi divifé entre fon fils & Guntard ; peut-être même cette féparation du gouvernement temporel du Vermandois d'avec l'adminiftration fpirituelle de l'églife de faint Quentin, eft-elle l'effet de la vigilance & de la religion de Charlemagne. Cet Empereur, preffé par les follicitations des Evêques, & de tant de conciles qui fe plaignoient de toutes parts de voir les bénéfices & les dignités des églifes, en proie à l'avidité des Seigneurs ; & même fupplié par les remonftrances des Chanoines de faint Quentin, aura partagé entre deux perfonnes deux dignités qui, dans le fond, ne pouvoient légalement compatir en un même fujet laïc.

Fulrade prit poffeffion de fon églife vers l'an 771 ou 172, temps où étoit mort le comte-abbé Jérôme, fon pere. Fulrade n'étoit pas fils naturel de Pépin *le Bref*, & par conféquent le frere de Charlemagne, comme le portent quelques actes anciens. Il eft évident par tout ce que nous en avons dit, & par le témoignage de Théodulfe, évêque d'Orléans, fon contemporain, qu'il étoit, par fon pere Jérôme, le petit-fils de Charles-*Martel*. Et quoique Charlemagne l'appellât fon neveu, *Nepotem*, c'étoit un ftyle de Cour ; il en étoit le coufin-germain, puifque cet Empereur étoit fils de Pépin *le Bref*, frere de Jérôme, lefquels defcendoient d'une même fouche ; favoir, de Charles-*Martel*.

XXIV.
Annales B B.
tom. 2, *Lib*. 28.
N°. 19.

Voici les vers de Théodulfe, qui contiennent l'extrait-baptiftaire de Fulrade.

Lib. II, Cap. 7.

> *Cùm denis luftris ternos minùs inclitus annos*
> *Rex ageret Carolus, fceptra tenendo pia.*
> *Rebus & humanis exemptus, culmina regni*
> *Linqueret ingentis, Rex Lodoïce, tibi :*
> *Datque ingentis Chrifti Incarnatio felix*
> *Addere curriculis quatuor atque decem :* [814]
> *Condere cœpit opus hujus venerabilis aulæ*
> *Abbas Fulradus, nobilitate cluens.*
> *Namque huic Hieronimus : Carolus pater exitit illi,*
> *Qui propriæ fpecimen gentis ad aftra tulit :*
> *Bella gerens, pacemque tuens : qui culmina regni*
> *Ad prolem mifit : auxiliante Deo.*

L'hiftoire fuivante va prouver l'attention que le faint Patron de

XXV.
Année 778.

l'églife de Fulrade ne ceffoit d'avoir, du Ciel qu'il habite, pour ſes Chanoines qui étoient ſur la terre.

Dans le ſiécle dont on parle, les Abbés, même eccléſiaſtiques, des grandes églifes ou des monaſteres, ſe rendoient auſſi très-ſouvent les maîtres abſolus des manſes capitulaires; & leurs ſujets, pour avoir changé de ſupérieurs laïcs, n'étoient pas toujours mieux traités de ceux-là. Ces Abbés recevoient les biens que la piété donnoit à leurs églifes, les régiſſoient, les diviſoient à leur gré. Après en avoir nourri les membres de leurs communautés, ou leur avoir diſtribué une partie des fonds ou des revenus, ils reconſolidoient le reſte à leur manſe abbatiale, & en uſoient ſelon toute l'étendue de leur bon plaiſir. Sous une domination ſi deſpotique & ſi peu canonique, le ſort des inférieurs ne pouvoit donc être adouci, qu'à proportion du plus ou du moins de paſſion qu'avoient les Abbés pour l'intérêt ou leurs plaiſirs. Quelques Evêques tomberent dans le même reproche. C'eſt l'abus de ce régime arbitraire qui a occaſionné, dans la ſuite, tant de plaintes de la part des monaſteres & des chapitres, contre les Abbés & les Evêques, & qui a obligé l'Eglife d'ordonner des diviſions exactes des biens, entre les chefs & les ſujets des communautés.

L'abbé Fulrade avoit donné (3) à l'un de ſes officiers, appellé Roderic, la terre de Villers, qui n'avoit été aumônée à ſon églife que pour la nourriture d'un mois entier de ſes chanoines. Cette conceſſion cauſa bientôt de la diminution dans les pitances des Freres, & des murmures parmi eux. Leur ſaint Patron entreprit la défenſe de leur juſte cauſe. Tel qu'un ſoleil radieux, il apparoît à un pauvre Laboureur du village nommé Pontreu, & lui commande d'aller, de ſa part, trouver Fulrade, & de l'engager à reſtituer à ſes chanoines le bien que cet Abbé avoit donné à un homme profane. Au ſurplus, une croix de bois qui devoit être plantée, par l'ordre du Saint, au-deſſus de la porte de la ferme de Villers, ſerviroit à défendre à l'invaſeur d'y entrer jamais, & à avertir tout autre Abbé de ne la plus céder, dans la ſuite, à perſonne. Amalwin dormoit quand il eut cette viſion: il s'éveilla, & négligea d'en ſuivre l'inſpiration. Saint Quentin lui apparut une ſeconde fois, & lui commanda plus expreſſément d'obéir à ſes ordres. La grande autorité de Fulrade en impoſoit trop à ce pauvre homme; il aima mieux les porter à ſon Juge. Celui-ci, qui crut que le vieillard extravaguoit, n'eut pas la patience de l'entendre juſqu'au bout; il le chaſſa de ſa maiſon. Amalwin avoit différé trop long-temps d'exécuter le commandement qui lui avoit été fait. Le ſaint Martyr ſe préſenta à lui une troiſieme fois, dans le ſilence de la nuit; lui reprocha ſa nonchalance & ſa timidité: & lui poſant le doigt ſur la bouche, Tu ſeras muet, lui dit-il, juſqu'à ce que tu te ſois

introduit pour remplir par toi-même , & de point en point , tout
ce que je t'ai dit de faire. Amalwin ne retarde plus : il se rend à
l'instant au moulin des chanoines. Un doux sommeil s'y empare
de lui , & le dispose à recevoir , dans la paix du repos, les derniers
ordres du saint Patron. En effet , il lui frappe le côté , & lui commande qu'après s'être présenté devant les chanoines , lorsqu'ils
iroient au chœur y chanter les matines , il monte en la Tour de
saint Michel ; qu'il y prenne une relique de saint Amand ; qu'il la
porte devant le grand-autel ; qu'il la baise trois fois , & dise ensuite à l'assemblée , ce qu'il lui avoit révélé. Le muet se rend do-
cile à la voix de saint Quentin. Déjà le coûtre Veradus a permis
à son chapelain Gentfridus , d'ouvrir la porte de la Tour à Amalwin : déjà celui-ci a exécuté tous les ordres qu'il avoit reçus du
Saint ; enfin il parle , & annonce à la terre les volontés du Ciel.
Tout paroît surnaturel dans les discours & la conduite de ce vieillard. On rapporte le nouveau prodige à Fulrade : il en est saisi
lui-même de crainte ; il restitua leur ferme à ses Clercs. Ainsi cet
Abbé répara le tort qu'il avoit fait. Les chanoines jouirent de leur
bien ; Amalwin fut guéri ; le Saint triompha.

On peut conclure avec fondement de tout ce narré , que la terre
de Villers , dont il s'agit ici , est celle de Villers-Faucon, où le chapitre de saint Quentin possede encore quelques biens , & une cure
sous l'invocation de leur auguste Patron.

Quoique les Saints opérent des miracles dans tous les temps, il
semble cependant qu'ils ont choisi principalement celui de l'établissement de leur culte , pour en faire un plus grand nombre. Ou
bien n'ignorerions-nous une partie de ceux qu'ils opérent tous les
jours , que parce que les personnes qui en seroient favorisées , les
tiendroient cachés dans leur sein ? Voici quelques guérisons miraculeuses attribuées encore au saint Patron de l'Auguste de Vermandois, arrivées vers le temps dont on parle.

Adalbaldus , né au pays de Brie , devenu cul-de-jatte , fut guéri
de son incommodité, après avoir été (4) exposé seulement , pendant peu de jours , sous le portail de l'église de saint Quentin.

Angalarius (5) , né & élevé dans le cloître des chanoines de
saint Quentin , suit son pere à Aix-la-Chapelle ; il s'y sent tout-à-
coup privé du pouvoir de marcher. Charlemagne , auquel il est
présenté , apprend que cet impotent est serviteur né de saint
Quentin & de l'abbé Fulrade ; il le renvoie à celui-ci. On dépose
l'infirme sous le parvis de l'église du Martyr ; ce saint Patron
l'appelle , & lui commande de se lever. Le jeune homme est
guéri.

C'est dans le même lieu (6) qu'une Païsanne toute courbée
sous le faix de ses incommodités , reçut une parfaite santé ,

VIII. SIECLE.
Année 778.

XXVI.

qu'elle alla facrifier auffitôt à Dieu, dans l'auftérité d'un monaftere.

L'évêque de Vermandois & de Noyon, Gilbert, abdique, felon Jacques Le Vaffeur, fon évêché, vers l'an 781. Nous avons ci-devant parlé du lieu de fa retraite, de fa mort, & de fon épitaphe. On lui choifit pour fucceffeur Pléon ou Plera.

Charlemagne ayant affemblé en 782, dans fon château de Quierfy, les principaux Seigneurs de fa Cour, pour y régler certaines affaires, le comte de Vermandois, Guntard, en fut du nombre, & y foufcrivit, entr'autres actes, celui d'une confirmation de quelques biens donnés à l'abbaye de faint Denis.

Vers ce temps, & avant 787, l'intendance de la riviere de l'Efcaut jufqu'à la Seine, avoit été donnée à Angilbert. Peut-être que fous ce département étoit compris celui du cours de la Somme. Angilbert étoit le premier confeiller de Charlemagne, & fon confident le plus intime. Il eut l'honneur d'époufer Berthe, la fille de cet Empereur : il avoit été en 781 le premier miniftre de Pépin, Roi d'Italie, lorfque ce Prince étoit encore trop jeune pour gouverner fes Etats. C'étoit de la faveur de Charlemagne même, qu'il tenoit cette infpection fur les rivieres dont on parle. Il avoit encore celle de la côte maritime de France, dans le Boulonnois & la Bretagne.

L'évêque de Noyon, Pléon, affifte en l'année 798, & en la fuivante, à la dédicace des églifes du monaftere de faint Riquier, en Ponthieu.

Gifla ou Giféle, fœur de l'Empereur Charlemagne, abbeffe de Chelles & de fainte Marie de Soiffons, avoit des biens confidérables dans l'Artois, le Cambrefis, le Vermandois & l'Amiénois ; elle en fit, à l'exemple de fes ancêtres, le don à l'abbaye de faint Denis par un acte paffé, le 13 de Juin de l'an 799, dans Aix-la-Chapelle où la Cour fe tenoit.

Sous l'adminiftration de Fulrade, l'églife de faint Quentin reçut fa troifieme augmentation ; car nous comptons pour la premiere celle qui fe fit après le temps de fainte Eufébie ; &, pour la feconde, celle dont faint Eloi fut l'auteur. L'époque de l'entreprife de Fulrade eft certaine. Théodulphe, évêque d'Orléans l'a confignée dans fes Faftes poétiques, dont nous avons rapporté le texte, lorfque nous parlions de la généalogie de cet Abbé. Sans doute c'étoit au frontifpice de l'églife de faint Quentin que les vers de Théodulphe avoient été gravés en lettres d'or. La clef de leur explication dépendoit de cette pofition. Aidé des bienfaits de Charlemagne, cet Abbé fit donc renouveller en entier fon églife, l'agrandit, l'orna & l'enrichit. Ce n'eft pas fans grande raifon que cet Empereur eft appellé, dans le vieux nécrologe de cette Bafili-

que

VIII. SIECLE.

XXVII.
Année 781.
Annales de Noyon, p. 619.
Voyez le N°. 21 précédent.

XXVIII.
Année 782.
Annales BB.
tom. 2, Lib. 25, N°. 32.

XXIX.
Année 787.
Ibid. Lib. 26, N°. 81.

XXX.
Année 798.
Gallia Chrift.
tom. 9. col. 987.

XXXI.
Année 799.
Annales BB.
tom. 2, Lib. 26, N°. 81.

IX. SIECLE.
Année 814.

Theodulph. Aurelian. Lib. 2, Cap. 7.

Voyez l'année 778. N°. 24.

Cl. De la Fons, hift. de S. Quentin, pag. 246.
Aug. - Vir. fol. 73.

que , le glorieux Conſtructeur & Dotateur de l'auguſte Temple dédié à ſaint Quentin. Voici le détail d'une partie des riches préſens qu'il lui fit. Il donna aux chanoines la terre de Fontaines-les-Clercs avec ſes dépendances.

Fontaines-les-Clercs eſt un beau domaine ſitué près de la ville de Saint-Quentin, que le Chapitre de cette égliſe augmenta dans la ſuite par la donation qu'on lui fit des terres voiſines, par les acquiſitions à prix d'argent qu'il y ajouta, & par la réunion de la mairie de ce fiſc royal qu'il acheta des Chevaliers du Temple. Simon, écuyer, maire de Fontaines, avoit donné au Chapitre de ſaint Quentin, en 1227, cinq muids de froment, à prendre à perpétuité ſur ſa mairie. Cette dignité, & le reſtant des biens y annexés, avoient été donnés aux Templiers par Marie, ſœur de Simon, à peu près dans le même temps. Ces Chevaliers la vendirent en 1234 au même Chapitre qui, par cette acquiſition, ſe trouva ſeigneur univerſel de toute la terre de Fontaines. (7) Le martyrologe de cette compagnie fait mention, au 9 de Janvier, de la mort de Guillaume d'Orléans, chanoine de ſaint Quentin, qui donna à ſes confreres deux muids de froment, à percevoir en ce village ſur trente ſeptiers de terres qu'il affecta à cette preſtation. Le cartulaire de l'égliſe de ſaint Quentin parle dans la ſoixante-dixieme charte, laquelle eſt de l'an 1336, du clos *Binet*, avec la maiſon & le jardin, ſur les eaux de Fontaines, & avec dix ſeptiers de terres que le Chapitre donna, à cens annuel & perpétuel, de trois muids & quatre ſeptiers de bled à Pierre Raliaus & Mehaus ſa femme, & ſous condition de rétablir ladite maiſon à leurs frais, & de faire foſſés & murailles audit clos.

Charlemagne crut encore la donation, qu'il avoit faite en ce village aux chanoines de ſaint Quentin, au-deſſous de ſa généroſité ; il y ajouta tous les ornemens de ſa chapelle. Elle contenoit entr'autres choſes un calice d'or, du poids de trente-ſix marcs ; un texte d'évangile, couvert de même métal & de pierres très-rares ; une boëte d'argent ; deux grands chandeliers de pareille matiere ; une croix, &c. Il accompagna le tout de reliquaires très-précieux.

Le vaiſſeau d'égliſe que Fulrade fit conſtruire étoit magnifique. Il y avoit déjà dix ans que l'on y travailloit, lorſqu'un nommé Ragemboldus (8), natif de Nivelle en Brabant, qui expioit ſes fautes par divers pélerinages, arriva en la ville de Saint-Quentin. Ce ſaint Martyr condamnoit la nonchalance avec laquelle les ouvriers ſe portoient à leur attélier ; il apparut, tout rayonnant de gloire, au pelerin, dans le temps de ſon ſommeil, & lui ordonna de dire aux travailleurs de preſſer davantage le nouvel édifice. Ragemboldus n'obéit pas au Saint. Une ſeconde viſion qu'il eut ne fit pas

XXXII.

XXXIII.

IX. SIECLE.
Année 814.

plus d'impreſſion ſur lui. Une troiſieme enfin lui devint funeſte. Saint Quentin, lui réitérant toujours le même commandement, lui flétrit les génoux & les cuiſſes. Il n'en devoit recouvrer l'uſage qu'au jour de la fête du Martyr. Le miſérable ſe fit donc conduire ſous le portail de l'égliſe ; il y déclara publiquement les ordres dont il étoit le porteur, & fit craindre aux ouvriers, par l'exemple de la punition qu'il avoit éprouvée lui-même, celle dont ils étoient menacés. On reprit les travaux de la nouvelle égliſe, pour ne plus les abandonner. Enfin, lorſque la ſolémnité de la fête de ſaint Quentin eut attiré aux matines tous les fideles de la ville, lorſqu'on eut commencé de réciter les actes du martyre du glorieux Patron, on entend une voix forte, qui appelle de ſon ſommeil Ragemboldus, & qui lui commande de ſe lever & de marcher. Le miracle de ſa guériſon étoit conſommé. Alors l'admiration, la crainte, le reſpect & la reconnoiſſance convierent tous les aſſiſtans, témoins oculaires du prodige, à bénir Dieu & ſon ſaint ſerviteur.

Ragemboldus juſtifia, peu de jours après, par ſa mort, la prédiction que lui en avoit faite en ſecret le même ſaint Martyr.

Enfin, un muet (9), dont le Saint délia en même temps la langue, en employa les premieres paroles à recommander aux ouvriers, de la part de l'illuſtre Patron, de hâter la bâtiſſe de leur édifice, & revéla aux peuples des ſecrets futurs.

XXXIV.

La dignité d'Abbé de l'égliſe de ſaint Quentin étoit dans Fulrade d'une autorité infiniment reſpectable. Vandelmarus, évêque de Vermandois & de Noyon, étoit monté ſur le ſiege épiſcopal de cette derniere ville, après l'an 799. Il aſſembla en 814 un concile à Noyon, compoſé de pluſieurs Evêques & d'Abbés. Il s'agiſſoit d'y faire régler, à l'encontre de Rothard, évêque de Soiſſons, les limites de ce dioceſe & de celui de Noyon. L'Evêque de Noyon avoit ſous ſa dépendance pluſieurs paroiſſes en-deçà de la riviere d'Oiſe. On décida dans ce concile que ces paroiſſes appartiendroient déſormais à l'Evêque de Soiſſons. Brétigny reſta cependant à celui de Noyon ; & l'on ne ſait comment ce lieu, qui en 868 en dépendoit encore, eſt à préſent du dioceſe de Soiſſons. L'abbé Fulrade aſſiſta au concile de Noyon dont on parle, & ſouſcrivit au réglement qui étoit intervenu ſur la conteſtation propoſée. Il étoit dans l'ordre en effet qu'on eût invité principalement à ce concile le chef de l'égliſe - matrice, dont on devoit régler & fixer les bornes. Le Comte Guntard, qui avoit accompagné Fulrade à cette aſſemblée, en ſouſcrivit auſſi les actes.

Frodoard, hiſt.
Rem. Lib. 2, cap.
18.
Annales BB. tom.
2. Lib. 31. N°.
67.
Annales de
Noyon, p. 621.
Hiſtoire du Valois, tome I,
page 44.

XXXV.

Charlemagne mourut en cette année même. La France perdit en particulier un de ſes plus grands Rois, le premier de ſon royaume, par ſon eſprit vaſte, ſon génie étendu, ſon courage intrépide , son savoir , son zélé & sa piété. Le Pape Paschal Ier le mit au rang des Saints. Les chanoines de saint Quentin consacrerent leur reconnoissance envers cet illustre Empereur , en adoptant son culte. Ils en célébrent encore la fête par un office double qu'ils font en son honneur , le 28 du mois de Janvier. Mais la cathédrale de Noyon , où l'on croit que Charlemagne a été sacré en 768 , à laquelle il a fait aussi de grands biens , & dans laquelle on conserve encore un très-ancien tableau , représentant en grand le portrait de ce Prince , n'en a pas encore admise la fête , & ne lui continue qu'un *obit* marqué au 16 de Septembre.

IX. Siecle. Année 814.

Annales de Noyon , p. 624 & suiv.

L'église , bâtie à la gloire de saint Quentin par l'abbé Fulrade , n'acquit son état de perfection qu'en l'année 824 , & par conséquent deux années avant la mort de son restaurateur. Mais ce qu'il y en avoit de construit vers l'an 816 , cet Abbé le fit bénir par le Pape Etienne , quatrieme de ce nom. Cette consécration est une circonstance singuliere que nous apprenons d'un ancien martyrologe de cette église. Claude De la Fons l'avoit remarquée ; Claude Emmeré l'a mal à propos omise , pour en faire tout l'honneur aux soins de l'abbé Hugues & à d'autres consécrateurs. La cérémonie s'en fit le deuxieme jour du mois d'Août. C'est en effet en ce temps que les Auteurs nous rapportent qu'Etienne IV vint en France , où il fut magnifiquement reçu de Louis *le Débonnaire* dans la ville de Reims. La considération & l'autorité de Fulrade , son crédit auprès du Pape & en la Cour de nos Rois , sa proximité avec le fils de Charlemagne , l'excellence même de l'église de saint Quentin auront fait obtenir aisément à cet Abbé la grace signalée de voir bénir son église par les mains du Vicaire de Jesus-Christ.

XXXVI. Année 816. Cl. De la Fons , histoire de saint Quentin , pag. 125. *Aug.-Vir. fol.* 75. *Annales B B. tom.* 2, *Lib.* 28, No. 37.

Le vieux martyrologe , dont on parle , appélle *saint* le Pape Etienne IV , le consécrateur de l'église de Fulrade ; mais cette qualité doit s'entendre dans le sens étendu , sous lequel nous l'attribuons tous les jours à nos souverains Pontifes. Etienne IV , dont il s'agit ici , n'est pas inscrit par l'Eglise au rang des *Saints* , strictement pris. Le Pape de ce nom , auquel elle a accordé cet honneur , est bien plus ancien , puisque la date de sa mort est rapportée à celle de l'empire de Valérien , sous lequel il a souffert , c'est-à-dire , au temps où l'église du Vermandois n'étoit pas même encore fondée.

Nous ne devons pas douter que la pompe de cette dédicace n'ait été extrêmement solemnelle. D'autre part , l'église , commencée par Fulrade , étoit , comme on l'a déjà dit , noble & magnifique pour son temps. Il paroît par les morceaux d'édifice , qui ont échappé aux flammes des Normands qui la brûlerent en 883 , qu'elle avoit la même longueur qu'a celle que nous voyons main-

XXXVII.

IX. SIECLE.
Année 816.

tenant bâtie en sa place. Il y avoit au côté & près du portail une tour considérable, que nous avons vue, qu'une trop grande vétusté a fait abattre depuis quelques années. Sous cette même tour étoient autrefois le moulin & le four des chanoines. Pour rappeller l'ancienne pratique des premiers jours de l'église, où l'on enterroit les Martyrs dans des voûtes souterraines, Fulrade avoit fait construire une crypte ou grotte cavée sous le chœur de l'église. Il y avoit dressé un autel tourné au solstice d'été; &, vis-à-vis de cet autel, il y avoit fait pratiquer trois petites arches, en forme de fourneaux, pour y faire reposer, dans des tombeaux de marbre, les reliques de quelques corps saints. Celles de saint Quentin devoient occuper celui du milieu; celles de saint Prix, celui d'un des côtés; le troisieme auroit été rempli de quelques autres. Cette belle crypte s'est conservée en entier jusqu'à présent. Mais l'accomplissement de la glorieuse tumulation, projettée par Fulrade, étoit réservé à Hugues, son successeur.

Aug. Vii. fol. 73.

Lorsque la crypte, dont on vient de parler, avoit été achevée, on l'avoit ornée de choses précieuses. L'ardeur d'en enlever quelque bijou (10), y porta un voleur qui eut assez d'adresse pour s'y glisser pendant l'office de complies; mais une main invisible l'écarta des dépouilles qu'il vouloit dérober. La crypte devint pour le criminel un labyrinthe dans lequel il s'égaroit çà & là. Il y étoit encore retenu après la mi-nuit, lorsque le Coûtre l'y rencontra. Il n'en obtint le pardon de son crime, qu'après l'aveu sincere qu'il fit de son mauvais dessein, & la promesse qu'il lui jura de ne plus tenter à l'avenir de si condamnables entreprises.

Le miracle arrivé sous Veradus nous indique le nom de ce Coûtre; il est le troisieme de ceux que nous sachions avoir occupé cette place dans l'église de saint Quentin. Wandelmarus, évêque de Noyon, obtint, au mois de Novembre de 817, de l'Empereur Louis un privilege pour sa cathédrale de Tournay.

Colnii Annales Eccl. tom. 7. fol. 472.

XXXVIII.
Année 818.
Annales BB.
tom. 3, lib. 42,
N°. 19.
Ibid. in Append.
fol. 697.

Dans une assemblée tenue à Compiégne, le 14 de Mars de l'an 818, le Comte Guntard joignit ses instances à celles de Robert, Comte de Paris, pour engager le Roi à donner au monastere de saint Germain-des-Prés une petite abbaye appellée Sainte-Croix-Saint-Ouen, dont la charte d'union fut en effet alors expédiée en cette ville.

Rantgaire obtint, vers ce temps, l'évêché de Noyon & de Tournay.

XXXIX.
Année 820.
Annales BB.
tom. II, lib. 26,
N°. 99.

Gardons-nous d'interpréter en mauvaise part l'intention de Fulrade, lorsque nous lui voyons prendre, vers l'an 820, l'administration de l'abbaye de Laubes, au diocese de Cambrai. C'étoit sans doute bien moins pour se la rendre héréditaire, en succédant à Ramnéricus qui avoit envahi le gouvernement de ce monastere, que pour y trouver peut-être les reſſources néceſſaires à l'accompliſſement de ſon deſſein ſur l'égliſe de ſaint Quentin, ou bien pour rétablir le bon ordre qu'y avoient renverſé les différentes dépradations exercées dans cette maiſon. On croit communément que Ramnericus étoit le bel-oncle de Fulrade, par une ſœur du Comte Jérôme ſon pere, que ce Seigneur avoit épouſée.

On doit bien plus encore ſe garder de conclure pour le monachiſme de Fulrade, de ce qu'il ſe feroit chargé du gouvernement de l'abbaye de Laubes. Quel inconvénient y a-t-il qu'un Abbé ſéculier de l'égliſe de ſaint Quentin s'immiſce dans la direction d'un monaſtere, lorſqu'un ſimple chanoine, ſans quitter ſon état ſéculier, s'introduit dans le même emploi & dans la même maiſon ; ou lorſqu'un Seigneur, même laïc & marié, y prend le titre d'Abbé, en uſurpe les revenus, & fait les fonctions principales attachées à cette dignité ? C'étoit ce qu'avoit fait le chanoine Hildericus, avant le Comte Ramnericus qui lui ſuccéda. Ces trois Abbés de Laubes ont donc pu prendre la qualité d'Abbé de ce monaſtere, & y exercer telles fonctions qu'ils auront voulu ; mais il ne s'enſuit pas de-là qu'ils aient été moines.

XXXX.
Année 823.
Ibid. Lib. 29.
Nº. 49.

Attentif au bon régime & au bien de ſa premiere égliſe, Fulrade n'oublia pas cependant ce qu'il devoit à celle qu'il venoit d'adopter. En 823, & par conſéquent cent & dix ans après la mort d'Urſmarus, premier abbé de ſon monaſtere, l'Abbé de ſaint Quentin fit l'élévation du corps de cet abbé de Laubes. La cérémonie en avoit été fixée au 26 de Mars.

XXXXI.
Année 825.

Rantgaire, évêque de Noyon, eſt nommé par l'Empereur Louis le Débonnaire, pour aller réformer les abus de quelques dioceſes. Sa miſſion eſt de 825.

Une choſe très-honteuſe & très-criminelle ſe paſſoit en ſon dioceſe & en celui de Cambrai. On ne la devine pas cependant, dit le pere de Longueval, à moins qu'il ne s'agiſſe ici des femmes qui ſervoient à l'autel & diſtribuoient l'Euchariſtie ; abus dont ſe plaignoit un concile de Paris, de ces années-là.

XXXXII.
Année 826.
Ibid.
GalliaChriſtiana,
tom. 9. fol. 1041.

L'abbé Fulrade fut doué d'une longue vie. Il eſt évident, par tout ce que nous en avons dit, qu'il a brillé dans le monde pendant plus de cinquante ans. Mais nous ne pouvons pas nous perſuader qu'il y ait eu deux abbés de ſaint Quentin, du même nom de Fulrade, ſur la foi toute nue de quelques auteurs. La mort de Fulrade arrivée, ſelon le martyrologe de ſaint Quentin, le 30 de Janvier, en 826, trois ans après l'élévation du corps d'Urſmarus, remit les choſes dans la confuſion, par rapport au gouvernement du comté & de l'égliſe de Vermandois. Guntard, qui peut-être n'avoit été élevé à la dignité de Comte, que dans un âge moins avancé que n'étoit Fulrade, quand celui-ci avoit été promu à celle

IX. SIECLE.
Année 826.

Lib. de Miracul.
S. Quint. Cap. 30.
Cl. De la Fons,
hist. de S. Q.
p. 127 & 173.

d'Abbé de saint Quentin, lui survécut, & s'empara, à l'exemple du comte-abbé Jérôme, du titre & de la prélature de l'église de sa ville capitale. C'est une usurpation qui n'est que trop vraie, si l'on en croit l'auteur du *Livre des miracles de saint Quentin.* Claude De la Fons l'avoit apperçue ; & pour donner son rang à ce Comte, il avoit fait commencer son entrée dans le gouvernement du Vermandois, & dans celui de l'église de saint Quentin, en l'an 820, pour la faire expirer, par la mort de ce Seigneur, en 833. Mais nous avons cru, fondés sur les raisons que nous avons rapportées plus haut, devoir faire remonter l'arrivée de Guntard, au temps de celle de Fulrade même. D'autre part, il est sensible que Claude Emmeré, qui, comme on l'a déjà dit, place Guntard après Adélard, c'est-à-dire, en l'an 860, n'a pas suivi exactement l'authentique qu'il avoit devant les yeux. Guntard étoit déjà comte-abbé de saint Quentin en 826, lorsque les reliques de saint Sébastien furent apportées à Soissons.

Voyez l'année
771. N°. 23.

Voici ce que dit de toutes ces choses le manuscrit (11) cité, dont nous allons étendre le récit, en suivant les Annales Bénédictines du savant pere Mabillon. Louis, que d'autres nomment *Hildomus,* mais plus correctement *Hilduinus,* Hilduin, abbé tout-à-lafois des monasteres de saint Dénis, de saint Germain-des-Prés, & de saint Médard de Soissons, suivant le mauvais usage de ces temps-là, étoit revenu de Rome, où il avoit été en 825. Singulierement considéré du Pape Eugene II, en la Cour duquel il avoit été trèsfavorablement reçu & traité, il en pouvoit attendre toutes les graces possibles, lorsque Rodoin, prévôt de saint Médard, l'engagea à mettre à profit l'estime & la faveur qu'il s'étoit acquises à Rome, en demandant au souverain Pontife quelques reliques insignes. Il vouloit par-là illustrer son abbaye, & peut-être lui procurer de plus grands biens. Hilduin approuva ce dessein ; & pour en assurer plus fortement le succès, il dépêcha à Aix-la-Chapelle le moteur de toute l'entreprise, Rodoin, auprès de l'Empereur Louis *le Débonnaire,* qui, à l'exemple de Charlemagne, faisoit ordinairement sa résidence en cette ville. Ce Prince appuya de toute son autorité, la demande d'Hilduin ; & fit remettre à Rodoin des lettres de recommandation très-pressantes pour le saint Pere. Les vœux de Rodoin étoient tombés d'abord sur le corps de saint Sylvestre, qu'il eût souhaité d'obtenir d'Eugene. Mais après avoir tourné ses vues sur celui de saint Sébastien, il insista vivement sur ce dernier. Le Pape ne put le lui refuser ; il lui en fit le don. Rodoin, riche de cette précieuse dépouille, ne tarda pas à l'apporter en France, où Rothard, évêque de Soissons, la reçut dans sa ville épiscopale. On déposa successivement ces reliques dans l'église de saint Gervais & de saint Protais ; ensuite dans celle de sainte

XXXXIII.
*Annales B B.
tom.* 2, *Lib.* 29,
N°. 83.

Marie, & enfin elles furent transportées dans celle de saint Médard. Cette derniere translation se fit le second Dimanche de l'Avent de l'an 826, le neuvieme jour de Décembre.

Dieu opéra, à leur occasion, tant de divers miracles, que le nombre n'en peut être aisément compris. Mais comme si sa bonté suprême eût voulu montrer, dans le même temps, qu'elle sait s'étendre en tous lieux, & que les graces insignes qu'elle accordoit par l'intercession de ce Serviteur, ne préjudicioient point à celles qu'elle pouvoit élargir par ses autres favoris, elle en fit éclater aussi une multitude infinie en l'église de saint Quentin, au tombeau de ce glorieux Patron du Vermandois. Nous voyons même que pour contre-balancer, s'il est permis de parler ainsi, le pouvoir des deux saints Martyrs; pour étendre également leur honneur sur la terre, & pour intéresser dans leur culte tous les peuples, Dieu accordoit souvent, au sépulchre de l'un, des guérisons qu'il avoit comme refusées à celui de l'autre.

Le vingt-unieme (12) jour de Mai de cette même année, c'est-à-dire, de la déposition du corps de saint Sébastien, un nommé Milon, du village d'Hermiscourt, au diocese de Cambrai, reçut dans la ville de Saint-Quentin, & par les mérites de ce Saint, la guérison de sa cécité, qu'il n'avoit point obtenue du Martyr de Soissons.

XXXXIV.

On n'étoit pas encore revenu de l'admiration qu'avoit causé ce miracle, que, dans le même jour, le nommé Henry, né au Mont-Vibert, sentit subitement changer l'étisie, en laquelle il étoit réduit, en une santé très-florissante.

La nuit suivante, une petite fille, native de Soissons même, recouvra l'usage d'un bras, d'une main & d'un pied, dont elle ne pouvoit se servir auparavant.

Le nommé Hamnon, né sur le domaine de l'abbaye de saint Amand, en un village appellé *Fierinas*, vit, le lendemain, la lumiere du jour, qui lui étoit interdite depuis long-temps.

Mrobette, née au même lieu, sentit, au tombeau de S. Quentin, se dissiper tous les maux, pour la guérison desquels elle avoit réclamé l'assistance de plusieurs autres Saints, depuis trois ans qu'elle étoit affligée.

Le vingt-quatrieme du même mois, le Fermier de l'abbaye d'Homblieres, demeurant au village d'Omissi, Lanfredus, se sent en état d'aller remercier, dans son église, le saint Patron, dont les mérites invoqués lui avoient procuré la guérison d'une paralisie qui le retenoit au lit depuis quatre mois.

Les jours de cette heureuse année étoient presque tous marqués par des miracles nouveaux. La guérison merveilleuse d'une femme native du village d'Artam, appellée Dominique, ouvre le mois de

Juin : elle en eft, dès le premier jour, délivrée d'une infirmité qui la faifoit clocher.

Le cinquieme : une femme aveugle, nommée Gode, du village de Spalt en Hainaut, qu'on avoit expofée fous le portail de l'églife de faint Quentin, y recouvra la vue.

Le fixieme : la nommé Célene, native d'un village appellé Lucy, fut guérie par l'interceffion du même Saint, d'une enflûre au bras qu'elle avoit rapportée de Soiffons, où elle avoit été en folliciter le foulagement auprès de faint Sébaftien.

Le neuvieme, qui étoit le jour de la Pentecôte, au temps des matines, Adeltrude, née au village de Voyenne, ceffa tout-à-coup d'être aveugle. Elle étoit au fervice même du comte Guntard, qui étoit devenu alors abbé-laïc de l'églife de faint Quentin : elle avoit été deux fois en pélérinage à Soiffons ; mais les gardes du tombeau du faint Martyr de cette ville, l'avoient renvoyée vers celui de faint Quentin, & lui avoient fait efpérer de trouver là feulement le foulagement qu'elle y reçut en effet, & que la Providence ne vouloit pas qu'elle cherchât ailleurs.

Le vingt-quatrieme : Roderic, né dans le territoire de Soiffons, recouvra, au fépulchre de faint Quentin, la vue d'un œil qu'il avoit perdue.

Le vingt-neuvieme : Ermengarde de la ville de Sens, vint obtenir, au même tombeau de faint Quentin, la guérifon d'une convulfion continuelle dans les mains, qui lui avoit été refufée à celui de faint Sébaftien.

Le mois de Juillet fut auffi fécond en miracles, que l'avoient été les mois précédens. Le huitieme jour, on entendit parler nettement le nommé Fulcardus, en qui tous les chanoines qui l'avoient vu travailler depuis long-temps en leur moulin, n'avoient jamais remarqué qu'une voix rauque & très-empêchée.

L'onzieme : Adalberte, née à Malincourt en Vermandois, fe vit reftituée dans l'ufage de la vue qu'elle avoit perdue.

Le vingtieme : Adolende commença à fe tenir & à marcher fur fes pieds, qu'elle avoit auparavant tout fracaffés.

Dans la même année, & précifément au jour de la paffion, le même Saint guérit d'aveuglement une femme née dans le Vermandois, nommée Verafia. Il avoit encore guéri, dans le même mois, un appellé Adelingus, d'une pareille infirmité qu'il confervoit depuis onze ans.

Fichard, que d'autres nomment Aichard, fuccéda en 830 à Rantgaire, évêque de Noyon, qui avoit affifté l'année précédente à un concile de Paris ; & transféra, au commencement de fon épifcopat, le corps de faint Mombe, qui avoit été enterré à Condren en Vermandois. Il étoit accompagné de Halitgaire, évêque de Cambrai,

Cambrai, qui mourut l'année fuivante ; ce fut celle en laquelle on rapporte que fe tint un concile à Noyon même (831). Cette affemblée fut ordonnée par Louis *le Débonnaire*, qui, pourfuivant le reffentiment qu'il avoit conçu contre l'évêque d'Amiéns, Jeffé, le fit condamner à être dépofé, comme coupable de leze-majefté. Ce Prélat, en effet, étoit rentré dans la confpiration du Roi d'Italie, Bernard, dont nous parlerons dans la fuite ; & avoit ofé attenter aux jours de l'Empereur & de fes enfans. Jeffé, dépofé dans le concile des Evêques, fut néanmoins reftitué en fa place par fon métropolitain Ebbon ; mais il ne put fe la conferver : il alla porter en Italie fon efprit de révolte, & y mourut.

Guntard, le fpectateur de toutes les merveilles que nous venons de raconter, mourut en l'an 833. Sa mort remit les chofes dans l'ordre. Adélard obtint du Roi Louis *le Débonnaire*, le comté de Vermandois. Hugues fut élu abbé de faint Quentin. Celui-ci eft le feptieme abbé d'une églife, dont nous n'en connoiffons encore que cinq qui furent eccléfiaftiques. Hugues étoit fils naturel de l'Empereur Charlemagne, & d'une concubine appellée Reguina ou Regina : il eut pour freres, Drogon & Thierry, iffus des mêmes amours. Le premier devint, dans la fuite, évêque de Metz ; le fecond fut fait abbé de plufieurs monafteres. L'intime union de l'abbé de faint Quentin avec l'évêque de Metz, leur a valu les louanges de Frothaire. Le fabuleux chroniqueur de Novaléfe a compofé une affez longue hiftoire de l'abbé Hugues, à laquelle les Savans croient devoir donner peu de croyance. On regarde comme une de fes fictions, ce qu'il en dit au fujet de fon éducation & de fa tradition dans le monaftere de Novaléfe. Il eft vrai que Hugues, encore jeune, fut confié, par fon pere Charlemagne, à Frodoin, abbé de cette maifon, pour en être inftruit : mais on ne croit pas qu'il lui ait été donné & voué par cet Empereur, pour y être admis parmi les moines. Ce n'eft que dans la fuite, & par la détermination de fon propre choix, que Hugues a pu embraffer cet état.

La docilité parfaite de l'éleve aux leçons de Frodoin répondit aux autres difpofitions les plus heureufes qu'il avoit reçues de la nature. Il orna dans Novaléfe fon efprit de la connoiffance de toutes les chofes qu'on enfeignoit en ce temps-là : ce qui le fait appeller dans nos archives *Abbas Sophifticus*. Il y remplit auffi fon cœur des femences de toutes les vertus. Prodigue envers les pauvres, il joignit à la plus tendre compaffion pour eux, & à la plus vive piété, une pureté angélique & l'attention la plus févere dans toutes fes paroles & fes actions. Il honora lui-même le fang du grand Empereur auquel il devoit fon origine. Il logea la plus belle ame du monde dans le corps le plus régulier & le plus beau. Char-

---

Marginalia:

IX. SIECLE.
Année 830.
Hiftoire des évêques d'Amiens, page 72.

XXXXVI.
Année 833.
Cl. De la Fons, Hiftoire de faint Quentin, p. 127 & 173.

Eginhart, in vitâ Car. Magni.
Theganus, N°. 28.
Nithardus, lib. 1.
Frothar. Epift. 21 & 41.
Annales B E. tom. 2. Lib. 24. N°. 62.

Chron. Novalicienfe.

lemagne fut infiniment fatisfait des foins de Frodoin , par les excellentes qualités dont il vit que cet Abbé avoit rempli l'efprit & le
cœur de fon fils; il voulut égaler les effets de fa reconnoiffance
envers l'Abbé à la grandeur de fa générofité royale , & à la tendreffe paternelle qu'il avoit pour Hugues; il fit préfent au monaftere , où ce digne fils avoit été élevé , des corps de faint Cofme
& de faint Damien , de celui de faint Valery , & d'autres Saints;
enfin , il le combla de plufieurs biens, dont le chroniqueur de Novaléfe dit avoir vu l'acte de donation.

Il eft bien vraifemblable que Hugues étoit forti fimple laïc de
Novaléfe , puifqu'en 817 il prit le parti de fon neveu Bernard , &
qu'il entra dans la confpiration de ce Roi d'Italie , contre Louis *le*

Débonnaire , fon frere confanguin , & l'oncle de Bernard. Drogon
& Thierry , les freres de notre Abbé , avoient embraffé les mêmes
intérêts. On dit que Théodulfe , évêque d'Orléans , s'étoit auffi
affocié à eux. Le motif de la révolte de Bernard étoit fondé fur
ce que Louis *le Débonnaire* ayant partagé , de fon vivant , fon
royaume entre fes trois fils , Lothaire , Louis & Pépin , il croyoit ,
lui Bernard , qu'étant iffu de Charlemagne même , par un autre
Pépin fon pere , le fils aîné de cet Empereur , il devoit être préféré
à tout autre dans la divifion des Etats de ce Prince. La confpiration de Bernard fut découverte. Il fe vit bientôt abandonné de fes
conjurés ; & il fut forcé de fe rendre à Louis , dont la bonté naturelle ne l'empêcha pas de punir le traître en 818 , en lui faifant

créver les yeux. Hugues & fes freres furent rafés & jettés dans des
cloîtres. L'Evêque d'Orléans fut relegué à Angers où l'on croit
qu'il mourut.

C'eft peut-être dans l'intervalle qui s'eft écoulé , depuis cette
difgrace de Hugues , jufqu'au temps que Louis *le Débonnaire* le
rappella de fon exil, lui & fes freres , que ce Seigneur devint Abbé

de Novaléfe. Frodoin fon précepteur étoit mort le 10 de Mars de
l'an 816 , & avoit été fuccédé par Amblulfus. Celui-ci gouverna
pendant peu d'années ; & , après fa mort , Hugues obtint fa place
vers l'an 820 au plutôt; car ce ne fut qu'en 821 que l'Empereur
Louis lui rendit fa liberté , à fes freres , & aux autres perfonnes
qu'il avoit exilées pour le foupçon ou le crime de la confpiration
qui avoit été formée contre lui. L'année fuivante , ce Prince
crut même leur devoir une fi ample réparation des peines qu'il

leur avoit caufées , que , dans un fynode tenu à Attigny , il
leur en fit excufe , en fe foumettant à une pénitence publique.
Drogon, Hugues & Thierry, peu flattés de la liberté qu'on leur
accordoit, ne voulurent plus rentrer dans le monde ; ils refterent
toujours attachés au fervice des autels.

XXXXVII.   Nous parlons fouvent d'Attigny dans ces Mémoires. Voici ce

que ce fut autrefois. Attigny, en Latin *Attiniacum*, peut fe prendre pour *Yungum* ou *Vungum*; défigné dans l'Itinéraire d'Antonin,
lieu fitué à dix ou douze lieues de Reims. [*XXII millia paffuûm.*]
Il étoit, au temps de Charlemagne, & même avant cet Empereur,
une petite ville déjà ornée de beaux palais & de logemens commo-
des, dans lefquels fe font tenus trois conciles : le premier, fous
Paul Ier en 765 ; le fecond, fous Louis *le Débonnaire* en 822, Pafcal Ier étant Pape ; & le troifieme en 870. C'eft dans ce dernier
que Carloman, fils de Charles *le Chauve*, fut privé de fes bénéfices, pour s'être révolté contre fon pere. Près d'Attigny étoit la
maifon royale où les Empereurs logeoient & aimoient à fe rendre
fouvent à caufe de la chaffe. Cette maifon s'appelloit quelquefois
le palais d'*Yonne*. Il y avoit autrefois une collégiale de douze chanoines qu'un Comte de Champagne réunit à ceux de Reims, qui
les reçurent parmi eux, à condition que la ville d'Attigny appartiendroit aux Archevêques de Reims, qui en jouiffent encore à
préfent. Mais le palais d'Yonne fut changé par le même Comte en
un prieuré de l'ordre de faint Bénoît, fous le nom de fainte Vau-
bourg.

Dans les catalogues, qu'on a fait imprimer, des Abbés de faint
Médard de Soiffons, on a mis Hugues, fils naturel de Charlemagne, après l'abbé Urfion, c'eft-à-dire, vers l'an 833. Mais, fi l'on
examine attentivement la fuite des Abbés de cette maifon, fur-tout
depuis l'an 821, où Hugues rentra dans les bonnes graces de fon
frere Louis *le Débonnaire*, & où il commença de régir des monafteres, on ne trouvera pas les années de l'adminiftration de cet Abbé
dans celui de faint Médard. C'eft plutôt l'entrée de Hugues dans
l'églife de faint Quentin qu'on a voulu dater de cette année
833.

L'année fuivante, cet Abbé obtint encore le gouvernement du
monaftere de Sithiu ; il y fuccéda à Fridugifus, forti auffi de la
famille de Charlemagne, & le chancelier du palais impérial, chanoine féculier, & abbé de faint Martin de Tours, qui lui avoit
laiffé cette place par fa mort. Rien n'étoit plus commun, en ces
temps-là, que la multiplicité des bénéfices dans un feul fujet. On
étoit fpirituellement polygame, fans retenue & fans honte. Que
ne fait pas la foif de l'argent ? Elle ne refpecte pas même le patrimoine de JESUS - CHRIST & de fes pauvres. Si l'abbé Hugues s'é-
toit féparé du monde par l'habit qu'il avoit pris, il y rentra bien
avant par les affaires qu'il y rémplit. On obfervera cependant que,
par toutes les courfes de cet Abbé, les commiffions dont il fut
chargé, & même par les différentes adminiftrations d'églifes féculieres ou de monafteres qu'il a remplies, il ne paroît jamais qu'il
ait été effectivement moine. Après tout, les Eccléfiaftiques fécu-

Tt ij

IX. SIECLE.
Année 834.

L.
Annales B B.
tom. 2, lib. 31,
N°. 19.
Nithar. lib. 3.

liers, les Evêques & les Seigneurs laïcs prenoient ou s'emparoient alors de la conduite des églifes & des monafteres, fans changer leur état. Le 13 d'Août de cette même année, l'Empereur Louis confirma, à la priere de l'abbé Hugues, tous les biens que poffédoit le monaftere de Sithiu. Le diplôme de cette confirmation fut expédié à Aix-la-Chapelle.

Cette grace, accordée à l'abbé Hugues, étoit tout à la fois un effet de l'eftime & de la faveur dont cet Empereur ne ceffa de l'honnorer depuis le moment qu'il l'eut repris en amitié, & un jufte bienfait de la reconnoiffance qu'il lui devoit, pour les fervices qu'il venoit d'en recevoir. Le commencement de cette année avoit effacé l'infamie & la noirceur de celle qui l'avoit précédée. Louis *Augufte* avoit été rétabli fur le trône dont fon fils Lothaire l'avoit fi barbarement fait defcendre. Deux fois fon fils puîné, Louis, infiniment touché des malheurs de ce pere trop complaifant, lui avoit envoyé des députés à Aix-la-Chapelle, pour lui offrir du fecours : deux fois ces députés, obfervés par les confidens de Lothaire, n'avoient pu faire paffer à cet infortuné Prince le contenu de leurs dépêches. Louis *Augufte* étoit gardé à vue dans fon château ; il languiffoit fous une efpece d'efclavage ; & fon fils dénaturé triomphoit de lui. Hugues, abbé de faint Quentin, rempli lui feul, non de toute la tendreffe qu'un frere doit à fon frere, mais de celle même qu'un fils bien né auroit dû avoir pour fon pere, portoit impatiemment la vue des malheurs de Louis. Il vole de l'Allemagne dans l'Aquitaine ; & , ranimant dans Pépin, le troifieme fils de cet Empereur, tout le feu de fon amour pour fon pere, il l'engagea à fe joindre à fon frere Louis contre leur frere commun, Lothaire, & à délivrer de fes chaînes un pere refpectable, dont ils tenoient tout. Dans le même temps, on avoit foulevé en France & en Bourgogne tous les peuples contre un fils rébelle. Lothaire fut effrayé de la confpiration formée contre lui ; il voulut en prévenir l'orage ; il s'étoit rendu à Paris, où il avoit donné ordre à tous les Grands du royaume de s'affembler. Il y avoit amené avec lui fon pere & fon frere Charles qu'il avoit enfermés auparavant dans l'abbaye de Prum. Le fort des armes alloit décider dans un combat entre des freres liguées les uns contre les autres. Louis, leur trop tendre pere, ne fut pas divifer entr'eux fon affection, & haïr un criminel ; il aima autant encore Lothaire que les deux autres innocens ; épouvanté du danger qu'ils couroient tous, il empêcha la bataille.

On étoit au commencement du Carême. Enfin, fur les repréfentations de quelques députés envoyés à Lothaire, le barbare avoit confenti de mettre fon pere en liberté. Bientôt après il changea, & voulut établir des commiffaires pour connoître de

leurs différends. En attendant leur réfolution, il avoit encore re-
légué fon pere & fon jeune frere Charles dans l'abbaye de faint
Denis. Il courut auffi-tôt à Vienne pour y repouffer d'autres ennemis. C'eft dans l'heureux intervalle de cette abfence, que tous
les Evêques & les Grands du royaume, infpirant à Louis *Augufte*
de reprendre avec vigueur fa couronne, la lui remirent en effet
entre les mains. Il la garda jufqu'à fa mort. Cette efpece de réha-
bilitation fe fit le deuxieme Dimanche de Carême. Il n'eft pas douteux que l'abbé Hugues, que nous avons vu fi animé, fi occupé à
procurer du fecours à fon frere, n'ait eu la meilleure part auffi à
fon fortuné rétabliffement. Bientôt la paix, l'heureufe paix, re-
concilia Lothaire avec Louis, les freres avec les freres ; & ces
ennemis, faits uniquement pour fe refpecter ou pour s'aimer, dé-
poferent leurs haines avec les armes. L'Empereur s'étoit rendu en
fon château de Quierfy fur l'Oife ; il y rappella fon époufe Judith
d'Italie, où elle s'étoit retirée pendant tous ces troubles.

Telle étoit l'eftime particuliere que Louis *Augufte* avoit conçue
pour l'abbé Hugues, qu'il l'avoit fait fon premier fecrétaire. Cette
charge mettoit néceffairement l'Abbé dans la confidence la plus
intime de cet Empereur. Nous avons beaucoup de diplômes par
lefquels nous voyons que les emplois de Hugues l'appellant hors
de la Cour, Hirminmaris les expédioit en fa place. Celui pour
l'abbaye de Sithiu, duquel nous parlions plus haut, appelle Hugues *le cher frere de l'Empereur, le premier notaire de fon facré palais, &*
un vénérable Abbé.

Quoique Hugues ait fait auffi de fon côté infiniment d'autres
biens à cette maifon, il n'en aima pas moins tendrement la nouvelle époufe qu'il avoit prife : on entend l'églife de faint Quentin.
Tous les fentimens de grandeur & d'élévation, que Fulrade avoit
conçus à l'avantage de cette Bafilique, pafferent dans le cœur de
ce dernier Abbé. Il l'orna magnifiquement. La derniere main avoit
été mife à l'édifice dès 824, un an après le temps où Claude Emmeré fait mal à propos prendre poffeffion à Hugues de fa nouvelle
dignité. Cet Abbé voulut faire bénir en 835, par des Evêques,
les ouvrages nouveaux qui ne l'avoient pas été par le Pape Etienne IV. Dans ce deffein, il invita Drogon, évêque de Metz (13),
à fe rendre en l'églife de faint Quentin. Le prélat y vint, & la
confacra. Pour rendre plus célébre cette folemnité, Hugues raffembla encore tout ce qu'il put de perfonnes diftinguées. Fichard,
évêque de Noyon, Siméon, évêque de Laon, Patrat, évêque
Saxon, & un cinquieme dont le nom ne nous a pas été confervé,
y affifterent. C'eft en la préfence de ces mêmes Prélats, que le même Abbé transféra le corps de faint Quentin de derriere l'autel où

IX. Siecle.
Année 835.

saint Eloi l'avoit pofé, & le renferma, fous la crypte, dans le tombeau qui y avoit été deftiné.

Cette double cérémonie fe fit le vingt-cinquieme jour d'Octobre de l'an 835, le vingt-deuxieme du regne de Louis *le Débonnaire*, & le deuxieme de la régence de Hugues. C'eft ici la troifieme tumulation du corps de faint Quentin. Son églife commença dès ce temps à en célébrer, à pareil jour, la fête qu'elle n'a pas encore interrompue jufqu'à préfent.

LIII.

Il eft donc prouvé que Hugues ne fuccéda pas immédiatement à Fulrade, mais que ce fut Guntard. Il eft certain encore, quoiqu'en difent quelques fauffes chroniques, que la tumulation du corps de faint Quentin dans la crypte par Hugues ne fe fit point en 825. C'étoit en la vingt-deuxieme du regne de Louis *Augufte*, c'eft-à-dire, en 835, puifque ce Prince avoit commencé de fuccéder à fon pere Charlemagne, dès l'année de fa mort arrivée à l'entrée de l'an 814. D'ailleurs Fichard, évêque de Noyon, qui fut préfent à la bénédiction du refte du temple de faint Quentin, ne

Gallia Chrift.
tom. 9, fol. 987.

monta, felon Baluze, fur le fiege de cette églife, qu'en 829 ou 830, comme nous l'avons dit. Comment donc auroit-il pu affifter, en fa qualité d'Evêque diocéfain, quatre ans avant fa promotion? Tel eft à peu près le fentiment de Claude De la Fons que nous

Tabella Chronol.
fol. 13.

avons cru devoir fuivre préférablement à celui de Claude Emmeré qui, pour affortir fes dates à quelques fauffes hiftoires, ne s'eft pas fait de fcrupule de faire tomber la cérémonie, dont il eft queftion, en la douzieme année du regne de Louis Ier, dit *le Débonnaire*; & de corriger de fon chef un texte qui l'incommodoit dans

Hift. Eccléfiaft.
tom. 4, p. 437.

l'Auteur du *livre des miracles de faint Quentin*. M. de Tillemont, qui l'a fuivi, s'eft trompé avec lui.

LIV.

Avant le temps que nous parcourons, il s'étoit introduit dans la ville de Saint-Quentin un premier ufage qui, par fon oppofition à un fecond qui prit fon établiffement vers les mêmes années, eft devenu trop fingulier pour que nous n'en faffions pas ici mention. On entend parler de la liberté de manger de la chair, en la folemnité de la paffion de faint Quentin, en tel jour qu'elle puiffe tomber, fut-ce en celui d'un Vendredi ou d'un Samedi, & d'anticiper le jeûne ordonné par l'Eglife, à caufe de la fête de tous les Saints, en le célébrant la veille de celle de ce faint Patron.

SIXIEME DISSERTATION.

IX. SIECLE.
Année 835.

*Sur l'ufage de manger gras , en la ville de Saint-Quentin , en la folemnité
de la fête de ce Martyr , en tel jour qu'elle puiſſe tomber , & d'y anticiper
le jeûne de celle de la Touſſaint.*

Le jour de la fête des Martyrs fut de tout temps , dans l'Eglife ,
un jour de réjouiſſance dans le Seigneur. On ne doit point s'affli-
ger dans l'anniverfaire du triomphe des Vainqueurs : tel eſt l'ordre
de la raifon. L'Eglife, en fuivant ce principe , ordonna , dans quelques-uns de fes conciles , de célébrer dans la joie le jour glorieux
de la mort des Martyrs , & condamna le deuil & la pénitence que
certains hérétiques vouloient y introduire. Le bonheur & la joie
de l'ame des Chrétiens devoient rejaillir juſques fur leurs corps ;
& par haine de l'affeƈtation mal placée des novateurs, il fut comme prefcrit , par les canons , aux vrais fideles , de fe réjouir extérieurement, de fe donner une réfeƈtion plus abondante , indiſtinƈte
pour le choix des mets , & même de fe livrer à quelques plaifirs innocens. Voilà le fondement & l'origine de la pratique ufitée dans
la ville de Saint-Quentin , de faire gras au jour du martyre de fon
illuſtre Patron. Ainſi , & pour des caufes à peu près femblables ,
eſt-il permis aux fidéles d'ufer de la même liberté au jour de la naiffance de JESUS-CHRIST , & tous les Samedis qui la fuivent jufqu'à
la Purification incluſivement.

Baronius , lib.
II , de Martyrol.
Cap. 4.
Annales ejufdem
ad annum 57, N°.
132.

L'établiſſement de l'ufage particulier de la ville de Saint-Quentin
remonte certainement au temps de fes premiers Evêques appellés
de Vermandois. Les habitans de la capitale de cette province ,
après avoir rendu à Dieu , dans fon temple ; leurs actions de graces pour le bonheur éternel qu'il avoit accordé à leur faint Patron,
après avoir honoré le faint Martyr lui-même, & l'avoir félicité de
fa conſtance & de fa fidélité , confacroient les intervalles & le reſte
du jour de fa fête à des feſtins qu'ornoit une honnête abondance ,
& que relevoit une joie plus libre , mais toujours modérée , parmi
les parens & les convives amis.

Leurs innocens plaifirs , & fur-tout la liberté de faire gras,
étoient fondés fur une caufe fage , autorifés par la puiſſance légitime , exécutés avec une intention pure & décente , & enfin con-
facrés par un ufage fuivi pendant plus de quatre fiécles , lorfque
Louis *le Débonnaire* établit & ordonna en 835 de célébrer à perpétuité , dans la France & en Allemagne , la fête de tous les Saints ,
le premier jour de Novembre. D'autres ont écrit que ce fut en
830 , & qu'Ebon , archevêque de Reims , fut le plus grand promoteur que Louis *Augufte* employa à l'établiſſement & à l'extenſion

de la folemnité dont on parle. Au refte, cette fête avoit été d'abord inftituée par Boniface IV, dès l'an 607, quand il changea le panthéon de Rome en une églife dédiée à la fainte Vierge & à tous les faints Martyrs, avec injonction à toutes les églifes de l'univers de la célébrer. Grégoire IV en avoit confirmé dans la fuite l'établiffement, en étendant l'intention de la fête à tous les Saints indiftinctement; & avoit réitéré à toutes les églifes le commandement porté par Boniface : mais cet ordre n'étoit pas encore fuivi par toutes celles de France ; ce ne fut qu'à la priere de Grégoire, que l'Empereur Louis le fit obferver dans toutes fes terres.

Pour difpofer plus parfaitement les fideles à recevoir les graces attachées à la fête de la Touffaint, la bulle d'érection leur commandoit de s'y préparer par un jeûne qui la précéderoit. La fête étoit univerfelle dans le monde chrétien ; le jeûne de la veille le devint auffi. Ceux qui n'avoient point d'intérêt à omettre cette forte de pénitence, ou qui furent moins jaloux de la liberté d'ufer du gras, de laquelle nous parlions plus haut, fe foumirent au précepte porté par la bulle ; & telle fut la fituation en laquelle fe trouverent apparemment toutes les églifes qui célébroient leurs patrons en la veille de la Touffaint. Celle de faint Quentin fut peut-être la feule qui reclama pour fes coutumes, & qui s'y maintint. La fête de leur Patron échéoit en la vigile de celle de la Touffaint ; il réfultoit de cette occurrence, l'inconvénient fâcheux de mêler à de juftes chants de joie les triftes pleurs de la pénitence, fi l'on vouloit fe conformer au décret du Pape. On obvia à cette bizarrerie. On prévint le jeûne de tous les Saints, en l'obfervant la veille même de la fête de faint Quentin. C'étoit un jour libre pour tous les autres fideles ; il devint onéreux pour tous les habitans de la ville de Saint-Quentin feulement : on y anticipa le payement d'une dette commune, & l'on fe trouva quitte, au jour de la Touffaint, comme les autres fideles, d'une obligation générale. Par ce tempéramment, l'efprit de l'églife fut concilié avec l'ufage ancien de l'églife même.

Mais comme l'abftinence d'un jour de Vendredi ou de Samedi, auquel la fête de faint Quentin pouvoit tomber, n'étoit qu'arbitraire & de droit pofitif eccléfiaftique, & qu'on n'y avoit déjà point d'égard avant que la fête de la Touffaint fût établie, on continua de manger gras le jour de la paffion de faint Quentin. Ainfi la folemnité de ce Martyr continua d'être célébrée dans la ville qui eft honorée de fon nom, auffi *joieufement* (qu'on nous paffe ce terme) que l'eft celle de Noel, de laquelle l'Eglife a retranché jufqu'aux moindres marques extérieures de la pénitence corporelle.

Le cardinal de Florence, Légat du Pape en France, pour amener

à

à la paix les Rois de France & d'Espagne, paſſoit par la ville de
Saint-Quentin en 1597. Il y devint étonné, au rapport qu'on lui
fit d'un double uſage ſi extraordinaire : il demanda la lecture du
privilege qui pouvoit l'avoir permis. On ne put le lui montrer.
Et c'eſt ce qui nous a fait dire que l'origine de cette pratique remontoit au temps des premiers évêques de cette ville. Mais le
ſage Légat reconnut, dans cette habitude, l'uſage ſenſé & reſpectable d'une égliſe particuliere, & ſe garda bien de mettre obſtacle à ce qu'elle continuât d'obſerver ce qui ne touchoit en rien
le fond de la Religion, ni les bonnes mœurs. Les évêques de Vermandois, transférés à Noyon, ont auſſi toujours autoriſé, par
leur approbation, une coutume locale qu'ils voyoient ſous leurs
yeux, & en laquelle ils ne trouverent jamais d'oppoſition à aucune ſorte de bien.

IX. SIECLE.
Année 835.

Baillet, en la *Vie de ſaint Quentin*, parle d'une bulle accordée par
un Pape aux Périgourdins, par laquelle il eſt permis à ces peuples
de faire gras au jour de la fête du ſaint Patron de l'Auguſte de
Vermandois, qu'ils ont pris auſſi pour le leur. Le garant de Baillet
eſt Oderic Rainaud : mais ce ſecond auteur ne rapporte pas la
piece originale qu'il cite. . . . *Præterea*, dit-il, *ad alendam Gal-
lorum in beatum Quintinum pietatem, univerſis Chriſti fidelibus Parœ-
cianis eccleſiarum quæ in Petragorenſi diœceſi in illius Sancti honorem
excitatæ eſſent, conceſſit Clemens IV, ut in feſto illius, ſi in feſti omnium
Sanctorum pervigilio, feriâ ſecundâ, vel tertiâ, vel quintâ incurreret,
carnibus veſcerentur.* M. l'abbé Le Bœuf, qui avoit conſulté à Saint-
Quentin, au ſujet du double uſage & de la bulle dont nous venons
de parler, & qui n'en avoit reçu d'autres éclairciſſemens ſur ſes
demandes, que ceux que nous avons donnés ci-deſſus, découvrit
heureuſement, avant ſa mort, une bulle qui y a infiniment de rapport. Elle lui a été envoyée par extrait, en forme authentique,
de l'abbaye de Cluny, par Dom Euſtache Le Blancq, tréſorier
de cette maiſon. Nous la rapportons telle que ce Savant nous l'a
communiquée.

Ad annum 1268.
lib. 4. N°. 49.

Page 210 *verſo* d'un grand livre *in-folio*, en parchemin, intitulé :
Regiſtre de Bulles de pluſieurs Papes, qui n'y ſont pas dénommés ; le
tout ſans date, & compilé dans l'eſpace du quatorzieme au quinzieme ſiécle, eſt écrit en lettres rouges : *De tranſlatione vigiliæ omnium Sanctorum propter feſtum beati Quintini.* Et enſuite, en caracteres noirs : *Ad beatum QUINTINUM, ſicut accepimus, velut ad
ſpecialem Patronum veſtrum, magnam reverentiam, & devotionem ha-
bentes, feſtum ejus quod in vigiliâ omnium Sanctorum, annis ſingulis,
celebratur, ſolemnitate celebri colitis, & eumdem Sanctum feſtivis gaudiis honoratis. Ut igitur in eodem feſto in quo ſpiritualiter exultatis,
aliquid ſecundùm mundum jocondius vobis accreſcat, ſi prædictum feſtum*

Tome I.   V v

feriâ tertiâ, vel quintâ feriâ venerit, vescendi carnibus ipso die, statuto jejunio non obstante ; itâ tamen quod primo die competenti ante festum ipsum pro dictâ vigiliâ jejunetis, liberam vobis, autoritate Apostolicâ licentiam impertimur. Nulli ergò nostræ concessioni, &c. &c.

Nous croyons qu'on doit penser de cette piece : 1°. qu'elle est de vers l'an 1268, sous laquelle la place Oderic Rainaud, & en laquelle mourut, le 29 d'Octobre, Gui le Gros, Pape, sous le nom de Clément IV. 2°. Nous croyons encore, pour plusieurs raisons, que cette bulle est celle qu'a eue en vue le continuateur des Annales de Baronius, cité par l'Agiographe François ; & que par conséquent elle ne regarde que les Périgourdins. La premiere raison est l'adresse de la bulle qu'Oderic Rainaud a déterminée aux peuples du Périgord, en faveur desquels, en effet, Clément IV, qui étoit du Languedoc, a pu être incliné plus facilement que n'auroit été tout autre Pape. La seconde, est l'exclusion stipulée du gras pour les autres jours que le Mardi & le Jeudi ; exclusion en laquelle on n'a jamais eu d'égard en la ville de Saint-Quentin. La troisieme, est qu'il seroit étrange que la copie du privilege Papal eût été portée & conservée à Cluny, & qu'on n'en eût jamais eu, jusqu'à ce jour, de connoissance en la ville de Saint-Quentin.

Il est vrai que la bulle porte ces mots : *Specialem Patronum vestrum.* Mais quoiqu'ils paroissent regarder assez directement les habitans de la ville de Saint-Quentin, ils peuvent cependant être également appliqués à tout autre peuple qui auroit eu une dévotion particuliere à notre glorieux Martyr. Et c'est le cas où sont les Périgourdins. On doit donc croire que la ville d'Auguste de Vermandois n'a pas d'autre titre de son usage illimité, que sa pratique immémoriale, & qu'elle a servi de fondement & de motif à d'autres églises ou provinces, pour se faire autoriser à la suivre.

Ajoutons cependant que si la bulle, envoyée de Cluny, n'étoit pas de Clément IV, & qu'elle eût été adressée aux habitans de la ville de Saint-Quentin, il est probable qu'elle seroit émanée de Martin IV, mort le 25 de Mars 1285. Ce Pape étoit natif de Troyes en Champagne, où il avoit sucé, avec le lait, la dévotion au martyr saint Quentin, qui y est spécialement honoré, & avoit été chanoine de son église même, en l'Auguste de Vermandois. Mais, encore un coup, cet usage y étoit de beaucoup antérieur à ces Papes.

Claude De la Fons a fait, sur la matiere présente, une dissertation assez étendue dans son *Histoire de saint Quentin.* L'érudition de cet Avocat, que nous avons été obligés d'abréger, ne s'y fait pas moins appercevoir que son bon sens & son zele à défendre tout ce qui pouvoit servir à relever notre commune patrie.

C'est donc en vain que Jean Beleth, professeur de Théologie à Paris, vers l'an 1137, improuvoit, dans les habitans de la ville de Saint-Quentin, la transposition qu'ils faisoient du jeûne de la fête de la Toussaint. C'est en vain que Guillaume Durand, en 1280, épousa la chicane de ce premier Docteur. On doit croire que tout usage est licite, quand il est fondé en causes justes, & en raisons approuvées par l'Eglise même; quand il ne détruit aucun bien plus grand; quand il est constaté par une pratique persévérante; quand un Légat du Pape & les Evêques propres du diocese, après en avoir pris une connoissance exacte & l'avoir vu observer, ne s'y opposent pas, & le permettent même positivement.

IX. SIECLE. Année 835. Rationale Divinor. Offic. lib. 6, cap. 7; & lib. 7, cap. 34.

Cette matiere de discipline particuliere nous conduit naturellement à l'explication de l'étendue de son usage. On doit passer cet examen au zele de mon ministere; & le développement de cette pratique ne sera peut-être pas inutile à ceux même qui voudroient la rayer d'un ouvrage historique.

L. V.

La liberté de manger de la chair au jour de la fête de S. Quentin, & d'anticiper en la veille de ce jour le jeûne de celle de la Toussaint, est une exemption particuliere & locale; elle ne s'étend qu'à ceux dont ce saint Martyr est le patron; c'est-à-dire, aux habitans de la ville de son nom & de la banlieue.

Nous ne croyons point que quelques paroisses de campagne, dédiées à saint Quentin, où les Curés auroient introduit le même usage, soient bien fondées à le suivre. L'exemple des Périgourdins fait une preuve qu'il faut un privilege pour y être autorisé. L'Evêque diocésain, qui d'ailleurs confirme, chaque année par sa puissance, l'usage des Saint-Quentinois, ne fait aucune mention, dans son Ordo, des habitans des campagnes, ou des autres villes de son diocese, qui honoreroient saint Quentin.

Or, les habitans de la ville même de Saint-Quentin, ne pourroient jouir de ce privilege, si, le pouvant faire, ils n'avoient effectivement jeûné & gardé l'abstinence le jour qui précede la fête de la passion de leur saint Patron; car ce jour étant une fois écoulé, comme il n'est plus en leur pouvoir de différer & de transporter le jeûne pressant commandé à l'occasion de la fête de la Toussaint, ils doivent jeûner & manger maigre dans le jour même de celle de saint Quentin. C'est une obligation pour eux qui devient plus urgente, & qui l'emporte sur les raisons de convenance qui en avoient d'abord autorisé la translation anticipée.

Il suit de ce principe que tous les étrangers qui passeroient en cette ville, au jour de la fête du martyre de saint Quentin, dans tout autre dessein que celui de pélérinage, n'y peuvent pas profiter de la liberté dont on parle. Ils sont soumis à un ordre général de l'église qui les suit, & qui les distingue d'une petite communauté de fideles, dans laquelle ils ne sont pas compris. Mais si ces voyageurs supposés, prévoyant que le jour de leur arrivée dans la ville de Saint-Quentin, seroit celui de la fête de ce saint Martyr, en avoient prévenu, la veille, l'abstinence qu'ils devroient observer le jour même, leur obligation à cet égard, étant une fois remplie, ils pourroient, en restant dans la ville de Saint-Quentin, y vivre de la vie commune aux habitans naturels. *Si Romanus eris, Romano vivito more.*

Le jeûne de la Toussaint est un devoir dont doivent également s'acquitter ceux qui viendroient en pélerinage au tombeau du S. Martyr, si la fatigue du voyage le leur permet ; car leur pélerinage, qui est un acte de surérogation, ne devant pas les exempter d'un autre qui lui est antérieur, & qui a force de précepte, telle qu'est l'observance du jeûne à cause de la fête de tous les Saints, ils sont obligés nécessairement de le remplir au jour que l'Eglise le leur commande, c'est-à-dire, le jour même de la fête de S. Quentin, s'ils ne l'ont pas anticipé ; & ce dernier cas échéant, ils demeurent exclus de la joie corporelle qu'ils ne peuvent plus partager avec les habitans de la ville de leur pélerinage supposé : autrement ils seroient plus favorisés que les privilégiés même adstreints par le droit commun. (& peut-être par la bulle citée) d'anticiper le jeûne & l'abstinence commandés à l'occasion de la Toussaint.

Par conséquent tout hôtelier, qui ne s'xpliqueroit pas avec les personnes étrangeres qui viendroient loger chez lui, & qui leur donneroit indiscrétement à manger gras, (sauf le cas d'un besoin réel de leur part) pécheroit mortellement, en participant à leur faute ; il leur auroit prostitué les effets d'une liberté auxquels ils n'ont pas de droit.

Enfin, tout habitant de la ville de Saint-Quentin & de la banlieue, dont le zele indiscret le porteroit à se singulariser, en suivant l'usage universel de l'Eglise, & en renonçant à celui qui est pratiqué dans le lieu de son domicile, pécheroit par un vice de particularité & d'orgueil, qui seroit très-condamnable.

LVI.

Reprenons le fil de notre histoire. Hugues ne sentoit pas (14) sa dévotion, envers le saint Patron de son église, satisfaite par tout ce qu'il avoit déjà entrepris pour la gloire de ce Martyr ; elle lui faisoit regretter de ne pouvoir donner à saint Quentin une société digne de lui. Ce qu'il n'avoit pu obtenir de gré, cet Abbé avoit déjà tâché de l'enlever par adresse ; il avoit suborné un certain moine appellé Maur, pour dérober au monastere de saint Bertin, dont lui Hugues étoit l'abbé, le corps de saint Omer qu'il pût placer auprès de celui de saint Quentin : mais le projet avoit échoué. L'évêque Folquin, informé de la manœuvre, s'étoit opposé au ravissement de ces précieuses reliques, & se les étoit conservées par la force des armes même ; elles étoient donc restées à leurs an-

ciens poffeffeurs. Hugues en fut quitte pour avoir vu fes démarches avortées de ce côté-là. C'étoit vers l'an 836, ou du moins
avant l'an 840, puifque c'eft en cette derniere année certainement
que Hugues obtint de Moduin, évêque d'Autun, d'autres reliques,
& qu'il les y reçut dans l'églife de faint Quentin. Sa tentative ne
fe fit donc pas en 843, comme le dit le favant pere Mabillon qui
dans ce point eft contredit par les actes particuliers que nous avons
fous les yeux.

En 837 Fichard, évêque de Noyon, foufcrivit à un privilege
accordé à l'églife du Mans. En 838 il affifta à un plaid tenu à Aix-
la-Chapelle, & à un fynode de Quierfy.

L'entreprife de Hugues, quoique défagréable à l'Evêque de
Térouenne, Folquin, qui l'avoit vivement repouffée, ne diffocia
pas leurs efprits. Apparemment ce Prélat en paffa au raviffeur la
témérité en faveur de la bonne intention qu'il pouvoit avoir eue.
En 839 ce frere de Fulrade, abbé de faint Quentin, étant dans la
vingt-troifieme année de fon épifcopat, après avoir fait au monaftere de Sithiu d'immenfes donations, fit encore rentrer fous la
garde & la puiffance de cette maifon le monaftere de fainte Marie
que Fridugifus, précéceffeur de Hugues, avoit abandonné à des
chanoines féculiers. La charte de cette réforme, faite à la priere
de Hugues, eft du 18 de Février de cette année. Après les feings
de l'Evêque & de Hugues, on y voit encore entr'autres celui du
moine, appellé Maur, que cet Abbé avoit fuborné, comme on
vient de le dire, pour enlever les reliques de faint Omer.

Immon eft nommé vers ce temps évêque de Vermandois, de
Noyon & de Tournay; car il fit caufe commune avec Thierry,
évêque de Cambrai, pour fe plaindre de l'intrufion violente d'E-
bon fur le fiege de Reims.

Hugues fit d'autres démarches auprès de Moduin, ou Motuin,
évêque d'Autun, qui lui réuffirent plus heureufement. Il étoit lié
d'une amitié particuliere avec ce Prélat; il en fit valoir les droits.
La confidération finguliere que méritoit d'ailleurs, de la part de
l'Evêque, l'abbé Hugues; fa haute naiffance, fon crédit auprès
des Empereurs, tout inclina l'Evêque en faveur de fon ami. Moduin promit à celui-ci de lui donner le corps de faint Caffien, évêque d'Autun. Hugues ne négligea pas cette offre. Bientôt après
arriverent à Autun des Prêtres que l'Abbé y avoit envoyés, pour
en rapporter dans fon églife le tréfor promis. On le leur livra
fecrétement; ils l'emporterent de même. Le Saint fe prêta aux
defirs de tous; il fufpendit pendant la route les effets de fa bienfaifance. Un des porteurs avoit une tumeur à la mammelle. Il le guérit, & cacha dans fon fein la faveur qu'il lui accordoit.

Cette précieufe dépouille arriva dans le pays de Laon en 840,

IX. SIECLE.
Année 836.

Ibid. N°. 71.

Voyez la note
14 de ce livre.

LVII.
Année 837.
Gallia Chriftiana.
tom. 9. col. 988.
LVIII.
Année 839.
Annales B B.
tom. 2, Lib. 32,
N°. 19.

LIX.
Année 840.

LX.

LXI.

IX. SIECLE,
Année 840.

& en la premiere du regne de Charles *le Chauve*. Tout le Clergé de faint Quentin, fon Abbé à la tête, fut au-devant pour la recevoir. On avoit porté des aromates ; on l'embauma, & on l'enfevelit dans de riches étoffes. La piété éclata de toutes parts par les cris de la joie la plus vive.

Lorfqu'on portoit, le lendemain, le refpectable corps dans l'églife de S. Quentin, il fe trouva dans la troupe de ceux qui le foutenoient deux perfonnes coupables du crime d'homicide. Le Saint refufa leur fecours. A leur approche le tombeau s'ouvrit, & fembla reculer de lui-même en arriere. On fit retirer les criminels ; & l'on vit alors que, fi la pureté du faint Evêque d'Autun rejettoit les fervices que vouloient lui prêter les mains fouillées de fang & de péché, elle écoutoit les humbles prieres que la foi formoit dans les autres ; car le même Saint guérit à l'inftant un aveugle de fon infirmité.

LXII.
Année 841.
Nithard. lib. 4.
Annales B B.
tom. 2, lib. 33.
N°. 10.

Le Comte de Vermandois, Adélard, jouiffoit d'un crédit confidérable auprès du nouveau Roi, dont il fe faifoit un plaifir de faire intervenir l'autorité pour le bien des églifes & des perfonnes vertueufes. Dès l'an 841, Loup, abbé de Ferrieres, écrivoit à un autre Abbé de fes amis, que ce Seigneur lui avoit promis très-férieufement de faire reftituer à l'abbaye de Ferrieres, à la premiere

Epift. 71, 88 &
92.

occafion favorable qui fe préfenteroit, la celle ou le monaftere de faint Joffe, en Amiénois, que le Roi Charles avoit donné à un Comte nommé Odulfe. Le même Abbé écrivoit encore, dans le même temps, à celui de faint Quentin, Hugues, qu'il le prioit de fe joindre à Adélard, pour faire inceffamment réprimer par ce Prince l'avidité du même ufurpateur. Cette reftitution long-temps follicitée n'eut lieu cependant que trois ans après, c'eft-à-dire, en 844.

LXIII.
Nithard. lib. 3.

C'eft encore en 841 que l'Evêque de Noyon fut député par Charles *le Chauve*, pour travailler, en fon nom, à conclure la paix avec le Roi Lothaire. Nithard appelle ce Prélat *Exemonem*.

LXIV.
Année 842.
Annales Berti-
niani, ad hunc
annum.

Charles *le Chauve* s'étoit retiré à Creffy-fur-Serre, dans le diocefe de Laon, après la conférence qu'il avoit eue avec Lothaire & Louis de Germanie, touchant la divifion de leurs royaumes. Les bornes en avoient été arrêtées dans cette entrevue. Lothaire devoit poffeder l'Empire, & porter le nom d'Augufte. Louis avoit tout ce qui s'étendoit le long du Rhin. Charles avoit obtenu la feconde Gaule appellée la Belgique, & la Gaule Lyonnoife appellée la Celtique. C'étoit en l'année 842, qui fuivoit celle en laquelle s'étoit donné un combat meurtrier près de Fontenay. L'Empereur Lothaire l'avoit perdu : plus de cent mille hommes y avoient été tués. Louis & Charles y avoient remporté la victoire.

Nithard. lib. 4.

Charles époufa alors dans ce château la niéce du Comte Adé-

lard, Ermentrude, fille de Vodon & d'Ingeltrude. C'étoit le treizieme jour de Décembre, durant l'Avent. Dès que la solemnité
des nôces fut passée, ce Prince se fit un devoir de venir en la ville
d'Auguste de Vermandois, qui étoit comprise dans le lot de son
partage, célébrer les fêtes de Noel & de l'Epiphanie au tombeau
de saint Quentin. L'on apperçoit encore à Cressy-sur-Serre quelques foibles débris du château dont nous venons de parler. L'enceinte en étoit spacieuse; elle devoit contenir en effet toute la famille de nos Rois, leurs principaux Seigneurs & leur garde. L'air
qu'on y respire est sain; & la vue, qui domine sur une grande &
large plaine coupée par la riviere, en est très-agréable. Ce lieu
n'est plus maintenant qu'un bourg un peu mieux arrangé qu'un
village, & le chef-lieu d'un doyenné de chrétienté dans le diocese
de Laon. Il est à six lieues de la ville de Saint-Quentin. On doit
bien se garder de le confondre avec un village de ce nom, sous
Nelle en Vermandois, & avec un autre Cressy en Ponthieu, où
se réfugia Leudesius, maire du palais.

IX. Siecle.
Année 842.
Dupleix, ad
ann. 844.
Annales B B.
tom. 3, lib. 35,
N°. 108.

L'année suivante, le même Prince ayant convoqué à Germigny,
près d'Orléans, une assemblée des Evêques & des Grands du royaume, l'abbé Hugues y assista, & souscrivit avec neuf autres Abbés
un privilege qu'on y accorda à l'abbaye de saint Lomer-le-Moutier,
au pays de Dreux, diocese de Chartres. Le seing de cet Abbé est
conçu sous ces paroles... *Hugo, abbas, Domini JESU-CHRISTI
servus.*

LXV.
Année 843.
Ibid. Lib. 32,
N°. 71.

Tous les freres de Hugues étoient morts en 844, excepté Drogon, évêque de Metz, qui ne mourut pas, comme le dit faussement Claude Emmeré, en cette année, mais en 855, le 8 de Novembre. Ce fut un accident fâcheux qui enleva ce Prélat: il pêchoit
dans le fleuve de Loignon, près du monastere de Luxeuil en Bourgogne, dont il étoit abbé; il y tomba, & expira dans les eaux.
Son corps, qui en avoit été tiré, fut rapporté dans l'église de saint
Arnoul de Metz, où l'on l'enterra au côté de Louis *le Débonnaire*,
son frere, & de plusieurs autres Princes du sang royal.

LXVI.
Année 844.
Ibid. Lib. 33,
N°. 6.
Aug.-Vir. fol.
77.

Hugues subit la même fatalité en 844, le 8 de Juin, lorsque
Charles *le Chauve* tenoit la ville de Toulouse assiégée. Pépin, fils
d'un autre Pépin, Roi d'Aquitaine, donna dans Angoulême un
combat sanglant contre Bernard, préfet de la Marche d'Espagne.
Nous ne savons quelle figure y faisoit notre Abbé, si ce n'est peut-
être celle d'accompagner les Rois ses parens, ou de leur mener des
troupes qu'il avoit levées parmi les vassaux de ses églises; mais
certainement, suivant le rapport des historiens, il fut tué dans la
bataille. Ribbode, abbé de saint Riquier, près d'Abbeville, eut le
même sort. Ebroïn, évêque de Poitiers, Ragenarius, évêque d'A-

Annales B B.
Tom. 3, Lib. 34,
N°. 88; & tom.
2, Lib. 33, N°.
6.
Annales incerti
autor. Paris.
1588.

IX. SIECLE.
Année 844.
LXVII.

miens, & Loup, abbé de Ferrieres, y furent faits prisonniers avec plusieurs autres personnes de distinction.

Par sa mort Hugues laissa à ceux qui le remplacerent dans l'église de saint Quentin, le soin d'associer le corps d'un second Saint à celui de l'illustre Patron de cette Basilique, auquel il venoit de donner celui de saint Cassien. L'on ne sait si cet Abbé fut enterré dans le lieu où il avoit signalé son zele & son courage contre les ennemis de son Roi, ou s'il fut transféré de là à Novalése. Le

GalliaChristiana.
tom. 9. fol. 410.

Chroniqueur de cette abbaye, qui l'a confondue mal à propos avec celle de saint Médard de Soissons, dit que c'est dans cette derniere qu'il reçut sa sépulture, & fixe sa mort au 13 de Juin. Hu-

Aug.-Vir. fol.
75.

gues de saint Victor dit qu'il repose dans l'abbaye de saint Amand. Les vertus & les mérites de l'abbé de saint Quentin lui acquirent le surnom de *Vénérable* ; & plusieurs guérisons miraculeuses, opérées, dit-on, par lui après sa mort, le lui confirmerent. L'anniversaire de sa mort étoit autrefois célébre dans son église par des Pasts que le Coûtre étoit obligé de payer en ce jour aux chanoines de saint Quentin, lorsqu'ils mangeoient en commun. Quelques anciens écrivains ont confondu le fils de Charlemagne, Hugues, avec un autre Hugues, archevêque de Rouen, qu'ils ont fait pareillement frere de Drogon, évêque de Metz ; mais leur erreur sur cet Abbé est si grossiere, que nous ne nous sommes pas même donné la peine de les détromper ici. On en peut lire la réfutation dans *le*

II. Parte, fol.
497.

troisieme siécle des Saints de l'Ordre de saint Bénoît. Hugues fut succédé par le Comte de Vermandois, Adélard, dans deux de ses différentes églises, dans celle de Sithiu, & dans celle de saint Quentin.

LXVIII.
Aug.-Vir. fol.
78.

L'administration de cette derniere entre les mains des Abbés ecclésiastiques étoit un bien trop précieux aux yeux avides des Comtes de Vermandois, pour en souffrir plus long-temps la durée. Leur insatiable cupidité le leur fit desirer pour eux-mêmes, & envahir enfin pour plusieurs siécles. Le Comte Adélard qui survivoit à Hugues, s'empara, dès l'instant de la mort de cet Abbé, de ce titre spirituel. Les Abbés de saint Quentin, dont nous aurons désormais à parler, furent donc tous laïcs, & en même temps Comtes de la province. Nous compterons Adélard le huitieme abbé de l'église de ce Saint. C'est le même Comte-Abbé qui est si souvent désigné dans les capitulaires de *Charles le Chauve*. Nous l'avons déjà dit : il en étoit singuliérement aimé & considéré ; & il avoit au surplus l'honneur d'être son allié, puisque ce Prince venoit d'en épouser la niéce.

LXIX.

C'est avec beaucoup de raison que Claude Emmeré a cru que ce Comte étoit déjà lié d'ailleurs au Roi Charles par les nœuds de la consanguinité. Selon lui, Evrard, Comte de Frioul & de Cisoing,

avoit

avoit époufé Gifla, fille de Louis *le Débonnaire*, de laquelle il avoit
eu au moins quatre fils, Bérengarius, Unrochus, Raoul & Adélard. Or il eft très-probable que ce dernier eft le Comte-Abbé dont
nous parlons ; & , dans cette fuppofition, il étoit le neveu de
Charles *le Chauve*. Tout confpire à fonder cette préfomption. Le
mariage de ce Roi avec la niéce d'Adélard, qu'on doit fuppofer
être iffue d'une famille diftinguée, pour que le Roi allât s'y choifir
une époufe ; l'amitié fincere & marquée que ce Prince eut pour
lui & pour fes freres, à l'un defquels, appellé Bérengarius, il
donna en 876 le comté de Frioul en Italie ; la dignité de Comte-
Abbé de faint Quentin que celui-ci occupa : dignité qui depuis
long - temps n'étoit plus remplie que par des enfans du fang
royal.

On comprendra mieux la confanguinité du Comte Adélard avec
Charles *le Chauve*, & l'alliance de cet Empereur avec la niéce d'A-
délard, en jettant les yeux fur le tableau généalogique que voici :

LOUIS le Débonnaire, & la Reine JUDITH :
fouche commune.

1er degré.   1er degré.

GISLA mariée au Comte   CHARLES marié à ER-
EVRARD.   MENTRUDE.

2e degré.

INGERTRUDE, ou VODON, BERENGER. UNROCHUS. RAOUL. ADÉLARD.
[fœur]   [frere]

3e degré.

ERMENTRUDE, époufe de Charles *le Chauve*.

Suivant cette généalogie, fi elle eft bien vraie, Adélard étoit
neveu de Charles *le Chauve* ; & , lorfque ce Roi époufa la niéce
de ce Comte, il prit celle qui étoit à lui-même fa petite-niéce &
fa propre parente, du premier au troifieme degré de confanguinité.

Dans cette fuppofition auffi, le Comte Adélard étoit parent, du
premier degré au troifieme, avec l'abbé Hugues, auquel il fuccéda
dans la commende de l'églife de faint Quentin, fuivant le tableau
qui fuit. Mais, encore un coup, nous ne garantiffons point cette
defcendance.

IX. SIECLE.
Année 84.

LXX.

CHARLEMAGNE. Souche commune.

1er degré.   1er degré.

LOUIS *le Débonnaire*, qui épousa JUDITH :   HUGUES, abbé de
desquels   saint Quentin.

2e degré.

GISLA, qui épousa EVRARD, Comte de Frioul,
desquels.

3e degré.

ADÉLARD fils, Comte-Abbé de saint Quentin.

L'incommodité des temps & les embarras des affaires, empêcherent qu'on ne plaçât d'abord le corps de saint Caffien (15)
auprès de celui de saint Quentin. On le gardoit, depuis cinq années, dans l'églife de ce Martyr, lorfqu'enfin, Charles *le Chauve*
étant en 845 en la ville d'Augufte de Vermandois, on profita de
cette circonftance pour ne plus retarder une tumulation fi convenable au glorieux Pontife de JESUS-CHRIST, & pour la faire en
préfence du Roi & de la Cour. Ce Prince en fit parfumer de nouveau le corps refpectable, l'enveloppa dans des draps plus précieux, & le pofa dans un cercueil de marbre, à la droite de celui
de faint Quentin. Wanilon, archevêque de Sens ; Immon, évêque
diocéfain, & un nombre infini d'autres perfonnes diftinguées, affifterent à cette honorable cérémonie.

Le même Immon fut préfent, pendant fa vie, à plufieurs conciles. En cette année, à celui de Beauvais ; en 847, à celui de Paris ; en 849, à celui de Quierfy & celui de Tours ; en 853, au fecond concile de Soiffons, & à celui de Verberie ; en 855, à celui
de Thoul ; en 859, à celui de Savonnieres ; en 860, à celui de
Touzy.

Charles *le Chauve* voulut fceller, par un acte authentique, la vénération qu'il avoit pour le nouveau compagnon de faint Quentin : il donna à l'églife qui le poffédoit, la terre de Tugny, qui
étoit un village de fon fifc Royal, avec toutes fes dépendances ; &
voulut que le revenu en fervit, à perpétuité, au luminaire qui devoit brûler devant les deux Saints, après qu'on en auroit diftrait
cependant quelque fomme pour la conftruction d'une châffe, dans
laquelle on *repoferoit* les reliques du faint Evêque d'Autun.

IX. SIECLE.
Année 845.
LXXII.

L'application du revenu de la terre de Tugny au luminaire de l'églife de faint Quentin, fut une deftination que fuivirent, dans la fuite, beaucoup d'autres bienfaiteurs qui s'empreſſerent d'en augmenter la magnificence. On le verra dans le cours de cette hiſtoire. Auffi la majefté de ce luminaire devint-elle très-relevée. Pour en étaler la fplendeur, on avoit fait fondre autrefois, dans l'églife de faint Quentin, une immenfe couronne, qui, attachée par une chaine de fer au haut de la voûte du chœur, y pendoit devant le grand-autel. Elle étoit faite de cuivre argenté ; le diamètre en étoit de feize pieds ; la circonférence en étoit garnie de douze petites tours diftribuées en efpaces égaux, au-deſſous defquelles étoient écrits les noms des douze Apôtres ; & plus bas, deux vers latins expliquant la paffion de faint Quentin, tirés du vieux manufcrit des actes de ce Saint : ce qui prouveroit que cette couronne ne fut faite que dans l'onzieme fiécle. Chaque intervalle avoit une petite pointe deftinée à porter un cierge. Le Coûtre faifoit allumer cette couronne aux jours de folemnité. Peut-être n'y eut-il jamais, dans aucune églife de France, un luminaire plus brillant.

LXXIII.
Tabella Chron. Hamerci , fol. 15.

Une tranfaction que le chapitre de faint Quentin paſſa en 1222, avec le coûtre Boſon, fait mention de cette couronne. Le vulgaire en attribuoit l'origine au vœu d'un Général d'armée, dont il ne rapportoit pas le nom. Ce Commandant, difoit-on, affiégeoit la ville d'Augufte de Vermandois, qui, réduite aux dernieres extrémités, n'eut plus d'efpérance que dans la protection de fon faint Patron : elle en fit expofer le chef fur les remparts, du côté de l'ennemi. Le Général s'en apperçut ; & fe raillant de la foi du peuple, fit redoubler l'attaque en cet endroit-là précifément. On ajoutoit que c'eft le lieu où eft à préfent le corps-de-garde dit *Dameufe*. La vengeance du Saint outragé tomba fur cet arrogant, dans le temps qu'il faifoit exécuter fes ordres. Il devint extrêmement enflé : il reconnut, dans ce châtiment, la main de Dieu ; mais pour le fléchir, il lui voua de faire don à l'églife de fon faint Serviteur, d'une couronne qui repréfenteroit, par autant de tours, le nombre des châteaux qu'il poffédoit, & dans laquelle il pourroit tourner avec un cheval.

Cl. De la Fons, hift. de S. Quentin, pag. 397. *Aug. - Vir.* fol. 76.

Cette hiftoriette eft devenue, par tous les défauts de vrais fignalemens, une tradition évidemment apocrife. Les perfonnes les plus fenfées ont cru, au contraire, que la belle couronne dont on parle, étoit plutôt un préfent de Charles *le Chauve* même, ou de quelqu'autre Seigneur, qui, après les ravages des Normands dans le Vermandois, en auroit orné l'églife de faint Quentin, pour y faire briller avec pompe le luminaire. Un chanoine, nommé Fornerius, fit réparer en fon temps cette couronne ; & c'eft vraifemblablement par lui que les vers, dont on parloit plus haut, furent peints ou gravés. Elle est détruite maintenant.

Une grosse poûtre de bois, posée devant les reliques des saints Patrons, portoit aussi autrefois de gros cierges que l'on allumoit durant le Service Divin. Des lustres & d'autres bras, propres à soutenir de plus petites chandelles, étoient encore répandus dans la nef de la même église. Leur multitude infinie y jettoit une clarté capable d'éblouir les yeux de ceux qui y entroient. Ce spectacle étoit du goût de nos Peres.

Charles le Chauve revint en la ville de Saint-Quentin, trois ans après qu'il en étoit sorti. C'étoit en la huitieme de son regne. Plusieurs Évêques de France l'y vinrent trouver pour implorer sa protection Royale, en faveur de leurs églises. Entr'autres, Hincmar, archevêque de Reims, se plaignit à ce Prince de la dissipation qu'avoient faite des biens de sa métropole, certaines personnes mal intentionnées. Charles écouta favorablement les représentations du Prélat ; & pour faire plus efficacement revenir à son église les domaines qu'elle avoit perdus, il fit expédier un ordre par écrit, qui commandoit à tous les injustes détenteurs, de restituer ce qu'ils avoient usurpé. Un envoyé de ce Prince, & un autre d'Hinc-mar, le portoient conjointement. Frodoard nous apprend que c'est dans l'église de saint Quentin que ce commandement fut expédié le deuxieme jour du mois de Septembre.

L'année 650 est celle en laquelle les Normands commencerent leurs excursions dans la France. Ces peuples, encore payens au neuvieme siécle, se répandirent dans nos Gaules, & y firent des ravages d'autant plus sensibles à nos Peres, qu'il leur avoit fallu plusieurs siécles pour se rétablir des désordres qu'avoient causés chez eux auparavant, les Vandales, les Huns, les Sillinges, &c. ; qu'ils n'en étoient peut-être pas encore remis ; & que les sanglantes pirateries de ces nouveaux barbares, durerent long-temps, & revenoient coup sur coup. Les Normands étoient sortis du Dannemarck, de la Suede & de la Norvege. Le besoin de toutes choses les forçoit de quitter leur pays pour chercher leur subsistance ailleurs. De cinq ans en cinq ans, ils mettoient dehors des peuplades de jeunes gens, sous la conduite de quelque chef hardi, pour aller tenter leur fortune en d'autres provinces. Le desir du butin les portoit toujours sur les plus riches côtes de la France : ils en pillerent & ravagerent tous les endroits. Les églises sur-tout furent sacrifiées à leur barbare avidité. Il n'est point d'histoires qui nous rapportent de plus cruelles déprédations que celles qu'exercerent ces furieux. Telles villes furent rançonnées, pillées & brûlées par eux jusqu'à trois fois. La mémoire de leurs violences demeura si profondément & si long-temps empreinte dans l'esprit des François, qu'une demande des plus inftantes qu'ils adreffoient au Seigneur dans leurs prieres, étoit celle de les délivrer à jamais de la fureur des Normands.

Le chef qui les conduifoit au temps dont on parle, s'appelloit Godefroi : il les avoit amenés par la Seine. L'année fuivante, 851, ils fe déborderent dans la Belgique ; & après y avoir pillé & incendié une infinité de lieux, ils fe retirerent pédeftrement à Rouen. Les moines de faint Bavon de Gand avoient particulierement éprouvé leur barbarie ; ces furieux en avoient brûlé la maifon, & avoient obligé les religieux de tranfporter leurs reliques dans le pays de Laon, au monaftere de faint Vincent, où elles refterent jufqu'au fiécle fuivant. C'eft dans ce funefte déluge que la ville de Beauvais fut auffi réduite en cendres par ces brigands.

L'affection du Roi Charles pour la ville d'Augufte de Vermandois n'étoit pas commune. Nous apprenons par les Annales de l'abbaye de faint Bertin, qu'en 852 ce Roi invita fon frere Lothaire à y tenir enfemble une conférence, & qu'il l'y reçut en effet. On pourroit croire que le comte de Vermandois, Adélard, qui s'étoit emparé de l'abbaye de Sithiu & de l'églife de faint Quentin, après la mort de l'abbé Hugues, eft le même encore qui envahit le monaftere de faint Vaft d'Arras, en 852. Ce n'étoit pas un crime beaucoup plus grand de s'être encore emparé de cette abbaye, que des deux églifes qu'il occupoit déjà, & des autres dont nous parlerons bien-tôt, que ce Seigneur fut s'approprier. Nous n'en connoiffons d'ailleurs point d'autre de fon nom, affez puiffant & affez foutenu en ces années, à qui nous puiffions attribuer ces ufurpations, qu'au Comte de Vermandois.

Mais telle étoit la religion mal-entendue de ces temps, que de la même main qu'on avoit envahi & pillé les autels, on en élevoit fouvent d'autres. Adélard parut donner des marques de piété par la protection qu'il accorda à Hildrade, pour l'exécution d'un généreux deffein que celui-ci avoit formé (16). Ce Chanoine de faint Quentin étoit très-riche : il bâtit, à fes frais, un hôpital dans l'étendue du cloître de l'églife de ce Saint, & y joignit une petite chapelle pour célébrer les faints Myfteres. Quentin De la Fons a cru, fans fondement, que c'étoit l'églife de Notre-Dame, dite la Bon : ce feroit plutôt celle de l'hôpital des Enflés. Il le dota de plufieurs biens très-confidérables, qu'il poffédoit en fonds de terres, en vignes, en eaux & en ferfs. Les revenus devoient en être employés à folliciter, nourrir & revêtir un certain nombre de pauvres. Les Chanoines même de l'églife de faint Quentin, qui auroient pu fe trouver dans quelque befoin, avoient un droit particulier d'être admis dans cette infirmerie, & d'y recevoir, aux dépens de la fondation, tous les foulagemens qu'ils pourroient

IX. Siecle.
Année 850.

LXXVI.
Année 851.
Ibid. N°. 28 & 29.

LXXVII.
Année 852.
Du Chefne, hift. France, tom. 3.

Annales B B. tom. 3, Lib. 34, N°. 43.

LXXVIII.

Année 853.
Quentin De la Fons, hift. manufcrite, chap. 114.

Voyez l'année 1161 ci-après.

IX. Siecle.
Année 853.

demander. L'établissement devoit en subsister à toujours. Adélard l'avoit favorisé par lui-même ; il voulut encore le faire confirmer par une autorité suprême & inviolable. Il obtint du Roi Charles *le Chauve* une charte qui approuvoit, & l'érection de l'hôpital, & la concession de tous les biens qu'Hildrade y avoit attachés. Elle fut expédiée le douzieme jour de Janvier, dans la treizieme année du regne de ce Prince.

Jamais énumération ne fut mieux circonstanciée qu'étoit celle de tous les biens qu'Hildrade avoit affectés à son nouvel hôpital. Leur nombre, leur différence, leur situation, leurs noms y sont clairement rapportés. Tout s'est échappé cependant de nos mains ; tout a suivi la ruine de l'édifice. Tant ont été cruels les ravages des temps ! On ne soupçonne pas plus, dans les mots, les noms des lieux *Osnegium*, *Mons Domitionis*, *Eümtincurtis*, qu'on ne reconnoît, dans l'étendue du cloître des Chanoines, l'emplacement de l'hôpital & de la chapelle. Tout est péri, jusqu'à la moindre trace de la belle fondation du chanoine Hildrade.

On verra par toute la suite de ces Mémoires, qu'il est peu de villes où la charité des personnes riches se soit plus appliquée qu'en celle de Saint-Quentin, à soulager ou à prévenir, par d'utiles fondations, les besoins corporels des pauvres, des pélerins, des infirmes & des malades de toute espece, de tout âge, de tout état & de tout sexe. Tel bienfaiteur a porté même sa pieuse intention jusqu'à seconder, par des aumônes bien fondées, les desirs impuissans des pauvres filles qui voudroient s'établir dans le mariage, mais que leur misere réduisoit à un célibat forcé.

LXXIX.

Si le grand-hôpital dont on va parler, appellé en latin dans les anciens titres, *Hospitale magnum* ou *Hospitalaria magna*, n'a pas été reconstruit sur les ruines de celui d'Hildrade ; ou plutôt, si ce n'est pas le même, comme nous serions portés à le croire, parce qu'un établissement de la nature de celui de ce Chanoine, peut bien être détruit & obscurci, mais ne peut gueres être anéanti tout à coup, il est probable qu'il a dû être fondé dans le même temps, ou même auparavant celui d'Hildrade, qui fut bâti avec le consentement du comte Adélard, & l'autorisation du Roi Char-

Quentin De la Fons, hist. manuscrite, Ch. 26 & 110.

les *le Chauve*. On l'appelloit encore *la Maison* ou *l'Hôtel-Dieu*. Sa destination étoit d'y recevoir, d'y nourrir, & d'y traiter les malades de la ville de Saint-Quentin, dont le nombre illimité se régloit sur la proportion de ses revenus. L'établissement & la fondation en vinrent des Chanoines, auxquels un arrêt du Parlement de Paris, de l'an 1624, en fit l'honneur de la reconnoissance, après que cet hôpital eût été réuni à celui de Buridan, comme on le rapportera. C'étoit en confirmation de deux autres arrêts du 26 Octobre 1547 & du 17 Déc. 1602. Deux députés de leur Chapitre y

faifoient la recette des biens : mais la décifion des affaires importantes qui le concernoient, & la paffation des baux ; en étoient
portées à la Compagnie, qui , d'ailleurs comme Ordinaire de
la ville , conftituoit deux autres Chanoines pour le fpirituel de
cette maifon.

L'étendue en étoit très-ample ; elle comprenoit tout l'efpace
qui étoit depuis la rue *de Saint-Nicolas-de-Prémontré*, (où eft à préfent le nouveau grenier à fel) en paffant par les rues *de la Poiffon-
nerie* , *de l'Orfévrerie* , *de la Sellerie* , & en aboutiffant à l'auberge appellée *la Petite-Notre-Dame*. Les chanoines de faint Quentin , qui,
dès les premiers temps de leur établiffement fur la colline , en
avoient eu la propriété territoriale avec la juftice , étoient auffi les
Seigneurs de tout le diftrinct compris dans le grand hôpital. La
preuve en eft fondée fur l'acte de tranfaction que fit Simon de
Briffi , confeiller au Parlement , en 1354, entre le Chapitre de
faint Quentin , d'une part , & de l'autre , les Mayeur, Jurés &
Echevins de la ville. La Patrone de cette maifon étoit la fainte
Vierge , dont le nom refpectable l'a fait appeller une fois l'*Hôpital
de fainte Marie* dans l'arrêt du Parlement , du 26 Octobre de l'an
1547 , que nous venons de citer , & que le Chapitre inféra dans
fes regiftres le 7 de Mai de l'an 1549. Les chanoines y faifoient ,
chaque année , ainfi que nous l'apprenons de leur martyrologe &
& de leur obituaire, au 25 de Mars , une proceffion folemnelle en
l'honneur de cette digne Titulaire, la veille de l'Annonciation. Simon de Laon l'avoit fondée. Cet Eccléfiaftique, chanoine de Saint-
Quentin & d'Orléans, le feul que nous connoiffions diftinctement
des bienfaiteurs de cet hôpital , lui fit vers l'an 1313 des donations
confidérables ; il lui attacha des maifons & toutes les terres qu'il
avoit acquifes aux villages de Fontaines-les-Clercs , de Vermand ,
de Bernes , de Fléchin , & de Ruiffeville en Santerre. Le martyrologe & l'obituaire de l'églife de faint Quentin rapportent fa mort
au troifieme jour d'Avril. On découvre , par les comptes de cet
hôpital, que l'endroit de la chapelle, qui y étoit bâtie , eft celui
des maifons où pendent les enfeignes *du Mortier* & *du Marteau d'Or* ,
dans la rue *de l'Orfévrerie*, & que la maifon , fituée vis-à-vis le puits
qui eft au bout méridional de celle dite *du Petit-Paris* , lui fervoit
de greniers , & étoit appellée *les grands Combles*. De pieufes Dames
ou fœurs religieufes , fans émiffion de vœux , étoient chargées du
foin des malades qu'on admettoit dans cet hôpital. On rapportera
comment fes biens & fes revenus furent réunis à celui de Buridan,
lorfqu'on parlera , fous l'an 1294, de ce dernier hôpital.

Les ravages, caufés par les Normands dans la Belgique & dans
les autres provinces du royaume de Charles , dans le cours des
deux années précédentes, excitoient les plaintes de tous les peu-

IX. Siecle.
Année 853.

LXXX.
*Annales BB.
tom.* 3 *, Lib.* 34.
Nº. 55.

IX. SIECLE.
Année 853.

ples. Les gens d'église fur-tout, qui avoient le plus fouffert, parce qu'ils étoient plus riches, & avoient leurs temples plus ornés, en firent de plus fortes. Le Roi écouta les uns & les autres; mais, plus touché d'abord des maux arrivés aux ferviteurs de Dieu & à la Religion, il fit, pour y remédier, plufieurs affemblées dont une fut tenue en 853 dans un de fes châteaux, appellé *Sylvaticum*, dans le Laonnois. Là il nomma plufieurs commiffaires pour aller, de fa part, en divers lieux vifiter les dommages dont on gémiffoit, & pour avifer au rétabliffément des monafteres & des églifes. Ceux qu'il envoya dans le Vermandois, le Noyonnois, l'Artois, le Courtraifis & la Flandre, furent Immon, évêque de Noyon, & Adélard, abbé de Sithiu, que nous croyons être notre Comte.

N°. 69 précéd.

Nous avons déjà donné quelques raifons, & nous en donnerons encore dans la fuite quelques autres qui nous ont infpiré cette

Fol. 125.

perfuafion, quoiqu'en difent les auteurs du *troifieme fiécle Bénédictin*. Ces favans fuppofent qu'Adélard, abbé de Sithiu, étoit moine, & fils du Comte Henri, & l'un des officiers *de militiâ Caroli-Magni*, & qu'il avoit été chanoine de faint Omer au temps de l'abbé Fridu-

Yperius, Cap. 13.

gifus. Yperius qu'ils citent n'eft pas un garant beaucoup plus fûr, que nos raifons. Ce fut pour ftatuer lui-même fur le rapport de

Annales B.B.
tom. 3, Lib. 35,
N°. 8.
Gallia Chrift.
tom. 9. col. 988.

ces députés, que le même Charles tint une autre affemblée en fon château de Quierfy, le 7 de Juillet 856. Nous en lifons encore à préfent les ordonnances que l'on appelle communément les capitulaires de Charles *le Chauve*.

LXXXI.
Année 854.
Molanus, in
SS Belgii, ad 6
Decemb.
Buzelin, Lib. 1.
Gallo-Fland.

Brixia ou Breffe eft une ville épifcopale d'Italie, en Lombardie, fur le Gotzo, près de Mela. Notingus, évêque de cette capitale du pays Breffan, avoit obtenu du fouverain Pontife, Sergius II, les reliques de faint Calixte, premier du nom, pape & martyr. Ce Saint, dont on fait la fête dans l'Eglife le 14 d'Octobre, avoit terminé, le même jour de l'an 223, fa vie dans les fupplices pour la foi de JESUS-CHRIST, fous Macrin & Alexandre. C'eft à lui qu'on attribue l'inftitution ou la confirmation du jeûne que l'on

Frodoard, hift.
Remenfis, Lib. 4.
Annales B.B.
tom. 3, Lib. 39,
N°. 79.
Moreri, au mot
S. Callifte.

nomme des Quatre-Temps. Notingus fit, à fon tour, préfent de ces reliques au Comte Evrard. C'eft ce Seigneur, Comte de Frioul, (*Foro-Julienfis Comes*) dont nous avons déjà parlé, vraifemblablement le pere du Comte de Vermandois, Adélard. Le Frioul eft une province d'Italie, qui appartient maintenant à la république de Venife. Evrard vouloit en enrichir le monaftere de Cifoing, près de Bovines, ville des Pays-Bas, fur la Meufe, lequel, depuis le douzieme fiécle, appartient à des chanoines réguliers de faint Auguftin.

Ce fera peut-être une nouvelle preuve de ce que nous difions n'a gueres : que le Comte-Abbé Adélard femble très-probablement avoir été le fils du Comte Evrard; que de faire obferver ici que

fous

fous l'adminiſtration de ce Comte-Abbé, le corps de ſaint Calixte fût conduit en la ville d'Auguſte de Vermandois, lorſqu'on le por-toit à Ciſoing. L'honneur de recevoir dans l'égliſe de ſaint Quen-tin, ſur leur paſſage, les vénérables reliques d'un ſaint Martyr, aura ſans doute été envié & demandé par le fils d'un Seigneur, qui en alloit bientôt enrichir une autre égliſe. Le tendre pere ſe ſera prêté avec plaiſir aux deſirs d'un cher fils, & ſans doute à la de-mande des chanoines d'une illuſtre Baſilique, à laquelle préſidoit ce cher fils en qualité de Comte-Abbé.

Le digne corps de ſaint Calixte arriva en la ville de Saint-Quen-tin en l'année 854; il y éclata par un miracle dont l'eſpece n'a pas été remarquée par nos hiſtoriens. C'étoit le premier qu'il eut fait dans ſa route. Evrard, mort en Italie avant le mois de Juillet 874, fut rapporté à Ciſoing par les ordres de ſon épouſe & de ſon fils Urochus. Rodolphe, abbé de cette maiſon, fit préſent, vers l'an-née 893, des mêmes reliques à l'égliſe de Reims; il les ſuivit, ac-compagné de ſes religieux, juſqu'à la ville de Saint-Quentin, par laquelle elles repaſſerent. Dodilon, évêque de Cambrai & d'Arras, avoit été invité d'en orner le convoi de ſa préſence; il y manqua; ſon abſence cauſa les plaintes de Foucault, archevêque de Reims, qui en écrivit amérement à Hédilon, évêque de Vermandois & de Noyon.

IX. SIECLE.
Année 854.
Aug.-Vir.fol. 78.

Annales B B.
tom. 3. Lib. 37,
N°. 71 & 78.
Frodoard, hiſt.
Remenſ. Lib. 4.
Cap. 1.

Toutes les routes du Roi Charles ſemblent l'avoir conduit en l'Auguſte de Vermandois. Son affection pour les habitans de cette ville, & ſa dévotion envers le ſaint Martyr qui y repoſoit, y rap-pelloient ſans ceſſe ce Prince. Il avoit réglé avec Louis de Germa-nie la ſucceſſion de leur frere Lothaire qui étoit mort en 855. Il partit de Leptine où il avoit mandé à la Reine ſon épouſe de le venir trouver; paſſa par la ville de Saint-Quentin; ſe rendit de-là à ſon palais de Quierſy, enſuite à Compiégne, & alla prendre pen-dant l'automne les divertiſſemens de la chaſſe dans la forêt de Cuiſſe, près de cette derniere ville. Cette épouſe de Charles n'é-toit plus Ermentrude. Son crédit étoit totalement tombé à la Cour. C'étoit Richilde que ce Roi avoit priſe, après avoir quitté la niéce du Comte Adélard. Il la reprit cependant quelques années après; mais en celle-ci Ermentrude demeuroit habituellement dans le mo-naſtere de Chelles, dont elle avoit obtenu le gouvernement, après la mort d'Hégilvide, mere de l'impératrice Judith.

LXXXII.
Année 855.
Aimon. Lib. 5,
Cap. 25.
Aug. - Virom.
fol. 79.

Annales B B.
tom. 3, Lib. 34,
N°. 92.

Le fils aîné du Comte-Abbé Jérôme, & le frere de l'abbé Fulra-de, Folquin, évêque de Térouenne, paſſa de ce monde à une meilleure vie, vers le ſoir du Samedi, quatorzieme jour de Décem-bre de cette même année; il étoit dans la quarante-huitieme de ſon épiſcopat; il fut enterré, comme il l'avoit demandé, dans l'abbaye de Sithiu, avec ſes habits pontificaux. On y montre encore au-

LXXXIII.
Ibid. N°. 100.

jourd'hui sa chappe de procession, à laquelle est attaché un capuce en guise d'orfroi ; & il y est honoré comme saint. Sa vie fut écrite dans le siecle suivant par un autre Folquin, abbé de Laubes, en Cambresis.

Adolaphe ou Etelulphe, Roi d'Angleterre, que Charles *le Chauve* avoit fait conduire avec grande distinction, par ses principaux officiers, jusqu'à la sortie de son royaume, lorsque ce Prince alloit à Rome en 855, revint en France l'année suivante, & y obtint en mariage Judith, la fille du même Charles. La cérémonie de la bénédiction nuptiale en fut faite par Hincmar, archevêque de Reims, dans Verberie. Le printemps rappella en 857 le Roi dans la ville de Saint-Quentin. Il y tint sa Cour ; &, après y avoir fait ordonner, dans une assemblée solemnelle, les conditions de la paix dans laquelle il vouloit vivre avec ses neveux, les enfans de Lothaire, il les inséra dans une déclaration publique, datée de cette ville, & du premier jour de Mars de cette même année.

L'infortune de la Reine Ermentrude enveloppa l'oncle dans ses disgraces. Ce Comte de Vermandois étoit aussi déchu en 858 de la haute faveur dont le Roi l'avoit jusqu'alors honoré. Quelle cause donna lieu à ces discrédits ? Nous l'ignorons. Peut-être ce Seigneur s'étoit-il attiré lui-même, par ses déportemens irréguliers, la haine du Roi. Nous savons qu'il avoit appesanti son joug dans Sithiu, depuis seize ans qu'il gouvernoit cette abbaye. Les moines l'accuserent devant le Roi. Ce Prince le destitua de cette commende, & la conféra, le 25 de Mars de cette même année, à un nommé Hugues, chanoine séculier, fils du Comte Conrad, son parent. Adélard étoit amateur de cette sorte de poste ; il sut tant faire par ses intrigues, qu'il força Hugues de lui remettre Sithiu, deux ans après, c'est-à-dire, en 861.

Le frere du Roi Charles, Louis de Germanie, vint aussi, en la même année 858, se recueillir auprès des Freres qui vivoient dans l'église de saint Quentin, & passer avec eux les fêtes de la Nativité du Sauveur.

La division, qui s'étoit mise entre Lothaire, Louis & Charles, au sujet du partage des Etats de leur pere Louis *le Débonnaire*, avoit rouverte la porte à de nouvelles & toujours affreuses incursions de la part des Normands. Dès cette dix-septieme année du regne de Charles, les moines de saint Vandrille en transporterent le corps en divers lieux, pour le soustraire à la fureur de cette Nation indomptable. C'est dans l'histoire de l'une de ces translations, que nous lisons que le corps du Saint fut déposé au territoire de Boulogne, dans un lieu appellé Walbodinghem, dont l'église étoit dédiée à saint Quentin, & que, la miséricorde divine compensant par différentes guérisons miraculeuses les maux que ses ennemis

faisoient à son peuple, il guérit dans cette église deux femmes pa-
ralitiques, une troisieme qui étoit frénétique, deux hommes
sourds & muets ; & délivra un démoniaque.

Oui, rien n'étoit moins consistant que le vrai esprit de religion
chez la plupart des Seigneurs laïcs de ces siécles. Leur vie est toute
parsemée de crimes & de vertus. On croit que notre Comte posse-
doit encore l'abbaye d'Esternach, dans les Ardennes, au diocese
de Treves. Au moins lui reproche-t-on d'avoir connivé, par sa
haute protection, au libertinage des moines de cette maison, qui
en 859 se changerent en chanoines séculiers : état qu'ils garderent
jusqu'au temps de l'Empereur Othon *le Grand,* qui les en chassa,
pour y faire rentrer la regle monastique. C'étoit à la faveur de ses
parens établis dans la Flandre, que ce Comte avoit usurpé & retenoit cette abbaye, & qu'il se saisit encore de celle de Stavelo, située
dans la forêt d'Ardennes.

Dans ces siécles anciens, où les Chrétiens conservoient une
foi vive, on regardoit la possession des reliques des Saints comme
celle du bien le plus précieux. Pour mettre aussi à couvert du bri-
gandage des Normands celles de saint Quentin & de saint Cassien,
les peuples du Vermandois s'appliquerent à redresser les murs de
leur ville Auguste, & à remplir de toutes sortes de munitions leurs
châteaux & leurs forteresses. Toutes leurs précautions échouerent
néanmoins contre l'impétuosité de leurs adversaires. Ce fut en l'an
859 que leur province fut livrée à tous les malheurs du plus triste
sort. Le Vermandois fut couru, pillé, incendié. La ville de Noyon,
dont saint Médard avoit regardé, trois siécles auparavant, la forteresse, où il s'étoit réfugié, comme inaccessible aux Vandales, fut
elle-même saccagée, renversée, détruite. Immon son évêque fut
massacré, avec ses Diacres, à l'entrée de sa cathédrale, par ces
furieux, le 28 d'Avril de l'année suivante. Les annales de saint
Bertin avancent mal à propos que les Danois, après s'être emparé
de la ville de Noyon, l'avoir ravagée, & s'être saisi de l'Evêque,
de ses clercs, & de plusieurs personnes, de tout état, réfugiées
avec lui dans un lieu qu'elles ne nomment pas, mais qui fut sa cathédrale, l'enleverent avec eux, & le firent mourir en chemin, en
859. C'est certes plus tard que ce crime fut commis ; car, nous
l'avons dit, le Prélat assista en 860 au concile de Touzy. La fermeté de cet Evêque, son attachement à son église & à son troupeau, brillerent d'un plus grand éclat qu'en saint Médard ; mais
les circonstances décident les Saints dans la conduite qu'ils doivent
tenir. Immon avoit donné à ses chanoines l'abbaye de saint Maurice, que l'évêque Transmarus leur confirma, deux cens ans
après.

On avoit caché les reliques de saint Quentin & de saint Cassien

IX. SIECLE.
Année 858.

LXXXIX.
*Annales B B.
tom. 3, Lib. 35,*
N°. 68.

Année 859.

Ibid.

X C.

X CI.
Année 860.
*Dudo, lib. 1,
de gestis Norman.
Marlot, Hist.
Remensis, lib. 3,
fol.* 429.
Annales de
Noyon, p. 692.
*Annales BB. tom.
3. Lib.* 35. N°.
50.

dans des lieux connus de peu de personnes. Le recélement en est
marqué, dans l'ancien martyrologe de ce Martyr, au 20 de Septembre & au 14 de Novembre. Et ce ne fut que par cette adroite
précaution qu'on les sauva de l'impiété des Normands.

En l'année 862, le Comte de Vermandois, Adélard, fut choisi
par Charles *le Chauve* pour aller, conjointement avec un Abbé appellé Dotton, examiner sur les lieux les différends survenus entre
l'Evêque de Besançon, Gédéon, & Ricbert, abbé de saint Oyan en
Franche-Comté. L'examen fait, ce Seigneur se rendit, avec son
adjoint, en la ville de Reims, où, après avoir fait son rapport au
Roi, on adjugea à Ricbert la celle de saint Lupicin que Gédéon
contestoit à son monastere.

Il seroit assez difficile de concilier un manuscrit de l'église de
Tournay, qui rapporte à cette année l'ordination de Rainelmus,
évêque de Noyon, avec la souscription de ce Prélat au concile de
Touzy, tenu en 860, auquel avoit assisté Immon son prédécesseur,
si l'on ne savoit que les actes de quelques conciles ont été souvent approuvés par les Evêques qui n'y avoient pas assisté, & après
leur consécration. Ce qui est indubitable, c'est que Rainelmus fut
présent en personne, en cette année 862, au concile de Pistes.

Le Comte Adélard possédoit la terre de Mareuil [*Marogilum*]
en Brie. Le Roi la donna, par un diplôme daté de Compiegne du
19 de Septembre de cette même année, à l'abbaye de saint Denis ;

mais le Comte en fut bien dédommagé, dans une assemblée tenue
à Verberie le 25 d'Octobre 863, par les excessifs éloges que Charles lui prodigua publiquement. Il l'y appella *son illustre Comte, le
Dépositaire de ses secrets, & son Ministre fidele.* Il étoit rentré en crédit
& en faveur à la Cour. Sur sa déposition le Roi accorda, dans

cette même assemblée, à l'abbaye de saint Calez des graces insignes ; & , peu de temps après, ce Prince donna à ce Comte
la commende de l'abbaye de saint Amand.

Nous concluons de la mort de l'Abbé de Sithiu à celle du Comte
Adélard. Ce ne fut qu'une même personne. Il mourut, nous ne
savons en quel lieu, le deuxieme jour de Février de l'an 864. Il
est vrai que le Roi Lothaire, en donnant en 866 à Charles *le Chauve*
l'abbaye de saint Vast, dit qu'Adélard en étoit abbé, & que ce
Comte en avoit été destitué. Mais cette expulsion ne suppose pas
qu'Adélard vécut encore alors ; elle avoit précédé sa mort de quelques années ; & sans doute cette destitution sera arrivée dans le
temps même que ce Seigneur étoit tombé dans la disgrace de son

Roi, vers l'an 858. On doit même remarquer que la vacance de
toutes les abbayes & des églises qu'avoit occupées Adélard, arriva
dans ce même temps-ci, avec celle du comté de Vermandois. Cela
prouve donc que nous avons eu raison de reconnoître notre

Comte dans toutes les circonstances où nous avons vu passer le Seigneur Adélard.

La tempête, que les Normands avoient excitée dans le Vermandois, étoit appaisée depuis peu de temps. Baudoin, surnommé *Bras-de-fer*, Comte de Flandre, avoit fait sa paix avec le Roi Charles *le Chauve*. Du consentement de ce Prince, il avoit épousé solemnellement à Auxerre sa fille Judith, veuve d'Adolaphe, Roi d'Angleterre, qu'il avoit enlevée, quelques années auparavant, à Senlis où son pere la faisoit demeurer. Jacques Le Vasseur dit que ces époux reçurent la bénédiction nuptiale des mains de l'Evêque de Noyon, Rainelmus. Le médiateur de leur réconciliation avec le Roi, fut le Pape Nicolas Ier. Elle se fit en 863. Baudoin reçut pour récompense de la fidélité inviolable qu'il avoit jurée à Charles, & pour la dot de son épouse, le gouvernement de la province de Vermandois, ou du moins de la plus grande partie, c'est-à-dire, de tout ce qui s'étendoit depuis le Cambresis jusqu'à la Somme. Il est probable que ce Seigneur posséda, avec le titre de Comte de notre province, celui d'abbé de saint Quentin; mais la résidence qu'il faisoit principalement en Flandre, l'éloignement dans lequel il étoit de cette église, & les troubles qui ont agité le Vermandois, nous ont enlevé tous les indices qui pouvoient nous conduire à la connoissance plus parfaite des actions de ce Seigneur, en tant que Comte de Vermandois, & Abbé de la Basilique de saint Quentin.

Le 12 de Février de l'année 865, Charles *le Chauve* confirma, dans la ville de Saint-Quentin où il s'étoit rendu, les privileges du monastere de Sithiu, à la priere d'Hilduin qui en étoit devenu abbé. Le diplôme, qui est daté de cette capitale, nous fournit la preuve que l'on commençoit déjà, dès ce temps, de l'appeller *Saint-Quentin*, du nom de son glorieux Patron.

Nous savons trop peu de choses des descendans du Comte-Abbé de saint Quentin, Adélard, pour oser assurer que l'intention des fondateurs du monastere de Poutieres en Bourgogne, au diocese de Langres, au pays Laussois, concernât ce Seigneur. Girard, Comte de Roussillon, & Berthe son épouse, qui firent bâtir cette communauté en cette année, disent entr'autres choses, dans l'acte de leur fondation, qu'ils la font afin que *les moines* de ce lieu *portassent honneur à leurs parens Leufroy & Adélard, Comtes très-distingués*.

Ermentrude, la niéce du véritable Adélard, Comte de Vermandois, née le 7 de Septembre, (on ne sait quelle année) mourut le 6 d'Octobre 869 en l'abbaye de saint Denis, où elle eut sa sépulture. Après sa mort, le Roi Charles *le Chauve* reprit sa concubine Richilde qui avoit été la cause de son divorce avec cette Reine, & en fit son épouse. Les déréglemens de ce Prince avec cette Dame ne purent cependant effacer en son cœur la tendresse qu'il devoit

IX. SIECLE.
Année 865.
XCVI.
Frodoard, lib. 1, Cap. 5.
Meier, ad ann. 863 & 1180.
Aug.-Vir. fol. 2.
Annales B B. *tom. 3, lib. 36,* No. 5.
Annales de Noyon, p. 649.

XCVII.
Annales B B. tom. 3, lib. 36, No. 39.

XCVIII.

Ibid. No. 73.

I C.
Année 869.
Ibid. Lib. 35 No. 108.
Ibid. lib. 36. No. 5.

Ibid. No. 7.

IX. SIECLE.
Ibid. Lib. 37,
N°. 25.

C.
Année 870.
Cl. De la Fons,
histoire de saint
Quentin, p. 131.

à la mémoire de sa légitime femme. Il fit, lorsqu'il l'eut perdue, d'abondantes donations pour le repos de son ame.

Il y avoit déja onze ans que les corps des deux saints Patrons de l'Auguste de Vermandois étoient cachés dans des endroits peu connus & peu fréquentés, lorsqu'il fut résolu de remettre en des lieux plus décens ces précieuses reliques. Le Vermandois paroissoit ne devoir plus être exposé davantage aux courses des Normands, après les ravages qu'ils y avoient causés. Rainelmus, évêque de Noyon, se rendit donc en l'église de saint Quentin ; il replaça les corps des deux Saints dans les sépultures d'où on les avoit tirés. Cette réposition se fit vers l'an 870. On n'en a pas conservé la date précise, ni la mémoire, non plus que de quelques autres translations que les seuls malheurs des temps avoient occasionnées.

C I.
Annales B B.
tom. 3, Lib. 37,
N°. 10.

La trop grande complaisance de Charles *le Chauve* pour ses enfans, & la foiblesse de son caractere lui causerent, si non des malheurs aussi funestes qu'en ressentit son pere Louis *le Débonnaire*, du moins une infinité de chagrins très-amers. Sa fille Judith avoit été ravie par le Comte de Flandre, il y avoit quelque temps. Son fils Carloman se révolta contre lui en cette année, en laquelle il venoit de le faire sortir de sa prison de Senlis. Ce fut précisément dans le temps que ce Roi alloit se mettre en possession de la ville de Vienne que le Comte Gérard lui cédoit. Cet enfant rebelle quitta son pere à Lyon ; il s'enfuit dans la Belgique, où, à l'aide de quelques satellites qu'il avoit ramassés, il commit les mêmes désordres dont les Normands lui avoient donné l'exemple. Carloman étoit moine. Les Evêques, par lesquels Charles *le Chauve* le fit juger, l'excommunierent l'année suivante 871. Pour lui, il borna sa vengeance à le faire enfermer une seconde fois à Senlis, & à le priver de l'abbaye de saint Amand qu'il donna à Gozlin, abbé de saint Germain-des-Prés. L'esprit altier de Carloman ne se laissa pas amollir par ces traitemens déja trop durs. Charles le fit condamner en 873 par un second synode d'Evêques assemblés à Senlis. L'excommunication précédente avoit été levée par ce dernier concile. Le rebelle fut alors réduit à la seule communion laïque, & condamné à passer le reste de ses jours dans l'abbaye de Corbie, en Amiénois. Mais, comme ce châtiment ne lui ôtoit pas encore tout droit de retour à la couronne qu'il desiroit, quelques Seigneurs, qui représenterent à Charles les justes sujets de crainte qu'il pouvoit avoir des mouvemens de cet ambitieux, l'engagerent à le faire proscrire par les Grands du royaume. En effet, les Pairs assemblés le jugerent digne de mort ; mais Charles commua cette sentence en celle d'avoir les yeux crévés. Sa tranquillité ne paroissoit plus devoir être troublée par ce fils ainsi désarmé. Il partit incontinent pour aller reprendre sur les Normands la ville

Année 871.
Ibid. N°. 22 &
23.

Année 873.

Ibid. N°. 46.

d'Angers. Mais à peine étoit-il en chemin qu'il apprit que Carloman, soutenu par la faction de Louis de Germanie, son frere, &
par le conseil de deux faux moines de Corbie, s'étoit retiré en Allemagne, sous la conduite d'un Comte nommé Adélard. Son ressentiment contre son fils n'eût plus eu de bornes, si Luitbert,
archevêque de Mayence, n'eût enfin su incliner encore à la pitié
un pere si justement irrité. A la sollicitation de ce Prélat, Charles
donna à son Fils l'abbaye d'Esternach pour s'y retirer. Il n'en jouit
pas long-temps : il mourut peu après.

Les guerres, les rebellions & les courses différentes, qui avoient
occupé Charles *le Chauve*, pendant plusieurs années, furent donc
assoupies en 874. Dès qu'il fut permis à ce Prince de respirer dans
la paix, il recommença la tenue de ses Parlemens. L'usage étoit
alors de les assembler chaque année, au temps de la fête de la
Chandeleur & de celle de saint Martin d'hiver. Et comme ces tribunaux n'étoient pas encore rendus sédentaires, nos Rois les
convoquoient dans la ville qui étoit la plus ample, la plus commode, & le plus à leur gré. Charles vint encore, en cette année,
en la ville d'Auguste de Vermandois, le jour de la Purification de
la sainte Vierge, & y tint ses plaids généraux dans le cloître de
saint Quentin. Dès que les séances en furent terminées, ce Prince
alla à Héristalle, sur la Meuse, conférer avec son frere Louis. Il
en revint le premier jour de Décembre, par la ville de Saint-
Quentin, & se rendit de là à Compiegne, pour y célébrer les
fêtes de Noel.

L'ancienne ville de Condren, en Vermandois, avoit appartenu
aux Evêques de Cambrai. Nous l'avons déjà dit sous l'an 654, en
parlant du corps de saint Mombe qui avoit été découvert en ce
lieu, & dont la précieuse dépouille avoit été donnée à l'Evêque
de cette ville, Halitgarius, comme seigneur temporel de ce domaine. Mais depuis la mort de ce Prélat, arrivée le 25 de Juin
830, Condren avoit été aliéné de l'évêché de Cambrai, en faveur
des laïcs, ou par eux usurpé sur l'Eglise. L'époux d'une nommée
Gondrade l'avoit possédé, & l'avoit laissé à sa veuve & à leur fille
commune Achilde. Cette possession étoit passée ensuite à Machaire, devenu en 875 l'époux, en secondes nôces, de Gondrade.
Jean, que les fastes de Cambrai ont mis au nombre des Saints de
ce diocese, en occupoit alors le siege épiscopal. Il reprit, par
échange, le bien de Condren; & après s'y être fait maintenir par
un diplôme de l'Empereur Lothaire, dans la domination duquel
cette terre n'étoit pas cependant située, il la fit céder à sa cathédrale par le possesseur Machaire. Baudry nous a conservé l'acte
de toute cette négociation, daté du treizieme d'Avril, de la trente-
5e année du regne de Charles II, dit *le Chauve*. Condren, qui

IX. SIECLE.
Année 875.

*Ibid. lib. 1, cap.
112, fol. 260.

n'étoit peut-être pas encore dégénéré en simple village, comme il l'est aujourd'hui, puisqu'il étoit appellé alors le chef-lieu d'un canton de même nom, ne resta pas long-temps aux Chanoines de Cambrai. Erluin, devenu évêque de cette ville en 996, donna sans doute à des laïcs, en 1001, Condren en échange de quelques autres biens de son évêché, qu'il vouloit reprendre de leurs mains. En 1095 Condren appartenoit aux Seigneurs de Coucy, l'un desquels, appellé Enguerrand Ier, donna alors aux moines de Nogent les dixmes de la paroisse. Cette terre fit, dans la suite, tant de mains avant que de parvenir en celles du Duc d'Aumont qui en est à présent seigneur, qu'à peine on se souvient dans Cambrai qu'elle ait appartenu aux Chanoines de cette ville. Le commentateur de la Chronique de Baudry, qui a si souvent consulté, sur les endroits obscurs de son texte, le Chapitre de Cambrai, n'en a

*Ibid. fol. 137.

pas sans doute reçu d'éclaircissemens, touchant le lieu appellé Condren en Vermandois, puisqu'il le place mal-à-propos, ou dans le pays d'Austrasie, ou dans celui de Treves.

CIV.
Année 876.
*Annales B B.
tom. 3, Lib. 37.
N°. 77.

Le frere de Charles *le Chauve*, Louis de Germanie, mourut le 28 d'Août de l'an 876. Aussi injuste que foible & inconstant, Charles entreprit alors d'enlever à ses trois neveux le royaume de leur pere. Mais son dessein échoué, & réduit lui-même à récompenser à ses frais les principaux Officiers du royaume de Lothaire, des dépenses dans lesquelles il les avoit vainement engagés, il tint, le 26 de Novembre suivant, une assemblée à Samoucy en Laonnois, dans laquelle il fit accepter à une partie de ces Seigneurs, les

*Ibid. N°. 79.
Marlot, hist.
Remensis, tom. 1.
fol. 481.

biens qu'il enleva à l'abbaye de Marchiennes, située sur la Scarpe, en Flandre. Il partoit de Samoucy pour aller contre les Normands qui étoient entrés sur la Seine : il fut arrêté à Visignicourt (*Vinzinniacum*) près de l'abbaye de Prémontré, par une maladie dont il eut cependant le bonheur de revenir. Ses neveux, délivrés de sa présence, partagerent paisiblement entr'eux les états de leur

Année 877.

pere. L'année suivante 877, Charles tint, au commencement du mois de Mai, en la ville de Compiegne, une assemblée d'Evêques de la province de Reims, à laquelle avoient été convoqués les Grands de tout son royaume. Dans la tenue de ce plaid général il fit expédier un diplôme authentique, pour la construction & la dotation de l'abbaye de saint Corneille de cette ville : & c'est dans l'instrument dont on parle, qu'il est dit que ce Prince donne à cette maison la terre de Capy en Vermandois, & quelques autres biens adjacens. En voici les termes : . . . . *In pago Viromandensi, vil-*

*Annales B B.
tom. 3, in app.
fol. 682.*

lam Capiacum : culturam etiàm quam eisdem fratribus ad suos exteriores usus extrà monasterium cum piscaturâ concessimus. Capellam in Venittâ : Capellam in Vermeriâ : Capellam in Nantoilo : Capellam in Mammacis post decessum Odertonis. In pago Noviomensi, villulam quæ dicitur Bonas-Mansiones :

rias-Manfiones : decimas etiam fifcorum quas eis per præceptum conceſ-ſimus ; hoc eſt, decimam Cafini, Vermeriæ, Cotomariorum, Ridi, atque Mamaccis, &c. . . . . . . Capy eſt un village ſur la Somme, éloigné d'environ deux lieues de la ville de Péronne : il eſt devenu, vers le dixieme ſiécle, le chef-lieu d'un prieuré, encore à préſent régulier, mais ſans conventualité, toujours dépendant du monaſtere de ſaint Corneille, & qui jouit de biens conſidérables & de pluſieurs droits honorifiques.

Le 7 de Juin ſuivant, Charles tint à Quierſy un autre Parlement, pendant lequel mourut Hilduin, abbé de Sithiu. Cet Abbé s'y étoit rendu pour ſupplier le Roi de terminer & de confirmer, par ſon autorité, l'arrangement que Hugues, abbé de ſaint Quentin & de Sithiu, avoit commencé, mais que la mort l'avoit empêché de porter à ſa conſommation. Dom Mabillon a cru que cet arrangement concernoit la diviſion des biens du monaſtere de Sithiu, entre les Freres. Hilduin avoit demandé, au ſurplus, que les choſes qu'il avoit données à ſa maiſon lui fuſſent confirmées. Charles avoit rempli toutes les demandes de l'Abbé, qui n'eut pas la ſatisfaction d'en voir les effets. Le 9 de Juillet ſuivant, ce Prince retiré dans un autre de ſes châteaux, appellé Pontion (*Pontigo*), fit expédier d'autres diplômes, en faveur de quelques autres monaſteres de la Flandre. Rainelmus, évêque de Noyon, aſſiſta à la plupart des plaids & des conciles de ſon temps, & s'y ſouſcrivit. Dans ce dernier plaid, Charles *le Chauve* le déſigna, avec quelques autres Evêques & Abbés, pour être le conſeil de ſon fils Louis *le Begue*. Mais ce Prélat ne vécut que juſqu'en 879 ; ce qui retombe à la trente-cinquieme année de l'épiſcopat d'Hincmar de Réims.

Baudoin *Bras-de-fer*, que nous avons mis au rang des Comtes de Vermandois, mourut en 877, ou, ſelon d'autres, en 879 : il fut enterré dans l'égliſe de ſaint Bertin. Ses états héréditaires de Flandre paſſerent à Baudoin II, & le comté de Cambrai à Rodolphe, ſes enfans. Le comté de Vermandois fut donné à Teutricus, autrement appellé Tetricus, ou Thierricus, qui prit en même temps le titre d'Abbé de l'égliſe de ſaint Quentin. Nous n'avons pas été inſtruits par les auteurs anciens, ni de la famille, ni de la plus grande partie des faits de ce Seigneur.

Hédilon obtint la chaire épiſcopale de Vermandois, vers la fin de cette année, recommandé par ſon métropolitain, le célébre Hincmar, qui ne put le ſacrer que près d'un an après, parce qu'il ne pouvoit avoir l'agrément des Rois Louis & Carloman à l'élection faite par les Chanoines de Noyon. C'eſt à ce ſujet que le vigoureux Archevêque diſoit qu'il falloit ſuivre les décrets des ſaints canons concernant les élections ; que les Evêques ne devoient pas ſortir des Cours, mais chacun de ſa propre Egliſe ; que

Tome I.   Z z

IX. SIECLE.
Année 877.

*Annales B B.
tom.* 3, *Lib.* 37.
N°. 104 & 105.

Année 879.

CV.

leur nomination ne devoit pas dépendre des Princes, mais du seul clergé, du peuple & du métropolitain; qu'il falloit requérir humblement le consentement du Prince, puis sacrer le nouvel élu. Après tout, Hédilon n'avoit pas bonne réputation. Hincmar prit même, pour corriger son fait, des éclaircissemens sur le compte de cet Evêque, dont nous ne savons point le contenu. Peut-être Hédilon devoit-il beaucoup à l'envie de ses rivaux exclus de la dignité qu'il avoit obtenue. Être préféré pour un emploi, c'est souvent devenir criminel. Buzelin pense que l'évêque Adalberne, que le Métropolitain envoya dans l'église & le diocese de Tournai, durant la vacance de la chaire de Noyon, visita également ces deux dioceses, & qu'il y remplit tous les devoirs de son ordre, jusqu'au temps du sacre d'Hédilon.

Dans un privilege que Charles le-Gras accorda à la ville de Pavie, dans le mois d'Avril de l'an 880, au monastere de saint Ambroise de Milan, ce Prince fait mention d'un autre monastere dédié à saint Quentin, & appellé de son nom, situé non loin de Spono, où est la ville de Mont-Ferrat, sur la gauche de la riviere de Bormia.

Le calme, que la retraite des Normands avoit laissé dans le Vermandois (17), ne dura pas long-temps. La crainte qu'on conçut dans la ville d'Auguste des terribles effets de leurs ravages, qui recommençoient déjà dans la Flandre, & qui avoient forcé les chanoines de Tournay de venir habiter avec leurs confreres, ceux de Noyon, avec lesquels ils resterent pendant trente ans, fit prendre à nos peres la précaution de tirer une seconde fois de leurs sépulchres les corps de saint Quentin & de saint Cassien, & de les transférer en la ville de Laon. Ce transport se fit le premier jour de Janvier de l'année 881 : c'étoit en la seconde du regne de Louis III, & en la premiere de son couronnement. Son pere Louis le Bégue avoit succédé à Charles le Chauve mort en 877 le sixieme jour d'Octobre. Il n'avoit régné que deux ans. La ville de Laon, située sur une haute montagne, étoit, dans ces temps-là où l'art de la guerre étoit bien éloigné d'être poussé à la perfection qu'il l'est maintenant, d'un accès plus difficile à ces brigands, & d'une défense plus commode pour des assiégés. Elle pouvoit donc être regardée comme un lieu plus assuré pour la conservation des choses que l'on y déposoit. Dès l'an 853 Tétrasde, abbé de Gand, y avoit fait, comme on l'a dit, conduire en refuge les corps de saint Bavon & de sainte Pharaïlde. En vain un essain de Normands, qui avoit ravagé en 881 ce dernier monastere, avoit été battu par Louis de Germanie, troisieme du nom, dans un village appellé Fumon; en vain une autre bande de ces barbares avoit encore été défaite, sur la riviere de Vienne, par les deux freres, Louis III &

Carloman ; qui venoient de partager à Amiens le royaume de leur père Louis *le Bégue* ; en vain le même Louis en avoit encore couché par terre neuf mille dans un autre combat livré à Saucourt en Vimeux : ces peuples féroces reprenoient, pour ainsi dire, naissance de leurs cendres, & se reproduisoient dans tous les coins de la France.

IX. Siecle. Année 881.

Avant que Louis III eut partagé avec ses freres le royaume de leur pere Louis *le Bégue*, Louis de Germanie le jeune, excité par des sentimens d'ambition aussi injustes que ceux qui avoient armé Charles *le Chauve* contre lui & ses freres, voulut étendre sa domination aux dépens de ses cousins germains. Poussé à cette entreprise par son épouse, par Gozlin, abbé de saint Germain-des-Prés, qui s'étoit refugié en sa Cour, & par un Comte nommé Conrad, il partit d'Aix-la-Chapelle, & vint de là à Douzy, ensuite à Attigny, puis à Ecry-sur-Aisne, & enfin s'avança jusqu'à Ribemont, petite ville près de Saint-Quentin ; mais, rebuté de voir les François attachés inséparablement à leur Maîtres légitimes, il se retira précipitamment dans ses Etats.

Ibid. N°. 28.

Voici le journal abrégé des horreurs que les Normands ont causées pendant les deux années dont nous parlons. Le 16 de Décembre 880, ils brûlerent Sithiu, avec les églises & la ville. L'église de saint Omer, trop bien fortifiée & secourue, fut la seule qui échappa aux flammes. Au commencement de l'année suivante, ils s'avancerent jusqu'à la Somme, & ensanglanterent toute leur route. Ils remonterent de là à Cambrai, & y mirent tout au feu & à l'épée. Le monastere de saint Géry de cette ville fut totalement détruit dans cette expédition, après laquelle ils retournerent à leur camp de Courtray. Vers le temps de la fête de la Purification, ils descendirent par Térouenne au monastere de saint Riquier en Ponthieu, & le brûlerent. Celui de saint Vallery fut seulement pillé. Ils allerent ensuite désoler Amiens & l'abbaye de Corbie, & en rapporterent en leur camp les dépouilles qu'ils avoient faites. Toutes ces barbaries ne les employerent pas un mois. A la fin de Février ils étoient à Arras. Heureusement pour les peuples de cette ville, ils en avoient transporté les reliques de saint Vast, leur principal patron, à Beauvais. Elles en furent rapportées chez eux en 893. C'est des différentes translations ou stations faites alors du corps de ce saint Pontife, que plusieurs églises posées sur cette route ont été érigées en son honneur. Le doyenné rural de Péronne, au diocese de Noyon, en a quatre ou cinq. Ce ne fut qu'après la défaite du plus grand nombre des Normands par Louis III, que le reste se retira en Hollande, & les lieux voisins de la Meuse.

Ibid. N°. 46.

Ibid. Lib. 39. N°. 76.

Durant ces troubles, Hedilon, évêque de Noyon, fit la transf-

CVIII.

lation des reliques de saint Eleuthere, évêque de Tournay. Dans le même temps & la même année, le même Prélat avoit caché le corps de saint Eloi dans l'oratoire de saint Bénoît. Cette chapelle étoit sous celle de son palais. On croit qu'elle avoit été bâtie par saint Eloi, & dédiée, en l'honneur de ce saint Patriarche des moines d'Occident, par cet Evêque. Le corps de saint Eloi avoit été levé du monastere de saint Loup où il reposoit.

CIX.

On exprimeroit difficilement quel avoit été le deuil des peuples du Vermandois, lorsqu'ils s'étoient vus obligés de confier à des étrangers la garde des corps de leurs saints Patrons, & quelle fut leur joie, lorsqu'ils eurent le bonheur de les ramener en leur capitale. Tous les cœurs voloient à leur passage. On ne pensoit plus que les Normands dussent rentrer dans notre province. Les saints corps furent reçus dans la ville d'Auguste le 2 de Février de l'année 882. Quelles doivent donc nous être précieuses ces cheres reliques que nos ancêtres nous ont conservées avec tant de soins, de peines & de pleurs! L'an 883 les mêmes Normands recommencerent cependant encore leurs désordres. Louis III étoit mort à Saint-Denis, le 4 d'Août, de la violence des efforts, à ce que l'on prétend, qu'il avoit faits en combattant contre ces barbares à Saucourt. Ces redoutables brigands se promirent tout de l'affliction en laquelle cette perte avoit jetté son frere Carloman & les François. Ce dernier Prince, qui resta seul héritier de la couronne de Louis *le Bégue*, avoit déjà pris sur ces barbares, sous la conduite de Richard, la ville de Vienne en Dauphiné, & s'étoit saisi de la femme & de la fille de Boson leur chef; mais, comme une hydre à plusieurs têtes, ils parurent en nouvelle armée dans la Flandre, passerent l'Escaut, & coururent tout le pays Laonnois & celui de Reims. Le Vermandois n'en fut pas excepté. Dans ces lamentables circonstances, les habitans de la ville d'Auguste voulurent encore préserver les corps de leurs deux Saints des nouvelles fureurs de cette nation indomptable. Ils les porterent une troisieme fois dans la ville de Laon; ils y laisserent avec ces précieux gages leurs cœurs, & ne rapporterent de cette ville que des regrets amers & un sujet toujours subsistant d'inquiétude & d'ennui. L'on peut penser que c'est dans la cathédrale de Laon que les vénérables reliques furent déposées & confiées à la charitable intention des chanoines de cette église. Nous en avons vu d'autres portées en l'abbaye de saint Vincent, où il est vrai de dire que saint Quentin a un culte particulier.

Cette seconde précaution fut la mieux placée. Ce que les Normands n'avoient pu enlever de cette capitale, ils le réduisirent en cendres; & jusqu'à la belle église que Fulrade avoit fait bâtir, cinquante-neuf ans auparavant, tout fut détruit & brûlé. Le chef de ce dernier parti s'appelloit Haftingus. Carloman défit en partie ces barbares, fur lefquels il vint fondre tout-à-coup. Le refte épouvanté prit la fuite devant le victorieux. Quelques auteurs ont placé ces triftes événemens en l'an 859, lors des premieres defcentes des Normands dans ce pays; mais c'eft une erreur de chronologie que le *Sermon de la tumulation de faint Quentin*, & l'*Hiftoire des Ducs de Normandie*, écrite par Dudon, combattent formellement. Ce n'eft que dans la troifieme incurfion des Normands, depuis leur premiere, arrivée en l'an 859, & après la mort de Louis de Germanie, leur plus redoutable adverfaire, que les malheurs des habitans de l'Augufte de Vermandois furent comblés.

Carloman, frere de Louis III, mourut le 6 de Décembre de cette même année 883. Il reftoit encore un troifieme fils de Louis *le Bégue*, appellé Charles. On reconnut fes juftes prétentions à la couronne de fes freres & de fes ancêtres; mais, comme il étoit trop jeune encore pour gouverner, les Grands du royaume appellerent l'Empereur Charles *le Gras*, & le conftituerent Régent du Prince & de l'Etat.

L'hiftoire ne nous a pas confervé la mémoire des belles actions qu'ont pu faire nos Comtes dans les guerres contre les Normands, ni par quelles glorieufes opérations ils ont tâché de repouffer les violences de ces furieux contre leurs fujets & l'églife, dont ils étoient les protecteurs. Voici fimplement ce que difent nos actes du Comte Teutricus, qui paroît avoir fuccédé dans le Vermandois, après la mort de Baudoin *Bras-de-fer*, mort vers 877 ou 879 : Auffi-tôt après la retraite des Normands, il fit, conjointement avec l'Abbé de l'églife de faint Quentin, rebâtir les murs de fa ville capitale, pour la mettre, s'il fe pouvoit, à couvert de nouveaux ravages. Son enceinte fut agrandie, & l'églife de faint Quentin, avec le territoire de la colline, y fut enfermée. On doit remarquer ici que c'eft de l'augmentation dont nous parlons, & de cette clôture qui fut donnée à l'églife du bienheureux Martyr, que la ville d'Augufte de Vermandois a perdu généralement dans le public cet ancien nom. Tous ces travaux ne purent être exécutés que vers l'an 884. Ce temps fixe donc certainement l'époque du nom de *Saint-Quentin* que cette ville a pris, & qu'elle fe fera toujours honneur de porter.

Une autre chofe que l'on doit obferver ici, c'eft que Teutricus, que Claude Emmeré appelle Comte-Abbé, ne paroît avoir été que fimple *Comte de Vermandois*, felon le martyrologe de l'églife de faint Quentin, dont nous allons rapporter le texte, & que, felon le *Sermon de la tumulation de faint Quentin, de faint Victorice & de faint Caffien*, cité fous l'an 881 précédent, le même Teutricus eft qualifié de fimple *Abbé*; diftingué du Comte qu'il ne nomme point. Ces

IX. Siecle.
Année 883.
Aug. Vir. fol. 80.
Annales B B. tom. 3. *Lib.* 38. Nº. 61.

C X.
Ibid. Nº. 84.

Voyez le Nº. 97 précédent.

Année 884.

deux dignités étoient-elles alors divisées & occupées par deux
personnages différens ? c'est ce que nous avons peine à croire ; &
vraisemblablement Teutricus étoit Comte & Abbé, unique personnage, quoique le sermon susdit le fasse agir au pluriel, comme s'il
eut été accompagné d'un autre.

Dès que la ville de Saint-Quentin fut mise dans un certain état
de défense, ses habitans tournerent toute leur attention à y faire
revenir de Laon les corps des deux Saints qu'ils y avoient mis en
sauve-garde. Ils jouirent de cet inestimable bonheur le vingt-neu-

vieme jour d'Octobre de l'année suivante. La joie revint dans leurs
cœurs, en même temps que leurs Saints rentrerent dans leur ville.
On les déposa entre les murs de l'église incendiée, & l'on attendit un temps favorable pour les remettre dans leurs sépulchres.

Teutricus mourut le 15 de Juin ; dit un martyrologe de l'église
de saint Quentin, qui ne marque pas en quelle année. C'est de
ce Comte que le bien du village de Vermand est venu à nos chanoines. Il le leur avoit donné pour entretenir & augmenter le luminaire de leur temple. . . . . *Eâdem die* [15 Junii] *obiit Teutricus
Comes, cujus dono, habemus bonum Virmandense, ad luminarium eccle-*

siæ. Le nouveau *Gallia Christiana* écrit le 25 de Juin.

Parut ensuite Pépin, quatrieme du nom, fils de Bernard, vers
l'an 886. Fondés sur ce que quelques auteurs ont écrit que Pépin IV ne posséda le comté de Vermandois qu'en partie, & sur ce
que nous savons d'ailleurs que le Comte de Flandre, Baudoin
Bras-de-fer, ne l'eut pas non plus en entier, nous pensons que Pépin IV jouissoit de tout ce que Baudoin n'avoit pas dans le Vermandois, & que Baudoin n'occupa dans cette même province que
ce qui n'avoit pas été donné à Pépin. Le principal domaine de ce
dernier Seigneur étoit à Péronne & dans les environs de cette ville.
C'est pourquoi ses descendans ont été appellés quelquefois Comtes
de Péronne, long-temps après qu'ils furent établis à Saint-Quentin, & qu'ils eurent commencé de posséder le comté entier de
Vermandois. Ce que Pépin IV possédoit dans ce pays lui avoit été
donné par Louis *le Débonnaire*, après la mort de Bernard, pour dédommager, quoique bien foiblement, ce fils infortuné, du royaume d'Italie dont il avoit privé son pere. Il paroît que le Comte
Teutricus, successeur de Baudoin *Bras-de-fer* dans le Vermandois,
n'y eut pas une puissance plus étendue que celle qu'avoit eue le
Comte de Flandre, & que c'est lors de la mort de Teutricus, que
Pépin IV, jaloux de jouir du reste d'un domaine partagé, poussé
peut-être encore par ses enfans avides d'un plus ample & plus riche
établissement, secondé d'ailleurs dans ses vœux par les troubles
dont le royaume étoit agité, se rendit le maître de tout le comté
de Vermandois, dont il avoit déjà une partie,

Ce qu'il eſt utile d'obſerver ici, c'eſt que nos Comtes n'avoient poſſédé juſqu'à préſent leur place que par forme de bénéfice, & par la libre conceſſion de nos Rois qui les en revêtoient, & qui pouvoient les en dépouiller à leur gré; au lieu que ceux qui la remplirent dans la ſuite, l'ont retenue devers eux par le droit d'hérédité. L'autorité des derniers Rois de la ſeconde race étoit ſi foible & ſi chancelante, parce qu'elle étoit preſque toujours attaquée ou troublée au dedans & au dehors par divers ennemis, qu'il ſuffiſoit aux Seigneurs leurs ſujets, d'oſer entreprendre beaucoup ſur les peuples, & de ſe déclarer contre leurs propres Souverains, pour envahir des domaines, & reſter tranquilles poſſeſſeurs de leurs uſurpations.

IX. SIECLE.
Année 886.
CXII.

L'Empereur Charles *le Gras* vint ſe repoſer, au mois d'Août de cette même année 886, dans le château Royal du Laonnois, appellé *Sylvaticum*, après avoir chargé en Flandre les Normands qui y ravageoient la ville de Louvain. Cependant les Grands de ſon royaume de Germanie, laſſés de porter le joug d'un Maître qu'ils jugeoient ſi peu capable de les gouverner, refuſerent de lui obéir, & quitterent ſon parti l'année ſuivante, pour ſe donner à Arnoul, fils naturel de Carloman. Charles en conçut un chagrin ſi vif, qu'il en mourut le douzieme de Janvier de l'année 888, dans l'abbaye de Richenove, en l'iſle du lac de Conſtance, où il s'étoit retiré. Son royaume comprenoit toute l'étendue de celui de Charlemagne & de Louis *le Débonnaire*, c'eſt-à-dire, l'Allemagne, l'Italie & la France. Il fut diviſé entre les premiers Seigneurs de ſa Cour. Bérenger, fils ou petit-fils d'Evrard, comte de Frioul, dont nous avons parlé plus haut, eut une partie de l'Italie, dont la ſeconde fut donné à Widon, fils de Lambert, duc de Spolete. Arnoul, fils naturel de Carloman, eut l'Allemagne. Le comte de Paris, Eudes, obtint la France du conſentement de cet Empereur, & il fut couronné à Sens par Gautier, archevêque de cette ville. La Bourgogne fut déférée à Raoul, fils du jeune Conrad.

CXIII.
Annales B B.
tom. 3, *lib.* 39,
Nº. 2.

Année 887.
Ibid. Nº. 15.

Voyez les années
844 & 854 préc.

Annales B B.
tom. 3, *lib.* 39,
Nº. 25.

L'égliſe de ſaint Quentin avoit donné, avant l'an 890, un évêque à la ville d'Amiens, appellé Otger. A la priere d'Hermenfroy, comte de ſa ville épiſcopale & de Francon, abbé de Corbie, frere de ce Seigneur, Otger fit préſent en cette année du corps de ſaint Gentien, à ce célèbre monaſtere. Le corps de ſaint Gentien, l'hôte de ſaint Victorice & de ſaint Fuſcien, avoit été trouvé avec ceux de ces deux Martyrs, diſent les peres Le Cointe & Mabillon, en 555, en un lieu appellé *Saints*, en Amiénois. Ils repoſerent, un peu de temps après leur invention, dans une abbaye érigée dans les bois par Childebert, en l'honneur de ſaint Fuſcien, juſqu'à ce qu'enfin ils furent tranſportés dans l'égliſe cathédrale, d'où Otger fit conduire celui de ſaint Gentien à Corbie, & celui

CXIV.
Année 890.
Ibid. Nº. 52.

Ibid. tom. 1,
Lib. 5, Nº. 49.

de saint Victorice en l'Augufte de Vermandois. Celui de faint Fufcien fut rapporté dans l'abbaye de fon nom, rétablie dans Amiens
au dixieme fiécle, par le comte de cette ville, Enguerrand, fire
de Coucy ; laquelle eft occupée maintenant par des Chanoines réguliers de la congrégation de France. Le corps de faint Gentien
fut reçu à Corbie le 8 de Mai. Otger vécut plus de cent ans, &
ne mourut qu'en 928, felon la chronique de Frodoard, & apparemment le premier jour d'Août, auquel les religieux de cette derniere abbaye célébrent fon anniverfaire. Corbie, fondée vers l'an
657 par fainte Bathilde, Reine de France, étoit déjà devenue fi
puiffante, que les Seigneurs d'Encre, de Boves, de Picquigny, de

Breteuil, d'Heilly, & plufieurs autres, relevoient de fon Abbé, &
étoient tenus de lui faire hommage pour leurs fiefs.

Pépin, Comte de Vermandois, ne mourut qu'après l'an 892.
Accablé d'années & peut-être d'infirmités, il céda fon comté à
Hébert fon fils, qui le gouvernoit dès l'an 891, fous le titre de
Comte-Abbé de S. Quentin; ou du moins, l'avoit-il affocié à fon autorité. Jacques de Guife appelle ce jeune Seigneur Comte de Péronne : fans doute, comme nous l'avons déjà dit, parce que c'é-
toit la premiere qualité de fon pere, avant qu'il s'emparât de tout
le Vermandois ; & parce qu'inférieure au titre de Comte de cette
province, elle étoit devenue un nom d'appanage propre à diftinguer un fils qui avoit encore fon pere.

Tout le royaume étoit dans le trouble par les incurfions réitérées des Normands en divers lieux, & fur-tout dans nos pays.
Dès le printemps de cette année, une flotte de ces barbares, defcendus à l'embouchure de l'Oife dans la Seine, vinrent ravager
le Noyonnois, & fe retrancherent dans le château de Quierfy. La
faim, plus que la force, les y affiégea. Ils fortirent de leur camp ;
&, quinze jours après les fêtes de Pâques, ils fe déborderent dans
la Flandre où ils détruifirent entr'autres abbayes celle de Sithiu,
dans laquelle ils ne laifferent ni moines, ni cellules. Rodulphus,
abbé de cette maifon, réduit à n'avoir plus d'autre récompenfe

à donner à un moine de faint Amand, nommé Hucbaldus, qu'il
avoit appellé auprès de foi pour enfeigner fes religieux, que les
fermes champêtres de fon abbaye, lui en donna une fituée dans le
Vermandois, dans laquelle il put fe retirer & vivre. Cette ferme
étoit dans le village de Hidlincourt.

D'un autre côté, la mort précipitée des Héritiers de la couronne, en jettant les peuples dans la trifteffe & la confternation,
avoit excité l'avide ambition des Grands qui vouloient tous avoir
leur part des états du royaume. La premiere confpiration contre
le gouvernement, qui éclata en cette année, avoit été formée
dans le Laonnois. Le Comte Waltgarius, ou Gautier, en fut le

principal

principal auteur. Il étoit coufin-germain du Roi Eudes, parce que Adalhelmus fon pere étoit oncle de ce Seigneur, & par confé-quent frere de Robert, Comte de Paris, de qui defcendoit Eudes. Gautier s'empára alors de la ville de Laon qu'Eudes reprit fur lui; &, pour le prix de fa témérité, il le fit mettre à mort, après l'avoir fait condamner par ceux des Grands qui lui étoient affidés.

IX. SIECLE.
Année 891.
Ibid. N°. 68.

Cet exemple de févérité écarta du Laónnois le refte des conjurés qui s'enfuirent dans l'Aquitaine, pour y foulever d'autres Sei-gneurs contre Eudes. Ce Roi les y alla combattre; mais à peine étoit-il arrivé devant fes ennemis, qu'une nouvelle tempête s'é-leva contre lui dans le pays de Reims. Widon, poffeffeur en partie de l'Italie, avoit dépouillé de fes Etats Bérenger fon comparta-geant. Ce dernier étoit parent de Foucault, archevêque de Reims. Il l'intéreffa dans fa caufe. Foucault, faififfant l'occafion de fe venger de l'Empereur Arnoul, le protecteur tout-à-la-fois de l'u-furpateur Widon & du Roi Eudes, fe déclara hautement contre l'un de fes deux favoris, qu'il trouva le plus à fa portée : c'étoit Eudes. Il forma une puiffante ligue contre ce Roi; & réfolut de le chaffer du trône, en y rappellant le jeune Charles, troifieme fils de Louis *le Begue*. Pépin, comte de Vermandois, & fon fils Hébert, avoient approuvé ce deffein; ils l'appuyerent de toutes leurs forces. On appella alors fecrétement le jeune Prince à Reims, & on décida de l'oppofer à Eudes. Ce Roi, trop long-temps occupé en Aquitaine à diffiper fes ennemis, & à rétablir dans cette pro-vince une paix folide, ne put venir en Champagne, qu'après le complot formé contre fes intérêts. Charles, protégé par fes en-nemis perfonnels, devint encore le fien. Eudes l'affiégea dans Reims, & pilla toute la contrée de cette capitale. Le jeune Prince, foiblement défendu, couroit le danger de tomber entre les mains du raviffeur de fa couronne. Il fit folliciter auprès des Evêques & des Comtes de la Meufe, des troupes, dont il tira peu de fecours. Enfin, toujours allarmé par les plus juftes craintes, il s'enfuit en Bourgogne, auprès du jeune Raoul fon parent. Eudes crut n'avoir plus alors d'ennemis à combattre dans Reims : il quitta cette ville, & revint à Paris vers la fin de l'année.

Frodoard, *hift.*
Rem. Lib. 4, *cap.*
5.

Annales B E.
tom. 3, *lib.* 39,
N°. 69.

L'archevêque Foucault, devenu plus libre & plus hardi par la retraite du Roi, rappella de nouveau le jeune Charles à Reims. Il voulut engager tous les Seigneurs & les peuples en fa faveur. Il le facra, en préfence des Grands, Roi de France, le vingt-hui-tieme jour de Janvier fuivant. C'étoit en un concile tenu dans fa métropole, qu'il avoit fait cette cérémonie. Il s'y étoit fait affifter des Evêques de Laon, de Noyon, de Soiffons & de Térouenne. L'Empereur Arnoul ignoroit le motif principal qui faifoit agir l'Ar-chevêque. Il attribuoit au zele envers fon Roi, & à la juftice des

Année 893.

Frodoard. *lib.* 4.
cap. 6.
Gallia Chrift.
tom. 9, *col.* 990.

Tome I. A a a

IX. SIECLE.
Année 893.

prétentions de Charles, tout le procédé du Prélat, de ses suffragans & de ses adhérans ; & ne pensoit pas que ces beaux prétextes n'étoient qu'une couverture à la haine particuliere que l'Archevêque portoit en son cœur contre lui, parce qu'il avoit protégé Widon contre Bérenger en Italie. Il se contenta d'éclater en reproches contre Foucault. Cet Archevêque, prudent & rusé, étoit bien éloigné de se déclarer ouvertement contre l'Empereur, & de vouloir s'exposer à tout le poids de sa vengeance, par trop d'indiscrétion. Il s'excusa auprès de lui par des lettres & des prieres ; & le disposa insensiblement à souffrir, sans qu'il osât rien dire, qu'on le punît lui-même dans la personne du plus aimé de ses favoris.

Annales B B. Tom. 3, Lib. 39, N°. 75.

CXVII.

Rien n'échappoit à l'attention des Evêques, de ce qui concernoit le patrimoine de leurs églises, dans ces temps même de troubles & de confusion. C'est dans le concile de Reims, dont on parle, qu'il fut aussi résolu d'écrire au Comte de Flandre, Baudoin *le Chauve*, fils de Baudoin *Bras-de-fer*, une lettre pleine de vigueur, pour l'engager à restituer aux églises les biens qu'il leur avoit enlevés. Telle étoit la face des affaires en France, à la fin du neuvieme siécle, & au temps, à peu près, où mourut Pépin, comte de Vermandois. On ne sait le jour, l'année, ni le lieu de sa sépulture. Il laissa quatre enfans ; une fille qui fut mariée à Robert II, comte de Paris ; & trois garçons, Bernard, Pépin V, & Hébert Ier du nom. Celui-ci, l'aîné de tous, eut le Vermandois. On ne connoît pas la postérité de Bernard, s'il en eut une. Pépin V, devenu Comte de Valois ou de Senlis, se perpétua dans un fils nommé Bernard, qui devint pere d'un Hébert, comte de Senlis, & d'une fille appellée Sprota, mariée à un Duc de Normandie. Le comté de Senlis, tombé ensuite à Adele issue de ces Seigneurs, fut porté par son mariage à Gautier II, comte du Vexin, duquel sont sortis quelques anciens Comtes d'Amiens, dont nous parlerons dans la suite.

Marlot, hist. Remensis, tom. 1. fol. 550.

Voyez l'année 1051 ci-après.

Voici la généalogie des Comtes héréditaires de Vermandois, plus exacte & plus étendue que celles qu'en ont donné Claude Emmeré & le pere Marlot. Quelques écrivains ont soutenu que les Rois de la seconde & de la troisieme race de France, descendoient de l'Empereur Avitus. Nous inclinons fort vers ce sentiment, dont il est hors d'œuvre de rapporter ici les preuves. Mais, en le supposant vrai, voici la filiation que l'on doit s'en former.

Morery, au mot Childebrand.
Mercure de France, Avril 1761, pag. 121.

AVITUS.
I. HECDICIUS.
II. FERRÉOL.
III. AVISBERT.

IV. ARNOALD.
   V. Saint ARNOUL, ministre en Austrasie.
  VI. ANSIGISUS ou ANSIGISILUS.
  VII. PÉPIN Ier, dit d'*Héristal* ou *le Gros*.

VIII.

CHARLES MARTEL.	CHILDEBRAND.
IX.	IX.
PÉPIN *le Bref*, qui eut de sa femme BERTHE, comtesse de Laon,	NÉBELON.
X.	X.
CHARLEMAGNE, qui eut de la Reine HILDÉGARDE,	THIERBERT.
XI.	XI.
PÉPIN III, Roi d'Italie en 781, mort le 6 Juin 810.	ROBERT Ier.
XII.	XII.
BERNARD, mort en 818, le 17 Avril, eut de Cunégonde, morte après 835,	ROBERT II, dit *le Fort*.
XIII.	XIII.
PÉPIN IV, comte de Péronne, puis de Saint-Quentin.	ROBERT III, sac. Roi de France, en 922.
XIV.	XIV.

Une Fille. HÉBERT Ier, BERNARD II. PÉPIN V,
    comte de   comte de
    Verm.   Valois.

HUGUES *le Grand*.

X V.
HUGUES-*Capet*.

PIECES JUSTIFICATIVES
DU CINQUIEME LIVRE.

SUITE DES CHAPITRES
CONTENUS
DANS LE LIVRE MANUSCRIT
DES MIRACLES DE SAINT QUENTIN.

De quodam infirmo, & quodam claudo; & ferramento ejus furato, & de reo ipsius furti.

CAPUT UNDECIMUM.

(1). S ED. nec prætereundum, quanta non solùm in Christo vivens, verùm etiam in ipso jam dormiens ejusdem. Martyris fuerit pauperum cura. In diebus namque Pipini Regis strenui, aut nobilissimi Imperatoris Hludovici, vir quidam, Ebruïnus nomine; in quandam decidit infirmitatem; quem præfatus princeps Hieronimo abbati, qui tanto loco ipsius Martyris præerat, dirigens, solatia suorum medicorum ei impertiri mandavit. Ille autem præceptis regalibus parens, hospitium in domo Wencridi quondam presbyteri dedit: ubi & quidam pauper claudus, vocabulo Wincelinus, hospitans, quoddam ferramentum habebat, quod vulgi rascum vocant, hocque vasa minuta cavans; victum operando manibus quærebat: quem præfati viri infirmi famulus furto auferens; secum in propria videlicet ultra Rhenum fluvium deportavit. Cui dato quieti S. martyr Quintinus astans ait: cur pauperem expolians mercimonium suorum ciborum füratus es? Vade quantociùs ad Dominum tuum, & malum quod illo ignorante perpetrasti, ne moreris confiteri. Ipsique meis præcipias jussis, ut idem furtum referre faciens, Sylvino mei loci custodi reddere jubeat: quam visionem ipse reus pro nihilo ducens, oblivioni dedit. Sed & secundò eâdem re ab eo monitus, perindè distulit. Unde præfatus Christi Martyr tertiò veniens, terribiliter coarguens: age, infelix, inquit; quare meis inobediens monitis malùm à te perpetratum Domino tuo erubuisti confiteri? Eia citò, & scelus quod sponte commisisti, invitus confitere, ob idque duorum oculorum amicabili lumine privaberis. Sicque debitis laceratus poenis Domino suo mala & monita confitetur perpetrata ; quibus Dominus ejus agnitis timore nimio perterritus , mox custodi denominato ipsum remisit ferramentum, dans in mandatis omnibus ea nota facere, quæ flebiliter acta fuerunt. Hujus rei gratiâ hæc crebrò memoriæ reducendo ; itidem rascum fabricatum , ante altare ipsius Martyris pependerunt.

Les noms des personnes de qualité s'écrivoient autrefois avec un augment de lettres. On écrivoit Hludovicus pour Ludovicus; Clotocharius pour Clotarius ; Hrobertus pour Robertus ; Chonobertus pour Humbertus , &c. C'étoit une marque de distinction.

(2) *De fure ejusque tormento.*

CAPUT DUODECIMUM.

Quæ verò ultio sequatur de sanctificatis furto ablatis, sequenti significatum miraculo. Turris quædam erat innexa ipsius Martyris monasterio, quæ in excelso tria habens altaria, sublimius in memoriâ sancti venerabatur archangeli Michaelis. Quam quidem dolosus pauper dolosè agrediens : poma eminentioris altaris auro & argento fabricata furtim auferens, in sinu suo abscondita in domum Frederberti quondam clerici devexit, ubi mox magno Dei judicio correptus , cœpit æstuare, anxiari , magnisque ardoribus inflammatus cruciari. Si quidem confluentibus multis ostendebat angustiam sibi divinitùs inrogatam : nam ipsis pomis femora ejus tangentibus, statim tales erumpebant vesicæ, ac si ferro ignito tacta fuissent; sicque in tali miser cruciatu, spiritum exalavit. Quid putas quantis in inferno cruciantur poenis, qui multa majora furando admittunt, si iste talia pro re parvulâ excepit supplicia ? Hæc autem di-

xerim : ne forsan videantur fore impunita, quisquis Deo furtim abstulerit sanctificata.

(3) *De stipendio Fratrum & Abbate minoratore, & de invasore ipsius stipendii , & de muto mirabiliter curato.*

CAPUT TERTIUM-DECIMUM.

Qualem itaque de famulantibus Deo in ejus monasterio habuerit sollicitudinem reticendum non est. Villa quæ dicitur Villare, in stipendiis eorumdem Domino famulantium mensæ integra olim fuerat deputata : quam Fulradus abbas casu subtrahens, sibi famulanti nomine Roderico dedit ; undè maximus fratrum rumor pullulans, in maximam murmurationem , propter stipendii minorationem, devenit. Quorum mediæ ipse misertus , cuidam terræ agricolæ, ex villâ Pontrudio in culturâ telluris laboranti, fatigatione magni soporis depresso, nomine Amalwino, pauperi, viridi canitie florenti, sanctus Quintinus, seu sol rutilans, illi sopori dedito apparens, nuncupato nomine proprio, ait : O homuncule pauper, mundalis pompa aliis arridet, alios verò allidit. Undè constans esto, & ea quæ auribus tuis intimavero, cordis auribus commendato. Abbas quippè nostris fratribus prælatus, nomine Fulradus, pro parvâ mundi pompâ, maximam inter eosdem fratres fecit oriri murmurationem. Ideòque vade , & ei meo jussu innotescere stude, maximam culpam eum incurrisse, eò quòd stipendium ipsis fratribus minuens, villam quæ solido mense integro eis administrabatur , eis auferens , homini laïco sibi seculoque famulanti, pro re modicâ præsumpserit dare. Idcircò ei expressè jubeo eam velociter recipere , & suetum stipendium eisdem fratribus suetè administrare, Præcipio etiam acceleratione hoc fieri. Crux fiquidem lignea fuper ipfius villæ portam., in pœnam ipfius invaforis erigatur, quatenùs deinceps, & villæ beneficium, & aditus ipfius portæ in perpetuo denegetur. Quibus pauper auditis, mi Domine, ait : quantæ poténtiæ ipfe fit Abbas meliùs nofti. Quid putas qualiter ejus colloquiis uti potuero? Ad hæc ille, vade, inquit ; jam quia ejus potentiam cavés, cuncta quæ tibi intimavi, tu judici tuo renovato ad liquidum. Et ille Abbati præfato mea monita pandat. Igitur pauper evigilans quid audiffet, quid vidiffet, quidve de his ageret, angebatur. Timens feveritatem judicis, & metuens tanta ac tanti viri auctoritate occultare commiffa. Sed tandem feveritate præfati judicis territus, elegit filentium. Hinc aliâ nocte ifdem Martyr rediens, pro contemptu, inobedientiæ eum increpavit, quantò ocyùs jam fibi monita iterùm, iterùmque juffit monere : cujus præceptis parens ad judicem venit, eique fibi revelata ex parte manifeftavit. His ille auditis pertinaci voce eum amentem vocans acerrimè exafperavit, atque à fe recedere juffit. Qui velociter viam arripiens ultrà de his nihil audebat inferre ; undè tertiò ifdem martyr veniens eum increpavit, quare fua monita importunè diftulerit proferre. Cui ille, mi Domine, inquit, quid de his egerim, qualiter de his exafperatus fuerim, quamve aufter ipfe judex meus, puto prudentiæ tuæ non effe incognitum. At ille mox fuper os illius digitum ponens, noveris te, ait, nihil olim locuturum nifi dùm libuerit, ut meorum eliceres monita verborum. Quibus dictis mox denunciatum eft fignum. Ergò mutus effectus, ad ejus confluens martyrium, in piftrino eorumdem fratrum cœpit hofpitari. Ubi non longo poft tempore eidem dedito fopori ipfe enituit Martyr, percuffoque ejus latere jubet furgere, ecclefiam-

que quàm citò inhianter appetere. Cui & hæc, fratribus, inquit, more folito antelucanos cantus Domino ibidem perfolventibus coram adefto ; ftatimque ad altare venerationis memoriæ beati Michaelis archangeli afcendens, cambotam fancti Amandi, quæ pro reliquiis ipfius viri religiofi, in dexterâ parte fabricata dependet, manibus fumens coram altari mei Martyrii, ipsâ tribus deofculatâ vicibus, ea quæ juffi audacter proferre ftudeto. Cujus monitis, ficut fæpiùs, jam refiftere non audens, fecundùm mandatum, ecclefiam intravit, ante altare, terræ corpore proftratus, ingentes gemitus emifit. Hinc furgens cuftodem fcilicet Veradum fummis aciebus oculorum follicitè requirebat ; nutibufque digitorum ei innuens : ut viam liberam fcanfionis quæ ducit ad turrim ei carpere permitteret. Qui ut potè nutu Dei, ipfe cuftos conatus ejus intelligens, fubdito fibi videlicet Gentfredo presbytero præcepit ut ei oftio turris aperto aditum daret, monens providere cautè quid agere vellet : qui præceptoris præcepto accelerans, ab ipfo muto, incito ufque oftium turris infequebatur greffu. Porrò oftio turris aperto fit mox præitor, qui erat olim fecutor. Ergò ad memoriam præfati Archangeli prior veniens, cambotam defignatam accepit, feftinus exiliens repedavit ; eamque manu ferens ufque ad altare prædictum pervenit. Et quidem intuens intuentes, cambotam deofculans, oculis ad cœlum directis, totis nifibus Domino gratias referens, primo hoc adftantibus : ita, inquit, mihi præcepit fanctus Quintinus. At verò cuftos & cæteri hæc audientes, nimis ftupefacti, percunctantur follicitè quid illi præciperet ipfe Martyr egregius. Ille autem præfatam cambotam manu tenens, fudore guttatim fronte ejus uberimè, ipfo hyemis tempore, defluente, viriliter omnem ordinem gestæ visionis, atque de villâ, & demptâ locutione diligenter explanavit. Quibus Abbas auditis, post stuporem & ecstasim statim villam ablatam fratribus, fratres verò Creatori, atque procuratori suo laudes debitas reddiderunt. Et si inquisiveris, lector, quare cambotam * toties posuerim, accipe optimè & liberè. Tantillus ego amaritudinibus mundi undiquè attritus dicere quivi, quod tantus miles Christi, ejus jam in cœlestibus dulcedine remuneratus, eâdem compellatione voluit appellare.

* *Ou* Cabutam, *ou* Cambocam: *Bâton recourbé, houlette, crosse des évêques.*

(4) *De Claudo in portâ curato.*
CAPUT DECIMUM-QUARTUM.

Hactenùs à fidelibus Patribus exposita, nunc propriis ocellorum aciebus inspecta fideli sermone adnotabimus. Adalbaldus quidam Briensis cùm in tantum fuisset gressuum officio destitutus, ut ei calcanea natibus, quasi clavis inhærerent affixa, ad ejusdem Martyris confluens locum, in portâ quæ adnexa est foro & vico, hospitium petiit, ubi pauco moratus tempore pristinam recepit sanitatem.

(5) *De Claudo in ipsâ portâ sano effecto.*

CAPUT DECIMUM-QUINTUM.

Eodem siquidem anno noster natus, nosterque alumnus puer, nomine Angalharius, patrem Ingerranum secutus, palatium

Aquis pervenit; qui ibidem diù à patre detentus, officio gressuum repentè toto est destitutus : quem bonæ memoriæ Imperator egregius Carolus intuens, accersitum percunctatur, undè loco, quo pago, quàve esset familia. At ille de vico sancti Quintini Vermandensis, famulus ejusdem beati Martyris, atque Fulradi abbatis. Cujus ipse Augustus, divinâ inspiratione, miseratus, litteris proprio annulo signatis mandavit de loco ad locum ducere, sumptus & vehicula omnibus ad modum ministrare, eumque ad locum nativitatis proprium usque perducere, ac deindè Fulrado abbati, victum ei præbere. Quod plura ? Adductum miramur cuncti olim exilientem, nunc terræ repentem. Consilio quoque, nutu divino accepto, in portâ prædictâ deponitur clandus. Cui parvo post tempore solita virtus, Martyris meritis sæpiùs nominati, affuit divina ; vocato ex nomine, surgere & ire jubetur : prorsùs surrexit, exiliens abiit, sanus effectus est.

(6) *De Muliere curvâ in eâdem portâ sanatâ.*

CAPUT DECIMUM-SEXTUM.

Quædam fœmina agrestis Mergerita * nomine, cœli altitudine denegatâ, curva terram prospectu habebat, hæc locum portæ præfatæ petiit : ubi aliquoties degens, sana effecta, veste sacræ religionis capiti impositâ, deinceps perennitatis Deo oblationes curavit offerre.

* *Pour* Margarita.

Du Trésor aux Archives de l'Eglise de saint Quentin.

(7) MAIRIE

DE FONTAINES - LES - CLERCS,

VENDUE AU CHAPITRE

DE SAINT QUENTIN.

Frater G. . . . præceptor domorum militiæ Templi in Viromanduâ, &c. Noverint universi, quòd nos, de assensu fratris Oliverii de Rupe, domorum militiæ Templi in Franciâ præceptoris, vendidimus decano & capitulo sancti Quintini quicquid juris habebamus in Majoriâ de Fontanis, supra Somenam, cum appenditiis, tam in terris, quàm in pratis & caponibus quæ Maria conversa nostra, soror Symonis militis, majoris ejusdem villæ, antequam habitum religionis assumpsisset, nobis contulit in eleemosynam puram & perpetuam, & guerpivit, &c. Anno 1234.

Du même Trésor.

(8) CONTINUATION DES CHAPITRES

Du Livre des miracles

DE SAINT QUENTIN.

DU MANUSCRIT CI-DEVANT CITÉ.

De intermissione ædificii, & præfectis operis, & claudo effecto pro eâdem re, ejusque sanatione.

CAPUT DECIMUM-SEPTIMUM.

Operæ pretium reor, nequaquam silentio præterire, qualiter idem beatus Martyr templum sui Martyrii voluerit præeuntibus signis ostendere, perfectionemque illius ad calcem usque perducere. Etenim cùm decem circiter, & eo ampliùs, annis structura ejusdem templi ædificaretur, quidam Nivellæ natus, Ragemboldus nomine, pro suis sceleribus loca sanctorum plurima peragrans, usque Turonis, interventum sancti Martini, oratu, & precibus quærens ire disponebat. Itaque in vicum singulariter sancti Quintini vocatum, veniens hospitium cujusdam vulgaris petiit. Ubi nocte quâdam isdem Martyr, seu sol rutilans, dormientem pulsans, vocato ex nomine blandè ei alloquitur. Dormis-ne, Ragembolde? cujus pulchritudinem ac vocem vix ferre valens; tremulâ voce, mi Domine, ita ne planè dormio, ait. Cui ille: respice, inquit, & animo vigilanti, sensuque intelligibili, ea quæ à me audieris perspicaciter attende. Indulgentiam quàm piis supplicationibus interventu sanctorum quæris valdè grata habetur. Cæterum opus meæ basilicæ intermittendo valdè negligitur : quam ob rem maturiùs surgens præceptori, imò provisoribus ejus, nostro ex nomine intimare stude, magnam eis, velocemque imminere ultionem, nisi paratiùs hoc accelerare studuerint. Nam alius aliis deditus operibus, alii verò à deputatis operariis pretium accipientes, quoslibet ad propria remeare permittunt. Sicque opus cœptum manet imperfectum. Ideòque contestare, & præveni eos nostrâ ex jussione monendo, ut citò corrigantur ne forte incorrecti & immoniti laqueum suæ damnationis incurrant. At ille : quis ego, aut quibus hæc inquam, mi Domine ? Ast ille propriis nuncupatis nominibus; illa & istis, & hæc istis, & illis talia, ait, aito: his dictis evanuit. Quo abeunte is experrectus à somno, multo squalens sudore, quid de commissis agere deberet, sensu frigido, intellectu animi, consilium quærebat, nulli aperire audens quæ viderat : reputans etiam secum illa illis, & ipsis ipsa incognita fore; unde sibi commissa nuntiare neglexit. Alterâ

terâ nocte itidem Martyr veniens, eum increpavit, jubetque injuncta iterato monere : qui ut primâ ; ita distulit vice secundâ. Sed quia, ut beatus Gregorius, magnam, inquit, mansuetudinem contemptæ gratiæ, major sequi solet ira vindictæ : visione tertiâ itidem Martyr veniens, ejusque inobedientiam secundo injunctam vehementer increpavit. Statimque illius genua, & crura tangens, his membris scias, inquit, tibi soliti denegari officii cursum ; atque debilem ante fores istius templi jacere, usque ad proximam meæ solemnitatis festivitatem : quibus minis nimiùm territus excitatur. Cùmque sueto more ire vellet, à renibus usque deorsum omnium immobili rigiditate membrorum apparuit debilis, ita ut manibus innexis universum post se corpus trahens, ad instar vermium per terram repere cœpit. Mox hospite accessito petiit ut ejus suffragiis in porticu præfati templi deportaretur. A quo illuc delatus cœpit confiteri, terram rependo ; quod olim distulerat patefacere erectus gradiendo. Igitur famâ percurrente hujus visionis patratæ, non solùm è vicino, verùm etiam ex aliis quàm plurimis locis, plures hujus rei gratiâ spectaculi, pluriores oratu, & precibus ad præfati Martyris confluxerunt festum. Nocte siquidem festi ejusdem, clero & populo, debitas laudes in sancto Martyre suo, Deo persolventibus, lectore quoque seriem ejusdem Christi athletæ passionis recitante : illicò prædictus contractus cœpit paulatim somno gravari ; & ecce invisibili voce jubetur surgere, ecclesiam velociter intrare, cunctisque præstolantibus coram adfore : quibus dictis repentè cohærentia cœperunt membra resolvi, atque decurrente cruore, crura paulatim diutino glutino coarctata, in pristinum vigorem restitui, sicque rectis poplitibus ecclesiam intrans ad altare usque perductus est. Equidem

Tome I.

concursu, & occursu agente, omnes hilaritate animi, unanimiter in lachrymas & laudes proruperunt Salvatoris. Quis etenim explicare valet, quis timor, quis pavor, quæ alacritas, quæve mentis hilaritas omnibus fuerit ? Cuncti in sublime manus extollentes, Dominum Sabaoth mirabilem in sancto suo Quintino devotissimè laudaverunt. His ita gestis, non multo post tempore, ultio quæ de provisoribus operum fuerat denunciata, prædictis fuit secuta : is verò qui sanus effectus est, posteà pro aliquibus piaculis commissis ab eodem monitore finem sui exitûs velocem adesse cognovit : qui ut indicatus, ita est rebus expletus.

(9) *Item de muto & ejus admonitione.*

CAPUT DECIMUM-OCTAVUM.

Fuit & alter non noster natus, noster neque alumnus, qui sicut ipse fatebatur, in nostrum veniens locum, mutus, in cujusdam fratris nostri hospitio receptus, proprietatem linguæ ab eodem Martyre recipiens, aliqua præceptori nostro, jussione ipsius testis Christi, ob dilationem præfati operis, & acta alia prædixit ventura.

(10) *Item de fure.*

CAPUT DECIMUM-NONUM.

Fur quidam de villâ Duriaco*, fratribus completorii cursum Domino persolventibus, per fenestram furtim in cryptam quæ ad sepulturam ejusdem Martyris decorata nitet, intravit. Ubi totâ nocte cursum & occursum agens, aditum exeundi penitùs nequivit invenire. Quem custos post galli cantum reperiens, interrogavit quid ibi-

** Duri, village à trois lieues de la ville de S.-Quentin.*

dem agere vellet. Ille autem sciens se divinitùs esse retentum, confessus est, quia furtim intraverit.

(11) *De virtutibus quæ tempore allationis reliquiarum sancti Sebastiani efferbuerunt.*

CAPUT VIGESIMUM.

Hæc diversis temporibus audita & à nobis aliqua visa; reliqua quæ sequuntur efferbuerunt eo tempore quo Suessionis sancti Sebastiani allata fuerunt reliquiarum ossa. Dùm hæcaguntur Ludovicus, aliis Hildomus, vel Hilduinus, abbas sancti Dionisii, martyris, Romam mittens, annuente precibus ejus Eugenio sanctæ sedis apostolicæ tunc præsule, ossa beatissimi martyris Christi Sebastiani accepit, & ea apud Suessionum civitatem in basilicâ sancti Medardi collocavit: ubi dùm adhuc inhumata in loculo, in quo allata fuerant, juxta sancti Medardi tumulum jacerent, tanta signorum ac prodigiorum multitudo claruit, tanta virtutum vis in omni genere sanitatum, per divinam gratiam in nomine ejusdem beatissimi Martyris emicuit, ut à nullo mortalium, eorumdem miraculorum, aut numerus comprehendi, aut varietas verbis valeat enunciari.

(12) *De quodam Cæco.*

CAPUT VIGESIMUM-PRIMUM.

Quidam [Milo] de pago Cameracensi ex villâ nuncupatâ Hermiscurte: XII Calend. Junii à Suessionis civitate cum contubernalibus suis, dolendo pro non adeptâ sanitate, revertens in vicum, sicut superiùs dictum est, specialiter sancti Quintini vocatum veniens, repente magnâ deprimitur lassitudine. Qui nullatenùs continere valens se; protinùs se sopori dedit, contubernalibus ejus hinc indè finem ei præstolantibus. Et post modicum surgere volens voce invisibili jubetur jacere. Cùmque modicum jacuisset, surrexit sanguine ex ejus oculis defluente, visu amisso subitò restaurato: moxque in domum præpollentissimi Quintini martyris advenit; ipso adhuc sanguine illius in facie indicium dante, votumque sanatori suo vovens, sanus & alacer regreditur.

De Ægro sanato.

CAPUT VIGESIMUM-SECUNDUM.

In ipso igitur diei fervore, cùm strepitus tumultuantis populi pro re præfatâ ventilaret, alter nomine Henricus de eodem pago, ex monte Uriberto, exitiabili, ut ita dicam, tabescens ægritudine, sanitate receptâ, ad propria rediit.

De Parvulâ debili, sanatâ.

CAPUT VIGESIMUM-TERTIUM.

Insecutâ nocte, quædam parvula ex Suessionis civitate nobiscum diù morata, à læsione brachii, manûs, pedisque soluta est.

Item de Cæco.

CAPUT VIGESIMUM-QUARTUM.

In crastino autem, Hannon de pago Hostrevanto, ex villâ sancti Amandi nuncupatâ Fierinas, lumen sibi ablatum recepit.

De Fœminâ ægrâ.

CAPUT VIGESIMUM-QUINTUM.

Fœmina quædam de eodem pago, & villâ, nomine Morberta, plurima Sanctorum peragrans loca, cùm in vicum præfatum veniffet, ampliùs greffum prætendere non potuit : ubi ab ægritudine quâ tribus laboraverat annis eodem die erepta eft.

De Languido.

CAPUT VIGESIMUM-SEXTUM.

Lanfredus, colonus sanctæ Mariæ ex monasterio Humulariis, de villâ duobus milliariis à monasterio præfati Martyris, diftante, vocabulo Hulmifciaco femi corpore mancus, nono Calendarum præfati menfis à ftratu undè nullatenùs à quatuor annis & fupra, nihil minùs uno fuffragante, quibat exfurgere, fubitò furgens, nemine mortali adminiculante, exceptâ claudicatione pedis, ad ipfum fanus confluxit Martyrem. Is octavo Calendas ipfius menfis, exhortationibus fuorum liberorum coactus ad propria redire dilexit. Cùmque defideratum arriperet callem; termino fori venalis mercimonii, pede pofito, continuò mirum in modum fubftitit, nullatenùs ultrà progredi valens. Qui ftupefactus tam diù ibidem in extafin manfit, ufquequò concio ad eum plurima conveniret. Quorum confiliis viæ cœptæ tergo dato, Martyris ipfius ad monasterium citatim rediit.

De quâdam à claudicatione fanatâ.

CAPUT VIGESIMUM-SEPTIMUM.

Quædam agreftis, Deo facrata, Domi-

nica nomine, ex villâ quæ dicitur Artemio, *feptimo à cœnobio ipfius Martyris miliario diftante, duodecim annis de uno claudicans pede, Calendis præfcripti menfis in ipfum veniens cœnobium, cùm memoriam Sanctorum peragrando expleret, fanitati priftinæ reftituitur.

* Artam, village à trois lieues de la ville de S.-Quentin.

De quâdam Cæcâ.

CAPUT VIGESIMUM-OCTAVUM.

Altera fœmina, Goda vocata, ex pago Hagnauno * de prædio vocabulo Spalt, nono menfis ejufdem, in porticu templi ejufdem Martyris proprium affecuta eft vifum.

* Le Hainault.

Item de quâdam debili.

CAPUT VIGESIMUM-NONUM.

Celina mulier quædam, de villâ nomine Lulgiaco, * brachium habens dextrum totum tumens, atque mancum, ad ipfum confluxit Martyrem. Hinc à contubernalibus fuis coacta ad fanctum perrexit Sebaftianum; ubi nullâ fanitate ipfius brachii adeptâ; ad eumdem, octavo Idus præfati menfis, rediit Martyrem, queritando voce flebili, pectus pugnis cædendo atque proclamando, quare non ei fœminæ ipfe ita, ut cæteris fubveniret? Hinc locis ibidem orationum peragratis; fopore magno deprimitur. Cùmque modicum obdormiiffet, ftatim exfurrexit fana.

* Luci, village près de Ribemont.

Item de aliâ cæcâ.

CAPUT TRIGESIMUM.

Item fœmina, nomine Adaltrudis, de fifco nuncupato Vienna, * ex minifterio Gunthardi Comitis, fed & eo tempore

* Voyenne, village à quatre lieues de S.-Quentin.

prælati monasterio præscripti Martyris, alterâ jam vice ad locum veniens Martyris Sebastiani, angustiis, ac furore commota, querelas in ipsum Martyrem voce flebili prorumpere cœpit, queritans, cur ejus preces jam ad ipsum alterâ vice venientis præ omnibus sperneret. Cujus quærimoniis custodes ipsius loci carere cupientes, accessitam sciscitantur quæ vel unde esset; quibus cùm respondisset se & viduam, & ex ministerio Gunthardi esse Comitis, vade, inquiunt, quia ex ejus ministerio non hìc, sed in domo sancti curaberis Quintini. Quæ quasi pro omine accipiens, rapiensque verbum ex ore eorum, ad ipsum confluxit locum. Ubi supra pavimentum ipsius templi portici tribus jacens diebus : V. Idus prædicti mensis, in solemnitate magni diei Pentecostes, persolvente matutinorum officium cantore, & quidem antiphonam intonante evangelicam, videlicet accipite Spiritum sanctum, lumen sibi demptum continuò recepit optatum.

De Monoculo.

CAPUT TRIGESIMUM-PRIMUM.

Quidam homo, nomine Rodericus, de pago Suessionico, ibidem octavo Calend. mensis Quintilis, lumen unius oculi sibi ablatum recepit.

De Muliere quæ die dominicâ servile opus exercuit.

CAPUT TRIGESIMUM-SECUNDUM.

Ermengardis fœmina, ex Senonas civitate, die dominicâ in lanificiis servile quoddam, globorum videlicet exercuit opus. Hæc de his à sacerdote, & contribulibus correpta, post diem tertium iter arripiens

ad sanctum Sebastianum, manibus unde ipsum perpetravit nefas, eâdem stigmatis formâ, absque interveniente recessu, ita globorum rependere cœperat ac si idem præ oculis conficere cerneret, opus. Quam ob causam ad loculum perveniens ejusdem Sancti ibidem duas hebdomadas stetit, sed solutione minimè adeptâ ambigebat, quidnam agere deberet, unde à Hroduino ipsius loci præposito admonita, ad nostrum confluxit Martyrem, ubi unum & dimidium complens diem, tertio Calendarum mensis ejusdem, persolventibus matutini clericis officii cursum, sanitati antiquæ enituit restituta.

De quodam Rauco.

CAPUT TRIGESIMUM-TERTIUM.

Fulcardus quidam pauper, omnibus nobis benè notus, in pistrino Fratrum congregationis ipsius Martyris, multis consistens diebus, vocem quam intellectui alicujus vix olim propinare potuerat, octavo Idus præscripti mensis, nocte eâdem recepit præclaram.

Item de Fœminâ cæcâ.

CAPUT TRIGESIMUM-QUARTUM.

Adalberta fœmina quædam Vermandensis, de prædio Malignocurte, in porticu templi præfati Martyris, quinto Idus ipsius mensis, visum recepit amissum.

De Muliere debili.

CAPUT TRIGESIMUM-QUINTUM.

Sed & Adolendis mulier, ex pago Vergesino de fisco qui vocatur Treule, utris-

que pedibus , & cruribus elisa decimo-
tertio Calendarum mensis Sextilis sanitati
pristinæ illic est restituta.

Item de Cæcâ.

CAPUT TRIGESIMUM - SEXTUM.

Si quidem & mulier Vermandensis ,
nomine Verasia , ex villâ vocatâ Hortui-
neus , in festivitate ejusdem Martyris , eodem anno lumini est pristino restituta.

De undenni Cæco.

CAPUT TRIGESIMUM-SEPTIMUM.

Nam & Adelingus vir de pago Lomnis ,
de prædio Nemaus , ad Martyrium ipsius
Martyris eodem mense veniens ; lumen sibi
per undecim annos demptum , inchoatione
anni duodecimi recepit.

Epilogus harum virtutum.

CAPUT TRIGESIMUM-OCTAVUM.

Hæc sicut sæpius præfatus sum , temporibus diversis gesta , aliqua mihi scriptis ,
& verbis à patribus narratâ , aliqua à par-
vitate meâ intuita , fideli , prout potui sermone paginis commendare curavi. Abhinc
verò quæ secuta fuerint , obsecro ne segni-
tie & otio , vacent ; sed statim ut efflorue-
rint , absque negligentiâ & torpore , quan-
tocius stilo & chartulis adnotentur.

(13) De translatione corporis ipsius Martyris.

CAPUT TRIGESIMUM - NONUM.

His itaque patratis valdè congruum mihi

videtur , ut de translatione corporis sanctissimi Quintini martyris hic sicut vidimus
& novimus , summatim perstingamus. Igitur bonæ memoriæ quondam Fulradus ,
abbas , egregiâ prosapiâ ortus , templum
novum quod & nunc decenter ornatum
nitet , in honorem Dei , & ejusdem Martyris construere curavit : cujus posteà Abbas nobilissimus atque bonæ indolis sere-
nissimi Caroli Augusti filius , Hludovici-
que Imperatoris frater , Hugo nomine ,
sepulturam præfati Martyris maximo dilexit honore , magnificentissimoque deco-
re ; sed situ loci impediente , aliter hoc
nequivit accelerare , nisi sepulchrum illius
remotum fuisset. Quâ de causâ anno oc-
tingentessimo-trigesimo-quinto Christi incarnationis ; si quidem Hludovici Imperatoris vigesimo-secundo ; nec-non ipsius Abbatis secundo , die octavo Calendarum Novembris , consultu præfati Imperatoris alio-
rumque bonorum hominum plurimorum
Eichardum , Episcopum Noviomacensem ,
& Simeonem , Pontificem Laudunensem ,
ac Patratum Saxoniæ præsulem , duosque
eorum Chorepiscopos atque Sacerdotes ,
& alios Dei quàm plures Ministros convo-
cans ipsum sacrum de loco quo , eum
sanctus posuerat Eligius , corpus elevans ,
optimo loco , quo & nunc optimè jacet
tumulatum , aromatibus conditum olose-
ricis & deauratis vestibus involutum decentissimè sepelivit.

Ici finit le Livre manuscrit des miracles de saint Quentin.

EXTRAIT

DES PASSIONNAIRES

DE L'ÉGLISE

DE SAINT QUENTIN.

(14) *Adventus sancti Cassiani.*

Anno igitur Dominicæ Incarnationis octingentesimo-quadragesimo, præsidente Augustodunensium cathedræ Motuino venerabili Episcopo, Hugo, abbas monasterii sancti Quintini, mittens ad eum legatos suos, corpus beatissimi Cassiani quod per semetipsum prius postulaverat expostulavit; cujus petitioni suprà nominatus Episcopus propter multum amicitiæ respectum, reverentiæque modum, concessit effectum, contuens observantiam excellentissimorum Imperatorum quorum ipsius Abbatis Carolus Cæsar Augustus genitor erat; alter verò frater beatissimus Imperator Ludovicus. Collectum denique reverenter sancti Cassiani corpus per sacerdotes suos, quos pro hoc supradictus Abbas direxerat, cum epistolâ suâ misit, in quo itinere quia necesse erat secretiùs, propter tumultum populi Augusti-Dunensium civitatis, ferri, nihil signorum apparuit præter quod unus de coitinerantibus cujus vulnus in mamillâ intumuerat cum gravi ob hoc molestiâ, ut remaneret, urgeretur, Cassiani beatissimi merita invocans sanitatem pristinam promeruit; fide in eo operante, tantoque Pontifice pro eo meritis interveniente.

De Contractione & Cæco illuminato.

Postquàm ergò infra Laudunensium Comitatum venit; supradictus Abbas cum sacerdotibus, ecclesiasticoque ordine, cum magno gaudio reverenter occurrit; susceptumque corpus pretiosis aromatibus die alterâ condivit, & rore balsami perfudit; involutumque sindone mundâ & pretiosâ purpurâ, in loculo posuit; ac elevatum sequenti die ad monasterium sancti Quintini ferri præcepit. At cùm ipsius diei horâ tertiâ venisset, quia nulli tam sacrum onus vetabatur portare; duo ut posteà comperimus, homicidæ accesserant, qui cùm ferre loculum vellent, statim miro modo confractus est, & velut longiùs ire nolens, nisi cùm primùm turba teneretur sanctum onus casui parabatur. Quod cognoscentes qui circùmquaque erant eosdem reos effugere compulerunt: scientes absque dubio eorum factum accessu, quod fiebat: noluit enim sancta sinceritas manibus sanguinem distillantibus ferri ne quoquomodo videretur maculari, & ut vivida ejus manifestarentur merita; multisque celata, ex hoc fierint manifesta, ac non solùm hæc tunc isto miraculo, verùm etiam post paululùm illic cæco illuminato. Beneficium enim accepit qui fideliter accessit; suorum autem criminum patefactionem, qui priùs dignam non subierat pænitudinem,

(15) *De Tumulatione corporis sancti Cassiani.*

His ita præfatis taliter peroratis, finiendo librum discriptionis vitæ & miraculorum beati Cassiani; definienda videtur tumulatio corporis ipsius confessoris Christi, qualiter acta est in basilicâ beati martyris Christi Quintini. Etenim cùm quinquennium à susceptione ejusdem antistitis corporis infra ipsam basilicam ageretur, & propter incommoditatem temporum &

terum diversarum & tempestatum acci-
dentia diversis in locis diversè recondere-
tur, modo in aperto, modo in occulto,
frequentiùs tamen incongruo : Carolus rex,
ut potè nutu divino inspiratus, præfatam
adiens basilicam, de ejusdem Christi confessoris corpore cœpit tractare officiosè,
in quò haud diutiùs immorans. Anno siquidem octingentesimo-quadragesimo-quinto
Christi Incarnationis, & sui equidem regni
quinto, indictione octavâ, die Nonis Martii, ad præscriptum Pontificis Christi, Cassiani, reverenter accèdens tumulum, cum
duobus Episcopis scilicet Wanilone Seno-
nensi Archiepiscopo, & Immone præsule
ecclesiæ Noviomacensis, aliisque cumplu-
ribus Dei amatoribus, cum cæteris & cho-
ris psallentitium clericorum, cum thymiamatibus & odoriferis aromatibus, arden-
tissimo amore, summâque devotione ipsum loculum in quo jacebat, sancti efferens
corpus perfusum balsameis liquoribus, &
thymiamatibus odoriferis insertum, pallis
quoque & vestibus sericis decentissimè involutum, infra cryptam basilicæ præfati
martyris Christi Quintini, ad dexteram videlicet lateris ipsius testis Christi optimè ac
pulcherrimè tumulavit : tradens ad amborum Sanctorum luminaria & ornamenta,
maximèque ad tumbam beati Cassiani fa-
bricandam, fiscum unum, nomine Tunia-
cum, cum omnibus appendiciis, & adjacentiis suis in perpetuum habendum: cujus
autenticum ad caput tumuli, cùm desuper
posuisset sanctissimi Cassiani, hæc verba
ait : si quis hoc donum his duobus præpollentissimis Sanctis nunc à me traditum &
confirmatum partibus eorum auferre tem-
ptaverit, habeat sibi judicem Deum, &
hos præfulgidos nostros perpetuos quæsto-
res.

(16) *Charta Caroli Calvi, de
eleemosinâ Hildradi, Canonici sancti Quintini.*

In nomine sanctæ & individuæ Trinitatis : Carolus Dei gratiâ Rex. Cùm enim
Ecclesiarum Dei utilitatem super omnes
vitæ nostræ actus procurare gaudemus,
servorumque ejus petitionibus dignanter
consulimus, id nobis procul dubio ad
præsentis vitæ subsidium, nec-non & fu-
turæ remunerationis augmentum minimè
profuturum ambigimus. Quapropter noverit omnium sanctæ Dei Ecclesiæ fidelium, nostrorumque tam præsentium,
quàm & futurorum solertia, quia veniens
quidam servorum Dei, ex monasterio
sancti Quintini, eximii martyris Christi,
nomine Hyldradus unâ cum carissimo nobis Comite Adalardo, qui & Abba præfi-
xi cœnobii, innotuit Serenitati nostræ, pariter divini amoris tactus pietate, res quasdam suæ proprietatis ob remedium animæ
suæ, ad jam dictum monasterium vellet
tradere, & pro his unam villam per consensum sui Abbatis, atque fratrum in suâ
vitâ duntaxat habendam usu fructuario
sumère, eo scilicet tenore sicut infrà plenissimè continetur scripta. Donat itaque
supradictus Hyldraldus res suæ proprietatis omnes, quas in Osnegio absque lite
possidere videtur, cum castriciis, vineis, præ-

tis & omnibus quæ ibidem habere dinoſcitur, & mancipiis utriuſque ſexûs, iis nominibus Arbertum cum uxore ſuâ Berlinde , & filiis Nodelmaro , Herminlico , Yſemberto , Echeardo , Wendilmaro , etiam cum uxore ſuâ Magenhilde , & filio ſuo Angelvaro , atque filiâ Teugulde , nec-non & Agilde cum infantibus ſuis, Galtemaro & Hilduide , Dominicâ quoque & filiâ ſuâ Heltrude , ad partem fratrum in eodem monaſterio Dei cultibus inſervientium: & accipit ſub prædictò jure, pro eiſdem rebus, villam quæ vocatur Eiintumcurtis , cum omni integritate ſuâ juſtè & legaliter ad ſe pertinentia ; cum mancipiis verò inhabitantibus, & in Domitionis monte tria ſedilia , cum vineis ad ſe pertinentibus. In vico quoque ſediolum unum ad officium peragendum lavandorum veſtimentorum cum gemino lavendario qui in eo habitare videtur. Ita ut ab hodiernâ die de iis utriſque rebus propriis ſcilicet & eccleſiaſticis hoſpitalis infra clauſtra , in domo quam ipſe volente Deo conſtruxit , juxta quam parva baſilica ædificabitur, tali ordine in perpetuum habitura ædificetur. Videlicet ut quotidie pro animâ ſanctæ recordationis genitoris noſtri Domini Ludovici Imperatoris, pro ſalute quoque noſtrâ, nec-non & pro animâ beatæ memoriæ genitricis noſtræ glorioſæ Imperatricis Judith, tum etiam pro incolumitate amantiſſimæ conjugis noſtræ Ymentrudis, devotiſſimâque prole noſtrâ , ſimulque pro præſentis temporis ejuſdem Eccleſiæ Rectore, cujus permiſſu atque ordinatione hæc devotio agitur. Pro Hugonis etiam olim ipſius loci Abbatis memoriâ, cæteriſque Senioribus, qui illi multiplicia largiti ſunt dona: nihilominùs quoque pro expiatione animæ ipſius Hildradi ; pariterque ob remedium animarum genitoris ejuſdem , ac genitricis illius, germaniſque ſimul, Stephani atque germa-

næ Iheruſalem , uſque ad duodecim pauperes ſuſcipiantur , quibus quotidie in eorum alimentis panis unicuique tribuatur unus, cum quo, tribus hebdomadæ diebus, caro. Reliquis autem tribus, quadrageſſimale augeatur. De potu etiam pro opportunitate annuæ ubertatis. Ad quos quia infra clauſtra erit, & locus congruus habebitur ; fratres ad officium lavandorum per dum religioſè per ſingulos dies ſuccedant, quibus devotè lotis, unus eorum ſit ſuper hoc , omni tempore conſtitutus qui & refectionem eorum pro qualitate temporis in die , uſque ad ſaturitatem provideat, & cætera quæ de eiſdem rebus in eodem hoſpitali agenda ſunt ſummo ſtudio ac cautelâ cuſtodiat & gubernet. Tempore verò Quadrageſimo, in cœnâ Domini, duodecim ibidem pauperes ſuſcipiantur ; & eis , ut mos eſt, victus ſufficienter tribuatur : & pro eorum modulo , veſtimentum. In die autem feſtivitatis ſancti Joannis-Baptiſtæ, jam præfatis fratribus una refectio de eiſdem rebus paretur à prædictarum procuratore rerum : eodem modo centum ſuſcipiantur egeni, & uſque ad ſaturitatem cibo potuque ſatientur. Et ſi fortè evenerit ut aliquis prædictorum fratrum infirmitate gravatus, aut paupertate attenuatus, de ſuo undè neceſſitatem corpoream ſupplere valeat habere nequiverit, ad habitandum ibi ei locus paretur opportunus ; & frater qui ſuper hoc conſtitutus erit, omnem ei corporeæ neceſſitatis curam, quamdiù aut convaluerit, aut fortè defecerit , inferre contendat. Quod ſi, propitio Deo , fertilitas anni uberrima fuerit, & abſque iis quæ præmiſſa ſunt aliquid ſuperfuerit, in providentiâ diſpenſatoris erit, ut hoc ipſum diligenter ad fratres referat, ut ad eorum juſſum & providentiam cuncta in ſimile religioſitatis ac miſericordiæ fideliter diſtribuantur opus ; ita dúntaxat , ut nullus in

reliquum

reliquuum tempus Abbas, aut ejus villicus, de eisdem rebus quidquam aliter usurpando vendicet; sed tantùm cum consultu ejus, & sæpè dictis fratribus eadem ordinare ac jure, ut præmissum est, dispensare liceat. Super quo obnixè petiit nostræ autoritatis scriptum fieri, per quod ejus decretum ac ædificium institutum æternaliter possit inconvulsum manere, & inviolabiliter conservari. Hujus petitionem, deprecante memorato Adalardo comite, pro voto suscipientes hoc magnitudinis nostræ scriptum illi fieri jussimus. Per quod decernimus & inviolabiliter confirmamus quatenùs ejus institutio, & hiis utrisque rebus, sicut suprà plenissimè continetur, inserta, omnibus temporibus improfanabiliter conservetur, firmiterque roborata jure perpetuo inconvulsa permaneat. Ut autem hæc nostræ roborationis autoritas majorem in Dei nomine, per superventura tempora obtineat vigorem, annuli nostri impressione subter eam jussimus sigillari. Hildebodus Notarius ad vicem Ludovici recognovit. Data pridie Idus Januarii, indictione undecimâ, anno decimo-tertio regnante Carolo gloriossimo Rege. Actum Verno Palatio in Dei nomine feliciter. Amen.

(17) *Sermo de tumulatione sanctorum Christi Martyrum, Quintini, Victorici, & Confessoris Cassiani.*

Semper in Christo amantissima patrum & fratrum viscera, societas Deo gratissima, præsentis diei solemnitas celeberrima, nobis admodum extat, & veneranda. Est namque consecrata sanctorum tumulatione honorificâ, Quintini videlicet martyris gloriosi, ac piissimi protectoris nostri, necnon Victorici ejusdem comparis incliti,

atque Cassiani, pontificis egregii: quorum quia gratulamur præsentiâ, & adjuvamur clementiâ, pro eorum amplectibili memoriâ, hujus festivitatis nitimur attollere præconia. Verumtamen ad omnipotentem Deum & Dominum reflectenda est laus ipsorum, ac omnis relatio gratiarum: qui illos tantis adornavit meritis, ut in præsenti seculo innumerabilibus rutilent miraculis, & in cœlesti dignitate præmio glorientur felicitatis æternæ. Ita quidem superna majestas suorum fidelium ordinavit coronas, quatenùs ipsi sicut Deo, & Regi perpes maneat laus & jubilatio, & sanctis adsit gloria & exultatio. Quod sibi Deus, Christus & homo, tunc exhibuit liquido, cùm mortis ac resurrectionis celebrato mirabili divinitùs sacramento sacro, sanctam Majestati suæ conjunxit ecclesiam; repræsentans Deo Patri in cœlis ovem perditam quam diabolica seductio tenebat in terris suæ perditioni addictam. Undè lætatur præclara cœlestis paradisi curia, quia refulget Patriarcharum fide, decoratur Prophetarum laudabili societate: ibi planè residet gloriosus Apostolorum chorus, sui Regis fruens obtutibus, judicaturus omne hominum genus, ac in æternum cum Deo ineffabiliter regnaturus. Ibi innumerabilis Martyrum caterva, sui certaminis recipit emolumenta, possidens immarcessibilem gloriam, & jocundissimæ suavitatis palmam. Illic felix Confessorum sanctimonia, & innumerabilis sacerdotum turba suo Redemptori salutaria veraciter immolat holocautomata, & fæcundissimæ quietis perfruitur gloriâ. Ibi Virginum felix exercitus sequitur agnum, exultavit in ævum: videns Regem Regum, ac Deum Deorum, in specula suorum fidelium. Quòd si adhuc in ærumnis ejus seculi partim videtur sancta Mater Ecclesia peregrinari, nunquàm tamen supernis penitùs destituitur auxiliis, quia ut legimus in psalmorum canticis. Redimet Dominus animas servorum suorum, & non derelinquet omnes qui sperant in eo. Et in evangelio, ipse Salvator suis promisit discipulis imò credentibus in se universis : ecce ego vobiscum sum omnibus diebus usque ad consummationem seculi. Quapropter credentes tanto promissori nos peccatores & indigni, qui adhuc illidimur fluctibus mundanæ tempestatis, tibi, incomnutabilis veritas, laudes referimus & gratias, qui infestantium tela hostium probationes præstas tuorum esse fidelium. Quin insuper, Domine, talem eis rependis pro labore mercedem, ut invicti permaneant, & gloriam sine fine percipiant. Undè dolet gemens ille antiquus serpens, quia videt Christi præliatores invictos, perennes possidere triumphos; atque compendio immortalitatis ditatos supernæ beatitudinis hæredes esse æternos. Quorum candidissimo exercitui admixti sunt isti Seniores nostri hic corpore quiescentes, illic cum Christo feliciter regnantes : gloriosus videlicet martyr Quintinus athleta superni regis invictissimus, prædicator hujus patriæ constantissimus noster, quia consolator clementissimus. Secundus verò est Victoricus in lævâ ejus decenter tumulatus. Tertius, dexterâ præfati Martyris venerabiliter collocatus, honorabili nomine dicitur Cassianus. Quorum quia ex parte dissimilis est ratio, hujus sermunculi enarratio separatim distinguenda est necessario. Etenim quæ diverso modo aguntur, diversâ narratione meritò discernuntur. Horum igitur memoranda passio, & nimiùm amplectenda decertatio, quanquàm penè omnibus sit cognita, præsenti tamen opusculo non est omittenda : quin potiùs pro quorumlibet memoriâ planiùs exhilarandâ,

paucis replicanda est historia. Nam decem persecutiones à Nerone usque ad Maximianum, Christi perpessa est Ecclesia. Illo igitur in tempore persecutionis decimæ, cùm Diocletianus & Maximianus, crudeles belluæ, imperatoriam dignitatem viderentur regere, dæmonico spiritu repleti, ac omni ferocitate debacchati famulos Christi in toto orbe graviter jusserunt persequi, & ad mortem usque torqueri. Quâ de re missis exactoribus suæ crudelitati atrociter parentibus, plebs Christianorum tantâ impietate trucidatur; totque Martyres hâc persecutione perimuntur, ut infra unius mensis spatium occisi legantur decem & septem millia Martyrum. Quorum corpora Martyrii munere in terris sunt glorificata, animas verò Christus accepit in astris, ubi jocundissimis paradisi perfruuntur gaudiis. Ipsi etiam Cæsares nefandissimi in partibus Galliarum quemdam lictorem Rictiovarum suæ crudelitatis constituerunt ministrum. Hoc etenim tempore, Româ duodecim fideles venêre, typico indicantes numero, quòd in sanctam Trinitatem crederent, & Galliarum populis evangelium Christi prædicare deliberarent. Quorum vocabula singulorum narrat historia, quæ gloriosæ indolis viros Quintinum, Lucianum, Crispinum, Crispinianum, Fuscianum, Victoricum, Rufinum, Valerium, Marcellum, Eugenium, Piatonem, Regulum, pariter advenisse declarat. Fertur etiam à plerisque sanctus Dionysius Areopagita cum eisdem advenisse; sed temporum series refellit, nec ratio veritatis credi sinit. Hic denique confessor Domini pretiosus, Domitiani temporibus Martyrii palmam est adeptus, isti verò temporibus Diocletiani & Maximiani Gallias sunt ingressi, & Christi magnalia prædicare exorsi. Quorum tempora juxta chronicarum

fidem supputata ducentis decem annis dif-
tare probantur. Præfati itaque duodecim
viri, utriufque legis voluminibus inftructi,
& armis fidei roborati, cùm intrà Gallias
perveniffent, loca & civitates fibi delege-
runt, in quibus evangelium Chrifti prædi-
carent, ut credentes in Chriftum mortem
evaderent, & vitam cœleftem percipere
poffent. Sanctus denique Quintinus Ambianis civitatem obtinuit; beatus verò Lucianus Belvacus adiit. Fufcianus quippe &
Victoricus, martyres, gemino caritatis
flore vernantes, Taroannam penetrârunt;
ac verbum vitæ inibi annunciaverunt. Magnis planè prædicationibus, fancti teftes
Domini effloruerunt, & multis miraculorum chorufcationibus enituerunt; dum cæcis lumen negatum reddiderunt, furdis
auditum attribuerunt, cunctifque debilibus
fanitatem reftituerunt. Talibus igitur rebus
tamque præpollentiffimis, actibus jugiter
inftantes, plurimos, à culturâ idolorum
fubtraxerunt, & baptifmo candidatos,
velut agnos fanctæ matri præfentandos
Deo Patri fideliter fociaverunt. Quod audiens Rictiovarus præfes fceleftiffimus,
quo non alius crudelior ullus, Ambianis urbem advenit, ibique beatum
Quintinum turbis Chrifti magnalia prædicantem invenit. Quem corripiens variis
tormentorum fuppliciis afflixit, fed Chrifti
miles patientiffimus, inter omnia suppli-
ciorum genera fide manfit invictiffimus.
Jubente tandem impio præfide, & ut fi-
denter audeam dicere, Dei omnipotentis
mifericordiâ difponente, ab eâdem Ambianenfium civitate à miniftris eductus,
ubi primùm blanditiis pluribus ab ipfo lic-
tore fruftrà perfuafus, deindè minis afper-
rimè eft pulfatus. Tandem ferreis duodecim taringis crudeliter perfoffus, ad ultimum mucronis acumine percuffus, verti-

ce eft plexus. Cujus anima ad cœlos evecta & ineffabiliter coronata eft, corpus quoque fanctum per annos quinquaginta-quinque in fluctibus Somenæ fupplumbatum,
Deo cuftodiente, manfit incorruptum.
Poft tamen à quâdam nobili matronâ, nomine Eufebia, inventum fepulturæ decenter traditur, ibique per ducentos & octo-
ginta-quatuor vel quinque circiter annos
mirabiliter occulitur. Deinde ab Eligio,
magno cum ftudio quæfitum, infigniter
invenitur, ac evidenter populo declara-
tur; atque ab ipfo præfule alibi tumulatus.
Hinc anno Dominicæ Incarnationis octin-
gentefimo-trigefimo-quinto ab Hugone
monaftico Abbate, & à Drogone Me-
tenfium videlicet Pontifice, ab illo loco
iterùm elevatur, aromatumque liquoribus
gratanter perfunditur. Dedicata quidem
Epifcopali benedictione bafilica, à Fulrado
memorabili Abbate honorabiliter conftruc-
ta, Chrifti martyris Quintini membra in
honorabili cryptâ tertio tumulantur. Ibique
multis diebus per miraculorum infignia cœlitùs glorificantur. Prœlibatus & jam Domini confeffor Caffianus, pontifex Ægypti
extitit reverendus, multis virtutum gene-
ribus clarus, omnique bonitate refertus.
Qui adeptus fumma evangelii præcepta,
Chrifti annuente gratiâ, relictis opibus &
patriâ, poft plura terrarum marifque dif-
crimina, ut felix Domini peregrinus cum
paucis comitibus urbem Auguftodunen-
fium eft agreffus, in quâ honorabiliter à
Simplicio tunc temporis epifcopo eft fuf-
ceptus, & unius anni fpatio, cum ipfo variis prædicationibus dignè occupatus, ac
divinis laudibus die noctùque mancipatus.
Simplicio autem in cœlefti regno feliciter
coronato, uno quidem anno tranfacto, fup-
plicantis populi vocibus admodùm coactus
& evictus beatus iterùm Caffianus ad Pon-

tificale solium Dei ordinatione subrogatus est, non quippe ambitionis causâ, quasi id quæsiisset prædigni sacerdotis anima, sed quòd prædestinatio Dei semper inconvulsa taliter de eo fieri ante tempora ordinasset secularia. Quem prorsùs ut in gestis illius apertè legimus, & sine dubio credimus, ita dilexit Christus Dominus, ut per eum signa fierint nón minùs quàm per Apostolos. Reddebat enim, auctore Deo, suis venerabilibus meritis, cæcis lumen, surdis auditum, debilibus optabilem sanitatem. Talibus itaque ditatus meritis, fungens sacerdotali officio viginti annis, allectus est in æternitatis palatio, locupletandus jocundissimæ immortalitatis bravio. Glorificatur deinde & mirabili dono virtutum, & signato cœlitùs ejus mansoleo dominicæ crucis adorabili signo. Cujus sacro sanctum corpus pro miraculorum laudibus, & famosissimæ opinionis virtutificationibus, à quodam Sophistico Abbate, scilicet præscripto Hugone, suppliciter exposcitur, ac prudenter impetratur. Allatum est ergo corpus tanti confessoris in basilicam beati martyris Quintini, publicatum præfulgidis virtutum prodigiis, anno Dominicæ Incarnationis octingentesimo-quadragesimo-secundo, regni quidem Ludovici, Imperatoris, Augusti vigesimo-octavo.

Hæc libuit breviter paucissima dicere fratres:

Nubibus ut sparsis, ad causam festivitatis;
Succincti istius dicturi quid veniamus.

Cùm igitur superni Regis justitiâ, pro nostrorum peccaminum negligentiâ, nos castigari vellet, feroci paganorum sævitiâ, incliti testis Quintini monumenta, & pretiosi confessoris Cassiani mem-

bra à propriis sunt tumulis elevata, & ad Lauduni clavati mœnia, prout timor cogebat, noctù delata. Proh scelus! Quis dabit capiti meo aquam, & oculis meis fontem lacrymarum, ut plorem & lugeam non tantùm unius civitatis excidium, sed totius terræ flagellum?

Heu cogor scriptis depromere rem veritatis! Christianorum invalescente noxâ, paganorum nequiter frendente audaciâ, multa Sanctorum corpora à sepulchris ejiciuntur. Ecclesiæ innumerabiles incenduntur, utriusque sexûs homines passim jugulantur: omnis justitia graviter conculcatur; lex & veritas nimiùm adnihilantur; bestiarum incursu multi lacerantur, famis inopiâ plurimi moriuntur. Re etenim verâ, ut sanctus loquitur Psalmista, Venerunt gentes in hæreditatem Dei, polluerunt templa Sanctorum, posuerunt omne regnum in desolationis opprobrium. Deus, repulisti nos, & destruxisti nos, iratus es, quia commovisti terram, & conturbasti eam. Sed cujus miserationes opera superexcellunt omnia, nolens mortem peccatorum, aliquantisper tantæ severitatis temperavit flagellum. Hic autem ut lucidior sit sermonis sensus, & intelligatur manifestiùs, ex annali cronicâ inferenda sunt pauca. Et quoniam bis eorumdem Sanctorum corpora, cum mœrore ad Laudunum sunt devecta, & bis ad nos cum honore relata, libet apertiùs prodere, & fugæ causam, & reversionis eventum. Anno siquidem octingentesimo-octogesimo-primo à Dominicâ Incarnatione, Calendis Januarii, Normanorum metu cogente, à bustis priùs emota suis, ad præfatum montem primùm delata sunt. Nam priori anno, in Carlopoli Compendio, Carolides Ludovicus nimiâ infirmitate gravatus, in parasceve die, spiritum exhalaltavit vitæ. Quapropter ejus fili-

alter Ludovicus, alter Carlomannus dicti, Reges sunt constituti. Eodem quoque anno multa paganorum multitudo à transmarinis veniens partibus, Gandum monasterium occupaverat, & cuncta in circuitu crudeliter vastaverat. Ipso etiam anno Rex transrhenanus Ludovicus Franciam venit, partemque regni Lotharii à suis nepotibus extorsit, & bellum contra Normanos in fisco Fumon exercuit: magnam quippe cædem eis intulit, Deo favente, victor extitit, perditoque filio tristis ad propria remeavit. Tandem verò nostri Ludovicus, & Carlomannus Ambianis adierunt. Ibique principum consilio regnum certis limitibus inter se diviserunt. Hinc Burgundiam unà petierunt, ac Bosonem à regià dignitate depresserunt, & uno ibi penè anno manserunt. Interim pagani Cortraium invadentes, & Franciam sine Rege, & principibus vacuam reperientes, usque Peronam Scotorum venerunt, eamque igni succenderunt. Quod audiens Juvenis Rex Ludovicus, animi dolore permotus, fratrem in Burgundià reliquit, & in Franciam remeavit. At pagani successibus sibi prosperis acriores effecti, nullum sibi resistere posse confisi, cum exercitu impio, & terribili de Curtraio sunt egressi, & per quadraginta, seu amplius millia diffusi, usque ad internecionem universa sunt depopulati. Quod cùm præfatus Rex pro certo comperisset, vallatus Francorum multitudine, suffultus Dei solamine, super eos venit insperatè. Tantam denique eorum multitudinem dicitur peremisse in villà Sculcurtæ quantam in Francià alias nunquàm credimus cecidisse. Quà de causà & illi qui evaserunt, & reliqui qui Curtraio remanserant, terrore nimio perculsi fugerunt. Et Batuam petentes cuncta circa Mosam loca atrociter vastaverunt. Anno autem sequenti corpo-

ra Sanctorum Quintini & Cassiani, Calendis Februarii, à Lauduno descendentia, cum ingenti populorum catervà & laudum hymnorumque melodià, in die Purificationis sanctæ Mariæ, in propriam relata sunt basilicam. Ipso siquidem tempore, cùm præfatus Rex Andegavis disponeret ire, pactumque cum Alstenio facere, in infirmitatem decidit, indèque ad sanctum Dionysium rediit, ibique, proh dolor! spiritum vitæ exhalavit. Post cujus obitum, Franci Regem constituerunt Carlomannum. Quod ut pagani audierunt, Scaldim navibus introierunt: quapropter prædictorum corpora Sanctorum, secundò ad montem Lauflunum delata sunt. Posteà Normani ad hunc locum pervenientes, plures gladio interfecerunt, multos etiam captivos duxerunt, sicque est ecclesia beati martyris Quintini crudeliter incensa, quæ habebat à perfectione sui annos quinquaginta-novem. Ita penè omni loco devorato pagani hàc & illàc progredientes, ad alia sunt profecti. Exindè variis casibus afflictis undique omnibus, Christo favente, anno quinto, Dominus Comes & Abbas Teutricus prudenti consilio usi, muros istius loci coeperunt ædificare, duodecimo Calendarum Maii, quos acutissimo freti ingenio, prout necessitas cogebat, fecerunt accrescere citò. Undè pretiosa Sanctorum corpora, Quintini videlicet & Cassiani, innumerà stipata catervà, tertio Calendarum Novembris ad propria sunt iterùm relata, & intrà muros succensæ domûs locata.

Nunc verò ad beati Victorici martyris jura veniamus. Ut juxtà rationes temporum procedat sententia verborum: Præfatus igitur martyr Christi Victoricus, comes Senioris nostri dilectissimus, Taroanensi populo unà cum beatissimo prædicavit Fusciano. Qui

Præconiis plures Christo sanxere vacantes,
Optatum infirmis robur cedendo catervis.

Cùmque à * Morigenensium partibus rediissent:

Atque Dei cuperent Quintino munia fari,
Vinclis præfecti nectuntur Rictiovari.

Denique multis

Addicti pœnis, oculorum luce privati:
Verticibus sectis palmam meruere triumphi.

Quorum corpora cum beati Gentiani carpento sepulta, per multorum curricula temporum Ambianensis servavit patria, donec disponente Deo, à quodam memorabilis vitæ, pridem ejusdem loci canonico, tunc autem Ambianensis ecclesiæ Episcopo, nomine Otgero sollicitè quæsita, & sagaciter sunt inventa. Is ergò Episcopus pro amore divino, ac suæ benignæ devotionis studio, membra prædicti martyris Victorici huc cum magno honore devexit, & juxtà gloriosi testis Christi Quintini pignora collocavit. Anno quippe à Dominicâ Incarnatione octingentesimo-nonagesimo-tertio, tertio Calendarum Novembris. Et transacto decem annorum spatio postquàm est à paganis succensa beati Quintini Ecclesia: regni quidem Odonis Regis quinto, & à murorum constructione anno septimo. Cùm verò Dei clementia nostri vo-

Ou Morinorum, ceux de Térouenne.

luisset misereri, ac sui solaminis suffragia largiri, incendiorum sedavit discrimina, paganorum depressit sævitiam, pacem & concordiam tribuit, fructum etiam terræ abundanter contulit. Quocircà à fidelibus hujus loci tractatum est salubriter, quatinùs eorumdem corpora Sanctorum suis in mausolæis reponerentur decenter. Adveniens namque venerabilis Antistes Noviomensis Ecclesiæ, Raubertus nomine, prudenti fretus simplicitate, ac simplici decoratus mansuetudine, cum cæteris fratribus inibi Deo famulantibus, sæpè dictorum carpenta trium Sanctorum, suis in cryptis hodiernâ die suppliciter tumulaverunt. Cùm hæc autem agerentur & letaniæ à Clero canerentur, & Dei suffragia obixè poscerentur, in præcipui tumulo Quintini, martyris, globus lucis cælitùs affuit mirabilis, instar videlicet radii solaris, eumdem lumine fulgido perlustrans loculum tertiò. Quin planè nec lucidus aer eo erat die, nec sol in æthere luxit apertè, quia tegebatur nubium velamine:

Ut signo venit, sic signo nempè recessit.

His ita expletis, præscriptus Antistes, & devotus & hilaris pro ipsorum commemoratione sanctorum, Missæ decenter solemnia celebravit, & cunctorum Creatori supplex obtulit holocausta. Inter quæ omnium consultu statuit, ac pontificali auctoritate firmavit, ut dies ista pro sanctæ Trinitatis laude, & ipsorum venerabili amore Sanctorum quotannis festiva habeatur, & solemnis, ad laudem & gloriam Domini nostri JESU-CHRISTI; qui est benedictus in secula seculorum. Amen.

Dans le Paſſionnaire de la même Egliſe de ſaint Quentin , on lit ces paroles concernant le même Otger , évêque d'Amiens :

Donec Otgerus , beatæ memoriæ Pontifex Ambianenſium , feliciter clareret in inſulis , qui ab Eccleſiâ Viromandenſi aſſumptus , &, pro ſui merito , Ambianenſi deſponſatus , cujus primo lacte dulciter fuerat lactatus , ut talem decuit filium , ſemper permanſit memoroſus , &c.

Du Tréſor aux Archives de l'Egliſe de ſaint Quentin.

SOMMAIRE

SOMMAIRE
DU SIXIEME LIVRE.

Tome I.

D dd

transporté & déposé dans le château de Dijon. On lui bâtit une église en cette ville. Le Chapitre de Noyon obtient une parcelle de ses reliques.

Année 902.

XXI. *Le comte de Flandre fait assassiner celui de Vermandois.*

XXII. *Ravages des Normands dans la seconde Belgique.*

XXIII. *Diplômes du Roi, en faveur des Chanoines de Noyon.*

XXIV. *Les reliques de saint Rigobert apportées dans le Vermandois.*

XXV. *Conjectures sur un Seigneur Lorrain nommé Odalric, qui obtient la terre d'Athies en Vermandois, & en passe le domaine à la métropole de Reims. Les villages & autels d'Ennemain & de Mesnil - Bruntel. L'archevêque Adalberon les donne dans la suite aux moines de saint Thierry. Le prieuré d'Athies.*

Année 903.

XXVI. *Hébert II devient Comte de Vermandois. Son mariage & ses alliances avec la famille des Comtes de Paris.*

XXVII. *Caractère d'Hébert Ier.*

XXVIII. *Les corps des trois Patrons de la ville Auguste de Vermandois, sont remis sous la crypte de l'église.*

XXIX. *Rambert, évêque de Noyon, en fait la cérémonie.*

XXX. *Miracle arrivé alors.*

Année 907.

XXXI. *Concile de Troisley, contre les laïcs usurpateurs du gouvernement & des biens ecclésiastiques.*

XXXII. *Eglise dédiée à saint Quentin, dans le Mâconnois.*

Années 910 & 912.

XXXIII. *Charles le Simple donne sa fille à Rollon, chef des Normands, qui se fait chrétien.*

Année 913.

XXXIV. *Adelin, comte de Noyon, en chasse les Normands. Hébert II pille & brûle l'abbaye de Corbie, en Amiénois.*

Année 915.

XXXV. *Raoul de Cambrai tué par Hébert II, qui ravage le Cambresis.*

Année 916.

XXXVI. *Mécontentemens des Grands du royaume, au sujet de la conduite de leur Roi Charles le Simple.*

Année 917.

XXXVII. *Mort de la Reine Fridérune.*

XXXVIII. *Torigny en Vermandois est confirmé à la cathédrale de Cambrai. Ce que c'est que cette terre, & ses anciennes dépendances. Les villages de Lesdin, de Remaucourt, de Tilloi, de Bellenglise & de Lehaut-court.*

Années 919, 920 & 921.

XXXIX. *Nouvelles nôces du Roi avec Ogine d'Angleterre, dont il a Louis IV, dit d'Outre-mer. Il est quitté par les Grands de son royaume. Les Evêques tâchent de soutenir sa cause. Concile de Troisley.*

XL. *Les moines de Maroilles acquierent de nouveaux biens à Mézieres en Vermandois.*

XLI. *Hébert II revient sur l'abbaye de Corbie, qu'il désole encore. Ravages des Normands.*

Année 922.

XLII. *Soulevement général contre*

le Roi. Il est assiégé dans Laon : en est chassé. Ses courses & pillages.

XLIII. Il est battu en diverses rencontres. Enfin Robert de Paris est fait Roi en sa place.

XLIV. Seulfus est fait archevêque de Reims par la protection d'Hébert II, qui bat & chasse les ennemis de ce Prélat. Conventions faites entre Seulfus & Hébert, par rapport à la chaire épiscopale de Reims.

Année 923.

XLV. Bataille de Soissons. Le Roi Robert y est tué ; & Charles le Simple victorieux, s'enfuit. Raoul de Bourgogne élu Roi par les Grands. Pourquoi on exclud Hébert ? Ce Comte attire par ruse Charles le Simple en la ville de Saint-Quentin : s'en saisit, & le met en prison en divers châteaux.

XLVI. Les Normands repoussés de l'Oise, & battus par le Comte de Vermandois, joint à quelques autres Seigneurs.

XLVII. Raoul de Bourgogne & son épouse Emma, couronnés Roi & Reine de France. Ogine s'enfuit avec Louis son fils en Angleterre.

Année 924.

XLVIII. Hébert suit le Roi pour pacifier les troubles de l'Aquitaine. Il reçoit, de nouveau, Péronne de la main du Roi.

XLIX. Décrets des Evêques contre les Seigneurs rebelles.

L. Airard sacré évêque de Noyon.

Année 925.

LI. Ravages nouveaux des Normands, réprimés par Hébert,

en Bourgogne. Il concilie Raoul avec Gilbert de Lorraine.

LII. Filiation de ce dernier Seigneur.

LIII. Noyon affligé par les Normands. Le Roi ; Hébert II, & les autres Seigneurs du royaume, les battent, & arrêtent leurs courses.

LIV. Hébert fait recevoir son fils Hugues de Vermandois, archevêque de Reims, à l'âge de cinq ans.

LV. Il fait restituer les reliques de saint Guislain aux moines qui en étoient les vrais propriétaires.

Année 926.

LVI. Hébert bat les Normands, & suit le Roi en Aquitaine, contre le Duc Guillaume.

Année 927.

LVII. Hébert se brouille avec le Roi pour le refus fait à son fils du gouvernement de Laon. Il assemble un concile à Troisley : assiege Laon, & s'en retire. Coucy ravagé.

LVIII. Etymologie, origine, progrès, maîtres & variations de la Sirie de Coucy.

LIX. Filiation des Sires de Coucy. Leurs descendans. Leurs alliances.

LX. Le Pape s'intéresse à la délivrance de Charles le Simple, & en ordonne l'élargissement à Hébert.

Année 928.

LXI. Nouvelles brouilleries & réconciliation d'Hébert avec le Roi Raoul.

LXII. Hébert en obtient la ville de Laon ; fait sa paix avec les Normands ; promet d'élargir Charles

l'archevêché de Reims, soumis à la raison. Tous les enfans d'Hébert réconciliés parfaitement avec le Roi, qui leur donne son amitié; leur laisse leurs dignités, leurs biens; & les honore de charges importantes. L'archevêque Hugues est fait Grand-Chancelier de France.

MÉMOIRES
POUR L'HISTOIRE
DU VERMANDOIS.

LIVRE SIXIEME,

CONTENANT *le gouvernement des Comtes héréditaires de Vermandois,* HÉBERT I*er* & HÉBERT II.

Depuis l'an 893 jufqu'à l'an 944 exclufivement.

TOUT favorifoit à faire paffer fur la tête d'Hébert Ier, le comté de Vermandois & la puiffance de Pépin, après fa mort. Depuis plufieurs années, ce Pere, en prudent politique, l'avoit affocié à fon gouvernement. Hébert étoit donc connu des peuples & des grands vaffaux du Vermandois, & faifi déjà de l'autorité comme d'une fucceffion avitine. Qui eût penfé à l'en dépofféder, ou l'eût ofé faire ? Charles-le-Chauve & les Rois fubféquens pouvoient d'ailleurs avoir confenti au duumvirat & à l'hérédité dans la maifon de Pépin. Plus que tout cela, les troubles du royaume, caufés par la foibleffe de nos Rois & par les guerres, par les haines & l'indifpofition des Seigneurs les uns contre les autres, & par les

IX. SIECLE.
Année 893.

incursions & les pillages des Normands, introduisoient naturellement dans les provinces ce renversement qui y devint général en très-peu de temps. Depuis nos premiers Rois, chaque sujet, borné à son emploi toujours révocable, s'étoit fait un devoir d'obéir au Souverain, & de n'outre-passer en rien les ordres du Monarque. Mais à la fin du neuvieme siécle, la regle & la subordination furent abjurées par-tout. Au lieu que dans le commencement de la monarchie, il n'y avoit que le Roi qui fût maître absolu, il s'éleva alors dans les provinces autant de petits souverains qu'il y avoit de gouverneurs. Les Ducs, les Comtes, les Marquis, les Vicomtes & les Barons, se firent de leurs territoires autant de principautés héréditaires. Ce désordre entraîna celui des rangs même; & ces différentes qualités, quoiqu'inférieures les unes aux autres, n'observerent plus de distinction entr'elles. Le domaine & la puissance faisoient tout. Les Seigneurs, étant devenus indépendans & comme anarchiques, s'inquiéterent peu si leurs qualités étoient plus ou moins nobles : ils retinrent celle qu'ils avoient quand ils se firent Princes de leurs villes. Et de-là est venu que certains Comtes & Vicomtes ne céderent en rien aux Ducs. Ce dernier titre, qui désignoit le premier rang, déchut même tellement qu'on vit un Duc de Septimanie se faire appeller Comte de Toulouse; & un Duc de Guyenne ne prendre que le nom de Comte de Poitiers. Ce n'est que bien avant, dans la troisieme race de nos Rois, que ce titre reprit son lustre & son degré. Ce démembrement de la monarchie en autant de souverainetés qu'il y avoit de gouvernemens, loin d'être utile aux peuples, augmenta le poids de leur servitude par les impôts énormes, dont les chargerent les nouveaux Princes pour vivre avec faste & avec la somptuosité des Rois. Voilà la cause & le progrès de l'établissement des Comtes héréditaires de Vermandois.

Le Gendre, Mœurs & Coutumes des François.

I I.
Hébert I.
Eginhard, in vitâ Caroli Magni.
Annales BB. tom. 2, Lib. 25, N°. 17.

Hébert Ier, duquel seul on doit parler ici, puisque ses deux freres Bernard & Pépin s'établirent ailleurs, tiroit son origine de Charlemagne. Cet Empereur, après avoir répudié en 770 Berthe, sa premiere femme, fille de Didier, Roi des Lombards, avoit épousé Hildegarde, Suédoise de nation. Il en eut, entr'autres enfans, un fils nommé Carloman, & Pépin III du nom. Il fit baptiser & couronner celui-ci Roi d'Italie, en 781, par le Pape Adrien.

I I I.

Les peuples Lombards étoient sortis de Mecklembourg. Leur royaume en Italie commença sous Alboin en 568, & a duré sous vingt-un Rois jusqu'en 756, que Charlemagne vainquit Didier & rétablit le royaume d'Italie, auquel Narsès, eunuque de l'Empereur Justinien, avoit donné fin par la mort de Tejas qu'il avoit vaincu & tué en 553. Le royaume des Lombards comprenoit la

Lombardie

Lombardie supérieure & inférieure : la première, contenoit le Piémont, le Milanois & le Mont-Ferrat : l'autre, les duchés de Modene, Mantoue, Parme, Ferrare, Bologne, & les territoires de Padoue, Crémone, Vicenze, Vérone & Bergame. Les Rois Lombards portóient, dit-on, une couronne de fer que l'on garde encore à Milan, où ces Rois d'Italie l'ont reçue pendant quelques siécles, & dont quelques Empereurs ont été couronnés comme Rois d'Italie, avant que de recevoir la couronne Impériale.

La ville appellée Mont-Didier, en Picardie, n'a eû ce nom que du long séjour que Didier, Roi des Lombards, fit dans la prison construite au haut de la montagne qui domine sur cette ville. *Mons Desiderii : Civitas Montis Desiderii.* Il ne sortit de cette prison que pour aller s'enfermer & mourir en l'abbaye de Corbie.

Pépin III, mort à Milan avant Charlemagne, en 810, laissa, du consentement de son pere, le royaume d'Italie à son fils Bernard Ier, à qui quelques auteurs contestent sa légitimité. Bernard, après huit ans de regne, étoit entré dans une conspiration contre Louis *le Débonnaire*, son oncle. Ce Prince lui enleva l'Italie, & commua la peine de mort à laquelle le factieux avoit été condamné en celle d'avoir les yeux crevés. Ce supplice mit, au bout de trois jours, Bernard au tombeau. Il fut enterré le 27 Avril de l'an 818, dans la ville de Milan. Il avoit laissé de Cunégonde son épouse, un fils appellé Pépin IV. Dépouillé des états de son pere, malheureux & réduit à implorer le secours de Louis *le Débonnaire*, Pépin en obtint une partie du comté de Vermandois, sous le titre de Comte de Péronne. C'est ce Seigneur dont nous venons de parler. Il vécut assez long-temps pour augmenter son gouvernement : il possédoit toute notre province avant que de mourir. Il la laissa toute entiere, après son décès, à son fils Hébert Ier. Nous ne savons quelle avoit été son épouse.

Nous avons donné précédemment le tableau de la généalogie ascendante d'Hébert Ier : il est à propos d'exposer ici, sous les yeux de nos lecteurs, celui de sa généalogie descendante, jusqu'à l'arrivée de la seconde race héréditaire de nos Comtes ; laquelle a commencé en la personne de Hugues de France. Nous suivrons toujours les chifres de filiation, qui font remonter ces Seigneurs jusqu'à l'Empereur Avitus.

XIV.

HÉBERT Ier, mort en l'an 902, eut de la fille du Comte de Paris, Robert II dit *le Fort*, les trois enfans qui suivent :

IX. SIECLE.
Année 853.

I V.

V.
Annales incerti autor. ad ann. 818. Paris. 1588. Theganus, Nº. 22.

Regino.

Annales B·B. tom. 2, Lib. 28, Nº. 68.

V I.
Voyez le Livre V, Nº. 117.

X V.

N. de Vermandois, fille, mariée à Uddon, frere de Herman , Duc de Souabe.	HÉBERT II, mort en 943 , qui eut d'une fille de Robert III, Comte de Paris & Roi de France, appellée Hildebrande par le pere Marlot ,	ALIX de Vermandois , mariée à un Comte de Flandre.

X V I.

HUGUES. ROBERT. EUDES.	ALBERT I, dit le *Pieux*, mort en 987, eut de Gerberge , fille de Louis d'Outremer, Roi de France ,	HÉBERT. LEUDEGARDE. N..... l'époufe de Thibaut , Comte de Mont-Aigu.

X V I I.

LINDULPHE , évêque de Noyon.	OTHON.	HÉBERT III, mort en 1014, eut de la Comteffe Ermengarde fon époufe ,
		GUY , dit le *Tréforier* , & Chancelier de l'églife de Noyon.

X I X.   X V I I I.

OTHON , frere cadet d'Albert II , mourut en 1045 ; il eut de la Comteffe Papia fon époufe , trois garçons ,	ALBERT II , mort dans le célibat vers 1021.	GUY , Comte de Soiffons.

X X.

HÉBERT IV , mort en 1081 , eut de la Comteffe Hildebrante fon époufe, plus connue fous le nom d'Adéle de Crépy ,	PIERRE , qui eut un fils de même nom.	EUDES ou OTHON.

ADÉLE de Vermandois, fille, instituée héritiere universelle, mourut vers 1120; eut de Hugues de France, son mari :

XXII.

RAOUL, dit *le Grand* ou *le Vaillant*, &c.

Le revenu de nos Comtes, ainsi que celui des Rois de la premiere & de la seconde race, consistoit principalement dans les domaines prédiaux qu'ils faisoient valoir. Il y avoit dans la plupart de leurs terres, un palais, un bois, des étangs, un haras, des bestiaux, des esclaves qui en avoient soin; & un intendant ou domestique qui commandoit à ces serfs, & régloit leurs travaux. On y faisoit, dans la saison, toutes sortes de provisions pour la nourriture du Comte : & ce qu'il ne consommoit point, étoit vendu à son profit, & pour son entretien. Quand il étoit en route, les villages lui fournissoient des voitures pour ses équipages, & il logeoit dans les abbayes, ou chez les principaux Seigneurs des lieux où il passoit. Souvent même les églises, ou les grands vassaux, lui devoient ce gîte pour leurs fiefs. Ce gîte s'appelloit *Procuratio*. Ainsi tout le bien d'un grand Seigneur consistoit presqu'uniquement alors en fonds de terres : plus il en avoit, plus sa famille serve, qui les faisoit valoir, étoit nombreuse; plus il brilloit par sa récolte & sa dépense. Il passoit d'une ferme à l'autre, & il abandonnoit cette seconde pour aller consommer la dépouille d'une troisieme. Telle est encore à présent, à peu près, la pratique des Seigneurs Polonois. Ce qu'il ne pouvoit se procurer par soi-même, il l'acquéroit par l'échange de quelques denrées superflues, qu'il faisoit passer aux marchands. Avec tout cela, il étoit presque toûjours sans argent, parce qu'il consommoit tout ce qu'il récoltoit; & que le commerce, cette mine d'or intarissable, qui lie tous les pays les uns aux autres, & fait circuler les denrées & les especes sonnantes d'un bout du monde à l'autre, n'avoit presque pas lieu dans ces temps.

Dans la suite, quand les peuples eurent racheté leur liberté, & qu'ayant pris les terres en villenage ou en ferme, ils travaillerent à leur profit, nos Comtes, ainsi que les autres Souverains, exigerent de leurs vassaux d'autres droits : & tels furent en partie ceux qu'on appella en latin *cavagia*, *hospitagia*, *foragia*, *terragia*, *teloneum*. On nous saura gré de donner ici l'explication succincte de ces mots, & de la nature des droits qu'ils expriment.

IX. SIECLE.
Année 893.

Voyez le Livre X, N°. I.

VII.

VIII.

IX. SIECLE.
Année 893.
Aug. - Vir. fol.
184.

Cavagium est le même que *kievagium* : tous deux sont les synony-mes de *capitagium*. Ces mots se trouvent souvent dans les anciens titres des Seigneurs & des églises. Ils signifient la servitude d'un sujet, & sa dépendance d'un maître. De ces substantifs on a formé l'adjectif latin *cavagiarius*, ou *homo de cavagio*, & le gaulois, *homme cavégier*. C'étoit être le *kavégier* d'un Seigneur, que d'être ce qu'on appelloit son *homme*, ou de relever de lui. Cette dépendance étoit attachée aux personnes, & les accompagnoit comme l'ombre suit le corps. Elle provignoit, & s'étendoit d'un pere à sa postérité : de sorte qu'un Seigneur ou un propriétaire, à qui cette dépen-dance se rapportoit, avoit un droit de suite sur ceux qui étoient d'abord ses *hommes*, & sur ceux qui en naissoient. A raison de cette dépendance, ils avoient droit d'en exiger quelques rentes annuel-les & pécuniaires, au paiement desquelles ces *cavégiers* ne pou-voient se soustraire. On tenoit une liste de ces *hommes*, & on les rappelloit vers soi de tous les lieux qu'ils habitoient, eussent-ils quitté celui de leur premiere origine, où ils avoient primitivement contracté, par leurs ancêtres, cette dépendance. Les filles & femmes n'en étoient pas même exemptes ; mais elles payoient moins que les garçons & les hommes. Un pupille qui n'étoit pas encore devenu maître de ses actions, étoit le seul qui n'y fût pas soumis. Cet usage étoit un reste de la servitude, en laquelle naissoient & vivoient les premiers serfs des Seigneurs. Ces droits se sont éteints, ou par la franche libéralité des maîtres qui les ont remis aux *kavégiers*, ou bien ont été rachetés par les *kavégiers* à prix d'argent. Maintenant la tête de tout François est libre.

Ibid. fol. 183.

Hospitagium étoit un autre droit de servitude, dû pour raison d'une demeure, d'un champ, d'une vigne, ou d'une glébe, à l'une desquelles choses il étoit attaché. Le possesseur en étoit obligé de le payer annuellement au Seigneur de la terre, sur laquelle étoit assis un de ces fonds. Ce droit revient à nos cens & rentes fon-cieres, que les censitaires paient à leurs Seigneurs. Son origine venoit de la convention même des parties, & de ce qu'il avoit été stipulé & réservé par le Seigneur ou par le premier propriétaire du fonds, lorsqu'ils l'avoient abandonné à un second propriétaire. Il venoit quelquefois encore, ce droit, de ce qu'il avoit été acheté à prix d'argent par ceux qui le percevoient, & leur avoit été ven-du, dans le besoin, par ceux qui le leur payoient. On appelloit ces débiteurs *hospites*. Ces droits consistoient en tartes, en gâteaux, en chapons, en argent, ou en grains, selon les usages des lieux, ou suivant les conventions arrêtées entre les contractans. Quel-ques auteurs ont confondu ce droit avec ceux appellés *focagium* & *foragium*. En ce cas, il n'en est distingué que par l'espece diffé-rente de la chose payée.

Chopin donne une autre origine au mot de *foragium* ; il croit que le droit qu'il exprime eft fondé fur la permiffion qu'a obtenue de fon Seigneur, un marchand d'établir fa boutique, & d'expofer en vente fes marchandifes : *A forenfi rerum expofitione.* D'autres penfent que ce mot vient du verbe *forare*, & qu'il fignifie le tribut qui eft dû à un Seigneur pour la permiffion qu'il accorde d'afforer le vin qu'on veut débiter & vendre publiquement.

Terragium eft le droit qu'a un Seigneur d'enlever fur la dépouille d'un champ, une certaine quantité de gerbes à fon profit, avant que le fermier ou le propriétaire du champ les emmene en fa grange. La quotité de ces gerbes varie felon les conventions ; c'eft fept, c'eft huit, neuf ou dix, plus ou moins, que l'on préleve fur le cent de gerbes. Souvent la paille ne s'en enleve pas ; le débiteur n'eft qu'obligé à fecouer fa gerbe contre une borne : & le grain qui en tombe fur une grande natte, eft recueilli par le Seigneur. Quelquefois ce droit fe paie avant ou après que le droit de la dixme a été payé, & il ne préjudicie point à l'obligation d'y fatisfaire. Ce devoir onéreux eft le prix de l'aliénation faite du fonds de terre par le Seigneur à fon vaffal.

Le droit de *cenfive* qui fe recueille fur toute une feigneurie, eft la reconnoiffance annuelle que telle terre eft dans la directe d'un domaine. Sa nature & fa quotité font réglées par la coutume, quand les conventions n'y ont pas fait déroger. Le *cens*, dans fon principe, eft feigneurial ; il fe paie après la cenfive, & il eft le prix de l'aliénation primordiale du fonds, comme eft le terrage. Le *fur-cens* eft ajouté à la cenfive & au cens, par celui qui fe défaifit de fon fonds, moyennant cette preftation en grains ou en argent ; c'eft comme le prix d'un fermage perpétuel.

Le droit de tonnelieu, appellé *teloneum*, eft fi peu éclairci, qu'on ignore fon origine & prefque ce en quoi il confiftoit. On croit que c'étoit un certain droit feigneurial, qui fe percevoit fur toutes les marchandifes, pour raifon de la vente & de l'achat qui s'en faifoient. Il donnoit auffi, felon quelques auteurs, à ceux qui le poffédoient, la connoiffance des poids & des mefures, & le profit de l'étalage des mercantilles.

On établit auffi le droit *des lods & ventes.* Il confifte dans le douzieme denier de la finance donnée pour l'achat d'un fonds de terres, quand l'ufage du lieu n'y déroge point pour le plus ou pour le moins. C'eft le droit de mutation. Les terres en *fief*, acquifes par les roturiers, outre le droit de la vingtieme année du revenu payable au Roi suprême fuzerain, doivent fouvent au Seigneur féodal le quint de la fomme principale de l'acquifition, & le requint ; & lors de mutation héréditaire, le relief & la piece d'or. C'eft pour la difpenfe du droit que n'aura plus le Seigneur, de

IX. SIECLE.
Année 893.
In confuetud.
Andegav.

Simon, Supplément à l'hiftoire du Beauvaifis, p. 142.

retraire à lui le fief, ouverture arrivant. Le bien donné en aleu aux laïcs, ou en franche-aumône aux eccléfiaftiques, les exempte de toute fervitude ; mais on doit l'amortiffement au Roi & au Seigneur territorial, quand ces biens font dans le cas de ne plus rentrer dans le commerce. Au Roi, c'eft le cinquieme denier de leur valeur ; au Seigneur, c'eft autant, ou l'année de revenu qui a ouverture par la mort d'un homme qu'on lui avoit préfenté, & qu'il avoit reçu.

IX.

On peut confulter fur tous ces objets le gloffaire de Du Cange, qui en traite avec plus d'étendue. Les droits dont on vient de parler, & plufieurs autres qu'on établit encore, tels que ceux de traverfe, de ponts, de chauffée, de vinage, de péage, &c. appartenoient ordinairement en propre aux Seigneurs qui les percevoient, & leur produifoient fouvent de gros revenus. Heureux s'ils s'y fuffent bornés ! Mais plufieurs d'eux, pouffés par l'irréligieufe cupidité d'amaffer ou de briller aux dépens de ce qu'ils devoient le plus refpecter, en augmenterent encore la maffe, par la jonction des biens eccléfiaftiques qu'ils ufurperent en une infinité de lieux, comme on l'a déjà dit, & dont ils difpoferent, comme ils auroient fait de leur patrimoine. Sous la race des Carlovingiens, les Seigneurs qui étoient les plus puiffans, donnerent, à l'exemple de nos Rois, de ces biens facrés, ou de ceux qu'ils avoient d'ailleurs, à leurs vaffaux, pour récompenfer les fervices qu'ils en avoient reçus, & dans la vue de fe les attacher & de s'en compofer une cour. Ces biens furent appellés *fiefs*, en latin *feodum*, nom qui marque l'engagement que les gens qui les recevoient contractoient par-là d'être *fideles* au Souverain qui les leur donnoit. Ce nom a commencé d'être ufité à la fin de ce fiécle. Les fiefs n'étoient qu'à vie : le feudataire mort, le fuzerain reprenoit le fief, & en jouiffoit des revenus, jufqu'à ce qu'il en eût difpofé par une nouvelle inveftiture. Vers le déclin de cette feconde race, les fiefs pafferent des peres aux enfans. Car comme les Ducs & les Comtes s'étoient rendu leurs gouvernemens patrimoniaux dans leurs familles, ils permirent auffi que leurs feudataires fe tranfmiffent ce qu'ils avoient reçu d'eux. Ils confentirent même que leurs enfans ou leurs officiers en gratifiaffent, à même titre, d'une portion ou du tout, leurs arriere-enfans, & enfin jufqu'aux foldats qui fervoient fous eux. Voilà la caufe des mouvances de fiefs à fiefs, & l'origine des arriere-fiefs. Hugues-*Capet* confirma, & l'ufurpation des Comtes, & la difpofition qu'ils avoient faite, foit de leurs biens propres, foit de ceux de l'Eglife, ou même du fifc ; (car ils en avoient envahi de toute efpece) ; de peur que s'il s'oppofoit aux volontés de ces petits Souverains, tant de perfonnes, qui avoient intérêt à foutenir ces aliénations, ne conjuraffent avec eux contre lui. Les grands vaſſaux relevoient tous de la Couronne , comme les petits relevoient des grands.

On faiſoit hommage de ſon fief, la tête nue, à genoux, ſans épée & ſans éperons, & les mains dans celles du Seigneur qui étoit aſſis & couvert. L'hommage étoit lige ou ſimple. Par le premier on s'engageoit à ſervir le Seigneur envers & contre tous. Par le ſecond, l'engagement étoit plus ou moins reſtraint. L'hommage lige obligeoit à ſervir en perſonne ; l'hommage ſimple permettoit de mettre une perſonne en ſa place. L'hommage rendu, le Seigneur donnoit au vaſſal l'inveſtiture de ſon fief, en lui faiſant toucher le bout des branches de quelqu'arbre de la terre dont il s'agiſſoit, en lui mettant entre les mains, un gazon, une canne, une épée, une banniere, des éperons, un gant, des clefs, une broche, & d'autres ſymboles, ſuivant l'uſage du pays. Pour derniere cérémonie, le Seigneur baiſoit ſon vaſſal, en témoignage de l'alliance qu'ils contraɔtoient l'un avec l'autre. Le traité étoit mutuel. Si le vaſſal refuſoit de ſecourir ou de reconnoître ſon Seigneur, il étoit chaſſé de ſon fief ; le Seigneur réciproquement perdoit ſes droits ſur ſon vaſſal, s'il manquoit à le protéger. Le principal ſervice que devoient tous les féudataires, étoit d'aller à la guerre ſous la banniere du Seigneur ; ou ſeuls, avec des troupes qu'ils avoient levées dans leurs fiefs. Cette obligation étoit plus ou moins étendue par l'érection du fief ou par la coutume du lieu.

Souvent le lecteur aura l'occaſion, dans le cours de ces Mémoires, de ſe rappeller les petits éclairciſſemens que nous venons de donner, concernant les droits des Seigneurs.

Hébert Ier fut Comte de Vermandois & Abbé de l'égliſe de ſaint Quentin. Avoir poſſédé l'une dignité, c'étoit avoir obtenu l'autre ; elles reſterent inſéparables pendant pluſieurs ſiécles. Ce Prince paroit avoir été d'abord un Seigneur religieux & ami de la paix. Dès qu'il fut à la tête de ſon gouvernement, & qu'il eut commencé à conduire ſeul le comté de Vermandois, il s'appliqua ſérieuſement à la bonne adminiſtration de l'égliſe de ſaint Quentin. Il fit reconſtruire un lieu propre à renfermer les corps des deux ſaints Patrons de cette baſilique. Notre province étoit alors tranquille de la part des Normands ; & le feu de la guerre qui venoit de dévaſter les pays de Reims, de Laon & du Vermandois, avoit été porté, dès le mois de Mai 893, en Bourgogne par le Roi Eudes, qui y étoit allé attaquer Charles, le fils de Louis *le Begue*. L'ouvrage d'Hébert Ier fut terminé en cette année ; c'étoit la ſeptieme depuis qu'on l'avoit commencé. On ſe rappelle ici que la belle égliſe, bâtie par Fulrade, avoit été totalement incendiée par les Normands, dix ans auparavant : il n'en étoit reſté que quelques édifices dont on a parlé plus haut, & les murs du temple incendié ; dans l'en-

IX. SIECLE.
Année 893.
X.

X I.

*Annales BB.
tom. 2, Lib. 39,
N°. 86.*

ceinte defquels on avoit dépofé les reliques des deux Saints. Hébert avoit donc achevé d'en faire redreffer les débris, & avoit bâti fur les fondemens anciens, qui n'étoient pas heureufement calcinés, une églife décente. Il ne pouvoit commencer fa régence fous des aufpices plus louables. Dieu récompenfa le zele que le Comte avoit pour fa maifon : il le combla alors d'une faveur qui avoit fait l'objet de tous les defirs de l'Abbé Fulrade & de l'Abbé Hugues.

XII.

Dans cette même année, la cinquieme du regne d'Eudes, comte de Paris, Otger, ancien chanoine de l'églife de faint Quentin, & évêque d'Amiens, voulant reconnoître, envers l'ancienne cathédrale de Vermandois, fa mere, la bonne éducation qu'il en avoit reçue, fit don à fes confreres du corps de faint Victorice. Ce faint Martyr avoit été l'un des compagnons de faint Quentin. Adrien de la Morliere, qui a écrit les antiquités de la ville d'Amiens, s'eft mépris quand il a avancé que le corps de faint Victorice avoit été accordé par Otger à l'églife de Vermandois, *qui eft celle de Noyon* : car, quoique les évêques de Noyon aient porté long-temps le nom d'Evêques de Vermandois, l'églife de cette ville ne le prit jamais, & ne pofféda non plus le corps de faint Victorice. Otger n'en avoit jamais été chanoine ; & l'églife de Vermandois, qui eft la même que celle de faint Quentin, doit être & a toujours été diftinguée de celle de Noyon. Ce Prélat accompagna fon préfent de toutes les graces qu'on pouvoit attendre d'un fils tendre & refpectueux : il le vint pofer lui-même le trentieme jour d'Octobre, de l'autre côté de fon glorieux Chef, dont le corps fe trouva, par cette affociation, placé entre ceux de deux Saints très-illuftres, faint Caffien & faint Victorice. Le préfent d'Otger étoit affurément le plus précieux gage qu'il pût donner de fa reconnoiffance à fon ancienne églife, & le bien le plus confolant qui pût effacer les larmes que le fouvenir de leurs malheurs arrachoit aux habitans d'une ville fi barbarement traitée. Le corps de faint Quentin, ceux de faint Caffien & de faint Victorice, refterent expofés quelques temps à la vénération publique des peuples.

De Tillemont, hift. Eccléfiaft. tom. 4, p. 455.

L'hiftoire latine de cette tumulation a été rapportée à la fin du fermon intitulé : *De Tumulatione fancti Quintini, &c.* Nous l'avons inféré dans une note fous l'année 880, [N°. 17.] C'eft donc mal à propos que Du Sauffay [*page 993*] a prétendu que le corps de faint Victorice repofoit à Beaugenci fur la Loire. Quelques années avant qu'Otger donnât aux chanoines de faint Quentin le corps entier de faint Victorice, il leur en avoit envoyé des parcelles, ainfi que du corps des faints Firmin, Fufcien, Gentien, Achius, Acheuil, martyrs, & des faints Firmin, Honoré & Valery, confeffeurs. La fête de l'arrivée de ces reliques en l'églife de faint

Hiftoire d'Amiens, tome 2, page 132.

Quentin

Quentin s'y célébre, le 19 de Mai de chaque année, sous office semi-double.

L'inconstance de l'Empereur Arnoul à l'égard de ses favoris qu'il soutenoit ou abandonnoit, selon les diverses impulsions qu'il recevoit de son tempérament ou de sa politique, occasionna, dans toute l'étendue de l'ancien empire de Charlemagne, des nouvelles guerres & des agitations sans nombre en 894. Il ne nous importe de parler que de celles dont le Vermandois a pu ressentir les effets. Eudes se donnoit beaucoup de mouvemens alors, pour obtenir de l'Empereur des troupes contre ses ennemis, dont le nombre augmentoit tous les jours. Ce Roi s'étoit même avancé jusqu'à Vormes, où il avoit porté avec lui des présens considérables, pour déterminer plus efficacement l'esprit d'Arnoul en sa faveur. Plein des flatteuses espérances qu'il en avoit reçues, il revenoit en Champagne, lorsqu'il rencontra l'Archevêque de Reims & le Comte Adalongus, chargés aussi de dons pour l'Empereur, qui prenoient la route d'Allemagne, pour aller pareillement implorer sa protection. Ils y étoient dirigés par Charles *le Simple*. Leur vue enflamma tout le courage d'Eudes, ou plutôt sa haine. Il les attaqua, les battit, les poursuivit, & pilla leurs trésors; il blessa même mortellement le Comte. Peu de temps après, Zuentebolde, fils de l'Empereur, peu reconnoissant de la bonté que son pere avoit eue pour lui, de consentir à descendre du trône impérial, & de le proposer dans une assemblée de Grands, pour le remplacer, montra qu'il ne craignoit gueres de combattre ouvertement le parti que l'Empereur avoit soutenu. Peut-être aussi ce jeune Seigneur, poussé par l'envie de faire éclater sa premiere valeur, ou d'étendre sa domination aux dépens de celle du Roi de France, pensoit-il que le temps étoit venu d'en envahir quelques provinces. Il se présenta devant Laon, & l'assiégea. Eudes étoit déjà retourné en Aquitaine; il en revint avec hâte, & chassa Zuentebolde du pays Laonnois. On en étoit à l'automne de cette année, puisqu'au mois d'Août précédent Eudes avoit été occupé à reprendre sur ses ennemis le château de Troisley, près de Noyon. Sans doute le Vermandois, limitrophe de la province de Laon & du Noyonnois, & gouverné par le Comte Hébert attaché aux intérêts de Charles *le Simple*, fut encore exposé alors à une partie de ces hostilités & aux déprédations qui s'en suivent; mais les auteurs ne nous en parlent pas. Zuentebolde, reçu, l'année suivante, dans une seconde assemblée tenue à Vormes, pour succéder à Arnoul, borna son ambition, son courage & sa cupidité à profiter du choix qu'on avoit fait de lui, & se fixa dans l'hérédité de l'Empire dont les Seigneurs de Germanie eurent la complaisance de lui assurer la possession.

Le Comte de Paris, Eudes, se maintenoit sur le trône de France

IX. Siècle.
Année 893.
XIII.
Année 894.
Annales B. B.
tom. 2, *lib.* 59.
N°. 91.

Ibid. Lib. 40.
N°. 3.

Année 895.

XIV.
Année 897.

IX. SIECLE.
Année 897.

depuis neuf ans qu'il y étoit monté. Charles, que l'on a depuis surnommé *le Simple*, à cause de son excessive bonté, & des malheurs dans lesquels elle l'a entraîné, ne put enfin supporter que son autorité demeurât plus long-temps dans les mains de son ennemi. Il fit entendre son droit à toute la France, & se forma de puissans partis pour reprendre sa couronne. Le Comte Hébert favorisa les intérêts de ce Prince, & s'en déclara ouvertement le protecteur.

Le Gendre, Mœurs & Coutumes des François.

Parmi plusieurs prérogatives de la puissance absolue que les Ducs & les Comtes avoient usurpées sur les peuples, une des principales étoit celle de les mener au combat, quand ils le jugeoient à propos. Ces Seigneurs s'en servoient souvent les uns contre les autres, & même sans la permission du Roi. Aucun de leurs vassaux n'osoit se soustraire à leur ordre. Nul n'étoit exempt de porter les armes, que les Ecclésiastiques, les malades, les femmes, les filles, & les hommes au-dessous de vingt ans. Le Comte de Flandre Baudoin II, & Raoul, Comte de Cambrai, son frere, tous deux fils de Baudoin *Bras-de-fer*, embrasserent le même parti. Nous ne voyons pas que cette confédération eut encore produit aucun heureux effet en faveur de Charles *le Simple*, lorsqu'Hébert, en abandonnant tacitement la défense de son Souverain, & se liguant contre lui, se rendit coupable du crime de félonie. Il osa même consommer peu après sa perfidie avec éclat, en épousant la fille de Robert II, Comte de Paris, le frere d'Eudes, &, en adoptant ouvertement les sentimens de ces rebelles.

XV.
Meïer, ad hunc ann. Regino. Jacob. de Guisiâ, 2 vol. lib. 14.
Annales S. Vedasti, apud D. Bouquet, tom. 8, fol. 90.

Cette infidélité devint la source d'une haine implacable que le Comte de Flandre conçut contre celui de Vermandois. Raoul de Cambrai, frere de ce Seigneur, enleva à Hébert, en l'année 897, (les annales de saint Vast disent en 895) les villes de Péronne & de Saint-Quentin. Cette derniere place étoit commandée par le fils d'un nommé Thierry, qu'Hébert y avoit établi Gouverneur. Les Angevins, qui avoient été précédemment protégés par Hébert, ne purent souffrir que ses possessions fussent usurpées par ses ennemis. Ils appellerent les Normands à son secours. Ces fiers descendans de ceux-mêmes qui avoient auparavant ravagé le Vermandois, firent bientôt après rentrer dans les mains du Comte les villes qu'on lui avoit enlevées. Les mêmes annales de saint Vast disent que le Roi Eudes vint faire en personne le siege des villes de Péronne & de Saint-Quentin, & qu'il en chassa lui-même les troupes de Raoul de Cambrai. Ce Seigneur voulut tirer vengeance des protecteurs d'Hébert; il s'arma contre les Angevins, & fut tué dans un leger combat qu'il leur avoit livré. Des auteurs ont écrit qu'il reçut le coup, qui l'attéra, des mains du Comte de Vermandois.

Les heureux succès du Comte de Paris ne pouvoient l'aveugler
fur les légitimes prétentions de Charles à la couronne des François.
Eudes régnoit depuis dix ans, lorfqu'il remit enfin à ce Prince le
fceptre qui lui étoit inconteftablement dû par le droit de fa naiffance. Auffi-tôt après cette abdication, Charles fe fit facrer une
feconde fois à Reims par l'archevêque Foucault : c'étoit en l'an
898. Tous les Seigneurs les plus confidérables du royaume devoient fe rendre préfens à cette cérémonie. Le Comte de Flandre
cependant, quoique parent du Roi, ne s'y trouva point. Irrité
contre Hébert qui y affiftoit en perfonne, il refufa de fe rencontrer avec l'homicide de fon frere Raoul. Robert, Comte de Paris,
étoit auffi venu à Reims. Il y fut infiniment gracieufé de Charles
qui, trop bon pour fe reffouvenir des outrages qu'il avoit reçus
de fon frere Eudes, ne s'attacha qu'à le traiter en favori. Les autres Grands du Royaume firent alors hommages de leurs fiefs au
Roi, & lui prêterent leurs fermens de fidélité.

On date communément de ce temps la tranflation des reliques
de faint Marcoul, abbé de Nanteuil, au territoire de Lonftance,
à Corbény, maifon royale dans le Laonnois. Charles *le Simple* fit
conftruire, fept ans après, une petite abbaye en l'honneur de ce
faint Abbé dans ce lieu; & il y établit, par fon exemple, une
dévotion fi marquée à fa mémoire, que nos Rois, après la cérémonie de leur facre à Reims, fe font une religion de vifiter le
tombeau de ce Saint. Le glorieux Patron de Vermandois a dans
l'églife de cette maifon un autel particulier, confacré fous fon
nom & fon invocation, qu'Enguerrand de Coucy, évêque de
Laon, donna en 1103 aux moines de faint Remi de Reims.

Eudes, Comte de Paris, mourut à la Fere en Picardie, en
899, le 3 de Janvier, un an après qu'il eut quitté la couronne.
Soit par l'effet d'une politique qui fe plie aux divers événemens, foit
par la crainte du fupplice qu'il fçavoit avoir mérité, foit enfin par
le repentir de fa révolte, Hébert s'étoit retourné vers fon légitime
Souverain. Charles *le Simple*, plus bienfaifant, & peut-être plus
mol que vindicatif, l'avoit reçu en grace. Il le revêtit de nouveau du comté de Péronne. C'étoit-là le premier titre de Pépin
& d'Hébert, fous lequel on doit comprendre toutes les poffeffions
du comté de Vermandois. Ces faveurs, accordées par le Roi à
fon ancien ennemi, déplurent au Comte de Flandre, & attiferent
fa haine contre celui de Vermandois : elle alloit éclater par de nouveaux excès : on crut devoir l'éteindre par l'engagement d'Alix,
fille du Comte Hébert, qu'on promit de faire époufer à Arnoul, le
fils du Comte de Flandre.

L'amour de la vengeance étoit la paffion dominante de Baudoin
le Chauve. Il en étoit devenu l'efclave, & en fuivoit aveuglément

IX. Siecle.
XVI.
Année 898.
Annales B.B. tom.
3, Lib. 40, N°.
17.

XVII.
Ibid. N°. 20.
Ibid. Lib. 41,
N°. 31.

Marlot, *hift.*
Remenfis. Tom. 2.
fol. 132.

XVIII.
Année 899.

Meier. ad hunc
ann.
Buzelin.

XIX.
Année 900.

IX. SIECLE.
Année 900.
Annales B B.
rom. 3 , lib. 40,
N°. 36.

Gallia Chrift.
tom. 9, col. 990.

toutes les infpirations. Il couvoit, depuis plufieurs années, de fecrettes indifpofitions contre l'archevêque de Reims, Foucault. Tout à coup le feu caché fit éruption ; il le fit maffacrer en l'année 900, le dix-fept de Juin, par des gens apoftés, lorfque ce Prélat revenoit chez lui de Compiegne, où la Cour s'étoit tenue. Quelques Evêques s'affemblerent prefque dans le moment, pour excommunier les affaffins de Foucault. Hédilon, évêque de Noyon, affifta à ce concile. Mais quel fut l'effet qu'opérerent ces décrets? On ne le voit pas.

Ce n'étoit pas affurément l'intention du Comte de Flandre, de fervir, par ce facrilege, aux intérêts de celui de Vermandois, qu'il ne ceffoit de haïr. Cependant il ne put empêcher qu'Hébert n'obtînt fa part des dépouilles de Foucault. Hébert eut l'abbaye de faint Médard de Soiffons, que l'Archevêque avoit poffédée. Telle fut l'infortune de cette célébre Maifon. Des mains de l'Archevêque & des Seigneurs laïcs qui l'avoient précédé, elle paffa dans celles des Comtes de Vermandois, qui la retinrent pendant près d'un fiécle. Hébert II l'hérita de fon pere. Raoul de Bourgogne en dépoffeda ce fils durant quelques années. Bien-tôt après, celui-ci la reprit à ce raviffeur. Enfin Hébert III l'obtint, & la garda jufques vers l'an 990.

X. SIECLE.
Année 901.
X X.

C'eft en la premiere année du dixieme fiécle, au mois de Mai, felon l'hiftoire qu'en a écrite Dom Fyot, que le corps de faint Médard, que l'on avoit tiré de fon tombeau en 842, fut porté de Soiffons dans le château de Dijon, pour le préferver de la fureur des Normands. On le retint dans cette derniere ville, & l'on y bâtit dans la fuite, en l'honneur du Saint, une églife qui porte encore fon nom. Mais en 1238, au mois de Septembre, on l'en transféra dans celle de faint Etienne, où il repofe. Le chapitre de Noyon en obtint le gros os de la cuiffe gauche en 1650 ; & l'apport de cette relique y eft célébré dans le diocefe le 10 de Novembre.

XXI.
Année 902.
Chronic. Burg.
De Belle-Fo-
reft.

Les fiançailles de la fille d'Hébert avec Arnoul, l'héritier du Comte de Flandre, n'avoient point opéré de changement folide dans les efprits de cette derniere famille, trop aigrie contre la premiere. La mort d'un frere tendrement aimé, les villes de Péronne & de Saint-Quentin entre les mains d'Hébert, la bienveillance parfaite du Roi Charles, dont ce Seigneur étoit honoré, lorfque lui Comte de Flandre étoit peu confidéré de ce Prince fon parent, c'étoient autant de griefs que Baudoin ne pouvoit paffer à fon ennemi. Il réfolut de l'immoler enfin à fon reffentiment : il le fit lâchement affaffiner en l'an 902, par un fatellite nommé Alduin, qu'il avoit engagé à commettre ce crime.

XXII.
Annales B B.
tom. 3, Lib. 41.
N°. 12.

Ce fut en cette année même que quelques bandes de Normands vinrent encore caufer dans la feconde Belgique de nouveaux ravages qui n'eurent pas cependant des suites fort funestes.

C'est encore en cette année 902 qu'Hédilon, évêque de Noyon, obtint du Roi Charles *le Simple* deux diplômes très-importans, concernant les possessions de ses chanoines de Noyon & de Tournay. Ce Roi y confirme authentiquement & nominativement les biens donnés à ces deux cathédrales par ses ancêtres, depuis Charlemagne. On peut lire ces pieces curieuses imprimées, dans les annales de Jacques Le Vasseur.

Vers ce temps, les reliques de saint Rigobert, archevêque de Reims, mort le quatrieme jour de Janvier 733, furent apportées dans le Vermandois : elles y furent déposées dans un lieu que Frodoard appelle *Nemincum* ou *Memnicum*. C'étoit une terre, ajoute le même historien, que le Comte Odalric venoit de donner à l'église de Reims, & que Foucault, archevêque de cette métropole, avoit spécialement affectée à la subsistance de ses chanoines. Les précieuses dépouilles de saint Rigobert opérerent, dans notre province, beaucoup de miracles. Quelques années après qu'elles eurent été déposées dans le Vermandois, Hérivée, successeur de Foucault, les en fit rapporter à Reims, & les y plaça en 906 dans l'église de saint Denis, qu'il avoit rétablie.

Nous ne savons pas bien certainement quel étoit le Comte Odalric, dont il vient d'être parlé : mais nous serions portés à croire qu'il est le même que celui qui fut l'ayeul d'Odalric, fait archevêque de Reims en 962, après la mort d'Artaldus. Odalric avoit pour fils Hugues, qui nâquit en Lorraine, où son pere s'étoit retiré. Ce Seigneur aura été invité par Hébert Ier, à venir dans le Vermandois, où ce Comte lui aura donné le château d'Athies, avec ses dépendances, pour les tenir en fief de lui, sous titre de Comté. Il les posséda assez long-temps ; car dès l'an 875, le trente-cinquième du regne de Charles *le Chauve*, le même Odalric, que les historiens ne nomment simplement que Comte, & qui très-vraisemblablement demeuroit déjà dans Athies, fut député par le Roi avec Rainelme, que d'autres appellent Ranchelin, évêque de Noyon, pour exercer conjointement la charge de *Missus Dominicus*, c'est-à-dire, pour voir & réformer, au nom du Prince, les abus introduits dans la justice & les finances, dans l'étendue du diocese de Tournay. Le premier démembrement qu'Odalric fit de son fief, en faveur des églises, fut celui de la terre *Nemincum*, Ennemain que la métropole de Reims possede encore à présent, avec le droit de présentation à la cure. Peu après, le même Seigneur paroît avoir donné [& sans doute du consentement du Comte de Vermandois vivant alors] le reste de son fief à la même métropole. Ce reste consistoit dans sept manses de terres, avec deux églises principales & une chapelle, toutes au territoire d'Athies. La premiere de ces églises étoit sous

X SIECLE.
Année 902.
XXIII.
Annales de Noyon, p. 677 & suiv.

XXIV.
Frodoard, *hist. Remensis, Lib.* 2. *cap.* 15.
Marlot, *hist. Remensis, tom.* 1. *fol.* 288, 515 & 525.

XXV.
Voyez l'année 532 ci-devant, N°. 70.

Marlot, *Hist. Remensis, lib.* 1, *fol.* 368.

MS. *San-Remigian. Remense*, N°. 469, Q. 14. *fol. ultimo.*
Marlot, *Hist. Remensis, tom.* 2, *fol.* 17, 20 & 173.
Gallia Christ. tom. 9, *col.* 1065.

l'invocation de la sainte Vierge, & s'appelloit la Mere-Église. Elle étoit bâtie dans Athies même, ainsi que la chapelle, dont le vocable étoit sainte Radegonde. La seconde des deux églises étoit dédiée à saint Médard, & située au village d'Emme. Peut-être cette derniere donation se fit-elle lorsqu'Odalric quitta notre province. Quoiqu'il en soit de l'époque précise de cette aumône, dont on n'a plus la charte, il est constant que, vers la fin de ce siécle, Athies étoit regardé à Reims comme un bien de l'ancien domaine de la métropole. Elle ne l'avoit pas possédé cependant fort tranquillement ni long-temps; car avant 974, les Seigneurs voisins d'Athies, & peut-être nos Comtes, l'avoient usurpé sur elle depuis plus de cinquante ans. Les incommodités que causoit aux Archevêques de Reims cette possession, & le peu de profit qu'ils en retiroient, la leur firent consacrer sans peine. L'Archevêque Adalberon venoit de rétablir des moines de saint Bénoît, en la place de chanoines séculiers, en l'abbaye de saint Thierry, près de sa ville : il donna aux nouveaux hôtes tout ce que son église possédoit dans Athies, c'est-à-dire, la seconde donation faite par Odalric, & se conserva l'autel d'Ennemain. Ces moines tirerent meilleure parti de leur donation, que les Archevêques de Reims n'avoient fait : ils s'en mirent en bonne possession, & se la firent confirmer par Lothaire en 977, trois ans après qu'ils l'avoient reçue d'Adalberon. Le diplôme du Roi est daté de Compiegne, & du 26 de Mai. Il porte encore, outre ce que nous venons de raconter, que l'Evêque de Noyon [c'étoit alors Hadulphe] avoit approuvé la donation faite par son métropolitain, au monastere de saint Thierry ; mais à condition que cette maison lui payeroit chaque année, pour les deux églises & la chapelle, treize sols de rente : moyennant quoi, elles seroient exemptes de toute inquiétation, coutume, location, prieres, ou autres exactions. Le Comte Albert *le Pieux* gouvernoit aussi en ce temps le Vermandois : il ratifia, par son seing au bas du diplôme de Lothaire, la confirmation faite par ce Roi. Il est bon d'observer cependant, que sous le nom d'Eglise de saint Médard, donnée dans Emme à l'abbaye de saint Thierry, on n'avoit pas compris la cure de ce village, mais seulement certaine chapelle, à laquelle étoient sans doute annexés quelques fonds ; car les moines de S. Thierry ne reçurent l'autel ou la cure d'Emme [maintenant Mesnil-Bruntel] qu'en 1078. Manassès, archevêque de Reims, la sollicita pour eux auprès de Radbod, évêque de Noyon, qui leur en fit généreusement le don, & qui consentit peut-être dès-lors que, pour la décharge des moines, l'église de saint Médard & la paroissiale du lieu, fussent réunies & n'en fissent plus qu'une seule, comme on le voit aujourd'hui. Des biens d'Athies, les moines composerent une Celle, qui prit, vers la fin du douzieme siécle, le titre de Prieuré d'Athies. Ce bénéfice eſt reconſolidé maintenant à la manſe monacale. La ſeigneurie temporelle d'Athies retourna aux Comtes de Vermandois ; & après eux, à nos Rois, qui l'ont aliénée en faveur de la famille des Marquis de Neſle. Il eſt auſſi un village du nom d'Athies, près de Reims, lequel dépend de l'abbaye de S. Baſle.

Hébert II du nom, ſurnommé par quelques-uns *le Grand*, à cauſe de ſes actions, plus fameuſes cependant qu'éclatantes, l'aîné des enfans d'Hébert Ier, ſuccéda à ſon pere, auſſi-tôt que celui-ci eut quitté le Vermandois avec la vie. Il fut le onzieme Comte-Abbé de ſaint Quentin. Il étoit, par ſa mere, le petit-fils du Comte de Paris, Robert II, que d'autres appellent Ier. Car ce Seigneur qui épouſa [en ſecondes nôces ſans doute] la ſœur d'Hébert Ier, avoit donné en mariage à ce même Comte ſa propre fille, qu'il avoit eue [peut-être] d'Adélaïde, veuve de Conrad, comte en Allemagne, que quelques écrivains font Duc de Bourgogne. Et c'eſt de cette alliance qu'Hébert II eſt ſorti. D'un autre côté, Hébert devint auſſi le gendre de Robert III, qui fut Roi de France ; car il en épouſa une fille qu'on doit ſuppoſer avoir été ſa couſinegermaine, puiſque Robert III & l'Epouſe d'Hébert Ier, étoient frere & ſœur, deſcendans de Robert II, dit *le Fort*, comme le porte la généalogie qui ſuit.

X. SIECLE.
Année 902.

Marlot, *Hiſt. Remenſis, tom. 1, fol. 299.*
XXVI.
HÉBERT II.
Année 903.
Aug. - Vir. fol. 85.
Moreri, au mot *Robert.*

ROBERT II, dit *le Fort*, tué en 866, épouſa en premieres nôces Adélaïde, veuve du Comte Conrad, duquel mariage ſont ſortis :
[Et en ſecondes nôces, N.... de Vermandois, ſœur d'Hébert Ier.]

Ier degré.　　　　Ier degré.

N.... de Paris, qui épouſa Hébert Ier, comte de Vermandois, deſquels eſt iſſu	ROBERT III, comte de Paris, fait Roi de France, qui épouſa, 1°. Béatrix de Vermandois, deſquels ſont iſſus, [Et en ſecondes nôces, Rothilde, appellée belle-mere de Hugues].

2e degré.　　　　2e degré.

HÉBERT II, comte de Vermandois, mari de Hildebrande de Paris, fille de Robert III, comte de Paris, qui fut Roi de France.	HILDEBRANDE.	HUGUES *le Grand*, comte de Paris.
	EMMA, mariée à Raoul de Bourgog. qui fut Roi de France.	

Nous fuppofons dans cette généalogie que la fille de Robert II, que prit à femme Hébert Ier, étoit fortie d'un premier mariage que nous indiquons, & d'une autre époufe que celle que prit en fecondes nôces le Comte de Paris. Car fi la femme d'Hébert Ier eût été la fille de fa fœur, il faudroit dire qu'il auroit époufé fa niéce. Et d'autre part, Hébert II, en fe mariant avec la fille de Robert III, lequel, en fuivant ce dernier cas, il faudroit fuppofer être, 1°. le neveu d'Hébert Ier par fa fœur, & 2°. le beau-frere du même Hébert Ier par fa femme ; Hébert II, dis-je, eût époufé la fille de fon oncle maternel, & fa coufine-germaine du côté de fon ayeul Robert II ; ce que les auteurs ne difent pas, & ne paroît pas avoir eu lieu.

XXVII.

Quand on n'a point été à portée de fréquenter les hommes célébres, on ne peut décider de leur caractere que fur les traits qui nous reftent de leur conduite. Comment confidérerons-nous donc Hébert Ier ? Il fut certes un Seigneur illuftre par fa naiffance & fes alliances, par fa puiffance & fon crédit. Il eut le génie de fon temps ; beaucoup de barbarie dans les mœurs, & des vices qu'on ne conciliera jamais facilement avec quelques marques éclatantes qu'il a données de piété. Sa religion, éclipfée par les vices, paroît toujours en déroute. Avec les égaremens de fon fiécle, dont il ne fut pas fe garantir, Hébert Ier eut un efprit farouche, ardent, indomptable. Sa cupidité réparoit fes pertes, & fon fafte, par les biens de l'Eglife. Ufurpateur & vain tout-à-la-fois, il faifoit fervir à fes vues ambitieufes le facré & le profane. Les circónftances des temps & fes paffions violentes, régloient fes procédés. Le vieux levain de haine conçue contre la Maifon régnante, il l'entretint toujours en fon cœur, & en tranfmit l'amertume à fes defcendans. Aujourd'hui attaché à fon Roi par un motif, il l'abandonnoit le lendemain par une autre caufe, prêt encore à changer au premier mouvement d'une autre impulfion. Difons-le : il parut ne connoître, ni devoir, ni vertu. Sa fin tragique n'ôta qu'un monftre au monde.

XXVIII.

Nous favons bien plus de chofes de fon fils Hébert II. Ce Comte hérita de fon pere un génie élevé, vif, hardi, & capable de tout ofer & entreprendre. Son défaut effentiel fut de ne pas rappeller à des régles certaines fon tempérament bouillant & fougueux, & de ne pas le foumettre même aux cris des remords & des fcrupules les mieux fondés. Il renchérit fur fon pere encore, & balança les Seigneurs de fon temps les plus fcélérats, s'il ne les furpaffa pas. Les traits de fa conduite ardente paroîtront bientôt.

Enfin, la crainte des incurfions des Normands étoit encore bannie des cœurs, & le Vermandois jouiffoit d'une paix exempte de tout trouble, à l'entrée du gouvernement d'Hébert II. Ce Comte-
Abbé,

Abbé, le clergé & le peuple de la ville de S. Quentin, prirent alors
la réfolution de remettre dans la crypte les corps de leurs trois
faints Patrons. On fit un fépulchre neuf pour celui de faint Victorice. Rambert occupoit, depuis un an à peu près, le fiége de
Noyon. Les chanoines de faint Quentin l'appellerent d'un commun
confentement en leur églife, & le prierent inftamment d'honorer
de fa préfence la repofition des reliques qu'ils avoient décidée. Ce
digne Pontife acquiefça à leur vive demande. Accompagné des
Eccléfiaftiques de cette bafilique, & d'une multitude de fideles, il
prit dans fes mains facrées les corps des trois Saints, & les remit
folemnellement dans les tombeaux qui leur étoient préparés fous
la voûte fouterraine. Le corps de faint Quentin étoit dans celui
du milieu; celui de faint Victorice fut placé au côté gauche du
Martyr; celui de faint Caffien occupa le côté droit du même
Saint.

X. SIECLE.
Année 903.

Cette tumulation fe fit le douzieme jour de Janvier. Baillet, qui
la rapporte à l'an 885, fe trompe fenfiblement; car, en ce temps-
là, Otger n'avoit pas même encore donné à l'églife de S. Quentin
le corps de faint Victorice, qu'il vint placer derriere l'autel en 893.
D'ailleurs, Hédilon, prédéceffeur de Rambert dans le fiege de
Noyon, vivoit encore en 902, & ce ne fut pas lui; mais fon fucceffeur Rambert, qui n'a été fait évêque que vers 903, qui certainement a remis les corps de ces trois Saints dans leurs fépulchres. Nous croyons donc avec un fondement folide, que la date
de la préfente tumulation eft de vers l'an 903. C'eft à peu près le
fentiment de Claude De la Fons, dans fon *Hiftoire de faint Quentin*;
fentiment adopté par Jacques Le Vaffeur : c'eft celui de Claude
Emmeré dans fon *Augufta-Viromanduorum*. C'eft auffi l'opinion des
auteurs du nouveau *Gallia Chriftiana*, qui abandonnent, dans ce
point de chronologie, les Freres de Sainte-Marthe.

XXIX.
Vies des Saints,
31 Octob.

AnnalesBB. tom.
3. Lib. 39. N°.
75.

Hiftoire de S.
Quentin, pag.
138.
Annales de
Noyon, p. 635.
Aug. - Virom.
fol. 84.
Gallia Chriftiana,
tom. 9. col. 990.
XXX.

Cette augufte tumulation plut au Seigneur. Le zele & la religion
des facrés Miniftres qui y fervirent, & la piété des peuples fideles
qui y affifterent, reçurent du Ciel un témoignage éclatant de l'approbation qu'il leur donnoit à tous. On chantoit encore les litanies & les pfeaumes devant les corps des trois Saints, lorfqu'il s'é-
leva tout-à-coup un globe de feu, au-deffus du tombeau de faint
Quentin. Dieu, qui fait préparer toutes chofes pour la gloire de
fes Saints, avoit couvert ce jour d'épaiffes nuées; le globe qu'il fit
briller fur le fépulchre de fon Serviteur, diffipa l'obfcurité de l'air;
la lumiere de ce feu ne le céda pas à celle qui avoit éclatée lorfque
faint Eloi avoit découvert le tombeau du faint Martyr. Trois fois
le globe illumina l'augufte affemblée; trois fois il difparut, & pénétra, par la merveille de fon principe, les efprits de l'admiration
la plus grande, & les cœurs de la dévotion la plus vive. Rambert

Tom. I.   G g g

en rendit de solemnelles actions de graces au Seigneur, en célébrant les saints mysteres en l'honneur des trois Saints ; & voulut que, pour éterniser la mémoire du prodige nouveau, la fête de cette tumulation fut célébrée à jamais.

Quatre ans après l'avénement d'Hébert II au comté de Vermandois, Charles *le Simple* épousa Friderune, sœur de Bovon, évêque de Châlons, & lui donna en douaire, selon l'usage du temps, Corbény en Laonnois, avec la Celle de saint Pierre ; il y ajouta une église à Craône, & le château de Pontion en Pertois. La cupidité ne cessoit ainsi de perpétuer une pratique extraordinairement abusive, dont tout l'univers reconnoissoit cependant l'illégalité & l'injustice. Les Evêques, assemblés à Troisley en Soissonnois, en 909, sous Hérivée, archevêque de Reims, tenterent, par de nouveaux efforts, de remédier à cet abus énorme. La peinture qu'ils firent, dans leurs sessions, des désordres que cet usage produisoit, est des plus touchantes ; les décrets, dont ils l'accompagnerent furent rigoureux. Mais les Prélats eurent la douleur de n'avoir opposé que leur zele aux mauvaises habitudes. Ils avoient fait leur devoir. Le monde, avide des biens ecclésiastiques, n'en alla pas moins son train pervers. Rambert, évêque de Noyon, étoit présent à ce concile.

Nous lisons, dans un traité d'échange fait en cette même année par Lambert, abbé de Fleury ou de saint Bénoît-sur-Loire, avec Aimon, abbé de saint Martin d'Autun, que le premier donna au second la Celle de saint Didier-sur-Loire, à l'encontre d'une autre appellée de saint Quentin, située dans le Mâconnois.

Enfin arriva l'heureux temps où les François ne devoient plus tant appréhender de la part des Normands. Ces brigands venoient de faire dans la France leurs derniers traits de barbarie, sous la conduite de Rollon. Ce Chef demanda de conclure avec Charles *le Simple* un accommodement auquel il attachoit, du côté de ses gens, une paix durable. Le Roi voulut bien y consentir. Tel fut le prix de leur mutuelle concorde. Charles céda à Rollon la Normandie que celui-ci reçut à charge de l'hommage seulement. Ce Roi lui promit encore en mariage Giséle sa sœur, selon quelques auteurs, ou sa fille que ce Prince avoit eue d'une premiere femme inconnue, selon d'autres. Rollon se fit catéchiser, & fut baptisé peu de temps après, par Francon, archevêque de Rouen. Le Comte de Paris, Robert, le tint sur les fonds, & lui donna son nom. Giséle fut épousée en 912, & mourut, sans postérité, avant son mari. On vit, depuis l'heureuse époque de cette conversion, les descendans de ces barbares colons sympathiser avec leurs voisins, entretenir la paix & la justice avec eux, se livrer à de louables travaux, s'humaniser avec les sciences & les baux arts, produire

de folides & brillans génies, & donner les marques les plus éclatantes de piété, de défintéreffement & de politeffe. Les différens
effains de Normands, dont nous aurons à rapporter les déprédations dans la fuite de ce fiécle, n'étoient plus que de petites troupes éparfes de brigands, dont les violences furent bien moins funeftes que celles des bandes nombreufes & formidables qui s'étoient réunies fous Rollon. De cette premiere efpece furent ces
peuplades qui fe jetterent en 913 fur une partie du Vermandois,
& qu'Adelin, Comte de Noyon, fut en expulfer.

Le Comte Robert III ne tenoit déjà plus à Charles *le Simple* que
par des liens fort aifés à rompre. Le temps ne tarda pas à amener
cette funefte épreuve. Hébert II, d'autre côté, ligué avec le
Comte de Paris, fe faifoit des caufes propres à lui-même de celles
de ce parent. Pour le foutenir dans quelques différends que Robert avoit avec le Roi, il s'avança jufqu'au monaftere de Corbie,
en Amiénois, & le brûla. Il ravagea encore, fans égards, tout le
terroir voifin de cette maifon. Ces hoftilités n'eurent pas cependant de plus longues fuites. Robert fe réconcilia avec Charles, &
Hébert reprit fa tranquillité.

Il paroîtroit affez étrange qu'il s'y fût endormi jufqu'au point de
ne pas s'inquiéter de venger, fur le Comte de Flandre, la mort de
l'Archevêque de Reims, avec lequel il avoit été particuliérement
lié, ni même celle de fon pere Hébert Ier, à moins qu'il n'ait regardé comme une fatisfaction fuffifante la peine qu'il fit fouffrir à
Raoul, ou Eudol, frere du Comte de Flandre. Ce Raoul portoit
indifféremment le titre d'Abbé ou de Comte de Cambrai. Plein
d'une ambition démefurée, il n'en avoit pas voulu borner le terme
au domaine de cette ville & de fon territoire qu'il avoit ufurpé;
il s'étoit encore jetté fur une partie des poffeffions d'Hébert. Le
Comte de Vermandois s'étoit oppofé vigoureufement aux invafions de cet adverfaire. Il l'avoit joint en 908 près de l'abbaye d'Origny; il le chargea fi rudement alors, qu'il lui défit toutes fes
troupes, & le tua. Les Cambrefiens partagerent le malheur de leur
maître. Hébert entra chez eux, & les facrifia tous au reffentiment
qu'il lui avoit porté. Peut-être cette victoire dompta-t-elle alors
l'humeur altiere & inquiéte de la Maifon de Flandre, conjurée
contre celle de Vermandois. En 915 (d'autres écrivent en 918 &
même 919,) Baudoin II mourut paifiblement le 2 de Janvier, &
fut enterré dans Sithiu, d'où on le rapporta enfuite à faint Pierre
de Gand. Son fils aîné Arnoul, furnommé *le Vieux*, avoit eu le
comté de Flandre. Son puîné Adalolphe obtint celui de Boulogne
& de Térouenne, avec l'abbaye de faint Bertin en commende
laïque.

Cependant cette paix tranquille, en laquelle fe repofoient

X. SIECLE.
Année 912.

XXXIV.
Année 913.
Annales de
Noyon, p. 687.
Annales B B.
tom. 3, lib. 41,
N°. 65.

XXXV.
Année 915.
Ibid. N°. 91.

L'Etat de Cambrai, p. 87.

XXXVI.

X. Siecle.
Année 916.
Annales B B.
rom. 3 , Lib. 42 ,
N°. 1.

Hébert & les autres Grands du royaume , n'étoit , à proprement parler , qu'une treve & une suspension d'armes. L'an 916 vit bientôt les esprits s'échauffer de nouveau , & tous les bras recourir à leurs armes. On étoit généralement mécontent du Roi ; on osa le faire paroître. Charles , prodigue de ses faveurs , ne vouloit pas même se donner la peine de faire un bon choix des sujets auxquels il les devoit accorder. Il les prostituoit en ce temps-là à un nommé Haganon , homme vil & sans mérite. Les Seigneurs , qui se connoissoient assez pour se discerner d'un pareil favori , le haïssoient , & méprisoient tout à la fois le Prince , à l'imbécillité duquel le stupide Haganon devoit sa fortune & son élévation. Un trop juste sentiment d'envie , de la part des Grands , devint donc pour eux le mobile principal qui les souleva contre Charles même. Qu'avoient-ils d'ailleurs à redouter de ses armes ? Courageux , & devenus expérimentés par leurs combats journaliers ; soutenus par des vassaux nombreux & aguerris ; puissans par leurs domaines & leurs richesses ; redoutables par leur conspiration , ils oserent parler avec hauteur à un Prince timide , peu formé à la guerre , laissé à lui-même , & dénué de troupes , d'argent & de bons conseils. Gilbert , Comte de Lorraine , faisoit impudemment la montre de toute son arrogance , après la mort de Rainier son pere ; & Robert , Comte de Paris , allié , par le sang & les mêmes intérêts , à celui de Vermandois , conçut toute l'audace dont un sujet altier & puissant est capable vis-à-vis d'un Souverain qu'il ne respecte plus.

XXXVII.
Année 917.
Ibid. N°. 9 &
10.

La Reine Fridérune mourut , dans ces intervalles , le 10 de Février 917 , & fut enterrée à saint Remi de Reims. Elle avoit remise aux moines de Corbény leur Celle qu'elle possédoit. Une charte , du 20 de Décembre de cette même année , expédiée par l'ordre de Charles *le Simple* , en faveur de la cathédrale de Cambrai , porte que cette église possédoit dans le Vermandois une terre appellée

XXXVIII.
Chron. Camerac.
Lib. 1 , Cap. 66 ,
fol. 107.

Torigny (*Torigniacum*). Ce lieu , qui n'est plus à présent qu'un hameau dépendant de la paroisse du village de Lehautcourt , a été donné , usurpé , vendu ou échangé dans la suite , puisque la propriété domaniale en appartient à présent au Chapitre de saint Quentin & à la famille du feu Duc de Saint-Simon , qui en a au surplus la justice.

La possession de Torigny dans les mains des chanoines de Cambrai introduisit dans l'église de ce hameau le culte de saint Géry , qui en fut ensuite transporté dans l'église paroissiale du village de Lehautcourt , quand elle y fut bâtie par les Prémontrés du Mont-Saint-Martin , à qui l'autel en avoit été concédé par l'Evêque de Noyon , du consentement de son Archi-diacre. La cause du transport de ce culte , & de la jurisdiction sur les habitans de Torigny ,

étoit, difent les chartes de cette abbaye, le défaut d'un nombre
fuffifant de perfonnes réfidentes dans ce lieu. Ces habitans devoient reprendre leur église, leur autel, leur prêtre & leur premiere indépendance de Lehautcourt, quand il s'y en feroit établi
le nombre convenable. Cela n'eut pas lieu ; & , depuis le douzieme fiécle, les chofes font reftées dans le même état.

Sous le nom de Torigny étoit renfermé alors tout l'efpace qui
s'étend depuis ce lieu, jufques & y compris ceux de Lefdin, de
Remaucourt, de Tilloy, de Lehautcourt & de Bellenglife. La raifon que nous avons de le croire, eft que les noms de Lefdin & de
Tilloy font empruntés de ceux de deux villages près de Cambrai,
dont a parlé le chroniqueur Baudry, & qui ont appartenu autrefois aux Evêques de cette ville ; car, dans la divifion qui a été
faite, dans la fuite des années, de tout le grand efpace de Torigny,
on a donné aux établiffemens formés à Lefdin & à Tilloy en Vermandois, les noms des villages qui étoient voifins de la ville de
Cambrai, où étoit bâtie la cathédrale qui en poffédoit de femblables dans le Cambrefis. Nous voyons, pour furcroît de preuves,
que le même culte de faint Géry, évêque de Cambrai, qui fut
tranfporté de l'églife de Torigny en celle de Lehautcourt, le fut
auffi de Tilloy en celle de Remaucourt ; & ces deux hameaux,
Torigny & Tilloy, dependent encore à préfent des églifes dans
lefquelles ils l'ont introduit.

Lefdin, Remaucourt & Tilloy, en fe féparant de Torigny, devoient auffi en conferver la dépendance, quant au temporel, &
refter dans fa mouvance. Il en eft arrivé autrement. Ces morcela-
ges, aliénés par la cathédrale de Cambrai à divers Seigneurs, en
ont été fous-aliénés par ceux-ci en faveur de leurs enfans ; & ces
enfans ont reporté leur relief immédiat à la terre de leurs peres :
ce qui a totalement éloigné ces poffeffeurs les uns des autres, &
les a fait dépendre de fuzerains très-difparats du Seigneur de Torigny. Lefdin mouvoit de la terre de Fayel dans le douzieme fiécle :
à préfent, c'eft du Roi comme Comte de Vermandois, & du Seigneur de Fontaines-Utertre, pour quelque part. Tilloy a été fait
main-morte. Lehautcourt releva de Cléry, près Péronne. Il n'y
a plus que Bellenglife qui foit demeuré dans la mouvance de Torigny fon chef-lieu. Les Seigneurs de Vendeuil, vidames ou avoués
de l'églife de Cambrai, avant le douzieme fiécle, s'étoient déjà
emparé d'une partie de Torigny, & s'en étoient fait un propre.

Charles *le Simple* refta deux ans dans le veuvage, & fe remaria
à Ogine que d'autres appellent Eadgive, fille d'Edouard, Roi
d'Angleterre, de laquelle il eut Louis, quatrieme du nom, dit
communément d'*Outre-Mer*. Pendant ce temps-là les Seigneurs de
fa Cour n'avoient pas repris des fentimens plus foumis & plus ref-

X. SIECLE.
Année 917.

Ibid. lib. 1, cap.
113 ; & lib. 3, cap.
49.

XXXIX.
Année 919.
Annales B B.
Tom. 3, Lib. 42,
N°. 31.

X. Siecle.
Année 920.
Ibid. N°. 38.

Ibid. N°. 42.
Annales incerti
autoris, ad hunc
annum.
Frodoard, hist.
Remenf. Lib. 4,
Cap. 15.
Année 921.

pectueux envers ce Prince. Il se tint, vers la fin de l'année 920, à Soissons une assemblée générale des grands Seigneurs de la nation. Tous s'y décelerent, & quitterent ouvertement le parti du Roi. Henri, Duc de Saxe, naturellement pacifique, & jusqu'alors attaché à Charles, l'abandonna lui-même, & refusa de lui obéir, à moins qu'il n'en eût obtenu le duché de Lorraine que ce Roi lui donna l'année suivante. Les autres Seigneurs s'emporterent à tel excès contre leur Souverain, que, sans le secours de l'Archevêque de Reims, Hérivée, qui l'arracha à leur fureur, & le retira dans ses châteaux, ils eussent porté peut-être leur insolente révolte contre lui au dernier période. Ce Prélat crut ensuite qu'après avoir soustrait Charles à la brutalité de ses sujets, il pourroit plaider plus efficacement la cause de ce Prince en un concile. Il en assembla un à Troisley, non loin de Noyon ; mais il ne put rien gagner sur les esprits.

X X X X.
Annales B B.
tom. 3, Lib. 42,
N°. 43.

C'est en la même année que les moines de Maroilles, à la priere du Comte Inguelramne, obtinrent, dans le village de Mezieres en Vermandois, de nouveaux biens de la libéralité du Roi. Les Comtes Isaac & Haganon avoient vivement appuyé leur demande.

X X X X I.
Ibid. N°. 45.

Hébert II n'étoit plus oisif ; il signaloit, par des actes continués d'hostilité, son ressentiment contre Charles, & secondoit, par les ravages qu'il faisoit dans l'Amiénois, les désordres que quelques restes de Normands y causoient. L'abbaye de Corbie sur-tout se ressentit encore de ses mauvais traitemens.

X X X X II.
Année 922.
Chronic. Frod.
Chron. Odoranni.

Charles devoit enfin comprendre combien il lui étoit important de ménager les esprits aigris des Seigneurs de son royaume, & de les rappeller à lui par toutes sortes de bons procédés ; mais cette réflexion ne lui entra point dans l'esprit. Dévoué lui-même à une espece de piraterie, si peu convenable à sa personne & à la situation de ses affaires, il alla ravager la Lorraine, dont il auroit dû être plutôt le défenseur. Les Seigneurs de sa Cour ne se continrent plus à la vue de cette conduite. Robert, Comte de Paris, Hugues son fils, & l'Archevêque de Reims le quitterent sans retour. Hugues étoit sur-tout irrité contre le Roi, de ce qu'il avoit ôté à Rothilde sa belle-mere, qui étoit aussi la tante de Charles, l'abbaye de Chelles, pour la donner au méprisable Haganon. Charles étoit en 922 en la ville de Laon. Hugues l'y vint assiéger. Le Roi, hors d'état de s'y défendre, ne pouvoit rien attendre que de sinistre de son ennemi ; il prévint sa vengeance, & s'enfuit avec son favori au-delà de la Meuse. Hébert, qui étoit avec lui, le quitta. Robert, peut-être encore touché du cri de son devoir, ou voulant tenir ses troupes réunies pour le besoin, rappella devers lui son fils Hugues, & l'empêcha de poursuivre Charles. Ce Roi imputa à un principe de timidité la retraite de ce courageux Seigneur ; il revint fur fes pas ; & , plein de fon idée, il ravagea tout le pays Rémois, en brûla les villes, & pilla les villages.

Raoul de Bourgogne, fils de Richard, Duc de cette province, pouvoit difpofer à fon gré de fes troupes, depuis la mort de fon pere ; il vint en offrir le fecours à Robert, dont il étoit le gendre par fa fille Emma qu'il avoit époufée. Charles, informé de cette jonction, voulut attaquer Raoul lui-même, & repaffa la Meufe, dans le deffein de le combattre. Robert & Raoul déjà réunis l'attendirent près d'Epernay, château royal qu'Haganon avoit livré, quelques jours auparavant, au pillage de fes foldats. Le Roi n'ofa les attaquer en bataille réglée ; il tenta de les affoiblir par des excurfions & de legers combats. Mais, comme la fortune ne répondoit point à fes defirs, & qu'il fortoit toujours avec pertes de fes entreprifes, il s'enfuit encore au-delà de la Meufe. Robert, devenu libre, conçut un plus hardi deffein ; il perfuada aux François de le reconnoître pour leur Roi. Sa demande ne fut point rebutée. Dès le lendemain du jour qu'il l'eut propofée, (c'étoit le 28 de Juin de cette année.) il fut choifi, d'un commun confentement, pour être le maître de la nation. Hérivée le couronna, le jour fuivant, dans l'églife de Reims. Ce Prélat ne furvécut que de trois jours à cette cérémonie. Il mourut le deuxieme jour de Juillet.

Nous l'avons dit : le Comte de Vermandois s'étoit trouvé décidé dès long-temps, par les engagemens de fa naiffance & de fes alliances, pour le parti qu'il devoit fuivre. Au milieu des factions qui s'étoient formées contre le Roi Charles, il ne fe reffouvenoit que trop auffi de la haine & de la vengeance qu'il devoit à la branche régnante des Carlovingiens, pour avoir fait mourir Bernard fon bifaïeul, après l'avoir expulfé du royaume d'Italie. Enfin, ce Seigneur portoit dans fon cœur avide, & dans fon efprit turbulent & amateur de la nouveauté, le motif déterminatif de toutes fes actions. Il affifta aux opérations dont on vient de parler, & y abjura fon légitime maître, pour s'en créer un autre.

Il ne s'en tint point à ce forfait. Après la mort de l'archevêque Hérivée, il s'appliqua à tirer, des troubles qu'il avoit occafionnés, tout le profit qui pouvoit lui en revenir pour fa maifon. Seulfus, auparavant chanoine & archi-diacre de Reims, homme ambitieux, mais d'ailleurs habile & entendu dans les matieres eccléfiaftiques & féculieres, avoit été élu & facré en la place d'Hérivée par les foins du Roi Robert. Il y étoit extrêmement molefté par Odon, le frere du défunt Archevêque, & Hérivée, neveu du même Prélat, tous deux Seigneurs de Châtillon & de Bazoches. Deftitué du fecours dont il avoit befoin pour repouffer les violences de ces adverfaires, Seulfus invoqua celui du Comte de Vermandois. Hébert vola vers lui, & fit bientôt Odon & Hérivée fes prifonniers. On

X. Siecle.
Année 922.
XXXXIII.

Annales B B.
tom. 3. Lib. 42,
N°. 46.

XXXXIV.
Frodoard, Hift.
Remenfis, lib. 4,
cap. 18.
Marlot, hift.
Remenfis, tom. 1.
lib. 4, fol. 546.

X. SIÈCLE.
Année 922.

prétend que le principal ressentiment de Seulfus contre ces Seigneurs venoit du trop constant attachement qu'il voyoit en eux pour Charles que le rebelle Archevêque vouloit leur faire sacrifier à Robert. Ce dernier Roi, pardevant qui on conduisit les prisonniers, les fit jetter séparément dans les chaines qu'ils garderent jusqu'à sa mort. Hébert fut chargé de veiller sur Odon. Le jeune Hérivée fut envoyé à Paris. Le moindre avantage qu'Hébert acquit par cette victoire, dut être la dépouille de ces deux feudataires de l'église de Reims. Mais on ajoute que Seulfus ne borna pas à cette récompense sa reconnoissance envers le Comte défenseur ; comme aussi que celui-ci ne voulut pas sans doute se contenter de quelques simples fiefs. Ils convinrent de préparer conjointement les esprits, & de les ménager en faveur de Hugues de Vermandois, fils d'Hébert, pour le siege archiépiscopal de Reims, quand, par la mort, la retraite ou les infirmités de Seulfus, il seroit nécessaire d'y pourvoir. Outre le placement éminent que Hugues obtenoit par cette exaltation promise & conclue entre les contractans, il en revenoit encore à Hébert un accroissement particulier de puissance & d'autorité, qui le devoit rendre comme le dépositaire & le maître même de la couronne de nos Rois. Les peuples ne révéroient la royauté que dans le Prince qui avoit été couronné : or cette cérémonie n'auroit plus été, durant la vie d'Hébert, que pour la tête que ce Comte auroit voulu honorer du diadême, puisque la coutume étoit déjà très-bien établie de ne faire couronner les Rois que par l'Archevêque de Reims.

XXXXV.
Année 923.
Chron. Frodoard.
ad hunc ann.
Chron. Odoranni.
Annales B B.
tom. 3, Lib. 42,
N°. 54.

Robert, flatté de l'autorité royale dont il jouissoit, travailloit bien plus assidument à se conserver dans son usurpation, que Charles n'avoit fait pour se maintenir dans sa puissance légitime. Il eut en l'an 923 une conférence particuliere avec le Roi Henri, dans laquelle il l'engagea à lui prêter des troupes. Ce secours se faisoit un peu attendre. Robert accorda dans l'intervalle une trêve aux Lorrains qui étoient du parti de Charles, & se retira à Soissons. Charles ne voulut point attendre que son rival se fortifiât. S'embarrassant fort peu de la trêve accordée par Robert, & ne s'arrêtant pas même à la sainteté du jour, il vint attaquer ce Seigneur, un Dimanche au matin. Hébert II étoit à la tête des conjurés qui

Morery, au mot
Robert.

composoient l'armée de Robert. On courut aux armes (le 15 de Juin, selon quelques auteurs). Le combat fut sanglant. Charles y tua lui-même Robert d'un coup de lance. On rapporte que le champ de bataille fut dans la belle plaine qui est devant la ville de Soissons & le château de saint Médard. La chronique de Saxe ajoute que Robert perdit dans la mêlée onze mille cinquante-neuf hommes ; & Charles, sept mille vingt-huit des siens.

L'avantage de la victoire fut néanmoins pour les vaincus. Le
fils

fils du Roi Robert, Hugues dit *le Grand*, aidé du secours du Comte de Vermandois, rallia les troupes; mais, après avoir mis en fuite Charles avec ses Lorrains, ils s'abstinrent de les poursuivre. La mort de Robert avoit causé la consternation parmi ses adhérans: Charles, voulant profiter de cette circonstance pour les dissiper totalement, appella les Normands à son aide. Ils étoient en route pour le joindre. Les François & les Bourguignons leur couperent le chemin. Charles, inférieur alors en troupes à ses ennemis, fut forcé de s'enfuir & de repasser la Meuse. Le temps étoit trop précieux aux Seigneurs confédérés, pour différer plus long-temps de prévenir les brouilleries qui pouvoient naître parmi eux au sujet de l'élection d'un nouveau Roi. Ils se hâterent de donner un successeur à Robert. Leur choix tomba sur Raoul de Bourgogne, fils de Richard, Duc de cette province, & le gendre de Robert.

Lib. de Miracul.
S. Bened. Cap. 3.
Fragmenta hist.
Franc. Paris,
1588, fol. 411.

Les prétentions d'Hébert au sceptre n'étoient pas plus mal fondées que celles du jeune Duc de Bourgogne, dit Aimoin; mais on se garda bien de lui donner la préférence sur ce Seigneur. Hébert étoit universellement haï de l'armée, à cause de son inhumanité & de son caractere perfide. D'autre côté, Hugues, le fils de Robert, paroissoit encore trop jeune pour être chargé du poids d'une couronne. Hébert fut-il content de cette élection, ou en conçut-il quelque ressentiment, qu'il cacha en rusé politique? Ou, pourvu qu'il satisfit uniquement son caractere méchant & artificieux, s'inquiétoit-il peu à l'avantage de qui ses crimes pussent tourner? Nous ne le pouvons dire: ce qui est certain, c'est que, dès cet événement nouveau, il ajouta, sans pudeur, de nouvelles scéleratesses à celles qu'il avoit déjà commises. Sous le prétexte d'une paix sincere qu'il feignit de conclure avec Charles *le Simple*, il tendit des piéges à sa foiblesse, & suborna, par une odieuse dissimulation, ce Prince trop crédule. Hébert étoit de retour en sa ville capitale. De là il envoya vers le Roi des députés, pour le convier à se rendre à Saint-Quentin: il le fit assurer en même temps par eux, qu'il vouloit s'en remettre à sa clémence royale, & le reconnoitre désormais pour son maitre. Bernard, comte de Senlis, parent d'Hébert, étoit à la tête de l'ambassade; & ce Seigneur ne soupçonnoit pas même la noirceur de la trame qu'on lui faisoit ourdir. Charles, de son côté, crut que les protestations qu'on lui faisoit, étoient vraies. Il renvoya la plus grande partie des gens qui l'accompagnoient; & se rendit, presque sans cortége, au château d'Hébert dans la ville de Saint-Quentin. Ce traître se saisit, sans obstacle, de la personne sacrée de son Prince. Il avoit un autre fort sur la Marne, appellé Château-Thierry: il y fit conduire son prisonnier; & après avoir ordonné qu'on ne le laissât pas manquer de ce qui étoit nécessaire à la vie, il courut inconti-

nent porter la nouvelle de la réuſſite de ſon artifice, au Roi Raoul
en Bourgogne.

Pendant cette abſence d'Hébert, Ragenoldus, chef des Normands
de la Loire, que Charles avoit ſouvent appellé à ſon ſecours, ne
voulant pas perdre les fruits de la campagne qu'il avoit commencée, ſe jetta ſur les pays que borde l'Oiſe. Les ſoldats de notre
Comte poſſédoient tout ſon courage. Conduits par Raoul, fils aîné
de Robert, & le Comte Ingobrannus, ils quitterent les châteaux
où on les avoit placés ; & fondant tout-à-coup ſur le camp de Ragenoldus, ils lui enleverent ſes butins, & délivrerent mille priſon-
niers qu'il avoit faits. Le Comte Adelelmus le battit encore quelques jours après dans l'Artois, & lui tua ſix cens des ſiens. Ragenoldus ne ceſſoit pas cependant de continuer ſes pirateries. Hugues, le fils de Robert, crut devoir alors lui oppoſer le nouveau
Roi. Il l'appella de la Bourgogne. Raoul vint à Compiegne ; &
informé que les Normands étoient dans le Beauvaiſis, il alla faire
des repréſailles ſur leurs terres, accompagné de l'archevêque Seulfus, du Comte Hébert, & de ſes plus courageux ſujets. Il étoit
encore occupé dans cette expédition, lorſque les députés de la
Lorraine s'avançoient pour l'aſſurer de la fidélité des peuples de
cette contrée. Il rentra en France pour aller au-devant d'eux ; &
laiſſa, à la défenſe de ſes états, Hugues & le Comte de Vermandois, qui contraignirent enfin les Normands de ſe rendre, au mois
de Mai ſuivant.

Par le ſervice déſintéreſſé qu'avoit rendu le Comte Hébert à
Raoul, toutes les difficultés furent levées pour ce Roi. Il paſſa par
Soiſſons, dit le moine Clarius, & s'y fit ſacrer Roi dans le monaſtere de ſaint Médard, par Gautier, archevêque de Sens, le treize
de Juillet de cette même année. Et lorſqu'il conféroit avec les Lorrains, Seulfus, archevêque de Reims, couronna Reine de France
Emma, l'épouſe de ce Seigneur. Que pouvoit attendre que des
malheurs & des indignités celle de l'infortuné Charles, dans un
royaume où ſon mari étoit ſi barbarement traité ? Ogine les prévint, en s'enfuyant en Angleterre vers ſon frere, le Roi de cette
iſle. Elle avoit un fils, reſte précieux de ſon amour & du ſang de
Charles, appellé Louis. Elle l'emmena avec elle.

Le couronnement de Raoul & celui de ſon Epouſe ; la fuite d'O-
gine & de l'héritier de la couronne ; & l'obéiſſance de la plupart
des Grands, jurée au nouveau Roi, ne rendirent pas cependant
la paix à la France. Le Duc d'Aquitaine, Guillaume *le Jeune*, re-
fuſa de reconnoître le Monarque uſurpateur. Gilbert excitoit des
troubles dans la Lorraine ; & quelques bandes de Normands répandus dans le royaume, y cauſoient par-tout des déſordres.
Raoul, en maître actif, mais diſſimulé, ſut ſacrifier à propos

quelque partie de son domaine, pour s'en conserver le reste. Il se transporta, au commencement de l'année 924, dans l'Aquitaine, & s'y concilia le jeune Guillaume, en lui restituant le canton de Bourges. Hugues, le Comte Hébert, & l'Archevêque de Reims, étoient occupés d'ailleurs à lui ramener les Normands. Tout balancé, ils firent consentir le Roi à ce que les villes du Mans & de Bayeux fussent cédées à ces importuns ennemis, pour s'y établir. Reconnoissant de ces importans services, Raoul donna alors au Comte de Vermandois, ou plutôt lui confirma, la possession de la ville de Péronne. Il ne restoit plus à Raoul que la Lorraine à pacifier. Il remit à partir pour cette province, lorsqu'il auroit tenu un plaid général à Attigny. Mais à peine ce Roi étoit-il en chemin pour s'y rendre, qu'il fut attaqué d'une maladie considérable qui le retint quatre semaines à Reims. Elle n'eut pas d'autre suite cependant, que d'empêcher les projets de ce Prince sur la Lorraine. Il revint, en Avril suivant, en Bourgogne par Soissons, & de là en France.

Les Evêques de la province de Reims, justement touchés de douleur de voir la Couronne en proie à tous les mouvemens des usurpateurs & des ambitieux, & le Prince légitime devenu la victime de leurs factions, s'assemblerent en concile, en un lieu qui nous est inconnu. Seulfus, archevêque de Reims, y présida; c'étoit en la seconde année de son épiscopat. Les Prélats assemblés, & Seulfus lui-même mieux inspiré dans le concile que dans la Cour des Princes, condamnerent la conduite des Seigneurs séditieux. Ils firent plus : ils imposerent une pénitence publique de trois carêmes, à observer pendant trois ans par tous ceux qui s'étoient trouvés au combat de Soissons contre Charles, s'ils vouloient être réconciliés à l'Eglise. Ce décret regardoit Hébert plus particuliérement qu'aucun autre; cependant à voir la suite de sa conduite, il ne paroît pas qu'il se soit soumis aux Peres du concile. Son génie trop altier & trop dur, n'étoit point fait pour rentrer sitôt dans le devoir qu'on lui prescrivoit. Les mêmes Prélats tinrent une seconde assemblée à Trosley. Le Comte de Vermandois y parut; & plus jaloux alors du salut des autres que du sien propre, il se chargea de contraindre le Comte Isaac à réparer, à prix d'argent, les dommages qu'il avoit causés à l'Evêque de Cambrai.

C'est en ce concile qu'Airard, élu évêque de Noyon, fut sacré par ses confreres. Il n'avoit donc pas fait la translation des reliques de saint Gérulfe à Tronchin, en l'année 915, comme l'ont dit malà-propos quelques historiens.

Les Normands revinrent au commencement de l'année 925 dans la Bourgogne. Hébert alla partager avec le Roi la gloire de les en déloger. Ce Prince faisoit un grand cas du bras & des talens du

H h h ij

X. SIECLE.
Année 924.

Chron. Frodoard.
ad hunc ann.

II.
Dormay, histoire de Soissons, liv. 4, ch. 27.

August. Vir. fol. 86.

Chronicon Came. Lib. I, Cap. 65, fol. 104.
L.
Gallia Christiana. tom. 9, fol. 31 & 990.

LL
Année 925.
Chron. Frodoard, ad hunc ann.

Comte de Vermandois. Après l'avoir souvent employé dans les guerres, il le chargeoit encore des négociations importantes qu'il avoit à traiter avec ses ennemis. Choisi par Raoul pour concilier ses intérêts avec les prétentions de Gilbert, notre Comte eut, dans le carême de cette même année, quelques entretiens avec ce Duc de Lorraine. Sa capacité égaloit son zele à servir le nouveau Roi, son beau-frere. Il sut si bien amener à ses idées l'esprit difficile & inquiet du Lorrain, que lors même que Raoul venoit à Cambrai pour y terminer, dans une derniere conférence avec lui, leurs différends respectifs, leur réconciliation étoit déjà conclue, & que Gilbert & Othon, venant au-devant du Monarque, le reconnurent & se donnerent à lui.

Nous aurons souvent à parler, dans les années qui vont suivre, du même Comte de Lorraine & de ses successeurs. C'est pour en faire concevoir plus clairement les démarches, que nous jugeons à propos de donner ici un petit abrégé de son origine & de ses alliances.

I. Raimier, comte de Hainaut, & duc d'Hasbaye, surnommé *Au-long-cou*, vivoit en 876. Il s'opposa alors à Rollon, chef des Normands, qui le prit dans Condé en 878. Lui, ou son fils, mécontent de Zuentelebode, Roi de Lorraine, en quitta le parti pour se donner à Charles *le Simple*, rapporte Reginon, sous l'an 898. Il eut

II. Rainier II & Ricuin, comte de Lorraine. Ce dernier fut tué en 923 par Boson, frere du Roi Raoul. Rainier II fut fort considéré de Charles *le Simple*, qui le fit Duc ou Gouverneur de la Lorraine en 912. Il mourut en 917 : il avoit eu de sa femme Albrade

III. Gilbert, duc de Lorraine, qui se noya dans le Rhin en 939. Il avoit épousé Gerberge de Saxe, fille d'Henry l'*Oiseleur*, de laquelle il eut un fils mort fort jeune, & une fille qu'on dit avoir été mariée à Albert Ier, comte de Vermandois. Rainier II avoit encore eu les enfans qui suivent :

IV. Rainier III, qui guerroya contre son frere aîné Gilbert. Il avoit pour frere cadet Lambert Ier, comte de Louvain ; & pour fille, une Dame mariée à Bérenger, comte de Namur. De Rainier III, & de sa femme inconnue, sortit

V. Rainier IV, dit *Au-long-cou*. Brunon, archevêque de Cologne, l'envoya en exil, où l'on dit qu'il mourut en 977. Il avoit eu d'Adéle son épouse,

VI. Rainier V & Lambert II, qui fut comte de Louvain. Ce Rainier se rétablit dans les états de son pere : il épousa Hadwige de France, fille de Hugues-Capet, de laquelle il eut

VII. Rainier VI, & Béatrix qui épousa Ebles Ier, comte de

Roucy. Sigebert parle de ce Seigneur fous l'an 1015. Il époufa
Mahaud, fille d'Herman d'Ardenne, dont il eut Richilde, &c.

Les Normands revinrent encore dans le Beauvaifis, l'Amiénois,
& les environs, dans cette même année 925. La ville de Noyon
principalement fouffrit de leurs ravages : ils en pillerent les habitans, & brûlerent leurs faubourgs. On ne put les expulfer de ces
pays, qu'en mettant ces barbares dans le cas d'une diverfion, à laquelle ils devoient fuccomber. Hugues, le fils du Roi Robert, à la
tête de fes Parifiens & de quelques autres troupes qu'il avoit pris
dans des châteaux, alla commettre chez eux les mêmes défordres
qu'il vouloit réprimer, de leur part, en France. Notre Comte,
avec fa cavalerie, gardoit les bords de l'Oife, par où l'on pouvoit
entrer en fes domaines. Les Normands aimerent mieux revenir,
avec hâte, à la défenfe de leur province, & abandonner leurs
conquêtes ou leurs butins, que de continuer leurs excurfions.
Quelque temps après, le Roi Raoul réfolut de foumettre enfin ces
peuples indomptables. Suivi des François, il partit contre les Normands. Hébert l'accompagnoit. Le Comte fe diftingua dans cette
expédition. A la tête des vaffaux de l'églife de Reims, & affifté du
Comte de Flandres, Arnoul, il affiégea & prit aux Normands un
retranchement appellé *Auga*, vers la mer. Rollon, leur chef, y
avoit pofé mille hommes, qu'il avoit appellés de Rouen, fans comprendre dans ce nombre les habitans du lieu. Hébert en paffa tous
les hommes au fil de l'épée, & y mit enfuite le feu. Quelques-uns
qui s'échapperent fe refugierent dans une ifle voifine. Les mêmes
victorieux s'en emparerent encore, & leur y firent fubir le fort des
brigands. Ainfi les François durent à leur courage & à la prudence
de leurs chefs, la paix dont ils revinrent jouir dans leurs provinces.

Seulfus, que les intrigues & la protection d'Hébert avoient foutenu fur le fiege de Reims, ne l'occupa pas long-temps. Les domeftiques de ce Comte empoifonnerent le Prélat, qui mourut en
925. La place éminente qu'il avoit occupée, jaloufée depuis long-
temps par Hébert, tomba à fa difcrétion. Il réfolut de la faire entrer dans fa famille. Il avoit un fils nommé Hugues, que Papire
Maffon traite mal-à-propos de bâtard. Il le deftina, dès l'inftant,
à remplacer Seulfus. Hugues n'avoit encore que cinq ans. Mais
l'ambition démésurée de fon pere, tint lieu à cet enfant de l'âge,
de la vocation, du mérite & des talens néceffaires pour cette dignité. Nous avons déjà rapporté, d'après Frodoard, qu'une fecrette convention arrêtée entre le Comte & l'Archevêque défunt,
avoit affuré les prétentions d'Hébert au fiege de Reims pour le
jeune Hugues. Car Seulfus, qui, lors de fon intrônifation, étoit
fans ceffe molefté par Odon & Hérivée, le frere & le neveu de fon

X. SIECLE.
Année 925.
LIII.

LIV.
*Chron. Frodoard.
ad hunc ann.
Idem, hift. Re-
menfis, lib. 4,
cap. 19.
Annales Baro-
nii, tom. 10.
Pap. Maffon,
Annal. Franc.
lib. 2.*

Voyez l'année
922 précédente,
N°. 44.

X. SIECLE.
Année 925.

prédécesseur, n'avoit pu se délivrer de leurs vexations, qu'en recourant au Comte de Vermandois ; & celui-ci avoit su par son
autorité imposer silence à ces deux Seigneurs, & se saisir de leurs
personnes. Mais la faveur accordée par Hébert devoit lui être
payée par tous les soins & l'attachement de Seulfus pendant sa vie,
& par la succession de sa place après sa mort. La chaire la plus ancienne & la plus distinguée de la Gaule Belgique, devint donc,
pour ainsi dire, le berceau dans lequel se joua l'enfance du jeune
Hugues. Le Roi & les Grands de sa Cour ne mirent point d'oppo-

Frodoard. Hist.
Remens. lib. 4,
cap. 20 & 35.

sition à l'entreprise d'Hébert : ils l'approuverent même par la commission qu'ils lui donnerent de conduire le siege archiépiscopal
dont on parle. Bientôt après, fondé sur leur consentement una-
nime, le Comte envoya des députés à Rome, pour y faire confirmer, par le Saint-Siege, cette commende extraordinaire. Abbon,
évêque de Soissons, étoit à leur tête. Ce Prélat eut le secret de
faire passer auprès du Pape Jean X, des démarches & des demandes
si insolites. Ce souverain Pontife lui confia en particulier le spirituel du diocese de Reims, laissa le temporel de l'archevêché à Hugues, & interdit, de son autorité apostolique, les prêtres & les
autres clercs de la métropole, qui persisteroient dans leur opposition à la nomination de l'Archevêque enfant. Tel étoit l'empire
du Comte de Vermandois ; il asservissoit tout à son ambition &
à son avidité.

L V.
Aug.-Vir. fol.
86.
Annales BB.
tom. 3, lib. 42,
N°. 76.
II. Sacalo BB.
fol. 798.

Seroit-ce aussi à son humeur toujours agitée & turbulente, qui
l'auroit porté alternativement au bien & au mal, ou à quelque retour momentané, que nous devrions attribuer quelques marques
signalées d'amour pour le bon ordre que ce Comte a données ?
Au reste, Hébert ne fut pas toujours persévérant dans le mal. Le
monastere appellé *les Celles*, près de Mons en Hainaut, étoit abandonné de ses moines que les Normands avoient tués ou dispersés ;
& le corps de saint Guislain, un de leurs anciens abbés, étoit resté
jusqu'alors enterré dans un endroit inconnu. Leur Prévôt nommé
Wincradus, échappé à la fureur des barbares, & instruit miraculeusement en songe du lieu où reposoit le sacré dépôt, avoit
eu le bonheur de le recouvrer, & l'avoit fait exhumer, avec la
permission d'Etienne, évêque de Cambrai, par l'Archi-Diacre de
ce diocese, Oilboldus. Il l'avoit même déjà transféré dans une
église : mais pensant qu'un seul moine pouvoit suffire à la garde
du corps du saint Abbé, il lui en avoit confié le soin. Il attendoit
un temps convenable pour en faire la déposition avec plus de
pompe & de célébrité, lorsque les religieuses de Maubeuge lui enleverent ce trésor précieux. Elles s'étoient concertées avec les habitans de Mons, qui leur avoient prêté main-forte. Le Prévôt &
ses moines étoient réduits à déplorer leur perte. Le Ciel inspira

à l'un d'eux d'invoquer le secours du Comte de Vermandois, qui n'avoit point cependant d'autorité en ce quartier-là. Hébert saisit l'occasion d'être utile à la vertu, & de punir l'injustice. De l'avis même de l'Evêque de Cambrai, il ordonna à l'Abbesse de Maubeuge, Théodrade, de restituer le corps de saint Guislain à ses vrais propriétaires. Le trésor enlevé tenoit au cœur des religieuses, aussi fortement que la possession la plus légitime. Il leur fallut cependant obéir aux ordres précis que le Comte leur intima. On demanda, peu après, des gardes à Gilbert de Lorraine, pour observer le corps. Il en donna aux moines. Cette restitution se fit le treizieme de Décembre de cette même année.

Sans doute la valeur guerriere du Comte Hébert mettoit ses sujets hors de toute inquiétude de la part des Normands ; mais elle ne lui permettoit pas de rester long-temps dans l'inaction ; & la gloire que ce Seigneur ne pouvoit recueillir dans ses états, il l'alloit chercher chez les peuples ses voisins. Il brilla en 926 par les heureux succès qu'il eut contre une bande de Normands répandus dans l'Artois. Il accompagnoit le Roi Raoul qui s'y étoit rendu pour les en expulser. Il assiégea avec ce Prince ces barbares dans un fort où ils s'étoient retirés, les en fit sortir, & les battit à platte couture. Le Roi reçut une blessure dans le combat. Les Normands se retirerent, après leur défaite, vers le pays de Château-Porcien. Raoul ne put le leur faire quitter qu'en leur distribuant quelques sommes d'argent. Ces opérations terminées, le Roi se préparoit à passer le reste de cette campagne dans la ville de Laon, lorsqu'il fut appellé dans l'Aquitaine, pour y appaiser les soulevemens qu'excitoit contre lui Guillaume, Duc de cette province. Le Comte Hébert servit encore le Roi dans cette expédition. Ils prirent, en passant, la ville de Nevers que défendoit le frere du Duc. Ils attaquerent ensuite Guillaume lui-même, & l'auroient poursuivi plus long-temps dans la déroute où ils l'avoient jetté, si la nouvelle d'une descente des Hongrois dans la France n'y eût appelé les vainqueurs.

Roger, premier du nom, Comte de Laon, mourut dans cet intervalle. Le Roi donna sa place à son fils Roger, deuxieme du nom. Cette promotion fut la cause de grands maux. Hébert avoit demandé le comté de Laon pour son fils Eudes de Vermandois ; il ne put souffrir que ce Roi lui eut préféré Roger. On doit se ressouvenir qu'Hébert étoit le beau-frere du Roi Raoul, parce qu'ils avoient épousé, chacun, une fille de Robert de Paris, troisième du nom. L'esprit d'intérêt & de jalousie désunit les alliés les plus proches. Le nouveau Comte de Laon étoit l'intime favori du Roi. Sous son consentement, il avoit encore obtenu, deux ans auparavant, l'abbaye de saint Amand, après la mort de Robert. Nous avons déjà parlé de ce monastere que les actes anciens appellent

X. SIECLE.
Année 925.

LVI.
Année 926.
*Annales B B.
tom. 3, lib. 41.
N°. 81.
Chron. Frodoard,
ad hunc ann.*

LVII.
Année 927.
*Frodoard, Hist.
Remensis, lib. 4,
cap. 21.
Annales B.B.
tom. 3, Lib. 41.
N°. 77.*

X. SIECLE.
Année 927.
Ibid. tom. 1,
Lib. 12, N°. 59.

Elnonenfe en Latin. Il eft fitué à trois lieues de Tournay, & a pris fon nom de la riviere dite en Latin *Elno*, entre laquelle & celle de la Scarpe, il eft bâti. On lui ajouta dans la fuite celui de faint Amand qui l'avoit fondé vers l'an 639. Il a donné lieu à la conftruction de fa ville de Saint-Amand dans laquelle il eft maintenant renfermé.

Ibid. tom. 3,
Lib. 42, N°. 87.
Frodoard, ibid.
Ejufd. Chronic.
ad hunc ann.

Hébert, vivement piqué du refus qu'il avoit effuyé, fe livra à toute la férocité de fon caractere naturellement vif & emporté. Mais, afin de mieux affurer les effets de fon reffentiment, il députa vers l'Empereur Henri, pour traiter d'une ligue avec lui. Ce Prince admit honorablement les envoyés, & fit inviter par eux le Comte à le venir trouver. Hébert fe rendit auffi-tôt à la Cour de Henri, accompagné du Comte Hugues ; &, après avoir conclu tous enfemble une paix folide, les deux Comtes offrirent des préfens à l'Empereur qui les reçut agréablement, & leur en fit auffi d'autres de fa part. Il ne s'agiffoit plus pour Hébert que de donner quelque couleur plus apparente à fes démarches, pour pouvoir les outrer à l'excès. Il crut qu'il auroit affez accordé à la biénféance & à la politique, s'il avoit en fa faveur le fuffrage de quelques Evêques dont le caractere toujours refpectable en impoferoit à la multitude. De retour d'une expédition victorieufe, de cinq femaines, qu'il étoit allé faire fur la Loire avec le Comte Hugues contre les Normands, il convoqua à Troifley les Evêques de la fuffragance de Reims, malgré la défenfe du Roi qui lui avoit enjoint de différer fon fynode, & de venir au-devant de lui à Compiegne. Six Evêques fe trouverent au concile, & tous parlerent au gré du Comte en furie. Ainfi le facré miniftere, lié dans fon exercice, fe plioit au vent de l'autorité profane. Le Roi, avant que de partir pour la Bourgogne d'où il revenoit alors, avoit envoyé fa femme à Laon, fous la conduite des enfans du Comte Roger Ier. Hébert les y affiégea ; mais il étoit entré avec la Reine quelques troupes de défenfes dans la place, & notre Comte ne put les forcer d'en fortir. Il fe retira de devant cette ville, la haine & la rage dans le cœur. Par repréfailles les foldats de la garnifon, délivrés de fa préfence, fe jetterent fur Coucy. C'étoit un bien dépendant du domaine de l'archevêché de Reims. Ils le ravagerent avec tous fes environs.

LVIII.
Hift. de la ville
& des Seigneurs
de Coucy, par
D. Touffaint Du-
pleffis. Paris,
in-4°. 1728.

Nous aurons à parler fouvent de ce lieu & de fes Seigneurs. Il eft bon d'en donner ici une idée. Coucy, en Latin *Codiciacus* ou *Codiciacum*, & par contraction *Cociacus* ou *Cociacum*, fifc royal, étoit originairement une fimple habitation peuplée de chaumieres, qui fubfifte encore en un village de même nom, qui a donné occafion dans la fuite des années à l'établiffement d'une ville & d'un château appellés de même nom. La ville & le village font diftans l'un de l'autre d'un quart de lieue. Tous deux font dans le diocefe de Laon,

fur

sur les confins de celui de Soissons, à trois lieues de celui de Noyon, & près de la riviere d'Ailette, *Aquila*. Les habitans de ce village, surchargés d'impôts par le Roi, se donnerent à saint Remy qui, sous le bon plaisir de Clovis, les reçut en sa protection, & les fit passer, par son testament, avec leur territoire, à ses chanoines qui le possédoient encore au commencement du dixieme siécle, où Hervée, devenu Archevêque de Reims, y fit bâtir une forteresse capable d'arrêter les ravages des barbares étrangers, & des Seigneurs de la province même. Cet édifice fut construit sur une petite montagne voisine, au midi du village, & donna dès-lors naissance à la ville dont on parle. Coucy n'étoit pas dans le Vermandois; il faisoit partie du canton de Mége, terre dont on n'a plus aujourd'hui aucune connoissance. Il adopta dans la suite la coutume générale de notre province; &, quand il fut usurpé par les laïcs, il releva de nos Comtes qui le donnerent en fief aux illustres Seigneurs qui l'ont possédé. L'époque de cette usurpation paroît être de l'année 930, en laquelle Hébert II confia le château de Coucy à Anselle. A la mort de ce Comte, c'est-à-dire, en 943, c'étoit Bernard, Comte de Senlis, proche parent d'Hébert II, qui le possédoit. L'église de Reims n'avoit plus rien alors en ce domaine, & les efforts qu'elle fit dans la suite, pour y rentrer, furent toujours inutiles. Hugues *le Grand*, & Thibaut, Comte de Champagne, succéderent à Bernard dans Coucy que le Roi fit remettre en 949 à Artaldus; mais Thibaut le reprit l'année suivante sur cet Archevêque, & y commit à la garde de la forteresse un de ses sujets, nommé Hardouin. Artaldus y rentra cependant encore huit ans après, c'est-à-dire, en 958. Il avoit surpris la ville, & avoit fait forcer en même temps le château par le Roi en personne. Il fit conclure alors que Thibaut n'y reviendroit plus; mais ce traité ne fut point exécuté. Ce Seigneur fit retomber Coucy entre ses mains. Odalric, successeur d'Artaldus, l'excommunia en 964, comme usurpateur d'un bien de son église. Cette foudre étonna le Comte qui se défaisit, l'année suivante, de sa proie. Mais, soit par générosité de la part de l'Archevêque, soit par les conditions de quelqu'accommodement secret, ou par la crainte de nouveaux troubles, Odalric en revêtit à son tour Eudes, le fils de Thibaut, sous un surcens annuel de soixante sols. Lorsque se fit le démembrement de la manse abbatiale de saint Remi, d'avec celle de l'archevêché, cette rente fut dévolue à l'abbaye qui la perçoit encore à présent.

Coucy ne passa pas aux descendans d'Eudes de Champagne; il fut tenu par divers Chevaliers, que nous ne connoissons pas, jusqu'au regne d'Henri Ier : peut-être fut-ce par les Comtes de Vermandois. Quoi qu'il en soit, Alberic de Coucy, tige, à ce que l'on

LIX.

croit , des Seigneurs de cette ville & du château , parut avant 1059.

I.

Il étoit fils de . . . . . . & de Mathilde. Il époufa Adéle de Boves , avec laquelle il vivoit en cette année-là. Il fut tué , à ce qu'il paroît , à la bataille de Caffel en Hainaut en 1072. Il laiffa

I I.

Alberic II en 1072 fut pere d'Enguerrand , évêque de Laon , lequel mourut vers 1104 , & d'une fille appellée Mathilde , abbeffe de Jouarre.

I I I.

Enguerrand , dit de Boves , vers l'an 1084. Il étoit fils de Dreux de Coucy-de-Boves , frere d'Alberic II. Il fuccéda à fon oncle Alberic II dans Coucy ; à fon pere , dans Boves ; & à fon aïeule Adéle de Boves , dans le comté d'Amiens.

Boves , ancien château , près de la ville d'Amiens , étoit le lieu que Dreux de Coucy avoit eu dans le frérage de fa maifon , comme un bien donné à Adéle fa mere , qui étoit fille de Dreux d'Amiens , la fœur de Gautier III , Comte d'Amiens & du Vexin , & de Raoul Ier , Comte de Crépy en Valois. La baronie de Boves , fous faint Louis , étoit une des plus grandes & des plus illuftres du royaume. Elle eft dans la mouvance de Coucy depuis le onzieme fiécle.

Enguerrand Ier époufa d'abord Ade de Roucy , fille de Létard de Roucy , héritiere de la Fere & de Marle ; 2°. Sibille , fille de Roger , Comte de Château-Porcien. Sibille avoit été femme de Godefroi de Namur.

Il mourut en 1116 ; il avoit eu pour frere Robert de Boves , dit Robert III de Péronne. (Voyez l'année 1043 ci-après , n° 45.) Gérard de Coucy , évêque d'Amiens en 1116 , fut auffi fon frere , paroît-il , ou fon fils.

I V.

Thomas de Coucy fils , Comte d'Amiens , dit d'abord *de la Fere & de Marle* , comme héritier de fa mere Ade de Roucy , époufa 1°. Yde , fille de Baudoin , Comte de Hainaut , & d'Yde de Louvain ; 2°. en 1096 la Dame de Mont-Aigu en Laonnois ; de laquelle ayant été féparé pour caufe de parenté , il prit , 3°. vers l'an 1113 , Milefende , fille de Gui de Crécy , héritiere des châteaux de Crécy & de Nogent , maintenant *Novion-l'Abbeffe*. Il mourut en 1130 ,

Il avoit laissé trois enfans : Enguerrand II, Seigneur de Coucy, de la Fere, de Marle, de Crécy, de Vervins, de Pinon, de Landaloufie, de Fontaines, &c. Robert, dit *de Boves*, qui se donna quelquefois le titre de Comte d'Amiens. Et Milefende, mariée à Hugues, seigneur de Gournay, en Caux, auquel elle porta quelques terres démembrées de Boves : elle vivoit encore en 1147.

V.

Enguerrand II, Sire de Coucy ; il époufa Agnès, autrement dite Ade, fille de Raoul de Baugency, & de Mathilde de Vermandois, avec laquelle il vivoit encore en 1147.

Il en eut deux fils : Raoul Ier, qui hérita de la plus grande partie de fes biens ; & Enguerrand, baptifé en l'abbaye de Prémontré par Barthélemi, évêque de Laon, en 1142, & mort avant la fin de l'an 1174.

Sa femme mourut à Laon, & fut enterrée dans le monaftere de faint Vincent.

VI.

Raoul Ier, Sire de Coucy, vers l'an 1149, époufa, 1°. Agnès, fille de Baudoin *le Bâtiffeur*, comte de Hainaut, de laquelle il eut trois filles. 2°. Alix, fœur du Comte de Dreux, qui lui donna Enguerrand III, Thomas, Raoul, Robert & Agnès.

Avant que de partir en 1190 pour la croifade, il avoit pris en hommage de Philippe d'Alface, comte de Vermandois, fes terres de Marle & de Vervins : mais, par un traité de paix, ce Comte lui remit cet hommage. La Fere étoit anciennement un fief mouvant de l'évêché de Laon ; Roger de Rofoi, évêque de ce fiege, en remit la directe au Roi en 1185.

On dit que Raoul Ier mourut devant Acre, d'où il fut rapporté en France, pour être enterré dans l'abbaye de Foigny, Ordre de Cîteaux, en 1191. Son époufe Alix vivoit encore en 1207.

VII.

Enguerrand III, fils, dit *le Grand*, devint Sire de Coucy en 1191. Il époufa, 1°. Euftachie, fœur des Comtes de Roucy, Robert & Jean Ier ; il prit, en conféquence de cette alliance, le nom de Comte de Roucy. Séparé de cette époufe, il se maria, 2°. à Mahaud, fille de Henry, duc de Saxe, veuve de Geoffroy III, comte du Perche, dont il prit auffi le nom. 3°. Il époufa Marie, fille de Jean de Mont-Mirel en Brie, & feigneur d'Oify.

Il fit bâtir le célébre château de Coucy, & en augmenta la ville :

il fit faire auſſi les châteaux de Saint-Gobin, d'Acy, de Marle; le châtellier au-deſſus de la Fere, le parc & la maiſon de Folembray, la maiſon de Saint-Aubin, le parc d'Eſpintieres, & l'hôtel de Coucy à Paris.

Il eut de ſa ſeconde femme, Raoul II, Enguerrand, Jean, Marie & Alix. Hugues de Coucy qui entra dans la coûtrerie de ſaint Quentin, vers l'an 1251, & qui y reſta juſques vers 1256. ſeroit-il un de ſes enfans ? Suivant le martyrologe de cette égliſe, ce Coûtre mourut le 20 Juillet. Seroit-ce auſſi cette Marie, dont le même martyrologe rappelle la mort au 21 de Septembre, & qui donna au Chapitre deux muids de bled ?

Il ſe tua à Gerei de ſon épée, ſur laquelle il tomba en ſe culbutant de ſon cheval dans la riviere. Son corps fut rapporté & enterré en l'abbaye de Foigny, près de ſon pere.

Nous ne ſavons auquel des trois Enguerrand ci-deſſus, rapporter la date du décès porté au quinzieme de Juillet, dans le martyrologe de ſaint Quentin.

VIII.

Raoul II, ſire de Coucy, vers l'an 1244, avoit épouſé Philippotte, troiſieme fille de Simon de Dammartin, comte de Ponthieu & de Montreuil, veuve du Comte d'Eu, Raoul d'Iſſoudun, IIe du nom.

Il mourut à la bataille de Maſſoure en 1250.

IX.

Enguerrand IV ſuccéda en 1250 à ſon frere Raoul II, dont le fils étoit mort avant le pere. Il épouſa, 1°. Marguerite, fille d'Othon III, comte de Gueldres, & de Marie de Cleves. 2°. En 1288, Jeanne, fille aînée de Robert de Béthune, comte de Flandre, & d'Yolende de Bourgogne, comteſſe de Nevers.

Il mourut ſans enfans le 20 de Mars 1311, & fut enterré à Longpont, auprès de Marie de Mont-Mirel, ſa mere.

Les enfans de ſa premiere ſœur, Marie, étant morts avant Enguerrand IV, & n'ayant point de poſtérité, ſa ſucceſſion fut dévolue à ceux de ſa ſeconde ſœur Alix de Coucy. Elle avoit épouſé Arnoul III, comte de Guines, & en avoit eu quatre enfans : ſavoir, Béatrix, morte Abbeſſe de Blandeck en Térouenne : 2°. Baudoin, châtelain de Bourbourg : 3°. Enguerrand : 4°. Jean.

X.

Enguerrand V^e du nom, commença en 1311 une nouvelle postérité masculine de Coucy. Il étoit neveu & filleul d'Enguerrand IV ; il épousa avant l'an 1285 , en Ecosse , Chrétienne de Bailleul, Françoise d'extraction. Il posséda les seigneuries de Coucy, de Marle , de la Fere , d'Oisy, d'Avraincourt , de Condé, de Montreuil, &c. Il mourut après l'an 1321 , & fut enterré en l'abbaye de Prémontré.

X I.

Guillaume de Coucy , fils , succéda en 1324 par la mort de ses deux freres aînés : il avoit encore deux autres freres cadets, Enguerrand & Robert. Ce dernier fut chantre de l'église de Cambrai. Le martyrologe de saint Quentin , qui place sa mort au vingt-un de Juillet , l'en fait le prévôt.

Il épousa en 1311 Isabeau , fille de Gui III de Châtillon , comte de Saint-Pol.

Il mourut vers 1335 ; il fut enterré à Prémontré : il avoit laissé six enfans , dont le premier

X I I.

Enguerrand VI devint, en l'an 1335 , seigneur de Coucy, de Marle , de la Fere , d'Oisy, &c.

Le Roi le maria en 1338 avec Catherine d'Autriche , fille de Léopold & de Catherine de Savoye.

En 1339 Edouard, Roi d'Angleterre , attaqua, avec quinze cens hommes , son château d'Oisy, qui se défendit de l'assaut. Ce Roi se vengea de la résistance sur les châteaux de Saint-Gobin, de Marle & de Crécy, qu'il brûla.

En 1340, il se trouva à la bataille qu'on avoit décidé de donner au Roi d'Angleterre.

En 1343 , il suivit le Duc de Normandie contre le Seigneur de Mont-Fort , pour le duché de Bretagne. En 1345 & 1346 , il étoit encore dans l'armée que le Duc de Normandie mena contre Derbi, & se trouva au siege d'Angoulême.

Il mourut , au plus tard , en 1347 , & ne laissa qu'un fils :

X I I I.

Enguerrand VII , sous la tutelle de sa mere , morte de la peste en 1349 , & ensuite sous celle de Jean de Coucy , son oncle , seigneur d'Avraincourt.

En 1360, il fut livré en ôtage pour la rançon du Roi fait prisonnier à la bataille de Poitiers. Ce fut alors que le Roi d'Angleterre lui donna sa fille Isabelle en mariage, avec la baronnie de
Bedfort. Et Gui de Blois ayant cédé à ce Roi, en 1367, le comté
de Soissons pour le prix de sa liberté, Edouard III le donna encore à son gendre.

En 1374, Robert Knole, Général Anglois, épargna les terres
de Coucy, par ordre de son maître.

En 1375, il prétendit à la couronne d'Autriche, du chef de sa
mere ; & mena en Allemagne une grosse armée pour cette fin,
contre Frédéric III, frere de son aïeul, & les fils de ce Prince. Plusieurs Nobles de l'Artois, du Hainaut & de la Picardie, le suivirent
dans cette entreprise, que le Roi de France avoit approuvée, &
qui échoua.

En 1380, il fut fait Gouverneur-Général de la Picardie.

En 1381, il se remaria avec Isabeau, fille de Jean Ier, duc de
Lorraine, & de Sophie de Virtemberg. Il avoit eu deux filles de
sa premiere femme ; il en eut une troisieme de cette seconde.

En 1384, il accepta la charge de Grand-Bouteillier de France,
après avoir refusé celle de Connétable. En 1388, il obtint deux
foires libres pour la ville de Coucy, à tenir par chacune année, à
perpétuité. Il mourut le 8 de Février 1397. Son cœur fut enterré
aux Célestins de Soissons, qu'il avoit fondés sept ans auparavant.
Son corps le fut en l'abbaye de Nogent, au côté de sa premiere
femme.

X I V.

Marie, sa fille aînée, avoit épousé en 1383 Henri de Bar, fils
aîné de Robert, duc de Bar, & de Marie, sœur du Roi Charles VI,
& lui avoit apporté Oisy en dot. Elle perdit ce mari à la bataille de
Nicopoli. Elle vendit Coucy, Folembray, Saint-Aubin, La Fere,
Saint-Gobin, le Chasteilier, Saint-Lambert, Marle, Acy & Gerei,
au Duc d'Orléans, pour quatre cens mille francs, le quinzieme de
Novembre 1400. Ce Prince acquit aussi, trois ans après, la part
que cette Dame avoit dans le comté de Soissons. Elle mourut en
1405. Elle laissa un fils appellé Robert de Bar, qui hérita de sa
mere, & ensuite de sa cousine, les portions que le Duc d'Orléans
n'avoit point achetées, & celles sur le comté de Soissons qu'il n'a-
voit pas payées en entier. De la maison de Luxembourg, ces portions passerent en celles de Bourbon, & furent réunies à la Couronne par Henri IV. Depuis ce Prince, Coucy a été donné en apa-
nage à différens Enfans & Princes du sang ; & c'est sous ce titre
que le possede maintenant le Duc d'Orléans, arriere-petit-fils de
Philippe, frere unique de Louis XIV. Coucy, Péronne, Mont-

Didier, Roye & Ham, eurent le titre de Pairie en 1404.

César, duc de Vendôme, bâtard de Henri IV & de Gabrielle d'Eftrées, nâquit à Coucy en 1594.

Le cri de guerre de Coucy ancien, eft celui-ci :

> Comte ne fuis ,
> Ne Duc auffi :
> Roi je ne puis ;
> Mais le grand Sire de Coucy.

X. Siecle.
Année 927.

Notre difgreffion eft finie : nous retournons à l'ordre de nos matieres & des années de l'hiftoire du Vermandois.

Charles *le Simple*, en la puiffance d'Hébert II, couloit les jours les plus infortunés. Ce Comte l'avoit rappellé, en cette année 927, de fon *château dit de Thierry*, dont un feu imprévu avoit brûlé la tour, en celui de Coucy. Il reçut à fon fujet du Pape Jean des lettres très-preffantes, par lefquelles ce fouverain Pontife lui ordonnoit de remettre en liberté fon Souverain. Jean favoit les immenfes obligations que le Saint-Siege avoit au fang de Charlemagne ; & c'étoit par la reconnoiffance qu'il lui en confervoit, & par le devoir de fon miniftere, qu'il témoignoit fi vivement la douleur qu'il recevoit de la fituation fâcheufe de Charles *le Simple*. Il avoit encore menacé d'excommunication le Comte, s'il n'acquiefçoit à fes juftes & preffantes inftances. De fon côté, ce Seigneur fe reffouvenoit des confidérations extrêmes que Jean avoit eues pour fon fils Hugues de Vermandois, & fentoit l'avantage qu'il avoit de fe perpétuer la bienveillance du fouverain Pontife. Il tâcha de concilier fon intérêt préfent, avec le devoir. Il rappella Charles du château de Coucy, & fe le fit amener à Saint-Quentin; il le promena enfuite, toujours fous bonne garde, de lieux en lieux, pour faire montre de la prétendue liberté dont il le laiffoit jouir. Il fit plus : comme cet infortuné Roi demandoit de conférer avec Guillaume, fils de Rollon, il le conduifit lui-même en un château appellé en latin *Auga*, où le fils du chef des Normands, après s'être voué à Charles, contracta avec Hébert, le plus cruel ennemi de ce Prince, une amitié plus effective. Las enfin d'une complaifance qui gênoit trop fon orgueil & fon tempérament indocile, Hébert fit renfermer le Roi dans fon château de Péronne.

LX.
Chron. Frodoar.
ad hunc ann.

La puiffance qu'exerçoit le Comte de Vermandois fur la perfonne de Charles *le Simple* caufoit de l'ombrage à Raoul. Ce Roi ufurpateur concevoit parfaitement combien elle pouvoit devenir utile à Hébert, ou pour régner fous le nom de Charles qui ne feroit plus qu'un Roi imaginaire, ou pour tranfiger avec lui d'une partie de fes états que le Comte feroit entrer dans fa famille, ou enfin pour

LXI.
Année 928.
Annales BB.
tom. 3, lib. 43,
N°. 1.

rétablir Charles sur le trône, au préjudice des intérêts de Raoul, & au péril de sa vie. Inquiet & jaloux de cette supériorité d'Hébert sur lui, Raoul crut ne devoir plus rien ménager envers ce Comte. Il jura de le sacrifier à son ambition. Sorti de la Bourgogne, il fondit sur la France comme sur un pays ennemi, & vint sur-tout ravager les possessions d'Hébert. Il n'eût pas été facile à ce Comte de résister aux forces immenses de Raoul; mais ses intérêts étoient devenus alors plus chers à Hugues *le Grand*, leur beau-frere commun, que ceux du Roi usurpateur. Il trouva dans le Comte de Paris toute sa force & sa défense. Ce Seigneur vint trouver Raoul sur les bords de l'Oise, & se rendit médiateur de la réconciliation d'Hébert avec lui. Dans cette vue, il fit arrêter une assemblée qui se tiendroit au Carême suivant. On fut des deux parts exact à ses engagemens. Les parties adverses se trouverent au rendez-vous; & on y décida, d'un plein consentement qu'Hébert auroit la ville de Laon; mais à condition qu'il reconnoîtroit le Roi Raoul pour son Souverain, & qu'il lui porteroit une inviolable obéissance. On statua aussi, par rapport à Charles *le Simple* qu'Hébert promenoit à Reims pour preuve de la liberté prétendue qu'il lui avoit accordée, & de l'honneur qu'il lui rendoit, que ce Comte le présenteroit à Raoul, & ménageroit entr'eux un entretien dans lequel on termineroit le reste des conclusions prises dans l'assemblée.

Dès qu'Hébert eut obtenu du Roi Raoul la ville de Laon, il tint une conférence avec les Normands, dans laquelle il fit sa paix avec cette nation. Hugues *le Grand* entra dans le traité auquel il avoit assisté. Le Comte de Vermandois n'obtint pas cependant alors des Normands le congé de son fils Eudes. Il le leur avoit donné en ôtage, pour assurance de la promesse qu'il leur avoit faite de mettre Charles *le Simple* en liberté, & de le faire reconnoître par quelques Evêques & quelques Comtes de la France. Ce ne fut que quelques mois après que ce fils lui fut renvoyé, sans que l'on voye cependant que le pere eût rien exécuté de ses engagemens. Après la tenue de cette conférence, Hébert vola sur l'Escaut, & y alla enlever aux enfans de Lothaire une certaine forteresse, (peut-être celle de Goi.)

Odalricus, évêque d'Aix en Provence, que les Sarrasins avoient chassé de son siege, arriva sur ces entrefaites à Reims; il étoit sans emploi, ni retraite. Hébert lui confia, de son autorité propre, l'administration spirituelle de cette métropole; &, pour faire un sort gracieux à ce Prélat, il lui donna en même temps l'abbaye de saint Timothée, sise en cette ville, avec une prébende canoniale de la cathédrale.

Ce Comte ne craignoit plus d'être inquiété dans ces téméraires arrangemens par le Pape. Jean X venoit lui-même d'être mis dans

les

les fers par Widon. Ce Seigneur étoit le frere de Hugues, Comte d'Arles, & Roi d'Italie. Il ne s'étoit porté à cette extrêmité qu'à l'inftigation de fa femme Marunce qui croyoit que cette violence forceroit le fouverain Pontife à lui donner le gouvernement de Rome.

Après que Bofon, le frere du Roi Raoul, eut fait fa paix avec l'Empereur Henri qui l'avoit foumis, par la force des armes, à des devoirs que ce Seigneur lui refufoit injuftement, Hébert toujours lié au Comte Hugues, & accompagné de lui, alla vifiter cet Empereur. Dès que l'entretien qu'il eut avec lui fut fini, Hébert alla au-devant de Raoul, & le reconnut de nouveau pour fon Roi, en la place de leur légitime Souverain qu'il avoit remis en prifon. Raoul partoit pour recevoir le Roi d'Italie, Hugues. Notre Comte paffa avec lui en Bourgogne, & le fuivit dans tout le voyage. C'eft lors de l'entrevue des deux Rois, que le Comte Hébert obtint de Hugues le gouvernement de la province de Vienne que ce Seigneur, en même temps Comte d'Arles, accorda à fon fils Eudes de Vermandois.

Raoul, de retour à Reims, y conféra avec l'infortuné Charles que l'on y avoit amené. Il tranfigea avec ce Roi, & le fit renoncer folemnellement à fes droits les plus légitimes à la couronne de fes peres, pour le château d'Attigny qu'il lui céda, & quelques préfens qu'il lui fit. Hébert cependant ne s'étoit point deffaifi de fon prifonnier. La conférence terminée, l'impitoyable géolier le ramena dans les prifons de fon château de Péronne.

Nous rappellons ici la mémoire de l'Evêque de Térouenne, Folquin, dont nous avons précédemment parlé. Le corps de ce Prélat, fils du Comte-Abbé Jérôme, & le frere de l'abbé Fulrade, fut levé le Jeudi, treizieme jour de Novembre de cette année, du tombeau où il repofoit dans l'églife du monaftere de faint Bertin. La pompe de fon exhumation fut célébre. Ses deux arriere-neveux Folquin & Ragenwalla y affifterent, & virent, avec une reconnoiffance infinie, le Ciel couronner par des miracles les vertus du faint Pontife.

Hugues *le Grand*, fils de Robert III, répétoit de la fucceffion de Rothilde, fa belle-mere, quelques alleux dont Bofon, le frere du Roi, s'étoit emparé, & qu'il ne vouloit pas rendre. Le Comte, uni à Hébert, prit à Bofon, par forme d'indemnité, le château de Vitry; &, pour laiffer à Bofon le temps de fe déterminer à reftituer ce que lui demandoit Hugües, ou à confentir de perdre Vitry, les deux Comtes lui accorderent une treve qui devoit durer jufqu'au mois de Mai. Bofon crut trouver de la protection contr'eux auprès de l'Empereur Henri. Il fut au conttaire forcé par ce Prince de leur jurer la paix.

Tome I. K k k

X. SIECLE.
Année 928.

LXIII.

LXIV.

LXV.
Annales B B.
tom. 3, *lib.* 43,
Nº. 7.

LXVI.
Année 929.
*Chron. Froioard.
ad hunc ann.*

Cet exploit guerrier d'Hébert fut suivi immédiatement d'un autre. Il alla affiéger le château de Montreuil fur mer, appartenant à
Herluin. Il ne tint quitte ce fils du Comte Hilgaudus des reffenti-
mens qu'il avoit contre lui, qu'en enlevant avec foi les ôtages de
la foi que ce Seigneur lui avoit promife.

La captivité de Jean X duroit depuis plufieurs mois, & augmentoit la confiance d'Hébert. Enfin, la mort violente de ce Pape
que Marunce avoit fait égorger, le 7 d'Avril 929, mit le Comte
dans une fécurité parfaite de la part de la Cour de Rome. Il étoit
débarraffé d'un Pontife inéxorable; &, quoique d'ailleurs il ne
put deviner que Léon VI, qui fuccéda à Jean X, ne fiégeroit que
pendant quelques mois, il prévoyoit du moins qu'il faudroit à ce
nouveau Pape beaucoup de temps, avant qu'il prît en confidération les intérêts du Roi Charles, & l'affaire de l'archevêché de
Reims.

Herluin, dont on vient de parler, ne fut pas fidele à Hébert; il
fe donna avec toute fa terre à Hugues *le Grand* qui le reçut fous fa
protection. Hébert débaucha, par revanche, à Hugues un Seigneur, appellé Hilduin, qu'il mit dans fes intérêts. Ces nouvelles
diverfions, fondées fur l'envie mutuelle de dominer, jetterent la
femence de la haine dont nous allons bientôt voir les triftes
effets.

Cependant l'infortuné Charles gardoit fa prifon depuis fix ans.
Il ne put enfin fupporter plus long-temps fes malheurs. Il termina,
par fa mort arrivée le feptieme jour d'Octobre fuivant, une vie
auffi inutile qu'ignominieufe. Il fut enterré dans l'églife de faint
Furfi de la ville de Péronne, dans le château de laquelle il étoit
mort.

Le forfait commis par Hébert étoit énorme. Son Roi étoit mort
entre fes mains, & au milieu des indignes traitemens qu'un Monarque ne doit jamais attendre de la part de fon fujet. Mais cette confidération, fi capable de couvrir de confufion l'ame la plus dure &
la plus dévouée au crime, ne paroît pas même avoir légerement
affecté ce Comte. Elle ne ralentit pas au moins la chaleur de fes
pourfuites contre Hugues. Hébert lui enleva encore un de fes fideles fujets, appellé Arnoldus; &, après plufieurs hoftilités réciproques, il fallut l'interpofition du Roi Raoul pour réconcilier ces
deux implacables ennemis. Bofon entra dans le traité d'accommodement; & Hébert lui rendit en conféquence le château de Vitry
qu'il avoit en garde. Cette ceffion n'eut pas lieu pour long-temps.
Hébert reprit Vitry des mains d'Anfelme qui le commandoit fous
l'autorité de Bofon; &, pour prix de fa trahifon, il lui donna le
château de Coucy, & une autre terre encore. Notre Comte eut
chez lui-même d'auffi perfides gardiens, qu'il en avoit trouvés

chez ses ennemis. Boson lui enleva Vitry par artifice, & bientôt
après la ville de Mouzon. Mais lorsque ce Seigneur, qui n'avoit
laissé dans cette seconde ville que peu de troupes pour la défendre,
se préparoit à faire le siege du château de Vitry, Hébert, appellé
secrétement par les habitans de Mouzon, passa la Meuse, entra
dans la ville, & y fit prisonniers tous les gens de Boson. Il ne fit
amitié nouvelle avec ce frere du Roi qu'en l'année suivante.

Les Lorrains, que Hugues *le Grand* avoit fait entrer dans son
parti, enleverent à Hébert un château, appellé *Duagium*, qui
avoit été donné au Comte de Laon, Roger. Arnoldus, qui le gardoit & possédoit, obtint d'Hébert en compensation celui de la
ville de Saint-Quentin. Mais, lorsque les ennemis de ce Comte s'ap-
plaudissoient de lui avoir enlevé une forteresse, ils en perdirent
eux-mêmes une autre que leur ravit par surprise Arnoul de Flandre. Ce Seigneur étoit joint depuis peu au Comte de Vermandois
qui, pour renforcer son parti, s'étoit encore lié à Gilbert de Lorraine. Ainsi tous les avantages des Seigneurs de ce temps-là, les
uns sur les autres, étoient détruits par des pertes égales.

Raoul se maintenoit sur le trône qu'il avoit usurpé, &, fier de
s'être attaché le Comte de Paris, il ne se mit plus en peine de conserver à Hébert la reconnoissance des importans services que celui-
ci lui avoit rendus aux dépens de ce qu'il y avoit de plus respectable. Affranchi même, par la mort de Charles le *Simple*, des craintes
continuelles que lui causoit sa possession entre les mains d'Hébert,
il en étoit devenu plus altier, & affectoit envers ce Comte, qui s'é-
toit chargé de toute la noirceur du parricide, des manieres plus
dures & un empire plus absolu. Après lui avoir enlevé & rasé la
forteresse de Doing ou Douën, (*Donincum* ou *Doinincum*) près
de Péronne: d'autres disent, le château de Doullens, à sept lieues
d'Amiens; il alla poser le siege devant la ville d'Arras. Hébert courut la secourir. Raoul s'obstina. Ce Roi leva le siege cependant,
mais en vertu d'une suspension d'armes à laquelle l'avoit forcé le
Comte qui étoit à la tête des troupes de Gilbert de Lorraine, son
allié. Cette suspension diminua un peu de la honte que le Roi eût
de son fait, mais non pas de son ressentiment contre son adversaire. Irrité, d'autre part, de ce que quelques-uns des sujets d'Hébert étoient sortis dans ces entrefaites de la ville de Reims, pour
enlever au Comte Hugues *le Grand* le château de Braine qu'ils rase-
rent après y être entrés, il écrivit au clergé & au peuple de Reims,
qu'ils eussent à se choisir un nouveau Pontife, en la place du jeune
Hugues de Vermandois, qu'il leur ordonnoit de chasser de son
siege. Les habitans de cette ville n'obéirent pas d'abord aux ordres
du Roi, retenus par la crainte qu'ils avoient de la colere qu'Hébert
concevroit de leur conduite, & peut-être aussi par les heureuses

K kk ij

X. SIECLE.
Année 930.

LXIX.
Année 931.
*Chron. Frodoard.
ad hunc ann.*

X. SIECLE.
Année 931.

eſpérances que Hugues, âgé alors d'environ onze ans, donnoit de ſes talens futurs. Ils ſe contenterent de repréſenter humblement à Raoul, que leur droit d'élection étant une fois conſommé en faveur du fils du Comte de Vermandois, il ne leur étoit plus permis de varier. Mais Raoul, peu ſatisfait de ces excuſes qui retardoient ſa vengeance, vint aſſiéger Reims, & la contraignit de ſe rendre à lui, après une attaque de trois ſemaines. Hébert étoit alors avec l'Empereur Henry, dont il ſollicitoit le ſecours. Raoul, maître de cette ville, en fit ordonner archevêque Artaldus, moine de ſaint Remi, qui venoit de quitter le parti d'Hébert pour ſe jetter dans le ſien : &, pourſuivant ſans ménagement toutes les créatures attachées à ce Comte, il deſtitua Bovon de ſon évêché de Châlons, qu'il donna à Milon. Hébert étoit furieux de voir tant d'innovations faites au préjudice de ſon honneur & de ſes intérêts, ſans qu'il pût y mettre d'obſtacle, il prit le ſeul parti qui lui reſtoit ; ce fut de concevoir la réſolution la plus décidée de courir à la vengeance, & de ſe faire reſtituer quand il le pourroit, par la force des armes, les droits qu'il croyoit qu'on lui enlevoit injuſtement. Pour le moment, il ſe retrancha dans la ville de Laon, la barriere de ſes états, & la clef des villes voiſines occupées par ſes ennemis ; c'étoit auſſi la place la mieux fortifiée & la plus difficile à prendre. Raoul, qui l'y vint aſſiéger, le força néanmoins d'en ſortir, & de la lui abandonner. Hébert ſe jetta incontinent ſur celle de Ham ; la prit au Gouverneur, & y fit priſonnier Ebrard, frere du Comte Herluin.

LXX.
Année 932.

Hiſtoire de S. Vanang, par le P. Chriſt. Labbé. Paris 1700; Préface.

Ham, dont il eſt ici parlé, s'appelle en latin *Hamus* ou *Hamum.* Cette ville diſtante de quatre lieues de celles de Saint - Quentin & de Noyon, de trois de celle de Chauny, & de ſept de Péronne, a le titre de Vicomté, non par aucune érection, mais par la nobleſſe des perſonnes qui l'ont poſſédée. Maintenant elle eſt régie, au militaire, par un Etat-major, un Gouverneur & ſon Lieutenant. Son bailliage, qui eſt devenu Royal depuis Henri IV qui l'a réunie à la Couronne de France, s'étend ſur une trentaine de villages ſeulement. La mairie y étoit établie avant l'an 1188. La ville a un fort beau château, que le Connétable, comte de Saint-Pol, y fit bâtir & fortifier en 1470. La tour ronde qui le défend, a cent pieds de diametre & de hauteur, ſur trente-ſix d'épaiſſeur. Ham étoit la capitale du petit pays Hamois, dès l'an 876.

LXXI.
Chron. Frodoard. Annales de Noyon, p. 689. Marlot, *Hiſt. Remenſis*, tom. 1, fol. 553.

Plus tranquille dans ſon évêché qu'il commença d'occuper en cette année 932, que les Seigneurs ſes voiſins ne l'étoient dans leurs terres, Valbert, évêque de Noyon, acheta vers ce même temps, d'un nommé Hilduin, la terre & ſeigneurie de Cannectancourt, près de ſa ville, avec les eaux, les prés & les forêts de ce village, dont il fit, peu après, la donation à ſes chanoines. Il

étoit abbé de Corbie quand il fut appellé à remplir le fiege épifcopal de Noyon. Son élection fut cependant contredite vivement
par le Comte Adalelme, qui foutenoit un Eccléfiaftique avide de
cette place. Le clergé & le peuple ne voulurent point entendre
aux recommandations de ce Seigneur. Pour les amener, par la
violence, à fes deffeins, il efcalada pendant la nuit les murs de
leur ville, & en chaffa les gardes. Ces gardes même firent troupe
dans l'inftant, avec les habitans des fauxbourgs ; & , aidés par le
bourgeois qui fe reprit de courage, ils mirent le feu aux portes de
la ville, & y entrerent. Adalelme, inférieur à ce choc, s'étoit refugié dans l'églife cathédrale ; on y entra par les fenêtres, & on l'y
maffacra fans pitié, près de l'autel, avec tous ceux qui l'avoient
fuivi. Ainfi triompha le parti de Valbert, fur qui toutes les voix fe
réunirent.

X. SIECLE.
Année 932.

Cet Adalelme étoit comte d'Artois. Tout périt avec lui. Arnoul
Ier, dit *le Vieux*, comte de Flandre, revendiqua alors même fon
comté d'Artois, par le titre de fon aïeule Judith de France, fille
de Charles *le Chauve*, de laquelle nous avons parlé, & s'en empara.
Mais d'où venoit à Adalelme l'autorité qu'il paroit avoir eu dans
Noyon ? Et qui la recueillit après lui ? Nous ne le pouvons dire.
Ce Seigneur nous paroit être le même que celui dont nous avons
parlé fous l'an 913 & l'an 923, qui s'appeloit Adelin, comte de
Noyon. Cet ville étoit déjà devenue très-confidérable alors, puifqu'elle commençoit à avoir des Comtes pour fes feigneurs temporels. Mais quand ceux de Vermandois revêtirent de cette dignité
& de cette puiffance les Evêques de ce fiege, ces laïcs difparurent,
& les Prélats leur fuccéderent. Peut-être eft-ce un refte de cette
puiffance qu'exerce le Seigneur de Varennes, dans la quinzaine de
la Saint-Jean-Baptifte.

LXXII.
Moreri, au mot
Artois.

Le Roi Raoul fit, vers la même année 932, une autre peine à
Hébert. Ingrannus, doyen de faint Médard de Soiffons, avoit été
élu évêque de Laon, en la place de Gotzbert qui venoit de mourir. Le titre d'Abbé de cette maifon fut décidé vaquer par cette
circonftance ; d'autant que les Doyens, gouvernans au fpirituel
les monafteres, leur décès ou leur tranflation deftituoit de leur
titre d'Abbés, les Seigneurs laïcs qui ne s'en approprioient que l'u-
tile. Raoul prit donc, fur le Comte de Vermandois, le titre d'Abbé-laïc de faint Médard, qu'Hébert poffédoit : c'étoit en même
temps lui enlever les revenus de cette riche abbaye. Le Comte de
Paris, Hugues, que l'on commença dès-lors à appeller du furnom
de *le Blanc*, pour le diftinguer de Hugues *le Noir*, fils de Raoul,
duc de Bourgogne, reçut auffi en ce temps, du Roi, la commende
laïque de l'abbaye de Marmoutier. Rette récompenfe étoit le prix
de l'attachement qu'avoit à fes intérêts le Comte de Paris. Ce

LXXIII.
Annales B B.
tom. 3, *lib.* 43,
N°. 34.

X. SIECLE.
Année 932.

Seigneur voulut encore se dédommager de la perte de la ville de Braine, qu'Hébert lui avoit enlevée. Raoul étoit retourné en Bourgogne. Hugues *le Blanc* continua, au nom du Roi & au sien, les hostilités. Accompagné de quelques Evêques de la France, il vint faire le siege d'Amiens, la battit vivement, & ne la quitta pas qu'il n'eût reçu des ôtages de la part des fideles qui l'avoient défendue pour Hébert. Ce Comte ne gagna rien à la retraite de Hugues de devant Amiens : ce Seigneur victorieux vint aussi-tôt l'attaquer lui-même dans son château de Saint-Quentin. La résistance des assiégés fut vigoureuse. Hugues demeura deux mois devant la place, & la reçut enfin des habitans, que leur Comte avoit sans doute quitté pour courir à d'autres besoins, ou par la crainte d'être fait prisonnier. Le lendemain que Hugues *le Blanc* étoit entré dans la ville de Saint-Quentin, un malade, perclus de l'usage de ses membres, reçut miraculeusement, dans l'église de ce bienheureux Martyr, une guérison parfaite.

LXXIV.

Il n'y avoit aucun fond à faire sur les amitiés que se juroient les uns aux autres tous les Seigneurs de ces siécles. Gilbert de Lorraine, le confédéré d'Hébert, l'abandonna pour se jetter dans le parti de Hugues *le Blanc*. A la sollicitation de ce Comte de Paris, il attaqua la ville de Péronne, & n'en quitta le siege qu'après avoir perdu, dans plusieurs petits combats qui se donnerent durant sa tenue, un nombre considérable de ses soldats. Hugues lui sut gré cependant de ses bons offices ; il le réconcilia avec Raoul. Il étoit bien décidé aussi chez ce Roi & le Comte de Paris, d'anéantir Hébert, s'il se pouvoit. Tous deux ensemble vinrent se présenter devant la ville de Ham. Ils s'en emparerent, & en enleverent des ôtages.

LXXV.

Hébert, chassé de ses domaines, n'avoit presque plus que la seule ville de Péronne. Son courage & sa haine ne diminuerent pas cependant à la vue des contre-temps fâcheux qu'il essuyoit. Plein de confiance d'obtenir un puissant secours de Henri, il passa le Rhin, & alla le trouver en Allemagne : mais la protection de cet Empereur servit peu à Hébert. Inquiété lui-même par une division

Année 933.
*Chron. Frodoard.
ad hunc ann.*

de Hongrois qui se jetterent dans ses états en l'année suivante, Henri fut obligé de rappeller à soi, & de faire marcher à sa propre défense, les troupes qu'il avoit données à Hébert. Raoul venoit alors de pacifier le Dauphiné : il alla aussi-tôt après poser le siege devant Château-Thierry. La prise de cette forteresse le tint six semaines. Un nommé Wallon y commandoit pour Hébert ; il ne s'en

Annales B B.
tom. 3, *lib.* 43,
N°. 41.

conserva le gouvernement, qu'en se rendant à la Reine Emma, l'épouse de Raoul. Nous avons encore des diplômes datés de la résidence que ce Roi faisoit à Château-Thierry, qu'il avoit pris au mois de Mars.

Hébert réduit à ses propres forces, fit les plus valeureux efforts.
Les armes des héros désespérés sont terribles. Il avoit auprès de
lui son fils Eudes, que le Roi avoit dépouillé du gouvernement de
Vienne en Dauphiné, lorsqu'il avoit reçu à composition les habitans de cette capitale. Eudes étoit un guerrier vaillant & habile;
il étoit d'ailleurs animé par le ressentiment de son pere, par l'aspect
du désastre de sa maison, & la perte de ses dignités. Il n'épargna
rien pour venger son pere, sa famille & lui-même. Il reprit la ville
de Ham sur ses ennemis; &, placé dans cette ville comme dans
une retraite assuré, il n'en sortoit que pour aller porter le fer & le
feu dans le Noyonnois & le Soissonnois, pays des délices du Roi
Raoul. Hébert, d'autre côté, s'étant approché secrétement de sa
ville de Saint-Quentin, la surprit au bout de trois jours, & y rentra sans presqu'éprouver de résistance des foibles troupes qui la
gardoient au nom de Hugues *le Blanc*. Ce Comte de Paris vint s'en
emparer encore quelque temps après. Ainsi cette ville infortunée,
successivement prise & reprise par les parties adverses, devint la
proie du soldat, & le jouet des passions des Grands. Hugues paroît s'être emporté à de plus grands excès qu'Hébert; au moins
il signala plus hautement sa vengeance dans Saint-Quentin. Hébert, après avoir reçu des prisonniers qu'il avoit faits dans cette
capitale du Vermandois, les sermens qu'il avoit cru en devoir exiger, les avoit mis en liberté. Au contraire, Hugues, quand il en
fut maître, fit pendre plusieurs de ses prisonniers. Parmi tous, il
se trouva un Clerc très-distingué, appellé Treduinus, dont la
condamnation a paru aux auteurs digne de remarque. On ne sait
cependant à quelle maison ou à quelle église il appartenoit. D'autres furent hâchés en pieces. Cette inhumanité épouvanta tous
ceux qui craignoient de tomber entre les mains du Comte de Paris. Il alla attaquer la ville de Roye, qui étoit encore une possession du Comte de Vermandois. Les sujets qu'Hébert avoit placés, n'oserent se défendre; ils se rendirent sans résistance à Hugues. Notre Comte avoit repris, dans l'intervalle, son château de
Thierry sur la Marne: Hugues se disposa aussi-tôt à le lui aller
enlever encore.

L'année 934 s'ouvroit. Valbert, évêque de Noyon, en consacra
les prémices par les lettres de confirmation qu'il accorda aux chanoines du monastere de saint Eloi, bâti hors des murs de sa ville,
d'une certaine piece de terre *in Scuviliaco*. Odviz, noble Dame,
épouse d'Adelgaudus, en étoit la donatrice, avec son fils Guerricus. Dom Mabillon en a vu l'original souscrit du Prélat, passé
dans Noyon, le treizieme jour d'Avril, en la onzieme année du
Roi Raoul. Le sceau de cire blanche portoit l'effigie de Valbert &
l'empreinte de son nom. Les chanoines, dont il est ici parlé,

X. SIECLE.
Année 933.

LXXVI.
Année 934.
Annales de
Noyon, p. 688.
Gallia Christ.
tom. 9. col. 991.

étoient des ecclésiastiques féculiers que la licence du temps avoit fubrogés aux moines de faint Eloi, qui furent cependant rentrer dans la fuite en leurs anciennes cellules. Le même Valbert, en achetant Canneétancourt dont nous avons parlé plus haut, y paffa dans le même temps un manfe de terres aux religieufes de fainte Godeberte, qui fubfiftoient encore alors. Il mourut, felon le pere Mabillon, le 26 de Décembre 936; & felon Jacques Le Vaffeur, le 28. Il fut enterré dans le chœur de fon églife, à droite.

Cette même année 934, le fiege projetté de Château-Thierry eut lieu. Le Roi & le Comte Hugues s'en emparerent par efcalade au bout de quatre mois. Wallon, qu'Hébert y avoit laiffé, dormoit paifiblement avec toute fa troupe, lorfqu'on montoit les murailles. La groffe fortereffe tint cependant contre les aggreffeurs; mais elle fut pouffée fi vivement, qu'elle ne tarda pas à fe rendre. Les vaincus avoient donné des ôtages pour fûreté de leur foi. Hébert s'embarraffa peu de leur deftinée; il retint la fortereffe, & ne l'évacua pas. Cette infidélité lui valut un fiege nouveau que le Roi & le Comte Hugues y vinrent pofer.

L'Empereur Henri fouffroit de n'avoir pu aider le Comte de Vermandois dans fes befoins preffans. Libre enfin des troubles qui avoient fufpendu les effets de fon inclination, il dépêcha, vers le Roi Raoul, Gilbert de Lorraine, le Comte Evrard & quelques Evêques de fon pays, pour l'engager à reftituer à Hébert fes domaines. Cette députation ne put opérer entre les ennemis qu'une treve dont le terme fut fixé au premier jour d'Octobre. Notre Comte devoit jouir, durant cet efpace de temps, de Château-Thierry & des villes de Ham & de Péronne, qui lui furent concédées. Cette reftitution préfentoit un beau champ à Hébert, pour fe venger de l'infidélité de quelques-uns de fes vaffaux, & reprendre, fur ceux que Hugues avoit établis dans fes terres du Vermandois, les biens qu'il leur y avoit donnés. Le Comte en profita. Les moiffons des uns & des autres leur furent enlevées; & l'on tranfporta, par fon ordre, les dépouilles en un lieu dont il pouvoit difpofer. Ce lieu s'appelloit *Barronam.* Peut-être faut-il lire *Purronam,* Péronne. Cette conduite ne préfageoit pas la conclufion de la paix entre les Seigneurs belligérans. Le Comte de Vermandois couroit des rifques éminens, faute de fecours. L'Empereur lui en envoya fous le commandement de Gilbert, ce Comte de Lorraine, alternativement l'ami & l'ennemi d'Hébert. Gilbert, appréhendant d'être coupé dans fa route par le Roi Raoul, ou le Comte de Paris, affeéta de marcher en ennemi, & feignit de vouloir affiéger la ville de Saint-Quentin. Hugues fut bientôt informé du véritable deffein de Gilbert. Il n'avoit pas de forces à lui oppofer. Il lui envoya quelques courriers, pour lui annoncer qu'il étoit réfolu de conclure

clure en sa présence une nouvelle suspension d'armes avec Hébert jusqu'au mois de Mai suivant. Le traité fut en effet arrêté ; & les Lorrains se retirerent sans opérer rien de plus.

X. SIECLE.
Année 934.

C'est de cette année que les Ecrivains, qui ont pensé qu'Alix de Vermandois, fiancée au Comte de Flandre, Arnoul, étoit la fille d'Hébert II, datent le mariage de cette Dame avec cet époux. Pour nous, nous croyons, en conciliant les différens Auteurs, qu'Alix, fille d'Hébert Ier, étoit la sœur d'Hébert II ; qu'elle fut promise & mariée dans des temps & pour des motifs différens de ceux que l'on rapporte ; & nous ajoutons, en confirmation de notre sentiment, qu'Hébert II, dépouillé d'une partie de ses biens & de ses titres, sans crédit, presque sans protection, & haï universellement, ne nous paroît pas avoir été dans des circonstances propres à donner sa fille en mariage à un Seigneur aussi puissant qu'étoit le Comte Arnoul. Alix de Vermandois ne mourut qu'en l'année 960 dans la ville de Bruges. Elle avoit été guérie, vingt-deux ans auparavant, au tombeau de saint Bertin, d'un mal que l'on avoit jugé incurable.

LXXVIII.
Chron. Frodoard.
Marlot, *Hist.*
Remensis, tom. 2,
fol. 73.
Annales EB.
tom. 3, Lib. 43,
N°. 51.

Il étoit difficile que des haines si excessives durassent plus long-temps entre des personnes parentes & alliées en des degrés si prochains. La paix qu'Hébert fut obligé de rechercher, parce qu'il étoit le plus foible, les réconcilia ensemble? Raoul eut en 935 une conférence avec le Roi de Germanie, Henri. On y agita les prétentions de toutes les parties ; & l'entrevue fut suivie d'une heureuse conclusion entre les Rois. Hébert s'étoit trouvé à cette assemblée ; il avoit consenti de faire aussi sa paix avec Hugues *le Blanc*, mais trop forcément, puisque c'étoit sous la restitution de quelques-unes de ses possessions. Il avoit subi la loi du plus fort. Il rapporta dans son cœur le germe fécond de disputes nouvelles. Il lui falloit tous ses domaines.

LXXIX.
Année 935.

Le Roi Raoul fut assiéger la ville de Dijon. Les Lorrains profiterent de son absence, pour venir à l'aide d'Hébert. Ils étoient conduits par plusieurs Comtes Saxons que celui de Vermandois s'étoit attachés. Ces Seigneurs prétexterent d'abord de venir conférer en France avec Hugues ; mais, quand ils furent de lui qu'il ne vouloit pas rendre à Hébert le château de Saint-Quentin, ils l'assiégerent, le prirent & le détruisirent. Ils se préparoient même à attaquer la ville de Laon, lorsque Raoul leur fit faire commandement de se retirer chez eux. Ils se retirerent. C'est dans ce dernier siege du château de Saint-Quentin que mourut Boson, le frere du Roi Raoul, qui s'y étoit enfermé avec des troupes pour le défendre. On en remporta le corps à Reims, pour l'y enterrer en l'église de l'abbaye de saint Remi. Ainsi Hébert reprit-il ses biens, & se donna-t-il la paix par la force de son bras.

Ibid. N°. 60.

Tome I.   L l l

X. SIECLE.
LXXX.
Année 936.
Ibid. N°. 65.

Le Roi Raoul ne furvécut pas long-temps à Bofon. Il mourut le 19 de Janvier de l'an 936. Louis IV, furnommé *d'Outre-Mer*, parce qu'il avoit été élevé en Angleterre par Ogine fa mere, l'époufe de Charles *le Simple*, laquelle avoit fauvé la jeuneffe de ce Prince de l'ambition redoutable des ufurpateurs du trône, rentra en France auffi-tôt après la mort du Roi Raoul. Il y avoit été rappellé par des députés que Hugues *le Blanc* lui avoit envoyés. Il s'empara de la couronne de fes peres. Artaldus le couronna Roi, dans la ville de Laon, le 19 de Juin fuivant. Il eft vraifemblable que *Tranfmarus*, qui commença de fiéger à Noyon à la fin de cette année, étoit Anglois de nation, ou le fils de quelque Seigneur François, qui avoit fuivi le Roi dans fa fuite, ou qu'il l'y avoit accompagné lui-même. Ce nom latin, qui fignifie *d'Outre-Mer*, également appliqué à l'Evêque & au Roi, eft la preuve de ce que nous avançons. Tranf-marus étoit moine & prévôt de faint Vaft d'Arras, dit Frodoard, quand il fut élu Evêque de Noyon. Il étoit fort ami de la piété, de la folitude & de la réforme, & fut par lui-même & par d'autres le reftaurateur de plufieurs monafteres. Il étoit avec Louis en la

Année 937.
Mémoires hif-
toriques fur les
Evêques d'Au-
xerre, par Le
Bœuf, tom. 2,
page 50.

ville de Laon, lorfque ce Prince expédia, à la fin de Janvier 937, un diplôme confirmatif de la terre de Molay en faveur de l'abbaye de faint Germain d'Auxerre, dont Hugues *le Blanc* étoit Abbé. Molay avoit été confifquée, par Charles *le Chauve*, fur le Comte Conrad.

LXXXI.
Annales B B.
tom. 3, Lib. 43,
N°. 79.

Hugues *le Noir* prévoyoit de quelle importance il étoit de tenir toujours Ogine féparée de fon fils, par rapport à la paix du royau-me. Il l'engagea fortement à ne pas la faire revenir fi-tôt en France. Mais le jeune Prince, uniquement attaché à une mere fi tendre, à laquelle il avoit l'obligation de l'avoir arraché, au milieu des dangers, à la fureur de fes ennemis, n'eut point d'égard aux re-montrances de Hugues; il la rappella, l'année fuivante, d'Angle-terre en France, & l'y reçut en la ville de Laon. Hugues ne ceffoit d'appréhender qu'Ogine ne portât Louis à tirer vengeance des en-nemis de fon pere, & que par trop de févérité il ne foulevât auffi contre lui une partie des Seigneurs de fon royaume. Il fe retira de la préfence du Roi, dès qu'il ne s'en vit pas écouté, & alla digérer dans l'éloignement de la Cour le reffentiment de fes confeils né-gligés.

La crainte de Hugues *le Noir* avoit pour objet principal fa pro-pre perfonne, parce qu'il étoit le fils de l'ufurpateur de la cou-ronne de Charles *le Simple*; il fe prépara, à tout événement, des reffources contre le mal qui pouvoit être affez prochain; il fit fin-cérement fa paix avec Hébert. Le château de Thierry étoit encore poffédé par Walon auquel on l'avoit donné. Il le fit remettre à notre Comte. Le Roi paroiffoit cependant avoir oublié les injures qu'on avoit faites à fa famille, & ne refpiroit au dehors que la paix. Cet air de clémence manifeftée par le Roi infpira à Hugues de la confiance en fon Souverain. Il le vint retrouver en l'an 938 à Raon, & lui jura fidélité. Louis le reçut avec bonté, & lui accorda toute l'eftime qu'il méritoit. Hugues mit fa faveur à profit pour le bien de tous. Le Roi venoit de reprendre par force fur Hébert l'abbaye de Corbény, dont ce Comte s'étoit emparé, quoiqu'elle appartint légitimement aux moines de faint Remi, auxquels Charles *le Simple* l'avoit donnée. Hugues fit oublier au Roi ce grief nouveau & tous les autres dont ce Seigneur pouvoit être coupable. On avoit fait encore fur Hébert plufieurs prifonniers. Le même Hugues fe joignit à Artaldus pour engager Louis à les lui rendre. Enfin, il pratiqua une réconciliation parfaite entre Hébert & le Roi.

Qui ne croiroit que ces diverfes pacifications ne duffent être folides & ftables ? Mais on n'étoit pas encore revenu en France de cet efprit d'agitation & d'indépendance, qui fait le malheur des états. L'ambition, l'intérêt, la néceffité & la politique étoient la bafe des traités que l'on concluoit journellement. Ils n'en devoient point avoir d'autre que la bonté du cœur, la foumiffion & le devoir. C'étoient là des qualités que les mœurs de ces fiécles ne laiffoient point paffer chez les grands Seigneurs, & que ces contractans n'apportoient point dans leurs accords. Le nouveau Roi étoit occupé à régler quelques intérêts avec le Comte de Flandre, lorfque des troupes de celui de Vermandois s'emparèrent d'un certain château bâti fur la Marne par l'Archevêque de Reims, Artaldus. Un nommé Witherus avoit livré lâchement ce fort, & avoit fait prendre prifonnier Ragebert qui y commandoit. Enflée de fes fuccès, la foldatefque victorieufe emmena le captif, & pilla les environs du château qu'elle venoit de furprendre. Artaldus, affligé de ces défordres, invoqua le fecours du Roi. Il en reçut une prompte affiftance. Louis entra dans la ville de Laon, y attaqua une fortereffe qu'Hébert y avoit fait auffi conftruire, & vint à bout, mais après bien des travaux, de la lui renverfer. La compenfation étoit à peu près exacte. Le Roi, qui devoit partir pour aller conférer avec Hugues *le Noir*, s'en contenta, & eut la bonté de laiffer encore la garde de la ville de Laon, à Eudes, le fils du Comte qu'il venoit de réprimer.

La diffention s'étoit renouvellée entre le Roi & Hugues *le Blanc*. Le Roi, joint à Hugues *le Noir*, marcha contre fon adverfaire. Celui-ci, pour avoir moins à redouter de la puiffance de fon maître, reftoit uni à Hébert. Gilbert de Lorraine, toujours infpiré par l'Empereur Henri, & peut-être par quelqu'attachement pour le Comte de Vermandois, vint à fa demande, à l'aide de Hugues *le Blanc*. Tous trois enfemble enleverent à Louis le château de Pierre-Pont.

X. Siecle.
LXXXII.
Année 938.
Ibid. N°. 89.

Chron. Frodoardi
ad hunc ann.

X. SIECLE.
Année 938.

LXXXIII.
Année 939.
Annales B B.
tom. 3 , lib. 44,
Nº. 1.

II. Sæculo Ben.
fol. 409.

LXXXIV.
Année 940.
Annales E B. tom.
3, Lib. 44, Nº.
7.

Ce fuccès ne les aveugla pas cependant : ils préférerent de faire leur paix avec Louis, en réconciliant ce Roi avec Hugues *le Blanc*. Le Comte de Vermandois s'y employa vivement ; & pour y mieux parvenir, il interpofa, conjointement avec le Comte de Flandre, fa médiation. Leur vœu étoit d'obtenir, de leur commun Souverain, une fufpenfion d'armes. Ce Prince la leur accorda jufqu'au mois de Janvier fuivant.

Louis étoit brave. Peu épouvanté du nombre des ennemis qu'il pouvoit s'attirer, il attaqua, dès l'an 939, Guillaume, que les Evêques du parti de la Cour avoient excommunié, à caufe des dommages que ce Duc de Normandie avoit caufés au Comte de Flandre, dont on vient de parler.

Sous le regne de Charles *le Chauve*, ou de fon pere Louis *le Débonnaire*, la crainte que l'on avoit à Gand de la fureur des Normands, en avoit fait transférer à Laon les corps de faint Bavon, de fainte Pharaïlde, & de plufieurs autres Saints. La même impreffion les fit tranfporter enfuite, de cette derniere ville, en divers lieux, pendant un fiecle. Ils repofoient enfin dans l'églife [*Cœnobium*] de Nefle-la-Repofte, diocefe de Troyes, & non de Nefle en Vermandois, lorfque les moines propriétaires les y vinrent reprendre en cette même année 939, & les rapportérent folemnellement en leur églife de Gand.

La fentence d'excommunication portée contre le Duc de Normandie, comprenoit auffi Hébert, dont les Evêques avoient voulu punir l'infatiable avidité à s'emparer & jouir de plufieurs biens de l'archevêché de Reims. Mais ce Seigneur oppofoit à tout & partout, un front & un cœur d'airain : tous les traits qu'on lançoit contre lui, ne faifoient que l'effleurer. Dans le fait préfent, il ne pouvoit digérer l'injure qu'il croyoit avoir reçue par l'expulfion de fon fils du fiege archiépifcopal de Reims. En vain le Roi, avec lequel il avoit fait fa paix, s'étoit ouvertement déclaré le protecteur d'Artaldus ; en vain, pour le dédommager d'une partie de la perte de fes biens que cet Archevêque fouffroit, & dont Hébert étoit l'ufurpateur, ce Prince accordoit au Prélat des privileges diftingués, comme celui de faire battre la monnoie du pays, & de poffeder Reims fous titre de Comté : aucun de ces adouciffemens n'amolliffoit le cœur d'Hébert. Il voulut rétablir, & à quelque prix que ce fût, fon fils dans la dignité dont on l'avoit dépouillé ; ou abattre, fous les traits de fa vengeance, le protégé du Roi, & tous ceux qui le défendroient. Il ne craignoit ni l'indignation de fon Souverain, ni les foudres de l'Eglife, pourvu qu'il contentât fes defirs & les fît triompher. Accompagné de Hugues *le Blanc* & de Guillaume, duc de Normandie, il attaqua la ville de Reims, & l'enleva au Roi au bout de fix jours de fiege. Il y fit reconnoître, une feconde fois pour l'Evêque de cette métropole, le jeune Hugues, qui en avoit été chaffé il y avoit déjà huit ans. Tout plia fous l'autorité redoutable d'Hébert. Artaldus, forcé par quelques Evêques affemblés à faint Remi de fe démettre de fon archevêché, fut relegué en l'abbaye de faint Bafle. On lui en donna le gouvernement commendataire, avec celui du monaftere d'Avenay, qui étoit une maifon de filles. Son compétiteur Hugues de Vermandois n'étoit encore que diacre. Widon, évêque de Soiffons, l'ordonna prêtre dans cette même année ; & auffi-tôt il fut commis, par fon pere Hébert, à la garde de fa ville épifcopale. Après ces difpofitions, Hugues *le Blanc*, Hébert & Guillaume partirent avec les Lorrains pour faire le fiege de Laon. Ils y étoient encore occupés, depuis fix ou fept femaines qu'ils avoient quitté la ville de Reims, lorfque le Roi, fuivi d'Artaldus & de tous ceux qu'Hébert avoit dépouillés de leurs bénéfices, entra en Champagne par la Bourgogne. Il paffa l'Aifne, & vint fe préfenter auffi devant Laon. A la nouvelle de fon arrivée, les Comtes confédérés leverent le fiege, & fe retirerent avec hâte dans la fortereffe de Pierre-Pont. De là ils fe rendirent vers l'Empereur Othon, qu'ils amenerent à Attigny ; & après quelques conférences, ils fe donnerent à lui, auffi-bien que le Comte de Laon, Roger, qui étoit dans leur union. Le Roi étoit entré fans peine dans Laon; il y avoit donné les ordres néceffaires à la défenfe de cette ville, & en étoit reparti auffi-tôt après pour la Bourgogne. L'Empereur Othon y marcha contre lui. Mais content d'enlever avec foi quelques ôtages qu'il avoit reçus de Hugues *le Noir*, & du ferment que ce Seigneur lui fit de ne nuire jamais à Hugues *le Blanc* ou à Hébert, il fe retira chez lui.

Il vivoit, au temps dont on parle, un pieux & fage Prêtre de l'églife de Reims, appellé Frodoard, que d'autres écrivent mal-à-propos Flodoard. Nous avons encore de lui l'*Hiftoire* de cette *Cathédrale*, & une *Chronique* abrégée de fon temps, écrites avec une attention & une gravité qui dépofent du mérite de leur auteur. Il avoit eu le malheur de n'être pas attaché au parti d'Hébert ; & ce crime lui coûta cher. Lorfque le Comte s'étoit emparé de Reims, Frodoard voulut en fortir, pour n'être pas témoin de tous fes forfaits. Le prétexte qu'il alléguoit étoit un pélerinage au tombeau de faint Martin. Hébert n'en crut rien : & comme il fut alors excité par quelques mal-intentionnés, qui lui perfuaderent que cet Eccléfiaftique ne quittoit fa ville que pour fe retirer chez des ennemis du Comte, auprès defquels il pût lui nuire avec plus de facilité, il le fit arrêter, & le mit en prifon. Il y refta cinq mois, au bout defquels Hébert l'exila du pays Remois, dépouillé des bénéfices qu'il y poffédoit, & notamment de l'églife de Cormicy dont il

X. Siecle.
Année 940.

Marlot, *Hift.
Remenfis, tom, 1,
fol. 593.*

LXXXV.
*Chronic. Frod.
ad hunc ann.*

LXXXVI.

*Flotilda visio-
nes, ad calcem
Chron. Frodoard.*

étoit curé. Frodoard eſt une preuve qu'auprès dés jaloux il a été dangereux dans ſon ſiécle , comme dans les autres d'avoir du mérite.

Ce qu'il y eut d'étonnant dans ces funeſtes conjonctures, c'eſt qu'on rendoit le Ciel fauteur de toutes les démarches qu'on tenoit dans le parti d'Hébert. Une fille nommée Flotilde, née à Lavenne, au territoire de Reims, village appartenant à l'abbaye d'Avenay, eut d'étranges révélations ſur le compte d'Artaldus. Elle vit, au temps de carême, ſaint Remi qui, quittant le ſéjour de ſa béatitude , grondoit ce Prélat d'être ſorti de ſon monaſtere, pour ſe livrer à l'ambition d'être fait archevêque. Réprimande ſuivie d'un châtiment terrible ! Le Saint avoit parlé. L'archevêque Artaldus, arraché à ſa préſence , fut précipité auſſi-tôt dans un abîme de feu, dont, heureuſement pour lui , quatre Clercs le tirerent peu après.

Ibid.

Il n'eſt pas facile de diſcerner dans tout le détail de la vie d'Hébert , par quelles œuvres ſaintes ce Seigneur s'étoit ainſi attiré l'attention & la faveur du Ciel ſur ſon fils. Cependant les révélations du temps font l'honneur à ce Comte d'en avoir été conſtamment protégé, ſur-tout dans la cauſe dont il s'agit ici. Il ſeroit plus aiſé de dire que la flatterie ſe débite par toutes les bouches, & que celles des viſionnaires peuvent parler le même langage que les courtiſans adulateurs. La même Flotilde fut inſpirée de donner à Hugues de ſalutaires conſeils pour l'adminiſtration de ſon diocèſe. Saint Pierre & ſaint Martin s'étoient apparus à elle, & l'avoient chargée d'avertir le jeune Archevêque, de veiller à réprimer les blaſphêmes des laïcs, d'empêcher la co-habitation des perſonnes du ſexe avec les clercs, & de tenir la-main à ce que ces derniers fuſſent plus inſtruits dans la ſuite, qu'ils ne l'étoient alors. Saint Martin , parlant plus long-temps que ſaint Pierre , avoit ajouté, que la ceſſation des miracles ne venoit que de ce que Dieu étoit irrité de la multitude des juremens qu'on proféroit en tous lieux, & des ſacrileges que commettoient ſes Miniſtres. La viſionnaire Flotilde fit mieux ſa cour, par ſes rêveries , à Hébert, que le candide écrivain Frodoard ne l'avoit fait par ſon Hiſtoire & ſa Chronique.

L'union d'Hébert avec Hugues *le Blanc* ſe ſoutenoit. Louis faiſoit ſouvent des préſens à ce dernier, pour le diſtraire d'avec le Comte de Vermandois. Il admettoit même à ſa recommandation, & honoroit par des bénéfices, ceux qu'il ſavoit être aimés de lui. Hugues reſta cependant dans les intérêts de ſon parent & de ſon confédéré. Le Roi, qui étoit revenu de la Bourgogne à Laon, après l'accord paſſé entre Othon & Hugues *le Noir*, ne ſe crut pas obligé à la garantie des engagemens de ce dernier Seigneur avec

l'Empereur : il attaqua Pierre-Pont , le prit, & y reçut des ôtages.
Il alla enfuite en Lorraine contre Othon même. Cet Empereur, de
fon côté, le prévint. Les fideles attachés aux deux partis, empêcherent cependant les deux Rois d'en venir aux mains. On convint d'une treve , qui fufpendit les hoftilités pour le refte de cette
année.

Hébert avança confidérablement les affaires de fon fils Hugues,
en celle qui fuivit. Le Comte de Vermandois eut d'abord quelques
différends avec celui de Paris , par rapport à Gerland , archevêque
de Sens. Mais Hugues *le Blanc* fut foutenir fi adroitement, dans la
ville de Sens , le nommé Frotmond , qu'il y avoit établi Gouverneur malgré l'Archevêque & malgré Walon , créature d'Hébert
que ce Prélat favorifoit par préférence , que les prétentions du
jeune Archevêque de Reims n'en fouffrirent aucunement , & n'y
eurent pas moins le plus heureux fort. Paifible poffeffeur de cette
capitale, d'où Louis ne pouvoit le déloger, Hébert y avoit indiqué une affemblée d'Evêques , pour faire juger les droits de fon
fils & ceux d'Artaldus. Mais elle n'eut pas lieu. La convocation
en avoit été faite dans l'intervalle de la petite conteftation dont
on vient de parler ; & le Comte de Paris en avoit empêché la tenue,
par la crainte qu'il avoit que celui de Vermandois n'y prît tout-à-
coup la réfolution de fe donner au Roi, & de le deffervir auprès
de ce Prince. Mais quand Hugues *le Blanc* vit qu'il pouvoit compter
fur l'amitié de fon confédéré , il convoqua avec lui un autre concile à Soiffons, dans l'églife du monaftere de faint Crépin & de
faint Crépinien. On y agita de nouveau les demandes de l'Archevêque Hugues. Enfin , après quelques courtes féances , les Evêques dévoués à fes intérêts , déciderent publiquement qu'Artaldus, qui s'étoit engagé par ferment à ne plus faire valoir fes prétentions à l'archevêché de Reims, ne devoit plus y penfer à jamais ; & que Hugues, canoniquement reconnu par le fynode pour
le premier Pafteur de ce fiege, feroit inceffamment facré. Ainfi le
demandoient auffi le clergé & le peuple de fa ville. Hébert ne
tarda pas à faire exécuter des décrets fi favorables à l'agrandiffe-
ment de fa famille. Il appella les Evêques à Reims, au fortir du
concile ; & les vit, avec joie, impofer les mains à fon fils Hugues
dans l'églife de faint Remi. Le nouvel Archevêque fignala fon
avénement par des graces. Une de celles qui lui firent le plus
d'honneur , c'eft d'avoir rappellé de fon exil Frodoard , qu'il combla de fes bontés.

Hébert s'en retournoit de Reims à Saint-Quentin ; il lui prit envie d'enlever, chemin faifant, à Louis la ville de Laon que ce Roi
venoit de donner à Roger qui étoit retourné vers lui. Hugues *le
Blanc*, qui avoit été préfent au facre de l'Archevêque , n'avoit pas

X. Siecle.
Année 940.

LXXXVII.
Année 941.

*Annales B B.
tom. 3. Lib. 44.
N°. 20.*

LXXXVIII.

encore quitté notre Comte. Ils assiégerent de concert cette ville. Louis accouroit à son secours du fond de la Bourgogne. Hugues & Hébert le devancerent, & lui présenterent la bataille qu'ils gagnerent. A peine le Roi put-il éviter d'être fait prisonnier. Mais Artaldus, qui étoit dans son armée, fut saisi. Sans doute ce Prélat couroit un danger éminent de perdre la vie. Hébert ne fut point cependant intraitable envers ce rival de son fils. Il se contenta de lui faire réitérer les sermens, qu'il avoit déjà faits, de ne plus suivre ses prétentions sur l'archevêché de Reims ; reçut sa démission des abbayes de saint Basle & d'Avenay, & d'une terre appellée Venderesse qu'il tenoit de l'église de Reims, & le confina simple sujet dans la même maison de saint Basle. Laon trop bien fortifiée par sa situation, & trop bien défendue par les soldats qui y étoient, ne se rendit pas. On en reprit & on en abandonna deux fois le siege. Hébert revint à Saint-Quentin s'y reposer de ses fatigues, tandis que Louis, qui s'en étoit retourné à Vienne, se faisoit reconnoître Roi d'Aquitaine. C'est sous ces auspices bons & mauvais que Gerberge, l'épouse de ce Prince, lui donna un fils appellé Lothaire. Peu de temps après, les Comtes de Paris, de Vermandois & de Flandre, & le Duc de Normandie eurent ensemble une conférence dont Hébert porta la résolution, au-delà du Rhin, au Roi de Germanie, Othon.

Ce que n'avoient pu faire encore le devoir & la force, le Pape Etienne l'exécuta en 942 par ses puissantes exhortations auprès des Seigneurs & des Grands du royaume. Il fit reconnoître universellement en France Louis pour le Monarque & le légitime Souverain de la nation. Le Pape avoit envoyé dans cette vue son Légat Marin, d'autres disent Damase, dans toutes les provinces de la France. Guillaume, Duc de Normandie, reconnut le Roi à Rouen. Un autre Guillaume, Comte de Poitiers, lui fit dans sa ville le même aveu. Les Bretons y accéderent. Enfin, Louis, qui avoit fait sa paix avec Othon, Roi de Germanie, consentit volontiers que ce Prince lui ramenât Hugues *le Blanc :* c'étoit un des plus redoutables & des plus obstinés ennemis du Roi. Les Evêques de la province de Reims, qui avoient délibéré sur la commission du Légat, avoient aussi sollicité Hébert à engager ce Seigeeur, avec lequel il étoit extrêmement lié, à se réunir au Roi ; mais leurs prieres instantes ne produisirent pas leur effet. Les députés, que les mêmes Prélats avoient envoyés à Rome, en rapporterent à leur Métropolitain, le fils du Comte de Vermandois, le *pallium* que le Pape lui avoit sans doute accordé, pour déterminer par cette marque de distinction le pere de l'Archevêque à seconder plus vivement les vœux des Evêques. Hébert en parut encore aussi peu touché, que de l'excommunication nouvelle dont le souverain Pontife le menaçoit,

çoit, s'il différoit plus loin que Noël à exécuter ses intentions. On
étoit au mois de Septembre. Il falloit peut-être plus de temps que
le Pape n'en donnoit, pour laisser expirer, dans les cœurs de ces
Seigneurs rebelles, toute la haine qu'ils portoient à leur Roi. Louis
vint sur l'Oise. Hugues & Hébert se présenterent devant lui avec
une grosse armée, à l'opposite de la rive où il étoit campé. Ils
avoient rompu tous les ponts de cette riviere, & en avoient enlevé
les barques. Tout annonçoit un combat. Le Duc de Lorraine
Othon, successeur de Gilbert, qui les avoit accompagné, négocia
entr'eux & Louis, une treve, dont la durée fut fixée jusqu'à la mi-
Novembre. Le Comte Hébert donna, pour ôtage & assurance de
sa parole, un de ses fils puînés, que le Roi voulut bien accepter.
Il portoit le même nom que son père. Tous les partis retirerent
avantage de leur treve. Les Comtes de Paris & de Vermandois reconnurent Louis, & se donnerent à lui, en la présence du Roi de
Germanie, le principal auteur de cette réconciliation.

Hébert venoit de faire alors une paix, qu'il ne lui fut plus donné
de rompre. Sa vie tumultueuse & agitée finit en 943. Si l'on en
croit Raoul dit *Glaber*, & plusieurs auteurs qui l'ont peut-être co-
pié, le Comte de Vermandois mourut du supplice qu'il s'étoit bien
attiré. Il fut pendu sur la montagne qui, de cette circonstance,
porte encore à présent le nom d'Hébert ; laquelle est située entre
la ville de Laon & celle de Saint-Quentin. C'étoit le digne châti-
timent dont Louis d'*Outremer* avoit cru devoir punir le tortion-
naire & l'homicide de son pere Charles *le Simple* ; son ennemi propre & déclaré, & le fléau de tout son voisinage. Frodoard, auteur
contemporain, quoique défavorable à ce Seigneur, rapporte simplement que ses enfans lui donnerent la sépulture, après sa mort,
dans la ville de Saint-Quentin. Æmilius en dit autant, & combat
fortement le bruit vulgaire de la mort funeste d'Hébert, par la
seule raison que le parti de ce Comte étoit trop puissant pour qu'il
eût souffert impunément que le Roi eût tiré de ce Seigneur une
vengeance si éclatante. D'ailleurs, son fils Albert jouit constamment d'un grand crédit à la Cour de Louis d'*Outremer*, sous les
yeux duquel il recueillit la riche succession de son pere Hébert. Enfin, les Comtes de Meaux & de Troyes, ses autres enfans, dont on
va parler, posséderent aussi de l'estime & de la confiance du Roi
Lothaire. Ces raisons ne décident de rien. Le supplice d'Hébert
étoit trop mérité, pour qu'on en puisse dire qu'il n'ait pas eu lieu ;
& nos Rois étoient alors trop foibles, pour qu'ils aient pu empêcher les descendans de ce Seigneur, de lui succéder dans ses biens
& ses dignités ; & leur aient refusé les entrées & les distinctions de
la Cour.

Voilà le pour & le contre d'un fait assez important pour qu'il

Tom. I.   M m m

X. SIECLE.
Année 942.

X C.
Année 943.
*Chron. Frodoard.
ad hunc ann.*

soit approfondi. Claude Emmeré a cru peut-être venger l'honneur de sa patrie, en sauvant de l'infamie un de ses Comtes le plus distingué. Et pour y réussir, il a rejetté le témoignage positif de *Glaber* : il a interprêté le sec récit de Frodoard, & a embrassé ouvertement l'imagination trop raisonnée d'Æmilius. Tout ce détail étoit inutile vis-à-vis d'une piece qui se détruit, & qui nous force à donner notre croyance aux auteurs qui ont écrit qu'Hébert II avoit été violemment défait par l'ordre de Louis.

Hébert fut enterré, dit Frodoard, par ses enfans, dans la ville de Saint-Quentin ; cela est exactement vrai : & ce fut dans la chapelle de Notre-Dame *la Bon* [*Bonæ Dominæ*] ; c'est ce que cet écrivain n'a pas ajouté. Cette église très-ancienne, détruite en 1760, & confondue alors dans la sacristie de la basilique de saint Quentin dont elle étoit voisine, est le lieu de la sépulture de nos premiers Comtes. C'est dans son sein qu'on peut croire qu'Hébert Ier & Pépin, les ancêtres d'Hébert II, ont été inhumés ; car on n'enterroit pas encore communément dans les églises. Celle de saint Quentin, la plus considérable du lieu, ne pouvoit donc, selon l'usage de ces temps, prêter une sépulture à ces Seigneurs : il falloit cependant un endroit distingué pour y faire reposer leurs cendres ; mais au lieu de faire porter le cadavre du Comte dans le cimetiere commun de la ville, on aura jugé plus à propos de l'enterrer dans la chapelle dont on parle, laquelle alors étoit déjà en partie abandonnée. On n'éleva point de mausolée sur sa tombe ; la pratique de ces ornemens n'étoit pas encore généralement introduite en ces siécles. Mais sur la fosse même du Comte dont on finit l'histoire, on posa une pierre qui le représentoit avec une corde au cou. Claude Emmeré a été à portée de la voir mille fois ; & s'il y eût porté les yeux, il en eût conclu ce que nous osons affirmer, que la mort d'Hébert fut tragique & violente.

Cette pierre n'existe plus depuis une quarantaine d'années, que le chapitre de saint Quentin ayant ordonné quelque réparation au pavé de la chapelle de *la Bon*, on a été obligé de l'enlever, parce qu'elle étoit toute brisée, & qu'elle ne pouvoit plus être d'usage : mais la cizelure de la figure humaine qu'on y avoit gravée en creux avec une corde autour du cou, étoit encore alors très-appercevable. Cette pierre aura été posée par les enfans d'Hébert, aussitôt après sa mort ; car il importoit peu à tout autre qu'eux, de lui faire cet honneur dans les siécles à venir. Elle étoit mise à l'entrée de la chapelle, sur la gauche en entrant : elle avoit six pieds de long, sur trois de largeur, à peu près ; d'une craie blanche ou de lait : & le Comte qui y étoit gravé couché tout de son long, avoit la tête du côté du portail, & les pieds vers l'autel. Nous tenons ce récit de la bouche même du nommé Blanquet, l'un des officiers des chanoines de saint Quentin, que la compagnie avoit préposé à la vue des ouvrages. Enfin, cette tombe forme un témoignage décisif en faveur du récit de *Glaber*.

Les traditions des pays, qui jettent toujours leurs brodures sur les faits qu'elles rapportent, quoique rejettables dans la forme, & les ornemens de leurs narrés, sont souvent admissibles dans le fond. Or, celle de la ville de Saint-Quentin dépose de la mort funeste d'Hébert II, & la raconte de la maniere suivante.

Hébert, après sa réconciliation avec Louis, étoit à Laon, en la compagnie de ce Prince, & prêt à se mettre avec lui à table. La conversation devenue particuliere avec le Roi & le Comte, sur les troubles qui avoient agité le royaume depuis plusieurs années, le Roi lui demanda de quel supplice il pensoit qu'on dût punir le sujet qui auroit été perfide à son Souverain ? De celui de la hart, répondit précipitamment Hébert, qui vouloit peut-être, par cette réponse hardie, plutôt braver le Roi en face, qu'il ne pensoit prononcer un jugement contre sa vie. Le discours tomba. Hébert se mettoit à table ; il trouva sa sentence rapportée dessous son couvert. Le Roi se saisit à l'instant du coupable Comte, & le fit conduire au Mont-Fendu, pour y devenir le spectacle des villes de Laon & de Saint-Quentin, entre lesquelles s'éleve ce mont. On ajoute qu'Hébert reçut de sens froid l'arrêt de sa mort, & qu'il y courut sans éprouver d'émotion. Le bourreau n'approcha pas même de lui ; le bois fatal, auquel il devoit être attaché, étoit au-dessus de sa tête ; il se mit lui-même la corde qui devoit l'y retenir : & piquant le cheval qu'il avoit monté sans étriés, il demeura suspendu en l'air ; triste victime de son ambition, de ses perfidies, & de son inhumanité. Le Mont-Fendu commença dès-lors d'être appellé *le Mont-d'Hébert* ; nom qu'il porte encore aujourd'hui.

L'auteur des *Tablettes de France*, imprimées à Paris en 1759, rapporte le même fait comme il suit. Louis d'*Outremer*, voulant se venger des assassins de son pere, tint un conseil à Loudun [il a voulu dire Laon, *Laudunum* en latin], & y fit introduire un inconnu qui lui remit un paquet, comme venant d'Angleterre. Il sourit après en avoir fait lecture ; ce qui donna occasion aux Seigneurs présens de lui demander la cause de sa joie. Ce Prince leur dit qu'il étoit consulté d'Angleterre, pour décider quel supplice méritoit un laboureur qui avoit invité son maître à dîner, & l'avoit tué au milieu du repas. Tous opinerent à la mort ; & Thibaut de Champagne, qui avoit opiné le premier, ajouta que, pour joindre l'infamie à la peine, il falloit pendre un pareil traître. Hébert avoit adopté ce jugement. Eh bien, répondit le Roi, tu as prononcé contre toi-même. Tu es ce scélérat digne du gibet, puisque tu as fait mourir le Roi mon pere, & ton souverain. A l'instant il fut

Page 68.

M m m ij

porté à un gibet posé sur une montagne, qu'on a depuis appellée le *Mont-Hébert*, près de Loudun [c'est-à-dire, Laon].

Hébert fut un Seigneur d'une grande étendue d'esprit ; politique habile, dissimulateur profond, & d'une bravoure capable de tout entreprendre & de tout oser. Naturellement ambitieux & avide, mais en même temps actif & infatigable dans l'exécution de ses projets, il ne laissa rien à la fortune de ce qu'il pouvoit lui ôter par conseil & par prévoyance. Il fut si vigilant & si attentif aux occasions qu'elle lui présenta de s'agrandir, qu'il n'en laissa jamais échapper aucune. Avec son caractere brouillon, remuant & audacieux, il sembla être né pour ébranler le trône de ses maîtres, & s'y asseoir, ou changer la face de la France. Il n'eut que les mêmes vices qu'avoient les Seigneurs de son temps ; mais il les eut dans le degré suprême. Il pouvoit être leur modele, si les crimes se proposoient en imitation. Il prenoit de ses intérêts l'air & le ton pacifique ou cruel : religion, devoir, sermens, voisins, amis, parens, tout étoit rapporté & sacrifié à cette idole. Il fit le malheur des autres & le sien, parce qu'il ne connut pas le vrai bonheur, & qu'il n'étoit pas d'un caractere à le procurer. Il sut établir néanmoins sa puissance, & la transmettre à ses descendans : mais il lui manqua encore, après en avoir joui long-temps & en la laissant à des enfans beaucoup moins méchans que lui, de l'avoir cimentée par de meilleures voies, & de l'avoir quittée plus honorablement.

Sans parler davantage ici des défauts personnels de ce Comte, dans quel oubli de ses chanoines de saint Quentin ne vécut-il pas ? Abbé de leur église par une usurpation héréditaire, on ne voit pas dans l'espace de quarante ans qu'il a gouverné le Vermandois, quelle sorte de bien il leur ait fait. Ce temple, objet de la piété la plus vive de tous les autres Comtes, disparoit dans ce long intervalle, ou plutôt l'on devine qu'il n'a subsisté que pour souffrir considérablement de tous les troubles qu'a fait naître dans sa ville capitale ; & dans les autres lieux de la province, celui qui en étoit le protecteur-né ; & que, par une liaison nécessaire, ses Ecclésiastiques tués ou maltraités, pillés, incendiés ou dispersés, ont été exposés aux plus fâcheuses peines. Mais de plus favorables successeurs vont sortir de cette tige corrompue, & feront renaître la paix, l'abondance, l'honneur & la piété dans les lieux qu'Hébert avoit souillés de ses désordres.

Ce Comte avoit eu plusieurs enfans de la fille du Roi Raoul, Hildebrande, qu'il avoit épousée. Nous donnerons une plus parfaite idée de ce Seigneur ; & nous jetterons une plus grande clarté sur son histoire, si, en rapportant les noms de ses descendans, nous racontons en même temps leurs actions principales & leurs alliances distinguées.

Eudes paroît avoir été le premier enfant d'Hébert II. Son génie approcha de celui de son pere. Lorsque celui-ci eut éprouvé du Roi Raoul, en 927, le refus du comté de Laon, qu'il lui demandoit pour ce fils ; Eudes, intéressé dans cet affront, s'il ne fut pas le premier à mouvoir l'esprit aigre & hautain d'Hébert, du moins seconda-t-il ses desirs de vengeance, autant qu'il fut en lui. On a raconté plus haut par quels excès il se signala dans le Noyonnois & le Soissonnois, pays dans lesquels Raoul se complaisoit le plus, lorsque ce Roi & Hugues *le Grand* lui eurent enlevé le château de Ham. Quelques années auparavant, il avoit été donné en ôtage au fameux Rollon, quand ce Duc de Normandie, qui avoit épousé Gisele, fille de Charles *le Simple*, défendoit ce Prince contre les entreprises d'Hébert ; & il ne fut rendu à son pere, que quand ce Comte eut témoigné au Roi une obéissance qu'il ne lui garda gueres. En 928, Eudes obtint du Comte Hugues, qui s'étoit emparé du nouveau royaume de Bourgogne & d'Arles, après la mort de Louis l'*Aveugle*, le gouvernement de la province de Vienne, qu'il régit jusqu'à l'an 931, où il revint près de son pere. Quatre ans après sa mort, il vint à bout de déposséder du comté d'Amiens, Roger, fils du Comte de Montreuil, Hilduin, tué en 946, & se conserva dans cette conquête jusqu'en 954, où il mourut lui-même. Gualeran, comte du Vexin, lui succéda en ce dernier gouvernement. Eudes fut un Seigneur plein de bravoure : il mériteroit plus d'éloges, si, moins asservi aux volontés & aux préjugés de son pere, il eût employé ses belles qualités en des objets plus louables. Il porta le titre de Châtelain de Ham, de Château-Thierry & de Laon, parce qu'il eut, en divers temps, le gouvernement de ces lieux & de leurs forteresses.

Albert, Ier du nom, le second des enfans d'Hébert, & qui a succédé dans les emplois de son pere, va bien-tôt paroître sur la scene.

On a parlé amplement de Hugues, le troisieme fils de ce Comte. L'occasion d'en parler encore, renaîtra bien-tôt.

Robert, qui fut le quatrieme fils d'Hébert II, devint Comte de Troyes. Quoique ce titre ait été le fruit de son usurpation en 953, [d'autres disent en 958] sur Ansigisus, évêque de cette ville, Robert avoit sur le domaine de Champagne quelques prétentions acquises, parce qu'il avoit fait partie du bien que la Maison de Vermandois avoit, dès le huitieme siécle, dans la Champagne. En vain les Saxons, que le Prélat avoit appellés à son secours, tentérent de le rétablir dans sa dignité de Comte de Troyes : ils furent repoussés & vaincus par l'Archevêque de Sens, Archambauld, & le Comte Rainard, devenus les protecteurs de Robert. Ce Seigneur épousa Vere, fille cadette de Giselbert, duc de Bour-

X. SIECLE.
Année 945.

Hist. du Valois, tom. 1, pag. 256.

Chron. Odorann. ad ann. 956.
Marlot, *hist.*
Remensis, tom. 1, fol. 550.

X. SIECLE.
Année 943.

gogne en partie, & Comte de Châlons-fur-Saône. Il en eut un garçon nommé Hébert, qui mourut fort jeune ; & une fille nommée Adélaïde, qui fut mariée, en premieres nôces, à Geoffroi dit *Grifegonnelle*, mort le vingt-un de Juillet 987, dont elle eut Foulques IIIe du nom, dit *Nerra*, & Geoffroi ; & en fecondes nôces, à Lambert. Adélaïde porta, dans fon alliance avec ce dernier Seigneur, le comté de Châlons-fur-Saône. De ce fecond mariage, fortirent Hugues, évêque d'Auxerre, mort Comte de Châlons en 1039 ; & Mahaud, époufe de Geoffroy Ier, feigneur de Sémur. Robert, comte de Troyes, mourut en 968. Morery dit en 993, le 28 de Décembre.

Le Bœuf, Mémoires fur les Evêques d'Auxerre, tome I, page 232.

Son frere Comte de Meaux, le cinquieme des enfans du Comte Hébert II, ufurpa fur Adélaïde, femme de Lambert, la part qu'avoit cette Dame fur le comté de Troyes. Il ne paroît pas douteux que ces deux freres ne fuffent les puînés du Comte Eudes, puifque celui-ci a toujours paru avant eux dans toutes les actions importantes que l'on a rapportées. Ils l'étoient auffi d'Albert Ier ; car Albert a fuccédé immédiatement à leur pere commun dans le comté de Vermandois. A la double qualité de Comte de Meaux & de Troyes, Hébert joignit celle d'Abbé de faint Médard de Soiffons.

Annales B B. tom. 3. Lib. 45. N°. 45.

Ogine, que la chronique de Frodoard appelle Gerberge, veuve de Charles *le Simple*, pouvoit difpofer librement de fa main ; elle confentit de l'accorder à ce fils du Comte de Vermandois. La puiffance de nos Rois étoit, en ces temps, fi bornée, qu'ils voyoient fous eux une multitude de Seigneurs, leurs fujets, plus riches & plus puiffans qu'ils n'étoient eux-mêmes, & avec lefquels ils trouvoient leur véritable avantage à contracter alliance. Ogine fortit donc de Laon, où elle faifoit fa demeure la plus ordinaire, magnifiquement efcortée des Officiers du Comte Albert Ier, dont on va parler, & de ceux de fon futur mari Hébert, & promit à ce Seigneur de l'époufer. Ce mariage fe fit en l'an 951. Cette Reine avoit bien voulu confacrer le reffentiment qu'elle devoit conferver au fils du géolier de fon mari ; mais le Roi Louis d'*Outre-Mer* fon fils n'oublia pas fi facilement celui qu'il avoit conçu contre les defcendans même d'Hébert II. Il improuva l'alliance nouvelle, & en punit fa propre mere, en lui ôtant l'abbaye de Notre-Dame de Laon (à préfent faint Jean-Baptifte) qu'elle poffédoit en bénéfice, & la conféra à la Reine Gerberge fon époufe. Le Comte Hébert s'attacha cependant, fur-tout depuis fon mariage, aux intérêts de Louis ; & c'eft par fon inviolable dévouement à tout ce qui le concernoit, qu'il mérita de recevoir de Lothaire, fils de ce Prince,

Camuzat, fol. 86.

le glorieux témoignage de *cher & fidele Comte de fon Palais*. Le Ciel, qui bénît leur mariage, leur donna deux enfans : Etienne, premier du nom, qui, après avoir joui des comtés de Meaux & de Troyes, les laiſſa, par ſa mort arrivée après l'an 1019, non à ſa ſœur Agnès, l'épouſe de Charles, Duc de Lorraine, & le fils de Louis IV, mais à Eudes, deuxieme du nom, Comte de Blois, iſſu de Thibaut *le Tricheur* & de Leudegarde de Vermandois, de laquelle on va auſſi parler.

Voici la filiation des Comtes ſéculiers de Troyes ou de Champagne, commencée par Robert de Vermandois, continuée par Hébert ſon frere, & terminée par leurs neveux, fils de Leudegarde, Comteſſe de Vermandois, l'épouſe de Thibaut *le Tricheur*. Après avoir remonté aux généalogies rapportées ſous l'année 893, *livre V précédent, n°. CXVII, & livre VI, n°. VI*, on comptera, en deſcendant, de la façon qui ſuit.

X. SIECLE.
Année 943.
Aimonius, lib.
l., cap. 44.
Hiſt. de Meaux,
tom. I, pag. 106
& ſuiv.
XCIII.
Hiſtoire du Valois, tome I, page 256.

X V.

HÉBERT II, Comte de Vermandois, mort en 943, avoit eu d'une fille de

ROBERT III, Comte de Paris & Roi de France, appellée HILDEBRANDE,

X V I.

ROBERT de Vermandois, Comte de Troyes, qui reprit ce comté ſur Anſigiſus en 953, laiſſa une fille appellée ADÉLAIDE, qui ſe plaça ailleurs.

X V I I.

HÉBERT, Comte de Meaux, frere de ROBERT, lui ſuccéda, & mourut le 28 Décembre 993.

X V I I I.

| EMMA mariée à GUILLAUME *Téte-d'Etoupe*, Duc de Poitou. *Marlot, Hiſt. Remenſ. tom. II, fol. 73.* | ÉTIENNE Ier, fils, mort après l'an 1019, ſans poſtérité. | AGNÈS mariée à CHARLES DE FRANCE, Duc de Lorraine. |

X I X.

EUDES II, neveu, fils puîné d'EUDES Ier, Comte de Blois, fils de Thibaut *le Tricheur*, & de LEUDEGARDE de Vermandois, mort le 17 de Septembre 1037.

X X.

THIBAUT III, fils, mort en 1085, eut deux femmes, GERSENDE, & ADÉLAIDE, niéce (croit-on) du bienheureux SIMON DE CRÉPI, & d'ADÉLE DE CRÉPI, mariée à HÉBERT IV, Comte de Vermandois.

X X I.

| HUGUES. Il étoit du deuxieme lit ; selon l'*Hist. de Meaux*, *tome I*, *pag. 110* & *pag. 912*. | ÉTIENNE III, dit *le Sage*, ou *Henri*, mort le 18 de Juillet 1102. Il étoit fils de THIBAUT III, marié à GERSENDE, fille d'HÉBERT, surnommé *Eveille-chien*, Comte du Mans. L'Historien du Valois distingue HENRI d'ÉTIENNE, & le fait descendre d'ADÉLAIDE DE CRÉPI. Il vécut, selon lui, jusqu'en 1125. *Tome I, page 258.* | EUDES, filleul de HUGUES, abbé de Clugny. | PHILIPPES, évêque de Châlons. |

X X I I.

THIBAUT IV, dit *le Grand*, fils, mort le 10 de Janvier 1152.

X X I I I.

HENRI, dit *le Large*, fils, mort le 17 de Mars 1181.

X X I V.

HENRI II, dit *le Jeune*, fils, Roi de Jérusalem, mort en 1197.

X X V.

THIBAUT V, frere, mort le 25 de Mai 1201.

X X V I.

XXVI.

THIBAUT VI, dit *le Grand*, ou le faiseur de chansons, Roi de Navarre, du chef de sa mere, mort le 6 de Juillet 1253.

XXVII.

THIBAUT VII, dit *le Jeune*, fils, mort le 4 de Décembre 1270.

XXVIII.

HENRI III, dit *le Gros*, frere, mort le 16 de Juillet 1274.

XXIX.

JEANNE, fille, Reine de Navarre, & Comtesse de Champagne, morte le 2 d'Avril 1304.

Elle avoit épousé PHILIPPE *le Bel*, Roi de France. Par ce mariage, les comtés de Champagne & de Brie furent unis inséparablement à la Couronne. Ce qui fut confirmé par les traités de 1317 & de 1335. En 1361 le Roi Jean réunit encore ces comtés à sa puissance.

Outre la donation qu'Hébert, Comte de Meaux & de Troyes, a faite, en qualité d'Abbé de saint Médard de Soissons, au monastere d'Homblieres, de laquelle nous rapporterons bientôt l'acte, il a rétabli encore l'abbaye de Lagny, située au diocese de Meaux, & dans son propre comté. C'est dans l'église de cette derniere communauté qu'il a été enterré le 28 de Décembre de l'année 993. Nous croyons, avec quelque fondement, que le bâtard de Hugues *le Blanc* & de sa concubine Raingarde, Hébert, qui devint Evêque d'Auxerre, avoit été nommé au baptême par ce Comte de Meaux.

Reprenons la filiation descendante d'Hébert II. Ce Comte de Vermandois eut encore une fille appellée Leudegarde, qui épousa Guillaume II, Duc de Normandie, surnommé *Longue-épée*, le fils de Rollon, mort en 917. La mort de Guillaume ensanglanta la famille de notre Comte en la même année en laquelle elle étoit déjà trop affligée de la perte funeste qu'elle venoit de faire du Dinaste de Vermandois. Guillaume fut tué le 17 de Décembre. Il avoit été invité à une entrevue par Arnoul, Comte de Flandre, pour terminer les différends qui subsistoient entr'eux. Leur conférence avoit été tenue en effet à Pecquigny, dans l'Amiénois, en l'isle de la Somme, présentes les deux armées que l'on avoit posées sur des

X. SIECLE.
Année 943.

XCIV.
Gemet. lib. 3.
Dudo, de gestis Normann.
Annales B B.
tom. 3, Lib. 44,
N°. 54.

X. SIECLE.
Année 943.

hauteurs. Tout y avoit été paisiblement réglé ; & les deux Seigneurs ennemis, réconciliés ensemble, s'étoient donné le baiser de paix & la main. Mais Arnoul n'avoit consenti qu'à regret que le Duc de Normandie eût restitué à Herluin le château de Montreuil, dont lui Arnoul avoit dépouillé ce Comte. Il le fit rappeller à la conférence par quatre conjurés secrets, comme pour lui communiquer encore quelque chose. Baudoin, dit *le Court*, fils de Raoul de Cambrai, cousin-germain d'Arnoul, étoit à leur tête. Ils se jetterent sur Guillaume ; & le percerent de leurs épées. On remporta de là son corps à Rouen, où il fut enterré dans la cathédrale. Richard, son fils naturel, assista à ses obséques, & lui succéda dans le gouvernement de la Normandie, avec le consentement du Roi. Arnoul de Flandre étoit le bel-oncle de Guillaume *Longue-épée*, par Alix de Vermandois, son épouse, la tante ou la grand'tante de Leudegarde. Cette derniere Comtesse, devenue veuve par ce fatal accident, épousa Thibaut *le Tricheur*, Comte de Tours, de Blois & de Chartres, le principal auteur de l'assasinat de son mari. Thibaut étoit fils d'un nommé Gerlon, Danois de nation, &, selon Glaber, de basse naissance. Ce fut le Comte de Troyes, Hébert de Vermandois, chez qui il s'étoit réfugié, qui lui donna sa sœur en mariage.

Glaber, lib. 3. Marlot, hist. Remensis. Tom. 2. fol. 73.

C'est de cette seconde alliance qu'est sorti Eudes, premier du nom, surnommé *le Champenois*, qui posséda les mêmes titres avec les mêmes biens qu'avoit son pere, & qui fut, pendant quelque temps, Seigneur de Coucy. Cet Eudes épousa d'abord Mathilde, fille de Richard, premier du nom, Duc de Normandie, après la mort de laquelle il contracta mariage avec Berthe, sœur du Roi Raoul de Bourgogne. Il eut de cette femme Eudes II qui lui succéda ; Hugues, archevêque de Bourges, que Dom Mabillon dit au contraire avoir été directement le fils de Thibaut & de Leudegarde ; & une fille appellée Emma, qui fut mariée à Guillaume, Duc d'Aquitaine. Quelques auteurs leur donnent encore, pour quatrieme enfant, Roger, évêque de Beauvais. Eudes II, comte de la Brie Champenoise, de Tours, de Blois, de Chartres, & maître du château de Beauvais, devint encore Comte de Meaux & de Troyes, de la façon que nous venons de le dire.

Annales B B. tom. 3, Lib. 45, N°. 29.
Ibid. Lib. 46, N°. 72.
Tablettes hist. généal. & chron. II. Partie. Paris, 1749.

Le vieux nécrologe de l'église de saint Quentin porte que la Comtesse Leudegarde est morte le vingt-sixieme jour de Mai, nous ne savons de quelle année. Elle est là sixieme dans l'ordre des enfans du Comte Hébert II. Elle avoit eu pour sa dot une partie de la Seigneurie temporelle de Beauvais, dont nos Comtes s'étoient emparée, on ne sait comment. *Eodem die* (VII Calendas Junii) *obiit Leugardis, Comitissa.*

Supplément à l'hist. du Beauvaisis, pag. 81.

Voici une observation qu'il est utile de faire. Le catalogue des bienfaiteurs d'une église que certains auteurs ont appellé en Latin

XCV.
AnnalesBB. tom. 3. Lib. 35. N°. 52.

Necrologium, parce qu'il contenoit en même temps la date de leur mort ; d'autres l'ont nommé *martyrologium*, martyrológe, parce que les noms de ces bienfaiteurs ou fondateurs étoient à la suite de ceux des Martyrs dont on rappelloit la mémoire au jour de leur fête. Le livre, qui contenoit ce catalogue, étoit quelquefois auſſi appellé *Liber rotulus*, ou *rotularis*, & *Liber gerulus nominum ; Liber vitæ ; Liber conſcriptionis ; Regula ;* ou *Album*, ou *Titulus*. La lecture qu'on en faiſoit, en conſignant à la poſtérité la reconnoiſſance des peres, invitoit leurs deſcendans à conſerver auſſi la leur aux mêmes bienfaiteurs, & tenoit lieu à tous de cette annonce que les diacres faiſoient primitivement, dans les ſacrés Dyptiques, des noms des bienfaiteurs vivans ou morts, dans l'oreille du Prêtre.

Le pere Dom Marlot donne à un Thibaut, comte de Mont-Aigu, une anonyme Comteſſe de Vermandois pour femme, & la fait ſortir d'Hébert II. Nous devons paſſer le fait ſur la foi du ſavant auteur ; &, en ce cas, cette Dame doit être reconnue pour le ſeptieme des enfans du Comte de Vermandois.

Si l'on s'en rapporte au même Bénédictin, ſur la généalogie qu'il a décrite de nos Comtes héréditaires, la famille d'Hébert II fut encore plus nombreuſe que nous ne le diſons ; car, outre les ſept enfans que nous reconnoiſſons, cet Hiſtoriographe de Reims lui en donne en ſus quatre autres. Nous ne pouvons paſſer ſi facilement au pere Marlot toute cette attribution. Hébert II n'eut point, que nous ſachions, de fille appellée Alix, mais bien une ſœur, ou tante, dont on a parlé ci-deſſus, (année 899). Lindulfe, évêque de Noyon, étoit le fils d'Albert Ier, & par conſéquent petit-fils d'Hébert II. Nous en adminiſtrons la preuve ſous l'an 977. Gilbert, comte de Soiſſons, fut beau-pere, par ſa fille Adélaïde, de Gui de Vermandois ; mais nous ne croyons pas que Gui deſcendit lui-même d'Hébert II. Gui de Vermandois, fait Comte de Soiſſons, naquit d'Hébert III, & fut par conſéquent arriere-petit-fils d'Hébert II. Nous établiſſons ce ſentiment ſous l'an 1012. Enfin, nous ne pouvons admettre ſi gratuitement, pour fils d'Hébert II, Ragenolde, ou Renaud de Roucy, l'époux d'une Aldrade, avec laquelle il eſt, dit-on, devenu la ſouche commune de la famille des Roucy, comtes de Reims. Nous ſerions plus portés à croire que les Seigneurs de Roucy deſcendoient primitivement de ceux de Soiſſons. Donc Alix, Lindulfe, Gilbert & Ragenolde, que le pere Marlot décore du titre d'*Enfans de Vermandois*, & qu'il fait tous deſcendans immédiats d'Hébert II, paroiſſent mal-à-propos attribués à ce Comte. On peut obſerver ici cependant que Ragenolde de Roucy étoit en effet beau-frere d'Albert Ier ; mais c'eſt qu'Aldrade ſon épouſe étoit fille de Louis IV & de Gerberge de Saxe, deſquels Albert Ier épouſa la fille aînée, Gerberge de France.

N n n ij

X. SIÈCLE.
Année 943.
XCVII.
*Chron. Frodoard.
ad hunc ann.
Chron. Valciodo-
renfe , in Spicil.
D. d'Acheri, tom.
7 , fol, 518,*

La mort d'Hébert II réveilla la jaloufie de Raoul de Goï (*de Gau-giaco*) qui voulut entrer dans le partage de la fucceffion du Comte, avant qu'elle fut divifée entre fes légitimes héritiers. Il n'attendit pas long-temps la peine due à fon audacieufe avidité. Il étoit defcendu fur les terres des enfans d'Hébert ; &, après avoir mis le feu à la ville de Saint-Quentin, il s'étoit occupé à en ravager les environs par le fer & la flamme encore. Le monaftere d'Homblieres, entr'autres édifices, fut alors incendié. Les enfans du feu Comte le pourfuivirent, l'attaquerent, le prirent, & le firent mourir. Ainfi le rapporte Frodoard. Le chroniqueur de Vaffor dit au contraire que Raoul fut tué dans un combat par un bâtard appellé Bernier. Le comte Eilbert l'avoit eu d'une Dame illuftre qu'il avoit féduite, fous la promeffe de mariage, & qu'il avoit abandonnée. Après fon infamie, cette Dame s'étoit retirée dans le monaftere d'Homblieres, où elle étoit morte fous l'habit de converfe. Raoul de Goï étoit fort confidéré de Louis. Ce Roi l'honora de beaucoup de regrets, quand il eut appris fa mort. On ne peut deviner la raifon du procédé ennemi de Raoul de Goï envers les enfans d'Hébert, qu'autant qu'on préfume qu'il étoit fils de Raoul de Cambrai, tué par ce Comte de Vermandois.

Ibid. fol. 520.
Dom. Bouquet,
tom. 8 , fol. 196.

Artaldus reprit auffi de nouvelles efpérances à l'événement de la mort d'Hébert. Il fortit de l'abbaye de faint Bafle, & alla trouver Louis, pour implorer fon fecours. Ce Roi le lui promit, & s'engagea non-feulement à remettre ce Prélat fur fon fiege, mais encore à rendre leurs emplois à toutes les perfonnes qui en avoient été deftituées par le Comte de Vermandois. Si Artaldus n'obtint pas dans l'inftant des troupes de ce Prince, au moins eft-il vrai qu'à la tête de quelques hommes qu'il fut lever, il travailla, fans perdre de temps, à fe faire juftice ; il s'empara d'abord, à force ouverte, du château d'Aumont ; par là il s'indemnifoit de celui d'Ambly que fes deux freres, Raoul & Robert, venoient de fe voir enlever, par la voie des armes auffi, par l'archevêque Hugues de Vermandois, pour la raifon qu'ils avoient entrepris de défendre fon rival. Le caractere guerrier d'Hébert étoit paffé dans Hugues. Ce Prélat pouffa fes conquêtes fur Artaldus plus loin que ne faifoit fur lui ce compétiteur. Il attaqua enfuite le château d'Aumont. Cette forterelfe étoit défendue par Dadon, troifieme frere d'Artaldus. Dadon fut obligé de la céder ; mais il obtint compofition. Hugues enleva avec lui, pour fûreté de leurs conventions, le fils de ce Seigneur qu'il garda en ôtage.

Il étoit effentiel aux deux rivaux de fe concilier la faveur de Louis. Hugues ne négligea rien pour y parvenir ; cependant il ne put faire que d'entretenir le Roi dans l'équilibre ; & de n'en point recevoir de traitement préjudiciable. Othon, Roi de Germanie, n'avoit pas peu fervi à remettre Hugues dans les bonnes graces de fon Prince. Adalberon, évêque de Metz, l'avoit aidé auffi dans cette heureufe réuffite. Hugues *le Blanc* fut-tout, oncle des enfans d'Hébert II, avoit infiniment influé dans cette réconciliation. Voici comme elle s'étoit faite : le Roi étoit venu en fon château de Compiegne ; Hugues *le Blanc* y amena tous fes neveux foumis & dévoués à leur Souverain ; les préfenta à Louis, & parla tendrement en leur faveur. Ce Roi ne manquoit pas de fermeté ; mais il avoit auffi le cœur bon. Hugues le fléchit fans peine, & lui fit recevoir avec clémence tous les enfans d'un pere dont les malheurs ne devoient point retomber fur fa poftérité, & qui avoit été affez puni, parce qu'il avoit éte criminel. C'eft dans ce même temps que Hugues eut l'honneur d'être le parrein d'une fille du Roi ; qu'il en reçut le gouvernement de toute la Bourgogne, & qu'il fut confirmé dans le commandement général de la milice françoife.

L'extrême complaifance, que le Roi eut pour l'archevêque Hugues, dut coûter en particulier au cœur de ce Prince ; car il lui fallut favorifer ce Prélat, au préjudice d'Artaldus qu'il aimoit fincérement, qui l'avoit couronné Roi, & qui étoit univerfellement eftimé des peuples & des Grands. Pour témoigner aux deux rivaux une bienveillance égale, s'il étoit poffible, il créa Hugues fon grand-chancelier dès cette année 943. C'eft dans cette qualité qu'il eft défigné dans une charte pour le monaftere de faint Julien de Tours. Mais Louis ne retrancha rien à toutes les marques d'eftime & de haute confidération dont il avoit jufqu'alors honoré Artaldus.

Chancelier nouveaux dans l'église de saint Quentin.

Année 959.

XLIX. Voyage de Brunon en France. Bernier, abbé d'Homblieres, obtient quelques terres au village de Rémigny.

L. Fondation de Tin-le-Moutier, en l'honneur de saint Quentin.

LI. Arnoul de Flandre restitue quelques biens à l'abbaye d'Homblieres.

Année 960.

LII. L'église de saint Quentin en l'isle, est rendue réguliere.

LIII. Miracle opéré lors de la construction de ce monastere.

LIV. Robert de Vermandois surprend Dijon au Roi, qui se la fait restituer.

Année 961.

LV. Mort de Widon, évêque d'Auxerre. Mort d'Artaldus.

LVI. Mouvemens inutiles des parens de Hugues, pour le rétablir sur la chaire de Reims.

LVII. Son expulsion, sa retraite, sa mort.

Année 963.

LVIII. Bernier, abbé d'Homblieres, achete quelques biens au village de Rémigny ; & en échange à Remaucourt.

Année 964.

LIX. Des Religieux de saint Bénoît entrent l'abbaye d'Isle.

LX. Donations faites à cette maison.

LXI. Etendue du district de l'Isle de la Somme, comprenant saint Ladre, Neuf-ville, &c. Histoire détaillée des chartes de cette abbaye.

Tome I.

Année 965.

LXII. Mort de Brunon, archevêque de Cologne.

Année 966.

LXIII. Ragenoldus, comte de Roucy, est excommunié pour ses déprédations. Frodoard meurt.

Année 968.

LXIV. Le Comte Albert fait restituer à Jean la châtellenie de Cambrai, par l'Evêque de cette ville.

Année 969.

LXV. Coucy donné en fief par l'Archevêque de Reims.

Année 973.

LXVI. Le Comte Albert assiste à Compiègne à une assemblée tenue par le Roi. Etablissement d'une confraternité entre le Chapitre de saint Quentin & les Dames de Maubeuge.

Année 974.

LXVII. Albert envoie son fils Othon au secours des Comtes de Hainaut, expulsés de leurs domaines: ils sont battus.

Année 976.

LXVIII. Nouveau secours prêté aux mêmes Seigneurs. Goï est pris par Othon de Vermandois.

Année 977.

LXIX. Origine des comtés de Mons & de Louvain.

LXX. Mort d'Hadulfe, évêque de Noyon, auquel succede Lindulfe de Vermandois, [prouvé] fils d'Albert le Pieux.

LXXI. Rétablissement de l'abbaye du Mont-Saint-Quentin.

LXXII. Miracles opérés en celle de saint Quentin en l'isle.

O o o

Ooo ij

MÉMOIRES

POUR L'HISTOIRE

DU VERMANDOIS.

LIVRE SEPTIEME,

CONTENANT le gouvernement des Comtes héréditaires de Vermandois,
ALBERT Iᵉʳ & HÉBERT III.

Depuis l'an 944 jusqu'à l'an 1014 inclusivement.

X. SIECLE.
Année 944.
I.
ALBERT I.
Aug. - Vir. fol.
90.

LBERT, premier du nom, apporta dans le gouvernement du Vermandois, dont il se saisit après la mort d'Hébert II., des mœurs plus douces, & des vertus plus pacifiques, que n'y avoit montré son pere. Tel qu'un voyageur qui jouit tout-à-coup d'un ciel pur & serain, après la disparution de la tempête, & qui voit avec joie la nature, attristée par les pluies & l'orage, reprendre ses fleurs, s'en parer encore, & se rembellir au retour d'un soleil clair & sans nuages ; ainsi le lecteur va être ravi des vertus civiles & sociables d'Albert Iᵉʳ; & enchanté des grandes œuvres de sa piété & de l'équitable administration de sa régence, va oublier les traits hideux qui l'avoient affligé dans la vie de son impétueux prédécesseur. Avec une grande ame, mais modérée ; un cœur bon, mais droit ; & un esprit vaste & éclairé, mais ami de la regle & du devoir, Albert soutint magniquement l'excellence de son origine & de sa dignité ; jamais il n'en laissa courber la grandeur & l'autorité sous les loix injustes de la rébellion, de l'injustice & de l'avidité. Inviolablement attaché à la piété dont il faisoit son principal exercice, il n'oublia pas dans sa souveraineté sa dépendance de nos Rois. Il les respecta, les honora, les craignit. Hélas ! on n'est fidele sujet que quand on est bon chrétien. Il ne parut maître de ses vassaux, que pour faire régner plus rigidement les loix parmi eux. Il ne fut plus élevé & plus distingué que les autres Seigneurs ses voisins, & peut-être plus puissant qu'eux, que pour en défendre ceux qui étoient opprimés, contre les violences des méchans. Dans une plus grande élévation, il donna des exemples plus frappans de toutes sortes de vertus, & ne se crut l'héritier d'immenses biens, que pour en distrribüer davantage aux pauvres, & en plus de lieux. Quatre monasteres, situés dans son comté que ce Seigneur a fondés, rétablis ou dotés presqu'en entier de son propre patrimoine, témoigneront à jamais sa sainte prodigalité.

Quelques auteurs ont écrit qu'Albert avoit été marié avec une fille anonyme de Gilbert, ce célébre Duc de Lorraine, dont nous avons parlé plusieurs fois au livre précédent, & dont nous avons aussi rapporté la généalogie. Le fait est très-croyable, parce que la famille de ce Seigneur Lorrain étoit fort liée à celle d'Hébert II, comte de Vermandois, & que les grands intérêts que leurs maisons soutenoient de concert, donnent lieu d'y soupçonner des alliances réciproques entr'elles. D'ailleurs Albert, qui prit femme en la famille de Louis d'*Outre-Mer*, n'a pû le faire qu'après sa réconciliation avec ce Roi, & après la mort d'Hébert II son pere ; enfin tout au plutôt en 943. Or ce mariage eût été conclu bien tard pour Albert, si Gerberge de France eût été sa premiere femme. Il y a plus d'apparence qu'on n'avoit pas attendu si long-temps à marier un héritier prochain d'une si célébre maison. Il étoit donc entré dans celle de Lorraine d'abord ; mais il avoit perdu son épouse, quand il prit la fille de Louis IV. Il ne paroît pas qu'il ait eu d'enfans de la fille du Lorrain, ou bien ils moururent de bonne heure ; car ceux que nous connoissons être issus d'Albert, le font en même temps de Gerberge de France, sa seconde femme. Cette Dame étoit par conséquent sœur de Lothaire qui devint Roi de France. Albert en eût quatre garçons : Hébert, troisieme du nom, qui le remplaça ; Othon de Vermandois ; Lindulfe, qui fut fait Evêque de Noyon ; & Gui, qui fut le Trésorier de cette église.

Divers motifs de contestations avoient encore suscité en 944 de nouvelles brouilleries entre le Roi Louis & les enfans d'Hébert II. Ces Seigneurs restoient cependant toujours attachés à leur oncle Hugues *le Blanc*. D'autre côté, la paix faite entre Louis & Othon, roi de Germanie, fut rompue dans le même temps. Les esprits encore divisés se livrerent à toute la fougue de leurs tempéramens; & la guerre fut ouverte entre les ennemis. Le Roi étoit en Aquitaine, où il conféroit avec les principaux de ce pays. Ses troupes ne laisserent pas, pendant son absence, que de ravager, par son ordre, les terres qui étoient en la possession de ses adversaires. Les enfans d'Hébert perdirent, dans l'attaque du château de Montigny, près de Soissons, qu'on leur enleva, un de leurs plus fideles commandans, nommé André. Les sujets du Roi le tuerent. Eudes de Vermandois, l'aîné de toute cette famille, fut obligé aussi de sortir de la ville d'Amiens par la trahison de l'évêque Deroldus, qui le livra aux troupes de Louis. Eudes gouvernoit dans Amiens & le comté de ce nom, comme dans le bien propre qu'il s'étoit choisi de la succession de son pere. La discorde avoit secoué ses torches ardentes sur la tête de Louis & de Hugues *le Blanc*, & les avoit désunis. Ce Comte de Paris payoit de la plus parfaite réciprocité l'attachement qu'avoient pour sa personne ses chers neveux, les enfans d'Hébert II. Il devint l'ennemi du Roi, parce qu'ils l'étoient. De retour de la Normandie, il alla avec eux visiter le roi Otton, qui, ne pouvant conduire lui-même le secours qu'il leur avoit accordé contre Louis, le leur envoya sous le commandement d'un Duc, nommé Herman. Louis venoit de disposer, en faveur du comte Herluin, du château d'Amiens, appartenant à Eudes de Vermandois comme un patrimoine hérité de son pere Hébert. Lui & ses freres, tous joints ensemble, attaquerent en représailles une forteresse bâtie à Clastres. Ce village est distant de deux lieues de la ville de Saint-Quentin. Ils l'enleverent à Raoul qui étoit un favori du Roi; ils pillerent même sa maison, & en emporterent les trésors que ce Seigneur y possédoit. Quelques-unes des troupes de Louis avoient ravagé le domaine de l'archevêché de Reims: celles des enfans d'Hébert coururent celui de l'abbaye de saint Crespin de Soissons, qui étoit au Roi. Les biens de celle de saint Médard de la même ville appartenoient à Hugues *le Blanc*, comme Abbé de cette maison. Le Comte de Roucy, appellé Ragenoldus, qui étoit dans le parti du Roi, alla les ravager au nom & sous l'autorité de ce Prince. Louis, qui avoit cru que sa présence remettroit les choses dans l'ordre, étoit revenu de Laon au mois de Juillet de cette même année. Il en imposa peu aux freres confédérés; & les déprédations entr'eux & les siens continuerent sous ses yeux même, tant & si long-temps que les deux partis fussent obligés de courir à d'autres lieux & à d'autres exploits.

X. SIECLE.
Année 944.
*Annales B B.
tom. 3, Lib. 44,
N°. 64.*

X. SIECLE.
Année 944.
I V.
Ibid. N°. 66.

Dieu sembla cependant tempérer une partie des désordres, qui font inséparables des guerres, par l'édification éclatante des vertus qu'il fit briller dans un saint personnage qu'il avoit conduit à Péronne. Il s'appelloit Cadroë. Né d'une famille illustre d'Ecosse, ce précieux don du Ciel, obtenu par ses parens à la priere de sainte Colombe, après être passé dans l'isle d'Irlande où il avoit fait ses études, & après avoir eu de ses maîtres la permission de se faire un jour moine, étoit abordé, dans ce dessein, au monastere de saint Fursi de Péronne, avec treize compagnons. Il y fut généreusement accueilli par une Dame de qualité, nommée Ercende. Son château étoit près de cette ville ; & son mari s'appelloit Eilbert. On ne peut pas douter que cette demeure ne fut celle des Châtelains de Péronne que les actes anciens appellent quelquefois Comtes de Péronne, & que le Seigneur, dont on parle, n'occupât cette dignité par la concession d'Hébert II, ou peut-être de son fils Albert Ier, dans le territoire duquel elle étoit. Cadroë fit entendre à Ercende le desir qu'il avoit de se retirer dans une plus grande solitude. Elle consentit de le favoriser, & lui offrit un lieu extrêmement désert, dédié à saint Michel, dans la Thiérache. Déjà il s'y étoit rendu avec ses compagnons, sous la conduite de Maccalanus qu'ils s'étoient choisi pour supérieur; que le vœu d'embrasser une regle constante persévérant en eux, Ercende, à leur demande, envoya Maccalanus au monastere de Gorze, près de Metz, & Cadroë à celui de saint Bénoît sur Loire, pour s'y former dans la pratique des constitutions monacales. Ils firent, l'un & l'autre, profession dans ces monasteres. Après leur engagement, cette Dame, leur bienfaitrice, les plaça dans l'abbaye de Vassor qu'elle venoit de construire pour eux, avec le consentement de son mari. Cette

Ibid. N°. 67.

maison, appellée *Valciodorum* ou *Vallis decora*, est située sur la Meuse, entre Denain & Philippeville. Eilbert & Ercende doterent richement les nouveaux moines, dont Cadroë fut fait Abbé. Maccalanus se retira dans saint Michel en Thiérache.

Ibid. N°. 68.

Le comte Eilbert, dont on parle ici, est très-connu dans les chartes de notre province, expédiées dans ces temps. On dit qu'il fonda avec sa femme jusqu'au nombre de sept monasteres. Parmi tous est celui de Bucilly, bâti d'abord pour des filles, possédé ensuite par une colonie de moines de *saint Martin-des-Champs de Paris*, & maintenant occupé par des Prémontrés, depuis le douzieme siécle. Quelques auteurs en ont assez mal-à-propos rapporté la fondation à un Hébert, comte de Vermandois.

V.
Ibid. N°. 69.
Spiciligii, tom.
7, fol. 513.
Voyez le Livre
VIII suiv. N°.
45.

Quelle étoit l'origine d'Eilbert? On ne peut trop l'expliquer; mais il est important de prévenir ici nos lecteurs contre l'erreur dans laquelle pourroit les jetter une chronique imprimée de l'abbaye de Vassor, par rapport aux descendans qu'elle attribue à ce

Seigneur.

Seigneur. Aimeri, comte de Narbonne, marié à Ermengarde, fille de Boniface, comte de Pavie, eut un fils nommé Warin *de Ascloviâ,* dit le Chroniqueur. De Warin sortit Bovon surnommé *Sans-Barbe.* De ce Comte naquit Ebroïn ; & de ce dernier, marié à Berthe, fille du comte Wederic & d'Eve, sont issus sept garçons. L'aîné en fut le comte Eilbert ; ensuite Udon de Roix ; Hébert, comte de Saint-Quentin, *&c.* Eilbert devint fondateur de Vassor, *&c.* Cette généalogie est toute fausse & pleine de suppositions inconciliables entr'elles : 1°. en ce qu'elle confond Albert, comte de Vermandois, marié à Gerberge, avec Eilbert, l'époux d'Ercende ; 2°. en ce qu'elle donne à Albert un aïeul nommé Ebroïn, quoiqu'il soit constant que ce Seigneur descende d'autres auteurs, & que ces auteurs même soient issus du sang de Charlemagne, par Pépin, roi d'Italie ; 3°. en ce qu'elle rapporte que l'épouse d'Eilbert étoit stérile, lorsque celle d'Albert eut plusieurs enfans ; 4°. enfin, en ce qu'elle contredit positivement les chartes les plus authentiques, par lesquelles il est évidemment prouvé qu'Eilbert étoit un homme de fief du comte de Vermandois, Albert, très-distingué de son feudataire, & nullement le même.

X. SIECLE.
Année 944.

Voyez l'année
952.

Eilbert fut enterré dans l'abbaye de Vassor, & la comtesse Ercende son épouse le fut en celle de saint Michel. Sigebert, qui a parlé de la fondation du monastere de Vassor, a fait, à ce sujet, deux fautes que nous sommes obligés de redresser ici. Il l'attribue au comte Hébert II, pere de l'archevêque Hugues ; & c'est un anacronisme, puisque ce Seigneur étoit mort depuis trois ans, quand le comte Eilbert y appella Cadroë, après le lui avoir édifié. Il y pose la sépulture de ce Comte de Vermandois ; & c'est une erreur de fait, puisqu'Hébert II a été enterré dans la ville de Saint-Quentin, dans la chapelle de Notre-Dame, dite *La-Bon.*

Les Comtes de Vermandois avoient demeuré jusqu'alors un peu au-dessus des rives de la Somme, hors de la ville capitale de leur gouvernement, près d'un lieu que nous appellons Rôcourt. Le lieu qu'ils habitoient s'appelloit en Latin *Broïlus,* d'un nom dont la racine est inconnue, & semble aux Savans signifier un endroit ombrageux & planté d'arbres ou de bois. C'est celui précisément où nous voyons maintenant bâties la chapelle & la ferme de saint Prix. La situation de leur palais, posé sur une petite éminence, en recevoit plus d'agrément ; & les eaux avec les bois, dont elle étoit bordée, en composoient un séjour délicieux. Le corps-de-logis étoit grand & vaste. Les cours, les jardins & les enclos étoient entourés de murailles, & défendus, selon l'usage de ces temps, par de petites tours dans lesquelles on posoit des troupes, pour interdire toute entrée dans les lieux de la demeure du Comte. C'étoit dans l'enceinte du palais de ces Seigneurs qu'eux & les Barons,

VI.
Annales B B.
tom. 3, *lib.* 34,
N°. 80.

X. Siecle.
Année 944.
*Pythæus in Glof.
apit.
Loifel , lib. de
Dominiis , cap. 5.
Kylianus in Ety-
molog. Teuton.

VII.

leurs confeillers, décidoient les affaires qu'on leur déféroit. On appelloit *placita* les caufes qui étoient de petite importance : celles qui étoient plus confidérables, s'appelloient *mallei*. C'eft ainfi que les auteurs traduifent ces deux mots contenus dans la charte d'Albert I.er, de l'an 986, quand ils font en oppofition l'un à l'autre. Là étoient les prifons dans lefquelles on jettoit les criminels.

Ce fut dans une de celles qui y étoient conftruites qu'Hébert II avoit fait enfermer Charles *le Simple*. La mémoire d'un traitement fi barbare étoit odieufe à Albert, & lui avoit rendu infupportable le lieu qui avoit été autrefois le témoin des cris, des pleurs & des tourmens de fon Roi. Il voulut quitter cette demeure qui rappelloit fans ceffe à fon efprit de fi triftes images ; mais il réfolut, en l'abandonnant, de la confacrer à jamais par un pieux établiffement qui lui en fit oublier, & aux fiécles futurs, s'il étoit poffible, toute la laideur & l'impureté. Il appella des moines de faint Bénoît, & les fixa dans fon palais dont il leur fit préfent. (1) Il leur donna encore plufieurs autres biens dont le détail eft renfermé dans la charte qu'il fit expédier, en leur faveur, long-temps après qu'il les eut établis dans fa maifon comtale. Ces religieux étoient d'une extrême abftinence : ils ne vivoient que d'herbes & de poiffons, de laitages & des chofes les plus viles. Leur pauvreté volontaire étoit parfaite ; ils n'étoient riches en commun que pour difpenfer plus de biens aux pauvres, & entretenir plus dignement le temple & le culte de Dieu ; ils travailloient de leurs mains, pour fe bâtir, vêtir & nourrir ; ils dormoient peu ; ils paffoient la plus grande partie des jours & des nuits dans la priere, le chant & la méditation. La fainteté de leur vie édifia tout le monde : elle attira chez eux un nombre confidérable de perfonnes qui y vouerent leurs corps & leurs biens au Seigneur. Voilà par quels faints folitaires le pieux Comte fit remplacer le palais que fon pere avoit fouillé par des excès fi énormes.

VIII.

Le nouveau monaftere prit le nom d'abbaye de faint Prix. Cette maifon reconnoît pour fes principaux bienfaiteurs un nommé Firmat en 1015, un Robert de Saifincourt en 1042, Baudoin de Vermandois, chancelier de France, & Hérembauld, officier d'Hébert IV, en 1047, Elinand, évêque de Laon, en 1067, Emma de Cambrai en 1085, le fils d'Anfelme de Ribemont, Godefroy, en 1104, Béatrix en 1111, le prêtre Milon en 1123 ; il y avoit été élevé dès fa plus tendre jeuneffe : Thomas de Roye en 1138, Gumbert en 1143, Godefroy de Guife en 1145, Gautier de Pontreuel en 1182, Robert, comte de Mézieres, en 1206, Riber de Le Vergies en 1212, Henri de Vignoy en 1217, Almoric de Haute-ville en 1221, Gilles de Fons-Somme, fénéchal de Vermandois, en 1240, Pierre de Soiffons, avocat du Roi à Saint-Quentin, en 1367, &c. &c. Le pape Pafchal en 1108, Henri, archevêque de

Reims, en 1163, & le pape Alexandre III, en 1174, confirmerent tous les biens donnés à ce monaſtere. Il ſubſiſta dans le lieu où Albert l'avoit établi, juſqu'à ce qu'il entra dans la ville de Saint-Quentin. La tranſmigration en arriva, pour la maiſon abbatiale, en 1353; &, pour la conventuelle, un peu avant 1471, en laquelle année le Chapitre de ſaint Quentin intenta un procès aux moines de ſaint Prix, qui prétendoient porter en la ville leur exemption de la juriſdiction de cette principale égliſe. Les auteurs de la nou-velle *Gaule chrétienne* ſe ſont trompés ſur ces dates. Cette même abbaye devint, dans la ſuite, riche & ornée.

Voici comme elle prit, pour le patron de ſon égliſe, ſaint Prix, évêque de Clermont en Auvergne, & martyr. Ce glorieux Titu-laire (2) avoit été mis à mort à l'occaſion de celle du Patrice de Marſeille, Hector, arrivée en 674. Le Saxon, qui le tua, ſe nom-moit Radbert. Les principaux du pays d'Auvergne, à la ſollicita-tion d'Agritius, l'avoient engagé à ce crime, pour venger la mort du Patrice. La paſſion du ſaint Pontife arriva au commencement de l'année qui ſuivit celle en laquelle Childeric II avoit été aſſaſſiné. Saint Prix avoit été inhumé dans un lieu appellé Volvic, également éloigné de cinq mille pas de ſa ville épiſcopale, & du monaſ-tere de Mauzac, ordre de Cluny. Vers l'an 763, ſon corps, tiré de ſon tombeau, fut transféré de Volvic, où l'évêque Avite avoit fait conſtruire un monaſtere qu'on appelle encore à préſent le Prieuré de Volvic, dépendant de l'abbaye de Mauzac. On le porta dans le monaſtere de Flavigny, diocèſe d'Autun en Bourgogne; & Manaſſès, abbé de cette derniere maiſon, l'y reçut le 8 d'Octo-bre. Bientôt le bruit des miracles du ſaint Martyr, qui étoit déjà vénérable à toute la France, vint frapper les oreilles de Charle-magne. Ce Prince voulut en avoir des reliques, & en obtint. Ful-rade, abbé de ſaint Quentin, en demanda lui-même pour ſon égliſe à cet Empereur; il en reçut l'omoplate & une partie du crâne. Fulrade vouloit renfermer ces précieuſes portions dans un tombeau, au côté de celui qui contenoit le corps de ſaint Quen-tin. Mais apparemment il les trouva en trop petite quantité, pour en faire cet accompagnement. Il les fit entrer dans la ville d'Au-guſte de Vermandois, avec une pompe des plus brillantes, le 12 du mois de Juillet, jour auquel on célébre encore la fête de cette ré-ception. Elles furent religieuſement gardées dans l'égliſe de ſaint Quentin juſqu'au temps que nous parcourons. Le comte Albert ayant fondé ſa nouvelle abbaye, le Chapitre de ſaint Quentin s'empreſſa d'enrichir l'égliſe des moines des reliques de ſaint Prix; il leur donna l'omoplate du corps de ce Saint, & ne s'en conſerva que le crâne qu'il a fait renfermer depuis peu dans un magnifique reliquaire. C'eſt de ce précieux don que le monaſtere nouveau a

X. SIECLE.
Année 944.

Tom. 9. col. 1094.

I X.
Annales B B.
tom. 1, Lib. 16,
N°. 34.

pris le nom distinctif qu'il porte encore, & qu'il s'est appellé *l'abbaye de saint Prix.*

Les savans auteurs de la nouvelle *Gaule chrétienne* penchent à croire que l'abbé Fulrade est le vrai fondateur du monastere dont nous parlons, & ne font à Albert que l'honneur d'en être le restaurateur & le dotateur principal. Leur conjecture ne nous plaît pas. Pourquoi n'entendroit-on parler de cette maison qu'au milieu du dixieme siécle, si elle avoit été fondée au commencement du neuvieme, & plus de cent trente ans avant l'époque que nous fixons ? On connoît d'ailleurs l'intention d'Albert dans cette fondation ; il a voulu expier le forfait de son pere, & purger le lieu des prisons dans lesquelles ce Comte avoit enfermé Charles *le Simple*, en donnant aux moines son propre palais. Où auroient donc demeuré les Comtes de Vermandois depuis Fulrade, si leur hôtel avoit été donné dès son temps aux moines de saint Prix ? On ne leur connoît point d'autre demeure, jusqu'au dixieme siécle, que celle qu'Albert a quittée en faveur de ses nouveaux hôtes. Depuis cette époque, on apperçoit où il s'est transféré, où il a demeuré, & où ses successeurs ont continué d'habiter. Enfin, nous sommes fondés sur la tradition constante du pays, qui dépose que les moines de saint Prix ont été primitivement établis dans le palais de nos anciens Comtes, & qu'ils en ont l'obligation au comte Albert *le Pieux.*

Voici la liste des Abbés réguliers & commendataires de l'abbaye de saint Prix, de laquelle nous parlons.

Abbés Réguliers.

I. Garinus Ier, ou Warinus, en 1040 ; il fit du bien à un monastere appellé *la Chaise-Dieu.*

II. Gérard Ier, que Claude Emmeré n'a point connu, en 1043 & 1045.

III. Rainier Ier, en 1047 ; il paroît être le même qui assista en 1051 à la translation des reliques de sainte Hunégonde, & qui n'y prit que le titre de *Vicarius sancti Præjecti* par humilité.

IV. Waldatus ou Waldricus obtint en 1067 d'Elinand, évêque de Laon, l'autel de Sénerci ; il vivoit encore en 1076. Claude Emmeré insére entre ces deux dates un abbé Richard, dont il n'a pu donner la preuve.

V. Hubert en 1085 reçoit une donation d'une nommée Emma, habitante de Cambrai.

VI. Nanterus en 1092 reçut la réparation que lui fit le Maire de Rôcourt de ses injustes procédés envers son église.

VII. Guarimbaldus, en 1104 & 1120.

VIII. Albert, nommé dans une charte de l'abbaye d'Ifle, en 1122.

IX. Rainier II reçoit en 1123 de Gui de Guife un moulin fur la Somme.

X. Héribert, en 1130 & 1133.

XI. Guarinus II, ou Warinus, en 1138 & 1142.

XII. Hugues Ier, fils de Robert de Saifincourt, en 1144 & 1145.

XIII. Guarinus III, ou Warinus, en 1145 & 1146, & 1148. (*Longi-Pont. cartâ IV* de Troncoy.)

XIV. Rainaud Ier, en 1148, 1157 & 1158. (*Augufl.-Viromand. fol. 98.*)

XV. Hugues II, en 1164 & 1166.

XVI. Richard en 1170 tranfige avec l'Abbé du Mont-Saint-Martin.

XVII. Evrard en 1171. Hugues, abbé de faint Vincent, lui donna en 1181 tout ce qu'il poffédoit *apud Semilly.* Il parle encore en la même année dans le cartulaire de Long-Pont, pour Troncoy. (*Cartâ XIII.*)

XVIII. Gérard, en 1182.

XIX. Gontier, en 1192 & 1194. L'Evêque de Noyon lui donna en cette dernière année l'autel ou cantuaire de Saifincourt, c'eft-à-dire, la cure ou le fpirituel de ce lieu.

XX. Walterus Ier (peut-être le même que le précédent) eft cité au 23 de Janvier dans le nécrologe de faint Vincent de Laon. Comme *Walterus* & *Anfellus* font fynonimes, & fignifient *Valet,* nous penchons à croire que c'eft du même abbé *Walterus Ier* que fait mention le nécrologe de Fémy, par ces paroles : *XII Calendas Junii* (21 de Mai) *obiit Anfellus, abbas fanâi Prœjeâi, juxta fanctum Quintinum.* Nous ne connoiffons point d'ailleurs d'Abbé de faint Prix du nom d'*Anfellus.*

XXI. Rainaud II, en 1206, 1210, 1213 & 1220.

XXII. L. . . . . . tranfige, en Avril 1232, avec les religieux Trinitaires *des Belles-portes* dans Saint-Quentin. Les moines de faint Prix demandent, dans la même année, au Roi la permiffion de fe nommer un Abbé en la place de leur dernier qui avoit fait fa démiffion dans les mains de l'Evêque de Noyon. (*Tréfor royal des chartes.*)

XXIII. Rainaud III fut mis en poffeffion, au mois de Mars 1240, (*id eft* 1241) par le Sénéchal de Vermandois; il vivoit encore en 1274.

XXIV. Jean Ier, neveu de Gui, évêque de Noyon, en Mai 1282.

XXV. Jean II, en 1306. (Annales de Noyon, page 1047.) On

ne fait duquel de ces deux Abbés le nécrologe de Fémy a dit : *III Calendas Junii* (30 Mai) *obiit Johannes, abbas fancti Præjecti, juxta fanctum Quintinum.*

XXVI. P. . . . . en 1323, fuivant une charte de l'Evêque de Noyon. (*Auguft.-Viromand. folio 274.*)

XXVII. Jean III, cité en 1328 dans une charte de l'abbaye d'Ifle. .

XXVIII. Hervée ou Herman, en 1336 & 1341.

XXIX. Pierre Rofe, en 1367 & 1371.

XXX. Jean de Villette, en 1410.

XXXI. Adam Paille, en 1420 & 1448, mort le 1er de Novembre, felon le nécrologe de faint Vincent de Laon.

XXXII. Jean le Champenois, en 1457.

XXXIII. Gaultier II, en 1471 & 1475.

XXXIV. Jean VI, en 1478, peut-être le même qui eft appellé Jean Floquet dans quelques chartes de l'abbaye, ès années 1493 & 1497.

XXXV. Nicolas de Grolli, célérier de Corbie, puis abbé de faint Prix, en 1511.

XXXVI. Abraham Ier, en 1514.

Abbés Commendataires.

XXXVII. Jean de Halluin, doyen de l'églife de faint Quentin, en 1518 & 1520.

XXXVIII. Abraham Robart, abbé régulier, en 1522; (peut-être le même qu'Abraham Ier, qui, après avoir plaidé contre Jean de Halluin, auroit joui de cette abbaye.)

XXXIX. Claude le Bocquillon, dernier abbé régulier, mort avant 1557, enterré dans l'ancienne abbaye, hors de la ville, puis rapporté dans la noüvelle en la ville.

XL. Jacques de la Motte, feigneur de Beauregard, chanoine de Saint-Quentin, de Paris, du Mans & de Chartres, &c. Il a fondé à Paris une bourfe pour un moine de faint Prix, qui voudroit y étudier. Il naquit en 1516, & mourut en 1599.

XLI. Jacques Brifard Ier.

XLII. Jean Brifard.

XLIII. Julien Brifard, neveu, en 1651.

XLIV. Charles Brifard, frere, clerc de Paris, obtint fes bulles de Rome le 24 Mars 1655, & les fit fulminer par Du Sauffay, official de Paris, le 24 Mai 1656. Il mourut en 1718.

XLV. Jacques Brifard II, neveu, & réfignataire, fut nommé par le Roi, à la fin de 1716; il mourut, confeiller-clerc au parlement de Paris, le 12 Janvier 1746.

XLVI. Hyacinthe-Julien le Riche, nommé le 13 de Mai 1746, prit possession de son abbaye le 16 de Juin suivant.

M. Claude de Saint-Simon, évêque de Noyon, ayant obtenu des lettres-patentes en 1732, pour ériger un petit séminaire en son diocese, avec permission d'éteindre bénéfices jusqu'à concurrence de huit mille livres, pour les appliquer & réunir à son nouvel établissement, présenta, peu de temps après, requête au Conseil du Roi pour l'abolissement de l'abbaye de saint Prix. Un brevet, du 25 Janvier 1733, répondit dans les vues du Prélat qui n'eut pas le temps de consommer son projet, parce qu'il passa à l'évêché de Metz. D'autre part, les lettres-patentes n'avoient pas été homologuées. Ce défaut de formalité fit recourir à de nouvelles qu'obtint M. de Bourzac en 1746. Le Parlement les régistra le 24 de Mars 1750. Un arrêt du Conseil, du 14 Février 1755, ordonna que ladite abbaye seroit détruite, & ses biens & revenus affectés au petit séminaire projetté. Les moines formerent de vives oppositions. Le Conseil, par un autre arrêt, du 19 de Juin 1758, renvoya les parties pour plaider devant le Parlement. La Cour jugea & décida, le 14 de Janvier suivant, sur les conclusions de l'Avocat-général, en faveur de l'Evêque de Noyon.

Dès qu'Albert eut quitté, en faveur de l'abbaye de saint Prix qu'il venoit de fonder, le palais que ses ancêtres avoient toujours habité, il s'en fit construire un autre, hors du sein de sa ville capitale, vers son orient, proche de l'église [détruite] qu'on appelloit de la Touffaint, près de la tour [aussi détruite] qu'on appelloit la tour-à-l'eau. Il étoit encore sur les rives de la Somme, non loin de l'endroit où ce Seigneur fit bâtir, dans la suite, l'abbaye de saint Quentin en l'isle. Car les anciens titres & erremens du pays disent qu'il y eut autrefois le château de nos Comtes vers ce lieu. Les successeurs d'Albert Ier quitterent encore ce dernier palais, qui les tenoit trop éloignés du principal objet de leur piété. Ils se rapprocherent de la grande église de saint Quentin. L'on pense qu'ils se logerent dès-lors dans la *maison* qu'on a nommée *de la Monnoie*, & qu'on appelle à présent plus communément l'*Hôtel du Roi*, ou *le Gouvernement*. Lorsque le Vermandois fut réuni, dans le douzieme siécle, à la Couronne, cette maison suivit le droit de réversion, & est restée en la puissance de nos Rois, comme un accessoire nécessairement joint au principal. C'est la demeure ordinaire des Gouverneurs de la ville de Saint-Quentin, lorsqu'ils y résident.

Un esprit né pour faire le bien, ne tarde jamais à se déclarer : il le conçoit de bonne heure, & l'exécute dès qu'il le peut. Le commencement de l'entrée d'Albert dans son gouvernement, fut signalé par tous les traits qui désignent le grand homme, l'ami du bon ordre, & le sectateur entendu de la piété. Il vient de purger sa

X. SIECLE.
Année 945.
X L.

XII.
August. - Vir.
fol. 92.

Voyez l'année
1309.

XIII.

demeure ancienne, & d'établir fur fes fondemens une abbaye nouvelle : il vient d'ordonner la conftruction d'un nouveau palais : il
va porter auffi-tôt fes foins à réformer la principale églife de fa
domination. La bafilique de faint Quentin, de laquelle il avoit
l'honneur de porter le titre d'Abbé, étoit celle en effet qui méritoit le plus fon attention : il la lui donna toute entiere, & s'employa de tout fon pouvoir à y établir une forme conftante, & à y
rappeller la difcipline exacte & réguliere, que les troubles des
guerres précédentes en avoient bannie.

Il la délivra d'abord de la fervitude des Comtes, fous laquelle
elle gémiffoit. Ces Abbés-laïcs s'appliquoient la plus grande partie
des biens de leurs églifes. Il remit aux chanoines la propriété, la
régie & l'emploi des leurs. Le nom d'Abbé de leur églife ne fut
plus pour lui qu'un titre de protection dont il fe fit gloire : il vouloit donc, en s'honorant de cette belle qualité d'Abbé de l'églife de
faint Quentin, qu'elle fervît à jamais à réveiller l'amour qu'il devoit à cette chere bafilique, fi par hafard il pouvoit s'affoupir dans
fon cœur. Il falloit, avant toutes chofes, un chef vertueux & vigilant, digne de préfider au fpirituel d'un college de chanoines fi
diftingué & fi nombreux, & capable de régler, conjointement
avec eux, les affaires temporelles qui les concernoient. Il le leur
donna. Ce nouveau Supérieur fut appellé *Doyen*, *Decanus*. Difons
mieux : il confirma par fa puiffance une fupériorité qui, fans
doute, avoit été déjà introduite & établie précédemment par les
chanoines de faint Quentin, dans leur églife. Car, eu égard au
befoin dans lequel ils étoient d'un chef eccléfiaftique réfidant, qui
les gouvernât depuis la mort de Hugues leur dernier Abbé, & l'intrufion fucceffive des Comtes-Abbés, qui peut douter qu'ils ne fe
fuffent créé un Supérieur de cette forte ? Peut-être s'appelloit-il
Doyen, peut-être autrement. Au refte, c'eft ici qu'on entend prononcer, pour la premiere fois, le nom de Doyen.

XIV.   Robert eft le premier que nous fachions avoir porté ce nom &
avoir rempli cette place diftinguée dans l'églife de faint Quentin.
L'époque de la geftion de Robert, eft certaine ; on en lit le nom
au bas des chartes qui fe pafferent dans les années que nous allons
parcourir. A l'imitation de Claude Emmeré, nous ne rapporterons
dans la fuite que les noms des Doyens de faint Quentin, dont on
peut fixer inconteftablement les années de l'adminiftration par des
pieces faites de leur temps. Nous en omettrons cinq ou fix, dont
on ne connoît que les noms infcrits fur une vieille table, à laquelle
on ne peut s'attacher, parce qu'elle préfente leurs vocables fans
dates & fans ordre. C'eft un Rodrianus, par exemple, que le même
écrivain, dans fa *Table chronologique des Doyens, Coûtres & Chanoines
de faint Quentin*, avoit cependant placé, mais fans fondement, en
1092.

1092. C'eſt un Daniel, Ier du nom, en 1100 ; un Vimbertus mort, ſelon le martyrologe de cette égliſe, le premier jour de Septembre ; lequel avoit donné à ſon Chapitre des terres à Vraignes [*apud Verinas*]. C'eſt un Eudes, ou Odon II, en 1161 ; un Evimon ou Emmon, en 1200, mort bienfaiteur de ſon égliſe le 5 de Février ; un Goſſuin de Tournay, en 1207, &c.

L'uſage perpétuel & invariable, dans lequel s'eſt maintenu le Chapitre de ſaint Quentin, d'élire ſon Doyen à la pluralité des voix, juſqu'à la nomination excluſivement de M. de Buzanval [1694] eſt une preuve que cette Compagnie ne reçut pas Robert de la main du Comte de Vermandois, collateur des prébendes de ſaint Quentin. Ainſi s'étoit-elle nommés les autres Chefs qu'elle s'étoit donnés avant l'introduction des Doyens en ſon ſein, de quelque titre qu'elle les ait qualifiés, s'il eſt vrai que Robert en ſoit le premier Doyen. Mais il étoit de la bonne regle & du devoir, que la nomination du Chef d'un Corps ſi nombreux, ſi illuſtre & ſi puiſſant, ne ſe fît point, ſans que le Comte en fût prévenu. On ſent les formidables inconvéniens d'une conduite contraire. Auſſi les chanoines demandoient-ils au Comte de Vermandois la permiſſion de s'aſſembler pour cet objet, d'exercer leur droit, & de voter librement ſous ſon aveu & ſon conſentement. Cette permiſſion ne leur étoit jamais refuſée ; ſouvent même des Commiſſaires étoient envoyés de la part du Comte dans l'aſſemblée des vocaux, pour y affermir la tranquillité & la liberté. S'il avoit en vue, pour cette place, quelque ſujet diſtingué par ſa naiſſance, ſes vertus & ſes mérites, c'étoit-là le lieu de le recommander à la Compagnie, & d'en ſolliciter bénignement les ſuffrages. L'élection étoit-elle faite ? tous les membres de la Compagnie, le peuple de la ville, & le Comte même, y applaudiſſoient par leur acclamation. L'Archevêque métropolitain, à qui le procès-verbal de l'élection étoit préſenté, l'examinoit ; & s'il le trouvoit régulier, il mettoit, ſans différer, ſon attache de confirmation ou vœu général du Chapitre. Les Rois de France ſuccéderent aux droits des Comtes héréditaires de Vermandois. Les chanoines de ſaint Quentin obſerverent à leur égard la même pratique. Ils leur demanderent la permiſſion dont on parle ; & ſur le conſentement qu'ils en obtenoient de procéder à l'élection, ils jettoient les yeux ſur la perſonne la plus digne de cet emploi, & en faiſoient enſuite confirmer le choix par les mêmes Rois. On conſerve encore, dans le tréſor royal de la Sainte-Chapelle de Paris, des minutes de placets adreſſés dans cette vue, en 1268, à ſaint Louis ; en 1270, à Matthieu, abbé de ſaint Denis, & Simon de Neſle, miniſtres du même Monarque ; à Philippe *le Hardi*, en 1282, &c. Nous raconterons dans la ſuite comment

Louis XIV rappella à sa personne sacrée seule, le droit de pourvoir au décanat de saint Quentin.

Nous ne savons si la dignité de Chancelier étoit établie avant le temps d'Albert Ier, dans cette même église, ou si c'est par ses soins qu'elle l'y fut ; mais il est très-certain qu'elle étoit en pied sous son gouvernement. Aubery, le chancelier de ce Comte, l'étoit en même temps de cette basilique. Le seing en est aussi au bas de nos chartes. La dignité de Chancelier en l'église de saint Quentin, qui n'y est plus maintenant qu'un titre purement honorifique, avoit autrefois ses charges particulieres : nous en voyons encore l'état en racourci dans la formule du serment que ces dignitaires prêtoient pardevant le Chapitre, lorsqu'ils s'y faisoient recevoir. Ils gardoient la clef du grand sceau de leur église, quand ils résidoient ; en cas d'absence, ils la remettoient à la Compagnie. Ils scelloient les actes qu'elle avoit fait expédier. Telles étoient leurs principales fonctions dans le Chapitre. Au chœur, ils étoient obligés de dresser le tableau des offices des jours annuels, & d'y chanter la huitieme leçon. La Chancellerie est le seul personnat, en titre de bénéfice, qui ait subsisté dans l'église de saint Quentin : elle n'est plus attachée (3) ni à aucun emploi, ni à aucune prébende, & n'a plus d'obligation que le chant de quelques leçons. Le titulaire n'en est pas du corps du Chapitre ; il a même ses biens en particulier.

Voici le droit de nos Comtes & de nos Rois, tel qu'on doit le concevoir, par rapport à la collation pleine & entiere des prébendes canoniales de l'église de saint Quentin. Dans l'origine de cette basilique, il faut croire que les Evêques de Vermandois, siégeans en leur ville d'Auguste, conféroient à leurs Ecclésiastiques les places, prébendes & chanoinies de cette cathédrale qui leur étoit propre & immédiatement soumise. C'étoit le droit ordinaire attaché à leur dignité. Mais ces places, qu'on a depuis appellées bénéfices, ne donnoient, jusques vers le temps de saint Médard, que la vie, l'habit & le logement, tels que pouvoient le desirer des clercs de JESUS-CHRIST. Le revenu n'en étoit pas encore assis sur des fonds prédiaux ; il ne l'étoit que sur les dixmes gratuites des fideles, & sur leurs aumônes. Pour posséder une place dans cette église, il suffisoit d'être membre du clergé du diocese, & d'en remplir les charges dans la ville & dans les campagnes. Le nombre de ces prébendes n'étoit pas fixé. La forme du consentement que donnoient l'Evêque & son conseil pour entrer dans le clergé de saint Quentin, étoit la même dans toutes les cathédrales ; & c'est celle qui se pratique encore aujourd'hui dans les monasteres. Un sujet digne est reçu par l'Abbé & ses Religieux ; ils l'admettent, par cet acte, à partager avec la communauté la vie & les autres prérogaxives de la maison. La preuve de ce que nous difons eft tirée des marques fenfibles de l'attention perféverante qu'ont apporté nos premiers Evêques de Noyon, à veiller fur l'églife de S. Quentin. Saint Ouen en eft le garant. On le voit auffi dans le foin particulier qu'a témoigné faint Mommolin à faire placer à la tête du Chapitre de faint Quentin, un faint Bertrand qu'il appella du diocefe de Térouenne. Ils ne pouvoient la perdre de vue, comme ayant été leur ancienne cathédrale, & même après qu'ils en avoient fondé une nouvelle.

L'églife de faint Quentin s'eft accrue, depuis le feptieme fiécle fur-tout, par les dons & la dotation de nos Comtes, de nos Rois, & les charités des pélerins qui venoient vifiter le tombeau du Martyr. Le nombre de fes clercs fut fixé alors, mais fuivant fes revenus qu'ils confommoient en commun. Et comme fon Evêque s'en étoit retiré, pour ne vivre que dans fa nouvelle cathédrale de Noyon, & qu'il n'avoit point ou peu de part aux nouvelles dotations de fa premiere, celles que lui avoient faites nos Comtes, ou qu'ils avoient acceptées pour elle, comme Abbés-laïcs, leur acquit le droit de nommer, dans le clergé de faint Quentin, ceux qu'ils vouloient. Ils pouvoient s'appliquer cette maxime : *Patronum faciunt jus, ædificatio, fundus.* Au défaut de cet axiome, leur ufurpation tyrannique pouvoit leur faire un titre. Nos Rois, fuzerains fuprêmes, & dotateurs auffi de la même églife, pouvoient par préférence exercer le même droit. Qui peut avoir nommé chanoine de faint Quentin un de leurs chantres, fi ce n'eft un de nos Rois ? Charlemagne paroît y avoir mis de fa main l'abbé Fulrade. Il eft très-vraifemblable auffi que l'abbé Hugues, & d'autres, qui eurent l'adminiftration en chef de cette églife, furent encore placés par les defcendans de cet Empereur. Les places ou chanoinies auxquelles ne nommoient pas nos Rois, nos Comtes en difpofoient felon leur gré, en faveur des clercs qu'ils protégeoient. On fit le partage des biens eccléfiaftiques dans l'onzieme fiécle ; les mêmes Comtes, héréditaires alors, pourvurent aux prébendes nouvelles de la même façon. Et quand leur comté fut réuni à la Couronne, le droit fuprême, le droit ordinaire, & l'ufage de nommer aux canonicats de faint Quentin, leur revinrent, & leur furent dévolus fans conteftation. L'on voit le pouvoir illimité de nos Comtes fur les prébendes canoniales de faint Quentin, dans l'application arbitraire qu'ils en faifoient. Ainfi Adele, veuve de Hugues de France, a-t-elle annexé à l'abbaye de faint Quentin fous Beauvais, la prébende canoniale, dont elle jouiffoit à titre de Comteffe de Vermandois : ainfi fon petit-fils Raoul en a-t-il réuni, de fa propre autorité, une feconde au décanat de faint Quentin, dont le revenu lui paroiffoit trop mince : ainſi les mêmes Seigneurs en donnoient-ils à leurs Médecins, &c. &c. &c.

Il en fut de même, à peu près, des canonicats de Péronne. Peut-être, dès leur inſtitution, furent-ils à la nomination des Châtelains de cette ville, ſucceſſeurs d'Erchinoald, qui les avoit fondés & dotés. Ils ſe donnerent au moins ce droit dans la ſuite, à l'imitation des Comtes de Vermandois. Ces Châtelains ceſſerent d'être, & leur châtellenie paſſa, avec notre province, dans la haute main de nos Rois. Ceux - ci exercerent la nomination, dans le moment, ſur les prébendes canoniales de ſaint Furſi.

XIX.

Il en fut autrement de celles de la cathédrale de Noyon : les Evêques les avoient fondées & dotées eux-mêmes en partie, ou avoient reçu les dotations qui venoient des mains étrangeres, même de celles de nos Rois. Mais comme ils ne s'étoient pas défaiſis de l'uſage & du droit intrinſeque aux Evêques, de nommer les ſujets de leur clergé, qui devoient vivre en commun dans leur cathédrale, & des biens de ſa manſe, ils perſiſterent à pourvoir des canonicats érigés en titre de bénéfices, quand on quitta la vie commune, & quand l'on diviſa en partitions & en prébendes les revenus de leur égliſe. De-là, le droit dont ils jouiſſent encore de nommer à toutes, même aux dignités de leur égliſe, hors celles qui ſont capitulaires, c'eſt-à-dire, pour les offices & les charges de la Compagnie, qui eſt cenſée les avoir fondées des biens de ſa manſe particuliere.

Les prébendes des Chapitres de Neſle & de ſainte Pécinne, qui ſont deux autres collégiales du dioceſe de Noyon, ont été fondées, dotées, érigées poſtérieurement à celles des trois anciennes égliſes dont nous venons de parler, ſous des conditions bien différentes, auxquelles elles ſont encore aſſervies à préſent. Nous en parlerons dans leur temps.

XX.

La dignité de Doyen d'une égliſe a toujours emporté avec ſoi la réſidence perpétuelle, de la part de ceux qui y ſont élevés, & l'obligation de veiller exactement à la conduite & aux beſoins ſpirituels des perſonnes qui leur étoient confiées. Ceux de l'égliſe de ſaint Quentin [ſelon ces principes] ſont regardés comme les vrais Curés des ſujets de leur chœur, à l'égard deſquels ils en rempliſſent toutes les fonctions : c'eſt-à-dire, de leur célébrer la meſſe, au moins dans les jours les plus ſolemnels de l'année, de les prêcher, de les adminiſtrer des Sacremens, de les enterrer. Ça été la déciſion d'Aubry, archevêque de Reims, en 1211. Ça été le prononcé d'un autre jugement antérieur, en 1206. Mais telle a été auſſi la diſcipline conſtante de la même égliſe, que le Doyen, qui étoit le ſupérieur de chaque membre de ſon chœur en particulier, étoit lui-même ſoumis à la juriſdiction du Chapitre aſſemblé, dont

il fubiffoit les jugemens. Les Doyens des autres églifes font à
l'inftar de celui-ci.

Tant que les chanoines de faint Quentin vécurent en communauté, le décanat n'étoit qu'une fimple dignité parmi eux, deftinée à remplir les fonctions que l'on vient de détailler, & à couronner le mérite de celui qui en étoit revêtu. Le Doyen de cette
églife participoit folidairement aux biens de la Compagnie, & n'en
recevoit rien de plus : mais quand la divifion de la manfe fut introduite, fa place, plus diftinguée que celle de tous les chanoines
féparément pris, & expofée à plus de fafte & de dépenfes, mérita
une portion plus ample dans les biens de la manfe capitulaire, que
n'étoit la portion affectée à chaque prébende canoniale. Cette dignité s'accrut dans la fuite. Raoul II y attacha une feconde prébende;
& pour la rendre, par des honneurs extérieurs, plus relevée aux
yeux des peuples, on régla que le Sénéchal de Vermandois en mettroit lui-même en poffeffion celui qui y auroit été élu. Elle s'établit enfuite une jurifdiction particuliere, & des officiers pour l'exercer. Enfin, elle fe fit annexer encore d'autres prébendes, quand
elle en put obtenir la permiffion. Nous expliquerons ces divers
progrès fait-à-fait qu'ils fe préfenteront. Du refte, cette dignité
fut toujours affervie à la preftation du ferment d'obferver inviolablement les droits du Chapitre & ceux du décanat.

L'on remarquera auffi qu'au temps d'Albert Ier l'églife de faint
Quentin avoit encore dans fon fein une autre dignité : c'étoit celle
de Prévôt. Elle en eft difparue dans les fiécles poftérieurs ; & fa
fuite a fait fi peu de bruit, qu'on ne peut pas même en rapporter la
date. La dignité de Prévôt revenoit à celle de cette efpece d'officier,
que les moines appellent Procureur ou Receveur. Son devoir l'obligeoit à prendre foin de toutes chofes au dedans & au dehors. Au
dedans, il tenoit la place du Doyen abfent, & devoit gouverner
la communauté, avec zele, amour & piété, & fournir aux chanoines tout ce qui leur étoit néceffaire pour le logement, la nourriture & les habits. On lit ces obligations dans les *Statuts* de Gérard
de Mécines, dont nous parlerons dans la fuite. Au dehors, il devoit faire valoir, au profit de fes confreres, les vignes, les prés,
les bois, les terres, les eaux, &c. Il devoit acheter & vendre, &
entretenir en fuffifant état, les maifons & les héritages. Ces dernieres fonctions ont été données à un Sénéchal, ou à divers membres de la Compagnie, après que l'ufage des Pafts a été aboli, &
que la dignité de Prévôt a été fupprimée.

Outre le Prévôt général, on peut croire qu'il y en avoit de particuliers fous lui : ceux-ci exécutoient fes ordres fans doute, &
faifoient, en divers lieux, les devoirs auxquels il ne lui étoit pas
poffible de s'appliquer. C'eft ainfi que nous remarquons un Prévôt

XXI.

X. Siecle.
Année 944.
Voyez le Livre
IV, N°. 36.

de Harly, appellé Guntlagus, qui avoit la charge des ouvrages, dès l'an 686. Mais ces Prévôtés n'étoient pas des bénéfices ni des titres eccléfiaftiques ; c'étoient de pures appellations données à des laïcs, à caufe des miniftere's temporels qu'ils exerçoient fous le Prévôt de l'églife.

Tels étoient donc les principaux chefs que l'églife de faint Quentin reconnoifloit à la tête de fon gouvernement, au temps qu'Albert Ier y rétablit l'ordre & la difcipline : le Doyen, le Coûtre, le Chancelier & le Prévôt. Gifon, Guifon ou Wifon étoit fous ce Comte le quatrieme Coûtre de ceux dont la connoiffance eft parvenue jufqu'à nous. Baudoin en eft le premier Prévôt. Nous parlerons des dignitaires de la cathédrale de Noyon, & des autres collégiales de ce diocefe, en leur lieu.

XXII
Année 945.
Annales BB.
tom. 3. Lib. 44,
N°. 74.

Ce qu'on ne fauroit trop admirer en Albert, c'eft qu'il jettoit les fondemens des belles inftitutions & de la belle réforme, dont nous venons de parler, au milieu des troubles dont la province de fon comté étoit inquiétée, & parmi les mouvemens qui agitoient fa famille. Les conteftations élevées entre le Roi & le Duc des François, Hugues *le Grand*, loin de s'affoupir, fe réveilloient & fe reproduifoient en tous lieux. Eudes de Vermandois combattoit alors contre le Comte d'Amiens. Bernard de Senlis, Thibaut, comte de Blois, & Hébert de Vermandois, tous parens ou alliés, affiégerent, durant les fêtes de Pâques de l'année 945, le château de Montigny, près de Soiffons, le détruifirent & le brûlerent. Bernard, ajoutant l'infulte à la violence, enleva les chaffeurs du Roi, leurs chiens & leurs chevaux, & ravagea la ville de Compiegne, avec fes environs. En revanche, le Vermandois fut auffi couru & pillé dans le même temps, & Reims même très-affligée par les troupes du Roi. Après ces expéditions qui ne décidoient de rien, Louis marcha pour attaquer Hugues *le Grand*, occupé alors contre les Normands ; mais, trahi lui-même par ces peuples qui abandonnerent fon parti, ce Roi en fut fait prifonnier. Il ne dut fon élargiffement qu'à la générofité de fon adverfaire qui le renvoya à Laon, fous la garde de Thibaut *le Tricheur*, comte de Blois & de Chartres. C'étoit, comme nous l'avons dit, le neveu de Hugues *le Grand* par Leudegarde de Vermandois, veuve de Guillaume *Longue-épée*, que ce Seigneur avoit époufée.

XXIII.
Ibid. N°. 76.

Albert ne reftoit pas oifif ; &, s'il ne paroît pas qu'il ait agi offenfivement, au moins fut-il fe défendre avec beaucoup de courage contre fes adverfaires. Raoul de Cambrai, beau-frere de Louis, par la fœur de ce Prince, fille de Charles *le Simple*, à laquelle il avoit été marié, foutenoit le parti de Louis ; il alla ravager, en cette même année, l'abbaye de Corbie qu'il mit enfuite en cendres ; puis, revenant fur le Vermandois, il y faifoit mille invafions

en divers lieux. Albert ne tarda pas à se faire réparer ses dommages ; secouru des Lorrains qu'il avoit appellés à son aide, il expulsa
ses ennemis de ses domaines, & les reprit sur eux avec avantage.

L'archevêque Hugues de Vermandois donna alors dans Reims
une grande preuve de désintéressement, & de son amour pour la
bonne discipline. Il mit un Abbé régulier à la tête des moines de
saint Remi. Les Archevêques ses prédécesseurs avoient envahi,
depuis cent soixante-dix ans, ce titre si peu fait pour eux, avec
une partie des revenus de la maison : ce qui ne leur appartenoit
en aucune sorte.

Quoiqu'il paroisse assez clairement, par tout ce qu'on a rapporté d'Albert, que le Vermandois étoit échu dans la portion de son
hérédité, & qu'il commença à y gouverner, aussi-tôt la mort de
son pere Hébert II, il y eut cependant des contestations entre lui
& ses freres, par rapport à quelques domaines, en l'année 946.
Frodoard, qui a fait mention de leurs disputes, ne nous a pas dit
sur quels biens en particulier roula la division des freres. Mais Hugues *le Blanc* ou *le Grand* leur oncle, toujours dévoué à leurs intérêts
& à leur bonheur, appaisa avec sa prudence ordinaire les différends
suscités entr'eux. Par un partage équitable & sagement balancé, il
les rendit contens de la répartition qu'il leur fit de leurs biens.
La province de Vermandois ne sortit point des mains qui la conduisoient déjà.

Le Roi Louis étoit encore sous la garde de Thibaut *le Tricheur* à
Laon ; & sans le caractere doux & généreux de Hugues *le Blanc*, la
destinée de ce Monarque couroit des risques bien redoutables.
Louis pouvoit représenter en sa personne les scènes disgracieuses
de son pere. Eadmundus, roi d'Angleterre, intercéda pour lui auprès du Duc des François, & le conjura de remettre en pleine liberté son Roi. Quel titre plus puissant pour y céder dans le moment ! Hugues consentit aux instances du Roi Anglois ; mais il
avoit demandé, pour condition préalable, qu'on lui donnât la
ville de Laon. Il l'obtint. Laon fut le prix du rachat de Louis. Dans
le cours de ces négociations infamantes, la reine Gerberge étoit
venue pour délivrer son mari, avec Othon son frere, & Conrad,
roi de la Gaule Cisalpine. Ces deux Rois assiégerent en effet la ville
de Laon ; & ensuite celle de Paris où Hugues *le Blanc* s'étoit enfermé ; mais ils avoient été contraints de lever le siege de devant ces
deux places. Ils furent plus heureux dans celui qu'ils firent de la
ville de Reims. Le Roi étoit devenu libre ; il les y accompagna,
& reprit avec eux cette capitale que l'Archevêque Hugues lui
remit.

L'entrée triomphante de Louis dans cette ville fut le renouvel

X. SIECLE,
Année 945.

XXIV.
Ibid. N°. 73.

XXV.
Année 946.
Chron. Frodoard.
ad hunc ann.

XXVI.
Annales BB. tom.
3, Lib. 44 ; N°.
93.

XXVII.

X. SIECLE,
Année 946.

lement des infortunes de ce Prélat. Le Roi rappella Artaldus à fon fiege archiépifcopal, & l'y fit réinftaller par Robert, archevêque de Treves, & Fréderic, archevêque de Mayence. Hugues ne trouva plus de fûreté pour lui, qu'en s'éloignant de fes ennemis.

Il feroit difficile de concevoir quelle forte de paix Louis vouloit fe procurer à lui-même, & penfoit donner aux autres, par les divers traités qu'il concluoit avec Hugues *le Blanc* & les autres Seigneurs de fon royaume : traités toujours fuivis de nouvelles ruptures. Mais l'on doit faire attention que ce Roi cherchoit bien moins, par toutes ces manœuvres, à exciter ou à perpétuer le trouble dans fes états, (ce qui eût été contraire à fa fageffe) qu'à s'en maintenir la fouveraineté par l'abaiffement lent & ruineux des Grands qui s'élevoient journellement contre lui, qui traitoient avec lui comme avec un égal, & ne refpectoient plus en fa perfonne le titre de Roi. Accompagné de fon beau-frere Othon, il quitte encore Reims, & tourne vers la Normandie. Il ne pouvoit voir, fans jaloufie, Emma, la fille de Hugues *le Blanc*, promife au Duc de cette province, Richard, (qui ne l'époufa cependant qu'en

Ibid. Lib. 46,
N°. 60.

l'année 960.) Il ravagea tous les lieux de cette vafte contrée, & en affiégea même Rouen, la capitale. Mais, quand les fuccès ne répondirent plus à fes deffeins, il conclut fa paix avec ces deux Seigneurs, congédia Othon, & revint à Laon.

XXVIII.

Si c'eft à titre mérité que le comte Albert Ier eft regardé comme le fondateur de l'abbaye de faint Prix, & le réformateur de la principale églife de faint Quentin, c'eft avec autant de juftice que ce religieux Seigneur doit paffer pour le reftaurateur du monaftere de Notre-Dame d'Homblieres. Cette communauté, dont nous

Liv. 4, N°. 1.
Annales B B.
tom. 3, *lib.* 44,
N°. 98.

avons déjà parlé amplement fous l'an 656, étoit encore occupée au temps d'Albert par des religieufes dont Berthe étoit la fupérieure. Cette pieufe Abbeffe, choifie fans doute par l'archevêque Hugues de Vermandois, avoit été tirée du monaftere de faint Pierre, en la ville de Reims où elle s'étoit retirée, après la mort de fon époux, pour mettre le bon ordre en celui-ci. Albert l'aida de fes confeils, & la feconda de toute fon autorité pour faire durer & fructifier en bonnes œuvres la réforme qu'elle venoit d'y introduire.

XXIX.
Acta SS. B B.
tom. 7, *fol.* 215.

Le Seigneur bénit les foins du Comte, de l'Abbeffe & des faintes Filles d'Homblieres ; &, pour le prix de leur régularité & de leur fervente piété, il les combla de la joie la plus fenfible par la découverte qu'il accorda à Berthe d'un précieux tréfor qu'on demandoit à fa divine bonté depuis long-temps, & fur la poffeffion duquel quelques religieufes difcoles avoient tâché de faire naître de la défiance. Nous entendons parler du corps refpectable de fainte Hunégonde, feconde patrone d'Homblieres. Le corps en avoit été confié à la terre, après fa mort arrivée dans le feptieme
fiécle ;

fiécle ; mais on ignoroit l'endroit où il repofoit. Enfin, il fut trouvé le fixieme jour d'Octobre de l'an 946, par la vénérable Berthe à
qui le Seigneur en avoit révélé le lieu de la fépulture. Un mois &
deux jours après qu'il fut découvert, Tranfmarus, évêque de
Noyon, accompagné de Raoul, fon archidiacre, qui lui fuccéda
en 950 dans fon fiege épifcopal ; du prêtre Gifon, coûtre de l'é-
glife de faint Quentin ; de Robert, doyen de la même bafilique, &
d'un nombre confidérable d'autres perfonnes illuftres, vint lui-
même exhumer le corps d'Hunégonde. Ce riche dépôt, pendant
l'intervalle des trente-deux jours, dont on vient de parler, n'avoit
ceffé de jetter un éclat des plus radieux, de répandre une odeur
des plus fuaves, & d'opérer d'infignes miracles. La cérémonie s'en
fit le feptieme jour de Novembre avec une pompe magnifique. Le
même Prélat, à l'inftance de la même Abbeffe, accorda & annéxa
prefqu'auffi-tôt à fa communauté l'autel de faint Etienne, c'eft-à-
dire, l'églife paroiffiale du village même d'Homblieres. (4) La
charte de donation n'en fut cependant datée que du fixieme jour
d'Avril de l'an 947, auquel elle fut expédiée dans la ville de Laon,
où ce Prélat avoit fuivi Louis d'*Outre-Mer* qui n'avoit prefque plus
d'autre lieu pour y tenir fa Cour.

Dom Mabillon ne fe reffouvenoit pas d'avoir vu employer le
mot *Altare*, pour fignifier une cure, avant l'an 971. La charte de
l'évêque Tranfmarus eft une preuve que, pour exprimer cet objet,
le mot *Altare* étoit en ufage plus de vingt-quatre ans auparavant,
c'eft-à-dire, dès l'an 947.

C'eft de Trafmarus que les chanoines de Noyon obtinrent auffi,
vers ce temps, la confirmation de la petite abbaye de faint Maurice
qu'ils avoient déjà ; & les moines de faint Eloi, de celle de faint
Etienne : l'une & l'autre dans les fauxbourgs de Noyon.

Cette année ne fut pas plus tranquille que les précédentes. Il paroît néanmoins, par toute la conduite du comte Albert, qu'ami du
devoir, du repos & de la piété, il prit bien peu de part à toutes les
entreprifes de fes freres, ou de Hugues *le Blanc*, contre le Roi.
Encore eft-il certain qu'il n'y eft pas entré ouvertement. Par ordre
de Louis, on affembla un concile à Verdun contre l'archevêque
Hugues de Vermandois. L'affemblée étoit préfidée par Robert, archevêque de Treves, affifté d'Arraldus ; d'Odalricus, cet archevêque d'Aix dont on a parlé précédemment ; d'Adalberon de Metz ;
de Goflin de Toul ; de trois autres Evêques Allemands ; de l'abbé
Brunon, frere du Roi Othon ; d'Agenold, abbé de Gorze ; d'Odilon, abbé de Stavelo en Ardennes, & de plufieurs autres perfonnes diftinguées. Hugues de Vermandois refufa d'y comparoître.
On fit droit fur fa contumace. On confirma le rétabliffement d'Arraldus ; & on fixa le jour pour un fecond fynode qui fut tenu, l'an

---

Marginal notes:

X. Siecle.
Année 946.

Année 947.

Annales B B.
tom. 3, Lib. 47,
N°. 68.

XXX.
Voyez le Livre
V, N°. 91.
Annales de
Noyon, p. 693.

XXXI.

X. SIECLE.
Année 948.
Annales BB.
tom. 3, lib. 45,
N°. 1.

née suivante, le 13 de Janvier, à Mouzon, par le même Robert, par ses suffragans & quelques Evêques de la province de Reims. Hugues, déclaré déchu de toutes ses prétentions au siege de cette ville, appella à Rome des décrets des deux conciles, & y envoya au Pape des lettres de recommandation de quelques autres Evêques de la France. On lui reprocha dans la suite de les avoir fabriquées lui-même. Elles donnerent occasion cependant à la convocation d'un troisieme concile qui se célébra à Ingelheim, près de Mayence, le 7 de Juin suivant, dans l'église de saint Remi. Marin, vicaire du saint Siege, y présida. L'assemblée étoit d'ailleurs composée de la plupart des mêmes Evêques qui avoient opiné contre Hugues dans les deux précédentes. On y discuta plusieurs faits importans. D'abord on y écouta les griefs qui divisoient le Roi & Hugues le Blanc. Le Monarque & le Sujet y plaiderent leurs causes en personnes. On vint ensuite à ceux d'entre Hugues & son rival Artaldus, tous deux présens. Mais, dès qu'il fut une fois prouvé que les lettres de recommandation, présentées par Hugues, étoient supposées, on l'excommunia, on le chassa définitivement de son siege, & on y confirma Artaldus.

XXXI.
Surius, ad 25
Aug.

Berthe, abbesse d'Homblieres, mourut ou abdiqua peu de temps après la donation de l'autel de saint Etienne, faite à sa communauté. L'Abbesse frappée, son cher troupeau fut dispersé & livré à toutes les entreprises de qui osoit le plus. Surius nous a conservé l'histoire déplorable d'un nommé Magnier, distingué dans le pays, dont les scandaleuses habitudes avec une religieuse de cette maison attirerent à ce débauché l'indignation des hommes, & la vengeance du Ciel. On voulut prévenir, pour la suite, des maux pareils; mais, quand on se fut persuadé qu'on ne pouvoit absolument parer à tous les dangers auxquels une communauté de filles étoit exposée dans la campagne, on trouva plus expédient de leur substituer des religieux de l'ordre de saint Bénoît. On en appella de l'abbaye de saint Remi de Reims, & on les introduisit dans Homblieres en cette même année 948. Bernier leur fut donné pour supérieur &

Voyez l'année
944 précédente,
N°. 4 & 5.
Annales de
Noyon, p. 697.

premier abbé; il devint un religieux d'une vertu consommée. Un Seigneur laïc, le comte Eilbert dont on a parlé plus haut, possédoit ce monastere, à titre de bénéfice, par la libéralité de nos Comtes. Il s'en démit, du consentement de son épouse Ercende, entre les mains d'Albert Ier. Celui-ci le rendit au roi Louis IV. Ce Prince le remit enfin (5), libre de toute domination étrangere, à ses hôtes. Lothaire son fils approuva (6) tout le changement opéré

Annales BB.
tom. 3, Lib. 45,
N°. 99.

ré dans le monastere d'Homblieres; &, pour le rendre à jamais stable, & conserver en même temps à cette maison ses biens, & ses prérogatives, il en obtint une bulle de confirmation du pape Agapit II (7).

Eilbert, par l'abdication de son bénéfice, & par le don même de la terre d'Homblieres que le chroniqueur de Vassor insinue qu'il fit aux moines, répara une partie du scandale que, de son côté, il avoit causé dans cette abbaye, où nous avons dit que s'étoit retirée une Dame qu'il avoit déshonorée. Car fondés sur la ressemblance du nom de Bernier, déterminés par les circonstances de la retraite de cette Dame dans Homblieres, & frappés par la conversion & l'abdication d'Eilbert, nous sommes fort portés à croire que Bernier, le premier abbé régulier de cette maison, étoit le fils illégitime d'Eilbert & de cette Dame, & enfin celui-même qui tua Raoul de Goï, pour venger sur lui les insultes qu'il avoit faites à sa mere. Bernier avoit été un courageux guerrier; il avoit encore voulu combattre contre Gautier, le neveu de Raoul de Goï, & il avoit fallu l'interposition de toute l'autorité de ses amis, de son pere, & même du Roi, pour le désarmer. Enfin, rendu à la paix, touché de dévotion, & revenu de ses excès, il aura choisi le parti du cloître. C'est alors que son pere, pour faire à ce fils un sort digne de sa naissance, & de la tendresse qu'il lui portoit, en se démettant du bénéfice d'Homblieres, l'en aura fait le premier abbé. Quelques actes anciens, mais inintelligibles, de l'abbaye d'Origny font mention d'un Bernier, seigneur de Ribemont, qui eut des démêlés avec Raoul de Cambrai. N'en doutons pas : c'est le même certes que celui dont il s'agit ici : qui abdiqua sa châtellenie de Ribemont, après ses exploits militaires, pour aller en obtenir le pardon dans un lieu de pénitence. Sa mere s'appelloit Marcéne, disent les mêmes actes, & fut abbesse d'Origny où elle mourut. Ces deux dernieres circonstances ne s'accordent pas bien avec ce que nous avons rapporté sous l'année 943, n°. 97.

Quoiqu'il en soit de nos conjectures, ou des récits inexplicables de la chronique de Vassor & des manuscrits d'Origny, la pratique de tout bien rentra avec cette nouvelle milice dans Homblieres. Une exacte clôture, une abstinence surprenante, une pauvreté parfaite, un assidu travail des mains, un recueillement qui n'étoit jamais distrait, une priere continuelle, tout respiroit la piété dans ce monastere réformé; tout y édifioit ceux qui le visitoient. La renommée divulgua bientôt les vertus des nouveaux religieux; elles étoient vraies; elles firent conspirer tout le monde à célébrer la gloire de leurs auteurs. L'archidiacre de Noyon, Raoul, devenu évêque de ce siege, ordonna que la fête de leur sainte Patrone fût solemnisée à l'avenir dans tout son diocese. Un habitant de Fresnoy-le-Grand, village appartenant à Homblieres, négligea, dit la tradition du pays, de la chommer, malgré les remontrances de Lantfride son curé : le Ciel, par un miracle visible,

X. Siecle.
Année 948.
XXXII.

Voyez l'année 943 précéd. Liv. VI, N°. 97.

Spicilegii, tom. 7, fol. 523.

Miroir d'Origny, &c. pag. 404 & 412.

XXXIII.

vengea sur cet impie obstiné le respect dûe à la vierge Huné-gonde.

Les personnes distinguées de la province accouroient en ce monastere, pour y passer les fêtes solemnelles de l'année, & s'y édifier dans la conversation angélique des moines. Plusieurs même s'empresserent de s'aggréger à eux par la profession religieuse. Lambert, châtelain de la ville de Saint-Quentin, quitta en l'an 960 cet emploi élevé (8), pour se consacrer à Dieu dans cette solitude. Aubry, qui en étoit abbé, l'y admit, & reçut de gros biens que ce Seigneur donna à son abbaye. L'an 988, le neveu d'un nommé Haderic, encore enfant alors, y fit recevoir par le même abbé le sacrifice de sa personne, avec l'oblation d'une dot considérable (9) qu'il apporta. En 1045 Almoricus, officier du comte Othon de Vermandois; en 1105 Werricus, surnommé *le Satrape*, conjointement avec Gérard son fils unique, s'y dévouerent au service de Dieu. Un Robert d'Estaves, un Eudes *le Gros*, ou *Crassus*, crurent en 1150 ne pas reconnoître trop cherement la grace qu'on leur fit de les admettre au nombre des religieux, en y attachant à perpétuité une partie des dixmes de Landricourt, ou le four & les rentes pécuniaires d'Attilly qu'ils possédoient. Dans le même temps, la Dame Oda, épouse d'un Robert de Roupy, fit revêtir, dans Homblieres encore, de l'habit religieux ses deux fils, Gérard & Jean, fort jeunes, & lui donna par reconnoissance les dixmes d'Ablaincourt. Pierre, dit *la Vieille*, en portant dans le même monastere un corps exténué par la maladie, y fit présent de toute la terre qu'il possédoit depuis le bois de cette abbaye, jusqu'au terroir de Rouvroy dont il étoit seigneur en partie : c'étoit en l'an 1165. Sa femme & ses deux fils consentirent à la donation; & les deux Guy de Moï, qui la confirmerent, eussent cru faire par cela même trop peu de bien à cette maison, s'ils ne lui eussent encore cédé, par le même acte de confirmation, les droits particuliers qu'ils avoient sur la terre qu'on venoit de lui donner. Rainier de Guise, en recevant la tonsure monacale dans le même monastere, lui attacha aussi les biens qu'il possédoit à Courcelles. Erbert & Robert ses enfans ratifierent la donation. Il étoit resté encore à ce dernier, par succession, quelques droits sur les terres de ce village. Ce Seigneur s'estima heureux de les pouvoir abandonner aussi aux religieux d'Homblieres, pour reconnoître la grace qu'ils avoient faite à Oilbolde de Roye, son frere, de le recevoir parmi eux. Un autre Rainier surnommé *le Long*, un Boson *de Falcino*, un Eudes de Fresnoy, un Evrard dit *le Chauve*, un Wiard de Méricourt, un Gilbert *la Rapine* : tels sont les principaux Seigneurs qui apporterent, dans les siécles suivans, dans l'abbaye d'Homblieres leurs personnes & leurs terres.

Si l'on ne croyoit pas pouvoir compenfer, à moindre prix que celui d'une partie de fes biens, le bonheur d'y être admis au nombre des religieux, on croyoit auffi que celui d'y obtenir la fépulture, après fa mort, avec eux, devoit exciter toute la générofité de ceux auxquels elle étoit accordée. Frédinde, l'époufe de Walon, meurt en 957. Ce fidele mari lui procure dans la terre des faints moines d'Homblieres fa fépulture qu'il paye d'une aumône de quatre manfes de terres fituées au village de Remigny. Walon & Gilbert leurs fils, Berthe & Frédinde leurs filles, accéderent à la donation. Pierre, le neveu du comte Hébert IV, & fon époufe voulurent jouir, après leur mort, du même privilege. Les biens qu'ils poffédent au village de Siffy, qu'ils léguent à cette intention, le leur obtiennent en 1060. C'eft par la conceffion d'un fief à Harly, d'un fonds à Croix, d'un alleu, & d'autres biens confidérables, qu'Olivier de Rouvroy, Evrard & fon fils Etienne, un Mathieu de Fontaines, & plufieurs autres enfin crurent pouvoir mériter leur fépulture dans le monaftere dont on parle. Voilà auffi en partie l'origine des riches acquifitions qu'il a faites, & qu'il retient encore devers lui.

Revenons à l'hiftoire des reliques de fainte Hunégonde, qui repofent dans l'églife de cette abbaye. Outre la tranflation, dont on a parlé plus haut, du corps de cette Vierge, on doit en remarquer ici deux autres qui ont été faites poftérieurement. Macaire, abbé d'Homblieres, que Claude Emmeré a omis de nommer dans le catalogue qu'il a donné des Abbés de cette maifon, fit la premiere le dixieme jour de Juin de l'an 1051, affifté de Valeran, abbé du Mont-Saint-Quentin-lez-Péronne; de Gérard, abbé de faint Quentin en l'ifle; & de Rainier, abbé de faint Prix. Il remit alors le corps de la Sainte dans une châffe enrichie d'or, que lui avoit donnée un nommé Baudoin, bourgeois de la ville de Saint-Quentin, qui avoit pris le froc dans l'abbaye d'Homblieres. Pierre IIe du nom, abbé du même lieu, fit la feconde tranflation quatre cens quarante-huit ans après, le vingt-un d'Août de l'an 1478, en la préfence des Abbés de faint Prix, d'Arrouaife & de Vermand. Guillaume de Marafin, évêque de Noyon, avoit fait préfent à l'églife d'Homblieres d'une autre châffe, plus riche que n'étoit celle de Baudoin; & ce fut encore pour y renfermer les précieufes reliques de la vierge Hunégonde, que cet Abbé en découvrit le corps. Il en fit alors préfent d'une côte au Roi Louis XI; l'Evêque de Noyon en eut une autre; le Chapitre de l'églife de faint Quentin en eut une troifieme.

Nous apprenons ces circonftances du procès-verbal qui en fut dreffé dans cette feconde tranflation, lequel inftrument on trouva dans la châffe même de fainte Hunégonde, en 1679. Cette châffe

X. Siecle.
Année 948.

Aug. Vir. fol. 98.

XXXIV.
Ibid. fol. 99.
Annales BB.
tom. 4, Lib. 58,
Nᵒ. 55.

XXXV.

X. SIECLE.
Année 948.

étoit restée en dépôt, pendant plusieurs années, dans l'église de saint Quentin, pour la garantir des désordres des guerres qui désoloient le Vermandois : enfin, elle avoit été rendue à ses premiers maîtres par le Chapitre de cette église. Elle reposoit dans celle d'Homblieres, lorsqu'en cette année 1679, François de Clermont, évêque de Noyon, l'ouvrit & la visita le sixieme jour des calendes de Juillet. Ce Prélat y lut l'instrument dont on parle, & l'y remit avec les pieces de son propre procès-verbal. Il prononça en cette occasion un discours grave & touchant, & permit aux peuples de son diocese de continuer d'adresser leurs prieres aux pieds de la sainte Patronne d'Homblieres, dont il venoit de vérifier de nouveau les reliques.

XXXVI. L'église de cette abbaye avoit été ruinée en 1607 ; la communauté des religieux en avoit été dispersée en 1666 ; il n'en restoit plus alors qu'un seul, lorsque le nommé Dom Antoine Thuret, Bénédictin, procureur de l'abbaye de saint Remi de Reims, fut établi Supérieur de celle d'Homblieres : il en prit possession le dix-sept de Novembre de cette année. Son attention extrême à relever cette maison dévastée, fut suivie de succès heureux. Par ses soins inexprimables, elle fut remise, en peu de temps, de toutes ses pertes ; & nous la voyons aujourd'hui briller d'un éclat qui ne le cede pas à celui des plus riches abbayes. Les religieux d'Homblieres n'ont point embrassé de réforme particuliere ; ils sont à l'instar de ceux de saint Prix : ils suivent la regle de saint Bénoît, & sont soumis à l'Ordinaire diocésain.

XXXVII. La digne Patronne d'Homblieres, sainte Hunégonde, est révérée dans le village de Gricourt, par les pélerins qui y visitent une fontaine qui porte son nom. L'origine de cette fontaine, qui couloit autrefois dans le village, & alloit se décharger dans le vivier de Bracheul, en passant par le chemin encore appellé *du Marais*, avoit sa source au bas d'une petite colline, qui ne lui fournit presque plus d'eau. Nous pensons que le nom de sainte Hunégonde qu'elle porte, lui a été donné par les Seigneurs de Vendeuil, dévots à cette digne Abbesse, quand, demeurans à Torigny dont ils étoient les Vidames pour l'église de Cambrai, ils possédoient eux-mêmes dans Gricourt le fief qu'on y a appellé depuis *le Fief de Pithon*. Car cette fontaine étoit à l'entrée des biens de ce fief, près de son bois & du petit canton qui en fait le domaine. Il est encore maintenant en la mouvance de la châtellenie de Vendeuil. Les eaux de cette fontaine sont regardées comme salutaires contre les différentes especes de fievres.

XXXVIII. Dès le jour que Robert, archevêque de Treves, se saisit des intérêts d'Artaldus contre l'Archevêque Hugues de Vermandois, ils ne cesserent plus d'aller le train le plus favorable. Après les trois

Année 949.
Ibid. tom. 3,
Lib. 45, N°. 19.

conciles qui avoient décidé le différend des prétendans à l'avantage d'Artaldus, le Pape Agapit donna sa sentence de confirmation
dans un quatrieme concile qu'il tint exprès à Rome en 949. Artaldus, soutenu par toutes les Puissances, exerça alors librement son
autorité épiscopale : il consacra deux Evêques de sa province;
l'un pour la ville de Laon; & l'autre, pour celle d'Amiens. Roricon, frere du Roi Louis, destiné pour la premiere, n'étoit encore
que diacre. Ragembaut étoit moine de saint Vast, quand il fut élu
par le clergé & le peuple d'Amiens, pour remplacer Tetbaldus qui
avoit été ordonné par l'Archevêque Hugues, & avoit été intru
dans leur église, par les violences de Hugues *le Blanc*. On pourroit
croire qu'il étoit parent aux deux Hugues, parce qu'il descendoit
de Tetbaldus de Laon, ou de Montaigu, si celui-ci étoit le beau-
frere de l'Archevêque Hugues, comme le pere Marlot l'assure.

Hugues de Vermandois, quoiqu'excommunié par ses confreres
& par le Pape, ne discontinuoit pas cependant d'inquiéter son rival. Il s'empara, par artifice, du château d'Aumont, qu'occupoit
Dodon, le frere d'Artaldus; s'y plaça, & envoya de-là ravager
par ses troupes les territoires dépendans de l'archevêché de Reims.
Il perdit, peu après, ce château que lui reprit Dodon; & passa,
dans ces alternatives indécises, le reste de sa campagne militaire.
Tel le Roi Louis fomentoit, dans le même temps, sa haine contre
Hugues *le Blanc*, par de petits combats & par des pillages qui n'a-
menoient aucune fin utile & stable. C'est vers le mois d'Août de
cette année, & dans le temps que le Roi étoit revenu à Reims
d'un voyage qu'il étoit allé faire en la Cour d'Othon, que le Comte
Albert de Vermandois se rendit en cette ville. Soit qu'il eût donné
quelque sujet à Louis de se plaindre de sa fidélité, soit seulement
que ce Seigneur ne se fût pas encore assez expliqué sur cette obligation, il ne lui laissa plus de doute sur ses sentimens. Il se soumit
parfaitement au Roi, & le reconnut authentiquement pour son
Souverain. Cet aveu ne pouvoit que partir du cœur d'Albert; la
contrainte ne lui imposoit aucune nécessité dans un temps auquel
Hugues *le Blanc*, son oncle, ne cessoit d'inquiéter le Roi, & rem-
portoit tous les jours, sur ce Prince, des avantages au moins égaux
à ceux que Louis acquéroit sur lui.

Chauny, château bâti sur l'Oise, étoit alors gouverné par un
nommé Bernard, qui avoit suivi le parti de Hugues *le Blanc*. Bernard vint le soumettre, & sa propre personne en même temps, au
Comte Albert, de qui dépendoit cette forteresse située dans l'étendue de son comté.

La fortune de l'historien Frodoard ne périt pas avec celle de
l'Archevêque Hugues, qui l'avoit rappellé à Reims, de l'exil auquel Hébert II l'avoit condamné. Raoul, archidiacre de Noyon,

X. SIECLE.
Année 949.
Marlot, *Hist.
Remensis, tom. 1,
fol. 571.*

XXXIX.

*Chron. Frodoard,
ad hunc ann.*

XXXX.

XXXXI.
Année 950.

étant décédé l'année suivante celle en laquelle il avoit succédé à Transmarus , évêque de cette ville , mort le 22 de Mars 950, & enterré à côté droit dans sa cathédrale , Frodoard fut élu en 951 , pour succéder lui-même à Raoul. Il eut pour concurrent à cette place , Fulcher , moine & doyen de saint Médard de Soissons, qui la lui enleva , & fut sacré en 954. Pour le consoler de cette perte , Adélage , évêque de Breme , lui envoya cette lettre formidable sur les devoirs de l'épiscopat, dont le précis est contenu dans ces mots .... *Nunc essem de numero damnatorum , si fuissem de numero Episcoporum ... Scriptum pridiè kalendas Octobris anni 951.* Fulcher auroit été sacré , trois ans après son élection , vraisemblablement par Artaldus , si l'on s'en rapportoit à la date de cette lettre ; mais elle n'est pas juste. Frodoard se retira dans quelque abbaye, dont on croit qu'il s'étoit déjà fait membre. Raoul , évêque de Noyon, avoit donné avant que de mourir , à son Chapitre , le village de Matheny en Vermandois, qu'il avoit acheté d'un nommé Wascelin, avec les églises , les moulins , les eaux & les prés qui y étoient. On place mal-à-propos sa mort au 9 de Janvier 951 [*id est* 952] en laquelle année il fit élire Leuderic pour être l'Abbé de S. Amand en Puelle. On croit qu'il mourut à Tournay , d'où il fut rapporté à Noyon , pour être enterré dans la chapelle de saint Eloi , en sa cathédrale , où en l'abbaye même de saint Eloi. Il y a plus d'apparence qu'il vivoit encore en 953 , & que c'est dans cette derniere année qu'il décéda.

Il y auroit lieu de penser que le Comte Albert se seroit démenti du respectueux dévouement qu'il venoit de jurer au Roi, lorsqu'il favorisa le mariage qui se fit , en cette année , de son frere Hébert , comte de Meaux, avec la veuve de Charles *le Simple*, si l'on ne devoit croire , au contraire , que ce Seigneur étoit persuadé qu'en y donnant les mains , il ne faisoit pas une chose désagréable à Louis. En effet, c'étoit, semble-t-il, attacher par les plus fermes liens, une famille, ennemie de ses Souverains, à leurs intérêts ; c'étoit réconcilier tous les esprits, & les réunir dans une concorde inaltérable, que de conclure cette alliance. Le Roi ne l'envisagea pas cependant sous ces points de vue ; nous l'avons dit : mais, assuré des intentions droites du Comte de Vermandois, qui avoit envoyé à Laon quelques-uns de ses Officiers, avec ceux d'Hébert son frere, pour y prendre la Reine-Mere, il ne lui en témoigna jamais de rancune. Son ressentiment tomba sur Ogine seule, qu'il despolia de l'abbaye fondée en cette ville par sainte Salaberge , & dont il revêtit son épouse.

Les contestations entre ce Prince & Hugues *le Grand* ou *le Blanc* , cesserent enfin en 953 ; une paix inaltérable les unit sincérement. Dès qu'elle fut conclue, on tint un concile de cinq Evêques, en

l'abbaye

d'abbaye de S. Thierry ; & l'on y examina la conduite de Ragenol-dus, comte de Reims, seigneur de Roucy, que quelques auteurs ont fait frere d'Albert de Vermandois ; mais qui n'en étoit que le beau-frere, & le gendre du Roi Louis. Son nom est souscrit dans quelques-unes de nos chartes. Le crime qu'on lui reprochoit principalement, étoit celui de ses rapines & de son avidité à s'emparer des biens ecclésiastiques. Cité devant les Peres du concile, il n'osa y comparoître ; il pria le Roi, qui l'aimoit & le protégeoit, de détourner la sentence d'excommunication qu'on étoit prêt de prononcer contre lui. Le Roi lui obtint cette faveur.

L'épouse Gerberge de Saxe, que Louis avoit prise, étoit fille d'Henri l'*Oiseleur*, & sœur d'Othon Ier, tous deux Empereurs. Veuve de Gilbert de Lorraine, elle s'étoit alliée avec le Roi de France, vers l'an 940, & lui avoit donné plusieurs Princes. Le premier, appellé Carloman, mourut étant en ôtage à Rouen ; le second, nommé Louis, mourut en 954 dans la ville de Laon. Ce tendre pere, affligé de cette derniere perte, quittoit un lieu qui la lui retraçoit sans cesse, & vouloit se retirer à Reims ; il rencontra lui-même la mort dans cette route. Il étoit tombé de cheval en poursuivant un loup. Cette chûte lui fut fatale. Il expira dans Reims le 8 de Septembre, âgé d'environ trente-trois ans. On l'enterra dans l'église de saint Remi, à la droite du grand-autel, où l'on voit encore son tombeau & son épitaphe. Le troisieme des enfans de Louis, appellé Charles, mourut en prison dans la tour d'Orléans. Le quatrieme, nommé Henri, décéda étant encore tout jeune. Il ne resta que Lothaire qui lui succéda ; & deux filles, dont la premiere, Gerberge, avoit été donnée au Comte de Vermandois ; & la seconde, Aldrade, à Ragenoldus, ce Seigneur de Roucy, dont nous parlions n'a gueres.

Le Vermandois ne jouit pas en 954 de toutes les douceurs de la paix que l'esprit doux & modéré du comte Albert Ier tâchoit de procurer à cette province. Conrad de Franconie, dit *le Sage*, duc de Lorraine, avoit été privé par Othon de son duché, parce qu'il avoit favorisé, l'année précédente, Lindulfe, ennemi de ce Roi de Germanie. Pour se venger de cet affront, Conrad, joint aux Hongrois, alla ravager les terres de Rainier, comte de Hainaut, & même celles de Brunon, archevêque de Cologne, frere d'Othon ; il entra ensuite dans le royaume de Louis d'*Outre-Mer*, & pénétra jusques dans la Bourgogne ; il traversa alors, avec une multitude considérable de prisonniers qu'il avoit faits, le pays du Vermandois, celui de Laon, celui de Reims, & y laissa en plusieurs endroits les plus tristes effets de son passage.

Ces désordres retarderent le couronnement du jeune Lothaire ; il ne put être sacré à Reims, par Artaldus, que le 12 de Novembre

---

X. SIECLE.
Année 953.

XXXXIV.
Année 954.
Ibid. N°. 70.

XXXXV.
*Frodoard. ad hunc ann.
Balderic. Chron.
lib. 1. cap. 54.*

XXXXVI.

X. SIECLE.
Année 954.

suivant, dit la chronique de Clarius, moine de Sens. C'est dans cette même année que le pieux Comte de Vermandois, toujours porté à favorifer fes chers moines d'Homblieres, confentit, par une une charte authentique (10), qu'ils arondiffent leur domaine par l'échange de quelques-uns de leurs biens pour d'autres qu'on leur offroit.

XXXXVII.
Année 955.
Annales BB.
tom. 3, Lib. 45,
N°. 71,

C'est auffi dans l'efpace de temps qui s'écoula depuis l'an 953 jufqu'à l'an 955, & fous l'adminiftration de Gérard, abbé de faint Médard de Soiffons, que mourut Ogine, l'époufe d'Hébert de Vermandois, comte de Meaux & de Troyes. Elle fut enterrée dans le caveau de cette abbaye, où on lit encore fon épitaphe. Hadulfe, archidiacre de l'églife de Laon, fuccéda en 955, dans l'églife de Noyon, à Fulcher décédé depuis cinq mois. Hermannus, abbé de faint Martin de Tournay, dans l'ouvrage qu'il nous a laiffé fur le rétabliffement de fon abbaye, s'eft déchaîné avec beaucoup de liberté fur l'article de Fulcher. Le pere Marlot & Jacques Le Vaffeur ont entrepris au contraire de le purger de tout reproche infamant. C'eft peut-être excès de toutes parts, difent les

Tom. 9, col. 992.

Peres Bénédiftins, auteurs de la Gaule Chrétienne. Somme totale du compte de Fulcher, il étoit bâtard du Grand-Queux de Louis d'*Outre-Mer* ; il a détruit trois églifes dans fa ville épifcopale de Noyon, deux dans celle de Tournay ; il a aliéné des fonds innombrables de fa manfe ; il a mal vécu, & il eft mort de maladie pédiculaire. L'abbaye de faint Loup (maintenant de faint Eloi) de

Annales de
Noyon, p. 724.

Noyon couvrit après fa mort l'auteur & le fujet de toutes ces miferes. Gazet dit qu'il y fut enterré devant le pupitre. Les confécrateurs d'Hadulfe furent Artaldus de Reims, Roricon de Laon, & Gibuin de Châlons. La cérémonie s'en fit à Reims.

XXXXVIII.
Année 956.
AnnalesBB. tom.
3. Lib. 45. N°.
99.

Année 959.

Le pape Jean, douzieme du nom, monté fur la chaire de faint Pierre en 956, approuva, à la priere du roi Lothaire, & confirma alors par une bulle (11) le changement arrivé dans Homblieres. Le Comte, à la follicitation de Bernier, encore abbé de cette maifon, renouvella fes faveurs en 959 envers ces dignes religieux qui avoient permuté certaines terres contre quelques autres appartenantes au chapitre de faint Quentin (12).

Le doyen de cette églife, Robert, étoit mort alors. Achard ou Wichard lui avoit fuccédé dans cette dignité. Crépin avoit auffi remplacé le coûtre Gifon, & Haimfroi étoit devenu chancelier de la même bafilique.

IL.
Ibid. Lib. 46,
N°. 14.

Après que Brunon, archevêque de Cologne, eut terminé la conférence qu'il avoit eue, au commencement de cette année, à Compiegne, avec fa fœur Gerberge, veuve de Louis d'*Outre-Mer*, avec le jeune roi Lothaire, & les fils de Hugues *le Blanc*, Othon & Hugues fes neveux, il fut reconduit pompeufement en fa ville épifcopale par le Roi qui y célébra les fêtes de Pâques, & qui de là revint à Laon. Gerberge, qui avoit été du voyage, étoit au mois d'Avril suivant à Soiſſons ; elle y fut viſitée par Bernier, abbé d'Homblieres, qui obtint d'elle la permiſſion de poſſéder une certaine terre ſituée au village de Rémigny en Vermandois. Cette terre étoit dépendante de l'abbaye de ſainte Marie de Soiſſons que poſſédoit Gerberge ; & cette Reine tenoit la terre en fief du comte Albert. Cunégonde fut élue peu après abbeſſe de cette même maiſon. Cette Dame racheta par de groſſes ſommes, du même Comte & de ſon fils Hébert, beaucoup de terres ſituées dans leur comté de Vermandois, que ces Seigneurs avoient uſurpées ſur ſon monaſtere.

On rapporte à ce temps la fondation de *Tin-le-Moutier* en l'honneur de ſaint Quentin : (*Tinenſe*, ou *Tignenſe monaſterium*.) Le nom de cette abbaye lui vient de la riviere de Tin qui la lave. Elle étoit aſſiſe dans l'étendue de Château-Porcien, au dioceſe de Reims. C'eſt en ce lieu que quelques - uns ont cru que Louis de Germanie avoit battu en 879 une peuplade de Normands, qui s'en retournoit, chargée de butin : car la forêt charbonniere, où l'on raconte que ce Prince la défit, alloit juſqu'en cet endroit-là. Tin-le-Moutier fut bâti, à ce que l'on dit, par une pieuſe & noble Dame, appellée Freduide, & Etienne ſon mari, à l'inſtance de ſaint Gérard, abbé de Brogne, au comté de Namur. Adalberon, archevêque de Reims, ôta cette Celle en 972 aux moines de ſaint Remi, ſous la dépendance deſquels on l'avoit miſe ; & , de leur conſentement, la donna à ceux de l'abbaye de Mouzon qui en firent une prévôté. Enfin, elle a été unie dans le ſiécle dernier au ſéminaire de Reims.

Le comte de Vermandois, Albert, ſut entretenir la paix avec tous ceux qui n'étoient pas aſſez déraiſonnables pour la rompre avec lui. Il vécut dans une liaiſon étroite avec Arnoul, comte de Flandre, l'époux d'Alix de Vermandois, de laquelle nous avons parlé plus haut. Ce Seigneur rendoit à Albert de fréquentes viſites : ç'aura été ſans doute à l'inſtance de notre Comte, que ce même Arnoul, le déprédateur de tant d'égliſes, aura accordé aux moines d'Homblieres en 963 certains biens dont la donation fut approuvée dans la ſuite par le roi Lothaire (13).

Tous les jours d'Albert paroiſſent marqués par des bienfaits nouveaux envers les pauvres, les égliſes & les maiſons religieuſes. En 960 il accorda à la même abbaye d'Homblieres (14) de nouveaux biens. Son adminiſtration eſt auſſi l'époque de la réforme de l'abbaye de ſaint Quentin en l'iſle de la Somme. Par ſes ſoins cette maiſon fut rendue réguliere. Pour l'intelligence de l'hiſtoire de ce monaſtere, il faut ſavoir qu'auſſi - tôt après l'invention du corps de ſaint Quentin par ſainte Euſébie, le lieu de la riviere de la Somme,

X. SIECLE.
Année 959.

Ibid. N°. 152

L.
Ibid. N°. 20.

Ibid. Lib. 472
N°. 73.

LL

LII.
Année 963.
Ibid. Lib. 46
N°. 96.

où ce précieux tréfor étoit demeuré pendant cinquante-cinq ans, devint célébre, & fut fréquenté par la dévotion des fideles. On y conftruifit les deux puits que nos ancêtres y ont vu, pendant plûfieurs fiécles, aux deux endroits où la tête & le corps du Saint avoient repofé. Les chanoines de la principale églife y avoient fait bâtir une petite chapelle qui s'accrut dans la fuite, & y avoient établi une communauté de clers ou de chanoines féculiers, qui portoit le nom d'abbaye. Le droit de fupériorité & d'infpection fur cette feconde églife appartenoit à la premiere feulement. (15) Hugues, le dernier abbé féculier de faint Quentin en l'ifle, venoit de mourir, lorfque le diacre Anfelme, chanoine de la grande églife, obtint du comte Albert l'adminiftration de cette feconde, avec le titre d'abbé. Ce Comte ne s'étoit pas dépouillé cependant du droit de conférer par lui-même les bénéfices & les dignités de cette abbaye féculiere. Anfelme étoit très-riche (16) & très-puiffant auprès d'Albert; il concerta d'abord avec ce Comte le projet d'introduire des moines dans fa nouvelle églife. Pour l'exécuter plus facilement, il joignit le continent de l'ifle à celui de la ville par un pont de pierres qu'il fit jetter fur la riviere qu'on ne pouvoit paffer auparavant que fur des batteaux. Bientôt cette communication lui donna le moyen de conftruire des cellules, & de bâtir une églife affortie au deffein qu'il avoit formé. Dès que les ouvrages en furent achevés, il appella, comme nous le dirons bientôt, des moines dans ce lieu, en la place des chanoines qui l'habitoient. Dom Mabillon penchoit à croire que cet Abbé avoit tiré fes religieux du monaftere d'Homblieres, qui eft dans le voifinage. C'étoit au refte la regle de faint Bénoît que fuivoient les moines de ces deux maifons.

On élevoit les édifices nouveaux, (17) lorfqu'Erchembolde, prêtre de grande réputation, vint de la ville de Noyon en celle de Saint-Quentin pour des affaires particulieres. Sa piété l'attira dans l'ifle, pour y prier; il s'y informa d'abord du puits où le corps du faint Patron avoit été trouvé: on l'y conduifit. Il éloigna alors de foi tous les affiftans, s'enferma feul en l'églife, & avec des eaux de ce puits même il fe lava religieufement la cuiffe. Cette partie de fon corps confidérablement enflée lui caufoit de grandes douleurs. Une vive confiance lui fit réclamer enfuite le fecours du Ciel par l'interceffion de faint Quentin. Il fut exaucé. Son enflure fut diffipée en un moment. Une fanté parfaite lui fut rendue. Il s'en retourna chez lui, plein de joie, & en rendant mille actions de graces au Dieu tout-puiffant & à fon glorieux Martyr.

Robert de Vermandois, comte de Troyes, le frere du comte Albert Ier, toujours avide de biens, trompa le Roi, fous le mafque même de l'attachement qu'il témoignoit à fon fervice. Il s'empara par artifice de la ville de Dijon, & chaſſa les gardes que Lothaire y avoit mis. Il fallut que ce Roi s'y tranſportât en perſonne, pour forcer l'uſurpateur à lui reſtituer ſon domaine. Brunon, archevêque de Cologne, étoit accouru au ſecours de Lothaire, avec des troupes qu'il avoit amenées de Lorraine. Cette petite expédition arriva vers le mois de Novembre, puiſqu'en ce temps le Roi étoit à Dijon, d'où il expédioit des chartes que nous liſons encore. C'eſt dans ce même temps que le mari de Leudegarde de Vermandois, Thibaut *le Tricheur*, comte de Blois, entretenoit, par de ſanglans combats, ſes différends avec Richard, duc de Normandie.

X. SIECLE.
Année 960.
Annales B B.
tom. 3, *lib.* 46:
N°. 29.

Widon, évêque d'Auxerre, qui avoit été pendant quinze ans le précepteur de l'archevêque de Reims, Hugues de Vermandois, mourut le ſixieme jour de Janvier de l'année 961. Artaldus, le rival de ce même Hugues, ſuivit Widon le 30 de Septembre ſuivant, après vingt-huit ans d'épiſcopat; il fut enterré dans l'abbaye de ſaint Remi dont il étoit profès. Ce Pontife étoit un homme d'un génie ambitieux & infléxible; il fut aſſez conſtant dans ſon devoir, mais violent à défendre & ſuivre les partis qu'il avoit une fois embraſſés. Il étoit digne d'être l'émule de Hugues, & pouvoit ſeul oppoſer à ce fils du Comte de Vermandois autant de vices & de bonnes qualités, que ce rival en montroit.

L V.
Année 961.
Ibid. N°. 48.

Ibid. N°. 47 &
55.

L'élévation du fils d'Hébert II au ſiege de Reims fut le plus mauvais bien que ce pere lui procura; elle étoit purement paſſive dans ſon origine, & l'unique ouvrage d'un Seigneur ambitieux & avide des honneurs & des richeſſes de l'égliſe. Hugues, qui par une réſolution formée voulut dans la ſuite ſe maintenir dans ſa dignité, n'en remporta que des malheurs. Outre ceux qu'il éprouva en ſa perſonne de la part de ſes adverſaires, il cauſa, par ſon ambition particuliere, mille troubles qui affligerent la ville & la province de Reims, & dont ſe reſſentit l'Etat même. Après la mort d'Artaldus, ſes parens travaillerent de toutes leurs forces pour le faire remonter ſur le ſiege vacant. Hugues *le Blanc* ſur-tout, qui étoit ſon oncle maternel, & qui paroît avoir été ſon parrein, s'agita beaucoup pour faire réuſſir ce deſſein; mais ils ne rencontrerent de tous côtés que des oppoſitions à leurs deſirs. On avoit aſſemblé un concile dans le pays de Meaux, compoſé des Evêques de la province de Reims & de celle de Sens, pour y examiner encore cette affaire déjà tant de fois diſcutée & jugée. Les avis y avoient été d'abord partagés; mais enfin le parti contraire à la rédintégration de Hugues l'emporta & confondit ſes eſpérances. Roricon de Laon, frere de Louis d'*Outre-Mer*, & Gibuin de Châlons étoient à la tête de cette derniere ligue: car tout ſe traitoit militairement dans la plupart de ces aſſemblées, où l'eſprit de Dieu doit cependant être le ſeul conſulté & ſuivi. Ils repréſenterent que Hugues, excommunié dans

L V-I.

Année 962.
Ibid. N°. 55.

X. SIECLE,
Année 962.

le concile d'Ingelheim confirmé par le Pape, ne pouvoit être abſous par un petit nombre d'Evêques. Les fauteurs du fils d'Hébert crurent qu'ils éluderoient cette difficulté, & feroient pencher la balance à ſon avantage, en portant au ſouverain Pontiſe la délibération indéciſe des Prélats aſſemblés. Le Pape au contraire décida que Hugues ne pourroit plus retourner à ſon évêché. Brunon, archevêque de Cologne, indiſpoſé d'ailleurs contre la famille des Comtes de Vermandois, fut le porteur de cette réponſe qu'il avoit reçue à Rome où il étoit allé pour d'autres affaires. Auſſi-tôt les Evêques ſuffragans de Reims procéderent à une élection nouvelle de leur Métropolitain ; ils firent tomber leur choix ſur Odolric, eccléſiaſtique diſtingué, fils du comte Hugues & de la comteſſe Eve ſa femme. Il étoit Lorrain, & par conſéquent du pays de la domination de Brunon. Cet Archévêque de Cologne en cette conſidération fit ratifier l'élection par ſa ſœur Gerberge & ſon neveu Lothaire. Widon de Soiſſons, Roricon de Laon, Gibuin de Châlons, Hadulfe de Noyon, & Wicfroy de Verdun ſacrerent le nouvel élu à Reims en cette année. Hugues alla terminer dans la pénitence & la retraite la vie la plus triſte & la plus miſérable.

LVII.
Marlot, hiſt.
Remenſ. tom. 1,
fol. 610.

Quelques auteurs ont cru qu'après ſon entiere expulſion ce Prélat s'étoit retiré en Bourgogne, dans le monaſtere de Cheſſy, conſtruit dans la forêt d'Auxerre ; ils ajoutent même qu'il y mourut en odeur de ſainteté, reclus dans une petite cellule qu'il s'étoit bâtie en un lieu appellé *Naningus*, près de Cheſſy. Ce qui eſt de certain, c'eſt que les habitans de ce petit territoire révérent un ſaint Hugues dont on n'a pas les actes, & qu'on ne peut leur déſigner. Pour nous, nous avons quelque peine à croire que Hugues de Vermandois ſe ſoit ainſi confiné dans une région étrangere, où la perte de ſon cher maître Widon, évêque d'Auxerre, étoit encore ſi récente. Nous ſerions plus portés à penſer qu'il ſe retira dans le ſein de ſa famille, & qu'il vint prendre ſous ſon frere Albert, des leçons de modération & de dépouillement. Albert le reçut tendrement, & le plaça près de ſa perſonne. C'eſt donc ce frere, le dernier de tous, ce Hugues même d'autant plus cher à Albert, qu'il s'étoit échappé à une infinité de dangers & d'infortunes, & qu'il étoit ſans honneur & ſans reſſource, que le Comte de Vermandois fit abbé de l'égliſe de ſaint Quentin en l'iſle. Il ne garda gueres cette place ſéculiere que pendant deux ans, au bout deſquels il mourut, âgé de quarante-trois ans. Anſelme, qui lui ſuccéda, réforma cette égliſe, comme on va le dire ; mais, ſi notre préſomption eſt vraie, il faut reculer de quelques années, & ſans doute juſqu'à celle-ci, la reconſtruction & la réforme de l'abbaye de ſaint Quentin en l'iſle, dont nous avons entamé l'hiſtoire ſous l'an 960.

LVIII.

Bernier, abbé d'Homblieres, s'approcha, au mois de Février

de l'an 963 , d'Hébert , comte de Meaux & de Troyes , & en obtint
la permiffion , comme de l'Abbé de faint Médard de Soiffons , d'a-
cheter à prix d'argent deux manfes de terres fituées au village de
Remiguy , lefquels étoient de la dépendance de cette maifon , &
étoient tenus en fief par un nommé Madelgaire à qui le comte Albert les avoit donnés. (18) A la priere du même Abbé , le même
Albert confentit un contr'échange de quelques terres fituées à
Francilly , près du village d'Holnon , pour d'autres qui étoient affifes en celui de Remaucourt , en faveur des moines d'Homblieres ,
(19).

C'eft en l'an 964 que des religieux de faint Bénoît furent fubrogés , dans l'abbaye de faint Quentin en l'ifle , aux chanoines qui
l'occupoient. Une chronique de faint Médard de Soiffons rapporte ce changement à l'année fuivante. Anfelme , le réformateur de
cette églife , ne fe défit pas néanmoins alors de fa dignité d'Abbé
féculier de faint Quentin en l'ifle ; il fe la conferva nonobftant l'é-
tat régulier des perfonnes qu'il y avoit introduites , & n'abdiqua
que vers 970. Le premier Abbé moine de la nouvelle communauté
fut Arnoldus.

Il eft fenfible par ce récit , que les Chanoines de faint Quentin
furent les premiers fondateurs , dotateurs & introducteurs des
moines d'Ifle dans leur abbaye. Les premieres chartes de cette
maifon , qui pourroient nous conduire à en connoître les anciens
progrès , font perdues. La plus antique qui nous refte de toutes
celles qui compofent les deux cartulaires qu'elle poffede , eft de
977 ou 976 , felon les différentes façons de compter les années. Le
Roi Lothaire y confirme , par fon autorité royale , les biens que le
monaftere d'Ifle avoit acquis à Sengin , village en Mélantois , fous
la châtellenie de Lille en Flandre. Ce domaine , & beaucoup d'autres très-confidérables , que Saint-Quentin-en-l'ifle obtint à Of-
kerke en Flandre , à Pérencies fur la Lys , à Michem fur la mer ,
& en d'autres lieux de ces contrées , lui vinrent très-vraifemblablement des Evêques de Noyon , qui l'étoient en même temps de
Tournay , & qui porterent aux moines d'Ifle une affection finguliere. Les chanoines de faint Quentin revinrent les premiers à la
charge , s'il m'eft permis de parler ainfi , & comblerent les nouveaux
hôtes de nouveaux bienfaits. Avec le confentement du Coûtre
Gobert , du Doyen Simon , & des autres chanoines , le Comte Albert donna au même Abbé Arnoldus toute la propriété des eaux
de la Somme , depuis Rouvroy & Harly , jufqu'au moulin d'Ifle ;
& depuis ce moulin , jufqu'à Rôcourt. Ce pieux Seigneur les avoit
demandées au Chapitre de la mere-églife , qui les lui avoit accordées avec le plus grand empreffement. Ainfi fit-il tomber fur les
pauvres de JESUS-CHRIST , une petite portion de l'abondance des

X. SIECLE.
Année 963.
*Annales BB.
tom. 3. Lib. 46,
N°. 74.*

LIX.
Année 964.
*Spicileg. tom.
2 , fol. 786.*

LX.

chanoines. Mais tout le diftrict de l'Ifle, avec la juftice & feigneu-rie, & un manfe de terres au village de Noviant-le-Comte, en Laonnois, ce fut un don de la libéralité perfonnelle d'Albert, qui le fit folemnellement dans la bafilique de faint Quentin, en préfence de toute fa famille, des chanoines & de fes fujets. La date de cette conceffion eft de la vingt-neuvieme année du regne de Lothaire, & de notre falut la 983ᵉ. Nous l'avons rapporté fous l'an 960 (*chifre 15*).

La propriété de la juftice, & l'exercice même de la feigneurie dans le détroit d'Ifle, furent conteftés dans la fuite aux moines par la commune de Saint-Quentin, le Mayeur à la tête. Les moines avoient acquis Neufville, dont le territoire venoit jufqu'aux portes de la ville, & comprenoit même l'hôpital de Saint-Ladre. Léurs eaux fe confondoient avec celles du domaine de la ville. Tous

ces objets, & d'autres encore, occafionnerent un célèbre procès au commencement du quatorzieme fiécle, qui fut porté à Reims, & devant différens Juges. Enfin, après bien des dépenfes & des

mouvemens, les parties fe compromirent entre des arbitres en 1313 & 1316, & toutes les difficultés furent réfolues, réglées & applanies pour toujours. C'eft de cette époque, que les moines furent réduits à la feigneurie de leur abbaye, de leur clos & environs, de leur moulin, de quelques maifons; & que l'hôpital de Saint-Ladre paffa fous l'adminiftration totale du Corps-de-ville. On peut voir dans ces jugemens les autres réglemens qui regardent les eaux, le moulin de Gronnart, les fours de l'ifle & du canal, la feigneurie de Neufville, &c.

Dans cette grande tranfaction eft reprife une partie des difpofitions ordonnées par une compofition amicale, faite entre les mêmes parties, quelques années auparavant, en 1290.

Nous ferions portés à croire que, fous la donation du diftrict de l'ifle, des eaux adjacentes, & du terroir de Saint-Ladre, le Comte Albert Iᵉʳ avoit compris dans fa charte tout le terroir de Neufville. Ce qui nous le perfuade, c'eft que nous ne voyons point de donation particuliere de ce territoire; & que d'ailleurs la plus grande partie en eft de la banlieue de Saint-Quentin, & la fuite contiguë du terroir ancien de Saint-Ladre, qui y mene encore fes beftiaux pâturer, jufqu'aux haies d'Itencourt, où fe termine Neufville. Toutes ces terres n'avoient point de nom, au temps de la

donation faite par le Comte de Vermandois; elles n'en ont pris un, & n'ont formé une paroiffe, que dans la fuite des années. Mais on y reconnoît encore une même & indivifible concatenation, qui n'eft un peu rompue que par quelques domaines du Corps-de-ville de Saint-Quentin, par des chemins, &c. Quoiqu'il en foit, Neufville devoit, ainfi que le bourg d'Ifle, quelques corvées annuelles

aux

au monastere de S. Quentin, & les mêmes encore. Jean Ravenier,
manant de Neufville, les avoit refusées ; il y fut condamné par
sentence du Prévôt de Saint-Quentin, en 1378. Il en appella au
Lieutenant du Bailli ; mais il prévint son jugement, & acquiesça à
la premiere sentence.

X. SIECLE.
Année 964.
Cartâ 153.

Nous suivrons l'histoire de la fortune temporelle de l'abbaye
d'Isle, à mesure que les occasions d'en parler se présenteront. Nous
en citerons & cotterons les chartes, d'où nous tirerons nos récits :
mais nous nous abstiendrons de les rapporter toutes en nos pieces
justificatives. Il suffira d'y inférer celles que nous aurons cru les
plus essentielles à notre but.

Nous croyons devoir faire ici mention, en faveur de nos lecteurs, des dates de quelques événemens arrivés à des personnages
dont nous avons parlé dans notre histoire. Brunon, archevêque
de Cologne, mourut le 11 d'Octobre de l'année 965, après la conclusion d'une assemblée tenue à Compiegne, où il s'étoit trouvé
pour réconcilier ses neveux, le Roi de France, Lothaire, & les
enfans de Hugues *le Grand.* Ce Prélat fut assez fidele à ses vocations
diverses, pour avoir mérité d'être mis, après sa mort, au rang des
Saints que l'Eglise révere.

LXII.
Année 965.
Annales B B.
tom. 3. *Lib.* 46.
N°. 91.

L'excommunication que les Evêques, assemblés en 953 à saint
Thierry, près de Reims, avoient suspendue, à la priere du Roi
Louis IV, contre Ragenoldus, comte de Roucy, Odolric la lança
hardiment contre ce Seigneur, en 966, pour l'engager, par cette
formidable censure, à restituer les biens ecclésiastiques qu'il avoit
envahis.

LXIII.
Année 966.
Ibid. Lib. 47.
N°. 1.

Et Frodoard, l'historien de Reims, mourut le vingt-huitieme de
Mars, ou, selon quelques autres nécrologes, le dix-septieme de
Mai de la même année.

Robert de Vermandois, comte de Troyes, souscrivit l'année suivante à la charte d'une donation que Geoffroy, dit *Grise-gonnelle*,
l'époux de sa fille Adélaïde, avoit faite en faveur de l'abbaye de
saint Aubin d'Angers. Ce Comte d'Anjou, extrêmement prodigue
envers ce monastere, lui fit don encore, dans la suite, de plusieurs
autres biens, dont la Comtesse son épouse ratifia, avec empressement, la concession.

Année 967.
Ibid. N°. 3.

L'histoire du Vermandois comprendroit celle d'une partie considérable des abbayes du royaume, si nous rapportions toutes les
donations faites à ces monasteres par les descendans des enfans
d'Hébert II. Mais elles doivent être exclues de nos Mémoires, dès
qu'elles n'ont pas une liaison intime avec notre province, ou nos
propres Comtes. C'est par cette raison que nous omettrons le récit
du rétablissement de l'abbaye de Bonneval, au pays Chartrain, fait
en 967 par Eudes, Ier du nom, comte de Chartres, fils de Leude-

Ibid. N°. 11.

garde de Vermandois. Nous passerons aussi le récit des exemptions accordées à Montier-en-Der, au diocese de Châlons-sur-Marne, en 968, par Hébert, comte de Troyes, alors appellé *glorieux Comte des François*; &c. &c. &c.

Vers le même temps, le Châtelain de Cambrai, Jean, seigneur puissant, & allié à tout ce qu'il y avoit de distingué dans le Cambresis & le Vermandois, mais d'un génie féroce & intraitable, eut recours à la protection du Comte Albert: il en étoit peut-être aussi le parent. Tietdon, évêque de Cambrai, lassé d'éprouver les injustes rigueurs de son Châtelain, étoit venu à bout de le faire chasser de cette ville. Albert, instruit des iniques procédés de Jean, ne lui accorda qu'avec peine sa médiation. Il avoit fallu que tous ses amis & parens intervinssent auprès de lui, en faveur du coupable. A l'aide des bons offices de notre Comte, Jean crut donc être au moment de rentrer dans son emploi. Mais il fut trompé. L'Evêque de Cambrai, quoique fortement combattu par les vives sollicitations d'Albert, ne put s'y rendre. Trop outré des indignes traitemens qu'il avoit reçus de Jean, il l'écarta; & mit en sa place Gautier, le fils d'un Seigneur de même nom, vassal du château de Lens. Albert, à son tour, se crut offensé, en voyant sa recommandation négligée; & il décida de mettre en usage des moyens plus efficaces, que le Ciel lui avoit confiés. Il prêta à Jean un secours, avec lequel il vint se présenter hardiment devant Cambrai. L'Evêque ne l'eut pas plutôt apperçu s'avancer avec une nombreuse troupe, qu'il se réconcilia avec lui, & le dédommagea presque pleinement de ce qu'il lui avoit ôté.

Le château de Coucy étoit possédé en 970 par Eudes Iᵉʳ, comte de Chartres, fils de Leudegarde de Vermandois, duquel on vient de parler. Cette forteresse dépendoit de l'archevêque de Reims, Adalberon, successeur d'Odolric, mort le 6 de Novembre de l'année précédente. Adalberon avoit été obligé de la donner en fief à ce Seigneur, pour l'adoucir & faire cesser les mauvais traitemens qu'il en éprouvoit journellement, ainsi que de son oncle Hébert de Vermandois, comte de Troyes.

Le pieux comte Albert faisoit souvent sa cour au roi Lothaire, auprès duquel il est certain qu'il se transportoit même quelquefois. On trouve le seing d'Albert parmi ceux de plusieurs Seigneurs qui souscrivirent une charte de ce Prince pour la réforme de l'abbaye de saint Thierry, près de Reims, où l'on faisoit rentrer des moines en la place des chanoines que l'on en expulsoit. Cet instrument fut expédié à Compiegne le 26 de Mai de l'an 973.

Peu de temps avant sa mort, Brunon, archevêque de Cologne, & légat apostolique, avoit érigé, dans la ville de Maubeuge, en chapitre de chanoinesses, un couvent de religieuses qui y étoient déjà établies, & avoit obtenu pour elles, de l'Empereur son frere, plusieurs privileges très-distingués dont ces Dames, qui subsistent encore à présent, n'ont pas cessé de jouir, & qu'elles ont même étendus. Le privilege, auquel elles ont donné le plus d'extension, concerne la liberté de leurs personnes : car, quoique Brunon les eut confirmées dans la clôture par des vœux de stabilité, elles en ont secoué le joug ; &, si l'on excepte l'Abbesse & les principales Officieres de ce Chapitre, qui sont encore adstreintes à l'ancien engagement, le reste des autres conventuelles, religieuses aujourd'hui de saint Bénoît, peuvent en aller oublier demain la regle dans les bras d'un époux qu'elles se seront choisi. Nous avons déjà dit qu'elles avoient reçu de sainte Aldegonde, leur premiere fondatrice, saint Quentin pour le patron d'une de leurs trois églises. Cette circonstance donna lieu à un établissement particulier : il se forma dès le temps dont nous parlons, entre le chapitre des Dames de Maubeuge, & celui de saint Quentin, une confraternité de prieres, & une réciprocité d'estime & d'attachement qu'aucune interruption ne fera jamais abandonner. Tous & chacun des chanoines de saint Quentin, se présentant en l'église des chanoinesses de Maubeuge, peuvent prétendre à l'honneur de porter l'aumuce dans le chœur de celles-ci, & de recevoir de leur communauté le vin & les faveurs de l'hospitalité. Par un retour mutuel, chacune de ces Dames a droit d'attendre du chapitre de saint Quentin les mêmes considérations. Nous lisons, dans de vieux comptes de la fabrique de cette église, qu'en l'an 1283 vingt deniers furent employés au paiement du vin présenté aux Dames de Maubeuge. *Dominabus de Malbodio vinum oblatum impensis XX denariorum.*

Le même Brunon avoit fait expulser en 959 de leur comté de Mons les fils de Rainier *Au-long-cou*, comte de Hainaut, appellés Rainier & Lambert, à cause de leurs injustes déportemens. Ces deux freres voulurent y rentrer en 974, après la mort du vieux Othon, roi de Germanie, & reprendre sur Geoffroy & Arnoul une dignité que leur pere leur avoit transmise. Ils se retirerent vers le Comte de Vermandois, comme vers un puissant Dynaste qui servoit de protecteur aux Seigneurs maltraités. Albert leur donna des troupes qu'Othon son fils alla lui-même commander. Sous sa conduite les deux freres attaquerent le château de Boffut sur la Haine, & en détruisirent les environs ; mais bientôt après le jeune Othon de Germanie les battit eux-mêmes, & les chassa du pays.

Ils revinrent cependant sur leurs pas. Ce fut en 976, lorsque Lothaire, après la mort de Tietdon, évêque de Cambrai, se jetta dans l'Artois, & y ravagea les biens de cet évêché, auquel étoit joint encore celui d'Arras. Ce Roi menaçoit de piller Cambrai même. Godefroy, comte de Verdun, & Arnoul, comte de Mons, ap-

T t t ij

X. SIECLE.
Année 973.
Jacobus de Guisá, tom. 2. lib. 14, cap. 35.

II. Saculo BB. in Praf. fol. 27.

Voyez le Livre IV précédent, N°. 28.

LXVII.
Année 974.
Sigebert. ad hunc ann.
Chron. Baldr. lib. 1, cap. 94.
Annales de Noyon, p. 736.
Annales BB. tom. 3, lib. 48, N°. 1.

LXVIII
Année 976.
Chron. Baldr. lib. 1, cap. 100.
Annales BB. tom. 3, lib. 48, N°. 38.

X. SIECLE.
Année 976.

pellerent au secours de cette ville & de son territoire. Charles de France, & opposerent le frere au frere, en l'absence du Roi de Germanie, occupé contre d'autres ennemis. Charles fit souffrir à ceux mêmes, qui l'avoient appellé à leur aide, plus de dommages que ne leur en causoient les troupes de Lothaire. Fatigués enfin d'un auxiliateur si onéreux, les deux Comtes l'abandonnerent, & attendirent avec impatience le retour d'Othon. Cet Empereur rentra dans ses Etats au commencement de l'hiver, & nomma aussi-tôt Rotard à l'évêché de Cambrai. Ce Prélat étoit l'ami intime d'Adalberon, archevêque de Reims, avec lequel il avoit étudié dans l'abbaye de Gorze, & qui le sacra. Ce fut dans ces dernieres circonstances que Rainier & Lambert, toujours soutenus d'Othon, le fils du Comte de Vermandois, se joignirent à Charles de France. Ils assiégerent de concert la ville de Mons. Godefroy & Arnoul, qui s'y étoient retranchés, parurent contr'eux, & les défirent totalement, après un combat qui fut long-temps douteux. Godefroy y fut blessé d'un coup de lance. Othon, le fils d'Albert, ne perdit pas cependant courage par cet échec; il revint sur ses pas, & alla enlever à Arnoul la terre de Goï, située près de la source de l'Escaut; &, retranché dans un fort qu'il y fit construire, il ne cessa de courir tout le pays voisin qui étoit sous la protection de cet ennemi. L'Evêque de Cambrai eut besoin de tout le secours des victorieux, pour rendre la tranquillité à ses sujets; & il fut obligé d'honorer de plusieurs présens le fils du comte Albert qu'il amena enfin à des termes de douceur & de pacification.

Othon, roi de Germanie, continuellement arraché à ses peuples par les guerres qui l'appelloient loin d'eux, fit revenir vers soi, en 977, Charles de France, le frere de Lothaire. C'étoit un Prince courageux; il se l'attacha, en lui cédant la Basse-Lorraine qu'il lui ordonna de défendre contre Lothaire. Et, pour appaiser enfin Rainier & Lambert, dont le premier avoit épousé Hatvide, la fille de Hugues-Capet; le second, Gerberge, la fille de Charles de France, il leur donna le pays qui est entre l'Escaut & la Meuse. C'est de cette division que se sont formés les comtés de Mons & de Louvain.

Hadulfe, évêque de Noyon, qui avoit donné à ses chanoines l'église & l'autel du village d'Erchu, mourut en cette année le 25 de Juin, & fut enterré dans sa cathédrale, derriere l'autel de saint Sauveur. Tel est le récit que fait de sa mort Gui, le trésorier de Noyon; & l'on y doit donner foi. Frodoard, dans sa chronique, ajoute que le Prélat étoit paralytique depuis long-temps, & que le jour de sa mort fut un Dimanche, 24 de Juin, fête de la Nativité de saint Jean-Baptiste. On peut croire aussi cet historien qui n'avance le décès d'Hadulfe que d'un jour; mais il nous donne l'année 967 pour l'époque de cet événement; & nous disons qu'il se trompe de dix ans. De son temps Wibodus, archidiacre de Noyon, fut sacré évêque de Cambrai & d'Arras, sieges unis. Hadulfe eut pour successeur Lindulfe de Vermandois. Nous avons déjà dit que ce Prélat étoit le fils du comte Albert & de son épouse Gerberge, la sœur du roi Lothaire. En vain Claude Emmeré, embarrassé par une charte de ce Prince, qui décrit clairement la généalogie de ce Prélat, de la façon que l'on vient de rapporter, rejette-t-il le témoignage de cette charte même, & s'applique-t-il à prouver que Lindulfe ne pouvoit être le fils d'Albert Ier, comte de Vermandois; par la raison que cet Evêque est dit, dans cette même charte, être le frere d'Albert, & qu'il implique contradiction d'être tout à la fois le fils & le frere d'une même personne. Cet auteur laisse toujours dans sa force la difficulté qui naît de la charte; &, malgré ses efforts, il reste pour incertain que Lindulfe soit le fils d'Hébert II, comme il le soutient.

Le nœud de cette question sera aisément dissous, pensons-nous: nous rendrons à Lindulfe ses légitimes auteurs, & sa descendance immédiate. Enfin, nous concilierons la charte du roi Lothaire avec la vérité de notre histoire, si nous faisons attention à trois choses incontestables & décisives. La premiere, qu'il n'y eut jamais d'Albert, comte de Vermandois, sous le regne de Lothaire, durant lequel la charte dont il s'agit fut écrite, autre que celui qui épousa Gerberge, la sœur de ce Prince. La seconde, que le successeur immédiat d'Albert Ier, le beau-frere de Lothaire, étoit Hébert, troisieme du nom, qui gouverna le Vermandois, du vivant même de son pere. La troisieme, que le Comte de Vermandois, frere de Lindulfe & de Gui le trésorier, les neveux de Lothaire par sa sœur, n'a pu être qu'Hébert III: car il s'en suit nécessairement de ces principes, que c'est ou une bévue dans Jacques Le Vasseur qui se sera mépris, en lisant, dans la charte qu'il rapporte, *Albert* pour *Hébert*; ou une erreur dans la charte même qui est rapportée, & dans laquelle Arnoul, le secrétaire qui l'a écrite, a substitué mal-à-propos le nom d'Albert à celui d'Hébert.

D'ailleurs, ce ne peut être d'Albert II qu'il s'agisse dans la charte de Lothaire, quand ce Prince y dit que Lindulfe en étoit le frere; puisque, 1°. comme on le disoit tout-à-l'heure, il n'y avoit point lors de la date de cette charte, & sous les années de ce Roi, d'autre Albert qui commandât dans le Vermandois, qu'Albert Ier, fils d'Hébert II; puisque, 2°. les années de l'épiscopat de Lindulfe ne reviennent pas à celles d'Albert II, qui ne gouverna qu'en 1015, plus de vingt-cinq ans après la mort de ce Prélat; &, 3°. qu'enfin Albert II étoit fils d'Hébert III & d'Hermengarde son épouse, & non pas de Gerberge.

Ce n'étoit pas en vain qu'Albert Ier portoit le nom de *Pieux*; il

X. SIECLE.
Année 977.
Chron. Baldr.
lib. 1, *cap.* 89,
fol. 162.

LXXI.

X. SIECLE.
Année 977.
Annales B B.
tom. 3, *Lib.* 48,
N°. 48.
Hift. de Coucy,
&c. Notés, page
95.
Voyez le Livre
III précéd. N°.
62.

en foutint encore la jufte application par de nouvelles & d'éclatantes actions de charité qu'il fit vers les années que nous parcourons, en faveur du monaftere fitué fur le mont de Péronne. L'églife de cette abbaye étoit dédiée, dès l'origine de fa fondation, à la fainte Trinité ; vocable qu'elle a quitté pour prendre celui de faint Quentin. Une charte expédiée fous le nom du Comte Albert, fous-fignée par lui, par le Comte Hébert III fon fils, & par d'autres Seigneurs, porte qu'elle avoit été fondée par l'ordre du Roi Dagobert Ier, [*lifez* Clovis II] ; enrichie par le Préfet Erchinoald ; bénite par faint Eloi ; augmentée, rendue réguliere, & ornée de conftitutions monaftiques par un certain Ecoffois, nommé Ultan. C'eft le frere de faint Furfi, dont on a parlé ci-deffus.

Ibid. N°. 63.

Mais quoiqu'il en puiffe être de ces circonftances, il eft certain que cette églife & l'abbaye avoient été totalement ruinées par les ravages des Barbares. Elles n'étoient pas encore remifes de leurs pertes, lorfqu'Albert donna ordre de les reconftruire. Il les dota, en même temps, d'une ample portion de fes biens héréditaires (20). C'eft donc à la libéralité de ce généreux Comte, que le monaftere du Mont-Saint-Quentin doit fon rétabliffement & la plus grande partie de fes fonds, que Grégoire IV lui confirma par une bulle en 1046 (21). La charte du Comte Albert, de laquelle nous parlons, & qui a été délivrée *en la ville de Saint-Quentin, le jour de la paffion de ce* glorieux *Martyr,* ne contient pas l'année précife en laquelle elle a été écrite.

Ce même monaftere fubit encore les fureurs des Barbares, cinquante ans après qu'il eut été reconftruit ; & il ne fe releva de fes dernieres pertes, que par le foin des Châtelains ou Gouverneurs,

Ibid.
Voyez l'année
1043.

Préfets & Comtes de la ville de Péronne, dont on a parlé ci-devant, dont on parlera plus amplement encore dans la fuite.

Lindulfe approuva, confirma & foufcrivit les chartes des donations faites par fon pere Albert Ier, aux monafteres de S. Quentin de Péronne & de S. Quentin-en-l'Ifle. Il fit édifier en pierres l'églife de ce dernier, qui n'avoit été conftruite d'abord qu'en bois. Ce fut lui qui fit encore écrire par un moine, dont le nom nous eft inconnu, *le Livre des Miracles* de cet illuftre Patron, *arrivés en l'Ifle,* dont on a déjà rapporté quelques-uns.

LXXII.
Hiftoire de faint
Quentin, p. 374.

Nous ne fatiguerons pas nos lecteurs, fi nous leur en racontons la fuite. Un nommé Geroldus, né dans un lieu que l'auteur appelle en latin *Manfiunculæ,* & que Claude De la Fons entend du village de *Maifoncelles,* au bailliage de Reims, dans le doyenné rural de Mouzon, fervoit au moulin de ce monaftere, lorfqu'on en élevoit l'églife en pierres. Appellé pour prêter aide à quelqu'ouvrage, il tombe en bas d'une haute poutre, fur une pierre énorme. La chûte étoit mortelle. Le faint Martyr étoit venu à

son secours ; Geroldus vivoit encore, & n'avoit ressentie aucune
douleur (22).

X. SIECLE.
Année 977.

Une femme connue dans toute la ville de Saint-Quentin, où elle
demeuroit, pour être aveugle, se fait conduire en l'endroit de la
Somme, où Rictio-Vare avoit fait jetter le corps du Saint : elle
prie humblement le glorieux Martyr de lui être favorable. Déjà
les yeux d'Ermentrude se dessillent ; elle voit l'autel devant elle ;
elle apperçoit à l'un de ses côtés le Garde de l'église : elle demande
à celui-ci de l'eau du puits ; elle s'en lave les yeux ; elle croit en
sentir tomber de la poudre : sa guérison est devenue parfaite. Elle
embrasse ses parens, & ses amis, qu'elle distingue sans peine dans
la foule. Elle passe trois jours à remercier le saint Martyr, aux
pieds de son image ; & consacre en son honneur le bâton qui la
soutenoit dans son ancienne infirmité, en le posant sur l'autel.

Une autre femme, native de Grugies, croit, dans le sommeil,
recouvrer l'usage d'un bras qu'elle a trempé dans les eaux du puits
miraculeux : elle regarde ce songe comme un avis secret de s'y
transporter. Déjà elle en a lavé la partie affligée ; aussi-tôt les
nerfs contractés se restituent ; l'infirmité de quatre ans est dissipée.
Geile apperçoit à son bras deux petits trous, par lesquels l'humeur
vicieuse s'est évacuée. Elle les montre aux religieux de l'abbaye,
& à qui veut les voir. Elle chante la gloire de saint Thaumaturge,
& invite tout le monde à seconder les transports de sa reconnoissance.

Voilà en abrégé les miracles que Lindulfe avoit vus, pour ainsi	LXXIII.
dire, de ses yeux ; qu'il approuva comme vrais, & qu'il a voulu
nous transmettre. Ils sont contenus dans cinq chapitres. Ce Prélat
ne vécut dans son siege que douze années ; il les employa toutes
à faire le bien, & à étendre ses largesses. Il avoit l'honneur, par sa
mere, d'appartenir à Lothaire : il ne se servit de son crédit au-
près de ce Roi, que pour exécuter plus facilement ses pieux des-	Annales de
Noyon, p. 733.
Annales BB.
seins. C'est par l'autorité de ce Prince, qu'en l'an 980, il fit resti-	*tom. 3, lib. 45,*
tuer aux moines de saint Eloi de Noyon, leur abbaye, que des cha-	Nᵉ. 29.
noines séculiers avoient envahie ; & leur donna ou confirma les
autels, & villages de Ribécourt, de Chrysoles, de Babœuf, &c.
A la priere de Volmare, abbé des monasteres de Blademberg &	*Ibid. Lib. 49,*
de saint Bavon de Gand, il fit, en la même année, l'élévation des	Nº. 11.
reliques de saint Landoald, & de celles de ses compagnons. Du
consentement d'Adalberon, archevêque de Reims, il exposa en
public, deux années après, en 922, les mêmes reliques, & les
transféra dans la basilique de saint Bavon. C'est dans le temps
même qu'il les élevoit, qu'il eut le bonheur d'entendre parler	Cl. De la Fons,
histoire de saint
Quentin, pagi-
378.
un jeune homme, appellé Théodardus, qui étoit muet de naif-
sance.

X. SIECLE.
Année 977.
Gallia Chrijt.
tom. 9, fol. 1054.

Annales de
Noyon, p. 733.

Ibid. pag. 732.

LXXIV.

Il donna aux chanoines de fon églife, qui étoient au nombre de foixante, l'abbaye de fainte Godeberte, vierge, fituée dans la ville de Noyon, qui, depuis cette conceffion, a été convertie en églife paroiffiale. Il leur fit encore préfent de plufieurs terres & villages, dont le détail eft rapporté dans une bulle de Jean XV, que nous a confervée Jacques Le Vaffeur. (23) Il mourut dans fa ville épifcopale de Noyon, le cinquieme de Novembre, vers l'an 989, après fon retour de Rome, où il avoit été vifiter les faints lieux. Sa fépulture eft devant l'autel de faint Sauveur, dans la cathédrale. Cet autel n'y eft plus en la même place, *mais feulement l'image entre deux Evêques, en la chapelle de fainte Marguerite.* Cet autel a été transféré près de la porte, *pour donner lieu à la fépulture & pourtraiêt élevé de l'Evêque Gui.*

Nous ne pouvons placer en un endroit plus favorable que celui-ci, la lifte, qu'il convient que nous donnions, des Abbés d'Ifle. Outre le tribut de louange que nous devons à leur mémoire, à leurs noms, & à leurs vertus, nous aurons pour nous-mêmes l'avantage de recevoir, de leurs actions, un grand jour pour la perfection de notre hiftoire. Ces Abbés furent de trois fortes ; il y en eut des féculiers, des réguliers & des commendataires.

Abbés Séculiers d'Ifle.

I. Aubert que Jacques de Guife appelle abbé de faint Quentin en l'ifle, après l'avoir été de faint Vincent de Laon, & qui, felon cet Auteur, reçut en 800 (lifez plutôt 873.) le faint Suaire de JESUS-CHRIST à Compiegne, avec d'autres Abbés. S'il en falloit croire cet Ecrivain, Aubert a bien plus l'air d'un abbé régulier que d'un féculier.

II. Hugues que nous croirions volontiers avoir été l'archevêque de Reims, expulfé de fon fiege, & mort vers l'an 962. Il n'eft cependant appellé que fimple clerc dans les actes du temps.

III. Anfelme, chanoine de faint Quentin, nommé par le comte Albert en 962, réforma fon abbaye, en y introduifant des religieux de l'ordre de faint Bénoît, au nombre de près de mille, en la place des chanoines ftipendiaires qui y étoient auparavant. Il abdiqua vers 970.

Abbés Réguliers.

I. Arnoldus, dont on ne connoît ni la naiffance, ni le lieu de la fépulture, entra dans fon adminiftration vers 970 ; il acquit de grands biens à fa maifon, & vivoit encore en 986.

II. Gérard Ier en 1043 & 1052, en laquelle année étant très-vieux,

vieux, il fut choisi, par préférence, pour transférer les reliques de X. SIECLE.
Année 977.
sainte Hunégonde d'une châsse en une autre.

III. Gérard II, peu avant 1075. La cumulation des années persuade qu'il est différent du premier Gérard dont on vient de parler.
Il obtint du pape Grégoire VII de percevoir les novales dans les
lieux où son abbaye percevoit déjà la grosse-dixme. En 1088 il reçut du comte de Flandre, Robert, la dixme de plusieurs villages
en ce pays. Cet Abbé paroît être le même que celui qui est appellé
[mal-à-propos] Robert en une charte de 1086, par laquelle l'abbé
d'Isle échange certains biens avec celui de saint Lucien de Beauvais.

IV. Baudoin Ier, en 1100, selon Claude Emmeré.

V. Gualtelinus Ier reçoit en 1104, d'un Seigneur nommé Bernard, la moitié de l'alleu d'Andignies. Certes il est différent de
Gualtelinus II ci-après, puisque l'alleu qu'il reçoit est repris dans
la charte de Baudoin, évêque de Noyon, de 1110.

VI. Ingelbert en 1106 obtint de Baudry, évêque de Noyon & de
Tournay, divers biens & exemptions pour son abbaye, & notam-
ment à Singin & à Annevelin. Autant en obtint-il de l'Evêque de
Laon pour l'autel de Berthenicourt que sa maison possédoit déjà.
Meurt en 1130.

Singin est un village dépendant de la châtellenie de Lille en Flan- LXXV.
dre. L'abbaye de saint Quentin y a possédé des biens considérables
dont elle a retenu jusqu'à présent encore de très-grandes parties;
mais ils lui causerent beaucoup de contestations avec différentes
personnes. Le monastere étoit en but au Comte & à ses officiers,
& exposé à des exactions injustes. Le roi Lothaire l'exempta de
tout, en accordant au premier abbé d'Isle, Arnoldus, toute justice *Cartularium In-
sulan. Cartâ 79.*
& jurisdiction dans Sengin & son territoire. Le diplôme est de l'an
977. Le personat de l'autel du lieu, & celui du village d'Annevelin
causoient peut-être, ou pouvoient causer à la même maison quelques molestations: l'évêque de Noyon & de Tournay, Baudry, lui Cartâ 78.
accorda pour ces deux paroisses l'exemption de tout personat &
de toute servitude, sauf les droits du synode, & la présentation des
Curés à l'Evêque, pour en être reçus au gouvernement des ames.
La patente épiscopale est de 1106.

Une contestation que suscita à cette abbaye, devant le Pape, Cartâ 74.
A. . . . . . . de Sengin, sur quelques terres & revenus que l'abbé
Mathieu avoit achetés de ses ancêtres, quoique le fonds & la seigneurie appartissent au monastere, fut décidée en 1183 par l'Evêque de Tournay, commissaire apostolique, en faveur des religieux.

Huit ans après en 1191, d'autres juges deciderent, encore au Cartâ 75.
profit des mêmes moines, diverses prétentions que le Maire de

Sengin, Baudoin, sa femme, ses enfans & sa sœur avoient réclamées dans Sengin, concernant l'établissement des maisons, les batteurs en grange, les voitures, la dixme, les domestiques, les pailles, la pêche, la nourriture de six pourceaux, &c. Jean, châtelain de Lille en Flandre, reçut, ainsi que les juges dont nous parlons, l'aveu du désistement des parties, dans les chartes de la même année, lesquelles sont conçues dans les mêmes expressions. Raoul, seigneur de Bellenglise, avoit un fief à Sengin, mouvant de saint Quentin en l'Isle, qu'il vendit à Philippe de Tupigny. Celui-ci fut reçu à l'hommage de ce fief par les moines qui approuverent les conventions des parties. La charte, qui n'a pas de date, est de vers 1210, parce qu'elle est passée sous l'abbé Mathieu mort en 1216, & souscrite par Alberic, doyen de la chrétienté de saint Quentin, qui n'a commencé de paroître en cette qualité qu'en 1205.

La belle terre & seigneurie de Sengin, possédée & exercée par l'Abbé d'Isle & ses officiers, ôtoit bien des droits peut-être au Châtelain de Lille en Flandre, qui ne la voyoit dans le ban & l'étendue de sa châtellenie, que pour en concevoir plus de regret. Il fit valoir auprès du monastere de saint Quentin des droits & des demandes sur lesquels on contesta. Enfin, les parties s'accommoderent. Jean, c'étoit le nom du Châtelain de Lille, fit une ample charte de composition sur la justice & l'exercice de sa jurisdiction, & de celle des moines, de ses droits & des leurs dans Sengin. Elle fut reçue, de commun accord, par les intéressés. Elle est datée de 1236.

LXXVI. Les cures d'Allaincourt & de Berthenicourt, au diocese de Laon, doivent leur établissement aux Seigneurs de Moï. Werry, l'un d'eux, venoit de fonder celle de Berthenicourt en 1189, comme on va le voir plus bas. Son fils Gui de Moï fonda celle d'Allaincourt, en 1235. Allaincourt étoit un hameau dépendant de Berthenicourt. Touché des inconvéniens qui pouvoient résulter, pour le hameau, de l'absence ou du défaut de curé, ou de l'éloignement des lieux qui exposoient des enfans à mourir sans baptême, leurs meres à n'être point secourues dans leurs couches, &c. Gui de Moï le fit démembrer de Berthenicourt, & ériger en église paroissiale & indépendante. L'Evêque de Laon, l'Abbé d'Isle, qui avoit le patronage de Berthenicourt, le curé de ce lieu, nommé Renaud, l'épouse du fondateur, Marie, leur fils Baudoin, & toutes les personnes intéressées à cet établissement, y consentirent. Gui affecta des biens & des dédommagemens pour les deux Curés.

Les moines d'Isle eurent dispute sur le fait des prés nouvellement défrichés, avec le Curé d'Allaincourt, dès l'an 1251. Le Curé prétendit, selon le droit commun, que les dixmes novales lui en ap partenoient toutes ; mais il ignoroit l'habileté qu'avoient eue ses parties d'obtenir du Saint-Siege le privilege de posséder les deux tiers des novales & menues dixmes dans les paroisses de leur dépendance, où ils avoient déjà les grosses dixmes. Il échoua dans sa demande, & on le soulagea par une subvention de vingt sols, somme considérable pour ce temps.

Gui, dit Goulars de Moï, l'un des descendans des bienfaiteurs, inquiéta les moines d'Isle sur ce qu'ils faisoient passer & repasser leurs troupeaux dans le village d'Allaincourt, pour aller pâturer, & prétendoit sur eux l'amende. Ces religieux s'en défendirent aux assises de Saint-Quentin, au mois de Mars 1350. Ils étoient fondés en saisine & possession. Quoiqu'il en fut, Goulars se désista de sa demande ; & , en cas que les moines n'eussent pas le droit contesté, il le leur accorda bénignement. L'accord fut entériné par le Bailli de Vermandois.

Nous voyons, par la vingtieme charte du cartulaire de l'abbaye d'Isle, que l'autel de Berthenicourt lui avoit été donné sous l'épiscopat, au moins du cinquieme Evêque de Laon, qui gouvernoit ce diocese avant Barthélemy en 1114, puisque les Abbés d'Isle avoient souvent prié les Prélats de ce siege de les décharger du droit de personat, dans lequel étoit engagée envers eux la cure de ce lieu, sans avoir pu y réussir. Mais l'abbé Ingelbert ne manqua pas son coup en l'année que nous venons de citer ; il obtint de Barthélemy l'exemption de cette servitude onéreuse.

Berthenicourt n'avoit point de chapelle ; & , quoique les moines d'Isle en eussent l'autel, ils n'y avoient point d'église. Il y fut pourvu en 1189 par Werry de Moï. Ce Seigneur, comme suzerain de Gauchy, fit la concession au monastere d'Isle de la cure de Gauchy, avec toutes ses dépendances, du tiers de la grosse dixme, des deux tiers de la menue dixme, & d'un demi-muid de terres affecté à la dot de l'autel, pour faire construire une chapelle ou église dans Berthenicourt, & y placer & nourrir un Curé perpétuel. Il leur céda encore des terres, des prés, des eaux, des hôtes & la justice dans ce lieu, & neuf muids de terres dans Allaincourt ; enfin, la pêche dans ses eaux, les jours que les moines feroient dans Berthenicourt les anniversaires de lui, de sa femme & de son frere Robert de Moï. Cette donation fut des plus authentiques ; elle se fit par le brandon & le gazon qu'il posa sur l'autel de l'abbaye, en présence d'une nombreuse compagnie & de toute sa famille. Les biens, donnés par Werry de Moï à Berthenicourt & à Allaincourt, relevoient du Seigneur de Guise. Rainier, seigneur de ce lieu, en consentit l'amortissement en la même année, présens ses enfans ; mais les biens situés à Gauchy étoient dans la mouvance particuliere d'Avelvia, dame de Guise ; elle fit délivrer, dans le même

X. Siecle.
Année 977.

Cartâ 144.

LXXVII.
Cartâ 20.
Gallia Christ.
tom. 9. col. 1087.

Cartâ 16.

Cartâ 17.
Cartâ 18.

Cartâ 89.

temps, son privilége pour l'amortiſſement de la donation qui en avoit été faite. A peine les deux Suzerains avoient parlé, que Werry de Moï confirma de nouveau toutes les diſpoſitions qu'il avoit faites des biens de Gauchy en faveur de l'établiſſement nouveau.

Mathieu étoit alors abbé d'Iſle. Sur la charte de Werry de Moï, il expédia un chirographe dans lequel il reprend à ſon tour toutes les intentions & les vœux du fondateur & du dotateur de la chapelle de Berthenicourt. Il eſt de la même année, ſans date de mois ;

Cartâ 15.

& l'on voit dans cet inſtrument que l'aumône de Werry de Moï eſt une eſpece de reſtitution & d'indemnité, envers l'abbaye, des torts qu'il lui avoit cauſés ; que ce Seigneur ſe préparoit au voyage de Jéruſalem, comme Croiſé, & qu'il avoit fixé chez les moines ſa ſépulture, celle de ſa femme & de ſes enfans.

Ainſi un tiers de la groſſe dixme & deux tiers de la menue, la nomination à la cure de Gauchy, & partie de la dot de ſon autel,

Cartis 8, 13 &
14.

ſervirent à faire conſtruire une égliſe étrangere, & à y doter un Curé. Les Evêques de Noyon, de Laon, & l'Archevêque de Reims confirmerent ces arrangemens.

Cartis 19 & 11.

Dans l'intervalle de ces années, Paul de Aſcy avoit fait une donation de ce qu'il poſſédoit dans Berthenicourt aux moines d'Iſle ; il reconnut & confirma ſon préſent ; ſes freres en firent de même dans un même acte de l'an 1189, reçu par le Chapitre de la cathédrale de Laon, qui, ayant le droit de dixme & de terrage ſur une partie de ce bien, les abandonnerent aux mêmes religieux, ſous une preſtation de quatre muids de froment à conduire par eux en la grange que ledit Chapitre avoit à Briſſey.

Cartis 12 & 7.

Trois bulles de Clément III ratifierent & confirmerent toutes ces donations ; la premiere, eſt de 1192 ; la ſeconde, à peu près de même date ; la troiſieme, eſt de 1194. Dans cette derniere, il eſt fait mention de quelques biens à Cheſſy, dans le dioceſe de Noyon. Ces biens, y eſt-il ajouté, avoient un oratoire pour la commodité des religieux. L'Evêque diocéſain avoit conſenti à cette acquiſition.

Cartâ 4.

En 1223, ils acquirent, à prix de finance, quelques autres biens dans Berthenicourt, de Renaud Fovée & Gui Kaquegnon.

Cartâ 9.

Werry de Moï eut un fils cadet, appellé Robert de Gauchy, de ce qu'il lui avoit paſſé cette ſeigneurie. Ce Robert de Gauchy, fils de Werry de Moï, étoit mort avant le mois de Juin 1224. Son fils Gui de Gauchy, & ſa fille Marie, allouerent alors les deux tiers de la groſſe-dixme, que leur pere avoit donnés à l'abbaye d'Iſle ; ce qui faiſoit, avec le premier tiers qu'avoit concédé à cette maiſon Werry de Moï, ſon pere, [par la charte 16] en 1189, les trois tiers ou le domaine total des grosses dixmes de Gauchy, qu'elle possede encore aujourd'hui, avec les deux tiers des menues. Gui de Moï, frere aîné de Robert de Gauchy, & oncle de ces deux enfans, de qui relevoit ladite dixme, en confirma la donation ; mais en retranchant net de la charte de son pere Werry, les trois pêches que celui-ci avoit accordées aux moines d'Isle dans les trois anniversaires cités. La charte confirmative donnée par Gui de Moï, Cartâ 89. fait même mention qu'il avoit, dès l'an 1224, déja eu contestation Cartâ 90. avec ces religieux, sur diverses choses de Berthenicourt ; & que c'étoit pour le bien de la paix, qu'il s'accordoit alors avec eux. Elle régla au surplus certains usages de prés, entre lesdits moines & les communautés des habitans de Berthenicourt & d'Allaincourt. Le Doyen de la Chrétienté de saint Quentin vidima cette charte, en Juin 1224, par une nouvelle qu'il expédia. Ces deux chartes Cartâ 10. disent que Robert de Gauchy avoit fait cette donation depuis long-temps, & qu'elle étoit tenue de quelque aumône envers les pauvres [sans doute de Gauchy]. Charge à examiner par les propriétaires, pour savoir s'ils en sont délivrés.

VII. Baudoin II, neveu d'Ingelbert, donne, en 1136, aux Prémontrés du Mont-Saint-Martin, toute sa terre culte & inculte de Brancourt, sous un cens annuel. En 1145, il donne des prés, des bois & des terres, situés à Monceaux-sur-Serre, à ses confreres de Nogent, sous même condition. Il fait des remises sur le moulin d'Incy, aux religieux de la Chaise-Dieu de Vicogne. Enfin, il cede Montigny-sur-Oise, sous une prestation annuelle de quatre cens cinquante mesures de bois, à Bernard, prieur de la Celle de Tupigny, & à ses moines.

Brancourt est un village à trois lieues de la ville de Saint-Quen-   LXXVIII. tin. Les vieux actes l'appellent *Brachani curtis* ; c'est une mauvaise latinisation qui exprime l'origine de son nom, laquelle vient de *Bran* ou *Bréhain*, & de *Court*, & signifie une *Court stérile* ; de même que *Mont-Bréhain*, village attenant, indique une montagne qui ne produit rien : *Mons sterilis*. L'abbaye d'Isle, qui avoit eu de grands biens en ce lieu, venans de l'on ne sait qui, n'y possede plus rien ; elle a renoncé à tout ce qu'elle y possédoit, en faveur des Prémon-   Cartâ 67. trés du Mont-Saint-Martin. A peine ces derniers religieux s'étoient-ils établis à Boëni, que Baudoin II, abbé d'Isle, & tout son Chapitre, se pressa de seconder le zele que le Mayeur de la ville & le Chapitre de saint Quentin avoient pour eux. Il leur donna, en aumône, la terre tant culte qu'inculte, & le bois & les droits de jugemens, que sa maison possédoit dans Brancourt ; réservé cependant, dans le bois, le nécessaire au besoin de son monastere. Vers   Cartâ 66. 1130, il ne fit plus d'exception en terres, terrages, bois, forêts, revenus & justice, hors une prestation de cinq muids de froment.

X. SIECLE.
Année 977.

Les Norbertins la payerent bien jufqu'en 1344, que les moines d'Ifle furent obligés de les faire affigner pardevant le Prévôt de Saint-Quentin, pour arrérages de deux années, & continuation de fatisfaire au débet convenu. Mais les parties s'étant déjà arrangées, le Juge n'eut qu'à homologuer leur tranfaction.

L'abbaye d'Ifle étoit déjà devenue extrêmement riche, puifque fes Abbés faifoient à tant de maifons des dons fi confidérables. Nous ignorons en partie comment elle les avoit obtenus, & de qui & quand. L'églife du monaftere s'étoit auffi infiniment accrue depuis fon rétabliffement fous fept Abbés. De bois, avec lequel elle avoit été bâtie en 960, elle avoit été reconftruite fomptueufement en pierres en 1146. Simon, évêque de Noyon, affifté de Thierry, évêque d'Amiens, & de Nicolas Claret, évêque de Cambrai, en fit alors la dédicace folemnelle. L'autel principal en fut dédié aux bienheureux apôtres faint Pierre & faint Paul, & à faint Quentin. Mais l'ancienne & premiere églife de ce dernier Saint, c'eft-à-dire, les chanoines de la bafilique de faint Quentin conferverent toujours leur droit de fupériorité fur cette abbaye.

Nous ignorons pareillement d'où & de qui l'abbaye d'Ifle reçut les reliques de faint Loup & de faint Wlfard, pour lefquelles Baudoin II fit faire de riches châffes, en cette année. Ces précieufes dépouilles ne leur feroient-elles pas venues des Comtes de Troyes, iffus du fang de nos Comtes ?

Le même Abbé d'Ifle, Baudoin II, échangea les dixmes de Puifieux contre celles de Harly, c'eft-à-dire, du Mefnil-Saint-Laurent, en 1157. Il obtint en 1163, de l'Evêque de Tournay, le perfonnat *de Oskerkâ*, avec le fpirituel. On croit avec raifon qu'il fe démit de fon abbaye, en partant en 1164 pour la Paleftine : que pendant fon pélérinage, Hugues, fon fucceffeur, gouverna en fa place ; qu'il reprit l'adminiftration de fon monaftere l'année fuivante, en laquelle il traita avec le Curé de faint Eloi, Gérard ; & qu'il mourut en 1169.

Nous ne pouvons dire fi le bien d'Oskerke, dont nous allons parler, appartenoit déjà à l'abbaye de faint Quentin en l'Ifle en 1089, ou s'il a commencé à fe former par la donation que lui fit, en cette année, des dixmes de Ceftkerke, le Marquis de Flandre. Cette dixme s'appelloit Waftine ; il la donna en pure aumône.

L'autel d'Oskerke donné, avec fon églife, au monaftere de faint Quentin en l'Ifle, avoit encore quatre chapelles y jointes ; de Volpes, de Lapfeures, de Murcherche & de Vaucres. La charte de Gérard, évêque de Tournay en 1163, y en ajoute une cinquieme appellée Lefiterrufe. Tous ces autels, acquis antérieurement à l'arrivée de Gérard fur le fiege de Tournay, furent déchargés du perfonnat par la charte que nous venons de citer. Mais

Dodin, qui eft appellé Clerc [qualité qui nous paroît ici laïque] ne fe défaifit point de fon perfonnat ; pour quoi, il fut traduit par les moines d'Ifle devant Philippe, comte de Flandre, qui lui commanda de mettre au net, devant l'Abbé d'Ifle, ce qu'il prétendoit fur le perfonnat en queftion. Une charte du même Gérard rapporte que l'Abbé d'Ifle engagea fon adverfaire par toute forte de bons procédés à bien s'expliquer, ou plutôt à quitter fa querelle : mais que cet Abbé, ni lui Evêque, ni beaucoup d'autres perfonnes diftinguées, ne gagnerent, qu'après bien du temps & des peines, l'aveu forcé qu'il n'avoit rien de folide à propofer. En conféquence, il fut rejetté comme mal-intentionné envers le monaftere de faint Quentin en l'Ifle. Cette feconde charte, qui n'a pas de date, paroît être de vers 1165.

L'année fuivante à peu près, & certes avant 1169, où mourut Baudoin II, abbé d'Ifle, Dodin d'Oskerke, fils de ce premier, fes freres & fœurs, & tous ceux qui avoient prétendu audit perfonnat, avouerent qu'ils n'y avoient plus de droit. Pour récompenfer leur témoignage vrai, le même Abbé commit le jeune Dodin à la garde des chofes eccléfiaftiques dans Oskerke, pour le terme qu'il plairoit à fes moines. Cette commiffion avoit fes émolumens.

Auprès d'Oskerke, en un endroit appellé Ifandica, les moines d'Ifle avoient quelques petites rentes fur des hoftifes ; Mathieu, qui venoit d'être fait leur Abbé en 1178, nomma un des habitans de ce canton pour en faire la collecte, qu'il devoit reporter enfuite à la caiffe générale d'Oskerke.

Reinier d'Oskerke, en mourant, légua pour fon anniverfaire deux marcs d'argent pur, aux moines d'Ifle, affignés fur toute la dixme du lieu qu'il tenoit de leur églife. Son fils Guillaume leur en paffa reconnoiffance en Avril 1224, avec toute fa famille.

Les paroiffes que confirma l'Evêque de Tournay à l'abbaye d'Ifle, & qui en 1163 étoient au nombre de cinq, s'étoient divifées en 1323 en huit. Nous le voyons dans la charte de cette année, que l'Evêque, fon Chapitre, & les Freres de l'hôpital de fainte Marie, près de Lille en Flandre, firent expédier alors pour la ceffion de leurs novales en faveur de la même maifon. A cette époque s'établit la confraternité de prieres entre l'abbaye d'Ifle & le Chapitre de Tournay. L'acte en eft de 1324.

En 1371 les moines d'Ifle permirent au même Chapitre d'acheter d'un laïc une portion de dixmes, qui s'étendoit fur plufieurs petits angles de la paroiffe d'Oskerke, fous condition de la tenir en fief, & d'en payer à leur maifon une preftation de dix-huit livres d'argent. De-là le Doyen de Tournay devint, pour lui & fon Chapitre, le feudataire du monaftere d'Ifle ; lui dut le relief.

X. Siecle.
Année 977.

Cartâ 81.

Cartâ 82.

Cartâ 83.

Cartis 85 & 84.

Cartâ 148.

Cartâ 149.

Cartâ 150.

X. Siecle.
Année 977.

Cartâ 151.

LXXX.
Augufl.-Vir. fol. 101.
Gallia Chriftiana. tom. 9, fol. 1082.
Voyez l'année 1558.

rédigé à peu de chofes, l'hommage & l'affiftance à fes plaids, mais fans être obligé de fortir de fa ville. Le premier hommage qu'il rendit à l'Abbé, ce fut en l'hôtel du Cerf, préfens plufieurs témoins diftingués; il embraffa l'Abbé, & lui jura fidélité; & tout fut fait. Les Notaires Apoftoliques & Impériaux drefferent des actes de cette cérémonie, le 10 de Juin 1372.

VIII. Hugues Ier, en 1170, plaida contre le Chapitre de faint Quentin, pour le fujet que voici. Dans le douzieme fiécle s'étoit introduit une efpece de dévotion affez particuliere parmi les habitans de la ville de Saint-Quentin : elle confiftoit à fe faire revêtir, dans les derniers momens de leur vie, des habits des faints moines de l'Ifle, & à leur demander, fi non d'expirer chez eux, du moins dans leurs bras, & fous un de leurs vêtemens. Les religieux en accordoient volontiers la grace, qui faifoit participer aux mérites & aux indulgences de l'Ordre de faint Bénoît. Le Chapitre de la mere-églife, intéreffé à conferver la bonne regle & à prévenir les abus qui pouvoient naître de cette pratique, leur fit défenfe de ne plus prêter, à qui que ce fût, cette forte de fecours fpirituel, que de fon confentement préalablement requis & obtenu. Cette prohibition fut même confirmée en 1171 par une fentence que rendit fur le vu de la queftion, Rodolphe, archidiacre d'Amiens, que le fouverain Pontife, à qui la caufe avoit été portée, avoit délégué pour en juger. Hugues Ier vivoit encore en 1178, & y mourut.

IX. Mathieu fuccede en cette même année, en laquelle il cede aux moines de Nogent la terre & l'églife appéllées [*Caciacum.*] Queffy, pour y établir une petite Celle de trois ou quatre religieux. Cette Celle eft devenue, depuis ce temps-là, le prieuré de Queffy. En 1186 il traita avec les religieux de faint Vincent de Laon, fur leur domaine refpectif dans Villers-le-Sec. Il eut une infinité d'affaires en fa vie, pour défendre fon monaftere injuftement attaqué de toutes parts. Il jouit de la confiance finguliere de la Comteffe de Vermandois, Eléonore, fi digne eftimatrice de la vertu, de la fageffe & des talens : elle lui laiffa, vers 1207, à prononcer définitivement fur les prétentions qu'elle avoit formées fur la chapelle de Ribemont. Ce grand homme vivoit encore en 1216.

LXXXI.

Voici ce qui regarde Villers-le-Sec, dont nous venons de parler. Ce village eft une belle terre à clocher, à trois lieues de Saint-Quentin; la feigneurie en eft commune & indivife entre les abbayes de faint Vincent de Laon & de faint Quentin en l'Ifle. Ces deux maifons y poffédoient leurs fonds prédiaux, mêlés les uns Cartâ 87. avec les autres : elles fe les échangerent réciproquement, pour fe former de feuls & mêmes gazons en 1186. On ignore qui leur avoit paffé ces domaines précieux, & la feigneurie de cette terre.

Les

X. SIECLE.
Année 977.

Les différends, qui s'éleverent dans la suite entre les deux communautés, étoient presqu'inévitables. Il s'en éleva un entr'autres en 1255, au sujet des épaves & de la haute justice : chaque monastere la traînoit à soi. Tous deux s'accorderent cependant, & il fut décidé qu'elle leur appartiendroit en commun, que tous les droits y seroient partagés par moitié, & qu'une maison n'auroit point d'avantage sur l'autre. Ils s'accorderent encore en 1272 de diriger les droits seigneuriaux à eux appartenans, d'année en année successivement & alternativement, par année paire, & de se faire l'un à l'autre compte de bonne foi des émolumens & des pertes. Dix ans auparavant, le Bailli du Vermandois avoit fait enlever les mesures des grains & du vin dans Villers-le-Sec, prétendant les régler sur l'étalon de Ribemont. Ils réclamèrent ; & le Bailli leur fit restitution de leur droit en 1362.

Carta 167.

Carta 138.

Carta 141.

Les moines d'Isle avoient en ce village *le jardin de Rabatut*, à la convenance des religieuses d'Origny, qui desiroient de le joindre à leur maison de Parpes ; ils le leur céderent sous une prestation annuelle de huit chapons vers 1180. Deux cens ans après, les donateurs furent obligés de faire un procès à leurs donataires pour le recouvrement du cens stipulé. L'affaire étoit aux assises de Saint-Quentin. Les Dames prévinrent le jugement par une composition amiable. Les huit chapons furent réduits à quatre ; & deux autres que les moines d'Isle devoient aux religieuses, sur un jardin qu'ils avoient à Regny, furent anéantis à jamais. On se donna des papiers doubles de cet accord en 1380.

Carta 51.

Carta 140.

Le domaine prédial de l'abbaye d'Isle dans Villers-le-Sec, en 1353, étoit de dix-huit muids de terres, sur lesquelles l'abbaye de saint Nicolas-au-Bois prétendoit alors le droit de lever la dixme grosse & menue. Tout ce bien étoit exploité dans une ferme appellée *la Maison du Franc-Saint-Quentin : Domus de Franco-Sancti-Quintini*. Des demandes on en vint aux procédures ès assises de Saint-Quentin. On s'accommoda avant le jugement ; & il fut dit que les dix-huit moïées seroient exemptes de toute dixme grosse & menue, sauf à les payer sur les terres que les moines d'Isle acquéreroient dans la suite audit lieu. La sentence d'homologation est du 29 d'Octobre.

Carta 142.

En 1374 il fut décidé encore, contre l'abbaye de saint Nicolas-au-Bois, que leur maison, appellée *le Frennelest*, dans Villers-le-Sec, n'auroit que la moyenne & basse justice ; que leur four n'y serviroit qu'à flans & tartes, & que le pain en seroit cuit en celui des Co-seigneurs.

Carta 148.

X. Rainier, dont le nécrologe de l'abbaye de saint Vincent parle au 4 de Janvier.

XI. Hugues II, en 1220. Il paroît que c'est le même qui, deux

X. SIECLE.
Année 977.

ans après, promit obéiffance à l'Evêque diocéfain. En 1227, fes moines demanderent au Roi la permiffion de s'élire un Abbé, fans doute parce qu'il étoit décédé.

XII. Gualtelinus II. C'eft le nom de la lettre initiale, *G*, qui fe trouve dans des Lettres de 1233, par lefquelles Simon de Rôcourt, après s'être défifté du droit de pêche dans le vivier de Rôcourt même, la reprend enfuite en fief de l'abbaye.

XIII. Pierre Ier, élu en 1234 avec la permiffion du Roi, vivoit encore en 1236.

XIV. Simon en 1237 traite avec le Magiftrat populaire de Saint-Quentin, fur les ponts, les vantaux & les eaux de l'Ifle. En 1241 il achete des terres de Godefroi de Regny, & fait fociété de prieres avec les moines de faint Nicaife de Reims en 1249. Il vivoit encore en 1255.

LXXXII. Regny eft écrit dans plufieurs actes anciens Rigny, & fe difoit en latin *Rigniacum*.

Les moines d'Ifle avoient donné aux Prémontrés de la Cafe-Dieu Cartâ 2. de l'abbaye de Vicogne, en Artois, une court avec fon territoire dans Regny, c'eft-à-dire, comme nous le concevons à préfent, une ferme avec les terres qui en dépendoient, fous condition de moitié de la récolte. Ils furent même fi obligeans à leur égard, Cartâ 47. qu'ils leur laiffoient la liberté de vendre leurs biens, de les échanger, ou d'en prendre à ferme de l'abbaye d'Homblieres, quoiqu'ils euffent reçu un pacte particulier de cette derniere maifon, qu'elle n'acquéreroit plus rien dans Regny, parce que cela leur étoit défagréable, & nuifible à leurs intérêts. La charte de l'Abbé d'Homblieres eft de 1154. Les moines d'Ifle avoient au furplus abandonné aux mêmes Prémontrés la cure du lieu, laquelle leur appartenoit, Cartâ 21. & dont la tranfmiffion fut approuvée, en Octobre 1203, par l'Evêque de Noyon, qui confentit qu'elle fut remplie par un Norbertin.

Vicogne étendit encore fon domaine dans Regny par quelques Cartâ 22. autres acquifitions qu'elle y fit. Notamment, dès l'an précédent 1202, cette maifon acquit de Heldiardis de Regny tout le terrage qu'elle avoit fur les terres des Prémontrés. Ce droit étoit tenu en fief de Gautier de Regny, frere de cette Dame. Ce Seigneur, fon époufe Agnès, & leur fille Aëlidis, confentirent à la ceffion. Dreux de Regny, frere d'Heldiardis & de Gautier de Regny, l'approuva pareillement, ainfi que Martin, l'époux de cette Dame, & leur fils Alard. Un cens annuel de deux muids de bled fut le prix de l'acquifition du terrage; & il fut ftipulé que le cens ne pourroit être tranfporté par les donateurs qu'aux feuls Prémontrés de Vicogne. Dreux de Regny avoit époufé Mabille; il fe croifa en cette année 1202, & fit, avant que de partir, aux mêmes chanoines réguliers ſon aumône de quelques terres à Regny, qui relevoient de Werry de Fieulaines. On promit au donateur grande part aux ſuffrages de la maiſon, & même d'établir un chapelain, pour prier Dieu pour lui dans Tilloy [hameau dépendant de la paroiſſe de Remaucourt], ſi on affranchiſſoit dans la ſuite les terres données des charges qu'on leur avoit impoſées.

Albert de Ténailles [*aliàs* Robert de Tenelles] confirma le tout dans la même année, comme ſuzerain de Regny. Ce qui relevoit d'Agnès, dame de Siſſy, il n'y toucha point. Cartâ 25.

En 1206 Vicogne donna à bail au même Gautier de Regny tout ce qu'elle y poſſédoit, & dans le territoire de Camelin; & lui prêta, pour une plus facile exploitation, tous les uſtenſiles & les animaux même qui étoient dans la cour appartenante à l'abbaye. La cure du lieu étoit alors remplie par un religieux de l'ordre, nommé Alulphus. Les revenus de ſon gros y ſont détaillés en partie. Cartâ 23.

On ne diſtinguoit plus bien dans Regny les terres anciennement données à Vicogne, d'avec celles de nouvel acquêt. Les moines d'Iſle ſe plaignoient de la mauvaiſe culture de ſes terres, d'où leur provenoit moins de récolte. On ſe plaignoit l'un de l'autre, & enfin on s'accommoda en 1206. Raoul, abbé de Vicogne, réſigna aux moines d'Iſle tous les biens de leur ancienne ferme, & ceux que ſa maiſon y avoit fait entrer depuis, ſous une preſtation annuelle de quarante muids de froment, & de dix d'avoine. Et comme d'ailleurs les Prémontrés de Vicogne en devoient une autre de vingt-un muids & demi de froment, & de dix d'avoine, pour leur ferme & leur moulin d'Incy, dans leur court de Tilloy, envers l'abbaye d'Iſle, les deux corps ſe firent déduction de leur redevance. Vicogne eut ſes biens libres à Tilloy, & l'abbaye d'Iſle reſta engagée pour le ſurplus de ſon fermage ſeulement qu'elle devoit faire voiturer, à ſes dépens, de Regny à Tilloy. Raoul, évêque d'Arras, mit ſon attache d'approbation au papier de Vicogne pour les moines d'Iſle. Cartâ 1.

Gautier de Regny devint, par cette tranſmutation, le fermier & le locataire de ces derniers qui lui conſervèrent ſon bail, ſous la caution de Robert de Tenelles, ſuzerain de Regny. L'Evêque de Noyon approuva l'arrangement fait entre les deux corps religieux par ſa charte du mois de Mai. Cartâ 24.
Cartâ 26.

En 1224 le fils d'Haimont de Tenelles, Hugues de Regny, & Agnès Cagnon, ſa femme, vendirent aux moines d'Iſle une preſtation de ſept ſeptiers de froment que ceux-ci leur devoient, du chef de cet époux, pour les terres que leur abbaye poſſédoit dans ce village. Cartâ 69.

En 1241 ces mêmes religieux redimèrent encore, à prix de finance, quatre muids de terres aliénées de leur domaine, des mains Cartâ 105.

X x x ij

X. SIECLE.
Année 977.

de Godefroy de Regny , leur homme & leur mayeur dans ce village. L'Official de Noyon en expédia l'acte.

En 1344 ils se défirent de leurs eaux, en les aliénant en fief, sous
une rente de huit livres , retenues les aisances pour leurs fermes,
en faveur de Jeanne de Regny , fille de Jean , écuyer, seigneur du
lieu , épouse de Gérard de Chaulé, seigneur de Pressoy. Ils leur
cédérent aussi leur four bannal ; & les assujettirent à leurs plaids,
pour raison du fief.

La prestation retenue par les Prémontrés de Vicogne , leur fut
si peu exactement payée par les religieux d'Isle , que les premiers
les firent intimer en acquit de leur obligation. Deux Avocats arbitres examinerent les titres que nous venons de rapporter, & les
Cartâ 133. moines d'Isle furent condamnés aux termes de leur convention. La
sentence est du 7 de Janvier 1355 [*nunc* 1356]. L'Abbé de Vi-
Cartâ 134. cogne , Gilles , donna sa charte d'acquiescement le 12 de Février
suivant.

Le moulin à vent de Regny , étant en bon état, paroît être ban-
nier : hors ce cas, permis aux habitans d'aller moudre où ils vou-
Cartâ 139. dront. Tel est le contenu d'une reconnoissance passée en l'audience
des assises de Saint-Quentin , en 1365 , par Gilles , seigneur de
Chin , chevalier , comme bail de Madame Florence de Ribemont,
sa femme , Dame de Regny, qui vouloient , en tout état de moulin , assujettir indûment leurs vassaux à leur mouture.

Filiation des Seigneurs de Regny , dont nous venons de parler en tout cet
article , suivant les deux cartulaires que nous avons en mains.

En 1202, freres & sœurs :

DREUX DE REGNY,	GAUTIER DE REGNY,	HELVIARDE DE REGNY,
cadet, marié à MA-BILLE , plaidoit en 1205 contre Long-pont, à Héronval. [*Cartâ* 58 , *Longi-Pontis*].	aîné des trois enfans; marié à AGNÈS, dont il eut	mariée à MARTIN, dont elle eut
	AELIDIS DE REGNY.	ALARD.

En 1224 ,

HUGUES DE REGNY, fils d'Haïmon de Tenelles , fils de Robert
de Tenelles , épousa AGNÈS CAGNON.

X. SIECLE.
Année 977.

GODEFROY DE REGNY, fils, marié à MARGUERITE, vivoient en 1241.

Avant 1344,

JEAN DE REGNY, écuyer, eut pour fille :

JEANNE DE REGNY, mariée à GÉRARD DE CHAULÉ, seigneur de Pressoy; vivoient en 1344.

En 1365,

FLORENCE DE RIBEMONT, dame de Regny, mariée à GILLES, seigneur de Chin.

XV. Gérard III en 1270. C'est l'écrivain de l'histoire de la vraie Croix, & du Bois précieux que saint Louis en rapporta en France. Il est aussi l'auteur de la Vie & de l'Office de sainte Elisabeth, Reine de Hongrie. Cet homme de mérite vivoit encore en 1275. Il paroît être celui qui mourut le 15 de Mai, suivant le nécrologe de saint Quentin, où on lit ces paroles : *Idibus Maii, obierunt Dominus Gerardus, abbas Insulanus, & Robertus, præpositus, qui alodium à Rogero & Bernardo, fratribus, nobis datum ampliavit, & dono suo corroboravit, apud Strailletum.*

XVI. Reginaldus termine en 1290 le procès qu'avoit depuis long-temps sa maison, pour les eaux de la Somme ; tient chapitre *des moines noirs*, c'est-à-dire, des religieux de son Ordre, en son abbaye, en 1299 ; & achete de Hugues *de Paraudo*, visiteur-général des Templiers, leur maison à Rôcourt, avec ses dépendances, sous un cens de trente-deux muids de froment, & de seize d'avoine, & sous les dixmes & le patronage de Tertri, qu'il leur cede en 1302.

Rôcourt [*Rodulphi curtis*] que la charte de l'an 983 appelle Rovecourt, est un petit lieu sur les eaux, près de la ville de Saint-Quentin, & dans sa banlieue. Simon de Rôcourt, chevalier, avoit eu quelques contestations avec les moines de l'abbaye d'Isle, pour cause des eaux & du vivier qu'elle possédoit en cette partie de Rôcourt, & avoit employé quelques voies de fait contre elle. Enfin il quitta son différend, moyennant une petite somme d'argent annuelle. Les conventions sont rapportées dans une charte que reçut Gualtelinus, abbé d'Isle, en 1233.

Les moines de saint Prix attaquerent ceux d'Isle, aussi sur leur

LXXXIII.

Cartâ 97.

Cartis 118 & 119.

vivier de Rôcourt ; puis s'accorderent en 1275. Ils se reprirent en querelle nouvelle en 1295 ; une sentence arbitrale les accommoda. Il s'éleva encore d'autres procès dans la suite, sur les eaux de Rôcourt, sur la pêche, les fossés, les estaques, le four, &c. Deux jugemens assoupirent les plaintes respectives des deux mêmes abbayes ; le premier est de l'an 1304 ; le second, de l'an 1315.

Les biens que ces deux Corps monastiques avoient dans Rôcourt, étoient si compliqués & chargés de rentes l'un envers l'autre, qu'ils furent là cause de toutes ces altercations & de ces jugemens multipliés. Il fallut encore d'autres sentences ou compositions, pour régler les droits de ces deux abbayes. La premiere composition se fit par leurs Abbés en 1339. La seconde est de 1341 ; il s'y agit de soixante sols dûs à saint Prix par saint Quentin en l'Isle, pour la maison des Templiers que cette abbaye possédoit à Rôcourt. La troisieme composition arrangée par Pierre, abbé-général de Prémontré, est de l'an 1371. On peut lire encore sur l'article des mêmes eaux de Rôcourt, une ordonnance du Roi Philippe, de l'an 1293.

Les domaines des moines d'Isle dans Rôcourt, hors les premieres eaux qui leur venoient du Comte de Vermandois, Albert Ier, furent acquis par eux des Chevaliers du Temple, en 1302. Tous ces domaines avoient relation à une même ferme ou courtil, qu'on appella *la Maison du Temple à Rôcourt.* Elle possédoit encore des eaux, des prés, des chapons, des cens en argent, des terres avec la justice, &c. Ils furent tous pris à ferme, pour toujours, par les moines d'Isle, sous une prestation convenue. Et du jour de ce traité, ils transporterent, mais sous prix de finance, les dixmes, le village, l'autel, & la présentation à la cure de Tertry, aux Templiers qui y possédoient déjà de gros biens.

Vingt-six ans après, Druye de Roye, chevalier, seigneur de Dieu-donné, qui avoit eu en don du Roi Charles *le Bel*, une maison avec ses dépendances à Rôcourt, venant d'Amille Poilet, veuve de Baudoin de Goï, la vendit, argent comptant, aux moines d'Isle, dont le vivier attouchoit. C'étoit en Octobre de 1328. Jean, abbé de saint Prix, y consentit comme seigneur suzerain du lieu & du domaine, mêmes mois & an, sous la réserve de la justice & de ses droits.

XVII. Gaultier en 1306 échange un muid de bled avec les moines de saint Vincent de Laon, pour une partie des dixmes du Sart & de Saisnencourt. Dès 1150 il y avoit eu d'autres traités pour des biens assis dans ce dernier village, entre les deux abbayes d'Isle & de saint Vincent. En 1309 Gaultier achete *la Vieux-Ville*. Il vivoit encore en 1319.

 Le domaine qui s'appelloit anciennement Vieux-Ville [*Veius*

Villa] s'eſt nommé enſuite , & ſe nomme encore à préſent , l'Abbiette, ou petite Abbaye ; ou la maiſon de campagne de l'Abbé
d'Iſle [*Abbatiola*].

Pierre de la Vieux-Ville poſſédoit en ce lieu , manoir , eaux ,
pêche, prés, hommages, terres labourables , avec cens en argent
& chapons , & toute juſtice quelconque. Il eſt ſitué près des murs
de la ville de Saint-Quentin. C'eſt par oppoſition au nom de Vieux-
Ville , que les moines d'Iſle appellerent Neufville , le domaine &
l'établiſſement qu'ils firent en ce dernier village. Vieux-Ville fut
vendu , à prix d'argent , par Pierre de la Vieux-Ville , à Imbert , fils
de Girard de Kievreſis , bourgeois de Saint-Quentin , en 1261. Cartâ 1261
Cette acquiſition mouvoit du Roi ; il en reçut l'inveſtiture au mois
de Juillet , même année.

D'Imbert , Vieux-Ville paſſa à Girard de Kievreſis ſon fils. Mais
ce dernier ſe trouvant expoſé tous les jours à mille débats avec
les religieux d'Iſle , dont les eaux ſe mêloient avec les ſiennes , &
leur faiſoient perdre leur poiſſon ; porté d'ailleurs à les obliger &
à les ſoulager , il leur paſſa tout ce bien , ſauf les hommages , ſous
une preſtation de bled & d'avoine , que les moines s'engagerent à
lui payer & à ſes ſucceſſeurs à jamais , ſous l'hypotheque d'une
partie de leur bien. La mort prévint Girard avant qu'il eût fait
expédier la charte de ſon aliénation. Jean de Kievreſis , homme du
Roi , & prévôt de Saint-Quentin & de Ribemont en 1313 , remplit
les deſſeins de ſon frere Girard. Par une charte très-étendue & Cartâ 129.
très-circonſtanciée , il donna aux moines d'Iſle tout le domaine de
la Vieux-Ville , ſous la même preſtation ; à tenir ladite preſtation
en fief du Roi. La charte eſt au nom de Philippe IV , dit *le Bel* , au Cartâ 127.
mois d'Avril , même année. Au mois de Mars précédent , Jean de
Kievreſis , dont l'acte de donation eſt repris dans la patente de ce
Prince , avoit expédié ſa charte. Il étoit mort en 1327 , & avoit Cartâ 128.
laiſſé un fils nommé Robert , pere d'un Jean de Kievreſis , IIᵉ du
nom , marié à Aëlis Raveniere. Celui-ci vendit alors aux moines
d'Iſle toute la preſtation réſervée ſur Vieux-Ville , ſous l'agrément
du Roi , & l'obligation du ſervice attaché au fief. Charles IV , dit Cartâ 129.
le Bel , loua , confirma & amortit la vente au mois de Décembre.
Dès-lors les moines appellerent l'*Abbiette* , leur Celle de Vieux-
Ville ; & ce ne fut plus pour eux qu'un ſeul & unique gazon , que
leur diſtrict d'Iſle , les eaux adjacentes , Rôcourt , Gronnart , partie de Gauchy , Vieux-Ville , Neufville , Harly , le Meſnil-Saint-
Laurent , le bois de Leuſeval , Berthenicourt , Mont-Hamel , partie d'Allaincourt , Villers-le-Sec , Regny , *&c.*

Le domaine des moines d'Iſle dans Vieux-Ville fut encore augmenté par l'aumône que leur firent Thomas Le Cat l'aîné , & ſa femme Marguerite , bourgeois de Saint-Quentin , en 1401. Ces pieux

X. SIECLE.
Année 977.
Cartâ 170.

Cartâ 171.

Cartâ 173.

Cartâ 172.

époux poffédoient à Vieux-Ville & Gauchy, quinze muids de ter-res. Dans l'intention de les tranfporter aux religieux d'Ifle, ils demanderent & obtinrent de la Dame de Nefle, Jehanne d'Am-boife, de laquelle ce bien mouvoit en fief, la permiffion de le faire. C'étoit au mois de Mai.. Ils ne tarderent point à exécuter leur def-fein ; ils firent leur donation le quatorzieme jour d'Octobre fui-vant, & le Bailli de Nefle en inveftit les donataires. Ils y ajou-terent une maifon & un héritage audit Vieux-Ville, que le même Bailli confirma également pour ce qui étoit de fa partie. Le Cha-pitre de faint Quentin avoit droit de Seigneur fur lefdites maifons, étables, granges, &c. En cette qualité, il confentit pareillement que la donation eût lieu.

XVIII. Nicolas, en 1323. En 1338 fit borner fon bois de Lori-val [*aurea vallis*] contre celui des moines d'Homblieres ; vivoit encore en 1339.

XIX. Raoul, nommé vers 1341 ; vécut, croit-on, jufqu'en 1365.

XX. Florent, en 1366 ; mourut avant 1370.

XXI. Pierre II, nommé avant 1371, donna en 1384 la décla-ration de fes biens au Roi.

XXII. Jean Le Clerc fit mefurer & borner en 1390 le bois de Lo-rival, en préfence de Robert d'Hervilly, feigneur du Hamel. En 1427, les moines demanderent au Roi la liberté de s'élire un Abbé.

XXIII. Nicolas de la Porte, en 1431 ; mourut le deuxieme de Novembre 1438.

XXIV. Jean de Vadencourt, en 1453 ; mourut en 1471 au mi-lieu des troubles les plus fâcheux des guerres de ces temps-là.

XXV. Jean de Bailleul, docteur en Théologie, mourut en 1472.

XXVI. Jean de Bury, mourut en Paleftine, fur le mont Sion, le 29 d'Août 1492.

Abbés Commendataires.

I. Pierre d'Aubuffon, grand-maître de Rhodes, cardinal & lé-gat du Saint-Siege, en Afie.

II. Charles de Blanchefort, évêque de Senlis, mort le 29 d'Août 1515 ; il réfigna, avant que de mourir, fon abbaye aux moines.

XXVII. Jean de Verly, moine d'Ifle, élu par fes confreres en 1515 ; acheta une maifon de refuge, ou plutôt de campagne, à Allaincourt, pour y envoyer fes religieux en temps de pefte ; mou-rut le quatrieme de Juillet 1549.

III. Jean de Bours, doyen de faint Quentin, nommé par le Roi

Abbé

Abbé d'Ifle ; fe démit en faveur du fuivant, fous une penfion de
500 livres.

IV. François de Luxembourg, qui abdiqua pour fe marier en
1578.

V. Aloïfius d'Eft, nommé en Juin 1578. Après la mort de ce Cardinal, arrivée en 1586, le précédent François de Luxembourg,
quoique marié, jouit des revenus de l'abbaye jufqu'en 1594.
Adrien Le Febvre de Caumartin fut alors nommé par le Roi, &
prit poffeffion de fon abbaye, en vertu d'un arrêt du Confeil d'É-
tat : mais n'ayant pu obtenir fes bulles du Pape, fon frere Louis
obtint la même commende, comme vacante, en faveur de fon
propre fils, de même nom.

VI. Louis Le Febvre de Caumartin, nommé en 1598, à l'âge de
quinze ans, n'obtint fes bulles que deux ans après fon brevet ; garda fon abbaye jufqu'en 1614, qu'il s'en démit en faveur de fon
frere qui fuit.

VII. François Le Febvre de Caumartin, chanoine de S. Quentin,
mort évêque d'Amiens en 1652.

VIII. Henry Le Febvre de Caumartin, neveu du précédent,
chanoine de Paris, obtint cette abbaye, à condition de faire une
penfion annuelle de fept mille francs à fes deux freres. Il mourut
à Paris le 30 Janvier 1693.

IX. Jean-Paul Bignon, doyen de faint Germain-l'Auxerrois, &
bibliothéquaire du Roi, nommé alors ; mourut le quatorzieme de
Mars 1743.

X. Adrien-François d'Hallencourt de Boulainvilliers, grand-
chantre de l'églife de Verdun, nommé à la fin de Juin 1743, mort
le troifieme de Février 1757, âgé de 70 ans.

XI. Charles-Louis-Othon, prince de Salm-Salm, qui a pris poffeffion le 31 Juin 1757.

La prife de la ville de Saint-Quentin en 1557, ayant caufé la
ruine totale de l'abbaye d'Ifle, elle fut transférée de l'ifle de la Somme, dans la ville, où cette maifon avoit déjà un refuge, que Jean
de Verly, abbé d'Ifle, avoit fait rétablir en 1537. L'abbaye fut
fixée dès-lors [1557] & conftruite par les foins de Regnault *le
Blond* ; depuis ce temps-là, elle y eft toujours demeurée, & a
retenu fon ancien nom de Monaftere de Saint-Quentin-en-l'Ifle.

On ne voit plus à préfent, en la place où le monaftere d'Ifle
avoit été conftruit primitivement, qu'une petite chapelle dédiée
à ce Saint, bâtie vers 1568 par les ordres d'un moine d'Ifle, nommé Jean Galet.

Des deux puits dont on parloit plus haut, un feulement étoit
refté au temps de Claude De la Fons [1630] ; on ne l'y voit plus
maintenant. On le découvrit cependant encore en 1671, lorfqu'on

Tome I. Y y y

X. SIECLE.
Année 977.

LXXXV.

LXXXVI.

X. SIECLE.
Année 977.

travailloit au baſtion qui borde le terrein de la vieille abbaye. Pluſieurs le viſiterent alors ; & quelques malades y puiſerent, par dévotion, de l'eau, dont ils reçurent du ſoulagement. Il paroiſſoit
être dans le milieu de l'eſpace d'une chapelle déjà détruite, qui
avoit eu quarante pieds de longueur, ainſi qu'on le jugea par les
diſtances des bourdons des piliers en pierres de taille. On trouva
dans le fond du même puits (encore maçonné en rond) une cru-
che d'étain, un dez à coudre ; & à côté du puits, un fond de ton-
neau ou cuvier, avec cinq cercles de fer rouillé. C'étoit le baſſin
où l'on puiſoit l'eau, & peut-être dans lequel on ſe lavoit. Le fondement du puits étoit quarré, & conſtruit en grès ; il avoit deux
à trois pieds de hauteur : le fond de l'eau étoit de dix-huit pouces. Dans le voiſinage ſe trouverent pluſieurs cercueils de pierres
& de briques, & beaucoup d'oſſemens. Le nommé Gruge, entre-
preneur des fortifications, fit élever, en forme ronde, le puits
juſqu'au niveau du baſtion ; & dans le contour, il a pratiqué des
crénaux pour deſcendre, ſi beſoin étoit, juſqu'au fond du baſſin.

L'abbaye d'Iſle a adopté, lors de la réformation générale de
l'Ordre de ſaint Bénoît en France, celle de la Congrégation de
ſaint Maur ; elle y fut introduite le huitieme de Juillet 1667. Le
célébre Dom Luc d'Achery, né en la ville de Saint-Quentin, &
Profès de cette maiſon, fut l'un des grands promoteurs de cette
œuvre.

LXXXVII.
Année 978.

Telles ſont les magnifiques fondations par leſquelles Albert Ier
a fait principalement éclater ſa généroſité & ſa piété. Les quatre
monaſteres dont nous venons de parler, de ſaint Prix, d'Homblieres, de ſaint Quentin en l'Iſle, & du Mont-Saint-Quentin ſous
Péronne, monumens précieux dans leſquels la vertu a trouvé un
aſile aſſuré contre la ſéduction du ſiécle, feront à jamais ſa gloire
ſur la terre & ſon bonheur dans le Ciel.

LXXXVIII.
Annales B B.
tom. 3, Lib. 48,
N°. 69.

La ſœur de ce Seigneur, Leudegarde de Vermandois, donna,
le neuvieme de Février de l'année 978, à l'abbaye de ſaint Pierre
de Chartres, une égliſe dédiée ſous l'invocation du même ſaint
Quentin, ſituée à Juſſy, village qui avoit été auparavant une terre
royale ; avec d'autres biens qui étoient ſitués dans le Vexin-Fran-
çois : elle les aumône, dit-elle dans ſa charte, pour ſon ame,
pour celle de ſon mari Thibaut, dit le Tricheur, & celle de ſon père
Hébert, comte de Troyes. Cette derniere intention mérite une
explication particuliere. Si ce n'eſt pas une faute de la part de l'ex-
péditeur de la charte, qui y auroit inſéré mal-à-propos le nom de
père, au lieu de celui de frere, lorſqu'il parle d'Hébert, comte de
Troyes, il faut dire qu'Hébert II, comte de Vermandois, mort en
943, avoit porté le nom de Comte de Troyes, avant que ſes enfans Robert & Hébert ſe fuſſent emparé du comté de ce nom, ſur

l'Evêque Anfegifus, en 953. Mais nous n'avons pas d'autre garant
de ce fentiment. Peut-être l'écrivain de cette même charte a-t-il
voulu mettre qu'*Hébert*, *pere* de Leudegarde, étoit *Comte de Vermandois* ; & dans cette fuppofition, fon erreur ne feroit qu'une légere
méprife, par laquelle il auroit appofé *Troyes* pour *Vermandois*. Enfin s'il a entendu parler du vrai Comte de Troyes, Hébert, le *frere*
& non le *pere* de la donatrice, nous devons avertir que ce Seigneur
vivoit encore en cette année ; & que les fuffrages des moines de
faint Pierre de Chartres qu'elle lui procuroit, devoient avoir lieu
pendant fa vie & après fa mort, ainfi que pour elle-même. Ses deux
fils, Eudes, comte de Chartres, & Hugues, archevêque de Bourges ; Emma ou Emmeline, fa fille, comteffe de Poitiers, foufcri-
virent la donation.

X. SIECLE.
Année 978.

De fon côté, Hébert, comte de Troyes, accorda, à la recommandation du Roi Lothaire, & à la follicitation des Evêques de
Laon & de Châlons, aux Freres de Montier-en-Der un alleu qui
devoit les pourvoir du vin dont manquoient ces dignes moines.
La charte de cette donation, qui fut expédiée en 980 dans la ville
de Laon, eft fouffignée du Comte même & de fon fils Eudes.

Année 980.
Ibid. N°. 94.

L'autorité de Lothaire tomboit de jour en jour. Au contraire,
celle de Hugues-Capet s'établiffoit déjà fi folidement, qu'en l'année fuivante, ce Duc des François confirma, par fa feule puiffance,
la donation de quelques terres fituées à Cugny, faite en faveur des
moines d'Homblieres, par un de fes Officiers, appellé Yves ; foufcrit au bas de l'acte avec fon époufe Geila, & leur fils appellé auffi
Yves.

Année 981.
Ibid. Lib. 49.
N°. 1.

L'églife de Meaux a l'obligation particuliere au Comte Albert Ier
d'avoir reçu de lui un faint Evêque, qui, après l'avoir fagement
gouvernée, a mérité d'en être un des patrons illuftres auprès de
Dieu: Saint Gilbert, que les habitans de la ville de Ham revendi-
quent pour un de leurs compatriotes, nâquit certainement dans
le Vermandois, de Fulchard & de Geila fon époufe, qui y tenoient
un rang diftingué. Il fut confié, dès fa plus tendre jeuneffe, à la
communauté des chanoines de faint Quentin, pour en être inftruit
dans la piété & les fciences. Sa naiffance, plus encore la bonté de
fon naturel & fes heureufes difpofitions, le firent bien-tôt diftinguer d'Albert, qui le pourvut d'un canonicat de cette églife. Le
bruit des vertus de Gilbert, fortifiées par l'âge, frappa les oreilles
de l'Evêque de Meaux, Hercanradus, qui l'appella près de foi, &
le fit, malgré lui, fon Archidiacre. Cette élévation mit les grandes
qualités du Saint dans un plus beau jour ; il fut trouvé digne de
fuccéder en 995 à fon Evêque même. Eudes, comte de Meaux &
de Troyes, confirma volontiers le choix qu'on avoit fait d'un fujet
fi accompli, dont les rares talens & la fageffe paroiffoient être l'ou-

LXXXIX.
Année 983.
Aug.-Vir. fol.
103.
Hift. de l'églife
de Meaux, tome
1, p. 92 & 739.

Y y y ij

vrage en partie du Comte Albert Ier, son oncle paternel, qu'il aimoit & respectoit infiniment. L'épiscopat de Gilbert fut des plus glorieux ; il acquit, pendant vingt années qu'il dura, tous les mérites qui font les Saints. Léothéric, archevêque de Sens, que quelques légendes disent l'avoir sacré, & Fulbert, évêque de Chartres, qu'il avoit invités à le venir voir dans sa maladie, lui administrerent les derniers sacremens, & lui fermerent les yeux. Sa justice éclata, après sa mort arrivée vers l'an 1015, par de nombreux miracles. Sa mémoire est en bénédiction dans le pays de Meaux & celui de Vermandois. L'église de Noyon & celle de saint Quentin célébrent la fête de saint Gilbert le treizieme jour de Février. Saint Gilbert fut enterré dans l'église de saint Etienne de Meaux, sous les degrés de l'Abside. Les chanoines de sa cathédrale conservent encore l'instrument du partage du bien de leur église, que cet Evêque fit en deux portions, dont l'une devoit appartenir à lui & à tous ses successeurs dans son siege ; l'autre au Chapitre de Meaux. Cette piece est du douzieme de Mars de l'an 1004 [comme on comptoit alors]. Peut-être Fulchard, le pere de saint Gilbert, est-il le même qui est si souvent souscrit dans les chartes d'Albert Ier & d'Hébert III, parmi les principaux Seigneurs & Officiers de ces deux Comtes. Une seule chose pourroit cependant en faire douter ; c'est que ses deux fils y sont appellés Anselme & Raimboldus, au lieu que le bréviaire de Meaux & celui de saint Quentin, les appellent Yves & Gilbert. Gilbert signifie *barbe de Chevre*.

Les chartes des différens monasteres que nous venons de nommer, nous apprennent qu'en cette année 983, Simon étoit doyen de l'église de saint Quentin : que Gobert en étoit le coûtre ; Haimfroi, le chancelier ; & Bérenger, le prévôt. On y lit aussi les noms des chanoines les plus distingués, & des personnes les plus illustres du Vermandois qui fréquentoient la Cour du Comte.

Hébert IIIe du nom, comte de cette province, duquel nous allons parler incessamment, l'aîné des quatre enfans d'Albert Ier & de Gerberge, y gouvernoit du vivant de son pere. Peut-être Albert Ier s'étoit-il démis volontairement de son autorité, en faveur de ce fils ; ou plutôt il se l'étoit associé dans l'administration de son gouvernement : car nous avons des chartes qui prouvent assez clairement cette derniere conjecture. Une premiere, entr'autres, est du Roi Lothaire (24), qui, ayant confirmé, à la priere de Litrannus, abbé de saint Eloi de Noyon, les terres & villages que Lindulfe avoit donnés pendant sa vie à ce monastere, en fit consentir & souscrire l'acte par ses deux neveux, Hébert, comte de Vermandois, & Gui son frere, tous deux fils d'Albert Ier & de Gerberge son épouse, la sœur du Roi, & freres communs du donateur Evêque de Noyon. Or cette charte, qui paroît être des dernieres années du regne de Lothaire, c'est-à-dire, de vers l'an 985, est suivie encore d'autres chartes expédiées au seul nom du Comte Albert, telle qu'est celle en faveur de l'abbaye de saint Prix, datée de la premiere année du regne de Louis *le Fainéant*. D'où nous tirons une double conséquence ; savoir, qu'Hébert III, le fils d'Albert Ier, n'étoit que le collegue de son pere dans le gouvernement du Vermandois. Une seconde charte, qui ne porte pas la date de l'année en laquelle elle fut expédiée, n'est pas moins concluante en faveur de notre pensée ; elle est délivrée au nom & par l'autorité d'Hébert, & sous le seing d'Albert Ier son pere (25) qui vivoit encore. Donc la souveraineté du comté de Vermandois étoit commune à ce fils & à ce pere.

X. SIECLE.
Année 983.

Nous eussions ignoré tout ce qui eût concerné les premiers exploits d'Othon, le deuxieme des enfans d'Albert Ier, si Baudry ne nous en eût conservé ce que nous avons rapporté précédemment de ce jeune Seigneur. Un nécrologe de l'église de saint Quentin place au dix-neuvieme jour de Mai (nous ne savons de quelle année) la mort d'Othon, qui, sous les yeux même de son pere, portoit aussi le nom & la qualité de Comte. . . . *Decima-nonâ Maii, obiit Otto, Comes, qui dedit nobis ecclesiam de Baugiis cum suo patre Alberto, Comite.* L'église dont il s'agit ici est détruite ; elle subsistoit au canton appellé à présent *de Bouis*, dépendant de la paroisse de Fleuquieres, où le Chapitre de saint Quentin possede, sous titre d'inféodation, la plus grande partie des dixmes, qui sont la suite de ce que les anciennes chartes nomment *autel* ou église. Le nom de *Bouis* dont il s'agit ici, viendroit-il de *Baujacum* ou *Baugiacus*, nom tiré du mot *Boia*, qui signifie *fers*, *liens* ?

XCII.
Chron. Camerac.

Gui, le dernier des enfans d'Albert, après Lindulfe, devint trésorier de la cathédrale de Noyon. Cet illustre Dignitaire vécut avec & sous son frere Evêque de cette église ; il a rendu un service signalé à cette basilique, par la déclaration ou le dénombrement qu'il a composé des biens & de toutes les possessions de la cathédrale. Cet ouvrage latin contient des faits très-anciens & très-curieux ; il est souvent cité par Democharés & Jacques Le Vasseur. Gui est souscrit dans la charte du Roi Lothaire, de laquelle nous venons de parler, avec le Comte Hébert III, comme le neveu de ce Prince par sa sœur Gerberge, épouse d'Albert Ier, leur pere commun. Il mourut très-âgé, vers l'an 1029. C'est d'un autre Gui, trésorier comme lui de la cathédrale de Noyon, dont on voit le seing dans un acte de l'an 1064.

Le Bœuf, Mémoires sur les Evêques d'Auxerre, tome I, page 6.
XCIII.
Annales de Noyon, p. 688, 752 & 772.

Le Roi Lothaire se brouilla en 984 avec le jeune Othon. Ce Roi de Germanie avoit un favori appellé Godefroy, frere d'Adalberon, archevêque de Reims, & pere d'un autre Adalberon, évêque de Verdun. Lothaire le lui enleva, avec deux autres Seigneurs, tous

XCIV.
Année 984.
*Annales BB.
tom. 4, Lib. 49,
N°. 63.*

deux appellés Sigefroy. Le premier étoit fils de ce Godefroy ; l'autre, son oncle paternel. Tous trois furent traités en prisonniers, & mis sous la garde du Comte Hébert & d'un autre Comte encore, nommé Othon. Quoique certains auteurs aient soupçonné que le Comte Hébert, dont nous parlons ici, ait pu être celui de Troyes, & non pas le Comte de Vermandois, Hébert III, le fils d'Albert Ier, nous sommes cependant portés à croire que c'est plutôt de ce dernier qu'il s'agit ici ; & que c'est des deux fils d'Albert, Hébert & Othon freres, que l'on doit entendre le passage indécis de l'histoire. Godefroy méprisa la dureté de ses chaînes ; il soutint constamment le parti de l'Empereur : &, de l'obscurité de sa prison même, il exhortoit, par ses prieres & par ses lettres, sa femme Théophanie & ses deux autres enfans, Fréderic & Herman, de ne le quitter jamais. Cette persévérance fut regardée par Lothaire comme une opiniâtreté punissable : il le laissa dans les liens jusqu'à sa mort. Le lieu de cette prison étoit du côté de la Marne, & vraisemblablement dans Château-Thierry, dont nos Comtes étoient maîtres.

Lothaire mourut le deuxieme de Mars 986, & fut enterré auprès de son pere, dans l'abbaye de saint Remi de Reims. On fit *sortir*, dès le dix-septieme du mois de Mai suivant, *des ténébres de l'enfer*, c'est-à-dire, de leur prison, *les captifs* qu'y retenoient les deux fils du Comte de Vermandois. Ainsi parle le fameux Gerbert, ce personnage si connu dans ce temps, qui, dépossédé du siège de Reims, fut ensuite élevé à celui de Ravenne, & enfin au souverain pontificat. Transitions qu'on a exprimées par ce vers :

Transit ab R. (Remis) *Gerbertus ad R.* (Ravennam)
fit Papa regens R. (Romam.)

La rançon de Godefroy fut payée de plusieurs terres dépendantes de l'évêché de Verdun, qu'occupoit son fils Adalbéron.

Cet élargissement étoit une condition de la réconciliation de Louis V, fils du Roi Lothaire, avec Othon le jeune. Louis V, en faisant la paix avec ses ennemis du dehors, ne put garantir sa famille de discordes intestines. Sa mere Emma l'abandonna, & alla solliciter du secours contre lui, auprès de l'Impératrice Adélaïde. Et telle étoit la puissance des fils du vieux Comte Albert, que pour récompenser des services que la Reine exigeoit de l'Impératrice, elle lui promettoit de lui concilier la faveur & l'alliance d'Hébert & d'Othon, ses ennemis. D'autre part, Adalberon, plus connu sous le nom d'Ascelin, évêque de Laon, ayant été interdit de son

ministère par la faction de Charles de France, frère de Lothaire & oncle de Louis V, parce que ce Prélat soutenoit le parti de ce dernier Roi ; les mêmes Comtes de Vermandois, Hébert & Othon, oserent s'opposer aux violences de Charles même, & défendre hardiment le Prélat maltraité. Ces divers différends furent enfin assoupis dans une assemblée générale tenue à Compiegne, à la fin du mois de Juin suivant.

X. Siecle.
Année 986.

Nous apprenons, par une charte de Maingaudus, abbé de Corbie, en cette même année, qu'il existoit alors une église bâtie sur les bords de la mer, sous l'invocation de saint Quentin, appellée communément l'Eglise du Mont du Taureau. On avoit été content des services que Ratoldus, ancien abbé de Corbie, avoit rendus à sa maison ; Jean, qui en étoit camerier, fit alors tourner la destination des revenus de cette église de saint Quentin à régaler les freres de Corbie, au jour de l'anniversaire de cet abbé.

XCVII.
Ibid. No. 80.

Dès l'an 986, la dignité Décanale de la premiere église de saint Quentin étoit passée à Hugues ; celle de Chancelier à Gui. Gobert & Bérenger en étoient le Coûtre & le Prévôt.

XCVIII.

Quelques-uns de nos historiographes ont pensé & écrit que c'est plutôt à Hébert II qu'à Hébert IV, qui ne prit le gouvernement du Vermandois qu'en 1046, qu'on doit rapporter l'institution de la Commune de la ville de Saint-Quentin. Nous pensons au contraire que c'est donner à notre Commune une origine trop ancienne, que d'en fixer la date au temps d'Hébert II, & qu'elle seroit trop nouvelle cette même origine, si elle étoit attribuée à Hébert IV. On doit partager la distance d'un siécle qui se trouve entre ces deux Comtes, pour établir la fondation dont il s'agit, sous le gouvernement du comte Albert Ier. Peu importe que Chopin ait dit que la Commune de Saint-Quentin se vante de descendre d'un Hébert.... *Per hunc modum Augusta-Viromanduorum, aliàs* QUINTINI *civitas, sui decurionatûs celebrat Hebertum comitem.* Ce ne fut point, encore un coup, d'Hébert II. On ne connut point alors cette sorte d'établissement. Et la puissance de ce Seigneur étoit trop peu affermie en ses mains ; & tout le temps de son administration fut trop troublé par les guerres intestines & extérieures ; ses sujets enfin furent trop foulés & trop pauvres, pour que le contrat du rachat de la liberté eût pu être pratiqué sous Hébert II. D'ailleurs l'abondance des chartes de Commune fut trop grande dans tout le royaume, sous les années d'Hébert IV, pour que celle de la ville de Saint-Quentin ait pu commencer sous ce comte. C'est une chose vraie que la Commune de cette capitale du Vermandois a été l'une des plus anciennes de la France, si peut-être elle n'en a pas été la premiere. Elle a donc dû être établie avant Hébert IV. Nous ajoutons que ce fut même sous Albert Ier qu'elle le fut, puisque nous voyons un

I. C.

De Domenio.
Franc. lib. 3, titulo 20, No. 8.

Mayeur de Saint-Quentin foufcrit dans une charte de 986. Ce fut dans les dernieres années de fa vie que le pieux comte accorda cette faveur à la capitale de fa province. Et c'eft peut-être parce qu'elle aura été confirmée par Hébert III, fon fils ; ou parce que ce Seigneur a fuccédé à Albert Ier, prefqu'auffi-tôt l'établiffemet concédé par cet augufte pere, que l'on s'eft cru autorifé à dire que la Commune de Saint-Quentin venoit d'un Hébert, comte de Vermandois. Mais en ce cas, il eft hors de conteftation que ce fut d'Hébert III, & non pas d'Hébert II ni d'Hébert IV. Les chartes primitives des Communes des autres villes du royaume n'ont été concédées que fous les regnes de Louis VI & de Louis VII. Philippes-*Augufte* en a accordées auffi ; mais plus fouvent il n'a fait que les confirmer & renouveller. Celle de Saint-Quentin fut renouvellée, à prix d'argent, fous le comte de Vermandois Raoul Ier ; fa fille Eléonore la confirma (*gratis* peut-on croire) & elle reçut le fçeau de l'approbation de Philippes-*Augufte*, en 1195.

C.

 Ce qui donna lieu à l'établiffement des Communes fut la tirannie des Seigneurs envers leurs fujets. Les peuples gémiffoient fous les loix inhumaines de la fervitude, de la main-morte, & du for-mariage ; & qui pis eft, les feigneurs, après avoir vexé leurs vaffaux par des corvées, leur faifoient fubir encore mille autres mauvais traitemens. Les fervitudes confiftoient dans l'efclavage & la défhérence. Le nom de main-morte vient de l'ufage odieux dans lequel on avoit été de couper la main droite d'un ferf décédé, pour la préfenter au Seigneur, qui, dès le moment, s'emparoit de tous fes biens, à l'exclufion des enfans de l'homme mort. Le for-mariage rendoit nuls tous les mariages que les ferfs contractoient à l'infçu, ou contre le gré de leurs maîtres. Le droit commun vint donc détruire ces iniques véxations ; il fervoit comme d'exemption & de fauve-garde pour repouffer la violence & l'injuftice des feigneurs, & affurer aux Rois la perception de leurs redevances. Une autre caufe de l'érection des villes en Communes, fut la fainéantife des feigneurs & un orgueil mal entendu de ne vouloir plus rendre la juftice à leurs vaffaux ; ils aimerent mieux permettre qu'ils fe la rendiffent eux-mêmes, par des officiers qu'ils fe feroient choifis. L'exemple des grands feigneurs fut fuivi par ceux qui leur étoient fubordonnés ; il y eut des Communes jufques dans les villages. Les peuples fe prêterent volontiers à ces inftitutions ; on en vit même quelques-uns les demander à leurs feigneurs, à mains armées. Enfin vinrent les Croifades ; & le befoin d'argent qu'elles firent naître chez les feigneurs qui ne pouvoient point fatisfaire aux dépenfes de leurs voyages, leur fit ouvrir à toutes les communautés dépendantes

d'eux

d'eux la porte à cette faveur. C'eſt de-là qu'il y eut tant de Communes dans l'onzieme & le douzieme ſiécles.

Les Communes eurent donc différentes dates & différens motifs d'inſtitutions. Celle qu'Albert Ier permit aux habitans de
Saint-Quentin d'établir chez eux, paroît n'avoir point eu d'autre
cauſe que ſa bonté & l'intention de remplir toute juſtice envers
une capitale dont les vaſſaux ne devoient plus être expoſés plus
long-temps aux malheurs qu'ils avoient eſſuyés ſous Pépin IV,
Hébert Ier, Hébert II, & même ſous une partie du gouvernement d'Albert Ier. A part l'inégalité des conditions, de laquelle
nous ne voulons pas parler ; la plus grande partie d'un petit
état, d'une province eſt-elle deſtinée par la nature pour être le
ſcabeau des pieds d'un grand Seigneur ? Albert Ier penſa raiſonnablement ; agit en homme ; fut heureux & en fit d'autres. C'eſt
de la *gratuité* de ce Comte qu'on peut préſumer que Raoul Ier,
l'un de ſes ſucceſſeurs ſe crut autoriſé à exiger des habitans de
Saint-Quentin le prix de leur rédemption, quand il confirma &
renouvella leurs uſages & leurs droits de Commune. L'exemple
des ſeigneurs de ſon temps lui ſervit de regle & de motif.

Le droit de Commune emportoit celui d'aſſemblée en corps de
ville, avec la juriſdiction ordinaire. Les habitans du bourg ou de
la ville s'appellerent dès-lors *Burgenſes*, en françois *Bourgeois*. La
banlieue s'étendoit plus ou moins autour du bourg, communément à une lieue, comme l'exprime le mot *banleuca* ; & comprenoit
les fermes, les maiſons de campagne des bourgeois, les hameaux,
& quelquefois des villages ſitués dans l'arrondiſſement. Précieuſe
liberté de l'homme ! qu'elle fut rendue tard au François, même le
plus libre de tous les peuples, ſous leurs auguſtes Monarques ! Ce
ne fut que ſous François Ier qu'on ceſſa de connoître des ſerfs en
France.

Le droit des Communes éteignoit les ſervitudes, les for-mariages,
&c. ; mais il aſſuroit aux Seigneurs, de la part de leurs vaſſaux anciens, les redevances ſous leſquelles il avoit été concédé. Ces redevances étoient annuelles, plus ou moins fortes, ſelon les ſtipu-
lations ; ſe colligeoient par les gens de la Commune ſur tous les
membres qui la compoſoient : elles étoient de différentes natures,
de grains, d'argent, &c. & étoient verſées en la maiſon des Seigneurs. L'enclos des châteaux n'étoit pas de la juriſdiction des
Communes, parce que ceux qui y demeuroient appartenoient aux
Seigneurs ; & le Juge qui y prononçoit, étoit le Châtelain.

Dans les nouveaux tribunaux des Communes, des Juges intégres,
nommés librement par les habitans des villes ou villages, & tirés de
leur ſein, étoient revêtus de l'autorité de la communauté, & y décidoient, ſous ſon nom, les différends des ſujets qu'elle conte-

X. SIECLE.
Année 986.

CI.
Hiſt. du Va-
lois, tom. I,
pag. 546.
Glatigny, re-
cherches ſur l'o-
rigine des Com-
munes.

X. SIECLE.
Année 986.

noit. Les fentences des Juges, en matiere grave, étoient fans appel, quand le Comte, en qui réfidoit l'autorité fuprême, les avoit confirmées. La durée de ces Magiftrats plébéïens dépendoit de la volonté de la même communauté. Mais toutes les matieres de conteftation, de police, de vindicte publique & de voirie, étoient du reffort de ceux qui étoient choifis. On ne connoiffoit gueres alors les caufes des manufactures & du commerce. L'ufage des villes, bourgs & villages du Vermandois, a confacré le nom du premier de leurs Juges municipaux, par celui de *Mayeur* ou Maire, *Major*. Les autres Juges furent appellés *Jurés, Jurati*; & *Echevins, Scabini œdiles*. Nous expliquerons dans leur temps, & à mefure que l'occafion s'en préfentera, les progrès, les changemens différens, & les circonftances diverfes de ces hôtels prétoriaux de notre province.

C II.
Année 987.
Voyez la note fous l'an 983, chifre 24.
Voyez la note fous l'an 948, chifre 1.
Annales B B. tom. 3, *lib.* 48, N°. 48.

Albert *le Pieux* mourut en 987; car une charte de cette année, fous-fignée de lui, eft la derniere qui faffe mention de fon feing : une autre du mois de Février de l'année fuivante, n'eft foufcrite feulement que de fon fils Hébert III. Ce fut le neuvieme de Septembre qu'il mourut, felon le nécrologe de l'abbaye du Mont-Saint-Quentin-fous-Péronne ; ce fut le huitieme du même mois, dit celui de l'églife de faint Quentin, qui ajoute qu'au jour de l'anniverfaire de ce Comte, fa tombe doit être couverte d'un drap mortuaire, & ornée de quatre chandeliers & de quatre cierges qui brûleront pendant les vigiles & la meffe des Trépaffés qu'on chantera pour lui. Sa fépulture eft dans l'églife de faint Quentin ; on ne

Aug.-Vir. fol.
91.

fait maintenant en quel endroit . . . . *VIIIá die Septembris, obiit Albertus, comes. Et eâdem die Oftiarii debent parare tumbam ejus de uno pallio, & ponere quatuor candelabra in circuitu tumbæ, cum quatuor cereis; & debent ardere in vigiliis & miffâ defunctorum.* Lorfque l'ufage des pafts fuccéda à la vie commune dans cette même églife, il eft marqué dans le même nécrologe, qu'au jour de la mort du Comte Albert, il y avoit feftin. . . . *Epulum folemne eft, & tres folidi pauperibus erogati in eleemofinam, pro animâ Alberti, comitis.*

Cette fépulture, ces prieres & ces pafts, étoient les juftes effets de la reconnoiffance que les chanoines de faint Quentin devoient à la mémoire d'un généreux Seigneur qui leur avoit fait tant de bien pendant fa vie ; d'un religieux Abbé qui avoit fait l'ornement de leur compagnie, par la douceur de fes mœurs, fa tendre piété, & fon amour pour la bonne difcipline ; d'un puiffant Comte qui, dans le fiécle de fer où il vivoit, toujours foumis à fes Rois, refpecté de fes voifins, pere de fes vaffaux, & la terreur des méchans, ne paroît nulle part s'être écarté du plus exact devoir ; d'un bon frere, bon fils & bon pere ; d'un Souverain enfin, dont les charités immenfes, répandues fur tant d'églifes & de monafteres au dedans

& au dehors de fa domination, avoient établie la preuve fenfible
de la grandeur de fon ame, de fon détachement du monde, de fes
defirs pour la vraie gloire & le folide bonheur qui l'attendoit dans
le Ciel.

Hébert III fon fils & fon fucceffeur, élevé fous les yeux de fes
auguftes parens, en avoit reçu les mêmes inclinations à toutes
fortes de vertus. Comme eux, il honora les faints religieux voués
à Dieu dans les monafteres ; comme eux, il les vifitoit fréquem-
ment, & leur fit des donations très-avantageufes ; comme eux, il
aima fur-tout, & par une préférence héréditaire, l'églife de faint
Quentin, dont il porta le titre de *Comte-Abbé*. Il avoit époufé Hermengarde. Cette digne Comteffe mit le comble au bonheur d'Hébert. Avec une haute naiffance & de grands biens qu'elle fit entrer
dans la maifon de fon mari, elle lui apporta encore une fympathie
d'humeur & de tempérament la plus parfaite. Leurs liens, formés
par le Ciel, donnerent aux deux époux des jours tranquilles &
heureux.

Un don des plus recommandables que fit Hébert III à l'églife de
faint Quentin, fut celui de la terre de Cincenny. Ce village eft
fitué dans le diocefe de Laon, affez près de la ville de Chauny.
Les chanoines y acquirent le droit de mairie, en 1221. La deftination de Cincenny étoit pour l'entretien du luminaire de
leur temple. Le vieux nécrologe de leur églife nous apprend
qu'Hébert lui avoit encore donné d'autres biens fitués au village
d'Eftaves. . . . . . *IV calendas Septembris, obiit Heribertus comes qui
dedit nobis Stabulas.*

La face des chofes étoit bien changée en France depuis quelque
temps, par rapport à la fucceffion au trône. Louis V, prince foible & timide, méprifé de fes fujets, n'avoit joui pendant fa vie
que du titre ftérile de Roi ; fes miniftres en avoient poffédé toute
l'autorité. Il étoit mort fans enfans le vingt-un de Mai précédent.
Charles de France, fon oncle & frere de Lothaire, avoit un droit
inconteftable à la couronne ; mais il différa trop long-temps à s'en
emparer. Haï d'ailleurs des François, parce qu'il s'étoit rendu
vaffal de l'Empereur, il n'en fut pas appellé ; on le laiffa avec fes
Lorrains. Hugues-*Capet*, fils de Hugues *le Grand*, dont nous avons
parlé tant de fois, l'illuftre tige de la Maifon actuellement régnante
de nos Rois, alors Duc des François, mérita d'être élu en la place
de Louis V. Salué d'abord Roi de France en la ville de Noyon, il fe
fit couronner à Reims le troifieme de Juillet fuivant, par Adalberon, archevêque de cette ville ; & commença dès l'inftant à gouverner le royaume, comme fon propre patrimoine.

Outre les biens attachés à fon comté, Hébert III en poffédoit
encore d'autres en 988. Ces derniers faifoient, par leur collection,

X. SIECLE.
Annéc. 987.

CIII.
HÉBERT III.
Ibid. fol. 105.

CIV.

*Tabella Chron.
&c. fol.* 23.

CV.
*Chronic. Guill.
Nangii.
Annales B B.
tom.* 4, *lib.* 49,
Nº. 94.

CVI.
Année 988.
Voyez la note
1, fous l'an 948.

un comté qu'il appelle, dans une charte latine de cette année, *Comitatus Otmenfis*. S'ils ne lui étoient pas venus de la dot de fon époufe, on pourroit penfer qu'il les avoit acquis par la ceffion de cette partie de terres de l'évêché de Verdun, que le Comte Geoffroy avoit tranfportées par fon fils Adalberon, évêque de cette ville, à notre Comte, pour le prix de fa délivrance, ainfi que nous l'avons raconté fous l'an 986, n°. 95.

Nous croyons devoir rapporter à cette année 988, l'hiftoire des troubles que le Chapitre de faint Quentin eut à fouffrir pour le fujet de la terre de Cincenny, fous le gouvernement même du donateur Hébert III. Claude De la Fons, incertain de l'année en laquelle on les fufcita à cette églife, les a rangés fous Albert Ier, & par conféquent après la mort d'Hébert II, qu'il a cru être l'auteur de la donation. Ça été auffi le premier fentiment de Claude Emmeré, qui cependant, dans fes ouvrages poftérieurs, a jugé plus à propos de référer cette conceffion à Hébert III. Pour nous, nous adhérons au dernier avis de ce fecond auteur, & nous fuivons l'ordre dans lequel il a placé l'événement dans fon *Augufta-Viromanduorum*.

La beauté de la terre de Cincenny avoit attiré des envieux à l'églife de faint Quentin; parmi tous, quelques Seigneurs voifins, plus entreprenans que les autres, s'en étoient emparé. La voie des remontrances épuifée, celle d'une procédure ordinaire devenoit peu praticable dans un temps où la violence, élevée au-deffus des loix, faifoit feule refpecter fon empire; dans un temps où notre Comte, à la fuite de Hugues-*Capet*, & toujours en fa Cour, ne pouvoit, par fon autorité, faire reftituer par les raviffeurs la terre ufurpée. L'églife de faint Quentin ne pouvoit que gémir des injures qu'elle éprouvoit: foible encore, parce qu'elle n'avoit commencée que fous Albert Ier à fe remettre de fes anciennes pertes & de la dilapidation de fes premiers adminiftrateurs, elle manquoit de cette force qui fait en impofer aux méchans, & leur faire reconnoître leurs torts. Enfin, aucun des moyens qu'on put employer pour opérer la reftitution de la terre de Cincenny, ne faifant effet, le clergé de faint Quentin (26) conçut un deffein, dont le goût & l'ordonnance étoient particuliers à ces fiécles.

Pleins d'une confiance, que l'expérience des abus & la fageffe retiendroient à préfent dans des bornes plus mefurées, afin d'éviter le crime de tenter Dieu, les chanoines de faint Quentin réfolurent de tranfporter à Cincenny le corps de leur faint Patron; ils efpéroient que ce glorieux Martyr vengeroit, par lui-même, l'attentat fait à fon églife; & que leurs ennemis, éprouvant la force de la préfence du Saint, leur reftitueroient un bien que leur injufte avidité avoit ufurpé, & retenoit encore. L'éclat de cette cérémonie fut rendu brillant : les chanoines suivoient la châsse de leur Patron : mille flambeaux ardens précédoient la marche ; & les fideles de tout âge, de tout sexe & de toute condition, sortans de la ville de Saint-Quentin, fermoient la procession, s'unissans au clergé qui chantoit des hymnes & des pseaumes. La foi des ministres sacrés & du peuple, fut exaucée. Les usurpateurs sentirent sur eux-mêmes le pouvoir du saint Martyr ; & pour en détourner la colere de dessus leurs têtes, ils lui rendirent, dans les larmes du plus vrai repentir, le bien qu'ils avoient sacrilégement enlevé à son temple. La même pompe qui avoit conduit le corps de saint Quentin à Cincenny, l'en ramena aussitôt dans son église : on l'y plaça sur le grand-autel, comme pour jouïr plus long-temps de son triomphe ; & l'on attendit la fête de sa passion, pour le remettre dans la crypte sépulchrale.

II. Saculo Benedict. in Praf. fol. 37.
Histoire du Valois, tome I, page 275.

Telles plusieurs autres églises transporterent aussi leurs reliques en divers lieux, pour cause de vols ou d'autres dommages qu'elles avoient soufferts : quelques autres ont mis en interdit leurs temples ; quelquefois elles jettoient les reliques par terre, & les couvroient de ronces & d'épines. Le but de tout cet appareil de deuil & ces menaces de profanation, tendoient uniquement à engager les ravisseurs à vuider leurs mains de leurs condamnables usurpations. Les conciles ont proscrit par-tout ces usages.

CVIII.

Nous ne devons pas cependant omettre le récit de deux miracles insignes qui s'opérerent par l'intercession de saint Quentin, en la présente élévation de son corps (car c'est ainsi qu'on appella l'acte de religion dont on vient de donner l'histoire). Un Pélerin d'outre-mer, c'est-à-dire, du pays du Nord, alloit à Rome, au tombeau des bienheureux Apôtres, pour y demander à Dieu, par leurs mérites, la guérison de la cécité dans laquelle il vivoit depuis neuf ans. Il arriva dans la ville d'Auguste de Vermandois, au moment qu'on se préparoit à porter le corps de saint Quentin à Cincenny. Animé, en cette circonstance, de la dévotion la plus vive envers ce Saint, l'aveugle infortuné sollicita humblement sa faveur auprès de Dieu. Le Saint lui fut propice ; il obtint de leur commun Maître la grace que le malade avoit demandée. Le miraculé eut la joie d'accompagner lui-même le corps de son libérateur jusqu'à Cincenny.

Déjà ce précieux trésor en avoit été rapporté dans les murs de la capitale de Vermandois, lorsqu'une femme native de cette ville eut aussi le bonheur d'obtenir, par l'intercession du même Saint, le rétablissement parfait d'une santé dont elle ne jouissoit plus, depuis plusieurs années.

Toutes ces circonstances sont extraites d'un sermon prêché en *l'anniversaire de cette élévation du corps de saint Quentin à Cincenny ;*

folemnité qui ne fe célébre plus maintenant en la principale églife même de cet augufte Patron.

Le confécrateur de Hugues-*Capet*, Adalbéron, archevêque de Reims, avoit pris, durant le fiege de Laon, auquel il affiftoit avec ce Prince, la maladie dont il mourut, le troifieme jour du mois de Janvier (précédent.) Arnoul, fils naturel du roi Lothaire, & d'une fœur de Robert, maire du palais de fon frere, Charles de France, fut mis en fa place. La politique de Hugues-*Capet*, qui n'avoit formé le fiege de la ville de Laon, que pour s'y faifir de la perfonne de Charles de France, fervit à l'élévation du prélat. Hugues vouloit, par cette grace, s'en faire un ami, & , fi on peut le dire, une efpece de protecteur contre le légitime héritier du trône qu'il avoit ufurpé. Arnoul, affermi fur fon fiege, méprifa l'amitié de Hugues ; il appella près de foi fon oncle Charles de France. Celui-ci, méconnoiffant à fon tour de la faveur que lui offroit fon neveu, livra au pillage de fes troupes, le clergé, la ville & le pays de Reims, & en fit l'Archevêque prifonnier. Il fallut un concile qui fe tint à Senlis en 989, pour arrêter une partie des violences & des rapines que caufoit la foldatefque effrénée. Les Evêques affemblés foumirent même à l'interdit les églifes de Reims & de Laon, polluées par tant de profanations. Arnoul, préfent au concile, fe jouoit des ordonnances des Prélats : on connut, peu après par fa conduite, qu'il s'entendoit avec Charles, & qu'il étoit caufe, par fa facrilege perfidie, de tous les défordres dont on fe plaignoit. Hugues-*Capet* en écrivit à Jean XV, pour engager ce fouverain Pontife à faire rentrer dans le devoir l'infenfé Arnoul ; en chargeant au furplus le Pape de toutes les fuites que fon jufte reffentiment ménageoit à l'Archevêque & à fes adhérans, fi fon autorité refpectable tardoit trop à les corriger elle-même. La lettre de Hugues n'eut point d'effet. Hébert, comte de Troyes, étoit dans les intérêts d'Arnoul & de Charles, au dernier defquels il avoit donné fa fille Agnès en mariage. Il prit fur lui, dans l'âge avancé où il étoit, de partir pour Rome, & d'y purger, auprès du Saint-Pere, la conduite des Princes accufés.

Caumont, village en Vermandois, près de Chauny, avoit été donné par Charlemagne aux moines de faint Bertin, en toute liberté de propriété & de juftice. Un habitant du lieu, pouffé par fon mauvais génie, s'y faifoit appréhender par les traits de tyrannie & de rapine les plus infignes. Le moine, commis de la part du monaftere à l'exploitation de leurs biens, lui repréfenta en vain l'iniquité de fes procédés ; il en fut méprifé. Obligé d'en venir enfin à une voie plus décifive, il engagea le duel, par lequel on finiffoit, en ces temps, les conteftations. Odbert, abbé de Sithiu, approuva la conduite du moine, & promit de foutenir le cartel ; mais

X. SIECLE.
Année 988.
CIX.
Annales BB. tom. 4, *Lib.* 50, N°. 2.

Année 989.

Année 990.

Ibid. N°. 28.

C X.
III. Sæculo BB. inter miracul. S. Bertini, lib. 2, N°. 15, *fol.* 141.

il oublia sa promesse. Le jour fixé pour le combat étoit venu ; les champions du monastere ne se présenterent pas. Le ravisseur triomphoit déjà de la timidité de ses adversaires. Saint Bertin vint à leur secours. Sous la figure de deux colombes blanches, il traça certains cercles en l'air, & ranima le seul homme de son parti qui osoit tenir le champ. Celui-ci marcha alors contre le déprédateur, armé d'un seul bâton, avec lequel il fit jaillir du sang d'une pierre qu'il frappa ; (présage du malheur qu'il alloit lui causer). Il le battit & le terrassa. Le vaincu confessa son injustice, & mourut trois jours après cet aveu. Cette victoire valut à saint Bertin les actions de graces de tous les habitans de Caumont, & de tous ceux du voisinage, qui ne cessoient de publier sa puissance & sa gloire dans le Ciel.

X. SIECLE.
Année 990.

Radbod (qu'on interprête *Nuntius Concilii*) Ier du nom, venoit alors d'être élu évêque de Noyon. C'est en cette qualité qu'il est souscrit dans la charte d'une donation faite par son Métropolitain aux moines de saint Remi de Reims.

CXI.
Annales de Noyon, p. 738.
GalliaChristiana.
tom. 9. col. 993.

Hugues-*Capet* abandonné du Pape, dont Hébert venoit de prévenir l'esprit, se décida à terminer, par les armes, les contestations qu'il avoit portées lui-même à Rome. Il commença, dès l'an 991, à poursuivre l'Archevêque Arnoul & son oncle Charles, & n'omit aucun des moyens qui pouvoient réussir à les perdre. Les peuples pouvoient concevoir quelque mécontentement de son excessive rigueur envers le seul & légitime héritier de la couronne ; il les leurra par quelques traits apparens de douceur & de considération qu'il témoigna à Charles de France. Au fond, il ne discontinuoit point les hostilités ; & ses façons plus mesurées, ne tendoient qu'à faire tomber sans éclat l'oncle & son neveu dans ses mains, & à s'épargner les peines & le blâme des dernieres extrêmités. Cette ruse n'en imposa point à ses ennemis ; il se retourna d'un autre côté. Il convoqua une assemblée à Reims, & y cita Arnoul. Celui-ci, sous le prétexte d'être retenu prisonnier à Laon, par son oncle Charles qui s'y étoit retranché, s'excusa d'y assister. Hugues, quoiqu'irrité du refus que faisoit Arnoul de comparoître au moins devant lui, ne se démasqua pas encore ; il crut devoir continuer d'employer la ruse où la force auroit peut-être échouée. Il gagna sourdement Adalberon, évêque de Laon, sur lequel Charles & Arnoul se reposoient avec trop de confiance ; & ce Prélat, fin & perfide, lui livra ses deux ennemis. Hugues les fit aussi-tôt conduire en prison à Orléans, avec Agnès, la femme de Charles. Nous l'avons dit, cette Dame étoit la cousine-germaine du Comte de Vermandois, Hébert III. C'est dans ce triste lieu qu'Agnès accoucha de deux jumeaux, Louis & Charles. Cet heureux, ce rare & flatteur événement ne fit pas néanmoins différer la tenue du concile

CXII.
Année 991.
Annales BB.
tom. 4, *lib.* 50,
N°. 54.

X. SIECLE.
Année 991.
Chron. Willelmi
Nangii, ad ann.
990.

indiqué : il fut célébré le dix-septieme de Juin de cette année, dans le monastere de saint Basle, situé à trois lieues de Reims. Plusieurs Prélats de diverses provinces le composoient. Radbod, évêque de Noyon, y assista. On n'avoit pas reçu de réponse de Rome ; le silence du Pape fut interprêté pour un droit dévolu aux Peres du synode, de juger définitivement la cause de l'Archevêque Arnoul. Ils le déposerent, & lui firent souscrire la sentence portée contre lui. Gilbert fut élu en sa place ; & l'autorité de Hugues, élevée sur les débris d'un de ses principaux adversaires, s'affermit, & devint plus étendue.

Quoique les historiens ne nous aient pas marqué pour quel parti se fut déclaré le Comte de Vermandois, au milieu des contestations dans lesquelles entroit sa famille : nous pouvons conjecturer de leur silence, qu'il garda celui de la neutralité, & qu'il ne prit pas plus à cœur les intérêts de Charles, l'époux de sa cousine, que le fit le beau-pere de ce Prince, Hébert, comte de Troyes & de Meaux, qui laissa aller, au gré de la fortune, le sort de sa fille Agnès.

CXIII.
Annales B B.
tom. 4, Lib. 50,
N°. 60.

On raconte de ce Seigneur, qu'après avoir inutilement tenté tous les secours de la médecine, il se fit transporter, en cette année, à Vitry, espérant du soulagement de la vertu d'un clou du Sauveur, que l'on y gardoit : qu'il recourut aux suffrages des Saints ; & qu'inspiré même d'engager Adson, abbé de Montier-en-Der, de prier pour lui, avec toute sa communauté, ce pieux Abbé se chargea de sa demande. On ajoute qu'après des instances redoublées auprès du Ciel, Adson lui envoya une coupe qui avoit touché à la chaîne de saint Pierre & aux reliques de saint Berchaire qu'on conservoit dans son abbaye : que le Comte la remplit & la but, & qu'il fut guéri de ses infirmités. Les actes qui nous ont conservé ce trait miraculeux, disent encore qu'Hébert, pénétré de reconnoissance, fit présent au monastere d'une piece considérable de terres, dont il lui donna la possession, en s'en faisant chasser en propre personne, par un moine. C'étoit une façon d'adhéritance usitée en ces temps.

CXIV.
Année 992.
Ibid. N°. 71.

Dans le siécle que nous parcourons, les études rétablies dans la province de Reims, par Remi, moine d'Auxerre, & Hucbald, moine de saint Amand, furent soutenues dans la ville capitale par Frodoard, & portées à des degrés élevés par le nouvel Archevêque Gerbert, qui sut même en faire passer le goût en plusieurs autres lieux.

CXV.
Année 993.
Ibid. N°. 73.

Hébert, comte de Meaux & de Troyes, dont on vient de parler, mourut le 21 (d'autres disent le 28) de Décembre de l'année 993, & fut enterré dans l'église du monastere de Lagny en Parisis, du côté du nord, dans le mur de la nef inférieure. On en enleva le
tombeau,

tombeau dans le dernier fiécle, à caufe de la muraille qui menaçoit
d'une ruine prochaine, & on le transféra, avec les os, dans le chœur
de la nouvelle églife, à côté de celui de Thibaut *le Tricheur*, fon beau-
frere. Dom Mabillon, préfent à la tranflation du tombeau & des
offemens d'Hébert, en rapporte l'épitaphe qui fuit, que l'on trouva alors gravée fur la pierre qui le couvroit.

Exemplar morum ; Procerum lex ; norma bonorum ;
  Solamen miferis ; exitium fceleris.
Gloria virtutis : laus famæ : forma falutis,
  Quo nil, dùm viguit, clarius orbe fuit.
Infignis latè Comes Herbertus bonitate
  Hoc jacet in tumulo ; fub lapidum cumulo.
Cui feb. fenfum . . . .
  Dùm dignum credit, munere quifque dedit.

. . . .
  Viribus edomuit, fubdere quos libuit.
Cenfu pupillos fovit ; veftivit (egenos)
  Affectu mater . . . .

Les biens fitués dans le Vermandois, que Cunégonde, abbeffe
de fainte Marie de Soiffons, avoit rachetés au profit de fa communauté, à laquelle ils appartenoient, du Comte Albert Ier ; Erem-
burge, qui avoit fuccédé à cette Abbeffe, & qui s'en étoit enfin
remife en poffeffion, fe les fit confirmer par un diplôme authentique, foufcrit du Roi Hugues & de fon fils Robert. Cet inftrument
fut expédié pendant l'une des quatre années que Gerbert occupa
le fiege de Reims. Or, ces biens étoient les terres & les dixmes de
Pargny, de Morchain & de Frefniches, que l'abbaye de fainte Marie avoit acquifes dès fon établiffement.

Il plaît à l'hiftorien du Valois, de rapporter l'établiffement des
armoiries à Hugues-*Capet*, & par conféquent bien avant le temps
des croifades. Ce Roi, dit-il, pour détourner les Seigneurs de fon
royaume, de verfer leur fang & de fe faire des guerres continuelles,
peut-être auffi pour fe les concilier & les unir en mutuelle concorde, établit des tournois & des combats fimulés. Tous y venoient
en foule ; & ces divertiffemens de la Nation entiere, fe célébroient
avec une magnificence extraordinaire. On diftinguoit les différens
Seigneurs par leurs bannieres, leurs écus, leurs boucliers, qui
étoient de diverfes couleurs, avec des figures variées d'animaux
ou de plantes. Ces fymboles fe confondirent. Pour les féparer, on
eut recours aux métaux, aux brifures, &c. & on établit d'abord un
premier Héraut, pour les faire difcerner ; & enfuite plufieurs,
jufqu'à douze. De là l'origine des armoiries. Qu'ainfi foit ; nous

Tom. I.   A a a a

X. SIECLE.
Année 993.

CXVI.
Année 994.
Ibid. Lib. 51 ;
N°. 10.
Hift. de N.-D.
de Soiffons, p.
435.

CXVII.
Hift. du Va-
lois, tom. I,
pag. 286.

X. SIECLE.
Année 994.
CXVIII.
Annales BB. tom. 4, Lib. 50, N°. 86.

ne l'accordons ni le contestons, pour ne point entrer dans une dispute soutenüe si diversement par les savans.

Le Pape Jean XV improuva la déposition de l'archevêque Arnoul qui, de son côté, pour venger sa cause, punit ses adversaires par un interdit. Hugues-*Capet*, qui avoit écrit avec assez de hauteur au Pape, s'amollit; &, pour s'en procurer la faveur, eut recours aux termes de respect & de dévouement les moins restreints. Il lui manda qu'il le prioit humblement de lui rendre & à ceux de son parti plus de justice; qu'il ne reçut pas si précipitamment des choses douteuses pour vraies. Il ajouta que, dans toute la procédure faite contre Arnoul, il n'avoit pas cru manquer au respect dû à son autorité sacrée; & qu'enfin, s'il vouloit lui accorder une entrevue à Grenoble, il étoit prêt d'aller au-devant de lui. Ce langage soumis & la crainte de plus grands excès toucherent le Pape: il envoya pour son légat en France l'Abbé de saint Boniface de Rome, Leon, qu'il adressa à l'Archevêque de Sens, avec ordre de convoquer une assemblée pour y examiner de nouveau l'affaire d'Arnoul.

Année 995.
Ibid. Lib. 51, N°. 1.

Le concile fut tenu, le 2 de Juin de l'an 995, en la ville de Mouzon, sur les confins du diocese de Reims. Le jugement, qui devoit être prononcé en faveur d'Arnoul, avoit été dicté à Rome; mais, parce que Gerbert, aidé de ses fauteurs, y plaida trop victorieusement sa cause, on remit à prononcer définitivement dans un second concile tenu à Reims le premier jour de Juillet suivant. L'autorité du Pontife Romain & de son Légat triompherent alors. Hugues-*Capet* & son fils, qui eurent la mortification de voir Arnoul rappellé en son siege par les Evêques, refuserent cependant de le mettre en liberté. Cet Archevêque ne la recouvra qu'en l'année suivante, & après la mort de Hugues, arrivée le 23 d'Octobre : encore ne la dût-il qu'à l'immense protection que Grégoire V, successeur de Jean XV, lui continua.

Année 996.
Ibid. N°. 10.

CXIX.
Chronicon Cameracc. &c. Lib. I, Cap. 112, fol. 200.

Erluin, évêque de Cambrai, étoit revenu en sa ville épiscopale du voyage de Rome où il avoit été se faire sacrer, à cause de la détention de l'Archevêque de Reims, son métropolitain. Il la trouva assez tranquille de la part de son Châtelain qui l'avoit beaucoup inquiétée précédemment; mais les vassaux dépendans de son évêché ne jouissoient pas d'un sort si heureux. Les terres de la Thiérache, qui étoient attachées à sa manse, étoient courues par les soldats du Laonnois & du Vermandois : il les purgea de ces brigands; il racheta ensuite par échange Péronne, château bâti en Cambresis; où ses ennemis commettoient les plus violens ravages, & obtint pour toutes ces possessions une sauve-garde de l'Empereur, expédiée à Ravenne en l'an 1001.

Année 997.
Annales BB. tom. 4, lib. 51, N°. 42.

Jean XV avoit menacé en 997 d'excommunier tout le royaume de France, si Arnoul n'étoit mis hors de prison, & restitué en son fiege, comme l'avoit ordonné le dernier concile de Reims. Robert fils, & fucceffeur de Hugues-*Capet*, envoya exprès à Rome, pour faire confentir le Pape à fes deffeins contraires, Abbon, abbé de faint Bénoît-fur-Loire. La réponfe, rapportée par cet Abbé, fut que Grégoire, fucceffeur de Jean XV, perfiftoit conftamment dans la réfolution de fon prédéceffeur. Enfin, quand le nouveau Roi vit qu'il n'avoit plus de raifon de différer l'exécution des ordres du Pape, il élargit l'Archevêque que le même fouverain Pontife décora auffi-tôt du *pallium*. Gerbert, réfugié chez l'empereur Othon, fon ancien difciple, en fut fait l'année fuivante archevêque de Ravenne, & fut facré en cette qualité le deuxieme jour d'Avril 999.

On rapporte que c'eft vers cette année qu'Odilon, abbé d'un monaftere de Laufanne, inftitua, le premier, la fête de *la Commémoration de tous les Fideles trépaffés*, dont il fixa le jour au 2 de Novembre. Cette pratique, qui fut fuivie par l'Eglife univerfelle, étoit déjà en ufage dans quelques autres maifons de l'ordre de faint Bénoît, mais en des jours arbitrairement choifis.

La victoire merveilleufe que le Chapitre de faint Quentin avoit remportée à Cincenny fur les ufurpateurs de fon domaine, l'éminente fainteté dans laquelle vivoient fes chanoines, attirerent tous les yeux fur eux; on ne parloit d'eux qu'avec admiration; & chacun s'empreffoit de les combler de biens, pour en obtenir la faveur de fe faire comprendre dans leurs prieres. Dès le commencement du onzieme fiécle, Hardouin de Croy, fait évêque de Noyon, depuis la mort de Radbod Ier, arrivée le 21 de Juin 997, après fept ans & fept mois d'épifcopat, leur accorda plufieurs autels. Ces beaux effets de fa libéralité rendirent recommandable aux pieux chanoines le nom de ce digne Prélat, dont la mémoire eft rappellée dans leur martyrologe au 18 de Juillet, veille du jour auquel le Chapitre de Noyon prie pareillement pour cet Evêque qui lui a donné d'autres biens dans le Vermandois, & nommément l'autel de Hombleux. Radbod Ier fut enterré dans le chœur de fa cathédrale.

C'eft à Hardouin de Croy & à fes chanoines que l'on attribue la deftruction de la tour qui étoit en la ville de Noyon, entre la cathédrale & la cour de l'évêché. Le Châtelain, où peut-être le Comte, qui occupoit cette tour pour le Roi, & qui de cette retraite ne ceffoit d'inquiéter l'Evêque & fon Chapitre, en étoit abfent. Hardouin profita de cette circonftance favorable, pour en vifiter l'époufe fous des prétextes imaginés. Au milieu de quelques entretiens indifférens qu'il tenoit avec elle, une troupe de citoyens gagnés fappa l'édifice, força la Dame de le quitter, & de fuivre le Prélat qui la conduifit dans un autre appartement. Cette entreprife donna du mécontentement au Roi. Hardouin, qui l'avoit

X. SIECLE.
Année 997.

Année 998.

CXX.
Année 999.
Ibid. N°. 67 & 85.
Thiers, traité des Superftit. tom. 3, ch. 1.

XI. SIECLE.
Année 1001.
CXXI.

Annales de Noyon, p. 756 & 738.

CXXII
Ibid. pag. 744.

A a a a ij

XI. SIECLE.
Année 1001.

Ibid. pag. 771.

CXXIII.
Loisel, année
1015.
Simon, Sup-
plément à l'his-
toire du Beau-
vaisis, &c. p. 78
& 80.
Gallia Christ.
tom. 9, fol. 705.
Voyez le Livre
VI précéd. N°.
94.

prévu, & qui voulut en éviter le ressentiment, se réfugia chez le comte de Flandre, Baudoin *le Barbu*. Ce Seigneur, dit-on, lui avoit vendu sa protection au prix de douze églises qui devoient faire trois générations dans sa maison. Reconnoissant du bienfait, il réconcilia l'Evêque au Roi. Hardouin rentra dans sa ville épiscopale, & la tour & le château de Noyon resterent démolis & rasés pour toujours. La dignité de Châtelain ne fut pas cependant encore alors supprimée; car, même en l'an 1064, Hugues la possédoit.

Hébert III sut se faire redouter. Si nous ne voyons pas qu'il ait eu de guerre avec ses voisins, autre que l'Evêque de Cambrai, c'est sans doute parce que l'amour de ce Comte pour la paix le retenoit dans le devoir, & que ses ennemis étoient très-persuadés que cet amour ne partoit pas d'un principe de foiblesse ou de pusillanimité, & que nul guerrier n'est plus terrible que le pacifique qu'une juste indignation a armé. Roger, évêque de Beauvais, vint se mettre sous la garde du Comte de Vermandois, & crut, à l'ombre de sa protection, n'avoir rien à appréhender de ses ennemis. Hébert la lui accorda volontiers. C'est lors de ce refuge que ce Prélat partagea, en faveur d'Othon le fils de ce Seigneur, la vicomté de Monchy, dont il donna l'autre moitié à son église de saint Pierre de Beauvais en 1022. Roger est le même que quelques Auteurs ont dit être le fils de Thibaut *le Tricheur* & de Leudegarde de Vermandois, la fille d'Hébert II. D'autres le font descendre d'Eudes Ier & de Berthe de Bourgogne. Mais, de l'une ou de l'autre façon qu'on l'entende, Roger étoit le parent d'Hébert III.

La vicomté de Monchy, de laquelle il est ici parlé, doit se trouver incontestablement dans le village de Monchy-l'Agache, à deux lieues de la ville de Ham : elle est possédée maintenant par le Marquis de Néelle; mais elle ne fait pas partie de son marquisat, quoiqu'elle fasse partie de la substitution par laquelle il la possede. (*Voyez* livre 12, N°. 15.) Pour quoi il appelle à ses plaids généraux du lendemain de la *Quasimodo*, & du 15 d'Octobre, les censitaires qui ont des maisons, terres & héritages dans ladite vicomté, conformément à la distinction des trois différens fiefs & seigneuries qu'il y possede. Les dénombremens desdits fiefs & vicomté ont été fournis au Roi le 9 Juillet 1607, par De Lameth, vicomte de Monchy; au Chapitre de Beauvais, le 8 Juillet 1500, par Jean Hénon, maire de Monchy, chargé de recueillir les cens & rentes, & autres droits appartenans audit Chapitre; à cause de sa seigneurie de Monchy. Et encore audit Chapitre, le 5 Juillet 1608, par De Lameth, dont l'auteur avoit acquis en 1570 la seigneurie dudit Chapitre, & plus anciennement la mairie mouvante du même Chapitre. Voici les différens droits dûs au vicomté de Monchy-l'Aga-

che, pour les mutations qui surviennent dans les biens fonds &
& immeubles de sa vicomté. La premiere espece de droits pour les
biens mouvans de la mairie féodale, consiste en six sextiers ou 24
pots de vin, en toute mutation, sans exception. La seconde espece,
pour les parties mouvantes de la vicomté, sont huit pots de vin
en mutation collatérale, & quatre pots seulement en directe. Et
enfin la troisieme espece pour les biens tenus à cens du *fief Cau-*
drillier dépendant de la vi-comté, est de vingt sols parisis (*id est* 25
sols) en toute mutation de petite ou grande quantité.

Richard, abbé d'Homblieres en 1008, lui fit infiniment d'honneur par sa régularité & les hauts emplois auxquels il a été élevé,
après qu'il en eut abdiqué le gouvernement entre les mains de Valeramne. Baudoin, comte de Flandre, lui commit l'administration
de plusieurs monasteres, entr'autres, de ceux de saint Pierre de
Gand, de saint Amand, de saint Bertin & de saint Josse. On rapporte qu'il fut abbé ou le réformateur de plus de vingt-un monasteres, tant en Flandre, qu'en France & en Allemagne.

Le frere d'Erluin, évêque de Cambrai, après avoir été long-
temps retenu par la maladie dans le monastere de saint Prix, assis
sous les murs de la ville de Saint-Quentin, se fit enfin rapporter,
en l'année 1011, dans celle de Cambrai; il y réclama, avec une
foi vive, le secours de la Reine du Ciel qu'on révere en l'église
cathédrale, & il en obtint miraculeusement la guérison de ses infirmités.

Gautier, deuxieme du nom, fait en 968 châtelain de Cambrai,
en la place de Jean, dont on a parlé sous cette année, y étoit mort
en celle qui avoit précédé la guérison du frere d'Erluin. Il seroit
difficile d'exprimer tous les chagrins & les dommages qu'il causa
aux évêques & aux habitans de cette ville. Ce méchant homme fut
succédé par un fils de même nom & de même caractere. Ce dernier
n'avoit cessé, sous les dernieres années de l'épiscopat d'Erluin, de
le molester, & de piller sa ville, son église & les biens de son évêché : quand ce Prélat fut mort le 3 de Février 1012, il ne laissa
plus de bride à ses passions ; tous les lieux & toutes les personnes
éprouverent les effets funestes de sa férocité. Il s'étoit joint à Robert, châtelain de Péronne sur Somme ; & ce second Seigneur entra dans toutes les vues & les démarches de son cruel associé. Telle
fut même leur audacieuse témérité, qu'ils se liguerent pour faire
monter sur la chaire épiscopale de Cambrai, Seihurus, le frere de
Gautier II, & par conséquent l'oncle de Gautier III. Sans doute ils
fussent venus à bout de cette entreprise par leurs violences : mais
l'Empereur Henri nomma à cette sublime place son chapelain Gérard, & fit approuver son choix par le clergé & le peuple. L'ancien abbé d'Homblieres, Richard, fut commis alors par cet Empe-

pereur, conjointement avec un autre Comte, pour conduire le nouvel Evêque à Cambrai.

Othon étoit le second des trois enfans d'Hébert III & d'Hermengarde ; leur troisieme fut Gui. Nous croyons, contre le sentiment d'un historien de Soissons, qu'on doit l'attribuer à Hébert III, plutôt qu'à Albert Ier. Gui de Vermandois vivoit en 995, auquel temps il étoit devenu Comte de Soissons, par son mariage avec Adélaïde, fille & héritiere de Gilbert Ier, comte de cette ville. Les années de Gui de Vermandois s'assortissent mieux avec celles des enfans d'Hébert III, qu'avec celles des enfans d'Albert Ier. D'ailleurs ce dernier Seigneur, pere de Gui *le Trésorier*, ne doit pas être le pere d'un second enfant de même nom. Gui *le Trésorier* paroît même avoir été le parrain de son neveu Gui de Vermandois, comte de Soissons, auquel il aura donné son nom. Ce Seigneur eut un fils nommé Renaud, qui le remplaça. Albert IIe du nom, qui succéda immédiatement à son pere Hébert III, étoit donc le premier de ses enfans. Hébert III mourut le vingt-neuvieme jour du mois d'Août, selon l'ancien nécrologe de saint Quentin. C'étoit sans doute en l'année 1014, au plus tard ; car il est constant par la charte (27) qu'Albert II accorda le premier de Février de l'an 1015, en faveur de l'abbaye de saint Prix, que ce dernier Comte gouvernoit déjà le Vermandois. La Comtesse Hermengarde ne mourut qu'après l'an 1035. Nous la voyons encore sous-signée dans une charte qu'on rapportera sous cette année-là. Le même nécrologe de l'église de saint Quentin place son décès au neuvieme jour de Mai. . . . .
Eâdem die (IX Maii) *obiit Hermengardis Comitissa quæ dedit ecclesiæ Coustavillam.*

PIECES JUSTIFICATIVES
DU SEPTIEME LIVRE.

CHARTE AUMONIERE
DU COMTE ALBERT PREMIER
DIT LE PIEUX,

En faveur du Monastere de saint PRIX.

(1) IN nomine sanctæ & individuæ Trinitatis: ego, ALBERTUS, comes, & rector monasterii sancti Quintini, palàm facio sanctæ Dei Ecclesiæ filiis præsentibus & futuris, dedisse me ad locum sancti PRÆJECTI in villà, quæ dicitur Hoistrum; ecclesiam unam & mansum indominicatum, cum aliis septem mansis & dimidio : cum terrâ arabili buvariorum 22 ; vineam buvarii unius, pratum unum, sylvam buvariorum 7, conciduas buvariorum 10, cambam unam quæ sita est ante aquam & terram quæ pertinet ad Hamum ; & inter mansum Gerbardi, & molendinum quod solvit quatuor solidos. Et est via quæ incipit à supradicto manso, & à viâ Hami vadit inter terram Hami, & cambam usque ad molendinum, & per totam villam. Dedi ergò omnem districtum mansi indominicati, & terræ arabilis ad prædictam viam, & locum & mansum, ad locum sancti Præjecti. Et homines in eo districtu manentes tribus vicibus in anno ad Abbatis placita veniant ; & pastum solvant Abbati & tribus Monachis panem & vinum, pisces, & ova & caseos ; & ex laicis qui cum Abbate fuerint, similiter panem, vinum, carnem, & equis Abbatis sufficienter pabulum avenæ. Qui verò mansum indominicatum tenuerit, solvat ad pastum porcum duorum solidorum, & unum sextarium avenæ. Cæteri verò mansionarii & hospites ipsius villæ secundùm quod major disposuerit, qui plus habet, plus det, quibus verò minùs, minùs etiam dent. Vehicula quoque ad vinum, & ligna persolvant, & opera vineæ exerceant. Et ut hoc donum inviolabile sit, & ad locum sancti Præjecti pertineat, hoc scriptum fieri jussi, & manu propriâ roboravi. Actum apud sanctum Quintinum, anno Dominicæ incarnationis 986, indict.

14; anno primo Ludovici Regis. Signum Alberti, comitis; signum Heriberti, filii ejus; sign. Hugonis, Decani; sign. Goisberti, custodis; sign. Brunengi, Cantoris; sign. Berengarii, Præpositi; sign. Gilberti, Castellani; sign. Gerberti, Camerarii; sign. Odonis, Præpositi; sign. Symonis; Castellani de Hamo; signum Theudonis, Majoris : Ego, Albricus, Cancellarius, scripsi & relegi.

Du Cartulaire de l'Abbaye de saint Prix.

Le mot *Mansus*, dont il est parlé dans cette charte, est l'étendue où quantité de terres que peuvent labourer deux bœufs en une année. *Gloss. in caput SANCITUM. Extrà de Censibus.* Il y avoit des *Mansi dominicati, indominicati, regales, serviles; mansi deservientes, mansi ecclesiastici, mansi vestiti; scilicet grano, aut legumine.* Voyez à ce sujet le Glossaire de Du Cange.

SERMON ANCIEN

Sur l'arrivée des reliques de S. Prix en la ville Auguste de Vermandois.

(2) Hodiernæ festivitatis, Fratres charissimi, splendor irradians nos illustrat; qui non lunari defectu, sed solari semper integritate, lucem suæ claritatis expandens manifestat. Hanc ergo ut dignis laudibus suscipiamus beatus martyr Præjectus nos instanter invitat, dùm trinâ sui advectione celeberrimam ostentat. Pensemus ergo, dilectissimi fratres, & toto mentis ac corporis nisu laboremus; ne dies ista sit nobis iræ & calamitatis, quam nobis beatus martyr Præjectus offert plenam lætitiæ & jocunditatis. In hâc etenim die fit annua recordatio; qualiter hùc primùm advectus

fuerit à finibus Arvernicæ regionis; & nobis attulerit vernantiam florum, & virtutum suavissimi odoris. Recolitur & in ipsâ, & jure habetur recolendum qualiter à Flaviniaco hùc iterùm fuit allata pars ejus corporis reliquiarum; flavæque dulcedinis mellifluum exuberantem nobis contulerit favum. Tempore namque regni Caroli Magni, strenuissimi Regis, monasterium sancti Quintini quod situm est in pago Viromandensi super fluvium Somenæ Fulraldus abbas regebat strenuè. * Hic enim Fulraldus filius Hyeronimi fratris Pipini Regis fuit, qui fuit pater Caroli Magni. Audiens ergò de virtutibus SS. Martyrum, adiit præfatum Regem Carolum humiliter deprecans ut darentur illi reliquiæ de beati martyris Præjecti corpore. Quod Rex libenter annuit : & illi dari jussit cerebrum quod Radebertus gladio à capite Martyris excussit, & aliud membrum corporis quod alam vocant Latini. Cùm autem præfatus Abbas præfatas reliquias attulisset, & in pagum Viromandensem pervenisset : misit legatum suum ad sancti Quintini monasterium, mandans fratribus, ut pararent processionem; & cum debito honore sanctas reliquias reciperent. Volebat enim iisdem Abbas sociare reliquias sancti Martyris & Pontificis corpori beati Quintini, tam inclyti militis & martyris. Sed qui omnia antequàm fiant prævidit, præfatas reliquias aliò transferre & locare disposuit : ubi à fratribus monastico ordine decenter ornatis & Abbate prædicti monasterii, revelatione locatæ honorificè requiescunt. Relatio insuper ipsius à Bethuniâ in hujus diei anniversariâ revolutione duabus præcedentibus decenter est subnectenda; quandò à Bethuniensi repatrians castro, Berthunicam, & cæteras virtutum herbas medicatæ salutis secum detulit saluberrimas capiti nostro. Cùm ergò in horto ejus vernantium virtusum

tûm herbæ diversi generis nascantur : &
cyprus cum nardo regium ibi habeatur
unguentum quo infans perunctus aquam
ferventissimam non sensit. In secundo cæcus lumen recepit. In tertio mutus & sur-
dus locutus est & audivit. Properate itaque & descendite in hunc hortum , per
hanc diem festivam , & videte opera Domini quæ posuit prodigia super terram.

* *Noûs avons restitué cette généalogie ,
conformément à toutes les histoires , & corri-
gé celle du texte corrompu qu'avoit donné
Claude Emmeré sous ces termes :* . . . . . .
Hic enim Fulradus Pipini regis filius fuit ;
frater verò Caroli Magni.

*Ce Sermon est extrait des Passionnaires
de l'église de saint Quentin.*

FORMULE

*Du Serment prêté au Chapitre de
saint Quentin par son Chancelier.*

(3) Vos juratis quòd jura & statuta
officii vestri Cancellariatûs debitè , & pro
posse vestro defendetis & conservabitis.
Quòd clavem magni sigilli hujus Ecclesiæ
à Dominis Decano , Canonicis & Capitulo , vobis datam custodietis tandiù , quandiù residebitis ; & vestrâ absentiâ advenien-
te , eandem clavem dictis Dominis redde-
tis. Quòd quotiescumque aliquod mandatum , aut instrumentum ab eisdem ordinatum , & sigillari oblatum fuerit , cum aliis
duobus clavigeris assistetis. Quòd omnibus
diebus festivis annualibus , tabulam chori
inscribetis , & octavam lectionem matuti-
narum harum dierum cantabitis , aut can-
tari , & inscribi vestris sumptibus facietis ;
atque alia omnia , quæ in ordinario chori
continentur , dicto vestro officio Cancella-

Tom. I.

riatûs pertinentia , cum onere & honore
fideliter observabitis. *Statuts du Chapitre
de saint Quentin.* August. Viromanduorum , fol. 187.

DONATION

DE LA CURE D'HOMBLIERES

au Monastere de ce Village.

(4) Ego , in Dei nomine , TRANS-
MARUS , sanctæ Ecclesiæ Vermandensis
ac Noviomensis episcopus , notum facio
sanctæ Ecclesiæ fidelibus , in nostram ve-
nisse præsentiam Domnam Bertham Humolariensis , monasterii abbatissam , humiliter deprecantem , ut altare sancti Stephani , Ecclesiæ quæ est in eâdem villâ Humolarias , in quâ sedet præfata Abbatia ,
loco sanctæ Mariæ , sanctæque Hunnegundis , daremus , ad usus congregationis ibi
Deo militantis. Cujus humillimam petitionem intimando , Domno Ludovico Regi ,
simulque Domno Artoldo , archiepiscopo
Ecclesiæ Rhemensis , suisque suffraganeis
nostris Co-episcopis , præfati Regis imperio , domnique Metropolitani , cæterorumque Episcoporum consilio , petitioni tam
humillimæ decrevimus libentissimè parere.
Dedimus ergò ad præfatum locum sanctæ
Mariæ , & sanctæ Hunnegundis præfatum
altare , congregationi ejusdem monasterii
in perpetuum habendum , sine ullâ contradictione. Eâ videlicet ratione , ut omni
anno duos solidos denariorum persolvat ,
secundùm quod jubet authoritas , propter
honorem cathedræ Episcopalis. Et quia
corpus sanctæ Hunnegundis , tam venerabilis Virginis , hoc anno , Deo volente ,
corruscantibus miraculis de terrâ levatum
est ; præfatum altare dedimus libenter. Jubemus itaque ut defunctâ personâ , ante
Episcopum adducatur altera , cui idem

Bbbb

Episcopus altare præscriptum sine pecuniâ donet, & curam animarum commendet. Et ut hoc donum inviolabile permaneat & inconvulsum, hanc cartam scribere præcepimus, & signo sanctæ Crucis insignivimus. Authoritate igitur sanctæ Trinitatis, Patris & Filii, & Spiritûs Sancti, excommunicamus, & à liminibus sanctæ Ecclesiæ separamus illos omnes, qui præfatum altare à loco sanctæ Hunnegundis, vi aut ingenio abstulerint. Signum Ludovici Regis; Gerbergæ Reginæ; Lotharii filii ejus; Hugonis Ducis; Heriberti Comitis; Arnulfi Marchisi; Adelini militis; Thetboldi, Heriberti, Sejardi, Gerberti, militum; Artholdi, Rhemensis Archiepiscopi; Rodulphi, Laudenis Episcopi; Transmari Noviomensis; Abonis Suessionensis; Stephani Morinorum; Geroldi Ambianensis; Ingerrani Cameracensis; Hildieri Meldensis; Eurardi Trajectensis; Hincmari, Abbatis sancti Remigii. Actum Laudunò-clavato, anno Domini incarnationis 947, quarto idus Aprilis, indictione quintâ, epactâ vigesimâ-sextâ, regnante Ludovico Rege, anno undecimo. Odo Diaconus scripsit & relegit vice & jussu Erchemboldi Cancellarii Domini Transmari, Noviomensis Episcopi. *Du Cartulaire d'Homblieres.*

DIPLOMA

LUDOVICI IV ULTRAMARINI,

De inducendis Monachis in Cænobium Humolariense, Sanctimonialibus expulsis.

(5) In nomine sanctæ & individuæ Trinitatis: LUDOVICUS gratiâ Dei Franciæ Rex. Si divinis cultibus operam dantes, Ecclesiam Dei ad summum sacræ Religionis statum sustollere conamur, regio jure, ac progenitorum nostrorum privilegiis utimur. Quocircâ omnium sanctæ Dei Ecclesiæ fidelium, tam præsentium, quàm futurorum, noverit solertia, quòd nostram adeuntes præsentiam ADALBERTUS, inclytæ indolis Comes, unà cum nobili viro Eilberto, & conjuge suâ Hersendi, suppliciter nostram exorantes munificentiam, ut cuidam locello, in pago Viromandensi sito, qui vulgò dicitur Humolarias, quo sacratissima sponsa CHRISTI Hunnegundis diem expectat beatæ remunerationis, nostra dignaretur subvenire clementia; quatinùs quibusdam Sanctimonialibus inibi non satis honestè viventibus, & regulari discretioni subjici nolentibus indè remotis, substituerentur Monachi; qui obedirent regulæ & Abbati: quod nostrâ annuente authoritate, prædictus Eilbertus prædictam Abbatiam Domino suo Comiti, videlicet ADALBERTO reddidit. Isdém verò Comes nostræ ditioni eandem obtulit, eâ scilicet ratione, ut præcepto nostræ authoritatis ita hanc muniri juberemus, quo absque ullâ omninò diminutione, & sine aliquâ alicubi subjectione Abbati regulari concessa inviolabilis in perpetuum permaneret. Favente igitur conjuge nostrâ, & venerabili Archiepiscopo Artaldo, cum Episcopis Widone & Geduino, & clarissimo Abbate Hincmaro, & Monachis ejusdem congregationis, & Comitibus prædicto ADALBERTO & RAGENOLDO; cunctisque fidelibus nostris, qui aderant, precantibus & laudantibus; ita fieri decrevimus: cum quorum omnium consilio, jam sæpè dictam Abbatiam cum omni integritate, pro regulâ in eodem loco observandâ Abbati regulari habendam in perpetuum statuimus; & ut nostræ authoritatis monimentum per succedentia temporum curricula inviolabiliter conservetur manu nostrâ subtus firmantes sigillo corroborari præcepimus noftro. Signum Domni Ludovci glorioſiſſimi Regis Francorum. Oydilo, notarius ad vicem Artaldi archiepiſcopi, ſummique Cancellarii, recognovit. Actum Remis civitate in monaſterio ſancti Remigii, calendis Octobris, indictione ſextâ, anno decimo-quarto, (lege, decimo-tertio.) regnante Ludovico Rege glorioſiſſimo, anno ab incarnatione Domini 948. *Du Cartulaire d'Homblieres.*

DIPLOMA

LOTHARII REGIS

Laudantis præcedentem Ultramarini patris conceſſionem.

(6) Si divinis cultibus operam dantes ſacræ religioni ſuffragari nitimur, progenitorum noſtrorum privilegiis fulti regio more utimur. Igitur notum ſit univerſæ ſanctæ matris Eccleſiæ filiis, tam præſentibus, quàm futuris, quia acceſſit Bernerus abbas, qui cellæ Humolarienſi præeſt, noſtram humiliter exorans clementiam, ut idem cœnobium in honore ſanctæ Dei Genitricis, & ſemper virginis Mariæ conſconſtructum, cui, ut diximus, præeſt, authoritatis noſtræ munimine tutaremur, quòd videlicet piâ noſtri Genitoris clementiâ ad melioris vitæ ſtudium, jam ante fuerat revelatum, nec-non ſigno Regiæ ſubſcriptionis munitum hoc idem apud ipſum impetrantibus comite Adalberto, ac venerabili viro Eilberto, qui eandem Abbatiam cum omni integritate ob amorem Dei omnipotentis, & ſuarum remedium animarum ſanctæ Dei genitrici Mariæ, & ſanctæ Hunnegundi, reddentes, piæ memoriæ Patris noſtri manibus tradiderunt, quatinùs Monachi inibi, regulariter

viventes abſque ullâ perturbatione ſoli Deo militarent. Sed quia repetitio, confirmatio eſt, non abs re fieri credimus, ſi prædicti Abbatis multorumque religioſorum Monachorum ſupplicationibus evicti, eorum petitionibus aſſenſum præbemus; quod facere decernentes eandem Abbatiam abſque ullâ diminutione Abbati cum Monachis viventibus regulariter in perpetuum habendam conceſſimus, atque excellentiſſimi Genitoris noſtri veſtigia ſequentes præfatam autoritatem præcepto noſtræ poteſtatis corroborari juſſimus, noſtroque annulo ſignavimus, ut ſi quis eidem cellæ villam, aut manſum, ſive campum, ſubtrahere voluerit, in primis omnipotentis Dei iram incurrat, deindè centum auri libras perſolvat, & ab omni poſſeſſione privatus noſtro regno exul fiat. *Du Cartulaire d'Homblieres.*

Cette charte, qui ne porte pas ſa date, eſt de vers l'année 955, en laquelle on fait communément commencer le regne de Lothaire.

BULLE

DU PAPE AGAPIT II,

En faveur du Monaſtere d'Homblieres.

(7) In nomine ſanctæ & inſeparabilis Trinitatis: AGAPITUS Chriſti adminiculante miſericordiâ ſanctæ Romanæ Sedis Antiſtes. Si ſanctis petitionibus præſtabiles voto piorum aſſenſum præbemus, voluntati Domini nos militare credimus. Ergò notum ſit univerſis catholicæ matris Eccleſiæ filiis, quòd miſit ad nos filius noſter glorioſæ indolis puer, ſcilicet LOTHARIUS, Rex Francorum, paternitatem noſtram humiliter obsecrans , ut quamdam cellam in pago Viromandensi sitam , in honore beatæ Dei Genitricis Mariæ , & sanctæ Hunnegundis virginis constructam, apostolicæ authoritatis præsidio muniremus , quam suggerentibus genitori suo LUDOVICO videlicet Regi , & sibi ipsi æquè Regi, comite ADALBERTO , & idoneo satis viro EILBERTO , qui eandem abbatiolam jure beneficii possidebat sui sacræ religionis venerabilem cultum erigere conatur , atque regiæ potestatis præcepto corroborare nititur : cujus petitioni congaudentes , Ecclesiastici vigoris manum exerimus ; & ex eâ quâ fulcimur authoritate præcipimus ut præfatam Abbatiam nemo unquàm sæcularium possideat ; neque ex rebus ejusdem cellæ quicquam sibi aliquis usurpet , non Rex , non Comes , non Episcopus , nec quilibet Princeps , quâcumque potestate præditus , nisi forte tuendi & defendendi causâ , & hoc non nisi ejusdem loci regularis Abbatis fiat permissione. Si quis verò prò hâc adipiscendâ pecuniam , vel quodlibet munus Regi , aut cuilibet Principi dederit , sive promiserit , subinferendæ maledictioni subjacebit. Sit igitur eidem cellæ Abbas , secundùm regulam sancti Benedicti constitutus , & Monachi regulari districtioni subjecti , quòs de rebus ejusdem cellæ aliquod dispendium perpeti , cum omni imperio prohibemus. Res ergò ejusdem Ecclesiæ sunt Humolarias villa in quâ cella constructa est, cum mansionibus cunctis ad se pertinentibus : Merulfi curtis cum adjacenciis suis ; Eudoldi curtis cum appendiciis suis ; Caviniacus cum mansis ad se pertinentibus. In villâ quæ dicitur Frisia super fluvium Summam , duodecim mansi quos pro commoditate piscium eidem Ecclesiæ perpetualiter habere liceat. . . . . . . Si quis verò contra hujus apostolici privilegii tu-

telam aliquid molitus fuerit . . . . hunc . . . . excommunicamus . . . . . . ut sub hujus anathematis vinculo pœnaliter innodatus , sit anathema : maranatha fiat ; fiat.

Extrait du Cartulaire de l'Abbaye d'Homblieres.

CARTA OTHONIS,

COMITIS VIROMANDENSIS,

De eleemosinâ Lantberti sancti Quintini Signiferi , & Castellani in Humolarienses Monachos.

(8) In nomine beatissimæ & individuæ Trinitatis, Patris , & Filii, & Spiritûs Sancti. Ego OTHO, Dei annuente clementiâ , Viromandensis Comes & Abbas. Si vicem potestatis à Deo nobis temporaliter concessæ, gerere volumus juxtà salutem animæ ; oportet indefessè justis petitionibus assensum præbere, maximè dum de rebus Ecclesiasticis est negotium , ut intemeratæ semper subsistant, more antiquorum. Igitur tam præsentium , quàm futurorum agnoscat solertia quod venerit ad nos Walerannus Abbas cellæ Humolariensis excusans suorum antecessorum negligentiam ac providens in futuro seculi malitiam , petiit cartâ nostræ authoritatis, Ecclesiæ confirmandum quoddam bonum, id est districtiones terræ exterioris sylvæ, ac prati villæ Homolariensi pertinentium, cum viatici publici banno, usque ad confinium circuitionis terrarum huic villæ adjacentium , quod Lantbertus sancti Quintini signifer. & Castellanus tempore Albrici Abbatis per manum ADALBERTI Comitis legali traditione pro animæ redemptione Humolariensi Ecclesiæ tradidit habendum : cui postea deserens seculum se se pro Dei amore devovit Monachum. Unde hanc signo nostræ auctoritatis firmavimus cartam ejusdem Lantberti verbis testantibus approbatam : cujus authoritatem qui infregerit C. libras auri persolvat scrinio Comitis. Signum Othonis Comitis, Ermengardis Comitissæ. Emmæ Comitissæ. Tetboldi Custodis. Odonis militis. Ivenis de Nigellâ. Hezelini. Olberti. Freudonis. Waldrici. Clementis. Drogonis. Gaufridi Geroldi. Rotgeri militum. *Du Cartulaire d'Homblieres.*

CARTA HERIBERTI III ,

COMITIS VIROMANDENSIS,

De eleemosinâ Haderici in Humolarienses Monachos.

(9) In nomine Patris , & Filii , & Spiritûs Sancti. Noverit solertia cunctorum fidelium quòd anno Incarnationis Dominicæ 988, accessit quidam vasallus nomine Hadericus, cum concilio Eilberti & uxoris suæ Herisindis, ad abbatem monasterii Humolariensis , humiliter deprecans , ut quidam puer nepos ejusdem Haderici in eodem monasterio susciperetur , tradens ad locum cùm eodem puerulo quemdam alodum in Comitatu Otmensi, in villâ quæ dicitur Vedeniacus , quem alodum ipse puer à fratribus & sororibus suis legali donatione suscepit , datâ eis videlicet parte suâ de omnibus aliis rebus quas communiter possidebant : qui alodus suis finibus terminatur, de uno latere, viâ publicâ, de alio

latere, terrâ de potestate ejusdem villæ. Idcircò ego HERIBERTUS Comes ejusdem loci , per deprecationem Herisindis , hanc cartam fieri jussi ut prædicta traditio firma & inviolabilis in perpetuum permaneat hâc subscriptione subnixa , quam si quis infringere tentaverit , in primis iram omnipotentis Dei incurrat deindè centum libras auri persolvat. Signum Heriberti Comitis: *Du Cartulaire d'Homblieres , où elle est rapportée* ad decimum-septimum calendas Februarii ; *c'est-à-dire , au seizieme de Janvier 988.*

CARTA ALBERTI PII ,

COMITIS VIROMANDENSIS ,

In eosdem Humolarienses Monachos.

(10) In nomine Patris , & Filii ; & Spiritûs Sancti. ADALBERTUS , Comes & Abbas. Notum sit cunctis sanctæ Matris Ecclesiæ filiis , tàm præsentibus quàm futuris , quòd ad nostram accesserunt præsentiam quidam ex fidelibus nostris. Gerbertus scilicet & Anserus miles ejus & Bernerus , abbas cellæ Humolariensis , postulantes ut quandam commutationem , quam inter se fecerant nostrâ authoritate firmaremus , de terrâ scilicet sancti Quintini , quæ jacet in villâ quæ dicitur Fraxiniacus , & de terrâ sanctæ Mariæ & sanctæ Hunegundis quæ jacet in villâ quæ dicitur Fontanas : quibus inter se bene convenientibus , quod petebant facere decernentes , hanc cartam fieri jussimus , & manu propriâ firmavimus. Et si quis , quòd nequaquam futurum credimus , contra hanc cautionem insurgere , & hanc violare tentaverit , in primis iram Dei omnipotentis incurrat , & centum auri libras exsolvat , & ejus contentiosa repetitio inanis fiat. Signum Adalberti Comitis ; sign. Gerbergæ uxoris ejus; sign. Gisonis Custodis; sign. Rotberti decani ; sign. Balduini præpositi ; sign. Eurardi presbyteri ; Crispini ; Anselmi ; Albrici diaconorum ; Gerberti Goteranni ; Gerardi ; Hildradi ; Anseri vasallorum. Actum in monasterio sancti Quintini, anno Incarnationis Domini 954, indictione 12 ; Albricus cancellarius recognovit & subscripsit. *Du Cartulaire d'Homblieres.*

BULLA

JOHANNIS PAPÆ XII,

In eosdem Humolarienses Monachos.

(11) Johannes, episcopus servus servorum Dei, venerabili abbati Bernero beatæ Dei Genitricis Mariæ Virginis Ecclesiæ, & per eam cunctæ congregationi in perpetuum. Si justis petitionibus præstabiles piorum assensum præbemus, voluntati Domini nos militare credimus. Ergo notum sit universis Catholicæ Matris Ecclesiæ filiis tàm præsentibus quàm futuris, quòd misit ad nos Filius noster gloriosæ indolis puer scilicet Lotharius, Rex Francorum, Paternitatem nostram humiliter obsecrans, ut quamdam cellam in pago Veromandensi sitam, in honore Beatæ Dei Genitricis Virginis Mariæ, & sanctæ Hunnegundis Virginis constructam, autoritatis præsidio muniremus : quam suggerentibus Genitori suo Ludovico videlicet Regi Comite Adalberto, & idoneo satis viro Gilberto (*lege* Eilberto) qui eamdem abbatiolam jure beneficii possidebat, ad sacræ Religionis venerabilem cultum erigere conatur, atque Regiæ potestatis præcepto corroborare nititur. Cujus petitioni con-

gaudentes, ecclesiastici vigoris manum exerimus, & ex eâ quâ fulcimur apostolicâ autoritate præcepimus, ut præfatam abbatiam nemo umquàm sæcularium possideat, neque ex rebus ejusdem cellæ quidquam sibi aliquis usurpet, non Rex, non Comes, non Episcopus, nec quilibet Princeps quâcumque potestate præditus, nisi forte tuendi, ac defendendi causâ, & hoc non nisi ejusdem loci regularis Abbatis fiat permissione. Si quis verò pro hâc adipiscendâ pecuniam, vel quodlibet munus Regi, aut cuilibet Principi dederit, sive promiserit, sub inferendæ maledictioni subjacebit. Sit igitur eidem cellæ Abbas secundùm regulam sancti Benedicti constitutus, & monachi regulari districtioni subjecti, quos de rebus ejusdem cellæ aliquod dispendium perpeti cum omni imperio prohibemus. Res verò ejusdem ecclesiæ sunt Humolarias villa, in quâ eadem cella constructa est, cum mansionibus cunctis ad se pertinentibus : Merulficurtis cum adjacentiis suis : Eudoldicurtiscum appenditiis suis : Caviniacus cum mansis ad se pertinentibus. In villâ quæ dicitur Frisia super fluvium Somnam duodecim mansi, quos pro commoditate piscium eidem ecclesiæ perpetualiter habere liceat. Hæc itaque, & si qua alia, ecclesia eadem, Domino opitulante, adquirere sibi potuerit, Apostolicâ fulta autoritate licenter, & sine aliquâ contradictione possidebit, &c. .... Scriptum per manum Leonis sacri Scrinii sanctæ Sedis Apostolicæ in mense Januario : pro indictione decimâ-quartâ. Datum quarto nonas Januarii, per manum Georgii secundi Episcopi sanctæ Sedis Apostolicæ, anno primo, Domino propitio, pontificatûs Domini Johannis sanctissimi Patris, & universalis Papæ. *Extrait du second siècle des Saints de l'Ordre de saint Benoît.* Fol. 1030.

CARTA ALBERTI PII,

COMITIS VIROMANDENSIS,

In eosdem Humolarienses Mona-
chos.

(12) Actio mundialis exigit, ut res quæ legaliter determinantur, taliter cartulis inserantur qualiter per eas posterorum memoriæ repræsententur. Undè omnibus notum fieri volumus successoribus nostris ALBERTUS abbas monasterii sancti Quintini martyris, quòd fidelis noster Bernerus abbas monasterii sanctæ Mariæ Humolariensis expetiit, ut nos quasdam res suæ abbatiæ confirmaremus, cujus petitionem ratam ac fidelem comperimus, & prout petebat fieri concessimus. Dedimus itaque ei ad præfatam ecclesiam dictæ Genitricis Mariæ, cum consensu & voluntate fratrum inclyti Martyris Christi monasterii, de rebus abbatiæ præfati Martyris, in pago Vermandensi in villâ quæ dicitur Latois quæ est de beneficio Dudonis, cujusque præfatu in hoc egimus, de terrâ arabili bouvaria duodecima, & è contrà in re-compensationem hujus rei dedit nobis memoratus abbas Bernerus de rebus abbatiæ suæ ad partem ecclesiæ prælibati martyris Quintini, in præfato pago & in ipso beneficio in loco qui dicitur Vallis sanctæ Mariæ de terrâ arabili, bouvaria duodecim. Hanc autem commutationem stabiliter confirmantes ; & confirmando, stabilientes propriis manibus firmavimus, Clericorumque ac Laïcorum manibus ad corroborandum tradidimus ut stabilis perpetualiter permaneat subscriptorum manibus legaliter roborata. Actum in vico sancti Quintini 2 Novembris, anno quinto Lotharii gloriosissimi Regis. Signum Alberti abbatis qui hanc cartam fieri jussit ; sign.

Gerbergæ uxoris ejus ; sign. Heberti filii eorum ; sign. Odonis filii eorum ; sign. Crispini custodis ; sign. Achardi decani ; Anselmi diaconi ; Hugonis diaconi ; Stachardi presbyteri ; Teudonis presbyteri ; Eurardi presbyteri ; Albrici didascali ; Rodulphi diaconi ; Rotberti subdiaconi ; Guntranni vasalli ; Anselmi vasalli ; Otradi vasalli. Scripsit has cartulæ granimas Benedictus, jussu Haimfredi cancellarii. *Du Cartulaire d'Homblieres.*

D I P L O M A

LOTHARII REGIS,

Annuentis eleemosinæ Arnulfi Flandriæ Comitis in Humolarienses
Monachos.

(13) In nomine & individuæ Trinitatis. LOTHARIUS, gratiâ Dei, Francorum Rex. Si fidelium nostrorum bonam voluntatem quam habent maximè circa ecclesiasticam utilitatem regio favore prosequimur, procul dubio nos divinæ voluntati parere, & nostræ utilitati consulere credimus. Quapropter notum sit universis sanctæ Matris ecclesiæ filiis, tàm præsentibus quàm futuris, quòd misit ad nos venerabilis Comes Arnulfus humiliter efflagitans, ut traditionem de mansionili qui dicitur Gaziacus sito in pago Vermandensi quam sanctæ Mariæ, sanctæque Hunnegundi & monasterio Humolariensi fecerat, nostrâ authoritate corroboraremus, quod & facere decrevimus. Quæ villa continetur mansis octo ; quinque ex unâ parte rivuli qui dicitur Cehona, & tribus ex alterâ, cum molendino, cum pratis, pascuis, aquarumque decursibus. Maneat ergò prædicta traditio nostro munita privilegio ab omni querelarum strepitu inlæsa,

& regali munimine stabiliter fixa, & inconvulsa persistat & intacta. Quisquis verò contra hanc nostræ præceptionis tutelam insurgere tentaverit, quod minimè futurum credimus, primò ab omnipotente Deo Ecclesiasticæ injuriæ experiatur vindictam, & nostro, cunctorumque fidelium examine convictus, regio fisco sexaginta auri libras persolvat, & quod repetat, nequaquàm obtineat. Datum octavo idus Januarii regnante Domino LOTHARIO, anno nono, indictione quartâ. Actum Lauduni feliciter. Signum Domini gloriosissimi Lotharii Regis Francorum. *Du Cartulaire d'Homblieres.*

Cette charte est de l'an 964.

CARTA ALBERTI PII,

In favorem Monasterii Humolariensis.

(14) Ecclesiasticæ consuetudinis est, rerum charitatis jure concessarum quibuscumque sanctæ religionis fratribus æternæ retributionis spe militantibus, & consimili sorte dicatis, scilicet Clericali, stabile testamentum fieri decenter, quo in posteritatem durare queant. Igitur tam præsentium noverit, quàm futurorum solertia, quòd accessit ad nostram præsentiam ACHARDI videlicet decani, & CRISPINI custodis, cæterorumque sancti Quintini canonicorum, frater Bernardus, cœnobitarum sanctæ Humolariensis Ecclesiæ præpositus, jussu venerabilis abbatis Berneri, deprecans ut tres mansos nostræ communis possessionis supradictæ concederemus Ecclesiæ in succedentia tempora possidendos. Cujus petitioni favere dignum ducentes concessimus unanimes. Dedimus itaque præfatæ Ecclesiæ supradictos mansos in Saviniaco villâ sitos, eâ scilicet ratione, ut eos velut hæres perpetuus firmiter possideat, ac inviolabiliter teneat. Et, ut firmiùs eosdem mansos terræ supradicta Ecclesia teneat, statuerunt & sub authoritate anathematis firmaverunt prædicti Ecclesiæ sancti Quintini canonici, ne aliqua sæcularis persona districtum, vel aliquam consuetudinem ulteriùs in eâdem terrâ sibi vendicare præsumeret; exceptis his consuetudinibus, quòd eandem terram tenentes, ter in anno ad generale Placitum Domini præfatæ villæ convenirent; & ei bis in anno carrucam corveïam facerent, & mansuarius pro pastu pecudum arietem annuatim daret, &c. Signum Alberti, comitis & abbatis; signum Crispini, custodis; Evrardi, presbyteri; Rodulphi, diaconi; Gerbergæ, conjugis ejus; Theudonis, presbyteri; Beroldi, Milonis, diaconorum; Heriberti filii eorum; Anselmi, diaconi; Berneri, abbatis; Bertaudi, præpositi; Wichardi, decani; Albrici, Rotaldi, diaconorum; Rodulfi, cantoris. Haimfredus, cancellarius sancti Quintini, scripsit & subscripsit. Actum in monasterio sancti Quintini, quarto calendarum Martii, anno ab incarnatione Domini 960. *Du Cartulaire d'Homblieres.*

CARTA ALBERTI PII,

COMITIS VIROMANDENSIS,

Impetrantis à Canonicis sancti Quintini stagna Somenæ quæ donaret monachis sancti item Quintini in Insulâ.

(15) In individuæ Trinitatis; Patris & Filii & Spiritus Sancti nomine. Nemo prudentium ambigit omnes Dominicis præceptis

præceptis inhærentes in CHRISTO esse
fratres : ipso attestante ; qui ait : omnes
enim vos fratres estis. Cum cuncti sacro
fonte renati in gremio sanctæ matris Ecclesiæ, licèt diversis officiis, verâ tamen atque catholicâ fide insudantes summæ Majestati servire creduntur ; dùm rerum bonis
temporalium affluentes, ob spem remunerationis perpetuæ, CHRISTI pauperibus,
maximè autem domesticis fidei misericor-
diam faciendo, aliquod adminiculum lar-
giuntur. His & ejusmodi, ego ALBERTUS,
comes-abbas sancti Quintini, mente compunctus, & venerabilis Arnoldi abbatis,
fratrumque in insulâ sub regulâ beati Benedicti, Deo militantium precibus commo-
nitus, Gobertum custodem, & Simonem
decanum, omnesque principalis Ecclesiæ
fratres, multâ precium instantiâ circumve-
ni, nec à mei postulatione fraudatus sum
desiderii ; unà enim, parique voluntate,
unoque pietatis consensu, benignè conces-
serunt mihi totam aquam ab *Harli* usque
ad *Rouvroy*, & à *Rouvroy* usque ad offi-
cinam Monachorum, quæ vulgò Molendinum dicitur ; & ab eâdem officinâ usque
ad Molendinum *de Rocourt*. Et sicut de-
currens amnis dextrâ lævâque se spargendo, diffluit, ad usum præfatorum Monachorum, pro suarum salute animarum,
proque suorum antecessorum, à quibus in
præfatâ insulâ primitùs fundata fuerat Ecclesia : ut ex eorum abundanti opulentiâ,
CHRISTI pauperum suppleretur inopia.
Quâ de causâ ego nimiùm exhilaratus, quod
ad nostræ pertinet dignitatem personæ ;
faventibus filiis meis, HERBERTO & O-
THONE, concedo, ut sicut libera est à canonicis hactenùs possessa, & liberâ donatione concessa, sic libera ab omni querelâ
à Monachis eorumque successoribus tenea-
tur, & tenenda possideatur, eo firmo tenore, ut nullus deinceps in eâ princeps,

vel quælibet potens aut infima persona ;
excepto abbate, ejusque ministris ejusdem
insulæ, causâ piscandi, vel cujuscumque
justitiæ faciendæ, seu cujuscumque foris-
facti manum audeat mittere, vel vim inferre, aut bannum facere, vel qualemcumque injuriam irrogare, & ne quis dia-
bolicâ cupiditate coactus hanc donationem tam celebriter actam, à Monachis perpetuò possidendam, aliquando violare præsumat, nostro jussimus confirmari sigillo,
& nostrorum fidelium corroborari testimonio. Qui verò, quod absit, exterminare
voluerit, superni judicis sentiat iram, atque gloriosi martyris Quintini vindictam.
Præ, in villâ *de Noviant* *, ex nostro
beneficio unum mansum terræ, & totum
districtum ejusdem insulæ, cum omni justitiâ dedi eis, ut ipsi successoresque eorum
per cuncta temporum curricula possideant,
mihique ac filiis meis, uxorique meæ,
GERBERGÆ, impetrent veniam nostrorum delictorum. Actum in basilicâ beatissimi Quintini martyris ; anno incarnationis Verbi 983, indictione decimâ-quartâ,
(*lege*, undecimâ), anno autem impe-
rii Domni Lotharii Regis vigesimo-nono.
Signum Alberti comitis ; signum Herberti,
filii ejus ; Othonis, filii ejus ; Walrici ;
Gelberti ; Macharii ; Lamberti ; Baidelo-
nis ; Bertramni ; Goberti, custodis ; Simo-
nis, decani ; Haimfredi, cancellarii ; Ber-
rengarii, præpositi ; Hugonis ; ostiarii.

*Extrait du Cartulaire de saint Quentin
en l'Isle.*

* *Novion-le-
Comte, au terri-
toire & diocese de
Laon.*

Tome I. Cccc

LIBELLUS

DE MIRACULIS S. QUINTINI,

In insulâ Somenæ gestis, complectens quinque capita.

PRÆFATIO.

(16) Stupenda quidem & admodùm perspicua, omnique præconio dignissima virtutum magnalia : quæ, cunctipotentis Dei clementia, pro eximii martyris Quintini meritis operari dignata est temporibus priscis, prudentissimorum virorum studiis, commodis cernimus commendata litteris, ad memoriam posteritatis. Ea verò quæ noviter fuere patrata, ob incuriam & hebetudinem scriptorum sunt hactenùs silentio tecta. Quocircâ gratiâ CHRISTI albescente, testisque prædicti interventu suffragante, quanquàm imperito sermone, tamen Lindulfi præsulis Noviomensis Ecclesiæ cupientes jussionibus parere, studuimus compendiosè hæc pauca describere.

NARRATIO.

CAPUT PRIMUM.

De restauratione Insulæ in quâ beatissimus Martyr olim quievit.

In primis summatim referendum est nobis, qualiter potentia divinæ Majestatis, quæ juxtà psalmographi vocem, suscitat de tellure inopem, & de stercore erigit pauperem, relevârit istum locum, cùm penè jam ad nihilum foret redactus. Anselmus itaque omnimodè ditissimus, atque apice canonicali adultus, omnique dapsilitate rerum redimitus, quem multi vestrûm propriis vidêre ocellis, defuncto quodam clerico, Hugone nuncupato, impetrare meruit Abbatiam Insulæ à venerabili Adalberto comite : quam nonnulli ante illum cupierunt emere, sed nullatenùs prævaluere; nec immeritò, sic enim credimus placuisse omnipotenti Deo, ejusque inclito militi Quintino, cujus beata membra, per undecim in eâ, ni fallimur, jacuêre quinquennia. Quapropter suprà memoratus Anselmus primùm construxit pontem saxigenum, per quem citiùs veniretur ad insulæ locellum : nam anteà navigio veniebatur. Quo patrato, confestim videres birotes, cum plaustris advehere lapidum, terræque congeriem, ad abjiciendas aquarum enormitates. Pulsis denique molestiis aquæ, illicò fabricavit basilicam, prout potuit decentissimè ligneam : circa quam instituit servorum Dei habitacula, sicut de ligno elegantissima. Quibus peractis, famulantes divinæ clementiæ monachos inibi collocavit; omnibus qui ibi erant canonicis eliminatis. Lætabatur enim isdem locuples vir ; & cooperator insignis hujus operis, bona sua conferre CHRISTO ; condens cœlo thesauros ubi possideret eos ; facienfque eum terrestrium rerum participem, ut & ipse illum faceret cœlestium cohæredem bonorum. *Extrait du Livre des miracles de saint Quentin en l'Isle, composé par un Moine de l'Abbaye qui y étoit située, & non pas par un Chanoine de l'église de saint Quentin, comme l'a dit mal à propos Claude Emmeré.* Gallia Christiana, tom. 9. col. 1081.

CAPUT SECUNDUM.

De quodam venerabili Clerico in Insulâ sospitati reddito.

(17) Illud quoque silenter nequaquam debemus miraculum præterire quod quidam Fratres nostri qui adhuc supersunt, se scire fatentur, & vidisse, nobis veraciter narravêre. Tempore igitur illo quo hujus operis fabrica, sumptu eximio, ædificaretur, advenit quidam Sacerdos famosus, nomine Erchembodus, à Noviomacâ urbe, pro quâdam suâ necessitate, castrum Augustam veteri vocabulo appellatum. Is cùm indè recessisset, divertit in Insulam orationis causâ. Qui cùm ingrederetur Basilicam, sciscitatus est à servientibus ibi, ubi foret puteus in cujus fundo præpollentissimi martyris Quintini corpusculum, à paganis quondàm fuerat mersum. Quem cùm illi ostendissent actu, tùm cœpit eos deposcere, ut paululum egrederentur à liminibus Ecclesiæ. Illis autem egressis, continuò clausit valvas post illorum plantas. Discalceato itaque, atque denudato crure, abluit ex prædicti putei lymphis quicquid in illo crure habebat doloris: exoravitque opificem cœli & terræ pro suæ viritim sanitatis recuperatione. Quo penitùs perloto, ope atque interventu testis prælibati, beneficium sensit divinum. Nam crus illius quod diutinâ languoris molestiâ extiterat turgidum, irâ paulatim fugiente dolore, ac sanitate subsequente antiquæ est incolumitati redditum, ut penè deinceps pateretur dolorem ullum. Undè omnipotenti Deo, ejusque Agonothetæ Quintino, laudes multimodas retulit. Sicque incolumis & hilaris ad propria remeavit. *Du même Livre.*

CARTA HERIBERTI,

TRECENSIS COMITIS,

Distrahentis ab Abbatiâ suâ sancti Medardi Suessionensis duos mansos in usum Humolariensium.

(18) In nomine sanctæ & individuæ Trinitatis. HERIBERTUS, Dei misericordiâ, Comes & Abbas notum sit universis sanctæ Matris Ecclesiæ filiis, tàm præsentibus, quàm futuris, quòd accessit ad nos Bernerus Abbas cellæ Humolariensis, postulans ut duos mansos de terrâ & potestate sancti Medardi, qui siti sunt in pago Virmandensi, in villâ quæ dicitur Ruminiacus ex beneficio fratris nostri Comitis Adalberti, liceret sibi ab eôdem fratre nostro, & ab ejus fideli Madalgerio qui eam tenebat, pecuniâ, scilicet de thesauro sanctæ Mariæ redimere, ad opus sanctæ Mariæ & sanctæ Hunegundis in usibus monachorum cellæ Humolariensis, eâ scilicet ratione, ut pro eâdem terrâ, unoquoque anno ad altare sancti Medardi duodecim denarios, in festivitate sancti Sebastiani persolvant, & prædictam terram jure quieto in perpetuum possideant. Nos verò rem subtiliùs attendentes, & eorum necessitati, & ecclesiæ sancti Medardi utilitati consulere decrevimus, ut juxta illud Apostoli, alter alterius onera portantes, ipsi haberent qualemcumque consolationem, & altari sancti Medardi prædicti respectûs deferrent honorem; & id quod petebat cum consilio fidelium nostrorum libenter fieri concessimus, & præsentem cartam facere jussimus. Undè si quis successorum nostrorum, quod minimè futurum credimus, hujus conscriptionis authoritatem infringere tentaverit, iram omnipotentis Dei incurrat, & fidelium judicio convictus centùm auri libras exolvat, & quod invidè repetit, nequaquàm obtineat, sed præsens concessio stabilis, inconvulsaque permaneat. Actum in Cœnobio sanctorum Medardi & Sebastiani, septimo calendas Aprilis anno Incarnationis Domini 963, regni autem Lotharii Regis decimo. Signum Heriberti qui hoc scriptum fieri jussit ; sign. Fulquini decani ; Rodulphi ; Eurardi ; Ganzmari ; Leudonis ; Feroldi ; Hermeranni ; Erchemboldi ; Richoldi ; Achardi ; Walonis ; Hugonis ; Rodulphi ; Kainardi ; Bosonis ; Theutbotdi ; Bosonis ; Radulphi ; Roberti ; Eurardi. Amalvinus cancellarius scripsit & subscripsit. *Du Cartulaire d'Homblieres.*

CARTA ALBERTI PII,

COMITIS VIROMANDENSIS,

In Monachos Humolarienses.

(19) In Dei nomine. Ego ADALBERTUS, per Dei gratiam, Comes & Abbas, nosse volo omnes fideles, tàm præsentes, quàm futuros, quòd monachi cellæ Humolariensis adièrunt nostram præsentiam petentes, ut commutationem, quam in nostrâ præsentiâ fecerunt de uno manso, qui jacet in villâ Franciliaco ex beneficio Rodulphi, pro quo reddiderunt alium mansum in villâ Rumulsicurte, propriâ manu per cartam firmaremus : quòd gratanter annuimus, & hanc cartam fieri jussimus, teneatque quisque quod fieri benè placuit. Quod si quis infringere tentaverit nullatenùs prævaleat. Actum in monasterio sancti Quintini, anno Incarnationis Domini 982, indictione decimâ ; regnante Domno Lothario vigesimo octavo. Signum Adalberti comitis ; Heriberti filii ejus ; Gauzberti custodis ; Berengarii præpositi ; Waremboldi canonici ; Lantberti castellani ; Goderanni, Rodolphi, Macharii, Bardelonis, Budonis vassallorum. *Du Cartulaire d'Homblieres.*

CARTA ADALBERTI,

COMITIS VIROMANDENSIS,

De instauratione Monasterii sancti Quintini in monte Peronæ.

(20) In nomine sanctæ & individuæ Trinitatis, hæc servantibus pax & vita. Quoniàm secundùm dictum Apostoli, dùm tempus habemus, ad omnes bonum debemus operari, maximè ad domesticos fidei ; ego Adalbertus, comes, notum esse volo tàm præsentibus, quàm futuris, in meo Viromandensi Comitatu ab antiquo tempore extitisse ecclesiam in honore sancti Quintini martyris dedicatam, in monte sitam juxta vicum Perronam, quam quondam Dagoberti Regis autoritate, (*lisez* Clodovœi, *car Erchinoald n'a été fait maire du Palais que sous ce Roi*) ; Erchenoldi præpositi donatione, sancti Eligii pontificis benedictione, Ultanus quidam, genere Scotus, professione monachus, ecclesiasticis sanctionibus, ac monasticis instituit institutionibus, Abbatis honore functus. Post cujus vitæ excessum habitantium incuriâ & barbarorum infectatione ad desolationem ipsa pervenit ecclesia, ut vix rara antiquæ habitationis apparerent vestigia. Hanc igitur pro meæ remedio animæ, prædecessorumque, sive hæredum meorum salute, divinâ compunctus inspiratione, juſſi à fundamento reædificare, & Abbate conſtituto cum conſilio fidelium meorum abbatiam ſtudui confirmare, & ex mei juris hæreditate, primorumque meorum largitione decrevi dotare, ſicque in perpetuum ratam, & inconvulſam permanere. Hujus autem dotis res hæ ſunt. In pago Viromandenſi villula una quæ dicitur Aiſiolcurt ; & in ipſo pago, in villa Curticulas nuncupatâ, manſi ſeptem, & medietas ecclesiæ de Duriaco (*Dury*). Apud Caſtellum Nigellam ſuper fluvium Ingon, pontem cum terrâ appendente ibi. In Tegery-Hamo (*Etinham*) manſi duo, & in villâ quæ dicitur ſancta Radegundis, manſi tres. In vico Perronæ capella ſancti Quintini (*ſaint Quentin en l'eau, égliſe paroiſſiale*) cum quatuordecim hoſpitibus. In villâ Alaniâ (*Allaines*) ſuper fluvium Halæ (*Hal*) duodecim hoſpites cum terrâ colendâ, & prato uno. Ad ecclesiam ejuſdem montis reſpicit villa quæ Vivarius dicitur (*Vivier*) cum ſuis adjacentiis. Super fluvium Gruſionem, in villâ quæ Donius (*Doin*) vocatur, molendinum unum cum tertiâ parte prati ibi appendentis. In pago Sueſſionico in villâ quæ Alamans vocatur, tres manſi cum curiâ indominicatâ. In his ergò Deo, ſanctoque martyri Quintino datis rebus nullus hæredum, vel propinquorum meorum, non Comes, ſeu Vice-Comes, nec cujuslibet ingenuitatis homo, aliquid amodò accipiat causâ conſuetudinis, ſeu advocationis, non bannum, non juſtitiam, non diſtrictionem, niſi fideli precatu ipſius abbatiæ abbatis. Quòd qui infringere præſumpſerit, pro ſuæ temeritatis auſibus, æternis ſubjaceat maledictionibus, & publicis coactus reſipiſcere cogatur legibus. Cujus actionis teſtes, laudatores, confirmatores hi ſunt. Ego Adalbertus, comes, qui juſſi fieri, ſubſignavi. Signum Heriberti, comitis ; ſig-

num Widonis, comitis ; ſignum Eilberti ; ſignum Ivonis ; ſignum Warneri ; ſignum Lantberti ; ſignum Gozlani ; ſignum Odonis ; ſignum Walchiſi ; ſignum Wazelini ; ſignum Macherii, ſignum Odonis ; ſignum Amalrici. Ego Leudulfus Vermandenſis, ac Noviomenſis ecclesiæ Epiſcopus relegi, ſubſcripſi, confirmavi. Actum in curiâ ſancti Quintini die ; Paſſionis ejus.

*Cette charte, tirée du cartulaire de l'abbaye du Mont-Saint-Quentin ſous Péronne, eſt rapportée dans l'*Appendix *du troiſieme tome des* Annales Bénédictines*, folio* 719.

BULLA

GREGORII VI,

Pro Monaſterio ſancti Quintini Peronenſis.

(21) Gregorius Epiſcopus, ſervus ſervorum Dei, Gualeranno Abbati Sancti-Quintini-Montis, tuiſque ſucceſſoribus perpetuam in Domino ſalutem. Si juſtis petitionibus præſtabiles, voto piorum aſſenſum præbemus, voluntati Domini nos militare credimus. Ergò notum ſit univerſis catholicæ matris Ecclesiæ filiis, quòd miſit ad nos filius noſter, Henricus ſcilicet Rex Francorum, paternitatem noſtram humiliter obſecrans, ut quamdam cellam in pago Viromandenſi ſitam in honore ſanctæ Trinitatis, ac ſancti Quintini martyris conſtructam Apoſtolicæ auctoritatis præſidio muniremus, quam ſuggerentibus Rotberti, militis, bonæ memoriæ filiis, qui eamdem Abbatiolam jure beneficii poſſident, ad ſacræ religionis cultum venerabilem erigere conatus eſt, ac regiæ poteſtatis præcepto corroborari niſus eſt. Quorum petitioni congaudentes eccleſiaſtici vigoris manum ereximus, & ex eâ quâ fulcimur Apostolicâ autoritate præcipimus, ut præfatam Abbatiam nemo umquàm sæcularium possideat, neque ex rebus ejusdem Ecclesiæ quicquam sibi aliquis usurpet, non Rex, non Comes, non Episcopus, neque quilibet Princeps quâcumque potestate præditus, villam aut mansum, vel campum, sive consuetudines seu districtiones terræ prætitulatæ Abbatiæ appendentis, in dominium sibi subripiat, nisi forte tuendi, ac defendendi causâ, & hoc nonnisi ejusdem loci regularis Abbatis fiat permissione. Si quis verò pro hâc adipiscendâ pecuniam, vel quodlibet munus Regi, aut cuilibet Principi dederit, sive promiserit, sub inferendæ maledictioni subjacebit. Sit igitur eidem Ecclesiæ Abbas secundùm regulam sancti Benedicti constitutus; & monachi regulari districtione subjecti, quos de rebus ejusdem Ecclesiæ aliquod dispendium perpeti cum omni imperio prohibemus: Res verò ejusdem Ecclesiæ sunt. In pago Viromandensi villa una, quæ dicitur Aisiolcurt (*Aizecourt*) & in ipso pago in villâ Curticulas (*Courcelles*) nuncupatâ mansi septem. In Hadoniscurte mansus unus. In Duriaco medietas Ecclesiæ. Molendinus de Bellisasis (*Bellesaises*) cùm aquâ, & suis adjacentiis; in suburbio Peronæ viginti septem curtilli cum molendino & vineis; inPeronellâ, ecclesia cum hospitibus. In Tegerihamo (*Etineham*) mansi duo; in villâ sanctæ Radegundis mansi tres. Villa quæ Vivarius (*Vivier*) dicitur cum suis appenditiis. In Alaniâ (*Alaine*) mansi duo. In Dodonico (*Douen*) molendinus unus cum tertiâ parte prati. In pago Suessionico, in villâ quæ *Alamans* vocatur, mansi duo, cum alodio Vuitberti. In Vuadoniscurte mansi duo. Deindè ea quæ à prædicto Rotberto ad restaurationem sæpè dictæ ab-

batiæ sunt hæc.: alodium de Bailos (*Barleu*). Item alodium de Tiliaco. Similiter alodium de Ostricurt (*Estricourt*) cum ecclesiâ; & alodium Barderi. Scuincurt (*Esquincourt*) quinque hospites cum terrâ & silvâ. Frigilcurt (*Frigicourt*) cum appenditiis suis. Salicellus (*Sailli*) cùm silvâ. Curcellis (*Courcelles*) deindè cum omnibus appenditiis suis. Ecclesia de Buriaco (*Buires*). Item ecclesia de Sterpiniaco (*Esterpigny*) cum aquâ piscatoriâ, & aquâ de Sebodisclusâ (*Seboteclise*). Ecclesia de Asciniaco (*Assigny*). Pons Huberti. In Frisiâ, mansus unus cum aquâ. In villâ Atheis (*Athies*) molendinus unus cum tribus hospitibus. Apud Liniacum mansi duo. In Guitardicurte mansus unus. In Habelinicurte (*Ablincourt*) mansus unus. Hæc itaque, & his similia, & si qua alia eadem, Domino opitulante, adquirere sibi potuerit, Apostolicâ fulta autoritate, licenter, & sine aliquâ contradictione possidebit. Si quis verò contra hujus Apostolici privilegii tutelam aliquid sinistri molitus fuerit, & ex his quæ dicta sunt aliqua pervertere voluerit, hunc cum auxilio Domini nostri JESU-CHRISTI, & adjutorio Beatæ Mariæ semper Virginis, Genitricis ejusdem Domini nostri JESU-CHRISTI, faventibus nobis omnium cœlestium Virtutum beatissimis Spiritibus, & annuentibus sanctorum Patriarcharum, & Prophetarum agminibus, & autoritate beatissimi Petri Apostolorum Principis, cum omnibus Apostolis & Discipulis Domini; Martyrum etiam, sive Confessorum, ac Virginum ad hoc suffragantibus meritis, cum assensu comprovincialium Pontificum, & hujus sanctæ Sedis suffraganeis Episcopis, excommunicamus, & anathematizamus, & à liminibus sanctæ Dei Ecclesiæ sequestrantes ab omni Christianorum societate separamus; ut sub hu-

jus anathematis vinculo perennaliter innodatus sit anathema, maranatha, constric-
tus vinculis hujus nostræ præceptionis.
Qui autem eidem Monasterio benè egerit,
benedictione nostrâ redundet, pro eo quod
nostrum præceptum conservavit illæsum.
Scriptum per manus Joannis primi Scrinii
nostri Lateranensis Palatii: indictione decimâ-quartâ. Benè valete. Datum quarto
calendas Martii per manum Petri diaconi,
bibliothecarii & cancellarii sacri Lateranensis Palatii; anno primo Domini Gre-
gorii, universalis Papæ: indictione decimâ-quartâ. *Du Cartulaire du Mont-Saint-
Quentiñ, rapporté* Ann. BB. tom. 3, lib.
58, N°. 101.

SERIES LIBELLI

DE MIRACULIS

SANCTI QUINTINI

IN INSULA SOMENÆ GESTIS.

*De quodam Adolescente, qui in
prædictâ Insulâ salvatus est mirabiliter.*

CAPUT TERTIUM.

(22.) Aliud quoque miraculum insigne quod in ædificatione alterius basilicæ,
per eumdem famulum suum Quintinum,
cunctipotens Deus est exhibere dignatus,
quod ut à futuris populis non ignoraretur,
optimum fore duximus, si narraretur. Quidam namque adolescens victum operando
quærens, ex villâ quæ nuncupatur Man-
siumculas, nomine Geroldus, suprà memorati Martyris vernaculus, in nostro
famulabatur pistrino. Paratus ad omne
opus agendum, quod sibi fuerat imperatum, Is enim, priorum jussu nostrorum,

ascendit novi & lapidei trabes templi, ut
ibi operaretur quæcumque juberetur.
Quas cùm peragraret incautè, subitò lapsus pedibus cecidit ad terram, usquè quoddam saxum enormitatis miræ. Multis autem currentibus ad casum ejus, non solùm
inventus est vivus, verùm etiàm sanus. Et
qui arbitrabatur jàm esse defunctus, sospes
& alacer omnimodis est repertus. Atque
ità meritis, & intercessione clarissimi testis
Quintini, extemplò ab eâdem est basilicâ
egressus, ut nullam læsionem in sui corporis pateretur artubus.

*De muliere à sancto Martyre illu-
minatâ.*

CAPUT QUARTUM.

Nec illud decet tegi silentio miraculum,
quod in eodem insulæ loco est gestum, ob
ædificationem audientium, sive legentium.
Quædam autem mulier vocabulo Ermen-
trudis degebat in vico præcellentissimi
Quintini martyris: quæ ità erat cæca, ut
nisi aliorum manibus esset ducta, minimè
de loco ad locum valeret incedere. Sicut
testantur adhuc ejusdem vici Proceres.
Quin etiàm Albertus Comes, qui ei cre-
berrimè eleemosynam faciebat dare. Quæ
cum fide rectâ ad Insulam est perducta, in
quâ sacratissima Quintini membra dudùm
à Rictiovaro Præside fuere submersa. Cùmque ibi pro suæ sospitatis recuperatione,
Domini suffragia, flexo poplite, intentâ
exoraret mente, subitò meritis, præfati
Martyris & intercessione, lumen diù negatum sensim cœpit videre. Moxque à
terrâ, quâ jacebat, surgens hunc primùm
sermonem prompsit dicens; ecce cuncti-
potenti Deo grates multiplices refero, quia
hoc altare jàm conspicio. Respiciens itaque
hàc, atque illàc, cernit Ædituum Eccle-

siæ penes se adstare. Cui sic ait : Senior care, flagito ut mihi afferatis aquam de puteo sacri Quintini cruore sanctificato. Datâ denique sibi aquâ, iterùm prostravit se ante altare, tangens ex eâ suos tamdiù oculos, donec rursùm surgens à terrâ affines recognosceret suos, & gratulanter, ut conspeximus, oscularetur illos. Dehinc retulit nobis, quòd videbatur quasi pulverem ex oculis suis tergere, dùm ablueret eos ex illo sancto latice. Posteà verò mansit triduò in eodem loco; sicque officio videndi reddito sibi, quæ aliorum adducta fuerat solatio, aspicientibus cunctis pusillis & magnis, qui in eodem vico degebant, sine ductore, suum videns rediit ad diversorium. Reliquit autem suum Bacillum, quo sustentabatur pro signo, sub ejusdem basilicæ altario. Titubantibus autem, néque credentibus huic miraculo plurimis, pervenit rumor ad aures Lindulphi præsulis, qui pio usus consilio fecit eam vocari continuò. Quâ accitâ, dixit ei ità, mulier paupercula, de illuminatione tuâ, à plurimâ dubitatur turbâ : quam ob causam tibi obnixè præcipio, quatinùs celandi non habeas licentiam, si verùm est; nec dicendi, si falsum. Cui fœmina hæc respondit : hoc, Domine, quod dicitis exopto; quod profertis cupio, sed miror quid mihi profuisset dictio, si defuisset actio? Et quid assertio mea valeret, si mihi lumen redditum non fuisset? Similiterque omnes viri ac fœminæ qui eam noverant ante; pariter cœperunt dicere, quòd ipsi pro eâ id vellent jurare, si juberet ipse.

De aliâ muliere sospitati redditâ in eâdem Insulâ.

CAPUT QUINTUM.

Illud quoque miraculum admirabile, quod in ipso est gestum tempore, nequaquàm debemus silendo præterire. Eodem quoque tempore, quædam mulier, Geila nomine, de villâ vocabulo Garelgeas, quæ est possessio almæ Dei genitricis Mariæ, sanctique Medardi Noviomensis Ecclesiæ, diutino unius brachii dolore, videlicet quatuor annorum, quatiebatur validè, quæ ità ejus carebat officio, ut nullomodò id applicare valeret ad os suum, nec signaculo sanctæ crucis se signare, neque ullum textrinum opus agere. Erat enim ejus manus & brachium validâ nervorum contractione debilitatum : adeò ut nulla jam spes recuperandæ salutis esset ei. Quâdam igitur nocte cùm quieti dedisset se, subitò in excessum mentis rapitur, & ante portam insulæ monasterii perducitur; ibique se sub aquis præcipitari videtur. Expergefacta autem à somno, intellexit hanc visionem divinitùs agi, & se ad hoc commoneri, ut adveniret insulam, ob sanitatis gratiam. Surgens ergò concitè pervenit ad monasterium insulæ, veluti didicerat in revelationem. Quò ingressa, mox humi prostrata, CHRISTUM adorat humiliter, postulatque pro suâ ægritudine vehementer. Surgens verò à tellure, cœpit ministrum suppliciter implorare, quatinùs ei aquam dignaretur dare de sancti Quintini fonte. Acceptâ itaque aquâ, lavit dolorem undique brachii ex eâ. Cùmque in lavando suffragium sancti deposceret Quintini, recedente omni dolore, rectitudinem manûs ac brachii meruit recipere. Transactis denique paucis diebus, ostendit nobis prædicta muliercula in eodem brachio dextro duo foramina, per quæ omnis putredo fuit egressa. Explicuit feliciter.

Fin du Livre des miracles de saint Quentin en l'Isle.

BULLE

BULLE

CONFIRMATIVE

DES PRIVILEGES ET POSSESSIONS

DE L'ÉGLISE CATHÉDRALE

DE NOYON,

Donnée par le Pape JEAN XV.

(23) JOHANNES, Epiſcopus, ſervus ſervorum Dei, omni Eccleſiæ Gallicanæ. Noverit omnium fidelium induſtria quòd venit ante noſtram præſentiam reverentiſſimus confrater noſter LYNDULPHUS, venerabilis videlicèt Epiſcopus Noviomorum, Tornacenſium, & Flandrenſium, cui intimanti nobis ſedentibus in ſede ſanctæ Jeruſalem neceſſaria ſui Epiſcopii, viſum fuit nobis apoſtolico moderamine, ac benivolâ compaſſione ſuccurrere; alacrique devotione impartiri aſſenſum. Tunc enim lucrum & potiſſimum præmium apud conditorem omnium reponitur Dominum, quandò loca venerabilia opportunè, & ordinatè ad meliorem fuerint ſine dubio ſtatum perducta. Igitur dilectio ſupradicti Epiſcopi LYNDULPHI humiliter, & rationabiliter poſtulavit à nobis, quatenùs res & leges ſui Epiſcopii per privilegii cautionem ſanciremus, & confirmaremus veluti quidem ſtatuta ſunt antiquitùs à Regibus & principibus, noſtriſque anteceſſoribus. Cujus dignæ petitioni aſſenſum præbentes; autoritate beati Principis Apoſtolorum, & noſtri privilegii aſſertione ſancimus & confirmamus, ut nullus Comes, aut extranea perſona habeat poteſtatem comprehendendi, vel diſtringendi latronem infrà procinctum Novio-

Tome I.

mi, vel in villis illius loci Epiſcopo ſubjectis in procinctu antiquitùs deputatis. Decrevimuſque, ut in Tornaco, civitate nullus Comes, vel extraneus Judex, ſe intermittat de diſtricto, aut monetâ, vel de rivatico unius partis; nec de theloneo; ſed ſicut ſtatutum eſt à piæ memoriæ Principibus, ſic fixum & inconvulſum permaneat. Similiter jubemus, ut nullus homo faciat eidem Epiſcopo, vel ſucceſſoribus ejus, moleſtiam de Hilcimo cum matre Eccleſiâ, & cum capellâ quæ eſt in *Mulins*. Et in Flandris, de eccleſiâ ſancti Salvatoris de Gechbeccâ, Aldenburgi, Latfingâ, Geſtellâ, *Fleskengem*. Abbatiam verò ſancti Eligii, antiquo jure, viris religioſis regulæ beati Benedicti inſudantibus præordinatam, ſed poſteà inſtinctu diabolico in canonicorum ordinem redactam; iterùmque à Rodulpho venerabili epiſcopo in anteriorem regulam reductam; at, eo mortuo, à canonicis malè invaſam; nunc à LINDULPHO, confratre noſtro, monaſtico ordini, ut fuerat, redditam, in hoc ordine præcipimus permanere. Ità duntaxat ut ea bona quæ LINDULPHUS præſul in eâdem abbatiâ invenit, & quæ poſteà ipſe adjunxit: nam invenit ibi Ragemberticurtem cum eccleſiâ, Cariſiolam, Magnulficurtem, Verlegium cum eccleſiâ, Mahericurtem, Bathbodium, terras in Appiliaco, terras in Bagdinicurte, terras in *Andau*, terras in Divâ, vineam in monte, terras in circuitu Eccleſiæ quæ ad ipſam pertinent, & in plurimis locis minutas terras. Abbatiam ſancti Stephani, & molendinos, & Sichericurtem: adauxit verò ipſe Bucedrium, Calneïum cum eccleſiâ, Gafrimum, Waſemium ſine molendinis, ſalinas, novem villam, ſed tamen ſolum ceſſura in vitâ Widonis, & ſicut ſuprà diximus: ità duntaxat ut omnia bona, & quæ Dominus in futurum dederit uſibus

D d d d

monachorum omni tempore deserviant. Confirmamus etiam per petitionem Lyndulphi illud donum quod dedit Hadulphus, episcopus, antecessor ipsius canonicis ipsius ecclesiæ sanctæ Mariæ, & sancti Medardi infra murum : Ecclesiam videlicet nomine Arceium, ut teneat absque contradictione illam in perpetuum. Decrevimus etiam per Apostolatûs nostri decretum manere fixum, & stabile illud donum Lyndulphi quod concessit pro remedio animæ suæ ipsis similiter canonicis extra murum : videlicet Betoniscurtem cum atramentariâ, & abbatiam sanctæ Godebertæ virginis quæ est in honore beatorum apostolorum Petri & Pauli ; eo scilicet tenore, ut quatuor canonici ex ipsis sexaginta, serviant quotidiè corpori ejusdem beatæ Virginis in quocumque loco illius civitatis jacuerit, & theloneum ipsius urbis passim cum omni integritate, & quidquid deinceps ipsis canonicis contulerit. Statuimus ergò in sede sanctæ Jerusalem, sub judicii divini obtestatione, & anathematis validissimis interdictionibus, ut nullus unquàm Regum, nullus Dux, aut Marchio, aut Comes, neque Archiepiscopus, vel ullus Episcopus, nullusque hominum in quolibet ordine, & ministerio constitutus audeat molestiam ingerere rebus ejus Episcopii, sive de prædictis monasteriis ; vel de omnibus quæ suprà posita sunt quoquo modo auferre aut alienare præsumat ; sed semper, ut dictum est, firmâ stabilitate, hæc omnia permanendo, decrevimus atque promulgamus. Si quis verò præsumptor, aut temerarius homo inventus fuerit ; sive clericus, aut laïcus, qui hæc omnia evellere tentaverit, aut in aliquo minuere, aut disrumpere voluerit, sciat se Dei omnipotentis odio, & Domini nostri Apostolorum principis Petri & Pauli, & omnium Sanctorum anathematis vinculo innoda-

tum, & cum Diabolo, & cum Judâ traditore Domini nostri Jesu-Christi, æterni incendii supplicio concremandum ; nec unquàm præfato anathemate absolvendum, nisi resipuerit, & ad satisfactionem venerit. Fiat : fiat : fiat. Si quis verò custos & observator fuerit hujus nostri apostolici privilegii constitutionis, benedictionis gratiam, vitamque æternam à misericordissimo Domino Deo nostro consequi mereatur in secula seculorum. Scriptum per manus Stephani, Scriniarii sancti Palatii, in mense Maïo, & indictione primâ.

Voici les nom des terres & des lieux situés dans le Vermandois, desquels la présente Bulle fait mention, & que nous connoissons encore :

.... Ragemberti curtis, *Ribecourt*, ou *Rimbercourt* ; ... Carisiolæ, *Chrysoles* ; .... Magnulfi curtis, *Magny-Guiscard* ; .... Verlegium, *Le Verguier* ; ...... Maheri curtis, *Béhericourt* ; .... Batbodium, *Babœuf* ; .... Apiliacum, *Appilli* ; ... Bagdini curtis, Audau ; ... Diva, *Dives* ; ... Sicheri curtis ; ... Bucedrium, *Bucy* ; ... Arceium, *Ercheu* ; ... Bethonis curtis, *Béthencourt* ; ... &c.

Extrait du registre S. des privileges de l'Église de Noyon.

Jacques Le Vasseur a observé sur cette Bulle, qu'elle n'est pas sans plusieurs fautes. Annales de Noyon, pag. 734.

CARTA

In favorem monasterii Eligiani Noviomensis.

(25) In nomine sanctæ & individuæ Trinitatis, Patris & filii & Spiritûs Sancti,

Ego, Lotharius, divinâ annuente clementiâ Francorum Rex. Si piis petitionibus summo regi Christo in cœnobiis militantium nostræ exauditionis aurem declinaverimus, quomodò sub tuitione regiæ nostræ majestatis tranquillè in ordine suo degant; & paci regni nostri, & victoriæ, & saluti nostræ profuturum speramus. Scire ergò volumus cunctos regni nostri Primates tam præsentes quàm futuros in perpetuum, quòd venerabilis Litrannus, Pater cœnobii sancti Eligii in Noviomensi suburbio siti, nostram adiit Excellentiam; petens sibi régiæ libertatis decretum super omnibus quæ vel à nobis, vel à progenitoribus nostris Regibus, sive à cæteris fidelibus Ecclesiæ suæ tradita sunt, fieri; quorum ista sunt nomina: Calneius cum ecclesiâ: Novavilla: Bucetrius, Caurem, Wasernias, Salinas. Ista piæ memoriæ nepos noster Lyndulfus, Noviomorum episcopus, (*Lindulfe vivoit encore alors, quoiqu'il soit dit d'heureuse mémoire.*) à genitoribus suis jure hæreditario sibi relicta, per manum nostram præfato cœnobio, adstantibus & assentientibus fratribus suis, nepotibus nostris, Alberto, [*lege*, Herberto,] Viromandensi comite, & Guidone, cum omni districtu, & integritate totius libertatis contradiderat, & nos precibus ipsorum piè faventes, ut potè qui ea sorori meæ, matri eorum dederam, condedimus, scripto nostro confirmavimus, & præsenti scripto confirmamus. Confirmamus & villas quas præfatæ civitatis Noviomi Episcopus, cognatus noster Rodolphus permanum patris nostri Ludovici, pii regis, cum omni integritate totius libertatis eidem cœnobio contulerat: Verleium scilicet, Mahericurtem, Oulliacum cum ecclesiâ, Beericurtem. Confirmamus & villas quas à progenitoribus nostris regibus Clodovœo, scilicet & Ludovico sibi datas, antiquâ possessione eadem ecclesia

tenuit, ut eâ libertate in perpetuum possideat, quâ regalis celsitudo quæ ipsi dedit, possideat. Horum hæc sunt nomina: Carisiolas, Regimberticurtem, Manencurtem, Sigericurtem, Badincurtem, Babodium cum molendino uno, & coloniis, & terris, & pratis quàm plurimis; in Appilleio census & terras; in villâ Divâ hospites cum vineâ & pratis, & cambâ & terris; in villâ Andau, hospites & terras; in villâ Betencurte, hospites & terras; in villâ Canetuncurte, mansus unus; in villâ Prinpretiâ, hospites, terras, sylvas & prata; in villâ Cellem mansi duo; in villâ Gimeniâ, mansus unus optimus; in villâ Murmuliaco, terræ quàm plurimæ cum uno manso, & sylvâ & pratis; in villâ Curtedominicâ, hospites cum tribus culturis, & sylvâ optimâ. Indulgemus etiam fratribus ejusdem Ecclesiæ Winagium & teloneum in omni regno nostro super omnibus quæ vel de propriis sumptibus vendiderint, vel in proprios usus emerint. Suscipimus etiam eam in conductu & custodiâ nostrâ, tam substantias ipsius, quàm & homines capitales ejus, qui sicut ab antiquo in omni regno nostro sub libero responso sine alicujus advocati infestatione extiterunt, ità in perpetuum sub tutelâ nostrâ, & succedentium nobis Regum permaneat. Hæc igitur ut rata, & inconvulsa semper maneat, & regiâ autoritate præcipio, & scripto cum sigilli nostri impressione consigno, & Primatum nostrorum attestatione confirmo. Signum Lotharii regis gloriosissimi. Signum Alberti [*lege*, Herberti.] Viromandensis comitis; signum Guidonis, fratris ejus. Ego, Arnulphus, notarius subscripsi ad vicem Adalberonis, archiepiscopi, summi Cancellarii.

Cette charte est tirée des archives de saint Eloi de Noyon, & rapportée par Jacques

Le Vasseur, dans ses *Annales de Noyon*, page 924; & dans Dom Mabillon, *Annales de l'ordre de saint Benoît*, tom. III, lib. 46, n. 96 & tom. IV, lib. 59, n. 32.

CARTA

In favorem Monachorum Humolariensium.

(25) In nomine sanctæ & individuæ Trinitatis, Patris & Filii & Spiritûs Sancti. Ego, HERIBERTUS gratiâ Dei, testis CHRISTI Quintini monasterii abbas, & comes dictus, manifestum esse volumus tam præsentibus, quàm futuris fidelibus viscera misericordiæ Dei expectantibus, quòd causâ orationis & visitationis, ad monasterium sanctæ Mariæ, & almæ virginis Hunnegundis mihi profectò affuit quidam miles, nomine Arpardus, cum uxore suâ Frideburgi, palàm nostræ voluntati faciens se velle dare in donatione ad prædictam ecclesiam cellæ Humolariensis, ex suâ hæreditate dimidium quoddam mansionile Saisimilsicurtis, cum terris cultis & incultis, ac sylvulis, ac omnibus aliis rebus, pro nominatæ conjugis mariti jam defuncti, vocabulo Roberti, & filii ipsius Witberti, similiter defuncti culpis, ac pro suis etiam excessibus, ut à CHRISTO per merita sanctæ suæ Genitricis, & jam dictæ Hunnegundis virginis, deleantur, & hi in memoriâ justorum habeantur. Cujus vota libenter excepimus, & ab eo deprecati, & à suâ conjuge, scripto auribus futurorum fidelium mandavimus, nec-non nostrâ authoritate corroboravimus, ut nemo infidelium iniquitate & rabie delusus manus audeat exerere in hâc donatione. Quod si quis ausus fuerit hanc nostram manumissionem violare, in primis iram Dei omnipotentis se sentiat incurrisse, atque multis modis illustrium viro-

rum confossus verbere, C. libras auri nostro scriniolo cogatur persolvere, ac quod cupit nequaquàm liceat obtinere. Signum Adalberti comitis manu ipsius factum; signum Heriberti, filii ejus; signum Ermengardis, uxoris ejus; signum Odonis, nepotis; signum Gauzberti, custodis; signum Hugonis, decani; signum Wilielmi, præpositi; signum Berengarii, canonici; signum Wandelmeri, canonici; signum Abbonis, canonici; signum Lantberti, castellani; signum Bardelonis, subcastallani; Gaufridi, militis; Gerardi, militis; Dudonis, militis. Bertholdus, cancellarius, scripsit.

Du Cartulaire d'Hombliéres.

SERMO

In elevatione gloriosissimi martyris Quintini.

(26) Dignum est, Fratres charissimi, hunc diem festivum ducere ad laudem & gloriam sanctæ & individuæ Trinitatis, quæ suis fidelibus & posse dedit ut suorum operum vincerent ferocissimos hostes, & post laborum certamina, gloriosissimas suorum agoniorum adipisci mererentur victorias. Glorificemus ergò pariter conditorem totiùs creaturæ, & collaudemus nomen ejus in invicem, & jubilatio præsentis Martyris ad laudem sui referatur Creatoris. Sed antequàm in laudem tanti Martyris, tantique testis gloriosi criminosa lingua prorumpere audeat, secreta intimi cordis sui aperiens, quis vel qualis sit, qui hoc negotium subire præsumit, cunctis palàm edicere non negat: quia non confundor depromere qualis sum, cùm facta meorum operum, meæ prorsùs conscientiæ testes existunt. Dignum est denique ut me sceleratum ante cuncta cognoscant, quæ ünüs oris prolata confeffio fiat ad falutem, nec laus tam inclyti Martyris ignobilior exiftet voce peccatoris. Ego me reum effe non abnego, & delictis omnibus culpabi- lem præ cæteris terrigenis pronuncio. Quomodò ergò audeat vel valeat pecca- tor dignè illum prædicare in terris, cujus vita ab Angelis laudatur in aftris? Timeo, valdèque pertimefco ne illa fuper me fen- tentia veniat, quæ ait : Non eft fpeciofa laus in ore peccatoris. Et iterùm peccatori Deus dixit : cur tu enarras juftitias meas, & affumis teftamentum meum per os tuum ? Veftro tamen precatu fuffultus non defpero, neque diffido, habens plenè fidu- ciam in eo, qui impios juftificat, & juftos beatificat, dicente ipfo retributore om- nium bonorum Domino. In quâcumque horâ peccator ingemuerit, & converfus fuerit cuncta ejus facinora in oblivionem vertam. Igitur ne defperet infirmus, im- pertiatur virtutem, qui largitus eft intel- lectum : quia etfi magnum eft trepidare de merito, religiofum tamen eft hilarefcere de dono. Magnum etenim Dei donum eft, femetipfum quis fit, peccatorem cognofce- re : quia ut veraciter credo, apud fuper- num judicem impetratio veniæ eft confef- fio culpæ. Igitur, fratres dilectiffimi, con- fidens in eo, qui ait : aperi os tuum, & ego adimplebo illud ; quamvis peccato- rum farcinâ gravatus, peccatricem vocem vocibus beatiffimi Prophetæ jungam hu- mili corde, fupplici voce dicens : Domi- ne, labia mea aperies, & os meum annun- tiabit laudem tuam. Convenientibus ita- que vobis, fratres chariffimi, ad patroci- nia tanti Martyris diem iftum in lætitiâ & exultatione debemus perducere. Eft nam- que nobis hæc dies valdè folemnis, fummo honore præconiorum recolenda, in quâ complacuit fupernæ pietati, conferre mor- talibus peccatorum nexibus obftrictis, &

diuturnis calamitatibus implicatis, præci- puum fuæ bonitatis donum, quo carpénta inclyti martyris fui agonothetæ poffint Quintini à proprio elevare manfoleo, cu- jus facratiffima anima jocundum paradifi incolit habitaculum, ubi æthereis fruitur gaudiis. Juftè igitur ac religiosè, tantæ folemnitatis officium & mifterium diem- que cupimus habere jocundiffimum, quo digni fuimus tangere tam maximum CHRISTI thefaurum, pretiofiffimam æter- ni Regis gemmam, corpus facratiffimum, facrificium fumni Sacerdotis, odoriferum veri Dei holocauftum, in odorem fuavif- fimi thymiamatis olim acceptum, & fan- ctitatis gratiâ inenarrabiliter decoratum. Religiofum fanè, ut credimus, obfequium, & fancto Martyri non effe contrarium, quia ejus digna amplexi fuimus membra, pro noftrâ neceffitate, cujus doctrinâ no- bis vitæ fupernæ rectiffimum iter often- fum eft ; cujus facris exemplis ad fumma virtutum ftudia imbuti fumus, cujus præ- fidio fanctitatis protegimur ; cujus quoque gloriofiffimos agones ad noftræ fragilitatis munimen quotidiè mentibus noftris infigi- mus : nec perire cupimus per negligentiæ torporem, quod fanctæ matri Ecclefiæ, cunctifque fidelibus pro abfolutione fuo- rum criminum in jus perpetuum collatum eft noftris temporibus. Agamus ergò omnipotenti Deo indefeffas gratiarum ac- tiones, cujus fervum vifitando requifivit oriens ex alto. Et quia ejus obtutibus ani- ma illius cælitùs perfruitur, ifto in die omnium mortalium mentibus divinæ pie- tatis bonitas demonftravit. Nec immeritò, renovante itaque Deo antiqua miracula, quæ per fervum fuum operari dignatus eft, gaudebant cuncti, & dicebant ma- gnis clamoribus : alme, Martyr inclyte, Quintine, Dei famule, adefto tuis famu- lis in te multùm fidentibus, te quoque diligentibus : & qui nostris meritis expiari non possumus, tuis sanctis interventionibus, animarum nostrarum medere languoribus, quo puri valeamus tibi assistere, & debitas laudes persolvere. Inter hujuscemodi præconiorum jubilos, ex camerata cryptâ perducitur, ab Hugone, monacho præsule cœnobitarum hujusce loci. Chori interfuere, ac defertur cum odarum melodiis super sacratissimam aram cœlorum clavigeri beati Petri, Apostolorum principis, cujus honore à sanctis Patribus dignissima ædes Episcopali authoritate renitere conspicitur. Nec est reticendum quare tam nobile negotium isto in loco, hâc in die, peractum esse videtur. Sancta itaque Domini nostri Jesu-Christi Ecclesia, à principio sui ortûs insigniter à Christicolis decorata, in calce mundi hujus, ut veraciter credimus, minimè erit derelicta. Quodque egerunt devotissimi patres, hoc non desinit perpetrare nobiliter eorum progenies. Nostro itaque tempore Heribertus vir valdè nobilis, ac princeps totius nostri regni, nec-non pater cœnobii, actuum priorum patrum reminiscens, sanctumque Dei Martyrem multùm diligens, tradidit ad amborum Sanctorum luminaria, sanctissimi videlicet martyris Quintini, & Victorici ejusdem gloriosissimi comparis, fiscum unum nomine Cinciniacum, cum omnibus appendiciis perpetuò habendum. Hoc itaque devotissimè peregit, & talia verba profudit. Si quis, ait, hoc nostræ parvitatis donum his duobus præpollentissimis Dei Martyribus nunc à me traditum, & confirmatum partibus eorum, unquàm auferre voluerit, Dominum sibi sentiat judicem, & hos præfulgidos sanctos perpetuos in die judicii questores. Posteà verò à quibusdam Principibus indecenter est abstractum, atque propriis usibus deputatum. Quâ de re turbati sunt cuncti, & lachry-

mosis vocibus sanctum interpellaverunt Martyrem. Inclyte martyr Quintine, suscipe nostrorum fletuum precamina, fer opem miseris ad te confugientibus, cùmque jam ut præfati sumus, cum odarum melodiis, cereis, ac lampadibus, omnique Ecclesiæ ornatu, utroque sexu præconiorum jubilos plaudente, educitur gratanter, cum omni devotione à Christicolis ex sepulchro parii marmoris, & deponitur super altare beati Petri discipulorum Christi primatis. Tunc omnes populi laudes Deo dederunt, dicentes : qui verus es Deus, gloriosus & admirabilis, in sanctis tuis, pius ac misericors in his qui adhuc peccatis in secreto sunt interiti : Martyrum gloria, & agonizantium Christe corona, te in triumpho martyris tui Quintini consonâ voce glorificamus, qui fecisti ut vinceret, qui de suo nihil præter fragile habebat. Urgente namque carnifice, te solum sibi adscivit propitium, ut tu esses ei in tormentis singulare præsidium. O miles invicte ! ô Victor inclyte ! suscipe tuorum vota, supplicantium suffragia, ut memor fragilitatis humanæ sis advocatus noster apud illum, qui tibi affuit in agone, confortans de cœlo, & dicens : ego adsum tibi. Peractis itaque omnibus ad cultum Dei pertinentibus unusquisque rediit in sua. Cùm autem sanctus Dei Martyr in Ecclesiâ esset secretior, quidam cæcus clericatûs honore fungens, Romam pergens, à transmarinis partibus veniens, ante altare, se prosternens, Dominum prece serenissimâ pulsans, sanctumque Martyrem lachrymabiliter interpellans, lumen quod novem annis amiserat, Domino miserante, recepit, & in villam superiùs nominatam, hilari vultu Sanctum Dei persecutus est. Hâc denique receptâ, & à sanctis fratribus perpetuo jure possessâ, populorum turbis ad eum undiquè confluentibus, cum magno laudum tripudio ad propria remeavit , super fanctum altare degens ufque ad proximam Martyrii fui folemnitatem. In quâ cum fummâ reverentiâ in proprio locello repofitus eft : fed & hoc non filendum , quòd in reverfione fancti Martyris Deus omnipotens demonftravit miraculum. Mulier quædam in eodem vico , multo tempore languens , jacuerat , quæ ut à fuis in ecclefiam fancti Martyris perducta eft , propriâ & priftinâ fanitate receptâ incolumis , & læta remeavit ad propria. Præftante Domino noftro JESU-CHRISTO qui cum Deo Patre & Spiritu Sancto vivit & regnat.

Extrait d'un ancien Manufcrit de l'églife de faint Quentin, ajouté au livre compofé par le chanoine Raimbert, vers l'an 1104.

CARTA

ALBERTI II,

COMITIS VIROMANDENSIS,

Confentientis eleemofinæ Firmati vafalli factæ Monachis Præjectinis.

(27) In Dei Patris & Filii & Spiritûs Sancti nomine : amen. Quicquid intrà Catholicam Ecclefiam firmum decernitur , ac ftabile , oportet & convenit ut litterarum teftimoniis fequentium intimetur auriculis : ut quòd antiquorum oblivione longâ perdit vetuftas, hoc notulis litterarum memoriæ præfentium nova repræfentet authoritas : quatenùs res Ecclefiarum nullâ depravantium perturbentur inquietudine , aut contradicentium perversâ fortitudine. Quocircà ego, ALBERTUS, in Dei nomine abbas, & rector monafterii fancti Quintini , notum facio fidelibus meis præfentibus & futuris, ante meam acceffiffe præfentiam quemdam fervum meum, nomine Firmatum , petentem ut permitterem illi dare quandam terrulam fancto Præjecto pro anniverfario fuo. Emerat enim præfatus Firmatus illam terrulam à Rogoldo majore & fratribus fuis Warnio & Imfredo. Eft enim ipfa terrula in loco qui dicitur Rodulficurtis ad Fraxinum. Petivit ergò idem Firmatus ut ego , & mater mea ERMENGARDIS , & frater meus OTHO , cum eo illam terram daremus fancto Præjecto, quod & fecimus. Et ut hoc donum inviolabile permaneret, hanc cartam fcribere juffimus , & manu piopriâ roboravimus : fubterque fcriptorum teftium manibus corroborandum tradidimus. Actum propè vicum fancti Quintini, die Calendarum Februarii , anno Dominicæ Incarnationis 1015, regnante rege Roberto novemdecimo anno. Signum Alberti, comitis ; fignum Othonis, fratris ejus ; fignum Ermengardis , matris eorum ; fignum Viviani, decani ; fignum Thetboldi , cuftodis ; fignum Wilielmi , præpofiti ; fignum Lamberti , caftellani ; fignum Gerberti , militis ; fignum Warnieri ; fignum Firmati qui hanc cartam fieri poftulavit.

Du Cartulaire de l'Abbaye de faint Prix.

SOMMAIRE

SOMMAIRE
DU HUITIEME LIVRE.

Tom I.

E e e

MÉMOIRES
POUR L'HISTOIRE
DU VERMANDOIS.

LIVRE HUITIEME,

CONTENANT *le gouvernement des Comtes héréditaires de Vermandois,* ALBERT II, OTHON, *freres ; &* HÉBERT IV.

Depuis l'an 1015 jusqu'à l'an 1081 inclusivement.

O N n'a pu, dans le Livre précédent, tracer aux yeux du lecteur le tableau vrai d'Hébert III, parce que dans un regne d'environ vingt-sept ans, il s'est présenté trop peu de fois à notre pinceau, pour en être saisi dans son état naturel, & avec cette précision qui rend l'objet aux yeux. Hors ce que nous avons lu de ce Seigneur dans la chronique de Baudry. & dans quelques chartes qu'il a souscrites, nous n'avons pu découvrir d'autres monumens qui le concernât. Son gouvernement paroît cependant avoir été très-doux, très-tranquille, & réglé sur celui de son pere. Celui dont l'histoire s'ouvre, sera plus court : sa durée ne fut que de dix ans ; mais il a tous les traits d'une administration foible, négligée,

XI. SIECLE.
Année 1015.

L'Etat de Cambrai, III. Partie,
page 977.

I I.
Aug.- Vir. fol.
107.
Ordericus, lib.
6.

marquée au coin de l'étourderie, souillée par la volupté, malheureuse enfin. Albert II, qui fut le quatorzieme Comte-Abbé de l'église de saint Quentin, régissoit donc le Vermandois dès l'an 1015. L'historiographe de Cambrai, Jean le Carpentier, dont nous n'avons pas jugé à propos de suivre la généalogie qu'il nous a laissée de nos Comtes, parce qu'elle nous a paru peu exacte, lui donné pour épouse une Gertrude ou Emma. C'est, croyons-nous, encore une supposition gratuite. Ce Seigneur n'en prit point ; il vécut & mourut sans engagement sérieux.

Vers la fin de cette année 1015, l'église de saint Quentin fut enrichie du présent le plus beau, & le plus magnifique qu'elle reçut jamais. Elle le tint de Richard II, duc de Normandie. Dudon, cet illustre chanoine de cette basilique, qui a écrit l'histoire des Ducs de cette nation, Normand lui-même, avoit obtenu pour lui & les siens, en fief de Richard Ier, deux églises héréditaires à ce Seigneur, situées au pays de Caux. Prévenu d'une extrême dévotion envers le vénérable Patron de la ville d'Auguste de Vermandois, Dudon conçut le dessein de faire passer tout son fief à l'église de saint Quentin. Il avoit sollicité Richard II à plusieurs reprises, tant par soi-même, que par la médiation de Raoul, oncle de ce Seigneur, à consentir à cette cession, pour le repos de l'ame du Duc même, & de celles de ses pere & mere. Enfin, il eut le bonheur de l'amener à consommer cette œuvre généreuse. Richard II en fit dresser la charte authentique en cette année (1). Ainsi l'un des chefs de ces Barbares qui avoient dépouillé de ses biens l'église de Vermandois, fut le premier à réparer, d'une façon bien supérieure, les dommages que ses ancêtres avoient causés à cette basilique. C'est de leur province de Normandie que lui viennent, chaque année, d'amples revenus, qui servent à son entretien ou à sa décoration. La mémoire d'un si grand bienfait n'est pas périe avec les Peres qui l'ont reçu : les chanoines de saint Quentin rappellent encore à présent, dans leur martyrologe, le souvenir de Richard II au vingt-quatrieme du mois d'Août.

I I I.

Le Chapitre de cette église acquit donc, par la donation que lui fit Richard II, les fiefs, terres, seigneuries & patronages de l'église de Bourg-Dun & de l'église de Sotteville, avec toutes leurs dépendances. La glebe attachée à ces deux églises consistoit alors, comme elle a toujours consisté depuis, (car le Chapitre n'a jamais augmenté son domaine en ces lieux,) en dixmes inféodées, rentes seigneuriales & menus cens; domaine fieffé & non-fieffé ; la présentation aux cures, avec haute, moyenne & basse justice sur les vassaux, hommes & reséans esdites villes. Ces choses avoient été aumônées, sans aucune réserve de la part du donateur, sous l'expression des deux églises de Bourg-Dun & de Sotteville. Et

quand

quand ces deux églises même furent divisées dans la suite en d'autres églises, savoir, Bourg-Dun, 1°. en grande-portion de Bourg-Dun ; 2°. en petite-portion de Bourg-Dun ; & 3°. en la Chapelle-sur-Dun, d'une part : & Sotteville, 1°. en l'église de Sotteville-sur-Mer ; 2°. en celle de saint Nicolas de Veulles, avec l'annexe dite de saint Remi-des-Champs, d'autre part : ces nouvelles églises ou paroisses resterent néanmoins dépendantes des deux premieres. C'est la suite nécessaire de toute division, & sur-tout de celle qui peut se faire d'un grand fief, tel qu'est celui-ci. Les parties diverses en ont donc pu être séparées les unes des autres, & caractérisées par différens noms : mais elles ont dû demeurer toujours les parties intégrantes du même corps, & être rapportées à un même & unique fief qu'elles composoient antérieurement au partage qu'on en avoit fait. C'est ainsi qu'expliquent ces mots *in beneficio*, tous les bons auteurs ; c'est ainsi que les différens arrêts des Cours supérieures les ont constamment entendus ; enfin c'est dans ce sens qu'elles en ont jugé & fixé l'interprétation en faveur de l'église de saint Quentin, contre ses adversaires.

Elle en eut beaucoup. La Noblesse voisine des deux anciennes & premieres églises, & des deux autres qui s'en sont formées (car la petite-portion de Bourg-Dun n'est pas censée séparée de la premiere, vu qu'elle est en un même lieu) ou les Officiers Royaux n'ont presque pas cessé, depuis sept siécles, de travailler à s'approprier dans ces deux lieux les droits utiles & honorifiques. Mais quoique ces jaloux voisins n'aient remporté des procès qu'ils ont intenté pour ces objets au Chapitre de saint Quentin, que le repentir d'avoir fait d'injustes & vaines tentatives, quelques-uns d'eux cependant ont su réussir à lui enlever la haute justice. Toute erreur est l'effet d'un mauvais calcul ; on peut avoir l'adresse cependant de le déguiser, & de le faire allouer dans un compte enveloppé. On ne cessoit d'objecter au Chapitre de saint Quentin, qu'il avoit un domaine à la vérité, mais un domaine mort & sans exercice de justice : que son patronage sur les cures étoit purement ecclésiastique ; & que s'il jouissoit de son domaine temporel, c'étoit à cause de son droit de présentation, & comme d'une suite de cette spiritualité. Il en étoit autrement néanmoins : le droit du Chapitre étoit un patrimoine laïc, quoique déposé, depuis sept siécles, dans ses mains ; il lui venoit des Ducs de Normandie laïcs, qui, en le lui transmettant, l'avoient laissé dans cette nature. Ils l'avoient donné en fief : il leur avoit toujours été rapporté, &, après eux, au Roi : en un mot, c'étoit à cause d'une glebe de biens, que le Chapitre avoit le patronage. Or, une telle glebe & un tel patronage sont, de leur essence, féodaux & seigneuriaux. La charte de Richard n'avoit donc pas donné à Dudon

XI. SIECEL.
Année 1015.

Basnage.
De Laurieres.
Du Cange.

I V.

un simple droit utile ; elle lui en avoit donné aussi , tout-à-la-fois , un honorifique , sans restriction , ni limitation , pas même sous la réserve du plaid de l'épée , qui exprime la haute justice retenue par le Souverain. Or , le Chapitre étoit au droit de Dudon : sa puissance dans sa possession étoit donc laïcale , sans bornes , & telle , en un mot , que celle des Ducs de Normandie.

V.   Quand les églises de la Chapelle-sur-Dun & de saint Nicolas de Veulles furent-elles établies ? Nous ne le pouvons dire. Il est à croire cependant qu'elles l'étoient au temps de la donation qui fut faite au Chapitre de saint Quentin : qu'elles sont de la fondation même des Ducs de Normandie ; & que comme elles étoient , à cette époque , succursales de Bourg-Dun & de Sotteville , elles ont pu n'être pas nominativement désignées dans la charte de Richard II , mais être tacitement comprises & sous-entendues dans cet acte , sous le vocable des deux églises-meres , dont elles étoient alors contemporaines. Aucun des adversaires du Chapitre n'a osé s'en dire le fondateur. Quant à leur érection en paroisses , elle est un peu plus connue ; elle date d'avant le treizieme siécle.

VI.   Après la charte originale de la donation du Duc Richard , & les observations que nous venons de faire , il n'est point de titres qui assurent plus fortement au Chapitre de saint Quentin son patronage seigneurial , que les aveux & dénombremens qu'il a fournis au Roi , comme Duc de Normandie , depuis la réunion de cette province à la Couronne. Le premier est de l'an 1429. Ces *domaines fieffés & non-fieffés* , dont le Chapitre étoit en possession *dans les quatre paroisses de Bourg-Dun , de la Chapelle , de Sotteville & de saint Nicolas de Veulles* , y sont rapportés *avec le droit de présenter auxdites églises , & le droit de haute , moyenne & basse justice sur toutes lesdites choses , avec appel du Bailli de Bourg-Dun au Bailli de Caux.* Le Chapitre fut , peu après , empêché dans quelques-uns de ces droits : il eut recours à Charles VII. Ce Roi lui fit expédier à Feurs en Forêt , le seizieme d'Octobre 1452 , des lettres patentes adressées au Bailli de Caux qui les entérina , & qui , en exécution d'icelles , donna aux chanoines deux main-levées confirmatives de leur droit , les 11 & 24 de Novembre 1453. Il rendit , dans la même année , une autre sentence , par laquelle le Chapitre fut déclaré exempt du service du ban & arriere-ban.

Le second aveu est du 14 d'Octobre 1510 ; on y lit les mêmes énonciations.

Henri II confirma en 1557 les lettres des Rois ses prédécesseurs , par de nouvelles qu'il donna aux chanoines de saint Quentin. Ils avoient fourni , dix ans auparavant , une déclaration de leur possession au Roi , laquelle fait leur troisieme aveu.

Le quatrieme présenté au Bailli de Caux le 15 de Mai 1691 ,

XI. SIECLE.
Année 1015.

rapporte au Roi *un plein fief de Haubert, avec droit de haute justice par toutes lesdites paroisses de Bourg-Dun, la Chapelle-sur-Dun, Sotteville-sur-Mer, saint-Nicolas de Veulles, & saint Remi-des-Champs (annexe de celle-ci) consistant en domaine fieffé & non-fieffé, à cause duquel il a plusieurs droits & rentes ; ledit fief appellé la Prévôté de Bourg-Dun, ayant droit de patronage par toutes lesdites paroisses, avec la totalité des dixmes & la présentation auxdites cures ..... comme se voit en l'acte expédié du consentement du Procureur-Général du Roi, à Paris, le 11 de Mai 1549.* En 1646 le temporel du Chapitre avoit été saisi, au nom du Roi, pour devoirs non faits & rendus ; intervint le 5 de Décembre de la même année, arrêt de la Chambre des Comptes, qui donne main-levée de la saisie, & renvoie le Chapitre dans la possession de tous ses droits dans les quatre paroisses. Même arrêt du 13 d'Octobre 1666.

Le cinquieme aveu est du 2 d'Avril 1699 ; il fut présenté en la Chambre des Comptes de Normandie. Le droit de patronage y est toujours énoncé distinctement de celui de présentation ; il y est mis à la suite & comme annexe du fief ; & la faculté de présentation y est rapportée comme une simple conséquence dudit droit de patronage. Sur cet aveu, arrêt du six du même mois, qui en ordonne la lecture & publication à l'issue des messes paroissiales, dans les quatre églises. Après cette formalité, arrêt du 3 d'Août, de réception & de main-levée.

Le sixieme aveu est de 1720 ; il fut reçu après lectures & publications par arrêt du 8 de Février 1721.

VII.

Nous ne nous étendrons pas sur les lettres patentes de Philippe de Valois, du mois de Mars 1344, confirmatives d'une sentence du Bailli de Caux, rendue dans les Assises d'Arques, après l'examen & l'enquête les plus féveres des droits prétendus par le Chapitre, & par lui prouvés irréfragablement. En exécution de ces lettres, il intervint acte passé sous le scel de la vicomté d'Arques, le Dimanche *Reminiscere* de l'an 1348, par lequel les Sergens Royaux condamnés, ont *restitué aux sujets & vassaux du Chapitre tout ce qu'ils leur avoient enlevé, avec promesse de les tenir francs & aumôniers, exempts de toute jurisdiction laïque, & faculté de mettre croix sur les maisons estans ès fiefs desdits Doyen & Chapitre.* Qu'on rapproche ces lettres patentes de celles de Charles VII, que nous citions plus haut, il sera clair à tout lecteur que le titre du Chapitre est un patronage laïc & seigneurial ; & qu'un simple droit de présentation qui est spirituel, ne pouvoit jamais être gouverné par les principes que l'on a suivis.

VIII.

Ce que nous disons deviendra plus sensible encore, par les actes particuliers qui concernent les églises de Bourg-Dun & de Sotteville. 1°. L'église de la Chapelle-sur-Dun (qui, de succursale de

Bourg-Dun, avoit été érigée en cure avant la fin du treizieme
siécle) avoit été pourvue d'un Pasteur par l'Archevêque diocésain, Guillaume *de Flavâ-Curiâ*. Ce Prélat avoit par ce fait violé
le droit de patronage des chanoines de saint Quentin : ils s'en plaignirent à lui-même. Guillaume leur fit aveu de son entreprise, &
leur donna un écrit daté du Vendredi d'après Noël de l'an 1296,
par lequel il reconnut que la nomination à la cure de la Chapelle
faite par lui, ne préjudicieroit point dans la suite à la compagnie,
& qu'à elle seule appartenoit le patronage de cet autel nouvellement érigé en paroisse dans son fief . . . . *Ex quâ quidem collatione*
venerabilibus viris Decano & Capitulo sancti Quentini in Viromandiâ ad
quos jus patronatûs pertinere dignoscitur, nullum volumus in posterum
præjudicium generari, &c. A observer ici que l'année commençoit
alors à Noël, & que par conséquent la reconnoissance donnée par
l'Archevêque de Roüen, est antérieure à l'arrêt de l'Echiqüier qui
va suivre.

A peu près dans le même temps, Guillaume Le Chevalier,
écuyer, possesseur d'un fief-servant (qui a retenu le nom *du Fief-*
au-Chevalier) assis dans l'étendue de cette nouvelle paroisse de la
Chapelle, en contesta au Chapitre le patronage. Quel fut son prétexte ? On l'ignore ; si ce n'étoit peut-être celui d'être entré dans
les frais de quelques augmentations faites à l'église de la Chapelle.
Quoiqu'il en soit, jugement intervint en l'Echiqüier de la saint
Michel, tenu à Roüen en 1296, par lequel le patronage contesté
fut déclaré appartenir au Chapitre, & devoir lui être maintenu à
perpétuité, sans que ledit Guillaume ni ses hoirs pussent jamais
aller à l'encontre, ni lui causer empêchement. Les parties con-
damnées étoient présentes ; elles consentirent au jugement de ce
tribunal, que l'on sait avoir été autrefois celui d'un Sénat souverain. Peut-être n'est-ce que dans l'intervalle de cette contestation,
que l'Archevêque diocésain avoit pourvu à la cure de la maniere
que nous venons de raconter.

Une autre reconnoissance donnée par le même Archevêque de
Roüen le 8 de Juillet 1301, porte que de tout temps, & suivant
les plus anciens registres de l'archevêché, le patronage des deux
églises de Bourg-Dun, avoit toujours appartenu au Chapitre de
saint Quentin, & que les provisions n'en avoient été données jusqu'alors que sur la présentation de cette compagnie.

Le jugement du Bailli de Caux, du 12 de Mars 1340, qui condamna Jean de Saint-Martin, dont il sera encore parlé ci-après,
par rapport à la demande qu'il avoit formée sur le patronage de
Sotteville, le condamna également par rapport à celui de la Chapelle que le même Seigneur vouloit aussi s'arroger. Ce Seigneur
prit ensuite communication des pieces du Chapitre, & s'informa

XL. Siecle.
Année 1015.

dé la poſſeſſion des chanoines à pluſieurs perſonnes du pays : bientôt il reconnut que véritablement le droit, la ſaiſine & la propriété dudit patronage appartenoient au Chapitre, & non à d'autres.

En 1488, Charles de Cléry renouvella la prétention de Jean de Saint-Martin, au ſujet du patronage de la Chapelle-ſur-Dun. La conteſtation s'engagea pareillement *par un brief de patronage* qu'il obtint contre le Chapitre de ſaint Quentin, auquel cette compagnie forma oppoſition. Le procès fut porté au bailliage de Caux, en la vicomté d'Arques ; & les titres du Chapitre examinés & reconnus par Charles de Cléry même, pour plus que ſuffiſans, on en vint à une conciliation amiable, homologuée par ſentence du 9 de Juin de la même année. En conſéquence de ce traité, Henri Le Danois, préſenté par le Chapitre à la cure, en fut pourvu par le Métropolitain, auquel le Lieutenant du Bailli de Caux avoit adreſſé une commiſſion rogatoire. Guillaume de Cléry, frere puîné de Charles, voulut, cinq ans après, revenir de ce jugement, à la vacance de ce bénéfice, ouverte par la mort de ce titulaire : mais ſa révolte ſervit à maintenir de nouveau le Chapitre dans ſa poſſeſſion. Les mêmes pieces qui avoient deſſillé les yeux de ſon frere, éclaircirent auſſi les ſiens : il ſe déſiſta authentiquement le 3 de Décembre 1493. Guillaume Dorival, préſenté par le Chapitre, remplaça alors Henri Le Danois.

Depuis ce jugement le Chapitre n'a plus éprouvé de contradiction ſur le patronage de la Chapelle, qu'en nos jours. Il eſt vrai que quatre Seigneurs, au commencement du dix-ſeptieme ſiécle, ſe ſont diſputé les droits honorifiques de l'égliſe de ce lieu : mais parce que ce fut à l'inſçu du Chapitre, qu'il leur avoit été ordonné de mettre en cauſe, on peut regarder leur conteſtation comme entre étrangers. Ces quatre Seigneurs étoient le ſieur Le Danois, à cauſe de ſon *Fief-au-Chevalier* ; le ſieur Le Marinier, ſeigneur de Cany, à cauſe de ſon *fief de Bretheuil* ; le ſieur Le Seïgneur, à cauſe du *fief de Mellimont* ; & le ſieur d'Herbouville, à cauſe de ſon *fief de Bourg-Dun.* La diſpute fut portée au Parlement de Rouen. Ces prétendans ſe nuiſirent par leur concours : il fut facile de reconnoître qu'ils diſputoient entr'eux du bien d'autrui. Arrêt intervint le 26 de Mars 1624, qui ordonna *que les ſieurs Le Danois, Le Marinier & Le Seigneur ne pourroient prendre d'autre qualité, pour la dénomination de leurs fiefs, ſavoir, ledit Le Danois, que celle de Sieur du fief-au-Chevalier, aſſis en la Chapelle ; ledit Le Marinier, celle de Sieur du fief de Bretheuil, auſſi aſſis en la Chapelle ; & ledit Le Seigneur, celle de Sieur de Mellimont ſeulement, & ſans attribution du droit de fief : pour faire droit ſur lequel, ladite Cour ordonna que ledit Seigneur communiqueroit ſes titres au Procureur-Général du Roi. Et auparavant faire*

*droit sur les droits honorifiques de patronage en ladite église de la Chapelle,
respectivement prétendus par lesdits d'Herbouville, Le Marinier, Le Danois & Le Seigneur, que les chanoines de saint Quentin seroient appellés à
la diligence dudit Le Danois, pour, eux ouïs, être ordonné ce qu'il appartiendroit.* Les parties se battirent encore quelque temps après cet
arrêt ; mais aucune d'elles n'osa mettre en cause le Chapitre, dont
elles connoissoient sans doute le droit, & qu'elles savoient n'être
point non plus ignoré des Juges qui leur avoient prescrit d'intimer
les chanoines.

Avec des armes bien inégales, forgées depuis cette époque, &
fondée seulement sur deux aveux, dont le plus ancien étoit de
1672, Françoise Babaut, veuve de Jean d'Eu, officier de la Vénerie du Roi, prétendit en 1745 au droit de patronage en l'église
de la Chapelle encore, & à la présentation de la cure, au quatrieme tour. Cette dame étoit au droit des Cléry, dont on vient
de rapporter les condamnations & les désistemens, par la possession de leur fief assis en l'étendue de la paroisse de la Chapelle. Des
armoiries secrétement sculptées sur quelques poûtres cachées, &
le *nom de la Chapelle* que ses auteurs avoient donné, par usurpation
& contre la teneur des arrêts, à leur fief, au lieu de celui de *Bretheuil* qu'il doit uniquement porter, venoient à l'appui de ses foibles titres.

Le fief de Bretheuil, passé en 1499 de Guillaume de Cléry à Charles
son frere, fut saisi sur celui-ci, & adjugé par décret à Richard de
Sécrétain, qui le laissa à Jeanne de Sécrétain, comtesse de MontFort. A celle-ci succéda, comme héritier, Thomas Le Marinier.
En 1634 ce dernier l'échangea contre d'autres biens, avec Charles
de la Montagne, écuyer, sieur de Saures. Le même fief fut ensuite
transmis à Nicolas de la Montagne, fils, qui eut pour héritiere
Catherine Le Seigneur, laquelle le vendit à Pierre Godard, seigneur de Belbœuf, en 1713. René Le Seigneur en fit le retrait-lignager, mais il ne se conserva pas ce bien ; il le vendit, par contrat du 8 de Mars 1714, à Babaut, oncle de la Dame d'Eu, dont
elle hérita. Or, dans tous ces actes d'échange, de vente, de décret, de retrait, il ne fut jamais parlé du droit de patronage honoraire sur la Chapelle. Nonobstant un si énorme vuide, ladite
Dame voulut en usurper tous les droits dans toute l'étendue possible.

Elle fit sommer, le 30 d'Octobre 1745, le curé de la Chapellesur-Dun de lui accorder l'eau-bénite par présentation, l'encens,
la recommandation aux prieres nominales, le pain-bénit, la présentation du bassin des quêtes, & tous les autres droits & honneurs
dûs aux Seigneurs patrons ; avec défenses de les déférer à quelqu'autre que ce fût. Même sommation le 23 de Novembre suivant

au Tréforier de l'œuvre. Le curé dénonça le tout au Chapitre, qui lui fit fommation contraire. L'action réglée s'engagea. Le 13 de Décembre ladite Dame déclara au Chapitre qu'elle prenoit pour trouble en fa poffeffion la fommation par lui faite, & l'affigna aux Requêtes du Palais à Paris, pour dépayfer la conteftation. Cette voie de complainte étoit infoutenable de la part d'une Dame qui n'avoit jamais été en poffeffion. Par requête du 18 d'Avril 1746, elle y renonça & conclut au pétitoire ; elle reprit les mêmes conclufions le 8 de Juillet. Après une ample inftruction fur l'appointement, la conteftation fut terminée par fentence du 8 d'Avril 1755, au profit de la Dame. Son fils Jean-Baptifte d'Eu, avocat au Parlement, & auparavant Lieutenant-Général au Bailliage de l'Artillerie de France, étoit devenu partie intervenante. Le Chapitre appella de la fentence à laquelle il ne pouvoit fe rendre, & les intima tous deux. La juftice de fa caufe fut fi évidemment expofée, fi énergiquement difcutée, & fi victorieufement foutenue dans les productions des pieces, des factums & des plaidoyers, qu'il fe releva de fa chûte, & triompha authentiquement de fes adverfaires par un arrêt folemnel de la Cour, en 1763. Ainfi fon droit de patronage feigneurial & honoraire de la Chapelle-fur-Dun, fi indûment contefté depuis tant de fiécles, eft reconnu maintenant, & lui eft confervé dans le premier & le fixieme des treize tribunaux fuprêmes.

Encore un coup, c'eft par une conféquence de la dépendance du Bourg-Dun, en laquelle eft la Chapelle, dont le presbytere même fied en la mouvance du Chapitre. Revenons à cette églife-mere.

2°. Un Géofroy *de Trinco-folio* prétendoit avoir le droit de préfenter à la cure de Bourg-Dun ; il fut contraint en 1299 de fe défifter de fa demande, & de reconnoître par écrit que ce privilege appartenoit feulement à l'églife de faint Quentin. . . . . . . *Ego,* *Gaufridus de Trinco-folio : noveritis quòd ego juravi fuper facro-fanctla evangelia, coràm Domino Reginaldo, præsbytero de fanclo Vedaflo, quòd ego à modo nichil reclamabo, nec reclamare potero, neque aliquis ex parte meâ, in ecclefiâ beatæ Mariæ de Burgo-Duni, nec in pertinentiis ; & quitto & relinquo omninò decano, & capitulo fancli Quintini Viromandenfis omne jus quod ego & Mathildis de Hupegart, uxor mea, habere poterant : & cognofco effe jus dictorum decani & capituli. Actum anno 1299.*

Tout récemment le Marquis d'Herbouville divifa la conteftation dans un autre fens, & prétendit au patronage honoraire des deux églifes de Bourg-Dun, ne laiffant que la préfentation des cures au Chapitre. Le Bailliage d'Arques condamna le demandeur par fa fentence du 6 de Mai 1737. Appel fut intejetté de ce jugement au

XL Siecle.
Année 1015.

Parlement de Rouen. La Cour confirma, par son arrêt du 19 Août 1748, la sentence du Bailliage d'Arques, & maintint le Chapitre dans sa possession des droits honorifiques & prieres nominales, avec défenses aux curés de rendre aucuns des honneurs, dûs aux patrons, au Marquis d'Herbouville, & permission au Chapitre de faire effacer la litre que ce Seigneur avoit fait mettre dans la principale des deux églises.

3°. Passons à ce qui concerne Sotteville. Raoul de Clermont voulut, à la fin du treizieme siécle, s'arroger le patronage de la cure de Sotteville, & fit naître des difficultés sur l'authenticité de la charte de Richard II. L'Archevêque de Rouen compulsa d'abord les regîtres de son évêché, & fit ensuite examiner l'instrument contesté par quatre Chevaliers & quatre Ecclésiastiques. Enfin, sur le vu des pieces qui témoignoient que ses prédécesseurs avoient reçu à ladite cure tous sujets présentés par le Chapitre de saint Quentin, & sur le rapport que lui firent de l'authenticité de la charte de Richard II les commissaires nommés pour l'examiner, il rendit en 1301 un jugement qui confirmoit l'église de saint Quentin dans l'usage & le droit de présentation à cette cure, exclusivement à tout autre patron. . . . . *Noveritis, quòd sicut antiquorum regîstrorum nostrorum series attestatur, quibus fidem plenariam adhibemus; jus patronatûs ecclesiæ de Sotavillâ, decanatûs de Cauvillâ, ad Capitulum sancti Quintini in Viromanduis spectat, & ad ejus præsentationem bonæ memoriæ Petrus & Odo Rigaudi prædecessores nostri Petrum, ... &c. ad eamdem ecclesiam receperunt. . . . . Datum apud Gaillonem, anno 1301.* Les députés, pour connoître si la charte de Richard II étoit supposée, ou non, furent Guillaume de Vasoint, Robert de Dampierre, Renaud de Marreville, Guillaume Mondecot, pour les laïcs; Etienne Dangiens, Jean Du Mesnil-Dure-Dent, Robert Du Mesnil-Guillaume, Regnault de Sainte-Colombe, pour les ecclésiastiques. Le Bailli de Caux, qui avoit reçu, dans la même année, un

Ibid. fol. 260.

ordre exprès du Roi Philippe-le-Bel (2), pour examiner le droit des parties, par rapport au même objet, confirma, par sa sentence datée du Samedi après les Cendres, (même année 1301) le patronage de l'église de Sotteville au Chapitre de saint Quentin. Le Procureur de cette compagnie avoit à la main la charte du duc Richard, à laquelle pleine foi étoit accordée.

Toutes ces contestations, par rapport à la présentation de la cure de Sotteville, ne furent point assoupies malgré des jugemens si suivis & si réfléchis. Regnault le Long, procureur du Roi, les renouvella bientôt; mais le doyen de saint Quentin, Michel Du Bec, le fit condamner en 1307. L'archevêque de Rouen, Guillaume de Durfort, donna en 1331 une nouvelle sentence confirmative des précédentes en faveur des chanoines de saint Quentin, par

rapport

rapport à leur patronage entier fur l'églife de Sotteville. Jean de
Saint-Martin, dont nous avons déjà parlé, Sieur de Saint-Martin-
Gaillard, inquiéta peu après les vénérables préfentateurs & patrons
de Sotteville; il fut auffi condamné au Bailliage d'Arques en 1340.
Enfin, un arrêt de l'Echiquier de Pâques, tenu à Rouen en 1348,
fur un appel interjetté par Jeanne de Chambly (*de Cambito*), dame
du Mont-Gobert & de Sotteville, d'une fentence rendue par le
Lieutenant du Bailli de Caux, en confirmant la fentence, main-
tient le Chapitre dans le patronage entier, honoraire & utile de
cette même églife. Et il eft à remarquer que l'arrêt fait mention
*qu'aucun Avocat n'avoit voulu fe charger de la caufe de cette Dame, di-
fant par leur ferment qu'ils ne favoient caufe raifonnable par laquelle ils
puffent & duffent foutenir la caufe, & querelle d'icelle ; & il ajoute que fon
atourné fut condamné en l'amende envers celui des chanoines.*

Nous avons donc prouvé hiftoriquement que le Chapitre de   IX.
faint Quentin a été fait Seigneur-patron du Bourg-Dun, de la Chapelle-fur-Dun, de Sotteville & de faint Nicolas-de-Veulles, avec
fon annexe faint Remi-des-Champs, par la refpectable charte de
Richard II. Le Bourg-Dun a été divifé en *grande* & *petite* portion,
toutes deux curiales. Le même Chapitre a acquis fur la *petite portion* le même droit qu'il avoit fur la grande. C'eft encore en vertu
du droit d'extenfion, dont l'exercice eft juftifié par fon pouillé,
(*Partitions III, VI, IX, XI & XII.*) Mais il a eu l'infortune de
perdre les droits honorifiques à Sottevillle, dans le laps des fiécles
qui fe font écoulés depuis le onzieme. Les auteurs du Marquis
de Catteville ont profité du malheur ou de la négligence du Chapitre, pour lui enlever cette partie de fes droits ; & fentence fut
rendue en 1683, qui en dépouilla les chanoines. Leur appel même
eft prefcrit. C'eft dans cette vûe que la Chambre des Comptes de
Rouen a blâmé les deux derniers aveux du Chapitre, en ce qu'il y
reportoit le droit de haute-juftice, & qu'un arrêt du Parlement de
cette capitale l'a débouté de la demande en reftitution de cette haute-juftice, & lui a fait défenfe de prendre la qualité de haut-jufti-
cier. Mais ces arrêts expriment le motif de leurs difpofitions : *attendu que le Chapitre ne juftifioit pas qu'il fut en poffeffion.* La haute-juftice avoit été réunie à la royale, par fentence du Bailli d'Arques,
après le fac de faint Quentin, en 1557. En 1750 on a regardé cette
réunion comme devenue définitive & irrévocable par le cours de
deux cens ans. Quant au Bourg-Dun, la juftice en fut reconnue
appartenir au Marquis d'Herbouville (*arrêt de 1748*) à caufe de
fon fief appellé la vicomté de Bourg-Dun.

Tout l'enfemble de la donation, de laquelle nous venons de
parler, eft éloigné de la main de fes maîtres actuels, les chanoines
de faint Quentin, de foixante-dix lieues. Le revenu annuel leur

XI. SIECLE.
Année 1015.

XI. SIECLE.
Année 1015.
*Cartularium S.
Quintini , cartâ
4ª

en est de huit à neuf mille livres de rente. En 1457 ils furent inquiétés pour le paiement des décimes que cette glébe de biens devoit acquitter en Normandie ; mais bientôt l'Official de Rouen les déchargea de cette obligation, quant au bureau, en les renvoyant vis-à-vis les receveurs du diocese de Noyon.

Nous ne savons si nous obtiendrions beaucoup de croyance chez nos lecteurs , en disant que le nom de *Dudon* pourroit venir du *Dun* , riviere sur laquelle est assis le bourg ainsi appellé ; ni à quoi pourroit servir cette présomption , quand même elle seroit vraie.

X.
Année 1016.
Voyez les notes du Livre VI précédent , chifre 26.

Vivianus étoit doyen de l'église de saint Quentin , au mois de Février de la même année 1015. C'est en cette qualité qu'il se souscrit en la charte d'une donation , dont nous avons parlé plus haut, accordée à l'abbaye de saint Prix. Il fut remplacé , pour le plutôt , en l'année suivante , dans cette dignité par le chanoine Dudon ; car le martyrologe de saint Quentin , qui rappelle la mémoire de Vivianus au troisieme jour de Janvier , ne peut plus être entendu que de l'année 1616 : encore faut-il supposer (ce que nous ne pouvons assurer) que ce doyen n'ait pas vécu plus long-temps.

. . . *Idibus Januarii obiit Vivianus, decanus, vinealis doctor,* dit le plus vieux martyrologe. Le second , qui l'est un peu moins , porte *vinearum dator.*

X I.

C'est à l'Empereur Probus qu'en France nous sommes redevables de nos vins. Ce Prince, après avoir rétablie la paix dans l'Empire , voulut, à l'exemple d'Annibal qui avoit obligé ses soldats à peupler l'Afrique d'oliviers , occuper les troupes de la République par des ouvrages utiles , de peur que l'oisiveté ne les corrompît. Il les employa à planter des vignes sur les collines des Gaules , de la Pannonie , de la Mésie , & en beaucoup d'autres endroits : il permit même aux Gaulois , aux Hongrois , aux Espagnols , &c. d'avoir & de cultiver des vignes autant qu'ils le voudroient. C'étoit le plus doux des présens qu'il pouvoit faire à l'humanité. L'église de saint Quentin en posséda long-temps dans son voisinage , à Remicourt, à la Chapelle , à Croix près Matheny , à Béthancourt , &c. Elle envoyoit, chaque année, de ses chanoines pour les vendanger ; & la récolte faite , les tonneaux pleins étoient rapportés dans les celliers de la compagnie , pour la subsistance des freres , quand ils vivoient en commun , ou quand les Pasts eurent lieu : mais ils furent distribués à chacun des membres pour leur usage domestique , quand ils vécurent en maisons privées. Anselle d'Offemont *Aug.-Vir. fol.*
110. avoit entrepris de donner aux religieux d'Ours-camp ces dernieres vignes , à l'insçu des chanoines de saint Quentin ; ceux-ci se les firent rendre en 1288. Les guerres qui survinrent dans le Vermandois , abolirent ou firent négliger dans la suite cette sorte de culture. Curlu , Vendeuil , Remigny , & quelques autres villages voi-

fins de la ville de Saint-Quentin, font les feuls qui en aient retenu l'habitude. Ce dernier village jouit, dit-on, du privilege exclufif d'expofer fes raifins en grapes fur la place de cette capitale pour y être vendus. Noyon & plufieurs lieux circonvoifins fe font confervé leurs vignes, dont le jus eft auffi inférieur à celles du Soiffonnois, que celles-ci le font à celles du Laonnois & du Rémois.

Le coûtre Tetboldus, le fous-chantre Gérard, & Guillaume (qui dès l'an 987 avoit commencé d'être) chancelier de l'églife de faint Quentin, occupoient encore ces places en l'an 1016. Le doyen Dudon honora la fienne par l'excellence de fes talens, non moins que par la bonté de fon cœur, & fa dévotion au faint Patron de fon églife. Nous lifons encore aujourd'hui l'hiftoire des Ducs de Normandie, jufqu'à Richard III, que ce Doyen a compofée : elle eft toute comprife en trois Livres : l'érudition de l'illuftre Auteur s'y fait voir dans le ftyle poétique, avec lequel il l'a écrite ; dans les mots grecs & les vers latins, dont elle eft parfemée. Dudon dédia fon ouvrage, étant Doyen, à Adalberon ou Afcelin, évêque de Laon, qui mourut très-âgé en 1030 ; il l'avoit commencé deux ans avant la mort de Richard Ier, & l'acheva fur les inftances de Richard II & de fon frere le Comte Raoul.

Quelques-uns mettent un concile tenu à Noyon en 1017 ; mais la chofe eft affez incertaine, & l'on ne trouve pas même à quel fujet il ait pu être célébré.

Gérard, évêque de Cambrai, rétablit en 1018 l'abbaye de Maroilles, de laquelle nous avons déjà parlé, & dont le principal reftaurateur avoit été Humbert, né à Mézieres en Vermandois. Elle étoit prefque tombée en ruine par le déréglement des chanoines féculiers qui s'en étoient emparé : il y rappella des moines. On date de l'année fuivante la reconftruction de l'églife de Lagny en Parifis, dont Etienne, fils d'Hébert de Vermandois, comte de Champagne & de Brie, fit les frais : il la fit auffi bénir au mois de Juillet de cette même année.

Nous ne favons rien des actions d'Albert II. Au milieu de toutes les circonftances que nous venons de parcourir, les chartes même de notre province fouffrent un vuide que nous ne pouvons réparer. Il mourut vers l'an 1020. Si le chroniqueur de Cambrai, Baudry, ennemi déclaré de nos Comtes, mérite que l'on ajoute croyance au tableau qu'il a fait des mœurs & du caractere de celui dont on finit l'article ; fi le récit qu'il nous a confervé de la mort déplorable de ce Seigneur, doit être reçu comme exempt du foupçon de la partialité & du foible de la crédulité, la vie d'Albert II fut celle d'un méchant homme, & fa mort fut auffi déplorable que celle des plus impies.

Voici ce qu'en dit cet auteur qui vivoit au temps de l'adminiftra-

G g g g ij

XI. SIECLE.
Année 1016.

XII.

Annales B B.
tom. 4, lib. 54,
No. 9.

XIII.
Morery, au mot
Noyon.

XIV.
Année 1018.
Annales B B.
tom. 4, Lib. 54,
No. 46.

Année 1019.
Ibid. No. 63.

XV.
Année 1020.

XI. SIECLE.
Année 1020.
Chronicon Came-
rac.&c. Lib. III,
Cap. 23.

tion d'Othon, frere d'Albert II, dans le Vermandois. Je tiens de l'Evêque de Cambrai (c'eſt Gérard Ier du nom, auquel il a dédié ſa chronique) l'hiſtoire d'un châtiment exemplaire arrivé au Comte de Vermandois, Albert, le frere d'Othon qui gouverne maintenant en ſa place. Ce Comte s'étoit livré à toute ſorte de malice durant ſa vie : c'étoit un médiſant inſigne, un parjure, un bouffon, un parfait libertin. Après-avoir vécu pluſieurs années dans ſes déſordres, il éprouva ſur ſon corps les effets de la juſte vengeance de Dieu : il fut attaqué d'une langueur & d'une défaillance qui le conduiſirent près du tombeau. Il étoit près d'y deſcendre, lorſqu'il commença à faire de ſérieuſes réflexions ſur le triſte état de ſa conſcience : elles étoient en partie le fruit des avis charitables qu'il recevoit d'un moine d'Hombliéres, appellé Valeramne, qui devint lui-même Abbé de ce monaſtere, quand Richard Ier fut deſtiné à la conduite & à la réforme de pluſieurs autres. Il réſolut donc d'effacer, par les larmes de la pénitence, les crimes de ſa vie paſſée : mais il voulut la faire ſa pénitence dans cette même communauté d'Hombliéres, & ſous les yeux de ſon pieux directeur. Il s'y fit raſer & y prit l'habit, & y demeura pendant quelque temps. Cette retraite, en mettant le calme dans le cœur du Comte, rétablit auſſi la ſanté en ſon corps. Le Diable fut jaloux du double bonheur que le pénitent goûtoit dans ſa ſolitude : il arma contre lui les tendreſſes de ſa mere Hermengarde, les conſeils de ſes compagnons de débauche ; ſes propres paſſions moins détruites qu'aſſoupies ; & lui fit bientôt abjurer le froc monacal en faveur du manteau comtal. Albert II reprit ſon premier train de vie avec ſon ancienne dignité. Le Ciel irrité contre cet impie, devenu plus criminel par cette eſpece d'apoſtaſie, attacha à ſa langue une ardeur dévorante, qui lui hâta les derniers momens de ſa vie. Réduit à l'extrêmité, le Comte reçut des chanoines de ſaint Quentin le viatique. Ce don ineſtimable devint pour lui la cauſe d'un nouveau tourment : il lui ſembloit que ce fût un charbon ardent qui le brûloit plus cruellement encore que n'avoit fait le feu qu'il reſſentoit depuis quelque temps ſur la langue. Le ſaint moine Valeramne vint viſiter le moribond : il voulut conſtater par lui-même ce qui en étoit du principe de ſes douleurs ; il ouvrit au Comte la bouche avec peine : mais, choſe ſurprenante ! il vit qu'Albert avoit la langue entierement conſumée : il en fit voir le palais vuide à la mere du Comte, à ſon frere, & à toute l'aſſemblée.

C'eſt ſur le récit de cette punition céleſte que ce Moine, bien informé, en avoit fait à l'Evêque de Cambrai, que Baudry dit avoir fait le ſien. Sans vouloir témérairement incidenter ici ſur la vérité de cette hiſtoire, nous en avons raconté les circonſtances

toutes nues, avec la même intention qu'a dû avoir le chroniqueur
de Cambrai. Nous defirons qu'elle ferve autant à édifier les bons,
qu'à infpirer de la terreur aux méchans.

Certainement Albert II n'exiftoit plus en l'an 1021 ; il étoit mort
en la ville de Saint-Quentin, puifqu'il y reçut fes derniers Sacremens ; il y fût fans doute auffi enterré dans le tombeau ordinaire
de fes ancêtres, c'eft-à-dire, dans la chapelle de Notre-Dame *la
Bon* ; car nous ne voyons aucune raifon qui l'ait dû faire tranfporter ailleurs. Othon, fon frere cadet, avoit recueilli toute fa fucceffion, & il en étoit paifible poffeffeur dès cette année, en laquelle
il fe trouvoit à la Cour du Roi Robert, & s'y foufcrivoit à fes diplômes fous la qualité de Comte de Vermandois. Il y ajoutoit encore celle d'Abbé de l'églife de faint Quentin, quand il parloit
dans les chartes de fa province. Il époufa Papia ou Pavia, de laquelle il eut deux fils, Hébert qui le remplaça dans le gouvernement du Vermandois, & Othon qui, dans diverfes chartes, eft
fous-figné *Otho* ou *Eudo*. Les hiftoriens ne nous avoient point expliqué de qui defcendoit la Comteffe Papia, jufqu'au temps de
l'hiftoriographe de Cambrai, qui nous affure que cette Dame étoit
fille de Guillaume, duc d'Aquitaine, furnommé *Tête-d'étoupes*.

L'églife collégiale de Notre-Dame de Nefle eft fondée, dotée &
conftruite en l'année 1021, avec l'agrément du Roi Robert, par
les foins & la libéralité de l'Evêque de Noyon, Hardouin de Croy.
Nos lecteurs ne peuvent bien concevoir ce que nous en avons à
dire, qu'après que nous les aurons mis au fait de ce qui concerne
l'origine & l'état de cette ville. Nefle fe dit en latin *Nigella*. Nous
connoiffons cinq lieux de ce même nom en France, qui font ex-
primés avec des adjectifs pour les faire difcerner les uns des autres.
Nefle-lès-Blangy, Nefle-l'Hôpital, & Neflette ; trois lieux très-
voifins en Normandie. Nefle-lès-Répond ; qui eft à deux lieues de
Dormans, en entrant dans la Brie. Nefle-en-Tardenois, qui eft
au bout de la forêt de Daule dans le Valois. Nefle-la-Repofte, qui
eft au diocefe de Troyes en Champagne : c'eft de l'églife de ce lieu
(*Cænobium*) dont nous avons parlé fous l'an 939. Nefle-fur-l'Ingon, qui eft en Vermandois. Ce cinquième lieu appartient à notre
hiftoire, & fera le feul dont nous y aurons à parler. On dit que
Nigella fignifie ces retraites, grottes ou voûtes fouterraines, dans
lefquelles les premiers Chrétiens célébroient fecrétement les faints
myfteres, loin des yeux profanes des idolâtres. Seroit-ce de ce
mot que dériveroit celui de *niche*, qui eft un petit caveau dans lequel on place les ftatues des Saints ? Le nom de Nivelle en Brabant
(*Nivella in Brabantiâ*) a la même origine. Au refte, ces grottes ou
cavernes ont donné, depuis l'établiffement du Chriftianifme, leurs
noms à quelques-unes des habitations qui fe font formées autour

XI. Siecle.
Année 1020.

XVI.
Année 1021,
Othon.

L'Etat de Cam-
brai, III. Partie,
p. 979.

XVII.

Voyez le Livre
VI précéd. No.
83.

d'elles. Le moderne historien du Valois assure même que le nom de *Crépy* vient du mot latin *crypta*, qui signifie une caverne de l'espece dont on parle. Supposée la vérité de ces étymologies, Nesle-sur-l'Ingon seroit une des premieres & des plus vénérables demeures des peuples de notre province. Le premier & le plus ancien instrument, dans lequel nous appercevions qu'il soit parlé de Nesle en Vermandois, est un diplôme de Charles *le Chauve*, que l'on rapporte vers l'an 855. Il a été délivré en faveur de sainte Marie de Soissons, de laquelle il confirme les possessions. Or, il dit que, pour soutenir la personne & la dignité de l'Abbesse, le Prince décerne que, de la masse des biens du monastere, il sera détaché deux villages, savoir, Nesle & Noyers, contenant 78 manses de terres . . . . *Nigellam & Nugaredum* . . . . Certes, il ne peut être ici question que de Nesle en Vermandois, dans lequel l'abbaye de sainte Marie a possédé des biens autrefois, pour lesquels elle payoit un marc d'argent aux Châtelains du lieu, quand ils y furent établis; & avec l'un desquels (Raoul Ier) elle traita en 1125, en lui abandonnant la terre de Fréniches, à l'exception de l'église, &c. pour être délivrée de cette rente pécuniaire. Ce n'est plus qu'en cette année 1021 que nous entendions parler de Nesle pour la seconde fois dans les archives qui nous restent : mais l'habitation en existoit bien antérieurement, puisqu'elle étoit enclavée sous la paroisse de saint Pierre qu'elle avoit pour patron.

XVIII. Ce qui avoit déjà rendu Nesle plus considérable, étoit le château qu'on y avoit bâti avant que la collégiale y fût fondée. L'heureux sort de Nesle fut le même que celui des villes de Ham, de Chauny, de Vendeuil, &c. ; c'est-à-dire, que de simples châteaux borniers qu'étoient d'abord ces lieux, ils s'étendirent en habitations, s'embellirent & s'augmenterent jusqu'à devenir de petites villes. On se croyoit plus en sûreté dans sa cabane, quand elle étoit veillée par le Châtelain résidant dans la forteresse. Ces sortes de châteaux que nous appellons *Borniers*, parce qu'ils bornoient l'extension & les territoires des grandes villes de la province, furent principalement construits pour la défense de ce territoire, de la grande ville y enclavée, & du Comte qui y gouvernoit : ils étoient les premiers remparts du district qu'ils entouroient. Et quoique ces châteaux s'en soient détachés dans la suite des siécles, & aient donné eux-mêmes le nom & la qualité de ville au cercle des habitations qui les avoisinoient, ils n'ont pu cependant se soustraire entierement à la dépendance de la ville principale dont ils étoient les gardiens : ils y ont toujours eu un rapport intime & essentiel, qui déposoit de la cause de leur établissement, c'est-à-dire, de leur sujétion & de leur servitude. C'est ainsi que Nesle, que Ham, que Vendeuil, que Bohain, &c. ont conservé les mesures, les poids

XI. SIECLE.
Année 1021.
Hist. du Valois, tom. I, pag. 36.
Hist. de N.-D. de Soissons, par D. Michel Germain, pag. 430 & 439.

Ibid. pag. 439.

& les coutumes de la ville d'Augufte de Vermandois, Saint-Quentin, & font encore jugés par fon bailliage.

Que dans le Vermandois l'on fuive la trace de ces châteaux *borniers* & des Seigneurs qui y étoient placés, on apperçoit dans l'inftant que ces forts & leurs Châtelains entouroient notre province, comme autant de guérites & de fentinelles. Le château de Guife alloit à celui d'Eftrées-en-Arrouaife, Eftrées à Ronfoy ; Ronfoy donnoit la main à Nefle, & Nefle à Ham. Ce dernier château fe faifoit entendre à celui de Viry ou de Chauny ; celui-ci parloit à Vendeuil, & ce dernier remontoit à Ribemont, & enfin à Guife. Remarquons néanmoins que le château de Ronfoy étoit principalement pour Péronne, ville très-ancienne & illuftrée d'abord par la demeure des Préfets du palais royal, enfuite d'un Châtelain plus relevé que les autres, qui a pris quelquefois le titre de Comte ; & par la réfidence paffagere des Comtes de Vermandois même. Noyon eut auffi un château fort, & un Châtelain. Enfin tous ces forts & leurs Commandans étoient faits & diftribués pour la défenfe de la province de Vermandois, & du Comte qui y préfidoit. Cet établiffement eut lieu à l'occafion des irruptions des Normands dans la France ; mais fur-tout à caufe de l'ufurpation des grands fiefs, dans lefquels vouloient fe maintenir les Seigneurs qui les avoient reçus ou envahis. Tout cela date du milieu de la feconde race de nos Rois, & des deux premiers de la troifieme.

Le château de Nefle & fon châtelain avoient donc déjà rendu confidérable cet endroit. Ces châtelains fortoient toujours des premieres familles de la province ; fouvent de celles des Comtes ou des Ducs même. Outre les domaines qu'on leur aliénoit pour les peines de leur fonction, & pour leur part de fucceffion, ils faifoient des alliances riches avec les veuves ou les filles des Seigneurs leurs voifins ; fe rendoient les vidames ou avoués des églifes qui les payoient bien ; & quelquefois au furplus ils pilloient & ravageoient avec fi peu de ménagement les vaffaux, qu'ils tenoient un train égal à celui de leurs maîtres, & étoient auffi riches qu'eux. Le lieu de leur châtellenie ne pouvoit donc qu'être illuftré par leur préfence. La collégiale de Nefle fut conftruite peut-être un fiécle après l'introduction des Châtelains. Auffitôt le nom de cette ville nouvelle fe fit entendre hautement dans notre province ; & fa confiftance prit une forme folide, ftable & diftinguée.

La pofition de Nefle fervit encore à la recommander & rendre plus floriffante. Affife fur la petite riviere d'Ingon, qui la fournit de belles eaux & d'excellens poiffons, cette ville eft au milieu des plaines les plus riantes. On appelle ces plaines le Santerre. Cette contrée eft une étendue de terre, dont on ne fait ni la capitale, ni la jufte étendue, ni l'origine, ni même l'étymologie qu'on dérive

XI. SIECLE.
Année 1021.
XIX.

XX.

de *sana terra* ou de *sanguis terræ*, termes qui ne signifient rien de précis. Guillaume Breton parle de ce canton de terres dans sa Philippide. Nesle est incontestablement dans le Vermandois, & du gouvernement général de la Picardie, quoique de la généralité de Soissons. Elle est au vingtieme degré, trente - quatre minutes, vingt-cinq secondes de longitude, & au quarante-neuvieme degré, quarante-cinq minutes, trois secondes de latitude ; à onze lieues *est-sud-est* d'Amiens ; cinq lieues *sud-ouest* de Péronne ; cinq lieues *est* de Noyon ; neuf lieues *nord-nord-est* de Compiegne ; sept lieues *sud-ouest* de saint-Quentin, & vingt-quatre *est-nord-est* de Paris. Nous aurons encore à parler souvent & amplement de cette ville dans le cours de ces Mémoires.

XXI. Si l'évêque Hardouin de Croy, en fondant la collégiale de Nesle, lui délivra, comme il est croyable, une charte de fondation, nous ne l'avons pas : mais celle du Roi Robert est la premiere qui la concerne, puisqu'elle contient le vœu & le dessein du Prélat, & la premiere dotation qu'il faisoit aux chanoines de cette église. (3) Elle est souscrite par les Seigneurs & les Prélats les plus distingués, qui se trouvoient à la Cour du Roi, en son palais de Verberie, & par Hugues même, le fils de Robert, que ce pere avoit associé à son autorité depuis quatre ans.

Le nom qu'Hardouin de Croy donna à sa nouvelle collégiale, fut celui d'Abbaye qu'elle n'a pas conservé. Elle fut mise, dès sa fondation, sous l'invocation de la Vierge MARIE qu'elle retient encore ; & le premier bien qu'elle reçut du pieux Evêque fut la cure de saint Pierre de Nesle. Cette cure étoit seule dans le lieu, & comprenoit celles qu'on y a établies depuis : savoir, de saint Nicolas, de saint Léonard, de saint Jacques, de Morlemont & du Mesnil - Saint - Nicaise. Il fut permis aux chanoines de la desservir eux-mêmes, ou de présenter, pour en faire les devoirs, un clerc à l'Evêque. Mais comment concilier cette concession qui ne porte point d'équivoque avec ce que nous lisons dans le cartulaire de l'abbaye de saint Eloi de Noyon ? Une charte de 1120, postérieure par conséquent de quatre-vingt-dix-neuf ans à celle que nous rapportons ici, dit qu'Eustache, abbé de cette maison, reçut de l'Evêque diocésain l'église & l'autel de saint Pierre de Nesle ; & elle appelle ces dons . . . . . . *sancti Petri junioratus, & altare de Nigellâ Ermelindis*. 1°. Nous ne voyons point que l'abbaye de saint Eloi de Noyon ait-possédé en effet la cure de saint Pierre de Nesle. 2°. Nous ne comprenons point la signification du mot *Junioratus*. 3°. Nous voudrions qu'on nous expliquât la différence de Nesle sur l'Ingon par son adjectif *Ermelindis*, qui lui est donné dans cette seconde charte.

Le Chapitre de Nesle s'est accru & enrichi considérablement depuis

puis la mort de son fondateur. La libéralité des successeurs de ce
Prélat, des Châtelains de Nesle, des Comtes de Vermandois, des
Seigneurs voisins, & des Fideles même, l'a fait monter à un degré
très-élevé d'honneur & d'opulence. Il est composé de vingt-quatre
prébendes, dont une est réunie au décanat; une seconde, à la principalité du college de la ville; une troisieme, à deux chantres semi-
prébendés; & une quatrieme, à un chanoine régulier de l'abbaye
de saint Quentin-sous-Beauvais. Il y reste donc encore vingt chanoines vocaux dans la compagnie, qui se nomment les uns les autres, selon certain ordre de partitions. Le doyen y a toujours été
seule dignité; il est élu par la compagnie, & confirmé par l'Evêque
diocésain. Nous donnerons dans notre Pouillé, à la fin de ces Mémoires, l'exact détail du revenu & des obligations des prébendes
canoniales & des chapellenies de la collégiale de Nesle. Nous y
parlerons aussi des chapellenies du château de cette ville, qui y
sont en grand nombre, & dont ce n'est pas ici le lieu d'entretenir
nos lecteurs.

La fille osa quelquefois se brouiller avec son pere. L'Evêque de
Noyon eut à se défendre de quelques querelles que lui firent ses
chanoines de Nesle; mais des compositions amicales assoupirent les
plaintes de ceux-ci. L'évêque *Fulcandus*, par un acte du mois de
Septembre 1328, voulut bien reconnoître que le Chapitre de Nesle
auroit toute jurisdiction sur ses chanoines, ses chapelains & toutes
les personnes de son chœur, & qu'il les pourroit punir de toutes
sortes de crimes, mêmes les énormes; de même sur les freres &
sœurs de l'hôpital de saint Jean-Baptiste de la ville; & que leur institution ou destitution dépendroient de la compagnie; mais que
tous les clercs & autres personnes, qui ne seroient point du chœur,
seroient soumis à la jurisdiction de l'Evêque & de son Official, à
moins que leurs crimes n'eussent été commis dans la collégiale, ou
ses cimetieres; qu'enfin les causes pécuniaires, & même les crimi-
nelles qui auroient été civilisées, seroient jugées par l'Official du
Chapitre, si on les lui portoit, comme elles pourroient l'être par
celui du diocese. Le Chapitre de la cathédrale approuva la composition de Fulcandus, mêmes mois & année (4).

Par une autre composition du mois de Juillet 1343, l'évêque
Bernard accorda au Chapitre de Nesle jurisdiction sur tous ceux
de son chœur, & les freres & sœurs de l'hôpital de la ville, qui,
ayant commis quelque crime dans les cimetieres de saint Pierre,
de saint Nicolas, de saint Jacques, de saint Léonard, de Morlemont & du Mesnil-saint-Nicaise, seroient dans le cas d'en être pu-
nis; &, quoique tous autres appartinssent à l'Evêque ou à son Official, que cependant la moitié des amendes, qu'ils encourroient,
seroit donnée audit Chapitre. L'Evêque lui abandonna encore les

Tom. I.   H h h h

XI. SIECLE.
Année 1021.

XXII.

XI. SIECLE.
Année 1021.

arbres defdits cimetieres. Les vicaires defdites paroiffes feront & appartiendront à la juftice de l'Evêque dont ils exécuteront les ordres ; & de même les vicaires, ou telles perfonnes que ce puiffe être, qui auroient, par malice ou ignorance craffe, donné la fépulture dans l'hôpital de Nefle à un excommunié dénoncé par l'Evêque (5).

XXIII.
Annales B B.
tom. 4, Lib. 54,
N°. 108.

Les hiftoriens rapportent qu'il y eut en France, dans les temps que nous parcourons, la pefte & la famine, & que ce double fléau dura fept années. Les finiftres influences s'en répandirent jufques vers les confins de l'Amiénois. On jeûna, on pria beaucoup pour appaifer le ciel irrité. Corbie étoit le centre où les proceffions multipliées que l'on faifoit, venoient fe rendre. Et telle étoit la prodigieufe quantité de reliques que l'on y dépofoit, que cette ville paroiffoit être une autre Rome. Richard, ancien abbé d'Homblieres, étoit à la tête du monaftere de Corbie, qui eut dans le même temps

Ibid. Lib. 55.
N°. 11.

le malheur d'être fortuitement incendié. Nous ne favons fi le Vermandois fe reffentit de ces miferes publiques. Le chroniqueur de Cambrai rapporte qu'il y eut auffi une extrême féchereffe en France en ce temps-là. Peut-être eft-ce de ce principe que vinrent la famine & la pefte dont on parle. Sigébert en fixe l'époque à l'année 1022.

Année 1022.

XXIV.
Année 1023.
Ibid. Lib. 54,
N°. 28 ; & Lib.
55, N°. 25.

Le Roi Robert, revenu de Rome où il avoit été par dévotion en 1016, donnoit de l'ombrage à l'Empereur qui méditoit en 1023 de faire lui-même un fecond voyage en cette capitale du monde chrétien. Cet Empereur craignoit que pendant fon abfence le Roi de France ne fe jettât fur fes états ; il voulut s'affurer, avant que de partir, des difpofitions de Robert. A cet effet il lui fit propofer à Compiegne, par Gérard, évêque de Cambrai, & l'ancien abbé d'Homblieres, Richard, une conférence qui fe tint, vers la fin de Mai à Ivois, dans le Luxembourg, fur le Cher. Les deux Souverains s'y trouverent en perfonnes. Robert, qui promit à Henri de ne le point inquiéter, en rapporta des préfens confidérables.

XXV.
Gallia Chrift.
tom. 9, col. 1031.

Les doyens, inftitués vers la fin du neuvieme fiécle dans les monafteres & dans les églifes collégiales, fous les abbés laïcs & même fous les abbés réguliers, le furent à l'exemple de ceux qu'on avoit établis dans les cathédrales. Ces dignitaires étoient pour vivre avec les chanoines dont ils étoient les chefs, & faire à leur égard toutes les fonctions de curés, dont les abbés laïcs ou réguliers ne pouvoient ou ne vouloient pas fe charger, & dont les Evêques avoient jugé à propos auffi de s'exempter. Le plus ancien que nous connoiffions des doyens de la cathédrale de Noyon, eft Bérenger, vivant, non pas fous Radbod II, mais fous Radbod Ier, fucceffeur de Lindulfe, & peut-être fous Hardouin de Croy. Bérenger vivoit vers 1000. Avant lui peut-être, ou après lui, vécurent quelques doyens de la même cathédrale, dont les années d'administration nous sont inconnues : c'est à savoir, Maingardus dont le nécrologe de cette église fait mention au 5 de Décembre ; Grinhaldus, au 25 de Mars ; Baudricus ; Leudo, au 23 de Novembre ; Adélinus, au 28 du même mois ; Théobaldus ; Engelbertus ; *Galtherus de Vacqueriâ*, au Ier & au 21 d'Août ; Bernerus, au 13 de Novembre ; Jean ; Hulgarus, au 23 d'Août ; Gerelinus, au 10 d'Ocobre. Nous avons assigné leurs places & leurs années à quelques autres doyens de la même basilique que Jacques Le Vasseur avoit rapportés parmi ces *incertains*.

Bérenger nous a conservé les noms des bienfaiteurs anciens de son église jusqu'au temps de Radbod Ier. Achard lui avoit succédé en 1046, en laquelle année il souscrivit une charte pour l'avouerie de Verly, bien appartenant à l'abbaye de saint Eloi, où il se fit moine quelque temps après. En 1049 Robert Ier, neveu de Bérenger, & frere de Gui *le Tréforier*, occupoit la dignité décanale dans laquelle il étoit remplacé en 1055 par Arnoul. Gerlin, qui avoit succédé à ce dernier en 1086, en laquelle année il souscrivit à la charte de Radbod II, qui donnoit l'autel de Capy à l'ordre de Clugny, ne seroit-il pas le même que le Gerelinus ci-dessus ? Après lui vint Herimar vivant en 1092, en 1094 & 1097. Enfin, Robert II en 1098.

La mémoire du Comte de Vermandois, Othon, n'est parvenue jusqu'à nous, que sous les plus beaux titres de libéral & de magnifique envers l'église & ses sacrés ministres, les moines & les pauvres. C'est sous les heureux auspices de la fondation de la collégiale de Nesle, que son gouvernement s'annonça. Il va faire sentir, en cette année 1026, à Homblieres de nouveaux effets de sa générosité. Richard, ce célébre abbé de cette maison, duquel nous avons déjà parlé plusieurs fois, obtint, par l'autorité d'Othon, la restitution de la terre de Cugny. (6) C'est le présent dont ce Prince l'honora en un jour de la fête de saint Quentin.

Lambert, deuxieme du nom, qui souscrivit à l'acte d'où nous tirons ce récit, étoit le fils de celui dont on a parlé sous l'an 960. Il quitta, à l'exemple de son pere, le titre & l'emploi de châtelain de la châtellenie de Saint-Quentin, pour se faire moine dans Homblieres. Nous ignorons duquel des deux entend parler le vieux martyrologe de l'église de saint Quentin, lorsqu'il rapporte la mort d'un Lambert, châtelain de la ville, au dixieme jour de Décembre : . . . *IV Idus Decembris obiit Lambertus, castellanus, qui dedit nobis prædium quod est apud Noiasle.* Celui-ci est le troisieme que nous connoissions des gouverneurs de cette capitale du Vermandois. Il fut succédé dans sa charge par Rodulphe son fils, qui ne commença

XI. SIECLE.
Année 1023.

XXVI.

Annales de Noyon, p. 768.

Voyez le Livre VII précédent, N°. 93.

XXVII.

Année 1026.

XXVIII.
Année 1027.

H h h h ij

XI. Siecle.
Année 1027.
XXIX.

de se souscrire, en qualité de châtelain, que dans la charte de donation qui va suivre.

Dès l'entrée de Valeramne, moine & prévôt de l'abbaye d'Homblieres, & le directeur spirituel d'Albert II, dans l'administration
de cette maison, c'est-à-dire, vers l'an 1027, Othon confirma encore, par son autorité, certaine transaction que cet abbé avoit

'Annales BB.
tom. 4, Lib. 56,
N°. 5.

faite avec les habitans de Latois. (7) Richard Ier, célébre réformateur & abbé de ce monastere, étoit parti, dès la fin de l'année
précédente, pour le pélerinage de la Terre-Sainte; il l'avoit achevé au mois de Juin de 1027. Il étoit accompagné dans son voyage
de tout ce qu'il y avoit de plus distingué parmi les Seigneurs, les
Prélats & les Abbés. Le nombre en étoit de sept cens.

XXX.

Hardouin de Croy assiste au couronnement du Roi Henri Ier que
son auguste pere avoit jugé à propos de faire reconnoître pour le
Monarque des François, avant sa mort.

XXXI.
Année 1028.
Ibid. N°. 42.

Robert de Péronne répara généreusement les dommages qu'il
avoit pu causer aux églises. Tous les bâtimens du Mont-Saint-
Quentin étoient tombés en ruine; & ses possessions, pour la plupart, avoient été envahies. Le même Seigneur, qui tenoit cette
maison en bénéfice, la rétablit à ses dépens, & lui fit restituer ses
biens par les usurpateurs. Il s'étoit fait autoriser en tout cela par
le Roi Robert. Du consentement de ce Prince, il mit encore à la
tête des moines un abbé appellé Baudoin, qui descendoit des Comtes de Flandre & de Namur.

XXXII.
Année 1030.
Ibid. N°. 78.

Gérard, évêque de Cambrai, acheva de son côté de construire
en 1030 l'abbaye de saint André, qu'il avoit fondée dans le Câteau-Cambresis: il affecta aussi dès-lors à la subsistance des moines
qu'il y introduisit, une partie du fisc de Péronne, dont il se dépouilla. On ne doit pas oublier que le Péronne dont il est ici parlé, est le
nom du fauxbourg du Câteau-Cambresis, où est assise l'abbaye de
saint André.

XXXIII.
Annal. Gallo-
Fland. Lib. 4.

Hardouin de Croy, évêque de Noyon, mourut le 18 de Juillet
de vers cette année 1030: il tiroit son origine de la célébre famille
de Croy, dit Buzelin: il avoit pour pere Robert de Croy, & pour
mere Avide. Ces époux possédoient beaucoup de biens dans le
Vermandois; ils furent presque tous donnés aux églises par leur
généreux fils, & leur fille Odila qui paroît être morte dans le célibat. Hardouin eut un violent ennemi, & un persécuteur opiniâtre
dans Ascelin, évêque de Laon, qui l'accusa de simonie; mais il sut
en triompher glorieusement. Il étoit la libéralité même; il augmenta, des biens de ses chanoines, la dot des autels, dont ils possédoient les églises dans Thiescourt, Ami, Omiecourt, Croix, Matheny. Il leur donna celui d'Hombleux, nous l'avons déjà dit, avec
l'église & six manses de terres. Pour l'anniversaire de son pere, de

fa mere & de fa fœur, il leur donna des biens confidérables à Rouï, l'églife de *Vefmium* *, & la chapelle de Flay en dépendante. C'étoit le bien qu'il avoit hérité d'eux : & du fien propre, il donna à fes mêmes chanoines plufieurs autres autels, & un manfe de terres dans les marais de Chauny, avec toute juftice. A Kais, dans l'Amiénois, d'autres biens encore. Enfin, il donna au tréfor de fon églife, un calice & une patene d'or ; une croix de même métal, pleine de pierres précieufes ; des chapes, des manteaux, &c.....
Il fut enterré dans le vieux chapitre des chanoines, entre fa mere, morte le 27 de Décembre, & fa fœur morte le 8 de Janvier ; on ne fait de quelle année. Le décès de fon pere eft du premier de Novembre. Hardouin fut remplacé par Hugues, prévôt de Tournay, & archidiacre de Cambrai. On lit fon nom dans des chartes de 1030. En 1039 il affifta à la charte de fondation de l'abbaye de Falempin. Certaine charte que nous a confervée Dom Martene, dans laquelle il eft parlé de Hugues, ne peut regarder que Hardouin de Croy.

Dès le onzieme fiécle, la fête de la très-fainte Trinité étoit établie dans l'Eglife, & fe chommoit le Dimanche après la Pentecôte, comme il paroît par l'auteur du Livre des Miracles de faint Vinox. L'Ordre de Cîteaux reçut le chant de cette fête en 1175, celui fans doute qu'avoit compofé Etienne, évêque de Liege, au milieu du fiécle précédent. *Voyez* le Pere Ménard, dans fon Livre des Sacremens. C'eft en ce même jour que le diocefe de Noyon célébre avec toute l'Eglife la même folemnité, dont on ne trouve pas la date précife de l'introduction.

Le Livre des Miracles de faint Bertin rapporte qu'un mauvais garnement de la ville de Noyon, après avoir caufé mille dommages dans les campagnes voifines de fa demeure, fondit fur le village de Caumont, appartenant à l'abbaye de Sithiu : que les habitans du lieu, bien confians que faint Bertin n'abandonneroit pas fes dévots fujets, engagerent inftamment Winradus, qui réfidoit pour la communauté auprès d'eux, à les défendre : que ce moine fit d'abord tout ce qu'il put pour rappeller à foi le brigand, qui ne daigna pas même l'écouter ; & qu'enfin ce malheureux, après avoir blafphémé, par de facrileges équivoques, le don précieux de deux cens meffes que le moine lui offroit à grands cris, il périt de la façon la plus trifte. Il tomba de cheval, & fe brifa tous les membres du corps ; fa bouche vomit le fang à grands flots, & le fondement laiffa fortir fes entrailles. La mort de cet infortuné, qui fuivit ces fâcheux accidens, affura la tranquillité des moines & de leurs vaffaux dans Caumont.

Le Roi Robert mourut le vingtieme de Juillet de l'année 1031. Selon le martyrologe de faint Quentin, ce fut le dix-huitieme. Il

XI. SIECLE.
Année 1030.
*Quéfmy.

Collectio ampl.
tom. I, col. 361.
GallieChriſtiana.
tom. 9. col. 995.
XXXIV.
III. Sæculo BB.
cap. 4, fol. 316.

Fol. 162 & feq.

XXXV.
III. Sæculo BB.
fol. 143.

XXXVI.
Année 1031.
Annales B B.
tom. 4, lib. 56,
Nº. 95.

fut enterré près de Hugues-*Capet* son pere, en l'abbaye de saint Denis.

XI. Siecle.
Année 1031.
XXXVII.

Le monaftere d'Homblieres faifoit, par-deffus tous les autres qu'avoient fondés ou dotés nos Comtes, les délices de ces Seigneurs. Ils le vifitoient fouvent ; les Abbés en jouiffoient d'un crédit fans bornes auprès d'eux, & en remportoient fans ceffe de nouvelles graces en faveur de leur maifon. Almoricus, l'un des premiers Officiers de la Cour de nos Comtes, fut infpiré de renoncer au fiécle, pour fe confacrer à Dieu dans Homblieres ; il obtient d'Othon la permiffion d'attacher aux moines de ce lieu la moitié d'une certaine partie des eaux de la Somme, fituées près des villages de Frife & de Neuville, qu'il tenoit auparavant en fief de lui. L'abbé Valeramne fit confirmer, peu de temps après, par le Comte, cette donation ; & jaloux d'en augmenter encore l'étendue, il fit intervenir la protection du Roi Henri Ier, qui voulut bien engager Othon à céder en franc-aleu, à la communauté d'Homblieres, fans s'en réferver aucune portion détachée, l'autre moitié des eaux qu'Almoricus poffédoit. Othon fe fit un devoir d'obliger (8) fon Roi, & d'enrichir à la fois l'Abbé d'Homblieres : il remplit les defirs de Valeramne. Cette conceffion fut faite vers l'année 1032, en laquelle Henri Ier commença à régner feul ; ce fut celle auffi en laquelle mourut, en la ville de Melun, la Reine-Mere Conftance, dont on rapporta le corps à faint Denis, auprès de fon mari, le Roi Robert.

Année 1032.
Ibid. N°. 82.

XXXVIII.
Année 1033.
Chronicon Camc.
&c. Lib. 3, Cap.
42.

Le Châtelain de Cambrai, Gautier III, ne fut ni refpecter dans Gérard, évêque de cette ville, l'autorité de l'Empereur qui avoit fait élire ce digne Prélat, ni écouter le cri de fon devoir. Toujours avide des biens de l'églife qu'il devoit défendre, mille fois il les pilla, & en molefta les maîtres ou les exploitateurs. Il occupa prefque lui feul toute le zele de Gérard, dont le long épifcopat eût peutêtre été le regne d'une paix éternelle, s'il eût eu un Châtelain moins turbulent. Gérard conferva cependant toujours fa fupériorité fur Gautier ; & plufieurs fois il le contraignit de lui promettre ou de lui faire jurer par d'autres la fidélité qu'il lui devoit. Robert de Péronne, ce Seigneur que nous avons déjà cité, l'ami de Gautier, fut une de ces cautions que l'ufage du temps lui fit préfenter à l'Evêque. Notre Comte jura auffi pour le Châtelain, qu'il honoroit de fa protection. Tous auroient été parjures par les infidélités fubféquentes de Gautier. Mais ce Seigneur vint enfin à réfipifcence. Dans un plaid tenu par l'Evêque, devant le Comte de Vermandois Othon, le Châtelain réitéra le ferment qu'il avoit violé. Othon eut la complaifance de réitérer auffi fon ferment entre les mains de Gérard, & promit d'abandonner à jamais Gautier, s'il contrevenoit à fes engagemens. Il les rompit cependant encore ; puis il

Année 1034.
Ibid. cap. 46.

les renouvella, & jura de nouveau. Autant en fit Othon. On ne fait quoi l'on doit plus admirer de la patience miféricordieufe de l'Evêque de Cambrai, ou de la bonté officieufe du Comte de Vermandois, vis-à-vis de la malignité perfévérante du Châtelain Gautier.

Le chant grégorien étoit ufité dans les églifes de France, depuis l'ordre que leur avoit donné Charlemagne de le fuivre. Cet Empereur, étant à Rome, avoit été témoin d'une difpute qui s'étoit élevée entre les chantres Italiens & François, fur la préférence de leur chant, & avoit décidé la queftion en faveur des premiers. Il avoit ramené de Rome deux célébres difciples de faint Grégoire, Théodore & Bénoît, que lui avoit donné le Pape Adrien, en lui remettant les antiphonaires du maître : il avoit placé ces deux chantres à Metz & à Soiffons, où ils formerent deux écoles pour la correction du chant. On fuivit, depuis ce temps, leurs leçons dans toutes les églifes de France, avant l'introduction de la mufique : mais ces leçons étoient extrêmement imparfaites. Gui l'*Arrétin*, ainfi furnommé de la ville d'Arrezzo, fa patrie, & moine d'une abbaye près de Ravenne, inventa, vers les années que nous parcourons, les notes du chant, & abrégea par ce moyen la maniere de l'apprendre. Son fyftême fut adopté dans toute l'Eglife, où il eft encore fuivi maintenant.

On fe fouvenoit toujours dans l'abbaye de faint Tron, dans la Hasbaye, qu'un des deux premiers patrons de cette maifon, étoit l'illuftre martyr faint Quentin. Rodulphe, fait abbé de ce monaftere en 1008, écrivoit, vingt-huit ans après fon élection, à l'Evêque de Metz, qu'il avoit fait fondre des cloches à l'ufage de fes freres, & qu'il avoit nommé la quatrième de toutes, QUENTINE, du nom du glorieux Apôtre du Vermandois. Il avoit hérité fa dévotion à faint Quentin, de fon fondateur faint Tron, dont il avoit voulu encore imiter plus parfaitement la religieufe conduite, en faifant bâtir, en l'honneur de ce faint Martyr, certain lieu où l'on célébrât particulierement fa fête. En effet, il lui avoit dédié en l'an 1017 un autel ; il avoit compofé des hymnes, des antiennes, & des répons à fa gloire : il avoit voulu que fes moines fuffent plus largement traités au jour de fa paffion ; & il avoit enfin ordonné qu'au même jour de chaque année, on diftribuât aux pauvres de plus amples aumônes.

La mort, en enlevant en 1041 Gautier III à l'Evêque de Cambrai, Gérard, fufpendit les troubles & les injures qu'il n'avoit ceffé de lui faire. Ce pacifique Prélat le réconcilia, après fa mort, à l'églife dont il l'avoit chaffé, & confentit que fon époufe Ermentrude le fît enterrer en l'abbaye de faint Amand, à laquelle elle fit des donations confidérables.

XI. SIECLE.
Année 1035.
Ibid. cap. 48.

XXXIX.
Année 1036.
Vita Caroli Magni, Parif. 1588.

Annales B B.
tom. 4. Lib. 55,
N°. 100.
Hift. Univerf.
en l'année 1022.

XXXX.
Spicilegii, tom.
7, fol. 460.

Ibid. fol. 467.

Ibid. fol. 474.

XXXXI.
Année 1041.
Annales B B.
tom. 4, Lib. 55,
N°. 33.

Les Seigneurs voiſins de la capitale du Vermandois ſe faiſoient, à l'exemple d'Othon, un honneur de venir paſſer, dans le monaſtere d'Homblieres, la fête de la ſainte Patronne de cette maiſon : ils y laiſſoient toujours auſſi, avant que d'en partir, des marques de leur dévotion envers ſainte Hunégonde, & de leur reconnoiſſance envers les moines qui les avoit édifiés & reçus honnêtement chez eux. Remplis de ces beaux ſentimens, les deux freres, Arnoul & Thierry, donnerent généreuſement à cette abbaye un bien qu'ils poſſédoient au village de Séboncourt. Othon en confirma la donation (9), & en fit ſous-ſigner la charte paſſée à Homblieres par les perſonnes les plus diſtinguées qui s'y étoient trouvées à la fête patronale.

On y lit qu'en cette année 1043, en laquelle cet acte fut dreſſé, Rothard étoit Doyen de l'égliſe de ſaint Quentin. C'eſt de la générofité de cet Eccléſiaſtique que le monaſtere de ſaint Prix poſſede les eaux de Rôcourt, près d'Oeſtre. Yves étoit alors le Coûtre de la même égliſe, après la mort de Thetboldus, arrivée, ſelon ſon ancien martyrologe, le 23 d'Avril.

Yves avoit pour pere Robert Ier, châtelain de Péronne. Ce Seigneur, qui mourut du temps de Rainier, abbé de ſaint Prix, comme il paroît par la donation que lui avoit faite Yves de l'autel du village de Dallon, fut auſſi le pere de Robert II de Péronne, qui donna à l'égliſe de ſaint Quentin ſa terre de Claſtres. Le vieux martyrologe de cette baſilique, en rapportant le jour de la mort de ce fils au premier d'Octobre, fait mention de cette conceſſion (10).

Dallon, dont on vient de parler, ſe dit en latin *Dalloniæ ....arum ;* l'étymologie en eſt dérivée de ſa poſition *ad longitudinem rivi*, parce qu'il eſt aſſis le long de la Somme. C'eſt un domaine ancien de la coûtrerie de ſaint Quentin qui l'a aliéné, & de laquelle il releve encore à préſent. Le martyrologe de cette égliſe place au troiſieme de Janvier la mort d'Hadvige, dite *la Maireſſe*, qui donna aux chanoines un bien en ce village. Le 9 du même mois mourut un Robert d'Origny, qui leur y légua auſſi un muid de froment : mais on ne ſait préciſément le premier donateur qui leur paſſa la ſeigneurie de cette terre, qui eſt contiguë à la banlieue de leur ville.

Il eſt utile de diſtinguer ici avec ſoin les différens Seigneurs, ou plutôt les Châtelains de Péronne, pour éviter la confuſion, dans laquelle la reſſemblance des noms pourroit jetter les lecteurs. La filiation ſuivie que nous en allons donner, aidera à cette opération.

I.

I.

PÉPIN IV, comte de Péronne en 886, ensuite comte de toute la province de Vermandois, mort en 891.

I I.

HÉBERT Ier, fils, comte de Péronne, plus connu sous le nom de Comte de Vermandois.

I I I.

HÉBERT II, fils, (de même) mort en 943.

I V.

EILBERT, qui paroît avoir été un fils natutel d'HÉBERT II, étoit comte de Péronne en 948 sous ALBERT Ier, comte de Vermandois ; il mourut vers 977. *Gallia Christiana*, *tom. III, col. 571.*

V.

| BERNIER, châtelain de Ribemont, puis abbé d'Homblieres : fils naturel. | ROBERT Ier, dit DE PÉRONNE, descendoit d'EILBERT & d'ERSENDE son épouse, ou de quelqu'autre femme de ce Seigneur. Il ne tint Péronne qu'à titre de châtelain ; il étoit en même temps Seigneur de Capy ; il mourut le Ier de Mai 1045. | LAMBERT, fils naturel. |

V I.

| YVES DE PÉRONNE, coûtre de l'é- | ROBERT II, dit DE PÉRONNE, mort le Ier | ADÉLAIDE DE PÉRONNE, mariée |

glife de faint Quentin, fils.

d'Octobre 1087, fils du précédent, ou plutôt fon neveu par EUDES DE PÉRONNE, frere de ROBERT Ier. Voyez *l'année 1065, n°. LXXV.*

à ROBERT DE BOVES, frere d'ENGUERRAND Ier, Sire de Coucy, vécut plus de foixante ans avec fon mari ; elle mourut le 12 de Septembre 1121 , fans poftérité. Ce Seigneur, qui avoit pris le nom de ROBERT III DE PÉRONNE , étoit mort entre les années 1106 & 1109. *Gallia Chriftiana, tom. IX, col. 1105.*

V I I.

YVES DE PÉRONNE, Seigneur de Cléry, fe fit moine au Mont-Saint-Quentin en 1106. Il paroît fils du précédent.

EUDES DE PÉRONNE fils ; il dota le prieuré de Capy en 1088.

THOMAS DE PÉRONNE, marié à l'Héritiere de Roye, devint la tige des anciens Seigneurs de cette ville. Voyez *l'année 1204 ci-après.*

V I I I.

HUGUES DE PÉRONNE , abbé du Mont-Saint-Quentin en 1141.

ROGER , châtelain de Péronne en 1120 ; il hérita de fon pere EUDES, & de fa grand'tante ADÉLAIDE DE PÉRONNE.

VERMOND DE ROYE, fils, vivant en 1149. *Gallia Chriftian. tom. IX. col. 1105.*

I X.

| ERMENGARDE DE PÉRONNE, fille. | PIERRE, châtelain de Péronne, fils, vivant en 1170. | HUGUÈS II, abbé du Mont-Saint-Quentin, paroit être fils de ROGER DE PÉRONNE. Il étoit élu en 1172. |

X.

GAUTIER, châtelain de Péronne, en 1221.

X I.

JEAN Ier, châtelain de Péronne en 1238 avoit épousé ELIZABETH DE LILLE.

X I L.

JEAN II, châtelain de Péronne & de Lille, épousa MATHILDE DE MORTAGNE, & vendit en 1266 sa châtellenie à GUILLAUME DE LONGUEVAL pour quatre mille livres parisis. Au mois de Décembre de la même année, cet acquéreur, du consentement de GILLES DE BOUCHAVÉNES, qui avoit retrait à soi la châtellenie de Péronne, par proximité de lignage, la vendit au Roi SAINT LOUIS. En 1358 elle fut engagée au Comte de Flandre, & depuis rappellée à la Couronne.

La terre de Claftres, dont nous venons de parler, assise près de la ville de Saint-Quentin, étoit un domaine propre à la famille des Robert de Péronne. Robert II donna sa portion héréditaire en ce village au Chapitre de saint Quentin, comme il paroît par ces termes du vieux martyrologe de cette église. . . . . *Calendis Octobris obiit Robertus de Peronâ qui dedit nobis Claftras.* Claftres paroît certainement être le château, dont parle Frodoard, que les enfans d'Hébert II ravagerent en 944. Il est incontestablement le même dont il est parlé dans une charte de l'évêque de Laon, Barthélemi, dans laquelle on lit que Thomas de Marle (parrain peut-être de Thomas de Péronne) fit quelques jours de maladie; car cette seigneurie étant possédée partiellement par Robert II, de son chef, & Robert III, de celui de sa femme Adélaïde de Péronne, on con-

XXXXVI.

XI. SIECLE.
Année 1043.

Notes, page 52.

çoit naturellement que Thomas de Marle, neveu de Robert III, a
pu fe retirer dans le château de Claftres pendant la durée de quelqu'incommodité. C'eft le fentiment de Dom Du Pleffis, dans fon
hiftoire de Coucy. Nous penfons encore, avec ce Pere, que c'eft
mal-à-propos qu'Adrien de Valois a traduit le mot *Claftris* par *Cléry fur la Somme* ; il devoit y reconnoître Claftres.

Enfin, Raimond, dont l'époufe, appellée Ricwera, fe fit converfe à Prémontré, étoit un troifieme Seigneur dans Claftres ; mais
nous ne pouvons expliquer fi ce qu'il y poffédoit lui appartenoit

Voyez l'année
1120 ci-après,
Liv. X, N°. 54.

par ancienne hérédité, ou par acquifition nouvelle qu'il y eut
faite. Nous ferions portés à croire que ces deux derniers époux
furent la tige des Adam de Claftres, dont voici le tableau généalogique :

RAIMOND, & RICWERA fa femme, Seigneurs de Claftres,
en partie, vers 1136.

I.

SIMON DE CLASTRES, & EMMELINE fa femme, vers 1190,
eurent pour enfans :

I I.

| ADAM DE CLAS-TRES, chanoine de faint Quentin : il par-le encore dans la foi-xante-fixieme charte du cartulaire de fon églife, en 1245. | SIMON II DE CLAS-TRES, fils, époufa MAR-GUERITE. Ils vendirent à MATTHIEU DE BÉ-THENCOURT, en 1202, la moitié des dixmes du village d'Efcuvilli, qui pafferent à la chapelle-nie de faint Jean l'Evan-gélifte (à préfent divi-fée en deux portions) fondée dans l'églife de faint Quentin. Elles dé-pendoient de l'Evêque diocéfain, qui en con-fentit la vente & l'a-chat. | HUGUES DE CLASTRES, mort le 15 de Juillet, félon un martyro-loge de S. Quen-tin. |

I I I.

RAINAUD DE CLASTRES, fils, vivant en 1202. *Cartul. fancti Quintini, cartâ 124.*

I V.

ADAM DE CLASTRES, fils, mort avant 1304, avoit époufé JEANNE qui s'étoit alors remariée à HUART DE FIEULAINES, écuyer. *Ibid. cartâ 6.*

V.

JEAN DE CLASTRES, en 1325. *Ibid. cartâ 60.*

Ajoutons, pour ne plus revenir fitôt fur l'article de Claftres, que Matthieu de Templeux, chanoine de faint Quentin, donna auffi à fes confreres cinquante-quatre feptiers de terres dans le même lieu. Ce Matthieu de Templeux paroît être un filleul & un parent de Matthieu de Béthencourt qui paffa, de fon côté, quatre muids de bled à l'églife de faint Quentin en 1204, &c. Tous deux pourroient bien defcendre, par les femmes, des Adam de Claftres.

XXXXVII

Voyez le Livre XIV fuiv. N°. 51.

Yfabelle de Meneffies avoit légué aux Hofpitaliers du Temple de Noyon dix feptiers & demi de terres, & le cens d'une maifon dans Claftres : ces Chevaliers vendirent leur leg au Chapitre de faint Quentin en 1244, (*Ibid. cartâ 59.*) Marie, dite de Chifni, devenue femme à Jean Hanoque de Buterel, vendit au même Chapitre tout ce qu'elle avoit hérité de terres dans Claftres & Artam, provenantes de fa mere appellée Haviulde de Claftres, (*Ibid. cartâ 57.*) Philippes, fils de Jean *de Macheriis*, avoit vendu à la même compagnie ce qui lui appartenoit de la mairie de Claftres ; mais, comme il avoit enveloppé dans fon contrat les droits d'Ade, dite *la Maireffe*, veuve de Guillaume, cette Dame confentit & ratifia la vente de ce bien en 1272, en la préfence d'un autre Guillaume, frere du vendeur, lequel y accéda auffi, (*Ibid. cartâ 55.*) Ce bien étoit un fief mouvant du Chapitre même, & par lui aliéné aux ancêtres des parties. Le vendeur s'étoit défait, par le même acte, de douze feptiers de terres à lui propres dans Claftres, en faveur des mêmes acquéreurs, (*Ibid. cartâ 54.*) En 1279 le Chapitre de faint Quentin fit régler fes droits à l'encontre de celui de Noyon, par rapport à quelques dixmes fur les terroirs de Claftres, d'Avefnes, d'Artam, &c. (*Ibid. cartâ 56.*) En 1284 il fit reconnoître, par Wiard de Gauchy, que dix-neuf feptiers de terres, qu'il poffédoit dans Claftres, étoient fujets à de certains droits envers l'églife de saint Quentin, (*Ibid. cartâ 58.*) En 1309 il acheta un manoir dans le même village, (*cartâ 62.*) En 1325 Jean de Claftres, feigneur du lieu, reconnut devoir aux chanoines un muid de bled & dix-neuf deniers de cens ; à prendre fur fa terre, (*Ibid. cartâ 60.*) En 1333 Matthieu de Harly leur vendit une preftation de deux muids de bled à lever dans Claftres fur plufieurs pieces de terres qu'il fpécifia dans fa charte, (*Ibid. cartâ 69.*) Et le titre de ce chirographe porte que c'eft *pour faire une proceffion, chacun an, à Monfeigneur*

faint Louis. En 1404 Gui de Roye, archevêque de Reims, par un acte expédié en fa ville, daté du 29 de Novembre, leur donne plufieurs biens qui lui appartenoient dans Claftres, venant de la fucceffion de Dreux de Roye, & de Jean de Roye, dit *le Baudrain*,

fes oncles. Gui de Roye avoit été doyen de faint Quentin : le Chapitre s'obligea, par reconnoiffance, à célébrer certains fervices pendant la vie & après la mort du dotateur. Gui defcendoit de Barthélemi de Roye, chambrier de France, fous Philippe-Augufte qui avoit fait préfent à l'églife de faint Quentin de beaux ornemens. Tous defcendoient de Thomas de Péronne, dont nous parlions plus haut. Le Chapitre rappella encore vers lui la mairie de Claftres qu'il avoit aliénée, depuis le premier retrait que nous venons de voir qu'il en avoit fait, à M. de Saint-Simon qui la lui rendit en 1485. Enfin, vers le milieu du dix-feptieme fiécle, cette compagnie abandonna fon droit de feigneurie dans Claftres à la maifon de Saint-Simon, pour en former le duché de ce nom, & en faire l'arrondiffement plus parfait.

XXXXVIII. Reprenons le fil de notre hiftoire. On lit dans la charte d'une donation que nous allons citer, faite par un nommé Godefroy, que Guerricus étoit prévôt de l'églife de faint Quentin, & qu'il étoit le fucceffeur, dans cette place, de Walcelinus, fouffigné dans un autre inftrument rapporté ci-deffus. Le chancelier s'en appelloit Deodatus.

I L. Valeramne, abbé d'Homblieres, qui avoit reçu en 1043, le 26 d'Août, lendemain de la fête de la Patrone de fon abbaye, la donation faite par Arnoul & Thierry, mourut quelques mois après. Bernard, qui fut élu pour lui fuccéder, reçut dans la même année de Godefroy, l'un des officiers de notre Comte, la terre de Courcelles (11) que ce Seigneur avoit confacrée au monaftere d'Homblieres.

Fondé fur l'exemple prefque univerfel des églifes cathédrales & collégiales, qui abandonnerent vers ce temps l'habitation & la vie commune, Claude Emmeré a cru que celle de faint Quentin avoit auffi divifé fes biens, fous le gouvernement du Comte Othon, & qu'elle avoit rompu alors, entre tous fes membres, cette communauté de vie & de demeure qu'elle avoit gardée depuis fon origine,

La conjecture de cet écrivain n'est pas exacte. Il est certain que la province de Reims fut la moins hâtée de quitter cette façon de vivre, qui étoit la plus sage & la plus réguliere, & qu'elle conserva le plus long-temps son premier usage. Camusat rapporte que le Chapitre de Troyes se sécularisa en 1082 : ce ne fut donc qu'à la fin du onzieme siécle, & même au commencement du douzieme, que cette province renonça généralement à la pratique dont il s'agit. Nous parlerons de ce changement en son temps.

Hugues, évêque de Noyon, passa, vers l'an 1044, de cette vie à une meilleure, & eut pour successeur en son siege Baudoin, qui fut le premier de ce nom.

On a déjà pu remarquer combien de fois le Comte Othon avoit signalé sa générosité envers les églises : il en donna encore une preuve nouvelle dans la charte qu'il fit expédier peu avant que de mourir, en faveur de l'abbaye de saint Prix. Ce pieux Seigneur y confirma toutes les donations faites à cette maison, par son aïeul Albert Ier ; il les étendit, & y ajouta plusieurs autres biens situés en différens villages. Cet acte, daté du treizieme de Janvier 1045, fut passé en la ville même de Saint-Quentin (12.).

Godefroy occupoit alors la place de Prévôt dans l'église de cette capitale. C'est par ces larges aumônes que notre Comte se fraya le chemin à la plus douce & à la plus heureuse mort, après vingt-cinq ans d'administration : elle arriva en la même année, le 25 de Mai ; car c'est à ce jour que l'ancien martyrologe de saint Quentin la rapporte . . . . *Eodem die [VIII calendas Junii] obiit Otho, comes, & Almoricus, comes, qui dederunt nobis molendinum de Landrihan . . . .* Nous ne savons rien de la Comtesse Papia son épouse. Vraisemblablement ils reçurent l'un & l'autre leur sépulture dans la chapelle sépulchrale de Notre-Dame *la Bon*, dans Saint-Quentin.

Le seizieme Comte-Abbé de Saint-Quentin fut Hébert IV. Ce Seigneur, descendant de Pépin IV, & le dernier Comte de Vermandois de sa race, prit les rênes du gouvernement de cette province après la mort d'Othon son pere. Il épousa Adéle, que d'autres nomment Hildébrante, fille de Raoul II [*alias* Raoul III] comte de Crépy en Valois, & seigneur de plusieurs autres villes, châteaux & comtés. *Comes Crispeïus, Crespiensis, Crespeïcus, Vadensis.* Quelques-uns ont écrit que les deux villes de Crépy en Valois & en Laonnois, avoient emprunté leur nom de saint Crépin & de saint Crépinien, qui y avoient planté la foi chrétienne. Le nouvel historien du Valois le dérive plus raisonnablement des voûtes & des souterrains, dont étoient percés ces lieux que les Romains & les premiers Gaulois avoient habités : *à Cryptis.* Cette alliance prise dans une famille extrémement noble, puisqu'elle sortoit de Charlemagne par les femmes, mit le comble à la grandeur de nos Comtes,

X I. Siecle.
Année 1043.

Annales de Noyon, p. 904, N°. 8.
Voyez l'année 1169, ci-après.

L L
Année 1044.

L I I.
Année 1045.

L I I I.
Hébert IV.
Aug.- Vir. fol. 117.
Hist. de Coucy, &c. Notes, page 31.

André Du Chêne, antiquités du Valois.
Histoire du Valois, tom. I, p. 36.

XI. Siecle.
Année 1045.

& fit tomber, dans leur maison, des biens immenses & des dignités considérables. Raoul III descendoit de Raoul II, & celui-ci de Gautier II, comte de Valois & du Vexin, d'Amiens, de Dreux & de Meulan, qui avoit fait bâtir plusieurs châteaux-forts, & avoit fondé en divers lieux nombre d'églises, d'abbayes & de chapitres, tant séculiers que réguliers. Nous donnerons ci-après l'exacte généalogie de ces Seigneurs.

Voyez l'année 1081, Liv. IX, N°. 5.

LIV.

Le beau-pere d'Hébert IV avoit épousé, en premieres nôces, Adéle de Bar-sur-Aube, morte en 1053, qu'il abandonna pour prendre Hahaïs, qu'on croit avoir été de la Maison de Champagne, & qu'il répudia sous prétexte d'adultere, pour s'attacher, en troisiemes nôces, en 1062, à Anne de Russie ou de Moscovie, la veuve d'Henri Ier, que ce Prince avoit quittée de son vivant. Raoul III eut deux garçons, Gautier & Simon, & deux filles, Adéle & N.... de son premier lit : de son second, il eut Gui & Yves, qui ne lui succéderent point : de son troisieme, il n'eut point d'enfans. Mais Anne de Russie avoit eu de son premier mariage avec Henri Ier, trois fils ; le Roi Philippe Ier, Hugues & Robert.

L V.

Anne de Russie est le vrai nom de la Reine, épouse d'Henri Ier, quoiqu'elle ait été appellée par quelques autres, Agnès ou Adélaïde. Guaguin, Paradin, du Tillet, de Serres, disent que le Roi de Russie son pere s'appelloit Georges. Le pere Daniel, de Limiers & d'autres, le nomment Joradislas. Les uns & les autres se trompent. Ce Prince étoit Jaroflas, fils de Wladimir qui se convertit à la religion chrétienne avant cette partie des Russes, dont il étoit Souverain. La mere d'Anne de Russie étoit, selon la chronique d'Adam de Breme & de Kiovie, & d'autres monumens contemporains, la fille d'Ingegerde, fille d'Olaüs, Roi de Scandinavie, mariée à Jaroflas. Leur mariage doit être d'après l'an 1000, quoiqu'en

Annales BB. tom. 4, lib. 60, N°. 10.
Mémoires de Trévoux. Mars 1747, page 470.

disent Messieurs de Sainte-Marthe, qui ne le placent qu'en 1051. Le pere Hardouin a traité sans façon le Roi Jaroflas & sa fille Anne, de personnages supposés. Mais cet auteur, qui se faisoit un jeu de sapper les fondemens de toutes les histoires, n'est pas d'une conséquence qui doive ici suspendre la croyance des lecteurs. Un auteur Danois donna au Public, il y a quelques années, un Mémoire, dans lequel notre prétention est démontrée. Le Prélat qui fit la demande pour le Roi d'Anne de Russie, fut Gautier Savoir, évêque de Meaux, & son voyage eut lieu en 1050; date qui reviendroit au sentiment de Messieurs de Sainte-Marthe. Elle mourut en France, & fut enterrée dans l'abbaye de Villiers, Ordre de Cîteaux, près la Ferté-Alain en Gâtinois.

Histoire du Valois, tome I, page 300.

LVI.

On ne doit pas croire que l'épouse d'Hébert IV, Adéle de Crépy, sortit du second mariage de son pere Raoul III : les auteurs du temps rapportent que c'est de son premier lit. Ce ne peut être non

plus

plus du troisieme; car Adéle, la fille d'Hébert IV & de la Comtesse Adéle de Crépy, épousa dans la suite Hugues, le fils de la Reine Anne. Or, leur alliance eût paru monstrueuse [même en ces siécles corrompus] si le même Hugues, mari de la Comtesse Adéle de Vermandois, eût été son oncle maternel à la fois. Et c'est ce qu'il faudroit avouer cependant, si Adéle de Crépy eût été la fille d'Anne de Russie, & la sœur uterine de Hugues.

XI. SIECLE. Année 1045.

C'est à l'occasion de l'expulsion de la seconde épouse de Raoul de Crépy III, & de ses troisiemes nôces avec Anne de Russie, que le Pape Alexandre II donna à l'Archevêque de Reims, Gervais, la commission d'instruire le procès de ce divorce, & d'en envoyer ensuite le verbal en la Cour de Rome, pardevant laquelle l'épouse répudiée avoit été former elle-même sa plainte. Mais le Comte, obstiné dans sa passion, ne tint jamais compte des plus salutaires avis qu'on lui donna, ni des plus foudroyantes censures dont on l'accabla.

Marlot. hist. Remensis. Tom. 2. fol. 132.

LVII.

La Comtesse Adéle de Vermandois obtint le Valois, par l'abdication volontaire qu'en avoit faite à Hébert IV, Simon, son oncle maternel, lorsqu'il renonça en 1077 au monde, pour se renfermer dans le monastere du Mont-Jura. Elle eut encore du même Simon le comté d'Amiens, dont elle déposséda les Sires de Coucy, & qu'elle céda, après la mort du Comte son pere, à une fille appellée Marguerite, qu'elle eut dans un second mariage avec Regnault, comte de Clermont & d'Auvergne.

Le monastere du Mont-Jura dont nous parlons, étoit dédié alors à saint Oyan, *Eugendus* ou *Augendus*, dont il conserva le nom jusqu'au temps de saint Bernard, & par conséquent long-temps après la mort de saint Claude, qui y fut inhumé. Depuis le douzieme siécle, il a pris le nom de ce dernier Pontife, qui lui reste encore à présent. Sous le ministere du Cardinal de Fleury, l'église en a été changée en cathédrale suffragante de Lyon.

LVIII.
Annales B B. tom. 1, Lib. 1. N°. 65.

Le Valois, dont nous parlons aussi, est une petite province du royaume : elle est maintenant au gouvernement militaire de l'Isle de France, avec le titre de Duché. Elle est bornée, du côté du *nord*, par le Soissonnois; *est*, par la Champagne; *sud*, par la Brie & l'Isle de France; *ouest*, par le Beauvaisis. L'abbé Le Carlier, Prieur d'Andrezi, natif de Verberie, vient d'en donner, en trois volumes *in*-4°, une histoire très-ample, très-recherchée, très-instructive, & digne d'un savant & zélé citoyen. Nous y avons puisé plusieurs découvertes, dont nous lui marquons notre gré & notre reconnoissance à la marge de nos Mémoires.

Parmi les excellentes qualités qui brillerent en Hébert IV, son insigne piété envers les Saints le rendit infiniment illustre. La collégiale des chanoines de la ville de Roye, au diocese d'Amiens, que

LIX.

Tome I.   K k k k

XI. SIECLE.
Année 1045.
Choppin, *de sa-
crâ Politiâ*, lib.
I, N°. 13 & 14.
Voyez l'année
1681, Liv. IX,
N°. 9.

ce Comte a fondée & dorée, conjointement avec son épouse, cé-
lébrera à jamais la générosité de ce couple fidèle. Cette église fut
dédiée primitivement à saint Georges : elle prit dans la suite un
second patron, saint Florent, lorsque les reliques de ce Confesseur
lui furent données, comme on le dira bientôt. Elle fut desservie
d'abord par dix-huit chanoines qu'Hébert IV y avoit établis : &
telle étoit la réputation de sainteté en laquelle vivoient ceux de
saint Quentin, que le même fondateur crut ne pouvoir donner à
ses nouveaux chanoines de Roye, des regles plus salutaires & des
constitutions plus édifiantes que celles de ceux-là. L'érection de

Année 1047.

l'église & du chapitre de Roye commença vers l'année 1047, en
laquelle nous savons certainement que Rothard, doyen de l'église
de saint Quentin, & Yves, coûtre de la même basilique, vivoient
encore ; lorsqu'Hildricus en étoit déjà devenu le prévôt, lorsque
Godefroy de Ribemont, Ier du nom, étoit châtelain de la ville
Auguste de Vermandois, & qu'Anselme en étoit le mayeur.

LX.
*Annales B B.
tom.* 4, *lib.* 59,
N°. 17.

L'attachement d'Hébert IV à la personne sacrée de nos Rois,
éclata sur-tout par les soumissions que ce Comte témoigna à Henri
Ier. Soit que ce Roi, en revenant de la conférence qu'il avoit eue
à Metz avec l'Empereur, & en laquelle Hébert l'avoit peut-être
accompagné, eût pris sans dessein sa route par le Vermandois ;
soit que ce Prince en fût venu visiter le Comte sur l'humble invitation qu'il lui en auroit faite, il est prouvé qu'en cette année Henri
l'honora de sa présence, & qu'il passa, avec toute sa Cour, quelques jours en la ville de Saint-Quentin, chez Hébert IV. Il en fut
reçu dans son palais avec toutes les démonstrations du respect le
plus sincere & le plus dévoué à la Majesté Royale. Hébert se dé-
vêtit devant son Prince de toute son autorité ; la lui remit, & ne
sembla la reprendre des mains de son Souverain qu'après qu'il fut
parti de la capitale de son comté. Tel fut l'hommage le plus parfait que le plus respectueux Seigneur rendit jamais à nos Rois.

LXI.

La présence du Roi Henri dans le Vermandois, fut la source de
mille graces pour les églises de ce comté. Il ne cessa de les orner &
enrichir pendant tout le temps qu'il daigna rester dans le palais
d'Hébert. La prodigue bonté de ce Roi l'a même porté quelquefois
jusqu'à solliciter les Seigneurs de sa Cour, en faveur des monasteres. C'est à sa recommandation que Baudoin de Vermandois, son
chancelier & son grand-aumônier, fit présent à l'abbaye de saint
Prix, d'un bien considérable qu'il possédoit dans ce pays (13). La
charte en fut expédiée sous les yeux du Roi, qui la souscrivit.

LXII.
Ibid. Lib. 58,
N°. 79.

Hérembaldus, qui avoit été l'un des Officiers d'Hébert IV, venoit
de concevoir le dessein de quitter le siécle, afin de ne vivre plus
que pour Dieu, dans le même monastere de saint Prix. Il obtint du
Comte la permission de s'y retirer (14), & de donner aux nou-

veaux confreres qu'il acquéroit, la plus grande partie des biens qu'il possédoit dans le monde. C'est par la charte confirmative de cette donation, qu'il est encore prouvé qu'Hébert trouvoit plus sa gloire à faire consentir & approuver par le Roi, suprême suzerain, les acquisitions que faisoient ses vassaux; qu'à les confirmer lui-même. Qu'il est beau pour un grand feudataire de se déshériter lui-même de sa puissance entre les mains du Monarque de la Nation, & de s'arrêter toujours au-dessous du point où commenceroit l'excès de l'indépendance & la félonnie! C'est un devoir que ne connurent gueres nos premiers Comtes héréditaires. La nature leur avoit-elle refusé un cœur généreux & reconnoissant?

En 1049 le Roi étoit arrivé en la ville de Laon, au mois de Juin. Hincmar, abbé de saint Remi de Reims, eut l'honneur de l'y venir saluer; & lui demanda la permission d'engager le souverain Pontife Léon IX, qui étoit alors à Cologne, à venir à Reims consacrer la nouvelle église de son monastere qu'il avoit fait construire. Le Roi consentit aux vœux de l'Abbé, & lui permit même d'interposer sa haute recommandation auprès du Pape, qui, incliné aux desirs d'un si bon Prince, fixa au premier jour du mois d'Octobre suivant, la cérémonie desirée. Pendant l'intervalle des quatre mois, Léon invita, par une lettre circulaire, les Evêques & les Abbés à se trouver auprès de lui, au jour marqué. Son but étoit d'examiner par lui-même la conduite de la plupart de ces Prélats accusés de simonie. Ils le pénétrerent; &, pour en détourner les effets de dessus leurs têtes, ils s'agiterent beaucoup auprès du Roi, afin de lui faire révoquer la permission qu'il avoit donnée. Ils lui représentérent, avec des couleurs odieuses, que l'intention du Pape étoit d'étendre sa domination en France, sous les yeux du Souverain même; & que, par cette entreprise, Léon donneroit atteinte aux droits de la couronne de Henri. Ces soupçons, malignement inspirés, ne furent pas écoutés. Léon consacra l'église de saint Remi; & la pompe de cette dédicace fut extrêmement auguste & brillante. C'est principalement de ce jour, que le culte du saint Archevêque de Reims s'étendit dans toute la France, & qu'on commença à y ériger, en son honneur, tant d'églises & d'autels. Le Pape tint ensuite son concile contre les Ecclésiastiques simoniaques & les Laïcs adulteres. Il ne nous importe pas d'en rapporter ici l'histoire ni les canons.

Radbod Ier, évêque de Noyon, avoit donné, avant que de mourir, l'autel du village de Béthencourt en Vermandois à l'abbaye de saint Eloi de sa ville épiscopale. Un autre Radbod, laïc & distingué par sa naissance, donna à la même maison, en l'année que nous parcourons, ceux des villages d'Artam & de Jeancourt, fis

K k k k ij

XI. SIECLE.
Année 1047.

LXIII.
Année 1049.
Ibid. Lib. 59,
N°. 54, 55 & 56.

LXIV.
Ibid. N°. 68.

XI. SIECLE.
Année 1049.
Gallia Christ.
tom. 9, col. 1065
& 996.

dans la même province. Ce Seigneur les avoit attachés à une pe‑
tite église bâtie alors sous l'invocation de saint Remi. Nous n'en
savons pas l'origine ; mais cette église quitta bientôt son premier
vocable, pour prendre celui de saint Blaise qu'elle porte encore
aujourd'hui. Des reliques de ce saint Arménien, que ce pieux
chevalier avoit sans doute rapportées de ses voyages d'outre‑
mer, & d'autres précieux ornemens qu'il donna à cet oratoire, y
occasionnerent ce changement. Sous les yeux & par les soins du
même bienfaiteur, l'oratoire devint aussitôt plus considérable ;
car l'église de saint Blaise se forma alors en un Prieuré, dans le‑
quel habiterent quatre moines. Cette Celle est devenue depuis ce
temps-là un bénéfice qui a été réuni à l'abbaye‑mere, mais qui
n'est plus que d'un très-médiocre revenu. Il est situé dans un des
fauxbourgs de la ville de Noyon. Baudoin Ier., évêque diocésain,
confirma la donation ou restitution du laïc Radbod. Le Prélat

Annales de
Noyon, p. 768.

avoit donné, l'année précédente, aux mêmes moines les autels de
Sancourt, de Beuvraignes, &c. Il avoit aussi assisté à un concile
tenu à Senlis.

LXV.
Année 1051.
Annales BB.
tom. 4, Lib. 60,
N°. 11.

La translation des reliques de sainte Hunégonde se fit en 1051,
en l'abbaye d'Homblieres, sous l'abbé Macaire. Il y avoit cent &
cinq ans qu'elles reposoient dans la premiere châsse qu'on leur
avoit donnée, lorsqu'elles avoient été levées de terre. Elles furent
déposées cette fois-ci dans une seconde beaucoup plus riche, dont
Baudoin, bourgeois de la ville de Saint-Quentin, avoit fait pré‑
sent aux moines, en se faisant recevoir parmi eux. L'abbé d'Isle,
Gérard, accompagné de quelques autres abbés, fit, pour l'absen‑
ce de l'Evêque diocésain, la cérémonie à laquelle assisterent plu‑
sieurs personnes de distinction, parmi lesquelles on nomme un
Godéfroy qui fit présent à la Sainte d'un riche manteau ; & un Ro‑
bert, surnommé l'Anguille, qui se fit serf du monastere.

LXVI.
Chronicon Came‑
rac.&c. Lib. III,
Cap. 62.

La veuve du châtelain de Cambrai, Gautier III, s'étoit remariée
à Jean, avoué de l'église d'Arras ; elle trouva dans ce second
époux le vrai sectateur des démarches violentes & insensées du
premier. Il avoit osé refuser à Lietbert, successeur de Gérard,
mort le 14 de Mars 1049, l'entrée en sa ville capitale, & préten‑
doit que le nouvel élu devoit le nommer son châtelain. Il en avoit

Ibid. cap. 64.

encore ravagé l'église cathédrale & le palais épiscopal. Il fallut
toute la protection de Baudoin, comte de Flandre, pour faire ou‑
vrir à Lietbert les portes de la ville de Cambrai. Jean en fut alors
expulsé, & la châtellenie fut donnée à Hugues, fils de Gautier III.
Jean la lui enleva, & la perdit peu de temps après. Hugues, ren‑
tré dans sa possession, démentit, par la conduite la plus barbare,
l'idée avantageuse que Lietbert avoit conçue de lui. Aussi avide,
aussi injuste que l'avoit été son pere, & que l'étoit son beau-pere,

il se fit excommunier par l'Evêque, & chasser de sa place. On a vu précédemment combien Othon, le pere d'Hébert IV, avoit été attaché aux intérêts de Gautier III, & à quel point il avoit poussé la complaisance pour le perfide. Hugues crut trouver en Hébert un fils aussi fortement incliné en sa faveur; il vint se retirer chez lui en la ville de Saint-Quentin. Mais, soit qu'Hébert ait refusé de défendre le Châtelain contre son Evêque, soit que le Comte fut lassé de n'accorder de la protection à Hugues que pour le mettre en état de causer plus de dommages à l'église, il le congédia de son palais au bout d'un court espace. Hugues n'eut plus d'autre défenseur que Robert de Péronne, gendre de celui dont on a parlé ci-dessus. Ces jeunes Seigneurs avoient l'un pour l'autre les sentimens de leurs peres. Robert travailla beaucoup auprès de Lietbert pour l'engager à ne pas détruire certain fort que Hugues venoit de construire, & que ce Prélat lui avoit enlevé; à reprendre même en grace son châtelain.

XI. SIECLE. Année 1051.

Année 1053. *Ibid. Cap.* 72 & 73. L'Etat de Cambrai, &c. tom. 1, page 234.

Nous n'avons parlé, dans ces Mémoires, des évêques de Cambrai & de leurs châtelains, que par la liaison que ces personnages eurent avec ceux de notre province. Nous laissons aux historiographes de la ville de Cambrai, du diocese de ce nom & du Cambresis, à développer avec étendue ce qui concerne ces objets. La discussion, que d'habiles plumes peuvent en faire, ne peut qu'infiniment intéresser la curiosité des lecteurs; mais nous ne pouvons entrer plus avant dans cette matiere étrangere.

LXVII.

Lorsqu'une partie des parens d'Hébert IV étoient armés les uns contre les autres, ou contre les Seigneurs de leur voisinage, durant les quatre années qui suivirent la retraite du châtelain de Cambrai, Hugues; il ne paroît pas que la province de Vermandois ait rien perdu de la tranquillité que lui avoit procurée notre Comte. Geoffroy dit *Martel*, comte d'Anjou, parent d'Hébert, conduisoit en 1054 la seconde division des troupes du Roi Henri contre le Duc de Normandie. Thibaut, comte de Champagne, autre parent d'Hébert, eut des discussions si fortes avec le même Roi, en cette année, qu'il l'abandonna, & alla à Mayence solliciter du secours contre lui auprès de l'Empereur Henri. En 1056 le comte de Flandre, Baudoin, réglant l'étendue de sa domination temporelle sur la spirituelle de l'Evêque de Cambrai, alla réconcilier l'Avoué de Corbie avec l'Abbé de cette maison, qui n'étoit pas encore du diocese d'Amiens. Thibaut, comte de Champagne, & Geoffroy d'Anjou, dont on vient de parler, tous deux descendans d'Hébert II, porterent, au mois de Février de l'année suivante, le feu de leurs discordes mutuelles dans le Vendômois où ils causerent une disette affreuse. L'Evêque de Noyon souscrit à un diplôme du Roi pour sainte Marie de Soissons.

LXVIII.

Année 1054. *Annales B B.* tom. 4, lib. 60, N°. 56 & 61.

Année 1056. *Ibid.* N°. 113.

Année 1057. *Ibid. Lib.* 61, N°. 5.

XI. Siecle.
Année 1057.
LXIX.
Année 1059.
Ibid. Nº. 35.

La division des biens ecclésiastiques & la renonciation à la vie commune étoient devenues presque générales dans les chapitres des églises cathédrales & collégiales en 1059. Cette entreprise, pour être déjà plus étendue, n'en paroissoit pas moins téméraire à Hildebrand, archidiacre de l'Eglise Romaine, qui demanda, dans un concile tenu à Rome le 20 d'Avril de cette année, que la regle, dont s'autorisoient les chanoines & les chanoinesses pour se soustraire à la sévérité de la discipline ancienne, fût examinée & proscrite, si besoin étoit. Cette regle étoit l'ouvrage d'un diacre appellé Amalaire. Il l'avoit faite pour des moines. Elle avoit été approuvée dans un concile d'Aix-la-Chapelle ; & dès-lors les chapitres séculiers des chanoines l'avoient adoptée & suivie. Mais, comme les choses humaines vont toujours en dépérissant, les chanoines même, qui se l'étoient imposée, en secouerent le joug dans la suite, & la firent servir à leurs desirs & à leurs passions. C'est l'abus contre lequel s'arma Hildebrand, & qui avoit scandalisé les peuples ; mais, ni les remontrances de l'archidiacre, ni les plaintes des fideles ne purent l'emporter contre le torrent. Les biens des chapitres séculiers resterent divisés ; & les bénéficiers, flattés d'une liberté nouvelle qui favorisoit leurs différens goûts, furent sourds à toute autre voix que celle de leur propre cœur. Nous avons déjà dit que la seule province de Reims fut des dernieres à entrer dans ce systême. On verra qu'elle ne l'embrassa que plus d'un siécle après les premieres ; & lorsque sa sagesse particuliere n'eut plus semblé valoir mieux que son accession à un déréglement devenu universel.

LXX.
Ibid. Nº. 41.
Marlot, *Hist.
Remensis; tom.* 1,
fol. 118.

Le Roi Henri Iᵉʳ ayant résolu de faire couronner son fils, Philippe, à Reims, par l'archevêque Gervais, le comte Hébert IV, dit Du Tillet, & Henri, abbé d'Homblieres, assisterent à cette cérémonie qui se fit le jour de la Pentecôte. Claude Emmeré a prétendu que le Comte avoit été présent à ce couronnement, en qualité de *Pair de France*. C'est une erreur. Les Dinasties ou Satrapies, dont les Seigneurs François étoient en possession dès avant le temps de Charles *le Simple*, n'étoient pas encore appellées Pairies, ni les propriétaires nommés *Pairs*. La fonction des Pairs est de soutenir la couronne, quand l'Evêque la met sur la tête du nouveau Roi. Tous les Feudataires, qui relevoient de nos Rois, y assistoient anciennement : & c'est à ce seul titre qu'Hébert IV fut présent à cette cérémonie. Mais le nombre de ces Feudataires étant presqu'infini, on régla dans la suite que, pour un plus bel ordre, il n'y en auroit que douze : six ecclésiastiques, & six laics, qui feroient cet office au sacre de nos Rois. Les douze anciens Pairs furent (pour les ecclésiastiques) l'Archevêque Duc de Reims, & les Evêques Ducs de Laon & de Langres, & les Evêques Comtes de Beauvais, de

Châlons-fur-Marne & de Noyon. Les anciens Pairs laïcs furent les
Ducs de Bourgogne, de Normandie & de Guienne, & les Comtes
de Flandre, de Champagne & de Touloufe.

Le nom de l'abbé d'Homblieres, Henri, qui fe trouve à la fuite
des autres Prélats & des Seigneurs qui furent les témoins de ce
couronnement, fe trouve encore au bas des lettres de confirmation que le Roi & fon fils donnerent, le 3 de Décembre fuivant,
en faveur de l'abbaye de Nogent en Laonnois, à laquelle Aubry
de Coucy venoit d'annéxer l'autel de ce lieu qui dépendoit de fon
château.

* Ragimbert, abbé d'Eternac, avoit établi, pour le 19 de Novembre de cette même année, la fête des reliques de fon monaftere. Son
inftitution paffa dans l'Eglife univerfelle; & les différens Supérieurs
l'ont fixée, en leurs jurifdictions, aux jours qu'ils ont cru les plus
convenables. L'églife de faint Quentin célébre cette folemnité le
2 de Septembre, en vertu de la fondation faite par Jean De la
Villette, chanoine de cette bafilique, & abbé de faint Prix. Elle
étoit fixée, dans le vieux bréviaire de Noyon, au fecond Dimanche d'après la Saint-Martin d'été, pour tout le diocefe. Par le nouveau, elle eft transférée au jour de l'octave de la Touffaint.

Ce ne peut être qu'Hébert IV, & non Hermand, comte de Vermandois & de Valois, qui ait donné aux chanoines de Péronne...
apud Bufuos [Buffu] & *Turicortem manfiones quatuor cum mancipiis.*
Nous ne connoiffons point, & il n'a point exifté d'Hermand revêtu de ces titres.

Le vertueux Roi Henri Ier mourut, le 4 d'Août 1060, à Vitry,
château royal dans la forêt de Biévre, près Fontainebleau, âgé
d'environ cinquante-trois ans. Il avoit été empoifonné, dit-on,
par un médecin de Chartres, appellé Jean. Il laiffa le fceptre à
Philippe, premier du nom. Son jeune âge fit mettre ce fils fous
la tutelle de Baudoin *le Pieux*, comte de Flandre, fon bel-oncle par
Adéle de France fon époufe, la fœur du Roi.

Gui, archidiacre de Laon, depuis évêque de Beauvais, étoit,
vers cette même année 1060, doyen de l'églife de faint Quentin.
Sigebert l'en fait encore le coûtre. Sa mere s'appelloit Mathilde. Il
paroît que ce Prélat, qui laiffa en 1063, lors de fa promotion à
l'épifcopat, fa dignité décanale à Effredus, s'eft confervé dans
cette derniere pendant quelque temps; car nous ne voyons point,
durant quatorze ans, & plus, par quel autre elle fut remplie. Vivianus étoit dans le même temps prévôt de la même églife, dont
Roger étoit auffi le chancelier.

Vers l'année 1064, Baudoin, premier du nom, évêque de

XI. SIECLE.
Année 1059.

LXXI.
Annales B B.
tom. 4, lib. 60,
N°. 52.

L'Etat de Cam-
brai, &c. tom. 2,
p. 50.

LXXII.
Année 1060.
AnnalesBB.tom.
4. Lib. 60. N°.
56.

LXXIII.
Sigebert. ad ann.
1069.
Aug.-Vir. fol.
121.
Supplément à
l'hift. du Beau-
vaifis, pag. 85.

LXXIV.

XL SIECLE.
Année 1064.

Annales de
Noyon, p. 778.
Gallia Chrifi.
tom. 9. col. 1115.
Voyez le Livre
IX fuiv. N°. 12.

Noyon , érigea en titre d'abbaye , orna & amplifia une petite églife , fous l'invocation de faint Barthélemi, fituée près des murs de fa ville. Garnier, archidiacre de Noyon fous Hugues, prédéceffeur de ce Prélat, en avoit été le fondateur. Elle étoit bâtie fur une petite colline appellée *le Mont-des-Monumens ;* proche le cimetiere des pauvres & des pélerins de la ville. Les ravages des guerres ont plufieurs fois ruiné cette abbaye , & les anciens propriétaires ont été obligés de la tranfporter après 1557, & de la reconftruire dans l'hôtel de leur refuge à Noyon. Elle eft depuis 1654 poffédée par des chanoines réguliers de faint Auguftin, congrégation de France, qui y furent fubftitués aux premiers chanoines réguliers qu'on dit y avoir été établis vers l'an 1088. La tradition du pays rapporte que l'églife de l'archidiacre Garnier étoit auffi fous l'invocation de faint Quentin, & que le culte de ce faint Martyr fut ramené avec celui de faint Barthélemi dans la ville de Noyon. Les religieux de cette abbaye font en effet encore maintentnia un office double de ce fecond Titulaire , & admettent dans leur églife les pélerins qui y viennent vifiter fon autel. Ce qui pourroit faire douter de l'autorité de cette tradition , c'eft l'obfcurité dans laquelle l'enveloppe Jacques Le Vaffeur. On fait d'ailleurs que l'archidiacre Nicolas de la Boiffiere fonda la chapelle de faint Quentin dans l'églife de faint Barthélemi , par un acte paffé en Novembre de l'an 1271 , fous l'évêque de Noyon, Vermond. Or ce dernier fondateur eft-il le premier introducteur du culte de faint Quentin dans cette abbaye , ou n'a-t-il fait que l'y perpétuer ?

Annales de
Noyon , p. 207
& 920.
Gallia Chriftiana.
tom. 9, col. 1069
& 1117.

L'archidiacre Garnier , dont on vient de parler, donna auffi au Chapitre de la cathédrale des biens confidérables, affis dans le Vermandois.

Hugues, le fils du châtelain de Cambrai , avoit époufé Ade de Mons, qui ne le rendit pas meilleur. Ce Seigneur étoit un fujet déterminément mauvais. Heureufement il ne le fut pas jufqu'à fa mort. Les pertes continuelles qu'il avoit effuyées , & la confidération de fes excès le firent rentrer en lui-même. Il donna en 1065 l'aveu le plus authentique & le plus humiliant de fes fourberies, de fes injuftices & de fes véxations. Il le fit aux pieds de l'autel , après la meffe , dans les mains de fon Evêque, & en la préfence des plus refpectables Prélats & des Seigneurs les plus diftingués des provinces de Vermandois & du Cambrefis. Il donna même des ôtages de fa fidélité en fus de fes fermens auxquels on ne pouvoit pas fe fier.

LXXV.
Année 1065.
L'Etat de Cambrai, Pieces juftificat. page 9.
Voyez l'année
1071 ci-après ,
N°. 92.

La charte , qui nous a fourni ce détail , fubfifte encore dans les archives de l'archevêché de Cambrai. L'on y lit , à la tête des Seigneurs

gneurs qui cautionnerent le châtelain de cette ville, le nom d'Eudes, avec le titre de comte de Vermandois. C'étoit le fils d'Hébert IV, puisque le souscripteur se dit *le fils d'Hébert son pere*. La qualité qu'il prend de comte de Vermandois, n'a rien d'opposé à l'ordre. Elle pouvoit être assurément employée par un fils aîné, qui étoit l'unique héritier présomptif de Vermandois; par un chef de famille; en un mot, par un Seigneur déjà avancé en âge. Ses deux fils, Ellebaud dit *le Rouge*, & Sohier dit *le Roux*, ont signé au même instrument. Tous deux s'y disent les enfans du comte Eudes. Il n'y est pas fait mention de *Farin* leur aîné. Robert de Péronne s'y donne aussi le titre de comte. Mais la vanité, qui fait étaler & gonfler les titres, est de tous les lieux & de toutes les personnes, comme elle est de tous les temps. Au reste, il faut bien se garder de confondre le comte Eudes [*Odo*] dont Robert de Péronne se dit issu, avec le comte *Odo* que nous traduisons Eudes de Vermandois, dont sortoient Ellebaud & Sohier. Le même acte, qui contient les souscriptions de tous ces Seigneurs, met en un grand jour cette distinction. Isaac Lietard, & Gautier de Lens, le gendre & le petit-fils d'Eudes de Vermandois, ont signé la même charte qu'il ne nous est pas assez utile de rapporter ici, & qu'on peut lire dans l'historiographe de Cambrai.

Baudoin, évêque de Noyon, transféra de l'oratoire de saint Bénoît, bâti sous sa chapelle épiscopale, le corps de saint Eloi, qui y reposoit depuis l'an 881, & le plaça sur le grand autel de sa cathédrale en 1066.

Thibaut, troisieme du nom, comte de Troyes, descendant de Thibaut *le Tricheur* & de Leudegarde de Vermandois, eut de sa femme Adélaïde, en la même année 1066, un fils qui fut nommé Eudes par Hugues, abbé de Clugny, qui fit, à sa priere, la cérémonie du baptême. Le cœur généreux du pere lui fit un devoir sacré d'un tribut de reconnoissance. Sa gratitude égala l'extrême complaisance de l'abbé qui étoit venu de Bourgogne pour se rendre à ses vœux. Il lui donna pour ses dragées un alleu considérable, situé dans son comté. Ce bien s'appelloit en Latin *Cossiacum* ou *Consiacum*, & dans la langue du pays *Coincy*. Il y joignit le bourg & la terre de ce nom. Il y bâtit en même temps, à ses frais, *à primo lapide*, des lieux réguliers & une église qu'il fit consacrer en 1072 au Dieu tout-puissant, sous l'invocation de la sainte Vierge & des apôtres saint Pierre & saint Paul. Hugues y avoit déjà dès-lors introduit des moines de son institut, & en avoit fait un prieuré. Bérenger, qui en étoit le premier prieur, assista à cette consécration faite en présence du fondateur, de son épouse Adélaïde, & de leur fils aîné Etienne, par Algothus, évêque de Soissons, sous les yeux de Manassès de Reims, de Hugues de Lyon, d'Elinand de Laon,

Tom. I.   L l l

XI. SIECLE.
Année 1065.

Voyez l'année
1043, N°. 45.

LXXVI.
Année 1066.

LXXVII.
*Annales B B.
tom.* 4, *Lib.* 62,
N°. 103.

XI. Siecle.
Année 1066.

de Roger de Châlons, de Radbod de Noyon, & des évêques de Troyes, de Chartres & de Meaux. Cinq ans après, le même Thibaut obtint pour son prieuré de Coincy, de Thibaut de Pierre-Fonds, évêque diocésain, l'union de l'église de Bainson que le Prélat ôta aux chanoines de son chapitre; Hugues son successeur y en ajouta quatre autres. Hilgot, quatre autres encore. Les descendans de Thibaut III, Etienne *le Sage*, dit *Henri*, en 1098, Thibaut IV, dit *le Grand*, en 1123, & Henri dit *le Large*, en 1153, confirmèrent & augmenterent par des chartes authentiques les donations faites par leurs ancêtres.

Hist. du Valois, tom. 1, pag. 333.

Le moderne historien du Valois donne au prieuré de Coincy une origine beaucoup plus ancienne ; il assure qu'elle se perd dans les premiers siécles de l'Ere chrétienne, & que la fondation que nous attribuons à Thibaut III, comte de Troyes, ne fut que le renouvellement de ce monastere. La ville ou bourg de Coincy est situé sur le chemin d'Auchy à Château-Thierry, à six lieues, au midi, de Soissons, & sur la route de Gandelus à Reims, en une belle plaine. Ce lieu a commencé par un château fortifié, & accompagné d'un donjon, ajoute-t-il. Les Seigneurs de ce fort-château fonderent une collégiale dans la seconde enceinte, pour l'utilité de ceux qui y étoient établis ; & c'est cette église qui fut convertie en un monastere, & puis ensuite réformé en un prieuré dépendant de Clugny, par le Comte de Champagne, avant la naissance de son fils Eudes.

LXXVIII.

C'est vraisemblablement des Comtes de Champagne, issus du sang des Comtés de Vermandois, ou de ces derniers même, que vinrent à Coincy les biens que cette maison acquit dans notre province : ils étoient assis à Estricourt, hameau distant de trois lieues de la ville de Saint-Quentin, & aux villages voisins. Coincy les possédoit avant l'an 1158, puisque Baudoin, évêque de Noyon, & Thierry, évêque d'Amiens, commissaires établis par le Pape Adrien, à l'effet de régler les contestations nées entre ce prieuré & l'abbaye du Mont-Saint-Martin, par rapport aux dixmes d'Estricourt & de

Bullarium Clun. fol. 85.

Joncourt, firent une transaction datée de cette même année, entre ces deux communautés. Le bullaire de Clugny rapporte une bulle du Pape Urbain III, de l'an 1185, visée par l'Official de Soissons en 1367, où ces mêmes possessions sont relatées & confirmées. En 1259 Vermond, évêque de Noyon, divisa la paroisse de Joncourt, qui comprenoit les villages d'Estricourt & ceux de Viencourt, d'Estrées en partie, de Nouroy, & de Maigny-à-la-Fosse, & en fit deux cures nouvelles. Viencourt & Estrées resterent annexés à celle de Joncourt : Nouroy & Magny-à-la-Fosse furent attachés à celle d'Estricourt. La charte de démembrement en subsiste encore. Le prieuré de Coincy conserve une jurisdiction considérable, qui s'étend fur vingt-une paroiffes du diocefe de Soiffons, & fur une autre paroiffe du diocefe de Laon. Tous les ans, le jour de faint Pierre, patron de l'églife & de la maifon, le Prieur tient un fynode, auquel les curés de ces paroiffes doivent affifter ; de même que quelques autres encore ; & il eft affez furprenant que les curés Noyonnois n'y aient pas été affujettis.

Coincy perdit la plus grand partie de fes titres en 1471, par le feu qu'y mirent, vers le 9 de Juillet, les gens de guerre tenans le parti du Duc de Bourgogne, contre le Roi. Cette maifon ne put plus juftifier, depuis ce temps, d'une feconde divifion en paroiffes, faite avant 1420 des villages que nous venons de citer ; car Maigny-à-la-Foffe, dépendant de la paroiffe d'Eftricourt, avoit été érigé en paroiffe particuliere ; & Nouroy, dépendant auffi de la même cure d'Eftricourt, avoit fubjugué fa mere-églife, & l'avoit affervie à la condition de fimple hameau, répondant à fon clocher. Mais les divifions multipliées des lieux, ne pouvant préjudicier au droit de patronage dont jouiffoit Coincy, par rapport à Joncourt, la premiere de ces églifes paroiffiales, cette maifon a fuivi fes démembremens ; &, par le droit d'extenfion, elle s'eft toujours maintenue dans la poffeffion de nommer aux deux curés nouvelles de Maigny & de Nouroy.

Ce prieuré poffédoit dans Eftricourt & dans les lieux voifins, plus de foixante muids de terres labourables [mefure de Saint-Quentin] qu'il faifoit valoir primitivement par les mains de fes moines & de fes ferfs. Cette habitation étoit appellée la Celle d'Eftricourt, & répondoit au prieuré de Tupigny en Laonnois, où demeuroit le moine chargé de l'infpection des biens & de la culture, de la vente & de la recette des produits, pour le profit de Coincy, qui étoit la mere-maifon. L'obligation de fatisfaire à la fubvention impofée fur le Clergé en 1577, fit aliéner en cette année, par Coincy, fes biens du Vermandois, dont il ne fe réferva que les dixmes, le droit de patronage fur les cures, la feigneurie totale dans Eftricourt, & la juftice moyenne & baffe dans Joncourt.

Cette maifon qui devoit, lors de fon inveftiture, avitailler trente-fix moines, n'en peut plus entretenir maintenant qu'une vingtaine, avec les biens de fa manfe monacale, & ceux de fes offices clauftraux y réunis. Le titre de fon prieuré, toujours dépendant de l'abbé de Clugny, eft devenu féculier, & fujet aux grades, aux réfignations & permutations. Nous devons partie du mémoire concernant Coincy, à l'obligeante politeffe de *Dom Prudot*, Prieur-clauftral de la maifon, qui, fur notre demande, l'a fait dreffer par *Dom Jofeph Simon*, l'un de fes religieux, fur les pieces authentiques de leurs archives. [*18 Juin 1750.*]

Le feu avoit pris, l'onzieme jour de Février de cette même année

XI. SIECLE.
Année 1066.
Annales B B.
tom. 4, Lib. 62,
N°. 107.
II. Sæculo BB,
fol. 732.

1066, au monaſtere de ſaint Amand, en Flandre : les cloches, les autels & les colomnes même de l'égliſe, avoient été réduits en cendres. Pour exciter la charité des fideles en leur faveur, les moines de cette abbaye ne trouverent pas de moyen plus ſûr, que de promener, dans les provinces voiſines, les reliques qu'ils avoient ſauvées de l'embraſement. Ils les porterent à Cambrai, enſuite à Coucy ; de là à Verneuil, à Laon, à Chauny ; puis à Noyon ; enfin à Douay, d'où ils les rapporterent chez eux. Toute cette route ne parle pas de la ville de Saint-Quentin, près de laquelle les autels dédiés à ſaint Amand dans les villages de Conteſcourt & de Neuville, nous perſuadent cependant que les reliques de ce ſaint Evêque ont été apportées dans cette capitale.

LXXX.
Année 1067.
Auguſt.-Vir. fol.
121.

Le Coûtre de l'égliſe de ſaint Quentin, Gui, étoit monté ſur le ſiege épiſcopal de Beauvais en 1067. C'eſt en la qualité d'évêque de ce dioceſe, qu'il ſouſcrivit à une convention qui ſe paſſa en cette année-là, entre un nommé Waſcelin de Chauny, d'une part, & le Chapitre de la cathédrale de Paris, de l'autre. Ce Seigneur, que nous voyons ſous-ſigné dans quelques chartes de nos Comtes, pourſuivoit, ſur les habitans de Viry, d'injuſtes préten-tions, & en exigeoit des droits préjudiciables aux chanoines de Paris, à qui ce village appartenoit. Les plaintes de ceux-ci furent portées pardevant Hébert IV. L'équité reconnue de ce Comte étoit une reſſource toujours ouverte aux juſtes demandes des affli-gés, qui ſe repoſoient, en même temps, de l'exécution des traités qu'ils pouvoient conclure avec leurs adverſaires, ſur la force de ſon autorité. Les conteſtations mutuelles entre les parties furent agitées dans l'égliſe de ſaint Quentin, devant l'autel du Martyr, en la fête de la Touſſaint, jour qui ſuivoit la ſolemnité de ce glo-rieux Patron, & les droits reſpectifs des contendans y furent pu-bliquement réglés, décidés & reconnus. Hébert avoit été-lui-même préſent aux plaids, avec pluſieurs autres perſonnes diſtinguées, & & nombre d'Evêques, parmi leſquels étoit celui de Beauvais dont on parle. Tous ſouſcrivirent la convention dont on venoit d'ar-rêter les articles (15).

LXXXI.
Voyez le Livre
III, N°. 67 ; le
Liv. V, N°. 103 ;
& le Livre VII,
N°. 40.
Gallia Chriſt.
tom. 9, col. 1125.

La ville de Chauny, fondée, comme nous l'avons dit, des débris de celle de Condren, s'étoit formée depuis plus d'un ſiécle. Le château-fort que nos Comtes y avoient fait bâtir pour défendre l'entrée de leur province du côté de l'Oiſe, avoit donné lieu à une châtellenie, dont Bernard étoit le gouverneur en 949, & dont Waſcelin de Chauny, que nous venons de citer, avoit l'intendance en 1067. Celui-ci étoit-il un deſcendant de celui-là ? On le peut préſumer. Les maiſons ne firent qu'augmenter autour de la châ-tellenie qui les protégeoit ; & comme le Châtelain avoit encore ſous ſa protection un certain nombre d'habitations ou de villages

à conserver & défendre, ce district forma, dans la suite, un bailliage fort considérable, dans lequel la plus grande partie de celui
de Noyon étoit même comprise.

Chauny est à huit lieues *est* de Noyon, à vingt-sept *nord-est* de
Paris : longitude, dix-neuf degrés, six minutes, seize secondes :
latitude, quarante-neuf degrés, trente-six minutes & cinquante-
deux secondes. Louis Vrévin, qui dans ses commentaires sur *la*
coutume de Chauny en a voulu débrouiller l'origine, n'a débité sur
l'article de cette ville que de légeres suppositions que le simple récit des faits, que nous venons de rapporter, & de ceux que nous
rapporterons sous les années 1167, & 1211, réfutent évidemment.
Chauny étoit du Vermandois, & en faisoit partie ; elle n'en est
sortie, s'il est permis de parler ainsi, qu'au temps de la réunion
de cette province à la Couronne ; car alors la châtellenie de cette
place, & une partie du domaine adjacent, qui y étoit attaché, devenues héréditaires, resterent aux possesseurs. L'autre partie du
territoire de Chauny & des environs, qui appartenoit à l'abbaye
de Notre-Dame, qui y étoit alors fondée, lui demeura aussi ; &
cette totalité de domaine, occupée par les châtelains & les religieux, forma, sous les yeux de nos Rois, depuis l'époque de la
réunion dont nous parlons, une portion distraite du Vermandois.
Ce cercle, amorcelé & arraché à notre province, ne fut pas expressément revendiqué par les premiers grands-baillis du Vermandois : dès-lors il prit naturellement une tendance immédiate vers le
Roi, le suprême souverain, & se fit un bailliage à part, qui eut sa
coutume particuliere, dont les appellations ressortirent au Parlement, & dont Chauny resta la capitale. Il n'en avoit pas été de
même de Ham & de Nesle, ainsi que nous l'avons expliqué précédemment. Il est arrivé, de cette distraction de Chauny d'avec le
Vermandois, que certains écrivains modernes n'ont pas su de quelle
province dépendoit la châtellenie de Chauny, & que quelques-uns
l'ont rendue au Vermandois, lorsque d'autres l'incorporoient à
l'Isle de France.

Environ cinquante ans après le jugement rendu contre Wascelin, c'est-à-dire, en 1115, Mathilde sa fille, dame & châtelaine
de Chauny, tenant l'avouerie héréditaire pour le Chapitre de Paris dans Viry, recommença dans le village les même véxations que
son pere y avoit suscitées. Les chanoines de Paris se plaignirent à
Lambert, évêque de Noyon. Ce Prélat étoit chargé, par le devoir
de sa dignité, & par l'obligation qu'avoient contractée en diverses
chartes ses prédécesseurs, de maintenir le bon ordre dans Viry.
Lambert excommunia Mathilde : par la sévérité de cette censure,
il la força de confirmer l'accord que son pere avoit souscrit. Mathilde fut encore obligée de présenter ses excuses au doyen & aux

chanoines de Paris, & de se faire absoudre par son Evêque diocésain. Le légat du Saint-Siege, Conon, confirma en la même année
1115 la convention de Wascelin, dans le ville de Soissons, en présence de Lisiard, évêque de ce lieu, de l'archevêque de Reims,
Raoul, de Guillaume de Châlons, de Lambert de Noyon, & de
plusieurs autres personnes de distinction. La charte de Wascelin
fut encore rapportée au Barreau en 1139 pour la troisieme fois,
Roger, châtelain de Chauny, étoit alors avoué de Viry. Simon
de Vermandois, qui occupoit en cette année le siege épiscopal de
Noyon, fit cesser ses prétentions & ses injustices.

LXXXIII.   Valbert remplaça Roger en 1144. En 1163 Robert de Viry. En
1179 Gérard de Viry. En 1182 Manassès de Viry. En 1217 tous
ces noms s'étoient reproduits dans les personnes de Jean de Villers
qui avoit épousé la veuve de Robert de Viry; de Gérard de Viry,
de Manassès de Viry & de Jean *le Roux* de Viry, qui vraisemblablement étoient des descendans du premier Robert de Viry. En
1252 Pierre de Viry. Jean, appellé Châtelain de Chauny, en Janvier 1231 [1232], paroît le même que Jean de Villers précédent.
De la famille des Sires de Viry est sortie Agnès de Viry, abbesse
de Mornienval dans le Valois, qui mourut en son monastere à la
fin du douzieme siécle. On la croit parente à Florent de Hangest,
Sire de Viry, mort aux croisades en 1175, dont le corps ou le
cœur fut rapporté à Mornienval, où il a encore son sépulchre sous
un mausolée.

Nous ne savons comment Viry a été acquis par le Chapitre de
Paris, qui le posséde encore aujourd'hui en toute souveraineté de
justice, & auquel il fut confirmé par la comtesse de Vermandois,
Eléonore, en Avril 1207. Les habitans de Viry étoient alors si
particuliérement dépendans de la justice des chanoines de Paris,
que les Magistrats de Chauny n'avoient pas le droit de les arrêter,
& de les appeller à leur tribunal, même soixante ans après la réunion du Vermandois à la Couronne. Ce ne fut que par une patente
de Philippe III, donnée à Paris en Novembre 1282, que les Magistrats obtinrent cette autorité sur les habitans de ce village.

Nos Rois, qui avoient acheté dans la personne de Louis VIII une
partie du péage de Chauny, de Jean d'Oigny, châtelain de Chauny, & seigneur de Sénilcourt, en 1226, & dans celle de S. Louis de
semblables droits en 1266 : nos Rois, disons-nous, céderent la propriété de cette ville & de sa châtellenie à des Seigneurs, leurs officiers. Béatrix de Saint-Pol, dame de Nesle, l'étoit aussi de Chauny en 1343. Le Roi Jean donna Chauny en échange à Philippe, duc
d'Orléans, son frere, en 1353. L'année suivante, le même Roi,
traitant avec Humbert, dauphin du Viennois, lui assigna entr'autres terres celle de Chauny que Humbert quitta dans la même an-

née au duc Philippe, ne voulant pas jouir d'un assignat sur lequel
Béatrix de Saint-Pol conservoit encore quelqu'usufruit en 1357.
Charles V, par lettres-patentes données à Noyon le 27 de Mai 1378,
unit à sa couronne Chauny que Louis de France, duc d'Orléans,
donna en 1403 à Charles son fils ainé, avec d'autres biens. Charles VI en 1411 confirma cette union, & la fit vérifier en son Parlement. Ce fut sous-Charles VII que le château de Chauny fut dé-
moli au mois de Février 1431. Cette ville resta sous la main de nos
Rois, jusqu'à Louis XIV, qui en aliéna la propriété usufruitiere
au Duc de Chaulnes, en échange de quelques terres que ce Seigneur lui avoit cédées pour former le parc de Versailles. Chauny
a présentement [1767] deux paroisses régulieres, dépendantes de
l'abbaye transférée à Caumanchon ; & outre le couvent de Sainte-
Croix, dont on a parlé, une communauté de Minimes établis en
1619 par Nicolas Jacquart, chanoine & écolâtre de Noyon, qui
leur résigna en 1621 le prieuré simple de Ville-Selve, qu'avoit possédé Théodore de Béze. Il y a encore des religieuses Clarisses ré-
formées, fondées depuis environ trois siécles, & un Hôtel-Dieu,
maison ancienne d'une Ladrerie, à laquelle Renaud de Coucy,
seigneur de Cincenny, donna le Bosquet de Forestelle, par une
charte du mois de Septembre 1207, rapportée dans Louis Vrevin,
(titre X, article 51, note VIII.) La mairie de Chauny est réunie
au lieutenant du bailli. Cette ville n'a point d'état-major.

Ce n'avoit point été un travail, pour le comte Hébert IV, de
rassembler sur l'acte de Wascelin de Chauny, dont nous venons
de parler, toutes les signatures des Prélats que nous y lisons : de
Baudoin, évêque de Noyon ; d'Elinand, de Laon ; de Gui, de
Béauvais ; de Lietbert, de Cambrai ; d'Adélard, de Soissons ; &
de plusieurs autres Ecclésiastiques & Seigneurs illustres. La fête de
la passion de saint Quentin les avoit tous appellés dans l'église de
ce Martyr, & auprès d'Hébert. Nulle part la solemnité d'un saint
Patron n'étoit célébrée avec plus de magnificence & de concours
de Seigneurs & de peuples, que l'étoit celle de saint Quentin en
l'Auguste de Vermandois. Toutes les personnes de condition, établies dans l'étendue du domaine de nos Comtes, se faisoient un devoir d'y assister, & d'y venir faire en même temps leur cour à leurs
suzerains. L'autorité d'Hébert IV étoit reconnue en une infinité
de lieux ; elle s'étendoit sur tout le Vermandois, sur une bonne
partie du pays de Laon, sur celui du Soissonnois, du Valois, du
Noyonnois, de l'Amiénois ; sur une portion de celui du Beauvaisis
& de Cambrai. Les Seigneurs les plus distingués de ces provinces
étoient reçus à Saint-Quentin dans le palais du Comte, dont la
générosité faisoit les frais de l'hospitalité. Le Chapitre de la premiere église de cette ville payoit, de son côté, les dépenses que

XI. SIECLE.
Année 1067.

LXXXIV.
Cl. Dormay, hif-
toire de Soissons,
liv. 5, ch. 21.

faisoient les autres Eccléfiastiques inférieurs, qui venoient en pélerinage au tombeau du Martyr. Nous lisons encore, dans la table des Pasts, qu'il étoit au choix des Prêtres pélerins d'être gratuitement hébergés par les chanoines, ou d'en recevoir six deniers.

L'usage d'inviter divers Prélats à la solemnité de la fête de saint Quentin, étoit si exactement observé, que quand, dans le treizieme siécle, la dignité de nos Comtes s'éteignit par la mort de la derniere héritiere, on conserva long-temps dans l'églife de ce saint Patron la pratique d'y convier au moins les Evêques de Noyon. Ils étoient les premiers pasteurs de cette églife : les chanoines en eussent regardé la fête du martyre de leur Patron, comme informe, s'ils n'eussent engagé ces Prélats à en venir relever la pompe par l'honneur de leur préfence. Nous rapporterons dans la suite les griefs qui ont donné lieu à interrompre l'ufage de cette louable invitation.

Quelques siécles après celui que nous parcourons, c'est-à-dire, sous le regne de Charles VI & celui de son successeur, on fit suivre la solemnité de la fête du bienheureux Martyr par des spectacles pieux. C'étoit le goût du temps. Des acteurs, montés sur des trétaux dressés en forme de théatre, y représentoient la passion de saint Quentin, & en débitoient aux peuples assemblés l'histoire, qu'ils mêloient indistinctement de faits vrais & apocrifes. Le spectacle en duroit quelquefois trois ou quatre jours ; après quoi, les spectateurs qui y avoient dévotement assisté, s'en retournoient bien édifiés en leurs maisons. Quelques pieces de ces représentations se lifent encore dans un gros in-4°, de la bibliotheque de l'églife de saint Quentin. Claude Emmeré assure en avoir vu aussi des copies dans celle de saint Victor de Paris.

On appelloit ces scenes *des Myfteres*, & les acteurs qui les jouoient *des Confreres de la passion.* Ces scenes furent représentées en France, avant que la comédie y fut introduite. Outre la passion du Sauveur, on jouoit aussi des mysteres de l'ancien & du nouveau Testament, les actes des Apôtres, & d'autres sujets de piété. Il y avoit des maîtres & des entrepreneurs, dont les soins conduisoient ces sortes de théatres. D'abord ces représentations se faisoient dans les églifes, & faisoient partie des cérémonies eccléfiastiques : dans la suite on les transporta en divers endroits, dans les maisons profanes, & même dans les rues. Quand Charles VII fit, en 1437, son entrée

à Paris, *tout au long de la grand'rue Saint-Denis,* dit Alain Chartier dans la vie de ce Prince, *auprès d'un jeu de pierre l'un de l'autre, étoient faits échafaux, bien & richement tendus, où étoient faits par personnages l'Annonciation Notre-Dame, la Nativité de Notre Seigneur, fa Passion ; la Réfurrection, la Pentecôte, & le Jugement qui féoit très-bien ; car il fe jouoit devant le Châtelet, où est la Justice du Roi. Et emmi la ville, avoit*

plufieurs

plusieurs autres jeux de divers mysteres, qui seroient trop longs à raconter.
Et là venoient gens de toutes parts, crians Noël, & les autres pleuroient de
joie, &c. . . . . Ces représentations se faisoient sur-tout à l'hôtel
de Bourgogne à Paris. Le goût en passa de cette capitale du royaume dans les provinces.

En 1486 le Chapitre de Lyon ordonna soixante livres à ceux qui
avoient joué le mystere de la passion de JESUS-CHRIST. De Rubis,
dans son histoire de la même ville, fait mention d'un théatre public
dressé à Lyon en 1540, où, par l'espace de trois & quatre ans, les
jours de Dimanches & Fêtes, après le dîner, *furent représentées la*
plupart des histoires du vieil & nouveau Testament, avec la farce au bout,
pour récréer les assistans. On nommoit ce théatre *le Paradis.* Nous
avons plusieurs de ces pieces imprimées. Depuis deux siécles, on
en a proscrit l'usage de notre France, où la raison & la religion ont
ramené le bon goût & le culte épuré.

Elinand, évêque de Laon, dans un synode tenu en cette année
1067, donna à l'abbaye de saint Prix l'autel du village de Senercy,
avec exemption de personnat. Valdricus en étoit alors abbé. Le
droit appellé *personatus* en latin, & réservé par l'Evêque sur les autels, consistoit dans une somme pécuniaire que les possesseurs de
ces autels étoient obligés de lui payer, à chaque mutation de curés
ou de desservans. Cela se pratiquoit à peu près de la même façon
qu'il se fait encore aujourd'hui par les gens de main-morte tenans
biens non amortis envers les Seigneurs de qui meuvent ces biens.
Il leur en faut payer une année de revenu, lorsqu'il y a défaut
d'homme : mais quand les possesseurs des autels avoient racheté
pour toujours ce droit, leurs autels étoient appellés *imperfonata.*

Hébert IV paroît avoir été doux, bienfaisant & religieux, & il
le fut mieux que les grands Seigneurs de son temps. Nous le voyons,
comme eux, pompeux & magnifique. Comme eux, il a doté &
construit des monasteres ; mais nous ne le voyons point, à leur
exemple, s'être armé contre son Prince, avoir inquiété ses voisins,
ni vexé ses vassaux, ou despolié les églises. Il avoit donné ou vendu, vers l'an 1068, les églises de Ferrieres, avec les dixmes, aux
Bénédictins de l'abbaye de saint André du Câteau-Cambresis. Il
donna encore, dans le même temps, une nouvelle preuve de sa
générosité & de sa religion. Radbod IIᵉ du nom, devenu évêque
de Vermandois & de Noyon, au commencement de l'année 1068,
établit, quelque temps après son exaltation à ce siege, un prêtre
nommé Gerlicus, à Vermand, en ce village même dont nous avons
déjà tant parlé. Il lui en associa dans la suite quatre autres, auxquels on fait l'honneur d'avoir été chanoines. Leur oratoire, bâti
d'abord sur la terrasse, étoit une petite chapelle que l'Evêque leur
avoit fait construire : il leur avoit assigné à tous une certaine por-

Tome I.   M m m m

XI. SIECLE.
Année 1067.

Actes Capitu-
laires, liv. 28,
fol. 153.
Rubis, liv. 3,
ch. 53.

LXXXVI.
Annales B B.
tom. 4, lib. 59,
Nᵒ. 16.

LXXXVII.
Année 1068.
Annales de
Noyon, p. 37.
Aug.-Vir. fol.
30.

L'Etat de Cam-
brai, Pieces jus-
tificatives, page
20.

tion de biens pour en fubfifter : ils la mirent à profit, & l'augmenterent. Les amples aumônes que le Comte Hébert leur diftribua,
dans le même temps, les rendirent encore plus riches. Parmi les
dons accordés par ce Seigneur à cette récente communauté, il eft

Annales de Noyon, p. 37.

rapporté dans le manufcrit de *la deftruction de Vermand*, qu'il y avoit
trois fervantes [*hofpites*] Angeltrude de Bracheuil, Bonne de Vil-
lerel, & Alburge de Nouroy. Ces quatre prétendus chanoines n'en
refterent pas moins fages & prudens économes : ils furent employer leurs épargnes & les profits des nouveaux dons qu'on leur
avoit faits, à acquérir des fonds affez confidérables pour fervir
dans la fuite à doter en partie le monaftere qui s'y forma, & y eft
encore maintenant établi. Le prévôt Bofon leur donna en 1092
douze muids de bled de rente annuelle fur la grange de l'Evêque

Ibid.

de Noyon. On peut voir à ce fujet le teftament du comte Hébert IV,
que nous rapporterons fous l'an 1081.

LXXXVIII.

Il nous feroit auffi inutile de combattre ici l'idée chimérique de
Jacques Le Vaffeur qui a ofé prétendre que cette petite chapelle
de Vermand étoit l'image de l'ancienne cathédrale du Vermandois
qu'avoit voulu retracer Radbod II, qu'il a été ridicule à cet Annalifte de l'enfanter. Comment eft-il poffible que nos actes parlent de
l'origine & de la premiere fondation de cette églife, & qu'aucun
n'ait ajouté qu'elle ait été conftruite en la place ou en mémoire de
l'ancienne cathédrale ? Quoi ! nous aurons donc cette obligation
feulement à un écrivain poftérieur de fix fiécles ? Nous penfons
avoir fuffifamment réfuté fon opinion, lorfque nous avons prouvé
que le fiege primordial des Evêques de Noyon prenoit fon origine
de l'églife de faint Quentin, l'ancienne, la premiere & l'unique

Aug.-Vir. fol. 119.

églife cathédrale du Vermandois. Ou s'il nous eft permis de faire
une réflexion fur le nouvel établiffement de Radbod, comment
feroit-il croyable que ce Prélat eût lui feul eu plus à cœur que
quarante Evêques qui l'avoient précédé à Noyon, le lieu de leur
ancien fiege ? Falloit-il que ce village, dépofitaire des corps des
treize premiers faints Prélats du Vermandois, arrofé du fang de
tant de martyrs qu'avoit égorgés la fureur des Vandales, attendît
pendant plus de cinq cens ans l'arrivée de Radbod II, pour fortir
de l'état de baffeffe & de profanation, dans lequel il étoit demeuré?
N'eft-ce pas vouloir donner de la confiftance aux vifions les plus
illufoires, que de tirer, comme fait Jacques Le Vaffeur, des argumens pour accréditer fon fentiment nouveau d'une fondation,
dont les traces & la date le réfutent, & ne prouvent autre chofe,
finon que cet auteur fe contredit.

LXXXIX.

Gallia Chrift. tom. 9, col. 997.

Il eft utile d'obferver ici deux chofes ; la premiere, que les favans auteurs de la nouvelle *Gaule chrétienne*, qui penchent à embraffer fur Vermand le fentiment oppofé au nôtre, ne difent pas

un mot de cette fondation ; la seconde, que cette même fondation est si visiblement la premiere de toutes celles qu'on a faites à Vermand, qu'elle paroît n'avoir eu lieu que pour y faire briller le culte du bienheureux Simon de Crépy, beau-frere d'Hébert IV. En effet, quand ce Comte de Valois fut mort en 1082, celui de Vermandois ou sa veuve, & ses descendans, redoublerent de zele & d'affection pour les pauvres chanoines prétendus de Vermand, & les attacherent, par de nouveaux dons, à célébrer les louanges du Saint que leur famille avoit eu le bonheur d'engendrer pour le Ciel. Son culte y fut très-précieux & très-distingué : & même depuis que les chanoines réguliers de Ham y furent introduits, & après eux, en 1140, les Prémontrés, ces derniers hôtes ne quitterent jamais leur dévotion au bienheureux Simon ; & le jour de sa mort est encore aujourd'hui une de leurs solemnités principales, & égale aux premieres de leur Ordre. Ainsi parle de ce culte M. Chastellain, dans son martyrologe, au 9 de Septembre. Qui sait si le Bienheureux n'avoit pas été, durant sa vie, l'un des premiers bienfaiteurs de l'hermite Gerlicus & des quatre chanoines qui lui succéderent ?

Saint Bertin ne perdoit pas de vue dans le Ciel ses chers moines de Sithiu, ni les habitans de Caumont, sujets de cette abbaye. On peut se rappeller avec quel empressement il vengea les uns & les autres de quelques attentats commis contr'eux vers les années 990 & 1030 ; il vint encore à leur secours vers l'an 1069. Le Commis de l'Avoué de Caumont pour l'abbaye de Sithiu, fatiguoit ses voisins par d'injustes vexations ; & jusqu'aux animaux d'Hébert, moine préposé à la Celle de ses confreres, il les asservissoit à des travaux insupportables. Hébert s'en étoit plaint à l'Avoué, qui, prévenu par les artifices de son Intendant, ne lui fit pas de justice. Ce Commis avoit ajouté aux entreprises, des blasphêmes contre le S. Abbé de Sithiu, en disant que si S. Bertin étoit bœuf lui-même, il le feroit traîner la charrue. Il fut puni de son audacieuse insolence par une flagellation invisible, mais très-réelle : & les parties de sa tête changeant de situation, il sentit avec douleur son front se placer au derriere de sa tête, & cette derniere partie occuper la place du front. Il devint monstre, & en jetta les rugissemens. Le moine Hébert, épouvanté du châtiment qu'avoit éprouvé le blasphémateur, osa néanmoins prier le saint Patron de Sithiu de le guérir, sur la promesse que le coupable lui avoit donnée d'être plus juste en ses procédés. Il fut exaucé. Mais Bodera [c'étoit le nom de ce Commis] moins humilié de son malheur passé, qu'enorgueilli de sa guérison, renouvella ses exactions ; il retomba aussitôt dans son état difforme, & y termina sa misérable vie.

Le magnifique palais de Quierzy, dont nous avons déjà parlé,

XI. SIECLE.
Année 1068.

Page 491.

X C.
Vers l'année 1069.
III. Sæculo BB.
lib. 2, miracul.
S. Bertini, N°.
17, fol. 114.

X CI.

XI. Siecle.
Année 1069.
Histoire du Va-
lois, tome I,
page 244.

avoit éprouvé, fur la fin du neuvieme fiécle, le fort commun à toutes les maifons royales de nos contrées ; il avoit été pillé & dévafté par les Normands : il fut, depuis leur retraite, donné par nos Rois en fief à des châtelains qui le fortifierent, & qui, de fon nom *Carifiacum*, prirent celui de Chérify. Leur famille remplit, dans ces fiécles, beaucoup de poftes éclatans dans les provinces voifines.

Année 1070.
Diplom, fol. 265.

En 1070, Gérard Ier occupoit ce château que Dom Michel Germain croit avoir été reçu en fief par le pere ou l'aïeul de ce Seigneur. Les auteurs de Gérard, lui-même & fes defcendans, poffédoient en outre le gouvernement de Béthizy & de Laon, qui, pendant long-temps, ne firent qu'une même prévôté. Gérard étoit bigle (*firabo*) d'autres difent borgne, on ne fait par quelle fatalité ; il étoit petit & mince, mais extrêmement vaillant & intrépide, difent les écrivains. Il eut bien peu de ménagement pour Radbod II, alors évêque de Noyon. Le Roi Philippe Ier avoit donné à ce Prélat, en pur don, le château de Quierzy, pour y retirer fes vaffaux, les effets de fon églife, & ceux de fon palais, pendant la guerre. Quoique Gérard n'eut qu'à vie le gouvernement de ce fort, il en difputa la jouiffance à Radbod ; & cet Evêque fut contraint enfin de le lui donner en fief héréditaire, de la maniere la plus authentique & la plus inconteftable. Gérard fut un affortiment de vertus & de vices ; édifiant par mille traits de générofité chrétienne, & terrible par mille horreurs qu'il fit effuyer dans les trois pays ; du Laonnois, dont il gouvernoit la capitale ; du Noyonnois, où il occupoit Quierzy ; & dans le diocefe de Soiffons, où il poffédoit les châteaux de Béthify & de Pierre-Fonds.

XCII.
Année 1071.
L'Etat de Cam-
brai, &c. tom. I,
p. 482 & 491.

Hébert IV avoit un fecond frere cadet, appellé Eudes ; d'autres ont dit *Othon*. Tous deux étoient fils d'un pere commun : nous entendons d'Othon, comte de Vermandois. Seroit-ce de ce frere que feroit defcendu un Ellebaud, dit *le Rouge*, [*Rubèr*] qui mourut en l'année 1071, en laquelle il venoit de fonder le chapitre des chanoines de fainte Croix à Cambrai ? (16) Nous ne le penfons pas. La charte que nous rapportons ici de ce fondateur ; celles de fes autres freres & parens, fous les années 1081 & 1095, nous perfuadent au contraire qu'il étoit plutôt le petit-fils d'Hébert IV, que fon arriere-neveu : car tous ces Seigneurs fe difent trop difertement les fils d'Eudes, comte de Vermandois, & les defcendans des

Voyez l'année
1065, N°. 75
précédent.

Dynaftes de cette province, pour qu'ils ne defcendiffent que d'un cadet de cet illuftre maifon. Trois épitaphes, dont deux étoient en François, fe lifoient encore n'a gueres fur le tombeau du fondateur, avec la charte de fa fondation, au côté gauche du chœur de fainte Croix, où il a reçu fa fépulture. Il paroît être décédé dans le célibat, après avoir entrepris, avec fon coufin Lietbert, évêque de Cambrai, un voyage en la Paleftine qu'ils ne purent achever.

Raoul III de Crépy avoit reçu quelque mécontentement du Comte de Vermandois & du Seigneur particulier de Mont-Didier. Pour s'en venger, il attaqua leurs villes de Péronne & de Mont-Didier, qu'il devoit réunir à ses domaines de Picardie, & les leur enleva. La conquête de cette premiere ville lui fut sur-tout si agréable, qu'il omettoit tous ses autres titres pour ne se donner que celui de *Raoul de Péronne, Radulphus de Peronâ.* Les actes d'hostilité réciproques, qui ont pu avoir lieu dans ces rencontres, nous sont inconnus. Nous savons seulement qu'au défaut de la force, de la part des maîtres de ces deux villes, ils étoient venus à bout de faire excommunier l'usurpateur, pour peine de son invasion. Et sa censure, sous laquelle Raoul de Crépy vécut sans remords, il l'emporta dans le tombeau, en mourant sous l'anathême, en 1074, dans Mont-Didier même où il fût enterré.

XI. SIECLE.
Année 1071.
XCIII.
Histoire du Valois, tome I, p. 299 & 302.

Rassurons nos esprits contre un prodige trop éloigné de notre temps, pour qu'il doive à présent nous inspirer quelque terreur. En l'année 1073, on vit dans le Vermandois une vache qui, en allant au pâturage & en en revenant, saluoit religieusement une Croix. Comment qualifier une pareille observation de l'abbréviateur de la chronique de Brandon ?

XCIV.
Année 1073.
Aug.-Vir. fol. 179.

Le culte du glorieux martyr saint Quentin s'étendoit de plus en plus dans tous les lieux de la France. Si le mérite distingué des personnes que l'on tiroit de la communauté des chanoines de l'églife de ce saint patron du Vermandois, pour les placer sur des sieges éminens, contribuoit à la propagation de sa gloire parmi les fideles ; il étoit, d'autre part, un heureux don chez eux : c'étoit celui de porter partout avec eux le souvenir toujours présent de leur illustre apôtre, & le desir empressé de lui donner des autels. On l'a vu sensiblement dans l'évêque d'Amiens, Otger ; l'évêque de Beauvais, Gui, ce vénérable coûtre & doyen de l'églife dont nous parlons, ne perdit jamais non plus, dans sa nouvelle élévation, la mémoire de sa premiere épouse & de l'auguste Martyr qu'on y honore. Il avoit cru aussi qu'il feroit diverfion à la douleur que lui causoit son éloignement de ses anciens confreres & de leur commun patron, s'il érigeoit dans son diocese une églife nouvelle en l'honneur du saint Martyr. Il tenoit de son évêché un pré appellé *le Déloir*, situé sous les murs de la ville de Beauvais : il le consacra à cette pieufe entreprife. Il en avoit jetté les premiers fondemens, peu après son exaltation au siege épiscopal de cette ville : l'ardeur avec laquelle on la continua fut si vive, que deux années après, c'est-à-dire, que dès l'an 1069, cet ouvrage avoit acquis sa perfection. Tout l'édifice étoit magnifique, & recevoit une nouvelle beauté de la situation gracieuse & riante où il étoit posé. Gui y ajouta dans la suite

XCV.

Sigebert. ad 1069.
Loifel, histoire de Beauvais.
Simon, supplément à l'hift. du Beauv. p. 86.

XI. SIECLE.
Année 1073.
*Lib: Cœnobii S.
Q. Bellov. apud
Auguft.-Vir. fol.*
124.
XCVI.
Louvet, hift.
de Beauvais.
Cl. De la Fons,
hiftoire de faint
Quentin, p. 143.
Aug.-Vir. fol.
124.
*GalliaChriftiana.
rom. 9, col. 996.*

d'autres bâtimens encore propres à loger commodément les chanoines qu'il avoit réfolu d'y établir. Et des revenus confidérables furent dès-lors attachés à leur fubfiftance.

Rien ne manquoit plus à tout l'ouvrage du refpectable fondateur, que la dédicace folemnelle du temple qu'il avoit fait conftruire ; il apporta tous fes foins pour la rendre la plus magnifique peut-être de toutes celles qui aient jamais été faites. Nous en lifons encore le détail de la cérémonie dans un ancien livre que poffède l'abbaye des chanoines de cette églife. D'abord le corps de fainte Romaine, vierge & martyre, l'une des compagnes de fainte Bénoîte, fut tranfporté de la cathédrale dans la nouvelle églife, la veille de fa confécration. Plufieurs autres reliques y furent encore dépofées par l'ordre du même Prélat. La fête triomphante fut annoncée dans tous les lieux. Les Evêques des provinces de Reims & de Sens y furent invités, & l'honorerent de leur préfence. Tout le clergé de la principale églife de faint Quentin en Vermandois y fut convié, & fe fit une gloire d'y affifter. Toute la nobleffe du voifinage y accourut en foule. La multitude des peuples, qui y vint de toutes parts à grands flots, étoit innombrable. Les uns & les autres furent reçus & traités aux dépens de l'Evêque.

Le clergé de l'églife de faint Quentin avoit fait porter devant foi les reliques de fon bienheureux Patron. Quand le corps refpectable en approcha de la ville de Beauvais, Gui, pour le recevoir avec la vénération qui convenoit au faint Martyr, fit marcher en proceffion tout le clergé & le peuple de fa ville. Il avoit encore ordonné que l'on portât, à la rencontre du glorieux hôte, le corps de faint Lucien, l'un de fes compagnons. L'on y avoit joint les reliques de ceux de faint Maxien, de faint Julien, de faint Juft & de fainte Angadréme. C'étoient toutes les châffes de la ville de Beauvais. Jamais triomphe ne fut plus pompeux fur la terre que le fut celui de l'illuftre Patron de l'ancienne Augufte de Vermandois. Son corps fut alors porté proceffionnellement avec ceux de neuf autres Saints. Jamais fociété ne fut plus brillante au monde ; jamais Beauvais ne vit de jour plus folemnel ; jamais les miniftres facrés, ni les peuples affemblés à cette cérémonie, ne furent plus attendris & plus édifiés.

On dépofa le corps de faint Quentin dans la nouvelle églife que Gui avoit fait bâtir, & qu'il alloit confacrer, avec l'aide de plufieurs autres Evêques, à Dieu, fous l'invocation de ce Martyr. La cérémonie s'en fit le quatrieme jour d'Octobre de l'an 1074. Le jour de la dédicace fe paffa prefqu'entiérement en prieres. Un noble feftin ne raffembla que vers le foir les principaux affiftans que Gui ne voulut pas laiffer partir, qu'il ne les eût encore honorés de divers préfens.

L'auteur, qui a écrit l'histoire de cette dédicace, n'y fait pas mention expresse de la présence du doyen de saint Quentin, Effredus, ou de tout autre que ce pût être de son chapitre, ni de celle du comte Hébert IV. Cette réticence paroît devoir être attribuée plutôt à la négligence de l'écrivain, qui d'ailleurs ne pouvoit pas circonstancier toutes choses, qu'à l'absence réelle de deux principaux personnages les plus intéressés à relever par leur présence une cérémonie si digne de leur piété & de leur religion. Les mémoires de l'église de saint Quentin ne parlent point de cet événement.

Les chanoines, que l'illustre fondateur crut devoir appeller en sa nouvelle communauté, furent de ceux qui suivoient la regle de saint Augustin. L'institut en étoit récent; il avoit pris son origine de Bénoît Ier, évêque d'Avignon, qui donna en 1038 à quatre de ses chanoines l'abbaye de saint Rufe, pour y établir des chanoines réguliers. L'on ne doit pas douter que ces nouveaux chanoines ne fussent selon la regle de l'évêque d'Hippone, quoique l'établissement ne fasse pas mention de cette circonstance, non plus qu'une charte du Roi Henri Ier, de l'an 1060, par laquelle il céda à des chanoines l'abbaye de saint Martin-des-Champs de Paris, pour y vivre *sous une regle* : car nous ne voyons pas qu'aucune autre regle ait été donnée aux premiers chanoines réguliers, que celle de saint Augustin. Le premier lieu, où cette regle soit nominativement exprimée, est la charte de Gervais, archevêque de Reims. Il y rapporte qu'il a mis dans l'église de saint Denis, au fauxbourg de sa ville, des chanoines qui doivent vivre sous la regle de saint Augustin. Les maisons de cet institut étoient encore rares & peu connues au temps de Gui; elles devinrent bientôt nombreuses & florissantes après l'établissement de la sienne. L'abbaye de saint Quentin de Beauvais est regardée, à juste titre, comme la premiere de toutes celles qui se répandirent dans la France, sous le nom de communautés ou de chapitres de chanoines réguliers. Cet institut a été appellé, par quelques anciens écrivains, *une réforme*, parce qu'ils supposoient (ce qui est vrai) que l'état des chanoines réguliers n'est que le retracement de la vie & de l'habitation communes commencées par les Apôtres, continuées par saint Augustin, & suivies par les chanoines de toutes les églises, jusqu'à cet onzieme siécle où ils les quitterent pour demeurer & vivre en leur particulier.

Gui gouverna pendant quelques années sa maison nouvelle, & ne cessa, durant toute sa vie, de lui procurer mille avantages. En l'an 1079 il engagea le Roi Philippe, dont il avoit su reprendre les bonnes graces, à affranchir cette abbaye de toute servitude étrangère. La charte d'exemption, accordée par ce Prince, fut reconnue & confirmée dans un concile tenu en la même année, à

XI. Siecle.
Année 1074.

XCVIII.

Annales B B.
tom. 4, Lib. 61,
N°. 35.

Marlot, Hist.
Remensis, tom. 2,
fol. 145.

Bibliotheca Præ-
monstratens. fol.
61.

XI. SIECLE.
Année 1074.

*Aug. - Vir. fol.
125.
Tabella chron,
&c. fol. 28.*

I C.
*Sigebert. ad
1078.
Vincentius Bel-
lov. in Specul.
hist. lib. 26, cap.
51.
Annales B B.
tom. 4, Lib. 62,
N°. 57.*

Soissons, par Manassès, archevêque de Reims, qui, avant son sacre, avoit été présent à la dédicace de l'église de Gui. La mémoire de cet Evêque de Beauvais sera toujours en bénédiction dans celle de l'Auguste de Vermandois, reconnoissante des bienfaits infinis qu'elle a reçus de sa générosité. Elle fait mention de sa mort au vingt-troisieme jour d'Avril. *Eodem die (IX Calendas Maii) obiit Guido, Belluacensis Episcopus, qui dedit huic Ecclesiæ multa bona.*

L'abbaye de saint Quentin de Beauvais devint bientôt célébre par les grands hommes qu'elle produisit. Parmi tous Yves de Chartres, ainsi appellé, parce qu'il fut fait évêque de cette ville, en fut le second abbé régulier, après la mort de Hugues, sous lequel il avoit été long-temps prieur ; il lui fit un honneur immortel par ses talens, son zele & sa piété. Cet illustre abbé resserra, par des nœuds plus étroits encore, la belle union qui s'étoit formée entre le chapitre de saint Quentin & sa communauté, dès l'établissement de celle-ci ; il institua une société de prieres entre ses religieux & les chanoines de l'ancienne Auguste de Vermandois. Les plus vieilles chroniques des deux églises en avoient fixé le souvenir au second jour de Décembre de chaque année. . . . . . *Commemoratio omnium canonicorum sancti Quintini Viromandensis, IV Nonas Decembris*, dit le nécrologe de saint Quentin sous Beauvais : . . . . . . *IV Nonas Decembris, commemoratio canonicorum sancti Quintini Belluacensis*, dit celui de l'église de saint Quentin en Vermandois. La confraternité devoit être éternelle entre les deux corps. Le même abbé obtint dans la suite, pour ses religieux, à perpétuité, de la comtesse Adéle de Vermandois, une prébende canoniale que cette Dame possédoit dans l'église de sa capitale. Ainsi avoit-il voulu que le chanoine régulier de son abbaye, qui résideroit dans l'église de saint Quentin, fût auprès des chanoines de cette premiere basilique comme un ôtage qui lui répondroit à jamais de l'amitié & de la soumission des puinés.

*Aug. - Virom.
fol. 126.*

L'abbaye de saint Quentin sous Beauvais eut encore un de ses abbés, nommé Henri, qui devint évêque de Senlis. Un autre, appellé Galon, le fut de Paris. Gautier en fut tiré pour être fait abbé de saint Victor en cette capitale. La cathédrale de Beauvais reçut de cette maison deux de ses doyens, Adam & Yves. Pierre, grand-chantre de Paris, & Jean, abbé d'Yvrée, étoient aussi sortis de cette communauté. Mais tout cela n'est plus de notre objet. Cette abbaye, qui dans le siécle dernier a embrassé la réforme proposée par le cardinal de la Rochefoucault, est passée dans la congrégation des chanoines réguliers de France, & reconnoît l'abbé de sainte Genevieve de Paris pour son supérieur général.

C.
Année 1075.

Lorsque Gui se signaloit à Beauvais envers les freres de sa nouvelle communauté, la bienveillance d'Hébert IV ne restoit pas oisi-
ve

ve dans fon comté. Ses chers moines d'Homblieres ne ceffoient d'en obtenir des graces nouvelles. En l'année 1075 ce Seigneur leur céda ou confirma tout le droit d'exercer la juftice dans leur domaine. (17) Une charte de ce monaftere, deftituée de fa date, nous apprend encore que peu après la mort du comte Othon, le pere d'Hébert IV, ce Seigneur confirma aux mêmes moines, conjointement avec fa mere, la donation d'un alleu fitué au village de Brenôt. Cet alleu étoit un don fait antérieurement par Othon & Ermengarde l'époufe d'Hébert III (18).

L'églife de faint Quentin étoit alors renouvellée dans la plupart de fes chefs : Eudes en étoit le doyen; Widon, le coûtre; Gobert ou Gombert, le chancelier; Bérenger, le prévôt; Raimbold, le chantre.

XI. Siecle.
Année 1075.

Les moines de faint Prix étoient empêchés dans l'exercice de leur juftice & dans l'exploitation des biens qu'on leur avoit donnés; ils eurent recours en l'année 1076 à l'équité du Comte : leurs plaintes en furent écoutées & bien reçues. Ce religieux Seigneur leur fit expédier une charte (19) qui mettoit hors de tout trouble les ferviteurs de Dieu & leurs poffeffions. Mais, comme fi une premiere charte n'eût pas fuffi pour affurer une parfaite tranquillité aux complaignans, ou plutôt parce que les officiers du Comte, jaloux des droits & des privileges des moines, continuoient de les inquiéter, Hébert voulut leur en accorder une feconde qui, conçue dans la même forme & prefque dans les mêmes termes que la précédente, ne laiffoit plus de reffource à l'avide malignité des perturbateurs (20).

CI.
Année 1076.

Enfin, l'opulente hérédité de la maifon de Crépy va tomber dans celle de Vermandois, & augmenter l'éclat de cette derniere par le brillant des plus vaftes domaines & le revenu des plus utiles poffeffions. Simon de Crépy, devenu le chef de fa famille par la mort de fon aîné, Gautier, qui avoit été tué en une embufcade, lorfqu'il s'avançoit pour le fiege de Vitry vers 1068, avoit fuccédé à fon pere Raoul III dans toute fa puiffance. Quoique d'un càractere plus fombre, plus doux & plus équitable que n'étoit fon pere, il fut, dès fon entrée dans fes comtés, l'objet de l'envie des autres enfans de fa famille, & du Roi même Philippe Ier, qui avoit fupporté avec tant de peines la hauteur & les injurieux déportemens de Raoul III. Simon avoit encore alors deux fœurs : la premiere, mariée au Comte de Vermandois; la cadette à un nommé Barthélemi, fils de Hugues dit *Bardoul*, feigneur de Pitiviers. Excité par fa propre jaloufie, & à l'inftigation fecrette du Roi, Barthélemi fe jetta fur quelques biens de la maifon de Crépy. Simon fe préparoit à l'aller combattre; il fut obligé de tourner fes armes contre fon Souverain même qui l'attaqua dans le même temps. Simon eut

CII.
Année 1077.
Hiftoire du Valois, tome I,
page 309 & fuiv.
Marlot, *Hift.*
Remenfis, tom. 2,
fol. 132.

des avantages sur lui. Enfin, on concorda les esprits ; mais on
retrancha à Simon quelques possessions que l'on donna à Barthélemi son beau-frere.

CIII.   Mille mouvemens agitoient l'ame de Simon, & ne lui laissoient pas
de repos. Etre en but à son Roi, à sa famille, à plusieurs Grands
du royaume : autant de sujets de tourment. Il se sentoit accablé
sous le poids de sa grandeur & de son opulence ; mais, ce qui l'inquiétoit le plus, c'étoit la fin désastreuse de son pere, à laquelle
avoient abouties ses victoires, sa puissance & ses immenses richesses.
Il étoit dans le tombeau, & y gardoit encore les excommunications
réitérées sous lesquelles il avoit vécu & avoit expiré : considérations bien effroyables pour une ame aussi timorée & religieuse,
qu'étoit celle de Simon ! Il balançoit encore sur le parti qui s'offroit
à son esprit de renoncer aux vanités du monde, lorsqu'une circonstance bien déplorable de l'humanité le fixa tout d'un coup dans
cette résolution.

L'on ne sait si Raoul III de Crépy avoit témoigné quelque repentir de ses excès, avant sa mort ; mais on doit le supposer. Sur
ce prétexte, Simon obtint du Pape la main-levée de ses excommunications, & la permission de l'exhumer, pour en transporter le
cadavre de Mont-Didier en la ville & l'abbaye de saint Arnoul de
Crépy. Tout étoit préparé pour le transport du cercueil. Simon
fut tenté de l'envie de voir encore l'auteur de ses jours ; il en fit
lever le dessus. Mais quel spectacle pour ses yeux & son cœur !
Raoul, déposé depuis trois ans dans le tombeau, y avoit contracté
alliance avec la pourriture & les vers : il ne présentoit plus à Simon qu'une tête bouffie des humeurs qui l'inondoient, des yeux
excavés, des dents découvertes, des joues percées, un teint livide
répandu sur la face ; & une fétide odeur s'exhaloit de toutes parts.
A ce moment, un ver d'une énorme grosseur saillit de la bouche du
cadavre, & charie avec soi des lambeaux de sa langue. *Est-ce donc
là mon pere*, s'écrie Simon saisi d'horreur ? . . . *Numquid iste est vir qui*
conturbavit terram ; qui concussit regna ; qui posuit orbem desertum, &
urbes ejus destruxit ; vinctis ejus non aperuit carcerem ? . . . . Il fit sceller
le tombeau, & ordonna de le transporter le 22 de Mars 1076. C'é-
toit avant Pâques, & nous appellerions à présent cette année 1077.
Le convoi & les secondes funérailles furent faits avec la derniere
magnificence, &, si on ose le dire, avec une profusion étonnante
de prieres, de messes, d'aumônes & de pieuses fondations.

Rendu à ses réflexions, le Comte de Crépy se dégoûta plus que
jamais du monde. Devenu plus taciturne & plus mélancolique, il
ne desira plus rien que de se confiner dans une solitude. Le Roi appuyoit ce projet : quelques amis & les courtisans de Simon l'en
détournoient, & lui proposoient au contraire le choix de plusieurs

Isaïa 14, y.
16 & seq.

époufes. Ces derniers l'emporterent fur l'efprit de ce Seigneur; ils négocierent, & il confentit de prendre la fille d'Hildebert, comte d'Auvergne, qu'il fit demander, & qu'il obtint. L'hiftorien du Valois place à cette époque le voyage que Simon fit à Rome, où Grégoire VII le réconcilia pleinement avec le Roi, le confirma, & le fit entretenir par de faints perfonnages, dans la réfolution de fe donner à Dieu dans un monaftere. A fon retour en France, Simon reçut la main de fon époufe. Mais dès la premiere nuit de leurs nôces, il fut fi efficacement l'engager à la continence, qu'ils s'enfuirent tous deux du château d'Auvergne, pour fe retirer, lui, au monaftere de faint Oyan du Mont-Jura ; elle, en celui de Lavau-Dieu, dépendance de la Chaife-Dieu.

XI. SIECLE.
Année 1077.

Il eft plus raifonnable d'en croire les écrivains qui ont rapporté que l'évafion des deux époux ne fut alors que concertée entr'eux, & qu'elle ne fut exécutée que quelque temps après. Ainfi l'entrée en religion rompit des deux parts un mariage qui n'étoit que ratifié, & qui ne fut pas confommé. Il falloit à Simon quelque loifir pour difpofer de fes biens immenfes : il céda au Roi la plus grande partie du Vexin ; le refte il le divifa entre douze prieurés qu'il fonda, & leur donna d'autres domaines encore. Les trois terres de Bar-fur-Aube, de Vitry & de la Ferté, il les paffa à fa fœur cadette Alix ; le comté d'Amiens, il le reftitua à la Maifon de Coucy, pour les raifons que nous expliquerons dans la fuite. Le Valois & les autres poffeffions annexées à cette Maifon, échurént de plein droit à fa fœur aînée Adéle de Crépy, l'époufe du comte de Vermandois, Hébert IV. La branche cadette & mafculine de Simon de Crépy refta toujours à Nanteuil, jufqu'à la fin du treizieme fiécle, & n'eut aucune part à la divifion des biens de la branche aînée. Quant aux Comtes de Champagne qui appartenoient à Simon du côté d'Alix de Crépy, fille de Raoul II, ils fe donnerent & fe conferverent ce que ce Seigneur avoit poffédé dans leur territoire. L'abdication de Simon fe fit en 1077 ; &, depuis cette année, on ne l'apperçoit plus avoir exercé aucun acte d'autorité dans fes différens comtés ou fes autres feigneuries.

CIV.

Hiftoire du Valois, tome 1, page 336.

La taciturnité bien entendue eft un voile à la fageffe la plus profonde : les forts coups font fouvent donnés, & les grands intérêts font prefque toujours ménagés, & conduits fûrement par le caractere fombre & réfléchi : on ne doit attendre que des efforts téméraires & incertains d'une tête légere & diffipée. Simon déploya les plus grands talens dans le monde, pour le gouvernement de fes domaines. Après qu'il l'eut quitté, il en fit briller d'autres dans la religion ; & partout il fe fit craindre, aimer & refpecter. Il ne nous importe pas de le fuivre, dès-lors qu'il n'eft plus lié à l'hiftoire des Comtes du Vermandois. Il paffa encore quelques années dans des pélerina-

CV.

ges; quelques négociations dont l'Eglise, le Pape, son monastere, ou quelques grands personnages, lui donnerent la charge ; & enfin il mourut à Rome, entre les bras du souverain Pontife Grégoire VII, qui lui avoit administré tous ses Sacremens. On plaça son corps dans le caveau des Papes; distinction qui n'avoit pas presqu'encore d'exemple : & Mathilde, Reine d'Angleterre, qui avoit eu pour lui une estime singuliere, fit les frais du superbe monument qu'on éleva sur son tombeau. La pureté de sa vie & la sainteté de sa mort éclaterent par beaucoup de miracles opérés à son intercession : il eut des autels érigés en son honneur ; après son décès qui arriva le 30 de Septembre 1082 , & le Pape Urbain II se fit gloire de composer les vers de son épitaphe. Peut-être les religieux de saint Arnoul de Crépy , qui le regardoient comme leur bienfaiteur principal, obtinrent-ils quelque partie de sa dépouille, pour la placer dans les sépulchres des Seigneurs de Valois, Comtes du Vexin ; au moins leur reconnoissance envers Simon les engagea-t-elle à lui dresser un monument dans leur église, en la chapelle de sainte Marguerite. Les restes en subsistoient encore avant les derniers sieges de Crépy. Si la figure du bienheureux Simon y fut bien saisie, il avoit la face pleine & la taille courte. Les principaux traits de sa vie & de sa mort ont été très-exactement recueillis par l'historien moderne du Valois ; & son récit produit sous sa plume autant d'édification, qu'il contente la curiosité des lecteurs.

Le comté de Vermandois , gouverné par un Seigneur devenu beaucoup plus puissant , si pieux d'ailleurs , & tant aimé de ses sujets & de ses vassaux , fleurit infiniment. La Cour & la Maison de nos Comtes devinrent extrêmement nombreuses & brillantes. Rien n'y cédoit à la grandeur & à la majesté des Rois. Nous voyons par les seings de leurs Officiers, apposés aux actes que nos Comtes passerent, qu'elles égaloient celles de ces Princes. Ils avoient un Vicomte qui les représentoit ; un Bailli général qui étoit le Juge suprême de leurs domaines. Sous celui-ci , un Prévôt pour la recette des biens dans la ville & le forain. Un Châtelain ou Gouverneur qui commandoit au militaire en leur ville capitale , & auquel répondoient les autres Châtelains répandus dans les différentes châtellenies des provinces. Un Mayeur qui régloit la police & les intérêts des citoyens dans la même capitale. Un Sénéchal qui réunissoit toutes les bannieres sous la sienne, & étoit le Généralissime des troupes. Des Secrétaires qui expédioient les actes ; un Chancelier qui les scelloit. Enfin, nombre d'Officiers subalternes occupés en divers emplois ; des Gardes & des Soldats. Telle étoit la face extérieure du palais de nos Comtes. Leur chapelle étoit encore desservie par des chanoines de saint Quentin, attachés à leurs personnes, & même à celles de leurs freres. Un d'eux étoit leur médecin. Ils avoient des Cameriers ou Chambellans, des Echanfons ou Bouteilliers, des Maîtres-d'hôtel, des Précepteurs, des Intendans, des Pages, & d'autres domeftiques inférieurs. La plupart de ces offices étoient remplis par les Seigneurs des villes & des villages voifins, & par la Nobleffe la plus haute de tout le pays, dont ces Comtes étoient les fuzerains. Car on doit favoir qu'à tous ces offices & dignités étoient attachés des biens & des domaines tenus en fiefs de leurs perfonnes. . . . *Vicecomes, Bajulus, Caftellanus, Major, Jurati, Scabini, Senefcallus, Difpenfator, Notarius, Cancellarius, Optimates, Milites, Clerici Comitum ; & Comitiffæ, & Fratris Comitis, Clericus Phyficus :* tels étoient Jofcelin, Dreux & Henri. *Camerarius, Pincerna, Buticularius, Dapifer, Pædagogus, Præpofitus Domefticorum, Fideles, Homines, Vaffalli, Sigillum* . . . . . &c.

XI. Siècle. Année 1077.

Une Cour fi policée ne pouvoit produire que de grands-hommes en tout genre. Parmi tous vivoit alors Anfelme de Ribemont, châtelain ou gouverneur de la ville de Saint-Quentin, duquel on parlera bientôt plus en détail. C'eft de ce palais illuftre qu'étoit forti auffi Hugues de Saint-Quentin (*Hugo de Sanſto-Quintino*) l'honneur immortel de fa patrie. Mais eft-il le même que celui dont le bras s'étoit fignalé, dès l'an 1060, contre les Anglois, fous la conduite de Guillaume le Conquérant ? Eft-il différent de celui qui rendit au Roi Philippe Ier des fervices diftingués ? Nous ne le faurions dire. On pourroit croire que ces deux Hugues de -Saint-Quentin defcendoient de quelque maifon noble de la ville dont ils portoient le nom, & qu'ils furent les mêmes qui devinrent vers ces temps feigneurs d'Oify, & vicomtes de Meaux.

CVII. Aug.-Vir. fol. 123.

Oify eft une terre diftinguée dans le Cambrefis, fur les limites du Vermandois ; elle étoit devenue le domaine des anciens châtelains de Cambrai, fi bien unis & parens avec ceux de Péronne, & étoit tenue en fief des Comtes de Vermandois, qui, pour ôter aux Evêques de Cambrai leurs plus cruels ennemis, transférerent ces châtelains à Meaux, où ils leur procurerent des alliances confidérables, & les y revêtirent de la qualité de vicomtes de cette ville & du pays Meldois. Voici à peu près leur filiation. Vers 960 Jean, châtelain de Cambrai, dépofſédé par l'Evêque de cette ville, qui mit en fa place, en 968, Gautier II, fils de Gautier Ier, vaffal de Lens : en 969 Jean, le même, rétabli par le Comte de Vermandois : vers 990 Gautier II [*idem*] mort en 1010 : en 1010 Gautier III, fils, qui époufa Ermentrude, & mourut en 1041 : vers 1050 Jean II, avoué de l'églife d'Arras, marié à la veuve de Gautier III, fut chaffé en 1051 de la châtellenie de Cambrai qu'il avoit envahie : en 1051 Hugues, fils de Gautier III, poffédoit la châtellenie de Cambrai que Jean II lui reprit, & que ce dernier perdit à fon tour :

CVIII.

XI. SIECLE.
Année 1077.

Hugues en fut enfuite dépoffédé en 1053 : en 1077 Hugues II, fils,
feigneur d'Oify , châtelain de Cambrai , & vicomte de Meaux.
Nous croyons que c'eft ici le Hugues de Saint-Quentin. Si l'on ne
doit pas diftinguer un Hugues III, il faut dire que Hugues II vécut
très-long-temps. En 1158 & 1171 Simon d'Oify, &c. marié à Ade,
fille de Godefroy, vicomte de la Ferté-fous-Jouarre & de Conftance : en 1172 Hugues III d'Oify, fils, mort fans poftérité en
1189 : en 1189 Hildéarde d'Oify, fœur, mariée à André de la
Ferté-Gaucher, fils d'Elie, & petit-fils de Gaucher qui avoit donné
fon nom à cette ville : en 1200 le bienheureux Jean de Montmirel,
fils : en . . . . . Matthieu , &c.

Hift. de Meaux,
tom. I, pag. 725.
L'Etat de Cam-
brai, &c. tom. I,
page 234.

CIX.
Année 1080.
Le Gendre ,
Mœurs & Cou-
tumes des Fran-
çois, page 157.

Nous fommes parvenus au commencement de l'heureufe époque
de la liberté des peuples en France. Jufques vers ce temps il n'y
avoit de perfonnes libres que les gens d'églife & d'épée. Les autres habitans des villes, bourgades & villages, étoient plus ou
moins efclaves. Parmi les gens non-libres , les uns étoient tout-à-
fait ferfs , & d'autrs n'étoient qu'*hommes de poëte.* Les ferfs étoient
attachés à la glébe, c'eft-à-dire, à l'héritage ; on les vendoit avec
le fonds ; ils ne pouvoient s'établir ailleurs ; ils ne pouvoient ni fe
marier , ni changer de profeffion, fans la permiffion du Seigneur.
Ce qu'ils gagnoient étoit pour lui ; & , s'il confentoit qu'ils culti-
vaffent quelque terre à leur profit, ce n'étoit qu'à condition qu'ils
payeroient , par mois ou par an , la fomme dont ils convenoient
pour eux , leurs femmes & leurs enfans. Il s'en falloit beaucoup
que *les hommes de poëte* dépendiffent autant du Seigneur. Il n'étoit
point le maître ni de leur vie, ni de leurs biens ; leur fervitude
étoit bornée à lui payer certains droits , & à faire pour lui des
corvées. Ni les uns, ni les autres ne faifoient un corps : le Seigneur du lieu étoit leur Roi & leur Juge. Cette fervitude générale
dans la France dura dans le Vermandois jufques vers la fin d'Albert Ier , c'eft-à-dire , jufques vers l'an 986. Dans tous les autres

Bruffel, p. 180.
Voyez le Livre
VII précédent,
N°. 99 & fuiv.

lieux elle ne prit fin que fous Loüis VII. Le Roi & les grands Seigneurs, incommodés de la dépenfe qu'ils avoient faite aux cours
plénieres , aux tournois & aux croifades , propoferent aux villes
& aux bourgs, qui étoient de leur dépendance , de fe racheter
pour de l'argent ; moyennant quoi, les redevances , que les bourgeois payoient par tête, feroient affifes fur les maifons, fur les
terres & autres immeubles. Cette propofition fut bien reçue par
les villes ; elles acquirent de leurs Seigneurs le privilege de fe choifir un maire & des échevins.

Cet affranchiffement de fervitude fut avantageux au royaume.
Les villages fe multiplierent. Il n'y eut plus de terres incultes. Le
payfan , devenu libre & maître de fon induftrie, fe fit le fermier
de fon Seigneur , & prit à cens ou à champart les terres qu'aupara-

vant il faisoit valoir comme esclave. Les villes furent plus peu-
plées, & les habitans s'y adonnerent aux sciences, aux arts & au
commerce. Le peuple, devenu libre, demanda des loix : car les
usages & les coutumes, qu'une loi constante & publique n'a point
rédigés, exposent les habitans des lieux à des interprétations in-
certaines, qui deviennent pour eux la source d'une infinité de
querelles & d'altercations. Les juges & les peuples, qu'un droit
fixe ne conduit pas, varient aussi souvent dans leurs décisions. Il
faut donc, pour borner l'aveugle passion des sujets, leur présenter, comme dans un tableau, la regle qu'ils doivent écouter & suivre ; &, pour empêcher les Juges de trébucher, & de rendre la
justice arbitraire, il convient de leur mettre en main un code qui
les éclaire, & leur donne le principe des oracles suivis qu'ils doivent prononcer. Ce fut pour procurer ces avantages à ses sujets

Chopin, de Do-
manio Franciæ,
lib. 3.

& à leurs juges, qu'Hébert IV fit dresser un recueil de loix & d'ordonnances. Elles regardoient également la ville capitale & les autres peuples répandus dans son comté. Tous devoient s'en rapporter à la teneur du code pour le réglement des contestations qui
pouvoient survenir entr'eux. Ainsi firent les autres Seigneurs dans
leurs principautés : & de là est venue cette multitude de coutumes
que l'on voit encore aujourd'hui dans les villes, les bourgades, &
même dans les villages.

C X.

Il n'y avoit point encore dans la France de jurisdictions royales
établies. Le mayeur de la ville de Saint-Quentin, borné dans la
capitale de la province, commença donc, dès le temps dont nous
parlons, & même peut-être dès celui de sa premiere érection
(986), conjointement avec son conseil, à régler, en son nom
& en celui de ses assesseurs, ses jugemens sur une lettre écrite &
indépendante des variations auxquelles il étoit auparavant exposé. Les maires particuliers des Seigneurs, répandus dans les autres
villes & les campagnes voisines du chef-lieu, se modeloient, dans
leurs décisions, sur la loi fixe usitée dans la capitale. Par là tous
les jugemens furent ramenés à une jurisprudence presqu'uniforme.
Hébert IV a la gloire d'être cet heureux & sage législateur, qui,
par des regles certaines & constantes que sa prudence avoit dictées,
& que son autorité avoit confirmées, a su défendre les corps & les
biens de ses vassaux contre la malignité & l'envie, pires que la
servitude qu'ils venoient de quitter. Ce sont ces décrets qui forment le fond & l'essence des us & des pratiques renfermés dans ce
que nous appellons à présent *le coutumier de la province de Vermandois*.
Ces décrets parurent si équitables & si sages, qu'ils furent adoptés
dès ces temps par les habitans des provinces voisines, & qu'ils devinrent la regle générale de leur conduite dans les cas où l'usage
& les conventions particulieres des lieux n'étoient pas contraires.

XL Siecle.
Année 1080.

De là vint l'empire de la coutume de Vermandois dans la Thiérache, le Laonnois, le Rémois, le Soiffonnois, le Valois, le Beauvaifis, le Noyonnois & l'Amiénois. Ainfi le Vermandois & les provinces voifines furent inftruites & rendues heureufes par la prudence & les fages confeils d'Hébert IV. C'eft par cette raifon que
quelques écrivains ont fait honneur, quoiqu'à tort, à ce Seigneur
de l'établiffement primordial de la Commune de Saint-Quentin.
Nous n'avons pas ces loix & ces pactions même, telles qu'elles furent prononçées par ce nouveau Solon; mais nous en avons la
fubftance & le précis dans la charte de Philippe-Augufte qui voulut
bien les rédiger encore, & les confirmer par fon autorité royale.
Nous les rapporterons dans la fuite, fous la date de cette charte en
1195.

CXI.

On attribue communément à Philippe Ier la création des maré-
chauffées (en 1060) pour la fureté publique. Cet établiffement
fut bien augmenté & perfectionné dans le cours des regnes qui ont
fuivis. Nos Rois l'ont porté jufqu'au nombre de trente compagnies.
Précédemment les places en étoient héréditaires, & s'acquéroient
par finance; elles furent fupprimées par un édit du mois de Mars
de l'année 1720. Notre augufte Monarque LOUIS XV rétablit alors
par le même édit la maréchauffée, mais fur le pied de la gendar-
merie françoife, & pour en être du corps. Leur uniforme eft l'habit bleu, paremens rouges, boutons argentés, avec bandolieres
& ceintures bordées d'argent. Depuis ce rétabliffement il y a une
compagnie de maréchauffée dans chaque généralité; & chaque
compagnie eft compofée de plufieurs brigades que l'on difperfe
dans les villes du reffort. Le Prévôt de la compagnie eft à Amiens.
Saint-Quentin, Péronne & les autres principales villes du Vermandois ont de ces fortes de brigades.

CXII.
Année 1081.
Aug.- Vir. fol.
118.

On ne fait pas la date de la mort d'Hébert IV, qui paroît être
de vers 1081. Mais, long-temps avant fon dernier jour, ce Seigneur avoit réglé la fucceffion de fes biens dans fa famille, & fes
aumônes en faveur des pauvres & des églifes. Une charte de l'abbaye de Vermand (21) que nous mettons ici fous les yeux des lecteurs, d'après l'hiftoriographe de Cambrai qu'a fuivi celui du Duché de Valois, à laquelle étoit attaché un fcel, à forme ronde, re-
préfentant au milieu un échiquier, entouré de quatre armoiries
qui figurent des fleurs de lys fans nombre, trois bandes & trois
chevrons, avec quelques lettres grécanifées: cette charte, difons-
nous, nous apprend les dernieres difpofitions ordonnées par le
Comte de Vermandois. On peut la regarder vraiment comme fon
teftament.

Et pour ne parler ici que de ce qui concerne la famille d'Hébert IV, il avoit eu de fon époufe un fils & une fille, Eudes & Adéle.
Soit

Soit que la nature, défavorable à cet aîné, l'eut maltraité, même dans le corps, (ce qui feroit affez vraifemblable, puifque deux de fes enfans, furnommés *le Rouge* & *le Roux*, *Ruber* & *Rufus*, peuvent avoir reçu ces nuances difgracieufes de leur pere, d'une part, & que d'autre côté, l'aîné, appellé *Faria* ou *Fraërinus*, femble n'avoir eu ce nom que de quelques puftules ou dartres que nous appellons *farineufes*,) foit que la même nature l'eut privé encore de la force d'efprit & de raifon qui eft néceffaire dans un chef des peuples, (quelques hiftoriens l'ont rapporté, & l'ont pour cela furnommé *l'Infenfé*,) foit que l'envie, avide de fes immenfes poffeffions, eut confpiré contre fon bonheur & fes droits les plus légitimes, (cette paffion ne fut-elle pas de tous les temps?) foit que le jeune Eudes eut nourri toutes fes préventions déjà fi oppofées à fes vrais intérêts, par une conduite irréguliere & rébelle aux fages avis & aux ordres de fon pere, (l'acte cité en fait foi,) foit enfin, comme l'ont ajouté quelques écrivains, que les principaux Feudataires ou Barons des Comtes de Vermandois, las de porter le joug impérieux d'une maifon trop puiffante, fouvent ennemie de fes Rois, & devenue trop redoutable, euffent engagé Philippe Ier à faire paffer fur la tête de fon frere les titres & les biens de cette famille réunie à celle de Valois, Eudes avoit été déclaré inepte à gouverner les fujets que fon pere lui devoit laiffer. Dès avant fon teftament de 1059, Hébert avoit fait cette difpofition; il ne fit que la réitérer dans cet inftrument, parce que l'obftination de fon fils dans le mal étoit trop perfévérante. Que favons-nous auffi fi l'alliance qu'Eudes *l'Infenfé* avoit contractée depuis long-temps, n'avoit pas été un de ces motifs puiffans qui indifpofent irréconciliablement des parens contre leurs enfans? Car les écrivains anciens ne fe font pas affez clairement expliqués fur les vraies caufes d'une exhérédation la plus marquée, qui foit dans l'hiftoire.

Eudes étoit marié vers l'an 1050 au plus tard, puifque l'un de fes fils, Ellebold dit *le Rouge*, mort en 1071, avoit tenté le voyage de la Paleftine; qu'il difpofoit en maître de quelques-uns de fes biens; & qu'il fondoit un chapitre de chanoines, & le dotoit de fon palais & de fes terres. Nous en avons parlé fous cette année. Eudes avoit époufé Avide: cette Dame étoit veuve d'Aibert, feigneur de Sarcinville, dont elle avoit eu Ellebold, feigneur du même lieu; Ellebard, archidiacre de Cambrai, & Baudry, chanoine & archidiacre, puis évêque de Noyon. Dans fes fecondes nôces elle fit Eudes *l'Infenfé* pere de plufieurs autres enfans; d'Eudoibert ou Eudes, dit *Fraërinus*, appellé par d'autres *Faria*, qui devint la tige des Seigneurs de Saint-Simon; d'Ellebold dit *le Rouge*, & de Sohier dit *le Roux*, dont nous aurons fouvent à parler. Elle lui donna encore une fille, nommée Avide ou Ade, qui époufa

XI. SIECLE.
Année 1081.

CXIII.

L'Etat de Cambrai,&c.III. Partie, page 477.

Isaac Liétard. Ces derniers enfans étoient donc, par la circonstance de leur mere, utérins des trois premiers garçons d'Avide. (Voyez la charte sous l'an 1095.)

On pourroit croire que cette Avide n'étoit pas l'héritiere de Sarcinville & de Quéant , terres en Artois , de la partie du diocese de Cambrai. Cette Dame n'étoit au contraire que la veuve du Seigneur de ces deux domaines. Dans une réponse que nous eûmes l'honneur de faire (en 1763) à Mr. l'Evêque d'Agde (Rouveroi de Saint-Simon-Sandricourt) qui nous avoit consulté sur les premiers auteurs de la famille de Vermandois-Saint-Simon , nous lui expliquâmes nos conceptions à ce sujet ainsi qu'il suit. Hébert IV eut un frere cadet, appellé Eudes (*alias* Othon); de ce Seigneur & de sa femme inconnue , mais qui nous paroît être l'héritiere de Sarcinville & de Quéant , sortit un fils nommé Aïbert , du nom diminutif de son pere : car on doit observer qu'Eudes , Eudoïbert , Aïbert sont synonymes. Son nom est donc le même que celui de son pere. Il épousa la nommée Avide. De leur alliance naquirent Ellebold qui resta laïc , & occupa les terres de ses auteurs ; Ellebardus , fait archidiacre de Cambrai , & Baudry qui monta sur le siege épiscopal de Noyon. Veuve d'Aïbert , cette Dame convola en secondes nôces dans les bras d'Eudes Ier de Vermandois , dit l'*Insensé* , & en eut Eudes II dit *Farin* , & les trois autres enfans que nous venons de rapporter. Avide étoit une Brabançonne vraisemblablement ; car elle étoit parente à l'évêque de Cambrai , Lietbert , qui étoit de cette province. Par conséquent Eudes Ier de Vermandois , en épousant Avide , prit pour femme la veuve de son cousin-germain. Par conséquent Ellebaud de Sarcinville & de Quéant ; Ellebardus , archidiacre de Cambrai , & Baudry , évêque de Noyon , freres-germains entr'eux , & freres utérins des quatre enfans d'Eudes Ier , étoient encore cousins issus de germains paternels avec ces derniers.

Ce que fit , ce que devint Pierre , autre frere d'Hébert IV , nous l'ignorons totalement.

Voici le tableau de la généalogie de laquelle nous venons de parler. (Voyez *le Livre VI , n°. 6.*)

X I X.

OTHON , frere d'ALBERT II , mort en 1045 , eut de la comtesse PAPIA , son épouse , trois garçons.

X X.

I.

EUDES (*aliàs* OTHON) marié à l'Héritiere de Sarcinville & de Quéant.	HÉBERT IV, mort en 1081, eut de la comtesse HILDEBRANTE, ou ADÉLE DE CRÉPY, son époufe :	PIERRE DE VERMANDOIS.

X X I.

I.I.

AÏBERT, fils, feigneur de Sarcinville & de Quéant, marié à AVIDE.	EUDES Ier, dit l'*Infenfé*, marié à AVIDE, veuve d'AÏBERT, Seigneur de Sarcinville & de Quéant.	ADÉLE DE VERMANDOIS, mariée à HUGUES DE FRANCE, &c.

X X I I.

I I I.

ELLEBARDUS archidiacre de Cambrai.	ELLEBOLD laïc, Seigneur de Sarcinville & de Quéant.	BAUDRY évêq. de Noyon.	EUDES II, dit *Farin*, fils, marié à ASCAIGNE DE ROUVEROI ; eut pour fils :	ELLEBOLD dit *le Rouge*, mort en 1071.	SOHIER dit *le Roux*.	AVIDE, mariée à ISAAC LIÉTARD, foufcrit au Teftament d'ELLEBOLD, dit *Le Rouge*, fon beau-frere, en 1071.

XXIII.

JEAN DE SAINT-SIMON, marié à CLÉMENCE DE FAYEL,
&c. &c. &c.

CXIV.   La portion de biens, assignée à l'héritier de Vermandois, fut
très-modique, en comparaison de ceux qui resterent & revinrent
à sa sœur mariée à Hugues de France. Le principal domaine d'Eudes l'*Insensé* furent la Sirie de Saint-Simon, plusieurs terres & villages adjacens, & quelques autres biens situés à Cambrai & dans le
voisinage de cette ville. Cette premiere terre & celles des environs
que nous lisons rélatées dans le cartulaire de l'abbaye de Long-
Pont, dans lequel parlent les Seigneurs de Saint-Simon, furent
donc le partage d'Eudes & de l'aîné de ses enfans; les autres biens
furent celui des puînés. Ainsi cette infortunée famille chut & s'ap-
pauvrit, en multipliant ses héritiers.

CXV.   Saint-Simon est un bourg dans le Vermandois, éloigné de trois
lieues de la ville capitale. Comme nous ne voyons pas qu'il soit
parlé de cette terre avant les années que nous parcourons, nous
sommes portés à croire qu'avant qu'Eudes I.er s'y retirât & y bâtît
son château; il n'y avoit en ce lieu que des landes stériles, & peut-
être des bois qui n'avoient point de nom, mais que l'on cultiva &
défricha alors, & qui commencerent dès l'instant à porter celui de
Simon de Crépy, mort en odeur de sainteté en 1082, & non pas
celui de l'apôtre saint Simon. Ce lieu est situé dans l'étendue de la
paroisse de Notre-Dame-d'Avênes, village dont il faisoit partie.
Car l'on sait que dans l'origine des cures, les paroisses suivoient les
fiefs, comme les évêchés avoient suivis les gouvernemens civils,
& que les uns & les autres s'étendoient en même proportion. L'é-
glise paroissiale d'Avênes, commune au village de Saint-Simon,
étoit bâtie entre ces deux lieux, au milieu de son cimetiere : &,
quoique postérieurement transférée dans une chapelle de S. Maur,
fondée dans le château de Saint-Simon, elle conserve encore son
ancien nom de Notre-Dame dans les titres, & auprès des présen-
tateur & collateur. Mais le village & la terre d'Avênes, avec la
succession des temps, sont devenus une seigneurie particuliere,
distincte de celle de Saint-Simon, & en a relevé. Par là, le fief principal a été assujetti à ce qui n'en étoit qu'un démembrement, & est
devenu dépendant de celui qui avoit été son servant.

Le bourg de Saint-Simon fut érigé en Duché au mois de Janvier
1635, en faveur de Claude de Saint-Simon, premier Gentilhomme
de la Chambre & Grand-Louvetier de France, mort le 3 de Mai
1693. Les descendans de ce Seigneur posséderent cette terre sous

le même titre, jusqu'à la mort de Louis de Rouveroy, arrivée le 2 de Mars 1755 ; événement par lequel la duché-pairie de Saint-Simon, & la derniere branche de Saint-Simon furent éteintes.

XI. SIECLE.
Année 1081.

CXVI.

Examinons ici les premieres origines de cette famille : elles contiennent des détails que nos propres lectures n'ont appris qu'à nous seuls, & des éclaircissemens qui ne peuvent faire à la patrie qu'une agréable sensation, & causer un vif intérêt aux Maisons illustres qu'elles regardent.

On doit observer ici que les chifres du tableau généalogique qui suit, se rapportent à ceux que nous venons de poser ci-dessus immédiatement ; lesquels, en remontant encore, se joignent & s'allient avec ceux qui font l'échelle de la race masculine de nos Comtés, qui se trouve Livre V, Nº. CXVII ; & Livre VI, Nº. VI, & au Nº. CXIII de ce présent Livre de nos Mémoires.

Tableau généalogique des descendans d'Eudes Iᵉʳ de Vermandois, dit l'Insensé, tige des Seigneurs de Saint-Simon & de Rouveroy.

XXI.

ADÉLE DE VERMAN- DOIS, mariée à HUGUES DE FRAN- CE.	EUDES Iᵉʳ DE VERMANDOIS, né vers 1030, marié vers 1050, pere de quatre enfans en 1059, avoit épousé AVIDE, veuve du Seigneur de Sarcinville & de Quéant ; fut expulsé de ses titres vers 1050 ; morts tous deux avant 1080.

Mais comment allier le testament d'Hébert IV fait en 1059 ; le mariage d'Eudes *l'Insensé* qui y est indiqué ; ses trois garçons qui y sont nommés, & qui paroissent encore dans d'autres actes, avec ce qu'on lit de ce Seigneur au *verso* de la premiere feuille de la seconde partie du Cartulaire de Philippe-Auguste ? Ce manuscrit, qui est dans la bibliotheque du Roi, dit formellement : *Le Comte Hugues-le-Magne fit épouser à Odon l'*INSENSÉ *la fille d'un Chevalier du Comte de Vermandois. De Odon l'*INSENSÉ *& de sa femme, est né Odon* FARIN*, pere de Jean de Saint-Simon qui vit encore.* Ces deux autorités se choquent & se contredisent. A laquelle faut-il s'en tenir ? Voici notre réponse : Il n'est pas possible de rejetter l'un ou l'autre de ces deux cartulaires : on les conciliera, si l'on dit qu'Eudes *l'Insensé* a eu deux femmes ; la premiere, celle que nous avons nommée ; la seconde, la fille d'un nommé Jean, qu'on pense avoir été Châtelain de Ham, cité dans quelques chartes de ces années. Mais que l'auteur du second cartulaire s'est trompé, en attribuant à cette

Histoire du Valois, tom. 3, p. 384.

seconde épouse la naissance d'Eudes *Farin*, qui étoit fils de la premiere.

XXII.

EUDES II, dit *Farin*, fils, né vers 1055, marié dans un âge avancé, vers 1090, à ASCAIGNE DE ROUVEROY. Ici nous omettons les collatéraux de *Farin*, marqués en l'arbre généalogique précédent.

On ne fait la date précise ni de la naissance, ni du mariage, ni de la mort de ce Seigneur, non plus que de sa femme.

Eudes II, dit *Farin*, écartela de Vermandois & de Rouveroy dans son écusson; sans doute par ordre du Roi, qui avoit aussi changé celui de Sohier, dit *le Roux*, frere dudit *Farin*, en lui donnant une étoile.

XXIII.

JEAN DE SAINT-SIMON, fils, né vers 1092, vécut après 1184; étoit mort avant 1217; marié, dans un âge avancé, à CLÉMENCE DE FAYEL, morte après 1227.

Cette filiation, cette alliance, & leurs dates, font prouvées par le cartulaire de Philippe-Augufte [*IIe Partie, fol. 1.*] & par celui de Long-Pont que nous avons en mains [*de Tronquoy, cartâ 34*].

Celui-ci eft le premier qui prit, dans le Public, le furnom de *Saint-Simon*, qui n'étoit pas encore communément employé par son pere; & peut-être leur fut-il ordonné à tous deux par le Roi de le prendre, pour faire difcerner leur famille de celle de Vermandois régnante, par le nom, comme elle en étoit déjà diftincte par l'écuffon.

Nous ne favons à quelle origine rapporter Cécile de Saint-Simon, dont le décès eft placé dans le martyrologe de faint Quentin, au 13 de Décembre.

Ces époux eurent les quatre fils qui fuivent :

I.   XXIV.

OGER DE SAINT-SIMON,	JEAN DE SAINT-SIMON,	HÉBERT DE SAINT-SIMON,	OUDARD DE SAINT-SIMON,
feigneur d'A-vênes, époufa HÉRIBERTE, qu'on dit fille du Seigneur de Rouveroy,	IIe du nom, vi-comte de Ham, mort après l'an 1231, époufa YRIETTE D'EN-GHIEN, de la-	ainfi nommé de fon trifaïeul & de la célébrité de cette appel-lation dans fa famille. Il étoit	chanoine de S. Quentin. Ou-dard eft un di-minutif d'O-don, fes aïeul & bifaïeul pa-

XI. SIECLE.
Année 1081.

(forfan Guerri-ci de Rouvreïo, foufcrit dans une charte de faint Prix, de l'an 1123). Auguft. - Vir. fol. 150.

quelle il eut : (Jean II fut ainfi nommé de fon pere). Hift. du Valois, tome III, page 181.

Seigneur de Pont.

ternels, qui é-toit propre auf-fi aux (Odon) de Fayel, fes maternels.

Nous avons lu fur une feuille volante qui nous eft tombée entre les mains, mais qui n'a pas d'autorité, les notes qui fuivent. *Jean de Saint-Simon, (s'entend le deuxieme du nom) qui s'étoit trouvé à la bataille de Bovines, fe foufcrivit en 1240 en un titre conservé au tréfor des chartes du Roi, avec Hugues de Fayel fon parent maternel, Bardoin de Praël, Hellin de Waverin, Eudes de Ham (celui-ci feroit fon fils) &c. Le même Jean de Saint-Simon avoit confirmé en 1223 la vente que Baudoin de Treigny, fon vaffal, avoit faite à l'Evêque de Noyon, d'un fief fitué à Beauvois. Ce droit de fuzeraineté lui étoit venu de Marguerite de Beauvois, fa femme. Leurs enfans furent au nombre de cinq; 1°. Simon de Saint-Simon, marié, dit-on, à Béatrix de Condrén; 2°. Pierre, qui fut feigneur de Pont, & fit hommage lige au Roi, à Paris, en 1236, d'une rente de quarante livres qu'il percevoit à Happancourt, Corbeny, & Villiers en la châtellenie de Saint-Quentin. Pierre de Saint-Simon étant mort fans poftérité avant 1256, fon frere 3°. Jean de Saint-Simon, dit le Bédoin, chanoine de faint Quentin, hérita de Pont, & le vendit, en cette année-là, au prix de fept cens livres, à Pierre de Fontaines. 4°. Gobert de Saint-Simon qui eft marqué dans le martyrologe de Saint-Quentin; & enfin, 5°. Mathieu de Saint-Simon, feigneur de Tricoil, Coiteuré, Vefcelin, & du domaine d'Offois, dont il fit hommage au Roi en 1245. Ces* notes ne s'accordent gueres avec la généalogie defcendante de Jean II de Saint-Simon, nous femble-t-il : elles regarderoient plutôt la filiation d'Hébert de Saint-Simon fon frere; fi elles étoient vraies.

L'hiftorien moderne du Valois dit que le pere d'Hériberte de Rouveroy, mariée à Oger de Saint-Simon, étant décédé, les biens de ce pere furent partagés; & que la terre de Rouveroy échut à cette Dame, avec celles de Coyvrel & du Pleffis-Saint-Juft. L'acte de ce partage, felon lui, en eft confervé dans les archives de l'abbaye d'Homblieres. Oger prit le nom de cette terre, & le tranfmit à fes defcendans. Hériberte étoit déjà parente d'Oger, par Afcaigne de Rouveroy, l'époufe d'Eudes II, dit *Farin.* Oger étoit un nom familier aux Seigneurs de Rouveroy.

Tome 3, page 386.

Ici va commencer la branche collatérale de Saint-Simon de Rouveroy, par Oger de Saint-Simon, dont la génération fera continuée parallelement à celle de la branche aînée & directe, appellée simplement *de Saint-Simon*.

On doit observer que par les chartes que nous possédons dans le cartulaire déjà cité de Long-Pont, il est prouvé que les deux premiers collatéraux de Jean II de Saint-Simon se qualifioient du même surnom, en ajoutant celui de la terre dont ils étoient Seigneurs. Mais que Mathieu, l'un des descendans & troisieme collatéral de Jean II, prit le premier le surnom de Rouveroy, que son fils Jaremond se donna quelquefois, en y ajoutant ou en en retranchant indifféremment celui de Saint-Simon. Ce n'étoit pas moins la même consanguinité masculine. Et quand notre cartulaire de Long-Pont intitule les chartes données par Jaremond de Rouveroy, il ne fait pas même seulement mention, dans les titres desdites chartes, du surnom de Rouveroy, mais de celui de Saint-Simon, qu'il regardoit comme univoques, dans les divers temps où elles furent expédiées & transcrites.

CXVII. Rouveroy ou Rouvroy, en latin *Ruvereum* ou *Ruvereïum*, petit village près de la ville de Saint-Quentin, fut le berceau d'Ascaigne de Rouveroy, femme d'Eudes II dit *Farin*, & la mere de Jean de Saint-Simon Ier. C'est de cette Dame que les collatéraux de Jean II de Saint-Simon prirent le surnom qui leur est resté. L'étymologie de Rouveroy vient de *Rouve* (*id est*, *Rivus*) & de *Roi* (*id est*, *Rivulus :*) il signifie que les marais stagnans de Rouveroy sont les sources de la riviere dans laquelle les petits ruisseaux se jettent : *Rivi rivuli*.

Le fief du Bassinet, situé dans Rouveroi, qui y contient deux charrues, avec la grosse dixme de la paroisse, & partie de la justice, est mouvant de la seigneurie de Gauchy; il paroît avoir été la portion héréditaire d'Ascaigne de Rouveroi. L'utile & l'honorifique de ce bien en ont été aliénés dans le cours des années par la famille de Saint-Simon; mais le vocable, pris par les premiers propriétaires, s'est perpétué dans leurs enfans qui sont les collatéraux des Saint-Simon. Dans son étymologie, Bassinet signifie la meme chose que Rouveroi; il désigne le *petit bassin* ou le réservoir des eaux de la riviere de Somme.

I I.　　　　　**X X V.**

MATTHIEU DE ROUVEROI Ier, fils d'OGER, épousa ..... DE BÉTHENCOURT.	EUDES DE SAINT-SIMON, fils, vicomte de Ham, qui en 1223 promit au Roi de lui remettre cette châtellenie. Dès l'an 1222 l'aîné & le cadet DE SAINT-SIMON parurent en un tournois à Oufchin, avec d'autres Chevaliers; & leurs boucliers, sur lesquels

quels

quels étoient peintes leurs armoiries, portoient coupés en quatre, DE VERMANDOIS ou DE FRANCE, DE SAINT-SIMON & DE ROUVEROI, telles qu'aujourd'hui, à peu près.

I I I.

JAREMOND DE ROUVEROI, fils, époux avant 1252 d'ÉLÉONORE DE MAGNI : vivans en 1258 & 1274. *Cart. Longi-Pont. de Hallenv. Cartâ 87 & 109 ; & du Troncoi, cartâ 100.*

X X V I.

FERRI DE SAINT-SIMON, vicomte de Ham, Sieur de Condon, épousa N..... DE BEAUREVOIR, en Cambresis.

ROBERT DE SAINT-SIMON, & SIMON DE SAINT-SIMON, freres. *Martyrol. sancti Quintini, ad 18 Aprilis.*

I V.

GUI DE ROUVEROI-SAINT-SIMON, fils, mort en 1316, enterré dans la paroisse de la Toussaint, réunie maintenant à celle de sainte Pécinne. *

X X V I I.

JACQUES DE SAINT-SIMON Ier, fils, vicomte de Ham, marié à AGNÈS DE KAMREMI, en Beauvaisis, ** qu'on fait aussi Dame d'Estouilli, près de Ham.

RENAUD DE ROUVEROI, grand-maître des Arbalétriers de France, vivant en 1274.

* La paroisse de la Toussaint, abolie, étoit sur les eaux, un peu hors de la ville de Saint-Quentin, près du *boulevard de la Reine*, & contenoit la chapelle sépulchrale de la maison de Saint-Simon. Le village de Rouveroi, où en demeuroit une branche, en est très-voisin. Telle étoit l'épitaphe de ce Seigneur, rapportée par le pere Anselme, (*tome IV, page 395*) : *Cy git Monseigneur Gui de Rouveroi, fils jadis Monseigneur Jaremond*, &c. Gui avoit été seigneur des terres de Coivrel & du Plessier-Saint-Just, & avoit épousé Perronnelle de Moï ; il en eut Jean de Saint-Simon de Rouveroi qui va suivre, dont il est parlé dans la cent huitieme charte de Long-Pont pour Héronval.

** Ce Jacques de Saint-Simon Ier est le même qui parle dans le cartulaire de l'église de saint Quentin (*cartâ 67*) le Ier d'Août 1292. Il étoit seigneur de Saint-Simon & de Beaurevoir en Cam-

Tome I.   P p p p

bresis. La charte III du cartulaire de Long-Pont, que nous avons en mains, fait entendre qu'il vivoit même en 1347.

XXVIII.

V.

MATTHIEU II DE ROUVEROI DE SAINT-SIMON.	JEAN DE ROUVEROI de SAINT SIMON, qualifié seigneur de Moï, Magny, Béthencourt, de Coivrel, & du Plessier-Saint-Just, épousa, avant 1333, sa parente N..., fille de JACQUES Iᵉʳ DE SAINT-SIMON, & d'AGNÈS DE KAMREMI.	JACQUES DE SAINT SIMON, deuxieme du nom, mort sans alliance, avant 1 3 3 3. (*Longi-Pont. cart.* 108.)	MARGUERITE DE SAINT SIMON, fille, mariée à JEAN DE ROUVEROI DE SAINT-SIMON, avant 1333, morte après 1371. (*Long. Ponti Cartâ* 108.)	HERCULES DE ROUVEROI, chevalier, vicomte de Rouy, seigneur de Verderel & de Maisoncelle-sous-Froissy, en Beauvaisis, fonda dans Maisoncelle la chapellenie dite de ce nom; dont il étoit patron.

Il est donc démontré, par cette double généalogie, dont la collatérale sortie par Oger de Saint-Simon de la branche directe, & rentrée par Jean de Rouveroi dans la même branche directe, lorsque ce dernier s'est uni avec Marguerite de Saint-Simon, que ces deux familles n'en font qu'une seule dans leur origine, & par le sang des mâles. Par conséquent la maison de Rouveroi-Saint-Simon, actuellement subsistante en France, est la plus proche agnate des anciens Comtes de Vermandois, & descend, de mâle en mâle, du sang de Charlemagne.

Ajoutons à ce que nous venons de dire, qu'outre le lieu de la sépulture commune aux deux branches de Saint-Simon dans la paroisse de Tous-les-Saints, ces deux familles avoient encore pour armoiries un écu de sable, chargé d'une croix d'argent. Parmi les sceaux attachés au testament d'Ellebold, fils d'Eudes l'*Infensé*, on remarque celui d'Eudes II, dit *Farin*, son frere, qui est un champ de sable chargé d'une croix d'argent. Jean le Carpentier, auteur de là compilation qui regarde la maison de Sohier, décide que le champ & la figure du sceau sont l'écusson de l'ancienne maison de Saint-Simon. L'historien du Valois rapporte une charte manuscrite qui prouve qu'en 1222 l'écu de Saint-Simon étoit chargé d'une croix d'argent, & de cinq coquilles de gueules sur un champ de sable. Une autre piece, rapportée par le même auteur, prouve que Jean de Saint-Simon, sous Philippe - *Auguste*, avoit le même sceau. Le pere Anselme a parlé de même sur cet objet.

Ce qui paroîtra singulier, dit l'historiographe du Valois, c'est que la terre de Saint-Simon, quoique le patrimoine & le chef-lieu d'une maison aussi distinguée qu'est celle qui l'a possédée, soit demeuré une simple roture jusqu'après le milieu du quatorzieme siécle. Il est à présumer que ce défaut d'illustration a eu sa source dans la délicate politique du Roi Philippe-*Auguste*, qui étoit continuellement en garde contre toutes les prérogatives & distinctions qui eussent pu ranimer le pouvoir énorme que les Comtes de Vermandois, seigneurs en même temps du Vexin, du Valois & de l'Amiénois, s'étoient autrefois arrogé au préjudice de l'autorité souveraine. L'érection de la terre de Saint-Simon en fief n'est pas plus ancienne que de l'année 1371, c'est-à-dire, qu'elle demeura roture durant les siécles dans lesquels on élevoit en fiefs de simples fermes & souvent des emplois très-avilissans. Il est marqué, dans un titre du monastere de saint Bertin, qu'en l'année que nous venons de nommer, *le Seigneur, abbé de cette maison, à la priere & demande de Jean de Rouveroi, dit de Saint-Simon, seigneur de Coivrel & du Plessier-sur-Saint-Just, & les moines de cette même abbaye ont mué la terre de Saint-Simon de roture en fief :* encore ce fief ne fut-il pas illustré par aucune appellation.

Voici la suite de la généalogie de la famille de Saint-Simon réunie.

X X I X.

GILLES Ier DE ROUVEROY DE SAINT-SIMON, seigneur du Plessier, &c. Il épousa N... FLOQUES, dont il eut :	GAUCHER DE ROUVEROY sortit de JEAN DE ROUVEROY DE SAINT-SIMON, dit *le Borgne*, marié à MARGUERITE DE SAINT-SIMON.

GAUCHER DE ROUVEROY sortit de JEAN DE ROUVEROY DE SAINT-SIMON, dit *le Borgne*, marié à MARGUERITE DE SAINT-SIMON.

Il se distingua à la bataille de Mons en Vimeu en 1421. Sa postérité finit en Claudine de Saint-Simon, Dame de Sandricourt, d'Ambleville, de Cléry, &c. fille de Claude de Rouveroy de Saint-Simon, seigneur de

P p p p ij

XI. SIECLE.
Année 1081.

Histoire du Valois, tome 3, page 387.

Sandricourt, & femme de Claude de Cré-
quy, seigneur de Bernieules. *Desinit.*

X X X.

GILLES II DE ROUVEROY DE SAINT-SIMON. Il se signala à la bataille de Patai, en Beausse ; à la prise de Meaux, aux sieges de Pontoise & de Honfleur, *&c.*	ANTOINE DE ROU-VEROY DE SAINT-SIMON, qui fit la branche de Rome-nil.

X X X I.

LOUIS DE ROUVEROY DE SAINT-SIMON, seigneur du Plessier & de Rasse : il eut de sa femme DENISE DE LA FONTAINE, les enfans qui suivent :

X X X I I.

| CLAUDE DE ROUVEROY DE SAINT-SIMON, seigneur desdits lieux , mestre-de-camp du régiment de Navarre, & depuis marquis de St.-Simon, gouverneur de Senlis ; marié le 14 Septembre 1634 à LOUISE DE CRUSSOL, veuve du marquis de Portes, dont il n'eut pas d'enfans. | CLAUDE DE ROUVE-ROY DE ST.-SIMON, gouverneur de Blaye , *&c.* marié 1°. à DIANE DE BUDES, morte le 2 de Novemb. 1670 ; 2°. le 12 Octobre 1672, à CHARLOT-TE DE L'AU-BESPINE, *&c.* mourut le 3 de Mai 1693. | ISAAC DE SAINT-SI-SIMON, marié à MARIE DAMER-VAL ; vendent en 1635 les terres de Saint-Simon, *&c.* | LOUIS DE SAINT-SI-MON. | N.....fille mariée au seigneur du FAY, comte de cressonsac |

XXXIII. Ier lit.

N . . . fille qui se fit religieuse.	N . . . fils, mort jeune.	GABRIELLE-LOUISE DE ROUVEROY DE SAINT-SIMON, marquise de Portes, mariée le 17 Avril 1663, avec HENRI-ALBERT DE COSSÉ, duc de Brissac.

XXXIII. IIe lit.

LOUIS DE ROUVEROY, duc de Saint-Simon, pair de France, &c. né le 15 Janvier 1675; il épousa, le 8 Avril 1695, MARIE-GABRIELLE DURFORT-LORGE, &c. de laquelle il a eu:

XXXIV.

CHARLOTTE DE ROUVEROY DE SAINT - SIMON, née le 8 Septembre 1696; veuve, depuis le 4 Février, du Prince de Chimay. *Desinit.*	JACQUES-LOUIS DE ROUVEROY DE SAINT-SIMON, duc de Ruffec, mort le 16 Juillet 1746, marié à CATHERINE-CHARLOTTE-THÉRESE DE GRAMMONT, de laquelle il a eu:	ARMAND-JEAN DE ROUVEROY DE SAINT-SIMON, né le 2 Août 1699, marié le 22 Janvier 1733, à MARIE-LOUISE DE BAUYN D'ANGERVILLIERS; mort sans enfans mâles. *Desinit.*

XXXV.

MARIE-CHRISTINE DE ROUVEROY DE SAINT-SIMON, née le 7 Mai 1728, mariée au Comte de Valentinois, sans enfans.

Desinit.

La Maison de Rouveroy de Saint-Simon avoit trois branches aînées de celle du Duc ; la premiere a subsisté dans la personne de Claude de Rouveroy, Bailli de Saint-Simon, qui a été Général des Galeres de Malthe en 1735 & 1736, & de Claude de Rouveroy de Saint-Simon son frere, mort évêque de Metz. La seconde a pour chef le Marquis de Saint-Simon-Montbléru, marié à N. Pineau de Lucé, dont il a eu quatre enfans. Le chef de la troisieme branche est Louis-François de Rouveroy de Saint-Simon, Marquis de Sandricourt, Lieutenant-Général, marié en 1705 à Marie-Louise-Gabrielle de Gourgues, dont il a eu trois garçons & une fille.

CXVIII.

Quoique Claude de Rouveroy de Saint-Simon, en faveur duquel la terre de ce nom fut érigée en Duché, descendît primitivement de Marguerite de Saint-Simon & de Jean de Rouveroy de Saint-Simon, il ne possédoit pas cependant cette seigneurie : elle étoit échue à ses aînés, & appartenoit en 1635 à Isaac de Saint-Simon, époux de Marie Damerval, qui la céderent à ce Seigneur le 12 Janvier de cette année, par échange & par vente. C'est au même Seigneur que les mêmes vendeurs céderent & vendirent les seigneuries d'Avênes, Pont, Artam, & la baronie de Bénay. Le contrat que nous en avons lu, fut passé à Paris, ledit jour & le suivant, pardevant Jean Le Sémelier & Philippe Le Cat, notaires au Châtelet. Par le même acte, Louis de Rouveroy de Saint-Simon, seigneur de Cambronne, vicomte de Claftres, le frere d'Isaac & l'époux de Marie de Mailly, veuve de Boniface Colan, vendit encore au même Claude de Rouveroy de Saint-Simon, moyennant une pension viagere, la seigneurie de Claftres qui lui étoit échue en partage. Toutes ces terres & seigneuries sont dans la mouvance du Roi, comme Comte de Vermandois, hors la baronie de Bénay qui releve du duché de Guise, & la terre de Gauchy, de la châtellenie d'Estrées-en-Arrouaise, parce qu'elles n'ont pas été amorties envers leurs seigneurs suzerains.

✝ Nous allons reprendre les descendans du même Eudes Ier, dit l'*Insensé*, du côté de Sohier *le Roux*, agnat plus éloigné. Sohier, Soyer ou Siger, signifient *victorieux*, selon le langage ancien, & se disent en latin *Sigerus*.

X X I I.

SOHIER Ier, fils d'Eudes de Vermandois & d'Avide, épousa ADÉLE DE MALVOISIN, fille de Hugues ; il testa en 1080, mourut avant 1097, & avoit eu pour enfans :

XXIII.

HUGUES Ier, dit *Sohier*, marié à ADÉLE ou LUCIE DE THOROTTE ; fut châtelain d'Efpéhi, après fon frere ; feigneur de Liéramont, &c.

AMALRIC, châtelain d'Efpéhi, feigneur de Marcoin, de Liéramont, de Berricurt, &c. marié à ADÉLE D'OISY, mort fans poftérité. Il avoit encore pour frere Thietboldus, doyen de la cathédrale de Cambrai, en 1070 & 1080.

Definit.

XXIV.

GAUTIER, dit *Sohier*, fils fe croifa en 1110, époufa ADÉLINE DE CAMBRAI, dont il eut cinq garçons & une fille nommé Eve.

ODON. ALELME. THIBAUT. ALULFE.

REINOTUS ou REINOLDUS ; qui prétendit l'Avouerie héréditaire fur l'abbaye de S. André du Câteau-Cambrefis.

XXV.

RENAUD, dit *Sohier*, fils aîné, époufa ALIX DE LA FOSSE, & en eut trois garçons.

XXVI.

HUGUES II, dit *Sohier*, eut de fa femme deux fils, dont le cadet

XXVII.

HELLIN *Sohier*, &c. Ces Seigneurs étoient châtelains de Bohain, de l'Empire, près de Roifeft, de Beaurevoir, &c. &c. &c.

L'hiftoriographe de Cambrai a fuivi cette généalogie de mâle en mâle, jufqu'à fon temps [1664], & l'a fait d'une façon très-

Origine de la Maifon de Sohier, *in-fol*. A Leyde, 1661.

laborieuſe & très-recherchée : le zele inſpiroit cet auteur attaché
à la famille des *Sohiers*, à laquelle il a même dédié ſon ouvrage.
Nous ne le ſuivrons pas dans toute ſa marche. Du Cambreſis,
cette illuſtre Maiſon a paſſée, par une branche, en Italie ; & par
une ſeconde, en Allemagne, où ſes titres ont été reconnus par
les Empereurs. Ce ſeroit bien encore une Maiſon des plus anciennes & des plus diſtinguées de tout l'univers, ſi elle ſubſiſtoit à
préſent. Il ne nous a pas été donné de le découvrir.

Auſſi ancienne, auſſi noble, peut-être plus étendue, & certes
plus illuſtrée, mais enfin la même, la Maiſon de Saint-Simon
l'emporteroit ſur celle des *Sohiers*, par le privilege encore d'avoir
été formée de la tige aînée d'Eudes Ier de Vermandois. Cette famille ne paroît pas être ſortie de notre France, en laquelle elle
a jetté pluſieurs provins. Des deſcendans des premiers Sires de
Saint-Simon, y ont conſtamment entretenu leur nom, leur ſang,
leurs alliances, & cultivé le patrimoine de leurs peres, juſqu'au
temps qu'ils firent la ceſſion de leurs domaines héréditaires à leurs
parens que nous avons ci-deſſus nommés. Il eſt bien digne du zele
que témoigne pour la gloire de ſon nom M. l'Evêque d'Agde, d'é-
claircir la ſuite, encore un peu embrouillée, de ſes auguſtés ancêtres ; de ramaſſer les anneaux de cette longue chaîne ; & de les
renouer ; & ſouder enſemble, ſous le feu, & l'éclat démonſtratif
des chartes, & des autres pieces qu'il a colligées de toutes parts.
Aucun écrivain n'eſt plus capable de remplir un ſi vaſte objet, que
l'eſt cet illuſtre Prélat, dont les profondes lumieres ſont ſoutenues
par la chaleur de l'intérêt. Ce ne ſera que par des découvertes
plus élaborées & plus précieuſes, qu'il couronnera les eſpérances
qu'il a fait naître dans le cœur du Public, & qu'il y entretient
encore. Nos richeſſes croiſſent ſous ſes mains : l'or s'y rafine ;
& nous en ſerons comblés, lorſqu'il nous en fera la diſpen-
ſation.

CXIX.

Nous ſommes obligés de prévenir ici nos lecteurs, que l'hiſtoriographe de Cambrai, que nous avons ſi ſouvent cité, ne poſſede
pas, dans ſon pays même, toute la confiance de ceux qu'il a ſi
bien tâché d'inſtruire & d'éclairer. Outre pluſieurs bévues qu'on
lui reproche, on n'y rougit pas de traiter cet habile Religieux de
l'abbaye de ſaint Aubert qu'il a abandonnée, de vil eſclave vendu
à la Maiſon des Sohiers, & d'impudent fabricateur de chartes &
d'épitaphes. Que Jean le Carpentier ait erré en quelques points,
& qu'il ait préſenté aſſez indigeſtement ſon volumineux ouvrage,
il mérite grace : l'un eſt d'un homme qui défriche le premier un
champ hériſſé de ronces & d'épines : l'autre eſt du goût encore
régnant de ſon âge. Qu'il ait flatté ſi ſervilement les Sohiers mil-
lionnaires, nous ne pouvons le croire. Quelle fortune font les
historiens

hiftoriens dans le monde ? Et comment en jouiffent-ils ? Et certes il n'eft pas facile de concevoir que cet auteur eût fi bien fu con-trouver & ajufter à fes deffeins, des chartes & des inftrumens dont il donne les copies comme extraites des plus précieufes archives de fa province & des environs. On ne poffede plus ces pieces, il eft vrai; c'eft une perte pour les propriétaires : mais ce n'eft point là une caufe fuffifante pour rejetter des monumens fi fenfément dictés, & qui, par la combinaifon & le rapport qu'ils contiennent des dates, des perfonnes, des lieux, & de mille autres objets inconnus à l'auteur, ont à nos yeux les caracteres invincibles de la vérité. Loin de nous cette maligne fagacité qui équivoque fur des minu-ties, qui contredit à plaifir, & porte fa critique aveugle fur les écrits & fur leurs auteurs. Ce funefte talent doit paroître plus odieux encore, quand il fe rencontre en des compatriotes ingrats, que l'on a tâché d'obliger aux dépens des veilles les plus conti-nuées, des travaux les plus férieux, de fa fanté, & fouvent de fa vie. Quant à nous, nous refpectons les chartes que l'hiftoriogra-phe de Cambrai nous a données pour la filiation d'Eudes l'*Infenfé*; nous en avons fait bon ufage, & nous fommes intimement perfua-dés qu'ils méritent toutes fortes de confidération & de refpect. Renouons le fil de notre hiftoire.

XI. SIECLE.
Année 1081.

Ce qu'il y a d'étrange & de bien furprenant dans l'expulfion d'Eudes de Vermandois, c'eft qu'elle paroît avoir été autant l'ou-vrage de fon pere Hébert IV, que de fa mere Adéle de Crépy. Ce jeune Seigneur doit avoir été extraordinairement odieux à fes auteurs. Après l'avoir privé de fes biens & de fes titres, on enleva encore à fes enfans leurs armoiries propres. Hugues de France les prit pour foi (échiquetées d'or & d'azur), & fit défendre à la pof-térité de fon beau-frere, d'en faire jamais ufage. Le Roi Philippe Ier en intima lui-même l'ordre à Sohier, lui prefcrivit de n'avoir dans fes fceaux qu'une étoile ; & n'adoucit l'amertume de ce calice, qu'en lui attachant lui-même le collier de l'ordre, dont il lui don-noit le fymbole. Quelques-uns de fes defcendans y ajouterent la devife : *Stellâ duce quis cæcus ?* Enfans infortunés d'un Pere malheu-reux, les Sohiers fe foumirent à une autorité qui achevoit de les defpolier: mais, en acceptant cet autre écuffon, ils ne cefferent pas cependant de réclamer contre la violence qu'on leur faifoit, & de déclarer, avec une forte d'affectation dans les actes qu'ils paf-foient, leur premiere origine, leurs droits envahis, & leurs ar-moiries changées (22). +

CXX.

Trifte & trop foible reffource pour des enfans, à qui le retour au comté de Vermandois étoit inconteftable, puifqu'ils étoient lé-gitimement iffus d'Eudes, leur pere commun, & l'aîné des enfans d'Hébert IV ! En effet, l'expulfion jufte ou non d'un ancêtre ne

XL Siecle.
Année 1081.

peut être préjudiciable à ses descendans. Il y a plus ; l'exhérédation du Vermandois emporta celle du Valois, & des autres domaines immenses que laissa la Maison de Crépy : & quoiqu'Hébert IV, en expulsant son fils Eudes l'*Insensé*, n'eût pas lieu de penser alors que l'effet dût s'en étendre sur des possessions si éloignées
de tomber dans sa famille (car Raoul de Crépy, pere d'Adéle de
Crépy, avoit encore plusieurs garçons) il s'est trouvé par l'événement, que quand l'héritage de ceux-ci fut échu à la Maison de Vermandois, Eudes l'*Insensé* & toute sa postérité en furent privés. La
branche cadette du Comte expulsé paroît n'avoir pas soutenu ni
fortement, ni long-temps ses droits : l'aînée, sortie de *Faria* ou
Farin, tint un peu plus contre le torrent. Le Roi Philippe-*Auguste*,
qui craignit les suites & les inconvéniens des prétentions des aînés,
fit solemnellement renoncer Jean de Saint-Simon à toutes les demandes que ce Seigneur & ses descendans pourroient former sur
cette hérédité. On ne sait quel dédommagement il leur donna.

Histoire du Va-
lois, tome I,
p. 345.

Nous venons de parler des armoiries du Comte Hugues de
France : tous les auteurs ne sont pas cependant de notre sentiment.
Quelques-uns prétendent qu'il les portoit de gueules au château
d'or, maçonné de sables, & sommé de trois tours de même. D'autres lui attribuent les armes de France actuelles, d'azur à trois
fleurs de lys d'or, deux en chef, & une en pointe. Mrs de Sainte-
Marthe ont écrit que ce Prince, en épousant Adéle, avoit adopté
ses armes échiquetées d'or & d'azur, en y ajoutant trois fleurs de
lys d'or en chef. Ce dernier sentiment est le seul qui mérite attention.

L'expulsion d'Eudes du Comté de Vermandois, fit tomber sur sa
sœur Adéle l'opulente succession d'Hébert IV & d'Adéle de Crépy,
leurs parens communs. Cette transportation fut jugée & approuvée par les principaux Seigneurs de leurs provinces ; & le Roi Philippe Ier en confirma, par son autorité suprême, le décret. Ce
Prince favorisoit en cela même sensiblement son frere Hugues, auquel la Comtesse de Vermandois portoit ses biens & ses dignités,
par une suite de l'alliance qu'elle avoit contractée avec lui. L'his-

Ibid. pag. 344.

torien moderne du Valois s'étoit étrangement écarté de nous &
de la vérité des histoires, quand il avoit écrit qu'Hébert IV & son
épouse Adéle de Crépy, n'avoient point eu d'autre enfant qu'A-
déle de Vermandois. Ce que nous venons de dire pourroit le ramener de son erreur, s'il ne l'eût pas reconnue.

PIECES JUSTIFICATIVES
DU HUITIEME LIVRE.

CHARTE DE RICHARD III,
DUC DE NORMANDIE,
EN FAVEUR
DU CHAPITRE DE SAINT QUENTIN.

(1) RATIOCINATIO actuum mundalium, statusque juridicialium causarum exigit jugiter, ut res quæ legaliter definiendo determinatur, taliter chartulis scribendo veraciter inseratur, quatenùs sophismate omninò scrupulosæ rei derupto, veritas clariùs luce reseratâ cunctis enodetur, probabiliter aperta. Quocircà comperiat Normanorum præsentium, futurorumque, atque meorum successorum, industria, quòd accessit DUDO pretiosi martyris CHRISTI Quintini canonicus, nosterque fidelis idoneus, ad me, qui nuncupor RICHARDUS, feliciffimi comitis Richardi filius, dicorque gratiâ summæ individuæque Trinitatis Deificæ, Normanorum, licet indignus, dux & patricius, deprecans per comitem Radulphum meum avunculum, multimodis & crebris supplicationibus per seipsum, ut ecclesias quas dedit pater meus supradictus ei in beneficio, concederemus, pretioso martyri CHRISTI Quintino, pro animæ patris mei & matris meæ remédio. Cujus petitionibus humillimis, postulatibusque devotiffimis assensum præbens & annuens, concedo præscripto martyri Quintino easdèm ecclesias, in Caffis comitatu sitas, unam super fluviolum Dunum sitam quæ dicitur Eunardi ecclesia, & nominatur abbatia: alteram secùs litus maris positam in vico qui dicitur Sotavilla; ad mensam fratrum inibi degentium, & sub tutelâ gloriosi testis Quintini CHRISTO famulantium; ut post excessum Dudonis mei fidelis, teneant, possideant, & usus fructus accipiant, & quicquid facere voluerint canonici sancti Quintini, liberè faciant, procurantibus Dudonis mei fidelis hæredibus in pretiosiffimi CHRISTI assertoris Quintini servicio, & cùm canonicis placuerit, & mihi promptis in obsequio; & si superstes

Q q q q ij

Dudo aliquid vobis largitus fuerit in suâ vitâ, pro animæ patris mei gloriâ, sit illi nostra & sempiterna gratia. Si quis contra præceptum mei dictaminis, meæque dationis venerit, quin etiam si quis meorum hæredum infringere istud maluerit, in primis iram Dei omnipotentis incurrat, & quod injustè repetit, non sibi evindicet, sed confusus, & damnatus, & excommunicatus, & anathematizatus recedat: persolvatque Regi Francorum viginti libras auri, Ducique Normaniæ similiter viginti. Actum est autem anno ab incarnatione Domini nostri JESU-CHRISTI 1015, indictione decimâ-tertiâ, regnantis Roberti vigesimo-septimo. Ità præceptum factum est in Rhotomago civitate, in nativitate genitricis Dei Mariæ. Regnante Roberto Rege. Signum Richardi qui hoc præceptum fieri jussit. Matris ejus Gonnors; uxoris ejus Judith; Richardi filii Richardi; Willelmi comitis; Sturtingi; Willelmi; Radulfi filii; Hugonis Ebroicensis; Hugonis episcopi; Radulfi militis; Roberti archiepiscopi; Malgeri comitis; Radulfi comitis; filiorum ejus; Hugonis; Hugonis episcopi; Hugonis Bajocensis; Rogeri episcopi Lexoviensis; Wilberti militis; Turchilimii; Radulfi; Rogeri. Odo, cancellarius, scripsit & subscripsit.

Du Trésor aux archives de l'église de saint Quentin.

CARTA

PHILIPPI IV.

De Patronatu ecclesiæ de Sottavillâ, pertinente ad ecclesiam S. Quintini per cartam Richardi III, Ducis Normanorum.

(2) PHILIPPUS, Dei gratiâ, Francorum Rex. Baillivo Caleti salutem, Decanus & Capitulum sancti Quintini in Viromandiâ nobis fecerunt exponi, quòd cùm ipsi sint & fuerint ab antiquo in pacificâ possessione, tam ex justo titulo, quàm etiam per punctum cartæ Principis, secundùm consuetudinem Normandiæ conferendi ecclesiam beatæ Mariæ de Sottavillâ, seu juris patronatûs præsentandi, vacationis tempore, ad eandem, nihilominùs Radulphus de Claromonte miles eosdem Decanum & Capitulum, super collatione ejusdem Ecclesiæ & possessione prædictâ impedit, & perturbat indebitè & de novo, Quare tibi mandamus quatenùs si dictos Decanum & Capitulum inveneris per cartam prædictam, cum justo titulo esse & fuisse in possessione prædictâ, eundem militem ad cessandum à talibus impedimento & perturbatione, patriæ consuetudine servatâ, compellas eosdem Decanum & Capitulum in suâ possessione, manutenens ut fuerit rationis. Datum Parisiis die Lunæ ante festum cathedræ sancti Petri, anno 1301.

Des mêmes Archives.

CHARTE

DE LA FONDATION

DU CHAPITRE

DE L'ÉGLISE COLLÉGIALE

DE NESLE.

(3.) In nomine sanctæ & individuæ Trinitatis, Patris & Filii & Spiritûs Sancti, amen. Ego, ROBERTUS, gratiâ Dei, rex Francorum: regni nostri, & Ecclesiarum filiis præsentibus & futuris. Sicut Ecclesiarum detrimenta quâcumque occasione illata in divinam injuriam prosiliunt; sic earum incrementis devotione fidelium collatis, efficax Dei sententia placari creditur: unde fructibus primitivæ virtutis, & charitatis singulariter, & vehementer debemus insistere, quos erogando, & diffusiùs spargendo cognovimus centuplicare. Noverit ergò universitas fidelium, tam præsentium quàm futurorum, Harduinum, Noviomensem Episcopum, favente, imò etiam petente Hebalo Remorum archiepiscopo, cæterisque in hâc re consentientibus etiam provincialibus Episcopis, nostram adiisse Excellentiam, devotè obsecrantem nostræ autoritatis præceptum fieri pro quodam altari sancti Petri in Nigellâ sito ad quod omnis parochia pertinet, quod ad fundandam abbatiam cupiebat perpetualiter, & liberaliter largiri. Et quia prædicta abbatia in honore sanctæ Dei genitricis Mariæ constitui cupiebat, sua petitio, nemini videbatur irrationabilis, vel injusta. Quapropter ei annuimus : & hoc præceptum exindè fieri præcipimus; & conventionis ratione, ut à Noviomensi Episcopo, quicumque sit futurus, cuilibet clerico, tùm à

canonicis ipsius loci electo, gratis cura animarum commendetur ; de quibus Noviomensi Episcopo rationem solummodò pro commissâ curâ reddat ; atque Episcopo uno quoque anno in Purificatione sanctæ Mariæ, pro respectu, tres solidos persolvat ; sitque ab omni donationis jugo libera ; & canonici ibi deputati pro animâ ipsius exorantes debitum officium Deo, & sanctæ Mariæ jugiter persolvant. Et ne quicumque incredulus videatur, manu propriâ signavimus, nec-non sigilli nostri impressione corroborari fecimus. Signum Roberti, Francorum Regis. Signum Hugonis Regis, filii ejus. Signum Hebali, Remensis archiepiscopi. Signum Harduini, Noviomensis Episcopi. Signum Adalberonis, Laudunensis Episcopi. Signum Widonis, Sylvacensis Episcopi. Signum Franconis, Parisiensis Episcopi. Signum Odebrici, Aurelianorum Episcopi. Signum Odonis, Palatini Comitis. Signum Othonis, Viromanduensis Comitis. Actum Vermeriæ Palátio, anno incarnati Verbi 1021. Regnante Rege Roberto trigesimo-quarto anno quoque Hugonis quarto. Balduinus cancellarius relegendo subscripsit.

Extrait d'un Manuscrit in-fol. du Chapitre de saint Quentin, page 232 & suiv.

TRANSACTION

ENTRE

L'ÉVÉQUE DE NOYON

ET LE CHAPITRE

DE NESLE.

(4.) Universis præsentes litteras inspecturis, FULCANDUS, miseratione divi-

nâ, Noviomensis Episcopus, salutem in
Domino. Cùm dilecti filii Decanus, &
Capitulum ecclesiæ beatæ MARIÆ Nigellensis nostræ Noviomensis diœcesis, assererent & contenderent in canonicos dictæ
Ecclesiæ Nigellensis, capellanos & cæte-
ros de choro dictæ Ecclesiæ Nigellensis se
omnimodam jurisdictionem habere, quòd-
que ad eos solùm, & in solidum correctio,
& punitio omnimoda Canonicorum, Ca-
pellanorum, & cæterorum Clericorum de
choro delinquentium spectabat, & quòd
super delictis & criminibus quibuscumque
perpetratis à quovis canonico, capellano,
seu alio clerico de choro dictæ Nigellensis
Ecclesiæ, dicti Decanus, & Capitulum
Ecclesiæ Nigellensis erant, & reputari debebant, eorum judices competentes tam
per compositiones competenter initas inter
prædecessores nostros Episcopos Noviomenses, ex unâ parte; dictos Decanum
& Capitulum Ecclesiæ Nigellensis, ex alterâ. Quòd etiam ex consuetudine noto-
riâ & legitimè præscriptâ nobis Episcopo
prædicto contrarium asserentibus & dicen-
tibus, quòd licèt super aliquibus delictis
perpetratis à canonico, capellano & aliis
clericis Ecclesiæ Nigellensis dicti Decanus,
& Capitulum Ecclesiæ Nigellensis possent
cognoscere & punire; non tamen super
gravibus & enormibus, ut potè super ho-
micidio & hujusmodi criminibus. Item :
cùm dicti Decanus, & Capitulum Ecclesiæ Nigellensis, virtute cujusdam clausulæ,
in quibusdam compositionibus insertæ, in
quâ clausulâ continetur quòd in causis pecuniariis, & criminalibus civiliter intentatis, inter commorantes & existentes in
villâ Nigellensi dicti Decanus, & Capitulum Ecclesiæ Nigellensis prætextu dictæ
clausulæ, clericos delinquentes in villâ Nigellensi, cæteras personas propter sua maleficia per judicem ecclesiasticum ex officio

punire possunt & debent, satagebant &
nitebantur coràm se, aut coràm officiali
Nigellensi ex officio suo ad judicium evocare, & eos corrigere & punire; nobis
Episcopo prædicto asserentibus & dicenti-
bus, quòd clerici quicumque in villâ Nigellensi delinquentes in quibuscumque delictis levibus, atrocibus, vel enormibus,
& qualibuscumque delinquentes, nec-non
cæteræ personæ in dictâ villâ Nigellensi
excessus, & crimina committentes quæ per
judicem ecclesiasticum possunt, vel consueverunt ex officio corrigi & puniri, per
nos Episcopum prædictum, seu officialem
nostrum, vel alium ad mandatum nostrum
dumtaxat possunt & debent corrigi & puniri; & non per dictos Decanum, & Capitulum quoquo modo. Item : quòd cùm
dicti Decanus, & Capitulum Ecclesiæ Nigellensis assererent & dicerent in personis
hospitalis sancti Johannis Nigellensis fratribus & sororibus religiosis dicti hospitalis se
omnimodam jurisdictionem habere : quòd-
que ad ipsos Decanum & Capitulum Ecclesiæ Nigellensis institutio & destitutio
fratrum & sororum, dicti hospitalis, pertinebat & pertinuerat ab antiquo. Nobis
Episcopo prædicto asserentibus & dicenti-
bus, quòd fratres & sorores dicti hospitalis delinquentes poteramus secundùm qua-
litatem suorum excessuûm corrigere, &
de hoc eramus nos & prædecessores nostri
in possessione pacificâ & quietâ. NOS PAR-
TES PRÆDICTÆ, nos bonorum & juris-
peritorum, & super præmissis expertorum
fretæ consilio ad pacem & concordiam devenimus in hunc modum. Videlicèt, quòd
dicti Decanus, & Capitulum in omnes &
singulos canonicos, capellanos, & cæteras
personas ex choro dictæ Nigellensis Ecclesiæ qui sine fraude erunt de choro dictæ Nigellensis Ecclesiæ; nec - non in fratres &
sorores religiosos dicti hospitalis sancti

Johannis Nigellensis omnimodam habebunt jurisdictionem, & eos poterunt dicti Decanus, & Capitulum in quibuscumque criminibus, & delictis levibus, seu enormibus, corrigere & punire : ac etiam dictorum fratrum & sororum, ad ipsos Decanum & Capitulum solos, & in solidum institutio & destitutio ipsorum pertinebit ; salvâ tamen nobis Episcopo prædicto, & successoribus nostris negligentiâ, & appellationis causâ quam nobis & successoribus nostris expressiùs reservamus. Negligentiam autem intelligimus prout in compositionibus inter prædecessores nostros, Decanum & Capitulum, initis extitit definitum, & specialiter in compositionibus bonæ memoriæ Domini Wermundi, prædecessoris nostri, ac officialis Noviomensis. Clericos delinquentes in villâ Nigellensi ; nec-non omnes ac singulas pesonas in dictâ villâ Nigellensi excessus, & crimina perpetrantes quæ per judicem ecclesiasticum prout & consueverunt puniri & corrigi, poteramus ex officio corrigere & punire ; nec dicti Decanus, & capitulum quemcumque ex officio, exceptis illis de choro Nigellensi, fratribus & sororibus religiosis hospitalis Nigellensis, coràm se, aut officialem Nigellensem super criminibus & delictis, ad judicium quoquo modo evocare poterunt vel debebunt, nec clericos in villâ Nigellensi delinquentes, vel cæteras personas, pro ut præmittitur, crimina vel excessus perpetrantes corrigere quomodolibet poterunt, vel punire, sed ad nos Episcopum prædictum, successores nostros, ac officialem Noviomensem, erunt ejusmodi clerici & personæ cæteræ, debitè & canonicè per nos, & successores nostros, aut officialem Noviomensem, pro qualitate excessuum puniendæ seu corrigendæ ; hoc excepto quòd si excessus, & crimina in ecclesiâ beatæ Mariæ Nigellensis, seu cæ-

meteriis eorumdem, essent ab aliquibus perpetrati, delinquentes inibi etiam ex officio dicti Decanus, & Capitulum, aut eorum officialis, possent corrigere vel punire : delicta autem, & excessus in aliis cæmeteriis villæ Nigellensis commissi & perpetrati punientur, pro ut hactenùs est fieri consuetum : non-obstantibus præmissis in causis civilibus pecuniariis, ac etiam civiliter intentatis, officialis Nigellensis inter litigantes cognoscere poterit, & jurisdictionem exercere, si hoc litigantes elegerint, pro ut in aliis compositionibus plenissimè continetur, & specialiter in compositionibus bonæ memoriæ Guidonis nostri prædecessoris. Et præmissa à nobis partibus prædictis facta sunt, ac etiam concordata, salvis in aliis omnibus & singulis propositionibus initis, inter prædecessores nostros, & Decanum & Capitulum Ecclesiæ Nigellensis antè dictos. In quorum omnium testimonium, nos Episcopus Noviomensis prædictus præsentes litteras sigilli nostri munimine fecimus roborari : anno Domini millesimo-trecentesimo-vigesimo-octavo, mense Septembri.

APPROBATIO

LITTERARUM PRÆCEDENTIUM.

Universis præsentes litteras inspecturis Arnulphus, Decanus, & Capitulum Noviomense, salutem in Domino. Noveritis quòd nos compositionem his præsentibus annexam factam inter reverendum Patrem ac Dominum Fulcandum, Dei gratiâ, Noviomensem Episcopum, & discretos viros Decanum & Capitulum ecclesiæ beatæ Mariæ Nigellensis, habitâ deliberatione diligenti, quantùm in nobis est, volumus, nec-non approbamus : & contentis in eâdem nostrum præbemus assensum pariter, & confensum. In cujus rei teftimonium figillum noftrum litteris præsentibus duximus apponendum. Datum anno Domini millesimo - trecentesimo - vigesimo octavo, die Veneris poft feftum beati Michaëlis, archangeli.

Extrait du même Manuscrit, page 245 & fuivantes.

COMPOSITIO

DOMINI BERNARDI,

NOVIOMENSIS EPISCOPI,

CUM CAPITULO EJUSDEM VILLÆ,

De Cæmeteriis villæ Nigellenfis.

(5) Univerfis præsentes litteras infpecturis, BERNARDUS, miferatione divinâ, Noviomenfis Epifcopus: & Decanus, & Capitulum Ecclefiæ Nigellenfis, dictæ Noviomenfis diœcefis, falutem in Domino. Noveritis quòd cùm inter nos prædictum Epifcopum, ex unâ parte, & nos Decanum & Capitulum prædictos, ex alterâ, motâ fuiffet materia quæftionis, primò : fuper eo quòd nos Epifcopus Noviomenfis prædictus jurifdictionem omnimodam in cæmeteriis ecclefiarum fanctorum Petri, Nicolai, Leonardi & Jacobi, Nigellenfium, nec-non fanctorum Nicafii *de Maifnille*, & beatæ Magdalenæ *de Morlemont*, propè Nigellam, ad nos folùm, & in folidum pertinere dicebamus : & fic nos ufos fuiffe per tantum tempus, quòd de contrario memoria non exiftit. Nos autem Decanus & Capitulum prædicti contrarium afferebamus ; & dicebamus jurifdictionem ad nos pertinere etiam à tempore de cujus contrario hominum memo-

ria non exiftit. Item : fuper eo quòd nos Epifcopus prædictus afferebamus, & dicebamus quòd arbores & omnia in dictis cæmeteriis exiftantia erant, & effe debebant in omnimodâ difpofitione noftrâ. Nos autem Decanus & Capitulum prædicti contrarium afferebamus : videlicet prædicta ad nos, & noftram difpofitionem, & non ad dictum Dominum Epifcopum pertinere. Item : fuper eo quòd nos prædictus Epifcopus dicebamus vicarios dictarum Ecclefiarum nobis omninò fubeffe, & de jurifdictione noftrâ exiftere, & quòd ad nos eorum correctio, & punitio pertinebat. Nos verò Decanus & Capitulum prædicti afferebamus, & dicebamus prædictos vicarios effe, & fore omninò de jurifdictione noftrâ, & non Domini Epifcopi memorati. Item : fuper eo quòd nos Epifcopus prædictus dicebamus, & afferebamus quòd fi aliquis vicarius capellanus, vel quivis alius in hofpitali Nigellenfi, feu cæmeterio dicti hofpitalis aliquem excommunicatum ad ecclefiafticam fepulturam admitteret, ad nos pertinere, & pertinere debere correctionem & punitionem. Nos autem Decanus & Capitulum prædicti contrarium afferebamus, & dicebamus hujufmodi punitionem ad nos pertinere debere : cùm in dicto hofpitali, & perfonis ejufdem ad nos folùm, & in folidum jurifdictio, punitio & correctio, pertinere nófcatur. Tandem nos partes prædictæ bonorum, & jurifperitorum confilio : vifis etiam, & confideratis compofitionibus per prædeceffores noftros Epifcopos Noviomenfes, nofque Decanum & Capitulum prædictos dudùm factis, ad pacem & concordiam devenimus in hunc modum. Primò : fuper primo articulo mentionem faciente, de cæmeteriis fic fuit, & eft conardatum : quòd jurifdictio exceffuum, & delictorum quorumcumque,

in

in prædictis cæmeteriis perpetrandorum ad nos Episcopum Noviomensem, seu officialem nostrum pertinebit; & delinquentes ibidem modo prædicto punire poterimus, & corrigere exceptis personis existentibus de choro Ecclesiæ Nigellensis, sine fraude, fratribus & sororibus hospitalis Nigellensis qui remanebunt in jurisdictione dictorum Decani & Capituli, pro ut in compositionibus super hoc per prædecessores nostros aliàs factis continetur ; & emolumentum hujusmodi jurisdictionis , sivè emendæ exindè provenientes ad nos Episcopum prædictum, pro mediâ parte, & ad nos Decanum & Capitulum, pro aliâ mediâ parte pertinebit. Sigillifer verò, noster qui nomine nostro dictas emendas perceperit, tenebitur bonâ fide dictis Decano & Capitulo tradere mediam partem ad eos contingentem : emolumentum verò quod poterit, & debebit percipi ratione reconciliationum dictorum cæmeteriorum ad nos Episcopum solum, & in solidum pertinebit. Poterimus., & nos Decanus & Capitulum prædicti, funeralia & oblationes, occasione prædictâ ad nos spectantia per manum nostram propriâ autoritate recipere , & . . . . contradictiones per dictum Dominum, seu ejus gentes faciendam. Item : quòd in dictis cæmeteriis arbores quæcumque, & omnia alia in dictis cæmeteriis existentia ad nos Decanum & Capitulum prædictos pertinebunt, nostra erunt, & iis gaudere , & disponere poterimus, bono modo pro libito voluntatis. Item : super alio articulo mentionem faciente de vicariis ecclesiarum prædictarum taliter est concordatum: quòd vicarii dictarum Ecclesiarum tenebuntur mandata nostra Episcopi prædicti., & curiæ nostræ recipere & exequi, & si in eisdem vel aliis quæ ad regimen curæ pertinent, defecerint, vel deliquerint, per nos Episcopum

prædictum, vel officialem nostrum punientur. Item : super alio articulo mentionem faciente de excommunicatis qui possent in posterum in hospitali Nigellensi, vel cæmeterio ejusdem sepeliri, taliter est concordatum : quòd si aliquis vicarius, capellanus, præsbyter, aut quivis alius cujuscumque conditionis existat, in hospitali Nigellensi, seu cæmeterio dicti hospitalis, aliquem ex diœcesi Noviomensi excommunicatum & denunciatum autoritate curiæ Noviomensis, vel alium quemcumque quem scirent excommunicatum, vel si ignorantes essent in crassâ & supinâ ignorantiâ admiserunt ad ecclesiasticam sepulturam, per nos Episcopum Noviomensem prædictum, aut officialem nostrum punientur. Omnia autem prædicta nos partes prædictæ concordamus, salvis in aliis compositionibus omnibus , & singulis factis, & habitis , inter prædecessores nostros Episcopos Noviomenses , & nos Decanum & Capitulum prædictos. Datum sub sigillis nostris partium prædictarum , anno Domini millesimo - trecentesimo - quadragesimo - tertio, feriâ quintâ , post æstivalem festum beati Martini.

APPROBATIO ANNEXA

LITTERIS PRÆDICTIS.

Omnibus hæc visuris Decanus & Capitulum Ecclesiæ Noviomensis , salutem in Domino. Noveritis quòd nos habitâ diligenti deliberatione omnia singula in litteris contenta quibus præsentes nostræ litteræ insigniuntur , laudamus , approbamus , & , quantùm in nobis est , ratificamus in iis , & contentis in iisdem nostrum præbemus assensum , pariter & consensum. Datum sub sigillo nostro, capitulo, horâ capituli ad sonum campanæ, pro ut moris est, convocato : undecimâ mensis Julii, anno Domini millesimo-trecentesimo-quadragesimo-tertio.

Extrait d'un Manuscrit in-fol. du Chapitre de saint Quentin, page 247 & suiv.

CHARTE D'OTHON,

COMTE DE VERMANDOIS,

En faveur des Moines d'Hom-blieres.

(6) In nomine sanctæ & individuæ Trinitatis, OTHO, Dei misericordiâ comes dictus & abbas, notum fieri volo universis, quòd accessit ad nostram præsentiam laudabilis Ricardus, abbas cellæ Humolariensis, cum monachis suis, postulans ut ei daremus quandam villam, quæ Cauviniacus dicitur, quam fidelis noster Ivo de Hamo, contra consuetudinarias leges, quas antecessores ejus minimè tenuerunt, injustè invasit. Quam petitionem non abnuentes, & sæpiùs adclamantes, pro salute animæ meæ & progenitorum meorum, ex beneficio nostro ei concessimus, ut pauperes homines ex eâdem villâ quieti esse possent : eo tenore, ut bannum & latronem, corveias, carrucarias, sylvæ haias, ad capiendam venationem ulteriùs non persolvant, nisi unum denarium & unum panem, & unum sextarium avenæ. Et ut nostra commutatio inconvulsa permaneat, hanc cartam fieri jussimus. Si quis verò hanc commutationem infringere tentaverit, quod minimè credimus, in primis iram Dei omnipotentis, sanctæ Mariæ matris Domini, sancti Quintini, sanctæ Hunnegundis, Sanctorumque omnium incurrat, & legali sanctione convictus trigenta auri libras nostro scrinio persolvat, & re-

petitio ejus inanis fiat. Signum Othonis, comitis; Ermengardis matris ejus; Lamberti, castellani; Rodulphi filii ejus; Godofredi, vasalli; Wiberti, vasalli; Erchemboldi; Ivonis; Rothardi, decani; Tetboldi, custodis; Walcelini, præpositi. Actum in monasterio almi Martyris Christi Quintini, die festivitatis ejus.

Du Cartulaire de l'Abbaye d'Hom-blieres.

CHARTE D'OTHON,

COMTE DE VERMANDOIS,

En faveur des mêmes Moines d'Homblieres.

(7) In nomine sanctæ & individuæ Trinitatis : ego, OTHO, Dei annuente clementiâ comes, honori & dignitati à Deo concessæ ex aliquantulo factis congruis bene nos respondere credimus, si ecclesiastica negotia fideliter tractantes, justis petitionibus assensum non negamus, quatenùs quo salvetur, remedium animæ provideamus. Igitur notum sit universis præsentibus & futuris in sanctæ matris Ecclesiæ gremio educatis filiis, quòd primo ordinationis suæ anno Walerannus, abbas cellæ Humolariensis, ad nostram præsentiam accessit, petens quandam conventionem à se factam cum hominibus Lauciaci, nostræ potestatis munimine firmari : ut persolvant annis singulis redditum terræ cum consuetudinibus suis, id est, quartam garbam terragii, & quinque solidos, & quatuor denarios in medio martio, & duos solidos, & quatuor denarios de hospitibus. Abbatem aut quempiam quem miserit vice sui cum duodecim hominibus ter in anno pascant, quatuordecim gallinaceos solvant,

& insuper annonam cùm diligenter tribulâ purgata fuerit ad locum indominicatum, sine morâ deducant. Signum Othonis, comitis ; Waleranni, abbatis ; Bertholdi, Rogeri, Monachorum ; Godofredi, Amolrici, militum ; Rodulphi, castellani.

Extrait du Cartulaire de l'Abbaye d'Homblieres.

AUTRE CHARTE

D'OTHON,

COMTE DE VERMANDOIS,

En faveur des mêmes Moines d'Homblieres.

(8) In nomine sanctæ & individuæ Trinitatis : ego, OTHO, Dei gratiâ comes & abbas sancti Quintini : Notum fieri volo omnibus sanctæ matris Ecclesiæ filiis ; quòd Almoricus vir nobilis, miles meus tenebat aquam quandam cum piscatione, in flumine Somenæ ; juxtà villam Frisiam & Novamvillam : tenebat inquam, aquam illam ex me loco beneficii, sub nomine feodi. Deus autem, qui omnes vult salvos fieri, eum prævenit, eique velle immisit, ut monachus fieret, sub tutelâ sanctæ Mariæ in cœnobio Humolariensi. Quoniam verò eidem cœnobio subjacebat alia aqua, cum piscatione in Frisiâ ab antiquo, idem vir suam aquam tradere disposuit præfatæ sanctæ Mariæ ; sed quia id facere nequibat absque permissu nostro, nos expetiit humiliter, ut ei faveremus in hoc negotio. Igitur quoniam mihi benigne servierat, concessimus ei, quatinùs mediam partem præfatæ piscationis daret Deo, eo tenore ut altera pars remaneret in jure dominico.

Denique abbas Walerannus hanc donationem à me firmari fecit in curiâ Domini regis Henrici, ipso rege favente ; cùm optimatibus suis. Ibi quoque, eodem abbate petente, ac domno rege hortante, dedimus sanctæ Mariæ alteram partem aquæ quam retinebam tantum quandiù viverem, post obitum verò meum, eam haberet idem cœnobium liberam, quietam & absque calumniis, sicut alodium indominicatum. Quam firmationem Regis, ac Episcoporum & Principum, qui violaverit, & in ipsâ aquâ à nobis Deo & sanctæ Mariæ concessâ aliquid usurpaverit, in primis Dei iram incurrat, sit anathema, maranatha. Deindè centum libris auri Regi solutis à patriâ exul fiat. Signum Domni Regis ; Othonis, comitis ; Widonis, archiepiscopi Rhemensis ; Godofridi ; Roberti, Peronensis Principis ; Walzelini Calniacensis ; Theodorici, abbatis sancti Remigii ; Waleranni, abbatis Humolariensis ; Odonis Pultrelli ; Balduini de Betuncurte ; Filiorum ipsius Almorici.

Extrait du Cartulaire de l'Abbaye d'Homblieres.

CARTA

ARNULPHI ET THEODORICI

FRATRUM,

In favorem Monasterii Humolariensis.

(9) Ego, in Dei nomine ARNULPHUS & THEODORICUS frater meus, cognoscentes nos scelerum mole prægravatos, cupientesque de nostro aliquid offerre Deo, in pagum Vermandensem venimus, monasterium Humolariense adivimus, dedimufque ad prædictum locum fanctæ Mariæ & fanctæ Hunnegundi; locum quem habebamus in villâ quæ dicitur Seguncurte. Et ne mendacium proferamus in confpectu Domini, Dominus Walerannus abbas dedit nobis de fubftantiâ loci quantùm fibi placuit; & ut ftabile permaneat hoc donum, hoc fcriptum facere juffimus, & coràm Othone comite, die feftivitatis fanctæ Hunnegundis, confirmavimus. Signum Arnulphi, Theodorici; Othonis, comitis; Waleranni, abbatis; Godofredi; Rotberti; Nevelonis; Gerardi, abbatis infulæ; Gerardi, abbatis fancti Præjecti; Rothardi, decani fancti Quintini; Ivonis, cuftodis; Rotgeri, fubdiaconi; Harduini, diaconi. Actum in monafterio Humolarienfi, anno Dominicæ Incarnationis 1043, indictione undecimâ. Hubertus, fubdiaconus & monachus, fcripfit & relegit. Vice & juffu Deodati, cancellarii.

Extrait du Cartulaire de l'Abbaye d'Homblieres.

CARTA

YVONIS PERONENSIS,

Quâ confirmat Præjectinis altare de Dallon.

(10) In nomine fanctæ & individuæ Trinitatis: ego, **Yvo**, thefaurarius monafterii fancti Quintini, & ad tempus advocatus honoris fratris mei Roberti, qui & futurus hæres honoris patris mei, & ipfe idem frater meus Robertus, notificamus fanctæ Ecclefiæ fidelibus, quòd pater nofter Robertus nos intimis cordis precibus poftulavit, ut donum Ecclefiæ de villâ quæ dicitur *Dalon*, fancto Præjecto lau-

daremus. Dederat enim ipfe pater meus Robertus prædictam Ecclefiam Rainero abbati ejufdem loci, in Parronâ caftro, die nonarum Julii; fed præpedientibus fæcularibus curis, ad prædictum locum corporaliter ire non potuit, precatufque eft nos, ut memores paterni amoris ad locum fancti Præjecti venerimus, & donum quod ipfe dederat, renovaremus. Obedientes igitur, juffa patris implevimus, & ad prædictum monafterium in feftivitate fancti Caffiani, quæ eft nonis Augufti venimus, & prædictam Ecclefiam fancto Præjecto dedimus: & ut hoc firmum, &c.

Extrait du Cartulaire de l'Abbaye de faint Prix.

CARTA

OTHONIS,

COMITIS VIROMANDENSIS,

De eleemofinâ Godofredi in monachos Humolarienfes.

(11) Si fidelium noftrorum petitionibus acquieverimus, promptiores eos in noftro fervitio inveniemus. Quapropter ego, **Otho** in Dei nomine, abbas & rector monafterii fancti Quintini, fcire volo fanctæ Ecclefiæ fideles futuros & præfentes ante noftram veniffe præfentiam Godofredum noftrum militem deprecantem, ut quamdam terram quam de nobis tenebat in villâ quæ dicitur Curcellas, daremus fanctæ Mariæ, fanctæque Hunnegundi: quod fecimus. Et ut hoc donum permaneat firmum hanc cartam fcribere juffi & laude fidelium meorum confirmavi. Signum Bernardi, abbatis Humolarienfis; Rothardi, decani; Ivonis, cufto-

ñis; Bajulfi, cantoris; Theodati, cancellarii; Guerrici, præpositi; Walteri, Evrardi, presbyterorum; Harduini, Hildieri,
diaconorum; Guerrici, subdiaconi; Godofredi, militis. Rainoldus scripsit vice
Theodati, cancellarii. Signum Joannis,
filii ejus; Garneri, Roberti, Drogonis,
Gerardi; abbatis insulæ; Gerardi, abbatis
sancti Præjecti; Almurici, abbatis sancti
Michaëlis. Actum propè monasterium
sancti Quintini, anno Incarnationis Dominicæ 1043; indictione duodecima.

Extrait du Cartulaire de l'Abbaye d'Hom-
bliéres.

CARTA

OTHONIS,

COMITIS VIROMANDENSIS,

In favorem Præjectinorum.

(12) Отно, comes & rector abbatiæ sancti Quintini fidelibus nostris, tam
præsentibus quàm futuris, notum fieri volo
quòd Albertus, avus meus, quoddam cœnobium in honorem Dei & sancti Præjecti
martyris, situm propè vicum Sancti Quintini, ex indominicato manso aliisque rebus
suæ proprietatis, ut sibi eo tempore visum
fuerat, pro remedio animæ suæ fideliter
instituit : quæ res nominatim ad præsens
recitandæ sunt, & quas ego Отно tradere dispono nominandæ. Dedit itaque avus
meus in eodem locello mansum unum indominicatum, cum terrâ arabili buvariorum centum. In Rufficurte decimam, mo-
lendina duo, cum tribus mansis, & dimidium cum hospitibus & terrâ arabili. In
Oistro Ecclesiam unam & mansum indominicatum, cum septem aliis mansis, &

dimidium, & omnem districtum illius
villæ. Est ibi aqua ad piscandum, sunt sylvæ, sunt etiam prata. Similiter & in villâ
quæ dicitur *Aistraillier*, quinque mansos.
In Rupeio quoque duos optimos mansos.
In vico quoque sancti Quintini duos optimos mansos, cum vineâ unâ, & unam ta-
bernam, cum camerâ unâ; infrà muros
ejus; terram quatuor hospitum. Porrò in
loco Cepei vineas quatuor cum terrâ arabili, quantum satis est tribus carrugiis. In
Ulmiceio autem Ecclesiam unam & mansum unum. Cujus locelli pauperiem ego
cognoscens & bonam intentionem mei avi
intendens, pro salute animæ meæ, de rebus
meæ proprietatis in aliquo volui adjuvare.
Dedi itaque supradicto cœnobio omnem
districtum illius mansi & omne appendi-
tium ejus, eo modo, ut nullus præter abbatem & ministros ejus, ullam justitiam
faciendi habeat potestatem in locis subter
denominandis, videlicet à ponte Terres-
cende subtus & aquam & mariscum usque
ad campum veteris villæ, & à ponte supradicto veterem viam calciatam, usque
ad Rollandi descensum & usque ad semi-
tam, quæ partitur terram Bericurte &
ultrà sylvam Titiacam usque ad vallem
Rovericam, & usque ad Marisylvam, &
usque Remardi spinam, & usque ad vozi-
tionem marcaeis, & aquam & mariscum,
usque ad litus calciacum. Nec homines in
hoc districtu manentes ullus ædificare præsumat, præter abbatem & ministros ipsius
cœnobii. Dedi etiam ecclesiam sancti Remigii infrà muros positam sancti Quintini,
deprecatione Wilderici clerici. In Invidun-
curte juxtà Stabulas terram arabilem, cum
hospitibus & sylvis. In *Eistraillier* terram
quatuor, hospitum & districtum ipsius terræ. Quæ omnia ut firmiora habeantur :
ego Отно cartam meâ propriâ manu fir-
mavi, meisque fidelibus subtas nomina ha-

bentibus ad corroborandum tradidi. Signum Othonis, comitis. Signum Rothardi, decani. Signum Walefridi, Hilderici, Stephani, Godofredi præpositi, Ivonis custodis, Raimboldi subcantoris, Rogeri subdecantoris, Rogeri, Wildrici, Joannis filii ejus, Rodulphi præpositi; Walteri præpositi, Odonis, Balduini fratris ejus, Herembaldi, Huberti, camerarii, Gerardi subcustodis, Huberti præpositi, Albrici majoris, Teutonis decani, Angilberti præpositi, Levulfi filii, Gisleberti, Nivedonis camerarii comitis. Warneri fratris ejus, Herembaldi. Actum est hoc idibus Januarii, apud Sanctum-Quintinum, anno Incarnationis Dominicæ 1045, regni verò Henrici Regis, anno decimo-tertio, indictione decimâ. Scripsit Deodatus cancellarius, & Fulcandus subcancellarius.

Extrait du Cartulaire de l'Abbaye de saint Prix.

CARTA
BALDUINI,
In Præjectinorum favorem.

(13) Ego BALDUINUS, in palatio Henrici Regis Francorum Cancellarius, notum facio sanctæ Dei Ecclesiæ futuris & præsentibus tradidisse me alodium quemdam, quem habebam in pago Laudunensi, in villâ quæ dicitur Senercei super Isaram fluvium, ad locum sancti Præjecti, qui locus situs est in pago Viromandensi, in suburbio sancti Quintini. Dedi quoque prædictum alodium cum omnibus ad illum pertinentibus, ob animæ meæ, & fratris mei Godofridi remedium, in præsentiâ Domini Regis Henrici, Deo & sancto Præjecto, Renero Abbati ejusdem loci, & Monachis inibi Deo famulantibus, liberum

ob omni judiciariâ consuetudine. Ita si quidem ut partem quæ me contingebat, me vivente, & post mei decessum liberam haberent. Alteram verò de quâ fratris mei uxor Helindis dotata erat, eâ defunctâ, quia prolem de fratre meo non habebat, jure propinquitatis me contingentem, simili modo firmissimè, & absque calumniâ possiderent. Habetur ergò ibi terra quantùm carrucæ sufficit ad laborandum. Est ibi molendinus unus, ad hunc omnes homines villæ molere debent, & homines * Ernaldi sarti sunt & hospites quadraginta quinque. Sunt etiam prata quatuor pratum Raimbaldi, pratum juxtà molendinum, pratum juxtà pascuam, quartum quod dicitur clausum pratum. Est etiam & decursus aquæ, ab aquâ quæ dicitur Willelmi fossa, usque ad pratum quod nominatur Broilus, ultra vadum Serauni: & similiter sylva quæ dicitur Camotus, hæc omnia sunt de proprio allodio meo. Et sicut totum Dominium tam intra villam, quam extra, in alodiis, sartis, pratis, aquis, sylvis & pascuis, de Domino Heriberto Viromandensi Comite in feodum tenebamus, ità totum illud ad preces Domini mei, ipso Comite concedente, Deo & sancto Martyri in perpetuum tenendum concessi. Ut igitur omnium detractorum facultas adimatur, terminos qui prædicta ambiunt, prout potui, nominatim expressi. Scilicèt à decursu aquæ meæ in Willemi fossam usque ad fontem sancti Basoli. Inde juxtà rivululum qui dicitur Pinchon - roy, usque ad pratum Raimbaldi. Dein per circuitum quarumdam pascuarum, & alodorum, usque ad divisionem prati, quod dicitur Broilus. Et à prato illo per vallem quæ nominatur Rampiminans usque ad alteram vallem, quæ Boiaufvaux vulgò nuncupatur. Dein per totam vallem, usque ad pigrum bon-

* *Renansart.*

ni, inde per decessum pigri, usquè ad viam
quæ de Ribodimonte Brissiacum tendit.
Deindè per viam illam usquè ad metam al-
lodii mei, propè Brissiacum : & à metâ
illâ per decessum montis usquè ad casum
minoris rivuli, in aquâ Hamicicurtis : &
ab hinc juxtà vadum quod nominatur Ra-
deris, usquè ad aquam de Willenfosse. Igitur infra præfatos terminos Vicecomes, aut
aliquis judex, vel persona non habet bannum, neque latronem, nec ullam consuetudinem. Et ut hoc firmum & stabile permaneat, hanc cartam fieri jussi : & Rex
manu propriâ & sigillo confirmavit. Quam
si quis præsumpserit violare, segregetur
nunc & in æternum Christianâ commu-
nione, & partem habeat cum eis qui dixerunt Domino Jesu, recede à nobis. Actum prope Monasterium sancti Quintini,
quarto nonas Decembris anno Incarnationis Dominicæ 1047, indictione decimâ
quartâ, epactâ undecimâ. Signum Henrici, Regis ; Heriberti, Comitis ; Widonis, Archiepiscopi Rhemensis ; Balduini,
Noviomensis Episcopi ; Fulconis, Ambianensis ; Drogonis, Belluacensis ; Frollardi,
Sylvanectensis ; Balduini, Archicapellani :
qui hoc scriptum fieri jussit ; Rothardi,
Decani ; Ivonis, Custodis ; Hilderici, Præpositi ; Huberti, Camerarii, Godofredi,
Præpositi ; Joannis, filii ejus ; Warnerii ;
Anselmi majoris.

Extrait du Cartulaire de l'Abbaye
de saint Prix.

CARTA

HERIBERTI IV,

COMITIS VIROMANDENSIS,

Permittentis Herembaldo famulo ut
cucullam indueret apud Præjecti-
nos Monachos.

(114.) Ego, HERIBERTUS, abbas,
rectorque monasterii sancti Quintini, notum facio sanctæ Ecclesiæ filiis præsentibus
& futuris accessisse ante nostram præsentiam quemdam famulum nostrum Herem-
baldum amore vitæ contemplativæ accen-
sum, & petiisse ut ei licentiam daremus ingredi sancti Præjecti monasterium & esse
monachum. Habebat idem Herembaldus
in eodem suburbio sancti Quintini unum
furnum quem emerat à quâdam fœminâ,
nomine *Faslichim*, & à filio ejus Evrardo
laude patris mei Othonis comitis. Habebat & in eodem suburbio septem hospites,
& in eodem suburbio, loco qui dicitur
Himgicurte, habebat terram quantùm una
carruca poterat operari : prædictum furnum, & districtum ejusdem furni, & prædictos hospites, & illam terram laude meâ
& laude Domini Henrici, Francorum regis, qui abbatiam sancti Quintini vice meâ
regebat, dedit idem Herembaldus Deo,
& sancto Præjecto, & Rainero ejusdem
monasterii abbati, & monachis Deo in
eodem loco servientibus, præsente Guidone Rhemensi archiepiscopo, Balduino,
Noviomensi episcopo, Fulcone Ambia-
nensi, Frollando Sylvanectensi, qui omnes excommunicarunt illos, qui hoc donum præsumpserint violare, & sancto Præjecto auferre. Signum Domni Henrici regis. Signum Domni Heriberti abbatis &

comitis. Signum Guidonis, Rhemensis archiepiscopi. Signum Balduini Noviomensis, Fulconis Ambianensis, Frollandi Sylvanectensis, Rothardi decani, Yvonis thesaurarii, Hilderici præpositi, Gerardi abbatis de insulâ, Godofredi castellani, Anselmi majoris, Warnerii camerarii, Radulphi præpositi, Herembaldi filii ejus,
Gualteri, Bajuli, Anselmi filii Fulcardi,
Raimboldi fratris ejus, Huberti dapiferi,
Angilberti, Albrici majoris, Rogeri decani, & cæteris compluribus faventibus &
laudantibus. Actum infrà monasterium
sancti Quintini, die Natalis Domini, anno
Incarnationis ejus 1047, regni verò Henrici Regis anno decimo-octavo, indictione decimâ-quintâ.

*Extrait du Cartulaire de l'Abbaye de saint
Prix.*

CONVENTIO
GUASCELINI CALNIACENSIS
CUM
CANONICIS PARISIENSIBUS,
De eorum advocatiâ de Viry.

(15) GUASCELINUS Calniacensis,
advocatus villæ sanctæ Mariæ Parisiensis,
quæ dicitur Viriacus, conventionem habuit cum Odone, decano; Radulpho;
præposito, & aliis canonicis sanctæ Mariæ, in festivitate omnium Sanctorum,
ante altare sancti Quintini martyris; & in-
justas & indebitas consuetudines quas sibi
injustè vendicabat, annuente libenter Heriberto comite, filio Othonis, guerpivit:
quæ sunt scilicet, Caballi, quos in hostili-
tate, quodlibet acturus, violenter arripie-

bat, &c. & in agendis placitis & legibus;
ut unum tantùm suum ministrum, cum
ministro sanctæ Mariæ, ut constitueret,
confirmavit. Ita ut vadimonium legis recipiat homo sanctæ Mariæ, & eo tenore ut
nulla implacitatio sit facta nisi communi
consilio amborum, id est, hominis sanctæ
Mariæ, & hominis Guascelini; & quod
non ampliùs quàm tres pastus in anno, habeat, & hos cum tali mensurâ, ut homines non sint oppressi. Insuper omnes inju-
riosas consuetudines quas ibi capiebat guerpivit, nisi viam publicam, latronem, &
injustam mensuram. Pro salvamento, nisi
de habitatis domibus accipiet. Hominem
sanctæ Mariæ in nullo loco justitiabit nisi
in Viriaco villâ; & ibi sicut Scabini judica-
bunt, & in castello Calniaco, ab nullo homine sanctæ Mariæ teloneum non exiget,
& de nullâ re justitiam faciet, & de foro
ejusdem Castri Calniaci, sanctæ Mariæ viginti solidi in festivitate sancti Remigii per-
solventur.

*Extrait des Archives de Notre-Dame
de Paris.*

*ELLEBALDUS [dictus RUBER]
è Comitibus Viromanduæ, fun-
dat ecclesiam Canonicorum sanctæ Crucis in Cameracensi Civitate.*

(16) Ego, ELLEBOLDUS Ruber, do
in perpetuum, in honore sanctæ Crucis,
palatium meum cum hereditate in Came-
raco, & terras; alodia, & mansa mea in
pago Cameratûm, & circà; duodecim
ministris qui Deo famulaturi assiduè preces
fundent pro consultu animæ meæ; Odonis, patris mei, & Majorum meorum Viromandiæ Comitum. Hæc approbarunt
fratres

fratres mei, ODO, Farinus; SOHIERUS, Rufus, &c. Ifaac Lietardus, fororis meæ Adæ maritus : item, Johannes, Amalricus, Hugo, & Balduinus, nepotes mei. Hæc autem ne fevitiâ temporum pereant in æreâ laminâ incidi feci, & figillis noftris roboravimus. Anno CHRISTI millefimo-feptuagefimo-uno, Ecclefiam regente Domno Lieberto, epifcopo, cognato meo.

Extrait des Archives de la Collégiale de fainte Croix de Cambrai, apud Joannem Le Carpentier, tom. II, pieces juftificatives, page 11.

CARTA
HERIBERTI IV,
COMITIS VIROMANDENSIS,

De libertate monafterii Humolarienfis, ejufque advocatiâ comiti refervatâ.

(17) In nomine fummæ & individuæ Trinitatis : conftitutiones antecefforum bonum eft, ut nos fucceffores teneamus & corroboremus. Ego igitur HERIBERTUS, comes Quintinienfis, conftituta ab anteceftoribus meis de rebus Humolarienfis Ecclefiæ laudo & confirmo, ficut patrem meum auditu didici laudaffe & confirmaffe, trium virorum fervorum fuæ dominationis facramento Conftantii, videlicet Marifcalci, Heriberti, Ingelberti : eâ lege fervatâ perpetualiter in totâ illâ abbatiâ, ut fi aliquis alicui injuriam intulerit, aut cafu alius alium occiderit, nec ego nec aliquis meorum indè faciet juftitiam, nifi abbas & fui monachi : fed fi aliquandò ad faciendum juftitiam ab abbate,

vel à fuis monachis advocatus fuero, tunc tertia pars illius juftitiæ mihi accidet. Hoc itaque factum anteceftoris mei tempore, iterùm facramento confirmatum eft in præfentiâ meâ, optimatumque meorum teftimonio totius noftræ curiæ. Quæ libertas Ecclefiæ, ut firmiùs permaneat, ego Heribertus comes teftes idoneos fubnotari præcepi in hâc cartulâ per me confirmatâ. Signum Odonis, decani; Widonis, thefaurarii, Goberti, cancellarii ; Raimboldi, cantoris; Anfelli, caftellani; Walteri, præpofiti domefticorum ; Evrardi, Oilbaldi, Odonis, famulorum fanctæ Mariæ ; Rainardi ; Rogeri; Joannis ; Bernardi, qui probationem facramento fecit. Actum eft hoc apud Sanctum-Quintinum, tempore Henrici abbatis, & Huberti decani, anno Incarnationis Domini 1075, indictione decimâ-tertiâ, regnante rege Philippo, anno decimo-fexto.

Extrait du Cartulaire de l'Abbaye d'Homblieres.

CARTA
HERIBERTI IV,
COMITIS VIROMANDENSIS,

Confirmantis parentûm eleemofinam in Humolarienfes.

(18) In nomine fanctæ & individuæ Trinitatis : ego, comes HERIBERTUS, materque mea Pavia, fidelibus noftris præfentibus abfentibufque notum fieri volumus, quòd pater meus OTHO, ejus genitrix avia mea Ermengardis, in villâ quæ *Brenoft* appellatur, quoddam fibi allodium collato emerunt pretio, illud fibi diftrahente quodam villæ ejufdem homine Ernoldo :

hujus si quidem alodii partem non longo post tempore avia mea dono dedit beatæ Mariæ Dei genitrici pro remedio animæ suæ, præsente Waleranno, omnique sibi commissâ congregatione frattum. Meus autem pater similiter, suâ tantum sibi viventi retentâ, post discessum verò ejus in potestatem monachorum penitùs transfiturâ, eisque perpetualiter mansurâ. Illoque judicio Dei prævento, nobisque subtracto, omni bonæ voluntatis assensu approbamus votum quod vitâ plenus voluntariè vovit Deo. Et illam conventionem quam de præfato prædio habuit abbati & monachis ejus stabilem firmamque Ecclesiæ esse jubemus. Et ne fortè, quod absit, ab hâc die & deinceps res concessa Ecclesiæ aliquam calamitatem possit pati, donationem ejusdem beneficii contra posterorum insidias munimus nostri authoritate scripti: quippè non sinè multorum testimonio, quorum diversa nomina testatur præsens adnotatio. Qui interfuerunt & laudaverunt : Odo, miles; Joscelinus, canonicus, fratris mei; Robertus Peronensis, Walzelinus Calniacensis, Walterus, pedagogus meus. Ex parte autem abbatis : Rainardus, Major Humolariensis; Rogerus, Major Metulsicurtis; Joannes, Major de Fraxiniaco, & multi alii fideles nostri.

Extrait du Cartulaire de l'Abbaye d'Homblieres.

CARTA

HERIBERTI IV.

COMITIS VIROMANDENSIS,

Præjectinos ab omni injuriâ & vexatione vindicantis.

(19) In nomine Patris, & Filii & Spiritûs Sancti, amen. Sæpè longinquitate temporis aboleri solet veritas rei : labilis enim, & caduca conditio humanæ naturæ quanto longiori vivit tempore, tanto præterita ab ejus recedunt radice memoriæ ; & quod est deterius, Ecclesiæ filiis subripitur à Belial filiis, quod ei conceditur à viris Christicolis. Idcircò ego Heribertus, in Dei nomine Viromanduorum comes, præsens scriptum inspecturis notum facio, ad nostram accessisse præsentiam Domnum Waldericum, abbatem sancti Præjecti monasterii, quod prædecessor noster Albertus in confinio suburbis Sancti Quintini in manso indominicato, loco qui dicebatur Broilus ubi placita & mallos tenebat, jussu Lotharii regis, & filii ejus Ludovici, fundavit. Qui graviter mihi de servientibus meis, maximè autem de Waltero præposito conquestus indicavit qualiter libertati Ecclesiæ suæ invidendo & detrahendo, Dei sancti Martyris iram adversùm me provocarent, familiam suam & homines in districtu Rodulphicurtis & Oistri, vel alibi manentes injustè vexando, jura pignorum vel viarum, aliasque justitias, quas ad majorem potestatem pertinere dicebant, violenter usurpando : terris quoque & nemoribus, molendinis, & aquis, pratis, & pascuis pessimas consuetudines, & iniquas exactiones imponendo. Quæ certè conquestio graviter animum meum pulsavit, atque ad petitionem abbatis & monachorum inclinavit: scilicet ut antecessorum meorum eleemosynas augere magis intenderem, quàm minuere : quicquid ambiguitatis, vel controversiæ de libertate Ecclesiæ sæpè dictæ poterat suboriri, autoritate propriâ dicendo, & sigilli mei impressione posterorum memoriæ commendando. Decrevi igitur diligenter, & districtè præcepi, nequis amodò successorum meorum sub obtentu advocationis vel Dominii dictam abbatiam audeat perturbare : non pastum, non annonam, nec etiam stramentum, aut paleam de cunctis ejus possessionibus auferre ; nec homines sub ejus tutelâ ubique manentes contra voluntatem abbatis inquietare, aut alibi, quàm coràm ipso implacitare : neque in omnibus suprà nominatis locis, & districtis, pagisque quibuslibet, seu viis interpositis, aliquam justitiam, quantùmcumque gravis extrà legem excessus fuerit, præter abbatem & servientes suos usurpare. Et ut simul omnia concludam, eandem libertatis integritatem in omnibus habeat Ecclesia, quam unquàm antecessores nostri habere potuerunt : ut ejus indemnitati per omnia provideatur, & servientium nostrorum controversiæ & occasiones penitùs abscindantur, quibus servorum Dei simplicitas posset circumveniri, & rerum suarum immunitas paulatim defraudari. Quisquis igitur contra tam expressa, tamque diligenter elucidatam Ecclesiæ, & appendicium ejus libertatem venire præsumpserit, violentiam inferendo, Dei omnipotentis maledictionem se noverit incursurum : & abbati loci illius quinquaginta libras auri & centum argenti, per satisfactionem soluturum. Ut autem hæc nostra corroboratio firmior ha-

beatur, cum testibus subnotatis sigilli mei appensionem necessariam esse judicavi. Testimonium Odonis, decani. Signum Widonis, thesaurarii ; Berengeri, præpositi ; Gomberti, cancellarii ; Raimboldi, cantoris ; Anselli, castellani ; Walteri, præpositi ; Roberti majoris ; Odonis, vicecomitis ; Evrardi, seneschalli ; Oisboldi, pincernæ ; Thomæ, dispensatoris ; Odonis, fratris, comitis ; Hugonis Rupeiensis ; Odonis, militis ; Roberti, filii ; Heriberti ; Heriberti ; Bosonis, præpositi ; Joannis, filii ejus ; Roberti Peronensis ; Ivonis Hamensis ; Ivonis Nigellensis ; Hugonis Calniacensis ; Odonis, filii Roberti Peronensis ; Drogonis majoris. Actum est hoc apud Sanctum-Quintinum, anno Dominicæ Incarnationis 1076, indictione decimâ-quartâ, epactâ duodecimâ, anno decimo-octavo Philippi, regis Francorum.

Extrait du Cartulaire de l'Abbaye de saint Prix.

CARTA

HERIBERTI IV,

COMITIS VIROMANDENSIS,

Præjectinos iterùm vindicantis ab omni injuriâ.

(20) Ego, HERIBERTUS, comes Viromandensis : Sollicitus non parùm, Deo notum volo fieri, & hominibus, quòd Waldricus, sancti Præjecti Ecclesiæ abbas, mihi de meis servientibus plurimùm conquestus indicavit quomodò per villas supradicti Martyris discurrerent, quomodò antecessorum meorum decreta & privilegia concessa non curantes omnia raperent: quomodò ad nostræ salutis detrimentum, abbatem ipsum, & fratres rusticos, & totam familiam Ecclesiæ perturbarent. Quâ conquestione ego considerans ubi Ecclesiæ subvenirem, nisi servientes à supradictis injuriis prohiberem, animæ meæ periculum & de æternâ beatitudine me ipsum fieri alienum, concessi & concessum à successoribus meis decrevi confirmari; quatenùs Ecclesiæ sancti Præjecti, omniumque illi appendicium privilegia ab avo & atavo, licèt etiam patre meo concessa & corroborata nominis mei authoritate, & signi mei notata inscriptione firmarentur & corroborarentur, & à nostris successoribus firma in perpetuum conservarentur. Ut etiam de illis quæ sancto Martyri & abbati Waldrico contuli antequam sigillatim demonstrarem concessi & anathemate confirmari præcepi. Ne mihi in primis & meis successoribus in ipsâ abbatiâ, & ejus appenditiis liceat aliquid auferre, non prandium non aliquam pensionem omninò nisi abbatis & monachorum voluntate habere. Servientes mei nequaquàm per villas discurrant, nihil ex eis accipiant, nullam in eis penitùs monitionem faciant. Mariscalli mei campos Ecclesiæ ad ejus justitiam pertinentes, prata, & horrea, quieta dimittant. Nihil ex eis annonæ, nec fœni, nec stipulæ, nihil straminis, præter abbatis voluntatem habeant. Terras Ecclesiæ ubicumque habentur nisi quatenùs ipse & sui fecerint liberas loci ejus Abbas teneat: sylvas omnes quas habuerint, vel ad usus Ecclesiæ & fratrum retinere, vel securè sibi vendere liceat: & ut summam concludam, omnia Ecclesiæ bona, sinè aliquâ inquietudine & sinè ullo penitùs respectu possideat. Si quis hoc à nobis decretum amodo violare præsumpserit, vel traditoris laqueo suspensus damnationis vinculis obligetur, Abbas ipsius loci eum excommunicet, Ecclesia sancti Quintini perpetuo anathematis vinculo condemnet. Ut nostra corroboratio firma habeatur, testes idoneos qui voluerit, audiat subnotatos. Testimonium Odonis, decani; Widonis, thesaurarii; Berengeri, præpositi; Gomberti, cancellarii; Raimboldi, camerarii; Anselli, castellani; Walteri, præpositi; Roberti majoris; Odonis, vicecomitis; Evrardi, seneschalli; Oiboldi, pincernæ; Thomæ, dispensatoris; Odonis, fratris, comitis; Hugonis Rupiensis; Heriberti; Bosonis, præpositi; Warini majoris; Gomberti, militis. Actum est hoc apud Sanctum-Quintinum, anno Incarnationis Dominicæ 1076, indictione decimâ-quartâ, epactâ duodecimâ, regnante rege Philippo anno decimo-octavo.

Extrait du Cartulaire de l'Abbaye de saint Prix.

ŒCONOMICA

HERIBERTI IV,

COMITIS VIROMANDENSIS,

DISPOSITIO,

Quam vocamus TESTAMENTUM.

(21) JESU-CHRISTO Domino nostro in cœlis triumphante, cum æterno Patre, & Spiritu Sancto; Nicolao Papâ nostro sanctissimo in terris Ecclesiam gubernante : Henrico Augusto in Alemaniis imperante : Henrico rege nostro adhuc gloriosè in Galliis regnante : ejusdemque Domini nostri anno millesimo-quinquagesimo-nono. Ego, HERBERTUS Vermandensium, & Vadascorum comes, videns labilis hujus mansionis instabilitatem, spe ad supernæ beatitudinis immortalitatem inhians, ut amplior mihi portio detur in terrâ viventium ; constans sanâ mente, sanoque consilio, & de consultu Alidæ conjugis meæ charissimæ, testamentum meum condidi, jure Prætorio, atque illud codicillorum vice valere jubeo, si ei juris aliquid defuisse videbitur. Ego igitur Herbertus, quamprimùm de hâc luce transiero ; quia voce Dei cœlestia pro terrenis, & mansura pro caducis promissa sunt : do ecclesiæ sancti Quintini, cujus advocatiam habeo, & in quâ corpus meum (si ità charissimæ uxori meæ placuerit) subterrabitur cum pompâ solemni ; mansionalia mea apud Attos & Dalonias, cum Ochis, Arpiniis, Forestagiis & Pascuaticis, tam pro salute animæ meæ, quàm præpotentissimorum progenitorum meorum, hic, & alibi quiescentium. Dono insuper ecclesiæ Vermandensi, cujus & advocatiam habeo, mansos quatuor, apud Berticortem, Martisvillam & Spechias, cum huobis, areis, plaustris, & aratris ab his dependentibus. Et ut Deus omnipotens promptiùs me à peccatorum meorum ligaminibus absolvat ex his quæ mihi CHRISTUS donavit jure hæreditario, ipsius Ecclesiis sub meo dominio fundatis, unicuique centum solidos post obitûs mei adrumationem enumerari volo : eâ lege ut eæ communiter, & privatim religiosissimè apud Deum pro nobis

interveniant. Ecclesiis autem quas speciali amore diligo, delego ex superabundanti liberalitate quæ sequuntur : videlicet, Ecclesiæ sancti Arnulfi in Crispeïo, mansum unum, cum appendiciis juxtà dictam ecclesiam, & centum solidos. Ecclesiæ itidem sancti Albini, centum solidos. Ecclesiæ Nantogili, in Foresto de Gombriis & Peis, arpentas duas. Ecclesiæ de Calniaco, ubi multa alia bona priùs dederam ac procuraveram, do mansa mea apud Terignias, ac Flavias. Ecclesiæ de Vivario, ubi castrum habeo in forestis meis contiguis, huobam unam. Ecclesiæ Firmitati ; in honorem sancti Sebastiani, arpentam unam in foresto Resti. Ecclesiæ de Bistisiaco, centum solidos. Ecclesiæ de Petrofangio, centum solidos. Ecclesiæ de Ferâ apud Montignias, absus tres cum areâ. Ecclesiæ Montis - nostræ - Dominæ, huobam unam in foresto Dulâ. Ecclesiæ Peronensi, apud Busuos & Terincortem, mansiones quatuor cum mancipiis. Ecclesiæ Cameratensi, centum solidos. Ecclesiæ sancti Petri, ibidem absus quinque apud Goïacum. Ecclesiæ sancti Vedasti Atrebatensis, tria managia apud Hanecortem. Item, trado omnibus Comitatuum meorum parochiis, unicuique centum solidos. Do deindè ecclesiæ sancti Quintini & Vermandensi vasa argentea viginti, patinas duas, candelabra quatuor, duo aurea, ac duo eburnea ; calices, offertorios, duo thuribula, cruces, urceolos, conchas, culcitras & cervicalia, ac cuncta mea altarium ornamenta, atque armaturam meam militarem. Has autem donationes integrè statim post obitum volo esse firmatas ac traditas. Ne verò quis hæredum huic meæ ultimæ voluntati contradicere præfumat, coràm me advocari juffi filium meum EUDONEM, quem diù confilio & beneplacito meo rebellem, Magnatûm interventu, paulò ante in gratiam receperam; qui tandem meæ voci obediens, adftantibus filiis fuis, Eudone, Elebaudo & Sohiro, dixit, & promifit fe cum fuis, nihil unquàm contra has eleemofynas tentaturum. Idemque promifit Alida fponfa mea cujus nutui, ac difpofitioni omnia cætera bona mea anteà, ex amore, per codicillum reliqueram. Ad hæc etiam annuit ALIDA, filia mea dilectiffima. Maledictus ergò fit qui hæc violare præfumpferit. In hujus donationis & facti veritatem, hanc cartam propriâ manu fubtùs fignavi, & laterculi mei tefferarii impreffione corroborari præcepi. Actum in palatio meo feliciter. Amen. . . . . Airius, cancellarius, fcripfi & relegi.

Extrait des Archives de l'Abbaye de Vermand, dans l'Etat de Cambrai, &c. troifieme partie, pieces juftificatives; page 7,

TESTAMENTUM

SOHIERI,

È COMITIBUS VIROMANDUÆ,

DICTI RUFI.

(22) In nomine fanctæ & individuæ Trinitatis. Amen. Ego, SOHIERUS, qui nominor Rufus de Viromandiâ, caftellanus Defpauhenfis [*Efpehy*] tam futuris, quàm præfentibus in perpetuum? Cùm non fit in hominis poteftate mori, vel vivere, & humanitatis conditio fragilis, continuò proclivis fit ad defectum; fcienfque quòd eleemofina cum oratione extinguit peccatum, non tantùm viventium, fed etiam mortuorum : hinc eft quod hoc fcripto, univerfis ultimum voluntatis meæ decretum notificari volo. Videlicet quòd ego à Deo fummo pro peccatis meis veniam contrito corde poftulans, trado in perpetuam eleemofinam ecclefiæ in quâ corpus meum inhumabitur, tres markas argenti, & ejufdem miniftris duas. Item, dono ecclefiæ fancti Quintini quinque mea mancipia apud Fervacum, quia ibidem multi majores mei corpore requiefcunt; & noviffimè chariffimus pater Eudo, cum Avidâ, matre meâ dilectiffimâ. Item, ecclefiæ majori Cameracenfi do, apud Fontanas, manfum unum cum fervis & ancillis, (excepto Oitebardo quem liberùm fieri volo;) quia ibidem filius meus Thiebaldus decanum agit; ibidemque cum ipfo jacet conjux mea Adeluia, Hugonis Malovicini filia. Item, Fratribus fanctæ Crucis ab Ellebaudo fratre meo nuper fundatis & dotatis, (qui dicebatur Ruber) dono & contrado allodem mei juris apud *Kefteniers*, & quidquid apud Buicierias jure hæreditario poffideo. Item, ecclefiæ fancti Petri ejufdem civitatis manfum unum cum uno mancipio apud Avefnas Oberti. Item, ecclefiæ Peronenfi apud Meulanum, manfum unum cum duobus fervis & ancillâ unâ. Item, ecclefiæ & Paupertati Defpauhi unam markam & tres uncias argenti annuatim. Quia autem non fatis eft patrifamiliàs fua difpartire ecclefiis terreftria, ut mereatur cœleftia ; fed ipfi etiam incumbit pacem domefticam procurare & confervare , ne per jurgia Deus offendatur , & concordia fratrum violetur : hinc eft quòd ego idem Sohierus filiis meis , bona quæ mihi Deus largitus eft, difpartire ante obitum volui hoc modo. Primùm do pro portione hæreditariâ AMALRICO primogenito meo , dicto Rufo, caftellaniam meam Defpauli apud Viromanduos. Item , terram meam in pago Atrebatenfi. Item , terras de Liramonte , Dalovan , Markonvillâ , Berticurte , & Huchiis , apud Viromanduos. Item , do eidem Amalrico torquem meum majorem aureûm , cum gemmis teffelato majorum meorum Viromandiæ comitum fcuto infignitum. Præterea do , pro portione hæreditariâ , Hugoni , dicto Sohiero , fecundo genito meo , terras meas de Heriis , Berelgiis , de Irio , Seregno , Malicurte , Cuignicurte , Salici - Monte , Tilieto , & Hainicurte , tam in pago Cameracenfi , quàm Atrebatenfi. Item , quintam partem terræ meæ *de Choques* , contra Amalricum , in dicto pago Atrebatenfi. Item , do prænominato Hugoni alium meum magnum torquem aureum , cum gemmis , Parmaticâ ftellâ decoratum , mihi à Philippo rege noftro auguftiffimo folemniter collo appenfum : in cujus facti memoriam idem Rex voluit , ut ego & hæredes mei pro fcuto gentilitio unicâ in pofterum dumtaxat ftellâ publicè uteremur. Conjugi autem dicti Amalrici , nomine Adæ , caftellani Cameracenfis filiæ , & Luciæ Wafconis de Torotâ filiæ prædicti Hugonis conjugi , do annullos , armillas , inaures , viriolas , omnefque ornatus gemmarum , & auri quibus in diebus fuis fuit præcincta , &

ornata chariffima conjux meâ Adeluia. Item , do Balduino , dicti Amalrici filio , torquem aureum ponderis duarum librarum , teffelato fcuto Viromanduorum Comitum ornatum. Item , do Waltero , dicti Hugonis primogenito , torquem aureum ponderis itidem duarum librarum , aut circiter ab Hugone - Capeto , Galliarum Monarchâ , Othoni proavo meo donatum. Item , Adæ de Cambraïo , dicti Walteri conjugi , do par armillarum ab aviâ meâ Alide mihi datum. Item , Thiobaldo , fratri Walteri , do enfem michi datum à Petro , dicto Sohiero , patrino meo , Herberti avi mei , Viromanduorum principis , fratri natu minimo. Item , do Johanni de Sancto - Simone , fratris mei Eudonis , agnomine Farini , filio alium enfem meum. Item , do Adæ conjugi dicti Thiobaldi , Hugonis *d'Aubeugny* , dicti Havati , filiæ par minimum viriolarum. Quantùm ad Armigeros , fervientefque meos condignè remunerandos , debitaque mea folvenda , illa codicillo meo aperui fufficienter. Ad hoc ultimum meum beneplacitum , firmiter meum publicum imprimi juffi figillum ; illudque teftium idoneorum autoritate comprobari. Signum Gerardi , Cameracenfis Epifcopi , cognati mei reverendiffimi. Signum Alardi , archidiaconi. Signum Hugonis , comitis Viromanduorum. Signum Anfelmi de Ribaumonte ; Walteri , caftellani ; Walteri , Duacenfis ; Hugonis *de Houdeng* ; Walteri de Peronâ ; Manaffis de Bethuniâ , cognatorum meorum. Signum Walteri de Tonitru ; Razonis ; Onulfi ; Anfelmi , Cafatorum epifcopi. Actum Cameraci , anno Domini millefimo-octuagefimo : præfulatûs Domini Gerardi quarto : regni verò

Philippi, Francorum regis augustissimi, decimo - octavo. Aufridus, archicapellanus, recognovit.

Extrait des Archives du Chapitre de saint Croix à Cambrai, *dans l'Etat de la même ville ;* &c. *Pieces justificatives,* pag. 11.

FIN DU PREMIER VOLUME.

Fautes à corriger dans le premier Volume de ces Mémoires.

Endroits.	Pages.	Lignes.	Fautes.	Corrections.
Préface	1	5	℣. 73.	℣. 173.
Ibid. en marge.	6	6	Aug, Virg.	Augustæ-Vir.
Livre I.	8	33	donnée	donné.
	49	29	ieux éloignés.	lieux éloignés.
	61	29	Contrà-Aginuum.	Contrà-Aginnum.
Sommaire du II. Livre.	71 1. col.	11	Vendoumois.	Vendômois.
Livre II.	77 en mar.		Meïr	Meïer.
	89	3	le liver	le livrer.
	93	30	cet époque	cette époque.
Ibid.		33	un preuve	une preuve.
	111	29	La pitié	La piété.
Pieces Justific. du II. Livre.	140 1. col.	7	famule Deus.	famule Dei.
	143 2. col.	27	consuevrat.	consueverat.
	149 1. col.	17	implivit	implevit.
Ibid. 2. col.		39	pristinum	pristinum.
Livre III.	158	16	A bien penser.	A bien pensé.
	167	2	qu'il lui en aura	il lui en aura.
	169 en mar.		Meïr	Meïer.
	176	36	antè Meaaraum	Medardum.
	212	25	la vocable.	le vocable.
	219	11	séculiers. Quoique leur églife.	séculiers ; quoique leur églife.
	224	39	Saint Aldegonde.	Sainte Aldegonde.
Pieces Justific. du III. Livre.	228 2. col.	10	Quamobrem	Quamobrem.
	230 2. col.	27	pareat.	pateat.
Livre IV.	261	14	ces Chanoines.	ses Chanoines.
Ibid.		40	ses Chanoines.	ces Chanoines.
	285	6	du onzieme	du douzieme.
	288	20	étoi	étoit.
	295	40	Seigneur, Ribemont.	SeigneurdeRibemont
Sommaire du V. Livre.	303 2. col.	10	Abélard	Adélard.
Livre V.	312	43	conçue	conçu.
	327	33	Mrobette	Morbette.
	348	24	L'année 650.	850.
	353	15	Urochus	Unrochus.
	355	44	deux cens ans.	cent ans.
	362	14	à la ville	en la ville.
	364	37	intention	attention.
Pieces Justific. du V. Livre.	385 1. col.	27	gloriossimo	gloriosissimo.
	388 1. col.	9	ficrint	fierent.
Sommaire du VI. Livre.	397 1. col.	15	à Nesle-en-Vermandois.	à Nesle-la-Reposte.

Endroits.	Pages.	Lignes.	Fautes.	Corrections.
Livre VI . . .	411	18 . . .	Ionstance	constance.
	451	3 . . .	Raon	Laon.
	456	36 . . .	Seigeeur	Seigneur.
	469	3 . . .	sut-tout	sur-tout.
Livre VII. . .	478	16 . . .	distrribuer. . . .	distribuer.
	506	32 . . .	Le Comte . . .	Le Comte Albert.
	546	11 . . .	*Scabini ædiles* . .	*Scabini, Ædiles.*
	552	8 . . .	Gilbert	Gerbert.
Pieces Justific. du VII. Liv.	561 2. col.	13 . . .	*Humolariensis, monasterii . . . .*	*Humolariensis monasterii.*
	563 1. col.	24 . . .	*cons-constructum* . .	*constructum.*
	566 2. col.	27 . . .	*Somnam*	*Somenam.*
	567 1. col.	23 . . .	*duodecima*	*duodecim.*
	Ibid. 2. col.	17 . . .	*In nomine & individuæ*	*In nomine sancta, & individuæ.*
	573 2. col.	9 . . .	*die; Passionis ejus* . .	*die Passionis ejus.*
	574 1. col.	20 . . .	*districtione*	*districtioni.*
	Ibid.	34 . . .	*Etineham*	*Etinham.*
	581 2. col.	4 . . .	*mansoleo*	*mausoleo.*
	582 1. col.	7 . . .	*monacho præsule* . .	*monarcho-præsule.*
Livre VIII . .	657	13 . . .	ses préventions . .	ces préventions.
Pieces Justific. du VIII. Liv.	679 1. col.	20 . . .	*pesonas*	*personas.*
	Ibid. 1. col.	24 . . .	*poteramus*	*poterimus.*
	684 2. col.	8 . . .	*venerimus*	*veniremus.*

AVIS AUX SOUSCRIPTEURS.

QUOIQUE l'Imprimeur ait promis par son Prospectus, que chaque Volume contiendroit 800 pages environ, & que ce premier n'en ait que 724, il assure cependant que le second suppléera au moins au défaut du premier ; & ose se flatter que l'Ouvrage sera entierement achevé avant le temps annoncé par ledit Prospectus.

APPROBATION.

J'AI lu, par ordre de Monseigneur le Chancelier, un manuscrit ayant pour titre : *Histoire du Vermandois* ; & je n'y ai rien trouvé qui puisse en empêcher l'impression. A Paris, ce 8 Janvier 1771.

MARCHAND.

PRIVILÉGE DU ROI.

LOUIS, PAR LA GRACE DE DIEU, ROI DE FRANCE ET DE NAVARRE : A nos amés & féaux Conseillers les gens tenans nos Cours de Parlement, Maîtres des Requêtes ordinaires de notre hôtel, Grand-Conseil, Prévôt de Paris, Baillis, Sénéchaux, leurs Lieutenans civils, & autres nos Justiciers qu'il appartiendra. SALUT. Notre amé le sieur Abbé COLLIETTE Nous a fait exposer qu'il desireroit faire imprimer & donner au Public l'*Histoire du Vermandois* de sa composition, s'il Nous plaisoit lui accorder nos Lettres de Privilege pour ce nécessaires. A CES CAUSES, voulant favorablement traiter l'Exposant, Nous lui avons permis & permettons par ces présentes, de faire imprimer ledit Ouvrage autant de fois que bon lui semblera, & de le faire vendre & débiter par tout notre royaume, pendant le temps de six années consécutives, à compter du jour de la date des présentes. Faisons défenses à tous Imprimeurs, Libraires & autres personnes, de quelque qualité & condition qu'elles soient, d'en introduire d'impression étrangere dans aucun lieu de notre obéissance. Comme aussi d'imprimer, ou faire imprimer, vendre, faire vendre, débiter ni, contrefaire ledit Ouvrage, ni d'en faire aucuns extraits, sous quelque prétexte que ce puisse être, sans la permission expresse & par écrit dudit Exposant, ou de ceux qui auront droit de lui, à peine de confiscation des exemplaires contrefaits, de trois mille livres d'amende contre chacun des contrevenans, dont un tiers à Nous, un tiers à l'Hôtel-Dieu de Paris, & l'autre tiers audit Exposant, ou à celui qui aura droit de lui, & de tous dépens, dommages & intérêts ; à la charge que ces présentes seront enregistrées tout au long sur le registre de la Communauté des Imprimeurs & Libraires de Paris, dans trois mois de la date d'icelles ; que l'impression dudit Ouvrage sera faite dans notre royaume, & non ailleurs, en beau papier & beaux caracteres, conformément aux Réglemens de la Librairie, & notamment à celui du dix Avril mil sept cent vingt-cinq, à peine de déchéance du présent Privilege ; qu'avant de l'exposer en vente, le manuscrit qui aura servi de copie à l'impression dudit Ouvrage, sera remis dans le même état où l'Approbation y aura été donnée, ès mains de notre très-cher & féal Chevalier, Chancelier Garde des Sceaux de France, le sieur DE MAUPEOU ; qu'il en sera ensuite remis deux exemplaires dans notre bibliotheque publique, un dans celle de notre château du Louvre, & un dans celle dudit sieur de MAUPEOU ; le tout à peine de nullité des présentes : du contenu desquelles vous mandons & enjoignons de faire jouir ledit Exposant & ses ayans cause, pleinement & paisiblement, sans souffrir qu'il leur soit fait aucun trouble ou empêchement. Voulons que la copie des présentes, qui sera imprimée tout au long, au commencement ou à la fin dudit Ouvrage, soit tenue pour dûment signifiée, & qu'aux copies collationnées par l'un de nos amés & féaux Conseillers-Secrétaires, foi soit ajoutée comme à l'original. Commandons au

Tome I.   T t t t premier notre Huissier ou Sergent sur ce requis, de faire, pour l'exécution d'icelles, tous actes requis & nécessaires, sans demander autre permission, & nonobstant Clameur de haro, charte normande, & lettres à ce contraires : CAR TEL EST NOTRE PLAISIR. Donné à Paris, le dix-neuvieme jour du mois de Décembre, l'an de grace mil sept cent soixante-dix, & de notre Regne le cinquante-sixieme. Par le Roi en son Conseil, LE BEGUE.

Registré sur le Registre XVIII de la Chambre Royale & Syndicale des Libraires & Imprimeurs de Paris, N°. 1193, fol. 298, conformément au Réglement de 1723, qui fait défenses, Article 41, à toutes personnes de quelque qualité & condition qu'elles soient, autres que les Libraires & Imprimeurs, de vendre, débiter, faire afficher aucuns Livres, pour les vendre en leurs noms, soit qu'ils s'en disent les auteurs ou autrement, & à la charge de fournir à la susdite Chambre neuf exemplaires prescrits par l'Article 108 du même Réglement. A Paris, le 22 Décembre 1770.

A. M. LOTTIN aîné.

JE soussigné, Doyen du Doyenné de saint Quentin, & Curé de Gricourt dans la même Chrétienté, ai cédé & transporté le présent privilege à Samuel Berthoud, Imprimeur-Libraire à Cambrai, pour en jouir & disposer en toute propriété & profit, suivant les conventions arrêtées entre Nous. Au village de Gricourt, cejourd'hui vingt-cinquieme de Janvier mil sept cent soixante-onze.

L.-P. COLLIETTE, *Doyen Rural de saint Quentin,*
& Curé de Gricourt.

9 782014 519174